सम्पूर्ण कहानियाँ : मार्कण्डेय

सम्पूर्ण कहानियाँ

मार्कण्डेय

भूमिका
वीरेन्द्र यादव

सम्पादन
दुर्गा प्रसाद सिंह
सस्या नागर

लोकभारती प्रकाशन

लोकभारती प्रकाशन
पहली मंजिल, दरबारी बिल्डिंग, महात्मा गाँधी मार्ग
इलाहाबाद-211 001
वेबसाइट : www.lokbhartiprakashan.com
ईमेल : info@lokbhartiprakashan.com
शाखाएँ : 1-बी, नेताजी सुभाष मार्ग, दरियागंज
नई दिल्ली-110 002
अशोक राजपथ, साइंस कॉलेज के सामने
पटना-800 006 (बिहार)
36-ए, शेक्सपियर सरणी
कोलकाता-700 017

पहला संस्करण : 2018

आस्था पेपर कन्वर्टर
इलाहाबाद द्वारा मुद्रित

SAMPOORN KAHANIYAN
.MARKANDEY

ISBN : 978-93-86863-62-1

मूल्य : ₹ 995

भूमिका

मार्कण्डेय स्वाधीन भारत के कथाकार थे, लेकिन वे गहरे अर्थों में भारतीय सामाजिक चेतना के भी कथाकार रहे हैं, स्वाधीनता प्राप्ति के तुरन्त बाद जब हिन्दी कहानी में आधुनिकता और नगरीय बोध एक चलन के रूप में स्वीकृत किया जा रहा था तब मार्कण्डेय ने अपनी कहानी का आरम्भ वहीं से किया जहाँ प्रेमचन्द ने कहानी को छोड़ा था। प्रेमचन्द की ही तरह मार्कण्डेय भी मूलतः देशज संवेदना के कथाकार थे। प्रेमचन्द की परम्परा से मार्कण्डेय का रिश्ता महज ग्रामीण यथार्थ का ही न होकर उस समूचे सामाजिक ताने-बाने का भी था जिसके बिना न तो किसी पारम्परिक समाज को समझा जा सकता है और न उसके आगत की आहटें सुनी जा सकती हैं। मार्कण्डेय देश के राजनीतिक जनतन्त्र का उत्सवीकरण करने के बजाय अपनी कहानियों में उसका सामाजिक और आर्थिक क्रिटीक रचते हैं। 1954 में प्रकाशित उनके पहले कहानी संग्रह 'पान-फूल' की पहली ही कहानी 'गुलरा के बाबा' उस धूल-माटी का पता देती है जो उनकी कथा-चेतना में रची-बसी है। अपने सरलीकृत रूप में यह कहानी सामन्ती अकड़ और प्रतिरोधी चेतना के टकराव की कहानी हो सकती थी लेकिन मार्कण्डेय सामाजिक परिवर्तन की आहट उतनी ही दर्ज करते हैं जितनी वह यथार्थ जगत् में थी। यानी यहाँ सामन्तवाद के पराभव और प्रतिरोध की काल्पनिक विजयगाथा न होकर, चैतू अहीर की दबंग उपस्थिति के रूप में प्रतिरोध की आहट और गुलरा के बाबा के रूप में सामन्ती सदाशयता के व्यावहारिक वृत्तान्त की सहज मानवीय कथा है। यहाँ समाज का सामन्ती ताना-बाना एक झटके से समाप्त न होकर सहअस्तित्व और सदाशयता की बुनियाद पर कायम रहता है। लेकिन यह सहअस्तित्व और सदाशयता जिस पोली सामाजिक भूमि पर टिकी है मार्कण्डेय अपने कथालेखन में उसे भी अत्यन्त शिद्दत के साथ दर्ज करते हैं।

इस सन्दर्भ में जहाँ 'गुलरा के बाबा' उनकी कथायात्रा का प्रस्थानबिन्दु है तो वहीं 'हलयोग' कहानी इसका दूसरा सिरा। वर्ष 1991 में जब यह कहानी 'वर्तमान साहित्य' के महाविशेषांक में पहली बार प्रकाशित हुई थी तब इसके विशेष सामाजिक निहितार्थ भी थे। आरक्षण विरोध के चरम दौर में जब मण्डल बनाम मन्दिर की विभाजक

रेखा खींच दी गयी थी तब 'हलयोग' सरीखी कहानी का प्रकाशन लेखकीय पक्षधरता का विरल उदाहरण था। विशेषकर इसलिए कि अधिकांश प्रतिबद्ध लेखकों के बीच भी यह दौर जाति और वर्ग से मुक्त होने के बजाय अपनी जाति और वर्ग में वापसी का दौर था। एक ऐसे दौर में प्रेमचन्द की 'सद्‌गति' और 'ठाकुर का कुआँ' कहानियों की परम्परा को विस्तार देते हुए 'हलयोग' कहानी का लिखा जाना सचमुच वर्ण और वर्ग से मुक्त प्रतिबद्ध लेखन की परम्परा का नैतिक वरण था। 'हलयोग' मात्र दलित यातना की कहानी न होकर हिन्दू धर्म की उस वर्णाश्रमी-जातिवादी संरचना का विखण्डन भी है जहाँ हाशिये के समाज की शिक्षा और सम्पत्ति के अधिकार पर कड़ा पहरा है। इस कहानी के माध्यम से मार्कण्डेय सामन्ती सदाशयता की उस सीमा को भी उजागर करते हैं जो अन्ततः निष्फल ही सिद्ध होती है। 'गुलरा के बाबा' की सहृदयता का 'हलयोग' में निष्प्रभावी होना भारतीय समाज के निर्मम यथार्थ का सशक्त रेखांकन है। 'गुलरा के बाबा' और 'हलयोग' सरीखी कहानियाँ महज रचनात्मक संयोग न होकर मार्कण्डेय की उस कथादृष्टि का भी पता देती हैं जो यथार्थ के कठोर धरातल के उद्‌घाटन के साथ सामाजिक परिवर्तन की आकांक्षी है। 'जूते' कहानी के मनोहर की यह चाहत कि, "मैं बड़ा होकर जरूर एक जूता बनवाऊँगा। चाहे उसके लिए कितना ही काम क्यों न करना पड़े" मेहनतकश दलित समुदाय की इच्छा-अकांक्षाओं पर सदियों से लगे अंकुश को बेपर्दा करती है। डॉ. अम्बेडकर स्वाधीनता आन्दोलन के अभिजन वर्चस्व को जिस सामाजिक धरातल पर प्रश्नांकित करते थे मार्कण्डेय ने अपनी कहानी 'कल्यानमन' में उसे ही स्वाधीन भारत के यथार्थ के रूप में प्रस्तुत किया है। कहानी की दलित पात्र मंगी की ज़ुबानी इसकी अनुगूँज कुछ इस तरह सुनी जा सकती है—"अँखिया त फूट गयी है सुरजियन की कि यह अन्हेर भी नहीं देखते। खेती चमरू करेगा, परताल ठाकुर के नाम से होगी। बीच में पटवारी इधर भी खायेगा उधर से भी खायेगा। अब तो बेभूँय का किसान खाद हो गया है, खाद बस वह खेत बनाता है।" इसी तरह 'भूदान' कहानी में हलवाह रामजतन का अपने खेत के साथ-साथ आजीविका के साधन हलवाही तक का छिन जाना आज़ाद भारत में खेतिहर मजदूर की बेबसी और शासकवर्ग की दुरभिसन्धि का प्रभावी आख्यान बन सकी है। 'आदर्श कुक्कुट-गृह' कहानी में गरीब मुसलमान आबादी को सब्ज़बाग़ दिखाकर बनायी गयी आदर्श कुक्कुट-गृह योजना का सरकारी अमले के द्वारा रमजान के मुर्गों को लज़ीज़ गोश्त में तब्दील कर दिया जाना आज़ाद देश में हाशिये के समाज की वंचना की एक बानगी भर है। आज़ादी के तुरन्त बाद ग्राम्यविकास की योजनाओं और मंसूबों को दबंग भूस्वामियों द्वारा किस तरह साधनविहीनों के विरुद्ध इस्तेमाल किया गया, इसकी एक बानगी 'दौने की पत्तियाँ' कहानी में अत्यन्त प्रभावी रूप में देखी जा सकती है। भूमिहीन श्रमिक भोला को नहर निकालने के नाम पर मेहनत-मशक़्क़त से बनाये ज़मीन के टुकड़े से भी बेदख़ली पर कहानी के अन्त में कहानीकार पाठक से संवाद

करते हुए यह प्रश्न पूछता है—"भाग तो सकता था वह, पर भागा क्यों नहीं? यह आप ख़ुद सोचिये? भूमिहीन-श्रमजीवी भोला, पुलिस, तिवारी जी, इंजीनियर और सरकार की हिरासत में है, इसलिए चोर अथवा ख़ूनी कुछ भी कह सकते हैं उसे, क्योंकि गुलाबी (भोला की पत्नी) के पास तो अब दौने की पत्तियाँ भी नहीं रहीं।"

कहानी के बारे में मार्कण्डेय की सोच थी कि—"...कहानी कल्पना की बुनावट न होकर, जीवन के यथार्थ का अंग बन गयी है। उसके कथानक जीवन की भौतिकताओं की तरह ही कठोर एवं सत्य होने लगे हैं, और उसका शिल्प भी समस्त मानवीय व्यवहार की परम्पराओं का निर्वाह करने लगा है। पहले लेखक कल्पना से कहानी गढ़ता था पर अब कल्पना से उसमें रंग भरता है—यथार्थ को और भी चटख और प्रभावशाली बनाता है।" अपनी इसी सोच के अन्तर्गत मार्कण्डेय कठोर यथार्थ की अभिव्यक्ति जिस रचनात्मक मुहावरे में करते हैं वह सचमुच उनकी मौलिकता है। उदाहरणस्वरूप 'भूदान' कहानी की यह अभिव्यक्ति—"...पूस का महीना है और चमरौटी की गरीबी अलाव के सहारे दाँत किटकिटाती ठिठुर रही है।" मार्कण्डेय उत्तर भारत के ग्राम्यजीवन के आन्तरिक द्रष्टा थे, इसलिए उनकी कहानियों में वैचारिक पक्षधरता के साथ-साथ ग्रामीण जीवन का समूचा कार्यव्यापार-बोली बानी, आचार-व्यवहार, प्रकृति आदि—अपनी सम्पूर्ण कोमलता, कठोरता, सौन्दर्य और कुरूपता के साथ अपनी जीवन्त उपस्थिति दर्ज कराता है। ग्राम्य जीवन के जितने विवरण और बिम्ब मार्कण्डेय की कहानियों में उपलब्ध हैं उतने किसी अन्य स्वातन्त्र्योत्तर हिन्दी कहानीकार में नहीं। "अहा ग्राम्य जीवन भी क्या है" सरीखे नगरीय भावोच्छ्वास में सूराख करती मार्कण्डेय की ग्राम संवेदना जीवन-राग में गहराई से रची-बसी थी। "गउखे में रखी लालटेन भभककर मद्धिम हो गयी थी और दालान में कउड़े का धुआँ भरा हुआ था। बाहर कुहरा बरस रहा था" या पुरवट का यह दृश्य "...नार उठाया और बैल घूमकर माथे पर हो रहे। पहली मोट का पानी गिरा तो ओड़ान में जैसे धुआँ-सा उठा...गड़ारियों से चीऊँ-चीऊँ की आवाज़ निकलने लगी और धूप का सोना पिघलकर सारे सिवान पर फैल गया। मटर के गउजे पौधों पर अब भी ओस काँप रही थी।" जीवन और प्रकृति के विलयन का यह दुर्लभ चित्र मार्कण्डेय की कथा अभिव्यक्ति की अपनी मौलिकता है। 'मधुपुर के सिवान का एक कोना' कहानी जहाँ बँधुवा मज़दूरी की नियति झेलते मुन्नन की व्यथा-कथा है, वहीं यह दलित समाज के बीच प्रतिरोध की चेतना के उभार की भी अभिव्यक्ति है। लेकिन उचित ही मेहनतकश समुदाय की यह चेतना सतही नारेबाजी में परिणत न होकर उनके मानवीय सहकार की सामूहिकता के रूप में प्रस्तुत होती है। अतिरिक्त महत्त्व की बात यह है, कि यह सब ग्राम्यजीवन के जिन सूक्ष्म विवरणों के साथ अभिव्यक्त होता है वह इस कहानी को समाजशास्त्रीय प्रामाणिकता प्रदान करता है। खेती किसानी के पुराने तौर-तरीकों के निःशेष होने और नये चलन की आहटों को सुनते हुए अपनी कहानियों में मार्कण्डेय मानवमूल्यों के क्षरण को भी

कथावस्तु में अनिवार्यतः शामिल करते हैं। उनकी कई कहानियों में बूढ़े बाबा की उपस्थिति इन मूल्यों की ही वाहक है। वे दैन्य और अभाव की यातनाकथा लिखते हुए व्यक्ति के अमानवीयकरण और भावनात्मक स्खलन की उस समूची प्रक्रिया को अनावृत्त करते हैं, जिसकी गिरफ़्त में इन्सान और पशु-पक्षी एक साथ हैं। 'दाना-भूसा' कहानी इसका बेहतरीन उदाहरण है। बाबा नागार्जुन की काव्य-पंक्ति—'बहुत दिनों तक चूल्हा रोया चक्की रही उदास' की तर्ज़ पर भूख और गरीबी का वर्णन इस कहानी में कुछ यूँ है—"घर चारों ओर ऐसा चिकना, साफ़-सूफ कि लगता है, कई दिन पहले लीप-पोतकर छोड़ दिया गया हो या चौका बासन करके घर के प्राणी हफ़्तों पहले कहीं चले गये हों। चारों ओर सघन शान्ति, सिर्फ एक बूढ़ी बिल्ली, जिसके पेट-पीठ सटकर एक हो रहे हैं; पूँछ नीचे किये इधर-उधर रोती हुई घूम रही थी। पहले जो गौरैयों का झुण्ड उतरकर बार-बार राजी का सुखवन खाया करता था और उड़ाने पर फुर्र से उड़कर बखरी की खपरैल पर गुथ जाया करता था, जाने किस देश चला गया। दो दिन से एक नन्हीं-सी गौरैया का बच्चा आँगन में उतरकर चूँ-चूँ करता और उड़ जाता था, पर आज वह भी कहीं दिखायी नहीं पड़ता। नाबदान के बग़ल की ऊँची देहरी, जो उबसन और राख से सनी रहती थी, एकदम धुली और साफ़ पड़ी थी। कहीं-कहीं एकाध मक्खियाँ दिखायी पड़ती थीं, फिर उड़कर ऐसा लोप हो जाती थीं, जैसे उनके बैठने लायक़ यहाँ कुछ है ही नहीं और बखरी के कोने में बँधी बकरी आम की कई दिनों की बासी कउचियों को कूचने का प्रयास करके थक जाने पर मेंअअ करके एक अजीब स्वर में मिमियाती और फिर चुप होकर टहनियों के टुनगों के मुरझाये छिलके को कूँचने लगती।" इसी प्रकार 'बादलों का टुकड़ा' कहानी में भी भूख की यातना और मनोविज्ञान का खुलासा मार्कण्डेय अत्यन्त मार्मिकता के साथ करते हैं। इसके साथ ही 'घुन', 'सोहगइला', 'कानी घोड़ी', 'बीच के लोग', 'गनेशी', 'हल लिये मजूर', 'ब्रह्मदोष', 'बोझ भर राख' आदि कहानियाँ अपनी सम्पूर्णता में ग्रामजीवन के कालपात्र की भूमिका का भी निर्वहन करती हैं।

मार्कण्डेय की जनपक्षधरता वर्गसंघर्ष की सैद्धान्तिकी में रची-पगी होने के साथ-साथ भारतीय समाज में जातिगत शोषण की भूमिका को भी उसकी सम्पूर्णता में रेखांकित करने की कायल थी। 'बीच के लोग' कहानी वर्ण-जाति आधारित उत्पीड़न को वर्गीय संघर्ष में रूपान्तरण की उनकी वैचारिकी का बेहतर उदाहरण है। आज़ादी के बाद की ग्राम कथा कहते हुए जहाँ हाशिये के समाज की अधूरी आज़ादी को लक्ष्य करते हुए दलित बुझावन की जुबानी वे कहते हैं, "कहने को सरकार अछूतों की सहायता करती है लेकिन वह सहायता तब आती है जब दर-दर की ठोकर खाकर, चवन्नियाँ सूद पर पैसा लेकर किताब-कापी सब कर दो और आती भी है तो आधा-तीहा होकर बेमतलब हो जाती है।" लेकिन इस पर सवर्ण समाज की प्रतिक्रिया कहानी के एक अन्य पात्र के शब्दों में कुछ यूँ है—"कभी गाड़ी नाव पर, कभी नाव गाड़ी

पर। वेद-शास्त्र झूठ थोड़े ही कहता है कि कलयुग में कल्की अवतार होगा, हरिजन वेद बाँचेंगे और तुम्हारे जैसे विप्र लत्तड़ की तरह दुवार-दुवार घूमेंगे।'' मार्कण्डेय का कथाकार अपनी वैचारिकता के अनुकूल इन विपरीत सोच से मुक्ति का रास्ता हरखू के शब्दों में यूँ अभिव्यक्त करता है—''ई जो लाल झण्डा पार्टी आयी है, वह वैसे ही आयी है जैसे एक समय आज़ादी की लड़ाई आयी थी।'' इस सबके बरक्स सवर्ण प्रतिरोध कहानी में कुछ यूँ दर्ज होता है—''लगता है, ठाकुर-बाम्हन सब मिल गये हैं और इस गाँव में कब का सुलगता बड़ी-छोटी जात का झगड़ा फन फैलाकर परानपुर को आज डस लेगा।'' स्वाभाविक है कि मार्कण्डेय का जनवाद इन स्थितियों में मुक्ति का रास्ता कुछ यूँ तलाशता—''अच्छा हो कि दुनिया को जस-की-तस बनाये रहनेवाले लोग अगर हमारा साथ नहीं दे सकते तो बीच से हट जायँ, नहीं तो सबसे पहले उन्हीं को हटाना होगा क्योंकि जिस बदलाव के लिए हम रण रोपे हुए हैं, वे उसी को रोके रहना चाहते हैं,'' सम्भव है कि कहानी का यह अन्त कुछ कथा-पारखियों को अधिक मुखर और निष्कर्षात्मक लगे लेकिन यह कीमत चुकाकर भी मार्कण्डेय अपनी प्रतिबद्ध कथादृष्टि से विचलित होने के पक्षधर नहीं थे। यद्यपि मार्कण्डेय स्वयं ''वास्तविकताओं को आरोपण से और रचनात्मक दृष्टि को आग्रहों से मुक्त रखने की रचनाकार की समस्या के प्रति सजग थे।'' इस बारे में उनका कहना है कि—''बेचैनी तो इस बात की है कि परिवर्तन की वह सूक्ष्म और शतमुखी गति, समय के नन्हें-से-नन्हें क्षणांश में कैसे लक्षित की जाय। दृष्टि के सूक्ष्म सन्तुलन को कितना साधा जाय कि परिवर्तन की दिशा हमेशा दिखायी देती रहे।'' 'बीच के लोग' कहानी को किंचित् विस्तार से चर्चा करने का अभिप्राय यहाँ यह समझना भी है कि मार्कण्डेय इस कहानी के माध्यम से वर्गीय दृष्टि की उस रिक्ति की भरपायी भी करते हैं जिसके अन्तर्गत प्रायः जाति-आधारित सामाजिक संरचना की अनदेखी की जाती रही है। उल्लेखनीय यह भी है कि उन्होंने यह सब तब किया जब न दलित-विमर्श चर्चा में था और न साहित्य की अम्बेडकरवादी दृष्टि ही। 'बीच के लोग' कहानी भारतीय सामाजिक परिस्थितियों में मार्क्स और अम्बेडकर की चिन्ता के कथात्मक रूपान्तर के रूप में भी पढ़ी जानी चाहिए। कहना न होगा कि बिना वर्ग और वर्ण से मुक्त हुए इस कहानी का लिखा जाना मार्कण्डेय जैसे कथाकार के लिए सम्भव नहीं था क्योंकि उनकी पारिवारिक पृष्ठभूमि उच्चवर्णीय होने के साथ-साथ एक सम्पन्न उच्चवर्गीय भी थी।

मार्कण्डेय की जन-प्रतिबद्ध कथा दृष्टि ग्रामीण और नगरीय यथार्थ के स्थूल विभाजन की पक्षधर नहीं थी। उनका कहना था, कि ''गाँव की कहानी लिखना ही कलात्मक माध्यम की नयी खोज नहीं कहा जा सकता, बल्कि गाँव के जीवन में नयी दृष्टि का समावेश करना तथा वहाँ के जीवन की परिवर्तित दिशा को पुरानी पीठिका में देख पाना ही नयी कहानी के सृजन में सहायक हो सकता है। शहरी, सुकुमार कन्या को गृह-कार्यों में व्यस्त, रुखड़ी और श्रमिक किसान बाला के हृदय में बिठाकर, गाँव

की नयी कहानी का सृजन नहीं हो सकता अथवा बोली के शब्दों के बेमेल पैबन्द लगाकर, भाषा के ज़ोर पर, कोई किसान की कठोर ज़िन्दगी का संवेद्य धरातल नहीं छू सकता। उसके आदर्शों को देख पाने के लिए लेखक में पैनी दृष्टि और अनुभव की गहराई के साथ उसकी सामाजिक परिस्थितियों को सही दृष्टि से देखने की क्षमता भी आवश्यक है। इसलिए कथानक की मौलिकता अथवा कथा की सफलता जाँचने के लिए गाँव-शहर में बाँटकर, कहानी के खाते बनाना उचित नहीं जान पड़ता।'' गाँव-शहर के भौगोलिक बँटवारे न करने के परिणामस्वरूप ही मार्कण्डेय 'दूध और दवा' जैसी कहानी लिख सके जो पुरुष सत्ता और महाजनी सत्ता को एक साथ प्रश्नांकित करती है। इस कहानी में स्त्री की सोच पुरुष सत्ता के शीशमहल को कुछ यूँ तोड़ती है, ''...तुमने घर को इसलिए स्वर्ग बना रखा है कि तुम्हारी बीबी तुम्हारी कमायी खाती है और एक खरीदे हुए दास से भी बदतर ढंग से तुम्हारी सेवा करती है। तुम्हें अगर यह पता लग जाय कि वह तुम्हें नहीं किसी और को चाहती है, तो तुम हवा में नजर आते हो, क्योंकि तुम्हें अपने से ज़्यादा अपने पैसों पर भरोसा है। यही एक पुरानी टकौरी है तुम्हारे पास।'' स्त्री पराधीनता को लेकर मार्कण्डेय की निगाह वहाँ तक जाती है जहाँ कई लोग नहीं देख पाते हैं। वे खाते-पीते ग्रामीण परिवारों की उस स्त्री की बेबसी को भी दर्ज करते हैं, जो बतर्ज़ कहानी 'बीच के लोग' ''घर से अनाज चुराकर सहुआ की दुकान बेचने गयी और घर पर खबर हो गयी।'' नगरीय परिदृश्य लिये 'मिस शान्ता' कहानी में मार्कण्डेय स्त्री के व्यक्तित्वान्तरण को पुरुष लम्पटता के समान्तर जिस तरह कथात्मक बनाते हैं वह स्त्री-विरोधी उस पुरुष दृष्टि का खुलासा करती है जो स्त्री को भोग्या से अधिक का दर्जा नहीं देती। 'वासवी की माँ' कहानी इसी भोगवादी पुरुष दृष्टि से स्त्री मुक्ति की चाहत को अभिव्यक्त करती है। मार्कण्डेय की स्त्रीदृष्टि को 'कहानी के लिए नारी पात्र चाहिए' शीर्षक कहानी द्वारा बेहतर ढंग से समझा जा सकता है। पाठक से संवाद करती यह कहानी स्त्री को लेकर उस सामाजिक अनुकूलन को प्रश्नांकित करती है, जो उसे बनी-बनायी छवि के पार नहीं देखना चाहती। मार्कण्डेय व्यक्तित्व सम्पन्न नयी नारी का सृजन करते हुए इस कहानी में अपना लेखकीय पक्ष इन शब्दों में अत्यन्त साफगोई के साथ प्रस्तुत करते हैं—''यह सारे-के-सारे न जाने कितने नारी पात्र, पर एक भी मेरे वश के नहीं हैं, क्योंकि इनका अपना निजी अस्तित्व है। ये स्वतन्त्र हैं, इन्हें मेरे दिमाग़ ने नहीं बल्कि इन्होंने मेरे दिमाग़ को बनाया है।'' दरअसल मार्कण्डेय अपनी यथार्थवादी कथादृष्टि के चलते स्त्री को उस अग्रगामी भूमिका में रूपान्तरित होते देखना चाहते थे जो उसे सीता, सावित्री या भोग्या की छवि से मुक्त कर 'मन, प्राण और शरीर' से स्वतन्त्रचेता व्यक्तित्व के रूप में प्रस्तुत कर सके। इस दृष्टि से 'प्रिया सैनी' कहानी उनकी स्त्री-वैचारिकी का घोषणा-पत्र ही है। मार्कण्डेय की इस सबसे लम्बी कहानी में स्त्री प्रश्नों का व्यापक फलक समाहित है। प्रेम कहानी का ताना-बाना लिये कहानी की केन्द्रीय पात्र प्रिया सैनी पतनशील भोगवादी लोभ-

लालच के बरक्स अभाव व संघर्षों की उस दुनिया का वरण करती है जहाँ उसका स्वतन्त्र व्यक्तित्व बचा रह सके। कहा जा सकता है कि 'प्रिया सैनी' या 'मिस शान्ता' सरीखे स्त्री चरित्रों को मार्कण्डेय जीवन से न उठाकर, निर्मित करते हैं। लेकिन यह करते हुए न तो वह रचनात्मक चेतना के मूल केन्द्र से अपकेन्द्रित होते हैं और न ही सरलीकृत नारेबाजी या कुत्सित सामाजिक चेतना के शिकार होते हैं।

कहना न होगा कि लगभग अर्द्धशताब्दी का विस्तार लिये अपने विपुल कथा-संसार में मार्कण्डेय ने जितने दलित, स्त्री, किसान, अल्पसंख्यक और हाशिये के समाज के पात्रों को उनकी सामाजिक पृष्ठभूमि और सजग चेतना के साथ प्रस्तुत किया है, वह प्रेमचन्द की कथा-परम्परा का नवीनीकरण और विस्तार है। मार्कण्डेय की सम्पूर्ण कहानियों का यह संग्रह हिन्दी समाज की वह मुकम्मल तस्वीर पेश करता है जिसमें साहित्य और समाज अन्योन्याश्रित हैं। आस्वादपरकता के बरक्स ये कहानियाँ महज़ सफलता की ही नहीं बल्कि सार्थकता की कसौटी की भी माँग करती हैं। इन कहानियों का पढ़ा जाना मार्कण्डेय के कथा सरोकारों के साथ-साथ उनके समय और समाज को जानना भी है। दमकते भारत के बरक्स ये कहानियाँ अँधेरे के भारत का साक्ष्य भी हैं। मार्कण्डेय की सम्पूर्ण कहानियों के इस संग्रह के प्रकाशन के लिए लोकभारती प्रकाशन, आमोद महेश्वरी और मार्कण्डेय के आत्मीय मित्र रमेश ग्रोवर का हृदय से आभार जिनकी लगन, अथक प्रयासों और परिश्रम के बिना यह पुस्तक इस रूप में सम्भव न थी।

—वीरेन्द्र यादव

सी-855, इन्दिरा नगर,
लखनऊ-226016
मो. : 9415371872

दो शब्द

'मार्कण्डेय की सम्पूर्ण कहानियाँ' पहली बार लोकभारती से छप रही है। इसके पहले 'मार्कण्डेय की कहानियाँ' लोकभारती से ही 2002 में छपी थी। जिसका दूसरा संस्करण 2010 ई. में आया। इसमें पूर्व प्रकाशित सात संग्रह की कहानियाँ यथाक्रम से रखी गयी थीं। मार्कण्डेय के यह संग्रह क्रमशः 'पान फूल' जुलाई 1954 नव हिन्द प्रकाशन हैदराबाद, 'महुए का पेड़' दिसम्बर 1955, नया साहित्य प्रकाशन, इलाहाबाद, 'हंसा जाई अकेला' 1956, नया साहित्य प्रकाशन, इलाहाबाद, 'भूदान' 1959, नया साहित्य प्रकाशन इलाहाबाद, 'सहज और शुभ' 1960, नया साहित्य प्रकाशन, इलाहाबाद, 'माही' 1964 नया साहित्य प्रकाशन, इलाहाबाद तथा 'बीच के लोग' जून 1975, नया साहित्य प्रकाशन, इलाहाबाद। मार्कण्डेय की कहानियों का आठवाँ संग्रह उनकी मृत्यु के बाद 'हलयोग' नाम से 2012 में लोकभारती प्रकाशन, इलाहाबाद से आया। इन्हीं आठ संग्रहों की कहानियाँ अब सम्पूर्ण कहानियाँ में संकलित हैं।

'पान-फूल' के बाद में जो संस्करण आये, वे नया साहित्य प्रकाशन, इलाहाबाद से जून 1957 और फरवरी 1961 में छपे। इसके अलावा स्त्री चरित्रों पर केन्द्रित कहानियों के अलग से भी पाकेट बुक संस्करण नया साहित्य प्रकाशन से छपे, जिसमे बिंदी, मार्च 1961, नारी पात्र चाहिए, मार्च 1961 तथा तारों का गुच्छा, जनवरी 1961 में प्रकाशित हुए।

मार्कण्डेय की पहली कहानी जो किसी साहित्यिक पत्रिका में छपी वह 'गुलरा के बाबा' थी जो 'कल्पना' पत्रिका में 1951 ई. में पहले स्थान पर छपी। छपने से पहले इलाहाबाद विश्वविद्यालय के हिन्दी विभाग में इस पर गोष्ठी आयोजित की गयी थी। 'पान फूल' कहानी भी कल्पना में छपी। पानफूल संग्रह पर तीन समीक्षाएँ क्रमशः प्रकाश चन्द्र गुप्त, धर्मवीर भारती और श्रीपत राय द्वारा लिखी गयी 'कल्पना' में एक साथ छपी।

मार्कण्डेय ने कहानियाँ लिखना 1948 ई. में ही शुरू कर दिया था। उनकी पहली लिखी कहानी 'गरीबों की बस्ती' है, जो भारत विभाजन के बाद बंगाल में हुए दंगों के पार्श्व में लिखी गयी एक त्रासद प्रेम कहानी है। इसी साल उन्होंने तेलंगाना के किसान

संघर्ष पर 'रक्तदान' शीर्षक से कहानी लिखी। ये कहानियाँ 'आज', 'भारत' आदि अख़बारों के साप्ताहिक में छपीं। मार्कण्डेय की इन कहानियों से गुजर कर आज़ादी के तुरन्त बाद की सामाजिक-राजनीतिक वास्तविकता का प्रामाणिक परिचय पाया जा सकता है।

यहाँ दी जा रही कहानियाँ उसी क्रम में हैं, जिस क्रम में वे कहानी-संग्रह में छपी थीं। भूमिकाएँ एक साथ यथाशीर्षक से किताब के अन्त में कहानियों के बाद दी जा रही हैं। ऐसा कहानियों और पाठक के बीच के आस्वाद-प्रवाह को ध्यान में रखकर किया गया है। मार्कण्डेय नयी कहानी के सिद्धान्तकारों में भी थे। उन्होंने नयी कहानी के सिद्धान्त पक्ष को स्पष्ट करने के क्रम में अपने कहानी संग्रहों की भूमिकाएँ लिखीं। नयी कहानी के उद्‌भव और विकास को जानने के लिए यह भूमिकाएँ एक आधार सामग्री की तरह हैं। इसमें 'हंसा जाई अकेला', 'भूदान', 'सहज और शुभ' की लिखी भूमिका उल्लेखनीय है। शोधार्थियों, अध्येताओं और अकादमिक महत्त्व को विचार करते हुए इसे एक साथ अलग से रखा गया है।

—दुर्गा प्रसाद सिंह

अनुक्रम

गुलरा के बाबा

"कवन है रे वह सरपत काट रहा?" बाबा ने अमिलहवा के नीचे खड़े होकर अपनी लाठी कन्धे से उतारते हुए कहा। आवाज़ सारी गुलरा में गूँज गयी। बड़ी गम्भीर और बड़ी बुलन्द आवाज़ थी वह; अनजान आदमी तो एक बार डर जाय और चिरइ-चुरमुन भी पेड़ों पर से उड़ पड़ें। गुलरा की इस आमों की बगिया का एक-एक जीव, एक-एक पत्ता बाबा के इस गर्जन से परिचित है। क्यों न हो, बाबा रात-दिन इन्हीं पेड़ों की सेवा-सत्कार में तो लगे रहते हैं।

पर बाबा की पुकार का कोई असर नहीं हुआ। उन्होंने एक बार नीचे सिर किया और अपने उघरे शरीर को देखा, चमड़े झूल गये थे और उन पर बेशुमार झुर्रियाँ पड़ गयी थीं। पूरे पचहथे जवान, भींट ऐसी छाती और हाथी की सूँड़ जैसे हाथ, बड़ी-बड़ी तेज़ आँखें; लोग हनुमान कहते थे बाबा को, हनुमान! मेले-ठेले में अपने पिता गंजन सिंह के लिए रास्ता बनाने का काम बाबा ही करते थे। बड़ी-बड़ी भीड़ को पानी की काई की तरह इधर-उधर कर देना उनके लिए कोई विशेष बात न थी। बखरी में खाने घुसते समय बिटियों-पतोहुओं को जता देना तो ज़रूरी होता न! बाबा दालान ही में से खाँसते और सारी बखरियों के कुत्ते मारे डर के भागकर बाहर हो जाते।

बाबा के दिल को धक्का लगा। वे गुलरा के बाबा कहे जाते हैं; इतना बड़ा जंगल और बाग़ उनके ही ऊपर तो छोड़ रखा है परिवारवालों ने, और यहाँ दस कोस में कौन नहीं जानता इसे...उनका आहत अभिमान नयी भाषा में बोला—बुढ़ापे के एहसास के कारण—और क्रोध की हलकी गर्मी उनके शरीर में दौड़ गयी। उन्होंने बग़ल में देखा, लेहसुनवाँ में नये गोंफे आ गये थे, शायद इस साल इसमें बौर भी आ जायँ, और फिर धीरे-धीरे उस हिलती सरपत की ओर चल पड़े।

चैतू अहीर था—पूरा चेलिक; क़रीब चौबीस-पचीस का, काला मजीठ शरीर, जैसे कोल्हू की जाट। इसी ने तो बनारस के मशहूर पहलवान झग्गा को पटक दिया—केवल दो ही मिनट में।

चैतू बाबा को देखकर रुक गया।

"सलाम ठाकुर!"

"ख़ुश रहो चैतू; लेकिन तुम यह क्या कर रहे हो?"

"सरपत काट रहे हैं ठाकुर!"

"अच्छा कल से मत काटना!"

"ऐसे ही काटूँगा।" और चैतू लटककर हँसिया चलाने लगा।

"यह बात नहीं चैतू!" बाबा सागर की-सी गहराई से कहते गये, "मैं तुम्हारी बातें समझ रहा हूँ। अपने दो-एक संगी-साथियों और बूढ़-पुरनियों को भी बुलाये आना— यहीं; यदि तुम मेरा गट्ठा टेढ़ा कर दोगे, तो मैं कभी ज़बान नहीं खोलूँगा और यदि नहीं, तो तुम कल से यहाँ दिखायी न पड़ना?"

चैतू कटी-कटाई सरपत छोड़कर चला गया। दूसरे दिन बाबा सभी भाई, कुछ गाँव के तमाशबीन और चैतू के अपने संगी-साथी; खासी भीड़ हो गयी थी। बाबा ने बाँह फैला दी बीते भर नीचे तक झुर्रीदार चमड़ा लटक गया और चैतू ने दाँत पीस-पीसकर ज़ोर लगाया—माथे पर पसीना हो आया, पर बाबा का हाथ टस-से-मस न हुआ।

किसी ने कहा, "बस चैतू, अब तुम अपना हाथ फैलाओ!" चैतू ने हाथ फैलाया और बाबा ने बच्चे की तरह उसे मरोड़कर दबा दिया। चैतू चिचिया उठा। बाबा ने छोड़ दिया।

बाबा के छोटे भाई देवी सिंह बड़े लठैत थे। उनसे चैतू की यह धृष्टता देखी नहीं जा रही थी, पर बाबा ने कहा, "ऐसा मत करो।" और अब, जब वह हार गया, तो वे एकाएक उबल पड़े, "कहो तो दे दूँ दो बाँस साले की पीठ पर!" बाबा ने देवी सिंह को डाँटा। वे सिटपिटा गये। चारों ओर बाबा के पौरुष की तारीफ़ें होने लगीं, पर वे जैसे उदास हो गये थे।

फागुन के दूसरे पखवारे के थोड़े ही दिन बाक़ी थे—दिन को सुनहली धूप, शाम को अबीरी आकाश और रात को रुपहली, टहकी चाँदनी—खलिहान जौ-गेहूँ के डाँठ से खचाखच भरे हुए। हवा भी चिबोला करती है न! बकरिदिया ठाकुर के घर से नह काटकर लौट रही थी—फगुनहट का झोंका आया और आँचल उड़ाकर चला गया— "शरमा गयी बकरीदा! इसमें क्या बात है जी, फागुन में बाबा देवर लागें!" देवकी पण्डित ने आज ख़ूब छान ली थी!

"भौजी ने मेरी सिलिक की कमीज़ रद्द कर दी।" नन्हकुआ मुस्कराता जा रहा था और हाथ से कमीज़ सुखा रहा था।

"जीता-बो आज ख़ूब फँसी। बड़ी उस्ताद बनती थी न! आज पड़ गया सुधुआ से पाला, कलाई मरोड़कर रंग का लोटा छीन लिया और ख़ूब नहलाकर गालों पर ऐसी रोली मली कि बच्ची को छट्ठी का दूध याद आ गया।"

"बड़ा बुरा किया—राम! राम!! कुनरू-ऐसे गाल इतने ज़ोर से मलने के लिए थोड़े ही हैं।" रामदीन खाँसते हुए बोले और खटिया पर करवट बदल ली। पारस ने मुँह बनाते हुए जवाब दिया, "बुढ़ापा आ गया, लेकिन लत न छूटी। मरते-मरते जीभ में कीड़े पड़ जायेंगे बाबा! अिब तो मान जाओ, आख़िरी समा में!"

गुलरा के पलासों पर तो फागुन उतर आया था, अजब का फूल होता है—लाल टेस; और टहनियाँ काली या चितकबरी बि-पत्तियों की। शाम की किरणें रोज़ उन पर

थम जाती हैं और आम की बगिया की साँवरी छाँह जैसे उसकी ललछहट में एक खैरी-मटमैली रेखा से बँट जाती है। बाबा एकटक नीचे देख रहे हैं—गोमती की तलहटी में—पछुवा का वेग, पानी की लहरें और उसमें पड़ती हुई सुनहली रेखाएँ और पलास की छायाएँ। बसहटा चारपाई, हुक्का-चिलम, फरसा-कुदार, गगरी और बाँस की पुरानी लाठी—सब एक नन्हीं-सी मड़इया में। सुखई चिलम भर देता जा रहा है—बाबा का चेला है, अखाड़े का—बड़ा गठीला ज्वान। बाबा ने अपनी सब पेंच इसी को सिखायी—पट्ट तो इतना रवाँ है कि एक बार गामा को भी उठाकर फेंक दे।

सुखई ने चिलम पर दम लगाते हुए कहा, "बाबा! आज मनकिया भी आ गयी। अब तो छे रण्डियाँ हो गयीं, मुदा चमेलिया जैसी गानेवाली..." बाबा की आँखें जैसे पलास के फूलों में धँस गयी हों। दिन की उदासी जैसे घनीभूत होकर गुलरा के झपसे आमों की डाल पर बैठ गयी हो।

चमेलिया बचपन से आती। इस गाँव में फागुन के छै दिन ठाकुर के चबूतरे पर तबला ठनकता ही रह जाता। एक नहीं दस-दस रण्डियाँ आतीं।

उस समय बाबा बच्चे थे। बड़े ठाकुर के चौथे-पाँचवें पुत्र थे शायद और ठाकुर के साथ महफ़िल में बैठते! एक दिन खेलते-खेलते गये और पतुरिया की नन्हीं बच्ची के कुर्ते की छोर पकड़कर खींचने लगे, "अभी से सीख रहा है!" किसी ने ठहाका मारा और लड़की चिल्लाकर रोने लगी। चमेलिया बाबा के साथ ही जवान हुई और उसने अपनी माँ की गद्दी को जगाये रखा।

उसका स्वर, उसका रूप और उसके पाँवों की थिरकन लोगों को मोह लेती थी, और जब बाबा होते, तब क्या पूछना! जैसे उसके पैरों में पंछियोंवाले पंख जुड़ गये हों। वह पुरानी कहानी बाबा भी जानते थे और चमेलिया भी, पर बाबा की भौंहें कभी टेढ़ी नही हुईं, और चमेलिया कभी हारी नहीं।

जाते समय इनाम के बाद भी बाबा से रुपये माँगना—ज़रूरत न रहने पर भी। "रुपये ले जा चमेली! पर इसे क़र्ज़ समझना!" चमेलिया एक तीखी हँसी हँसती, जैसे वासना का जीवित स्वर उसके कण्ठ में उतर आया हो। उसकी आँखें, चेहरा; सब दमदमा उठते पर बाबा स्थिर और गम्भीर! उनके उन्नत वक्षस्थल पर बनी हुई, कड़ी-कड़ी मांसपेशियाँ और बलिष्ठ भुजाएँ, जैसे सींक से छू दो तो ख़ून आ जाय, और चमेलिया उसे देखती-देखती चली जाती।

उस साल वह जा ही तो रही थी, पर रास्ते के लिए इतना सिंगारपटार, जैसे मेनका धरती पर उतर आयी हो। लम्बा, छरहरा, सुडौल बदन और कुल बीस वर्ष की उमर; चमेलिया बाबा का क़र्ज़ चुकाना ही चाहती थी। गुलरा केराकत स्टेशन के रास्ते में पड़ता है। 'समाजी' घाट पर चले गये और चमेलिया बगिया में घुसी। बाबा कसरत करके पसीना सुखा रहे थे। खटिया रेत पर पड़ी थी। रोशनी सँवरा गयी थी। थोड़ी ही देर में रात होगी और बाबा घर खाने जायेंगे पर एकाएक नूपुर की आवाज़—बाबा ने गरदन घुमायी, "चमेलिया, तुम यहाँ!"

"हाँ, क़र्ज़ चुकाने आयी हूँ।" आम्रपाली आम की बगिया में उतर आयी, पर बुद्ध का वहाँ कोई शिष्य नहीं था वर्ना आँख पर पट्टी बाँध लेने के लिए कह देते। "मैंने कभी तगादा किया था!"

"फिर भी वह क़र्ज़ तो है!" कहकर वह मुस्करायी—एक मोहभरी मुस्कान की रोशनी बिखर गयी। बाबा कपड़े नहीं पहने थे। एकाएक ध्यान गया। बढ़कर धोती उठाना चाहते थे पर उसने लपककर धोती उठा ली और कसकर सीने में दबोचकर एकटक बाबा की ओर देखने लगी—बड़ी तेज़ आँखें थीं—कटार की तरह।

"मुझे देखने भी न दोगे!"

नीचे से ऊपर तक जैसे साँचे में गढ़ा शरीर—मँसें भीन ही रही थीं, एक अजीब कसाव और ऐंठन!

"मैंने ऐसा शरीर नहीं देखा है।" उसने अपनी आँखें तिरछी करते हुए कहा। अचूक आँखें थीं ये—नेह से छलछलायी हुई।

बाबा नीचे सिर किये ही हँसे, "ऐसे उरिन नहीं होने की चमेली!"

चमेलिया के चेहरे पर पराजय की हिंसा चमकी। एक तेज़, एक जोश उसकी आँखों में उतर आया—बिलकुल अनदेखा; वह सारी शक्ति लगा देगी।

बढ़कर बाबा के पैरों के पास बैठ गयी। नंगी, तेल की चुपड़ी-चिकनी जाँघों पर नरम-नरम गाल घिस दिये। हाथों से कमर पकड़ ली। गरम कड़ी-कड़ी छातियों में पिण्डलियाँ कस लीं, पर बाबा चुप तो चुप। उनके तीसरा नेत्र नहीं था वरना शंकर की तरह आज काम को जला देने की ठान लेते, पर चमेलिया स्त्री थी, स्त्री पर हाथ उठाना? यह बाबा से नहीं हो सकता था।

"जा चमेलिया तेरी आँखों का दोष मिट जायगा।" बाबा ने बड़ी उदासी से कहा। चमेलिया की आँखें चकरा गयीं। उसका रोयाँ-रोयाँ काँप गया। आँखों का दोष मिट जायगा? वेश्या की आँखों का दोष?

और चमेलिया उसी साल अन्धी हो गयी।

सुखई ने मौन तोड़ा।

"अब तो देर हो रही है बाबा!"

"हाँ रे, मैं तो भूल ही गया था कि घर भी चलना है।" बाबा ने एक फीकी हँसी हँसते हुए कहा।

रात काफ़ी बीत चुकी थी। बगिया में घना अँधेरा छा गया था। एकाएक बाबा को आम की सोर से ठोकर लग गयी।

—बाबा को ठोकर कभी नहीं लगती थी गुलरा में, सुखई सोचते-सोचते कहने लगा, "बाबा! यह वही पेड़ है, याद है न?"

"याद हैं सुखइया। ग़ज़ब की सिल्ली थी इसकी। अभी तक इसकी खुत्थियाँ बची ही रह गयी हैं!"

कई वर्ष पहले की बात है, जब बड़की बखरी बन रही थी। गर्मी का महीना—आराकस लगे थे। अकेलवा आम कटा था। काँड़ियाँ चीरी जाने को थीं। सिल्ली अहार कर ठीक कर ली गयी थी। गढ़ा खोदकर तैयार था। दस आराकस और आठ चरवाहे और लोहार—कुल मिलाकर अठारह। हलाकान हो गये बेचारे—एड़ी का पसीना चोटी पर पहुँच गया, पर सिल्ली टस- से-मस न हुई। आख़िर थककर बैठ गये। बाबा रस-दाना करके गुलरा आ रहे थे—पूछा, "क्या रे, पेड़िया नहीं चढ़ी?"

"यह जुम्मिस भी नहीं खा रही है बाबा! आओ, आपके साथ भी ज़ोर लगाकर देख लें।"

सब उठ खड़े हुए। बाबा के साथ यही सुखइया था—कुल सोलह वर्ष का और एक बारह वर्ष का छोकरा गड़ेरिया।

बाबा ने बड़ी स्थिरता से कहा, "अब तुम लोग बैठो ही। देखो हम तीनों कुछ कर सकते हैं?"

बाबा ने सिल्ली का माथा थामा। ऊपर को उठाया और झटका देकर उसे हाथों पर रोक लिया, दोनों लड़के इधर-उधर; एक बार और ज़ोर लगा। बाबा ने कहा, "जीओ मेरे बेटो!" और दूसरे झटके में सिल्ली खड़ी हो गयी।

आराकस सन्न रह गये। बाबा को भी कुछ पसीना हो आया। उन्होंने कहा, "आड़ लगाकर चीरो!" और तनिक दूर हटकर लेहसुनवाँ की छाया में बैठ गये। दोनों लड़के भी वहीं छहाँने लगे।

सब-के-सब—आराकस और लोहार बाबा के पास पहुँचे। उनमें एक लोहार था—लड़ता-भिड़ता भी था। कहने लगा, "बाबा, बड़ा ज़ोर है आपके गट्टे में!"

बाबा हँसे, "अरे, यह मेरा ज़ोर नहीं, यह तो सुखइया और नगइया का है।"

बच्चे हँस पड़े। लोहार ने कहा, "नहीं बाबा, ये सब बच्चे हैं, क्या ज़ोर लगायेंगे।"

बाबा ने कहा, "बात मानो, यह उन्हीं का ज़ोर है।"

फिर लोहार ने हँसते हुए सिर हिलाया।

"अच्छा, तो फिर तुम उससे कुश्ती लड़कर देख लो!" बाबा ने वैसे ही कहा और दोनों की कुश्ती हो गयी। हाथ मिला और फिर दूसरे ही क्षण सुखइया लोहार के सीने पर था।

बाबा हँसे। लोहार शरमा गया। "सचमुच इन सबों में ज़ोर है।" लोहार फुसफुसाया और उठकर सब काम पर चले गये। बाबा देर तक हँसते रहे।

बाबा चौके में चले गये थे। थाली परसी जा चुकी थी, तब तक देवी सिंह एकाएक घर में घुसे।

बाबा ने उनकी ओर देखा, "क्या नाच बन्द हो गयी?"

"नहीं तो। अरे चौतुआ साले की टाँग टूट गयी। ख़बर लगी, हम लोग उठकर पता लगाने चले गये।"

"क्या कहा?" बाबा जैसे भौंचक्के-से हो गये।

"अरे गरूर का नतीजा यही होता है। गट्टा टेढ़ा करने आया था न ठाकुर का! अब इन कमीनों की हिम्मत इतनी हो गयी?" देवी सिंह ने मुँह बनाते हुए कहा।

बाबा बिगड़ गये, "तुम्हें ज़िन्दगी-भर तमीज़ नहीं होगी, आख़िर कैसे टूटी टाँग?"

"जाके देख क्यों नहीं आते बड़ी मोह है तो, वह तो टूटनी ही थी। आज अखाड़े में टूटी, कल हम लोगों की लाठी से टूटती। गुलरा से सरपत न काटने गया था!"

थाली परसी रही; पर बाबा रुके नहीं। वे यह काम तो जानते हैं—कितनी दूर-दूर के लोग उनके यहाँ हड्डियाँ बैठवाने आते हैं? और दौड़कर मन्ना साव की दुकान पर पहुँचे—"आमाहल्दी, चोट मुसब्बर, सेतखरी"—पुड़िया बँध गयी। बाबा लेकर दौड़े। चाँदनी पिघलकर धरती पर पसर गयी थी। हवा के झोंके इस ओर से उस ओर चले जाते थे—बुढ़ाई का समय, अब कहाँ है वह चाल?—बाबा सोचने लगे—कितना अच्छा लड़ैत है। उस दिन कितना ज़ोर लगाता था। झग्गा कोई मामूली पहलवान थोड़े ही है—दो मिनट में उसे दे मारा। अब तो गाँव का नाम यही रखे है।

चैतू का घर आ गया। बाबा थककर चूर हो गये थे। साँस बढ़ गयी थी। तनिक थमकर देखने लगे—लोग घेरे थे और चैतू ज़मीन पर पड़ा तड़फड़ा रहा था। टाँग कमर के पासवाले जोड़ से सरक गयी थी। सब लोग हट गये। बाबा ने हाथ लगाया—"थोड़ा तेल तो लाओ और यह दवाई ज़रा पीस लेना।" उन्होंने देखा, चोट बड़ी बेतुकी थी। चैतू को पट्ट सुला दिया, फिर तेल लगाकर माँजते-माँजते एकाएक पैर लगाकर उन्होंने चैतू की टाँगें हाथ से उठा दीं। चट की आवाज़ हुई और चोट ठीक हो गयी, हड्डी बैठ गयी! बाबा ने दवा गरम करवायी और चोट पर बाँध दिया।

चैतू होश में आ गया था, उसकी माँ और बीवी दोनों एकटक बाबा को देखकर रो रही थीं—ख़ुशी के मारे। चैतू ने भी देखा—आँखें मुलमुलायीं, फिर एकाएक बोल उठा, "बाबा!" और उसकी आँखों से आँसू बहने लगे। बाबा ने उसका सिर अपनी जाँघ पर टिका लिया। इधर-उधर देखा। चैतू का छप्पर टूटा पड़ा था। बखरी का ओसार भी छान्ह का ही बना था—वह भी सड़ गया था।

बड़े सबेरे जब पलाशों की लाली पर सूरज की किरणें एक-एक कर उतर रही थीं—गुलरा की सरपत में पचीस मज़दूर लगे थे—कटाई हो रही थी।

सुखई ने पूछा, "क्या होगी सरपत, बाबा?"

"चौतुआ की छान्ह टूट गयी है रे!" बाबा ने उत्साह से कहा।

वासवी की माँ

"वासवी मेरा ही नाम है। मेरे पिता जी व्यापारी हैं, पर उन्हें कला से बड़ा लगाव है। पहले वे मुझे बसन्तलतिका कहकर पुकारा करते थे, फिर उन्होंने वासन्ती कहना शुरू किया और अब वासवी कहते हैं। साहित्य और चित्र-कला में उनकी बड़ी अभिरुचि है। व्यापार के समय के बाद प्रायः वे पुस्तकें पढ़ा करते हैं। कभी-कभी लम्बे-लम्बे बालों और सूखे आम के से चिचुके चेहरेवाले लोग भी हमारे यहाँ आते हैं, जो हँसते कम हैं; कुछ खोये-खोये से रहते हैं और पिता जी को चित्र देकर उनसे रुपये ले जाते हैं।"

"पिता जी को निरुद्देश्य सूनी जगहों में घूमने का भी बड़ा शौक है! प्रायः मुझे भी वे साथ रखते हैं। बनारस में गंगा के ठीक कगार के ऊपर मेरा घर है। उसके नीचे दरेर कर बहती हुई, पानी की तेज़ धार जो लुढ़कती हुई अनजान मंज़िल की ओर भागी चली जा रही है, मेरे मनोरंजन, चिढ़ और उदासीनता के लिए काफ़ी है। इसके अलावा मेरे दूसरे साथियों में; मेरे घर की रसोइया सीता और मेरे पिता जी का चित्र-संग्रह है!"

"रसोइया अधेड़ उम्र की पढ़ी-लिखी विधवा ब्राह्मणी हैं। पर उसमें मसखरापन बहुत है! इधर कुछ दिनों से वह मेरी स्लेटी जारजट की साड़ी में टके हुए जरी के गोटे और सीधे-सादे ब्लाउज की लम्बी बाँहों पर रह-रहकर लट्टू हो जाती है, और कभी-कभी मेरे लम्बे, धुले हुए सूखे बालों में अपनी अँगुलियाँ दौड़ाने को बेचौन हो उठती है। जब कभी जिद करके वह मेरे बालों को काढ़ने बैठती है, तो थोड़ी देर बाद मेरे सिर को अपने सीने से चिपका लेती है, और उसके मांसल, किन्तु गर्म हाथ मेरे माथे पर चिपक जाते हैं! मैं भी जैसे किसी रंगीन और अनुभूति—विशिष्ट भावधारा में बहने लगती हूँ और एकाएक मेरे सामने गंगा की लहरों का थिरकता हुआ प्रवाहमय जल, अजीब रंगरलियाँ उपस्थित कर देता है, और उसमें अनेक नन्हीं-नन्हीं डोंगियाँ—जिनमें ख़ुश किलकारी मारते हुए बच्चे, स्त्री-पुरुष मेरी आँखों में आकँर टिक जाते हैं। इस क्षणिक स्वप्न के टूटते ही, जब मैं उलटकर सीता का मुख देखती हूँ, तो उस पर न जाने कहाँ की विषादमय रेखाएँ, अनगिन शाखाओं के साथ फैली हुई नज़र आने लगती हैं, और उसकी काली-काली पुतलियाँ जैसे किसी घने-भूरे कुहरे के भीतर से किसी दूर की मटमैली चित्रावली की ओर टिकी जान पड़ने लगती हैं। जब मैं पूछती हूँ, 'क्या बात है

सीता?' तो वह उठकर खिड़की के पास जा खड़ी होती है, और ख़ामोशी से देर तक नीचे देखती-देखती, फिर अपने काम में लग जाती है।''

''यद्यपि सीता की इस रहस्यात्मक उदासी से मुझे दुःख होता है, पर सीता का रूप न जाने क्यों मुझे बहुत सुहावना और भावमय लगता है—जिसमें वह घर की नौकरानी ही नहीं बल्कि एक अत्यन्त विचारवान् स्त्री के रूप में मेरे सामने आती है। फिर उसका रूप, स्वभाव और व्यक्तित्व मेरे ऊपर छा जाते हैं। सीता की कही हुई एक-एक बात मुझे याद आने लगती है, ''स्त्री इस गंगा की मुक्त धारा से कम नहीं है।'' फिर एकाएक कुछ उदासीन होकर, ''नहीं, नहीं, स्त्री इस नीचे बहते हुए गन्दे नाले के पानी से ज़्यादा नहीं है। उसका मन, उसका शरीर ग़ुलामी की सांस्कारिक ज़ंजीर में कसकर, फँस गये हैं, और वह जी कर भी नहीं जीती। उसकी सेवा, शृंगार, शीलता सब झूठे दम्भ हैं, जिनकी छाया में वह घुल-घुल कर मर रहा है, और विवाह...?'' उसके चेहरे पर एक विकृति की रेखा आती है, जिसमें कई चीज़ें साफ़-साफ़ लिखी मिलती हैं।''

''मेरी समझ में बिलकुल नहीं आता कि आख़िर उस सबका मतलब क्या है? वह कहना क्या चाहती है? फिर कभी-कभी सोचती हूँ, शायद बचपन ही में विधवा हो जाने के कारण उसमें पुरुष-जाति के प्रति इतनी कटुता आ गयी है।''

''कल ही की तो बात है, जब पिता जी चार दिन के लिए बाहर चले गये। घर में केवल मैं और सीता ही रह गयी थीं। मैं देखती थी कि पिता जी की हाजिरी में उसकी भौंहें चढ़ी रहती थीं और वह अपेक्षाकृत गम्भीर रहते हुए, अपने को घर के कामों में लगाये रहती थी। पिता जी भी उससे बड़ी सरलता से पेश आते थे। मैंने सुन रखा था कि जिस साल मेरे पिता जी ने शादी की, उसी साल यह मेरे घर में आयी थी। तब से लगातार इसी घर में रहती है। विधवा होने पर नौकरी खोजते-खोजते यह यहाँ आ पहुँची थी और थोड़े ही दिनों में मेरी माँ की अन्तरंग बन गयी थी। मुझे यह भी बताया गया है कि मेरी माँ बहुत पढ़ी-लिखी थीं। उन्हें कला से बड़ी मोहब्बत थी। उनकी बनायी हुई लाइब्रेरी और चित्रकार्नर अब भी मेरे घर में मौजूद हैं। विभिन्न कला-प्रवृत्तियों के बने हुए चित्रों का वृहत् संग्रह, और अंग्रेज़ी, हिन्दी और बँगला की चुनी हुई पुस्तकें संग्रहीत कर रखी हैं। माँ के कमरे में कुल चार तस्वीरें लगी हैं, जिनमें मार्क्स और बुद्ध की तस्वीर के साथ-साथ मेरे पिता जी की शादी की तस्वीर भी है, जिस पर सीता ने एक हरे रंग के रेशमी कपड़े का पर्दा डाल रखा है।''

''पिता जी की अनुपस्थिति में, हम उस कमरे को खोलकर साफ़ कर देते हैं। सीता प्रायः मेरे माता-पिता जी की तस्वीर नहीं छूती और जब मैं उस कमरे को साफ़ करते-करते उसके पर्दे को हटाकर देखती हूँ, तो माँ का कोमल, पतला, किन्तु प्रतिभापूर्ण चेहरा, कान के अगल-बग़ल की काँपती हुई टेढ़ी लटें और लम्बी, किन्तु पतली आँखों की श्रद्धापूर्ण गहराई, मेरे मन को अनायास ही खींच लेती हैं। मैं कभी-कभी बेचैन

होकर उसे देखते-देखते खो जाती हूँ, पर सीता न जाने क्यों ऐसे अवसरों पर मुझसे सहानुभूति नहीं प्रकट करती। लगता है, उसके हवा में तेज़ी से उड़नेवाले होंठों पर सीसे का-सा भारीपन आ बैठता है, और वह अनदेखे ही बाहर चली जाती है।''

''इस बार, जब पिता जी की ग़ैरहाज़री में मैंने माँ का कमरा खोला, तो खोलते ही मैंने उस तस्वीर का पर्दा हटा दिया और तस्वीर देखने लगी। एकाएक सीता कमरे को साफ़ करते-करते रुक गयी। मैंने देखा—उसकी सारी ख़ुशी, उसका सारा आनन्द, क्षण ही भर में उड़ गया है, और वह पेड़ से टूटी हुई लतिका की भाँति उदास हो गयी है। सीता के पास जाकर, मैंने उसके सिर पर हाथ रखते हुए, उसकी बाँहों में हाथ डालकर उसे उठा लिया और कहने लगी''—

''आख़िर तू मेरी माँ के बारे में बात क्यों नहीं करती सीता! क्या बात है, मेरी अच्छी माँ! मुझे बताओ! रह-रहकर मुझे लगता है, जैसे वह आलोक की देवी थी और पिता जी उसको बहुत चाहते थे, इसी से तो माँ के मरने के बाद से, उनके जीवन में इतनी एकाग्रता आ गयी है। बताओ सीता। मुझे बताओ!

''सीता की आँखों में एक दूर का प्रकाश मुखरित हो उठा और उसकी लम्बी, पतली बरौनियों के किनारे पानी की एक पतली धार चमक उठी। उसने आँखें उठाकर उस तस्वीर को देखा और थामे हुए आँसू अबाध गति से फूट पड़े।''

''सचमुच वह देवी थीं...सचमुच...वह स्फुट स्वरों में कई बार बुदबुदायी, और मुझे बाँहों में कसकर, फफक-फफककर रोने लगी। फिर एकाएक अपनी सिसकियों को रोकते हुए उसने कहा, 'उसे ढँक दो बिटिया! मैं उस तस्वीर को नहीं देखना चाहती!' और अलग होकर धीरे-धीरे कमरे से बाहर चली गयी। बग़ल के चित्र-कार्नर से उसने एक बड़ा-सा लिफ़ाफ़ा निकाला और मुझे बुलाकर उसमें रखी तस्वीरें दिखाने लगी। उसमें माँ की सैकड़ों तस्वीरें थीं—सभी बड़ी मोहक और सादी—जिनमें माँ प्रायः कुछ काम करती दिखायी पड़ती थीं। जब मैंने तरतीब से उन चित्रों को देखना शुरू किया, तो मुझे माँ की प्यारी ज़िन्दगी के एक-एक क्षण का पता चलने लगा। उनकी रुचि, उनकी प्रवृत्तियाँ, उनका रहन-सहन, एक-एक करके मेरी आँखों के सामने नाचने लगा। ग्रुप-फ़ोटोग्राफ में पिता जी के साथ प्रायः एक और सज्जन दीख पड़ते थे, जिनकी अनेक तस्वीरें उस घर में लगी थीं। मैंने सीता से पूछा कि यह कौन महाशय हैं, तो वह झुंझला उठी और उसने उन तस्वीरों को निकाल-निकालकर अलग कर दिया।''

''फिर सीता ने एक तस्वीर निकाली, जिसमें माँ उसकी चोटी ठीक करती हुई कुर्सी पर बैठी थीं और सीता उनके दोनों पैरों से सटी हुई फ़र्श पर बैठी थी। सीता उसे देर तक देखती रही और मैं सोचने लगी, सीता इसी को याद करके तो इतनी दुःखी नहीं हो उठती? मैंने झुंझला कर चित्र दूर करते हुए कहा, 'सीता कुछ बताओगी भी या तुम मुझे अन्धकार की इन काली परतों में लपेटकर मार डालना चाहती हो! सच

कहती हूँ, सीता, तुम्हारा यह रहस्य-भरा व्यवहार मुझे रह-रहकर कसकता है—जैसे कोई बार-बार सुई चुभोकर मुझे मार डालना चाहता हो; पर रुक-रुक कर मेरा तड़फना भी देखना चाहता हो।' सीता फिर भी चुप रही।''

''शाम को हम दोनों घूमने निकले, तो दूर तक आकाश में सिन्दूरी रंग बिखर गया था और धूप की आख़िरी किरणें, टहनियों की ऊपरी नोकों के समानान्तर, दूर को भागती हुई नज़र आने लगी थीं। घाट पर नन्हें-नन्हें बाँस के छातों में, तथा अगल-बग़ल स्त्री-पुरुष बैठे थे। हम लोग ख़ामोशी से आगे बढ़ गये। कगार के नीचे, पानी के किनारे-किनारे पगडण्डियों पर चलते-चलते रेलवे पुल के नीचे से गुज़रकर ज्यों ही तराई की समतल चौड़ी ज़मीन पर पहुँचे, हमें गायों-बछड़ों का एक झुण्ड मिल गया! उसके दो चरवाहे, जिनमें एक लड़का और एक लड़की थी, एक-दूसरे के कन्धों पर हाथ रखे, गाते चले जा रहे थे।''

''मैं तो राजा जल की मछरिया, तुम धीवर के लड़िका; झमकि जाल डारत काहे नाहीं।''

''सीता मुस्करायी, और मेरी तरफ़ घूमकर कहने लगी, 'ज़िन्दगी का यह भी एक स्वर है, जिसमें कितनी स्वाभाविकता और ईमानदारी है। पर इन्हें भी इनके खोखले और आस्थाहीन माँ-बाप साथ नहीं रहने देंगे' सीता फिर चिढ़ गयी। पर मैंने कोई उत्तर नहीं दिया और अपनी माँ की बात ही सोचती रही। फिर वह कहने लगी, 'मैं जानती हूँ' तुम मुझसे क्या चाहती हो, पर यह भी जान लो कि यदि मैंने तुम्हारी इच्छाएँ पूरी कर दीं, तो तुम मुझे देख भी नहीं सकोगी। पर मैं तुम्हें बताऊँगी, ज़रूर बताऊँगी, मेरी बच्ची?' और उसने मेरे हाथों को अपने हाथों में कस लिया।''

''मैंने खाना खाने से इन्कार कर दिया था, इसलिए सीता ने उस दिन चौका नहीं जलाया और सीधे अपने कमरे में जाकर, उसे अन्दर से बन्द कर लिया। देर तक न जाने क्या करती रही। फिर एक सफ़ेद खद्दर की धोती पहनकर निकली और कमरे में आकर इधर-उधर चक्कर काटने लगी। उसने एकाएक दोनों हाथों से पकड़कर मेरा माथा ऊँचा किया और उसे चूम लिया। उसकी मुखाकृति पर एक गहरे, किन्तु दृढ़ स्नेह के भाव उभर आये, आवाज़ भर आयी और वह कमरे की बत्ती बुझाकर कहने लगी, 'वासवी, बत्ती मैंने इसलिए बुझा दी कि उजाले में तुम, मेरा मुँह देख सकती।'' और फ़र्श पर बैठकर कहने लगी—

'तुम्हारी माँ का आदेश था कि मैं सत्रह वर्ष तक इस घर को छोड़कर कहीं न जाऊँ, और इस लम्बी अवधि को मैंने घुट-घुट कर इस घर की काली दीवारों में काट दिया है। मैं भूखों मर सकती थी, मैं सड़क पर काम करके रह सकती थी पर इस घर में रहना मुझे असहनीय था, लेकिन मैं रही—वह समय अब पूरा हो गया है। इसके पहले कि मैं यहाँ से चली जाऊँ, मैं तुम्हें सब बता के जाना चाहती हूँ। तुम दुःखी न हो!' मेरी आँखों में अनायास ही आँसू छलछला आये।

'तुम्हारी माँ रतनपुर के मशहूर प्रोफेसर डॉ. राघवेन्द्रनाथ की एकमात्र पुत्री थीं, जिन्होंने अपना सारा जीवन कलकत्ते में बिताया था। प्रोफ़ेसर ने अपने जीवन में ही अपनी बच्ची को भाषा, विज्ञान, नृत्य और संगीत की ऊँची शिक्षा दी थी। इतना ही नहीं, उन्हें स्त्री के पूर्ण स्वातन्त्रय में बड़ा विश्वास था। शायद वे समझते थे कि तुम्हारी माँ, (मृणालिनी) स्वयं अपना पति चुन लेंगी पर एकाएक हार्ट फेल हो जाने से उनकी मृत्यु हो गयी। उनकी पत्नी ने मृणालिनी के साथ काशी आकर रहने का निश्चय किया, और यहीं 'अस्सी' पर एक मकान लेकर रहने लगीं। यहीं उन्होंने गुजरातीलाल के पुत्र, रतनलाल (तुम्हारे पिता) से मृणालिनी की शादी कर दी। उस समय तुम्हारे पिता अपनी विदेश यात्रा से वापस आ चुके थे!'

'शादी के बाद तुम्हारी माँ ने इस घर में एक आदर्श गृहस्थी खड़ी की थी। उनकी पढ़ाई-लिखाई और संगीत यहाँ भी चलते रहे। उन्हें ख़याल था कि शायद पति इन चीज़ों को बुरा मानें, पर रतनलाल जी अपनी सारी शिक्षा के बावजूद भी व्यापारी ही थे। हाँ, विदेश ने उन्हें कुछ नये शौक़ दे दिये थे—कॉफी हाउस में बैठना, शराब पीना और रात को देर से घर लौटना इत्यादि। कभी-कभी वह कम उमर के लड़कों को लेकर घर लौटते थे और बातें करते-करते सो जाते थे।'

'तुम्हारी माँ ने उन्हें बहुत सुधार लिया था, पर कभी-कभी उस एक लड़के का नाम लेकर वे बहुत दुःखी हो जाते थे, जिसकी कई तस्वीरें तुमने कमरे में देखी हैं। कहा जाता है कि सेठ जी ने स्वयं रुपया देकर उसे विदेश यात्रा के लिए भेजा था। उस लड़के के, बड़े लम्बे-लम्बे पत्र भी आते थे, जिन्हें वे बड़ी चाह से पढ़कर तुम्हारी माँ को सुनाया करते थे। वह तुम्हारे पिता जी से केवल दो वर्ष छोटा था। प्रायः कहते, 'मृणालिनी, उस लड़के के बिना तो जीवन ही सूना लगता है। वह बड़ा भला आदमी है, तुम्हें माँ की तरह मानेगा। प्रायः तुम्हें पत्रों में पूछा करता है।'

''तुम्हारी माँ को यह बात अच्छी नहीं लगती थी और उनके जीवन पर फैली कोमल, कलात्मक भावों की जाली एक अजीब-सी आसन्न शंका से टूट जाती—वे उदासीन हो जातीं।''

''सीता कहते-कहते रुक गयी और कमरे के अँधेरे में रोशनदान से आती हुई बिजली की रोशनी को देखते-देखते अपनी अनुभूतियों में खो गयी।''

''मैंने उतावली से कहा, 'बताओ सीता!' और झुककर उसके सिर को खींचकर पलँग की पाटी से सटा लिया। उसने हाथ बढ़ाकर अपनी फैली हुई अँगुलियों से मेरा चेहरा ढँक लिया, पर उसकी अँगुलियाँ काँपती रहीं।'' उसने कहना शुरू किया—

'तुम्हारे पैदा होने के एक वर्ष बाद उनका वह साथी विदेश से लौटा। उसी साल मैं इस घर में आयी थी। तुम्हारे पिता जी उस लड़के के साथ दूर कमरे में सोया करते थे, और तुम्हारी माँ सोने के कमरे में देर तक उनका इन्तज़ार करते-करते थककर सो जाती थीं। धीरे-धीरे उनका हँसमुख, सुहावना स्वभाव चिड़चिड़ा होने लगा। चेहरे पर

एक अजीब-सी थकान और उदासीनता छाने लगी। मैंने कई बार उनसे पूछा, 'आख़िर क्या बात है दीदी!' पर वे टालती गयीं। लेकिन इतना तो ज़ाहिर ही था कि वे तुम्हारे पिता जी और उस लड़के का सम्बन्ध बिलकुल पसन्द नहीं करती थीं।'

'एक दिन रात की बात है, जब तुम्हारे पिता जी अपने मित्र के साथ एक बजे रात घर पहुँचे, और बाहर ही के कमरे में बैठे। मैं खाना लेकर गयी तो कमरे में अजीब-सी बदबू भरी थी। उनकी बातों में एक अपूर्व हलकापन मुझे दिखायी पड़ा। जब मैं खाना दे रही थी, तो उनके मित्र ने उनकी ओर देखा और दोनों के होंठों पर एक अत्यन्त अशिष्ट और भद्दी मुस्कान छा गयी। जब मैं बाहर आने लगी, तो उनके मित्र ने लड़खड़ाती ज़बान से पुकारा, सी...ता! सी...ता! और मैं लौट पड़ी! मेरा मन घृणा से भर गया था और गुस्से से मेरा सारा शरीर काँपने लगा था, पर उसी समय तुम्हारी माँ ने, जो कमरे के बाहर से सारी बातें सुन रही थीं; मुझे पुकारा, और कहा, 'तुम जाकर सो रहो!' मैं उनकी बात समझ गयी, और कमरे में जाकर सो गयी।'

'वह बड़ी भयानक रात थी वासवी! लगता था उस कमरे के अन्धकार में साँसे घुट जायँगी, पर मैं न जाने कब सो गयी। सवेरे उठकर जब तुम्हें लेने गयी, तो तुम्हारी माँ की हालत अजीब थी। दोनों घुटनों के बीच, सिर गाड़े वे फफक-फफककर रो रही थीं। मैंने कई बार पुकारा-दीदी! दीदी!! और झुककर उनका सिर थामकर ऊँचा करने लगी, पर वे देर तक ऐसे ही रोती रहीं। जब मैंने बहुत ज़िद की तो उन्होंने सिर ऊपर करते हुए कहा, 'आरती का दीपक बुझ गया सीता! बुझ गया!' गंगा का पानी इतना गँदला हो गया कि तुम उसे अब छू भी नहीं सकती। दूर हट जाओ! मेरी बच्ची को मुझसे दूर उठा ले जाओ! मैं उसकी माँ नहीं हूँ—और थोड़ी देर बाद, अपनी भौंहों और माथे पर बल देते हुए उन्होंने कहा, 'इसकी माँ तो मर गयी सीता!' हाँ, सच मानो, आज ही रात में, आज ही रात में, इसी अँधेरे में उसे पिशाच उठा ले गये! वह मरती नहीं, उसका तो जीने में विश्वास था, पर पिशाचों ने धोखे से उसे मारा! वे जानते थे यह मरेगी नहीं, इसीलिए तो!—और थोड़ी देर एकाएक चुप रहने के बाद वे चिल्ला उठीं—सीता, सीता, मुझे बचाओ! फिर उनके सूखे होंठ एक-दूसरे से चिपक गये, उनकी आँखों की रोशनी मन्द पड़ने लगी। मैंने बढ़कर उन्हें सँभाल लिया, वे धीरे-धीरे कुछ बोलती रहीं। फिर एकाएक कमरे में नज़र दौड़ाकर कहने लगीं,—देखो वे पिशाच हँस रहे हैं, मेरी लाचारी पर, मेरी हीनता पर, और चाहते हैं, वे हँसते रहें और मैं बराबर उनकी हँसी में घुल-घुल कर मरती रहूँ। नहीं होगा, ऐसा नहीं होगा सीता! तुम भाग जाओ इस कमरे से! देखो, यह तुम्हारी बच्ची है। इसे सँभालना, इसे लेकर उन पिशाचों से लड़ना! मैं जानती हूँ तुम हारोगी नहीं। और वे उठकर तुम्हें चूमने को बढ़ीं, पर उनके पैर थरथराने लगे, उनके हाथ काँपने लगे, और वे दोनों हाथों से अपना सिर थामकर फ़र्श पर बैठ गयीं। उसी दिन के बाद की आनेवाली रात......., कहते-कहते सीता रुक गयी।'

"मेरी साँसें बँध गयी थीं, सारा कमरा, सीता, अन्धकार, जैसे इतनी तेज़ी से चक्कर काट रहे थे कि मेरा मुँह खोलना भी नामुमकिन हो गया था। सीता कमरे में चक्कर लगाने लगी थी, और उसकी बात रह-रह कर कानों में पड़ती थी, 'स्त्री सहारा चाहती है, स्त्री मोहब्बत चाहती है, स्त्री एक पुरुष चाहती है, पर जिसे चाहती है, उसकी ही बनकर जीना चाहती है—चाहे वह उसका विवाहित पति हो, चाहे मन चाहा प्रेमी, पर उसी के आगे, उसी के हाथों अपनी अस्मत लुटती देखकर वह मर जाती है, टूट जाती है...।' न जाने कब सीता की आवाज़ बन्द हो गयी—वह चुप हो गयी पर तारीकी बढ़ गयी, अन्धकार सिमटकर कमरे में घना हो गया, दीवारें सिकुड़कर एक-दूसरे से सट गयीं, पर एक आवाज़, अत्यन्त मीठी और करुण, रह-रहकर कानों में गूँजती रही—'इसकी माँ तो मर गयी सीता, हाँ सच मानो, आज ही रात में इसी अँधेरे में पिशाच उसे उठा ले गये! वह मरती नहीं—उसका तो हँसी में, कला में, साहित्य में और सेवा में विश्वास था, पर पिशाचों ने उसे धोखे से मारा।"

"और मेरी आस्थाएँ, मेरा मन, मेरे विश्वास जैसे पागल की तरह उन्मुक्त होकर इन दीवारों, इन तस्वीरों, और समाज की इन बिखरी विकृत आकृतियों से पूछते हैं, 'आख़िर मेरी माँ क्यों मरी? आख़िर वह तुमसे क्या चाहती थी! पर कुछ भी जवाब नहीं मिलता, और सीता का उस रात्रि का स्वर...वह जीना चाहती थी...जीना, मेरे कानों में गूँजा करता है!"

नीम की टहनी

सूरज डूबते ही, सारा गाँव डाइनों के काले लहँगे में उलझकर बेहोश हो जाता है। हवा का झोंका अपनी ख़ूँख़ार अँगुलियों से, खपरैल के घरों तथा फूस की झोंपड़ियों को रह-रहकर छूता है, और वे दुबककर, एक भयानक ख़ामोशी में डूब जाती हैं।

सिवान में सियारों की हुआँ ऽ हुआँ ऽऽ...और गाँव में कुत्तों की भों ऽ भों ऽऽ...लोग कानों में अँगुलियाँ डाल लेते।

—कितने अपशकुन साथ-साथ हो रहे हैं। नगई की लड़की तो अब-तब हुई है—महारानी की बड़ी डाली है, बेचारे के दो-दो जवान बेटे माई की गोदी में सो गये।

—बड़ा अनरथ हो रहा है भाई! रामजस की मेहरारू को भी बड़ा तेज़ बुखार है! तीनों बच्चे बेहोश पड़े हैं। अब क्या होगा भला? माली भी तो लगा लिया था, बेचारे ने—पूजा-आरजा करायी, लेकिन बच्चों ने अभी तक आँखें न खोलीं।

—यह पचास भी तो शायद उन्हीं के घर हो रहा है—कितना भयानक गीत होता है। मेरा तो रोआँ-रोआँ रह-रहकर काँप जाता है।

ठकुराइन का तो सब्र ही टूट गया। बार-बार बखरी के दरवाज़े पर आतीं, और लौटकर फिर घर में जातीं, पर उनका मन जैसे उचट-सा गया था। इतनी रात बीत गयी, पर कुमार नहीं लौटा—कहाँ घूम रहा है पागल, इतनी अँधेरी रात में! अब मैं क्या करूँ, कहाँ जाऊँ? माता-भवानी की बात, न जाने कब मरजी बिगड़ जाय माई जी की? वे घबराकर उठीं, रास्ते में सोये हुए कुत्ते पर पैर पड़ गया, वह भोंकने लगा, वे डर गयीं, और दालान में बँधी हुई चितकबरी में ऽ ऽ में ऽ ऽ करने लगी। वे क्षण-भर रुकी ही थीं कि दरवाज़े पर साँकल की आवाज़ हुई, उन्होंने दौड़कर दरवाज़ा खोल दिया।

"कुमार!" माँ ने पुकारा; और उसे अपने सीने से सटा लिया। "बेटा, तू इतनी रात तक कहाँ रुक गया! जानता नहीं, अब कुल ले-देकर तू ही तो मेरी आँखों की रोशनी है। तू चला जाता है, तो लगता है, सारे घर में अँधेरा हो गया है।"

कुमार कुछ नहीं बोला। माँ की आँखों का अन्धकार, उसके आगे बिखर गया। उसने देखा, सामने दीवार पर जलती हुई ढिबरी की लौ मद्धिम हो रही थी।

"कहाँ रह गया था इतनी रात तक?"

"पियारी के यहाँ।" कुमार ने बड़ी उदास आवाज़ में कहा।

"तुम इतने थके क्यों हो?" माँ ने सहसा भौंचक्की आवाज़ में कहा, जैसे उसे कोई झटका-सा लग गया हो। वह कुमार के सिर को गोद में लेकर धीरे-धीरे सहलाने लगी।

"क्या बात है बेटा! कैसा जी है?"

इसी समय, दूर सियारिन रो पड़ी और कुमार चैंक पड़ा।

माँ ने फिर पूछा, "क्या बात है बेटा?"

"माँ, उस महरानी देवीवाली नीम की टहनियाँ, महराजिन बुआ के अलावा, दूसरा कोई नहीं तोड़ सकता?" कुमार ने बड़ी थकी आवाज़ में कहा।

"किसी को महरानी निकल आयी हैं क्या बेटा?"

"हाँ माँ पियारी की हालत बहुत ख़राब है। दो दिन हुए, उसे होश नहीं हो रहा है। चेचक के दाने, सारे शरीर में फैलकर मिल गये हैं। लोग कहते हैं अब तो महरानीवाली नीम की टहनियों की ही आशा है...पर...पर...माँ!"

माँ का सारा शरीर काँप उठा। उसने कुमार के सिर को अपनी गोदी में दबा लिया। "और तू इतनी रात तक वहीं बैठा रहता है... जानता है?"

"... जानता हूँ माँ, कि चेचक छूत की बीमारी है...पर माँ, नीम की टहनियाँ..."

"जाना मत उसके पास, वर्ना मैं परान दे दूँगी। कुमार, उस नीम की भी एक अजीब कहानी है। उसी साल की बात है, जिस साल तू पैदा हुआ था, और यह महराजिन बुआ भी अपने पिता के साथ गाँव आयी थीं—महरानीवाली नीम की पूजा के लिए इस गाँव की चलन है कि लड़कियाँ शादी के बाद दूल्हे के साथ, महरानीवाली नीम की पूजा करने आती हैं।" कुमार का मन नीम की टहनियों में अटक गया।

—देख री पियारी, अब मैं यहाँ नहीं आया करूँगी।

—नहीं आयेगा, सच!

—सच!

—तो ले, मैं टहनी तोड़ती हूँ।

—बाप रे! तुम्हें मेरी क़सम।

और दौड़कर कुमार पियारी के दोनों कान पकड़कर, झकझोर देता।

—पगली तू मर जायेगी तो मेरा क्या होगा? अच्छा मैं भी एक टहनी तोड़ लूँगा।

—इससे कुछ नहीं होगा कुमार! जो पहले तोड़ता है वही मरता है।

—नहीं पियारी, सच मानो अब तुम्हारी माँ, तुम्हें...

—बिगड़ेगी, यही न, तो इससे तुम्हें क्या? पियारी हँसते हुए कहती, और अपनी धँवरी को उसी नीम की छाया में लाकर खड़ी कर देती, और अपने हाथ से गाय का दूध दूह कर कुमार को पिलाती। धीरे-धीरे जब शाम हो जाती और नीम की पत्तियों पर सुनहला रंग चढ़ जाता, तो कुमार और पियारी अपने घरों की ओर जाते।

माँ कहती जा रही थी...

"महराजिन बुआ का पति बड़ा पढ़ा-लिखा था बेटा! उसे इस धरम-करम के ढकोसले में विश्वास न था। बुआ ने उससे कह रखा था कि नीम की पत्तियाँ मत छूना, पर वह माना नहीं, और हँसते-हँसते एक टहनी तोड़ ही तो ली। गाँव की और बहुत-सी औरतें थीं—सब की आँखे टँग गयीं और बुआ तो वहीं रोने लगीं। लौटकर लड़के को जो ज़ोर का बुखार हुआ, तो महरानी ने उसे उठा ही लिया, और तभी से बुआ लगातार नीम की टहनियाँ तोड़ती रहीं और उन्हें कुछ न हुआ। हाँ, अब वही टहनियाँ; जो बुआ तोड़ती हैं, मरते हुए लोगों के ऊपर से महरानी की छाया उठा ले जाती हैं, पर वे भी तो तीर्थ-यात्र पर गयी हुई हैं। दूसरा कौन है, जो नीम की टहनियाँ तोड़े।" कहते-कहते माँ की आँखें झँप गयीं।

कुमार की याद उतरा आयी—

—कुमार! पियारी ने उसकी अँगुली पकड़कर खींची। मान जाओ मेरे राजकुमार! जल्दी उठो! देखो, नहीं तो माँ जग जायगी। चलो आज बउलिया में नहा आवें। हाँ रे, वहाँ ख़ूब बड़ी-बड़ी कुइन के फूल हैं, मैं तुम्हें माला पहनाऊँगी!

कुमार और पियारी सुबह की मिटती स्याही में बाउली पर पहुँच जाते।

वह देख रहे हो फूल! पियारी अपनी बड़ी-बड़ी आँखों को नचाकर कहती।

—अरे बाप रे! जानती हो, वहाँ कितना पानी है। हाथी चला जाय तो पता न चले। मैं तो नहीं जाता। कुमार कुछ और किनारे आकर खड़ा हो जाता।

—इस फूल के लिए मरना भी कितना अच्छा होगा कुमार, ज़रा आँखें तो मूँदो!

और पियारी तैरकर गढ़े में से फूल उखाड़ लाती, फिर जल्दी-जल्दी उसके नड़ों को गूँथकर कुमार को पहनाते हुए कहती—वाह रे मेरे कायर राजकुमार!

—कायर...क़ायर...मैं कायर! कुमार के मन में एक स्फूर्ति दौड़ गयी। अँधेरा सिमटकर और घना हो गया था, पर रात की काली अँगुलियों में एक थिरकन आ गयी थी! एकाएक दूर से किसी स्त्री के रोने की आवाज़ आयी और बाहर कुत्ते भूँकने लगे। रात की भयावनी लटों में एक तेज़ सरसराहट हुई और अनेक ख़ूँख़ार परछाइयाँ, एक बार नाचकर, गाँव की छाती पर अट्टहास कर उठीं। कुमार उठ खड़ा हुआ, दरवाज़े पर गया, किवाड़ खोलकर बाहर खड़ा हो गया। आवाज़ पियारी के घर से ही आ रही थी। शायद पियारी की हालत ख़राब है...अब तो नीम की टहनियों के सिवा...और कुमार के पाँव बढ़े, पर वह एकाएक रुक गया, जैसे कोई पकड़कर उसे पीछे खींचता हो। उसने लौटकर देखा, पर माँ का चेहरा अँधेरे में घुल गया था। "नहीं माँ...नहीं,...मैं नहीं रुकूँगा, मुझे माफ़ करना!" और वह बेतहाशा दौड़ पड़ा।

जब वह पियारी के घर पहुँचा, तो नीम की एक टहनी उसके हाथ में थी। घर के लोग डर गये, "किस नीम की टहनी है। कुमार ने महरानीवाली नीम की टहनी तो नहीं तोड़ी?" पर वह कुछ नहीं बोला और धीरे-धीरे नीम की पत्तियों से, पियारी

की देह सहलाने लगा। कुछ देर के बाद पियारी ने धीरे से आँखें खोलीं और झिपकाकर फिर मूँद लीं। कुमार ने पुकारा, "पियारी?"

और पियारी ने आँखें खोल दीं।

टूटती हुई आवाज़ निकली, "तुम फिर आ गये...मना किया था न! और...यह नीम की टहनी?"

"हाँ—महरानीवाली नीम की है पियारी! तुम अच्छी हो जाओगी।"

"कुमार!" पियारी के मुँह से जैसे कोई कराह निकल पड़ी हो। और उसकी आँखें, किसी भयानक आशंका से बन्द हो गयीं। हाँ, आँसू के बड़े-बड़े दो बूँद उसकी आँखों से निकलकर बिस्तर पर लुढ़क पड़े।

दूसरे दिन से पियारी को अच्छा होने लगा, पर उसके हाथ की नीम की टहनी की पत्तियाँ धीरे-धीरे सूखती गयीं और एक दिन हवा का ऐसा झोंका आया कि उसकी सारी पत्तियाँ खड़खड़ाकर झर पड़ीं। पियारी चिल्ला उठी, "कुमार ऽ...कुमार ऽ ऽ...कुमार ऽ ऽ ऽ"

इस समय, उस महरानी देवीवाली नीम के नीचे, महराजिन बुआ की नहीं, पियारी की झोंपड़ी है। कहते हैं, चेचक के मरते हुए मरीज़ को भी यदि वह नीम की टहनी से सहला दे, तो आराम हो जाता है।

सवरइया

''सवरइया रोज़ रात को खूँटे से छुड़ा लेता है बैजू की माँ!'' बूढ़ी महराजिन ने दरवाज़े के चौखटे पर हाथ टिका लिया और घर के सामने एक पगहे में बँधे बैल को एकटक देखने लगीं, जो नाथ में कई फेर लपेटकर खूँटे से जकड़ा हुआ था और जिसके नथुनों तथा मुँह से गाज बह रहा था। सवरइया का रोयाँ कनकना उठा। उसने बड़ी मुश्किल से गर्दन टेढ़ी करके दरवाज़े की तरफ़ देखा और एक नन्हें बछरू की तरह डकराने लगा। महराजिन का जी भर आया, उनकी आँखों की सीमित मोह जैसे किसी माध्यम का सहारा पाकर मचल उठा।

''देख री, बैजू की माँ, तू इसे ठीक से तो बाँध दे; मैं कुछ खाने को ले आऊँ।'' और महराजिन लौटकर घर में चली गयीं। कई मटकों में इधर-उधर हाथ डाला, जाँतवाले घर का कोना-कोना देख आयीं, पर कुछ न मिला। एकाएक उन्हें बीहन के लिए रखे हुए जौ की याद आ गयी। दौड़कर खातावाले घर में गयीं और थोड़ा भूसा और जौ ले आयीं।

बैजू की माँ ने कहा, ''बड़ा मरकहा है, दीदी। तभी तो इसकी यह दुर्दशा हो रही है।''

महराजिन के माथे पर बल पड़ गये, जैसे अचानक कोई आग की चिनगी उनके पाँव तले आ गयी हो। एक गहरी झनझनाहट के साथ उनके मन में क्रोध और दुःख उमड़ आया। ''क्यों न दुर्दशा होगी, बैजू की माँ?'' उन्होंने अपने को सँभालते हुए कहा, ''जिसका गुसैयाँ ही इस धरती से उठ गया, जिसकी प्यारी दुलारी बिटिया...'' महराजिन की आँखों के आगे पानी की दीवार खड़ी हो गयी।

किन्नो इसे कितना मानती थी! जब मैं उस साल मैके गयी तो बापू इसे नया-नया मेले से खरीदकर लाये थे। कैसी सवराई थी इसकी पीठ पर, जैसे कोई मखमली बिछावन हो! और जी मचल उठता था इसकी पीठ पर हाथ फेरने को। लम्बे-लम्बे पतले, सुडौल पैर, जैसे किसी साँचे मे गढ़कर निकाले गये हों, या किसी बड़े होशियार कारीगर ने बड़ी मेहनत से तराशा हो। कन्नो इसके पीछे लगी रहती थी, रात-दिन। इसे चाचा कहती थी। और यह भी तो कितना अल्हड़ था। यदि छुड़ा लेता तो कन्नो के पीछे-पीछे सारा गाँव घूम आता, बखरियों में घुस जाता।

—एक दिन कन्नो स्कूल चली गयी, तो इसने खूँटे से छुड़ा लिया। सारा गाँव जुटा, पर किसी की पकड़ में न आया। आख़िर कन्नो स्कूल से लायी गयी; और आते ही उसने पुकारा, "चाचा! ओ मेरे चाचा! आओ!" यह दौड़ता हुआ उसके पास पहुँच गया और उसके हाथ-पैर चाटने लगा।

—और जब मैं चलने को हुई, तो बाबू ने इसे बिदाई में दे दिया।

महराजिन का ध्यान एकाएक अपने पैरों की तरफ़ चला गया। नाखून बढ़ गये थे और पैरों पर बेतरह झुर्रियाँ पड़ गयी थीं। "ऊँहँ!" वे झुँझला पड़ीं, "आख़िर विधवा के पैरों की क्या गिनती? किसके लिए सिंगार-बनाव, जब वे ही नहीं रहे तो..." बीच ही में सवरइया भूसा-दाना साफ़ कर चुका था और फिर नन्हें बछरू की तरह डकारने लगा था। महराजिन धीरे-धीरे बढ़ीं, उसकी गर्दन और डील पर हाथ फेरने लगीं। सवरइया ने गर्दन और झुका ली और महराजिन का पैर चाटने लगा।

गोसैयाँ के ममता-भरे हाथों ने उसका पशुत्व छीन लिया। बैजू की माई ने कहा, "जानवर भी अपना-पराया चीन्हते हैं, बहिनी! मैं गयी तो कैसा मारने दौड़ा था।"

"बैजू की माँ! जब मैं इसे लेकर मैके से आयी थी तो कन्नो के बापू कितने प्रसन्न हुए थे, जानती हो? इसके लिए पक्की चरनी बनी थी। नाथ-पगहा सब नया-नया बना और गुलाबी रंग में रँगा गया था। खूँटे पर तपावन दिया गया। दो ग़रीबों को भोजन दिया गया। ज़रा-सी इसकी तबीयत भारी हुई कि वे रात-भर खूँटा पकड़े बिता देते थे।" एक दिन मैंने डाँटा, तो कहने लगे, "बिगड़ो नहीं, कन्नो की माँ, यह तुम्हारी भेंट और कन्नो बिटिया का दुलार है न!" महराजिन की आँखें भर आयीं। उन्होंने जल्दी-जल्दी आँखों का पानी झिटक दिया और देखा कि सवरइया बैठकर उनके पाँवों पर सिर रखे सुस्त पड़ा है।

जेठ का महीना, रात की जलन का कोई ठिकाना नहीं था। पेड़ पालव सब उदास चुप खड़े थे। सिवान में कहीं भी हरियाली के दर्शन नहीं होते थे। रात धीरे-धीरे बढ़ती गयी और धीरे-धीरे हवा की गर्मी भी कुछ कम होती गयी। चाँदनी निखरकर सूखी-सफ़ेद मिट्टी से चिपक गयी थी। मिट्टी का ज़र्रा-ज़र्रा एक अजीब-सी गोराई से रंग उठा था। किसानों ने करवटें बदलना बन्द कर दिया था और नींद की परी ने सबकी आँखों को अपने मासूम परों से ढँक लिया था। सवरइया ने पूँछ हिलायी, इधर-उधर पीठ पर बैठी मक्खियों को उड़ाया और एक ऐसे झटके से उठा कि खूँटा ऊपर आ गया। उसने गर्दन सीधी की, इधर-उधर देखा, कहीं भी हरियाली का नाम नहीं। बग़ल में देखा, पट्टीदार की चरनी पर बैठे आठों बैल आराम से पगुरी कर रहे थे और जमुनापारी अपने नन्हें घुँघरूओं की मधुर आवाज़ के साथ चभक-चभककर खा रही थी।

सवरइया का मन डोल गया—"चरनी में ज़रूर दाना-खरी होगी! और गइया....?" उसी को सूँघने भर के लिए उसके ऊपर कितनी लाठियाँ पड़ी थीं! और वह बाँधकर

पौण्ड-घर पहुँचाया गया था। मालकिन कितनी नाराज़ थीं। बेचारी ने उधार रुपये लेकर वहाँ से छुड़ाया था। और उसे देख-देखकर कितनी रोयी थीं, कितना समझाया था, "बड़ा बदमाश है रे तू...नहीं जानता, महराज के मरने के बाद मुझे जगह-ज़मीन से महरूम करके इन सबों ने अलग कर दिया, केवल पाँच ही बीघे तो दिये हैं। और तू...तेरे ऊपर तो बड़ी आँख थी इन कमीनों की। पर वह तो कहो गाँव के पंचों की, गोटी पड़ी और गोटी में कन्नो के मोह ने तुझे जीत लिया। पगले, अब कभी वहाँ न जाना, नहीं तो जान ले लेंगे। बार-बार तुझे माँगते हैं। रुपया देने को कहते हैं। पर तुझे नहीं दूँगी, मेरे लाल!"

—और महराजिन ने हल्दी-गुड़ पिलाया था, तेल और अरउन सींगों में लगाया और गरम पानी और इमली की पत्ती से मेरा पैर धोती रही थीं।

सवरइया का रोयाँ भभर आया। उसने उधर से मुँह फेर लिया और चुपचाप खूँटे पर खड़ा रहा! इतने में जमुनापारी बोली। उसने नाँद में से मुँह निकाला और सवरइया की ओर देखने लगी। सवरइया को लगा कि जमुनापारी उसे बुला रही है। कैसी अच्छी रात है, उसने मुड़कर गइया की ओर देखा, तो उसके दूध के फेन-से रोयें को बकुलपंखी चाँदनी सहला रही थी। वह एकटक सवरइया की ओर देख रही थी। उसने अगला पैर हटाया और मुड़कर दोनों कान हिलाने लगी।

सवरइया धीरे-धीरे उधर बढ़ा। एक बार फिर उसे लाठियों की मार और मालकिन का कहना याद आया और उसके पैर भारी पड़ गये। वह रुक गया। पर जमुनापारी मुड़ी नहीं। एकटक उसे देखती रही। उसने गर्दन नीचे की और दोनों पैरों के नीचे से झुलाकर फिर सीधा करके डकरी और उसकी ओर देखनी लगी।

अब सवरइया का रुकना मुश्किल हो गया। वह बढ़ा और एक ही छलाँग में जमुनापारी के पास पहुँच गया। उसकी दोनों पिछली टाँगों के बीच अपने नथुनों से सूँघा और गाय अपनी पूँछ उठाकर खड़ी हो गयी। वह उसके और पास गया और उसके अगल-बग़ल सूँघते हुए उसके मुँह पर अपनी जीभ फेरने लगा। सवरइया ने नाँद से आती हुई खरी की ख़ुशबू को मन से सूँघा और बढ़कर नाँद में मुँह डालकर खाने लगा। जमुनापारी उसकी पीठ-पेट चाटती रही। जब देर तक उसने नाँद से मुँह नहीं निकाला, तो उसने सवरइया के पेट में सींग डालकर धक्का दिया और वह पीछे हट गया। फिर वह उसके दोनों पैरों के बीच मुँह डालकर सूँघने लगी। बग़ल में दूसरे बैल बँधे थे। महाराज का उतरहवा बड़ा मरकहा था। सवरइया को देखते ही ताव में आ गया और खूँटे से तुड़ाकर उससे भिड़ गया! सवरइया ने नीचे सिर करके ज़ोर लगाया और वह चरनी से जा सटा। उसकी गर्दन मुड़ गयी बहुत बेतुकी और फिर एकाएक उसके पेट में सींग डालकर उसे उठाकर फेंक दिया। बरधे का पैर पगहे में फँस गया और वह ज़ोर-ज़ोर से डकारने लगा। जमुनापारी ने भी खूँटे से तुड़ा लिया और सवरइया के साथ इधर-उधर कुलाचें भरने लगी।

इतने में लोग जग गये। पट्टीदार के तीनों भाइयों ने बाँस की लाठियाँ उठा लीं और कई लोगों को जगाकर सवरइया को घेरने लगे। पर आज उसका क्या पूछना था, जिस ओर से सिर नीचे करके निकलता मैदान साफ़ हो जाता। एक साथ चार-च्चार लाठियाँ उसकी पीठ पर पड़तीं, पर वह तनिक भी परवाह न करता। लोगों ने दौड़ कर उतरहवा का पगहा छुड़ाया और वह हाँफते हुए उठ खड़ा हुआ। जमुनापारी भी आपे से बाहर थी, जितना ही सवरइया दौड़ता, उतना ही वह; और फिर एकाएक सामने की चरनी को ज़ोर से फाँदकर सवरइया बाहर निकल गया।

पट्टीदारों का सिर झुक गया—"निकल गया साला, नहीं तो आज इसका पैर तोड़ देते।"

दूसरे ने कहा, "जमुनापरिया के पीछे पड़ा है, आज तो उसे भी साथ ले गया।"

तीसरे ने कहा, "किसी तरह मिल जाते बच्चू, तो लोहियवा हर में नाँधकर ताल में ऐसा रगड़ते कि भुइयाँ पकड़ लेता।" सवरइया देर तक सिवान में घूमता रहा। जमुनापारी का बच्चा खूँटे में बँधा रह गया था। सिवान में घूमते-घूमते वह बोली, और बच्चा खूँटे पर चिल्लाने लगा। जमुनापारी ने रुककर सवरइया की ओर देखा। मुँह पास ले जाकर उसकी पीठ पर जीभ फेरी। सवरइया ने उसकी गर्दन के नीचे लटकती हुई झोझ को बड़े दुलार से सहलाया और वह बेसुध होकर घर की ओर भागी।

महराजिन की खेती-बारी सब चौपट हो गयी। एक तो पाँच बिगहे ज़मीन, दूसरे एक बरधा, बेचारी की हालत बहुत टूट गयी थी। कई लोगों ने साझा-बूझा चलाया पर निभ नहीं पाया। किसी ने दाना चुरा लिया, तो किसी ने खड़ी फसल ही काट ली। घर में जो अनाज-पानी था, सब धीरे-धीरे खा-पी गयी और गहने भी एक-एक कर बिकते गये। जेठी का समय, मालगुजारी का चड़ास लग गया। पियादा बार-बार आया और लौट गया। पट्टीदारों ने उसका कान भरा और उसने तहसील में जाकर वारण्ट कटवा दिया।

इधर उन्हीं में से एक महराजिन के पास आया और बड़े प्रेम से बैठकर कहने लगा, "काकी, काहे नाहक परेशान हो रही हो! अरे सवरइया हमें दे दो, हम दो सौ रुपया दे देंगे। मालगुजारी भी दे दी जायगी, और भी काम चलेगा!" महराजिन का शरीर काँपने लगा, "इसीलिए आये हो मीठी-मीठी बात करने! जाओ, अपना काम देखो भैया! हम मालगुजारी दे लेंगे!"

जब वह चला गया, तो महराजिन का मन चिन्ता से भर उठा। सोचने लगी, "कन्नो बिटया को सन्देश भेज दें कि अब तुम्हारा चाचा ही बच रहा है। कहो तो बेचकर लगान भर दें। पर लड़की सोचेगी कि माँ इसी बहाने रुपये माँग रही है। नहीं-नहीं यह नहीं होगा!" और वे आँगन में इधर-उधर घूमने लगीं। फिर सोचने लगीं, "शीशफूल रख दूँ, क्या करूँगी? लेकिन वही तो उनकी निशानी है, तो क्या सवरइया, सवरइया...? नहीं-नहीं, इसे नहीं बेच सकती!" और वे शीशफूल लेकर

साव की दुकान में जा बैठीं। कुल पचास रुपये पर बन्धक रखना तय हो गया। साव ने कहा, "काकी चलो, हम रुपये दे जायँगे।"

शाम को जब साव रुपये लेकर आ रहा था, तो रास्ते में पट्टीदार मिल गये, "कहाँ जा रहे हो महाजन, इतनी बेला!" "पण्डिताइन काकी के यहाँ, बेचारी बड़ी परेशान थीं। सुना वारण्ट कट गया है, कल कुड़की आनेवाली है। जा रहा हूँ, कुछ रुपये देने।" महाजन ने चलते-चलते कहा।

पट्टीदार को चटकना लग गया—"आख़िर रुपये जुटा ही लिये बूढ़ी ने! झटपट दोनों भाइयों ने राय की, सामू भर भी बुलाया गया। सेचनी लुहारिन भी आयी और देखा गया, वह जाकर पण्डिताइन से रो-रोकर बातें कर रही थी। बड़ी देर तक बैठी रही और सुख-दुःख होता रहा। उठी तो पट्टीदार के कान में कुछ कहती हुई घर चली गयी।"

रात गाँव में एकाएक कुहराम मचा। लोग जुटे, तो देखा महराजिन काकी बिलख-बिलखकर रो रही हैं और पट्टीदार तीनों भाई उन्हें समझा रहे हैं, "जाने दो काकी, नाहक क्यों रो रही हो! पचास रुपये ही तो गये। चलो, कल से अपने घर में रहो।" बैजू की माई कहने लगी, "ऐसी चोरी नहीं देखी बाबा कि घर में चोर आये, कुछ हुआ भी नहीं और रुपये लेकर चले गये!"

पट्टीदार ने कहा, "नहीं जानती, आजकल भेदियों के मारे सरन नहीं है! रात-दिन यही तो सूँघा करते हैं। मैंने पचासों बार इनसे कहा कि रुपया-पैसा मेरी तिजोरी में रख दिया करें। अरे भाई, अलग रहने से क्या हुआ, आख़िर हैं तो अपनी ही। पर इनको जाने क्या हो गया है!"

बातचीत चल ही रही थी कि तहसील के सिपाही और कुर्क अमीन आ धमके। लोगों ने हाथों से माथा टेक लिया, "देखो बेचारी को...भाई, विपत आती है, तो अकेले नहीं आती!"

पट्टीदार ने सिपाहियों को अपने दरवाज़े पर बैठाया। कुर्क-अमीन की सेवा-सत्कार की, मिले-जुले, फिर बाद को लोग महराजिन के दरवाज़े पर आये।

पट्टीदार ने कहा, "साहब इस घर की इज़्ज़त बहुत रही है, अभी तक कोई ग़ैर चौखट लाँघकर अन्दर नहीं गया! यही बरधा है, चाहे कुर्क कर लो!"

महराजिन की आँखों में आँसुओं का नाम न था। उन्होंने अपनी पथरायी आँखों से सवरइया को देखा, तो वह पुलिसवालों को देखकर भड़क रहा था।

अमीन ने बैल खूँटे से छुड़वा लिया। महराजिन चुपचाप बैठी रहीं, उठी तक नहीं।

चौथे दिन देखा गया, सवरइया पट्टीदार की जमुनापारी के बग़ल एक नये पगहे में बँधा है। भूसा-दाना सब है, पर वह नाँद में मुँह नहीं डालता। लोग कहते हैं, नीलाम के पहले यह चार दिन तहसील में रहने के कारण ताव खा गया है। जमुनापारी बार-बार गर्दन हिलाती है, कान फड़फड़ाती है, पर सवरइया की गर्दन नीचे की ओर झुकी हुई है, उसके मुँह से फेंचकुर तथा आँखों से पानी और कीचड़ आ रहे हैं।

पान-फूल

"माँ, मैं बाहल नहीं जाऊँगी। मुझे डल लगता है...ऊँ ऽ...ऊँ ऽ ऽ...ऊँ...ऽ"

जानकी ने कपड़े पर तेज़ चलती हुई सुई को रोककर देखा, तो नीली बिदक गयी है और नन्हें-नन्हें गुलाब के फूल-से गालों पर एक बाँह सटाकर दहलीज़ के पाये से सटी-सटी सुफेद धुले फ्राक को चूने में घिस रही है। वह मन-ही-मन तनिक नाराज़ हुई और उठकर अपनी नीली के पास तक चली गयीं, "तो कहाँ से गढ़ दें दूसरा बच्चा तेरे लिये? कुल ले-देकर बड़े जोग-जतन पर तू ही तो एक जनमी, वह भी इस उमिर में, और आस-पास कोई घर भी तो नहीं है!" उसने बच्ची को गोद में उठाकर, उसके फूले-फूले गालों को चूम लिया और कहने लगीं, "देख, बाहर रामू होगा, उसे ले ले और बाग़ के पासवाली फुलवारी में घूम आ!"

नीली जब घर के बाहर निकली, तो पूसी कुतिया के अलावा दरवाज़े पर कोई नहीं था, जो अपनी अगली टाँगों पर गर्दन फैलाये उसी की तरफ़ एकटक देख रही थी। एकाएक नीली को देखकर उसका मन खिल उठा। वह पूँछ हिलाती, दुलराती, इठलाती उठ खड़ी हुई और नीली के पास जाकर उसे सूँघने लगी। नीली की आँखों में प्रसन्नता छलक आयी और उसने पूसी के सुनहले मुलायम रोयों में अपनी नन्हीं-नन्हीं अँगुलियाँ सहला दीं। कुतिया की ख़ुशी कुछ और बढ़ गयी और उसने अपना धूल-भरा पंजा उठाकर बच्ची के फेन-से धुले फ्राक पर रख दिया। नीली ने दोनों पंजों को उठाकर अपनी गर्दन पर रख लिया और मधुर आलिंगन के एक क्षण के बाद दोनों धीरे-धीरे आगे बढ़ने लगीं।

क्वार का उतरता पखवारा था। अभी शाम नहीं हुई थी, पर सूरज जल्दी-जल्दी अपनी किरणों के जाल को समेट रहा था। अगल-बग़ल सनई और ज्वार-बाजरे के बड़े-बड़े पौधे चुप-चाप डरे-से खड़े थे। सनई के फूलों की पंखुड़ियाँ और चकवड़ की पत्तियाँ, जैसे किसी दुःख में डूबकर सिकुड़ गयी थीं। हवा बहुत थककर आम की पत्तियों पर सो गयी थी। रास्ता किसी मधुर स्वप्न में डूबा हुआ था और इधर-उधर हुई काँस का मन बुढ़ापे के कारण लटक गया था।

पूसी भीट से नीचे उतरी...उसका मन कुछ चंचल हो उठा। इधर-उधर चकपका रही थी, तब तक एक कुत्ता निकला, भूँका और दौड़कर उसकी गरदन पकड़कर उठा

लिया, फिर ज़मीन पर पटककर ददेरने लगा। कें ऽ...कें ऽ...पें ऽ...पें ऽ... की आवाज़ आयी, नीली दौड़ी, तो उसने देखा, पूसी विपत में फँस गयी है और कुत्ता उसे तेरह रगड़ता जा रहा है। पहले वह डरी, फिर एकाएक दौड़ी और पूसी को उसने अपनी गोद में छिपाना चाहा। कुत्ते के मुँह पर उसने हाथों से मारा। कुत्ते ने बँधी-बँधायी मुट्ठी मुँह में ले ली और कच-से दबा दिया। मुलायम फूल-जैसे हाथों में से ख़ून फूट पड़ा और नीली चिल्ला उठी। कुत्ता कूछ दूर खड़ा-खड़ा भूँकता रहा। पास ही की खपरैलवाली नन्हीं बखरी से एक औरत निकली, उसके पीछे उसकी छोटी बच्ची भी थी। नीली को देखा तो चिल्ला पड़ी, "मेरी रानी बिटिया!" और दौड़कर उसने नीली को गोद में भर लिया, पर नीली ने पूसी को छोड़ा नहीं, दूसरे हाथ से उसकी धूल झाड़ती रही।

स्त्री बहुत डर गयी थी। वह नीली के घर पर सेवा-टहल का काम करती है और यह कुत्ता उसी का था। नीली ने कहा, "पालो माँ, मेली पूछी को उठा लो, घल पहुँचा दो!" पारो का जी भर आया, उसने नीली को गोद में उठा लिया। "यह कौन है पालो माँ?" नीली ने पारो की बच्ची की ओर अँगुली से इशारा किया।

"यह रितिया है बिटिया! मेरी बेटी।"

"तो हम इछे भी छाथ ले चलेंगे!" नीली ने मुस्कराने का प्रयत्न करते हुए कहा। पारो नीली को घर पहुँचाने चली तो रितिया और पुसिया भी साथ-साथ आयीं। बाउली के किनारे पहुँचते ही नीली ने कहा, "लीती, यह देखो कमल के फूल!" रितिया ने बाउली की ओर देखा; फिर माँ के पीछे-पीछे चलने लगी।

उस रात नीली को बहुत तेज़ बुखार हो आया और हाथ से लगातार ख़ून बहता रहा। जानकी और उसके पति बहुत परेशान हुए, पर बच्ची होश में न आयी। अगल-बग़ल बात फैल गयी। बहुत-से लोग दौड़कर रानी बिटिया को देखने के लिए आये। गाँव के वैद्य जी, हकीम जी, कुत्ता काटने पर झारनेवाले; सभी आये पर कोई फ़ायदा नहीं हुआ। जानकी जली-जली आँखों से पारो को देखती, पूसी पर निगाह डालती और चुप हो जाती। लगता, जैसे कह रही हो, "बच्ची को अच्छी हो लेने दो, तो तुम दोनों की ख़बर लिवाती हूँ।" रितिया बड़ी उत्सुकता से नीली की ओर देखती —शायद बिटिया आँखें खोल दे—और पुसिया कूँ ऽ कूँ ऽ ऽ करती हरदम चारपाई के चारों ओर चक्कर काटती रहती। एक बार वह जानकी के आगे पड़ गयी, उसने एक लात जमा दी। कुतिया रो उठी—पें ऽ...पें ऽ ऽ...और कुछ दूर चली गयी, फिर लौटी और रितिया की गोद में जाकर चुपचाप बैठ गयी।

दिन चढ़ आया, पर नीली को होश नहीं आया। लोग कहते, "बड़ा जुलुम हो गया भाई, बड़े-बड़े मुश्किल से तो ठाकुर के एक लड़की हुई, वह भी बेचारी..." और वे भय के मारे सिर झुका लेते।

मकान के चारों ओर उदासी छा गयी थी। धीरे-धीरे लोगों के मन से नीली के जीवन की आशा हटने लगी थी—बड़ी दुःखी, बड़ी त्रस्त होकर। रितिया और पूसी जैसे रह-रहकर यही सोचती थीं—नीली अब उठती है, अब उनसे बातें करती है।

इसी बीच शहर का डॉक्टर आ गया। लोग दौड़े आये। उसने बच्ची को देखा, तो कहने लगा, "बड़ा ख़ून निकल गया है और बुख़ार भी तेज़ है। दिल धीरे-धीरे बैठ रहा है। यदि कोई ख़ून दे सके...

यन्त्र रख दिये गये थे और जानकी तथा उनके परिवारवालों का रक्त लिया जा रहा था। सब की जाँच हो रही थी, पर एक-एक कर सब का ख़ून बेकार सिद्ध होने लगा। धीरे-धीरे कमरा खाली हो गया...पूसी कुहकी और पूँछ हिलाकर डॉक्टर के पतलून से जा सटी। दोनों पंजे उठाये...डॉक्टर बड़ी उदास-सी हँसी हँसकर रह गया...कुतिया चुपचाप वहीं बैठ गयी। तब तक डॉक्टर ने देखा, दो नन्हें, पतले हाथ बढ़े हैं, पर अनबोले-ख़ामोश।

डॉक्टर ने देखा, तो उसी तरह मुस्कराया और ख़ून निकालनेवाला यन्त्र उठाकर बच्ची की आँखों के आगे कर दिया, "देखती है, इसे चुभाया जाता है!" वह सोचता था लड़की डर जायगी, पर वह मुस्कराती रही बस इतना ही उसके मुँह से निकला, "रानी बिटिया...अच्छी हो जायँगी न?"

डॉक्टर का मन जैसे किसी ऐसे भाव से छू गया, जो ख़तरनाक न होने पर भी कलेजे को कँपा देता है। उसने यन्त्र लगाया पर लड़की टस-से-मस न हुई। ख़ून देखा गया...ठीक निकला और कुछ मिनट बाद ही नीली ने आँखें खोल दीं।

रितिया और पूसी ने उसे बड़ी ही रुआँसी, किन्तु प्रसन्न आँखों से देखा...डॉक्टर का मन भारी हो आया! जानकी ने रितिया को सीने में कस लिया। नीली के बाप तो जैसे ख़ुशी से पागल हो गये।

नीली, रितिया और पूसी अब हमेशा साथ रहतीं। कभी गुड़िया का ब्याह रचाया जाता, तो कभी बड़े सवेरे मुँह-अँधेरे ही नीली और रीती फुलवारीवाले पारिजात के फूल बटोरने पहुँच जातीं। वहाँ कोई तितली देखतीं, तो उसके पीछे मचल पड़तीं। फिर पूसी ही क्यों पीछे रहती, उछल-उछलकर, मुँह बनाकर इधर-उधर दौड़ती। "पूछी आज तेली छादी होगी, और तू लीती, एक माला तो बना दे!" नीली कहती और पूसी सज-धजकर दुलहिन बन जाती। फिर बाग़ के एक-एक कोने में बउलिगा के एक-एक पेड़ के पास उनकी उछल-कूद लगी रहती।

कभी नीली मन लटकाकर कहती, "देख लीती मैं बीमाल थी न, तो तूने ख़ून दिया था और अब तू बीमाल क्यों नहीं होती, मैं ख़ून दूँगी तुझे, मेली लानी!" और वह गम्भीर हो जाती। पूसी पूँछ हिलाने लगती, पर रीती हँस पड़ती और कहने लगती, "मैं फिर-फिर ख़ून दूँगी और बीमार नहीं पड़ूँगी।"

''नहीं पलेगी, तो तुझे बीमाल कलूँगी औल ख़ूब हाथ काट कलके तुझे ख़ून दूँगी।'' नीली गुस्से में ही कहती और फिर दोनों आपस में एक-दूसरे के कन्धे पर हाथ रखकर इधर-उधर घूमने लगतीं।

रोज़ उनका एक-न-एक नया कार्यक्रम बनता रहता। असाढ़-सावन का महीना था। बड़ी बारिश हो रही थी। रीती रात-दिन नीली के ही घर रह जाती। दोनों रोज़ गुड़ियों का एक नया खेल रचाया करतीं।

एक दिन रीती ने कहा, ''नीली, तेरी गुड़िया और मेरे गुड्डे की शादी हो जाय!''

''हो जाय!'' नीली ने हँसते-हँसते कहा, ''पल भाई, पूछी मेली ओल छे ही लहेगी!''

''क्या हुआ, ठीक है!'' रीती ने कहा। बात जानकी तक पहुँची।

ख़ूब धूम-धाम से तैयारी होने लगी। जानकी और पारो भी इस शादी में शामिल होंगी, ऐसा तय हो गया। दिन निश्चित हो गया, पर दो चीज़ों का अभी कुछ तय नहीं हुआ।

रीती ने कहा, ''पान तू लायेगी!''

''औल फूल तू न!'' नीली ने हँसते-हँसते कहा और अपनी गुड़िया को सुनहरे तारोंवाली साड़ी पहनाने लगी।

शादी बउलियावाले देवता के यहाँ होगी। नीली के बाप ने जगह साफ़ करवा दी। बैठने का इन्तज़ाम भी हो गया। जानकी ने कहा, ''कुछ खाना-पीना भी हो जाय, तो क्या बुरा हो पारो?'' '' जैसी मर्जी हो, रानी जी! मैं तो तैयार ही हूँ'' पारो ने कहा। तब तक नीली दौड़ती हुई आयी और ''पालो माँ, पालो माँ!' कहकर उससे चिपक गयी।

जानकी उसे देखकर हँसी, ''पारो! नीली अब तुम्हारी भी लड़की है। पहला जनम तो इसे मैंने दिया, पर दूसरा जनम रीती ने ही।'' पारो हँसने लगी।

नीली गम्भीर हो गयी, ''लीती ने मुझे दूछरा जन्म दिया है...औल मैंने...औल मैंने!'' वह उदास हो गयी। उसी समय पूसी आयी और उसके हाथ-पाँव चाटने लगी। वह उठी और हँसती हुई बाहर चली गयी।

आज सुबह ही शादी होने को थी। नीली के पिता ने खाने-पीने का पूरा इन्तज़ाम कर लिया था। दरवाज़े पर भीड़ लगी हुई थी।

अभी सूरज की किरणें पूरी लाल भी नहीं हो पायी थीं, पर उनका प्रभाव बाउलीवाले शीशम की टहनियों पर साफ़ उतर आया था। रात को ओस के भार से थके हुए पौधों की पत्तियाँ धीरे-धीरे सीधी हो रही थीं और शेफाली की ढुरन थम गयी थी...पानी पर लहराते हुए पुरइन के पत्तों की शोभा के आगे स्वर्ग की मुक्ता भी पीछे पड़ गयी थी। हाँ, कमल के अधमुँहें फूल अभी बहुत प्यासे थे। शायद किरणों के उतरने का इन्तज़ार था।

नीली, रीती और पूसी बाउली पर पहुँच गयीं। देवता अभी सो रहा था। उन्होंने इधर-उधर देखा, शेफाली की ओर नज़र दौड़ायी, "लीती तू फूल यहाँ छे ले ले। देख मैं पान तो ले आयी, अभी जब गुलुई की डाल निकलेगी, तो जलूलत लगेगी न!" नीली ने कहा।

"जमीन पर गिरे फूल? नहीं नीली! आज मैं कमल के फूल ले आऊँगी।" और वह बाउली की ओर मुड़ गयी। नीली कुछ कहना ही चाहती थी कि रीती पानी में उतर गयी...घुटने से कमर... कमर से गले, फिर अथाह पानी और पुरइन का जाला। रीती कमल के पास पहुँच गयी...फूल हाथ में तो आ गया पर वह...? नीली चिल्लायी, "लीती ऽ... लीती ऽ ऽ!" और इतने में पूसी पानी में कूद पड़ी। रीती कुछ ऊपर आयी, उसने हाथ फटफटाये, कुतिया पकड़ में आ गयी। 'लीती ऽ... लीती ऽ ऽ... मेली...मुझे..." और फिर छप... की आवाज़, फिर एक शून्य, निरन्तर शून्य।

जानकी, उसके पति, पारो और अन्य सैकड़ों लोग बाजे-गाजे से बाउली पर पहुँचे। खाना-पाना सब पहुँच गया और एक पालकी में गुड्ई-गुड्वे की डाल भी पहुँच गयी, पर इन प्राणहीन दुलहिन-दुलहे के माता-पिता? पारो ने जानकी की ओर देखा और जानकी ने पारो की ओर। सबों ने देखा, पानी की सतह पर एक कमल का फूल और दो लगे हुए पान तैर रहे थे!

घूरा

आज तीसरा दिन था पर बारिश नहीं थमी, गृहस्थ लोग बार-बार बाहर निकलकर, बादलों की ओर देखते पर वे तनिक भी फटते नज़र नहीं आ रहे थे। उनकी हलकी घुमड़न, और बूँदों की सरसराहट के अतिरिक्त, कोई आवाज़ कहीं से नहीं आती थी। ऊपर काले-कजरारे, घनघोर मेघ और नीचे भीगी, हलकी-भूरी कीचड़—जिसमें जगह-जगह कूड़ा-करकट, और गोबर के सूखे कण्डों के द्वीप और उन द्वीपों के ऊपर रेंगते हुए केचुए, गोबड़ौरे और मखमली बीर-बहूटियाँ। रह-रह कर आसमान में बादलों की गहरी भूरी; किन्तु टोक पर श्वेत लटें धुएँ-सी दौड़ जातीं और पानी की कड़ी बौछार होने लगती। पानी में बुल्ले उठने लगे थे और लोगों का कहना था कि, "यह ताल-पोखर एक करनेवाली बरसात के लच्छन हैं।"

ब्यास की मड़इया और पाहीवाले ठाकुर की दालान में दिन-दिन भर गँवई ठाकुरों और परजों की मण्डली जमी रहती, और खेती-बारी के भविष्य, नये क़ायदे-क़ानून, गाँव के आपसी झगड़े-झण्टे तथा बटोर-पंचायत की बातें चलती रहतीं। गोरू-बरधा सब सिकसिका गये थे। छोटे-छोटे खउरहे कुत्ते भी चारपाई के नीचे मुकुड़ी मारे, पेट में मुँह गाड़े पड़े थे पर बतकही और चिलम की गर्मी में किसानों का जमघट लगा रहता।

—राजाराम के घर में पानी जाने लगा, बेचारा बड़ा ग़रीब आदमी है, लेकिन रामधन अपने खेत में पानी जाने ही नहीं देता। कहता है, जहाँ से पानी का बहाव है, वहीं से पानी जाय, पर बैजूलाल को कौन कहे? गाँव के पटवारी हैं, इसी साल नयी बखरी बनवायी है और पानी का रास्ता बाँध दिया है।

मटरू के बखरी की पिछली दीवार अचानक भहरा पड़ी, ख़ैर हुआ कि कोई दबा नहीं—लड़के-बच्चे तो उसी रास्ते से निकलते-पैठते थे, और दुखी-बो तो बड़ी बिपत में फँस गयी हैं। सिवान में पानी खचा है, उसकी बखरी की नींव तक पानी चपा है, अब नाबदान में से पानी बाहर नहीं हो रहा है।

ब्यास का बुढ़वा बरधा बैठ गया है, अपने से उठ ही नहीं सकता—बड़ी कमायी कराया, इसी खूँटे पर बारह बरस से सानी-पानी कर रहा था। अब आख़िरी समय है, कहीं छाँह धरा देनी चाहिए, वर्ना मर जायगा तो बड़ा सराप लगेगा।

—घूरा की बिपत का कोई ओर नहीं। गाँव के बीच में घर ठहरा। ठाकुर-बाम्हन होती तो दूसरी बात थी, जिसे देखो अपने-अपने दरवाज़े पर ऊँची मेंड़ बाँध दिये हैं,

चारों ओर से बखरी डूब रही है! हमेशा तो नम्बरदार की कोलिया में ही होकर पानी बहता था न! पर समय है भाई! जिसकी बात बिगड़ती है, ऐसे ही।

"साँवला, चिकना रंग, बड़ी-बड़ी आँखें, और जामुन जैसे काले बाल, दाँत कुछ बाहर को निकले हुए, और ज़बान की पतली, मन की चुलबुल, बड़ी कद्दावर औरत थी भैया!" सामू चौधरी हुक्के का धुआँ छोड़ते हुए कहने लगे। धुआँ सावन के इस झरिहर में सितियाकर, पानी की नन्हीं बूँदों में जाकर खो गया। वे चुप रहे, बीते दिनों की स्मृतियाँ सँजोते हुए—सँवारते हुए। कोई बड़ी बात तो कहनी थी उनको। ब्यास की मड़इया में ख़ामोशी छा गयी। हवा का एक सिहरन भरा झोंका आया और धुएँ की तरह पानी की फुहार छोड़ता हुआ चला गया। बादल एक बार घुड़घुड़ाया, फिर थम गया।

"घूरा उस ज़माने की मेहरारू है भैया! जब जवाहिर भगेलू के घर में धन का ज़ोर नहीं था। सारा गाँव हारे-गाढ़े उनके यहाँ हाथ फैलाता था। रुपया-पैसा, अनाज-पानी, सबसे वह मदद करता था। तैसी ही दो औरतें थीं: घूरा और मराछी, जैसे हाथी का बच्चा—बालों से तेल चूता रहता था, तेल; पर सब तो मर गये कमाती-खाती उमर में, इसी ने न जाने कौन-सा लोक बिगाड़ रखा था।" बीच में लालता सिंह बोल उठे, "आख़िर लम्बरदार पानी क्यों नहीं बहने देते दादा?"

"तुम क्या जानोगे, अभी कल के तो जनमे हो बेटा! वही लम्बरदार थे कि हारे-हरजे पचासों बार, उसके यहाँ हाथ फैलाते थे। लड़की की शादी पड़ी, घर में कौड़ी नहीं थी, भगेलू से कहा, 'कुछ रुपये का प्रबन्ध कर दो!' पर भगेलू की पुरानी रकम पड़ी थी, देने का नाम लेते ही नहीं थे। उसने कहा, 'बाबू! ज़हर खाने को धेला नहीं है।' अपना-सा मुँह लेकर लौट रहे थे, रास्ते में घुरिया मिल गयी—पद में देवर लगते थे। उसने हँसी की, 'गर्मी में इतनी मेहनत क्यों करते हो बबुआ! मुँह सूखकर अमहर हो गया है।' 'मेहनत क्या करूँ घूरा! बड़े झंझट में फँस गया हूँ।'''

"'हमें न अपने घर में रख लो!' कहकर घूरा मुस्करायी। गजब हँसती थी—बड़ी-बड़ी आँखें फैलकर कान तक पहुँच जाती थीं; और दाँत? कुछ न पूछो! पान की लाली में बारहों घण्टे डूबे रहते।"

"लम्बरदार को कुछ सहारा मिला।" कहने लगे, "तुम्हें रखने को मेरी जाँघ में ज़ोर कहाँ घूरा! पैसा न चाहिए।"

"पैसे की क्या कमी है बबुआ।"

"बड़ी कमी है घूरा!" लम्बरदार ने मन लटकाते हुए कहा, "लड़की की शादी पड़ी है, घर में कौड़ी नहीं है, गया था साव के यहाँ, पर उन्होंने दो-टूक जवाब दे दिया।" घूरा गम्भीर हो गयी। पैसे के नाम पर बनिया, और सनेह के नाम पर वेश्या की यही हालत होती है। लापरवाही से मन गिराते हुए कहने लगी, "कुछ तंगी में हैं बबुआ! जौनपुरवाली दुकान में बड़ा घाटा लग गया, नहीं तो देते क्यों न!"

"घूरा चली गयी", पर लम्बरदार ने कई बार उसे साँझ सकारे टोका, "घूरा, इज़्ज़त तुम्हारे हाथ में है, भौजी! किसी तरह पगड़ी रख लो, कल ही तिलक जानेवाला है। बड़ी पुण्य होगी। लड़की की बात है, अगर चढ़ी लगन छूट गयी तो पचास भेद निकलेगा।"

"घूरा ने दिलासा दिया, 'कन्या की बात है, बबुआ, जैसे तुम्हारी तैसी हमारी, पर बबुआ...देखो, रात को बताऊँगी..."

"तिलक सवेरे ही जानेवाला था। रात की लम्बरदार को बार-बार बुलाव आया पर वे ठहर पर नहीं गये। बार-बार कोली झाँकते रहे। आख़िर रात को, क़रीब दो पहर रात गये पाँच सौ रुपये की गठरी आँचल में छिपाकर, घूरा आयी और बिना कुछ बोले लम्बरदार के हाथों में थमाकर चली गयी।" हाँ, जाते-जाते उसने कहा, "कानों-कान साव को खबर न लगे बबुआ! वर्ना मेरी चमड़ी उधेड़ लेंगे।"

"पर बात कहाँ से छिपती? आख़िर अपने गाँव को तो जानते ही हो भैया! किसी ने जवाहिर के कान में बात डाल दी और उसके बदले में उसने घुरिया को बुरी तरह पीटा। उसके चमड़े फूल आये। कई दिनों तक रोती रही पर उसने कबूला नहीं।"

"तिलक के बाद जब-जब लम्बरदार उसे देखते उनकी आँखों में आँसू अनायास छलक आते। एक दिन चुपके से उन्होंने कहा, 'बड़ी उमर होगी भौजी! तुमने मुझ डूबते हुए को बचा लिया है। मैं जल्दी ही रुपयों का परबन्ध करके, तुम्हें दे दूँगा। तुम्हें मेरी वजह से बड़ी तरद्दुत हुई, न जाने किस साले ने सेठ का कान भर दिया।'"

"घूरा की आँखें उस मार को याद करके भर आतीं। जिस साव ने कभी उसे दूब की सिटकुन से नहीं छुआ था, इसी कारण उसे इतना पीटा, पर उसके मन में जैसे प्रसन्नता थी।"

"साल भर बीत गया। घूरा ने रुपयों के लिए मुँह नहीं खोला पर जब चौत की फ़सल कटी तो उसने कहा, 'बबुआ अब तो...' 'ज़रूर-ज़रूर भौजी!' लम्बरदार ने बात टाली, फिर बाद को कहने लगे, 'रुपया तो नहीं जुट रहा है, कहीं कुछ खेत रेहन करा लेती।'"

"खेत...? भला मैं खेत कैसे लूँगी?"

"फिर अभी मुस्किल है घूरा!" उन्होंने कुछ कड़ाई से कहा, सबूत भी क्या था और आख़िर में उन्होंने सीधे-सीधे कह दिया, "कैसा रुपया?"

घूरा सिटपिटा गयी, उसकी आँखें विस्मय से भर गयीं, उसका कलेजा धड़कने लगा, उसे पसीना हो आया। बटोर-पंचायत? वह भी तो नहीं कर सकती थी बेचारी, उठी और कहती हुई चली गयी, "यही तुम्हारा दीन-धरम कहता है न, बबुआ! जाओ समझ लूँगी लड़की के कन्यादान पर दे दिया, पर तुम्हारी नियत का फल भगवान् तुम्हें ज़रूर देंगे।"

"लम्बरदार सिटपिटा गये।"

ललता सिंह ने कहा, ''बड़े बेईमान थे दादा, वे।''

''बेईमान, अरे बेईमान न होते तो फलते-फूलते नहीं। देखो सोर-संखार भी तो नहीं रह गयी और आज उसका पानी बाँधकर, बेचारी को बरसाती बिल का मूस बनाये हैं।'' सामू चौधरी ने हुक्का खटिये की पाटी से उठँधा दिया।

मड़इया में कोने से लगी हुई दीवट पर मिट्टी के तेल की ढिबरी धुआँ उगलती हुई सिसक रही थी और रह-रहकर उसकी रोशनी हवा के झोंके में टेढ़ी होकर, कम हो जाती थी। पानी का बरसना कुछ कम हो रहा था पर ऐसा नहीं कि बूँदें नहीं पड़ रही थीं। एकाएक चमक हुई। बिजली कड़क उठी और बूँदों की ज़ोर की सरसराहट हुई। पानी निबुसने की आशा

लोगों के मन में खिसियाकर दुबक गयी। चारपाई के नीचे पिल्ला कुँहुक उठा और ब्यास की बछिया ज़ोर की डकरी-शायद गाय ने खूँटे से छुड़ा लिया था और बछिया अकेली पड़ गयी थी।

अभी बहुत रात नहीं बीती थी पर चारों ओर अँधेर-घुप, हाथों-हाथ न सूझता था। हाँ, सूम के धन की तरह बड़ी मुश्किल से कभी-कभी बादलों में चमक हो जाती थी। हवा में हलकी सिहरावन आ गयी थी, फिर भी हुक्का-तमाखू और बातचीत के मोह में लोग वहाँ जुट ही जाते हैं, जहाँ चार आदमी बैठते हों। खुद्दी लोहार खटनही पहिने आये, छाता बन्द करके रखते हुए, बड़े उदास स्वर में बोले, ''बड़ा नुकसान हो गया बेचारी का।''

''किसका?'' ब्यास ने बात बीच ही में छीन ली।

''घुरिया का।''

''क्या पानी बखरी के दालान में चला गया क्या?''

''हाँ, सब सौदा-सुलुफ नष्ट हो गया और उसको बिच्छी ने डंक मार दिया।''

अपनी करनी भोग रही है घुरिया।

करनी? हाँ करनी ही। इसलिए तो उसके दोनों लड़के बुधुआ-मगरुआ चारपाई तक नहीं देते सोने को।

वह घूरा जो रात के अँधेरे में पलँग के नीचे पैर नहीं रखती थी, सुख-सम्पत्ति पाँवों पर लोटती थी, दुःख और दारिद्रता की तो बात दूर रही, बच्चों की गाली सहती है और इस बरसात की रात में, सीलन भरे दालान में ज़मीन पर सोकर गुजार देती है। कैसे बीतती होगी रात? और नहीं तो क्या, वे दिन, और वे सुनहले सपने भूल गये होंगे? उसे याद न आते होंगे?

''धरमदेइया खाले पड़ गयी है न बाबू! और यह मगरू उसे फूटी आँखों देखना भी नहीं चाहता। कुछ भी हो तो वह हमारी लड़की है? इसी तन से उत्पन्न हुई है।

आख़िर यह सब तो उसी के बाप की कमायी है न!'' घूरा की आँखों के नीचे की सलवटें आँसू से भर जाती हैं। एक नहीं, हजारों पतली-तिरछी आँसू की रेखाएँ, जो लगातार रिसती रहती हैं, जैसे कोई झरना। उसे अपने तन की चिन्ता नहीं है। एक बहुत पुराना अँगोछा जिसमें थिगलियाँ झूलती रहती हैं—चूतड़ और सीने-पीठ पर कई छेद हैं। पर नहीं, ''धरमदेइया खाले पड़ गयी है न बाबू!''

घूरा को यही नशा है। क्योंकि उसकी वैभव भरी आँखें आज अपनी लड़की को ग़रीब के घर में देखकर एक असीम कातरता से, अपनी पुरानी बातें याद करती हैं। वह गौरव, वह असूदगी उसकी नस-नस में काँटा बनकर चुभने लगती है और वह पागल की तरह सबसे घूम-घूमकर यही कहती है। उसके जेठे लड़के मगरू को उसके ऊपर शक हो गया है। वह ग़रीब बहनोई को घर-जमाई नहीं बना सकता, दूसरे उसे यह बदनामी भी सह्य नहीं है।

पराया, परायापन सह सकता है, पर जब अपनों से पराया-सा व्यवहार होने लगता है, तो वहाँ एक गहरी खाईं खुद जाती है! घूरा दुकान में पैर नहीं रख सकती। डर है, कहीं कुछ चुराकर दामाद को न दे दे। ''बुद्धू ताला बन्द रखना! देखो, जब घूरिया घर में जाय तो नज़र रखना।'' मगरू कहता है और जब साँझ को दुकान से दूर दीवार के सहारे बैठी हुई घूरा कहती है, ''मगरू, एक चिलम तमाखू?'' तब मगरू गुर्राता है—''एक चिलम तमाखू, एक चिलम तमाखू, कितनी तमाखू चूसती है! अभी तो दिया था न, चल, हट यहाँ से!'' तो घूरा के आँखों की रोशनी बुझ जाती है—आँधी के दीपक की तरह। मरु-भूमि में पानी की खोज कौन करता है? जिसके पैरों में चलने की ताक़त हो। घूरा तो रो भी नहीं सकती! अपने कतरे हुए बालों के बीच अँगुलियाँ घुसेड़कर, माथा थाम लेती है। एक धुन्ध, ठीक रतौंधी के मरीज़ की तरह, उसकी घिघोरे पानी की-सी आँखों में उठती है और रात-दिन छायी रहती है। गाँव के लड़के तालियाँ बजाते हैं, हँसते हैं...''घूरा अमिरती चाभोगी, सिलिक पहनोगी...? तमाखू पी लो, तमाखू!'' और जिस रास्ते वह चलती है, दो चार कुत्ते भूँकने लगते हैं।—क्यों भूँकते हैं कुत्ते घूरा तेरे पीछे? इन्हें आदमी भुँकवाते हैं! लड़के, गाँव के हँसोड़ बच्चे, जो अपने माँ-बाप के प्यारे हैं...बच्चे...और बच्चे... घूरा सोचती है और उसकी निगाह कुछ साफ़ हो जाती है।

—साव के मरने के बाद मैं कितना रोयी थी...पर उस दुःख की भी एक दवा थी। बच्चे, मेरे दो बच्चे और एक बच्ची है। फिर बनिया के लड़के, कमायेंगे-खायेंगे और मैं इनकी सेवा में समय गुज़ार दूँगी। दुकान पर बैठूँगी, सौदे-सुलुफ का परबन्ध करूँगी, लेहना-तकादा देखूँगी और रात को देर तक इन्हीं बच्चों के पास सोकर कहानियाँ कहा करूँगी। कितनी अच्छी बात है। फिर शादी...बहू...नन्हें, लाल महावर में रंगे हुए हाथ...मैं उन्हें रानी बना के रखूँगी, रानी! मेरा मगरू बड़ा लायक़ होगा। सचमुच वह लायक़ था। कितना हँसोड़, बच्चे-सा स्वभाव—

"माई!"

"का रे!"

"माई!"

"का है रे!"

"जाऊँ?"

"जा बेटा!"

"एक बार फिर से कह दे!"

"जा बेटा!"

"ऐसे नहीं, डाँट के कह, जाता है कि आकर पीटूँ!"

"अच्छा ले, जाता है कि आकर पीटूँ!"

तब मगरू दुकान छोड़ता और घूरा गद्दी पर बैठकर हुक्का गुड़काती हुई सौदा बेचती रहती। मगरू बिना माँ से पूछे पानी तक नहीं पीता। साव नहीं रहे तो क्या हुआ, बच्चे तो...

घूरा इन्हीं विचारों में डूबती तो उसे लगता जैसे वह इन्द्रासन पर बैठी है। पर एकाएक, "घूरा! मगरू-बो बरतन माँजने के लिए बुलाती हैं।" कोई लड़का उसे चिढ़ाता, तो फिर वही धुन्ध, जिसका न आदि न अन्त। एक सीमित दृष्टि, और फिर वही, "धरमदेइया खाले पड़ गयी है न बाबू!" और फिर मगरू की वही बात, "ठहर पर बैठाकर इसे खाना देने की क्या ज़रूरत, बाहर ही रख दिया करो!"विह पागल हो जायगी, पागल!

चौथे दिन पानी तनिक थमा, पर बादलों के आतंक से सँसी हुई किरणें एकाध बार अपनी रेशमी रोशनी दिखाकर छिप गयीं। कुछ राहत मिल गयी थी। लोग सुबह-सुबह ख़ुश होकर, घरों से निकले और बच्चे तो जैसे एक लम्बी नींद से सो कर उठे हों। पानी में छपक-छपक दौड़, फिर तेज किलकारियाँ, "बड़की पोखरी तो भर गयी, हाँ, घिवपोखर उलट गयी। मछरी चढ़ रही हैं। माई, मेरी कँटिया दे दे! मैं मछली मारूँगा।"

झिंगवा बिकने आ गया। ऐसे ही बरसात के शुरू में जब पानी गँदला हो जाता है, तब मल्लाह मछलियाँ पकड़कर ले आते हैं। गाँव की रसम है—सदा से साव ही के दरवाज़े पर तो मछलियाँ कटा करती हैं। घूरा ने ललचायी आँखों से झिंगवे के मटके की ओर देखा और फिर एक टक कुछ सोचती हुई नीचे देखने लगी।

आज मगरू कई दिन पर घर लौटा है पर घूरा कुछ नहीं जानती। इतना ज़रूर सुन रखा है कि उसके नाम वारण्ट कटा है, बीज गोदाम का अनाज जो वापस नहीं कर पाया! थोड़ा नहीं, पाँच सौ रुपये देने हैं, और मगरू रुपये के लिए नातेदारी-रिश्तेदारी दौड़ता रहा पर किसी ने पैसे नहीं दिये। घर भी तो सफाया हो गया है। जो

रुपया था, चक्की में लगा दिया—वह भी ठाकुर के साझे। बरियरा मारे, रोवे न देय; रुपया-रुपया गया, ऊपर से उनका हिसाब चढ़ गया। भूँय—बाँगर बिक गयी, अब कोई ठिकाना न रहा। या तो मगरू जेल जाय या घर-बखरी कुड़क हो—यही रास्ता तो बच रहा है। फिर भी घूरा उदास नहीं है, जैसे उसका इस घर में कुछ है ही नहीं और मगरू भी उसे अपनी परानी तो नहीं समझता।

—लेकिन जवाहिर का लड़का...घूरा का लड़का, घर से पकड़कर थाने जायगा? घूरा का मन रो देता—बहुत ही दुःखी होकर, कलप-कलपकर। उसका रोयाँ-रोयाँ जैसे इस बरसात की सिहरन में दुःख के पसीने से सराबोर हो जाता, लेकिन वह एक चुप हजार चुप! क्यों न हो? उस दिन तनिक-सा पूछने का ही तो नतीजा हुआ कि मगरू ने कोई करम उठा नहीं रखा।

"दमाद के लिए मर रही है। इसी हरामजादी की नियत का फल भोग रहा हूँ। अब तो जेहल ही बाक़ी बची है, वह भी हो जाय। उठ, चल यहाँ से, तेरा मुँह भी नहीं देखना चाहता!"

घूरा पत्थर हो गयी है। उसका मक्खन-सा मुलायम कलेजा सूखे स्पंज की तरह खोखला हो गया है। "ब्यास की मड़ई में सिपाही आ गये।" किसी ने कहा।

"सिपाही, मगरू को पकड़ने?" घूरा की नसों में आसमान की बिजली चमक उठी। एक स्फूर्ति और स्पन्दन—कई दिनों के भूखे शरीर में भी अत्यन्त बलशाली और पवित्र हृदय।

घूरा उठ खड़ी हुई, देखा एक सिपाही मगरू को पकड़े है, दो बैठे हैं, और वहाँ लम्बरदार, मुखिया, रामचन्दर और सामू दादा। "इसके बाप ने कितनों की इज़्ज़त रखी है मुखिया! जब-जब ठाकुर लोगों पर मालगुजारी का वारण्ट कटता और वे लोग थाने की तरफ़ ले जाय जाते, तो जवाहिर की थैली खनखना उठती। जीते जी उसने गाँव की इज़्ज़त नहीं बिकने दी।" सामू चौधरी ने हुक्के पर दम लगायी, पर एक निर्जीव स्थिरता—कोई टस-से-मस नहीं हुआ।

सिपाहियों ने मगरू को पकड़ा ही था कि बिजली की-सी तेज़ी से दो सूखे-सूखे हाथों ने उनके हाथ झिटक दिये। घूरा की आँखों की लुटी हुई रोशनी वापस आ गयी थी, ठण्डा ख़ून गरम हो गया था। यह जवाहिर साव की स्त्री बोल रही थी—घुरिया थी...कुछ लोग मुस्कराये, कुछ हँसे, पर बुड्ढे एक गम्भीर विचार में डूब गये।

एक सिपाही ने झटका दिया। घूरा तनिक सहमी तो सिपाही ने कहा, "बड़ी इज़्ज़तवाली है तो रुपये लाकर दे दे!"

"तेरे जैसे सिपाही तो मेरा पानी भरते थे रे, दाढ़ीजार के नाती! बड़ा रुपयेवाला हुआ है।" घूरा ने ज़ोर से कहा।

मगरू बिगड़ा, पर उसका सिर झुक गया था। घूरा ने चिल्लाकर कहा, "बुधुआ, ले आ तो कुदार!"

लोग डर गये, झगड़ा करना चाहती है क्या?

पर घूरा वहाँ रुकी नहीं। तेजी से अपने घर में घुस गयी। बुधुआ कुदार ले गया और थोड़ी ही देर में तीन सौ गिन्नियाँ मुर्चही बटुली में—पीली-पीली...गोल-गोल। सब की आँखें टँग गयीं, जैसे सबको किसी साँप ने एक साथ छू लिया हो। "ले अपना रुपया!" घूरा ने गिन्नियों का ढेर लगा दिया।

सिपाहियों का मुँह उतर गया। मगरू की आँखों से आँसू निकल पड़े—ख़ुशी के नहीं, पश्चात्ताप के, और धरती पर गिरे टप-टप...!

सामू चौधरी का गला भर आया था, "यह जवाहिर साव की मेहरारू है बच्चू! पानीदार का पानी भगवान् रखते हैं।"

फिर एकाएक हवा का झोंका आया। वही सिहरावन जो तीन दिन से थी, पर कोई सिहरा नहीं और ऊपर से बादलों का एक टुकड़ा दौड़ता हुआ निकल गया। सूरज की साफ़ किरणें—निडर, लेकिन ठीक उन्हीं गिन्नियों की तरह पीली-पीली; धरती पर एक ओर से दूसरी ओर को दौड़ गयीं।

रेखाएँ

बिन्दुः रेखाओं का बीज, जिसकी तिमिराच्छन्न, ठोस छाती में असंख्य किरणों का पुंजीभूत संस्कार, विस्तरण और अनन्तता; पर इकाई और रूप-सज्जा में अमिलित संयोग और संयोग में रेखाएँ—एक नहीं अनेक।

"इसीलिए रेखाएँ न खींचना, एक रेखा खींच देना! बिन्दु न बनाना, दो बिन्दुओं की दूरी को मिला देना!" मैंने इतना ही तो कहा था न! हाँ, इतना ही! नीहार कुछ नहीं बोली थी। क्षण-भर के लिए उसकी काली आँखों पर एक मोतिया पर्दा पड़ गया था। उसने अपने कजरारे, दीर्घ कुन्तलों की छाँह में, मेरे सिर को छिपा लिया था और एक कुँवारी भीनी महक मेरी उदासीनता को एक शान्तिपूर्ण मदहोशी में बदलना ही चाहती थी कि उसने टाला, "उदास हो रहे हो? मैं ज़रूर रेखा खींचूँगी, ज़रूर!"

—नीहार उस समय बारह-तेरह वर्ष की रही होगी, जब मैंने उसे पहले-पहल उसके पड़ोसी के घर देखा था। पड़ोसी बड़ा व्यस्त आदमी था। दूसरे उसके घर, उसकी पत्नी के अलावा दूसरा कोई था भी नहीं। इसीलिए हमारा आना-जाना वहाँ नहीं था। निरन्तर ख़ामोशी का वातावरण एकाएक टूटा और कँकरीली दीवारों के पार से मधुर हास की ध्वनि, सुदूर से आती हुई सिम्फनी की तरह कानों में पड़ने लगी।

—शाम को लॉन में पानी पड़ने लगा। गुलाबों की भी बन आयी। गर्मी का महीना, भयानक जलन और उसके साथ एक अतृप्त अलस और तन्द्रा, पर जब मैं शाम को बाहर निकलता, नीहार के शलवार की सलवटें, पानी से लथपथ मिलतीं। घास की एक-एक फुनगी, गुलाब की एक-एक पत्ती को, एक अजस्र मौन लिये सींचने में उसकी निष्ठा उस समय दूनी हो उठती, जब वह अपने गुलाब की नन्हीं-नन्हीं कलियों को गिनती, एक...दो...तीन...और मेरे पड़ोसी की पत्नी के गले से लिपटकर कहती, "दीदी! ये धूप में सूख जाती हैं!"

"तो इन्हें ले चलकर कमरे में न लगा दे! पगली कहीं की, अरे, कहीं गुलाब गर्मी में खिलते हैं, यह कलियाँ तो वैसे ही निकल आती हैं।" वे उसे पास खींचकर, अपनी छाती से सटा लेतीं, फिर उसके बाल ठीक कर देतीं और देर तक सहलाती रहतीं।

—उस दिन सन्ध्या में, एक हलकी, पिलछही रोशनी भर बाक़ी रह गयी थी। बरसात के लक्षण हो रहे थे और दिन ही से पुरवाई झकोर रही थी। हवा रहते, पसीने

से शरीर चिपचिपाया रहता था। हम कई लोग, अपनी लान में नंग-धिडंग हवा ले रहे थे। एकाकए मि. हजेला की नौकरानी चिल्लायी, फिर घिघियाती हुई भागी। सब लोग हकबकाकर उठ खड़े हुए। देखा तो, वह भय से थर-थर काँप रही है और उसकी ज़बान तालू से सट गयी है। वह कुछ कहना चाहती थी पर आवाज़ निकलती ही नहीं थी। मैंने पूछा, "क्या बात है?" तो उसने टूटी आवाज़ में कहा, 'साँ...ऽप...साँ...ऽ' और बच्चे की गाड़ी की ओर इशारा कर दिया। हम लोग बेतहाशा दौड़े, पर एकाएक गाड़ी के पास पहुँचकर, सबकी नसें फूल गयीं और माथे से पसीना आने लगा। एक पतली, चमकती हुई नागिन गाड़ी के कोने से हैण्डिल के ऊपर चढ़ रही थी। रह-रहकर उसके मुँह से निकलती हुई लाल चिनगी की तरह की जीभ ने हम सबों का साहस छीन लिया और ज़हर को अमृत की संज्ञा देनेवाला छोटा कन्हैया, जैसे तनूजा की तरंगों में डूबकर, काली नाग को पकड़ लाने के लिए मचल रहा था।

—बच्चे को उठाना या नागिन को वहाँ से हटाना; दोनों ख़तरे से खाली नहीं थे—सब हतबुद्धि, सब जड़, जैसे किसी में कोई चेतना बाक़ी ही न हो। इसी बीच एक लड़की अन्दर घुसी, भीगे शलवार से पानी के छीटें पड़े और लोगों ने रास्ता छोड़ दिया। बग़लवाला दोस्त भुनभुनाया, "कैसी पागल है, कि भीगे कपड़े पहने यहाँ चली आयी।" पर उसने, जैसे सुना ही न हो। एकाएक बिना कुछ सोचे-विचारे उसने गाड़ी के नीचे लटकती हुई नागिन की पूँछ पकड़ी और दूर झिटक दिया। फिर बिजली की-सी गति से बच्चे को उठाकर, उसे बार-बार चूमने लगी। उसका चेहरा एक झीनी अरुणाई के अबोध भोलेपन से दीप्त हो आया और मैंने देखा, वह नागिन धूल के ऊपर, टेढ़ी-मेढ़ी रेखा बनाती चली जा रही है।

—हम लोग ख़ामोश थे और ख़ामोश लौट आये पर वह टेढ़ी-मेढ़ी रेखाः बिलकुल सम टेढ़ाई और उसमें काली नागिन के पेट की गढ़न के हलके कढ़ाव, एक अनन्त दूरी तक के लिए—जब तक कि नागिन जीयेगी, बनती जायगी। सुना, साँप सौ वर्ष जीता है—पूरे सौ वर्ष, आदमी से ज़्यादा। बड़ी लम्बी रेखा होगी यह, और बड़ी अच्छी भी।

नीहार का पत्र आया—

मैं बीमार हो गयी हूँ डॉक्टर! बीमारी भी कितनी अच्छी होती है, ठीक पतझड़ की तरह, जब प्रकृति अपने अतीत के विस्मरण में भविष्य का नहीं, अतीत का ही संचय करती है, भविष्य को पुष्ट करने के लिए। सच मानो, ये पेड़, ये नन्हें-नन्हें, सुकुमार पौधे और ये फूल अपने नये जीवन, नये सृजन के लिए सोचते हैं...मैं भी सोचती हूँ डॉक्टर! और सोचते-सोचते न जाने कितने ड्राइंग पेपर रंग उठते हैं—काली-काली आड़ी-सीधी रेखाओं से, पर इनमें समता नहीं आती, वैसी, जैसी नागिन अपनी कुण्डली से बनाती है। मैं अपने नये जीवन का इन्तज़ार कर रही हूँ...तब शायद, तब...और हाँ, यह मेरा काछी नौकर बड़ा अच्छा है। मेरे लिये रोज़ सवेरे गुलाब की ताज़ी, श्वेत कलियाँ ला देता है, पर तुम्हारी तरह नहीं। इसके लाल मूँगे की तरह के

होंठ जैसे किसी मज़बूत ताले में बँधे रहते हैं। ठीक यन्त्र की तरह वह चलता है, बोलता है और काम करता है। आदमी सदा से पाथर पूजता आया था डॉक्टर! पर यह एक नयी परम्परा जोड़ रहा है—यह पाथर आदमी पूजता है।...पाथर आदमी पूजेगा...काछी लड़का बड़ा अच्छा है...मेरा हाथ काँप उठा, जैंसे किसी बिच्छू ने डंक मार दिया हो।

और धीरे-धीरे ज़हर ऊपर चढ़ रहा हो।

"किसका पत्र है भैया!" मीनू पूछता है।

"बीमार लड़की का।"—मीनू उसे बीमार लड़की ही कहता है।

"बीमार लड़की बीमार है मीनू?"

"तो उसे देख आओ भैया? वह तुम्हें बहुत याद करती होगी।"

"वहाँ देखनेवाले हैं, मीनू!"

—आश्विन ही तो था। शरद की समरस, गन्धयुक्त वायु से वातावरण कस उठा था; फूलों की रंगरलियाँ और लॉन पर फैली छिट-फुट दूधिया घास के नन्हें-नन्हें, सुहाग-बिन्दी के तरह के कुसुमों ने घास की निर्मल, स्वच्छन्द हरीतिमा से, एक सम्मिलित दुलराव स्थापित कर लिया था। हवा घूमकर सबको छूती थी, और सब, एक नहीं, उसी शरारत-भरे नखरे से सिर हिला देते थे, पर वह फूलों की रानी...? उनकी रूप-सज्जा को निखार और ढलाव देनेवाली देवकन्या, फूलों के पास नहीं देखी गयी। क्या बात है! हममें से सब सोचते थे पर कुछ पता नहीं चलता था!

एक दिन एकाएक मेरे पड़ोसी की स्त्री मेरे घर में घुसी।

"माफ़ कीजियेगा, यदि डॉ. को शीघ्र रिंग कर दें तो बड़ी कृपा होगी—"टू, जीरो, फाइव, फोर।"

"टू, जीरो, फाइव, फोर।" शायद नीहार बीमार है।

"कहिये, नीहार की हालत बिगड़ती जा रही है!" उन्होंने घबराये स्वर में कहा।

मैंने अपने नौकर को जल्दी से बर्फ़ लेने को भेजा और लपककर नीहार के पास पहुँच गया। फूलों की रानी, प्रबल आग की ज्वाला में झुलसकर, मुरझा गयी थी और आँखों की मुखरित ज्योति, काली बरौनियों में छिप गयी थी।

मैंने धीरे से सिर छुआ, एक दुर्दमनीय ज्वाला थी। टेम्परेचर लिया, 104। ठण्डे पानी से सिर धोया और आइसबैग सिर पर रखकर, उसकी बग़ल ही में चारपाई पर बैठ गया। पड़ोसी स्त्री चुपचाप बैठी थी। उसकी मुद्रा में एक विश्वास और साथ ही दुःख की कातरता उभर आयी थी। मैंने कहा, "आप कुछ खाना खा लें, मैं इसे देख रहा हूँ।" पर वे बैठी रहीं, उठीं नहीं।

एक घण्टे...दो घण्टे...धीरे-धीरे दस बज गया। बुखार कम हो गया। नीहार के शरीर में सुमगुमाहट हुई और उसने आँखें खोल दीं।

रुग्ण, सूखकर काँटा हुए हाथ, लम्बी-लम्बी सूखे बाँस की खपचियों की तरह की अँगुलियाँ और हड्डी की तरह सफ़ेद नाखून। उसने चाहा हाथ उठें, पर वे नहीं उठे, जैसे कोई भारी भार उन पर बैठ गया हो। पर वह देखती रही—अधखुली आँखों से, जिनकी पुतलियाँ अप्रत्याशित रूप से स्थिर, तेज़ और बड़ी-बड़ी लगती थीं। वह कुछ बुदबुदायी। मैंने उसका माथा सहलाते हुए बालों को ठीक कर दिया।

उसकी आँखों पर एक हलकी, पानी की सतह चढ़ गयी। उसका चेहरा उग आया। एक बहुत हलकी किन्तु कमज़ोर लाली; जैसे एक ओर से दूसरी ओर को छू गयी हो।

मैंनू पूछा, "ठीक हो?"

"हाँ...ठीक हूँ।" उसने टूटी हुई आवाज़ में कहा और अपना हाथ सरकाकर, मेरे हाथों के पास ले आयी, फिर खींच लिया।

"कुर्सी पर बैठो...टाइफाइड है।" उसने उसी तरह कहा।

"मुझे नहीं लगेगा।"

"डॉक्टर हो?"

"नहीं।"

"मैं तुम्हें डॉक्टर ही कहूँगी।" उसने मुस्कराने का प्रयत्न किया, और सूखी हड्डियों पर चढ़े सफ़ेद चमड़े में एक अनदेखी रेखा बनकर रह गयी। मैं आने लगा तो उसने कहा, "फिर आना!"

मैं उससे बराबर मिलता रहा। धीरे-धीरे जब वह अच्छी हो गयी तो मेरे कन्धे पर हाथ रखकर दूर तक टहलने लगी।

एक दिन धूप की हलकी लाली में, ओसियाई घास की चिपचिपाहट से ऊबकर वह खड़ी हो गयी। कुछ देर अपनी छाया देखती रही, फिर मुझसे कहने लगी, "तुमने मुझे देखा है?"

मैंने कहा, "हाँ।"

"नहीं बिलकुल नहीं। देखो अपने साथ देखो! अपने को मुझसे मिलाकर देखो!" मेरी निगाह उस छाया पर पड़ी—एक लम्बी, पतली छाया, जैसे वृक्ष के सहारे बल्लरी, और अचानक एक सिहरन मेरे शरीर में रेंग गयी।

"शायद तुम्हें रेखाओं का ज्ञान नहीं है?" फिर कुछ रुककर, "रेखाएँ हँसती हैं, रोती हैं...देखोगे मेरा एलबम?" और वह मुझे अपने कमरे में पकड़ ले गयी।

मैंने बहुत-सी रेखाएँ देखीं, केवल रेखाएँ, जिन्होंने अपने अमिलित सौन्दर्य में, स्वरूप विभिन्न कायाओं को बाँध रखा था, और मैं सोचने लगा, उस सर्पिणी की कुण्डलीवाली रेखा, और फिर नीहार के ज्वरोपरान्त पीड़ित, थके, उदास चेहरे पर मौन हास की रेखा...।

मीनू लिफ़ाफ़ा देकर पूछने लगा, "बीमार लड़की का लिफ़ाफ़ा है भैया?"

"हाँ, उसी का है मीनू!"

—मैं बीमारी से उठ गयी हूँ डॉक्टर! अब रेखाएँ नहीं खींचती। शायद वे ही मुझसे थक गयी हों। देखो न, अब वे मुझसे मुड़तीं भी नहीं। एक सीधापन, एकपन, और उस एकपन में भी जाने कहाँ की मज़बूती और मोटाई। वे भद्दी हो जाती हैं डॉक्टर! और मेरा हाथ काँपने लगता है।

—मैं बहुत कमज़ोर हूँ डॉक्टर! सहारा चाहती हूँ, और मेरा काछी नौकर मुझे दूर तक टहला ले आता है, पर वह पागल है—ठीक मेरी रेखाओं की तरह; स्वस्थ, सीधा और शायद भद्दा भी। वह कुछ भी नहीं बोलता, पर हाँ, वह फूल सुन्दर लाता है। कल उसने कहीं से सुन लिया कि ठाकुर की फुलवाड़ी में बहुत अच्छे सफ़ेद गुलाब हैं। बड़े सबेरे ही वहाँ गुलाब लेने पहुँच गया। अन्दर घुसकर जैसे ही उसने दो-चार फूल तोड़े कि, बग़लवाली केतकी की झाड़ी में से आवाज़ आयी, "मुझे छोड़ दो...!" और फिर एक स्त्री की निस्सहाय चीख में बदल गयी। वह काछी कब माननेवाला, कूद-फाँदकर वहाँ पहुँच गया। देखा, तो ठाकुर का पहलवान दरबान एक माली की लड़की को ज़बरदस्ती झाड़ी की तरफ़ खींच रहा है। काछी को देखते ही, पहले तो उसे काठ मार गया, फिर एकाएक सँभलकर उसने इसे गाली देना शुरू किया और लड़की फूट-फूटकर रोने लगी। काछी नौकर के गुस्से को कौन रोकता! उसने लपककर दरबान की गरदन पकड़ी और ज़मीन पर दे मारा। ख़ूब पीटा...ख़ूब, डॉक्टर! बाद को बहुत लोग इकट्ठे हो गये। बात भी खुल गयी और ठाकुर का सिर लज्जा से झुक गया। वे अपने बचपन से पाले हुए दरबान को निकालना चाहते थे। पर उसने जाकर न जाने क्यों कह दिया कि फूल के लिए वह मुझसे लड़ पड़ा था और कोई बात नहीं थी।

जब मैंने पूछा कि, "तुमने क्या कर दिया?" तो उसने तनिक मुस्कराकर कहा, "अब वह ऐसा नहीं करेगा। और उसने बड़े उत्साह से मुझे ठाकुर की बाड़ी के फूल दिये।"

—पिता जी उस पर नाराज़ थे और कह रहे थे, "यह बेकार ही बड़े लोगों से झगड़ा मोल लिया करता है, इसे नौकरी से निकाल दूँगा, पर मैंने उन्हें रोक दिया है।"

—उसके कन्धे बड़े मज़बूत हैं...तुमसे भी अधिक—ठीक लोहे की तरह डॉक्टर! उसका शरीर भी गर्म है, पर न जाने क्यों उसे छूने पर मैं काँपने लगती हूँ। मुझे बड़ा डर लगता है डॉक्टर!

पत्र पढ़कर मेरी आँखें बन्द होने लगीं। लगा, जैसे धरती में धड़कन आ गयी है और उसका पिण्ड बेतहाशा डगमगा रहा है। मैंने दोनों हाथों से अपना माथा थाम लिया।

मीनू घबरा गया, "बीमार लड़की जीती है न!"

मैं कुछ भी नहीं बोला।

मीनू कहने लगा, "बड़ी बहादुर लड़की थी भैया! याद है न, उस दिन शायद कोई दूज का त्योहार था और बीमार लड़की तुम्हें टीका करने आयी थी।"

"याद है मीनू!" मैंने बात टालने के लिए कह दिया। पर मीनू माना नहीं, कहता गया, "तुमने कह भर दिया था—शायद मज़ाक ही में, कि हम भारतवर्ष के रहनेवाले वीर सन्तान हैं। यदि कोई टीका करे तो ख़ून से करे! मैं हँस ही रहा था भैया! पर उसने तो उस दिन जो किया, वह सोचा भी नहीं जा सकता। यहीं न, हाँ यहीं, एक छुरी पड़ी थी, उसने अपनी कोमल गदोरी कितनी बेदर्दी से चीर दी। मैं तो चिल्ला उठा था पर वह लगातार हँसती रही और उसने कहा था, "मैं भी वीर पुत्री हूँ, डॉक्टर! मेरा भी जन्म इसी देश में हुआ है।" और उसने उस ताजे रक्त से तुम्हें टीका किया। तुम भी तो घबरा गये थे, और उसका हाथ खींचकर अपने होंठों से सटा लिया था और रुआँसे होकर कहने लगे थे, "यह क्या कर लिया तुमने नीहार!"

"लेकिन वह विचलित नहीं हुई और कहने लगी, 'यही वीर पुत्र हो!' और देर तक तुम्हारे पास बैठी रही! कैसी मनोहर लड़की थी। हर समय जैसे किसी जलती हुई शमा-सा तेज़ उसके चेहरे से फूटा करता था।"

"अब भी फूटता होगा मीनू।" मैंने उसी मुद्रा में कहा। मीनू हकबका गया।

तब तक पड़ोसी स्त्री बड़े वेग से घर में घुसीं। उनकी मुद्रा अजीब थी। सिर के बाल बिखरे थे। आँखें एक अजब-से सन्देह और क्रोध-भरी चेतना के कारण फैली हुई थीं। बात निकलते-निकलते रुक जाती थी।

उन्होंने पूछा, "नीहार का कोई पत्र...!"

"हाँ, दो आये हैं!" मैंने दोनों पत्र उन्हें दे दिये।

पत्र पढ़ते-पढ़ते वह बड़बड़ायीं, "काछी नौकर...काछी...!"

फिर एकाएक रुककर कहने लगीं, "घर से तार आया है..."

मैंने उतावली में पूछा, "नीहार कैसी है!"

"अच्छी है।" उन्होंने बड़ी तेज़ी और लापरवाही से कहा और चली गयीं।

मैं बड़ी परेशानी में पड़ गया था, पर बात साफ़ हो गयी। नीहार का पत्र आया है, जिसमें केवल दो रेखायें हैं—आदि-अन्त हीन और समानान्तर, जो कभी नहीं मिलतीं, जो एक भौतिक अनन्तता की ओर संकेत करती हैं।

मीनू पूछता है, "बीमार लड़की जीती है न!"

"हाँ मीनू! वह जीती है।"

रामलाल

सातवें दिन रामलाल रसोई-घर के सामने गया। भीतर से मिट्टी के तेल के चिराग़ की बदबू और गोहरी का धुआँ कोठरी के सँकरे, काले दरवाज़े से निकल रहा था। उसने सोचा बैठें, पर न तो वहाँ पीढ़ा ही था, न हाथ-मुँह धोने के लिए पानी ही। उसे एकाएक सरूपा की याद आ गयी और वह सोचने लगा कि वह किस तरह खाने के समय, चौके में से बाहर निकलकर ठहर लीप देती थी और पानी लेकर खड़ी हो जाती थी। इतना ही नहीं, वह सुना करता था कि वह अपनी बहू को कभी भी रसोई में नहीं घुसने देती थी। सारे गाँव में यह ख़ास चर्चा थी। जवान स्त्रियाँ जब एक साथ बैठतीं तो बात चलती कि जाकर देखो तो सरूपा को, वर्ना बहू आयी नहीं कि सास का क्या पूछना? शुरू कर दिया चिलम भराना, पैर में तेल लगवाना। बात-बात में मुँहजली, कलमुँही कह देना तो मामूली बात है। पर वाह रे सास, कि आज तक फरा फूल भी तोड़ने को नहीं कहा।''

गाँव की वृद्ध औरतों में सरूपा के प्रति दया के भाव थे। वे कहतीं, ''बेचारी घर-भर की सेवा ही में अपनी ज़िन्दगी खपाये दे रही है। राम जाने, उसने सुख तो ज़िन्दगी में देखा ही नहीं। यह तो कहो कि पति नेक मिल गया है कि बेचारी का बेड़ा पार लगा जा रहा है। इतने दिनों पर बहू भी आयी तो, उसका क्या कहना। रात-दिन सिगार-पटार ही में लगी रहती है। भाई, आजकल के बेटों-बहुओं से कुछ फ़ायदा नहीं। बूढ़ी सास तो घिस-घिसकर मरे और बहू रानी बनकर बैठी रहे।''—रामलाल कुछ क्षण के लिए अपने को भूल ही गया था, पर जब उसे याद आया कि आज सरूपा नहीं है, यह तो उसकी स्मृतिमात्र है, तो उसका हृदय एक असह्य पीड़ा से भर उठा और वह उठकर बाहर चला आया। उसका मन एक बार फिर सरूपा को पा लेने के लिए पागल हो उठा, परन्तु वह तो अब उसके जीवन से बहुत दूर हो चुकी थी।

कई दिनों से उससे कोई नहीं बोलता। सरूपा के मरने के एक-दो दिन बाद तक तो लोगों ने उसे खाने-पीने के लिए मनाया, ढाढ़स बँधाया पर जब उस पर किसी की भी बात का प्रभाव नहीं हुआ तो लोगों ने सोचा, जब भूख लगेगी तो स्वयं खाना खायेगा।

खपरैल से सटी चौपाल ही में वह सोता था। इधर रात में वह देर तक जागता रहता था। एक भयानक ख़ामोशी, जिससे ज़िन्दगी की तरफ़ से अविश्वास, निराशा और ग्लानि हो गयी थी; उसके दिल पर प्रेत की तरह छायी रहती थी। वह टूटी चारपाई में पड़ा-पड़ा अन्धकार में कुछ देख लेने की कोशिश किया करता था।

रात के दूसरे पहर जब घर के सभी लोग खाना-पीना करके अपने-अपने घरों में चले जाते तो आख़िर में रामलाल की बहू खाना खाती, और सारे जूठे बर्तनों को इकट्ठा करके सनहकी में डालने के लिए ले जाती।

उसके क़दमों की आवाज़ के साथ, उसके थके हुए पायलों की स्वर-ध्वनि रामलाल के कानों तक पहुँचती। रामलाल एकाग्र होकर उसे सुनने लगता, फिर जब बर्तनों को माँजकर वह अपनी बड़ी सास, यानी रामलाल की भाभी के पैर दबाने जाती तो रामलाल साफ़-साफ़ सुनता कि उसकी भाभी कह रही है—

"बहू, तुम्हारी तो जवानी-बुढ़ापा कुछ जान ही नहीं पड़ता। एक हम लोगों का समय था कि हाथ-पैर में बिजलियाँ दौड़ा करती थीं। देखो, मेरे पेट में बड़ा दरद हो रहा है, जरा चिलम भर के लाओ, तब पैर में हाथ लगाओ!

रामलाल के प्राण तड़पकर रह जाते। उसके जी में आता कि जाकर कह दे, "बहू, तू जाकर सो रह। फिर आज से घर का कुछ भी काम-काज न करना!" पर वह मन-ही-मन तिलमिलाकर रह जाता। बेचारी अभी सास के मरने की बात भी नहीं भूल पायी है कि, घर का सारा काम छाती पर लद गया।

रामलाल लगातार महीनों तक बहू की यही दुर्दशा देखता रहा। उसके दिल को एक ऐसा गहरा सदमा पहुँचा कि वह प्रायः बहू की ही बात सोचा करता। उसके जी में आता, काश! वह उसे एक बार देख लेता, उससे बातें कर लेता तो उसे सन्तोष हो जाता। आख़िर वह क्या सोचती होगी।

वह जब खाना खाने जाता तो रसोई के ठीक दरवाज़े पर ही बैठता। वह गीले ईंधन को फूँकते-फूँकते परेशान हो जाती और उसके रूखे बाल बार-बार लटककर आग के पास तक पहुँचने लगते। रामलाल से देखा न जाता और वह खाना बीच ही में छोड़कर उठ जाता।

धीरे-धीरे यह बात उसकी भाभी को खटकने लगी। उसने बातों-बातों में कहना भी शुरू कर दिया कि, "बहिनी! बहू को कोई ऐसे आँख तरेर-तरेरकर नहीं देखता। अच्छा हो कि इनकी शादी जल्दी से कर दी जाय, वर्ना लच्छन बड़े ख़राब हैं।" बात बढ़ती गयी। फिर जब घर ही के लोग कहने लगे तो बाहरी तो मजा लेना ही चाहते हैं। फल यह हुआ कि बात गाँव में फैलने लगी।

इधर एक दिन मेहमानों के आ जाने के कारण, घर में काम ज़्यादा हो गया और बहू रात को बहुत देर तक खिलाने-पिलाने में लगी रही। अन्त में जब एक बजे के क़रीब खाली हुई तो सास ने उसे सेवा के लिए बुलाया। रामलाल अपनी चारपाई पर पड़ा

उसी की ओर देख रहा था। बेचारी थककर चूर हो गयी थी। काम से खाली हो, हाथ-पाँव धोकर अपने घर में गयी और जैसे ही बैठी होगी कि बड़ी सास ने गालियाँ देनी शुरू कर दीं। मन की जलन बढ़ ही रही थी, उसने चुनचुनकर ताने देने शुरू किये। रामलाल सुनता रहा, पर जब उसने कहना शुरू किया कि, "ससुर से आँख मिलाती है, बदमाश कहीं की! और काम करते हुए थक जाती है।" फिर उठकर उसकी ओर झपटी तो रामलाल से देखा नहीं गया और वह उठकर अपनी भावज के पास पहुँच गया। गुस्से से उनका शरीर काँप रहा था पर उसने अपने को काबू ही में रखा। उसे देखते ही भावज का पारा और चढ़ गया और वह चिल्ला-चिल्लाकर गालियाँ देने लगी। रामलाल का दिल टूट गया और वह उसे चिल्लाता छोड़कर लौट आया।

सारे गाँव में रात की पूरी घटना फैल गयी। जिसे देखो वही कह रहा था, "अरे भाई, आदमी का कौन चलावे, कब क्या सोचने लगे और कब क्या कर बैठे। जब तक बीवी थी, उसके पीछे लगा रहता था, अब तो पतोहू पर ही डोरे डालने लगा।" औरतें तो रामलाल को फूटी आँखों भी देखना पसन्द नहीं करती थीं और मुँह फेरकर सीधे घर में घुस जातीं। लड़कियाँ उसकी छाया से चिढ़ने लगीं।

घर की हालत बिगड़ गयी। भाभी के साथ-साथ बड़ा भाई, लड़का; सभी रामलाल से बिगड़ उठे। एक दिन रात में जब बहू लड़के के पास गयी तो उसने बुरी तरह डाँटा। बहू ने उसे समझाने-बुझाने की बड़ी कोशिश की, पर लड़के के दिल का चोर न निकला और उसने उसे बुरी तरह पीटकर अलग कर दिया।

इन बातों से रामलाल को बड़ा सदमा पहुँचा। वह प्रायः घर के बाहर ही रहने लगा। उसका उभरा हुआ सीना, जिस पर जगह-जगह मांस की कड़ी गुठलीदार मछलियाँ पड़ गयी थीं; सूख गया। तेज़ आँखें मुरझा गयीं और फूले-फूले गालों पर झुर्रियाँ पड़ गयीं। पहले रामलाल चौधरी रामधनी के यहाँ बहुत बैठता था और वहीं हुक्का-पानी भी हुआ करता था पर अब, जब वहाँ जाता तो प्रायः बच्चे उसे देखकर बाहर न आते। चौधरी वगैरह भी अपनी बातों में लगे रहते। कोई उससे सीधे मुँह बात भी नहीं करता। जहाँ वह गाँव की मस्त और हँसोड़ मण्डली का राजा समझा जाता था, जहाँ उसे अपने बीच पाकर लोग फूले नहीं समाते थे, वहीं अब उसकी ओर देखना भी नहीं पसन्द करते और हद तो तब हो गयी जब चौधरी ने चिलम हुक्के से उतारकर उसे थमायी। उसने चिलम पटक दी और वहाँ से गुस्से में उठकर चला गया। चौधरी बोल नहीं सका, पर मन-ही-मन जल-भुनकर रह गया।

रामलाल उस दिन बाहर ही घूमता रहा। रात को जब आसमान की अँधियारी ने धरती को अपनी गोद में छिपा लिया, तो वह धीरे-धीरे गाँव की ओर बढ़ा। अब वह चाहता था कि उसे कोई देख भी न सके। आत्महत्या और गाँव को हमेशा के लिए छोड़ देने की बात बार-बार उसके मन में उठने लगी। पर गाँव की सोंधी, नरम मिट्टी का मोह बार-बार उसे सताता और वह अपने निश्चय से डिग जाता। अपने मन को

बार-बार इन बातों से दूर कर देने की कोशिश करता हुआ वह गाँव में घुसा ही था कि जग्गी कहार ने उसे देखकर अँधेरे में पहचानने की कोशिश करते हुए सलाम किया। रामलाल को जैसे सहारे के लिए एक तिनका मिल गया, और उसे लगा जैसे वह उसी के सहारे अपनी मानसिक तक़लीफ़ों को कुछ देर के लिए भूल सकता है। पर उसे यह पता नहीं कि यह तिनका शायद उसका भार सँभाल न सके।

जग्गी ने कहा, "काहे उदास हो बाबू!"

एक बार रामलाल के जी में आया, वह जवाब न दे और आगे बढ़ जाये, पर जग्गी उसके पीछे पड़ गया।

"राम क़सम बाबू, जो न बताओ!"

"बता के क्या करूँगा जग्गी! उसकी दवा तुम्हारे पास नहीं है।"

"पहिले तुम बताओ भी तो!" जग्गी ने मुँह फैलाकर याचना के स्वर में कहा। रामलाल भावुक हो चला था। उसने बड़े दर्दनाक स्वर में कहा—

"जग्गी, दुनिया में दुःख की भी कोई दवा है?"

"दुःख! अरे बाबू, यह तो साला रोज़ ही हम लोगों के सिर पर चढ़ा रहता है।"

"फिर कैसे जीते हो जग्गी?"

"यही बाबू, छान लिया एक अद्धा, फिर क्या है?" जग्गी ने गम्भीरतापूर्वक कहा। रामलाल की आँखें फैल गयीं, और वह कह उठा—

"दुःख उससे कम हो जाता है, जग्गी?"

"कम पहले हो बाबू? उड़ जाता है, उड़!"

और जग्गी ने उस दिन रामलाल को अपने घर में ले जाकर ख़ूब शराब पिलायी। थोड़ी देर बाद, जब रामलाल के ऊपर नशे का पूरा प्रभाव हुआ तो उसकी गहरी काली, बुझती हुई आँखें सुर्ख हो गयीं। उसके पाँव थरथराने लगे, और होंठों पर एक भारी वजन-सा महसूस होने लगा। उसने जग्गी से लड़खड़ाती ज़बान में कहा, "तू मेरी बहू के पास जाकर उसे यहाँ बुला ला! आज मैं आख़िरी बार उसे समझाऊँगा..." जग्गी कुछ भी नही जानता था। उसे विस्मय हुआ कि ठाकुर क्या कह रहे हैं। फिर वह उनके घर कैसे जा सकता है? कैसे उनकी बहू यहाँ आ सकती है? पर वह मनोयोगपूर्वक उनकी बातें सुनता रहा। रामलाल कहता गया—"...तू घर का काम छोड़ दे, भाभी के पैर दबाना छोड़ दे, और रात को इतनी देर तक जागरण न किया कर, और यदि तुम्हें कोई कुछ कहे तो उससे कहना कि मैं...कि...मैं..." कहता हुआ वह उठ बैठा और अपनी जेब से एक बड़ा-सा छुरा निकालकर, उसे खोल लिया। जग्गी के प्राण सूख गये। उसने सोचा कि अब तो मैं बेमौत मरा। गाँव तो छोड़ना ही पड़ा। लोग कहेंगे, "साला, ठाकुर को अपने घर में बैठाकर शराब पिलाता है।" रामलाल बकता रहा..."मैं ढोलक बजाऊँगा। ला बे, ज़रा दो-दो हाथ हो जाय" और न जाने क्या-क्या।

धीरे-धीरे उसकी ज़बान टूटती गयी। जग्गी सोच ही रहा था कि चलो जान बची, तब तक रामलाल एकाएक होश में आया और घर की बातें फिर उसे याद आ गयीं। उसने गुस्से में कहा, ''क्यों बे, अभी गया नहीं?'' और लड़खड़ाते हुए उठ खड़ा हुआ। जग्गी के काटो तो ख़ून नहीं। धीरे से उठा और दालान की साँकल बाहर से लगाकर चलता हुआ!

बाहर अभी कालिमा गाढ़ी नहीं हो पायी थी। चौपाये चरहियों पर लगे खा रहे थे और लोग तेज़ी से इधर-उधर आ-जा रहे थे। जग्गी कुछ देर बाहर खड़ा सोचता रहा फिर जाकर रामधन की चौपाल में चिलम पीने लगा!

रामलाल थोड़ी देर तक चुप रहा फिर सिर के चक्कर और एक अजीब-सी खुमारी और धुन्ध से परेशान होकर नार की कली की बनी चारपाई पर लेट गया। खपरैल के बिना रोशनदान के चौपाल में काफ़ी अँधेरा हो गया था। हाथ को हाथ भी नहीं दीखते थे। रामलाल बहुत देर तक उसी अँधेरे में आँखें फाड़-फाड़कर देखता रहा। उसे बार-बार सरूपा की याद आयी, चली गयी। घर का ख़याल आया और मिट गया। बीच-बीच में वह कुछ बकने भी लगता था पर वहाँ कोई सुननेवाला न था। धीरे-धीरे उसकी चेतना डूबती गयी और वह बिलकुल बेहोश-सा हो गया।

जब रात बहुत बीत चुकी तो रामलाल को होश आया। शराब का नशा कुछ हलका हो रहा था, जोश उतर चला था। उसका उदास मन कुछ क्षणों के विश्राम के बाद, एक विस्मृति के दरवाज़े से गुज़र चुका था। उसकी जलती हुई कामनाएँ कुछ ठण्डी पड़ चुकी थीं। वह जाग रहा था और उस घने अँधेरे में अपने को, अपनी बातों को और अपनी हालत को ठीक-ठीक समझने की चेष्टा कर रहा था। उसे कुछ भी पता नहीं लग रहा था कि वह कहाँ है। तब तक जग्गी दरवाज़ा खोलकर डरते-डरते अन्दर घुसा। उसने उसे पहचान लिया और उसका मन एक वितृष्णा से भर गया—छिः वह इस तरह शराब पीकर पड़ा है। भला जग्गी क्या सोचता होगा? वह उठने को ही था कि जग्गी ने गिड़गिड़ाते हुए कहा, ''बाबू वे तो नहीं मिल सकीं।''

''कोई बात नहीं जग्गी!'' रामलाल ने बात टालने के लिए कह दिया। उसकी आवाज़ बिलकुल बदली-सी थी, जिसमें एक नयापन था पर अब भी नशे का प्रभाव साफ़ ज़ाहिर हो रहा था।

जग्गी के जी-में-जी आया और वह पाटी के पास बैठकर धीरे-धीरे उसका पाँव दाबने लगा। रामलाल को धीरे-धीरे सारी बातें याद आ गयीं और उसका मन एक पछतावे से भर गया। उसके जी में आया वह गाश्ँव छोड़ दे, पर एकाएक घर की स्मृति से वह फिर तिलमिला उठा और एक आक्रोश से उसका चेहरा फिर तमतमा उठा। वह उठा, छुरा बन्दकर, जेब में रखा और घर पहुँच गया।

घर का दरवाज़ा बन्द था। उसने साँकल खटखटायी, उसकी बहू सास के पाँव

दबाने में लगी थी। सास को लगा शायद लड़का घर में आना चाहता है और उराने कहा, "जाकर दरवाज़ा खोल दे और सो रह!"

बहू ने दरवाज़ा खोला, तो वहाँ रामलाल—ख़ूँख़ार, चढ़ी हुई लाल-लाल आँखें, बिखरे हुए बाल और अस्त-व्यस्त कपड़े। उसे देखकर वह काँप उठी। उसके हाथ से चिमनी छूट गयी और डर से उसके मुँह से एक चीख फूट पड़ी। रामलाल भी डरकर पीछे हट गया। पर दूसरे ही क्षण वह उसके पास पहुँचकर, उसे सँभालने लगा, "क्या हुआ बहू! क्या हुआ?" उसने कई बार पूछा, पर वह जल्दी-जल्दी उठकर भागने को हुई। इतने में भाभी, भाई, लड़का, सभी जगकर वहाँ पहुँच गये और घर में एक भयानक तूफ़ान उठ खड़ा हुआ। भाभी ने चिल्ला कर रामलाल को पापी घोषित किया। लड़का लाठी लेकर बाप को मारने दौड़ा, और बड़े भाई ने कहा कि, "इसके सिर पर पाप सवार है और कुछ नहीं।"

रामलाल के शरीर से जैसे प्राण ही निकल गये हों। आख़िर यह क्या हो गया। उसने तो कुछ नहीं किया, फिर यह क्या? पर बात ठीक नहीं हो सकी। अन्त में रामलाल ने निश्चय कर लिया कि अब वह घर में नहीं रह सकता और उसी तरह, उसी हालत में, वह बाहर चल पड़ा।

रात का दूसरा पहर भी बीत चुका था, सूनापन बढ़ गया था और रात की आभा निखर आयी थी पर रामलाल चाहता था कि रात और काली हो जाय, जिससे इस गाँब के जीव-जन्तु भी उसे न देख सकें। दूर, सिवान के एक किनारे पर जाकर उसने गाँव की ओर दृष्टि डाली, तो एक हलके, झीने रंग की चादर-से फैले वातावरण में कुछ मटियाहे धब्बे नज़र आ रहे थे। उसे लगा, वही उसका गाँव है। वह वही धरती है, जिसकी मिट्टी की नरम महक से ज़िन्दगी का अम्बार फूटा पड़ता है, बचपन चहका करता है और जवानी फूटी पड़ती है। उसकी आँखें नम हो गयीं। उसने अगल-बग़ल देखा। गेहूँ और जौ के दानों से लदी हुई बालें हवा के झोंकों से झुक-झुककर, उसे एक बार फिर अपनी ओर देख लेने को बाध्य कर रही थीं—"मैं तुम्हारी ही हूँ, रुको...!" पर रामलाल अब नहीं रुकेगा। उसके मुख से अनायास ही निकल पड़ा।

नहीं...नहीं।" और वह बिना कुछ सोचे-विचारे आगे बढ़ता आया।

तीन वर्ष बाद जब रामलाल ने कलकत्ते में सुना कि उसकी बहू की गोद में ढाई वर्ष का बच्चा है, तो उसका मन फिर एक बार हर्षोल्लास से फूल उठा। गाँव के प्रति मन की सारी वितृष्णा क्षण-भर में नष्ट हो गयी। एक बार फिर हरे-भरे खेत, धान-गेहूँ की बालियाँ और बाहर से चरकर लौटती हुई गायों का रँभाना उसे याद आ गया। उस रात उसे नींद नहीं आयी। रह-रहकर उसे लगता जैसे कोई नन्हा-मुन्ना उसकी छाती पर बैठा खेल रहा है। लेकिन आँखें खोलने पर कुछ नहीं दिखायी पड़ता। उसका मन उस बच्चे को एक बार देखने को बेचौन हो उठा।

उसने कुछ पैसों का इन्तज़ाम किया। कुछ लोगों से लिया-दिया, बहुत-से खिलौने कपड़े, साइकिल, गुब्बारे इत्यादि खरीदे और घर के लिए चल पड़ा।

जब ट्रेन चली तो उसे कुछ यथार्थ सम्भावनाएँ सताने लगीं। यदि लोगों ने उसकी ओर फिर हिकारत-भरी नज़र फेरी और बोलना-चालना बन्द ही रखा तो...

इस 'तो' का जवाब उसके पास नहीं था। वह बार-बार सोचता पर कोई रास्ता नज़र नहीं आया। वह वहाँ से लौट आयेगा। वहाँ नहीं रुकेगा, पर क्यों? ऐसा क्यों? वह रहेगा और डटकर रहेगा। अपने मुन्ने के लिए रहेगा, जीयेगा, और यदि लोगों ने तीन-पाँच किया तो? क्या उसका हिस्सा ज़ायदाद में नहीं है? वह घर-द्वार सब, तिल्ली-तिल्ली बाँट लेगा और बच्चे को लेकर एक अलग घर में रहेगा। खेतों पर जायेगा, तो मुन्ने को कन्धे पर बैठाकर जायेगा। पीली-पीली सरसों के बीच से जानेवाले रास्ते पर घूमता-घूमता वह घर लौटेगा, और यदि किसी ने कुछ कहा तो उसका होश ठिकाने कर देगा।

रामलाल ने एक रोब-भरी निगाह खिड़की से बाहर डाली तो लगा, सारी प्रकृति हँस रही है। मिट्‌टी के रग-रग से मस्ती का संगीत निकल रहा है और पेड़-पौधे मस्त होकर तेज़ी से नाच रहे हैं। उसने अपनी मूँछों पर ताव दिया और सँभलकर बैठ गया।

दूसरे दिन सुबह ही वह ट्रेन से उतरकर, सीधे घर पहुँचा। मुन्ना चारपाई पर बैठा खेल रहा था। उसने उसके हाथ, मिठाइयों से और सारी चारपाई, खिलौनों से भर दी। उसे ख़याल भी नहीं आया कि घर में और भी कोई है। भाभी मन-ही-मन जलीं पर कुछ बोल नहीं सकीं। भाई चुप रहे। लड़का मुँह फुलाये बग़ल से बार-बार निकल गया। बहू ने घूँघट के नीचे से देखा तो मुस्करायी, प्रसन्न हुई, पर कहीं कोई देख न ले, इसलिए शीघ्र गम्भीर हो गयी।

रामलाल मुन्ने के साथ ही रहने लगा। बहू तेल-उबटन लगाकर उसे उसके पास भेज देती, और वह उसे दिन-भर लेकर घूमा करता। अब भी रामलाल को देखकर गाँववाले आँखें फेर लेते, पर उसे इतना समय नहीं था कि वह उनसे बातें करे या उस पर सोचे।

उसका बच्चे के इतने क़रीब हो जाना, सबसे बुरा लगा उसकी भाभी को। अब तक बच्चे को रोता देखकर, वह उसे उठा लेती, सुलाती पर अब उसे देखकर कहती, "ले न जाओ! बैठे तो हैं टाँग-तोड़कर इसी के लिए। अब तो खेती-बारी करनी नहीं। बस मिल गया है एक बबुआ, उसी में जूझ रहे हैं! किसको इतना जाँगर है कि मर-मर कर खिलायेगा।"

रात को रामलाल के लड़के को भी भाभी बड़ी-बड़ी सलाहें देतीं! पहले तो उसे इतना अधिक काम करने से रोकतीं, फिर बाप के ख़िलाफ़ तरह-तरह की बातें कहकर भड़काया करतीं।

धीरे-धीरे फिर विष फैलने लगा। एक दिन बच्चा भूखा रो रहा था। बहू ने बहुत कोशिश की पर वह चुप न हुआ—वह भूखा था। बहू ने जा:कर मेटकी में से दूध निकाल लिया और पिलाने लगी। अब क्या था? रामलाल की भाभी के मालिकाने पर धक्का लगा और वह ज़ोर-ज़ोर से चिल्लाकर गालियाँ बकने लगी।

"बदमाश कहीं की, चली है मालकिन बनने! जाकर क्यों नहीं माँगती दूध अपने बाप से, जिससे आँखें मिलाती है, जिसकी राह देखती रहती है।" रामलाल बच्चे के रोने की आवाज़ सुनकर, सोच ही रहा था कि बहू अब उसे मेरे पास भेजती है। तब तक बीच में यह परपंच सुनकर फिर उसे सारी पुरानी बातें याद आ गयीं। उसे अपने बिगड़े हुए जीवन की भूमिका में एक नाचती हुई डाइन दिखायी देने लगी और वह गुस्से से पागल हो गया। उसने दौड़कर लाठी ली और जाकर दरवाज़े पर खड़ा होकर, चिल्ला-चिल्लाकर कहने लगा, "आज मैं अपनी जायदाद बाँट ही कर दम लूँगा।"

उसने घर के काम-धन्धे बन्द कर दिये। सारे गाँव के लोग इकट्ठे हुए। लोगों ने बड़ी आरजू-मिन्नत की, पंचों ने समझाया कि ऐसा न करो रामलाल! आख़िर अब तुम्हारे है ही कौन? तुम्हारा लड़का और तुम्हारी बहू तो तुम्हारे दुश्मन हैं ही, भाई-भावज की कौन कहे, फिर तुम किसे लेकर अलग रहोगे?" पर रामलाल मुन्ने को लिये घर के चौखटे पर डटा रहा।

लड़का खेत पर था, बड़े भाई ने कोई बात चलती न देख उसे बुलवाया। वह दौड़ा हुआ आया और गुस्से से तड़पकर, बाप की ओर झपटा। लोगों ने बहुत समझाया, तो उसने कड़क कर कहा, "तुम किसे लेकर अलग रहना चाहते हो, तुम्हारा यहाँ कौन है?"

रामलाल के हाथ में लाठी ढीली पड़ गयी। उसने मुन्ने को सँभालते हुए कहा, "मैं अपने मुन्ने को लेकर रहूँगा।"

उसका चेहरा एक विश्वास से तमतमा उठा। लगता था, रामलाल आज सारे संसार की ज़िन्दगी का भार अपने कन्धे पर लेकर अकेले ही चलना चाहता है। सारा गाँव खड़ा-खड़ा तमाशा देख रहा था। किसी को कुछ भी बोलने की हिम्मत न पड़ती थी।

लड़का यह कहते हुए लपका, "वह तुम्हारा नहीं, मेरा लड़का है।" और बेरहमी से बच्चे का हाथ खींचकर, रामलाल से अलग कर दिया। मुन्ना चीख उठा। रामलाल के पाँव उठे, पर रुक गये। गुस्से से चढ़ा हुआ रक्ताभ शरीर स्याह पड़ गया। आँखें झुक गयीं और एक भयानक अँधेरा उसके चारों ओर छा गया।

संगीत, आँसू और इनसान

ट्रेन में भीख माँगना, बाहर भीख माँगने से बिलकुल भिन्न है। बाहर थोड़ी दुआएँ ही काम दे जा सकती हैं, थोड़े सुपरिचित नारे और हाथ फैलाकर गिड़गिड़ाने ही से काम चल सकता है, पर ट्रेन में तो भीख माँगने के साथ भी एक आर्ट की ज़रूरत पड़ती है। यदि कोई भीख माँगनेवाला गाना नहीं जानता, तो उसे ट्रेन में पैसा पाने की आशा नहीं करनी चाहिए। संगीत के महत्त्व और सुर-ताल की विशेषता के लिए नहीं, मानसिक आनन्द और क्षणिक मनोरंजन के लिए भी नहीं, बल्कि पेट के लिए लाचार इनसानों का अलाप, स्वर का चढ़ाव-उतार और गानों के चुनाव ख़ास महत्त्व रखते हैं। यात्रियों की पसन्द और सामयिकता का भी वहाँ पूरा ध्यान रखा जाता है। यदि किसी बाजे के साथ-साथ, यात्रियों में घूमने और उनको समझने की आदत पड़ चुकी हो तो क्या कहना है?

बरकत के पास, जो चाहिए सब है, यहाँ तक कि एक बाईस वर्ष की लड़की भी, जो रेलवे के भिक्षुक समाज की गुर है। वैसे तो स्त्रियाँ हर जगह उपयोगी होती हैं पर टुटही दुकान, बुकिंग ऑफिस एवं रेस्तराँ इत्यादि में तो इनकी उपयोगिता, सोने में सुहागे का काम करती है। थोड़े ही दिन में आमदनी का हिसाब दूने पर चलने लगता है।

बरकत एक लाइन पर ज़्यादा दिन तक नहीं चलता, यानी लाइनें बदला करता है। पहले वह अकेला था, लेकिन इसी दौरान में उसने आसाम की भुखमरी का एक प्रसाद पा लिया। वह बहुत चाहता था कि पैसे जुटें तो कहीं से बेच-खोच का हिसाब बैठाकर वह एक लड़की प्राप्त करे, पर कहा है, जिसे ईश्वर देता है छत फाड़कर देता है। उसने देखा कि ईश्वर भी कितना नेक और दयालु है कि चार आने पैसे का खाना खिलाने पर ही उसे एक कुमारी मिल गयी। उसने मन-ही-मन सरकार को बधाई दी और सोना को अपनी उपयोगिता के अनुसार, संगीत में दीक्षित कर लिया। सोना सचमुच उसे सोना सिद्ध हुई और उसने कितने हम-पेशेवरों की झोली खूटी से टँगवा दी। उसके एक ही दौर में ट्रेन के दानी, उदासीन, मनचले अपने सफ़र-ख़र्च का कोई-न-कोई हिस्सा, उसे ज़रूर दे देते थे। सोना का आँचल पैसों से भर जाता था और बेचारे भिखमंगे खाली हाथ लौट जाते। बरकत से वे बहुत जलने लगे थे। चाहे उनका कहीं भी मतभेद हो पर बरकत के मामले में वे सदैव एक हो जाते। इसीलिए प्रायः

बरकत लाइनें बदला करता था और उसके परिचित यात्री कुछ दिनों तक उसकी कमी महसूस किया करते थे।

बरकत रुपया बैंक में जमा नहीं करता, न तो सोना के लिए चमकीली साड़ियाँ ही खरीदता है। हाँ, वह अब हौली में जाकर नहीं पीता, बल्कि वहाँ से बोतलें, नमकीन, कभी-कभी भूनी कलेजी खरीदकर; किसी पेड़ के नीचे, किसी सड़क के फुटपाथ पर, किसी मस्जिद की साया में, या किसी छिटकी हुई चाँदनी के आँचल में ख़ूब पीता है और सोना को भी पिलाता है। फिर सोना के जवान और गर्म होठों को अपने होठों से दबाकर सो रहता है। इधर उसने एक चीज़ नयी की है, वह यह कि अपनी टूटी हारमोनियम को एक कबाड़े के यहाँ देकर, एक सेकेण्ड हैण्ड हारमोनियम ख़रीद ली है, जिसे वह धोती के किनारे से अपनी गरदन में लटका लेता है। सोना अब ख़ुशी-ख़ुशी गाती है। क्योंकि उसकी आवाज़ पहलेवाली हारमोनियम में नहीं डूब पाती थी और इस हारमोनियम में डूब जाती है। गाते-गाते जब वह मुस्कराकर बरकत की ओर देखती हुई, बाजे पर अँगुलियों से ताल देने लगती है तो बरकत की भौंहों पर बल पड़ जाता है, और वह फिर उदास होकर चेहरे पर लाचारी के भाव जगाने के लिए बार-बार पलकों को झिटकता है। गालों पर सिकन ले आने की कोशिश करती है, आँखों के पपोटों को सिकोड़ लेती है और आवाज़ में एक अजीब-सी बेकसी भरने लगती है। क्योंकि यही भीख माँगने के नुस्खे हैं, जिन्हें बरकत ने कितनी बार बुरी तरह पीट-पीटकर उसे सिखाया है। फिर एकाएक उसे याद आ जाता है—जब बरकत गरम सँड़सों से पीटकर, उसके गालों पर अपनी कड़ी अँगुलियों के निशान बनाकर, उसके लम्बे, काले बालों को बेदर्दी के साथ नोच-खसोटकर ट्रेन की ओर बढ़ा करता था और रात के आठ-दस बजे तक, वह उसी पीड़ा में लाचार चिल्ला-चिल्लाकर गाते-गाते थककर मुर्दा-सी हो जाया करती थी। शाम को लौटते हुए वह कहता, "अब तू ठीक काम करने लगी है, जानती है, यह बड़े मशक्कत का काम है। या तो आदमी होशियार हो, हमेशा अपने को याद रख सके, या तो दूसरा तरीक़ा वही है, जो मैं तुम्हारे साथ करता हूँ। एक गहरी उदासी तो चेहरे से ज़ाहिर होनी चाहिए।" और वह उसके आँचल से पैसे बटोरकर दुकान की तरफ़ बढ़ जाता। फिर वही शराब, वही शरीर की गरमाहट, वही बेफिक्री।

थोड़े दिन हुए बरकत और सोना के साथ एक बच्चा भी देखा जाने लगा है। बरकत को इससे कोई विशेष ख़ुशी नहीं हुई थी लेकिन जब बच्चा हो गया तो उसने एक आराम की साँस ली, क्योंकि इधर कुछ दिनों से सोना ज़ोर-ज़ोर से गाने में थक जाया करती थी और एक बार पूरी ट्रेन पर घूमने में उसे कई जगह बैठना भी पड़ता था। पैसे भी कम मिलने लगे थे, क्योंकि सोना का स्वर पैसों के मोल के लिए काफ़ी न था। रात में जब बरकत शराब की बोतलें खोलता तो सोना नाराज़ हो जाती और उसके कड़े, चिपटे हाथ इतने सूखे और ख़ूँख़ार लगते कि वह उसकी बिस्तर की साथिन न

बन पाती। रह-रहकर उसके कानों में एक अजन्मे शिशु की किलकारियाँ गूँजने लगतीं और स्त्रीत्व एक अजीब से सुहाने संगीत में लय हो जाता। बरकत को तो एक नशा की पूर्ति के लिए दूसरा नशा चाहिए था, उसे इतना ज्ञान कहाँ? उसने कई दिन सोना को बलपूर्वक अपने सीने से लगाकर, बेदर्दी से भींचना चाहा, पर सोना अलग हो गयी। उसने बचपन ही से सुन रखा था कि जब बच्चा होने के क़रीब हो तो स्त्री को पुरुष के साथ नहीं सोना चाहिए। पर बरकत की वासना तो अन्धी थी। उसने कई दिन उसे नशे में बुरी तरह पीटा और उसके हताश और थके हुए शरीर को पैरों की ठोकर से अलग कर दिया। सोना पेट, पेड़ई और पीठ के नीचे के मेरुदण्ड भाग को बचाते हुए सब जगह उसकी मार सहती रही, लेकिन कुछ बोली नहीं। बरकत ने फिर हौली में जाकर पीना शुरू कर दिया। कभी-कभी तो रात-रात-भर सोना को किसी पेड़ के नीचे छोड़कर, वह शराब पीने जाता और वहीं कहीं बेहोशी में पड़ा रहकर रात बिता देता।

कई दिन तक तो उसे अकेले ही ट्रेन में जाना पड़ा। वह गला फाड़-फाड़कर चिल्लाता, गाता, पर न जाने क्यों वह लोगों को अपने गाने की तरफ़ नहीं खींच पाता था। पैसे बहुत कम मिलने लगे थे। उसकी समझ में कुछ नहीं आता था। कभी-कभी तो उसके जी में आता, वह सोना को छोड़कर चला जाय और किसी दूसरी लड़की को ले आये, पर वह यही आशा लिये रुका रहा कि अब सोना फिर ठीक हो जायगी। उसका स्वर काम करने लगेगा और उसकी गोद में नन्हा-सा बच्चा देखकर लोगों की करुणा और जगेगी। पर उसके मनोरथ पूरे नहीं हुए। क्योंकि जब सोना ज़ोर-ज़ोर से चिल्लाकर गाने लगती तो बीच में उसका गला फट जाता और लड़का ज़ोर-ज़ोर से चिल्लाकर रो पड़ता! फिर सोना बीच ही में गाना छोड़कर, अपनी दूध से कसी हुई छातियों को उसके मुँह में डाल देती और फिर गाना गाने लगती।

बरकत की परेशानियाँ बढ़ती जा रही थीं। कितना अच्छा गाना क्यों न हो, वह अब यात्रियों की दया और सद्भावना को नहीं जगा पाता था। बीच-बीच में सोना का अपने लड़के में उलझ जाना और राग का धीमा कर देना, बरकत को एक भयानक झुंझलाहट से भर देता था। इधर बरकत को मीरा का एक नया गीत मिल गया था—

'पग घुंघरू बाँधि मीरा नाची' और वह सोचने लगा था कि शायद उसके पुराने राग अपनी मोल से अधिक बिक चुके, अब उसे नये राग ढूँढ़ने चाहिए। किसी ने उससे बताया कि यदि वह सिनेमा के गाने गावे तो उसकी आमदनी बढ़ सकती है। उसने यह भी किया और एक नयी तैयारी के साथ ट्रेन पर जाने लगा, पर बच्चे का बीच-बीच में रो देना, उन्हें कभी जमकर गाने नहीं देता था। यद्यपि सोना के पास यह कहने को हो गया था कि, "बाबू, ग़रीब बच्चे के लिए!" और वह अपने होंठों के अगल-बग़ल एक अजीब-सी सिकुड़न बनाकर, दाँतों को निकाल देती थी। लोग उसे कुछ-न-कुछ दे देते थे पर वह बरकत की बोतल भर को भी नहीं होता था।

इधर एक दिन दोनों दिन-भर मेहनत करते रहे पर एक पैसा न मिला। शाम को थककर, दोनों एक तीर्थ-यात्रियों के डिब्बे में घुसे। कुछ टीकाधारी पण्डित भजन में तन्मय थे, उन्होंने बरकत को देखते ही अपने कीर्त्तन का स्वर ऊँचा किया और उन भिखारियों की आवाज़ को भगवान् तक पहुँचते देख, उन्हें जलन-सी होने लगी। कई लोगों को बुलाकर उन्होंने कीर्त्तन में शामिल कर लिया था, पर बरकत दूने जोश से गाने लगा। अन्त में उन दोनों को चुप होना पड़ा। सोना का मधुर स्वर, जो दिन-भर की थकन के बाद शिथिल और करुण हो गया था; एक बेबसी के साथ दूसरों के लिए भक्ति-भाव का प्रतीक बन उठा। सब लोग कान लगाकर सुन रहे थे। बरकत सबके हाथों की ओर देख रहा था। कितनों के हाथ जेबों में गये, बाहर आये, फिर गये पर इसी समय बच्चा खाँसने लगा और एकाएक उसके मुँह से माँ का दूध बाहर आ गया। बग़ल में एक बड़ी-बड़ी मूँछोंवाले टीकाधारी बैठे हुए थे, दूध के छींटे उनके ऊपर पड़े और वे तड़प उठे। सारे डिब्बे में शोरगुल मच गया। उन्हें तो छूत लग गयी थी, परलोक बिगड़ा जा रहा था। पर दूसरे लोग भी कहने लगे, "राम-राम, बड़ा अनर्थ हो गया पण्डित जी! कहीं पानी ढूँढ़कर कपड़े तो बदल लीजिये!" एक काले रंग की चपटी नाकोंवाली औरत बैठी थी, उसने कहा, "बच्चन का दोख नहीं होता महराज!" पण्डित जी बिगड़ गये, "चल-चल, दूर हट, तू चली है वेद पढ़ाने!" और वह चुप हो गयी। पण्डित जी ने सोना और बरकत को स्टेशन पर डिब्बे से बाहर कर दिया।

बरकत उस दिन डिब्बे से बाहर निकला तो चाँदनी छिटकी हुई थी। छोटे से देहाती स्टेशन के दूसरे सिरे पर एक बड़ा-सा तालाब था, जिसमें सफ़ेद कमलों का रंग चाँदनी के रंग में मिल गया था, और पानी की सलेटी सतह पर उनकी गहरी स्याह परछाइयाँ बन गयी थीं। बरकत और सोना एक शीशम के पेड़ के नीचे बैठे-बैठे, उन चाँदनी के फूलों को देखते रहे, पर वे फूल नहीं थे, वे तो परछाइयाँ थीं। फूल तो चाँदनी में घुल गये थे। दोनों ख़ामोश थे। बरकत चुपचाप बैठा रहा, बच्चा ज़ोर-ज़ोर से हाँफता रहा और सोना रोती रही।

दो दिन बीत गये पर बच्चे का हाँफना बन्द न हुआ। रह-रहकर उसकी आँखें सफ़ेद हो उठती थीं। उसकी काली पुतलियाँ ग़ायब हो उठती थीं और सोना एक भयावनी चीख में चिल्लाकर बच्चे को अपनी छाती से सटा लेती थी। लगता, जैसे कोई ज़बरदस्ती उससे उसका बच्चा छीन रहा हो और वह बकने लगती, "नहीं, नहीं, इसे मैं नहीं जाने दूँगी।" पर बरकत को इससे खीज के अलावा कुछ नहीं होता था। वह मन-ही-मन सोचता, शायद यह बच्चा ही हमारे जीवन की सारी तक़लीफ़ों की जड़ है। इसी ने हमारी हँसी छीन ली है। इसी ने हमारा संगीत, हमारी चाँदनी, सभी छीन ली है। यह हमारा दुश्मन है, दुश्मन। और उसकी अँगुलियों में एक अजीब-सी हत्यारी ऐंठन होने लगती। वह उसे दबाता, छिपाता और फिर सोचता, शायद बच्चा अच्छा हो जाय।

चार दिन लगातार ट्रेन में न जाने के कारण बरकत का बचा-खुचा पैसा भी ख़तम हो गया। अब वे भूखों मरने लगे पर सोना उस नन्हें बच्चे को छाती से लगाये रोती रही। बरकत का मन कुढ़न की सीमा को पार कर चुका था। आज दिन-भर वह पोखरे का चक्कर काटता रहा, फिर सोना से यंह कहकर कि, मैं कुछ खाने को माँग लाऊँ, वह बाहर गया पर उसका मन जैसे गाँव में भीख माँगने में लगा ही नहीं। वह देर तक बेचौनी में इधर-उधर घूमता रहा और कुछ रात गये लौटा। सोना ने उसकी ओर देखा, लेकिन कुछ भी नहीं पूछा। बरकत समझता था, वह खाना माँगेगी पर उसने खाने का नाम तक नहीं लिया। बरकत ने इधर- उधर नज़र दौड़ायी, शीशम की पत्तियों के मटमैले निशान ज़मीन पर बन गये थे। सामने हारमोनियम पड़ी थी, जो अपनी आवाज़ से लोगों को मोह लेती थी। लेकिन उसका भी राग भूखा था—मर रहा था। सामने वही फूल, वही पानी और वही आसमान, आज बरकत को खाने दौड़ रहे थे। उसने दोनों हाथों में अपने चेहरे को कसकर दबा लिया। कुछ देर के बाद वह उठा और इधर-उधर टहलता रहा फिर एकाएक सोना के माथे को सहलाते हुए कहने लगा, "सोना! तू कई दिन की जगी है, सो जा।" सोना को विश्वास नहीं हुआ कि यह बरकत का हाथ है, पर जब उसने पलटकर देखा तो उसकी आँखों से आँसू बहने लगे।

सोना सो गयी और बरकत सिरहाने बैठा रहा। लड़के की साँसे बढ़ती गयीं। चारों ओर का वातावरण एक ख़ौफ़नाक नीरवता से भरता गया। बरकत को पेड़ की छायाएँ और चाँदनी की नीचे फैली हुई हलकी रोशनी खाने दौड़ रही थी। रह-रहकर उसे लगता, जैसे उसके आगे कुछ है ही नहीं—बच्चा, कमज़ोर, बीमार...दुश्मन...दुश्मन...उसका दुश्मन और उसकी अँगुलियों में वही पुरानी ऐंठन, जिसमें ख़ूनी की-सी ताक़त, फिर लाचार, निर्जीव का-सा मुर्दापन—ढीलापन। वह सोच नहीं पाता था कि क्या करे, उसकी आँखों की नींद हराम हो गयी थी। इसी बीच एकाएक दो-तीन भेड़िये और चिड़ियाँ बोल उठीं। उसने फिर अपने हाथों को सिकोड़ा और मुट्ठियों को कई बार बाँधा-खोला और धीरे-धीरे उन्हें आगे बढ़ाने लगा। उसके हाथ काँपने लगे और अपने ही से पीछे लौट आये। फिर उसने साहस करके बच्चे को छुआ, उसे लगा जैसे उसके हाथों में बिजली छू गयी है—बेजान, निर्जीव। वह उठ खड़ा हुआ पर उसके पाँव लड़खड़ाने लगे। चारों ओर से काली, विशाल चट्टानें उसे पीस डालने के लिए, हवा की-सी गति से बढ़ने लगीं—उफ वह घुट जायगा।

वह धम-से बच्चे के पास बैठ गया, झुककर उसकी टँगी हुई आँखों में देखा, जिनमें एक लाचारी और बेबसी की हलकी रोशनी झाँक रही थी। उसे दया आनी थी पर उसने सोचा,— नहीं, यह तो दुश्मन की लाचारी है और उसके हत्यारे हाथों ने बिजली की-सी तेज़ी से बच्चे की गरदन को दबोच लिया। पतला, कोमल मांस का लुथड़ा छटपटाया भी तो नहीं। हाँ, उसके चेहरे पर, क्षण-भर के लिए एक हलकी-सी ललिमा आयी और फिर धीरे-धीरे वह एक ठण्डी सफ़ेदी में बदल गयी। उसकी

उलटी आँखें स्थिर हो गयीं। उसने हाथ हटाया तो लगा, जैसे वे धड़ से टूटकर अलग हो गये हैं, और उसके जी में एक अजीब-सी घबराहट पैदा हो गयी। आँखों के आगे एक भयानक अँधेरा छा गया, जिसमें अनगिनत नन्हें-नन्हें बच्चों की लाशों के सिवा, कुछ भी नहीं दीखा। उसके माथे पर पसीने की नन्हीं-नन्हीं बूँदें उमड़ आयीं और उसने घबराकर सोना को ज़ोर से जकड़ लिया। सोना एकाएक उठी तो उसने बच्चे को छाती से लगा लिया, पर अब उससे जीवन के अंश उड़ गये थे। वह चिल्ला-चिल्लाकर रोने लगी और बच्चे के कोमल मुखड़े को बार-बार अपने गालों और छातियों पर रगड़ती रही पर गर्मी फिर नहीं लौट सकी।

मुन्शी जी

"चार दिन हो गये, मुन्शी जी बुखार से नहीं उठे। लड़िका-परानी के नाम पर एक बीवी ही तो रह गयी है बेचारे के पास, और वह भी दस दिन से बीमार है। जूस-पानी का कैसे होता होगा? घर में एक अन्न का टुकड़ा भी तो नहीं था।"

घर-घर में मुन्शी जी की बुझी चर्चा फिर से सुलग उठी।

"बड़े कपूत निकले भाई इसके लड़के, चार के चारों हट्टे-कट्टे मूसरचन्द, बम्बई-कलकत्ता देख-सुन रहे हैं, पर बाप-मतारी का तनिक भी धियान नहीं।" सुरसती ने मसाला पीसते-पीसते सिल पर लोढ़ा रोक दिया।

उसकी सास वहीं बैठी हुक्का पुड़का रही थी, कहने लगी, "तू जाकर दया दिखा दे! जानती भी है, यह सब भोगदण्ड है। सरग-नरक और कहीं थोड़े है, भोग रहा है, भोग!"

सुरसती से चुप नहीं रहा गया, कहने लगी, "मैया जी! दुनिया में दोख-पाप किससे नहीं हो जाते, पर ऐसा भी कोई खाने बिना कलट-कलटकर थोड़े ही मर रहा है।"

"तू क्या जानेगी अभी..." सास की आँखें तमाखू के धुएँ में उड़ने लगीं...!

—जब मैं पहली बार मैके से यहाँ आयी थी...उसने ऊपर देखा तो उसकी छोटी बखरी से धूप उड़कर मुन्शी जी की ऊँची, किन्तु भूत की तरह दाँत बाये खड़ी दीवार पर अटक गयी थी। बखरी का एक खोंप ढह गया था और उसकी नंगी काँड़ियाँ रोशनी में पीली-पीली चमक रही थीं।

—यह बखरी मुन्शी जी के बाप ने पाँच महीने में बनवाया था...मुन्शी जी की शादी होने को थी। पतोहू आयेगी तो कहाँ रहेगी? घर बहुत छोटा था।

—रात-दिन काम लगा रहता था। दीवार के लिए यहाँ की ईंटें? बड़ी सेवर होती हैं, दीवार अच्छी नहीं बनेगी। फिर क्या था। बनारस से चिमनी की ईंटें, जैसे ख़ून से रँगी हों। मोटर तो तब थी नहीं, बड़ी-बड़ी बैलगाड़ियाँ हाँफती-हाँफती आतीं और ईंटें गिराकर, चली जातीं। लकड़ी के काम का भी कोई ओर नहीं था। बनारस और बरेली के मिस्त्री—आज आलमारी बन रही है तो कल पलँग। क्या नहीं बना और मुन्शी जी भी अठारह वर्ष की उम्र में भी जैसे रबर के बबुआ। कहीं तीतर की लड़ाई चल रही है, तो कहीं पतंग कट रही है।

—आज मुन्शी जी ने रहीम के मुर्ग़े पर ऐसी गुलेल चलायी कि बेचारा वहीं-का-वहीं रह गया। बड़ा पक्का निशाना है भाई! सारे गाँव में चर्चा होने लगती।

बूढ़ा नाथू—उसकी बिपत का कोई ठिकाना नहीं था। बचपन से मुन्शी जी की सेवा का नौकर था, पर बड़े होने पर भी मुन्शी जी उसकी गर्दन पर सवार होना नहीं भूलते थे, और "...चल घोड़े...चल...!" फिर ऊपर से अरहर की सिटकुन से सप्..सप्..बूढ़ा नाथू खीस काढ़ देता।

—वह ग़रीब ब्राह्मण, बेचारा रसोई बनाता था। एक दिन कुर्ता पहना रहा था। कपड़ा झाड़ना भूल गया और मुन्शी को एक बर्रे ने काट लिया। बड़े मुन्शी के कोप को कौन कहे? सारे गाँव में सनसनी फैल गयी। क्या सजा मिलेगी बेचारे को...? अन्त में उसे एक बर्रे के छत्ते के नीचे खड़ा कराया गया और ऊपर का छत्ता बड़ी लग्घी से खोद दिया गया। फिर क्या था...? वह बहुत छटपटाया, बहुत चिल्लाया पर भागता कैसे? हाथ-पैर तो बँधे थे, और सारा गाँव हँस-हँसकर तमाशा देख रहा था।

—और मुन्शी की आँखें...? उनके महातिम का क्या कहना, जिस पर पड़ गयीं, वह अपने को धन्य समझती।—सास का मन—एकाएक तिलमिला उठा। उसने हुक्की पर ज़ोर का कश खींचा पर तमाखू तो कभी की जलकर राख हो चुकी थी। उसने हुक्की दीवार से उठँगा दी और उठकर बाहर चली गयी।

अँधेरा हो गया था और मुन्शी की अधगिरी बखरी बड़ी सुनसान और भयानक लग रही थी। कोने से अन्दरवाले बारजे का वह हिस्सा दिखायी दे रहा था, जहाँ मुन्शी जी अपनी शादी के बाद सोया करते थे। उसी में चिड़ियों ने खोते बना लिये थे। कोई जानवर रहा होगा, चिड़ियाँ एकाएक चूँ...चूँ...कर उठीं। सास ने उधर दृष्टि डाली और चिड़ियों का भय उसकी नस में उतर गया।

—मुन्शी की शादी के बाद, उसे वहाँ नौकरी मिली थी, बीवी की सेवा-टहल भी तो होनी ही थी। नयी जवान उमर थी तब मेरी—उसने अपने बालों पर हाथ फेरा, वे बड़े रूखे लग रहे थे।

—शराब की बोतलें खुलतीं। हमारे मुलुक में तिरिया बोतलें नहीं ढालतीं। हाँ भाई, वेश्या की बात दूसरी है, पर ललाइन क्यों मानतीं और मुन्शी जी तो जैसे पागल थे, पागल, और मैं डर-डरकर कलेजी, पकौड़ी तथा नमकीन पहुँचाती रहती।

—शुरू ही की तो बात है, एक दिन ललाइन पीते-पीते बेहोश हो गयीं, पर मुन्शी कब होने के? कोई नयी आदत तो थी नहीं। लड़खड़ाती ज़बान से कहने लगे, "थोड़ी...क...ले...जी...। मैं आयी तो उठकर किवाड़ बन्द कर लिया।

—मैं बहुत डर गयी थी। पाँव थर-थर काँप रहे थे, पसीना हो आया था, पर मुन्शी नहीं माना, आँखें निकालीं और गरजकर कहने लगा, "एक हरामजादी तो सो गयी, दूसरी...दूसरी ...डर...रही...उसने उँगली से मुझे बैठने का इशारा किया। मैं नहीं बैठी,

तो एकाएक मुझे पकड़कर खींचा। मैं चारपाई पर गिर पड़ी, "खोल इसकी धोती...धोती...खोल!"

—मैं डरकर पीछे हट गयी थी और भागना चाहती थी, पर वह दरवाज़े पर खड़ा था। भूत की तरह दौड़कर उसने अपनी बीवी को नंगा कर दिया और ठहाका मारकर हँसने लगा, "कैसी सुन्दर है...कैसी...और तू! तू!! तू भी सुन्दर है!" वह दौड़ा मेरी ओर, पर मैं भागकर कमरे में कोने से जा लगी। "तू भागती है...? और उसने वहीं खूँटी पर लगा हण्टर उतार लिया और सट्...सट्...। मैंने हण्टर हाथ से पकड़कर खींच लिया, और ज़ोर से चिल्लायी, पर भूत तब भी नहीं माना और दौड़कर मुझे अपनी कड़ी बाँहों में दबा लिया। छी...कितनी बदबू थी, उसके मुँह में। मैं बेहद चिल्लाने लगी और कसकर, एक घूँसा उसकी नाक पर जमाया। मुन्शी बेहोश हो गया, मैंने दरवाज़ा खोला तो घरवाले आ गये थे, बत्ती जल रही थी और ललाइन वैसी-की-वैसी...लोगों का सिर लाज के मारे झुक गया। फिर जो हुआ...। सास ने माथे पर हाथ रखा, पसीना हो आया था। उसका कलेजा धक्-धक् कर रहा था। तब तक चिड़ियों ने फिर चूँ...चूँ...की और कुत्ते भूँकने लगे। वह लौटी और धुएँ से भरे घर में घुस गयी।

ख़र्च-बर्च की हालत भी मुन्शी की अजीब थी। कहते हैं, गाँजे की चिलम कभी ठण्डी ही नहीं होती थी। दूर-दूर के गँजेड़ी, हमेशा डटे रहते। तर-त्योहार पर बाप-दादों से लगी हुई परम्परा का निर्वाह होता ही रहता; रुपया चाहे जहाँ से आये। धीरे-धीरे खेत-बारी बिकने लगे पर शान में कोई अन्तर न आया। हालत यहाँ तक पहुँच गयी कि जब मुन्शी जी के बाप मरे, तो घर में एक कौड़ी नहीं रह गयी थी। बाप की बात, तेरही तो धूम-धाम से होनी ही चाहिए ...मुन्शी जी ने अपने चारों ओर देखा, एक अँधेरा। अब कोई भी उनका साथी नहीं था। महाजन का घर देखा, जमींदार से बातें कीं, पर कोई रुपया देने को तैयार न हुआ। अन्त में सारी जगह-ज़मीन लिखकर रुपया आया और काम-किरिया बड़ी धूम-धाम से बीती। लड़के-बच्चे भी होने लगे और घर की हवा भी बिगड़ती ही गयी पर उनका शाही दिल छोटा नहीं हुआ।

सरूपिया ब्राह्मणी विधवा थी, उसकी कन्या सयानी हो गयी थी पर उसके पास धान-पान देने को भी पैसा नहीं था। सरूपिया के पति, मुन्शी जी के बाप के पुराने नौकरों में से थे। एक दिन मुन्शी जी उधर से जा रहे थे, पण्डिताइन ने बुलाया और बेटी को उनके आगे बैठा दिया, "देखो मुन्शी! अब हम कहाँ जायँ। लड़की की बात, कोई कब तक घर में बैठाये रहेगा, पर घर में कुछ नहीं है, कैसे शादी हो?" पण्डिताइन रोने लगीं। मुन्शी जी ने पान की पीक उगलते हुए कहा, "इसमें क्या धरा है चाची! शादी तय करो सब देखा जायगा। मुन्शी ने अपनी बीवी का सारा जेवर बेच डाला और पण्डिताइन के घर बैठकर शादी-ब्याह का सारा इन्तज़ाम किया। बारात आयी तो बड़ी

इज़्ज़त के साथ मिले और कन्यादान किया। सारे गाँव में वाह-वाह मच गयी, पर कोई नहीं जानता था कि मुन्शी जी की हालत एकदम ख़राब हो गयी है।

भीतर-भीतर महाजनों का तक़ाज़ा भी होने लगा और धमकी भी। धीरे-धीरे वह दिन आ गया कि लोग मुन्शी जी को देखकर घर में घुसने लगे। ‘‘जै राम जी की भइया!’’ मुन्शी जिसके दरवाज़े पर कहते वह मन-ही-मन, कुढ़ने लगता। ‘‘साला सुबह ही आ धमका। कुछ माँगना ही चाहता है।’’ घर में फाके होने लगे। लड़के-बच्चे आवारा घूमने लगे।

बड़ा लड़का मिलिटरी में भरती हो गया। कुछ कमाने-धमाने लगा। मुन्शी जी ने सोचा था, शायद अब दिन लौट आवें, पर नतीजा कुछ भी न हुआ। बहुत दिनों पर लौटा तो सारे गाँव में एक बार फिर चर्चा उठी।—लड़का कमाकर आया है, और महाजन लोग दौड़ पड़े, पर बीच ही में मुन्शी के छोटे लड़के ने उसका मनीबेग उड़ा लिया और झटपट गाँजे की दुकान से एक भर गाँजा ले आया। बहुत दिनों पर, एक बार फिर चिलम गरम हुई, बाप-बेटे ने एक-दूसरे की ओर देखा और गाँजे के लम्बे धुएँ में, दोनों की आँखें तैरने लगीं। एक बकरा भी आ गया...शाम को वह भी कटा। शराब भी आयी और इसी बीच, बड़े लड़के ने रुपये की खोज की, हल्ला-गुल्ला मचा, खोज-खाज हुई पर कहीं गिरा हो तो न! और छोटा लड़का खोज में सबसे ज़्यादा हिस्सा लेता रहा।

मुन्शी जी दुःखी नहीं हुए, बल्कि समझाते रहे, ‘‘जाने दो, गया-सो-गया, बेटा!’’ और छोटे लड़के से चुपके से कहने लगे, ‘‘कुछ तो दे ही दो!’’

उस दिन रात जब बाप बेटों के साथ खाना खाने बैठा तो उनकी पुरानी हँसी लौट आयी थी। झुर्रीदार चेहरे पर वही पुरानी लाली, और आगे के दो टूटे दाँतों के बीच से, जीभ का बाहर आना-जाना चलता रहा।

दूसरे दिन लड़का नाराज़ होकर जाने लगा तो मुन्शी जी ने बड़े आर्त्तस्वर में कहा, ‘‘बेटा! अब तो तुम्हीं लोगों का सहारा है...जाते हो तो जाओ, नौकरी की बात ठहरी, पर कुछ ‘‘देते-लेते रहना।’’ लड़का चला गया तो फिर न लौटा। इसी तरह धीरे-धीरे सभी बच्चे मुन्शी जी से अलग हो गये।

अब मुन्शी जी भी अकेले हो गये हैं। बीवी के साथ बीमार हैं पर कोई बात तक नहीं पूछता...आँखें धँसकर गढ़े में चली गयी हैं और कमर झुककर धनुष हो गयी है। किसी-किसी तरह लकड़ी के सहारे उठते हैं। इधर कई दिनों के लगातार फाके के बाद यह बुखार आया है। कहाँ जायँ, किससे कहें? रामू धोबी खेत से मकई काटने जा रहा था, मुन्शी जी ने आवाज़ दी, वह रुक गया। मुन्शी जी ने दाँत निपोरते हुए कहा, ‘‘दो भुट्टे तो रख दे रामू! इस साल जीभ तरस गयी।’’

रामू मन-ही-मन भुनभुनाया, पर देता कैसे न, और उसने दो कच्ची बालें तोड़कर बिस्तर पर फेंक दीं। मुन्शी जी ने अपनी पत्नी की ओर देखा, वह मुँह ढाँके सो रही

थी। सोचने लगे—एक मैं खा लूँ, एक उसके लिए रख दूँ और जल्दी-जल्दी कच्चे भुट्टे को दाँतों से निखोरने लगे...जब सब दाना ख़तम हो गया और ठेण्ठी दाँत से लड़ने लगी, तो उन्हें दूसरे का ख़याल आया, बग़ल में देखा, औरत सो रही थी, उन्होंने दूसरा भुट्टा भी उठाया, छीला और चादर के नीचे रखकर जल्दी-जल्दी खाने लगे। भुट्टा ख़तम हो गया तो चादर हटायी। कुछ दम पेट में आ गया था...ज्ञान क्यों न जागता।

—बेचारी बारह दिन से भूखी प्यासी पड़ी है, और...मैं...मैं? मुन्शी जी उठ खड़े हुए। आज ज़रूर कहीं-न-कहीं से अन्न-पानी का प्रबन्ध करूँगा। अगर पाँच रुपये मिल जाते तो आटा-दाल ले आकर रख देता। वे उठ खड़े हुए, लकुटिया सँभाली और थोड़ी-थोड़ी दूर पर बैठते-घुसकते, धीरे-धीरे महाजन ठाकुर के दरवाज़े पर पहुँच गये। बहुत-से लोग बैठे थे, मुन्शी जी भी वहीं जाकर बैठ गये। सुबह के बैठे तो बारह बज गया पर ठाकुर ने पैसा देना नहीं माना...मुन्शी जी बहुत रोये-कलपे पर उनका कलेजा नहीं पसीजा।

इसी बीच ठाकुर का छोटा भाई आया और कहने लगा, ''बेचारा विपत में है, समझ लेना कि भीख दे दिया। कम-से-कम दो रुपये तो दे दो!''

मुन्शी जी को रुपये मिले तो जैसे उनके पाँवों में ताक़त आ गयी हो—उठे और धीरे-धीरे घर की ओर चलने लगे। उनके मन में मनोरथों की भीड़ लगी हुई थी। कुछ ही दूर आये होंगे कि थकान लगी और पोखरी की नीम की छाँव में बैठ गये। भरों ने पोखरी ख़रीदी थी और जाल डालकर मछली पकड़ रहे थे—बड़े-बड़े सउर, टेंगर तथा सिंघी और माँगुर। मुन्शी जी का मन डोल गया। जेब से रुपया निकाला, पर एकाएक पत्नी की याद आ गयी और उसे फिर सँभालकर रख लिया।

मछुआहे ने नीचे से आवाज़ लगायी, ''अरे मुन्शी जी! कुछ जूस-पानी नहीं होगा?'' मुन्शी जी की आँखों में पुराना नशा डोल गया। कहने लगे, ''भाई, एक रुपये की दे जाना!'' और टन से एक रुपया नीचे फेंक दिया। मछुहा मुन्शी जी का पुराना परिचित है, कितनी ही बार दोनों बोतलों पर साथ-साथ जुट चुके हैं। वह पास आकर कहने लगा, ''बस सूखी ही कटेगी क्या मुन्शी! तुम भी मिरचुक हो गये। अरे यार, लाओ न एक रुपया! आज ही रात को उतारी है।''

मुन्शी का मुर्दा दिल एक बार फिर जी उठा। मुँह में पानी भर गया। हाथ जेब में गया और दूसरा रुपया भी ज़मीन पर जा गिरा।

सात बच्चों की माँ

एक पहर रात बीती होगी अभी, पर मनेरा के भीटों पर गहरी काली रात हो आयी थी। हाथ को हाथ न सूझता था, बड़े-बड़े पुराने आम के पेड़, जिनकी कुछ दूर तक नंगी डालियाँ, फिर ऊपर की झपसी कउंचियों में उल्लू और गेदुरों की कच-पच, दो-एक खजूर और नीम के उदास पेड़ और नाटी-नाटी अडूँस की झाड़ियाँ, किनारे-किनारे हाजीबाबा, रहमत, करामत और जुम्मन साईं की क़ब्रें; बड़ा भयानक लगता है न!

—रात को जो सायँ-सायँ की आवाज़ आती है। जुम्मन साईं अपनी दाढ़ी सुलझा रहे हैं और हाजी की बीबी ककहा-डोकी बेचती है।

—रह-रहकर क़ब्रों से आग की लुत्ती निकलती है: जानू साँस लेता है; और कोई आदमी उधर पाँव नहीं रखता। गोरू-चौआ छुड़ा लें, तो भी कोई खटिया के नीचे पाँव नहीं रखता। अरे मनेरवा की ओर चला गया है, बस।

"अब तो दिन में भी कोई उधर नहीं जाता बबुआ!" छब्बी भउजी ने मटर की फलियाँ निखोरते हुए कहा और गोद में लेटे बच्चे को तनिक आगे सरका लिया! बच्चा आँचल के नीचे घुटुर-घुटुर माँ का दूध पीने लगा। उन्होंने कहा, "छोड़ भी, कहाँ का दूध कसा है, जो चभर-चभर पीता जा रहा है।"

मुझे हँसी आ गयी, "अभी दूध की कमी पड़ने लगी भउजी! अरे, आगम तो अभी बैठा ही है।"

भउजी मुस्करायीं, मातृत्व-भरे स्नेह की प्याली उनके चेहरे पर छलक गयी और ममता की अनेक रेखाएँ दुलराने लगीं।

"बड़ा बुरा ज़माना लग गया है बबुआ। अब तो सात-सात बच्चों की माँ भी नये मनसेधू के साथ भागने लगीं, इस गाँव से!"

"क्या कह रही हो भउजी!" मैंने विस्मय से कहा।

"सच मानो लाला! तुम तो बाहर रहते हो न! जो न हो जाय, वही थोड़ा है।" उन्होंने बच्चे को सँभालकर गोद में बैठा लिया और उसके माथे को सहलाने लगीं। "तीन तो मर गये, पर सन्नो के चार बेटे अभी ज़िन्दा हैं। पाथर है उसका करेजा कि नये भतार के साथ निकल गयी।"

"सन्नो गाँव छोड़ गयी?"

"हाँ, वह तो कभी की गाँव छोड़ गयी, और वह देवी पण्डित है न, उसे न जाने कहाँ छोड़कर, दो-तीन दिन से गाँव लौट आया है। बड़ी डरावनी सूरत हो गयी है उसकी, बबुआ। रात-दिन उसी मनेरवा पर रहता है। न खाना, न पीना, सूखकर काँटा हो गया है। बाल बढ़ गये हैं। लड़के-बच्चे तो उसे देखकर डर जायँ। कोई उससे बोलता तक नहीं। देखो, तुम उधर जाना मत!"

भउजी उठ खड़ी हुईं। शायद भउरे में गड़ा आलू जल रहा था और उसकी महक उन्हें मिल गयी थी। इतने में किसी के चिल्लाने की आवाज़ आयी। भउजी ने कहा, "सुनो, देखी यह लीला।"

"...दोहाई गाँव-पुर की। इहै गाँव के सरदार लोग हमके गाँव में नहीं रहे देत हउवें..."

मैं उठ खड़ा हुआ। बाहर पूस का हलका सफ़ेद कुहरा और उसके पीछे से झाँकते हुए मनेरा के बड़े-बड़े आम के पेड़—बहुत मद्धिम, किन्तु साकार!

देबी चिल्लाता जा रहा था।

इसी समय बग़ल के पेड़ पर बैठी टिटहरी बोल उठी। उसका साथी दूसरे पेड़ से पर फड़फड़ाकर उड़ा और कोहरे को चीरता हुआ उसके पास पहुँच गया।

—सन्नो...सात बच्चों की माँ...मैं तो उसे सात-आठ बरस से जानता हूँ। डोले में उठकर आयी थी। ग़रीब की लड़की थी तो क्या हुआ, दिल तो ग़रीब का नहीं रहा होगा, और यहाँ सारा गाँव इकट्ठा था। इब्राहीम का बाजा, सोन्हू का सिंहा और चतुरी का डफला क्यों न बजता, पचास वर्ष के लँगड़े सरूप के लिए षोड़शी कन्या जो आ रही थी! यह तो अपने ही गाँव का मान है भाई कि लँगड़े-लूले भी कुँवारे नहीं रहते। ग़रीब सरूप कहाँ पाता पैसा? दस बिस्से खेत बेचकर दलालों की जेब भरी। सन्नो के बाप का माँगना पूरा किया और एकाएक जब पान-सी पातर और फूल-सी सुकुमार सन्नो ने डोले से पैर बाहर रखा, तो सारा गाँव सिकुड़कर सन्न रह गया, जैसे सबको पाला मार गया हो या चोर को कहीं से चोरी के पापों का पता चल गया हो। "...कन्या के साथ बड़ा अन्याय हुआ, भाई! थोड़ा उमर-समो का ध्यान तो देना ही चाहिए।" आदि बातें चलने लगीं।

एक दिन शोर मचा कि सन्नो भाग रही है। सारा गाँव उमड़ पड़ा। सरूप के घर की साँकल खोली गयी, पता चला कि उसकी टूटीवाली टाँग चारपाई की पाटी से बाँधकर वह कहीं भाग गयी है। और सरूप गला फाड़-फाड़ के चिल्ला रहा था, "मेरी गठरी डूब गयी, दोहाई गाँव-पुर की, वह भाग गयी।"

मशाल जलाये गये और लोगों ने इधर-उधर ढूँढ़ना शुरू कर दिया, पर गाँव के एक विशेष दल ने बड़े मनोयोग से इस काम में हाथ बँटाया, "जी नहीं लग रहा है लड़की का, क्या करे, साला अपंग जो ठहरा!" और पासवाली अरहर में चारों ओर से घेरा पड़ गया। ढूँढ़ते-ढूँढ़ते सन्नो एक अरहर के पेड़ से सटी, फफक-फफककर

रोती-कलपती पकड़ी गयी और घर लायी गयी, रखवाली का प्रबन्ध हुआ और उसी रात से फिर सरूप घर में नहीं सोया। पर सन्नो के बच्चे होते रहे और सरूप बाप बनता रहा।

दूसरे दिन मैं देबी से मिला, देखकर बड़ा विस्मय हुआ। शरीर सूखकर काँटा हो गया था। आँखें धँस गयी थीं। एक बड़ी उदास हँसी हँसकर कहने लगा, "क्या देखते हो, भइया! बड़ी जुलुम की मेहरारू न मिल गयी थी, उसने जो किया वह क्या कोई ब्याहता करेगी। ससुरी ने तन-मन सब दे दिया।" उसकी आँखें भर आयीं।

"यह सब क्या हो गया, देबी?" मैंने पूछा।

फिर क्या था, जैसे किसी बँधे पानी की तल में कोई भारी छेद हो गया हो, वह कहने लगा, "एक दिन की बात है, जब मैं उस ओर से जा रहा था, सावन-भादों का महीना, चिरई-चुरमुन को खाने के लिए भी अन्न नहीं था। गाँव में बड़ा ठाला था। बड़े-बड़े के घर, बनिया की दुकान से अनाज आता था खाने को। सन्नो ने एकाएक बुलाया, "महराज!" और मैं चला गया। "बड़ी विपत में फँस गयी हूँ, घर में खाने को कुछ नहीं है। एकाध सेर जौ दे देते, तो मैं लौटा देती।" सरूप वहीं चारपाई में मुँह गाड़े पड़ा था, और उसके बच्चे इधर-उधर लेटे थे। तब तक एक नन्हीं-सी लड़की रोने लगी, "माई!...लोती-लोती..." मेरा कलेजा काँप गया।

देबी धीरे-धीरे बोलने लगा... "दिन चढ़ आया था, धूप का हल्दिया रंग पास के बबूल की पत्तियों से पुछ चुका था और एक गहरी हरियाली निकल आयी थी जो किरणों की चमक से कुछ और निखर गयी थी।"

मैंने कहा, "तब...,"

"जब मैं वहाँ से निकला, तो मुझे बड़ी शरम लगी।" देबी कहने लगा, "क्योंकि वह जगह गाँव में बहुत बदनाम थी, पर बच्चा! मेरे मन की दया ने मुझे साहस भी दिया।"

मैंने देखा, देबी की आँखों में विगत उत्साह की गर्मी रेंग आयी और उसकी आँखों के डोरे और लाल हो उठे। लेकिन वह उसी प्रवाह में कहता जा रहा था—

"मैंने उसे दाल, चावल और आटा पहुँचाया। अब मैं उधर अनायास जाता और उसके यहाँ रुक जाता। वह बुलाती, बैठाती, पानी देती और देर तक बातें करती।

"एक दिन बहुत रात तक बात करती रही। फिर जब मैं चलने लगा, तो कहने लगी, 'बैठो न!' मेरा जी अच्छा नहीं था, सिर में दर्द था।

"उसने कहा, 'लेट जाओ, सिर में तेल लगा दूँ।' और उस रात जो हुआ, सो मुझ अविवाहित आदमी के लिए कहने लायक़ सुख नहीं था। सुबह जब मुर्ग़े बोले तो मैं चलने लगा, पर उसने मेरे पैरों पर माथा टेक दिया और देर तक रोती रही।

"कहने लगी 'तुम मुझे कुछ न देना, पर आना ज़रूर, नहीं तो मैं मर जाऊँगी!'

"मैंने कहा, यह लड़के-बच्चे...तो एक दुःख उसके सीने में भर गया, 'पण्डित, इनका बोझ ढोते-ढोते मैं थक गयी हूँ। मैंने देख लिया है, ओफ...' और वह बेतरह रोने लगी।"

"मेरा मन एक नशे से भर गया।" देबी ने कहा और थोड़ी देर तक चुपचाप नीचे देखता रहा।

फिर कहने लगा, "एक दिन मैंने उसे बुरी तरह पीटा और डाँटते हुए कहने लगा, 'हरामज़ादी, इस गाँव में किसी को तो नहीं छोड़ा, झूठ-मूठ नखरा क्यों करती है?' वह बहुत रोयी—कलप-कलपकर, और कहने लगी, 'मुझे मार डालो, मुझे काट डालो, यही तो मैं चाहती हूँ...मुझे ख़ूब ताना मारो, जिसमें मेरा कलेजा फट जाय। अब मैं जीना नहीं चाहती पण्डित, मैं यही तो चाहती थी कि कोई मुझसे पूछे, मुझे डाँटे, मुझे मारे, मुझे रास्ते पर लाये। मैं तो केवल मशीन थी, भूख और अँधेरे में राक्षस मुझे खाते रहे।"

देबी का चेहरा पीला पड़ गया था। दुःख की कातरता उभर आयी थी, पर फिर डूब गयी, जैसे किसी अथाह तल में। भींट के नीचे एक चरवाहा गाने लगा था। "मन न रँगायो, रँगायो जोगी कपड़ा।" और बग़लवाली बसवट में श्यामा का स्वर मद्धिम पड़ गया था। सूरज की पतली नुकीली किरणें बाँस की लम्बी, पतली पत्तियों में फँस गयी थीं।

मैंने कहा, "हाँ...तो ..."

"कुछ दिन के बाद मैंने वहाँ जाना बन्द कर दिया, पर वह मानी नहीं। रोज़ मेरे घर आती, रात-भर रहती और सुबह चली जाती। एक दिन उसने जाने से इनकार कर दिया। मैंने बहुत कहा, ज़बरदस्ती बाहर करना चाहा, पर किसी तरह नहीं मानी। अन्त में परेशान होकर मैंने एक गँड़ासे से, जो वहीं पड़ा था, उस पर वार कर दिया। चमड़ा ही कटकर रह गया, संयोग अच्छा था।" देबी ने कहा, फिर कुछ देर तक रुककर इधर-उधर देखने लगा।

मैंने पूछा, "फिर क्या हुआ?"

"फिर क्या होता...सारा गाँव जुटा, ख़ासकर वे लोग, जो उसके साथी रह चुके थे। घर खोला गया और पंचों ने पंचायत फान दी, 'इसे पुलिस को दे देना चाहिए। इसे गाँव से निकाल देना चाहिए।' न जाने क्या-क्या बातें होने लगी। लोगों ने सन्नो को देखा, वह क़रीब-क़रीब बेहोश थी। मेरे सिर का भूत भी उतर चुका था और आशंका से मैं भी काँप रहा था। लोगों ने लकड़ी से उसे खोदा, जैसे कोई जानवर को खोदता है, बच्चा! और पूछने लगे कि किसने मारा...पर उसने जो उत्तर दिया, उससे लोगों का दाँव नहीं लगा। उसने कहा—मैंने अपने से गँड़ासा मारा है।"

"असल बात तो यह थी कि वह अब मुझसे दूर नहीं रहना चाहती थी। इधर पंचों ने उसे गाँव से निकालने का फ़ैसला कर दिया और हम लोग गाँव से बाहर चले गये।"

देबी की आँखों के आगे अँधेरा छा गया। वह चुप हो गया और जल्दी-जल्दी अपनी दाढ़ी में हाथ चलाने लगा।

"फिर तुम उसे क्यों छोड़ आये?" मैंने बड़ी आत्मीयता से पूछा।

"क्या कहूँ, भैया! कुछ कहा नहीं जाता। कौन जाने मैंने ही ग़लती की हो? बात यह हुई..." उसने साहस बटोरते हुए कहना शुरू किया—

"बनारस चले जाने के बाद मैंने उसके लिए सब-कुछ किया। ईंटें ढोयीं, पानी पिलाता रहा, मूँगफली बेचता रहा, काटन मिल में रुई भी ढोयी, और उसने भी कुछ नहीं उठा रखा।"

"तन उसने दिया था सो दिया ही था, मन से भी उसने कुछ भी नहीं बचाया। पर मुझे उसके ऊपर लगातार शक बना रहता था। वह किसी से बोली नहीं कि मैं समझता था बदमाश तो है ही कौन जाने इसका, और उसे ख़ूब पीटता, ख़ूब पीटता; यहाँ तक कि मारते-मारते बेहोश कर देता पर वह कुछ न बोलती और टाँगे घसीट-घसीटकर खाना बनाती, खिलाती और देर तक मेरा पैर दबाती रहती। कभी-कभी तो गुस्से में कह जाता, जब तुम अपने तन से जन्में बच्चों की नहीं हुई, तो हमारी क्या होगी! पर वह चुप-तो-चुप, जैसे काठ मार गया हो।" देबी एकाएक चुप हो गया फिर धीरे-धीरे बोलने लगा, जैसे राह चलते एकाएक किसी राही को काँटा चुभ गया हो—

"एक दिन ऐसा हुआ कि मिल से मुझे चार बजे दिन में ही छुट्टी मिल गयी। मैं आया, तो देखता हूँ कि वह एक राही को पानी पिलाती हुई मुस्कराकर बातें कर रही है, गुस्से का ठिकाना नहीं रहा। मैंने उसी जगह धूप में सूखते चौले से उसे इतना मारा कि वह बेहोश हो गयी और उसे वहीं छोड़कर मैं यहाँ भाग आया।"

"तुमने अच्छा नहीं किया देबी।" मैंने दुःखी होकर कहा और उठकर चलने के लिए तैयार हो गया। दिन बहुत चढ़ आया था और सर्दी भी कुछ कम हो गयी थी। वह भी उठ खड़ा हुआ। मैंने देखा, उसका शरीर कुछ कड़ा हो गया था, फिर भी वह काँपता जा रहा था।

मैंने कहा, "तो यहाँ क्यों पड़े रहते हो!"

"गाँववाले रहने नहीं देते। कहते हैं...कहते हैं..." उसका गला भर आया। फिर वह बोल नहीं सका।

"और यदि वह मर गयी हो तो..." मेरे मुँह से सहसा निकल गया। देबी के चेहरे पर हवाइयाँ उड़ने लगीं। उसने दोनों हाथों से माथा थाम लिया और पागलों की तरह गर्दन इधर-उधर हिलाने लगा।

मैं वहाँ से चला, तो रास्ते-भर हीर-राँझा, लैला-मजनूँ और शीरीं-फरहाद का चित्र बनता-बिगड़ता रहा। पर सन्नो जैसे किसी संगमरमर की मूर्ति-सी आकर मेरी आँखों

में टिक जाती और वे सारे चित्र धुल जाते। मैं गाँव आकर, छब्बी भउजी के घर में घुस गया और देर तक आँखें ढाँपे, उनकी गोद में सिर गाड़े पड़ा रहा, उन्होंने बार-बार पूछा, पर मैं कुछ बोल नहीं सका और ख़ामोश पड़ा रहा।

दूसरे दिन बड़े सवेरे मैं लिहाफ़ में मुँह गाड़े पड़ा था कि भउजी ने जगाया, "अरे बबुआ! उठो देखो, तुम्हारी सन्नो आ गयी।"

मैं हड़बड़ाकर उठा तो अभी कुहरे की भूरी चाँदनी सुनहरी भी नहीं हुई थी और लड़के-बच्चे आग के आगे वैसे ही सिसिया रहे थे। बाहर ओस की चिपचिपाहट जैसी की तैसी थी। मैं जल्दी-जल्दी सन्नो के घर की ओर दौड़ पड़ा।

सारा गाँव अमोलियावाले कुएँ के चारों ओर जुटा था। कुएँ में रस्सियाँ पड़ गयी थीं और लोग चिल्ला-चिल्लाकर कह रहे थे, "हरामज़ादी निकल आ, क्यों गाँव को झंझट में फँसाती है। मरना था तो जहाँ भतार किया था, वहीं क्यों नहीं मर गयी।" पर वह बाहर आने को तैयार नहीं होती थी। उसका दुबला-पतला शरीर शीत से सिकुड़कर गठरी हो गया था। फटी-पुरानी धोती का सूत-सूत उसके शरीर से सट गया था। सन्नो के दो बड़े लड़के लाठियाँ लेकर लाख-लाख गालियाँ बक रहे थे, "हरामज़ादी निकली नहीं कि सिर तोड़ देंगे।"

बाहर कुएँ के पास एक छोटी-सी हाँड़ी पड़ी थी। उसमें मिठाइयाँ थीं। लोग कह रहे थे, "सरूपवा के लिए लायी है, सरूपवा के लिए!" पर सन्नो टस-से-मस नहीं हुई और रस्सी पकड़े हुए खड़ी रही।

इसी बीच लोगों ने देखा सरूप ज़मीन पर दो हाथ और एक पैर को घसीटता चला आ रहा है। बोलियाँ शुरू हो गयीं। लोगों ने गालियों की बौछार की, पर वह हाँफता हुआ आगे बढ़ता-बढ़ता कुएँ के पास पहुँच गया। उसने मिठाइयाँ देखीं, तो उसकी आँखों से पानी बहने लगा। फिर झुककर देखा—

"चली आओ मुन्नू की माँ। दो रोटियाँ तो बनाकर दोगी।" और फिर वह बोल नहीं सका। उसकी आँखों से आँसू बहकर कुएँ में गिरने लगे।

मैं देख नहीं सका, तो चला आया।

कहानी के लिए नारी पात्र चाहिए

चाची को मेरी कहानी के स्त्री पात्र पसन्द नहीं हैं! उनका कहना है कि कहानियों में जिन स्त्री पात्रों को मैं चित्रित करता हूँ वे उच्छृंखल, सीनाजोर और मुँह-फट होती हैं। वह प्रेम ही नहीं करतीं, ज़बर्दस्ती अपने को प्रेम करवा लेती हैं। उनमें सामाजिक बन्धनों के प्रति आस्था नहीं होती। वह अपने प्रणयी के लिए दुनिया तक को छोड़ने के लिए तैयार हो जाती हैं। वे कोमल कम लगती हैं। उनके प्रेम में मौन का स्थान नहीं होता। वे मुहब्बत का इज़हार करती फिरती हैं।

बाह्य चित्रण पर भी उनको आपत्ति है। उनकी नज़रों में वह सब-की-सब बहुत तगड़ी, स्वस्थ और नौजवान होती हैं। उनका उभरा हुआ वक्ष, उनकी नशीली आँखें, उनके अटपटे, उलझे, लम्बे बाल, उनके होठों की लाली और कपड़ों का बेढंगा ज़िक्र भी उन्हें अच्छा नहीं लगता।

हमारे प्रोफ़ेसर महोदय भी नाराज़ हैं। यद्यपि उनका कुल साहित्य-ज्ञान रीति-साहित्य के घरौंदे की तरह का है। उन्हें नौजवान लड़कियों से पर्याप्त स्नेह है। वे स्त्री-शिक्षा, स्वतन्त्रता, सौन्दर्य-वर्णन और प्रेम-विरह-चित्रण के ही पोषक हैं। वे कक्षा में बेतरह मुस्कराते हैं और कोशिश भी करते हैं, कि कम-से-कम कक्षा का स्त्री-वर्ग तो उन्हें पसन्द करे ही। वह भावुक बहुत हैं, पर उनका कहना है, कि तुम्हारी कहानियों के स्त्री पात्रों में स्त्रैणता कम और पुरुषत्व अधिक है। वे आसक्ति को अनुराग से अधिक महत्त्व देती हैं। उनमें वासना अधिक है, रागात्मक चिन्तन कम। इसीलिए वे उतावली करती हैं, तपती नहीं!

मेरी एक स्त्री मित्र की बातें भी आलोचना से भरी हैं। पहले जब वे पढ़ती थीं तो वामपक्षीय राजनैतिक दलों की सहयोगिनी थीं। उनकी एक बात मुझे अभी तक नहीं भूली है। कहा करती थीं, "स्त्री-पुरुष में यदि सांस्कारिक विचारों को छोड़ दिया जाय तो कुछ भी भेद नहीं है। यह सारे नियम, बन्धन पुरुष के अपने गढ़े हुए हैं। साथ ही, यदि स्त्री भी वास्तविक समानता का दावा करती है तो उसे मानसिक स्वतन्त्रता पहले अर्जित करनी होगी। पर उन्होंने आजकल एक सुपरिण्टेण्डेण्ट पुलिस से विवाह कर लिया है। कहते हैं, पति बड़ा दबंग ऑफ़िसर है और पत्नी सफल सहचरी। उनका कहना यों है—

"देखो, कहानियों में जब प्यार, मोहब्बत का ही ज़िक्र करना है तो उसके लिए एक विशेष वातावरण की ज़रूरत होती है। पार्श्व में सुकोमल टहनियों पर झूलते हुए नवविकसित फूल, तितलियाँ, मन्द किन्तु गुदगुदाती हुई वायु प्रेम-संगीत में विभोर झरने, नीला आकाश, धरती और न जाने क्या-क्या। और यदि तुम्हें भूख, प्यास, तड़पन, विद्रोह और लाचारी लिखनी है तो फिर अनुरागमय जीवन की, और वातावरण की क्या ज़रूरत। लिखो न मशीन की तरह। क्योंकि जहाँ रोमांस है, स्नेह है, फिर वहाँ अर्थ की भौतिक परम्परा को ले जाना विचारों-भावनाओं की परिपक्वता में खलल डालता है। पाठक, जो एक पारलौकिक रस-चिन्तन में उन्मुक्त रहता है, एकाएक धरती की तक़लीफ़ों से तिलमिला उठता है। तुम्हारी कहानी कोई विद्रोह के लिए थोड़े ही पढ़ता है। क्षण-भर को अपने को भूल जाना ही कहानी का मर्म है।"

मेरी आत्म-कहानी की स्त्री पात्र को तो शायद मेरी कहानियों के स्त्री पात्रों पर हमेशा खीझ बनी रहती है। जब कभी भूख और वेदना से पीड़ित पागल माँ बाज़ार में अपने बच्चों को बेचती नज़र आती है तो वह पुस्तक ही पटक देती हैं। यदि किसी की स्त्री, जो पति के बुरे आचरण से परेशान हो गयी है, जो रात को शराब के नशे में उसकी सूखी हड्डियों पर डण्डे बरसाता है और जब वह उसे छोड़कर किसी मनोनुकूल पति की खोज कर लेती है तो हमारी पत्नी को बड़ा बुरा लगता है।

जब कभी कोई स्त्री अपने जनसेवी नायक के गले से लिपटकर कहती है, "मैं तुम्हारे साथ अपने को धधकती हुई आग में भी झोंक सकती हूँ। मैं तुम्हारे साथ समुद्र फाँद जाऊँगी, लड़ूँगी, विद्रोह करूँगी, इस समाज को बदलूँगी।" तो उसका जी तिलमिला उठता है।

इधर एक मित्र ने एक नयी समस्या खड़ी कर दी है। महामुनि भर्तृहरि के श्रृंगार शतक और फ्रायड के सिद्धान्तों की बात तो है ही, पर समाज के सामान्य जीव उनकी बहुत-सी बातों का प्रयोग अच्छा नहीं समझेंगे। जानने की बातें हैं कि स्त्री तथा पुरुष ही जीवन तथा संसार का निर्माण करते हैं। स्नेह, वात्सल्य और ममता दोनों के सहयोग से ही पैदा होती हैं। पर क्या स्त्री गाय है, जो हमेशा हरी दूब चाहती है, या पुरुष और स्त्री का मिलन यदि एकान्त में हो; तो वे वासनात्मक क्रिया-कलाप से बाज़ नहीं आ सकते, या काम ही जीवन का उत्प्रेरक है?

पर मित्र ने तो मेरी सारी कहानियों को, या यों समझिये कि अब तक के सारे साहित्य को खोखला ठहरा दिया है। उन्होंने कहा है कि, "तुम्हारी कहानियों की स्त्रियाँ एक ही आदमी के पीछे क्यों पड़ती हैं, क्या उन्हें दूसरे पुरुष नहीं मिलते? फिर तीसरे, चौथे, पाँचवें, छठवें...। उनका दावा है कि राग का क्षेत्र सीमित नहीं है। हाँ, वे भी हमारे प्रोफ़ेसर साहब की तरह आसक्ति को घृणित और असांस्कृतिक बताते हैं। उनका

कहना है कि, इसीलिए तो हमारे पूर्व पुरुषों ने कहा है, कि राग अपरिमेय, असीमित है। आसक्ति तो एक ही तक बँधती है। उनका अपना निजी विचार है कि पुरुष-स्त्री का रागात्मक सम्बन्ध कहीं भी, किसी भी परिस्थिति में सम्भव है, चाहे वह कोई भी स्त्री हो, चाहे वह कोई भी पुरुष। उनका स्वयं का सम्बन्ध न जाने कितनी लड़कियों से है। वे दावे के साथ कहते हैं कि हर लड़की की यही दशा होती है। चाहे वह सामाजिक बन्धनों के डर से भले ही कहे कि मैं एक से प्रेम करती हूँ, एक की हूँ, विवाहित हूँ।

उनकी नाराज़गी का सबसे बड़ा कारण यह है कि मैं अपने को सामाजिक उत्थान और प्रगति का लेखक समझता हूँ, फिर क्यों नहीं इन अत्यन्त यथार्थ; सामाजिक प्रक्रियाओं का उल्लेख अपनी किसी नारी पात्र द्वारा कराता।

मैं परेशान हो गया हूँ, सोचता हूँ अब यही करूँ। जहाँ जाऊँ, जिससे मिलूँ, हमेशा कहूँ, "मुझे कहानी के लिए नारी पात्र की ज़रूरत है।" अख़बारों में विज्ञापन निकलवा दूँ, रेडियो से ब्राडकास्ट करवा दूँ, नेताओं के पास ख़त लिख दूँ, मित्र से राय ले लूँ, नोटिस छपवा डालूँ, पोस्टर बनवा डालूँ, और भी, जो हो सके करूँ कि मुझे सही नारी पात्र मिल जाये, जिसे सब लोग पसन्द करें।

सम्पादक एक बार पढ़कर लहालोट हो जायें। चाची, प्रोफ़ेसर, स्त्री मित्र, दोस्त और पत्नी को तारीफ़ों के पुल बाँधने पड़ें। अब मैं ऐसे ही स्त्री-चरित्रों का निर्माण करूँगा जो एक होते हुए भी सार्वभौम हों। उसे जो पढ़े, उसे वही रस मिले। उसमें करुणा, कमज़ोरियाँ, सौन्दर्य और स्त्रीत्व तो मैं भर ही दूँगा। क्या कमी है, किसी फूल से कहूँगा, अपना रंग दे दो! लाजवन्ती से कहूँगा, तुम अपना गुण दे दो! किसी लता से कहूँगा, तुम अपनी कमनीयता दे दो! और यदि इतने से काम नहीं चलेगा तो नायिका-भेद उठाकर नारी के समस्त गुणों को, उसमें अन्तर्भूत कर दूँगा। उसकी कमर, उसके उरोज, उसकी आँखें, उसके बाल, उसके पाँव और उसका चेहरा भी, कहीं से चुरा लूँगा और वातावरण के लिए कालिदास का अभिज्ञानशाकुन्तलम् तो है ही। यदि इतने पर भी कमी पड़ी तो, किसी अमेरिकन मैगजीन से ट्वाइलेट्स और फैशनेबुल कपड़ों इत्यादि का विज्ञापन देखकर उसे अत्याधुनिक बना दूँगा। हाँ, ऊँचे दर्जे की शिक्षा की बात भी तो उठेगी, इसलिए थोड़े दिनों यूनिवर्सिटी की लड़कियों के हॉस्टल की ख़ाक छानूँगा। मुझे पूरा विश्वास है, कि इतना करने के बाद, मैं सफल हो जाऊँगा।

लेकिन इतना सोचने के बाद भी मेरे मन में यह बात जैसी की तैसी बनी हुई है, कि मैंने ऐसे चरित्र क्यों बनाये। क्यों स्त्रियों को इस ढंग से चित्रित किया। क्या मेरा भेजा तो नहीं फिर गया था, जो साहित्य के माध्यम से मैंने इतने बड़े अन्याय किये

और यदि सचमुच मैंने ग़लतियाँ की हैं, तो फ़ैसले के लिए मुझे अपनी कहानियों की ही सहायता लेनी पड़ेगी, जिनमें मैंने ऐसे चरित्र निर्मित किये हैं।

सबसे पहले हम सन्ध्या को ही लें। कितनी मासूम लड़की थी बेचारी। जब चाची पहली बार अपने मायके से लौटीं, तो उसे लेकर शहर आयीं। वह देहात की लड़की थी, पढ़ी-लिखी नहीं थी। चाची ने कहा हम इसे पढ़ाने ले आये हैं। धीरे-धीरे चाची ने उसे कपड़े बनवाये। उसके रहने और पढ़ने का प्रबन्ध किया। उसे शहर के काम अच्छे लगते थे। बरतन नहीं माँजना पड़ता था। आटा नहीं पीसना पड़ता था; इसलिए लगता था, जैसे यहाँ कोई काम ही नहीं है। वह उछल-उछलकर घर का सारा काम कर डालती। पानी देना, चाय बनाना, तरकारी काट डालना, खाना बना लेना, उसे बड़ा अच्छा लगता था। चाची आराम से बैठी बातें किया करती थीं। कभी मुहल्ले की स्त्रियाँ भी घर में जम जाती थीं, और चाची उन सब में, सरपंच बनकर टाँग पसारकर बैठ जाती थीं। रात को कभी कमर में दर्द, कभी सिर में दर्द। फिर सन्ध्या तो थी ही, काम करने के लिए।

सन्ध्या की उम्र हो चुकी थी। खाने-पीने की सुविधा थी। थोड़े ही दिनों में उसके हाथ-पाँव चिकने हो गये। शरीर में निखार आ गया। आँखों में एक रोशनी चमकने लगी! कपड़े-लत्ते ठीक से पहनने और अपने को सजाकर रखने की भी, उसे फ़िक्र होने लगी। देर तक शीशे के सामने खड़ी रहने में उसे आनन्द का अनुभव होने लगा। कभी-कभी वह स्कूल से लौटकर बग़लवाली विजातीय सखी के घर ज़्यादा देर तक रुक जाया करती थी। चाची ने कई बार उसे डाँट बतायी, पर वह बार-बार भूल जाया करती थी; क्योंकि उसकी सहेली का रिसर्च- स्कालर बड़ा भाई, गाने का बड़ा शौकीन था। वह प्रायः शाम को अपनी छोटी बहन को गाना सिखाया करता था। सन्ध्या को उसका स्वर, उसका स्वभाव, उसके शरीर की सुन्दर गठन और बनावट, बड़ी लुभावनी लगती थी। वह अपनी सहेली के पास बैठी-बैठी घर की सुधि ही भूल जाती। एक दिन उसने कहा, "तुम भी गाना सीख लो!"

तब से सन्ध्या उसके बड़े क़रीब हो गयी। दोनों प्रायः मिलते, बातें करते और देर-देर तक मनोविनोद किया करते। जब यह सब चाची को ज्ञात हुआ, तो उनके क्रोध की सीमा न रही। उन्होंने सयानी लड़की पर हाथ छोड़ दिया। सन्ध्या बहुत रोयी और कई दिनों तक बिना खाना खाये पड़ी रही। चाची ने तय किया कि इसे हम गाँव भेज देंगे, पर सन्ध्या जाने को तैयार न हुई। जब उसके प्रेमी को मालूम हुआ, उसने किसी तरह सन्ध्या को अपने घर बुलाया, बातें की, और शादी कर ली। अब लड़का प्रोफ़ेसर हो गया है, और सन्ध्या रिसर्च कर रही है। दोनों अत्यन्त स्वस्थ और सुरुचिपूर्ण जीवन व्यतीत करते हैं। साथ-साथ घूमते हैं, खाते-पीते हैं।

चाची को यह नारी पात्र पसन्द नहीं है। वह चाहती थीं, सन्ध्या में लिहाज़ होता, वह घर के कामों में अपने को खपाये रहती। मनमाना प्रेम न करती और जब कुछ दिनों

के बाद चाची एक अनजान पति कहीं से ढूँढ़ निकालतीं तो वह उसके साथ गृहस्थी जोड़ने में लग जाती। स्त्री को विद्रोह करने की क्या ज़रूरत, माँ-बाप हैं ही।

चाची सन्ध्या से नाराज़ हैं। सन्ध्या उच्छृंखल है, सन्ध्या उद्दण्ड है, पर सन्ध्या जो है, वह है। मैं चाची के अनुसार उसे समझा भी नहीं पा रहा हूँ और वह कह रही है, "तेरी क़लम जुग-जुग जिये लेखक! तुमने नारी को जीवन और जागरण के प्रति सजग किया है।"

अब रही रमोला, जिसे आप सभी जानते हैं कि वह प्रोफ़ेसर की शिष्या थी। उसकी बाहरी शकल-सूरत साफ़ बताती थी कि वह बड़े घर की है। इसीलिए मैंने उसे कहानी में साधारण कपड़े पहननेवालों और साधारण ढंग से रहनेवालों से भीतरी घृणा करते चित्रित किया। वह चाहती भी यही थी। लेकिन उसे जब पहले दिन प्रोफ़ेसर ने अपने लेक्चर के दरमियान कई बार देखा, तो उसे लगा जैसे वह उसकी ओर खिंच रहा है। उसने अपनी साड़ी का आँचल ठीक कर लिया। नीचे दृष्टि डाली, ब्लाउज देखा, और दोनों छातियों पर लटकती हुई वेणियों के फीते पर नज़र डाली—जो उसकी साँस के उतार-चढ़ाव के साथ बार-बार हिलते वक्ष के साथ, उठ-गिर रहे थे। वे उसे बहुत सुन्दर लगे। सचमुच वह बहुत मासूम थी, पर उसने एक दिन प्रोफ़ेसर की हत्या कर दी। "आख़िर ऐसा क्यों किया तुमने रमोला!" मैं जब-जब पूछता हूँ, वह यही कहती है कि उस नीच प्रोफ़ेसर ने मुझे अनेकों प्रलोभन दिये। मुझे पुत्री तक माना, मेरा आदर किया, मुझे सम्मान दिया और अन्त में एक दिन अपने घर, रीतिकालीन शृंगारिक सूक्तियों का अर्थ समझाते-समझाते मेरा हाथ पकड़ लिया। मुझे खींचकर, अपने पास कर लिया। मैं समझती थी, वह बुरा नहीं हो सकता, जो आदमी अपने बाह्य जीवन में इतना सात्त्विक होने का दावा करता है, वह इतना नीच नहीं हो सकता। क्योंकि प्रोफ़ेसर विवाहित था, लेकिन उसका यह व्यापार बढ़ता गया। उसने धीरे-धीरे मेरे स्त्री-मन को अपनी प्रेम और स्नेह से छलछलाती हुई मीठी-मीठी बातों से जकड़ लिया। वह कहता था, "रमोला! तुम तो मेरी प्राण हो, डियर! तुम्हारे बग़ैर मेरा अपना अस्तित्व ही नहीं है।"

मैं उसके साथ घूमने जाती और देर तक लौटती। फिर रात तक, उसकी प्रेममय वाणी में ऊहापोह होकर; उसके बाजुओं में खेलती रहती। उसने कहा था। मैं तुमसे विवाह कर लूँगा। अन्त में एक दिन जब उसने एक होटल में मुझसे शराब पीने का प्रस्ताव किया, तो मेरा मन उसकी ओर से खिंचा। मुझे शक हुआ। मैं क्या समझती थी कि यह नर-भेष में राक्षस है, लेकिन उसने टाल दिया और गम्भीर हो गया। दूसरे दिन, इच्छा न होने पर भी, वह मुझे अपनी कार में टहलाने ले गया। मुझे पता नहीं था, वह कहाँ जा रहा है, पर वह चलता गया। अन्त में नगर के एक छोर पर, वह यह कहकर उतरा कि यह मेरे मित्र का बँगला है। मैं उसके साथ गयी तो शाम बीत चुकी थी। वह मेरे साथ सीधे अन्दर घुसता चला गया। ड्राइंग-रूम में मैं रुक रही थी

पर उसने कहा, ''कोई बात नहीं चली आओ!'' मैंने पूछा, ''कोई स्त्री इस घर में नहीं है क्या?'' वह हँसा, ''तुम तो हई हो।''

मेरा मन घृणा से भर गया। मैं एक निश्चित अनिष्ट की भावना से भर गयी। फिर वह एक कमरे में मुझे बैठने को कह कर, अन्दर गया। थोड़ी ही देर में एक चौड़े मुँह और छँटी मूँछोंवाला आदमी कमरे में आया। उसके आते ही, कमरा एक अजीब-सी बदबू से, जिसमें शराब की घुटन थी, भर गया। मैं घबरायी, तब एक नौकर बोतल और गिलास लेकर घुसा। मैं उठना चाहती थी, पर उस आदमी ने नौकर को बाहर जाने के लिए कहते हुए, मेरे कन्धे पर हाथ रख दिया और बलपूर्वक मुझे अपनी तरफ़ खींचकर, अपने कड़े किन्तु बलशाली सीने में भींच लिया। मैंने घबराकर, उसे दाँतों से काट लिया। वह छोड़कर अलग हो गया, और जब मैं बाहर भागने को हुई तो उसने दौड़कर पकड़ना चाहा, पर कुर्सी से लड़कर गिर पड़ा। मैं बाहर गयी, तो प्रोफ़ेसर भी गिलासें ढाले जा रहा था। उसने मुस्कराते हुए टूटी ज़बान में कहा, ''आओ...रमोला...डियर!''

मैंने कहा, ''जी आती हूँ'' और वहीं कोने में पड़े हुए लोहे के राड को उठाकर, अपनी पूरी शक्ति से उसके सिर पर जड़ दिया, वह चिल्लाया, फिर ख़ामोश हो गया। मुझे जेल में पता लगा कि वह मर गया, तो मैं जी भरकर हँसी और हँसती रही।

प्रोफ़ेसर के कथनानुसार, मैंने अपने इस चरित्र से न जाने कितनी बार बातें कीं। उसे ऊँच-नीच समझाया। जेल की तक़लीफ़ों से डराया और विकृत मनुष्यों के जाल में पड़कर, भड़ बन जाने की सलाह दी पर रमोला नहीं मानती। वह कहती है, ''नहीं, तुमने ठीक किया है। मैं जेल जाऊँगी। मैं लड़ूँगी, मैं ख़ून करूँगी। क्या मैं मोम की पुतली हूँ कि जो जैसे चाहे, मुझे इस्तेमाल करे। तुमने ठीक किया है, लेखक!''

अब मैं लक्ष्मी से पूछता हूँ, जिस पर मेरी स्त्री मित्र को बड़ा एतराज़ है। लक्ष्मी भी बड़े घर की लड़की है। उसे एक ग़रीब किन्तु प्रतिभाशाली लड़के से मोहब्बत हो जाती है। लेकिन समय की गति और उम्र के बढ़ाव के साथ-साथ पढ़ी-लिखी लड़कियों का यह कहना कि, ''पति तो सभी को मिल जाते हैं, पर धन, वैभव, ड्राइंग-रूम और मोटर का क्या होगा?'' लक्ष्मी को मैंने इन आर्थिक प्रलोभनों में इतना सुलझा दिया, कि वह हमेशा प्रणय को धन की दृष्टि से देखने लगी। बाद में जब उसके माता-पिता ने मग्गामल के सुपुत्र जानकीनाथ से उसका विवाह तय कर दिया तो वह मन-ही-मन ख़ुश हुई। पर जब वह ससुराल पहुँची और अपार धनराशि के बीच भी उसका जीवन, बड़े-बड़े तीखे अमानुषी काँटों के बीच छिदने लगा तो वह पागल की भाँति अपने उस ग़रीब प्रेमी की याद करके रोया करती। उसका पति अत्यधिक ख़ामोश, भोंडा और कुन्द दिमाग़ का है। वह रात-दिन सट्‌टेबाजी और कोठे-शराब से नीचे की बात नहीं करता। उसे रेस का भी शौक है। वह लक्ष्मी में विशेष रुचि नहीं रखता, क्योंकि वह तो घर की दीवारों में रहनेवाली लक्ष्मी है।

संयोगवश वह ग़रीब लड़का उसकी ही मिल में नौकर हो गया। और एक दिन कुछ व्यक्तिगत विचार विनिमय के लिए घर पर आया। ऐसी अवस्था में लक्ष्मी अपने को रोक न सकी। उससे मिली, बातें कीं, और उन दोनों के रिश्ते फिर से जुड़ने लगे। सेठ ने जब इन बातों को जान लिया तो एक जालसाजी का मुक़दमा चलाकर, उस लड़के को जेल में बन्द करा दिया। लक्ष्मी ने घर से निकलकर अपने क़ीमती जेवरों को बेच डाला और उसकी जमानत की। फिर सेठ को डाइवोर्स देकर, उससे शादी कर ली।

लक्ष्मी को कुछ भी समझाना मेरी ताक़त के बाहर है, क्योंकि जब से वह मेरी कहानी में पात्र की हैसियत से आयी, तभी से वह अपनी राय और विचारधारा के आगे दुनिया को झूठा समझती है। वह मुझसे गुस्से में कहती है, "लिखो! लिखो!! नहीं तो तुम्हारी क़लम तोड़कर फेंक दूँगी। तुम्हारा लिखना हमेशा-हमेशा के लिए बन्द कर दूँगी।" और जब मैं कहता हूँ, "लक्ष्मी! लोग मुझ पर नाराज़ होते हैं!" तो वह कहती है, "जानते नहीं, यह हारे हुए लोगों की कराह है, जो जीवन के आगे घुटने टेक चुके हैं। उन्हें भी कभी जीवन प्रिय था। उन्हें भी कभी परम्पराओं से विरोध था पर जब समय की कसौटी पर, उनसे बलिदान और उत्सर्ग की माँग की गयी, तो उन्होंने आँखें चुरा लीं। आराम ने इन्हें खींच लिया, और जीवन ने इन्हें पलायन दे डाला। मैं तो ऐसी ही रहूँगी, यदि तुमने एक अक्षर भी काटा तो ठीक नहीं होगा।" ऐसी अवस्था में मुझे कोई उपाय नहीं सूझता।

अपने मित्र को मैं कैसे ख़ुश करूँ। उन्हें पठान कमील ख़ाँ की भानजी, रसीदा बेगम के चरित्र में अस्वाभाविकता मिलती है। और यह रसीदा भी अजीब ख़ामोश लड़की है। पठान चाहता है कि उसका एकमात्र बेटा उससे शादी कर ले, पर रसीदा इस प्रस्ताव को जानते हुए भी, पठान के लड़के से कभी भी मुहब्बत का इज़हार या बयान नहीं करती। वह उसी घर में रहती है, क्योंकि उसका अपना कोई नहीं है। पठान ने उसे पुत्री की तरह पाला है और अब वधू बनाकर, घर की सारी सुख-सम्पत्ति उसके हवाले कर जाना चाहता है। पर लड़का है, कि उसकी तरफ़ देखता तक नहीं। रशीदा उसे चाहती है, उससे प्यार करती है, अपने को उस पर न्योछावर कर देना चाहती है, पर ज़बर्दस्ती नहीं। वह चाहती है, कि वह भार न बने। यह भी तय है कि वह उस घर से और उस लड़के से दूर होकर, जी भी नहीं सकती। बाहरी संसार की कोई भी वस्तु उसे आकर्षक नहीं लगती। वह उसके लिए प्राण तक देने को प्रस्तुत है।

पठान का लड़का एक दूसरी लड़की से मोहब्बत करता है, जिससे वह पहाड़ियों की छाँह में छिप-छिपकर मिलता है और बिना अपने बाप की राय के उससे शादी कर लेता है। पठान भी अजीब जढ़ी है। वह अब यह नहीं चाहता, कि लड़का घर में आये और लड़का भी इतना आत्माभिमानी, कि अपनी बात पर अड़ा रहकर, रात-दिन काम करता है, पिसता है पर घर नहीं जाता। होता यह है कि काम के आधिक्य और खाने की कमी के कारण उसे टी.बी. हो जाती है और वह मर जाता है। अब वह विधत्रा औरत, जो अब तक माँ हो चुकी है, अकेली हो जाती है। रसीदा उसकी देख-भाल

करती है और छिप-छिपकर उसे खाना-पीना भी दे आती है। एक दिन, जब रशीदा को ज्ञान होता है, कि अपनी शादी के पहले वह विधवा एक और लड़के से प्रेम करती थी और वह अब भी उसे चाहता है तो रशीदा उसे बहुत समझाती है और उसकी उस लड़के से शादी करा देती है। स्वयं उसके बच्चे को लेकर, जीवन-भर अपने प्रेमी के एकमात्र चिद्द की रक्षा और प्यार में, अपनी ज़िन्दगी खपा देती है।

अब मैं क्या करूँ। रशीदा भी एक लड़की थी, जिस पर उसके कुनबे के न जाने कितने छोकरे मँडराया करते थे। उसका अक्षुण्ण रूप और उभरता हुआ यौवन, एक गहन, मानसिक प्रेम की ज्वाला में सुलगकर जल रहा है। मैंने स्वयं कितनी कोशिशें कीं, और कहा कि, "रशीदा! यह जवानी, यह रूप, बर्बाद करने के लिए नहीं है रे! देख कहीं कोई मिल जाये तो शादी कर ले!" पर वह कुछ बोलती ही नहीं। हाँ इस तरह की बातें सुनकर उसके सुर्ख गालों पर आँसुओं की बड़ी-बड़ी बूँदें कतार बाँधकर लुढ़कने लगती हैं। मैं साफ़ देखता हूँ कि उसमें एक ऐसी ज्वाला है जो मानसिक कामवृत्तियों की तो बात ही दूर रही, किसी भी बात के लिए कुछ भी कहने की शक्ति अनायास ही छीन लेती है। रशीदा कभी-कभी मुझसे बड़े नरम स्वर में कहती है, "तुमने ठीक ही किया है बिरादर! मैं तुम्हारी शुक्रगुज़ार हूँ।" मैं कैसे अपने मित्र को समझाऊँ। क्या कहूँ कि वे मान जायें। कुछ समझ में नहीं आता।

पत्नी के एतराज़ की लिस्ट तो बनाना ही मुश्किल है। उसे सन्ध्या, रमोला, लक्ष्मी और रशीदा, सभी में कहीं-न-कहीं कमी मिलती है। उसने तो यह कहने की आदत ही बना ली है कि हमारे नारी पात्र अपूर्ण और खण्डित हैं। लेकिन मेरी नयी कहानी की जमुना ने तो जैसे उसका गला ही दबोच लिया है। उसका कहना है कि मैं इस कथा को ही नष्ट कर दूँ।

जमुना बारिन है। अभी गाँव में आयी है। उसकी पूर्व कथा यों है कि उसने सात लोगों से अब तक शादियाँ की और सातों को छोड़ दिया। यह हमारा बारी नौकर, उसका आठवां पति था, जिसे लेकर वह कलकत्ता भाग गयी। वहाँ जब बारी नौकर को ठीक से काम-धंधा नहीं मिला और वे भूखों मरने लगे, तो वह एक दूसरे मिल-मजदूर से मुहब्बत करने लगी।

एक दिन जब चुपके से उसका प्रेमी उसके पास आया, तो जमुना के भूखे और परेशान पति ने उस पर हमला कर दिया। प्रेमी ताकतवर था, फिर भी जमुना का पति काफ़ी देर तक हाथा-बाँही करता रहा। अन्त में वह बेहोश होकर गिर पड़ा और जमुना ने उसे अपने प्रेमी के साथ मिलकर, चारपाई से जकड़कर बाँध दिया और बाहर से कोठरी में ताला लगाकर दोनों न जाने कहाँ चम्पत हो गये। बेचारे बारी ने उसी अँधेरे में अपनी साँसे तोड़ दीं।

मैं भी जमुना पर नाराज़ हूँ और पूछना चाहता हूँ कि, "जमुना, तुमने यह क्या कर दिया!" पर वह मुझे अँगूठा दिखाकर चल देती है। मैंने उसे बहुत आदर्श बताने

चाहे, उसे एक सच्ची नारी की तरह चित्रित करना चाहा और कहा भी कि, "अब तक जो हुआ, सो हुआ।" लेकिन उसने एक न मानी और बराबर आँखें मटकाकर कहती रही कि, "मैंने कुछ नहीं किया है रे लेखक! क्यों नहीं पूछता उन सारे लोगों से, जिन्होंने मुझे ऐसा बनाया। देखता नहीं, यह पण्डित, वह ज़मींदार का छोकरा और वह महाजन का छोटा भाई, सभी मेरे साथ सो चुके हैं, पर सब मुझे गाली देते हैं। और जब-जब मेरे पेट में बच्चा आया इन्होंने पंचायत करके उसे नाजायज़ करार दिया और मुझे गाँव से बाहर निकाल दिया।"

"मैं क्या-क्या गिनाऊँ। गर्म, नवजवान साँसों से लेकर ठण्डी मुर्दा साँसों तक की बौछार मेरे ऊपर हो चुकी है। एक ही रात की स्याही ने, पिता और पुत्र को मेरी आगोश में बाँधा है और मैं चुप रही हूँ; क्योंकि मैं जकड़ी हुई थी। मेरा हाथ, मेरा जीवन, मेरी रोटियाँ उन्हीं से चलती थीं। आज मैं आदी हो गयी हूँ। आज मैंने इन सबों को समझ लिया है। अब देखते न जाओ, मैं क्या-क्या करती हूँ!"

मैं थक गया हूँ। अब कुछ भी तो बस नहीं चल रहा है। इस औरत ने तो सचमुच मुझे बहुत जलील कर दिया है। आख़िर समाजवाले मुझे क्या कहेंगे पर यह मानती ही नहीं और हमारे हाथ से निकली जा रही है। उसका कहना है, "लिखते न जाओ मेरी कहानी। देखूँ, तुम क्या-क्या लिख सकते हो!"

यह सारे-के-सारे और न जाने कितने नारी पात्र, पर एक भी मेरे वश के नहीं हैं, क्योंकि इनका अपना निजी अस्तित्व है। ये स्वतन्त्र हैं, इन्हें मेरे दिमाग़ ने नहीं बल्कि इन्होंने मेरे दिमाग़ को बनाया है। मैं क्या करूँ, चाची, प्रोफ़ेसर, नारी मित्र, दोस्त और पत्नी तुम लोग मुझे क्षमा कर दो! यह सब तो अपनी जगह पत्थर की तरह स्थिर हैं। कहते हैं, हममें ताक़त है, हममें गति है, हममें साहस है। हम शोले की तरह समाज की संकीर्णताओं पर बरसकर उसको नष्ट-भ्रष्ट करना चाहते हैं, लेकिन मैं तुम सबको वचन देता हूँ कि मैं हारूँगा नहीं। मैं ऐसे नारी पात्रों के चक्कर में हूँ जो तुम सबों के मन को भावे। इसीलिए तो, देखो न! मैंने पत्रों के लिए विज्ञापन तैयार कर लिया है।

कहानी के लिए नारी पात्र चाहिए!

—जो आम्रवल्लरी की भाँति तन्वंगी हो। मल्हार के कोमल स्वर-सी ध्वनि हो जिसकी, और छुईमुई-सा संकोच। पारलौकिक प्रेम में हर क्षण डूबी रहती हो—तपती हो, और कम-से-कम ब्याह के लिए माँ-बाप की आज्ञाकारिणी हो।

—जो पति की अन्ध-भक्त हो और नारी-धर्म की प्रतिष्ठा के लिए अपने को बलिदान कर सके।

—जो पुरुष-मात्र को एक ही निगाह से देखती हो।

—जो सामाजिक परिस्थितियों से मुक्त हो—ठीक कीचड़ में उगे कमल की तरह।

कृपया पत्र-व्यवहार कीजिये, धन्यवाद!

जूते

—यह तो जूते नहीं हो सकते, और चाहे कुछ भी हों!—मिनोहर सोचने लगा, —लेकिन बहू जी बार-बार इसी कमरे में ढूँढ़ने को क्यों कहती हैं?—उसे एक बार फ़िर अपनी आँखों पर सन्देह हुआ और वह कमरे के बीच में खड़ा होकर चारों ओर घूम गया—कहीं कुछ नहीं, बच्चों के केवल दो लाल खिलौने! उसने उन्हें हाथ में उठा लिया, यह तो बड़े चिकने हैं, पैर में कैसे पहने जा सकते हैं? और उसके आगे मालिक का चमरौधा नाच गया,—कैसा मोटा तल्ला है उसका, और नाल भी क्या ठाट के जड़े हैं; और ऊपर से रेड़ी का तेल! कहते हैं; आँख की रोशनी अस्सी बरस तक जैसी-की-तैसी बनी रहती है। मैं बड़ा होकर ज़रूर एक जूता बनवाऊँगा। चाहे उसके लिए कितना ही काम क्यों न करना पड़े।

—माँ तो कहती है न कि ठाकुर की घिसौनी ज़िन्दगी भर थोड़े ही करनी है! अभी तो तू नादान है; इसलिए लगा दिया है कि थोड़ा काम-धन्धे का ढंग सीख ले। नहीं तो क्या रामू ही बड़ा कमाऊ सपूत है? मेरा मनोहर भी चटकल के साँचे चला लेगा और कलकत्ता से लौटकर आयेगा, तो उसके पास बढ़िया कुर्ता, धोती, साफा और जूता होगा।—मनोहर का मन प्रसन्नता से नाच उठा, फिर उसे एकाएक बहू का ध्यान आ गया और उसकी दृष्टि उस हाथ में उठाये खिलौने पर थम गयी,—कितने मुलायम हैं ये, जैसे कोई फूल हो और इन पतली-पतली पट्टियों में यह चाँदी-सा क्या जड़ा है?—उसने उसे हाथ से सहला दिया,—इस नयी बहू की सब चीज़ें अनोखी हैं—कपड़ा-लत्ता, बोलचाल।—उसके दिमाग़ में जैसे बिजली-सी कौंध गयी।

उनका जूता भी इसी तरह का लाल-लाल है। गाँव की मेहरिया कहती हैं—भाई, उसका क्या पूछना; जितने दाम का उनका जूता है, बड़े-बड़े सरदारों की पगड़ी भी न होगी। शहर के सुख-आराम की बात ही दूसरी है। यहाँ तो बड़ों-बड़ों को मौक़ा-मतलब के लिए लतरी भी नहीं मिलती। वह तो जैसे धरती पर लात ही नहीं धरतीं—और बहू के मासूम, गुलाबी पैरों पर बँधे सैण्डिल के फीते उसके दिमाग़ पर छा गये,—उसमें भी इसी तरह की सुनहली पट्टियाँ हैं, ऐसी मुलायम कि हाथ सरक जाय।—उसने उस खिलौने को उलट-पुलट कर देखा, नीचे कुछ गर्द लगी थी; पर मुलायम रबर—न तो नाल, न कीलें। अजब माया है इनकी! वह परेशान हो गया!

फिर सोचने लगा,—इस पर पैर रखकर क्यों न देखूँ?—और उसे ज़मीन पर

रखकर, जैसे ही उसने पैर रखा, बहू कमरे में घुस आयीं। मनोहर डर के मारे काँप उठा। बड़ी मालकिन के तमाचे और ठाकुर की कनैठी उसके दिमाग़ में दौड़ गयी। उसका सारा शरीर पसीने से लथपथ हो गया। "तेरे पैर में नहीं अटेगा, मनोहर! उसे छू नहीं सकता था तो मुझे बुला लिया होता। माँ ने मना किया है, क्या रे?" और बच्ची को गोद से उतारते हुए उन्होंने मनोहर के सुई के-से कड़े-कड़े, उठे हुए बालों को सहला दिया, "बाप रे, कितने कड़े हो गये हैं तेरे बाल! माँ तेल भी नहीं डालती क्या? अच्छा चल, तेरे बालों में तेल डाल दूँ।" और बैठकर बच्ची के सफ़ेद धुले-धुले फूलों-जैसे पाँव में जूता पहनाने लगीं।

मनोहर रुआँसा हो आया; पर एकाएक जूते का ख़याल जैसे उसकी आँखों के आँसू पी गया। उसने जल्दी-जल्दी आँखें पोंछकर पानी की दीवार हटा दी; तब तक बहू बच्ची को जूता पहना चुकी थीं और मनोहर का अचम्भा, जैसे एक प्रश्न-चिह्न-सा उसके आगे खड़ा रह गया था,—यह तो अजीब तरह से पैर में चिपक गया है, लेकिन यह गिरेगा अभी-अभी। जैसे ही बच्चे ने पैर हिलाया, यह नीचे आ जायेगा; और जब मालकिन इस बार पहनायेंगी, तो मैं ज़रूर देख लूँगा।—बच्चा हिला, फिर डोलने लगा और फिर दौड़ने पर जूता जहाँ-का-तहाँ। मनोहर की आँखें लगातार उसमें धँसी रहीं।

जेठ की रुपहली चाँदनी में गाँव का रास्ता एक मोटी धूल के गद्दे में लिपटा पड़ा था और उसकी दिनवाली गहरी जलन हलकी, सुहावनी शीत में बदल गयी थी। बहू जी धीरे-धीरे धूल पर पैर के निशान बनाती जा रही थीं और बच्ची मनोहर की अँगुलियों के सहारे जैसे अनभ्यस्त-सी डगमगाती हुई चल रही थी। मनोहर की निगाह बहू के जूते से बने निशानों पर थी, जो सोल के निशानों के कारण चतुर बच्चों के घर-घरौंदों में बनी नक़्क़ाशी-से लग रहे थे। मनोहर सोचने लगा, आज ही दिन को तो वह पलास की पत्तियाँ पैरों में बाँधकर यहाँ आया था। दिन में यह धूल जैसे कड़ाह के तेल-सी जलने लगती है! उसका ध्यान बच्ची की ओर हटा ही था कि वह धूल में पैर धँस जाने से लुढ़क गयी और मनोहर जल्दी-जल्दी उसे खड़ा करके गोद में उठाने लगा, पर वह उठती क्यों? मनोहर से थोड़ी ही छोटी तो है वह। फिर मनोहर उसे वहीं खड़ा करके उसके फ्राक की धूल झाड़ने लगा। बच्ची भी जल्दी-जल्दी दोनों हाथों को चलाने लगी, पर उसकी दोनों खुली टाँगों और जूते पर पड़ी गर्द निकल नहीं पा रही थी। मनोहर डर गया, कहीं बहू नाराज़ न हों और बड़े मालिक की बात, "देख रे, सँभालकर ले जाना बच्ची को, कहीं गिराना नहीं वर्ना बहुत पीटूँगा।"

वह बहुत डर गया। जल्दी से ज़मीन पर बैठकर बच्ची को अपनी गोद में उठा लिया और अँगोछे के एक छोर से उसकी गर्दन झाड़ने लगा। धूल में धँसकर जूतों का रंग मद्धिम पड़ गया था। मनोहर ने बार-बार उन पर कपड़े फेरे, हाथ से पोंछा, मुँह से फूँका, पर उसकी चमक ग़ायब हो गयी थी। मनोहर सोचने लगा,—आख़िर गर्द

में इन्हें पहनने की क्या ज़रूरत थी, कोई पैर थोड़े ही जल रहा था या माघ-पूस की ठारी भी तो नहीं थी?—फिर वह हाथ से बार-बार जूते को सहलाता, साफ़ करता, मुँह से फूँकता। उसे लग रहा था, जैसे जूते को चोट आ गयी है, उसका मन मलीन हो गया है। उसके तल्ले में कंकड़ तो नहीं धँस गये? उसने जैसे ही झुककर उन्हें देखना शुरू किया था कि बहू की आवाज़ आयी, "क्या कर रहा है रे, घर चलकर साफ़ कर लेता। तेरा कपड़ा तो माटी में सना जा रहा है और तू इन जूतों के कारण इसे छाती पर लादे हुए है! कौर बड़ा जवान पाठा हो गया है?"

मनोहर हड़बड़ा गया। उससे कुछ भी कहते न बना और बहू ने बच्ची की उँगली पकड़कर, धूल में खड़ा कर दिया। फिर कहने लगीं, "अपने कपड़े तो झाड़ ले मनोहर! चल, अब लौट चलें, बहुत टहलना हो गया।" पर मनोहर के हाथ न हिले और वह बच्ची के पीछे-पीछे घर लौट आया।

बच्ची बहुत थक गयी थी। उसकी आँखें रह-रहकर झँप जाती थीं। बहू ने उसे दूध पिला दिया और वह चारपाई पर लेट गयी। उसका एक पाँव चारपाई की पाटी से थोड़ा लटक रहा था, जिसमें धूल से सना जूता चिपका हुआ था। मालकिन ने मनोहर के हाथों में पंखा देते हुए कहा, "थोड़ी हवा कर दे, सो जायगी, मैं भी जाकर खा लूँ।" और चलते-चलते फिर कहती गयीं, "मैं उधर सोऊँगी, तुम बच्ची के जूते उतार देना और खा-पीकर वहीं नीचे सो जाना!"

मनोहर को प्रसन्नता हुई पर एकाएक जूतों के उतारने की बात से वह घबरा गया। उसकी समझ में ही नहीं आया कि वह कैसे उतारेगा उन्हें। और वह बड़ी देर तक ग्रीष्म की सुहानी चाँदनी में बच्ची को, पलँग की सफ़ेद, धुली चादर को, फिर उसके जूतों को देखते-देखते वहीं चारपाई की पाटी के सहारे बैठ गया। जूतों पर हाथ फेरा। उसके चमकते हुए बक्सुए को इधर-उधर हिलाया, उसके पतले फीतों को सँभालकर खींचा-ताना; पर कोई उपाय समझ में नहीं आया। रह-रहकर बीच में घर का कोई आदमी जब इधर-उधर आता-जाता, तो वह उन्हें छोड़कर पंखा झलने लगता। उसने तय किया,जिब सब लोग सो जायेंगे, तब खोलूँगा। तब तक इसकी गर्द को साफ़ कर दूँ।—और वह अपने कुर्ते से उसे पोछने लगा। हाथ की अँगुलियों से जहाँ-तहाँ जमी धूल हटायी और कोनों को मुँह से फूँक-फूँक कर साफ़ किया; पर उसे सन्तोष नहीं हुआ—मालकिन नाहक ही जूते लेकर गाँव आयीं, क्या जानती नहीं थीं कि यहाँ धूल माटी होती है? कोई पक्का मकान थोड़े ही है? और लेकर आयीं भी, तो इन्हें कपड़ों के बक्सों में ही क्यों नहीं रखा?—वह मालकिन के दिये हुए कुर्ते को देखने लगा, जिसे उसने पहन रखा था,—क्या इससे ख़राब हैं जूते?—और उसके हाथ, बच्ची के मुलायम पाँवों से सट गये। धीरे-धीरे रात ठण्डी होती गयी और चाँदनी खिल कर घर के आँगन में बिछती गयी। मनोहर भी निश्चेष्ट, निष्क्रिय-सी बच्ची के पाँवों के पास जूते और चारपाई की पाटी से सटता गया। फिर पलास के पत्ते...धूल की जलन...माघ

की ठारी...रामू का चरमराता हुआ जूता और मालिक का रेड़ी के तेल में डूबा हुआ चमरौधा..."नहीं-नहीं!" वह बड़बड़ाने लगा, "मैं ऐसे ही लाल-लाल जूते लूँगा! लेकिन धूल में, कंकड़ पर, ओस में, कीचड़ में नहीं पहनूँगा। जब बरात में जाऊँगा, बैठूँगा, तो उतारुँगा...पर, नहीं, कोई चुरा ले जायेगा...चुरा..." उसका सिर कुछ खिसककर बच्ची के पाँवों से सट गया और बच्ची के लटक़ते हुए पैर उसके सीने पर आ गये। उसका दूसरा हाथ भी बच्ची के पैरों में चिपक गया जैसे कोई प्रणय-विभोर कामिनी मोहाविष्ट निद्रा में तन्मय हो गयी हो।

बहू जी की आवाज़ पर एकाएक उसकी नींद टूट गयी। वह भौंचक्का हो गया, यह तो सुबह हो गयी! उसने हाथ उठाया, तो बच्ची के पाँव उसके सीने से सटे थे और जूता सामने लटक रहा था। क्षण-भर के लिए उसकी दृष्टि रुकी,—बहू जी ने इन्हें उतारने को कहा था न!—उसे याद आ गया और वह डर गया। फिर देखा, तो वे सामने खड़ी जैसे किसी दूर की बात में खोयी हुई मुस्करा रही थीं।

"कहाँ तो तू जूते छूता नहीं था, कहाँ रात-भर इसे सीने से लगाये पड़ा रहा। तू बड़ा पागल है, मनोहर! जाकर हाथ-मुँह धो ले! रात खाना खा लिया था न?" मनोहर चुप रहा।

"बोलता क्यों नहीं?"

मनोहर नीचे देखने लगा। वह सोचने लगा, वह सचमुच खाना खाना ही भूल गया।

"अच्छा जाकर हाथ-मुँह धो और माता जी से रोटियाँ लेकर खा ले! मैंने तेरे लिये चौके में चाय रख छोड़ी है।"

मनोहर हाथ-मुँह धोने गया, तो उसे एकाएक जूते उतारने की बात याद आ गयी और जल्दी-जल्दी मुँह पर पानी छिड़ककर भागा आया, पर मालिकन जूते उतार चुकी थीं। उन्होंने इतनी जल्दी उसे लौटते देखा, तो फिर हँसने लगीं, "तू बच्ची से इतना हिल गया है कि हाथ-मुँह भी धोना छोड़ दिया है। कहाँ तक साथ लगा रहेगा, बुद्धू! कल तो मुझे दिल्ली जाना है। कह, तो तेरे भरोसे इसे छोड़ जाऊँ। पाल लेगा इसे?" वे हँसने लगी थीं, पर मन के भीतर जैसे कोई दुःख की परत खुरच रही हों, गहरे, फिर गहरे।

"और हाँ, दाई से कहना, इसे कपड़े बदला दे और तू इसे लेकर मेरे पास आ तो, इसे दूध भी पिला दूँ और तुझे खाना भी दे दूँ।"

मनोहर दाई के पास बच्ची को ले गया, तो उसने जल्दी-जल्दी इधर-उधर करके उसके कपड़े बदल दिये और कहने लगी, "ले जाकर जूते पहना लेना, मुझे एक ही काम थोड़े ही है। बड़े लोगों के पचास झंझट होते हैं। मैं क्या-क्या करूँ? जब से आयी हैं, काम करते-करते छाती फटी जाती है। बच्ची को कपड़े भी नहीं बदला सकतीं?"

मनोहर चुपचाप बच्ची को लेकर लौटा, तो फिर जूते का ख़याल उसके दिमाग़ पर छा गया—लेकिन इस बार तो मैं ज़रूर जूते पहना लूँगा। उसने अपना कुर्ता

निकालकर ज़मीन पर बिछा दिया और बच्ची के दोनों पाँवों को सामने रखकर, बड़े चतुर व्यक्ति की तरह जूतों को उलटा-पुलटा कर पहनाने लगा। फिर जब-जब वह बच्ची के पाँवों को उठाकर जूते डालने की कोशिश करता, वे कहीं-न-कहीं फीतों में उलझ जाते या बच्ची उसके कन्धे पर हाथ रखकर उठ खड़ी होती और उसके सर को दबाकर कन्धों पर चढ़ने की कोशिश करते हुए कहने लगती, "घोला बन जा, मनोहल! घोला मनोहल...घोला..."

मनोहर परेशान हो गया। फिर वह ठीक से बैठकर, उसे गोद में बैठाकर और एक हाथ से उसे दबाकर, दूसरे से जूते पहनाने की कोशिश करने लगा। पर बच्ची के पाँवों में किसी भी तरह जूते नहीं जाते थे। उलटा जब वे हाथ से छूटकर गिर जाते, तो मनोहर उन्हें अपनी देह में पोंछने लगता। कभी-कभी बच्ची "घोला...घोला..." कहकर पीछे की ओर उचकती और मनोहर को लेकर ज़मीन पर गिर पड़ती। वह परेशान हो गया था। तभी बहू जी एक हाथ में दूध का गिलास, दूसरे में चाय-रोटी लेकर कमरे में घुसीं।

"जूतों के पीछे खाना-पीना भी नहीं होगा, मनोहर! दाई ने बताया उसने कभी के कपड़े बदल दिये हैं और तू जूते पहनाने गया, तो यही जूते पहना रहा है? और यह कुर्ता? वे जैसे बिगड़ उठीं, "कल ही तो दिया है न रे, क्या हालत बना दी इसकी! कहीं ज़मीन पर बिछाने की चीज़ है यह?"

मनोहर चुपचाप खड़ा हो गया। उसने ज़मीन पर से कुर्ता उठा लिया और बाहर निकल ही रहा था कि वे कहने लगीं, "तेरा खाना लायी हूँ। ले, बैठकर खा ले!"

वह संकोच में पड़ गया। घर में बैठकर खाना! कहीं बड़ी मालकिन ने देख लिया, तो क्या होगा? और वह चुपचाप चाय का गिलास और रोटियाँ लेकर बाहर चला गया।

बहू ने बच्ची को दूध पिलाकर जूते पहना दिये और उसकी अँगुली पकड़कर बाहर निकलीं, तो मनोहर दरवाज़े पर जल्दी-जल्दी रोटियाँ निगल रहा था। उसका मन फिर उदास हो गया और वह बच्ची के नन्हें-नन्हें सुकुमार पाँवों में बँधे जूतों को देखता रहा।

—बहू जी कल सुबह चली जायँगी, और बच्ची भी और उसका जूता भी।—मनोहर रात सोया, तो उसके मन में यही ख़याल था। बग़ल में बच्ची के जूते पड़े थे और मालकिन सो रही थीं। मनोहर बार-बार जूतों को देखता और उसका मन सोचने लगता,—यदि रातभर में मैं बड़ा हो जाता, तो बहू जी के साथ ही कल दिल्ली चला जाता और पैसे कमाकर अपने लिये लाल-लाल जूते खरीदता।

रात बढ़ती जा रही थी। चारों ओर सुनसान, पर मनोहर को नींद कहाँ? बस, बहू जी के जाने की बात उसके मन में जैसे पैर तोड़कर बैठ गयी थी और वह बार-बार जूतों को देखता। उसने हाथ बढ़ाया, जूतों को खींचा और पास रखकर देखने लगा,—कितने सुन्दर हैं ये! लेकिन कल से ये मुझे सपने हो जायँगे।—वह उलटकर, उन्हें

आगे ज़मीन पर रखकर देखना चाहता था, क्योंकि ऐसे देखने में उसे जूते उठाने पड़ते थे और बहू जी के जगने का डर उसे बराबर बना हुआ था। वह उलट ही रहा था कि पानी भरे लोटे में धक्का लगा और उस पर रखी हुई तश्तरी झनझनाकर गिर गयी। उसने जल्दी से जूता रख दिया पर बहू जग रही थीं। इसलिए कुछ बोलीं नहीं, चुपचाप कभी मनोहर को, कभी बच्ची को, कभी पूरे घर को और कभी चाँद और दिल्ली की सड़कों और इमारतों को देखने लगती थीं। लेकिन मनोहर और उसके हाथ, उसकी बेचौनी और जूते, सब जैसे रात के सफ़ेद रंग में मिल-जुलकर एक में सन जाते थे।

मनोहर सोचते-सोचते सो गया था, पर उसका हाथ जूतों पर टिका हुआ था, जैसे कोई सूम अपने धन को या कोई प्रेमिका अपने प्रेमी को अपनी छाया में बाँध लेना चाहती है।

सुबह जब बहू ने मनोहर को देखा तो उनकी आँखें भर आयीं। मनोहर अब भी जैसे किसी ख़यालाती दुनिया में खोया-सा सो रहा था और एक अवसाद के कुहासे से उसका सारा शरीर मोहाविष्ट हो गया था। वे कुछ देर तक देखती रहीं, पर गाड़ी के समय का ध्यान आते ही वे उठ खड़ी हुईं और मनोहर को जगाकर कहने लगीं, ''देख, जल्दी से तैयार हो जा, तुझे भी स्टेशन तक साथ चलना होगा।''

मनोहर को तैयार क्या होना था, उसने जल्दी से कुर्ता गले में डाल लिया और सोचने लगा,—मैं आज बहू जी का साथ नहीं छोड़ूँगा, देखें कब बच्ची को जूते पहनाती हैं!—फिर उसके जी में आया, कह दे, ''बच्ची को तैयार कर दीजिये, जूते पहना दीजिये, मैं लेकर चलूँ!'' पर उसका साहस न हुआ,—शायद बहू जी मेरे सिर पर यह काम न मढ़ दें। पर इस बार मैं नहीं हटूँगा! और वह जूते और बच्ची के आस-पास चक्कर काटता रहा।

बहू ने जल्दी-जल्दी नहा-धो लिया था और वह बच्ची को कपड़े भी पहना चुकी थीं। अब मनोहर डर ही रहा था कि कुछ करने को कहकर टाल न दें कि बहू जी बोल उठीं, ''क्या खड़ा-खड़ा देखता है, मनोहर बेटा! जल्दी से टिफ़िन केरियर लेकर रसोई से पूड़ियाँ रखा ले, माँ ने बना ली हैं।'' और बच्ची की अँगुली पकड़कर जूते के पास तक चली गयीं। पर मनोहर कैसे रुकता, उसे रसोई-घर तक तो जाना ही था। उसका मन कुछ भारी हो गया।

स्टेशन दो मील था, पर जाते समय धूप नहीं थी। फिर भी मनोहर रास्ते के बड़े-बड़े पलास के पत्तों को देखता गया, क्योंकि कड़ाहे के तेल की तरह जलनेवाली धूप और भउरे की तरह जलती गर्द होगी लौटते समय; बच्ची के जूते, माघ की ठारी, माधो का चरमराता हुआ जूता और मालिक का चमरौधा, कुछ भी तो उसे याद नहीं आया था। बस, पलास के पत्ते, तो इस तपन में ही सुआपंखी हरियरी से नाच उठते हैं—शायद जानवरों की छाया के लिए, मनोहर के पैरों के जूते के लिए और हाँ, उसने

पत्तियों को पैरों तले बाँधने के लिए घर ही से रस्सी के कई टुकड़े भी छिपाकर जेब में रख लिये थे; क्योंकि बड़ी मालकिन के वे शब्द, जो उन्होंने मनोहर को एक दिन पलास की पत्तियों के जूते पहने देखकर कहा था, "शौकीन होता जा रहा है? बाप ने भी कभी जूतों का मुँह देखा था? अभी से तेरा पाँव जलने लगा!" उसके कानों में गूँज उठे थे।

पर लौटते समय यह पलास की पत्तियाँ, आग की तरह जलती धूप और जेठ की दुपहरिया, जैसे कुछ नहीं थी, क्योंकि रास्ते पर धूल थी, कंकड़ थे और मनोहर की बग़ल में एक काग़ज़ का डिब्बा दबा था, जिसमें उसके लिए लाल-लाल जूते थे।

एक दिन की डायरी

मन भी अजीब है—कभी-कभी भागता है, ख़ूब भागता है—भड़के हुए बैल की तरह, मनमाना, स्वच्छन्द और जो उसे पकड़ने की कोशिश करो, बाँधने की सोचो, तो जाने कैसे, कहाँ से निकलकर फिर दूर—बहुत दूर हो रहता है।

और कभी-कभी तो जी में आता है, कि ततैया के छत्ते के ठीक नीचे खड़े होकर उसे छेड़ें और खड़े रहें। लेकिन, न जाने क्यों, लगता है कि बींधने से सारा शरीर बेचैन हो उठा है, और बरफ़-सी शीतल और सुकुमार उँगलियाँ धीरे-धीरे रेंगकर उस दर्द को खींच रही हैं। स्नेह के आँसुओं से भींग जाने का जी होता है—ख़ूब उघर कर, नंगा होकर।

कभी किसी सरोवर के विश्रान्त जल में डूबने से उठी लहरों का गोला देखने को मन होता है, और लगता है, जैसे अथाह गहराई में खड़े होने की ताक़त हो आयी हो, तैरना आ गया हो, दूर के चुने हुए कमल तोड़ लाने का पौरुष जाग उठा हो।

ऐसे भी अवसर जीवन में आते हैं, जब भूख लगी हो, और खाना न मिले; नींद लगी हो, पर सो न सकें; हँसना चाहें, बहुत ज़ोर से चीख पड़ना चाहें, मन कहे, पर कर न सकें, और जब स्टोव जलाकर चाय बनाने की सोचें, तो उँगलियाँ जल जायँ, और माँ की याद हो आये।

—मिट्टी के, गोबर से लिपे, घर में मीठे तेल का दीया जल उठे, और बाँस की साफ़-सुथरी चारपाई पर बहुत सफ़ेद बिस्तर बिछ जाय, फिर मीठी लोरियों में—माँ की छाती में डूब जाने को, खो जाने को जी कहे। दूध-भात की कटोरियाँ देखकर घर छोड़कर भाग जाने को हों, पर दहलीज़ में बैठे पापा की डाँट से निगलना ही पड़े।

लेकिन इसके बाद भी बिस्तर में काँटे उग आयें, तकिया जलने लगे, और खटमलों की एक सेना सारी देह पर घेरा डार दे, तो फिर टहलने को—दूर-दूर तक घूम आने को, पीछे कई वर्ष के कैलेण्डर छू आने की तबीयत मचलती है, भूली-बिसरी बातों की दुकान सजा देने को जी होने लगता है, जिसमें मीठी गोझिया, मालपूआ से लेकर पूरियों और चटनियों तक का मज़ा लेने को तबीयत आती है। बात-ही-बात, और कुछ नहीं, क्योंकि बात से पेट भरता नहीं—सन्तोष हो आता है; लेकिन जो बात करनेवाला ही न हो पास, और कोई मिले भी न रात के इतने बीते समय में, तो कभी-कभी डायरी लिखने की इच्छा होती है—उस दिन की डायरी, जब कॉलेज से लौटते

ही माँ ने चूल्हे से चाय का पानी उतारते-उतारते किंचित् मुस्कराकर कहा था, "सुना, तू लेखक हो रहा है आजकल! राम और कृष्ण ही को सुना था, जिनकी कथाएँ लिखी जाती हैं। और तू लड़कियों पर कहानी लिखता है?"

काटो तो ख़ून नहीं, "यह क्या कह रही हो, माँ! किसने बताया तुमसे यह सब?"

और वह हँस पड़ी थी, "पागल कहीं के! अभी-अभी राय बाबू की बहू आयी थीं, उनके मकान के आधे हिस्से में जो वकील रहता था न, वह चला गया है, और उसमें सरकारी इंजीनियर आकर रहने लगे हैं। उनकी कोई लड़की है—शीला, वह तेरे साथ पढ़ती है?"

"धत तेरे की माँ, क्या बात कर दी तुमने, आते-आते। अरे वह भी कोई लड़की है, देहाती, भुच्च। अरे, उसे तो ठीक से धोती भी बाँधनी नहीं आती—मैं उस पर कहानी लिखूँगा?"

—और मन की परतें जैसे सूखे कपास के बीज की तरह उखड़ गयी हों। माँ की बात, हाथ की फाइल, केतली, प्लेट-प्याले, सड़कें, इमारतें—सब पीछे-छह महीने पीछे।

"ज़रा एक बात सुनना भाई! अलग की है।" मेरे एक साथी ने मोर-पंख की छाया में खींचकर मुझसे कहा था।

मुझे दुःख हुआ था, अचम्भा हुआ। आख़िर तुमने अपने को पहचान लिया, लेकिन फिर कुछ सन्तोष भी हुआ था कि मेरी कहानी में तुम्हारी तस्वीर पहचानी गयी, और तुम्हारे ही द्वारा। "लेकिन मैं कहानी की पात्र नहीं हूँ।" मित्र ने बताया, तुम दुःखी होकर कह रही थीं। फिर एक अवसाद का कुहासा घिर आया था मन पर, और सावन की हलकी फुही में मेरे मन के रेशे उड़ गये थे।

मैं उससे बोलूँगा—ज़रूर बोलूँगा। कहूँगा, कि मुझे वह क्षमा कर दे, ग़लती से यह सब हो गया, और...पर माँ ने चाय देते हुए कहा था, "अच्छी लड़कियाँ ऐसे ही रहती हैं। राय बाबू की स्त्री ने तुम्हें शाम को घर बुलाया है। कुछ खा-पीकर मिल आना।" पर मेरा मन उड़ा जा रहा था।—मैं झूठ बोलूँगा—यह कहूँगा कि ग़लती से उसकी तस्वीर उभर आयी है, और यदि किसी के मन में वैसी ही तस्वीर बसती हो, वही शोभा हो, वही तसल्ली हो उसके मन की, तो कोई क्या करे? क्या किसी को चाहना, किसी से स्नेह करना दोष है, किसी को मन के पास देखना बुरा है। फिर मेरे मन का वह दबा हुआ तूफ़ान उभर गया था, जब मैंने उसके लिये पत्र लिखे थे—

"तुम्हें इस तरह तक़लीफ़ देना मुझे अभीष्ट नहीं था, शील! मैं लज्जित हूँ, तुम मुझे क्षमा कर दोगी। फिर नहीं लिखूँगा। अपनी आत्मा को मार दूँगा, अपनी आवाज़ का गला घोट दूँगा। बस, तुम बुरा न मानो।" पर वह सब, जैसे बासी गुलाब की पंखुड़ियों-सा किसी अधड़ में झड़ गया था—वे सारे पत्र आँच में तपकर राख हो गये थे—लिफ़ाफ़ों में कसकर घुट गये थे।

फिर तुम मेरे लिये असम्भव-सी हो गयी थी—आवाज़ से बाहर—पहुँच से बाहर; जैसे हवा हो ही न तुम्हारी अगल-बग़ल!—राय बाबू की स्त्री ने तुम्हें घर पर बुलाया है, कुछ खा-पीकर मिल आना। माँ की बात याद आ गयी थी।

और मैं गया, तो तुम्हीं पहले मिली थी—जैसे अभी-अभी सोकर उठी हो--रूखे-रूखे-से बिखरे बाल और बहुत सोच-हीन आँखें, जैसे किसी भयानक तूफ़ान को आते देखकर भी कोई साहसी मल्लाह अपनी किश्ती का पतवार ढीला किये बैठा हो—डूबना जो नहीं है उसे, और उसी तरह तुमने कहा था—

राय बाबू के यहाँ जा रहे थे, चलो अच्छा हुआ जो मैं मिल गयी। मैंने ही बुलवाया था, तुम्हें! पर मैं बोल नहीं सका था। क्योंकि जिसे पहाड़ मानकर चढ़ाई की इच्छा ही मर गयी थी, वह मैदान से भी ज़्यादा समतल थी, और उसने अपने ड्राइंग-रूम का दरवाज़ा खोल दिया था। उसी के भीतर बायीं ओर एक छोटे-से कमरे में बैठे थे, हम। उसके पढ़ने का कमरा यह था, पर बहुत सपाट—एक रैक में थोड़ी-सी किताबें, एक तख़त और एक तिपाई—सब पर सफ़ेद कपड़ा, कहीं कोई सजावट नहीं—कोई बनाव नहीं।

''लड़कियों से डरते हो!'' उसने मुझे तख़्त पर बैठाकर कहा था।

''नहीं तो!'' मुझे ज़रा सहारा मिला।

वह ज़रा हँसी भी तो नहीं। अपने को बनाया-सँवारा भी नहीं, वैसे ही, जैसे कोई विचारक लम्बे चिन्तन के बाद अपने किसी घरवाले से—किसी आत्मीय से—बड़े गम्भीर रूप में, काम की बातें करता जा रहा हो।

जी में आया, कहूँ, रात दो बिल्लियाँ लड़ते-लड़ते माँ के बिस्तर पर कूद पड़ीं, कौए ने मुन्ना के दूध-भात की कटोरी उठायी, तो छत पर डाल दिया। ग़नीमत समझो, कि मिल गयी, वर्ना माँ अमरीका से सैनिक सहायता लेने जा रही थीं—क्या होता फिर तुम्हारे घर का, पर मेरे घर में चूहों से बुरा हाल है। दिखायी पड़ा नहीं कि पिता जी को सदमा हुआ राशन की कमी का—तुम्हारे पास मूसदानी होगी?

पर बात के सिलसिले का ध्यान कर, चुप रह गया। क्या कहता, जो था, लगा, वह सब प्रेत का स्वप्न था। सत्य तो और ही कुछ है।

''तो बोलो कुछ। या लिखकर ही व्यक्त करते हो, अपने को!''

''नहीं तो! पर क्या कहूँ, कुछ समझ में नहीं आता।''

''कोई नयी कहानी लिखी इधर?''

''लिख नहीं पाया।''

''क्यों?''

मैं बोल नहीं सका।

''इसलिए कि कोई मन की लड़की नहीं मिलती।''

''हाँ ऐसा ही मानो।'' मैंने बहुत साहस करके उदास मन से कहा।

"तो लड़कियों के लिए लिखते हो?"

"नहीं तो।"

"अपने लिये?"

"नहीं।"

"पढ़नेवालों के लिए?"

"कह नहीं सकता।" मुझे जैसे कोई छेड़ रहा हो, इच्छा हुई, कहूँ, बहुत हो गया। अब चलूँ, पर उसने बात बदल दी।

"बहुत अच्छा लिखते हो, मेरी माँ को तुम्हारी कहानियाँ बहुत पसन्द हैं। तुम जानते हो न, कि वे हिन्दी कम समझती हैं। मैं ही प्रायः पढ़कर समझाती हूँ, उन्हें।" और उसने मेरी कई प्रकाशित कहानियों की बात कर डाली। बड़े ही प्यारे सुहृद की तरह बोलती थी, जैसे उसे बड़ी आशा हो मुझसे, और सफलता के लिए आश्वासन भी हो मन को।

फिर जैसे कुछ अटकते हुए उसने कहा, "जाने क्या-क्या पूछनेवाली थी, तुमसे। सोचा था, एक लिस्ट बनाकर बुलाऊँ; पर सब जैसे भूल रही हूँ। एक दिन 'राम-भण्डार' गयी माँ के साथ, तो सोचा तुम्हारे लिये रसगुल्ले खरीदूँ, और एक दिन...हाँ...याद नहीं पड़ता, ठीक...हाँ...हाँ, पिछली शरद पूनों ही को तो—जब माँ, पापा के साथ मिर्जापुर में थीं—तुम जानते हो न, वे सरकारी इंजीनियर हैं। आजकल वहीं हैं; तो सोचा, बहुत दूर तक घूम आऊँ, तुम्हें भी बुला लूँ। साथ रहेंगे, तो बातें होती रहेंगीउन्हीं दिनों तुम्हारी कई कहानियाँ पढ़ी थीं। अच्छा, तो जाने भी दो इन सबको। आज तो देर हो गयी है—माँ से कहा भी न होगा तुमने, वर्ना तुम्हें खाना बनाकर खिलाती। मुझे बड़ा अच्छा लगता है खाना बनाना।" इस तरह बहुत देर तक वह बोलती रही थी, फिर मैं चला, तो कहने लगी, "अब मिलना तो बोलना, कोई कहानी लिखना तो बताना, मैं सुनूँगी।"

मैं सम्पूर्ण बिखर गया था, उस दिन। समझ ही न सका कि कहाँ गया था। लौटा, तो कोई लालसा नज़दीक न थी। वेग मन में नहीं था, रात को दिन, और दिन को रात समझने की बात न थी—यहाँ तक कि साँस का अन्दाज़ लेने के लिए कई बार सीने की धड़कन का सहारा लेना पड़ा। सोचा, जी रहा हूँ तो कुछ सोचता क्यों नहीं—कुछ हवाई क़िले क्यों नहीं बना डालता—कुछ रंगीन आसमान क्यों नहीं रचता, पर कुछ भी वैसा न हुआ। रात में नींद भी ख़ूब आयी। सुबह उठा, तो पिछला सब भूल गया था।

धीरे-धीरे मन वैसा हो गया, जैसे किसी मनोरम जंगल के झरने के पास बसनेवाले बूढ़े का हो जाता है। कौन-सा ऐसा संगीत है इसमें; जो शहर के बाबू कान लगाकर सुनते हैं, समय बर्बाद करते हैं और कड़ी धूप में घर-द्वार छोड़कर यहाँ आते हैं।

कभी-कभी किताब तक लाद देता उसके रिक्शे पर, "इसे लेती जाओ! मैं गोष्ठी

जाऊँगा, तो लौटने में देर होगी। शाम को आऊँगा, तो ले लूँगा।'' कभी कक्षा से निवृत्त होकर वह मेरे क्लास में आ जाती, तो खड़ी रहती। फिर जब सब निकलने लगते, तो कहती, ''मैं घर जाऊँगी, कोई काम हो, तो दे दो।''

मैं कहता, ''जाओ!'' तो वह चली जाती, न चाहती, न कहती कुछ। कभी कुछ पैसे देती और कहती, ''शाम को आना, तो कोई चीज़ लेते आनातिरकारी, टोस्ट, बटर आदि...।'' और भी मैं कटता गया था—ऐसा नहीं कि उसका काम बुरा लगता था, यह तो मन की ही बात थी, पर वह गतिहीन हो गयी थी, मूर्ति की तरह निर्जीव-निर्विकार, इसलिए मैं राह बचा जाता था, कम मिलना चाहता था।

धीरे-धीरे समय निकल गया पीछे, और हमने उसकी दौड़ पर मन नहीं दिया, जैसे इसे तो जाना ही था। मौसम भी अच्छे-बुरे आये, पर हमें वैसा ही छोड़ गये। मुझे किसी चीज़ में ख़ास रुचि नहीं रही। बहुत सोचा, तो एक कहानी बनी। एक साथी सम्पादक थे, माँगते थे, तो उनकी पत्रिका का पेट तो भरना ही था इसलिए लिखा; पर लगा, जैसे यह काम मैंने पहले कभी नहीं किया है।

किताबें भी फीकी-सी लगती थीं—यह सारा कितना नया इकट्ठा हो गया है पढ़ने को, और बुकस्टाल पर भी बहुत-सारा खरीदना बच रहा है, पर क्या ऐसा होता है इन किताबों में—कथाओं में? स्त्री का ग़लत चरित्र है सर्वत्र, मन का छीला हुआ। इम्तहान भी क्या है? और यह कोर्स की किताबें! प्रकाशकों और लेखकों की भरती की सामग्री! कुछ नहीं है ख़ास इनमें—समय में, गति में, जीवन में कोई भी एक बिन्दु ऐसा नहीं है, जो भ्रम न हो, खिलवाड़ न हो।

उन्हीं दिनों वह पत्रिका निकली थी। मैंने कहानी देखी भी नहीं छपी। भूल भी चला था, पर वह मिल गयी। रिक्शा रुकवाकर अपने साथ बिठा लिया।

''मिले क्यों नहीं? बुरा मान गये, ऊब गये मेरे कामों से।'' उसके तन में पहली बार गर्मी देखी मैंने—आँखों में हलकी-सी सिहरन, और जी में आया, उसकी गोद में सिर डाल दूँ, और कहूँ, ''कुछ समझ में नहीं आता, क्या करूँ, कैसे रहूँ, क्या मतलब है आदमी का, उसके जीने का, रहने का, साँस लेने का?'' पर वह बोलने लगी थी, ''क्यों लिखी ऐसी कहानी तुमने, यह ठीक है कि कादम्बरी की महाश्वेता का आदर्श है तुम्हारी रुचि में, पर तुम नल के समान निर्मोही हो? सिद्धार्थ के समान त्यागी हो? मैं फिर पहचानती हूँ, अपने को वहाँ। मैं उदासी हूँ—यही न मतलब है तुम्हारा?''

जी में आया, चिल्ला पड़ूँ। कहूँ, ''छोड़ दो मुझे, क्यों बाँध रही हो इतनी बेरहमी से? मेरा मन टूटने के क़रीब है, बिखरने के पास है। बेड़ियाँ न डालो इसमें।'' पर मैं दबा बैठा रहा, कुछ भी न कह सका।

फिर कहने लगी, ''देखकर रास्ता बचाते हो, और बन रहे हो गौतम!'' जैसे वह झिड़क-सी रही हो। ''शाम को आओगे घर?''

''नहीं।''

"क्यों, अब तो गोष्ठियाँ भी छोड़ दी हैं, इधर!"

"तुम्हें यह सब कैसे मालूम?"

"जैसे भी हो, पर काम क्या है, जो नहीं आ सकोगे?" और फिर चलते-चलते उसने कहा, "तो आना, माँ ने कई बार पूछा है, और घूमने भी चलेंगे, आज बड़ा मन है।"

उस दिन मैं नहीं गया, तो फिर जाना न हुआ। गर्मी आ गयी थी। हवा से वैसे ही देह जलने लगी थी, उसी में परीक्षाएँ हुईं, और हम कहाँ-से-कहाँ हो रहे। बहुत लू आयी उस साल। आदमी भुन के रह गया, खड़े-खड़े पेड़ सूख गये, और कुँओं में पानी न रहा। जानवर भूखों मरने लगे। इसी बीच पचास वर्ष के रामू दादा, पाँच-सौ रुपये में एक बहू ब्याह लाये। गाँव में बड़ी बात रही कि लड़की का बाप खाये बिना मर रहा था। पेट कहीं धरम बचने देता है? बेचारे ने जान-बूझकर थोड़े ही लड़की बेची। दुलारी के बाप के ऊपर तो आसमान ही फट पड़ा—रोता-चीखता फिरा, पर बिरादरी में सुनवायी न हुई। क्यों उसने उस लफंगे रिश्तेदार को घर में टिकाया। आज की बात थोड़े ही थी। वर्षों से वह शहर से आता, तो महीनों रह जाता। कहते हैं, रिक्शा चलाता है और इधर तो हारे-गाढ़े मदद भी कर देता था, पैसे भी दे जाता था, पर दुलारी को इस तरह उड़ा ले जाने पर बिरादरी भला कैसे मानती। भोज-भात, डाँड़-बाँध कुछ तो होगा ही उस पर। उस समय मैं गाँव में था। सोचता, यह सब क्या हो रहा है। बहुत जी अकुलाया, बहुत ऊबा, पर मैं शहर न आया।

माँ ने बुलाया, पत्र डाला, अन्त में तार दिया पर मैं न गया—शीला की शादी हो गयी, वह चली गयी, तुम्हें पूछती थी।—यह सब भी लिखा, पर मैं न जा सका। जी ऊबता, तो मुन्नी के लिए बाजरे के डण्ठल से बन्दूक बना देता, घोड़ा बना देता, पर किताबें देखकर बुखार-सा लगता। बहुत ज़ोर मारता, तो किसी उपन्यास का एकाध हिस्सा पढ़कर मन खट्टा हो जाता, और लिखना तो छूट ही गया हमेशा के लिए।

धीरे-धीरे बरसात के कई बादल उमड़-घुमड़कर बरसे, पर धरती प्यासी ही रही, और पानी चाहिए था उसे। और मैं गाँव से शहर जाने को हुआ। मुन्नी बहुत रोयी, भाभी ने दही-गुड़ मुँह में लगाया, और लढ़िया पर बैठा दिया। स्टेशन पहुँचा, तो गाड़ी में बहुत भीड़ थी। इधर-उधर भटका, सहसा पद्मा दीख गयी—मामू की लड़की होती थी मेरे। बचपन में साथ खेले थे। लड़ती थी, बाल नोच लेती थी, परेशान करती थी। पर वह क्या हो चली है, जैसे किसी अहेरी मल्लाह की फटी बाँसुरी-सी। बहुत दबकर किसी तरह नमस्कार किया, तो बग़ल देखकर उसने सिर का कपड़ा और खींच लिया। जाना, कि उसके पति देवता थे साथ, भेंट हुई, तो अनमने से मिले, फिर बताया, तो कुछ तसल्ली हुई। ब्याह हो गया था पद्मा का, पहले भी सुना था, पर देखा, तो फिर सोचने लगा—ब्याही पद्मा और ब्याही सुशीला; फिर सारी ब्याही लड़कियाँ, फिर भाभी की स्नेहार्द्र आँखें, तेज़ी से पीछे छूटनेवाले गाँव के ऊपर उभर आयी थीं। भाभी

भी तो एक ब्याही लड़की चाहती हैं। नन्हें-नन्हें-से हाथ हों जिसके—कमल की पंखुरियों की तरह। सुबह के डूबते हुए तारों-जैसी आँखें और आकाश-गंगा जैसा घूँघट। बेतहाशा हँसी आयी थी, यह सब सोचकर। पर शहर आ गया और मैं गाड़ी से उतर गया था।

कुछ भी मन का नहीं देखा। पढ़ाई में रस नहीं, माँ रिसर्च के लिए बिगड़ीं, पिता ने मुँह, फुलाया, पर मुझसे हुआ नहीं। अन्त में मास्टरी ले ली एक स्कूल में। छोटे बच्चों को पढ़ाता, तो मन कुछ बहल-सा जाता। इसी बीच शरद आया और बीत गया। नीम की टहनियों पर चाँद को कितनी बार बैठे देखा, पर मन अटका नहीं उस ओर। पद्मा का पीला चेहरा प्रतीक हो उठा ब्याह का—एक तबदीली की बात सोचता रहा, किसी बड़े पैमाने पर—ब्याह पर। मशीन की तरह चलने लगा था कि एक दिन स्कूल के बाद भारी तूफ़ान आया—पेड़ उखड़ गये, बिजली के खम्भे गिर पड़े और पुराने मकान ढह गये, कितने। स्कूल के बरामदे में देखता कि कैसे चलूँ घर। बच्चों की बस गयी, तो फिर लौटी ही नहीं। क्या करूँ, कैसे पहुँचूँ। पर रात तक तूफ़ान नहीं गया। दस बजे के क़रीब भीगता-भागता चल पड़ा। अँधेरा घना था, पर पानी थमा था—एकाएक बिजली चमकी और ज़ोरों की गड़गड़ाहट हुई। फिर बड़ी-बड़ी बूँदें पड़ने लगीं। भागकर बग़लवाले मकान में घुस गया, पहचाना तो सदमा हुआ—शील का मकान। तब तक खिड़की से कोई चेहरा, मोमबत्ती की रोशनी में झाँका और दरवाज़ा खुला।

"कौन?"

जी में आया, अभी खैरियत है, फिर जैसे सैकड़ों मन ओले गिर पड़े हों एक साथ। और पीछे से मोमबत्तियों की रोशनी में दो परछाइयाँ हिलीं।

"यह तो मैं हूँ?"

"तुम! इतनी रात गये।" सुशीला डरी नहीं थी, पर घबराहट थी आवाज़ में। बताया सब, तो अन्दर जाना हुआ, कपड़े बदलने हुए और उसी ड्राइंग-रूम में बैठना हुआ। एक बार पद्मा का चेहरा आँखों में नाचा, पर सुशीला तो वैसी ही है। निश्छल अहेरी-सी पुतलियाँ, जैसे किसी काजल की कोठरी से लौटा हुआ कोई बेदाग़ योद्धा। मन के किसी कोने पर किवाड़ नहीं।

"अच्छा हुआ, जो भेंट हो गयी, वर्ना बुलानेवाली थी, खाना लाती हूँ।"

मेरे खाते समय वह बैठी, आँचल से मोमबत्ती को हवा से बचाती रही।

"बहुत मन करता था, तुमसे बात करने को।"

"कैसी हो? दुबली लगती हो पहले से।"

"हाँ शादी हुई न मेरी, ससुराल से आयी हूँ, पर तुम्हें क्या पता होगा?"

"माँ ने बताया था।"

"कब?"

"उसी समय।"

"तो तुम आये क्यों नहीं?"

"मन नहीं हुआ।"

"अच्छा ही किया। क्या करने आते, बड़ी गर्मी थी।"

"मन कैसा है?"

"बड़ा प्रसन्न, मैं दुःखी ही कब थी? अच्छी शादी है—भले हैं लोग।"

"पर शादी के बाद..."

"रहे जैसे के तैसे—अपने ही जैसा देखा दुनिया को, और तुम्हारे पढ़ने-लिखने का?" उसकी आवाज़ थम गयी थी।

"नहीं लिख पाया तब से, अब तो भूल भी रहा हूँ।"

"हाँ, उस दिन तुम नहीं लौटे..." वह कह ही रही थी, कि ज़ोर का झोंका आया और मोमबत्ती बुझ गयी।" मैने समझ लिया था कि..." उसका गला भर आया था। जैसे वह बोल न पाती हो, और मेरे हाथ उसके हाथों में आ गये थे। फिर सहसा बिजली कड़की, मकान के दरवाज़े खड़खड़ा उठे—और मेरे हाथों पर दो गरम बूँदें, जैसे आकाश से चू पड़ी हों, मैं चौंक गया।

"सुशीला!"

"हाँ, तुम डर रहे हो, बत्ती जला दूँ? और किसी तरह उसने रोशनी कर दी।

"तुम लिखा करो, वर्ना मुझे पाप का बोध होता है। क्यों अपने को मारते हो, मैं उदासी हूँ, इसीलिए न। पहले तो ऐसे नहीं रहते थे।" और उसका गला फिर भर आया। "पर तुम तो आये ही नहीं उस दिन...वर्ना..." वह रुक गयी, जैसे दबा गयी हो अपने को। फिर चलने लगा, तो कहने लगी—

"तुम शादी कर लो तो अच्छा रहे, देखी नहीं कोई लड़की इधर..."

"नहीं देख पाया!"

"अच्छा देखो, मैं किसी दिन घर पर आऊँगी, तो माँ से कहूँगी। लेकिन तुम आना, कुछ लिखना, तो सुनाना।"

मील भर का रास्ता, जैसे कुछ क़दमों में बँध गया। बहुत सारा पास होने पर भी मन बँधा ही रहा। केवल यह संयोग ही प्रधान हो गया उस समय। पद्मा याद आयी, पर सुशीला ने उसे सीमित कर दिया। वह तो कुछ खुली ही थी—सुबह के कमल के समान। कितनी ख़ुश थी, कुछ बोलने के रुख़ पर थी,...तू शादी कर ले...देखी कोई लड़की...मैं सोचता रहा।

रात, ग्यारह बजे घर पहुँचा, तो माँ ने बेचौनी के साथ दरवाज़ा खोलकर डाँट बतायी। खाने के पहले ही जैसे किसी बोझ को उतारने के लिए कहने लगीं—

"सुना तुमने?"

"कोई घर गिर गया क्या?"

"हाँ, वही समझो।" आवाज़ में दुःख था, उनकी।

''वह जो लड़की सुशीला थी न, रायबाबू के पड़ोसवाली—तुम्हारी साथी। इसी साल शादी हुई थी—जो मैंने लिखा था कि तुम्हें पूछती है। पर भगवान् ही बिगड़ गया बेचारी पर। उसका आदमी तीन-चार दिन हुए, उसे यहाँ छोड़ गया। कहता था, कि वह ऐसी लड़की घर में नहीं रखता। जब से गयी, उससे बोलती तक नहीं थी। परायी-सी बनी रही। पहले तो लोग न बोले, पर बाद में उसके पति ने छिपकर उसकी डायरी देखी, तो उसमें एक ही दिन की डायरी लिखी थी—सारा राज़ उसी से खुला बेचारी का। शायद किसी लड़के से वह प्रेम करती थी। राय बाबू की बहू कहती थीं कि उन्होंने उसे पढ़ा तो आँसू आ गये उनके। शायद किसी दिन उस लड़के को बुलवाया था, बाज़ार से सुहाग की साड़ी मँगाकर पहनी थी, शृंगार किया था, उस दिन पहली बार। यह सब लिखा था। वे बता रही थीं, कि उस दिन वह साथी नहीं आया। किसी बात से उदास रहता था, यही सब जाने क्या-क्या, लिखा था।''

मैं अवाक् था—जैसे यहाँ न रहा होऊँ और माँ हवा से बोल रही हों।

पर एकाएक बात का सिलसिला टूटते ही शील के घर, मेरे हाथों पर टपकी दो गरम पानी की बूँदें जल उठीं, जैसे किसी ने लोहे की गर्म सलाख रख दी हो। मैंने उस हाथ को दूसरे से दबा लिया, पर मेरी नींद उड़ गयी थी। बाहर ओले गिरे थे, पर हवा जल रही थी। पद्मा का चेहरा बेबसी के आँसुओं से धुल गया था पर मुन्ना नहीं था, वर्ना बाजरे से पालकी बना देता उसे इस रात...।

नौ सौ रुपये और एक ऊँट दाना

बड़े ज़ोर की तपन है, हरियरी का कहीं नाम न जस। बस आम-महुओं के सिर पर टोपीनुमा, थोड़े हरे पत्ते बच रहे हैं। रास्ते पर जैसे किसी ने भाड़ का बालू बिछा दिया हो। तीन मील की इस खेतार में एक भी बाग़ नहीं—एक भी छायादार पेड़ नहीं। प्यास लगे तो आदमी तड़पकर मर जाय।

"पानी पी लो भइया, ख़ूब मुचेमुच्च पेटभर के, नहीं तो पियास लग जायगी तो परानै गवा समझो।"

लोकई ने, जिसे इस स्टेशन पर ढूँढ़ने के लिए, मुझे घण्टे भर रुकना पड़ा था, और इसी कारण साढ़े ग्यारह के, साढ़े बारह बज गये थे; बिस्तर सड़क पर रखकर, दुकान के सामने खड़े होते हुए कहा। मेरे बिना कहे साव से मिठाइयों की फरमाइश करने के बाद, वह मेरी ओर देखकर एक तेल से डूबे स्टूल पर से, मक्खियाँ उड़ाते हुए बोला, "बइठि जाओ, छहाय लो! बड़ा मरन है इस रस्ता में।"

उसने मिठाई का दोना मेरे हाथों में रखकर, भट्ठी से राख लिया। पीतल की नन्हीं लोटिया को माँजकर मुझे पानी पिलाया और दो मिठाइयों के साथ, चार लोटिया पानी ख़ुद चढ़ाकर, मेरे साथ चल पड़ा। पर एक टप्पे को पार करते-करते मेरा हलक़ सूखने लगा। लेकिन किसी-किसी तरह, एक-एक हरी अड़ईस की झाड़ियों और ठिगने-बौने पेड़ों को गिनते, छाया की सभी आशाओं के स्थान पर, लू के थपेड़े सहते हुए, हम घर की छत के नीचे पहुँच गये थे।

काकी हहा के दौड़ीं। खटोलिया बिछाते हुए, हाथ-गोड़ धोने का पानी लाने को कहा, फिर टूटे बेने पर पानी का छिड़काव कर, चुर-मुर चुर-मुर डुलाने लगीं।

लोकई को बारह आने देने थे, पर मेरे पास दस रुपये के नोट! क्या जाना था कि गाँव में पैसा गधे की सींग हो जायगा। छब्बू बरई और मोहन साव के यहाँ से बचनुवाँ लौट आया, पर नोट नहीं टूटा।

"लगन के दिन हैं न, बचवा! बड़ा कमात बाड़ें स। कहने के बड़े मनई हैं, खोज आओ तो एक ठो फुटहा पइसा भी न निकली ठकुराने में।" फिर कुछ रुककर, उन्होंने पनारु पण्डित के यहाँ एक आदमी भेजा, पर वहाँ भी नोट न टूटा। बुचऊ सिंह का नाम लेते हुए वे हँसने लगीं, "बड़ा चानस है तोहरे बुचऊ का। तुम्हार नाँव सुनते ही दउड़ा आयेगा, लेकिन बहुत बोलना-डोलना नहीं उसके साथ, आजकाल हुक्का-पानी बन्द है।"

—बुचऊ का हुक्का पानी! मैं अचम्भे में पड़ गया था। पाँच-छै बरस पहले का वह ज़माना मेरे आगे नाचने लगा, जब बुचऊ भीटे से कंकड़ियाँ बटोरकर लाता और डण्ड बैठक करते समय, उन्हीं से गिनती करता। नन्हाँ, ठिगना, लकड़ी की गाँठ-सा आदमी—आगे के दो काले दाँतों में से, एक का आधा हिस्सा टूटा हुआ और मिट्टी के लोने-से चेहरे में, घुमची की तरह, जड़ी हुई, दो नन्हीं-नन्हीं आँखें। मुझे देखते ही उसके होंठ दाँतों पर चढ़ जाते थे और वह हाँफ-हाँफकर होंठों के किनारे आये हुए, थूक के गाज को पोछता हुआ, घण्टों बात करता रहता था।

"बालगंगाधर तिलिक, गोखली, मदनमोहन मौलवी, सियारदास और जाने कितने...कँगरेसी नेता,...गजब-गजब आदमी हैं भइया! उज्जर, बकुला के पंख ऐसा कपड़ा पहिनते हैं। पसेरी-पसेरी भर का खोपड़ा है। बड़े-बड़े पुलुस दारोग़ा कुचुर-कुचुर मुँह ताकते रह जाते हैं। मुन्सीपाल्टीवाले हाथ जोड़े खड़े रहते हैं। महत्मा गन्ही के मोटर में, बड़े-बड़े धनी, बोझ-बोझ भर नोट का पुलुन्दा झोंक देते हैं। औरत-मरद अपना गहना-गीठों दे देती हैं। बस एक ही बात—आन्दोलन करो! सत्त पर चलो! खद्दड़ पहिनो!" और वह रुक-रुककर बाबा की मोटी जाँघ को अँकवार में लपेट-लपेटकर तेल लगाते-लगाते, हलाकान हो जाता।

"हमा-सुमा के के पूछत है उहाँ। बड़े-बड़े सेठ साहूकार को गुलाब के फूल जैसन तिरियन के कउनू तरह, दरसन मिल जाता है, लेड़ी-बूची की कौन बात है?" यह चिढ़कर उस समय कहता, जब कोई गाँव का मस्खरा बीच में उसे टोककर कहता, "तुमको भी मिली थी एकाध माला क्या?"

"ले आये हैं, सुबास बाबू की तस्वीर—जैहिन्न ऊपर लिखा है, नीचे तिरंगा लिये, कपटन बने खड़े हैं। थोरिक फूलो है उनके ऊपर का गिरा हुआ, न बिसवास हो तो, चल के देख लो।"

"रक्कत हो गया है सारा मुँह।" काकी ने ख़याल तोड़ दिया और पंखी रोककर, वे मेरे बालों पर हाथ फेरने लगीं। "पक्का में, पंखा के नीचे रहते-रहते, केतना सुकुवार हो गये हो। तनी लोट जाओ!" और उन्होंने एक लगदी लपेटकर, तकिया बनाते हुए मेरे सिरहाने रख दिया। फिर गगरे से ताज़ा पानी लेकर पाँव धोते हुए, वे, बहू को पुरनकी खाँड़ का ठिल्ला बताकर, कहने लगीं, "रानी के बियाह की खाँड़ है। बड़े जतन से जोगवत-जोगवत बची है, पर तोहरे कक्का के मारे रहाइस नहीं है। कभी इमले, कभी सिकेटरी, जब से ई पंचाइत बनी दुवार खनाय गया। बचनुआँ एक दिन, स्कूल से लौटा था। गाँव के सब लड़के संग-संग थे। इमले महराज कहीं जाय रहे थे। बच्चा तै बच्चा, उसने जाने कैसे कह दिया, 'रोटी, कपड़ा, तेल दो!' सब लड़कों ने चिल्लाकर जवाब दिया...'कुरसी छोड़ दो...वरना...' अइसी कुछ" वे शरमाकर हँसने लगीं।

मैंने उठकर बैठते हुए कहा, "तो क्या हुआ?"

"अरे भइया, इमले तो नाराज़ न हो गये। तुम्हारे काका से लकठा लगा दिया, अऊर बचनुआँ पर ऊ-ऊ मार पड़ी, ऊ-ऊ मार पड़ी; वह तो संजोग कहो बुचऊ बैठा रहें दुवारे, सड़ासड़ बहस करने लगे और लोग बतावत हैं, गलदोद न दिया इमले को; पर इनको क्या कहें, उनको दुवारे से उठा दिया, सुना बेचारू रो के चले गये।"

उसी समय बचनुआँ अजुरी में पैसा भरे, दौड़ा आया और मेरी चारपाई पर गिराते हुए, अपनी जेब से दस रुपये का नोट निकालकर, मुझे देते हुए, कहने लगा, "बुचऊ दादा ने कहा है, कि अपने भइया से कहना, शाम को हमारे ही घर खायेंगे।"

"बार रे, बाप!" काकी बीच में बोल उठीं।

"क्या हुआ काकी, बस इतनी-सी बात के लिए।"

काकी बोलने ही जा रही थीं कि बचनुआँ ने एक हाथ उनके मुँह पर रखते हुए, कहा—

"कहा है, कि खसी काटेंगे...एक ही जगह बनेगा। सब लड़के जुटेंगे गाँव के...और...और ...कहा है, पइसा दे देना...नोट भी दे देना, दस का फुटकर नहीं है।"

उसी समय काका बाहर से बिगड़ते हुए घर में घुसे, "पंचाइत के बक्से में रुपया नहीं था, कि भेज दिया उसके घर, यह बार-बार की आवाजाही ठीक नहीं है।" फिर कुछ नरम होते हुए, "क्यों इतनी धूप में चले आये, रुक जाते वहीं बजरिया में। अच्छा कुछ खा-पीकर सो रहो!" और वे बाहर चले गये।

"कहो बचवा, चन्ना का रुपिया हम कइसे छुईं? यह तो जबसे कँगरेस-कमेटी के लेम्बर भये, अकिलियै मारि गयी इनकी, छोट-छोट बात पर लड़ा करते हैं, बस रात-दित चन्ना, कदम-कदम पर चन्ना। जो यह बनचुआँ है न, हर महिन्ना स्कूल में एक-न-एक चन्ना देई, हमरे नाको दम है, परसों मनिस्टर साहब आवै के रहें, तो दिन-भर लाठी-गोजी रंगत रहा, दो बजे से उसरे में खड़े-खड़े, साँझ हो गयी, पर नहीं आये। नन्हें-नन्हें बच्चे, हकसे-पियासे घर लौट आये। जानकी के बेटौना के तभी से जर चढ़ा है...सब कहते हैं लू लग गयी है। भगवान् जाने।" काकी कहते-कहते खाना ठीक करने के लिए उठ गयीं और बचनुआँ जल्दी-जल्दी बेना डुलाने लगा।

खाना खाकर लेटा, तो हवा के तेज़ झोकों की सायँ-सायँ कुछ कम पड़ने लगी थी। लू की लपटें, मिट्टी के पटौंधे घर में, बहुत कम लग रही थीं, फिर भी काकी कई बार आतीं, बेना डुलातीं और किवाड़ी उठँगाकर वापस चली जातीं। बचनुआँ ताखे में रखी, कौड़ी को लेकर खनखनाता हुआ भागा तो, वे फिर बिगड़ीं, "बुचऊ के दालान में न जाना, नहीं तो मार पड़ेगी, तो मैं नहीं जानती।"

मैं समझ नहीं पाता था कि क्या बात है, जो बुचऊ निगाह से इतना गिर गया, आख़िर यही काकी तो घण्टों उससे हँसी-चिबोला करती रहती थीं।

—एक गगरा पानी बवुआ...तोहरे हथवा का बड़ा मीठा लगता है।

—रख न लो भउजी। पानी ही भरा करूँगा।

बाज़ार से चुपके से धोती मँगानी हो, तीज-त्योहार का सामान करना हो, उधार-बाढ़ी पैसा मँगाना हो; सबके लिए बुचऊ, यहाँ तक कि परिवार के बड़े-से-बड़े मौक़े पर, वह काम आता। परिवार की गोपनीय-से-गोपनीय बातें उसे मालूम रहतीं।

काका चन्दे के लिए एक बार बम्बई गये तो लौटने पर बुचऊ का क़िस्सा कहते-कहते लोट-पोट हो जाते। "चौपाटी पर उसे ख़बर मिली कि मैं आया हूँ। बस, आव देखा न ताव, काँवर कहीं एक दुक़ान पर पटकी और ट्राम पकड़कर तारदेव पहुँच गया। मैं बाहर जा रहा था पर बुचऊ-तो-बुचऊ, 'बिना चाय-पानी कैसे बनी, भइया! बिस्सास नहीं होता है कि तू आये हो।' और वह पकड़कर एक होटल ले गया, दसियों रुपये फूँक दिया। घर लौटते-लौटते, सींधुर-टिकुली से लेकर साड़ियाँ, जम्पर, बलाउज़, बचनुआँ के लिए कपड़ा और काकी के लिए बम्बा देवी का प्रसाद देते हुए कहने लगा, "तोही लोग तो हो भइया! नहीं तो हम सुराजी पाल्टी में भरती हो जाते।"' फिर उसने जवाहिरलाल, महात्मा गाँधी, सबकी छोटी-छोटी तस्वीरें काका को दी थीं।

बुचऊ को अपनी एक बेटी सरधा के अलावा कोई नहीं, मेहरारू मर गयी तो उसने कहा, "नार मुई, घर सम्पत नासी, मूड़ मुड़ाय होब संन्यासी" और वह सरधा को मेरे घर छोड़कर, बम्बई चला जाता। सात-आठ महीने कमाता, फिर बहुत सारे कपड़े, गहने, सामान लेकर लौटता। गाँव में सबको सिगरेट की डिबियाँ और साबुन देता। गाँजा की पोटली खोलता और ऊपर से महात्मा गाँधी का सन्देश पिलाता।

"चमार, मुसहर, भर, पासी...सबके हाथ मिलाये से देसवा जागी। गन्ही जी उनहीं के हैं। कहत रहे चौपाटी पर, कि वही हमको सबसे पियारे हैं, उनहीं का हूँ। देश है ग़रीब लोग का। सुराज मिलते ही इनका राज लौट आयी" और वह गाँव की छोटी जातियों को, घूम-घूमकर आश्वासन देता है, कि, "भाई तुम्हारा राज है...अन्दोलन में हाथ लगाये रहो। रजिन्दर बाबू कंगरेस के मालिक हैं, उनहीं की बात मानो।"

मुझे ख़ूब अच्छी तरह याद पड़ता है जब वह एक दिन, एक रात बिना अन्न-पानी के रोता रहा था। अपनी लाल रंग की जाँघिया और ख़ाकी कमीज़ चरवाहे को दे दी थी। बिगुल गाँव के लड़कों को दे दिया था और जैहिन्द का सुभाष बाबूवाला बिल्ला मुझे देते हुए कहने लगा था, "धरे रहना बच्चन! रजेन्नर बाबू के, जवाहिर लाल के...हाय रे नेता जीव, न भया तू एहि मौक़े पर" और वह खाये-पिये बिना, बाज़ार जाकर लाये हुए अख़बार को नोचने लगा था।

"हम तो जाने झूठ ही उड़ा है...फिरँगिया की कोई गोटी है। कल रात सुना तो सवेरे बजार से परचा लेने गये। अखीर में बँटी गया देसवा।

"सरदार वल्लभभाई कहवाँ रहे? समझात नहीं कुछ।" और जब सवेरे सभा हुइ तो सब लोग बुचऊ सिंह को सुनने के लिए उतावले हो रहे थे। गाँव के किसान कहते, "भाई हम कैसे जानें कि अजाद हो गये...अँगरेज चले गये...हो ही नहीं सकता।

भइया, सुई की नोक भर के लिए तो महाभारत भवा, और ई सोने की चिड़िया छोड़कर जायगा अँगरेज...ना...ना...बुचऊ सिंह कहें तो मानें। वही कहेंगे तो दिया-बत्ती होगी। नहीं तो, कौन खरचे तेल-बाती? घर की उरदी जेगरे में डाले।''

काका ने बहुत समझाया, बहुत कहा, पर बुचऊ तख़्ते पर नहीं गया। फिर जब सभा से शोर होने लगा, तो वह अपने गमछे को लपेटते हुए धीरे से तख़्त पर चढ़ा। मुझे ख़ूब याद है, वह रो पड़ा था, ''हम कुछ कह नहीं सकते हैं, मुदा परचा में बँचाय के सुना, तो सब जान पड़ा। हम तो खाली लड़ना सीखे थे...इसी से अजादी आवैवाली रही। जवहिरो लाल, गन्हियो महतमा इहै कहे थे, ''देसवा हमरे जीव के समान है—कैसे बँटी?'' का होगा, अस सुराज लेके। मुदा सरधा-भगती से परनाम करो! कुछ भवा ज़रूर है गड़बड़। महतमा का, जवाहिर लाल का, हिन्न का नाम लो? हमरे मन में तो अन्हियार छाय गया है।''

उसी के बाद बुचऊ बम्बई गया था, पर पता लगता था, अब वह परचा खरीदकर, हमारे गाँव के मुन्शी जी की खोली नहीं जाता, न तो उनसे परचा पढ़वाकर सुनता है। वह काम- धन्धे पर से भी हट गया है। दूध की काँवर ढोई नहीं जाती उससे। घाटी-मरहठी औरतों की कतरनी-सी ज़बान सहने का साहस उसमें नहीं रहा। इसीलिए वह कभी तरकारियाँ बेचता है, कभी फल, और शाम को भँइसवारों के तबेले में, चिलम पर फूँक देता है।

कई साल से तो सरधा को महाजन की दुकान बताकर, बम्बई जाने लगा है। एक-दो बीघे ज़मीन भी उसकी अपनी थी, पर वह भी धीरे-धीरे चली गयी। एक-एक करके पेड़-पालव भी उसने बेच दिये...

मेरे विचार-सूत्र टूट गये। काकी ने धड़ से दरवाज़ा खोला और कहने लगीं, ''दुलारा आजी बैठी हैं। पावलागन कर लेना बच्चन! बेचारी बहुत पूछती हैं।'' मैं चारपाई पर उठ बैठा...आँगन से घाम चला गया था। बहुत शाम हो गयी थी। पर बाहर होनेवाली बात सुनकर, बैठा रहा...

''अरे मरकिनौना अधरमी हो गया है। चमार-सियार का छुवा-छिरका खाये से, अऊर का हो सकत है'' फिर कुछ रुककर ''ये बचवा, सुना है न!'' जैसे कोई गोपनीय बात कह रही हों, ''कोई घाटिन औरत राखे है बम्बई में, इसी से त कमाई-धमाई देखाती नहीं। कहाँ, आग पर गयी। सब तो उहै अदमियाँ हैं, उहै कमइया है, ओही मुँह फुकौना के बज्जर पड़ गया।'' दुलरा आजी कह चुकी थीं, अब काकी कुछ बोल रही थीं।

''एक इनहूँ आदमी है न भइया...काँगरेस के जिलवा भर के मालिक, मुदा बात जो चाहे कर लें। भला कह तो दो, किसी का छुआ पानी पीने को। कहते हैं, 'सिधानत मानै से, करै से अन्तर है।' एक खद्दर का कुरता-धोती धरे हैं। मिटिन में जाना होई, तो पहिन लेंगे, फिर घर लौटकर जैसे के तैसे।''

''यही धरम है, ए बचिया। सबको इतना गियान कहाँ? कहा है, 'बाढ़ैं पूत, पिता के धरमें।' बड़े बाप के बेटा हैं न!''

मैं बाहर निकल पड़ा, बात समझ में आ गयी। शायद वह काका का विरोध करता है। किसी नयी पार्टी में चला गया बुचऊ। मैंने सुना, दुलरा आजी आशीर्वाद बरसा रही हैं, तो चाची की ओर देखने लगा। उनका चेहरा उतर गया था। मैंने आजी को प्रणाम किया और बाहर चला गया।

बचनुआँ कोली में से दौड़ा आया और मुझे दूर बुलाकर कहने लगा, "बुचऊ दादा बुला रहे हैं। कलवा बन गया है, कहते थे, ठण्डा हो रहा है। बच्चन को जल्दी से बुला लाओ।"

मैं बहुत उदास था। एक तो दिन की थकान, दूसरे ये सारी बातें। आख़िर गाँवों से यह अँधेरा कब जायगा? अब तो हम, जैसे सब-कुछ पाकर, स्वराज का सुख भोगने लगे हैं। हमारे भीतर का आदमी कहाँ चला गया? मैं सोचता-सोचता, बुचऊ के दरवाज़े पहुँच गया। वह उदास बैठा था। मुझे देखकर फिस् से हँस के रह गया, जैसे किसी गुब्बारे से हवा निकल गयी हो। सरधा ने कटोरी में कलवा दिया। मैंने हाथ में लिया ही था, कि वह कहने लगी, "मैं तो समझती थी, नहीं आओगे भैया! काकी-काका ने..." उसे देखा—बहुत चैंककर, यह कैसी हो गयी? इतनी बड़ी! इतनी सुन्दर! लाल किनारे की पीली-पीली धोती पहन रखी थी, उसने। झुककर पाँव छूते-छूते उसका चेहरा लाल हो गया, मन की तहों में ख़राश लग गयी,—इसकी शादी होनी चाहिए, पर बुचऊ की ग़रीबी? मैं चुप रह गया। सहसा ख़याल आया, ऐसे कैसे काम चलेगा? तो बुचऊ से हाल-चाल पूछने लगा।

"हाल-चाल के दिन लद गये बच्चन, अब तो जीव जी रहा है। समझो जितने दिन चले यह काया।" इसी बीच सरधा मिट्टी के तेल की ढिबरी, दीवट पर रख गयी। मैंने इधरउधर देखा, लोग आ-जा रहे थे पर कोई वहाँ न तो रुकता था, न बैठता था। हवा बहुत धीरे-धीरे चलने लगी थी। बुचऊ के दरवाज़े की पोखरी के कारण, ठण्डा था। मैंने कहा, कुछ राजनीति की बताओ, दादा!"

"राजनेत तो गन्ही महतमा के साथ चली गयी बच्चन! विचार नाहीं रहा अब, अउर बिना विचार की नेति कहाँ? देखा न..." वह बोलता जा रहा था। "अब काम-धन्धा सबमें बेबिचारी आ गयी। जो कुछ आग-पानी हिरदय में रहा, वह बुझाय गया। हमका छोड़ा, नेता लोगों को देखा, उनका भी वही हाल। जिस कुरसी पर बैठ गये—बस वह उनकी हो गयी। अब तो कुरसी की नेति है। गन्ही महतमा का कुल काम-धाम धरा रह गया।"

"हो तो रहा है बहुत-कुछ दादा।" मैंने उत्सुकता से कहा।

"क्या हो रहा है। धरम के नाँवँ पर, जाति के नाँवँ पर वोट उगहात हैं। ठाकुर-के-ठाकुर, बार्निं-के-बाह्मन, कहाँ गयी ग़रीबी? कहाँ गया छूवा-छूत...? अब विचार नहीं रहा, बस वोट रह गया है।"

"गड़बड़ तो यह है, कि लोक में से बात की मर्जाद उठ गयी। कहने करने में भेद हो गया। गन्ही महतमा कहते रहे, कि कउनो देश की आपन मरजाद होती है...आपन एक चरित्तर होता है, मुदा वह सब बुझ रहा है। वे आन्हर हैं, जो इसे नहीं पहचानते।"

"हम तो देखते हैं न, परदेश में—देश में, कि एक-एक आदमी कहाँ-से-कहाँ पहुँच गया। जो एक बुराई से लड़ने की बात रही—अपने भीतर की हो या बाहर की—कुछ खोय के भी, सत्त पर, अहिनसा पर डटे रहने की बात थी—सब चली गयी।"

मैं स्तब्ध था, बुचऊ की बात सुनकर। कुछ कहते नहीं बनता था। मैंने पानी पीया, और फिर उसकी बातों में खो गया...

"वे सब आन्हर हैं बच्चन, जो देखके भी भूलते हैं। किसी देह में जब बीमारी से लड़ने की सकती नहीं रहती है, तो चाहे जो रोग खा ले जाय, कहा नहीं जा सकता है?"

"अपने के देखो न! भइया दस हज़ार तिलक ले रहे हैं—तुम्हारी शादी के लिए। का अइसा बियाह होना चाही, पढ़े-लिखे लरिकन का। बस नौकरी मिल जाय के चाही। नहीं तो महतमा के कहने पर कितनों ने ब्याह नहीं किया, कितने जेल गये, नौकरी-चाकरी छोड़े, स्कूल छोड़ दिये—असहजोग में, नून में, अब तो एक-एक कौड़ी छोड़ने में नानी मरती है। मुदा सब ठीक है...सब, कैसे कोई के...हमही का कहीं...हमही", और वह खो गया था। स्वयं उसे लगा जैसे वह अपने साथ बेईमानी कर रहा है। मैंने इधर-उधर देखा, पर चारों ओर बुचऊ—वही ठूठे बाल—काँटों की तरह, आगे के दोनों काले दाँतों में, एक आधा टूटा हुआ और माटी के लोंदे में बुझी हुई, दो घुमची की तरह आँखें...

घर आ गया, दहलीज़ में गहरा अँधेरा था पर काका की आवाज़ साफ़ सुनायी दे रही थी, काकी को डाँट रहे थे, "कुछ इज़्ज़त-बात का ख़याल भी है उनको, एम.ए. तो पास कर लिया। मैंने गाँव भर को रोक रखा है, पर वे ही जाकर उसके घर खाना खा रहे हैं। आज सब पक्का पता चल गया कि, ससुरे ने नौ सौ रुपये और एक ऊँट दाना लिया है सरधवा की शादी के लिए। बेटी का बेच खाकर जियेगा।"

चाची जैसे भौंचक्की होकर रह रही थीं, "नौ सौ रुपिया और एक ऊँट दाना!"

"हाँ हाँ, पर उनकी यही हाल रही, तो हम भी कहीं के नहीं होंगे। मना करने पर भी, उसके घर चले गये, तो पूछ लेना, शायद शादी पर भी कुछ कहना हो उनको।"

मैं उलटे पाँव बाहर लौट आया और चारपाई पर लेट गया।

वह बेटी बेचता है—बेटी, और, और बुचऊ के मिट्टी के लोंदे की तरह के मुँह में निकले डेढ़ काले दाँत, मुझे चिढ़ाते रहे—बे बिचार की नीति कहाँ? जो कुछ आग-पानी रहा, वह तो बुझ गया..."

साबुन

तीसरी बात का कोई सिलसिला न जुड़ा, तो बटुक ने झुँझलाकर कहा, "कौन ऐसी बात कहता है, मुन्नू की माँ! तुम तो ऐसे मेरा सिर खाये जा रही हो, जैसे कोई लड़के की कमायी खाने के लिए ही जी रहा है। ऐसा जाँगर नहीं टूट गया है। पढ़ाई-लिखाई ही सब नहीं होती, मुन्नू की माँ! उसका तो नाम बाप को मिलता है। लड़के का काम तो इसके बाद शुरू होता है। शेर सिंह के बेटे को नहीं देखा, बी.ए. पास करके कलक्टर हो गया। माँ-बाप का मन कब भरता है? कौन नहीं चाहता कि बेटा कुछ कमा-धमाकर सुख भोगे। दुनिया देखे तो कहे कि, किसी माई-बाप का लड़का हो तो ऐसा..."

"सो तो मैं कब से सुन रही हूँ, जी! कभी शेरसिंह का लड़का, कभी मजिदिया का नाती, कभी मुनियाँ का भतीजा! बस यही तो रह गये हैं तुम्हारे आगे। जब तक लड़का पढ़ता रहा, तुम रट लगाये रहे, क्यों नहीं वह भी उनकी तरह घर से नून-लकड़ी ले जाता, चूल्हा फूँकता; छुट्टी में गाँव आता तो क्यों नहीं घर-द्वार का काम देखता। अब नौकरी की सनक हो गयी है, तुम्हें। रोज़ कहते रहते हो, 'उमिर बीती जा रही है, लड़के घर-दुवार चेतते हैं, खेत-खलिहान देखते हैं।' आख़िर साफ़ क्यों नहीं कह देते, कि अब वह तुम पर भार हो रहा है। नाक में दम कर दिया तुमने। खाते पीते, सोते-जागते, 'मैंने पन्द्रह हज़ार खरच दिये, मुन्नू की माँ!'...तो सूद जोड़कर बेच क्यों नहीं लेते?"

माँ को जैसे गर्म हवा के झोंके ने झुलस दिया हो। कितने दिनों से पति की बातें सुनती-सहती आ रही थी वह, पर राजेश के कानों कभी किसी बात की भनक न होने दी। उससे तो कहती थी, "आख़िर किस दिन के लिए है यह जगह-ज़मीन, मुन्ना? तू पढ़-लिख लेगा, इलम-हुनर आ जायगा, तो हमारी कोख सुफल हो जायगी बेटा!..." और राजेश की आँखें भर आती थीं। वह कितनी ही बार माँ के आँचल में मुँह छिपाकर नन्हें बच्चे की तरह रो पड़ता था। पति की झक से दुःखी होने पर भी वह बेटे से कहती, "बड़े झंझट में हैं न तेरे बापू मुन्ना! तेरी बहिन की शादी से टेंट खाली हो गयी है। फिकिर बड़ी ख़राब होती है। इधर बहुत दुबले भी तो हो गये हैं। कभी-कभी तो मुझसे सब कह डालते हैं। कहते हैं, 'सोचता हूँ मुन्ना की माँ, राजेश के लिए शहर में एक

घर बनवाकर, बसाकर, तब छुट्टी लूँगा।' सब करेंगे बेटा! तू इधर-उधर की न सोचा कर। वे बड़े हैं न! बड़ों की किसी बात का बुरा नहीं मानते।''

पर माँ का धीरज सहसा किसी तेज़ धार में अटके हुए वृक्ष की तरह एक दिन उखड़ गया।—कब तक वह आग पर राख डालेगी? कब तक वह बेटे को भरम में डाले रहेगी? कब तक, कब तक?...—उसका सिर चक्कर खाने लगा। उसे लगा जैसे तूफ़ान को देखकर भी किश्ती के पाल को उसने नहीं खोला। क्यों जुगा-जुगाकर रखा उसने? किस लिये? वह धम से अपने घर के दरवाज़े के सहारे बैठ गयी, किवाड़ की ज़ंजीर झनझना उठी।

—कितनी छोटी-सी बात थी! उसने एक बट्टी साबुन ही तो लाने को कहा था। महीने भर हो रहे हैं राजेश को आये। छह महीने तो हो गये भटकते नौकरी के चक्कर में। नहीं मिलती कोई नौकरी, तो क्या परान दे दे, या वह ही उसे घर से निकाल दे? कैसी हालत हो गयी है! कपड़े-लत्ते कितने गन्दे पहनने लगा है!—माँ की आँखें भर आयीं। नहीं कमाता, तो क्या हुआ? क्या उसके कपड़े भी वह साफ़ नहीं रख सकती और वह एक बट्टी साबुन भी नहीं ला सकते, उसके लिए? चार दिन से कह रहा था, ''माँ, बनियाइन से बदबू आती है। अब तू मेरे कपड़े भी नहीं देखती, मैं ऐसा हो गया माँ?'' और वह भरी-भरी आँखों से देखता, बाहर चला जाता था। लेकिन माँ का कलेजा तो पत्थर का टुकड़ा हो गया है। तब से चार दिन हो गये, वह कुछ नहीं कहता। वही कपड़े पहनकर कहीं आते-जाते उसकी आँखें झुक जाती हैं और यही बात उनसे कहती हूँ, तो कहते हैं, ''कहाँ लाट-गवण्डरी करने जाना है, जो उजला कपड़ा पहनकर जायेगा? किसानों के लड़के ऐसे ही रहते हैं। साबुन के लिए, मैं अपनी देह तो बेचूँगा नहीं...''

माँ के सीने में, जैसे किसी ने कसकर घूँसा मार दिया हो। उसने सहसा अपने सीने पर हाथ रखा, तो वह तेज़ी से धक-धक कर रहा था। उसका शरीर पसीने से तर हो चला था। उसने ऊपर देखा, बखरी के कोने-कोने में गहरी उदासी छायी हुई थी। कहीं एकाध गौरैया के जोड़े चूँ-चूँ कर देते थे और आसमान के एक कोने से बादल का गहरा काला पहाड़ मुँह बाये उठा आ रहा था। उसके मन में सहसा भय रेंग आया,—ऐसे बादल तो उसने कभी नहीं देखे थे। ये घर उखाड़ देंगे मेरा।...बहुत पुरानी पड़ गयी है बखरी, कहीं गिर गयी, तो?—सोचते-सोचते वह ऊपर को देखती हुई उठी, तो उसके पैर पर कुछ गिर पड़ा। उसने उसे उठाया, पहले जोर से हाथों में दबाया, सीने से लगाया और दोनों हाथों से उसे चेहरे पर रगड़ते हुए फफक-फफककर रोने लगी। उसके भारी होंठ अनायास बुदबुदाने लगे, ''ऐसे बदबूदार कपड़े तो कभी तुझे छूने भी न देती थी बेटे! असगाँव-पसगाँव में यही तो कहा जाता था कि बेटा कोई रखे, तो मेरी तरह। कितनी ही बड़े घरों की औरतें जलती थीं मुझसे...कभी एक वक़्त का पहना कपड़ा दूसरे दिन नहीं पहनने देती थी तुझे और आज...क्या तू बड़ा होने

पर बेटा नहीं रहा? क्या हमारा मोह इसीलिए था कि तू पढ़-लिखकर, कमाकर रुपये लायेगा?'' माँ की आँखों के आगे अँधेरा छा गया। बादलों के पहाड़ कुछ और ऊपर को चढ़ आये थे। हलकी हरहराहट धीरे-धीरे कानों में भरने लगी थी। बीच-बीच में एक अजीब-सी भुन्नायी हुई घुमड़न बादलों के नाराज़ चेहरे को और भी ख़ूँख़ार बनाती जा रही थी।

—यह बादल बड़े डरावने हैं, बड़े अशुभ, बड़े..., माँ की नसों में जैसे बिजली दौड़ गयी।—क्या करूँ इनके लिए? घर के दरवाज़े बन्द कर लेने चाहिए, पर बाहर दहलीज़ में वे हैं न!—माँ जल्दी-जल्दी बाहर गयी, पर वहाँ कोई नहीं था। चारपाई के पावे से उठँगे हुए हुक्के से धुएँ की एक टेढ़ी-मेढ़ी लट ऊपर लहराकर, खोती जा रही थी।—अभी ही गये हैं, लगता है। बाज़ार तो नहीं चले गये? हाय राम! कैसे लौटेंगे इतनी रात को पानी-तूफ़ान में?—उसका डर और बढ़ गया। उसने जाकर हुक्के को उठाया, उसकी नली अब भी गर्म थी, चिलम की आग अब भी धधक रही थी। इधर-उधर झाँका, पर कहीं पता नहीं चला।—ज़रूर चले गये बाज़ार, ज़रूर...,—उसका सिर लटक गया, उसकी आँखें ज़मीन में धँस गयीं। उसने ऐसा कभी नहीं कहा था उन्हें। ऐसी कड़ी बातें तो वह बोलती ही नहीं थी कभी। तो क्या हो गया था उसे? उसने अपने एक हाथ को दूसरे पर रखा और एकाएक फिर बीच में बनियाइन...साबुन लेने गये होंगे शायद। राजेश भी तो शहर गया है, वह सोच ही रही थी कि ज़ोर की चमक हुई, सामने दूर तक गहरी कालिमा के बीच, जैसे रोशनी का एक पर्दा गिर गया हो और सावाँ-मकई की हरी-हरी पत्तियों पर बिजली की रेखा खिंच गयी हो। माँ को लगा, जैसे यह सब डर गये हैं, इस चमक से। जल्दी भागकर घर में चलना चाहिए, वर्ना सब डूब जायेगा। उसने दहलीज़ के दरवाज़े उठँगाये, तो बैलों के डकारने की आवाज़ से वह पागल हो गयी। क्या करे, वह इन जानवरों को कहाँ छिपाये, कहाँ ले जाये? उसने दरवाज़ा फिर खोला, तो धवरी की बछिया चौखट से सटी सिकुड़ गयी थी। पानी की सरसराहट से पौधों की पत्तियाँ झुक गयी थीं।

माँ बाहर निकल पड़ी। चरही पर बँधे बैल पेर रहे थे। उनके पगहे कीचड़ में लथपथ हो गये थे। वह एक के खूँटे के पास झुकी, उसे खोलकर किसी तरह छोड़ा ही था कि ज़ोर का पानी बरसने लगा। लेकिन दूसरे का क्या होगा? वह तो मरकहा है न! वह सोच ही रही थी कि बैल उसकी ओर झपटा और खूँटे के साथ तुड़ाकर उसके ऊपर आ गया। वह भागना ही चाहती थी, पर खूँटे में बझकर एक ओर को लुढ़क पड़ी। उसके घुटने फूट गये और बैल तेज़ी से भाग गया।

गोली की तरह पानी की बूँदें, ज़मीन पर गिरने लगीं पर माँ को सुधि कहाँ! थोड़ी देर तक वह वैसे ही भींगती रहीं। होश आने पर वह धीरे-धीरे उठी, तो उसके कपड़े कीचड़ में लथपथ हो गये थे। फिर सहसा चमक हुई और ज़ोर से बादलों की गरज हुई। माँ ने अपने कान बन्द कर लिये और ज्यों ही एक पैर उठाया कि दूसरे में जैसे

कोई चीज़ फँस गयी। वह चैंक पड़ी, साँप तो नहीं है? उसने नीचे देखा, वही बनियाइन! उसका जी काँप गया।—राजेश की गाड़ी आयेगी इसी समय, फिर वह कैसे आयेगा अकेले टीसन से, इतनी दूर? लेकिन हो सकता है, उनसे भेंट हो जाये बाज़ार में और दोनों साथ ही आयें।—उसका मन धीरज खोजने लगा। धीरे-धीरे वह घर में गयी और दहलीज़ का दरवाज़ा बन्द करके आग की बोरसी ढूँढ़ती रही। देर तक सनई को आग पर फूँकने से रोशनी हुई, तो माँ को ढारस बँधा। उसने ढिबरी जलायी और अपने फूटे हुए घुटने को देखने को झुकी, तो हाथ की बनियाइन उसकी नाक से छू गयी। उसे लगा, राजेश कह रहा है, "माँ, अब तो तू मेरे कपड़े भी नहीं देखती न?..." उसका दो पल पहले बँधा हुआ सारा ढारस जैसे किसी प्रेत के मज़बूत पंजे में कसकर चूर हो गया हो। वह अपने को ही खोजने लगी,—कहाँ हूँ मैं? मैंने ही यह सब किया है। मैंने ही बिगाड़ा है सारा घर, वर्ना खेती-बारी देखता, मोटा खाता-पहनता, जैसे सब रहते हैं, वह भी इसी घर में पड़ा रहता। अब तो उसके पंख निकल आये हैं। उड़ने के लिए जगह चाहिए।—माँ की आँखें सामने टिमटिमाते हुए दीपक पर टिकी हुई थीं। बाहर बूँदों की दीवार थी और भीतर माँ की देह। उसके कपड़े भींग गये थे, पर उसे साहस नहीं होता था कि उठे और कपड़े तो बदल डाले।

सहसा दरवाज़ा खटका और माँ ने बनियाइन अपनी धोती में छिपा ली।—राजेश ही होगा। ऐसे ही खटकाता है दरवाज़ा।—वह तेज़ी से पहुँच गयी दरवाज़े पर, और खोला, तो भींगा हुआ कुत्ता शरण खोज रहा था। उसे देखकर वह कुछ चिढ़ी, "तो तुम भी रह गये थे बाहर!" दरवाज़ा बन्द करने लगी कि ज़ोर का झोंका आया, दरवाज़ा भड़ से खुल गया, पानी की बौछार से घर का आधा हिस्सा भीग गया। एकाएक चमक हुई और बिजली ऐसी कड़की कि आँखों से चिनगारियाँ निकलने लगीं, जैसे किसी ने ईंट पटक दी हो उसके सिर पर। फिर उसके दिल में सहसा बिजली गिरने की बात कौंध गयी।

—जब इतने दिन नहीं गये, तो आज ही क्या पड़ी थी बाज़ार जाने की? वह अस्फुट स्वरों में बुदबुदायी,—छे आने की ही बात तो थी, जब इतने पैसे खरच दिये तो...उसका ध्यान अपने हाथ-पाँव की ओर चला गया। कीचड़ में सब लथपथ था।—अगर राजेश आ गया अभी और उसे नौकरी मिल गयी हो तो, वह उसे कैसे प्यार करेगी, कैसे सीने से लगायेगी? वह उठ खड़ी हुई, धीरे-धीरे बाहर गयी। बारिश का ज़ोर वैसा ही था। आँगन में पानी भर गया था और चौखट के ऊपर से धीरे-धीरे घर में आने लगा था। माँ की बेचौनी बढ़ गयी। आख़िर आज क्या होनेवाला है भगवान? उसने मन ही में कहा और दरवाज़े से बाहर सिर करके बादलों को देखने लगी। पर कुछ भी दिखायी न दिया। वह थक गयी थी। भींगे हुए कपड़ों में उसे सर्दी लगने लगी थी। उसने थोड़ी और सनई आग पर डाल दी और अरगनी पर से धोती उतारकर बदलने जा रही थी कि फिर दरवाज़े की आवाज़ से चैंक उठी। भींगा हुआ राजेश...और उसने

आज कुरते के नीचे बनियाइन भी तो नहीं पहनी है। लेकिन वह तो होंगे साथ।...

दौड़कर उसने दरवाज़ा खोल दिया पर यह तो हवा थी। मैं कैसी हो गयी हूँ, वह सोचने लगी और लौटकर धोती बदलने लगी। अगर इसी बीच वह आ गया तो! उसने लपककर बनियाइन उठा ली और अपनी बण्डी में छिपा लिया। अभी पानी में धोकर सुखा लेती हूँ, फिर देखा जायेगा। पर एकाएक बिजली की चमक ने माँ की आँखें बन्द कर दीं। उस दिन दोपहर का पूरा दृश्य उसकी आँखों में नाच गया।

—बनियाइन धो दी, माँ तुमने? लगता है, बाबू जी ख़ुश हैं आजकल। साबुन लाये हैं क्या? मेरे दो कपड़े और धो देना, माँ! परसों शहर जाना है।—और उसने लपककर अरगनी से बनियाइन उतारी और उसे सूँघते ही फिर जैसे उसका चेहरा उतर गया और बापू का कहना कि, भाई अब मुझसे नहीं चल रहा है, देखो कहीं कोई काम-धन्धा, उसके कानों में गूँज गया था और इसीलिए वह तेज़ी से बाहर चला गया था।

छे महीने में राजेश क्या-से-क्या हो गया! फिकिर में हड्डी भी मूख जाती है, माँ सोचने लगी। सोचते-सोचते वहीं बग़ल में पड़ी चारपाई पर बैठी, तो हलकी आग की आँच की गर्मी और बारिश के स्वर ने उसकी आँखें बन्द कर दीं।

—बड़ा प्यारा बेटा है तुम्हारा, दीदी! कैसे इतना साफ़-सुथरा रख लेती हो, इस गाँव की धूर-माटी में?—उसकी शहरी बहिन पूछती है और राजेश को गोद में कस लेती है।—जैसे संगमरमर ही पर तो चलता है रात-दिन! कहाँ मिलता है इतना साबुन कि हरदम बकुले के पंख की तरह चमकाये रहती हो?

—क्या करूँ? यहाँ के धोबियों की न पूछो? कपड़े को और भी गन्दा कर देते हैं। गाँव की पोखरियों का पानी जानती नहीं। कई बार तो राजेश के कपड़े उबालने पड़ते हैं और ये हैं कि जब बाज़ार जायेंगे साबुन की बट्टी लेते आयेंगे। जरा-सी धूल लगी नहीं कि...

—अब काम नहीं चलता, मुन्नी की माँ! क़र्ज़ बढ़ता जा रहा है, भाई! राजेश से कहो, इतना ख़र्च न किया करे। गाँव के लड़कों को नहीं देखती, नमक-तेल तक घर से ढोकर ले जाते हैं, अपने हाथ से रोटी ठोंकते हैं, पढ़ते हैं। तुम्हारे राजेश के मारे, भाई नहीं चलती...

बारिश धीरे-धीरे बढ़ने लगी थी। एक बार ज़ोर की बिजली की तड़प हुई और माँ ने करवट बदल ली। दो-एक बार वह कुछ अस्फुट स्वर में बुदबुदायी।

—चार महीने की फ़ीस, इम्तहान की फ़ीस, कपड़े के लिए रुपये और बाक़ी ख़र्च, अबकी दो सौ चाहिए, मुन्ना की माँ! कोई नहीं देता, एक भी पैसा।

—यह मेरे जेवरों का बकसा है। किस दिन के लिए है यह सब। अब सब कर-कराके आख़िर में थोड़े के लिए पीछे क्यों हटोगे? राजेश जैसा रहा, वैसे ही रहेगा। क्या हम मर गये हैं, जो वह अपने हाथ से खाना बनाये? छाती पर पत्थर रखकर, जिसे आँखों की ओट किये हूँ, जिसे कभी मैंने तिनका तक न तोड़ने दिया, उसे कहूँ,

लकड़ी-चूल्हा...वह हड़बड़ाकर उठ बैठी, कमरे में कपड़ा जलने की बदबू भरी हुई थी। इधर-उधर देखा तो बोरसी की जलती हुई सनई पर राजेश की बनियाइन गिर पड़ी थी। वह चिल्ला पड़ी, "कैसा अशुभ हो गया यह!" उसकी आँखों के आगे अँधेरा छा गया। उसने बचे हुए टुकड़ों को लेकर अपने हाथों में दबा लिया। तभी दरवाज़े पर दस्तक हुई। वह घबरायी हुई दौड़ी गयी और दरवाज़ा खोला, तो बटुक अपराधी-सा खड़ा था। पानी में भींगकर उसका सारा शरीर सिकुड़ गया था और उसकी आँखें झँपती जा रही थीं।

"राजेश को नहीं ले आये? वह भी तो गाड़ी से उतरनेवाला था?" माँ ने झपटकर पूछा।

"नहीं" बटुक ने धीरे से कहा और भीतर की बनियाइन से एक भीगा-सा काग़ज़ का टुकड़ा निकालकर देते हुए कहने लगा, "उसका एक साथी लड़का टीसन पर उतरा था, इसी गाड़ी से, उसी ने दिया है। राजेश की चिट्ठी है—

—तुम सोचोगी, बिना बताये ही चला गया। पर बताकर जाना कैसे होता? मैं दोष किसे दूँ, अपने को या तुम लोगों को? मुझे तुमने ऐसा बना ही दिया। आज भी जब दर-दर घूम कर नौकरी के बारे में बात करनी होती है, तो कितना बुरा लगता है, मैं क्या बताऊँ। कुछ समझ नहीं पाता। तुम जो बनाना चाहती थी मुझे, वह ग़लत था, माँ! हम अपने से टूटकर धूल में ही मिलेंगे।

—शहरों में चिकने लोगों का राज्य है, जो सिफ़ारिश और घूस पर जीते हैं। मैं क्या कर सकूँगा यह आज भी नहीं समझ सका हूँ। पिता जी की परेशानी जानता हूँ। कुछ करूँगा ज़रूर। उनसे कहना, चिन्ता न करें, अब उन्हें परेशानी में नहीं डालूँगा।

माँ हतबुद्धि-सी बटुक की ओर देखती रह गयी, जैसे पत्थर हो गयी हो। बनियाइन के टुकड़े हाथ से गिर गये, लेकिन आँखें बटुक की ओर लगी रहीं।

बटुक ने अपने भींगे हुए कुरते की जेब से साबुन की एक छोटी-सी बट्टी निकालकर आगे कर दी।

मिस शान्ता

"आइये! आइये। आप तो उस दिन के बाद दिखायी ही न पड़े! मैं सोचती थी, घर आयेंगे ज़रूर। पर घर तो दूर रहा, सिविल लाइन की शामें भी छोड़ दी आपने।" मिस शान्ता ने बड़ी उत्सुकतापूर्वक दरवाज़ा खोलते हुए कहा। फिर ड्राइंग-रूम के पीछेवाले कमरे का पर्दा उठाते हुए कहने लगी, "चले आइये न, यहीं बैठेंगे, ज़रा आराम रहेगा। हाँ, आप तो काफ़ी पीना पसन्द करेंगे न? उस दिन बरोरा ने बताया था कि आप चाय नहीं पीते, घूमते-फिरते भी कम हैं।"

"जी, यही कभी-कभी इधर-उधर निकल जाता हूँ, लेकिन...लेकिन..."

"आप संकोच कर रहे हैं। आराम से बैठिये। मैं अभी काफ़ी लाती हूँ।" और वह उठकर अन्दर चली गयी। ख़ासी-अच्छी औरत है। चाल-ढाल, कपड़ा-लत्ता-सब जैसे सुरुचि का परिचय देते हैं। रुआँसी-रुआँसी-सी, स्थिर, एकाग्र आँखें—जैसे हमेशा कुछ सोचती हो। पर यह अकेली है—मिस...जवान लड़की, पचीस-छब्बीस वर्ष उम्र...। मेरा दिमाग़ झनझना उठा। बरोरा का लम्बा-चौड़ा शरीर और भूखी, नशे में घायल आँखें और ख़ूँख़ार स्वभाव—मेरी आँखों में जैसे किसी ने कंकड़ मार दिया हो। लेकिन मिस शान्ता तो उसके साथ प्रायः घूमती है! और उसी ने तो चाय-घर में मेरा परिचय इनसे कराते हुए कहा था, "किसी दिन आओ भी, यार! कुछ दूसरी दुनिया भी देखा करो, वरना एक दिन प्राण निकल जायँगे और सब जैसे-का-तैसा धरा रह जायगा..." और वह औरतों को, तो भेड़ ही मानता है न! हाँ, एक दिन तो कहता था कि पुरुष वही है जो..." उफ़! यह बड़ी ग़लत जगह होगी...बड़ी...

"क्या सोच रहे हैं?" मिस शान्ता ने काफ़ी के दो प्याले एक नन्हीं तिपाई पर रखते हुए कहा। मैं चौंक पड़ा। "जी—कुछ नहीं—आपका कमरा देख रहा था। बड़ा सुन्दर है। बड़े करीने से सजा है, इसकी सादगी मुझे बड़ी पसन्द है।" मैंने एक साथ कह डाला। फिर एकाएक आँखें उठाकर देखा, तो मिस शान्ता ने अपनी हलकी-पीली साड़ी का सुनहला किनारा सिर के आधे भाग पर टिका लिया था और उसका आँचल हवा के हलके झोंके में धीरे-धीरे हिल रहा था। चेहरे की उदासी जैसे कुछ और गहरी लकीरों में घनी हो गयी थी और आँखों के किनारे कुछ अजीब से भीगे-भीगे नज़र आने लगे थे। वह कहने लगी, "अरे, आप ऐसे ही बैठे रहे? यहाँ बहुत-सी पुस्तकें और

पत्रिकाएँ तो थीं, कुछ देखते ही तब तक! बराबर के कमरे में मैंने एक छोटी-सी लाइब्रेरी बना रखी है, किसी दिन आकर देखिये।''

मुझे कुछ राहत-सी मिल गयी थी। मैंने संकोच का अनावश्यक पर्दा उतार फेंकने के लिए अपनी आँखो को इधर-उधर दौड़ाया। दीवार पर कई सुन्दर कलात्मक चित्र टँगे थे। मेरे बिलकुल सामने कुहासे की झीनी पीठिका में एक प्रेमी जोड़े का चित्र लगा था। मेरी निगाहें रह-रहकर उस पर टँग जाती थीं और मैं कुछ कहते-कहते रुक जाता था। तब तक मिस शान्ता ने एक अजीब ममतामयी आवाज़ में कहा, ''यह चित्र शायद आप पसन्द न करें। बरोरा की पसन्द है यह। मुझे खुद संकोच होता है, पर क्या करूँ वह इसे बहुत पसन्द करता है।''

फिर वे कॉफी बनाती धीरे-धीरे बोलती रहीं—किसी मैदानी नदी की निस्तेज धार-सी। कहीं भी चढ़ाव-उतार नहीं, जैसे कोई मोह, माया, आस्था उसके नज़दीक न हो। मैं भी ऐसे अवसर पर कुछ कहना उचित न समझकर, चुपचाप बैठा कॉफी पीता रहा। रात बढ़ती जा रही थी और हलकी-हलकी सर्दी की सिहरन, हवा की लहरों पर रह-रहकर थिरक उठती थी, जिससे शान्ता का आँचल और दरवाज़े का पर्दा साथ-साथ हिलने लगते थे। मैंने साहस करके पूछा, ''आप अकेली ही यहाँ रहती हैं?''

''जी हाँ, बिलकुल अकेली। पहले तो एक दाई रहती थी, अब उसे भी हटा दिया है। स्कूल का चपरासी रात को सोने आ जाता है।''

''स्कूल का चपरासी?'' मेरी बात में कुछ खिंचाव आ गया था।

''जी, मैं नर्सरी स्कूल में पढ़ाती हूँ।''

''मेरी बच्ची भी तो वहीं है।'' मैं कुछ प्रसन्न हो गया। मिस शान्ता का दुःख कुछ और उभर आया। फिर उसने मेरी पत्नी के बारे में पूछा और यह जानकर उसे बड़ा दुःख हुआ कि बच्ची के जन्म के बाद ही से वह चारपाई पर से उठ नहीं सकी। हालत दिन-पर-दिन ख़राब होती जा रही है। फिर स्त्री के उत्सर्ग और गृहस्थी में प्रेम-भाव और आस्था की बात करते-करते वह जैसे अपने ही में खो गयी।

''अच्छी गृहस्थी और स्त्री-पुरुष के नैतिक सम्बन्धों में ही तो जीवन का सच्चा सुख है। मैंने उसी दिन आपको देखकर अन्दाज़ लगा लिया था कि आप समाज के उन पुरुषों में से हैं, जो उसकी गति में सहायक होते हैं। बहुत अच्छा है। मुझे यह जानकर बेहद ख़ुशी हुई कि आपकी बच्ची मेरे स्कूल में है।''

''खंजन नाम है उसका, अभी इसी साल तो गयी है, ज़रा ध्यान रखियेगा।'' मैंने जैसे जल्दी में कह डाला हो, क्योंकि मेरा ध्यान घड़ी पर चला गया था।

''खंजन?'' जैसे उसकी आँखों में एक हलकी हँसी की लहर आयी, ''बड़ी प्यारी बच्ची है आपकी! मेरे ही साथ तो है वह। मेरे यहाँ बड़ी चर्चा रहती है उसकी, क्योंकि पहले दिन जब वह मेरे पास आयी, तो नाम सुनते ही मेरे मन पर 'सूर' की लाइन दौड़

गयी, ''खंजन-नयन रूप-रस-माते'', और मैं प्रायः उसे देखने के बाद इसे गुनगुनाने लगती हूँ।''

मैं हैरत में रह गया, क्योंकि मैंने यहीं से बच्ची का नाम उठाया था। मैंने कॉफी का सिप् लेते हुए देखा, तो वह जैसे खोज-भरी निगाह से मेरी ओर देख रही थी। मैंने निगाह बचाने के लिए ही घड़ी की ओर देखा, पर वह एकाएक बोल उठीं, ''नौ बज गये, देर हो रही है आपको। धैर्य रखिये और किसी अच्छे डॉक्टर को दिखाकर इलाज कराइये। कोई ऐसी घबराने की बात नहीं।''

''कोशिश तो बहुत कर रहा हूँ, लेकिन...''

''लेकिन नहीं, आप आशा रखिये। मेरी एक मित्र बड़ी अच्छी लेडी डॉक्टर हैं। कल उन्हें भेज दूँगी, यही आठ बजे के क़रीब, घर ही पर रहियेगा...''

एकाएक बातों का सिलसिला टूट गया। दरवाज़े पर किसी ने दस्तक दी थी। मैं उठ खड़ा हुआ। देखा तो शान्ता के चेहरे पर एक अजीब-सा भाव दौड़ गया था। उसने कमरे में इधर-उधर निगाह दौड़ायी, जैसे कुछ ढूँढ़ रही हो। उसकी आँखों की स्थिरता में जैसे कोई लहर आ गयी हो, जो दरवाज़े के साथ गहरी होती गयी।

मैंने कहा, ''क्षमा कीजियेगा, बहुत समय ले लिया आपका।''

''ऐसी कोई बात नहीं, पर ख़बर ज़रूर देते रहियेगा।'' और उसने आगे बढ़कर दरवाज़ा खोल दिया। सामने बरोरा खड़ा था, उसके मुँह से अचानक निकल पड़ा ''हलो डार्लिंग!'' और हाथ उठे ही थे कि मैं सामने आ गया। ''अच्छा, तो आप हैं! ख़ूब भाई, ख़ूब!'' और हा ऽ हा ऽ हा ऽ हा ऽ की लड़खड़ाती-टूटती आवाज़ में वह हँसने लगा। फिर एकाएक जैसे होश सँभालते हुए, उसने मेरी कलाई पकड़ ली, ''चलो भाई, कुछ शगल ही रहेगा, न रम सही, बियर ही लेना थोड़ी—यहाँ सब मिल जायगा।''

मिस शान्ता जैसे घबरा गयी हों, क्योंकि उसने बरोरा का हाथ खींचते हुए कहा, ''उन्हें जाने दो, घर में बीमार हैं।''

''अरे हाँ, भाई! तुम तो पत्नीवाले हो न! जाओ! जाओ!!'' कहते हुए उसने दरवाज़ा बन्द कर लिया। मुझे बेहद दुःख हुआ। पर अपनी इस बरकरार वापसी की बात सोचकर प्रसन्नता भी हुई। हाँ, मेरे हाथ का वह हिस्सा, जो बरोरा की मुट्ठियों में आ गया था, जैसे किसी लोहे की कड़ी से छूटा हो। मैंने उसे सहलाया और नीचे उतर ही रहा था कि कानों में आवाज़ आयी, ''रुको भी बरोरा।''

''हा ऽ हा ऽ... यह नयी बात... यह नया रंग...'' मेरा सिर चकराया... पाँव थरथराये। जी में आया, लौटूँ। रुका भी। शायद मिस शान्ता के साथ यह ज़्यादती करता है—डराता है। पर एकाएक बरोरा की हँसी फिर कानों में गूँज गयी—''आज एक पूरी बोतल ली है, डार्लिंग! निकालो तुम भी कुछ आज, जी-भरकर पिओ और पिलाओ...हा ऽ हा...''

—उफ! यह सब मैं क्या सुन रहा हूँ! सब झूठ है, ग़लत है! यह कोई आवाज़ नहीं! केवल भ्रम है, मेरे कानों का भ्रम, मन का भ्रम! और मैं जल्दी-जल्दी क़दम बढ़ाकर सड़क पर आ गया। पर जैसे वह भयानक आवाज़—वह ख़ूँख़ार हँसी—वे रुआँसी आँखें मेरे पीछे-पीछे दौड़ रही हों। मैं और तेज़ी से चलने लगा और किसी तरह घर पहुँचकर मैंने साँस ली।

सुबह अभी बिस्तर ही में था कि खंजन ने मामा ऽ मामा ऽ पुकारते हुए लिहाफ़ खींच-खींचकर अलग कर दिया। आँख खोलते ही देखा, तो शान्ता अपनी सहेली लेडी डॉक्टर के साथ मेरे पास ही खड़ी है।

"रात देर में नींद आयी, माफ़ कीजिये। कब की आयी हैं आप लोग?"

"अभी, अभी तो!" शान्ता ने अत्यन्त आत्मीयता से कहा और मेरी ओर देखती रही। सुबह की किरणें कमरे में फैली हुई थीं। हवा बहुत धीरे-धीरे चल रही थी। मैंने देखा, तो शान्ता की सहेली डॉक्टर मेरे कमरे की दीवारों, छत और फ़र्श, सब पर बड़ी तेज़ी से निगाह दौड़ा रही थी। वह बड़ी प्रखर-सी लगती थी। कहने लगी, "जल्दी कीजिये, मुझे खंजन की माँ को देखना है, मैं आज उनकी स्क्रीनिंग भी करना चाहूँगी।"

मैने उन दोनों को मरीज़ तक पहुँचाकर जल्दी से हाथ मुँह धोया और उन्हें चाय पिलाना चाहा। पर जैसे ही मैं बाहर आया, शान्ता मेरे पीछे-पीछे खंजन को लिये आ धमकी। कहने लगी, "नौकरानी कहाँ है, आपकी?"

"अभी आयी नहीं, जाने क्या हो गया ?"

"तो मैं चाय बना लूँगी, आप हाथ-मुँह धो लें।"

मैं कुछ कहना ही चाहता था कि खंजन ने शान्ता का हाथ खींचते हुए कहना शुरू कर दिया, "मदर! आओ, मैं कोयला देती हूँ, तुम आग जलाओ—फिर चाय बना लेंगे, खाना बना लेंगे, जाने दो नौकरानी को।"

शान्ता खंजन के इशारे पर डोलती गयी—बहुत ही नन्हें बच्चे की तरह, बिना किसी आग्रह के। हाथ मुँह धोने और कपड़े बदलने में मुझे कुछ देर लग गयी। फिर एकाएक रातवाली घटनाओं का क्रम दिमाग़ के सामने आया। मन में चिढ़ हुई, घृणा भी! पर नहीं-नहीं यह बिलकुल दूसरी शान्ता है, वह कोई और रही होगी। मैं सोचता जा रहा था कि देखा, चूल्हे पर केतली चढ़ी हुई है और रसोई का कमरा साफ़-सुथरा हो गया है। बाहर खंजन बड़े प्रेम से मदर की गोद में बैठकर अपने हाथ-पाँव धुला रही है। बग़ल में कंघी, शीशा, पाउडर और बाल बाँधने के रिबन एक तिपाई पर पड़े हैं। मुझे अचम्भा हो रहा था। शान्ता के चेहरे पर कहीं भी उत्साह के भाव न थे, कहीं भी नवीनता का आग्रह न था, जैसे वह रोज़ ही यह काम करती हो। वैसे ही आँखें, जैसे किसी अथाह समुद्र में तिरतीं-तिरतीं—वैसा ही मनोहर मातृव्य रूप, जिसकी अतल-सी गहराई।

मैंने पास जाकर कहा, "यह क्या करने लगीं आप?"

पर शान्ता ने जैसे सुना ही न हो। फिर कुछ देर रुककर कहने लगीं, "थोड़ा ओडिकलोन और क्यूटीक्यूरा भी रखना चाहिए। बच्चे धूल-मिट्टी में खेलते हैं न!" फिर एकाएक जैसे सचेत होते हुए बोलीं, "देखिये, डॉक्टर ने कमरा खोला या नहीं?" मैंने देखा, तो कमरा खुल गया था। शान्ता ने मुझे वहीं चलने को कहा और थोड़ी देर में चाय लेकर कमरे में आयी। चाय पीने के बाद, डॉक्टर ने मरीज़ की हालत बत.यी और मुझसे एकान्त में बुलाकर कहा, "एक्सरे आज करूँगी, पर बच्ची को ज़रा सँभालियेगा।" शान्ता इसे सुनते ही जैसे चैंक पड़ी हो। उसने खंजन को अपने पास खींच, उसके सिर को अपने दोनों हाथों से दबा लिया। उसका चेहरा उदास हो गया। आँखें जैसे कुछ कहते हुए भी बन्द हो जाना चाहती हों। डॉक्टर ने नमस्ते करके छुट्टी ली, पर शान्ता जैसे रुकना चाहती हो। उसने खंजन से जाने क्या-क्या धीरे-धीरे कहा। फिर मुझसे जैसे साहस करके कहने लगी, "दोपहर को उसका खाना मत भेजा कीजिये।" डॉक्टर ने शान्ता को आवाज़ लगायी। वह मोटर स्टार्ट कर चुकी थी और शान्ता किसी तरह खंजन से छुट्टी लेकर जल्दी-जल्दी मोटर तक बढ़ गयी, पर फिर लौट पड़ी। "इसकी टॉफी का पैकेट तो मेरे ही साथ चला जा रहा था, दूध गर्म करके, छानकर दीजियेगा, एक्सरे के लिए जरूर चले जाइयेगा।" शान्ता ने जल्दी-जल्दी कहा और वह लौट गयी।

दूसरे दिन शाम को जब मैं एक्सरे की रिपोर्ट लेने सिविल लाइन गया, तो पता चला कि मिस शान्ता अभी आयी थीं और डॉक्टर को लेकर किसी टी.बी. स्पेशलिस्ट के यहाँ कुछ मशविरे के लिए गयी हैं। सम्भवतः घण्टे-दो-घण्टे में लौटेंगी। मेरा मन बड़ा उदास-सा था क्योंकि पत्नी की हालत दिन-पर-दिन ख़राब होती जा रही थी। मैं वहीं घूमने लगा। अभी शाम हुई थी, सड़कों पर भीड़ की गरमाहट नहीं हुई थी, इसलिए किसी मित्र के भी मिलने की आशा नहीं थी। मैं अनमना-सा टहल ही रहा था कि बरोरा आता दिखायी दिया—बड़ा खोया-खोया-सा, उदास और हतप्रभ। मैंने रास्ता बचा जाना चाहा, पर उसने अपनी मोटर- बाइक खड़ी करते हुए मुझे बुलाया। मुझे फिर रात की सारी बातों का स्मरण हो आया और मैं लौटना ही चाहता था कि वह मेरे पास तक चला आया और मेरे कन्धे पर दोनों हाथ रखकर, कहने लगा, "लगता है, तुम बुरा मान गये, यार! अभी कच्चे हो इस दुनिया के लिए, वरना, उस दिन इतनी जल्दी भागने की ज़रूरत थी? यह तो एक संकोच-भर है, जो हटाने से हट जाता है, बढ़ाने से बढ़ जाता है, फिर शान्ता के लिए..." वह जैसे एक गहरी मुस्कराहट में डूब गया, "ख़ैर, देखा जायेगा..." और वह मुझे पकड़कर काफ़े में ले गया।

शान्ता के बारे में ऐसी बात सुनकर मुझे दुःख हो रहा था, पर कुछ ऐसा लग रहा था कि मैं किसी अपरिचित मानव-समाज में एक शिशु की हैसियत से घुसा हूँ। सोचा, इससे कुछ जान ही लूँ, तो क्या हर्ज़ है? इसलिए चुपचाप उसके साथ बैठा रहा। उसने

मेरे लिये काफ़ी मँगायी और अपने लिये ह्निस्की। थोड़ी देर पत्नी की बात पूछने के बाद वह फिर शान्ता पर उतर आया। थोड़ा नशा भी शुरू था—उसका दुःख और गहरा हो गया और आँखों की रोशनी तेज़ पड़ती गयी—''तुमने सब चौपट कर दिया, यार! वर्षों का बना-बनाया खेल जैसे बच्चों के खिलौने-सा बिगड़ गया। काश, उस दिन तुम्हें मैंने रोक लिया होता!'' वह माथे पर हाथ टेककर बैठ गया, ''अब तो कोठों की ही शरण लेनी पड़ेगी।''

मुझे आश्चर्य हो रहा था, पर मैंने बात बढ़ाना ही उचित समझा, ''कुछ समझ में नहीं आता, बरोरा! तुम्हारी बातें भी क्या अजीब होती हैं। मेरे वहाँ रहने से क्या होता?''

''कुछ नहीं, पर यह न होता, जो हो गया। तुम्हारे सामने भी तो सब-कुछ हो सकता था। शान्ता के लिए यह कोई नयी बात तो नहीं।''

''नयी बात? कुछ समझ में नहीं आता!'' मैंने उतावली से कहा।

''यही यार! कि उसे अनेकों से सम्पर्क रखने में कोई संकोच नहीं। वह आदी है। उसके जीवन का पहला विश्वास ही यही था।'' उसका नशा कुछ और गर्म हो चला था, इसलिए उसे बोलने में अब प्रयास नहीं करना पड़ रहा था, ''अपने अठारहवें वर्ष में यह एक ऐसे लड़के के चक्कर में फँस गयी, जिसके लिए यह और उसका एक मित्र एक ही से थे।''

मुझे जैसे किसी ने गरम सलाख़ से दाग दिया हो, ''बस करो बरोरा, बहुत हो गया, कल तक तुम्हीं तो शान्ता के गुण गाया करते थे, आज ऐसा क्या हो गया? यह सब झूठ है— निरा झूठ। तुम महज़ मेरा मन खट्टा करने के लिए यह सब कह रहे हो।'' मैंने एक आवेश में कह डाला। पर बरोरा नाराज़ नहीं हुआ, बल्कि एक अज़ीब-सी दुःखपूर्ण हँसी हँसकर कहने लगा—

''सो तो अब भी कहता हूँ भाई! कुछ अजीब है ही यह लड़की। घर छोड़कर उनके साथ भाग आयी थी। मैं तो स्वयं देख चुका हूँ न इन्हीं आँखों से। इसलिए कहता हूँ। हर तरह उनकी सेवा करती थी। उनके दोस्तों को इण्टरटेन करती थी। उसी सिलसिले में तो मुझसे इसका परिचय हुआ और जब मुझे वह सब अच्छा नहीं लगा, तो मैंने इसे बताया कि स्त्री की आस्था एक ही पुरुष में होनी चाहिए। बेचारी पागल हो गयी इस एक़ बात पर। रात-दिन इसी एक आस्था में जीती-मरती थी। उसने सब-कुछ छोड़ दिया। उनका ख़याल भी इसे पागल बना देता है—डरावनी, ख़ूँख़्वार, जैसे अभी-अभी प्राण त्याग देगी। पर ...उफ़।'' बरोरा जैसे झुँझला उठा हो। उसकी बरौनियों पर बल पड़ गये और होंठ एक-दूसरे से सट गये।

मैंने उसे देखा, तो भय हुआ। फिर ध्यान से देखा तो जैसे घृणा की गहरी वेदना से मेरा मन तिलमिला उठा। जी में आया, शान्ता को अभी ढूँढ़ निकालूँ और पूछूँ, ''तुम्हारे यही सब करम हैं?'' मैं उठ खड़ा हुआ। बरोरा ने कहा, ''जा रहे हो—जाओ! पर सुनो, एक बात याद रखना, कभी बरोरा और शान्ता की मित्रता की बात भी मत

सोचना और शान्ता से पूछना तो तुम्हारे लिये ज़हर साबित हो जायगा। वह अपने विश्वास की राह में पहाड़ को भी समतल मैदान मानती है। अब बरोरा अपने सारे पौरुष के बावजूद भी उसके लिए एक मच्छर से ज़्यादा नहीं। और यह नर्सरी स्कूल की नौकरी? मैंने स्वयं ही काँटा बोया है अपनी राह में।'' और वह माथे पर हाथ रखकर बैठ गया।

मैं वहाँ से उठा, तो सीधे डॉक्टर के पास गया। वहाँ शान्ता मिली। बड़ी देर से मेरा इन्तज़ार कर रही थी। कहने लगी, ''कहाँ रह गये आप?'' और उठ खड़ी हुई। फिर मुझे रिपोर्ट देते हुए, पत्नी को शीघ्र भुवाली भेज देने की बात पर डॉक्टर की राय बताने लगी—''केस बहुत बिगड़ गया है, भुवाली के सिवाय कोई आशा नहीं। बस महीने-दो-महीने की बात बच रही है। हार्ट तो कभी भी फेल कर सकता है।''

हम दोनों धीरे-धीरे सड़क पर चले जा रहे थे, तब तक बरोरा फिर सामने पड़ गया। मिस शान्ता ने रास्ता नहीं बचाया, रुकी भी नहीं, हिचकी भी नहीं और मुझसे बातें करती चलती रही। फिर मुझे रुकने को कहकर वह एक दुकान में घुस गयी और कई बिस्कुट के डिब्बे, दवा की शीशियाँ तथा एक छोटी मच्छरदानी लेकर निकली और मुझे देते हुए कहने लगी, ''खंजन ने बताया, वह वैसे ही सोती है, आज से उसका ठीक से इन्तज़ाम कर दीजियेगा। मच्छर लगते हैं—मलेरिया का बड़ा डर है। थोड़ा सँभालियेगा।''

मैं दवा सँभाल ही रहा था कि उसने रिक्शा बुलाकर अपने जाने की सूचना दे दी। मैं डर गया। कौन जाने, बरोरा नशे में उधर जाये? इसलिए मैंने उसे रोककर कहा, ''मैं भी साथ चलूँ, तो कोई हर्ज़ है?''

''नहीं नहीं, कोई ऐसी बात तो नहीं, पर आप सीधे घर जायँ, तो अच्छा है। मैं चली जाऊँगी।''

''रात तो ज़्यादा...'' मेरे मुँह से निकला ही था कि उसने बात छीन ली, ''कोई ऐसा डर नहीं, आप निश्चिन्त रहें।''

मैं लौटकर घर पहुँचा, तो बरोरा की वहशी आँखें मुझे बार-बार घूरती नज़र आने लगीं। रात को देर तक नींद नहीं आयी और काफ़ेवाली बातें दिमाग़ में घूमती रहीं।

इसके बाद प्रायः शान्ता मिलती रही, लेकिन बातचीत में केवल हाल-चाल और तीमारदारी की शिक्षाएँ ही देती गयी। उसका मुख्य काम खंजन से ही रहने लगा। स्कूल की बस से अब वह नर्सरी जाती और लौटते हुए मेरे घर पर ही रुक जाती। केवल इसलिए कि खंजन सड़क से घर तक अकेली कैसे जायेगी और पहुँचने पर उसे नाश्ता कौन देगा, कपड़े कौन बदलेगा? प्रायः हफ़्तों मुझसे उसकी मुलाक़ात भी नहीं होती, न वह इच्छा ही प्रकट करती, न शिकायत ही करती।

खंजन भी जैसे हम लोगों की परवाह न करती। उसकी नन्हीं-सी दुनिया में रोज़-ब-रोज़ एक नया खिलौना, नया आकर्षण देखा जाता। कपड़ा-लत्ता, खाना-पीना, सब जैसे आसमान से आकर उसके पास गिर जाता है। मैंने एकाध दिन खंजन से बातें

करनी चाही, तो बस "मदर ने यह कहा है, मदर ने वह कहा है," इसके अलावा और कुछ नहीं।

मिस शान्ता से मैंने एकाध बार कहा, "यह सब आप क्या कर रही हैं? नाहक कष्ट उठाती हैं। तो वह कुछ नहीं बोली। हाँ, दुःखी बहुत हो गयी। मुझे संकोच हुआ, शायद मेरी इस बात से मेरे पिता होने का एहसास तो उसे छू नहीं गया, क्योंकि उसने जब भी मुझसे बातें की, खंजन को उससे अलग रखा, जैसे वह कोई ऐसा स्थल हो, जिसे छूते ही तेज़ दर्द होने की सम्भावना है।"

एक दिन सुबह मैं सोकर उठा ही था कि बाहर बरामदे में शान्ता और खंजन की फुसफसाहट सुनायी पड़ी। खंजन कह रही थी, "मदर, तुम तो बड़ी मदर होकर मसूरी जा रही हो, मुझे भी ले चलोगी?"

फिर शान्ता ने जैसे बड़े रूठने के स्वर में कहा, "तेरा बाप ले भी जाने देगा, बेटी? मैं यहीं रहूँगी। कोई नौकरी के लिए अपनी बेटी को छोड़ता है? चल, जल्दी कर, दूध ठण्डा हो रहा होगा।"

मैं अचम्भे में पड़ गया, कैसी पागल औरत है! मुझसे तो बता देती। मैं बिस्तर से उठ खड़ा हुआ और धीरे-धीरे चौके की ओर गया, तो शान्ता दूध का गिलास और अण्डे लेकर पत्नी को देने जा रही थी। मैंने रोका, तो खड़ी हो गयी। देखा तो जैसे वह बड़ी उदास-सी लग रही थी। कुछ ही दिनों में कहाँ-की-कहाँ पहुँच गयी है यह, जैसे कई बच्चों की माँ हो।

"आप कहीं बाहर जा रही हैं?" मैंने पूछा।

"नहीं तो, किसने बता दिया आपसे?" और कमरे की ओर बढ़ गयी। मैं उसे देखता- देखता कमरे में चला गया। पत्नी को आज बुखार तेज़ था। शान्ता ने टेम्परेचर लिया और मुझे फ़ौरन डॉक्टर के पास जा, उसे ले आने को कहकर, खंजन को लेकर वह स्कूल चली गयी। मैं दौड़ा, डॉक्टर के पास चला गया; पर अब डॉक्टर बेकार था। उसी दिन दोपहर के एक बजे के लगभग उसकी साँस बन्द हो गयी। मेरे लिये जैसे चारों ओर अन्धकार छा गया। कई दिनों तक जैसे मुझे पता ही नहीं चला कि मैं कहाँ हूँ। हाँ, इतना ज़रूर था कि शान्ता ने मेरे घर तार देकर माँ, बड़े भाई और भाभी को बुला दिया था। शान्ता रोज़ उसी तरह आती थी, पर घर में घुसते जैसे उसे संकोच होता है। दरवाज़े से ही खंजन को आवाज़ देती और खंजन जैसे कुछ दुःखी-सी दौड़कर उससे चिपक जाती और भाई की बच्चियों की एक बोझ शिकायत शान्ता से कह डालती।

एक दिन भाभी ने खंजन की चर्चा करते हुए मुझसे कहा, "अब तुम्हें भी घर ही चल कर रहना होगा। यह खंजन भी बड़ी बिगड़ती जा रही है। घर के प्राणियों में जैसे उसकी साँस फूलती है। रात-दिन उसी मास्टरनी की रट लगाये रहती है। तुमने तो इसे बिगाड़ ही दिया है!"

मैं उन्हें क्या समझाता, पर मेरा तो यहाँ रहना किसी भी तरह सम्भव नहीं था। खंजन की पढ़ाई की बात ज़रूर थी, सो वहाँ भी तो हो सकती है। मैं सोचने लगा कि शान्ता से बता तो देना ही चाहिए। मैं सोच ही रहा था कि बस की आवाज़ हुई और शान्ता खंजन की अँगुलियाँ पकड़े दरवाज़े पर आकर खड़ी हुई। मैं उठकर गया, तो कहने लगी, "जरा सुनियेगा तो।" मैं बाहर निकल गया। जैसे वह कुछ भूल गयी हो और उसका ख़याल कर रही हो। कहने लगी, "खंजन बहुत डरती है, न जाने क्या हो गया है, बड़ी उदास रहती है। बात-बात पर रोती है। कोई कुछ कहता तो नहीं इसे? और हाँ, कल रात तो मुझे बड़ा डर लगा। मैंने रात स्वप्न देखा कि यह बहुत बीमार है और इसे कोई उठाये जा रहा है। मैं चैंककर उठ बैठी और चपरासी को लेकर यहाँ तक आयी, पर आप सब लोग सो रहे थे, किसको जगाती? फिर लौट गयी।" शान्ता की बरौनियाँ भय के आँसू से भींग गयी थीं।

मेरी समझ में नहीं आया कि मैं क्या कहूँ पर उससे कहना तो थ. ही। आख़िर कल ही नौ बजे तो जाना है मुझे यहाँ से। "हम लोग तो कल जा रहे हैं।" मैंने धीरे से कहा।

"खंजन भी?" शान्ता पर जैसे बिजली गिर गयी। फिर जैसे उसे किसी गलती का अनुमान हुआ हो, उसने अपने को सँभालते हुए कहा, "किस गाड़ी से?"

"नौ बजे सुबह।" मैंने जवाब दिया, "पर खबर देती रहियेगा।"

"ज़रूर, ज़रूर!" उसने बड़ी थकी आवाज़ में उत्तर दिया। मैंने देखा, तो पहली शामवाली मुलाक़ात की रुआँसी आँखें, स्थिर, निर्विकार चेहरा और मोहहीन तन्द्रा के सारे लक्षण जैसे साकार हो उठे हैं—वही उदासी, वही स्थितप्रज्ञता, जैसे मेरी पहचान जाग उठी। मैं कुछ कहता, पर उसने मौक़ा न दिया। घर की ओर लौटती हुई वह खंजन के फ्राक, स्कर्ट और चड्ढियों का कलर-कॉम्बिनेशन समझाती रही, "सुबह गर्म पानी से नहलाकर कपड़े बदल दीजियेगा और फिर नाश्ते में बिस्कुट और मक्खन देना मत भूलियेगा। उसके खिलौने टूटने न पायें, ख़ास कर वह स्प्रिंगमोटर तो उसकी जान है। देखिये, लड़कों से झगड़ने न पाये, वर्ना आदत बिगड़ जायेगी और किसी ने मार-पीट दिया, तो अलग परेशानी होगी। हाँ, उसकी आँखें कुछ मैली हो रही हैं। मैंने लोशन का डिब्बा रख दिया है, उसे अपने ही हाथ से डालियेगा!..." फिर वह जैसे कुछ रुकी। मैंने उसकी ओर देखा, तो मुझे कुछ दिखायी नहीं पड़ा। पर फिर सुना, कह रही थी, "और हाँ, शायद वह मुझे याद करे, पूछे, रोये, तो देखिये, रोने न दीजियेगा; वरना आँखों पर बुरा असर पड़ेगा, कहीं और कुछ न हो जाय, किसी भी तरह बहलाइयेगा, किसी..."

फिर वह दीख नहीं पड़ी, जैसे आँसुओं के पर्दे में छिप गयी हो। मैंने इधर-उधर देखा, कहीं कुछ नहीं। वह चली गयी थी, पर मैं सोचने लगा, "कुछ मेरी भी तो सुन लेती, शान्ता!"

महुए का पेड़

दुखना को गाँव में कोई नहीं छेड़ता। वैसे तो शायद ही कोई ऐसा असहाय बूढ़ा होगा, जिसके लिए गाँव के बच्चों के पास चिढ़ाने का मसाला न हो। बूढ़े चौथी को करमदीन और नाथू को करैला कह देना ही गालियों की बौछार का कारण बन जाता है। फिर क्या, गाँव के बड़े सयाने भी इसमें मजा लेने लगते हैं और एक बे-पैसे का तमाशा गाँव क्री ज़िन्दगी में थोड़ी हँसी का वातावरण पैदा करवा देता है। गाँगी को शोभा पण्डित का बुलावा देना, एक असाधारण खेल को बुलावा देना है। गालियों की बौछार से लेकर, ईंट-पत्थर और बटोर- पंचायत की नौबत तो आ ही जाती है। पर दुखना के साथ यह बात नहीं है। बच्चे 'दुखना आजी' औरतें 'मइया' और सयाने, 'दुखना चाची' कहकर ही उसे पुकारते हैं।

दुखना के पास एक लिपी-पुती, साफ़-सुथरी झोंपड़ी, दो-एक बरतन, मिट्‌टी की गगरी और झोंपड़ी के सामने हहरता हुआ एक महुए का पेड़ है। यही उसकी कुल सम्पत्ति है। महुए के पेड़ से उसका बड़ा निकट सम्बन्ध है। उसे दुखना ने अपने हाथ से लगाया है, सींचा है और देख-रेख कर इतना बड़ा किया है। अब उसकी उम्र पचास वर्ष की हो रही है। दुखना कभी उसे अपना बच्चा समझती थी, पर अब उसके विशाल पौरुष की छाया के नीचे, अपने को रक्षित समझती है। क्या मजाल है कि कोई एक टहनी भी उसमें से तोड़ ले। चाहे वह ज़मींदार का ऊँट हो, चाहे मौला का हाथी, दुखना के जीते जी, उस महुए की छाया दोनों के लिए वर्जित है।

इस महुए के फूल क्या होते हैं, जैसे मिश्री के दाने। गाँव के लोग उसे मिसिरिहवा कहते हैं। नन्हें-नन्हें मधूक के उजले फूलों में वैसे ही मोती की आभा होती है, पर इसकी सफ़ाई और छोटाई में तो जैसे मोती भी मात हो। दुखना इस विशाल पेड़ की सारी छाया को गोबर से लीप डालती है और रात-दिन बाँस का एक छोटा-सा डण्डा लेकर, इसकी रखवाली करती है। कहीं कोई जानवर आकर कुचल तो नहीं देगा, कहीं बाग़ में महुआ बीनने जानेवाले चुलबुले बच्चे, अपनी मउनियाँ लेकर, इसी के नीचे तो नहीं झुक जायेंगे—दुखना को इसकी चिन्ता सदा बनी रहती।

रात को जब उजली, धुली चाँदनी की चादर, धरती पर फैल जाती और उस विशाल महुए की नंगी-नंगी डालें और उनमें से निकली हुई नन्हीं-नन्हीं, बिना पत्ते की टहनियों के झोपों से एक-एक फूल टपकता, तो दुखना को लगता, जैसे रेशम की

पतली धारियों से स्वर्ग के दूत, उसके आगे मोतियों की वर्षा कर रहे हों। वह एकटक, बहुत ही प्यासी आँखों से देखती-देखती, देर तक अपनी मड़ई के आगे बैठी रहती।

कई साल से दुखना के मन में तीर्थ-यात्र की बड़ी लालसा है। अगल-बग़ल की पड़ोसिनें कई बार गंगा-स्नान कर आयीं। मलमास नहा डाला, गरहन में पैदल चलकर काशी का पुण्य लूट आयीं, पर दुखना कहीं न जा सकी। लेकिन पिछले महीने, जब से हरखू की माँ प्रयागराज से खोपड़ी के बाल साफ़ करा और गले में तुलसी की मनियाँ पहनकर लौटी है, तब से दुखना के पास उसकी आवभगत बढ़ गयी है। वह हर रोज़ एक-न-एक बात उठा ही देती है।

"मइया! तिरबेनी का दरसन करके ही जैसे पाप भाग जाता है। वहाँ किसिम-किसिम के लोग दूर-दूर से पैदल चलकर आते हैं। सच मानो मइया! कितनों के तो पाँव तक कट जाते हैं। लेकिन ईश्वर की महिमा है कि संगम में गोता लगाते ही अतमा पवित्तर हो जाती है। नहीं तो मेरे पाँव में इतना ज़ोर कहाँ? यह तो ईश्वर की ही माया समझो, जो बुढ़ाई समों में दरसन हो गये।"

"यह सब बड़े भाग से होता है हरखू की माई! तुम्हें भगवान् ने लड़के-बच्चे दिये हैं। घर-दुवार देखनेवाले हैं। तुम आ-जा सकती हो। मैं तो इस मड़इया को छोड़कर चली जाऊँ तो इस महुए में एक डाल भी न रह जाय।" दुखना की आँखों में सन्तोष की एक गहराई उभर आयी। फिर उसने एकाएक हरखू की माँ की ओर देखा तो वह कहती जा रही थी—"कब तक इसे थामकर बैठी रहोगी मैया! दो दिन की ज़िन्दगी में तीरथ-बरत न कर लोगी तो आगे क्या होगा? दुनिया में किसी के पास पेड़-पालो नहीं हैं क्या! कोई उन्हें रात-दिन अगोरकर बैठा थोड़े ही रहता है।"

दुखना तिलमिला उठी। दोनों हाथों को ज़मीन पर टेकते हुए, दीवार से सटकर, बैठकर कहने लगी—"हरखू की माँ, यह सब तो ठीक कहती हो लेकिन तुम जानती नहीं। इस दुनिया में कमजोर का ठिकाना नहीं। ज़मीन ठाकुर की है, पेड़ मेरा है। अब उसकी बखरी बन रही है, लकड़ी की कमी है, कहता है, इसे दे दो, तो बड़ा काम हो जाये।"

"तो दे क्यों नहीं देती?"—हरखू की माँ ने बात बीच ही में छीन ली। "उससे रुपये लेकर तीरथ पर निकल जाओ। आख़िर तुम्हारे मरने के बाद, पेड़ उसी का तो हो जायगा।"

दुखना को जैसे किसी बिच्छू ने डंक मार दिया हो। अपने दोनों हाथों से उसने माथा थाम लिया। पिछली घटनाओं का क्रम, जैसे उसकी आँखों में नाच उठा।

कोई पचीस बरस बीते होंगे, जब दुखना का पति जीवित था। दस बीघे का काश्तकार था; वह। जेठ की तड़पती धूप में, ईख की सिंचाई हो रही थी। बड़ी मुश्किल से कुएँ पर बारी आयी थी।

वह रात-दिन उसी कुएँ पर रह जाता, दुखना खाना-पानी लेकर वहीं जाती और देर तक बैठी रहती। पर वह कहता, ''तू क्यों यहाँ सती हो रही है। मैं तो अभी जीता ही हूँ, घर चल! आज सिंचाई ख़तम करके लौटता हूँ।''

दुखना घर पर पहुँची भी न होगी, कि पुरवट हाँकते-हाँकते बेहोश हो गया। लोग उठा-पुठाकर घर लाये, दुखना देखते ही चिल्ला-चिल्लाकर रोने लगी। उसके रूखे, खुरदरे हाथों में अपना मुँह रगड़ती रही, पर वह होश में नहीं आया। बड़ा तेज़ बुखार, जैसे सारा शरीर जल रहा हो। दुखना ने बड़ी दौड़-धूप की। लोगों के सामने हाथ फैलाया, गिड़गिड़ायी, पर कोई काम न आया। अन्त में वह हमेशा के लिए चल बसा और दूसरे दिन ही ठाकुर ने बेदखली का हुकुमनामा भेज दिया। दुखना ने एकाएक होश सँभाला। आँखों पर से हाथ हटाया, तो हरखू की माँ अभी भी बैठी थीं! उसने पूछा, ''क्या सोच रही हो मइया? अब माया-मोह छोड़ो, इसी गर्मी में चली जाओ काशी! मलमास पड़ रहा है।''

''माया-मोह काहे का हरखू की माँ, तुम जानती नहीं। यह जो सामने का खेत है न! यह मेरा ही था। बाग़ में पचासों पेड़ थे। पर सब इस ठाकुर ने ले लिया। यह तो चाहता ही है कि, मैं जल्दी से मर जाऊँ, तो वह इतनी ज़मीन और यह पेड़ और पा ले।''

''तो कहीं दूसरी जगह से कुछ पैसे का इन्तज़ाम कर लो, चलो, मैं भी चलूँगी। दोनों जने नहा आवें।'' हरखू की माँ कह ही रही थी, तब तक दुखना चिल्ला उठी, ''दाढ़ीजार की आँख फूट गयी है क्या, कि फूले महुए में ऊँट लगा दिया है।'' हरखू की माँ भी उठ खड़ी हुई। देखा तो ठाकुर का उटहारा, अपनी लग्गी से जल्दी-जल्दी महुए की पत्तियाँ छिनगाता और हँसता जा रहा है। दुखना गालियाँ देती, अपना बाँस का डण्डा उठाकर, ऊँट की तरफ़ दौड़ पड़ी और जल्दी-जल्दी उस पर डण्डे चलाने लगी, पर ऊँट टस-से-मस नहीं हुआ और डालियाँ उचार-उचारकर खाता रहा। उटहारा हँसकर कहता जा रहा था, ''दुखना! तुम्हारे महुए की पत्तियाँ बड़ी मीठी होती हैं।'' और जल्दी-जल्दी लग्गी से डालें काटकर गिराता जा रहा था। जब दुखना का बुढ़ापे से शिथिल शरीर, हाथ चलाते-चलाते थक गया तो उसने एक डण्डा उटहारे के ऊपर चला दिया। वह भी गालियाँ बकने लगा और बूढ़ी को झटका दे दिया। दुखना उसी पेड़ के नीचे गिर पड़ी और कलप-कलपकर रोने लगी। हरखू की माँ ने उसे किसी-किसी तरह उठाया। गाँव के बहुत-से लोग इकट्ठे हो गये।

''इस बूढ़ी के सिर पर तो पाप सवार रहता है। इस महुए को छाती पर लादकर, सरग जायेगी क्या!''

किसी ने कहा, ''महुए की पत्ती इसके लिए सोना है, सोना। अरे भाई! ऊँट ने मुँह डाल ही दिया, तो क्या हुआ। उस पर डण्डा चलाने का क्या काम था?''

हरखू की माँ ने बीच-बचाव किया, "बूढ़ी है, जब उसे नहीं अच्छा लगता; तो जान-बूझकर लोग क्यों बेचारी को परेशान करते हैं? दो दिन की मेहमान है, न जाने कब चल बसे। इस तरह उस पर हाथ उठाना कोई अच्छा काम थोड़े ही है।"

सब लोगों को यह बात अच्छी लगी, पर ठाकुर का लड़का भी वहीं खड़ा था, कहने लगा, "बूढ़ी है तो क्या हुआ, गाँव में किसी को रहने नहीं देगी? तू बड़ी भक्तिन बनी है मूँड़ मुड़ाकर।"

कुछ लोगों ने उसे डाँटा और भीड़ छँट गयी।

दुखना उस दिन, रात-भर रोती रही। उसकी नन्हीं-सी मड़इया में दिया-बत्ती भी नहीं जली। वह सोचती, एक दिन वह ऐसे ही मर जायगी और उसका घर-दुवार सब ढहा दिया जायेगा। उसका महुआ काटकर गिरा दिया जायेगा। फिर कौन इसकी एक-एक पत्ती की देख-रेख करेगा? क्या वह इसे बचाने के लिए, हमेशा जीवित रहेगी और लोगों की गालियाँ सहती रहेगी? वह अपने नन्हें से खटोले पर से उठ खड़ी हुई और दीवार के सहारे धीरे-धीरे डोलकर बाहर आयी तो अभी सबेरा नहीं हुआ था, पर धोबियों के मुर्गे बोलने लगे थे। कहीं-कहीं बैलों की घण्टियाँ टुन-टुन करने लगी थीं। उसने बड़ी प्यासी आँखों से महुए को देखा। उसकी पीली पत्तियाँ हवा के झोंकों के साथ खड़खड़ करके झर रही थीं। वह डोलती-डोलती उस जगह पर पहुँची जहाँ उटहारे ने उसकी डालियाँ काटकर गिरायी थीं। उसने एक-एक को बटोरा और अपनी झोंपड़ी के सामने रखकर उन्हें देखने लगी। फिर एकाएक उसके दिमाग़ में आया—आख़िर कब तक वह जियेगी इस सबके लिए? और उसने उलटकर उस पेड़ की तरफ़ देखा, हवा का एक झोंका आया, पत्तियाँ खड़खड़ाकर झर पड़ीं और पेड़ नीचे से ऊपर तक हहर उठा। वह एकटक उसके विशाल तने को देखने लगी!

इस साल उसमें ख़ूब फल आयेंगे। वह सब बेच देगी और उसी रुपये को लेकर तीर्थ पर चली जायेगी। लेकिन तब तक तो मलमास बीत जायेगा। उसे ख़याल आया, इसी बीच वह अपने रिश्तेदार के यहाँ से रुपये लेकर नहा आवे। आने पर महुए को बेचकर, उसे रुपये दे देगी। उसने झोंपड़ी में घुसकर, अपनी धोती उठायी और चल पड़ी।

चौत का महीना था। सुबह की पागल हवा से उसके मन में लालसा जोर पकड़ने लगी। कहीं-कहीं लोगों के खाँसने की आवाज़ सुनायी पड़ने लगी थी। दुखना के पाँवों में कुछ स्फूर्ति आ गयी। वह जल्दी-जल्दी आगे बढ़ती गयी और भोरहरिया की बेला में ही लोगों की आँख बचाकर, वह गाँव के पार चली गयी।

जब धूप बहुत चढ़ आयी, तो लोगों ने दुखना की खोज की। पूछ-ताछ हुई, पर कहीं पता नहीं चला। हरखू की माँ को कुछ अन्दाज़ था। उसने मन में सोचा, शायद बूढ़ी ऊबकर तीर्थ के ही लिए निकल गयी है, पर गाँव के लोग बड़े घबराये थे। कोई कहता था—"किसी कुएँ में गिर पड़ी होगी।" तो कोई कहता—"कहीं चली गयी।"

पर जब तीन दिन बीत गये तो हरखू की माँ की बात तय मान ली गयी और ठाकुर के जी-में-जी आया। उन्होंने सम्पत्ति पर जल्दी ही कब्ज़ा कर लेना उचित समझा; क्योंकि देर होना, इसमें ठीक नहीं और लुहारों के टाँगे महुए की जड़ पर चलने लगे। पूरे दिन लग गये, पर तना कट न सका। आख़िर रोशनी जलाकर रात-भर काम होता रहा और भोर में पेड़ भीषण करकराहट की आवाज़ के साथ दुखना की झोंपड़ी पर जा गिरा। दीवारें और फूस की छत भी साथ ही ध्वस्त हो गयीं। दुखना की मिट्टी की गगरी और छोटी-सी चारपाई भी टूटकर चूर हो गयी।

गाँव के बच्चों ने डालों पर झूलना शुरू कर दिया औरतों ने टहनियों को ईंधन के लिए तोड़ा! बकरी और ऊँटों की भी बन आयी। एक बड़ा-सा जमघट, जिसमें जानवर भी थे आदमी भी, उसके इर्द-गिर्द इकट्ठा हो गया। कोई दुःखी नहीं था, हरखू की माई के अलावा।

उसी दिन दोपहर को अपनी लकड़ी के सहारे, लुढ़कती आती दुखना को देखकर लोगों को भूत-का-सा भय हुआ। कोई सामने न पड़ा। ठाकुर घर में घुसे तो बाहर नहीं आये। लड़के घर के दरवाजों से झाँककर, डरे-डरे सिमटे रहे। हरखू की माई ज़मींदार को कोसती-कोसती पहुँची, पर दुखना ने उसकी बातों पर ध्यान नहीं दिया। वह महुए के तने के पास चली गयी, खून-सी लाल तने की लकड़ी को हाथ से छुआ, झोंपड़ी की दीवारों को देखा, और घूमकर हरखू की माई से कहने लगी—

''हरखू की माँ, चलती हो तीरथ को? मैं तो चली।''

मन के मोड़

रात को रामशरण देर से घर लौटा। द्रौपदी चौके में मन मारे बैठी थी। पास दीवट पर जलते चिराग़ की लौ गुल से भारी हो रही थी और चूल्हे में लकड़ी सुलग-सुलगकर बुझने के क़रीब पहुँच चुकी थी। कुछ जूठे बरतन, पिसान की थाल और दाल-भात की बटलोइयाँ शरारती बच्चों के खिलौने की तरह, इधर-उधर पड़ी हुई थीं।

रामशरण को कुछ आशंका हुई, इधर-उधर देखा। कहीं कोई आहट नहीं। जीतू के कमरे में भी रोशनी न थी और द्रौपदी—वह तो ऐसे कभी न बैठती थी, मेरे आते ही खाने-पीने के इन्तज़ाम में जुट जाती थी। उसने हाथ की लाठी दीवार से टिकायी, कन्धे की चादर डारे पर टाँगी और दीवार के पास खड़ी चारपाई को बिछाकर बैठ गया। फिर भी द्रौपदी कुछ नहीं बोली। उसने समझा, ज़रूर कुछ गड़बड़ी हो गयी है। वह उठा और पूरबवाले घर में गया। अँधेरे में उसने हाथ से चारपाई टटोली, जीतू वहाँ नहीं था। उसने वहीं से आवाज़ देकर कुछ विस्मय-भरे स्वर में पूछा, "जीतू अभी कबड्डी खेलकर नहीं लौटा क्या? ख़ूब बना रखा है लाडले को तूने! पढ़ाई-लिखाई गयी, अब घर-द्वार भी छोड़ बैठे हैं लाला!"

द्रौपदी कुछ नहीं बोली। उसने बुझती हुई लुकाठी उठायी और चिमटे से ठोक-ठाककर उसे चूल्हे में लगा दिया। फिर दाल की बटलोई पिछले चूल्हे पर रखकर, सँड़सी से पकड़कर तवे को उठाने लगी, तो वह सरककर गिर पड़ा और थाली की बारी से लग जाने के कारण ज़ोर से झनझनाहट हुई।

रामशरण को गुस्सा-सा आ गया। बोला, "सुनती हो, मैं कुछ पूछ रहा हूँ!"

पर द्रौपदी ने कोई जवाब नहीं दिया।

आख़िर परेशान होकर, रामशरण चौके के पास चला गया। झुँझलाकर बोला, "किसानों के इतने बड़े लड़के घर-गिरस्ती सँभालते हैं, खेत-खलिहान देखते हैं। ख़ूब मनमाना सेओ मुर्गी के अण्डे की तरह!"

द्रौपदी से नहीं रहा गया। उसने बड़े गुस्से में कहा, "इतनी रात बीते आये हो, तो झगड़ा ही करना है या खाना-पीना भी है! मैं कोई लौंडी-चेरी हूँ, जो बज्जर की तरह गिरस्ती का भार अपनी छाती पर ढोती रहूँ। ग़रीब के घर से आयी हूँ तो क्या

हुआ, माँ-बाप ने गाली सुनने के लिए तो नहीं भेजा था। ऊपर से तुम्हारा यह तुर्रा, यह सब मेरे मान का नहीं, कल सबेरे मुझे भेजवा दो यहाँ से।''

रामशरण की समझ में कुछ बात आयी। एक हलकी-सी हँसी उसके चेहरे पर आने को हुई, पर परिस्थिति की गम्भीरता सोचकर वह चुप रह गया। पास ही रखे गगरे से उसने पानी लिया, हाथ-मुँह धोया और पीढ़ा लेकर चौके में बैठ गया। द्रौपदी ने जल्दी-जल्दी कुछ अधजली, कुछ अधपकी रोटियाँ उसकी थाली में फेंकीं और जैसे ही रामशरण ने कहा, ''अब बस करो!'' वह चौका बढ़ाकर उठ खड़ी हुई।

अब रामशरण से न रहा गया। उसने कुछ हँसते हुए कहा, ''आज उपवास होगा क्या? लगता है, जीतू बिना खाये चला गया है।''

''चला गया है तो मैं क्या करूँ? कहो तो सारे गाँव उसके पीछे नाचती फिरूँ। यह तो कहो, मैं ही ऐसी बेहया हूँ, जो सब-कुछ झेलकर भी उसे घर में रखे हूँ नहीं तो कब का वह घर छोड़कर भाग गया होता और उस पर भी मुझी को...'' कहते-कहते द्रौपदी का गला भर आया और आँखों से आँसू बहने लगे।

रामशरण ने कहा, ''क्या हुआ, कुछ बताओगी भी।''

द्रौपदी ने कोई उत्तर न दिया, जल्दी-जल्दी हाथ-मुँह धोकर अपने कमरे में चली गयी।

रामशरण के पिता तीन भाई थे। तीनों के एक-एक लड़का था। रामशरण सबसे बड़े भाई का, उम्र में सबसे बड़ा लड़का था, जीतू सबसे छोटे भाई का इकलौता। जीतू जब माँ के पेट में आया, तभी उसके बाप की मृत्यु हो गयी और जब जीतू तीन महीने का हुआ, तो उसकी माँ भी चल बसी। रामशरण के बाप ने जीतू को बड़े स्नेह से पाला था और मरते समय जीतू का हाथ रामशरण के हाथों में देकर कहा था, ''यह मेरा धरोहर है, बेटा! धन तो नहीं दे सका, पर एक परानी दे रहा हूँ। इसे अपने बेटे की तरह ही पालना।'' रामशरण ने बाप की बात सिर-आँखों पर ले ली थी और उसकी पहली पत्नी ने भी जीतू को अपने जाये बेटे की तरह माना-जाना था। लेकिन जब उसकी पहली पत्नी भी जीतू का हाथ रामशरण के हाथों में सौंपकर और, ''यह मेरी कोख ही का लाल है, इसे परान से भी ज़्यादा समझना,'' कहकर चल बसी थी, तो रामशरण का धैर्य टूट गया था। उसे रात-दिन जीतू की चिन्ता सताया करती थी। पहले तो उसने यह तय कर लिया था कि वह अब शादी ही नहीं करेगा, कौन जाने कैसी बहू आये और जीतू से उसकी पटे, न पटे। पर जब डोभी के पटिहार दादा ने उस ग़रीब की दुर्दशा बतायी और लड़की के गुणों की बहुत प्रशंसा की, तो वह शादी पर राजी हो गया। फिर भी उसने पटिहार दादा से कह दिया था कि, ''दादा, दूसरी शादी में जो होता है, वह सब मुझे मालूम है। मैं जीतू के कारण ही शादी नहीं कर रहा था, इसका ध्यान ज़रूर कर लें, नहीं तो मुझे नरक में भी जगह नहीं मिलेगी।''

शादी के पहले रामशरण को एक और आपत्ति का सामना करना पड़ा था। उसके मँझले भाई ने अलगा-गुज़ारी करते समय नाबालिग़ जीतू के हिस्से का भी आधा चाहा था और रामशरण इस पर तैयार भी हो गया था कि चाहे जगह-ज़मीन सब ले लो, पर जीतू को मैं नहीं छोड़ सकता। अन्त में पंचायत ने जीतू का हिस्सा रामशरण ही के पास कर दिया था। पर गाँव में प्रायः यह बात उठती थी कि रामशरण ने अच्छा हिस्सा दबा लिया। बेचारे लड़के को बहकाकर, कैसा बेवकूफ़ बनाये हुए हैं।

यह ज़रूर था कि द्रौपदी को ब्याह कर घर लाने के बाद, रामशरण का कलेजा काँप उठा था। जाने कैसे निभेगी इसकी जीतू के साथ! लेकिन पहले ही दिन की देखा-देखी के बाद, जीतू का द्रौपदी के पैर छूना और उसका जीतू को खींच अपने पास कर लेना, देखकर रामशरण का सीना ख़ुशी से फूल उठा था, आँखें भर आयी थीं और पहली पत्नी की तस्वीर उसकी आँखों में घूम गयी थी।

बहुत सबेरे जब धुँधलका नहीं फूटा होता, जब चिड़ियाँ अपने कोटरों में चूँ-चूँ करती होतीं—रोशनी के इन्तज़ार में या अपने नन्हों को प्रबोधने में, तो पूरब के घर से महीन, टूटता हुआ-सा स्वर कानों में पड़ता, जननी मैं न जियों बिनु राम...

रामशरण जैसे चैंककर उठ खड़ा होता। तभी बाल्टी खट से बोलती और कोई जैसे बड़ी उतावली में कहता, "कुछ काम-धाम का भी धियान रहता है या बस सोना-ही-सोना होगा रात-दिन। जानते हो, जीतू को सबेरे स्कूल जाना होता है। अभी दूध गरम भी तो करना होगा। कल निगोड़े मास्टर ने तनिक-सी देर होने पर उसके कान उखाड़ लिये थे। शाम ही से उदास पड़ा था। पहले तो बोलता ही न था, पर मैंने देखा तो उसके कान लाल हो गये थे। रात- भर हलका-हलका बुखार रहा। आज पूछूँगी निगोड़े से कि बच्चे का मुँह भी देखा है कि पीटना ही जानता है। मैं तो आज उसे स्कूल नहीं भेजूँगी। भाड़ में जाय ऐसी पढ़ाई। कौन यहाँ डिप्टी-दारोग़ा होना है। देह बनी रहेगी तो बहुत पढ़ाई हो जायगी।"

द्रौपदी ने जीतू को समझने में ग़लती नहीं की थी, पर वह अभी ब्याह कर आयी थी, बार-बार उसकी आँखें भर आतीं और जीतू जैसे परेशान हो जाता। प्रायः वह पूछता, "भैया ने कुछ कहा तो नहीं, भाभी? मैंने तो कुछ नहीं किया, तुमने मुझे डाँटा भी तो नहीं, भाभी! मैं खाना भी तो खा रहा हूँ। क्या बात है, भाभी?" वह सवालों की झड़ी लगा देता और द्रौपदी उसके प्रेम में विभोर हो जाती।

"कुछ नहीं बबुआ, वह सुमित्र है न, जिसे तुमने देखा था, बड़ी नटखट है। माँ को बड़ा परेशान करती है। मुझी से मानती थी, मुझी से खाती थी। जब मैं तुम्हें खिलाती हूँ, उसकी याद आ जाती है।" द्रौपदी बड़े स्नेह से कहती और जीतू का सिर अपनी गोद में खींच लेती। "कैसा सूखा-सूखा-सा चेहरा हो गया है। धूल-माटी में खेलकर तुमने क्या हालत बना ली है। चलो उबटन लगा दूँ।" और द्रौपदी उसे चटाई पर बैठाकर उबटन लगाने लगती। पर जीतू जैसे कुछ खो-सा जाता, उदास हो जाता,

क्योंकि उसे लगता, जैसे भाभी के मन में कहीं दुःख है और वह पूछने लगता, "तो सुमित्र को यहीं बुला न लो भाभी, क्या हर्ज़ है? कहो तो मैं ही जाकर लाऊँ।"

"अभी नहीं, लाला। थोड़े और बड़े हो जाओ, तब दूल्हा बनकर जाना।" द्रौपदी ज़रा हँसकर कहती और जीतू शरमा जाता।

इधर जीतू की परेशानियाँ भी कुछ बढ़ती जा रही थीं। द्रौपदी प्रायः दूध में रोटी डालते समय उसे धोखा दे जाती थी। "बस दो ही डाली है, तनिक-सी तो है, कल-कल के बच्चे आठ-आठ रोटियाँ खा जाते हैं। आख़िर देह में ज़ोर कैसे आयेगा।" और वह पाँच-छह रोटियाँ डालकर जीतू को खिला देती।

देवराज-बो द्रौपदी से मिलने आयी थीं। रामशरण बैठके में बैठा था। घर से निकली तो जैसे बहुत नाराज़, कुछ भुनभुनाती हुई चली गयीं। रामशरण को सन्देह हुआ, पर उसने ध्यान न दिया। दूसरे ही दिन सुना तो आँगन की डरवाड़ के पास मँझले भाई की बहू से वह कह रही थीं, "बड़ी इतमानी बहू है, बहिनी? जैसे दूध-भात उसी के घर में तो है! अभी तो कल की आयी है। बंस न बरखा, दूसरे के बेटे पर इतना गुमान है, तो अपना होगा तो न जाने क्या करेगी।"

"क्यों होने ही लगा, मइया। भाई का हक मारकर कभी कोई फूला-फला है!" मँझले भाई की पत्नी कह रही थीं।

रामशरण को बुरा लगा। उसे सन्देह हुआ, कहीं द्रौपदी ने कुछ कहा तो नहीं उन्हें। और वह सीधे द्रौपदी के पास पहुँचा। वह जीतू के कुर्ते में बटन टाँक रही थी, पल्ला ज़रा खींचकर खड़ी हो गयी।

"यह सब मैं क्या सुन रहा हूँ, लोग कहते हैं, तुम ठीक व्यवहार नहीं करती।" रामशरण ने कुछ गुस्से में कहा।

"मैं बुरा व्यवहार करती हूँ? नहीं तो!" द्रौपद्री को जैसे झटका लगा हो। उसने सुई चलाना बन्द कर दिया।

"तब यह देवराज-बो क्या कह रही थीं?

"अरे हाँ," द्रौपदी के सलज्ज चेहरे पर हँसी दौड़ गयी, कल वह आयी थीं, तो मैं जीतू को खिला रही थी। बारीवाली मैया ने बताया था कि बड़ी नज़रही हैं वह, सो मैं जीतू को लेकर घर में चली गयी। एक फूल का ऊँची बारी का कटोरा न ला दो, उसमें खिलाते समय कोई देख न सकेगा। कहीं नज़र-वज़र लग जाये तो वह भी एक झंझट।"

रामशरण कुछ न कह सका। चलने लगा, तो द्रौपदी ने पीछे से बुलाया, "अरे सुनो तो!"

रामशरण खड़ा हो गया।

"जीतू के पास कोई कपड़ा नहीं है, मैंने अपनी वह चारखानेवाली नयी धोती फाड़कर दो कुर्ते बनवा लिये हैं। एक-दो धोतियाँ न ला दो!"

"अभी पैसों की बड़ी कमी है, इधर ब्याह-शादी में कुछ लग गया और लगान भी अभी बाक़ी है। फिर कपड़ों की ऐसी क्या ज़रूरत है, किसानों के घर में लड़के ऐसे ही रहते हैं।"

"नंगे जो घूमते हैं, घूमें! यह लो पाँच रुपये हैं मेरे पास, माँ ने तीज पर भेजे थे। इसी से मँगा दो।"

"रखो, रखो उसे, दो पैसे पास में रहेंगे तो काट थोड़े ही खायेंगे। अभी कपड़ों की ज़रूरत नहीं, जाड़ा-वाड़ा आयेगा, तो देखा जायेगा।" कहता हुआ रामशरण चुपचाप चला गया।

इधर धीरे-धीरे जीतू के कड़े बालों में चिकनाई आने लगी। हाथ पैर में रोज़ उबटन, सिर में तेल, पैर में जूते, साफ़ धोती-कुर्ता। जीतू जिधर से निकलता, गाँव में उसी की चर्चा रहती। कोई कहता, "रामशरण अच्छी बहू ब्याह लाया, भाई! अपनों का भी कौन इतना ध्यान रखता है, देखो न, किसका लड़का यहाँ ऐसे रहता है, बड़े-बड़े लोग तो अपने को बनते हैं, पर बच्चों के पैर में जूते तक नहीं जा पाते।"

कोई मन गिरा कर कहता, "अरे भाई, मन्दिर के पुजारी की लड़की है, ज़िन्दगी-भर यही सब तो किया-दिया है। क्यों न ज्ञान बघारे लोगों के ऊपर। कहीं किसानों के बच्चे इस तरह रहते हैं! देखना, शोहदा हो जायेगा, शोहदा!"

जीतू के कानों में यह बात पड़ती तो वह शर्मिन्दा हो जाता। इसलिए इधर जब द्रौपदी उसे कपड़े-लत्ते पहनाकर, बाल काढ़ने लगती, तो वह कुछ जल्दी-जल्दी में उससे दूर होना चाहता और घर से बाहर होते ही अपने बालों को बिगाड़ लेता। लेकिन इतने पर भी स्कूल में लड़के उसे गन्दी-गन्दी बातें कहकर चिढ़ाते और उसके बालों में धूल और कपड़ों पर स्याही डाल देते। जीतू बिगड़ता, तो लड़के उसे तरह-तरह से परेशान करते। कभी कोई चिढ़ाता, तो कभी सब मिलकर उससे बोलना ही बन्द कर देते। स्कूल के रास्ते पर वह अकेले ही चलता, कोई लड़का उससे बोलना पसन्द न करता।

पड़ोसी का लड़का चन्दर बड़ा बदमाश था और जीतू से बहुत जलता था। उसने लड़कों से राय की कि जीतू को बहकाकर कबड्डी खेलवायी जाय, वह भी नथुआ के ढेलेवाले खेत में। जब वह दाव देने आये तो पकड़कर ख़ूब रौंद दिया जाये। जीतू बच्चों के साथ खेलने को उत्सुक रहता था। यदि कोई उससे प्रेम से बोल देता, तो उसके पीछे लग जाता। इधर दो दिनों से चन्दर जीतू के पीछे पड़ा रहता। द्रौपदी ने रामशरण की चोरी जीतू के लिए दो धोतियाँ मँगवा ली थीं। जीतू को उसने धोती, चारखानेवाली डोरिया का कुर्ता पहना दिया था, जूते साफ़ कर दिये थे, बालों में तेल डाल दिया था। जैसे ही द्रौपदी जीतू को लेकर बाहर छोड़ने आयी, चन्दर दीख गया। चन्दर उसे एक आँख न भाता। उसने जीतू को रोक लिया। कुछ देर बाद उसे घर के बाहर छोड़ा, तो दरवाज़े पर खड़ी देखती रही। जब जीतू आँख से ओझल हो गया, तो वह घर में लौटी।

रामशरण मुक़दमे के काम से कचहरी गया था। द्रौपदी एक पुरानी धोती जीतू की लगदी पर चढ़ाने लगी, पर उसका मन नहीं लग रहा था। एक बार सोचा, खाना बना ले, पर फिर पति के न रहने से उसका जी नहीं हुआ। उसने आँगन की धूप देखी, दिन चढ़ता जा रहा था। दीवार का वह निशान अभी दूर था, जब जीतू स्कूल से लौटता। उसने सोचा, कुछ पहले ही खाना बना लूँगी तो दोनों साथ ही खा लेंगे। तब तक ओ भी तो आ जायेंगे।

आख़िर लगभग दो बजे, उसने आग जलायी और जीतू के घर लौटनेवाले धूप के निशान के पहले ही उसने खाना बना लिया। जीतू प्याज की पकौड़ी और कोई मीठी चीज़ खाना पसन्द करता है। घर में गुड़ नहीं था। उसने कई गगरियों में हाथ डाला, कुछ न मिला, तो किसी से दुकान से गुड़ मँगवाया। गुलगुले भी बनकर तैयार हो गये। पर जीतू नहीं लौटा। पहले तो उसे चिन्ता नहीं हुई, पर जब दिन ज़्यादा ऊपर चढ़ गया, तो वह बेचौन हो उठी। बार-बार घर के बाहर जाती, लौटती। सामने चन्दर अपनी गायें चरा रहा था, पर उसे वह बुलाना नहीं चाहती थी। और भी बच्चे तो स्कूल से आये होंगे। उसने बारीवाली मैया के बेटे को बुलवा भेजा। उसने बताया कि जीतू आज स्कूल नहीं गया था।

''स्कूल नहीं गया था!'' जैसे द्रौपदी के ऊपर वज्र गिर पड़ा। बोली, ''स्कूल नहीं गया था, तुम जानते हो? तुमने नहीं देखा उसे, ठीक कहते हो?'' द्रौपदी के माथे की नसें फूल आयीं। वह घर से निकल पड़ी। सामने ही चन्दर था। उसने पूछा, ''तुमने जीतू को कहीं देखा?''

''नहीं तो, मैं क्या जानूँ उसे।'' चन्दर ने झटके से उत्तर दिया और अपनी गाय हाँककर आगे बढ़ गया।

कई लोगों ने द्रौपदी को समझाया, आता ही होगा, कहीं चला नहीं जायेगा। फिर कोई बच्चा तो है नहीं, दस-बारह बरस का हुआ, थोड़ी देर और देख लो।

लेकिन द्रौपदी को चौन नहीं आया। उसने रामशरण के एक मित्र को जो गाँव के दूसरे छोर पर रहते थे, बुलवा भेजा और किवाड़ से पर्दा करके जीतू को स्कूल तक देख आने-को कहा। वह हँसने लगे। द्रौपदी को बड़ा बुरा लगा। बोली, ''आप नहीं जानते, रास्ते में दो-दो पोखरे पड़ते हैं। कहीं फूल तोड़ने न चला गया हो। पैर सरक जाने से फिर कहाँ पता लगेगा। वह दर्जिया के पीपरवाला कुआँ भी बड़ी कुजगह पर है। आप ईश्वर के लिए चले जाइये।''

जब वह जाने लगे, तो द्रौपदी ने उन्हें फिर रोका, ''देखिये रास्ते में वह महरी रहती है न, वह जीतू को जानती है? उससे ज़रूर पूछ लीजियेगा।''

वह जैसे ही कुछ दूर गये होंगे कि महरी जीतू का हाथ पकड़े आती दिखायी पड़ी। उसका कुर्ता फटकर चिथड़ा हो गया था और पैर की एक अँगुली से ख़ून बह रहा था। माथे की नसें चढ़ी हुई थीं और आँखें लाल हो गयी थीं। द्रौपदी ने जीतू को अपनी

गोद में कस लिया। उसकी आँखों से आँसू बहने लगे और जीतू भी हुचक-हुचककर रोने लगा।

महरी ने बताया कि ये चन्दर वगैरा के साथ नथुआ के ढेलहे खेत में आज दिन-भर कबड्डी खेलते रहे। उसी खेत में इन्हें पटककर उन सबों ने घसीट दिया है। देखती हैं न इनकी दसा? जब छोटे मास्टर इन लोगों की खोज में वहाँ पहुँचे, तो सब तो भाग गये, बेचारे यही पकड़े गये और उन्होंने कनइल की छड़ी से इन्हें ख़ूब पीटा है। वह तो कहो मैं पहुँच गयी, नहीं तो बेचारे की न जाने क्या हालत हो जाती। और महरी ने जीतू का कुर्ता पीठ पर से उठा दिया। गहरी काली लकीरों से पीठ सूज गयी थी। कहीं-कहीं तो छड़ी धँस गयी थी।

द्रौपदी देखते ही चीख उठी। उसने आँखें बन्द कर लीं और देर तक रोती रही। आसपास की कितनी ही औरतें जुट गयीं और बदमाश लड़कों और मास्टर को अँगुली तोड़-तोड़कर गालियाँ देने लगीं। काफ़ी समझाने-बुझाने पर द्रौपदी सँभली, तो उसने जीतू के कपड़े बदलवाये, उँगली में पट्टी बाँधी और पीठ पर हल्दी लगाकर उसे चारपाई पर सुला दिया और बिना खाये-पिये उसके सिरहाने बैठी, उसे देखकर रोती रही। इसके बाद से जीतू का स्कूल जाना बन्द हो गया। रामशरण ने बहुत समझाया, पर द्रौपदी के आगे उसकी एक न चली, उलटे उसे यह भी सुनना पड़ा कि, "तुम तो चाहते हो कि वह इसी तरह पिटता-पिटता एक दिन कुएँ-तालाब में डूब मरे। कौन जाने इन बदमाश लड़कों को, किसी दिन गला ही दबा दें खेल-खेल में। मैं अब स्कूल नहीं जाने दूँगी, कोई चाकरी थोड़े ही करनी है किसी की, अपनी खेत-बारी देखेगा, यही बहुत है।"

"पर तुम खेत-बारी देखने दोगी तब तो! आज भींग गया, कल घाम लग गया, परसों बुखार लग गया, पचासों बहाने तो हैं तुम्हारे पास। जैसा रुचे वैसा करो!" रामशरण ने जैसे अपने को अलग करते हुए कहा।

द्रौपदी को यह बात अच्छी नहीं लगती। रामशरण जीतू से इस प्रकार का अलगाव दिखाता, तो वह दुःखी हो जाती। कहती, "हाँ, घर-द्वार से तुम्हें क्या मतलब!"

और जब रामशरण बड़े प्रेम से द्रौपदी के सिर पर हाथ फेरकर उसे अपने पास खींचकर कहता, "द्रौपदी, कुछ काम-धन्धा भी सिखाओ अपने लाल को। कभी-कभी खेत ही भेज दिया करो, मेरे साथ।" तो द्रौपदी का गुस्सा अपनी सीमा पर पहुँच जाता। कहती, "तुम तो गृहस्ती की चक्की में अभी से उसे पीस देना चाहते हो। किसी तरह उसे फँसाकर, ख़ुद घूमने-फिरने की आज़ादी की फिकिर में हो। अभी न ब्याह, न दान, कल का लड़का, ठीक से बोलना भी नहीं जानता। ज़रा-सी मेहनत पड़ती है तो देह गरम हो जाती है। बड़े चले खेती कराने!" और वह जैसे पराई-सी उसके हाथों को झिटककर दूर खड़ी हो जाती।

रामशरण कभी भी देर तक इन बातों पर नहीं सोचता था। उसके मन में चारों ओर सुख व्याप्त था, जैसे यह सब उसके मन ही का तो हो रहा है। पर जीतू की पढ़ाई बन्द हो जाने से उसकी चिन्ता बढ़ गयी थी। और अब बेकार जीतू के इधर-उधर घूमने और देर-देर तक बाहर रहने से वह चिन्ता, उदासीनता में बदलती जा रही थी।

द्रौपदी की सौंह पाकर जीतू गाँव में किसी को नहीं सेटता। बड़की कोट के बाबू रामशरण के अपने यजमान हैं, बड़ा मान-जान है रामशरण का वहाँ। पर जीतू ने एक दिन उनके लड़के से लड़ाई कर ली, दोनों की कुश्ती भी बद गयी। वह अपने घर में एक अखाड़ा चलाता है, फिर जीतू ही क्यों बाज आये। उसने भी एक अखाड़ा खोल लिया और कसरत-कुश्ती का नशा उसके दिमाग़ पर सवार हो गया। द्रौपदी भी कब पीछे रहनेवाली थी; दूध की मेटकी और गिलास लेकर अखाड़े तक पहुँच जाती। जीतू को जिताना जो था ज़मींदार के लड़के से। रात को औंटे हुए दूध के ऊपर का मलाईदार हिस्सा जीतू को ज़बरदस्ती गले के नीचे उतारना होता। ऊपर से हनुमान जी को सवा सेर लड्डू और काली माई को लहँगा-चुनरी की मनौती।

पचैंया के दिन बड़े स्नेह से आशीर्वाद देकर जीतू को द्रौपदी ने विदा किया। और घर के चौकठे पर हनुमान जी और काली माई का स्मरण करते हुए बैठी रही। उधर सारा गाँव एक बहुत बड़े बाग़ में जमा था। कहीं कबड्डी, कहीं बदी और कहीं सुर्रा की ध्वनियों से आकाश गूँज रहा था। वर्षा का स्वागत करनेवाले इन युवकों के शरीर पर जवानी खेल रही थी। ठाकुर साहब भी मैदान में डटे थे पर उन्हें ख़बर कहाँ कि आज जीतू और उनके लड़के की कुश्ती होनेवाली है। नौजवानों ने जीतू को देखते ही आवाज़ दी, "आ गया शेर! आज हो जाय फ़ैसला, जै बजरंग बली की!"

और जीतू लँगोट बाँधकर अखाड़े में उतर गया। उधर से ठाकुर साहब का लड़का भी चमकती छींट की कसी चड्ढी चढ़ाये मैदान में आ गया। रामशरण पसोपेश में पड़ गया। उसने ठाकुर की ओर देखा और ठाकुर ने उसकी ओर, पर कोई बात न हुई। आँख मारते दोनों किशोर पहलवान अखाड़े में जुट पड़े। देह जीतू की बहुत कम थी। ठाकुर के लड़के ने उसकी गरदन पकड़कर खींची तो जीतू के घुटने ज़मीन पर टिक गये; पर वहीं से जीतू ने उसके हाथ पकड़, घूमकर वह दाँव मारा कि ठाकुर का लड़का चारों ख़ाने चित। चारों ओर ख़ुशी की आवाज़ गूँज गयी। ठाकुर का मन दुःखी हो गया। रामशरण को हँसी आयी, पर ठाकुर को दुःखी देख, उसकी हिम्मत छूट गयी। तब तक जीतू दौड़ता आया और रामशरण के पैर छूकर, अपनी गोल में भाग गया।

उस दिन रामशरण बड़ा दुःखी हो गया। घर लौटा, तो द्रौपदी की ख़ुशी देखकर उसे बड़ी ग्लानि हुई। पहले तो वह कुछ बोला नहीं पर बातों-बातों में उससे द्रौपदी का बड़ा झगड़ा हो गया।

रामशरण को यही दुःख था कि द्रौपदी को दीन-दुनिया का कुछ भी ख़याल नहीं रहा। आख़िर गाँव में बड़े लोगों से दुश्मनी मोल लेकर वह कैसे रहेगा। कल बड़ा होने

पर जीतू भी उससे अलग हो जायेगा, तो उसका क्या होगा। उसने यह भी कहा कि मैंने बड़ी दुनिया देखी है, हाथ-पाँव होने पर कोई किसी का नहीं होता। जीतू ने जो तमाशा गाँव में खड़ा कर रखा है, उससे हमारे दुश्मनों को अपना काम साधने में कितनी आसानी हो रही है और बड़े ठाकुर...उन्हीं का जोत-पोत करके तो...कहते-कहते रामशरण बहुत दुःखी हो गया और बिना खाये ही सो गया। जीतू को भी भाई की यह सारी बातें सुनकर बड़ा दुःख हुआ। आज पहली बार उसे लगा, जैसे वह भाभी का अपना लड़का नहीं है और वह नाराज़ होकर घर में जा पड़ा। फिर रात को देर तक घर छोड़कर भाग जाने की, भाभी के स्नेह की, भाई के व्यवहार की बातें सोचता रहा— भाभी ने चोरी-चोरी अपने सभी गहने बेच दिये हैं, मेरे ही लिये न, मेरे ही आराम के लिए न! आख़िर मैं क्यों उनकी सभी बातें मान जाता हूँ। वे जैसे रखती हैं, वैसे रहता हूँ। अब नहीं होगा यह सब। अब कभी भी वह भाभी की बात नहीं मानेगानिहीं ...नहीं!—वह चीख पड़ा और अपने हाथों से अपनी आँखें दबाये फफक-फफककर रोने लगा। द्रौपदी उसके सिरहाने खड़ी थी। उसके हाथों को अलग करना चाहती थी, पर जैसे वह पत्थर हो और एक ही बात "नहीं...नहीं..." उसके मुँह से निकल रही थी।

द्रौपदी सारी रात जागती रही पर जीतू खाना खाने न उठा, न सो ही सका।

दूसरे दिन सबेरे ही जीतू घर से बाहर चला गया। द्रौपदी ने उसे रोका, बहुत समझाया पर उसके ऊपर कोई प्रभाव नहीं पड़ा, उलटे वह अब द्रौपदी की बातों का प्रतिवाद भी करने लगा। द्रौपदी जब खाना खिलाते समय, उसकी थाल के पास बैठती, तो वह ज़ल्दी-ज़ल्दी खाना खाकर उठ जाता। कभी परसी थाली छोड़कर चला जाता। द्रौपदी ने बहुत समझाया, "वे तुम्हारे बड़े भाई हैं न, जीतू! अगर कभी कुछ कह ही दिया, तो उसे सह जाना चाहिए, बबुआ! अभी तो तुम बच्चे हो, इस तरह रहोगे तो कैसे चलेगा?" द्रौपदी बहुत दुःखी होकर कहती और उसके सिर पर हाथ फेरना चाहती, पर जीतू उसके हाथ हटाकर अलग हो जाता।

"चलने की कौन बात है, भाभी? मैं ही तो हो गया हूँ भार तुम लोगों के सिर पर। जी में आता है कहीं सब छोड़-छाड़कर चला जाऊँ, पर तुम...तुम क्यों नाहक मेरे पीछे परेशान होती हो!" कहते-कहते उसका गला भर आता और वह जल्दी -जल्दी घर से बाहर चला जाता।

जीतू की ये बातें सुनकर द्रौपदी का कलेजा फट जाता। वह सोचती, जाकर रामशरण के पैरों से चिपट जाय कि जीतू को सँभालो, उसे समझाओ, वर्ना कहीं चला जायेगाः पर रामशरण का रुख़ देखकर उसकी हिम्मत छूट जाती।

जेठ का महीना आ गया था। धूप बढ़ती जा रही थी। सुबह से ही लू चलने लगती थी। किसान जल्दी-जल्दी अपना खलिहान निबटाने में लगे हुए थे। जीतू दिन-दिन-

भर दँवरी चलाया करता था। कभी मन में आता तो आकर खा जाता, नहीं तो वैसे ही रह जाता। द्रौपदी कभी खाना किसी से भेज देती, कभी उसी तरह चौके में बैठी-बैठी उसकी बाट जोहती। ऊपर से रामशरण उसे डाँटता, तो वह रोती और जाकर सो रहती।

एक दिन दोपहर को जीतू एक बड़े खाँचें में भूसा भरे खलिहान से लौट रहा था। बोझ रास्ते में बिगड़ गया। उसके सिर की पगड़ी कुछ खिसक गयी थी। उसकी गर्दन झुकी जा रही थी। पर वह घर को क़रीब समझकर बोझ गिराना नहीं चाहता था। दरवाज़े पर आते ही उसे देखकर मँझले भाई की स्त्री ने दौड़कर बोझ थाम लिया और कहने लगी, ''किसके लिए यह कलेजा फाड़ रहे हो, बबुआ! न मेहर, न लड़िका, कहाँ तक करोगे! यही तो कहते हैं कि दो पकी रोटियाँ खिलाकर एक मजूर की तरह काम ले रहे हैं?''

मँझला भाई घर से निकल आया था, कहने लगा, ''हमेशा ऐसे ही रहेगा यह, जिसे अपने हक का ध्यान नहीं, वह क्या कर सकता है दुनिया में!''

द्रौपदी के कान में यह बातें पड़ गयीं। वह जीतू को आया समझकर दौड़ी हुई बाहर आयी, तो ईंट के झरोखे से देखा कि मँझली बहू अपने आँचल से उसके माथे का पसीना पोंछ रही है, और कह रही है, ''जाओ, तुम्हारी भाभी ने मालपुआ बना रखा होगा, खाकर फिर...'' वह कहती ही जा रही थी कि जीतू ने उसका हाथ झटक दिया। ''इसीलिए इतनी ममता दिखा रही हो क्या?'' वह बुदबुदाता हुआ अपने घर में घुस गया। द्रौपदी जीतू की बात सुनने से पहले ही वहाँ से हट गयी थी। उसके मन में एक भयानक तूफ़ान उठ रहा था। इसलिए जब जीतू घर में घुसा, तो उसने अपने घर की अरगनी अन्दर से चढ़ा ली। जीतू ने बड़ी आवाज़ लगायी, कई बार पुकारा, तो वह निकली। जीतू ने उसे अनमनी देखा, तो उसका मन बड़ा दुःखी हुआ, पर जैसे-तैसे दो-एक रोटियाँ निगलकर वह फिर खलिहान की ओर भाग गया।

उसी दिन शाम को द्रौपदी को बुखार हो आया। घर कोई नहीं था। वह बड़ी रात गये तक अपने अँधेरे घर में बड़बड़ाती पड़ी रही, ''यह जीतू को क्या हो गया है...कैसी बातें कर रहा था वह, उन लोगों से... जाने कब से आया हुआ था...यह तो वह जानता है न कि भाभी बिना उसके खाना नहीं खाती...यह तो जानता है न...यह तो...'' वह अँधेरे में घुटी जा रही थी।

काफ़ी रात बीते रामशरण जला-भुना-सा आया, तो द्रौपदी को खोजता फिरा। जब वह मिली, तो बिना उसकी हालत पूछे ही सुनाने लगा, ''रानी जी, आराम कर चुकी हों, तो कान खोलकर अपने लाड़ले की करतूत का नतीजा सुन लो। ठाकुर का कारिन्द आया था, परवाना दे गया है वे सारे खेत छोड़ देने होंगे, जो ठाकुर ने दिये हैं और लगान के बाक़ी दो सौ रुपये भी सात दिनों में दाख़िल कर देने होंगे, वर्ना मकान कुर्क कर लिया जायगा। कहो, अब तो मन भर गया न दुलार से।''

द्रौपदी जैसे किसी पत्थर के नीचे दब गयी हो, बोली, ''तो तुम यह सब कह रहे हो...बोलो...बोलो, बोलते क्यों नहीं?''

द्रौपदी रामशरण के पैरों से सट गयी थी। रामशरण उसकी हालत देखकर चैंक उठा। बोला, ''यह क्या हो गया तुम्हें? अरे।''

उसने उसका माथा हाथ से छुआ तो बड़ा तेज़ बुखार चढ़ा हुआ था। बोला, ''कुछ नहीं...कुछ नहीं, सब ठीक हो जायगा। तुम सो जाओ। देखो, मैं जीतू को बुलाये देता हूँ।''

और द्रौपदी को चारपाई पर लिटाकर जैसे ही वह बाहर निकला, जीतू दहलीज़ में खड़ा था। रामशरण को देखा तो धीरे से बाहर चला गया। रामशरण के जी में आया कि उससे कुछ कहे, पर फिर ठाकुरवाली बात उसे याद आ गयी और वह सीधे घर से बाहर हो गया।

धीरे-धीरे कई दिनों में द्रौपदी कुछ अच्छी हुई, पर जीतू को उसने एक बार भी अपने पास नहीं बुलाया। कुल ले-देकर उसके गले की एक सोने की हँसली ही तो बच रही थी, सो बेच-खूचकर उसने ठाकुर का लगान दिलवा दिया और रामशरण से कह दिया कि वह जाकर ठाकुर से माफ़ी माँग ले। ठाकुर ख़ुद बाप-दादों की दी हुई इस ज़मीन को लेना नहीं चाहता था, इसलिए मान गया, पर रामशरण के मन में जीतू के व्यवहार के प्रति दुःख बढ़ता गया।

उस दिन शाम को द्रौपदी की तबीयत कुछ भारी थी, पर खाना तो बनाना ही था और लकड़ी का एक तिनका भी घर में नहीं था। जीतू खेतों की मेंड़ ठीक करके घर लौटा था। उसे कुछ भूख-सी लग आयी थी। घर पहुँचकर जैसे ही उसने कन्धे पर से कुदाली उतारी, द्रौपदी ने कहा, ''घर क्या हो गया, नरक, न एक लकड़ी, न एक फाटा, कैसे बनाऊँ खाना। अपना हाथ-पैर थोड़े ही लगा दूँगी चूल्हे में।''

जीतू को लगा जैसे भाभी मुझे ही कह रही हैं, इसलिए उसे कुछ झुँझलाहट हुई। बोला, ''कहाँ सूखी लकड़ी मिलेगी, सभी लोगों के घर तो ठाला है, ईंधन का।''

द्रौपदी को यह बात लग-सी गयी। बोली, ''सो बात तो अलग है, जीतू ! जब ब्याहकर लाओगे, तो पता चलेगा। ऐसी ही हालत रही तो पेट पालना मुश्किल हो जायेगा।

और जीतू, भाभी का मुँह ताकता रह गया था।—क्या लोग जो कहते हैं, ठीक है? क्या सचमुच भाभी मुझे अपने से अलग समझती हैं? इतने दिनों से मुझसे बोली नहीं। मैं कितना नीच हूँ कितना, उफ!—उसका धैर्य छूट गया और वह अपने मन में निश्चय करके घर से बाहर निकल गया।

उस दिन रात जब द्रौपदी चौके में बैठी-बैठी सोच रही थी, तो उसके मन में स्नेह की एक ऐसी व्यापक भूख थी कि वह संसार को भूल जाना चाहती थी। किसे पाये और पकड़कर खूब लड़े कि, ''तूने मेरे जीतू को मुझसे छीन लिया। तूने मेरे छाती के

लाल को मुझसे अलग कर दिया! और उसका मन मँझले भाई और उसकी पत्नी की नीचता से बिंध रहा था। वह सोच ही रही थी कि वे आयें, तो उनसे कह दे कि, जीतू का हिस्सा उन्हीं लोगों को दे दें, पर उन्हें समझा दें कि, मेरे जीतू को मुझसे क्यों फोड़ते हैं। पर रामशरण की ऊट-पटांग बातों से उसका मन और दुःखी हो गया। रामशरण ख़ुश था। उसे नयी आशा मिल गयी थी। वह ठाकुर के यहाँ से इतनी रात को लौटा था और ठाकुर ने लगान के दो सौ रुपये भी लौटा दिये थे।

आज द्रौपदी देर तक सोचती रही—जीतू कहाँ चला गया होगा। कहीं भाग तो नहीं जायेगा? तब मैं कहाँ पाऊँगी उसे? अभी तो कहीं पास ही होगा, ढूँढ़ने से मिल सकता है। दूर न गया होगा। चलूँ, इनसे कहूँ। वह उठी, चौखट तक गयी, पर उसकी हिम्मत न पड़ी। फिर वह अपने घर में लौट आयी। चारपाई पर बैठते ही उसे फिर डर लगा। "क्या होगा, अगर वह बाहर चला गया, तो क्या होगा?..." और धीरे-धीरे उसकी पलकें झँप गयीं, पर एकाएक वह चैंक पड़ी। "दौड़ो...दौड़ो। मेरे जीतू को...मेरे जीतू को..."

रामशरण उठ बैठा। उसने जाकर उसे सँभाला।

द्रौपदी जग गयी थी। उसने रामशरण से पूछा, "जीतू लौटा? अभी मैंने सपना देखा कि वह जोगी हो गया है, घर छोड़ गया है, सो मैं चौंक पड़ी।"

रामशरण ने उसे अपने सीने से सँभाल लिया था। उसने कहा, "सोचता हूँ कल जाकर सुमित्र को बुला लाऊँ, तुम्हारी हालत दिन-दिन बिगड़ती ही जा रही है, ऐसे ही बुखार रहा तो..."

"मैं भी यही सोचती हूँ, तुम कल ही चले जाओ। द्रौपदी ने कहा और फिर सोचते-सोचते रात के अँधेरे में खो गयी।

द्रौपदी की हालत दिन-दिन ख़राब होती जा रही थी। पहले शाम को बुखार आता था और सुबह उतर जाता था, पर अब चौबीसों घण्टे बना रहने लगा। कभी-कभी बुखार इतना बढ़ जाता कि वह बेहोश हो जाती और ऊल-जलूल बकने लगती। जो लोग उससे मिलने आते, उनसे यही कहती, "अब जा रही हूँ बहिनी...अब मेरा जीवन ..." और उसकी आँखों में जीतू नाच उठता, पर दूसरे ही क्षण उसके चेहरे पर द्वेष के भाव उमड़ आते और वह सुमित्र से कहने लगती, "सुमित्रा! देख, दरवाज़ा लाँघकर, उधर कभी मत जाना। उन लोगों का कोई ठिकाना नहीं..."

सुमित्रा सुनती और उसका माथा सहलाने लगती। "जीजी! बोलो नहीं, बहुत बुखार है, वैद्य जी ने मना किया है।"

"भाड़ में जाय तेरा वैद्य! अब मुझे जीना थोड़े ही है, अब क्या रहा पगली!"—और एक कृत्रिम मुस्कराहट उसके चेहरे पर खेलने लगती। जैसे वह स्वर्ग को चिढ़ा रही हो। फिर क्षण ही भर बाद सुमित्र से पूछती, "तुमने जीतू को देखा है। सुना है,

उनके घर में खाता-पीता है। मेरी बीमारी सुनकर भी तुमसे कुछ नहीं पूछता?''

और जैसे ही सुमित्रा कुछ कहना चाहती, वह बीच ही में टोक उठती, ''रहने दे, रहने दे, मुझे किसी की कोई ज़रूरत नहीं। पर देख तू न जाना उधर कभी!''

सुमित्रा चुप हो जाती।

एक दिन सुमित्रा कुएँ पर पानी लेने गयी, तो देखा कि पीछे से जीतू भी चला आ रहा है। वह बग़ल में खड़ी हो गयी। जीतू के हाथ में माटी की एक गगरी थी और दूसरे में सना हुआ आटा लिपटा था। सुमित्रा को देखकर उसने कहा, ''चलो न, मैं पानी भर देता हूँ।''

सुमित्रा पीछे-पीछे चली। उसके आटे में सने हाथ देखकर उसे हँसी आ रही थी। बोली ''तो पिसान भी सानने का काम तुम्हीं करते हो जीतू?''

''हाँ सुमित्री! पेट बड़ा अधम है। कई दिनों तक तो यही सोचता था कि नहीं खाऊँगा, वैसे ही रह जाऊँगा। पर तब आशा थी, कहीं से उम्मीद थी, लेकिन अब मेरा आटा कौन सानेगा? जब माँ से बढ़कर, मेरी भाभी ही मुझसे रूठ गयीं।''

कहते-कहते जीतू बच्चों की तरह रो पड़ा। सुमित्रा का भी दिल भर आया। वह वैसे ही खाली गगरी लेकर लौट गयी और द्रौपदी के सीने से सटकर रोने लगी। जब द्रौपदी ने बहुत पूछा, तो उसने सारी बात कह डाली।

दुर्बल द्रौपदी पागल हो उठी—लड़खड़ाती, गिरती-पड़ती किसी तरह मँझले भाई की दहलीज़ तक पहुँची। जीतू चूल्हे में सिर गाड़े, सिसक-सिसककर गीली लकड़ी फूँक रहा था। उसके आटे से सने हाथ राख से भर गये थे। द्रौपदी का कलेजा पिघल गया। उसने एकाएक पुकारा, ''जीतू! मेरे लाल...'' और जीतू जैसे काठ-सा उसकी ओर देखता रह गया।

हरामी के बच्चे

—ज़रा-सी बात पर...लेकिन सभी बातें तो ज़रा-सी ही होती हैं। ज़रा-से देर में साँसों के धागे टूट जाते हैं। बड़े-बड़े ज़ालिम लोग धूल में नाक रगड़ने लगते हैं। ख़ून के फ़व्वारे...! फिर वही ख़ून, मैं हमेशा के लिए भूल जाना चाहता हूँ। मैं कोई ख़ूनी हूँ, मैंने किसी आदमी को मारा है? नहीं, नहीं बिलकुल नहीं। मैंने तो एक जानवर को—पागल जानवर को...

—क्यों लाल हो गया है, यह अँधेरा? इसका रंग तो काला होता है! मुझे कुछ दिखायी नहीं पड़ता। मेरी आँखें ख़राब हो गयी हैं, इन पर पाप छा गया है—एक ब्राह्मण को मार डालने का पाप—ब्रह्महत्या का पाप!

—कैसी विकराल आकृति है? ख़ून से सारा फ़र्श भींग गया है, लाल, चारों ओर लाल, दीवारें लाल, अँधेरा लाल, सब-कुछ लाल, सब रक्त, ख़ून...ख़ूनी, लेकिन यह कोई नयी बात तो नहीं है। अकेला मैं ही तो दुनिया में नहीं हूँ। बहुत-से लोग ख़ून करते हैं और सज़ा—इसकी सज़ा...?

—कितने मज़बूत रस्से हैं। कड़ी-कड़ी गाँठें, गले को दबा रही हैं। ओह मेरी आँखें बाहर निकल आयेंगी—बाहर। साँसे घुट रहीं हैं...अरे यह मच्छर! हाथ चट से गरदन पर बैठते हैं—फिर उसे सहलाते हैं। यह क्या लग गया हाथ में, चिपचिपाहट कैसी? मच्छर का ख़ून, और फिर वही ख़ून...फिर वही हत्या...

गाड़ी से उतरते ही जैसे मैं भौंचक्का-सा हो गया। मुझे लगा, सारी आँखें मुझे ही घूर रही हैं। मैं ही ...मैं ही...और मेरे जी में आया, मैं भाग जाऊँ, पर सहसा, "टिकट...टिकट...!" बाबू ने कहा था।

"जी!" और फिर मैं आगे कहने जा रहा था, "नौकर हूँ, मालिक उधर बैठे हैं।"

पर मैंने हाथ से अगल-बग़ल टटोला, तो वहाँ कोई डोल्ची, थरमस, होल्डाल या टिफ़िन-केरियर नहीं था। क्या सँभालता मैं और उसने डाँटा, "क्या कहते हो, मैं टिकट माँग रहा हूँ। कहाँ से आ रहे हो, कहाँ जाना है?"

मैं उसे टिकट दिखाने ही जा रहा था कि उसने चौकीदार को आवाज़ दी, "इन्हें बन्द करो? बिना टिकट सफ़र करके, पागल बनने की कोशिश कर रहे हैं।"

"जी मैं...मैं...!"

"कुछ नहीं साहब, आजकल यही तरीक़ा बन गया है, लोगों का। प्लैटफ़ार्म पर बैठ जायेंगे। चोरियाँ करेंगे, कत्ल करेंगे..." जैसे किसी बहुत नाज़ुक मशीन के सारे पुरजे, किसी गहरी चोट के कारण बिखर गये हों। मुझे पता नहीं, फिर उसने क्या कहा। जैसे मेरे कान का परदा फट गया हो। मैं कुछ नहीं सुन पाया...कुछ भी नहीं...और पसीने से मेरा सारा शरीर भींग गया...कत्ल...ख़ून...औरत....पैसा...

—लेकिन बाबू कब चला गया, कब अँधेरे का भयावह, काला बुरक़ा मेरे ऊपर फैल गया? यह सब मुझे नहीं मालूम। बस मैं एक कोठरी में बन्द हूँ—गन्दी और डरावनी कोठरी, मृत्यु की कोठरी।

टिकट मेरे पास है, पर इसका मैं क्या करूँ? चौकीदार घूम रहा है पर उसके हाथ की काली लालटेन, उसकी लाल रोशनी—ख़ून की तरह लाल। मैं मृत्यु के मुँह में हूँ। लेकिन वह चौकीदार, ही...ही करके खीस काढ़े अपनी हथेली पर सुरती मलते-मलते, तालियाँ पीटकर एकाएक सुर्ती की गर्द उड़ाता हुआ कह रहा है।

"भयवा टीसन का रोज़गार ही अइसा है। चोर, बदमाश, उचक्का और सब-तो-सब, जब से विसराम पण्डित का कतल हुआ है..."

मेरे प्राण सूख गये। यह तो सब जानता है। शायद यह बापू और सत्ती के बाबा जगेसर दादा को भी...

और मुझे सत्ती की याद हो आयी,—डरने से काम बिगड़ जायेगा.... जो कमज़ोर हैं, उन्हीं को सताती है दुनिया....जगेसर दादा बचा लेंगे...उनसे ज़रूर मिलना...उनसे...

"हो बुद्धू ही यार। दो रुपियों में तो जान बच जाती। चार आना हमें भी मिल जाता।" मेरे हाथ जेब में थे, सत्ती की बातें दिमाग़ में नाच रही थीं। मैंने गुस्से में कहा, "बुद्धू मैं नहीं, तुम्हारा बाबू है। मेरे पास टिकट है! होने दो सबेरा..."

"ऐं...टिकस...! सच बोल्यो...।" और भूत-से काले, डरावने मुँह में आग-सी जलनेवाली, लालटेन का शीशा, हरे से लाल करते हुए उसने मेरे हाथों पर रोशनी डाली, जैसे ख़तरे का सिगनल दे रहा हो। फिर गमछे को सिर पर लपेटते हुए, वह चम्पत हो गया और लौटा तो मैं कोठरी से बाहर कर दिया गया। लेकिन चौकीदार मेरे पीछे पड़ा रहा। उसकी बातों से लगता था वह मेरे मृत बापू का दोस्त है, जगेसर बाबा का साथी है। इसलिए, मैं चुपचाप उसकी बातें सुनता रहा।

अगल-बग़ल कुछ एक मुसाफ़िर मुकुड़ी मारे खुर्राटें भर रहे थे।

सामने की तौलने की मशीन पर, एक बहुत ही भयावनी मनुष्य आकृति, सिर नीचे किये, अपने बालों में अँगुलियों से कंघी कर रही थी। बीच-बीच में वह अपने हाथों से, अपने शरीर को ज़ोर से पीटकर कुछ भुनभुना देती और ही...ही, करके हँसने लगती।

"बेचारा पागल है।" मैंने बात बदलने के लिए कह दिया पर चौकीदार माना नहीं। 'दो बज गये हैं, भइया!' ज़माना ख़राब है, यहीं बइठि के निवार लो रात। चलो जगह बताय देते हैं।"

वह तौलनेवाली मशीन की बग़ल में पड़े, बड़े काठ के बक्स के पास चला गया, जो इस स्टेशन पर रुकनेवाले शरीफ़ों का एकमात्र बैठक है। इसी बीच वह पागल, "कमीने कहीं के, हरामज़ादे...छीं:...छीं:..., थू...थू..." करता, जैसे सचमुच किसी के ऊपर थूकता, एक हाथ उठाये, खुले प्लैटफ़ार्म की ओर भागा। बाहर, बादलों से छनी, कुहासे-सी, हलकी, चाँदनी के प्रकाश में, प्लैटफ़ार्म पर दौड़ती हुई वह आकृति ऐसी लगी, जैसे उसके उठे हुए, एक हाथ की अँगुलियाँ आसमान को छूँ लेंगी। देखते-देखते उसकी छाया लुप्त हो गयी, पर उसकी बात, उसकी घृणा, मेरे मन में उतर गयी।

"मेरे साथ भी पण्डित की बड़ी किरपा थी। टीसन में उन्ही की दया से चाकरी मिली। सब जगेसर भइया के मरजाद का फल है, मुदा डुबो दिया सरजू ने सारा करम-धरम इज़्ज़त-पानी चला गया।" सहसा मैं बोलते-बोलते बचा। फिर मन को कड़ाकर, काठ की सन्दूक पर आसन जमाते हुए, सोचने लगा—यह मुझे भी जानता है और यदि पहचान ले तो? और इस 'तो' ने उस काली लालटेन की रोशनी को मेरे लिये और भी डरावनी बना दिया। मेरा सारा शरीर पसीने से लथपथ हो गया।

"पुलुस सरजुआ को खोजती है। हमसे भी बहुत कहते थे। मुदा ये बेवकूफ़ नहीं जानते हैं कि जगेसर भयवा का दमाद का हमार दमाद नहीं है? चाहे ख़ून करे, चाहे डाका मारे, पर भइया तो तरस गये उसे देखने को और इसी में उनकी आँखों की रोशनी भी भगवान् ने छीन ली। बेचारू को पुलिस का डण्डा लिखा था, इस उमिर में। मन में आया छूरा भोंक दें सालों के पेट में। पूछते थे, 'तुम्हारी बेटी से पण्डित का क्या ताल्लुक़ था?' सीता-सी बिटिया पर यह तोहमद लगाते हैं कि, पण्डित ने उसे रख लिया था। इसी कारण, सरजू ने पण्डित को मार दिया है।" जैसे किसी बे-हवा की, अँधेरी कोठरी की दीवार से कोई ईंट खिसककर अपने आप गिर गयी हो। मैंने ज़ोर से साँस ली फिर उसने रुकते हुए कहा, "भइया तुम नहीं समझोगे, इसमें बड़ा फेर है। बात यह है कि जो पण्डित मरा है न, उसका बाप यहीं का ज़मींदार था। उसके घर में दो जने, भितरी नोकर थे जगेसर भइया और रामू। दोनों माली थे। रामू तो असमय में चला गया पर पण्डित ने उसकी गरभवती बीबी को, अपनी कलकत्तावाली ज़मींदारी की कोठी भेज दिया। वहीं सरजू पैदा हुआ, और कुछ दिन के बाद उसकी माँ भी चल बसी। जगेसर भइया यहीं रह गये। देवता पण्डित भी मर गये, तो जगेसर भइया ने कहा, 'पिरथी पर से धरम उठ गया।' बहुत रोये, बहुत कलपे। का अब के मनई में वह पानी होगा, भइया! ज़माना लद गया। जगेसर भइया यही कहते हैं कि, 'आतमा की दुरगत हो रही है। देह छोड़ही के चाही।' पर बेचारे जिस आशा में थे, वही काल हो गयी।"

मैंने मौन तोड़ा, "क्या हुआ बाबा?"

"ये मलिच्छ भाषा पढ़े लोग का कुछ ठिकाना नहीं। मुदा कुछ कहा नहीं जा सकता है, भगवान् जाने। त्रिलोकी नाथ की माया विचित्तर है। सत्ती, अरे वही जगेसर

भइया की कन्या। मुदा वह तो बड़ी सुशील हैं, बड़ी नेक। वही कलकत्ते की कोठी में रहती थी। जगेसर भइया, और रामू काका पहले ही से चाहते थे कि, सत्ती और सरजू का बियाह हो जाय। सो यह नयेवाले विसराम पण्डित सत्ती को, सरजू से बियाह करके, वहीं रखने के लिए ले गये। फिर बाद में बताया कि बियाह मैंने कर दिया। भइया की दूसरी भी आँख चली गयी। तो मन में बड़े ख़ुश हुए कि, अब क्या देखना है।'' कहते-कहते जैसे ही, उसने जेब में हाथ डाला, शायद सुरती निकालना चाहता था, कि गाड़ी की सी...सी की आवाज़ सुनायी पड़ी। स्टेशनमास्टर हड़बड़ाया हुआ, अपनी काँछ बाँधता, बड़बड़ाता, स्टेशन में घुसा और चौकीदार अपनी भयावनी बत्ती का रंग, लाल से हरा करते हुए उठ खड़ा हुआ, ''जुलुम हो गया भयवा, गाड़ी सिंघल पर खड़ी हो गयी, मुदा हमें पता ही नहीं, राम-राम!''

उसी समय वह पागल, ''सी...सी...'' कहता हुआ आया और उस वजन करनेवाली मशीन के नीचे बैठकर, लोहे को सहलाने लगा। फिर जैसे कोई बड़ी छिपी हुई बात कह रहा हो—बहुत मगन होकर, ''अच्छा, तो नहीं...! नहीं ...? थू है...थू है...थू...'' और वह, उसी तरह, एक उँगली से आकाश की ओर इशारा करता भागा। मैंने इधर-उधर देखा। चौकीदार जल्दी-जल्दी चाभी घुमाकर, सिगनल गिरा रहा था और लोग बातें करते हुए, प्लैटफ़ार्म पर चले आ रहे थे। मैं जल्दी-से उठा और चौकीदार की निगाह बचाकर स्टेशन से बाहर चला गया।

हलवाई की दुकान—उसके सामने पड़ी, बड़ी चौकी पर कई आदमी और कुत्ते साथ-साथ सो रहे हैं। मुझे देखते ही, एक छोटी-सी कुतिया गुर्राती है और सब-के-सब भूँकते हुए, मुझे चारों ओर से घेर लेते हैं। मैं एक को डाँटकर भगाता हूँ, तो दूसरा मेरे पास पहुँच जाता है। फिर जब पीछे घूमकर, दूसरे को डाँटता हूँ, तो पहलेवाले पीछे लग जाते हैं। समझ ही में नहीं आ रहा है कि क्या करूँ। अन्त में परेशान होकर, सोचता हूँ, किसी को बुलाऊँ और सहायता के लिए इधर-उधर देखता हूँ, तो बग़ल में खड़ी एक युवती मुझे देखकर हँस रही है।

गुस्सा हो आता है, और मैं बिना सोचे-समझे बकने लगता हूँ, ''अच्छा लग रहा है तुमको शर्म नहीं आती, किसी को परेशानी में देखकर हँसते हुए। चमरपिल्लियाँ पाल रखी हैं!''

लेकिन उसके ऊपर मेरी बातों का कोई असर नहीं पड़ता, बल्कि वह और ज़ोर से हँसने लगती है, मेरी साँस, बेहद फूल रही है। मैं हास्यास्पद हो गया हूँ, कन्धे का गमछा एक ओर गिर पड़ा है और हाथ का झोला दूसरी ओर। वे सारे कुत्ते इस बातचीत के कारण, मुझे देखते हैं, कुछ सूँघते हैं, और वापस जाने लगते हैं।

वह जैसे मेरी हीनता पर व्यंग्य करते हुए कहती है, ''वह अपना सामान उठा लो, बैठ के सुस्ताओ! तुम्हारी देहिया तो काँप रही है।''

''तुमसे मतलब, तुम अपना काम करो!''

''बिगड़ रहे हो! अच्छा तो फिर कुछ न कहना'' और वह जाते-जाते ''लहनी-लहनी'' दो बार कहकर, आगे बढ़ जाती है। सारे कुत्ते, पल-भर में मुझे चारों ओर से घेर लेते हैं और फिर मेरी वही दुर्गति शुरू हो जाती है। बचने का कोई रास्ता न देख, मैं चिल्ला पड़ता हूँ। वहाँ सोये हुए, सभी लोग जग जाते हैं। दुकान के सामने एक नन्हें-से खटोले पर, एक हाथी का बच्चा सोया है। वह हिलता-डुलता है। फिर कुछ चिढ़कर, भुनभुनाता है, ''रामी, अरे ओ रामी! देख तो क्या हो रहा है?'' रामी बड़ी शोख मुस्कराहट बिखेरती निकलती है।

''भगाओ, मदाड़ी-सदाड़ी को। फ़ज़ूल में बानर का मुँह दिखायेगा।'' और उसका भारी पेट, फिर ऊपर-नीचे होने लगता है और नाक से, घर ऽ ऽ र ऽ र ऽ घर...ऽ ऽ र ऽ र ऽ घों की आवाज़ निकलने लगती है, और अन्य लोग, मुझे बहुत महत्त्वहीन प्राणी जानकर, अपनी-अपनी जगहों पर पड़ जाते हैं! मैं उस लड़की को देखता हूँ, उसके शरीर के मैले रंग और कीचट कपड़ों से, अभी रात का रंग मिला हुआ है, लेकिन उसकी बड़ी-बड़ी आँखों की सफ़ेदी, इस धुँधलके में मुस्कराती हुई डोल रही है। मुझे वहशत सवार हो जाती है। मैं हाथ से इशारा करके कहता हूँ, ''सुनो!''

वह फिर हँसने लगती है। फिर, ''जाओ, अपना काम देखो! नहीं तो...'' और वह उस, एक बालिश्त-भर, ऊपर-नीचे उठने-गिरनेवाली तोंद की ओर इशारा करके हाथ से उसके मोटापे का अन्दाज़ बताकर मुझे डराती है, ''मार डालेगा।''

मुझे बेहद हँसी आ रही है। जी में आता है, इस लड़की को पकड़कर, इसके हाथ उमेठ दूँ, पर वह बाहर तो आये!

''अरे वह आग कैसी? कोई घर जल रहा है।'' मैं डरने का अभिनय करता हूँ। वह दौड़ी हुई आती है। मेरे आगे खड़ी हो जाती है।

''कहाँ?''

''वहाँ!'' मैं इशारा करते हुए, आगे बढ़ता हूँ। वह बढ़कर, कुछ दूर जाकर, रुक जाती है और बड़बड़ाती है, ''झुट्ठा! अभी चिल्लाती हूँ।''

मेरी रूह काँपती है। बढ़कर उसका हाथ पकड़ लेता हूँ और वह ज़ोर से हाथ छुड़ाते हुए, चिल्लाती है, ''बप्पा...'' बस इतना ही, क्योंकि उसके मुँह पर मेरा एक हाथ है। वह तेज़ तलवार की तरह तराशती है, बदन को।

''पागल हुई हो क्या। नाहक़ मेरी ज़िन्दगी ख़तरे में डालती हो। मैं चला जा रहा हूँ। मैं उसका मुँह छोड़ देता हूँ।

कुछ समझ में नहीं आता क्यों, किस लिये?

लेकिन फिर वही, नन्हें-नन्हें सिन्धूरी हाथ-पाँव। पतली-पतली अँगुलियाँ...

रुन-झिन...रुन-झिन...झुनुक-झिनुक...झुन
रुन-झिन...रुन-झिन...झुनुक-झिनुक...झुन

मेरे कान बहरे क्यों नहीं हो जाते, मेरी आँखें फूट क्यों नहीं जातीं?

वह राजकुमारी मन में बस जाती है, जो हँसती थी, तो मोतियों का ढेर लग जाता था और चलती थी तो, महावर से राह रँग जाती थी—

रुन-झिन...रुन-झिन...झुनुक-झिनुक...झुन

—साहब का तार मिलाहिम तेईस सितम्बर को पहुँच रहे हैं। बँगला साफ़ रहता था, पर नयी अवाई में और सफ़ाई हुई थी। गमले रंग दिये गये थे। मोटरें धोयी गयी थीं और खिड़कियों के शीशे साफ़ करते-करते, हमारे हाथों की नसें फूल गयी थीं। जमादार कहता था, "कहीं एक गर्द का जर्रा न रहने पावे। अब बड़े पण्डित की बात गयी, मोटा हिसाब-किताब अब चलने का नहीं। हमारा छोटा पण्डित तो साहब है, साहब! बिलकुल अंग्रेज़ी मामला है इसका।"

कभी ख़ुश रहने पर जमादार कहता, "अभी क्या देखा, जब मेम ले आयेगा, तब देखना। हिन्दुस्तानी औरतों से तो इसे सख़्त नफ़रत है। गाड़ी भर तो आती हैं, एक-से-एक हसीन, पर हाथ से मोटर के भोंपू की तरह, सीना दबाकर, छीः कर देता है। और साहब के साथियों के बाद, बासी होते ही, बनवारी लाल के दल्लाली कोड़ों से उनकी दीक्षा की जाती है, फिर हरामज़ादियाँ उनका नाम पड़ जाता है। पता नहीं इनका क्या उपयोग है? सुना सिनेमा में काम करने और ज़रूरत-मन्दों का बिस्तर गरम करने का काम करती हैं, ये।"

बूढ़ा ख़ानसामाँ तो अधरम की इस दुनिया से ऊबकर, ज़हर खाने की बात रोज़ करता है, "भगवान् बचाये इस लीला से, जिसका बाप बिना सन्ध्या-वन्दन के अन्न का टुकड़ा मुँह में नहीं डालता था, उसी का बेटा तिरियों का व्यापार करता है।"

मैं बहुत तह में नहीं जा पाता था इन बातों के। मन को काम का नशा रहता था। थोड़ी -थोड़ी तारीफ़ों के लिए ललचा करता था। इसलिए तार पाते ही, मैं साहब के स्वागत की तैयारी में लग गया था। मेरा पैर ज़मीन पर इसलिए भी नहीं पड़ रहा था कि सत्ती आ रही थी। सभी बातें सुनी थीं। साहब ने भी कई दिनों मज़ाक में कहा था, "यहीं होगी तेरी शादी। सत्ती को मैं ले आऊँगा, क्यों?"

मेरी साँसें फूल गयी थीं। नसों में ख़ून फूट निकलने को हो गये थे। माथे पर पसीने की बूँदें उभर आयी थीं और मैं भागकर अपनी कोठरी में पहुँच गया था। बिस्तर पर पड़े-पड़े सत्ती की चाल-ढाल, रूप-रंग, बातचीत; सबका एक काल्पनिक खाका बनाता और उसे सँभालकर दिल में सँजो लेता। लेकिन दो दिनों तक लगातार, गाड़ी स्टेशन पर लगी रही, खाना बनता रहा, नाश्ता मेज पर लगता रहा, पर साहब नहीं आया।

—पन्द्रह दिनों के बाद सत्ती आयी थी।

—सहसा उस दिन टैक्सी आकर खड़ी हो गयी तो मैं बेज़बान हो गया। समझ में नहीं आया कि क्या करूँ? कैसे जाऊँ, साहब के सामने? वह हँसता हुआ गाड़ी

से उतरकर, मज़ाक कर बैठेगा और मुझे मुँह छिपाना पड़ेगा। फिर कैसे खड़ा रह सकूँगा? पर जाना तो था ही, इसलिए गया। बातचीत की कौन कहे, पण्डित ने एक ऐसी टेढ़ी निगाह मुझ पर डाली कि मैं काँपकर रह गया। क्या हो गया भगवान्? मैंने झट दौड़कर पैर छू लिया। शायद मैंने देर कर दी पैर छूने में। मैं बहुत देर तक सोचता रहा, पर पण्डित कुछ न बोला। धीरे-धीरे वह बैठक में जाकर एक सोफे पर लुढ़क गया। जमादार जल्दी-जल्दी सामान उतरवाने लगा। सत्ती जैसे पाला की मारी, कूइन की तरह मुरझायी बैठी थी। आँख के पपोटों के नीचे, गहरी काली परछाँही—सारा मासूम शरीर, बेहद रौंदा और थका लग रहा था। जैसे कई रातों की जगी हों।

—मेरा मन बेहद उदास हो गया। पण्डित की वह नज़र, जैसे मेरे कलेजे में धँसती जा रही थी। मैं जल्दी-जल्दी सामान उतारता रहा, फिर सहसा।

रुन-झुन...रुन-झुन...झुनुक-झुनुक...झुन...

मैंने घूमकर देखा, कोई नवविवाहिता, अपने पति के साथ गाड़ी पकड़ने की जल्दी में बढ़ी जा रही थी। सहसा उसके पाँव में कुछ गड़ गया था और वह अपने पति के कन्धे को, दोनों हाथों से पकड़कर उससे सट गयी थी।

"अरे छोड़ भी, भिनसार हुआ है। बैठ जाओ, निकाल देते हैं।"

"ऊइ माँ, परान चला गया...सी...सी..."

—पर सत्ती...?

मैं फिर रास्ते में खो गया।

—गहरी काली रात थी। ज़ोर की हवा चल रही थी। बनवारी चार लड़कियाँ नयी लाया था। उस दिन साहब ने कहा था, खाना जायेगा बारादरी में, पर बनवारी नशे में झूल रहा था। उसने कहा, "मारो सालियों को यार! खिला-पिलाकर देह कड़ी कर दोगे, तो पकड़ में भी नहीं आयेंगी। एक तो, यह ऐसे ही, हर नये आदमी से मिलने पर, कुँआरी होने का नख़रा करती हैं, दूसरे खाना दे दो!"

—तूफ़ान बहुत बढ़ गया था। एकाएक रोशनी गुल हो गयी।

—मैं क्रोध और वितृष्णा से काँप रहा था। आज समझ में आया, इसीलिए मुझसे नहीं बोलती, इसलिए पण्डित मुँह फुलाये रहता है। बात खुल जायेगी। पता नहीं कैसे मेरे हाथ के झटके से, शीशे के दो जग, झनझनाकर ज़मीन पर गिरे और चूर हो गये। मैं आगे बढ़ने लगा, धीरे-धीरे, टटोल-टटोलकर और खाने के कमरे में पहुँच गया। इधर-उधर देखा, सत्ती नहीं थी। ख़ानसामाँ कोयले के चूल्हे से, मोमबत्तियाँ जलाने की कोशिश कर रहा था।

"सत्ती कहाँ है?" शायद पहली बार मैंने दूसरे के सामने उसका नाम लिया था। उसने हँसकर उत्तर दिया था, "बड़े दिनों पर, उलटकर देखा बाबू!"

"कै आते हैं उसे, हरदम मचली छूटती रहती है। अभी तो यहाँ से गयी है। चूल्हे की मिट्टी लेने आयी थी।"

"मिट्टी क्या होगी?"

"खाती है?"

"क्यों?"

"सोंधी होती है, मन साफ़ हो जाता है।"

—मैं वहाँ से मुड़ा, तो टंटोलते-टटोलते सत्ती के कमरे के दरवाज़े से जा भिड़ा। चारपाई चुरचुराई।

"कौन?"

"नहीं...नहीं...मुझे न ले जाओ, मालिक! मैं पैर छूती हूँ... मैं मिन्नत करती, हाथ जोड़ती हूँ।" और वह फूट-फूटकर रोने लगी।

"बनवारी...तुम! नहीं, नहीं, मैं मर जाऊँगी। वह खाल उकाचता है, वह मुझे बेहोश कर देता है—बेहोश..."

—फिर कुछ सुनायी नहीं पड़ा। मैं काँपता रहा, लड़खड़ाता रहा और न जाने कब, कमरे में आकर सो गया।

—सो कर उठा तो मेरा मन बहुत हलका था। उन सारी रहस्यमयी बातों के उत्तर के लिए, मैं तैयार था। मेरा क्या गया, मेरा क्या बिगड़ा? मेरी पत्नी है क्या वह? मैं क्यों जलूँ? मैं क्यों उदास रहूँ? भाड़ में जाय साहब और सत्ती। मुझे नौकरी से मतलब, या तूफ़ान से।

—उसी दिन पहली बार मैंने पण्डित की रखी हुई पुष्टई की दवा में एक हबक्का लगाया। आधा दूध पीकर, आधे को पानी से पूरा किया और रसोई के लिए घी निकालते समय, एक लोंदा जीभ पर रख लिया। सब्ज़ी लेने बाज़ार गया, तो छँटी सब्ज़ियाँ लेकर, कई आने की आमदनी की। इसी तरह फिर, पिटरौल की चोरी में ड्राइवर की सहायता करने लगा। रसोई के बचे सामान को सफलतापूर्वक बेचवाकर, ख़ानसामाँ से हिस्सा लेने लगा।

—लेकिन सत्ती, वह क्यों मेरे सामने पड़ती है? क्यों आख़िर, क्या मतलब है उसका? और पड़ती भी है, तो क्या हुआ, मैं क्यों सोचता हूँ उसके बारे में?

सामने पुलिस थाना था।

मैं सहसा डर गया पर डर किस बात का—किस लिये? मैंने तो पूरा कर दिया कामअपना काम।

—मुझे उस मार का ध्यान हो आया। कितना तेज़ हण्टर चलाता था। उसी दिन तो, हाँ, उसी दिन, मैं होश में आया था। मेरा शरीर काँप रहा था, पाँव थरथरा रहे थे। मकान के चारों ओर भयानक ख़ामोशी छायी हुई थी—मौत की ख़ामोशी। जाने क्या-क्या कहूँगा मैं, जाने किसका भेद खोल दूँगासिभी थर-थर काँप रहे थे।

—साहब अपना कुर्सी पर जला हुआ बैठा था।

"और खाओगे दवा?"

मैं चुप रहा।

"कब से खा रहा था?"

"कभी से।"

"कभी से, हरामज़ादे!" और उसने एक साँस में पचीसों झापड़ रसीद कर दिये।

"कौन-कौन शामिल है, इन चोरियों में?"

"मैं नहीं जानता था।"

"नहीं जानता?"

"नहीं।"

"बनवारी लाल, लगे तो!"

—और थोड़े देर तक हण्टरों की सपसपाहट के बाद, सब-कुछ खो गया था। पता नहीं कहाँ था, मैं। लोगों ने बताया, चार घण्टे के बाद, तुम्हें होश आया है। बात यह हुई, कि पुष्टई के हलवे की चोरी होते देख, बनवारी लाल ने इसका ठीक पता लगाने के लिए, साहब को जमालगोटे का बीज ला दिया था और वह अमृतबान में, ऊपर ही छिड़क दिया गया था। मैंने जब साहब को दवा निकालने के पहले, हबक्का लिया, तो थोड़ी ही देर के बाद मेरी हालत ख़राब हो गयीकि-दस्त दोनों, मैं लस्त हो गया। बनवारी लाल हँसा था, पर पण्डित ने कहा, "ठीक हो लेने दो। तब बतायेंगे।"

—जमादार मेरी चारपाई पकड़कर बैठा था। मेरे होश में आते ही कहने लगा, "सत्ती बहुत रोती है तेरे लिये सरजू, कहती है, मुझसे मिला दो उसे, पर पण्डित ने आजकल उसे कड़े पहरे में रख छोड़ा है। बड़ा गड़बड़ लगता है, सरजू!"

—मेरे मुँह में कटोरी से पानी डालते हुए, कहने लगा, "उसके हाथ-पाँव बहुत हलके पड़ने लगे हैं। बहुत थकी-सी लड़खड़ाती चलती है। आँखें बाहर को निकली पड़ती हैं।"

"मैं कुछ समझ नहीं रहा हूँ, जमादार!"

"भइया, दो दिन से शाम को टुटहिया फोर्ड में एक बूढ़ी-सी मेम आती है! सत्ती बुलाकर, जाती है और जाने घण्टों क्या गिटिर-पिटिर होती रहती है! बनवारी के मुँह से सुना, 'ख़त्म न कर दें साली को' पर पण्डित कह रहा था, 'बात छिप नहीं सकती! घर के सारे नौकर, गाँव ही के तो हैं और माँ, कुछ न पूछो! मुझे कहीं का न छोड़ेगी! उसे पता लगा कि मैं गया इस जायदाद से! जानते नहीं पिता जी को! बड़े क़ानूनी आदमी थे। बड़ी बन्दिश कर गये हैं।' मेरा तो रोयाँ-रोयाँ सिहर गया सरजू! कोई भयानक बात होनेवाली है। मुझसे तो, दो दिन से खाना नहीं खाया जा रहा है। बहुत जी घबड़ाता है, तो उस कोठरी के ऊपर, रोशनदानवाली छत पर चढ़कर झाँक आता हूँ। बिस्तर में कलट-कलटकर, 'दादा! दादा!' चिल्लाती रहती है।"

मैं उठ बैठने को उतावला हो रहा था; पर जमादार ने मुझे मना किया और कहने लगा, "बात यह हुई कि कल शाम, जब वह बूढ़ी मेम आयी, तो मैं ऊपर चढ़ गया।

रोशनदान से झाँककर देखा, तो सत्ती के कपड़े हटा, रुई में लपेटकर, वह कोई दवा उसकी टाँगों के बीच डाल रही थी। दवा डालते ही, सत्ती गाय की तरह डकरने लगी—जैसे कोई मछली पानी से निकालकर धूप में रख दी गयी हो।

"मेम कह रही थी, 'दर्द अन्दर लेने से कम होता है। कड़ा करो जी बेटी, कड़ा कर लो!' उसने दरवाज़ा खोला, तो साहब और बनवारी अन्दर आये, बड़े परेशान दीखते थे। मेम ने कोई खाने की दवा देते हुए कहा, 'इस टिकिया को खिलाने से कै होगी और पेट पर जोर पड़ेगा। हो सके तो पकड़कर बैठाये रहिये पैरों के बल। आँख की रोशनी कम हो जायेगी, सुनायी कम पड़ने लगेगा, पर घबराने की बात नहीं।' मैं इस अधरम को देखकर, काँप गया। जी में आया जाकर सालों का गला दबा दूँ और सत्ती को उठा ले जाऊँ पर उस कोठरी के आगेवाली गली में, ताला बन्द है। कोई उपाय तो लगता नहीं।" और जमादार माथा ठोककर रोने लगा।

—मैं उसे देखता रह गया था और दो महीने पहले का एक दिन, मेरी आँखों में नाच गया था—पीली धोती के बाहर, लटकते हुए काले बालों की लट, कैसे इतनी काली और लुभावनी हो गयी? हाथ-पाँव कैसे इतने चिकने हो गये? रंग कैसे इतना निखर आया? आँखों में ममता का विनय, कैसे भर गया? माथे और गले पर, किस सूरज की रोशनी चमकने लगी? छातियों पर इतना भार कैसे झुक आया? मैं नहीं जानता था—ओह मैं उसे माँ नहीं समझता था— नहीं समझता था। मैं चारपाई से उठते-उठते गिर पड़ा था और जमादार ने मुझे चारपाई पर लिटाते हुए, खेदू ड्राइवर को आवाज़ दी थी और उसने—जिसे वह दुःखों को भुला देनेवाली दवा कहकर पुकारता था; मुझे पिला दी थी। थोड़ी पीठ और टाँगों पर डालकर मलते हुए कहा था, "हम देर में चेतते हैं, सरजू! पर जब चेतते हैं तो कभी नहीं सोते। तुम चिन्ता न करो। सब देख लेंगे।" और मैंने देखा, उसकी आँखों से चिनगियाँ छिटक रही थीं।

—उस दिन कोठी के सारे लोगों के गले में, जैसे मछली का काँटा अटक गया था—सब गुम-सुम। कोई किसी से कुछ नहीं कहता था। पण्डित इधर-उधर चक्कर काट रहा था। बनवारी बार-बार मोटर से बाहर जाता और लौटता। ड्राइवर जाने कहाँ चला गया था।

"क्या हुआ?" अगर मैं किसी से पूछता, तो सब जैसे उदास मन से, "कुछ तो नहीं" कहकर वापस चले जाते। मालूम होता था, सबों ने कोई सलाह कर रखी है। मैं चारपाई पर लेटे-लेटे ऊब गया था। धीरे-धीरे उठा। पाटी पर हाथ रखकर ज़मीन पर उतरा और दीवार पकड़कर बाहर चला गया। चारों ओर सुनसान, कहीं कोई नहीं।

—रात यही चार-पाँच घड़ी गयी रही होगी पर चारों ओर भयानक ख़ामोशी दूर से मृदंग और कीर्त्तन की बड़ी धीमी स्वर लहरी सुनायी पड़ती थी। चारों ओर अँधेरा-गुप्प—बत्ती नहीं जलायी जमादार ने या रात बहुत बीत गयी है, सब सो गये हैं? मैं

धीरे-धीरे आगे बढ़ने लगा। सत्ती का ध्यान बना हुआ था। इसलिए उसे तो कुछ नहीं हो गया? पर जमादार दादा तो उसे लड़की की तरह मानते हैं। ज़रूर कहते मुझसे। मैं धीरे-धीरे बढ़ा। जाने कैसे मैं टो-टो कर बढ़ता-बढ़ता, रसोई की बग़लवाली सीढ़ी पर चढ़कर, छत पर पहुँच गया। देखा तो रोशनदान के पीछे जमादार और ख़ानसामाँ लेटे हैं—पेटों के बल, जैसे चण्डू पी रहे हों। मेरे पैर की आहट पाकर सब-के-सब हकबका गये... फिर मुझे पहचाना तो भरोसा हुआ। मैं सोचने लगा, कैसी हालत है हमारी। क्या हम, मर-मार नहीं सकते? क्या हम, अन्याय का विरोध...और मुझे बनवारी के कोड़े और साहब के झापड़ याद आ गये। मैं उलटे पाँव, लौटने ही जा रहा था कि जमादार ने मुझे पकड़कर सत्ती को एक बार...उफ कितना भयानक था, सारा दृश्य। बनवारी उसकी चीखों को दबाने के लिए, उसके मुँह पर कपड़ा लगाये बैठा था। और सत्ती तड़प रही थी—जैसे कोई जीवित सिधरी आग में भूनी जा रही हो। उसके दाँतों की किटकिटाहट और होठों को दबाकर, गले और नाक से साँस लेने में जो हूँ...हूँ धूँ...धूँ की आवाज़ निकलती थी; उससे सूअर के हीकने पर, निकलनेवाली, कराह का ख़याल हो आता था। मुझे पसीना आ गया। शरीर कमज़ोर था, इसलिए उत्तेजना के कारण बेहोशी मालूम होने लगी। मैंने रोशनदान के शीशे पर माथा टिका दिया। सहसा उसके फैले हाथों की मुट्ठियाँ बँध गयीं, जैसे किसी को ज़ोर से पकड़कर, मसल देना चाहती है। और साथ ही, दाँतों के पीसने की इतनी तेज़ आवाज़ आयी, कि मैंने कान बन्द कर लिये।

—इसी समय व बूढ़ी मेम, खट्-खट् करती अन्दर आयी। उसने सत्ती के दोनों पाँव मोड़ कर कुछ फैला दिये, फिर पेट सहलाते-सहलाते टाँगों के बीच हाथ डालकर, कुछ खींच लिया। ख़ून का एक गहरा हुल्ला आया और सारे बिस्तर पर फैल गया। संसार के मुँह पर, काला नक़ाब पड़ गया। और इनसान—मेरा इनसान मर गया। अँगुलियाँ ऐंठी और रोशनदान के शीशे पर, नाखूनों के ख़राश लग गये होंगे— मैं नहीं जानता।

—पण्डित उखड़ा-उखड़ा-सा रहता और बात-बात पर खाने को दौड़ता था। क्या सब जानते हैं मुझे। मेरी पोल सबसे खुल गयी? क्यों सबके चेहरे से मुस्कान चली गयी? शायद वह यही सोचता था।

—प्रसन्नता की कोई रेखा तो कोठी में दिखायी पड़ती? प्रेत के स्याह पंखों के नीचे, हम डोल रहे थे। बस एक रोशनी थी, और वह थी, सत्ती। ख़ानसामाँ उसकी रोटियों में, चुराकर रखा हुआ घी चभोर देता। अपने लिये छिपाकर रखी, गुद्दादार गोश्त की हड्डियों को शोरबे में डुबोकर, उसके आगे टाल देता। ड्राइवर फल के झोले, मोटर से उतारते समय, दो बड़े सेव, जमादार की जेब में डाल देता। बूढ़ी भंगिनी भभूत की दो पुड़िया, रोज़ जमादार को थमा देती, "का हाल है बिटिया की।" और वह उँगलियाँ चटकाते हुए कहती, "मर जाय निरबंसिया।"

रसोइया पण्डित गायत्री का जाप करके उठता और कहीं सत्ती तरकारी काटती मिल जाती तो हममें से सब-के-सब, दुम दबाकर खिसक जाते, "पाप का अन्न खाकर, सब ससुरे पानी हो गये। हरे राम, हरे राम, कहाँ मर गये सब-के-सब साँड़, जो बैठा दिया है इसे शीत में, और मुट्ठी-भर किसमिस-छुहारा, सत्ती के हाथों में थमाकर, उसे खिसकाते हुए, खुद चाकू लेकर बैठ जाते। फिर क्या था, जो उनको काम से छुड़ाने जाता, उसी को सौ गालियों का प्रसाद भोगना पड़ता।

लेकिन कोई किसी से कुछ नहीं कहता था। सब-के-सब मुँह बाँधे अपने कामों पर जाते, और लौटकर चुप-चाप पड़े रहते। मैं सबको देखता, लेकिन कोई, मेरी ओर नहीं देखता, जैसे सबकी आँखें सत्ती की ओर बही जा रही हैं, और सत्ती! मैंने देखा, आँख ऊपर नहीं उठा सकती। बीच-बीच में आँचल उठाती, आँखों के कोरों को पोंछती और फिर जैसी-की-तैसी। सारे शरीर में दो आँखें और दो छातियाँ...बस इतनी है सत्ती। आँखों से पानी बरसता है, और छातियों से दूध। कई बार कपड़े बदलती, पर बण्डी और आँचल भीगे ही रहते।

रोज़ देर से उठने के कारण, टोकी जानेवाली महरी को जाने क्या हो गया है कि सबेरे, मुँह अँधेरे ही, तेल का बड़ा कोसा लेकर सत्ती के कमरे में बन्द हो जाती।

एक दिन चुपके से जाकर, उसके पीछे खड़ा हो गया, तो जमादार से कह रही थी, "सोगहगी धोती रक्कत से बुड़ जाती है। बण्डी-की-बण्डी दूध से भींग जाती है, बबुआ!" जमादार की आँखें भरी हुई थीं। तभी ग्वाला गायें दूह कर, ऊपर आया और बड़ी बाल्टी, जमादार के आगे रखकर, एक लोटा जमादार के हाथों में देते हुए बोला, "बकेनवा को अलग दूहते हैं। बहुत मजबूत दूध है...बिटिया को यही देना।"

महरी जाते-जाते रुककर बोली, "ना...ना...भइया, अरे बबुआ! यह दाल-दूध देने से, दूध बढ़ जायेगा। फिर बोखार होने लगेगा। आँख-कान दोनों मार गया बेचारी का। हम भूल गये बतावै के। तभी तो इतना दूध बहता है। जब सुरसतिया भवा रहा न, तो दूध ही नदारद बइद जी ने बताया कि अरहर की दाल पीओ, फिर मार दूध-ही-दूध। रात-दिन पीये, चुकही न जाने। उसको कड़ी चीज़..."

मैं यहाँ-वहाँ मारा-मारा फिरता। कब, कौन-सा काम करता; इसका मुझे पता भी नहीं चलता था। सबका मुँह जोहता रहता, पर कोई मुझसे नहीं बोलता, कोई कुछ न कहता। पण्डित ऊबा-ऊबा-सा घूमता, जैसे किसी विपत्ति को पारकर लेने का असर टाल रहा हो। नौकरों पर झुँझलाता, पर चुप हो जाता। कुछ कहने की हिम्मत न पड़ती उसकी।

किसी मेले का दिन था...ड्राइवर चूड़ियाँ अँगुलियों में लटकाये सीढ़ी पर चढ़ते हुए मिला। वह ख़ुश था, "सत्ती कहाँ है सरजू?"

मैं उसी के कमरे से लौट रहा था। सत्ती मुझे देखते ही, खिड़की के छड़ों से सटी पुक्का छोड़कर, रोने लगी थी। दूसरे कमरे से बनवारी के ठहाके की गूँज सुनायी पड़ रही थी। ड्राइवर चैंका—

"यह कौन हँस रहा है?" उसने दुबारा पूछा। मैंने कुछ भी उत्तर न दिया। हम दोनों खड़े सुनते रहे, फिर जैसे उसका पारा चढ़ गया हो, "अच्छा, देख ली जायेगी।" और वह आँखें निकालता, ऊपर चला गया।

कैसी लक्ष्मी है वह—मैं सोचने लगा, कि पाप में भी पूजी जा रही है, और मैं? मैं ही पीछे हूँ, सबसे, मैं ही। मैं जीने से उतर गया। नीचे जमादार एक गुब्बारा और भोंगा लेकर लौटा था, बिना पूछे, यह कहते हुए ऊपर चढ़ गया कि, अभी तो बच्ची ही है, गाँव होता तो उसे भी मेला दिखा लाता।" तभी ज़ोर की घण्टी बजी। मैं लौटा ही था पर घण्टी बजती गयी।

"हरामज़ादे, क़मीने, सबको एक डब्बे में भरकर रवाना करता हूँ। हरामख़ोर भरे हैं इस कोठी में।" मैं सामने था, "क्यों बे हरामी के बच्चे, आजकल सभा होती है, काम-धन्धा सब गया।" बनवारी कह रहा था, "कम्युनिज़्म आ रहा है दुनिया मेंघिर में ही क्यों न आये", और वह ज़ोर से हँसने लगा था। जी में आया आँखें निकाल लूँ, लेकिन साहब की आग-सी जलती निगाह ने फिर मुझे नीचे खींच लिया। मैंने पानी दिया, और पान के कमरे की घण्टी बजाकर लौटने लगा; तो साहब ने कहा, "यहीं खड़े रहो, काम में देर होगी तो चमड़ी उधेड़ दूँगा।"

सहसा दरवाज़े की भड़भड़ाहट हुई। मैंने जमादार को दौड़कर बताया, तो वह खटिया की पाटी लिये, ऊपर दौड़ा, पर ड्राइवर मोटर का हैण्डिल लिये भागा जा रहा था, उससे लड़ गया और जमादार ज़मीन पर गिर गया। उसकी आँखों के ऊपर से ख़ून की धार बहने लगी। उसने अपने को सँभालते हुए कहा, "देख रहे हो मुँह, अभी?" और मैं दौड़ा हुआ, ऊपर पहुँच गया। ड्राइवर हैण्डिल ताने खड़ा था। और महरी, सत्ती को अपने पीछे किये, पण्डित की पुश्त-दर-पुश्त को सराह रही थी, "चबा जाऊँगी कच्चे, जो आँख उठा के देखोगे इस ओर।" और बनवारी के सिर पर एक लोटा बजा चुकी थी। पण्डित क्रोध से काँप रहा था—नशे में धुत, उसके पाँव थरथरा रहे थे। मुँह से गाज निकल रहा था। मैंने इधर-उधर देखा; ख़ानसामाँ बड़ी कलछुल लिये, जमादारिन झाड़ई लिये...तभी पण्डित, महरी पर झपटा और उसे झोंकते हुए, सत्ती के बालों को पकड़कर गिरा दिया। ड्राइवर बढ़ा, उसने हैण्डिल ताना, पर पीछे से मैंने हैण्डिल छीन लिया। पण्डित झुककर सत्ती को घसीट रहा था। तभी ज़ोर की 'फच...फच...' मैं नहीं जानता क्या हुआ, मैंने नहीं देखा, पर कई आवाज़ें गूँजती रहीं—

तुम जाओ, दादा बचा लेंगे...दादा...बड़े बहादुर हैं...उन्हें बताना...वे कुछ नहीं जानते...कुछ नहीं, कुछ नहीं, डरना नहीं...

जगेसर भइया का राज है वहाँ...हम देख लेंगेतुमने थोड़े मारा है, वह तो मैंने...कोई मोटी आवाज़ थी—सम्मिलित और कई हाथ मुझे सहला रहे थे—कई बातें लड़ रही थीं, कई बातें...

"मैं बचना नहीं चाहता, मुझे प्राण की अभिलाषा? छीः और मैं हँसने लगा—जोर से। शायद पागल हँसते हैं ऐसे और मुझे स्टेशन पर आकाश की ओर उठी उँगलियाँ याद आ गयीं— छी...छी...थू—थू...

"पागल हो का भयवा, खा रहे हो मन की मिठाई। छूटि जाई डोगी तो राम नाम जपोगे दुप्पहर तक। करार धरे है नदिया।" कोई कहकर दौड़ रहा है आगे। तभी मैं सुनता हूँ, "छूटत है... डोरी... हो!!! जो आवै, तो दौड़ आवै।" यह मल्लाह की आवाज़ है। मैं दौड़ पड़ता हूँ।

पितरों की भूमि पर, फफाई हुई, इस गोमती को देखता रह जाता हूँ। बड़ी-बड़ी नदियाँ और समुद्र तक देखे हैं मैंने, पर मिट्टी का ऐसा गौरव—ऐसा भरा-भरा-सा किनारा, ऐसी अमराई की छाँह; मैंने नहीं देखी हहाती हुई पानी की धार, जैसे आसमान तक लुढ़कती हुई बह रही है। पेड़ों की चोटियों से लड़ते हुए पानी के थपेड़े, शरीर के रोयें-रोयें को कँपा देते हैं। कैसा अद्भुत है यह सब, मैं खो जाता हूँ। लेकिन दौरियों में दही के मटके रखे बैठी औरतों को कौन कहे...

धीरे बहु नदिया तैं धीरे बहु,
मोरा पिया उतरइ दे पार।

—मल्लाह ज़ोर से गा पड़ते हैं, धीरे बहु ऽ ऽ...धीरे ऽ...धीरे बहु ऽ ऽ...धीरे ऽ...। और उनकी ऐंठी हुई माँसपेशियों से ढँकी, काली पीठों पर पसीने की बूँदें, सूरज की पहली किरण में चमक उठती है।

काहेन की तोरी नइया रे,
काहे की करुवारि।
कहाँ तोरा नइया खेवइया,
के धन उतरई पार।
धरमै कै मोरी नइया रे,
सत कइ लागी करुवारि।
सैंया मेरा नइया खेवइया रे,
हम धन उतरब पार।...

धीरे ऽ ऽ...धीरे ऽ...धीरे बहु नदिया...तू धीरे ऽ ऽ ऽ। आवाज़ धार पर तैरती है, धार आवाज़ पर, और हिलती हुई नाव, जैसे थपकियाँ देती है।

पता नहीं कब का, नाव से उतरकर जड़ियार की चौहद्दी में घुस चुका हूँ, पर सोचता हूँ,—दादा से सब बता देना...जगेसर भइया सँभाल लेंगे। सत्ती, जमादार,

ड्राइवर, महरी, लेकिन क्यों जाऊँ बूढ़े के पास। मरने के लिए काफ़ी दुःख है उसके पास, पर सत्ती के दादा को, जमादार महरी और ड्राइवर के भइया को; देख तो लें—इस मिट्‌टी के गुमान का अन्दाज़ तो ले लें। मैं बढ़ता जा रहा हूँ, पर मन सन्देह में है। हवा में डर है यहाँ। पण्डित के ख़ून से गाँव पुलिस के जूतों के नीचे आ गया है।

दादा एक टूटी चारपाई पर पड़े हैं—अब उठ नहीं सकते। अन्त है, यह उनकी ज़िन्दगी का। पुलिस ने आग की आँच दिखायी है। उन्हें जूते सुँघाये हैं और भंगी से उनके मुँह में...ये नरक की यातना भुगत रहे हैं। उन्हें कुछ दिखायी नहीं पड़ता...

“हरे राम हो...प्रभू तू कहाँ हो...”

“मैं कलकत्ता की कोठी से आया हूँ”—फिर नाम क्यों बताऊँ?

“कहँवा हो, कहँवा?” हवा में हाथ घुमाते हैं—दो हड्‌डियों के हाथ, जिन पर सफ़ेद रोयें हैं। बदबू दिमाग़ में भर जाती है—ऊफ!

“सच कहो, सत्तीसिरजू का बियाह हो गया है न?”

मैं चुप हूँ।

“सरजुवा नहीं मार सकता, मालिक की सेवा हमारा धर्म है। रामू का बेटा...मालिक के...? ना, ना। उनके जूती के तरे ही हमारी मुक्ती है। चाहे जो करें, चाहे...” वे खाँसते हैं— करवट नहीं ली जाती उनसे, पर उनकी बातें? मेरा ख़ून खौल रहा है।

“और जो उसने शादी न की हो? सत्ती के साथ कुछ और ही...”

“हम मरती बार यह सुनना नहीं चाहते। मालिक की सेवा ही धरम है। चाहे मालिक जो करे, चाहे सत्ती के मार डाले, और का कहीं। नहीं तो वे हरामी के बच्चे हैं, हमारे नहीं, रामू के नहीं।” बूढ़े के मरे चेहरे पर ख़ून दौड़ आता है। जी में आता है, टीप दूँ गला इसका—झंझट खतम हो जाय।

“हरामी के बच्चे, हिह्...छी...”

उठ खड़ा होता हूँ। जगेसर के पाले हुए कुत्ते के दाँत, कच से पिण्डलियों में धँस जाते हैं...

हँसी आती है—ज़ोर की हँसी। हाथ ख़ून की धार को पोंछकर, आपस में घिस जाते हैं।...

“ये हैं आदमी के बच्चे...”

मिट्टी का घोड़ा

मुर्ग़े ने बाँग नहीं दी और न तो कौवे ही बोले, रामू चाचा की खाँसी और हरखू की खटनही भी नहीं बोली, घर के किंवाड़ों पर सिरपत ने भैंस दुहने के लिए बाल्टी माँगनेवाली तीखी आवाज़ भी नहीं दी, दादा ने जगने के लिए बच्चों को कोसा भी नहीं और जयराजी ने पुर पर जानेवाले बैलों को छोड़ा भी नहीं, न तो धोती का कछाना मारकर, अपने कन्धे में मोटे रस्से से लिपटा हुआ जुआ ही टाँगा पर सुबह हो गयी। यह भी अजीब सुबह है—इसका रंग आठ ही दिन में कितना बदल गया है। फिर वही पुरानी सुबह, कमरे के नीले पर्दों में छिपी हुई, पीली, मुर्दार सुबह—जिसे निर्जीव लोहे की घड़ी अपनी सूखी कड़वी आवाज़ द्वारा बुलाती है और फिर बिजली की रोशनी में वह एकाएक सूखकर सफ़ेद और बेजान हो जाती है। बंशी मशीन की तरह बिना कुछ बोले, जैसे डरता-डरता कमरे में झाड़ई दे जाता है, धाँधू डालडा की मिठाइयाँ रख जाता है और बाजपेई बिरला की मशीनों द्वारा ढले, समाचारों से मन को भिन्ना देता है। क्या उसकी मशीन भी कभी ख़राब नहीं होती और नहीं तो क्या यह सुबह भी कोई सुबह है—टूटी, भोंड़ी, सफ़ेद और मुर्दार...

पर आज की सुबह बुरी नहीं, गो यह लोहे की पटरियाँ, पहिये और काठ के डब्बे लगातार इस कोशिश में हैं कि वे इन दोनों सुबहों को मिला दें, पर अभी इन्हें सफलता नहीं मिली है। ये कार्यरत हैं। देखो न, कितनी तेज़ी से भाग रहे हैं और लगता है, ये स्थिर हैं। वह स्थिर मज़बूत धरती, जो टस-से-मस नहीं होती, भाग रही है, भाग रही है। नहीं, नहीं, यह महज़ इन पहियों की शरारत है, जड़, होशियार, मशीन...,

लेकिन बाहर इस हलकी भूरी चादर में लिपटे हुए गाँव उसी सुबह की आगोश में डूबे हैं, सराबोर हैं, जिससे मैं भाग रहा हूँ। इन आम के पेड़ों पर और बाँस की कोटों में बैठी वही मैना बोलती होगी। इन कुओं पर वही जयराजी पुर नाँधने आयेगी और उन गायों का दूध वही सिरपत दुहेगा। फिर रँभाते हुए बछड़े और हवा में धीरे-धीरे तैरती हुई, बैलों की घण्टियाँ ज़रूर बजती होंगी, पर ट्रेन सुनने दे तब न! आख़िर यह ख़ामख़्वाह बीच में क्यों आ गयी है? शायद यह मेरी शहरी सुबह की दोस्त है और मुझे भुलाकर ज़बरदस्ती अपनी सखी के गले बाँधना चाहती है। पीले जवानी में ही बूढ़े दिखायी देनेवाले इनसान, निर्जीव और पत्थर का-सा दिल

रखनेवाली काली सड़कें, कैंचियों से तरासकर बुत की तरह घूरनेवाले पेड़ और सुन्न एकाकार और इशारे पर चलनेवाली बत्तियाँ और सैकड़ों-हजारों-लाखों न जाने इसके कितने दोस्त हैं।

नन्हें ठण्डे हाथ, हाँ, यह बच्चा ही है। सीट के सहारे घूमते-घूमते मुझे दूसरी दुनिया से खींच लाया है। कमज़ोर पसलियाँ झाँक रही हैं, पेट बाहर निकला पड़ता है, नाक बह रही है। पर यह बच्चा है। इस बूढ़े आदमी के साथ होगा, जो सुबह ही से खाँसते-खाँसते हाँफ रहा है। जो क़रीब-क़रीब नंगा ही है। पर बच्चे की देह पर एक कमीज़ है, जिसमें गन्दगी ने अलग रंग बना रखा है और नन्हें-नन्हें छेदों ने उसे डिजाइन दे रखी है। पर बटन एक भी नहीं; शायद इसकी माँ नहीं होगी। दवा, सफ़ाई, खाना फिर शिक्षा और नौकरी! नौकरी लायक़ होगा? अमूमन यह जीने लायक़ ही न हो सकेगा; पर इसके माँ-बाप और बच्चे के अलावा, माँ यदि होती तो ज़रूर होती, साथ छोड़ दिया होगा! यह आदमी शहरी मज़दूर जान पड़ता है। शायद साफ़ बोलने की कुआदत का यह शिकार है! एक दिन मिल मैनेजर ने इसे बुलाया और कहा था, ''भाई जोखू, हाँ, हाँ...आओ!'' उसने कुर्सी की ओर इशारा किया। जोखू साहब की इस दरियादिली पर उमड़ा भी नहीं। बैठ तो गया, और कुर्सी पर, साहब के कमरे में; लेकिन मूर्ख कुछ भी जानता तो अच्छा ही होता। मुस्कराता और मुँह के अगल-बग़ल एक शिकनदार निशान बनाता, फिर हाथों की उँगलियों में एक लाचार शिकन लाता पर यह पत्थर-तो-पत्थर! साहब ने कहा, ''देखो यह जो खाता मास्टर है न, जो नेता है, अब हम तुम्हें वहाँ रखना चाहते हैं'' पर जोखू कुछ नहीं बोला।

''डेढ़ सौ पगार है। बस तुम्हें इतना कहना है कि, उसने पगार के दिन तुमसे पाँच रुपये घूस में लिये।'' ''मेरे मान का नहीं।'' वह बाहर निकला और फिर दूसरे दिन से मिल का फाटक उसके लिए बन्द हो गया। घर आकर, जला-भुना ज़रूर होगा और खाना न मिलने पर बीबी ने नाक-भौंह भी सिकोड़ा तो उसे बुरी तरह से पीटा। फिर क्या, वह पुराना दोस्त जो कई बार, अपनी ज़ुल्फ़ों में तेल डाले और कानों में सोने की बालियाँ पहने, उसे बाजू-बरेखी दिखाया करता था, उसकी बन आयी होगी, और यह बच्चा, यह बूढ़ा...

नहीं नहीं, यह अस्पताल की देन हो सकता है। पर नहीं हास्पिटल के जनरल वार्ड में एडमिशन, बिना सिफ़ारिश...? शायद यह उसी दिन वहाँ गया हो, जिस दिन उसकी बीबी नल से भारी मिट्टी के मटके में पानी भरकर ले आते समय बेहोश होकर, गिर पड़ी हो और लोगों ने कहा हो, ''जोखू अब आजकल में इसे बच्चा होने को ही है।'' पर उस दिन भी नहीं, और हाँ, डॉक्टर ने ज़रूर कहा होगा, ''कि मुर्दे के लिए यहाँ जगह नहीं है। कहीं श्मशान पर जगह ढूँढ़ो!'' और बेहोश लाश को, जब एक सड़ियल एक्के पर ढोता हुआ, जोखू लौटता रहा होगा तो एक कराह फूटी होगी; मरीज

के बदन में ऐंठन हुई होगी और उसके दाँत आपस में मिलकर आवाज़ किये होंगे। जोखू घबराया तो होगा ही, और जब उसने मरीज़ का ख़ौफनाक़ पीला मुँह देखा होगा तो उससे उसे डर लगा होगा और उसने एक्के से उतरकर, माथा थाम लिया होगा। मरीज़ ने टाँग कुछ सिकोड़ी होगी, कराहा होगा और एक अजीब-सी बदबू आयी होगी। एक्कावान तो बूढ़ा था। जान गया होगा और दूर हट गया होगा। इतना ज़रूर था कि इशारा कर दिया होगा, जोखू घर आया होगा। फिर बेहोशी। जच्चा ने एक बार बच्चे को चूमा भी न होगा; उसके नरम, सुहावने गालों को अपने सूखे गालों से सटाया भी न होगा; पर बच्चा जीवित है। निसन्देह यह बूढ़ा लगन का आदमी जान पड़ता है, पर क्या इसके चेहरे की गहरी सूखी लकीरें, इसके गूँगे-बहरे भावों के गढ़े हैं? जमाने की मार ने उसकी कमर टेढ़ी की है? आँखों का पानी, जिसमें जीवन की रोशनी चमकती है; सूख चुका है...?

पर वह तो चला गया; ट्रेन छोड़कर, मेरे सवालों को छोड़कर उतर गया। उसकी सीट खाली है—चिकनी, साफ़। लगता है यहाँ कोई बैठा ही नहीं था। पर बुड्ढा अब भी खाँसता है, उसकी कमर के ऊपर की धड़, हर खाँसी के साथ एक बार हिलती है, जैसे कोई कटता हुआ कमजोर पेड़ हर कुल्हाड़े की चोट पर हिलता हो पर वह खाँसी से लड़ रहा था और रह-रहकर अपनी छाती पर हाथ रखता, उसे सहलाता, लड़के को देखता, डब्बे पर निगाह डालता; लेकिन वह ट्रेन से उतर गया। शायद वह नहीं चाहता था कि कोई उसके बारे में जाने—फिर यह घोड़ा, मिट्टी का घोड़ा! जिसके ऊपर की पालिश छूट चुकी है और तीन टाँगे टूट चुकी हैं; किसका हो सकता है? उसी बच्ची का होगा। बूढ़े ने जान-बूझकर, अपनी कहानी का अगला हिस्सा यहाँ छोड़ दिया है। लड़का इसे यहाँ नहीं भूल सकता था, क्योंकि अभी वह इसे भूलना नहीं चाहता होगा। उसकी चौथी टाँग तो साबित है, वह एक टाँग के घोड़े पर भी तो चढ़ सकता था—बच्चा, अबोध, नादान।

बग़लवाली सीट पर वह जवान महिला सो रही है, पर उसका बच्चा जग गया है। उसके हाथ में भी घोड़ा है, पर मिट्टी का नहीं, रुई का नरम और ख़ुशनुमा। महिला के सीने और घुटने से रेशमी लिहाफ़ खिसक गया है और उसकी गोरी-चिकनी माँसपेशियाँ चमक रही हैं। बच्चा बार-बार अपने घोड़े के मुँह से उसकी छाती पर का कपड़ा हटा देना चाहता है। शायद भूखा है, उसे दूध चाहिए। रह-रहकर स्त्री के सेब के-से गालों पर और केश राशि पर घोड़े को दौड़ा देता है। उसका घोड़ा ख़ुश है, पर वह घोड़ा जो मेरे हाथों में है, इसकी तीन टाँगे टूट चुकी हैं। यह पुराना है, उदास है पर उस घोड़े से मज़बूत है। यह ज़रूर है कि इसने माँ की छाती और गालों पर दौड़ नहीं लगायी, लेकिन यह कड़ा है, खुरदुरा, क्योंकि यह मिट्टी से जो बना है।

अब यह बच्चा इसे देख रहा है, ललचायी आँखों से, शायद इसे माँग ले, पर नहीं वह स्त्री जो है। बच्चे को घूर रही है। बच्चा समझ नहीं पा रहा है पर वह समझा

रही है। "वह गन्दा है, टूटा है, तुम्हारे लायक़ नहीं है।" पर बच्चा बिदक रहा है, मचल रहा है! वह जानता है कि यह घोड़ा कोई दूसरा खिलौना है।

मैं जान गया कि इस घोड़े की टाँगें कैसे टूट गयीं। साल-भर हुआ होगा, जब बूढ़ा मिल की नौकरी छोड़कर एक साहब के यहाँ काम करने लगा था। वह काम से लौटा होगा, तो बच्चे को अड़ोस-पड़ोस के कई बच्चों के साथ खेलते पाया होगा। हाँ, वह सीधे धुएँवाली कोठरी में चला गया और भींगी लकड़ियों को जुटाकर, चूल्हा जलाने लगा। इतने में बाहर, बच्चों के चिल्लाने की आवाज़ आयी। उसने देखा तो पड़ोसी का बच्चा अपना मिट्टी का घोड़ा लिये दौड़ा चला जा रहा है। उसने अपने बच्चे से पूछा, तो उसने कहा, "घोला लूँगा" उसने समझ लिया कि यह उसका घोड़ा छीन रहा था लेकिन वह लेकर भागा है और यह रो रहा है। उसने बेरहमी से उसका हाथ पकड़कर उठा लिया और बच्चा चिल्ला उठा। बूढ़ा पड़ोसी अपने एक हाथ में हुक्का सँभाले, दूसरे में एक सफ़ेद नया घोड़ा लिये आया और कहने लगा, "आ मुन्ना? अरे ओ मुन्ना! ले, ले जा बेटा!" और बच्चा बाग़-बाग़ हो गया होगा।

पर ग़लती यह हुई कि बूढ़ा बाद में मुन्ना को भी साथ-साथ काम पर ले जाने लगा क्योंकि अब मुन्ना चलने लगा था। एक दिन वह मोटर के नीचे आते-आते बचा तो मोटरवाले ने जो कोई बड़ा शरीफ था, बेचारे ने मोटर से उतरकर, जाँच-पड़ताल की और जब बूढ़ा मिल गया तो कुछ ज़्यादा नहीं, यही दो ढाई सौ गालियाँ सुनायी। बूढ़े ने उसके जाने के बाद सारी गालियों का बदला, बच्चे से ज़रूर ले लिया होगा। दूसरे दिन से उसने उसे घर में बन्द करना शुरू कर दिया। पर पहले दिन जब वह लौटा होगा तो बच्चा रोते-रोते थककर बेहोश हो गया होगा। उसकी आँखें सूजी रही होंगी और दूसरे दिन से उसे साथ काम पर ले जाने लगा होगा।

पर साहब की बेटी और मुन्ना के घोड़े से जान-पहचान, फिर अदला-बदली हुई और जब, साहब की पत्नी ने अपनी बच्ची के हाथ में मैला-सा घोड़ा देखा तो, पहला काम यह किया होगा कि, बच्ची के हाथ से बच्चे का घोड़ा छीनकर, फेंक दिया होगा। बच्चे के हाथ से नरम-नरम रुई का घोड़ा छीनकर, उसे एक झापड़ दिया होगा। बच्चे ने रोते हुए अपने घोड़े के पास पहुँचकर उसे उठाया होगा। उसकी तीन टाँगें ज़मीन पर ही पड़ी रह गयी होंगी। वह फूट-फूटकर रोने लगा होगा, और अपने होंठों से घोड़े को सटा लिये होगा; जैसे उसे अपने मारे जाने का नहीं, घोड़े की चोट का बड़ा क्षोभ हो।

"आख़िर उसे छू ही लिया। मना कर रही थी, माना नहीं! डर्टी, बदतमीज़!" बच्चा बीच में मेरे पास से घोड़े को उठा ले गया था, औरत बच्चे को डाँट रही थी और उसने एकाएक उसके हाथ से घोड़ा छीनकर ट्रेन की खिड़की से बाहर फेंक दिया। मेरे मुँह से अचानक एक चीख निकल पड़ी पर फिर ध्यान आया, तो औरत, पहले तो शरमा

गयी, उसके गालों पर सफ़ेदी दौड़ गयी पर फिर वह मुस्कराने लगी, लज्जा और क्षोभ नहीं, एक शरारत—जिसमें आदमी की बेवकूफ़ी की तरफ़ इशारा था—उसकी आँखों में उभर आयी।

वह मिट्टी का खिलौना, मिट्टी में मिल चुका था? मैंने डिब्बे से बाहर झाँका, सुबह बीत रही थी...लेकिन सिरपत ने भैंस दूहने की बाल्टी नहीं माँगी, रामू चाचा की खाँसी और हरखू की खटनही नहीं बोली, जयराजी के बैलों की घण्टी की आवाज़ नहीं आयी और सुबह बीत गयी; यह भी अजीब सुबह है।

वह बूढ़ा ट्रेन से उतर गया था। उसकी सीट खाली थी, जैसे वहाँ कोई बैठा ही नहीं था और वह औरत कनखियों से कुछ देखकर मुस्करा रही थी...।

अगली कहानी

कल तक जो कुछ हुआ है, उसे अनकहा ही मानिये, क्योंकि उसमें कोई भी ऐसी सलीके की बात नहीं थी, जो आपके मन को रिझा सके। ढंग की कटी-छँटी बात न सही, कोई रूमानी घटना ही होती, या होते-होते रह जाती, या सम्भावना के ही रूप में रह गयी होती, तो शायद भूमिका में पकड़ आ जाती, लेकिन वह भी नहीं। रही किसान-मजदूर-अन्दोलन की कथा, सो वह गरज भी इन लेखकों की क़लम से बिल्ली की म्याऊँ बनकर रह गयी। आख़िर कान ही बेचारे क्या करें, तड़प, तूफ़ान और हाहाकार के वे इतने आदी हो गये हैं कि, 'ध्वन्यालोक का प्रणेता' अपने सिद्धान्त के खोखलेपन से खीझकर सिर पटकता होगा! लेकिन, चलो, अच्छा ही हुआ, जो उसे ध्वनि और रस का महत्त्व तो मालूम हो गया। कुछ मतलब यह कि कल तक के 'जो देखा, सो कहा' से लोग परिचित हो गये हैं, इसलिए कह रहा हूँ कि उस कथनी को अनकही ही जानिये।

इन सारी बातों से यह बहुत स्पष्ट हो जाता है कि कथावस्तु की समस्या आज मेरे सामने नहीं है, और न उसे ढूँढ़ने के लिए गलियों की ख़ाक ही छाननी है; क्योंकि हमारी रोज़मर्रा की ज़िन्दगी इतनी भावशून्य हो गयी है कि अब दफ़्तर के बाबू पर साहब की डाँट का कोई विशेष प्रभाव नहीं पड़ता। न तो बाबू मन से काम करता है, न साहब मन से डाँटता है। रही ग़रीबी, भुखमरी की बात, वह भी इतनी व्यापक हो चली है, जैसे मध्यमवर्गीय घरों में औरत-मर्द का झगड़ा।

बच रही प्रणय-चर्चा, वह भी अब अनुभूत विषय नहीं रही और उसकी पिछली कहानियाँ भी अब 'सेकेण्ड हैण्ड' अनुभूति हो चली हैं; क्योंकि आलोचक की माँग है उस जीवन से सजग सम्पर्क की, जिसकी कहानियाँ लिखी जानी हैं। तो फिर उसकी चर्चा भी अनायास ही होगी। मसलन, कथानक के लिए आमने-सामने की दो खिड़कियों को ले लिया जाय, जिनमें एक तरफ़ कोई युवक और दूसरी तरफ़ कोई युवती खड़े-खड़े घण्टों पहरा दिया करते हैं। यह संयोग की ही बात है कि घरों में परिवार रहते हैं और परिवारों में युवक-युवतियाँ, और इनका इस तरह घूरना, तरेरना, समय बिताना, यह सब कोई ख़ास बात नहीं, और न ही इससे कोई प्रेरणा ही मिलती है; अलबत्ता इससे कथानक को खाद ज़रूर मिलती है। लेकिन इनमें कोई क्लाइमेक्स नहीं होता; ऐसी जाने कितनी घटनाएँ आँखों में आती हैं और

फिसल जाती हैं। फिर यह सब बासी-सा लगता है। अनकही-सा रस है इसका—कुछ फीका-फीका!

लेकिन, अगर किसी धोबी के छोकरे को ले लें, जो घर पर आकर बड़े मजे में कपड़ा लेता-देता है, और अभी-अभी इण्टर की परीक्षा में बैठनेवाली घर की भोली बच्ची जब उसे कपड़े देती, गिनती और लिखती है, तो उससे दो बातें बन जाती हैं। एक ओर निम्न वर्ग का प्रतिनिधित्व हो जाता है। कहानी में और दूसरी ओर बड़े घर की लड़की की शर्मीली अदाएँ पाठक के मन में उतरने लगती हैं फिर बॉडी और कमीज़ की संख्या गिनते हुए, दोनों की मौन मुस्कराहट जैसे कुछ नयी लगती है; पर यह भी ऐसी चीज़ नहीं, जो सचमुच नयी हो। हाँ, दोनों का किसी एक दिन एकाएक घर से ग़ायब हो जाना कुछ कुतूहल उत्पन्न करता है; क्योंकि निम्न वर्ग का साहस और उच्च वर्ग का उत्सर्ग एक स्थल पर मिल जाते हैं। लेकिन इसमें एक खामी है; यह घटना साहित्य की नहीं, पत्रकारिता की चीज़ बन जाती है। दूसरे यह कि उसका लेखक न तो धोबी का बच्चा है, न बाबू की बच्ची। इसलिए अनुभूति उधार-ओछी, साहित्य के लिए निकृष्ट ही होगी।

इस सबका, जो मैं कह रहा हूँ, कोई ख़ास सिलसिला नहीं होता। कहानी के लिए किसी ख़ास ब्यौरे की भी ज़रूरत कहाँ रही अब? किसी भी ढंग की, किसी भी बात को, कैसी भी परिस्थिति में क्यों न हो, कहानी कह दिया जा सकता है। गहरे उतरने पर, साहित्य का आधार, जीवन भी तो सिलसिले से खाली ही मिलता है। उदाहरण के लिए मज़दूर मज़दूर ही नहीं है, वह अपने वर्ग का सफल लेखक भी है, चित्रकार भी है, नेता भी है और प्रेम कथाओं का हीरो भी। वह नेकर-कमीज़ भी पहनता है, कुर्ता-पायजामा और जैकेट पहनकर, टोपी भी लगा लेता है। कभी उसके बाल साफ़ हो जाते हैं, तो कभी बढ़कर जैसे बया का घोंसला। कभी वह धीरे से बोलता है, तो कभी गरजकर आकाश को भी कँपा देता है। घण्टे में दो-दो बार, दिन में बीसों बार, बीसों रूप हैं, 'प्रभु अनन्त प्रभु-कथा अनन्ता।' मनुष्य अध्यापक है, कवि है, विचारक है, नेता है, हीरो है। कहीं वह गाता है, कहीं रोता है, कहीं हँसता है, कहीं बिलकुल सत्य कहता है, तो कहीं बिलकुल झूठ। कहीं वह मर्यादा के लिए बाल्मीकि-व्यास बन जाता है, तो कहीं पैसे के लिए चाटुकार।

तो फिर सिलसिले पर बहुत ज़ोर देना ज़रूरी नहीं। यह तो युग-सत्य है, और युग की छाया साहित्य पर होनी ही चाहिए। रही असामान्य चर्चाओं द्वारा कथा-रस पैदा करने की कला, सो तीतर और बटेर लड़ानेवालों की अनोखी बोलियों से लेकर, बन्दर और भालू नचानेवालों के वस्त्रों और गाँव की कोलियों में दो मुट्ठी दाने पर, कान की खूँट निकालनेवाले नटों की टोपियों तक में फैली हुई है। इस विशेषता का आग्रही पुराना नर्तक भी अपने भस्म-स्तूप पर जमुहाई लेता सोचता है, "काश ये लम्बे बाल न रखाये होते! अब तो इन्हें मुड़ा देना भी अनुचित होगा!"

इसीलिए सोचता हूँ कि असामान्यता बाद में खलती है, सोच में डाल देती है कि कैसे सब किये-कराये पर पानी फेर दे? शायद इसीलिए आलोचक सामान्य जीवन के साथ तो नहीं, पर पास रहने की सलाह देता है, जो उसके लिए पास से भी इतर है, क्योंकि उसका सहाय तो कृतिकार है, कृतित्व है, उसकी खाद नहीं। और वह भी सामान्य कृतित्व नहीं, क्योंकि उसके बहुमूल्य समय से खिलवाड़ करने का हक़ भी किसी को कहाँ? "अजगर करे न चाकरी...।"

तो सामान्य जीवन से ही कोई बात निकालनी चाहिए; क्योंकि बुज़ुर्गों का अनुभव भी तो यही बताता है। रवि बाबू और रोम्याँ रोलाँ की वयोवृद्धि ने भी उन्हें यही सिखाया था। इसलिए विशिष्टता की खोज कहानी का धर्म नहीं है। चाहे कोई पढ़े, या न पढ़े, पर कोई लेखक अपना धर्म कैसे छोड़ सकता है? लेखक-लेखक ही नहीं, मनुष्य भी तो है।

लेकिन, फिर जो समस्या उठी, उसका कोई हल नहीं सूझता। इस भीड़ के चेहरों में कोई ऐसा कथारस नहीं। यह सब जैसे इकहरे हैं, एक ही तरफ़ जाते हुए और एक ही तरह की बातें करते हुए। मैं तो इन्हें कब से देखता हूँ। जब यह पहले मिले थे, इनके दाँत सफ़ेद थे,—दूध से धौत, फिर कुछ लाल हुए और अब तो ये काले पड़ गये हैं; क्योंकि पहले दूध, फिर पान, फिर तम्बाकू-बीड़ी का इन पर प्रभाव पड़ा। बड़ा अन्तर है इन सबमें, और यह चक्कर बड़ा परिचित है, कोई नयापन नहीं है इसमें। लेकिन वह क्रम ऐसा ही क्यों है? काश, पहले इनके दाँत काले रहे होते, फिर लाल होते, और फिर दुधिया हँसी इनके अरुण चेहरों पर खेलती होती! तब शायद इनमें रस बढ़ता, कुछ नयापन आता।

लोग कहते हैं कि प्रकृत-मनुष्य में विकास होता है। अपनी आँखों से मैंने प्रकृत-मनुष्य में घटती ही देखी है। सेठ बाँकेमल का बचपन मुझे याद है, जो बाईस वर्ष की उम्र में मातृ-रक्त से अपना हाथ रंगकर, बंकिमलाल से बाँकेमल हो गये हैं, मीनाक्षी मराछी बनकर नून-तेल बेचती है; और बोधन सांई, बुद्धू भठियारा बन गया है; यह सिकन और सलवटों की पहचान नहीं, प्राण की परख मानी जाय, तो हमारा युग सामान्य घटती पर ही है। ठीक निर्जीव की तरह, जीव में विकास की सम्भावनाएँ कम ही लक्षित होती हैं। हाँ, वह अपनी जाति की संख्या ज़रूर बढ़ा रहा है, पर वह भी निकम्मी, रुग्ण और मरणासन्न।

यह सामान्य जब तक किसी विचित्र घटना से रंजित नहीं होता, हमारे काम का कहाँ ठहरता है? और मुझे भी तो आपके सामने कल से हटकर, एक नयी कहानी कहनी है, जो अनकही हो—कुँवारी। इसलिए, यह पार्क, जहाँ बैठकर मैं ध्यानावस्थित-सा हो चला हूँ, यदि तेज़ी से चक्कर काटने लगे, या एकाएक पाताल में धँसकर, फिर ज़मीन से हिमालय की तरह उठ जाय, तो शायद मुझे कोई बात कहने का अवसर मिल जाय।

यह बूढ़ी बेंच! मुझे याद है, जब इसकी जवानी थी, मेरी लालसा भी तब ऐसी ही थी। जिज्ञासा तब बूढ़ी नहीं हुई थी, इच्छा मरी नहीं थी, जोश ठण्डा नहीं हुआ था। बीस वर्ष हो गये, पर यह नौस्टेर्शियम, यह डेलिया और हॉलीहाक्स वैसे ही हैं। हर जाड़े में इनकी शोभा होती है, वैसी ही सुन्दर, कुछ सुन्दरतर ही। पर अब यह मुझसे बोलते नहीं; क्योंकि यह भी अब बड़े सामान्य हो गये हैं। कभी इस पार्क को लेकर भी कहानियाँ बनी थीं। अंग्रेज़ मेमों के लिपस्टिक से इसकी शामें गाढ़े लाल रंग में रंग उठती थीं और गोरे साहबों की मज़बूत कलाइयों में, उनकी पतली कमर फिरहिरी-सी नाच उठती थी। लेकिन यह सब बहुत पुराना है, बार-बार का जुठारा हुआ, उच्छिष्ट और फिर इसमें सामान्य तो कुछ भी नहीं।

बात बनती नहीं दीखती; शायद आज मैं आपसे कुछ भी न कह सकूँ। समय ज़रूर ले लिया थोड़ा, पर मैं भी तो कब से सिर खपा रहा हूँ। कितने लोग आये-गये, पर मैं जैसे पत्थर-सा जमा हूँ। बच्चों की चुस्ती ने माली की आँखों में कितनी बार धूल झोंकी, पर एक बार भी मुझे हँसी नहीं आयी। युवती की आँखें टेढ़ी हुईं और युवक जैसे कुछ डरते-डरते खिसक गया, पर मैंने उन्हें देखकर भी नहीं देखा अब वे किसी लता के झोंप में छिपेंगे, पर मुझे इससे क्या?

बीड़ी-यूनियन की कार्यकारिणी के सदस्य भी अभी घास की इन्हीं फुनगियों पर क्रान्ति बिखेर कर गये हैं; पर यहाँ तो कोई रक्त-बिन्दु नहीं, अलबत्ता घास कुछ दुःखी ज़रूर लग रही है—दबी-दबी-सी, जैसे यही उनकी मालिक हो। फिर भी, यह प्रकृत वस्तु की प्रतिनिधि है, सीधी तो हो ही जायेगी। लेकिन मेरी कहानी कहाँ बनी? कहाँ क्लाइमेक्स आया? कहाँ कोई नयी बात मिली? तब फिर अगली गोष्ठी का क्या होगा? और आलोचक...मैं सोच ही रहा था कि मेरी गर्दन के पिछले भाग में तेज़ दर्द हुआ, जैसे किसी ने आग का अँगीठा रख दिया हो। मैंने ज़ोर से उस पर हाथ दे मारा, और हाथ में मरी हुई मधुमक्खी आ गयी, जैसे एक सामान्य पर्दा खुल गया हो। मैं उठ खड़ा हुआ। पाँव थरथराने लगे तो मैंने बेंच पर हाथ रखकर अपने को सँभाला।

मुझे अपने बुढ़ापे का स्मरण हो आया। कितना असाधारण हो गया था मैं अभी-अभी, और जैसे शोख़ हँसी से भरी हुई हवा मुझे गुदगुदाती हुई निकल गयी। जूही की शर्मीली कली-सा, प्रतिपदा का चाँद मेरे आगे से गुज़रा, और मैं धीरे-धीरे घर की ओर चल पड़ा।

जब पार्क से बाहर निकला, तो रात गहरी हो गयी थी। चाँद अशोक के गुम्फित वृक्षों के झमेले में, किसी मासूम बच्चे-सा खेलने लगा था, और उसकी कटावदार रुपहली पत्तियों ने चाँदनी को महीन कुहासे में बदल दिया था। मेरी निगाह भी बदल चुकी थी। बग़ल में देखा, तो रात की रानी के हाथ में बहुत नन्हीं बिन्दियोंवाली फुलझड़ी हिल रही थी। मेरा मन हलका हो चला। पग-पग पर नयी अनुभूतियाँ जैसे बाल-मराल पर चढ़कर आतीं और साथ चलने लगतीं। मैं सँभाल नहीं पा रहा था, क्या रखूँ, क्या

छोड़ीं। तब तक बिलकुल फाटक पर पार्क की ओर मुँह किये एक रिक्शा दिखायी पड़ा। सोचा, कोई कहीं जा रहा होगा, पर उसी समय गर्दन पर परपराहट बढ़ गयी। मैंने हाथ से सहलाया, तो लगा जैसे इस हलके-से असामान्य दर्द से मैं कितना सामान्य हो उठा हूँ! यह ज़रूर किन्हीं प्रेमी-प्रेमिकाओं की जोड़ी होगी! नगर के कोलाहल से बचकर, प्रेम-चर्चा के लिए इससे बढ़कर, कहाँ स्थान मिलेगा? मैं चलता रहा। अब बनैले गुलाबों की झाड़ियाँ पीछे छूट रही थीं और श्यामलता के छोटे-छोटे कई कुंज आगे थे। सोचा, बढ़ जाऊँ, पर रिक्शा बिलकुल आगे था। उत्सुकता हुई, देखा, यह अकेली क्यों?

रोमी मेरे पड़ोसी ठाकुर साहब की अकेली कन्या है। दुलारी है, इसलिए जो चाहती है, करती है। कोई रोक-टोक नहीं। रहन-सहन पर बड़ा पैसा ख़र्च करते हैं, बेचारे। जो चाहेगी, वह तो कर ही देंगे। कभी बड़े-से-बड़ा अपराध करने पर अपने इस उन्नीसवें वर्ष में भी, जब बच्चों की तरह आवाज़ बनाकर, रोमी बाप की गोद में बैठ जाती है, उनका सारा मलाल धुल जाता है। बेचारे अक्सर कहते हैं, "क्या करूँ, कुछ भी कहना इसके लिए बुरा होगा। माँ भी नहीं रही और अभी तो बच्ची भी है, इसलिए हेयर ड्रेसर लगा रखा है।" कपड़े-लत्ते के लिए इलाहाबाद का सबसे नामी दर्ज़ी प्रायः उसके कमरे में बैठा रहता है। कभी शलवार की पट्टियाँ बनती हैं, तो कभी कमीज़ पर मशीन के क़सीदे कढ़ाती है। कभी कमर से कुर्ता कुछ ढीला है, तो कभी वेस्ट ठीक नहीं पकड़ता, और वह बेचारा दर्ज़ी हफ़्ते में दो-तीन चक्कर तो लगाता ही रहता है। नाखून की कटाई, भौंह की बनावट, सब में रोमी एक ही है। प्रायः लड़कियाँ उसका रोब मानती हैं। मैं बहुत पास आ गया था। देखा, पीछे सड़कवाली दुकान से एक साहब जल्दी-जल्दी रिक्शे की ओर बढ़े आ रहे हैं शायद सिगरेट लेने लगे थे, मैंने सोचा, पर शक्ल पहचानी नहीं लगती। फिर रोमी तो संजय के साथ ही ज़्यादा घूमती है और संजय भी तो कहता था न... मेरा कुतूहल बढ़ा, इसलिए यह निश्चय कर लेना ज़रूरी हो गया कि यह रोमी ही है या कोई ग़ैर, मैं पास तक चला गया। रोमी बड़ी प्रसन्न-सी, रिक्शे से बाहर आ गयी और मेरे कुछ पूछने से पहले ही बोल उठी, "इतनी रात इधर कहाँ, दा! आजकल घूमने ही में समय ख़राब कर रहे हैं! मैं तो माता जी से शिकायत करनेवाली थी कि बड़े दा गूँगे होते जा रहे हैं, पर चलो अच्छा हुआ, जो मिल गये..." तब तक वह युवक रिक्शे के पास पहुँच गया था। रोमी ने जूते की आवाज़ से ही जान लिया, और फिर बात बढ़ाते हुए कहने लगी, "यह बसन्त भैया हैं, मेरी मासी के लड़के। आज ही आये हैं लखनऊ से; इसलिए सिनेमा चली गयी थी। इन्होंने कम्पनी बाग़ नहीं देखा था; कहने लगेदिखता चलूँ तो क्या हर्ज़ है—"

"कोई हर्ज़ नहीं, रोमी? पर देर हो गयी है। शायद पुलिसवाला मना करे, फिर भी इन्हें दिखा तो देना ही चाहिए।" और मैं उनको नमस्कार करके आगे चला आया।

क्षण-भर को फिर मैं अपनी अगली कहानी का सूत्र खोने लगा कुछ उलझा-सा हो गया सब, और फिर मेरे मन में रोमी का वर्तमान न रहकर, भूत घिर आया।

संजय रोमी के बाप का किरायेदार है। पहले साथ में और भी कई लोग रहते थे, पर जब रोमी के बाप ने छोटा मकान छोड़कर, इस मकान में रहने का निश्चय किया, तो सारे किरायेदारों को घर छोड़कर अलग होना पड़ा। बेचारा संजय भी परेशान हो गया। एम. एस-सी. पहले दर्जे में पास किया है उसने, पर दुनिया का एक भी दर्जा तो नहीं देखा। जब ठाकुर साहब को पता चला कि जाति-बिरादरी का लड़का है, सुन्दर है, आगे आशा भी बड़ी है, तो उसे मकान का एक सबसे अच्छा कमरा दे दिया और रोमी इससे बड़ी प्रसन्न हुई।

पहले संजय को कुछ परेशानी हुई, क्योंकि 'आई-टू-आई' या 'फ्लाइंग किस' का मतलब वह नहीं जानता था, 'न्यू पिंच' पर वह ऐसे चैंक पड़ता, मानो बिच्छू ने डंक मार दिया हो। पर रोमी ने धीरे-धीरे पढ़ाया, गुरु की तरह रोमांस और प्यार के दार्शनिक और सैद्धान्तिक पहलू का ज्ञान कराया। संजय को पैसों की कमी पड़ने लगी। सिनेमा देखना बढ़ा, और कभी-कभी कॉफी और बार तक भी रिक्शे पहुँचने लगे।

संजय ने कई बार बताया कि उसे चार-एक दिन के लिए बाहर जाना है; पर रोमी नहीं मानती, "तो फिर मैं भी चलूँगी साथ।" और वह उसके घुटनों में मुँह छिपा लेती, "तुम कुछ भी नहीं समझते, संजय! मैं चार दिन तक कैसे रहूँगी?" और संजय बड़े प्यार से अपना आग्रह वापस ले लेता, "यह तो तुम्हारी ही मर्ज़ी की बात है, रोमी! मैं कहाँ जा रहा हूँ, उठो चलो, तुम्हारा मन भारी हो गया है, ज़रा घूम आयें।" और वे कभी कॉफी-हाउस, कभी किसी चाय-घर, या सिनेमा में जा बैठते।

एक दिन संजय बड़ा उदास-सा आया, और जैसे किसी बड़ी मानसिक अतृप्ति में डूबा हुआ, मेरे कमरे में बैठ गया। मैंने पूछा, तो कुछ बोला नहीं। फिर थोड़ी देर बाद, अपनी घुटन का पर्दा उतार फेंकने के लिए कहने लगा," मैं रोमी को जब कभी सिविल लाइन्स ले जाता हूँ, तो वह उस दर्ज़ी के यहाँ ज़रूर जाती है। कभी-कभी तो दोनों हँसकर बातें करते हैं, और कभी-कभी वह यह कहकर अन्दर चली जाती है कि मैं अभी आयी, और मैं घण्टों बाहर इन्तज़ार करता हूँ।

"अक्सर वह किसी-न-किसी कपड़े का बहाना बनाती है, या मुझसे कोई कपड़ा खरीदवा लेती है। फिर उसे कटाने, सिलाने, या कोई नया तर्ज समझाने की बात बना बैठती है। मुझे तो बड़ी घुटन होती है, बुरा भी लगता है। कहाँ लड़कियों के कपड़े इस तरह सिले जाते हैं? न तो नाप के लिए कोई कपड़ा ले जाती है, न..." कहता-कहता वह रुक गया।

"अरे उस दर्ज़ी से ठाकुर साहब का बड़ा परिचय है, भाई! इतने दिनों में तुमने इतना भी नहीं समझा! वह हर मौक़े पर इनके घर आता-जाता रहता और खाता-पीता

है। रोमी को बहुत मानता है। इनमें और कोई बात नहीं, पर आज ऐसा क्या हो गया?'' मैंने बड़े हलके ढंग से पूछा।

संजय कुछ चिढ़-सा गया था। बड़ी झुँझलाहट के स्वर में बोला, ''यह तो मुझे बेहद नापसन्द है कि कोई इस उम्र की लड़की, किसी ऐसे आदमी से इस तरह मिले-जुले। आज मैं क़रीब पाँच बजे उसे लेकर सिविल लाइन्स गया। उसने मुझे पाँच मिनट बाहर इन्तज़ार करने को कहा और उसके साथ अन्दर चली गयी, घण्टे भर तक नहीं लौटी। बीच ही में एक लड़का मिठाइयाँ ले गया, बिस्कुट ले गया, चाय ले गया और मैंने पूछा, तो बड़े गन्दे ढंग से हँसकर कहने लगा, ''कब तक खड़े रहियेगा बाबू, अपना काम देखिये।''

''मैं उसे छोड़कर लौट आया, और सोचता हूँ, आज यहाँ से चला जाऊँ, सो तुमसे कहने आया था।'' और वह उठ खड़ा हुआ। मुझे हँसी आ गयी, ''संजय! यह सब बड़े पेचीदा मसले होते हैं, भाई? ठीक समझकर ही चलना चाहिए; क्योंकि ग़लतफ़हमी होने का बड़ा डर रहता है।'' संजय कुछ रुका, वह रुकना चाहता भी था। मैंने बात बढ़ायी, ''उससे पूछ तो लो, शायद कोई बात रही हो!''

संजय उस समय शान्त हो गया। बाद में उसने बताया, ''रोमी उस दिन बड़ी दुःखी थी। बहुत रोती रही, कहती थी कि मुझे उस पर इस तरह शक नहीं करना चाहिए। उसी दुकान के पीछे उस दर्ज़ी की पत्नी और बहन भी रहती हैं। उन सबों ने किसी भी तरह उसे आने ही नहीं दिया। उसने बहुत कहा, पर वे मानी नहीं।''

फिर मुझे एकाएक बसन्त का ख़याल हो आया और कम्पनी बाग़ की दर्शनीयता से लेकर, संजय और रोमी की सारी घटनाएँ मन में उतर गयीं। रोमी आज कितनी ख़ुश थी। अभी चार ही दिन तो हुए संजय को गये, और कल ही ठाकुर साहब कह रहे थे कि यह रोमी संजय से इतनी हिल गयी है कि लगता है बिना उसके नहीं रह सकती। उस दिन बड़ी दुःखी थी, खाना तक नहीं खाया इसने, पर आज तो...मैं सोच ही रहा था कि पीछे से रिक्शे की घण्टी बजी। सड़क का मोड़ था। मैंने अपने को सँभाला, फिर सोचा शायद बसन्त और रोमी हों, इसलिए बग़ल-बग़ल चुपचाप चलने लगा, पर रिक्शा रुक गया, देखा तो संजय!

''तुम लौट आये क्या!''

''हाँ, इसी गाड़ी से तो, तुम्हें पता नहीं क्या? मैंने तार तो भेज दिया था। रोमी स्टेशन पर भी नहीं आयी, बीमार तो नहीं हो गयी? मैं तो घबरा गया; स्टेशन पर बहुत ढूँढ़ा, पर कहीं दिखायी नहीं पड़ी।''

मेरा मन बड़ा दुःखी हो गया, पर क्या कहता उससे, ''नहीं, मैंने तो ऐसा नहीं सुना, अच्छी ही होगी। कोई काम आ गया होगा। और कहो, अच्छे तो रहे?''

''हाँ, अच्छा तो रहा; पर, न जाने क्यों, मन नहीं लगा, रह-रहकर अनिष्ट के बड़े भाव मन में उठे इस बार?'' वह रास्ते पर चलते हुए बात करता रहा, फिर कहने लगा, ''बैठ न जाओ रिक्शे पर तुम भी, चले चलें?''

अब घर पास ही था, क़रीब एक फर्लांग के। हम लोग जल्दी ही पहुँचे, तो वहाँ एक अजीब तमाशा दिखायी दिया। ठाकुर साहब गुस्से में बकते जा रहे थे, "निकालो यहाँ से बदतमीज़ को? छोटे आदमियों को मुँह लगाने से यही होता है..." और घर के तीन नौकर उस दर्ज़ी को पकड़कर ज़बरदस्ती घसीट रहे थे। वह भी चिल्ला-चिल्लाकर कहता था, "इज़्ज़तवाले थे, तो क्यों दो-दो घण्टे दुकान में अकेली छोड़ आते थे? घर से इसलिए तो भेजते थे कि कपड़े बनते रहें, सिलाई न लगे! दिया है एक पैसा आज तक? हजारों का हिसाब होगा, मैंने जाने कितने कपड़े अपने पैसों से ख़रीदे और सिले हैं।"

ठाकुर साहब गरज रहे थे, "पीटो साले को, ख़ूब पीटो! इस तरह की बातें बकता है!" और नौकर उसे घूँसे-झापड़ लगाने लगे।

संजय तो जैसे काठ हो गया; पर मैंने रिक्शे से उतर, नौकरों को रोका। उसके कपड़े फट गये थे। और माथे के पास से ख़ून भी निकल रहा था। मैंने ठाकुर साहब को समझाया। पर वह बकता रहा, "यह कौन नहीं जानता इस शहर में कि मेरा उससे सम्बन्ध है। सारी सिविल लाइन्स जानती है। पाँच वर्ष से लगातार मैंने उसके सारे शरीर को देखा, नापा, क्या-क्या नहीं किया?" और उसने संजय की ओर इशारा करते हुए कहा, "एक दिन यही बाबू ले गये थे, तो दो घण्टे मेरे साथ रही। कहती थी, बहाना बना देगी कि मेरी औरत से बातें कर रही थी। मैंने उसी के लिए तो विवाह नहीं किया, मेरे औरत नहीं, और दुकान के पीछे घर कहाँ है?"

मैंने उसे डाँटा, तो वह चुप हुआ। फिर पूछा, तो ठाकुर साहब ने बताया कि, "आज शाम चार मर्तबे यह आया, और बार-बार यही पूछता रहा कि रोमी कहाँ गयी है। जब मैंने कहा कि घूमने गयी है तो कहने लगा, 'किसके साथ गयी है, क्यों गयी है?' इस पर मुझे बड़ा गुस्सा आया। मैंने, इसे डाँटा, तो मुझसे लड़ने लगा।"

मैंने कहा, "अच्छा, हटाइये भी, बहुत हो चुका अब तो!" पर ठाकुर साहब जैसे नशे में थे, कहने लगे, "नहीं, इसे आज पुलिस को देकर ही मानूँगा।" तब तक दूसरे रिक्शे की भी घण्टी सुनायी पड़ी। बसन्त और रोमी आ पहुँचे। वहाँ लोग आ गये थे शोर-गुल हो रहा था। पर जैसे रोमी के आते ही फ़िज़ा बदल गयी।

उसके सूखे बाल कुछ अजीब से बिखरे-बिखरे थे, और वह बार-बार अपने होंठों पर अपनी जीभ फेर रही थी। ठाकुर साहब कुछ न बोले। न जाने क्यों, सिर झुक गया उनका।

दर्ज़ी की आँखों में ख़ून उतर आया। उसके मन में एक तूफ़ान उठा, और नथुने फड़कने लगे, "मैं इस तरह छोड़नेवाला नहीं...नहीं!" वह बुदबुदाने लगा।

संजय, जैसे कोई प्राणहीन वस्तु हो, चुपचाप, निश्चल, निश्तेज, "चलो अच्छा ही हुआ, जो इस नरक में फँसते-फँसते बच गया। बुज़ुर्गों की दुआ ही कहो इसे, वर्ना सारी ज़िन्दगी इस पाप के पहाड़ को ढोना पड़ता।"

बसन्त—हतबुद्धि, स्तम्भित, जैसे कोई मोटर लड़ गयी हो और वह बचकर बाहर खड़ा हो और ऐक्सिडेण्ट की बात सोच रहा हो, "आख़िर यह सब है क्या? मुझे यह सब नहीं करना चाहिए था! कितनी लज्जाजनक बात है! सड़क, पाक...आख़िर कुछ भी तो शर्म होनी चाहिए आदमी में। छी-छी...मैंने बड़ी ग़लती की। पर यह लड़कियाँ उफ़...!"

ठाकुर साहब—किंकर्त्तव्यविमूढ़, "सब, सब ख़तम हो गया, यह अन्त है।"

रोमी—सचेत, दुःखी, किन्तु धरती के सहारे चलती-चलती, "अब क्या होगा? क्या हो गया? क्या..."

और मैं अब घर पहुँच गया हूँ। पहले तो सोचता था कि बात बनी-की-बनी रह जाय, पर मधुमक्खी का बीन्हा हुआ दर्द जैसे मेरी नसों में उतरता जा रहा था। मैं सामान्य था, बिलकुल ज़मीन पर चलनेवाला। इसलिए, बहुत साफ़-साफ़ कहे देता हूँ कि मेरी पत्नी का जी कई दिनों से ठीक नहीं है, घर में दो दिन से खाना भी नहीं है, पैसे भी हाथ में नहीं हैं। सम्पादकों को कई पत्र लिखे, पर किसी ने कृपा न की। और इसी उलझन में कुछ लिखा भी नहीं जाता, वर्ना ऐसा अच्छा मौक़ा किस लेखक को मिलता है, कि प्रकृति की सुरम्य पीठिका में असाधारण दर्द की अनुभूति से ठाकुर साहब, संजय, बसन्त, मियाँ दर्ज़ी और रोमी—जैसे पात्रों को न देखा जा सके? समाज के विभिन्न वर्गों के कैसे अनूठे चरित्र हैं— शायद आलोचक ख़ुश हो जायें, और सामान्य की कुंजी पा लेने का श्रेय भी मुझे दे दें। इस बार सम्भावनाएँ भी ख़ूब मिल गयी हैं; बैक-ग्राउण्ड में पकड़ भी है, रोमांस भी; क्रान्ति की उम्मीद भी और ऐडवेंचर भी। और ज़्यादा कुछ नहीं, तो कम-से-कम संजय, दर्ज़ी और बसन्त को एक टेबिल के चारों ओर बैठाकर, एक-एक कप चाय तो पिलायी ही जा सकती थी, और इनसे दोस्ताना ढंग से बातें भी की जा सकती थीं। पर घर में न तो चीनी है, न चाय और न इतने प्लेट-प्याले हीं। इसलिए इन पात्रों को काल्पनिक मानकर ही बात यहीं ख़त्म करता हूँ, अगली कहानी फिर कभी।

कल्यानमन

इधर-उधर, चारों ओर बेल और झरबेरी के झार-झंखाड़, बीच-बीच में शीशम-नीम और कहीं-कहीं इक्के-दुक्के आम के बड़े-बड़े पेड़ों से घिरे सोलह बीघे के इस तालाब को कल्यानमन कहते हैं। कुल एक-डेढ़ गज पानी ही ठहरता होगा इसमें, और वह भी तब, जब साधारण हमवार खेत भी पानी में डूबे रहते हैं, वर्ना पानी आया और गया, फिर हर जगह एक-सा समतल, थिर और निर्मल जल। एक ओर भींट के पास नरई के हरे, शाखविहीन, नुकीले डण्ठलों की बारात और दूसरी ओर सिंघाड़े के गहरे-हरे और बीच में लाल धब्बोंवाले सुहावने छत्ते। कोई दिलवाला आँखें डाल दे, तो शोभा की इस अनबूझी वंशी में फँसे बिना न रहे।

इसी कल्यानमन की पूरब दिशा में एक ऐसा टीला है, जिस पर घास का एक तिनका भी नहीं उगता। मंगी की झोंपड़ी इसी पर है। तीन ओर सरकण्डे और सरपत का टट्टर, सामने का हिस्सा खुला हुआ। मंगी इसी जगह बोरसी में आग और चिलम-हुक्की लिये, बैठी रहती है।

उसकी दृष्टि केवल दो जगह रहती है; कभी राख से भरी, सामने रखी बोरसी पर, तो कभी सिंघाड़े के छत्तों पर। लेकिन एक पनारू है कि उसे सुध-बुध ही नहीं। मेरे मरने पर क्या होगा! यह सब कौन देखेगा—यही एक बात उसके दिमाग़ को कभी-कभी कीड़े की तरह चालने लगती है।

—किसका बच रहा है। जगई खाली डराने-धमकाने से स्टीपा देकर भाग गया और मुसई ने सौ रुपये लेकर माँ-बाप की धरती पर से पाँव उठा लिये। बस वही तो एक बच रही है, और उसके साथ भी क्या कम किया ठाकुर ने! कितनी बार पटवारी को धमकाया, कितनी बार उसे रुपये देने की लालच दी। एक बार तो यहाँ तक कहा, ''तुम मंगी का नाम कल्यानमनवाले खेत से काटकर, अपना चढ़ा लो! मैं आधा तुम्हें ही दे दूँगा पर कुछ तो बचाओ!''

लेकिन पटवारी के मरे बाप की रूह तक मंगी के नाम पर काँप जाती है, पटवारी की क्या हस्ती! जाने कब, क्या कर बैठे? उसका कोई भरोसा है।

मंगी है एक ही अपने गाँव में, कान की बहिर-ठेंठ, किन्तु आवाजष् की इतनी कड़ी कि नया आदमी सहसा डर जाय। आँधी की तरह पैर के पंजों के सहारे लुढ़कती हुई भागती

चलती है। घर में एक भड़सायँ, दो घर में पानी की भराई और वही कल्यानमन के सिंघाड़ों की खेती है, उसके पास। पनारू दो घरों में पानी क्या भरता है, अपनी ज़िन्दगी ही पट्टा कर दी है, उसने। उसे जैसे यही सब अच्छा लगता है, बाँस की लचीली काँवर में पानी के बड़े-बड़े मटके लटकाये, पसीने से लथपथ, वह सारे दिन कुएँ से घर और घर से कुएँ के चक्कर लगाया करता है। कोई भर मुँह बोल दे, फिर पनारू उसका अपना बन जाता है। सयाना, हट्टा-कट्टा पर घरों की बूढ़ी औरतें कहती हैं, 'लैमर है, लैमर, भला कौन ऐसी करम की खोटी होगी जो इसकी गाँठ बँधेगी। जब इतनी उमिर तक मँगिया की मार सहता है तो वह बेचारी तो भर पेट खाना भी नहीं पायेगी।''

लेकिन जवान लड़कियाँ और गुलाबी रंग से भींगे नाखूनोंवाली बहुएँ उसे बहुत चाहती हैं। जी भर उन्हें नहलायेगा, सवेरे आते समय दतुअन तोड़ता आयेगा, और काम पड़ा तो कहीं दौड़ा हुआ चला जायेगा।

मंगी फूटी आँख से भी यह सब नहीं देखना चाहती। जब तक बड़े मालिक जीवित थे, मंगी काम करने बड़की बखरी आती थी, पर लोग कहते हैं, जब वे बिगड़ते, तो जितना मालिक बोलते, उसका दूना बोलती, मंगी। क्या मजाल जो ज़बान बन्द हो। लोग दाँतों तले अँगुली दबा लेते,—कैसी मुँह-ज़ोर है, राम! भला जिसे देखकर लोग रास्ता बचा जाते हैं, उससे बात लड़ाती है।

मंगी को क्या डर! कहती, ''कोई सेंत का खाती हूँ जो लात-गारी सहूँ। रात-दिन छाती पर बज्जर जैसा गगरा-बाल्टी ढोती हूँ। बन्न कर दूँ तो सरने लगें रानी लोग। का हमरी देहियाँ माटी की है! का हमके देखेवाले की अँखिया घुमची की हैं। हमहूँ हाथ-पाँव में मेंहदी रचाय के बैठ सकती हैं।''

मंगी तब तक बोलती रहती, जब तक ठाकुर उसके आगे से हट न जाते।

ठाकुर के मरते ही मंगी ने बखरी छोड़ दी थी। कहती, ''का धरा है अब उस मनहूस घर में। अब न वह बात रही, न बात करनेवाला। लवण्डे-लपाड़ियों का कोई भरोसा। कभी कुछ कह ही दें, कोई बदजबान ही निकाल दें!''

मंगी सबेरे, रहठे का खरहरा लेकर निकलती, सारे बग़ीचे की पत्तियाँ बटोर डालती, उन्हें इकट्ठा करके बड़े-बड़े गाँज बना देती और साल-भर उसी से भाड़ के ईंधन का काम चलाती।

बरसात के चार महीने वह सिंघाड़ों के पीछे लगती। उस बियाबान, जंगली सिवान में जब लोग पाँव रखते थरथराते तो वह कमर-कमर भर पानी में बिना किसी रोशनी, बिना किसी डर के चली जाती और कल्यानमन के भींटे पर उसकी चिलमवाली चिमटे की खरोंच से फुर-फुर उड़नेवाली चिनगारियों का मज़ाक, जैसे सारी अँधेर-गुप सृष्टि की छाती रूपी पत्थर पर बच्चों के छुर्री छोड़ने जैसा लगता रहता।

आज सबेरे से मंगी उदास है। उसे बार-बार यही लगता है कि वह कब तक जीयेगी। कब तक इस पोखरी के पानी में सती होगी। सिंघाड़े की पत्तियों में कीड़े भ

तो लग रहे हैं। शरीर में रक्त मांस होता तो वह पनारू का मुँह देखती। कछाना मारकर आधे-आधे दिन घिन्नई पर बिता देना उसके लिए मामूली बात थी, लेकिन वह समय की बात थी। तब तो उसने अपने ब्याहते को भी कभी आदमी नहीं समझा। उसकी कभी परवाह नहीं की।

इस एक विचार से मंगी जाने किस लोक में चली गयी। उसकी नसें जैसे सिकुड़कर टूट गयीं और अशक्त शरीर में प्राण नाम का पंछी तड़फड़ाने लगा।

बड़े ठाकुर के मरने के बाद की बात है,—माघ की बदरी पैर तोड़कर आसमान में बैठ गयी थी। घर की काठ की किवाड़ें भी ठारी के बाण से काँप-काँप उठती थीं। पशु-पक्षी शीत में ऐसे जम गये थे कि उनका कोई अस्तित्व ही नहीं जान पड़ता था। चारों ओर सूना—घर-बाहर, पेड़-पालव सब एक से। कहीं तो जीवन की एक रेखा दीखती और उसी में मंगी के घर का ईंधन चुक गया। पत्तियाँ भींग गयीं। मंगी ने लग्घा सँभाला और बाग़ की ओर हो रही। आम के बण्डे तोड़ते-तोड़ते साँझ हो गयी। किसी तरह उन्हें लाद-फाँदकर घर लायी, आग पर रखा और आँच बनाकर पनारू की सेंक-साँक की। उसे फुसलाकर सुलाया पर भूख का मारा लड़का, कहाँ सोनेवाला! नींद भी कहीं भूखे का साथ देती है। बड़की बखरी की चार लिट्टियों की आशा लिये वह इतनी देर बैठी रही पर बंगा का कहीं पता नहीं। अन्त में ऊबकर उसने बोरसी में आग भरी और उसे चारपाई के नीचे रखकर, कथरी में घुस गयी। जाने कब, शायद रात का दूसरा-तीसरा पहर रहा होगा, बंगा ने किवाड़ भुड़कायी।

मंगी ने उठकर दरवाज़ा खोला तो वह पानी में भींगकर सिकुड़ा, भींगे पिल्ले की

तरह थर-थर काँप रहा था, पर उसकी अँगुलियाँ दरवाज़े के ऊपरी हिस्से में फँसी हुई थीं "खो...दो...इसे! इ ऽ स्से...देखो...'मैं ऽ...कितना बड़ा हूँ...कैसी...कैसी छोटी है दुवार, मैं अन्नर कइसे आऊँ...कइसे...कइ..."

उसकी ज़बान टूटती जा रही थी। वह लड़खड़ा रहा था। मंगी का कलेजा जलकर रह गया। बच्चे की भूख, अपनी परेशानी और बंगा की नशाखोरी, उसे लगा, जैसे कोई भूत ठहाका लगाकर बत्तीसों दाँत बाये खड़ा हो। जैसे किसी ने उसके पेट में कसकर एड़ी मार दी हो। उसने झटके से दरवाज़ा बन्द कर दिया और भूखी सियारिन की तरह तिलमिलाकर बच्चे की तरफ़ झपटी—क्यों न दबा दूँ इसका गरदन और इस नसेड़ी को लात मारकर कल दूसरे घर बैठ जाऊँ। देखूँ यह दाढ़ीजार किस बूते पर सराब पीता है।

पर जाने क्यों, वह रुकी रही। कुछ भी करते नहीं बना, उससे। न होता कुछ तो उसे खपरैल के साये ही में कर लेती, पागल! लेकिन वह अशक्त हो गयी थी—चेतनाविहीन, निष्प्राण।

सबेरे तक तो बंगा को चला जाना चाहिए था, इस दुनिया से परे, जहाँ केवल आत्मा का वास है। वहाँ शरीर की दुर्दशा की कोई गुंजाइश नहीं। इतनी पीड़ा के लिए

कोई अवसर नहीं, पर वह जीता रहा, साँस के पतले तारों में बँधा हुआ, लेकिन ये तार अब तक बेसुरे हो चुके थे घर ऽ ...'घों ऽ...घों ऽ ऽ...।

वैद्य जी ने बतलाया—शीतांग हो गया है।

मंगी ने सुना, देखा, दवा-दारू में लगी, पर जाने क्यों तब तक वह सूख गयी थी। जैसे उसे तो मालूम ही था। उसी ने तो किया है, यह सब।

वैद्य जी की नाड़ी की धराई के सोलह आने के लिए उसे फिर बड़की बखरी की बहू का दरवाज़ा झाँकना पड़ा। वे चवन्नियाँ सूद पर रुपया चलाती थीं, पर मंगी को देखकर पुराना पँचरा ले बैठीं, "सब दिन एक समान नहीं होता मंगी। राजा हरिचन्द पर भी बिपत पड़ गयी थी। तब तो लगा, तू चौखट भी नहीं लाँघेगी। बड़े मालिक क्या गये, तेरी सेवा के लायक़ कोई रहा ही नहीं, मुदा हमसे जस-अपजस से का सरोकार राम-राम कहो! यही दवा है। काहे रुपया पानी में फेंक रही हो।"

उन्होंने आँचल के खूँट से दो अठन्नियाँ छोड़कर, छन्न से उसके आगे फेंक दीं मंगी पैसा उठा ही रही थी कि बड़की बहू कँहरकर बोलीं, "बीस आना हो जायेगा अगिले माघ में, चेत रखना!" तभी पनारू रोता-रोता आया। वह बता ही क्या पाता? और मंगी दौड़ती-भागती घर पहुँची। पण्डित-बो बंगा को खटिया से उतारकर, तुलसी और पानी उसके मुँह में डाल रही थीं।

—मंगी यही सब सोच रही थी कि चारपाई के नीचे कुछ खुरखुराया और कल्यानमन के सिंघाड़ों के बीच एक छपाक् की आवाज़ हुई, शायद कोई पहिना उछला था और जाने क्यों मंगी का सारा रोआँ बिनबिनाकर खड़ा हो गया। उसने सामने दूर तक कल्यानमन की छाती पर फैले, अपने सिंघाड़ों के छत्तों पर निगाह डालनी चाही पर अँधेरे का भार इतना बढ़ गया था कि उसकी पुतलियाँ, बरौनियों के पार कुछ न देख सकीं। बस पानी की हलकी टिप-टिप उसे सुनायी पड़ी, जो झींगुरों की झनकार और मेंढकों के पाठ-दोष में घुमड़ी और टूटकर खो गयी। तभी उसकी झिलँगा चारपाई के नीचे ज़ोर की चें-चें की आवाज़ हुई। उसने जल्दी से घिन्नई में बाँधे जानेवाले एक बाँस के टोटे को खींचना चाहा कि ज़ोर की फों-फों की फुफकार ने उसके प्राणों की शक्ति ही छीन ली। उसने जल्दी से आग में कुछ सूखे खरपात डालकर रोशनी की तो एक भयानक सर्प को क्रोध में फन काढ़े झूमते देखकर, उसका हलक सूख गया पल-भर वह सोच भी नहीं पायी कि वह क्या करे! लेकिन जैसे ही आग बुझी, वह झोंपड़ी से बाहर निकल आयी और पानी में भींगती, देर तक खड़ी रही।

ऐसा नहीं कि साँप उसके लिए कोई नयी चीज़ है। पल मारते साँप के फन पर डण्डा रख देना, उसके बायें हाथ का काम था, पर इस अँधेरे और मन की प्रबल निराशा ने उसे भयातुर बना दिया था। वह घर तो लौट ही सकती थी पर कहीं दूसरी ओर से पनारू न आ जाय! उसे क्या मालूम कि मड़ैया में क्या है? कहीं उसी खाट पर जा बैठे, तो!

वह बड़ी देर तक पानी में भींगती यही सोचती रही। कई बार उसके मन में आया, वह अभी चलकर ठाकुर के सामने इस्तीफ़े के काग़ज़ पर अँगूठे का टीप लगा दे, लेकिन तभी बादलों में चमक हो जाती, सारे प्रान्तर का तिनका-तिनका उजागर हो जाता और कल्यानमन के विस्तृत सीने पर मोटे कवच की तरह कसे हुए सिंघाड़े के छत्ते, उसे धरती की माया में जकड़कर बाँध लेते।

दो साल हुए जब उसने सुना था कि जिसकी जोत होगी, भूँय उसी की हो जायेगी। तब उसे लगा था, न तालाब धरती है, न सिंघाड़ा खेती। कहाँ हल चलाती हूँ, मैं? कहाँ मेरी जोत है? लेकिन इतना ही नहीं, उसे तो अभी इस बात पर भी शक था कि सुराजी लोगों का राज हो गया है। बंगा सुराजियों की सभा में जाया करता था। कभी खुश रहता तो लौटकर मंगी से अपने सारे मन्सूबे कहता, पर मंगी उसे डाँटकर चुप करा देती, ‘‘ऐसे ही राजपाट छोड़कर चला जायेगा तो राजा रामचन्नर और मलिच्छ लोग में फरक क्या हुआ?’’ लेकिन बंगा उसे बार-बार समझाता कि सब-गो-सब, यह कल्यानमन अपना हो जायेगा। चाहे पानी की भराई में ही क्यों न मिला हो, पर सिंघाड़े की काश्त तो वही करता है। लेकिन मंगी इसे नहीं मानती थी और उस दिन तो उसको अपने पर ध्रुव विश्वास हो गया था, जब बंगा के मरते ही घर में एक ओर लाश पड़ी थी और दूसरी ओर प्यादा बेदखली का हुकुमनामा उसे दे गया था, फिर कितनी मुश्किल से उसने अपना नाम चढ़वाया था, कितनी परेशानियाँ सही थीं, क्योंकि उसका पनारू तब नाबालिग था।

मंगी इसी असमंजस में पड़ी रही। उधर पानी की बूँदें भी कड़ी हो गयीं, हवा भी धीरे-धीरे सुरसुराने लगी, उसे कुछ सिहरन भी मालूम होने लगी पर उसका मन साँप की माँद में हाथ डालने को न हुआ और लुढ़कती-पुढ़कती घर की ओर चल पड़ी।

पनारू घर भी नहीं मिला।—बखरी रोटी लेने तो नहीं चला गया, कहीं कल्यानमन न चला जाय!

इसी बीच वह झपटकर बड़की बखरी पहुँच गयी। पनारू दहलीज़ में एक बड़े तख़त पर गहरी नींद में सोया था। मंगी ने उसे झकझोरकर जगाना चाहा पर ठाकुर के नौकर ने उसे डाँटा, ‘‘क्यों बेचारे को जगाती हो। जाकर कल्यानमन पर ठण्डी हवा खाओ! मरने-खपने को तो अच्छा है, गरीब। जैसे यहाँ नोकर, तैसे अपने घर में नोकर। ...सका है क्या तुम्हारे घर में?’’

मंगी की खोपड़ी ठनकी।—कहीं ठाकुर हमारे ही घर में आग तो नहीं डाल रहे ...। सब तरह से हारकर यह एक अच्छा उपाय हो सकता है, उनके लिए। उसने झकझोरकर पनारू को जगा दिया। मंगी को देखते ही पनारू एक बार तो खिसिआया ...कर जैसे जल-भुन गया।

‘‘यहाँ भी खाने पहुँच गयी। मैं तेरी सब चाल समझता हूँ। मेरे परान न खा, जाकर ...र उसी कल्यानमन को छाती पर रखकर! जब बाबू की तुम नहीं।’’

पनारू का वाक्य पूरा भी नहीं हुआ था कि मंगी के झापड़ों से उसकी कनपटियाँ झनझना उठीं। "यही सीखने बैठा रहता है यहाँ, जानता नहीं कि ये लोग ज़मीन के लिए, आदमी की गरदन भी काट सकते हैं। पहले यही घर थे कि काम करने पर खेत मिलते थे, आम के पेड़ मिलते थे, शादी-ब्याह पर लकड़ी-फाटा, गहना-कपड़ा मिलता था, हरजी-गरजी अनाज-पानी मिलता था। मालिक लोग तनी-तनी बात पर मुँह जोहते थे। अब तो हर की जोताई एक खेत मिलेगा। बेचारा मजूर उसे खाद-पानी देकर जोतने लायक़ बनाये कि दूसरी साल उसे कोई दूसरा ऊसर-पापर बताकर, बना-बनाया खेत हथिया लिया जायगा। कहीं उसका नाम न चढ़ जाय खेत पर! अँखिया त फूट गयी हैं सुरजियन की कि यह अन्हेर भी नहीं देखते। खेती चमरू करेगा, परताल ठाकुर के नाम से होगी। बीच में पटवारी इधर से भी खायेगा, उधर से भी खायेगा। अब तो बेभूँय का किसान, खाद हो गया है, खाद। बस वह खेत बनाता है।"

"बड़ा कनून सीख के बैठा तो है, भला बची है एक बिस्सा भूँय किसी मजूर-धतूर के पास? सभी तो खेत जोत रहे थे। कोई मार खाकर इस्टीपा लिख गया, तो किसी को बहकाकर सादे कागद पर अँगूठे की टीप ले ली, इन लोगों ने। किसी को सौ-दो-सौ देकर सादे कागद पर अँगूठे की टीप ले ली, इन लोगों ने। किसी को सौ-दो-सौ देकर टरकाया। कहीं रह गया है, कुछ? वह तो कहो मुझे, जो बैठी हूँ बज्जर की तरह छाती पर।..."

"तो मुझसे क्या मतलब...?" पनारू जैसे कुछ कहते-कहते रुक गया।

"तुमसे सरोकार ही नहीं.....?" मंगी दाँत पीसती हुई तख़त पर चढ़ गयी और पनारू का कान पकड़कर झकझोरना ही चाहती थी कि ठाकुर का बड़ा लड़का खड़ाऊँ चटकाता बखरी से निकला।

"क्या शोरगुल मचा रखा है!" उसने दूर ही से डाँटा, "बेचारा लड़का सयाना हो गया और अब तक जगह-ज़मीन पर हर जगह अपना नाम चढ़वा रखा है। उसका न घर से मतलब, न दुआर से। क्या वह तुम्हारा नौकर है! वह तुम्हारी सारी होशियारी समझता है।"

"ठाकुर हमारा घर नास कर रहे हो।" मंगी दुःख की कराह से आज पहली बार जैसे टूटकर बोली, पर पनारू अब क्यों चुप रहता! सहारा पाकर काँपते हुए कहने लगा, "बहनोई जो तीसरे दिन दुवार खनते रहते हैं। क्या हमें पता नहीं कि क्यों इतना चक्कर काट रहे हैं। उन्हीं को लिखना चाहती हो तो जाकर लिख दो! मेरे पास भगवान का दिया इस बखरी में सब-कुछ है।"

मंगी की समझ में सब-कुछ आ गया। घृणा से तिलमिलाकर, वह पनारू के बालों में बर्रे की तरह चिपट गयी, न जाने कितनी देर तक लात-घूँसे चलाती रही और जब थककर पसीने से लथपथ हो गयी, तो जाने कब की बँधी आँसुओं की धारा उसकी आँखों से बह निकली—रिस-रिसकर, हिचक-हिचककर, वह रोती रही और ठाकुर को

कोसती रही, फिर सहसा उठी और बड़े लड़के से कहने लगी, "जब मैं अपने सराबी आदमी की नहीं हुई और उसे ठारी में गलाकर मार डाला तो इस भोंदे लड़के को कल्यानमन नहीं दे जाऊँगी। मँगाओ अपना कागद-पत्तर, ले लो, मेरे अँगूठे का टीप!"

फिर जैसे किसी गहरी पीड़ा में डूबी हुई कहने लगी, "मैं जानती थी कि यह सँभाल नहीं पायेगा। इसे तुम लोग फँसा लोगे.... और हुआ भी तो वही।"

वह पागल-सी बकने लगी, "जल्दी करो, मँगाओ कागद! नहीं तो मैं जाती हूँ। मेरी झोंपड़ी में मेहमान बैठे हैं। उन्हें अकेला छोड़कर आयी हूँ।"

काग़ज़ पर अँगूठे का टीप देने वह बढ़ी ही थी कि पनारू का सारा शरीर काँपकर रह गया। उसके जी में आया, बढ़कर माँ का हाथ थाम ले, पर उसे याद आ गया,—झोंपड़ी में मेहमान बैठे हैं, उन्हें अकेला छोड़कर आयी हूँ।—और वह हँसकर रह गया।

"कल्यानमन लेना है न, क्यों न बैठे होंगे?" वह बुदबुदाया पर मंगी जैसे आँधी की तरह कल्यानमन की ओर भागी।

कौन जाने मेहमान अब भी फन काढ़े बैठे हों, कल्यानमन जो लेना है, उन्हें।

सोहगइला

उसके दोनों निरीह, खुले हुए, नन्हें-नन्हें हाथों को पकड़कर, उनमें सोहगइला दबाते-दबाते माँ की बरसाती नदी-सी आँखें किनारों को लाँघकर बह चली थीं, "इन्हें छोड़ना नहीं। कुल-परिवार की लाज का धियान रखना!" और माँ ने लाल ज़मीन पर छोटे-छोटे, पीले धब्बेवाली मोटी अँचरी-मनौरीदार सुहा के आँचल में टँके घुँघरूओंवाले किनारे को थोड़ा नीचे खींच दिया। घूँघट से दुलहिन का मुँह ढँक गया। देह पहले से ही ढँकी थी। दिखायी पड़ रहे थे केवल वे दो नन्हें-नन्हें हाथ, जिनमें लाल रंग का सोहगइला, गुलाब के फूल की तरह लहक रहा था।

थोड़ी देर तक माँ को कुछ भी दिखायी नहीं पड़ा था। केवल एक धुन्ध-सी धुएँ की सृष्टि और रामजस-बो के फूटे नगाड़े की किड़िक्-किड़िक्-गुडुम...किड़िक्-किड़िक् गुडुम...

लेकिन खटोली को उठती जान, उसकी अथाह जल में डूबी-दृष्टि, अकुलाकर बाहर आ गयी थी और एक बार फिर उसने बेटी के दोनों हाथों को कसकर दबाते हुए कहा था, "सास-ससुर का कहना मानना! जहाँ बैठायें, वहीं बैठना, जहाँ उठायें, वहीं..." और वह फूट-फूटकर रोने लगी थी, "चीज-बरन का धियान रखना रनियाँ, कहीं गिरा न देना।"

रनियाँ की खटोली चल पड़ी थी।

वैशाख की सुबह थी, वह, और हवा के पैर धूल के कड़े रंग के नशे में लड़खड़ाने लगे थे। कहार रास्ते की भुल-भुल रेत को अच्छी तरह जानते थे, इसलिए उनके पैरों में बिजली बँध गयी, पर रनियाँ जैसे अवसन्न थी, वह अभी रो तो इसलिए पड़ी थी कि उसकी माँ रो रही थी, गाँव की सारी औरतें आँसू बहा रही थीं, वरना ऐसी रुलायी आती ही क्यों! इस भीड़-भाड़ में मौक़ा ही कब मिला था उसे अपनी लाल चुनरी और झब्बा-तिलरी, बाजू-बरेखी देखने का। उसने खटोली में अपने को अकेला पाकर, एक बार इधर-उधर देखा, फिर एक आँख से सोहगइला सीने से दबाकर, सुहा के घुँघरूदार आँचल को हटाया, तो उसका मन एकाएक दौड़कर नगीना के पास पहुँच गया।

—उसने अपनी गुड़घई को कैसी पियरी पहनायी थी, गले में कैसी चमकदार गुरिया बाँध रखी थी और जब उसने माई से कहा तो माई कितना झिड़क रही थी..."चल चल तो बड़ी आयी शान बघारने। उसका बाप कमासुत है! हर महिन्ना पचास मनीअडर

आ जाता है। तेरा बाप तो ऐसा विधरमी है कि जब तक रहा, दारू-शराब पीकर रोज़ गालियाँ देता रहता और कमाई-धमाई तो दूर रही, गहना-गीठों भी बेच लिया, मेरे तन का। भगवान् देह में जाँगर न देते तो कब की मर-बिलाय गयी होती। दो बरिस हो गया परदेश गये, भेजा है एक छदाम कि पियरी पहनायेगी गुड़िया को...?''

लेकिन आज वह बार-बार अपनी सुहा को देखती, बाज़ू पर आँखें गड़ाती, पैर की बिछिया को निहारती, फिर उसके मन में उस सबको छूने की इच्छा होती। एक पाँत में सजा, उनकी दुकान लगाकर देखने को मन करता, पर सहसा सोहगइला से सटा हुआ हाथ, माँ की बात याद करा देता,—इसे छोड़ना नहीं और वह दूसरे हाथ से उसे सीने से दबाकर, पहलेवाले को आराम देने लगती। इसी बीच, कभी खटोली ढोनेवाले कहार बोल उठते और उसका ध्यान टूट जाता, दूसरा हाथ भी सोहगइला से जा चिपकता...

कहीं यह छूट न जाय, उसके हाथ से। वह डरकर अपनी सुहा के आँचल को खींच, अपना मुँह ढँक लेती।

उसे याद आतीं ठकुरानी बहू। माई उन्हीं के यहाँ ले जाकर उसे एक कोने में डाल दिया करती थी और सारे दिन यहाँ से वहाँ चलती रहती। कभी बरतन माँजती, कभी कपड़े छाँटती, कभी कमरे साफ़ करती और बीच-बीच में कोई खाने की चीज़ उसे थमा जाती।

—एक दिन ठकुरानी बहू की बूढ़ी माँ कितनी नाराज़ हो गयी थीं, मेरी माँ पर— ''अरे रनियाँ की माँ यह तेरी लाड़ली तो बात ही नहीं सुनती, किसी की। मैंने कहा, रनियाँ, जरा मेरा तलुआ तो सहला दे, बड़ी जलन हो रही है, तो आँख मटकाकर चली गयी। यही सब सिखाती है, क्या, इसे?'' ठकुरानी बहू ने ढेर-सी सुपाड़ी के टुकड़े मुँह में भरते हुए कहा था और माई के हाथ की अँगुलियाँ गरम चिमटे की तरह मेरे कानों से सट गयी थीं। ''सबकी बात टालती रहती है। एक तो वैसी ही बिपत की मारी ठहरी, दूसरे ऊपर से तू करेजा खाती रहती है।''

उस दिन से वह ठकुरानी बहू की सेवा में डाल दी गयी थी। काम क्या था उसके पास, बस कभी तौलिया उठाकर दे देती, तो कभी पान-दान इधर-से-उधर कर देती, कभी छोटे-मोटे कपड़े छाँट देती और कभी-कभार किसी को बाहर से बुला लाती। लेकिन जैसे-जैसे वह बड़ी होती गयी, ठकुरानी बहू की बेटी हीरा को कभी पंखा हाँक देना, कभी बाहर घुमा ले आना; उसके काम में शामिल होता गया था।

वे बोलती कम थीं तो क्या उसे चाहती भी नहीं थीं, माँ तो कहती थी, ''ख़ूब सेवा किये जाओ बिटिया, तुम्हें रानी की तरह विदा करेंगी। बड़ी नेक हैं हमारी बहू रानी।'' लेकिन उस दिन उन्हें क्या हो गया था! थोड़ी-सी ही तो ग़लती हुई थी मुझसे, बस फराक ही तो हाथ से गिरकर पानी में भींग गया था, हीरा का। इतने ज़ोर का झापड़! रनियाँ की कनपटी आज भी झनझना उठी थी।—यह सोहगइला हाथ से छूट जायेगा

तो माँ भी इसी तरह...और उसने उसे सीने से दबा लिया था। उसे लगा कि माँ यहीं कहीं खड़ी सब-कुछ देख रही है, पर फिर भी उस नन्हीं-सी खटोली की दुनिया में अपना एकच्छत्र राज देख, उसका मन प्रसन्न हो गया था। सिर्फ़ कहारों की बोली रह-रह कर सुनायी पड़ती थी और अब हवा के गर्म झोकों के दबाव से, उसे ओहार के दोनों ओर के पल्ले आपस में मिलने-मिलने को हो रहे थे। उसकी दुनिया हवा के थपेड़ों से छोटी होती जा रही थी।

कहार थक गये थे। एक पेड़ के नीचे खटोली रखकर छँहाने लगे थे। तभी जाने कौन-कौन...? वह उनमें से किसी को तो नहीं जानती। और माँ ने कहा भी था, "सबके सामने लजाना, मुँह न खोलना, नहीं तो बड़ी नाम हँसाई होगी।" मिुदा इस पियास को वह क्या करे, कैसे रोक ले, इसे...? वह सोच ही रही थी कि कोई बूढ़ा खाँस-खखारकर सवारी का ओहार हटाते हुए, लोटे में पानी और गुड़ के कुछ टुकड़े उसके आगे रखकर बोला, जैसे बाहर के लोगों को भी वह अपनी बात सुना देना चाहता हो, "अबहीं बहुत लड़िका है। बेचारी को सुधि-बुधि कहाँ!" फिर उसे सम्बोधित कर कहने लगा, "बचवा पी ले पानी! एक रोड़ा गुड़ भी मुँह में डाल ले, नहीं तो छूछे पेट करेज में लग जायगा।"

कोई दूसरा बूढ़ा अपनी बीड़ी पर ज़ोर का कस खींचता हुआ, कह रहा था, "लड़की का जनम ही बिरथा है भाय! ई ससुरी जाने कहाँ जनम लेती हैं, जाने कहाँ पहुँच जाती हैं, हमार तो सोचकर करेज फट जाता है। बिटिया की बिदा एक तरह की मउत ही जानो भयवा!"

रनियाँ पानी थामते-थामते परेशान हो गयी। कैसी सँभाले इतना बड़ा लोटा और यह सोहगइला! उसने एक बार अपना हाथ बढ़ाया, पर फिर जैसे वह अपने से ही पीछे आ गया।

बूढ़ा वहीं बैठा था। कहार अपनी गाँजे की चिलम धधकाने लगे थे। कुछ लोग लोटा-डोर लेकर कुएँ की जगत पर जा बैठे थे। जब बहुत देर हो गयी और लोटा ओहार से बाहर नहीं आया, तो बूढ़े ने ओहार उठाकर देखा, लोटा वैसा ही भरा पड़ा था और गुड़ के टुकड़े इधर- उधर फैल गये थे।

बूढ़ा समझाता रहा। कहता रहा, "चार-छे दिन में वापस कर देंगे, तू तो अभी बच्ची है, अपना घर कोई पराया है। वहाँ भी तुम्हें माँ-बाप मिल जायेंगे। मेरे कोई दस छेटो-पेटो तो हैं नहीं। कुल एक जोखन ही तो है, तुम्हें तो रानी बनकर रहना है, मेरे घर में।"

रनियाँ को जैसे कुछ भी समझ में नहीं आ रहा था। हाँ, यह बात वह सुन चुकी थी कि उसका ससुर बड़ा नेक है, बहुत चाहेगा उसे। इसलिए मन में बार-बार यही होता था कि यह वही बूढ़ा तो नहीं है? और माँ की बात उसे बार-बार याद आती,—हरदम खाने-पीने का नाम न लेना, नहीं तो लोग कहेंगे, कभी खाने-पीने का सुख भी देखा है?—पर उसका हलक सूखता जा रहा था। बार-बार ज़बान को तालू से सटाकर

वह गले की चिकनाहट का अन्दाज़ लेती और सामने रखे, बड़े पीतल के लोटे में भरे पानी को देखती, तो उसे वे सारी बातें भूल जातीं। लेकिन यह क्या, क्षण-भर को उसने दृष्टि हटायी ही थी कि लोटे का भरा-भराया पानी उसकी आँखों से ओझल हो गया। केवल गुड़ के टुकड़े बिखरे पड़े रह गये।

खटोली फिर अपने रास्ते पर चल पड़ी। कहारों के पैर से लगकर उड़नेवाले धूल के कण, ओहार के सामने के खुले हिस्से से अन्दर आने लगे और गर्म हवा के झोंके जैसे किसी विषधर की फुफकार की तरह उसे डरावने लगने लगे। उसका प्रसन्न मन भारी हो गया। बस एक बात उसे बार-बार याद आने लगी,जिोखन अकेला ही तो है, तू तो रानी बनकर रहेगी, रानी...।

और ठकुरानी बहू का सुन्दर चेहरा उसकी आँखों में गड़ गया। बड़ी-बड़ी, काजल से भरी आँखें और सेंधुर से भरी माँग! मेरी माँग भी तो भरी है, मेरी भी आँखों में तो काजल लगा है। लोग कितनी बड़ाई करते हैं ठकुरानी बहू की, मुँह तो किसी ने देखा ही नहीं, आज तक, बस अपने कमरे-से-कमरे, न कहीं आना, न जाना। खाना-पीना, सब वहीं पहुँच जाय तो ठीक है, नहीं-तो-नहीं। एक गिलास पानी की भी जरूरत पड़ी तो...वह तड़प उठी, मितली छूटने लगी। लगा अब वह बेहोश हो जायगी...बेहोश हो जायगी। लेकिन वह भी वैसी ही बहू बनेगी, उसी तरह का घर-दुआर होगा, वह भी कहीं नहीं जायेगी। चुपचाप अपने कमरे में बैठी रहेगी और अगर प्यास लगी तो...! प्यास... प्यास... उसकी चेतना डूबने लगी। जाने कैसे वह खटोली की रस्सी से उठँग गयी और हीरा बेबी की गुड़िया की शादी की एक-एक बातें, स्वप्न की तरह उसकी आँखों पर छा गयीं।

—कैसी धूम-धाम थी! कैसे अच्छे-अच्छे गहने-कपड़े आये थे गुड़िया के लिए और सोहगइला—! उसका ध्यान एकदम अपने हाथों पर चला गया। क्षण-भर के लिए प्यास का सारा पता जैसे वह भूल गयी हो,—वह ब्याहता है, वह ससुराल जा रही है, यह उसका सुहाग है, सुहाग—और प्यास की तक़लीफ़ से ढीले होनेवाले उसके हाथ एकाएक कस गये, क्योंकि ठकुरानी बहू की एक-एक बात उसे याद आ रही थी। उन्होंने गुड़िया को सजाकर यही सब तो कहा था जो आज माँ कह रही थी और यह बाजू-बरेखी, झब्बा- तिलरी, हाथ का कंगन, सुहा, सिर का घूँघट; यही सब तो गुड़िया का सजाव था—यही सब।

उसने इधर-उधर देखा।—पर कुछ भी तो नहीं दिखायी पड़ता। हाय राम, यह क्या हो गया?—उसका सिर बेहद चक्कर खाने लगा था, उसकी चेतना डूबने लगी थी पर हाथ सीने से लगे, दबे थे और सोहगइला जैसे पानी की अन्तिम बूँद की तरह उसके कलेजे को सींच रहा था।

क्षण-भर बाद, उसने फिर आँखें खोलीं और चाहा कि चिल्लाकर कुछ कहे, खटोली को रोके, पर खटोली तो कब की बरगद की छाँह में रुक गयी थी और पानी

से भरे, उसी पीतल के बड़े लोटे को दोनों हाथों से उठाकर मुँह में लगाये, वह यह भूल ही गयी थी कि सोहगइला कब से उसके हाथ में नहीं है और व्यंग्य की एक तीखी हँसी उसके चेहरे पर बिखर गयी,—मेरा बाप भी तो अपने बाप का अकेला ही बेटा था, और माँ भी मेरे घर बहू बनकर आयी थी! फिर माँ के कालिख में डूबे, रूखड़े हाथों की असंख्य काली रेखाओं के जाल में फँसी, उसकी आँखें, दूर बैठी हुई बहू और सामने लुढ़के सोहगइला; दोनों को देखने में असमर्थ होती जा रही थीं क्योंकि वह अब बच्ची नहीं रह गयी थी और सामने खड़े भविष्य को पहचान रही थी।

दौने की पत्तियाँ

हवा में कुछ गर्मी थी। आसमान का रंग कहीं भी धूमिल नहीं हुआ था।

सामने फैले विस्तृत भूखण्ड का हलका नीलावरण, भोला की दृष्टि में एकाग्र होकर, चुपचाप बैठ गया था—बहुत ही गुमसुम, जैसे प्रकृति का जीवन ही भूल से कहीं खो गया हो। सामनेवाली नीम की पत्तियाँ भी किसी अनुशासन में स्थिर खड़ी थीं। भोला ने ऊपर से नीचे तक उस नीम के पेड़ को निहारा।—पाँच ही बरस हुए इसे लगाये, लेकिन कैसा छितनार हो चला है! गाँव में किसके पास इतना सुन्दर नीम का पेड़ है! डालियाँ जैसे धरती को चूमने बढ़ी आ रही हैं और जड़ के पास का यह चबूतरा! उसका मन चहक उठा। लोगों की कही बातें याद आने लगीं।

—भई भोला का क्या कहना! इनका हर काम ही निराला होता है। देखो न, चबूतरा क्या है, जैसे सिलमिट से पलस्तर किया हो। भोला जहाँ न हाथ लगा दे।

—एक बिगहा भूँय में इतनी पैदा कहाँ...? धरती तो सोना उगलती है सोना, इसके लिए। कैसी साफ़-सुथरी झोंपड़ी बना रखी है। इस बीरान, भुतही जगह को गाँव की दुलहिन बना देना कोई मामूली बात है!

एक बीघे पतले, लम्बे नहरी खेत के एक सिरे पर भोला की यह सृष्टि गाँव की दुलहिन के नाम से पुकारी जाती है। यही भोला का राज है। एक ओर साग-भाजी का कोइरार और दूसरी ओर एक झोंपड़ी। उसके आगे एक छोटा-सा आँगन। आँगन के चारों ओर एक चौड़ी मेड़, जिसकी नाली में मर्सा, मकोय, तुलसी और दौना से लेकर, बैजन्ती, रातरानी और गुलदावदी के पौधे लहलहाते रहते हैं। दौना भोला को बहुत प्रिय है। प्रायः अपने घर आये जाने-माने लोगों का स्वागत करते समय, वह दौने की पत्तियाँ भेंट करना नहीं भूलता। लेकिन भोला को आज हो क्या गया है? क्यों उसकी आत्मा इतनी रिक्त हो गयी है? उसने कोई पाप नहीं किया, किसी का नुक़सान नहीं किया, किसी का पेट नहीं काटा। वह मेहनत करके खाता है, पसीना जलाकर मिट्टी से अन्न जुटाता है। फिर उसके लिए दुःख कैसा?

—मेरा बच्चा स्कूल से जल्दी क्यों नहीं लौट आता? गुलाबी कब तक साग बेचती रहेगी? क्या उसे मालूम नहीं...क्या उसे—भोला सोचते-सोचते झुंझला उठा,—उन्हें पता नहीं ही होना चाहिए वरना इस तिनके की झोंपड़ी में आग लग जायगी। फिर कौन

बुझायेगा, इसे। कोई सयाना बेटा भी तो नहीं, जो फिर से जोड़-तोड़कर घर-गृहस्थी सँभाल ले। भोला ने माथे का पसीना अँगुलियों से काछकर नीचे झिटक दिया। बग़ल में देखा तो मर्से की लम्बी-लम्बी, लाल बालियों पर गौरइयों का एक झुण्ड उतर आया था। पके दानों को फोरते हुए, उनके ठोरों से कुट-कुट की ध्वनि निकल रही थी। दूसरा दिन होता तो भोला उन्हें उड़ाता, खेत के पास फटकने भी न देता। पर आज जैसे उसका मन इस आवाज़ के पीछे दौड़ चला। वह सुनता रहा, क्योंकि जब भाँटे और मिर्चे की तैयार फ़सल का एक पौधा भी अब उसका नहीं रहेगा, तब इन मर्सों से क्या होता है। उसके जी में आया कि वह चिल्ला पड़े, "ख़ूब खाओ, मनमाना खाओ!" पर एकाएक गुलाबी को सामने आती देख, वह हड़बड़ा उठा।—ऐसा क्या करे —क...वह सोचने लगा और वहीं बग़ल में पड़ी खुर्पी उठाकर, मर्से की जड़ के पास जा बैठा।

"भगवान् तोहें बइठे के नाहीं लिखे हैं का हो, जो पके मर्से की जड़ खुरपियाय रहे हो? कुछ रस-दाना भी किया या वैसे ही हो?" और वह तेज़ी से झोंपड़ी के द्वार पर चली गयी। लेकिन भोला मन मार उसी मर्से की जड़ में गड़ा रहा।

पाँच बरस पहले की वह अँधेरी, बरसती रात उसके अँधेरे मन में कलटकर थम गयी। हवा के गहरे थपेड़ों और पानी की बूँदों के तीर से उनके चेहरे बिंध रहे थे। हाथ-को-हाथ नहीं सूझता था। धरती पानी में गलती जा रही थी।

—काहे गाँव छोड़ रहे हो?...कहाँ जाओगे इतनी रात?...बनी बनायी गिरहस्थी है भुल्लू के बाबू, सोच-समझ लो! जहाँ चार जन रहेंगे, कुछ-न-कुछ...फिर हम नीच जात के हैं...चाकरी करनेवाले का मान-जान कब हुआ है! इतनी छोटी-सी बात के लिए गाँव छोड़ रहे हो।

—गुलाबी, अब तो वहीं रहेंगे, जहाँ चाहे सूखी रोटी ही मिले पर किसी की गालियाँ न सहनी पड़ें। भुल्लू को बचाये रहो!

उसी समय बिजली कड़ककर अँधेरे में धँस गयी थी और वे दोनों बच्चे को बीच में करके, एक-दूसरे से सट गये थे। पानी की बूँदों ने उन्हें ढँक लिया था। कैसी अनोखी छत थी वह—पानी की छत। भोला सोचते-सोचते सहसा रुक गया। गुलाबी कुरुई में बजड़ी का लावा और लोटे में रस लिये खड़ी थी।

"खर तो मार लेते। कहाँ की बिपत आ गयी थी जो बासी मुँह बैठे रह गये?"

भोला कुछ कहने ही जा रहा था कि गुलाबी जैसे विस्मय में बोल उठी, "अरे वह न देखो, सुथना-पुथना पहिरे कई लोग चले आ रहे हैं।"

भोला काँपकर रह गया।

"कहाँ?"

"वहाँ देखो?"

भोला के शरीर में बिजली दौड़ गयी। वह उठ खड़ा हुआ।

"तुम जाकर घर में बइठो...इंजीनियड़ साहब हैं।"

"तो का खाय जायेंगे?...बड़े चले पर्दा कराने।"

भोला को जाने क्यों क्रोध आ गया! उसका शरीर काँपने लगा। उसे लगा कि वह आपे से बाहर हो जायगा, पर वह इतना गर्म तो कभी नहीं होता था। उसने विस्फारित नेत्रों से गुलाबी को देखा। वह डरकर सिमट गयी। कैसी थी वह शकल! उसने कभी इस चेहरे को नहीं देखा था। बढ़ी हुई दाढ़ी के नीचे झाँकनेवाली नहर-सी लकीरें, आँखें धँसी-धँसी। सारा शरीर जैसे गन्ने के चुसे चेफे-सा सिकुड़कर ऐंठ गया था।

भयानक-से-भयानक विपत्ति को हँसकर सहते हुए, मुस्करानेवाले भोला को यह क्या हो गया?

वह सोचने लगी,—इन खुरदरे हाथों में तो सोना बसता था। इनकी टूटी-फूटी थकी बोली से अमृत टपकता था। यह हो क्या गया, आज...भगवान् यह क्या हो गया! वह जैसे किसी डाल से टूटे पत्ते की तरह बेसहारा हो गयी।

"तो मर यहीं खड़ी-खड़ी। लाज-हया तो सब धोकर पी गयी। यह घर-घर घूमकर तरकारियाँ बेचने का फल है।"

"यह सब क्या कह रहे हो, भुल्लू के बाबू!" वह फूट-फूटकर रोने लगी।

पर भोला वहाँ रुका नहीं। वह जल्दी-जल्दी डग बढ़ाता आगे बढ़ गया और सिंचाई विभाग के इन्जीनियर साहब, छोटे साहब तथा ठाकुर साहब से बड़ी देर तक बातें करता रहा।

इधर प्रथम पंचवर्षीय योजना का समय समाप्त हो रहा है। दस लाख रुपये का काम बाक़ी रह गया है। काम नहीं हुआ तो रुपये डूब जायेंगे। योजना तो जनता के हित के लिए बनायी गयी है न! इसलिए किसी भी तरह काम हो जाना चाहिए और मौक़ा भी क्या सुनहरा मिला है कि चौती की जवान फ़सल, धरती पर पेंगें मारने लगी है। अभी-अभी किसानों ने खेतों को दूसरा पानी दिया है। इस समय खेतों के बीच से नहर बनवाते समय, क़रीब साठ फुट चौड़ी ज़मीन पर फावड़े चलाकर, नरम मिट्टी उलटवाने में, ठेकेदार को भी काफ़ी आराम है। जेठ-वैशाख होता, तो मिट्टी पत्थर होती। सिंची-सिंचाई लहलहाती हुई मिट्टी में फावड़े ऐसे धँसते हैं, जैसे सेब में दाँत। ऊपर से सहयोग और राष्ट्रीय हित का भाषण। घूँ-घूँ करके गुर्रानेवाली जीपों की चहल-कदमी के लिए ऐसी मुलायम सेजें कहाँ मिलेंगी?...

महीने भर से गाँव की सीमा में से नहर बन रही थी, पर जब तिवारी जी के बारह बिगहवा चक के ठीक कोने पर फीता गिर गया, तब सारा काम जहाँ-का-तहाँ धरा रह गया! सिंचाई मिनिस्टर इसी खित्ते के तो रहनेवाले हैं। पिछली बार चुनाव में तिवारी जी ने धन-जन से बड़ी मदद की थी उनकी। कितने असामी तो गाय-बैल की तरह बाड़े में रात-भर बन्द किये रहे और सवेरे ही लारी में भर-भरकर उन्हें पोलिंग स्टेशन पहुँचाकर

वोट ले लिया गया था। लोग कहते हैं, तिवारी जी ने कमाल कर दिया था। सिंचाई मिनिस्टर तो इतने ख़ुश कि तिवारी जी की अकल के गुलाम हो गये, तब से।

और अब जब नहर का सिरा आकर उन्हीं तिवारी के बारह बिगहवा के कोने पर गिरा, तब उनके तेवर चढ़ गये। काम बन्द हो गया। पण्डित जी रात की गाड़ी से फ़ौरन लखनऊ के लिए रवाना हो गये। सवेरे ही लोग कहते हैं, गाँव से, तार द्वारा इन्जीनियर को लखनऊ बुलाया गया और आदेश हुआ कि नहर इधर-उधर घुमाकर खेत बचा लिया जाय।

इन्जीनियर बड़ा हँसता था, क्योंकि इस नन्हें-से काम के लिए इतना बड़ा पँवारा खड़ा करने की क्या जरूरत थी? यही हजार रुपये और एक मुर्रा भैंस, जो अब दी है, तभी दे देते तो बिना लखनऊ गये ही काम हो जाता। उनका तो यही काम है। जिस पार्टी ने रुपये ज़्यादा दिये, उनकी ओर से फीते का रुख़ जरा-सा मोड़ लिया। फिर नये शिकार, ताजे रुपये और इस तरह गाँव-के-गाँव चन्दा करके अपनी हद इस ख़ूबसूरती से बचा लेते हैं कि नहर का पानी भी मिले और जगह भी ख़राब न हो। अब क्या कोई परायी सरकार है? यह तो रुपये के एक घर से दूसरे घर में जाने की बात हुई। जनता की सरकार, जनता को कैसे नाराज़ करे? उसको काम तो करना ही है, और श्रद्धाभक्ति से जो भी मिल गया, उसे नकारें कैसे?

इधर गुलाबी के बड़े-बड़े मंसूबे हैं। उसने सुना है, नहर निकलने पर कोई अड्डा बनने को है। पानी भी पास रहेगा। ख़ूब तरकारियाँ होंगी और वह उसी अड्डे पर तरकारियों की एक दुकान लगा देगी।—कौन मारा-मारा फिरे! तब तक तो अपना भुल्लू भी सयाना हो जायेगा पर आज एकाएक भोला की यह हालत देखकर उसका उत्साह ठण्डा हो गया। अभी तो गाली-गुफ्ता ही है। कौन जाने, कभी हाथ भी उठाने लगें। उसने आँचल से आँसू पोंछे और रस-दाना उठाकर घर में लौट गयी। कब भुल्लू स्कूल से लौटा और कब जेब में बजड़ी का लावा भरकर गुल्ली-डण्डा खेलने चला गया; उसे पता नहीं।

सुबह जब उसके दरवाज़े पर शोरगुल हुआ तब एकाएक हड़बड़ाकर वह उठ बैठी। वह रात लौटे ही नहीं और मैं ऐसी बावरी कि सो गयी बिना पता लिये। उसका मन थिर हो गया था। लेकिन जब शोर बढ़ता गया तब वह बाहर निकल आयी। बहुत-से आदमी देखकर वह चैंकी। क्या बात है? घूमकर देखा, उसका खेत साफ़ हो चुका है। नहर आधे खेत तक पहुँच गयी है—पतले-लम्बे खेत के बीचोंबीच। मज़दूर कह रहे हैं, "यह तो ठीक नहर की ही नाप का खेत है।"

पचीसों फावड़े साथ ही उठ रहे हैं, साथ ही गिर रहे हैं। किसे पकड़ ले, किसे रोक ले, वह। पागल की तरह खेत में दौड़ने लगती है।

वहीं बग़ल में कैम्प के पास बहुत-से लोग किसी को घेरे खड़े हैं। पुलिस के आदमी पगड़ियाँ बाँधे घूम रहे हैं। गुलाबी दौड़ी जाती है तो देखकर धक से रह जाती है।

"भुल्लू के बापू, तुम! क्या हो गया, तुम्हें!" वह दौड़कर भोला के पास पहुँच जाती है और बिफरकर रोने लगती है।

कल भोला को जब यह निश्चय हो गया कि उसका खेत किसी तरह नहीं बच सकता, तब वह घर नहीं लौट सका। एक बार उसके मन में आया कि अब पंछी को बसेरा छोड़ ही देना चाहिए, लेकिन फिर वह पाँच वर्ष पहलेवाली काली रात, उसके सिर पर भूत की तरह सवार हो गयी।

—मेरी यह नन्हीं-सी दुनिया कौन उजाड़ रहा है? यह तिवारी? हाँ यही, चलो उसी का गला घोंट देता हूँ और वह रात के अँधेरे में डग बढ़ाता हुआ, कोठी के दरवाज़े पर पहुँच गया। दरबान सो रहे थे। तिवारी सामने ही सोया था। भोला के हाथ ऐंठे, पर इसने तो अपना खेत बचाया है। सब अपना बचाने की कोशिश करते हैं। सबके अपने स्वाथ...र्पर न्याय? न्याय तो अफ़सर करता है न?

—सारा दोष इन्जीनियर का है। धूर्त है, वह। वही सारे अनरथ की जड़ है। वह दौड़ता हुआ उसके कैम्प पहुँच गया। चपरासी सो रहे थे। कैम्प के द्वार के ठीक सामने पड़ी चारपाई पर इन्जीनियर की बीवी सोयी थी। उसका चेहरा लालटेन के हलके प्रकाश में चमक रहा था। उसके होंठों पर अजीब-से मोह-स्वप्न की मुस्कान व्याप्त थी। उसके माथे की बिंदिया...वह काँप गया।—गुलाबी, मेरी गुलाबी! कितना दुःख सहती हो तुम मेरे साथ...

—जाने कहाँ की है यह बेचारी! मारी-मारी फिरती है। उसका सारा शरीर काँपने लगा। यह तो नौकर है—इसका क्या दोष?

—सरकार दोषी है, सरकार।—उसकी भौंहों पर बल पड़ गये। होंठ फड़कने लगे। वह घूमकर सिवान में भागना चाहता था कि उसे सहसा ख़याल आया,लेकिन सरकार को क्या मालूम कि मेरे पास वही एक खेत है, मैंने पाँच बरस में आधे पेट खाकर उसे ख़रीदा है?

वह रुक गया। लेकिन वह क्या करे? कहाँ जाये? सोचते-सोचते एक बार फिर वह कैम्प की तरफ़ घूमा, पर उसकी निगाह इन्जीनियर की पत्नी के चेहरे पर फिर थम गयी। नींद से बोझिल पलकों की छाया में रोशनी की पतली, काँपती रेखाओं को देखते-देखते उसे कई मिनट लग गये। गुलाबी की कोमल बरौनियाँ और आँसुओं में तिरती, बड़ी-बड़ी, आम की फाँक-सी आँखें, उसके आगे नाचकर रह गयीं।—कितना सब्र होता है इन आँखों में। कितनी ममता, कितना त्याग। —वह भूल गया, सब-कुछ भूल गया। इसी बीच जाग-जूग हो गया और लोग अपनी चारपाइयों से उठकर दौड़े, तो भोला उन्हें वहीं खड़ा मिला।

भाग तो सकता था वह, पर भागा क्यों नहीं? यह आप खुद सोचिये? भूमिहीन, श्रमजीवी भोला, पुलिस, तिवारी जी, इन्जीनियर और सरकार की हिरासत में है, इसलिए चोर अथवा ख़ूनी कुछ भी कह सकते हैं उसे, क्योंकि गुलाबी के पास तो अब दौने की पत्तियाँ भी नहीं रहीं।

बातचीत

जैसे अख़बारों में पहले पन्ने पर एक ख़ास ख़बर दी जाती है, और उसके लिए पत्रकार, न जाने कितनी ख़बरों की जाँच-पड़ताल करते हैं, वैसे ही गाँवों में कुछ मौलिक पत्र निकलते हैं, जिनके पत्रकारों का काम रोज-ब-रोज एक नया मसाला खोज निकालना और फिर उसमें नमक-मिर्च लगाकर, हुक्के के धुएँ के साथ उड़ाना ही होता है। प्रायः इस काम को मनोयोगपूर्वक करनेवालों के मुँह में दाँतों की कमी होती है, जिससे वे बातों को मसूड़े से चबा-चबा कर सरस बनाते हैं और फिर बुज़ुर्गी का सुबूतनामा लगाकर, इस चौपाल से उस चौपाल तक फैलाया करते हैं। क्या करें, दूसरा काम जो नहीं रहता, उन्हें।

कभी-कभी तो सितबिया धोबिन की चुनरी ही को लेकर बात खड़ी हो जाती है। फिर क्या, बूढ़े चौथी जवान गभड़ई बन जाते हैं। बिना दाँत के मसूढ़ों में एक मशीन की-सी गति आ जाती है और होंठ बार-बार एक-दूसरे से टक्कर लेते रहते हैं। नन्हीं-नन्हीं कीचर से भरी आँखों में एक भाषा बोलने लगती है और ज़बान कतरनी की तरह कचर-कचर चलती रहती है।

"आज टिमकिया आया है न! देखा सितबिया का ठाट-बाट, जैसे सरग की तिरिया अपने गाँव में उतर आयी हो। अभी मैं उस ओर से आ रहा था तो जग्गूवाली कोलिया में मिल गयी। छब्बू बरई के यहाँ से पान खाकर लौट रही थी। बाँह में बाजू-बरेखी, कलाई में कंगना और पैर में मोटे-मोटे झाँझ; मुँह में पान दबाये, मनमाना मुस्कराती झमक-झमक चली जा रही थी।"

"लाज-हया तो सब धो-धा कर पी गयी।" गजाधर कुछ मुँह बिचकाकर बोला और हुक्के से चिलम उतारकर जमीन पर उलट दी, फिर तमाखू के कोयले को अँगुलियों से फोरने लगा।

चौथी ने बड़े जतन से अपने गाढ़े के कुरते में हाथ डालकर, सुर्ती निकालते हुए कहा, "नहीं भाई! तुम लोगों की दूसरी बात है। अभी शरीर में ख़ून-पानी है और वह भी तो जवान है। किसी आसरे से नहीं लजाती। मुझको देखकर तो दीवार से सटकर, ऐसी सिकुड़ जाती है कि क्या कोई दुलहिन लजायेगी।"

रामू बरई वहीं चारपाई के पास एक मोढ़े पर बैठा था। घुटने तक की हलके कत्थई रंग की धोती, कन्धे पर एक गमछा और गले में तुलसी की मोटी जड़ की एक माला,

दाढ़ी और सिर के सब बाल सफा। हाथ में एक तिनका लिये धूल को इधर-उधर करके खेत की नन्हीं-नन्हीं क्यारियाँ बना रहा था। वह एकाएक बोल उठा, "दादा बूढ़े हो गये, पर इनकी चुलबुलाहट न गयी। सारा गाँव तो हाय-हाय कर रहा है, ताल में धान की पकी-पकायी फ़सल थोड़े से पानी बिना चौपट हो रही है, इनको बस सितबिया का पान, मनकिया की धोती, बुधुआ-रनियाँ सनई के खेत में साथ-साथ घास काट रहे थे; न जाने क्या-क्या सूझते हैं। अरे भइया, अगर दो दिन में पानी न बरसा तो पेट के लाले पड़ जायँगे, लाले, फिर यह सब लहँगा-टिकुली बिक जायगी। जब पेट भरता है, तभी संसार का सुख-सोहाग अच्छा लगता है।"

"अभी क्यों घबरा गये रामू! गाँधी टोपी के राज में जो न हो जाय। जानते हो, जिस देश का राजा पापी होता है, वहीं झूरा पड़ता है, अकाल आता है, भुखमरी होती है। जल्दी-जल्दी गहना-गीठों बेचकर ऊसर-पापर तो लिखा लिया। उसमें धान क्या होगा, ख़ाक! सरकार से कहो, पानी का भी इन्तिज़ाम करे।" गजाधर ने मुस्कराते हुए चिढ़ाने के लिए कहा।

चौथी ने कहा, "अभी लगान भी बढ़नेवाली है रामू! यह मत समझना कि ज़मीन मिल गयी तो राजा हो गये। जब सरकारी करिन्दा वारण्ट लेकर घर के सामने खड़े होंगे, तब दुगना मजा मिलेगा। पंचाइत का सुख तो भोग लिया, अब इसका भी देख लेना।"

रामू ने गदोरी पर सुर्ती रखते हुए कहा, "हर बिधा हमी को तो पिसना है, दादा! मरेंगे, जरेंगे, अन्न उपजायेंगे पर मजा दूसरे मारेंगे। देखो न! पंचाइत बनी थी किसानों के फ़ायदे के लिए, लेकिन सरपंच हो ही गये गयादीन ठाकुर। ख़ूब मुट्ठी गरम होती है।"

चौथी ने नीचे के होंठों को तालू से दबाते हुए व्यंग्य किया, "क्या समझते थे जग्गी हो जाता सरपंच?"

रामू की आँखें ज़मीन में धँस गयीं, जैसे कोई वज्र-सी धरती पर फावड़े से प्रहार करके उसकी उर्वरा छाती के अन्धकार को सूरज की सुनहरी किरणों की नोंक से बेधता चला जा रहा हो—रामू देखता गया, देखता गया....

—जग्गी का बाप चोर था और गयादीन ठाकुर के बाप से उससे दाँत काटी रोटी की दोस्ती थी। क्या शरीर दी थी भगवान् ने उसे कि घोड़े को भी पीछे छोड़ जाय। घर की साधारण दीवारो को तो वह चौफाल में कूद जाता। एक-एक रात में हजारों का सोना-चाँदी ला देना, ठाकुर के एक इशारे पर किसी को बना-बिगाड़ देना, उसके बायें हाथ का काम था।

जमुनापार के डाके की कहानी उसकी आँखों के आगे नाच गयी।—सावन की अँधेरी, काली रात में महाजन की दुमंजिला कोठी पर से जब वह जेवरों का बक्सा लेकर चला, तो लोगों ने नीचे चारों ओर से मकान घेर लिया....जग्गी ने सोचा-विचारा; जेवरों को पीठ पर गमछे से बाँध लिया और ऊपर से लाठी लेकर कूद पड़ा। एक नहीं, दस-दस लाठियाँ तो एक साथ उसके ऊपर गिरी होंगी; पर जब वह उठा तो मिनटों में मैदान

साफ़ हो गया। लोगों ने पीछा किया, पर उसने तरह नहीं दी। एक मील तक रुक-रुक कर लाठी चलाता, जमुना तक आया और फिर नदी में कूद पड़ा।

—दूसरे दिन पुलिस की पगड़ी से सारा गाँव लाल हो गया। कोई घर के बाहर तक नहीं निकलता था, पर वाह रे ठाकुर और वाह रे शान! दरवाज़े पर कड़ाहियाँ चढ़ गयी थीं। पुलिसवाले खा-पी रहे थे और जग्गी का बाप वहीं ठाकुर के पास बैठा, चिलम पीता रहा। शाम हुए थानेदार ने ठाकुर को बुलाकर कहा, "हमारे पास घोड़ा नहीं है, ठाकुर!"

—ठाकुर ने कहा, "कल सूरज निकलने से पहले पहुँच जायगा।"

चौथी ने बात जोड़ी, "क्यों चुप हो गये रामू! जग्गी याद आ गया क्या? भाई, मेरे कहने का मतलब बिलकुल यह नहीं है कि वह चोर है। हम लोग तो सब जानते हैं न! यह गयादीन की बेईमानी है, पर बदनामी तो हो ही गयी। वह चोरी की ही तो सजा भुगत रहा है।"

रामू ने सिर ऊपर करते हुए कहा, "चाहे जो कहो दादा। पर जग्गी...बड़ा दिलेर, बड़ा ईमानदार; यही न!" दादा ने बीच में ही बात छीन ली, "पर जानते हो, उसका बाप यहाँ का मशहूर चोर था। गयादीन ठाकुर के बाप से बड़ी दोस्ती थी, पर बुढ़ाई समय ठाकुर ने किसी दुश्मन का खलिहान फूँकने की बात की। इस पर वह बिगड़ गया। फिर क्या था, ठाकुर जलभुन गये। मौक़ा ढूँढ़ने लगे। एक दिन एक चोरी की जाँच आयी तो उसके घर की तलाशी करा दी, उसमें सेंध मारनेवाली सेबरी मिल गयी और बुड्ढे को एक साल की सजा हो गयी।

"ठाकुर की भी हालत उतनी अच्छी नहीं रह गयी थी। इन्हीं गयादीन ठाकुर की एक बड़ी बहन थी—जवान सामरथ। उसकी शादी करनी थी, पर टका पास में नहीं था। बड़े आदमी ठहरे, कम-से-कम दस-बीस हज़ार तो तिलक ही के लिए चाहिए। लड़की जग्गी के बाप को काका कहा करती थी और जब वह जेल जाने लगा तो लड़की दरवाज़े पर खड़ी-खड़ी बहुत देर तक रोती रही। जग्गी भी वहीं खड़ा था। ठाकुर को पकड़कर रोने लगा, पर तीर कमान से निकल चुका था। ठाकुर बहुत पछताये।

"जग्गी का बाप उन्हीं दिनों जेल से छूटा, जब लड़की की शादी ठीक हो गयी थी। तिलक के बदले ठाकुर ने बीस हज़ार का जेवर देना ही मान लिया था पर वह कहाँ से आता। जग्गी का बाप तो अब नाराज़ था। एक दिन लड़की घर से निकली तो वह सामने पड़ गया। एकाएक उसके मुँह से निकल पड़ा, "पाँव लागी काका।" और बूढ़े का कलेजा पसीज गया। उसने आँख उठाकर देखा, लड़की बदल गयी है। हाथ-पाँव में हल्दी लगी है। कलाई में कंगन बँधा है। बूढ़ा रो पड़ा और लड़की भी खड़ी-खड़ी रोती रही।

"बूढ़े ने अपने को सँभालते हुए कहा, "फिकर न करना बिटिया, अभी तो मैं ज़िंदा हूँ, जब मेरी जरूरत हो, कहला भेजना।"

"ठाकुर बग़ल में बैठे यह बातें सुन रहे थे। उनका मन अपने पिछले पापों के कारण जलकर राख हो गया था, पर एकाएक उसकी बातें सुनकर, उनका जी भर

आया। वे दौड़कर जग्गी के बाप के गले से सटकर फफक-फफककर रोने लगे।

"बूढ़े के मुँह से इतना ही निकला, 'भैया मैं चोर ही नहीं, आदमी भी हूँ। तुम्हारी सब दिक्कतें समझ रहा हूँ पर मुझे अपने से अलग मत समझना। शादी की तैयारी करो, सारे ज़ेवरों का इन्तिज़ाम मैं करूँगा।"

"जब शादी का दिन आया तो सारा गाँव तमाशा देखने जुटा था। रामू लोग समझते थे, आज ठाकुर बेआबरू हो जायगा, पर एकाएक जब जग्गी के बाप ने ज़ेवरों की पेटियाँ खोलनी शुरू की तो सब दंग रह गये।"

चौथी ने एक ज़ोर की दम लगायी और हुक्का फेर दिया। गजाधर ने हुक्का थामते हुए कहा, "जग्गी तो चोर नहीं था; चौथी दादा, फिर पुलिसवालों ने उसे कैसे फँसा दिया!"

"तुम नहीं जानते बेटा अभी, अरे यह सारी बुराई रुपयों की है। जिसे लालच न लग जाय, मद की। जग्गी ने जिस इज़्ज़त-बात से गाँव में जिनगी बितायी, कोई माई का लाल क्या बितायेगा, मुदा गयादीन को तो जानते ही हो; दूसरे की बहू-बेटियों पर निगाह रखना, रात को खेत कटवा लेना, खरिहान फुँकवा देना; इसी में तो इनकी ठकुरई है। फिर आजकल सरपंच हो गये हैं। किसी खेत-बारी के झगड़े में तकरार हो गयी जग्गी से, फिर उन्होंने बदला निकालने का यही उपाय निकाला और सबूत भी यह कि जिसका बाप चोर था, वह भला इतना नेक कब होने लगा।"

रामू ने कहा, "मुझको तो बस इतनी ही फिकिर है भैया कि बेचारे की बीवी भी इसी बीच चल बसी और उसका मुँह भी न देख पायी।"

कुआर की चिलचिलाती धूप उतार पर हो चली थी। और नीम की छाया, धीरे-धीरे पूरब की ओर खिसकने लगी थी। रामू के ऊपर सूरज की किरणें पड़ने लगी थीं। उसने मोढ़ा खिसकाकर छाया में कर लिया।

गजाधर भी उठे कि चारपाई भी खींचकर छाया में कर लें। चौथी दादा भी उठ खड़े हुए और कहने लगे, "जग्गी तो अब जल्दी ही छूटकर आ जायगा, रामू!"

"हाँ, एक महीने से भी कम रह गये हैं दादा! यदि छुट्टी-उट्टी कटी तो शायद दो ही चार दिन में आ जाय।" और रामू भी उठ खड़ा हुआ।

गजाधर ने कहा, "बैठो भाई!"

पर रामू ने कहा, "नहीं, अब चली-चला हो, खाना-पीना भी तो नहीं हुआ है?"

"क्या खाना-पीना होगा भइया। इस ठाले-ठूली में, भला गाँव-भर में कहाँ दोपहर को आग जलती है? यही रस-दाना पर कट जाती है। मुझसे तो वह भी नहीं होता। पतोहुओं ने किसी दिन दया दिखायी, तो दाने को पीस-पीसकर बुकनी बना दी, नहीं तो रस ही पीकर रह जाना पड़ता है। दाँत क्या गये, खाने-पीने का सारा सवाद ही चला गया।" चौथी दादा ने कहा और गमछे की खूँट से सुर्ती की गर्द नाक में भरते हुए, सूरज की ओर देखकर, दो छींकें लीं और घर की ओर चल पड़े।

हंसा जाई अकेला

वहाँ तक तो सब साथ थे, लेकिन अब कोई भी दो एक साथ नहीं रहा। दस-के-दसों अलग-अलग खेतों में अपनी पिण्डलियाँ खुजलाते, हाँफ रहे थे।

"समझाते-समझाते उमिर बीत गयी, पर यह माटी का माधो ही रह गया। ससुर मिलें, तो कसकर मरम्मत कर दी जाय आज।" बाबा अपने फूटे हुए घुटने से ख़ून पोंछते हुए ठठाकर हँसे।

पास के खेत में फँसे मगनू सिंह हँसी के मारे लोट-पोट होते हुए उनके पास पहुँचे।

"पकड़ तो नहीं गया ससुरा? बाप रे....भैया, वे सब आ तो नहीं रहे हैं?" और वह लपककर चार क़दम भागे, पर बाबा की अडिगता ने उन्हें रोक लिया। दोनों आदमी चुपचाप इधर-उधर देखने लगे।

सावन-भादों की काली रात, रिम-झिम बूँदें पड़ रही थीं।

"का किया जाय, रास्ता भी तो छूट गया। पता नहीं कहाँ हैं, हम लोग।"

"किसी मेंड़ पर चढ़कर, इधर-उधर देखा जाय। मेरा तो घुटना फूट गया है।"

"बुढ़वा कैसे हुक्का पटक के दौड़ा था।"

"अरे भइया, कुछ न पूछो।" मगनू हो-हो करके हँसने लगे। इसी बीच गाने की आवाज़ सुनायी पड़ी—

हंसा जाई अकेला, ई देहिया ना रही।
मल ले, धो ले, नहा ले, खा ले
करना हो सो कर ले,
ई देहिया...

दस-एक बीघे के इर्द-गिर्द, अँधेरे और भय में धँसी हुई पूरी मण्डली सिमट आयी। चेहरे किसी के नहीं दिखायी पड़े, पर हँसी के मारे सबका पेट फूल रहा था। उसी बीच थूक घोंटने की-सी आवाज़ करता हुआ, वह आया और ज़ोर से हँसने लगा।

"होई गयी ग़लती भइया। मैं का जानूँ कि मेहरिया है। समझा, तुममें से कोई रुक गया है।"

मगनू ने कहा, "सरऊ, साँड़ हो रहे हो, अब मरद-मेहरारू में भी तुम्हें भेद नहीं दिखायी पड़ता?"

"नाहीं, भाय, जब ठोकर खाकर गिरने को हुए न, मैंने सहारे के लिए उसे पकड़ लिया। फिर जो मालूम हुआ, तो हकबका गया। तभी बुढ़वा ने एक लाठी जमा दी। ख़ैर कहो निकल भागा।" उसने झुककर अपनी टाँगों पर हाथ फेरा। नीचे से ऊपर तक झरबेरी के काँटे चुभे हुए थे।

"ससुरे को बीच में कर लो।" बाबा ने कहा।

मगनू कहने लगे, "चलो मेहरारू तो छू लिया, ससुरे की क़िस्मत में लिखी तो है नहीं।"

उसे लोग हंसा कहते हैं, काला-चिट्टा बहुत ही तगड़ा आदमी है। उसके भारी चेहरे में मटर-सी आँखें और आलू-सी नाक, उसके व्यक्तित्व के विस्तार को बहुत सीमित कर देती हैं। सीने पर उगे हुए बाल, किसी भींट पर उगी हुई घास का बोध कराते हैं। घुटने तक की धोती और मारकीन का दु-गजी गमछा उसका पहनावा है। वैसे उसके पास एक दोहरा कुर्ता भी है, पर वह मोके-झोंके या ठारी के दिनों में ही निकालता है। कुर्ता पहनकर निकलने पर, गाँव के लड़के उसी तरह उसका पीछा करने लगते हैं, जैसे किसी भालू का नाच दिखानेवाले मदारी का।

"हंसा दादा दुलहा बने हैं, दुलहा।" और नन्हें-नन्हें चूहों की तरह उसके शरीर पर रेंगने लगते हैं। कोई चुटइया उखाड़ता है, तो कोई कान में पूरी-की-पूरी अँगुली डाल देता है। कोई लकड़ी के टुकड़े से नाक खुजलाने लगता है, तो कोई उसकी बड़ी-बड़ी छातियों को मुँह में लेकर, हंसा माई, हंसा माई का नारा लगाने लगता है। इसी बीच एक मोटा सोटा आ जाता है, वह हंसा के कन्धे से सटाकर लगा दिया जाता है और हंसा दो-एक बार उस पर अँगुलियाँ दौड़ाकर, अलाप भरते-भरते रुककर कहता है, "बस न।"

लड़के चिल्ला पड़ते हैं, "नहीं, दादा। अब हो जाय।" कोई पैर से लटक जाता है, तो कोई हाथ से। फिर वह मगन होकर गाने लगता है, "हंसा जाई अकेला, ई देहिया ना रही..."

उस दिन बारह बजे रात को गाँव लौटकर, हंसा सीधे बाबा के दालान आया। लालटेन जलायी गयी। हंसा अपनी पिण्डलियों में धँसे झरबेरी के काँटों को चुनने लगा। जैसे जाड़े में चिल्लर पड़ जाते हैं, उसी तरह हंसा के टाँग में काँटे गड़े थे।

बाबा ने कहा, "कहाँ जायेगा ठोंकने-पकाने इतनी रात को, यहीं दो रोटी खा ले।" और झरबेरियों के काँटे देखे, तो उन्हें जैसे आज पहली बार हंसा की भीतरी ज़िन्दगी की झाँकी दिखायी दी।—इतनी खेत-बारी, ऐसा घर-दुआर, पर एक मेहरारू के बिना बिलल्ला की तरह घूमता रहता है। बाबा उठकर हंसा की पिण्डलियों से काँटे बीनने लगे।

उसे रतौंधी का रोग है! इसीलिए रात को वह गाँव से बाहर नहीं जाता। वह तो मजगवाँ का दंगल था, जो उसे खींच ले गया। बाबा सरताज हैं पहलवानों के, भला

क्यों न जाते। बेर डूब गयी वहीं, चले तो अँधेरा घिर आया था। पाँच मील का रास्ता था। हंसा दस लोगों की टोली के बीच में चल रहा था। कई बार उसके पाँव लोगों से लड़े, तो लोगों ने गालियाँ दीं और उसे पीछे कर दिया। हंसा गालियों का बुरा नहीं मानता। वह बहुत-सारे काम गाली सुनने के लिए ही करता है। गाँव के बूढ़ों-बुज़ुर्गों की इस दुआ से उसे मोह है।

वह पीछे-पीछे आ रहा था। रास्ते में एक गाँव आया, तो गलियों के घुमाव-फिराव में वह जरा पीछे रह गया। एक झोंपड़ी के आगे एक बूढ़ा बैठा हुक्की गरमाये था। उसकी जवान बहू किसी काम से बाहर आयी थी, दस आदमियों की लम्बी कतार देखकर बग़ल में खड़ी हो गयी। फिर हंसा के आगे से वह निकल जाने को हुई, तो संयोग से हंसा के पाँव उससे लड़ गये और अँधेरे में गिरते-गिरते वह हंसा के बाजुओं में आ गयी। बहू चीख उठी। बूढ़ा हुक्की फेंककर डण्डा लिये दौड़ा। लेकिन हंसा निकल गया। दूसरा डण्डा उसकी बहू की ही पीठ पर पड़ा। यह गये, वह गये और सारी मण्डली रात के अँधेरे में खो गयी। सबकी आँखें साथ दे रही थीं पर हंसा खाइयों-खन्दकों में गिरता-पड़ता भागता रहा।

बाबा काँटा बीनते जा रहे थे। हंसा अपनी मटर-सी आँखों को बार-बार अपने भालू के-से बालों में धँसाता हाथ को काँटे मिल जाते, पर आँखें न खोज पातीं। रह-रहकर रास्ते की वह घटना उसके सामने नाच जाती।—क्या सोचती होगी बेचारी? और वह बाबा की ओर देखने लगता।

"बड़ी चूक हो गयी, भइया। समझो, निकल भागे किसी तरह नहीं तो जाने का कहती दुनिया? हमें तो यही सोचकर और लाज लग रही थी कि तुम भी साथ थे।"

"अरे, यह क्या कहता है, हंसा।"

"यही कि आपके साथ ऐसे लोग रहते हैं। कितना नाँवँ-गाँव है। कितनी हँसाई होती।"

हंसा कभी कोई बात सोचता नहीं पर आज बार-बार उसका दिमाग़ उलझ जाता था। अगर भइया चाहें...तो...

इसी बीच आजी पूड़ियाँ थाल में परसे बाहर आयीं। हंसा हड़बड़ाकर उठ गया। बहुत दिन पर भउजी को देखा था। रात न होती, तो वह बाहर क्यों आतीं। उसने सलाम किया। थाल थामने ही जा रहा था कि उन्होंने मज़ाक कर दिया; "कहीं डड़वार डाके रहे का बबुआ, जो काँटा विनाय रहा है।"

"कुछ न कहो भउजी।" हंसा कह ही रहा था कि बाबा बोल उठे, "फँसी गया था हंसवा आज, वह तो ख़ैर मनाओ, बच गया, नहीं तो वह पड़ती कि याद करता! एक औरत को इसने..."

"अब हँसी-ठिठोली छोड़कर, बियाह करो। जब तक देह कड़ी है, दुनिया-जहान है, नहीं तो रोटी के भी लाले पड़ जायेंगे! कहते क्यों नहीं अपने भइया से? गूँगे-बहरे,

कुत्ते-बिल्ली सबका तो बियाह रचाते रहते हैं, पर तुम्हारा धियान नहीं करते। खेत-बारी, जगह-ज़मीन सब तो है।''

बाबा कुछ नहीं बोले, लगा सेंध पर धरे गये हों। आजी जाने लगीं, तो बाबा ने तेल भेजने को कहा।

तेल की कटोरी लेकर हंसा बाबा के पैताने जा बैठा।

''अपने पैरों में लगाओ न हंसा! दरद कम हो जायेगा।''

''ग़ज़ब कहते हो, भइया। अरे लगाया भी है कभी तेल।''

और वह बाबा की मोटी रान पर झुक गया।

''मनों तेल पी गयीं ये रानें। कितने तो तेल ही लगाकर पहलवान हो गये...'' हंसा कहने लगा।

बाबा चुप पड़े रहे। ओरउती से लटकी हुई लालटेन में गुल पड़ गया था, धुएँ से उसका शीशा काला पड़ चुका था और कालिख ऊपर उड़ने लगी थी।

हंसा उठा और बत्ती बुझाकर लेट गया।

भउजी की बात हंसा के कानों में गूँज रही थी,जिब तक देह कड़ी है...हंसा ने करवट लेते-लेते बूढ़े के डण्डे की चोट का हाथ से अन्दाज़ा लिया और भुनभुनाने लगा, ''जान-बूझकर तो कुछ नहीं किया। हम तो भइया की तरह मेहरारू को आँख उठाकर भी नहीं देखते। यह रतौन्हीं साली जो न कराये।'' उसने इधर-उधर आँख चलायी, पर कुछ नहीं—सब मटमैला, धुन्ध।

पाला पड़े चाहे पत्थर, काम से खाली होकर हंसा, बाबा के पास जरूर आयेगा। कभी देश-विदेश की बात, कभी महाभारत-रामायण की बात। लेकिन 'गन्ही महत्मा' की बात में उसे बड़ा मजा आता है। किसी ने उसे समझा दिया है कि गाँधी जी अवतारी पुरुष थे।

उस दिन दालान में कोई नहीं था। शाम का वक़्त था। बाबा की चारपाई के पास बोरसी में गोहरी सुलग रही थी। जानवर मन मारे अपनी नाँदों में मुँह गाड़े थे। रिम-झिम पानी बरस रहा था। कलुआ पाँवों से पोली ज़मीन खोदकर, मुकुड़ी मारे पड़ा था। बीच-बीच में जब कुटकियाँ काटतीं, तो वह कूँ...कूँऽ करके, पाँवों से गर्दन खुजाने लगता। इसी समय एक आदमी पानी से लथपथ, कीचड़ में अपनी साइकिल को खींचता आया और जैसे ही साइकिल खड़ी करके दालान में घुसने लगा, हंसा ने कहा, ''जै हिन्न की, गनेश बाबू।''

''जै हिन्द हंसा भाई, जै हिन्द।''

उसने अपने झोले से नोटिसों का पुलिन्दा निकालकर, बाबा के आगे रख दिया। हंसा बाबा की गोड़वारी बैठ गया। बाबा नोटिस पढ़कर बोले, ''कैसे होगा, बरखा-बूनी का दिन है।''

हंसा कुछ समझ नहीं सका। जब उसका पेट फूलने लगा, तो वह बोल बैठा, "का है भइया।"

"कोई सुशीला बहिन आज यहाँ गाँधी जी का सन्देश सुनाना चाहती हैं। जिला कमेटी की नोटिस है।"

"का लिखा है नोटिस में!" हंसा मुँह बा कर उसे देखता बोला, "तनी बाँच दो, भइया। गवनई भी न होगी।"

"अरे वही, जागा हो बलमुआ गाँधी टोपीवाले..."

हंसा ने खूँटी पर टँगी ढोलक उतारकर गले में लटका ली और एक ओर पड़े फटहे झण्डे को लेकर लाठी में टाँग लिया। दो बार ढोलक पीटी। फिर,—जागा हो बलमुआ गन्हीं टोपीवाले आय गइलैं...टोपीवाले आय गइलैं...गाकर, ढोलक पर धड़म-धड़ाम् घुम-घुम...धड़म-धड़ाम घुमघुम...

मिनटों में ही पचासों लड़के आ जुटे। चल पड़ा हंसा का जुलूस।

"सुसिल्ला की गवनई, जौने में बीर जवाहिर की कहानी है..."

"दल-के-दल लरिका-बच्चा सब...बोलो, बोलो, गन्ही बाबा की जय!"

और फिर, जागा हो बलमुआ...और हंसा की ढोलक गमकती रही।

क्षण-भर में ही जैसे सारे गाँव को हंसा ने जगा दिया हो। जिधर से देखो, लोग चले आ रहे हैं। लड़के गाँधी बाबा को क्या जानें, उनके लिए तो हंसा ही सब-कुछ था। एक उनके आगे झण्डा तानकर कहता, "बोलो, हंसा दादा की...!"

कुछ कहते, 'जै', और कुछ 'छै', फिर ज़ोर की हँसी चारों ओर छा जाती।

कुछ बूढ़े नाक फुलाते हुए, सुरती की नास ले, अपने सुतलियों के ढेरे पर चक्कर देकर कहते, "मिल गया ससुर को एक काम। गन्ही बाबा का पायक काहे नहीं हो जाता। कौनों कंगरेसी जात-कुजात मेहरारू मिल जाती। गन्ही को कोई विचार थोड़े है, चमार-सियार का छुआ-छिरका तो खाते हैं।"

हंसा को फुरसत नहीं है। बाबू साहब का तकरपोस और बाबू राम का चमकउआ चादर तो आना ही चाहिए।

बाबा चुपचाप बैठे हैं। धीरे-धीरे गाँव सिमटता आ रहा है। दालान भरता जा रहा है। अँधेरे की गाढ़ी चादर फैलती जा रही है। रिम-झिम पानी बरस रहा है। चार लालटेनें जल रही हैं।

"बुला तो लिया पानी-बूनी में। हल्ला भी पूरा मचा दिया। पर ठहरेंगी कहाँ सुशीला? कुछ खाना-पीना..."

"आने पर देख लेंगे। अपना घर तो खाली ही है। खाने की भी चिन्ता न करो। घी है ही, पूड़ी-ऊड़ी बन जायेगी।" कहता हुआ हंसा बाहर निकला।

हंसा सँभाल-सँभाल कर चल रहा था—अँधेरे की वही धुन्ध, वही मटमैलापन। आख़िर वह क्या करे कि उसे दिखायी पड़ने लगे। वह एक बच्चे की सहायता से किसी

तरह बाबूसाहब के दलान के सामने पहुँच गया। पहाड़ से तख़्त के सिर पर बिड़ई रख, उठा लिया और किसी तरह रेंगता-रेंगता बाबा के दालान आ पहुँचा।

बाबा बहुत बिगड़े, "ससुरा मरने पर लगा है।"

हंसा को यह जानकर बड़ी ख़ुशी हुई कि सुशीला जी आ गयी हैं। वह बाबा के पास बैठ, उनकी बातें बड़े ध्यानपूर्वक सुनने लगा।

सुशीला जी हंसा के ठीक सामने बैठी थीं। लालटेन जल रही थी, पर वह देख नहीं पाता था कि वह कैसी हैं!

—आवाज़ तो कड़ी है और यह गन्ने के ताजे रस-सी महक कहाँ से आ रही है?

हंसा खो गया। सुशीला का साल भर पहले का गाना, "जागा हो बलमुआ गाँधी टोपीवाले आय गइलैं..." उसके होठों पर थिरक उठा। साँवला-साँवला-सा रंग था, लम्बा छरहरा बदन, रूखे-रूखे से बाल और तेज आँखें। कैसा अच्छा गाती थी!—हंसा सोचता रहा।

इसी बीच कीर्त्तन-प्रवचन हो गया। सुशीला जी ने भाषण भी दिया और सारी ग्राम-मण्डली, (बिन विधा के भारत देश, दिन-दिन होती है तेरी ख्वारी रे।) गुनगुनाती वापस जाने लगी। हंसा खोया बैठा रहा। खँजड़ी की डिम-डिम् और झाँझ की झन्कार उसके कानों में गूँजती रही। सुशीला का पैना स्वर उसके हृदय को बेधता रहा, और दंगल की शामवाली घटना का भी उसे बार-बार ध्यान आता रहा।—देखो तो इन आँखों की जो न करा दें।—उसकी नसों में रक्त की झनझनाहट भर जाती। एकाएक, "गन्ही महात्मा की..." सुनकर, वह चैंक पड़ा और ज़ोर से चिल्ला पड़ा, "जय...जय..."

बहुत रात बीत चुकी है। हंसा के घर में पूड़ियाँ छानने की तैयारी हो रही है। आटा गूँथा जा रहा है। तरकारी कट रही है। आग जल रही है। पर भीतर के कमरे की भण्डरिया से घी कौन निकाले? हंसा वहीं इधर-उधर डोलता है। उसकी आँखें सुशीला जी की आवाज़ का पीछा कर रही हैं। सुशीला जी कभी-कभी संकोच में पड़ती हैं, पर हंसा के चौड़े सीने पर उगे हुए बालों के जंगल में वह खो जाती हैं। कितना पौरुषी आदमी है।

लेकिन हंसा के आगे वह एक छायामात्र हैं, जिसका बस रूप नहीं है आगे, और सब-कुछ है।—मीठी-मीठी, थकनभरी आवाज़ और डाल के ताजे फल जैसी सुगन्ध। वह बड़ा ख़ुश है। एक औरत के रहने से घर कैसा हो जाता है। कितना अच्छा लगता है। ...वह सोच ही रहा है कि घी की माँग होती है। हंसा उठता है पर चारपाई से ठोकर खाकर गिर पड़ता है। सुशीला जी दौड़कर उसे उठाती हैं। हंसा मारे लाज के डूब जाता है।

धत तेरी आँखों की। और वह जल्दी से उठ खड़ा होता है।

सुशीला जी उसका हाथ पकड़े थीं, "चोट तो नहीं आयी।"

घुमची की तरह की आँखें मुलमुला कर हंसा हँसता है। उसके रोयें भभर आते हैं। उसका कलेजा धड़कने लगता है।

कहार कहता है, "हंसा दादा को रतौन्हीं है, रतौन्हीं।"

"रतौंधी! तो बताओ, कहाँ है घी? मैं चलती हूँ, साथ।"

मेनका के कन्धे पर विश्वामित्र के उलम्ब बाहु। सावन की अँधियारी और बादलों की रिम-झिम। बीच-बीच में हवा का सर्द झोंका।

दोनों आँगन पार करते बूँदों में भींगते हैं। पीछे से आवाज़ आती है, लालटेन दूँ?

"एक ही तो है। रहने दो, काम चल जायेगा।"

घर की अँधेरी भण्डरिया। दोनों भटकते हैं। हंसा कुछ बताता है।

सुशीला जी कुछ सुनती हैं। आँख कुछ देखती है। हाथ कुछ टटोलते हैं। बहरहाल, पता नहीं कहाँ क्या है?

अँधेरे में जैसे आँख, तैसे बेआँख। दोनों को सहारा चाहिए। कभी वह लुढ़कता है, कभी वह लुढ़कती हैं और दोनों दृष्टिवान् हो जाते हैं—दिव्यदृष्टिवान।

सुबह कुत्तों की झाँव-झाँव के बीच, कारवाँ आगे बढ़ गया। बैलों की घण्टियाँ टुनटुनायीं, भुजंगे बोले और बाबा ने उठकर अपना छप्पन पतरीवाला बाँस का छाता उठाया और ताल की ओर चल पड़े, निरुआही हो रही थी।

रास्ते में मगनू सिंह मिल गये, "लग गयी पार हंसवा की नाव!"

"क्या हुआ?"

"कुछ न पूछो, भइया। तुम्हें ख़बर ही नहीं, सारे गाँव में रात ही ख़बर फैल गयी। यह ससुरा दुआरे बैठाने लायक़ नहीं है। कहते थे कि कोई राँड़-रेवा मढ़ दो इसके गले। कल रात बाबू साहब के यहाँ पंचाइत हुई। तय हुआ कि अब सभा-सोसाइटी की चौकी, गाँव में नहीं धरी जायेगी। औरत-सौरत का भासन यहाँ नहीं होने पायेगा। बहू-बेटियों पर ख़राब असर पड़ता है। बात यह है भइया कि राजा साहब ओट लड़ रहे हैं, कांगरेस के ख़िलाफ़। बाबू साहब उनको ओट दिलाना चाहते हैं। आपके डर से कुछ कह तो सकते न थे। अब मौक़ा मिला है।

"कैसा मौक़ा?" बाबा झुंझलाकर बोले।

अगनू आकर उनके छाते के नीचे खड़े हो गये। बोले, "उलट दिया हंसवा ने कल रात!"

"क्या मतलब?"

"सच मानो, खाना-पीना नहीं हुआ। जब बहुत देर होने लगी, तो बंगा ने लालटेन लेकर देखा, और बाहर निकलकर, सारे गाँव में ढिंढोरा पीट दिया। अभी तो सर-सामान लेकर, घाट तक पहुँचाने गया है।"

बाबा चुपचाप आगे बढ़ गये। इस तरह की बात सुनकर बरदाश्त करना उनके लिए कठिन है, पर न जाने क्यों उन्हें हँसी आ रही थी। तभी दूर हंसा की भारी आवाज़ सुनायी दी।

जिग बेल्हमौलू जुलूम कइलू ननदी...जग...
बरम्हा के मोहलू, बिसुनू के मोहलू
सिव जी के नचिया नचौलू मोरी ननदी...जग...।

बाबा खड़े थे। हंसा धीरे-धीरे पास आ गया। अँधेरा छँट गया था। हंसा डर गया।—कैसे खड़ा हूँ भइया के सामने, कैसे?

कुछ देर दोनों चुप रहे। बाबा ने देखा, हंसा के हाथों में खद्दर के कुछ कपड़े थे, पर उसकी निगाह नीचे ज़मीन में धँसी थी।

"हंसा!" बाबा बड़ी कड़ी आवाज़ में बोले, "जहाँ पहुँच गये हो, वहाँ से वापस नहीं आना होगा!"

"भइया, बोटी-बोटी कट जाऊँगा, पर यह कैसे हो सकता है!"

हंसा जाने लगा, तो बाबा ने कहा, "घर जाकर सीधा-सामान बाँधे आना। आज मछरी पकड़वाऊँगा, वहीं खावाँ पर बनेगी।"

"अच्छा, भइया!" कहकर हंसा अपनी बटन-सी आँखों को पोंछता हुआ चला गया।

गाँव में चुनाव की धूम मची थी। बाबू साहब बभनौटी के साथ कांग्रेस का विरोध कर रहे थे। उनके पेड़ों पर इश्तिहार टाँग दिये जाते, तो उनके आदमी उखाड़ देते। किसान बुलवाये जाते, उन्हें धमकाया जाता। खेत निकाल लेने की, जानवरों को हँकवा देने की बातें कही जातीं और हंसा-सुशीला की कहानी का प्रचार किया जाता,—भ्रष्ट हैं सब! इनका कोई दीन-धरम नहीं है! गन्ही तो तेली है!...

और हंसा अब पूरा स्वयंसेवक बन गया है। खद्दर का कुर्ता-धोती और हाथ की लम्बी लाठी में तिरंगा। बग़ल में बिगुल लटका रहता है और वह बापू के सन्देश की परची बाँटता फिरता है।

"बाबू साहब जो कहें मान लो! पूड़ी-मिठाई राजा के तम्मू में खाओ! खरचा-खोराक बाबू साहब से लो और मोटर में बैठो! लेकिन कंगरेस का बक्सा याद रखो! वहाँ जाकर, खाना-पीना भूल जाओ? कंगरेस तुम्हारे राज के लिए लड़ती है। बेदखली बन्द होगी! छुआछूत बन्द होगा। जनता का राज होगा। एक बार बोलो, बोलो गन्हीं महात्मा की जय!...जय...

घर-घर में, कण्ठ-कण्ठ में सुशीला के मनोहर गानों की धुनें गूँजने लगीं। गाँव के बच्चे हंसा दादा के पीछे, हाथों में अख़बार की रंगकर बनायी झण्डियाँ लिये इधर-से-उधर चक्कर लगाया करते थे।

उन्हीं दिनों गाँव में रामलीला होने को थी। बाबू साहब की पार्टी के राम-लक्ष्मण बने थे। पर रावण बननेवाला कोई नहीं मिलता था। लोग कहते, रावण बननेवाला मर जाता है। कोई तैयार न होता था।

बाबा दशमी के मालिक थे। हंसा कैसे बरदाश्त करता कि लीला ख़राब हो। ऊपर से सुशीला जी लीला ख़त्म होने पर भाषण करनेवाली थीं। हंसा सोचने लगा, क्या हो? सहसा लड़कों ने तालियाँ बजायीं और हंसा दादा को घेर लिया। जल्दी-जल्दी काला चोंगा रावण के गले में डाल दिया गया। सिर पर पगड़ी बाँधकर दस मुँहवाला चेहरा हंसा दादा ने पहन लिया। हाथ में तलवार ली और गरजकर बोले, "मैं रावण हूँ, कहाँ है दुष्ट राम?"

एक बच्चे ने अपनी छड़ी में लगा हुआ तिरंगा झट दशानन के सिर पर खोंस दिया और सब लोग ज़ोर से हँसने लगे। उसी भीड़ में से किसी ने चिल्लाकर कहा, "गन्ही महात्मा की जय...!"

रावण भाषण देने लगा, "भाइयो! राम राजा था। देखो, छोटी जात का कोई कभी राम नहीं बनने पाता है। राक्षस सब बनते हैं। बिराहिम, कालू, भुलई, फेद्दर, सभी की पालटी है, हमारी। यह जनता की लड़ाई है। बोल दो धावा।" और हंसा हाथ-पाँव हिलाता आगे को चल पड़ा। पीछे-पीछे सारी राक्षसी सेना। किसानों के बन्दर बने लड़के भी अपना चेहरा लगाये, गदा लिये, जनता की पार्टी में शामिल हो गये। राम बेचारे अकेले बैठे रह गये। रामायण बन्द हो गयी। तिवारी चिल्लाने लगा, पर कौन सुनता है!

"गन्ही महतमा की जय!—हंसा दादा की जय—"

बाबा हँसी के मारे लोट-पोट हो रहे थे। उनसे कुछ कहते ही नहीं बनता था। राक्षसी सेना के काले रंग में रंगे मुँह और हाथों में तिरंगे झण्डे देखकर, लोग राम के लिए खरीदी मालाएँ, हंसा के ही ऊपर फेंकने लगे।

इसी बीच सुशीला जी तीर की तरह भीड़ में घुसीं, "कौन बना है रावण? क्या तिरंगा इसीलिए है?" उन्होंने हाथ से चेहरे को ठेल दिया। सहसा हंसा को देखकर, वह पसीने-पसीने हो गयीं।

"यही स्वयंसेवक हो। बदनाम करते हो झण्डे को। बन्द करो यह सारा तमाशा, होने दो रामलीला ठीक से।"

सब लोग अपनी जगहों पर लौट गये। बाबा चुपचाप खड़े थे। सुशीला जी अपना झोला सँभाले उनकी बग़ल आ खड़ी हुईं।

लड़ाई चलती रही। नगाड़े और ढोल बजते रहे। सण्ठे के रँगे हुए तीर छूटते रहे। पर रावण मरे, तो क्यों मरे। चौपाई बार-बार टूटती। व्यास बार-बार कहता, "सो जाओ।" पर कौन सुनता है। हंसा की सेना क्यों हारे?

इसी समय लक्ष्मण को ज़मीन से ठोकर लगी। वह लुढ़क पड़े। उनका मुकुट गिर गया। आगे-पीछे दौड़ते-दौड़ते राम को चक्कर आ गया, और उनको उलटी होने लगी। सारे मेले में शोर मच गया, "जीत गयी जनता की फौज। हंसा दादा की पालटी ऐसे ही वोट जीत लेगी।"

इधर दिन-रात सुशीला जी खँजड़ी बजाती, घूमती रहतीं और रात हंसा के घर लौट आतीं।

दूसरे दल के लोगों ने चिट्ठियाँ भिजवायीं।—सुशीला जी को यहाँ से बुला लिया जाय। जनता पर बुरा प्रभाव पड़ रहा है।...चुनाव के दो दिन पहले उन्हें नोटिस मिली कि वह बापू के आदर्शों को तोड़ रही हैं, इसलिए उन्हें काम से अलग किया जाता है।

वह हँस पड़ी थीं, ईश्वर ने पति से अलग किया और अब बापू के नकली चेले उन्हें जनता से अलग करना चाहते हैं!

उनकी खँजड़ी और ज़ोर से बजने लगी। उनका स्वर और तेज़ हो गया।

चुनाव के दो दिन रह गये। सुशीला जी बीमार पड़ गयीं। हंसा के घर में उनका डेरा पड़ा था। वह बुखार की जलन सह रही थीं, पर किसी को अपने पास बैठने नहीं देती थीं। रात जब हंसा लौटता, तो वह उससे कहतीं, "तुम सुनाओ अपना भजन।" और हंसा बिना कुछ सोचे-विचारे गाने लगता।

"हंसा जाई अकेला, ई देहिया ना रही..."

फिर प्रचार का समाचार लेकर, वह उसके रोयें-भरे सीने में मुँह छिपा लेतीं।

चुनाव का दिन आ गया, लेकिन सुशीला जी बिस्तर से नहीं उठीं। किसानों की जय-जयकार करती हुई टोलियाँ गुजरतीं, तो वह अपने बिस्तर में तड़पकर रह जातीं। हंसा उन्हें बहुत रोकता, पर वह उठकर उनसे मिलतीं। बाबा बहुत समझाते, पर न मानतीं।

चुनाव के दिन डोली में उठाकर वह पोलिंग पर ले जायी गयीं। वहीं पेड़ के नीचे बैठे-बैठे उन्हें कई बार चक्कर आया और बेहोश हुईं।

ओट पड़ता रहा। किसान राजासाहब के कैम्प में खाना खाते, उनकी मोटर में आते, पर ओट डालते कांग्रेस के बक्स में। उन्हें सुराज मिलेगा, उन्हें आज़ादी मिलेगी; यही सब सोचते थे।

तीसरे पहर ज़ोर की बारिश आयी। सुशीला जी छाया में जाते-जाते भींग गयीं। बाबा ने उन्हें डोली में बैठाकर, घर भेज दिया। चुनाव चलता रहा।

हंसा भूत की तरह काम में जुटा था। बहुत देर पर कभी उसे सुशीला की याद आती, तो मन को दबाकर फिर परची बाँटने लगता। बहुत कम ओट राजा के बक्से में गिरे। शाम हो गयी। राजा का तम्बू हारे हुए कर्मचारियों से भर गया। हंसा उन्हें देखकर जाने क्यों क्रोध से जल रहा था। उसे बार-बार सुशीला की याद आ रही थी।

"भइया, कुछ और होना चाहिए।"

"मुझे चले जाने दो, हंसा।"

—और पचीस-तीस लोग हँसिया लेकर राजा साहब के तम्बू की डोरियों के पास खड़े हो गये। कौन जाने क्यों खड़े हैं! हंसा ने विजय का बिगुल फूँका और सारा तम्बू एक मिनट में ज़मीन पर था। ज़ोर का शोर मचा। किसानों ने जय-जयकार की, और लोग अपने घरों को वापस चले गये।

सुशीला जी को निमोनिया हो गया। उनकी साँस फँस गयी। बाबा रात-दिन उनके पास बैठे रहे। हंसा ने ज़मीन-आसमान एक कर दिया, पर फ़ायदा न हुआ। वह बार-बार महात्मा जी का नाम लेतीं, हंसा से उनका भजन सुनतीं और आँखें बन्द कर लेतीं।

चुनाव का नतीजा सुनाया गया, तो नेता लोग मोटर पर चढ़कर सुशीला जी से माफ़ी माँगने आये। पर सुशीला जी ने मुँह फेर लिया, जैसे वह कहती हों,मिैं तुम्हारे करतब जानती हूँ।

और हंसा उठकर बाहर चला गया।

अन्त में एक दिन सुशीला जी की साँस बन्द हो गयी। हाय मच गयी। बच्चे फूट-फूटकर रोने लगे। हंसा ने बकरी के लिए पत्ता तोड़ने वाली लग्घी में तिरंगा टाँगकर, हाथों से ऊपर उठा लिया और अपना बिगुल फूँकने लगा। उसकी हँसी लोगों के मन में भय पैदा करने लगी पर वह हँसता रहा।

आज तक, गन्हीं महात्मा, जवाहिरलाल और जनता की फउज, यही तीन शब्द वह जानता है। लड़के अब भी उसे उसी तरह घेरे रहते हैं। पर पहाड़ से तख़्त को उठा नहीं सकता। हाँ, उठाकर ले जानेवालों को देखकर वह ज़ोर-ज़ोर से हँसता है और घण्टों हँसता रहता है।

उसके खेत में घास उगी है। मकान ढह गया है। पर लग्घी में फटहा तिरंगा और सुशीला का दिया हुआ बिगुल अब भी टँगा रहता है। कभी-कभी वह गन्दे काग़ज़ दीवारों पर सटाता फिरता है और कभी सारे गाँव की गलियाँ साफ़ कर आता है।

आज़ादी मिली, तो उसे रुपये मिले। राजनीतिक पीड़ित था, वह। पर वह रुपयों की गड्डी लेकर हँसता रहा, और फिर उन्हें गाँव की दीवारों में एक-एक कर टाँग आया।

दो बार लोग उसे आगरे ले गये। पर कुछ ही दिनों बाद फिर, "हंसा जाई अकेला" का स्वर गाँव की फ़िज़ा में गूँजने लगता।

अब भी कभी-कभी वह आज़ादी लेने की क़समें खाता है। उसके तमतमाये हुए चेहरे की नसें तन जाती हैं और वह अपना बिगुल फूँकता हुआ, कभी धान के खेतों, कभी ईख और मकई के खेतों की मेड़ों पर घूमता हुआ, गाया करता है...

"हंसा जाई अकेला..."

चाँद का टुकड़ा

आज जो नये-नये मज़दूर गाँव में आये थे, उन पर सहुआइन की कड़ी निगाह थी। कौन कैसा है, कहाँ से आया है, कुछ गाँठ में दाम भी है या इसी सड़क की खुदाई से इलाक़ा खरीदने का मंसूबा बाँधकर आया है, आदि। इस पूरी छान-बीन में उसकी निगाह कहीं अटकी तो सनोहर ही पर आकर।

"कौन है रे तू, जो चौखट पर चढ़ा बइठा है? देखता नहीं है कि बेर बिसय रही है। दिया-बत्ती तो हो लेने दे!"

उदास सनोहर को जैसे किसी ने गहरी नींद में झटका देकर जगाया हो। वह सहुआइन के चौड़े, झरोखेदार फाटक के एक ओर लगे, मोटे खम्भे से उठँगा, तो उसे लगा, जैसे वह घर की झिलँगा चारपाई में आराम से पड़ गया था।

"कहाँ से आये हो? लच्छन ठीक नहीं जान पड़ता। वह भी तो सब आदमी ही हैं न! कब से आते-जाते हैं, मुदा..."

सहुआइन बात पूरी भी न कर पायी थी कि सनोहर उठ खड़ा हुआ। उसकी नसें चटखीं, जैसे शरीर का भार उन पर एकाएक लद गया हो। उसने कमर सीधी की। एक बार अपने हाथों को झटकारा और गमछे को कन्धे पर फेंककर धीरे-धीरे कुएँ की जगत पर जा बैठा।

—कुछ विचित्र है भगवान् की माया, ठीक इसी तरह की दुकान तो मेरे गाँव में भी है, पूरब की ओर उसकी भी दुआर है, दरवाज़े पर इसी तरह सेन्हुर-घी से टीके गनेश महाराज बने हुए हैं। इसी तरह का जगतदार कूआँ, इसी तरह गाँव के ठीक बीचोबीच घर और सहुअइनियाँ...उसे जाने क्या सोचकर हँसी आ गयी और पिघलते हुए चाँद का एक उदास टुकड़ा, किसी धुएँ की तस्वीर की तरह मिटता हुआ, सहुअइनियाँ की बखरी की खपरैल से उड़ता, चला गया। सनोहर की आँखें दूर तक उसी का पीछा करती रहीं।

उसी समय एक लड़की खोइछा में अनाज भरे आयी और तराजू के पलड़े में भर से गिराकर, आँचल को झटकारने लगी। धूल से सारा घर भर गया, पर कोई बोला नहीं। सहुआइन ने एक मैले टिन से, जो मक्खियों से पूरा ढँका हुआ था, कुछ अनरसे निकालकर लापरवाही से थमाये, और वह वहीं से उन्हें खाती हुई, चली गयी। बग़ल में चार-पाँच मज़दूर गोलाई में बैठे अपनी गाँजे की चिलम खुरचते रहे, तभी उनमें से

एक ने कहा, "तनिक खमीरा माँग, तो दम लगे?" और उसने अपने सिर पर बँधी पगड़ी को खोलकर खूँट से एक नन्हीं-सी पुड़िया निकाली।

दूसरे ने जवाब दिया, "भइया, हम नहीं जाते। जाने क्या बकने लगे ससुरी? उसे तो जवान ही भाते हैं।"

सनोहर सब देखता रहा, जैसे किसी नवागन्तुक बच्चे की तरह एक-एक चीज़ को पहचान रहा हो।

—यही सब तो उसके अपने गाँव में भी होता था, पर वह कभी गड़ा क्यों नहीं उसकी आँखों में? बीच-बीच में उसका मन इसी प्रश्न पर लौट आता था और वह स्मृतियों की दुनिया में चक्कर काटने लगता था।

किसी कापालिक के सिर-सी, धुएँ भरी उसकी झोंपड़ी और उसमें भाड़ जलाये बैठी उसकी माँ का कलूटा, बूढ़ा चेहरा उसके आगे नाचने लगा। फिर एक-एक करके उसे वे बखरियाँ याद आयीं :

—ठाकुरबाड़ी की मालकिन कितनी दयालु हैं! संकोचबस जब वह पानी भरकर जल्दी से भाग आता, तो पीछे-पीछे बुलावा आ जाता—"बड़ा लजाधुर है सनोहर! कहा न एक बार कि जाते-जाते पूछ लिया कर..." और एक लोटा गाढ़ा मट्ठा और एक भेली गुड़ हाथ पर रख देतीं।

—और वह बियाजखोर की मेहरारू...बाप रे बाप...।—'क्यों रे दहिजार के, सेत में पानी भरता है क्या, जो गगरा-बाल्टी भी नहीं माँजता!' और राम-राम कहते हुए, वह कपड़े का एक फटा टुकड़ा लपेटे, सीने पर चढ़ने को तैयार हो जातीं। उसकी ओर देखना भी मुश्किल हो जाता। नंगी ही तो रहती थी, वह!

—लेकिन वह चनरमा! सनोहर जैसे इस एक ख़याल से अपने को दूर नहीं कर पा रहा था। कुछ भी वह सोचता, कुछ भी करता, पर चनरमा उसकी आँखों से ओझल नहीं होती।—सहुअइनियाँ कितना चिढ़ती, कितना मना करती, पर आँगन में बाल्टी खुटकते ही चनरमा अपनी धोती चुनने लगती। बाल्टी-लोटा उठाती और कुएँ की जगत पर आ बैठती। वहीं नहाती, कपड़े छाँटती और वह बीच-बीच में गगरे से उसकी बाल्टी भरता जाता।...

सनोहर सोचता जा रहा था, तभी सामने से एक मज़दूर चिलम लिये उठा और उसके आगे आकर खड़ा हो गया।

"कंकड़ है?"

"मैं नहीं पीता।"

"बीड़ी-तमाखू कुछ नहीं?"

"कुछ नहीं।"

"तो चलाय चुके फरसा, बच्चू!" और वह लौट गया। मण्डली में कुछ मज़ाक हुआ और कई आँखें एकाएक उसकी ओर लौट पड़ीं। फिर हँसी और खाँसी के फौआरे

साथ छूटे। मण्डली उठ गयी। सहुअइनियाँ ने पिसान-दाल तौलकर, एक-एक को दिया और सब अपने-अपने गमछे में बाँधकर उठ खड़े हुए। एक ने पीली दुअन्नी दी तो काफ़ी देर बक-झक हुई और उसे अपने गमछे का आटा तराज़ू में गिरा देना पड़ा। एक ने पैसा नहीं दिया, तो उसे तब तक के लिए, जब तक वह पैसा न दे, अपनी धोती वहीं धरनी पड़ी। सनोहर ने सुना, सहुअइनियाँ चिल्लाकर कह रही थी, ''का ठिकाना तुम्हार लोग का, आज इहाँ, कल उहाँ।''

लोगों ने बहुत समझाया, ''आज ही काम पर आया है, हफ्तेवारी मिलती है न!'' पर वह एक न मानी और कुड़बुड़ाती रही। धीरे-धीरे सब चले गये। जिसने सनोहर को साथ चलकर आटा दिलाने की बात कही थी, शायद वह भी। सनोहर बैठा रहा।

कार्तिक का शुक्ल पक्ष था। कुएँ पर बाल्टियों की खड़खड़ाहट और गगरियों की भक्-भक् बढ़ती जा रही थी। दोनों हाथों में पानी से भरे हुए मिट्टी के घड़ों के साथ, पीठ पर लदी हुई रस्सियाँ देखकर सनोहर को फिर अपने गाँव का कूआँ याद आ गया था पर उसके पेट में जैसे कुछ जल रहा था। उसका कलेजा सिकुड़ता जा रहा था। उसकी नसें तनती जा रही थीं। लगता था, उबकाई हो जायगी।—पर यहाँ, इस जगह? यह तो ठीक नहीं है। क्यों न वह उठ चले। गमछे को बिछाकर कहीं सो रहे, तो शायद उसे आराम मिल जाय। वह उठ खड़ा हुआ। जगत पर से, नीचे के पहले जीने पर पाँव रखा ही था कि पीछे से किसी ने रस्सी से उसकी पीठ में धक्का दिया—

''चला नहीं जात है, का!''

सनोहर ने पीछे देखा और सहसा उसके मुँह से निकल पड़ा, ''चनरमा...?'' लड़की भुनभुनाती, अपनी पायल झुनकाती, चली गयी, ''चनरमा...चनरमा! बड़ा चनरमावाला आया! अपना मुँह नहीं देखता।''

—पर तेल में डूबे, खुले हुए, वैसे ही लम्बे बाल, वैसा ही चाँद के टुकड़े-सा मुखड़ा, वैसी ही कटहल के कोये की तरह बड़ी-बड़ी आँखें, वैसी ही मुँदरी की तरह की कमर और हाथी की-सी मस्तानी चाल! सनोहर को जैसे काठ मार गया हो। वह क्षण-भर, जैसे अवाक्-सा ताकता रह गया। फिर सहसा उसे बड़ा डर लगा।—यह सब क्या है! वह अपने ही गाँव में तो नहीं है। या उसके साथ कोई प्रेतलीला तो नहीं हो रही है? यहाँ तो मैं जो देखता हूँ, वही मेरा है—अपना, मैं सबको पहचानता हूँ, और मुझे...? वह कुछ देर तक सोचता रहा, फिर चला गया।

सनोहर की चुप्पी से मेंठ नाराज़ था। दूसरे, सभी मज़दूर एक ही जगह तो काम नहीं कर सकते? उसने कंकड़ियोंवाली जो ज़मीन अब तक छोड़ रखी थी उसी पर सनोहर को लगा दिया। तीन-चार छोकरे मिट्टी उठाने को कर दिये। फावड़े बजने लगे। मिट्टी सड़क पर गँजने लगी। कंकड़ियों की छत सनोहर के फरसे से उखड़ने लगी। फावड़ा कभी चनककर बिछल जाता और अधकटा कंकड़ उछलकर इधर-उधर फैल जाता,

पर दूसरे बार में सनोहर की नसों का तनाव कुछ और बढ़ जाता और फावड़ा कंकड़ों की छाती फाड़ता हुआ मिट्टी में धँसता चला जाता। दोपहर तक तीन घर्री और छे ढूहें खड़ी हो गयीं। कंकरीट के झौवे को ढोते-ढोते चारों लड़के थक गये, पर खोदी हुई मिट्टी का ढेर लगा रहा। सनोहर बीच-बीच में फावड़े के बेंत पर अपने शरीर का पूरा भार लादकर, आराम कर लेता और पसीने की बूँदे अँगुलियों से काछ कर, इधर-उधर झिटक देता, फिर काम में जुट जाता।

देहात के इस इलाक़े में यह सड़क स्वतन्त्रता की पहली निशानी है। जौनपुर-बनारस की सरहद पर गोमती के दक्षिण, यह एक ऐसी जगह है, जहाँ मोटरें नहीं जा पातीं, इसलिए यह नेताओं की उपेक्षा-भूमि है। राजनीति के सम्पर्क में न आने का सबसे बड़ा कारण मोटरों का न आ सकना ही है। इसलिए इस बड़े इलाक़े के निवासी केवल वोट देते हैं और वह भी कांग्रेस को। शासन में प्रतिनिधित्व नहीं करते।

सनोहर इसी इलाक़े के एक छोर पर बसी, नन्हीं-सी बस्ती से दस मील चलकर, मज़दूरी करने आया है। जरूरत उसे नहीं थी इसकी। घर में खाना-पीना चल जाता था। माँ भाड़ जलाती थी। बहन बरतन माँजती थी। वह ख़ुद चार बखरियाँ पकड़े हुए था, पर एकाएक बहन की शादी की बात सिर पर देखकर, वह बिचल गया था। बूढ़ी माँ, अभी दो बरस पहले कुम्भ के मेले में पिसकर मरे, अपने पति को भूल भी न पायी थी। रात-दिन उसकी माँड़े से भरी आँखें बिसूरती रहती थीं कि एक नयी फिक्र सवार हो गयी।

सुबह उठकर सरकार को अँगुलियाँ तोड़कर गाली देती। नेताओं को नाम ले-लेकर सरापती। उसे लगता, जैसे इन्हीं लोगों ने बुलाकर, उसके आदमी का गला घोंट दिया है। लोग बहुत समझाते, कहते कि किसी ने उसे बुलाया थोड़े ही था, पर वह एक न मानती।

कुछ दिन से वह लड़की को लेकर रात-दिन रोती। सनोहर को कोसती। बाप के रहने से यह काम कब का हो गया होता, यह सब कहती और सनोहर भी अपनी दुलारी को देखकर दुःखी हो जाता। उसका शरीर, रूप-रंग सब; उसे उसकी हीनता का बोध कराता, पर गाँव छोड़ना उसे बहुत खलता। गाँव की अमराइयों, बसवटों और अनवरत प्रवाहित गोमती की तरल धार में उसका प्राण बस गया था।

बात रुकी थी, तो पियरी, बाजू-बरेखी और बीस-पचीस रुपयों पर। उसने जब सुना कि सरकारी काम अपने इलाक़े में भी हो रहा है, तो वह एक दिन कन्धे पर गमछा टाँगकर चल पड़ा था और आज, जब कंकरीट पर फावड़ा चलाने से उसकी नसें पिघलती जा रही थीं और भूख से पेट की अँतड़ियाँ सूखकर, बार-बार उसे बेहोशी के नज़दीक पहुँचा रही थीं, तो उसे चनरमा का चाँद-सा मुखड़ा नहीं याद आता था। याद आती थी दुलारी, सुहाग के सपनों में डूबी हुई—पीले हाथ-

पाँववाली भोली दुलहिन, जिसके माथे पर चाँदी के झब्बे झूल रहे थे—जिसके हाथों में बाज़ू की घुण्डी लटक रही थी। उसे लगता, जैसे आँसुओं से भींगी दुलारी को वह डोले में बैठा रहा है।

सनोहर के फावड़े ज़मीन में धँसते गये। दोपहर की तेज़्‌ धूप में वह काम करता रहा। शाम तक चार रुपये का काम! मज़दूरों की आँखें टँग गयीं।

"ससुरा मर जायेगा, कहीं पेट काटकर रुपया कमाया जाता है।"

"कहाँ से ले आये पिसान-दाल, गाँठ में कौड़ी भी है?"

"चल-चल हम दिला देते हैं, कैसे न देगी ससुरी...!"

सनोहर नहीं उठा। वहीं एक नीम की जड़ से उठँगकर बैठ गया। धीरे-धीरे मज़दूर चले गये। कातिक की चाँदनी, जुते खेतों के ढेलों पर आकर बैठ गयी। सड़क पर फेंकी हुई ऊबड़-खाबड़, मज़दूरों के पसीने से लथपथ मिट्‌टी का ढेर, अपने दूधिया दाँत निकालकर हँसने लगा और वहीं बग़ल में मिट्‌टी को छाँटकर नाप के लिए छोड़ी सनोहर की छे ढूहें, दुलारी की छे आकृतियों की तरह उसे रिझाने लगीं।

—भइया सिर दुखांत है का हो...तेल ठोंक दें?

किचपचिया मूँड़ पर आ गयी है। मान जान ले, तो रहने न दे। चुप्पे चलो, खा लो। हमार तो अँखियाँ ही नहीं लगी। भूख के मारे परान चला गया, मुदा कवर न उठा।

अब तो तुम्हारा ही सहारा है, भइया। बापू तो हम को अधजल में छोड़ गये।

—ठकुरनियाँ तुम का गाली देत रही का, भइया? छोड़ दो बखरी। दो रोटी कम ही खायेंगे। बड़ी चली सान बघारने!

—न जाओ भइया...! बिदेश में तक़लीफ़ होगी। जाने कइसा पड़े, का होय।

—वीरनऽ ऽ, मोरे वीरन...

सनोहर अकचकाकर उठ बैठा। यह सब क्या सुन रहा हूँ, मैं? हुडुक और मजीरे की आवाज़ अब भी उसके कानों में गूँज रही थी। दुलारी के रोने की करुण ध्वनि उसे परेशान कर रही थी। वह बार-बार उस आवाज़ को नकारने की कोशिश करता, पर जैसे वह उसके कानों में भर गयी थी।

आज तीसरे दिन सनोहर फिर गाँव आया। उसके पाँव आज लोहे की तरह अकड़कर खड़े हो गये थे। सीने में एक सनसनी-सी लगातार चल रही थी। सिर चक्कर खा रहा था। आँखों के आगे रह-रहकर कई रंग छा जाते थे। उसे कुछ भी याद नहीं कि वहा कहाँ है! थोड़ी देर वह बैठा रहा, फिर दीवार से सटकर लटक गया। कुछ देर आराम करने के बाद उसकी आँखें खुलीं तो एक लड़की रोटी का चोंगा बनाकर खाती हुई, वहीं चक्कर काट रही थी। उसके जी में आया कि दौड़कर इस लड़की का गला दबा दे और उसकी रोटियाँ छीनकर खा जाय।

मज़दूर गाँजा पीते रहे। सहुअइनियाँ के तराजू पर बाट खटकते रहे, पर वह अनसुनी करता रहा। उसने एक बार सोचा, उठकर उससे आटा ले ले और उसे कच्चा ही फाँक जाय, फिर पानी पी लेगा, पर उससे उठा नहीं गया।

बैलों की घण्टिया टुनटुनाती रहीं, बकरियाँ मेंऽ में ऽ करती रहीं। चाँद का टुकड़ा कई बार बादलों में थिरककर उसके सामने से गुजर गया पर वह जैसे कुछ भी नहीं देख पाया। मज़दूर उठे, अपनी दाल-पिसान लेकर चले गये, पर वह जैसे किसी को याद ही नहीं आया।

चौथे दिन ज़ोर का पानी बरस गया। ज़मीन पानी में डूब गयी। कई दिनों के लिए काम बन्द हो गया। मज़दूरों ने अपना झउआ-फरसा सँभाला और चले गये। जो बचे थे, उन्होंने ठेकेदार से कहा, ''साहेब, सनोहर भूखों मर रहा है, उसकी चार दिन की मजूरी...!''

''हफ़्ता पूरा भी नहीं हुआ।'' ठेकेदार बिगड़कर बोला।

''साहेब, हम कमकर हैं, बिना खाये दिन-भर फरसा चलायेंगे तो कैसे जान बचेगी!''

''बेकार की बात है। वह बीमार होगा। भूख से कोई कैसे मर सकता है?''

लेकिन बरखा के बाद भी, सनोहर की चार दिनों में खोदी हुई गड़ाहियों की बीस ढूहें, जैसी-की-तैसी बनी हुई थीं। बरसात उन्हें मिटा नहीं सकी थी, क्योंकि वे केवल मिट्टी की ही नहीं थीं। सनोहर ने कंकरीट खोदा था। वे उसकी दुलारी थीं,—एक नहीं, बीस। सनोहर उन्हें अब भी देख रहा था और सहुअइनियाँ उसे डाँट रही थी, ''दाहिजार के घर से चलेंगे, तो यह नहीं कि दो मुट्ठी पिसान-दाल बाँध लें। जाने कवन बहिन-मतारी बइठी हैं परदेस में! अब डोलना नहीं दुआर छोड़कर! खा पीकर सुत रह! और तू छबिया, इसको खिलाकर एक खटिया दे देना, दो दिन से भुइयाँ पड़ा है।''

प्रलय और मनुष्य

थकी हुई लहरें, रह-रहकर यहाँ अपना दम तोड़ती हैं और उनके मुँह से निकला हुआ सफ़ेद झाग, धार से कटे इस कोंझे में इस तरह भर गया है, कि यह किनारेवाली बाँसों की कोठी, ज़मीन से नहीं, इसी झाग से उगी लगती है।

हा ऽ ऽ-आ ऽ ऽ आँम्...हा ऽ ऽ-आ ऽ ऽ आम्...पानी गँदले आसमान तक ऊँचे रोलर पर चढ़ा, कभी नीचे, कभी ऊपर, कभी चक्करदार भँवर बनाकर, कभी जवान पागल की तरह हा ऽ-आ ऽ ऽ-हा...आ ऽ ऽ चिल्लाता, छाती पीटता, ऊपर चढ़ा आ रहा है।

आम की वह पुलुगी अब डूबी, अब डूबी! दूर से अर्र्र्र्...हर्र्र्...धारा को चीरता हुआ समूचा पेड़ नये मकान की दीवार से आ रुका। धार क्रुद्ध है, पछाड़ खाती है। सफ़ेद भेंड़े की तरह, पीछे हट-हटकर, टक्कर लेती है। पानी बाँसों ऊपर जाकर, बारूद के गोले की तरह फूटता है, फ़ौव्वारा बन जाता है।...वह गया, गया, हरर...हम! ढह गया मकान, जैसे वहाँ था ही नहीं, कुछ। और अब दूर, बहुत दूर, बहुत सारे लकड़ी के टुकड़े, टोटे, धरनें, कड़ियाँ नागों की तरह उग आये और धार के साथ भागे जा रहे हैं।

धार ने ऐंठकर घमण्ड से देखा, ऐं ऽ हाँम्..ऐं ऽ हाँम...एक बहुत बड़ा कगार टूटकर गिरा और वह खिलखिलाकर हँस पड़ी।

"बड़ा अकड़कर खड़ा था; महारानी!" फुदककर मेझुकी बोली और छटकती हुई दूर चली गयी। मगरमच्छ गोते लगाकर पानी की सतह पर आया ही था कि मेझुकी उचककर, उसकी पीठ पर बैठ गयी। पहिना पानी को चीरता हुआ धार की ओर बढ़ रहा था। मेझुकी कूदकर आगे पहुँची, "वाह रे ढीठ! मौत आ गयी क्या तेरी, देखता नहीं, महारानी की सवारी आ रही है!"

हवा ज़ोर की बहने लगी हर्र्-हर्...हर्र्। लहर उठी और पहिना के नथुने फूल गये। चेल्हवा छटकता हुआ आया और महारानी के आगे चमककर कहने लगा, "दूर-दूर से घूम आया, महारानी! कोई राह रोकनेवाला नहीं, कोई अवरोध नहीं।"

सोंइस जुम् से ऊपर आयी, "आदमी नहीं दीखा कहीं?"

"आदमी?" हो ऽ ऽ हा ऽऽ हा ऽ ऽ हा ऽ ऽ...हो ऽ ऽ हा ऽ ऽ ऽ...धार व्यंग्य से अट्टहास करने लगी। "वातास!" उसने कड़ककर आवाज़ दी। सारी सृष्टि में भय छा गया।

"लहरों को ऊँचा करो! मैं मनुष्य को देखूँगी—बेचारे मनुष्य को!"

लहरों का उत्ताल नर्तन! चार-चार गज ऊँची लहरों की खाईं लहरों की खन्दक।

"वह भागा जा रहा है, महारानी, सिर पर खाट और बरतन-भाँड़े, गोद में बच्चा औरपीछे..."

कछुई मुँह उचकाकर देख रही थी। मेझुकी बोल उठी, "ब्याहता है, महारानी जी। दूसरा दिन होता, तो गोद में उठाकर उसके पैरों की महावर को भींगने से बचा लेता।"

इसी समय भाषा-शास्त्री मेढक का आविर्भाव हुआ। मेझुकी मारे लाज के वहीं पानी में गड़ गयी। धार मुस्कराकर रह गयी। मेढक बोल उठा, "सहसा बहुधा पर आपका प्रताप छा गया है, महारानी जी! आदमी अपनी भाषा खो चुका है। उसकी बोली स्वयं वही नहीं समझता। उसकी बीवी, उसके बच्चे, सब जैसे अर्थहीन भाषा बोल रहे हैं। उसे कोई नहीं सुनता। वह देखिये, आपके इशारे पर लहरें ऊपर चढ़ गयीं। आदमी लहरों पर चारपाई बिछा, उस पर अपने बच्चे को बिठाकर, उस बबूल पर चढ़ गया। बच्चा बह रहा है। माँ पछाड़ खाकर लहरों पर बेसुध बहती जा रही है और आदमी टँगा है बबूल के काँटों पर, जिसे दूसरे दिन बचाकर चला जाता था। बबूल की छाँह की हँसी उड़ाकर, साहित्य में उपमा के लिए इस्तेमाल करता था।"

धार फिर हँसी, "कहाँ गयी ममता इसकी—साहस, पौरुष और बुद्धि?" वह फिर हँसने लगी—हूड़...हूड़...करके लहरों का समताल पर नर्तन होने लगा। मेढक ने किसी तरह साँस ली।

"उस पर दो विषधर लटके हैं, चार चूहे और दो नेवले, जाने कितने बिच्छू, गोजर और बिच्छखो पड़े!"

सोंइस ने दुःखी होकर अपनी नाक पानी के ऊपर करते हुए कहा। पर लहरों ने गुस्सा होकर ज़ोर का धक्का दिया और उसने पानी में अपने को छिपा लिया।

मेढक गम्भीर होकर बोल उठा, "सारे जन्तु अपना अवगुण छोड़ चुके हैं, रानी जी! कोई किसी को कष्ट नहीं दे सकता। सब पर आपका एक-सा अंकुश है। सचमुच शेर और बकरी को एक घाट पानी पिलानेवाला राज है, आपका!"

धार गम्भीर हो गयी—योग्य शासक की तरह विचार-मग्न!

"पर मनुष्य का भरोसा नहीं! हुर्-हुर्र्...हुर्-हुर्र्...जैसे चक्की पीसे जाने की-सी आवाज़ चारों ओर व्याप्त हो गयी। जलचर अपनी ज़बान दबाकर सतह के नीचे घुस गये। बच्चा अब भी चारपाई पर खेलता जा रहा था। एक साँप थककर चारपाई की पाटी से सट गया और एक मुर्दा बकरी फूलकर साँप के पास लगी, बह रही थी। रह-रहकर साँप को धक्का लगता, पर वह सहारे को कैसे छोड़े? बच्चा अपना मासूम हाथ उसकी ओर बढ़ा रहा है। मेझुकी चारपाई की पाटी पर जा बैठी,—आँखों में काजल; माथे पर डिठौना, कैसी तरल हँसी है होंठों पर।

"तुम्हें आसक्ति हो रही है, मेझुकी? महारानी के राज में मोह का कोई स्थान नहीं।" मेढक जाने कहाँ से चिल्लाया और मेझुकी उचककर पानी में कूद पड़ी। कड़ाके की गरज हुई और लपलपाती हुई आग की एक-एक रेखा, पानी की सतह से, महारानी के पाँव चूमती दूर चली गयी। साथ ही वरुण को गुप्त आदेश भी दे गयी। भय की कालिमा और भी गाढ़ी हो आयी।

मार्ग-निर्देशक चेल्हवा छटककर आया और फूट-फूटकर आँसू बहाने लगा। अंगरक्षक सोंइस सूँ...सूँ...करती पानी की सतह पर लेट गयी। मेझुकी उसकी पीठ पर चढ़कर चारों ओर मेढक की आहट लेने लगी। तभी एकाएक अपने दोनों पिछले पाँव रबर की तरह फैलाता; मुँह बाये, हुच...हुच...हुच् पानी उगलता, मेढक आया और महारानी के क़दमों पर सिर रखकर बोला, "इस मायाकृत अन्धकार को काटिये, रानी जी! आपका सारा अनुचर समुदाय त्रस्त है। मनुष्य तो अवाक् हो ही गया है। उसकी निस्तेज और आशंका से भरी आँखें आपके चरणों पर लगी हैं। चराचर के सभी जीव-जन्तु, भयातुर-से इधर-उधर भाग रहे हैं। पवन को आदेश दें, महारानी, वरुण से कहें कि वह रुक जायँ। वर्ना प्रलय..."

धार करवट लेने लगी—हुड़-हुड़, करके लहरें फट गयीं, "मैं केवल मनुष्य के बारे में सुनना चाहती हूँ। वह क्या कर रहा है, उसका तन्त्र क्या सोच रहा है?"

सूँ-सूँ की आवाज़ के साथ थोड़ा पानी हटा और सोंइस अपना मुँह निकालकर बोली, "मनुष्य अजेय है, देवी! उसकी चिन्ताग्रस्त आँखें यह बता रही हैं, कि वह कुछ सोच रहा है! क्षण-भर को वह हतबुद्धि हो गया है, पर उसकी शक्तियाँ तो अपनी जगह हैं ही। उसका तन्त्र हमारे सीने पर दौड़नेवाले यन्त्र-यान लेकर चल पड़ा है।"

"बन्द करो यह बकवास?" धार कड़ककर बोली। हड़ाम्-हड़ाम् का स्वर गूँज उठा। लहरें अपने ऊपर ही उछल पड़ीं और मेढक हवा में कलइया खाता हुआ छप् से पानी में आ गिरा। कगार करकराकर टूटने लगे। बड़े-बड़े पेड़, लहरों के धक्के से उखड़ने लगे—भिरम-भाँय...भरम-भाँय...सारा दिक-दिगन्त गूँजने लगा। मनुष्य की चीख खो गयी।

रात बिस्तर पर सोया पूरा परिवार लहरो में खो गया। जानवर चुभकियाँ खाते, घड़ियालों के भोजन बनने लगे। पहिना एक विशाल महुए के तने से जा सटा। उसी पर एक आदमी चिपका था। पहले तो पहिना डरा, पर साहस करके बोला, "तुम्हें क्या हो गया है, यहाँ कैसे?"

मनुष्य कुछ चैंका। कैसी आवाज़ है यह! पर कुछ बोला नहीं; लहर के वार को हाथों से अपनी नाक दबाकर बचाता रहा। फिर लम्बी साँस लेकर, स्वतः बोलने लगा, "हम परिस्थितिवश बिखर जाते हैं! अपने ही गुणों को नहीं पहचान पाते। भटकते हैं, ठोकरें खाते हैं, भले दिनों में स्वार्थ से अन्धे हो जाते हैं, तन्त्र को धोखा देते हैं, जनता का गला काटते हैं।" और वह सिर पीटकर बच्चों की तरह रोने लगा। पहिना उसे

देख रहा था। उसका भी जी भर आया। उसके पाँवों में चिपकी जोकें उसका ख़ून चूस रही थीं। नन्हें-नन्हें भौरे कपड़ों में सटे थे। उसका हाथ-पाँव फूल गया था। सफ़ेद, सिकुड़े हुए चमड़े में उसका रक्त जमता जा रहा था। लेकिन उसके हाथ फैले थे, जैसे वह कुछ सँभाल रहा हो। पहिना ने ऊपर देखा, एक नन्हीं-सी बच्ची और एक स्त्री उसी तने में चिपके थे।

लहर दूर चली गयी थी। आदमी साँस लेकर बोलने लगा, ''मैं इन्जीनियर था। तन्त्र के काम को किसी तरह रंगकर दिखा देनेवाले ठेकेदारों को पूरा रुपया देता था। सीमेण्ट की जगह माटी भरवा देता था। बड़े-बड़े बाँधों में बालू भरवाकर खड़ा कर दिया था। इस तरह सामान और पूरा दाम ही हड़प नहीं करता था, बल्कि ठेकेदारों के मुनाफे में आधा हिस्सा ले लेना तो जैसे मेरा अधिकार हो गया था। आज धार की सिर्फ़ एक ठोकर खाकर, वह मेरा पूरा निर्माण ध्वस्त हो गया।'' वह फिर उसी तरह रोने लगा, और जैसे अपने ही ऊपर गुस्सा होकर कहता रहा, ''मोटरबोट तो थी, फिर बीवी-बच्चों के साथ, किश्ती पर मैं क्यों उतरा, इस पानी में? क्या धार का गुस्सा...'' आगे कुछ भी सुनायी नहीं पड़ा क्योंकि धार का अट्टहास आसमान तक गूँज उठा था। पहिना भुनभुनाकर एक मोटी-सी गाली देता हुआ पानी में छप् से सरक गया—कमीनी हर जगह कान लगाये रहती है। और लहरों ने जाने कितनी शक्ति से, पूरे महुए के पेड़ को मरोड़कर दहाने में गाड़ दिया।

मेझुकी छटककर, पानी पर कूदती दूर चली गयी। आगे जाकर देखा तो धार आत्मसन्तोष से मुस्करा रही थी। सिधरी उसके कानों से सटी, जाने क्या फुसफुसा रही थी और घड़ियाल एक पूरे सुअर को जबड़ों में दबाये, जोर से साँस ले रहा था। हवा बन्द हो गयी थी, वरुण विश्राम को जा चुके थे।

—चेल्हवा नहीं आया। सोंइस ने मार्ग का कोई समाचार नहीं दिया। क्या बात हो गयी? मेढक एक लकड़ी के टुकड़े पर बैठा, सोचने लगा। सहसा एक ओर से एक सफ़ेद, गोल चीज़ बहती हुई आयी, मेढक कूदकर उस पर बैठ गया, तो मेझुकी को वहाँ एकान्त में विश्राम करते देखकर, वह नीचे से ऊपर तक सिहर उठा।

कहीं महरानी की निगाह न पड़ जाय। वह सोच ही रहा था कि मेझुकी स्नेह-भरे स्वर में बोली, ''डरो नहीं, यह खादी की टोपी है। इसकी दीवारों के बीच हम सुरक्षित हैं! जरा सरक आओ न, मुझे जाड़ा लग रहा है।''

मेढक उससे सट गया।

''यह इस लोक की सबसे बड़ी ढाल है। इसके पीछे कुछ भी छिप सकता है। देखो न, इसका चँदोआ कैसा नीचे आ गया है, इस धार ने तो...'' और दोनों क्षण-भर को उस तुमुल कोलाहल में खो गये।

धार चैंकी, हड़ाम्-हड़ाम्-हड़म्...हड़ाम्-हड़ाम्-हड़म्! ''कहीं कुछ गड़बड़ है?'' सोंइस नाक उठाकर बोली और मेढक छटककर जल्दी में कूदा, तो जैसे किसी चट्टान

पर जा बैठा हो। लेकिन चमड़े और वस्त्र से ढँकी चट्टान, जिसमें नन्हीं घोंघियाँ चिपकी थीं, कई जोंकें इधर- उधर अपने सूँड़ गड़ाये थीं और हेल्सा बार-बार अपना मुँह मार रहा था। मेढक घूम-घूमकर देखता रहा, फिर चैंककर हेल्सा के आगे जा बैठा, ''क्यों मुँह मार रहे हो पत्थर में?''

''पत्थर ही समझो इसे, पर असल में यह आदमी है। अभी जिसकी टोपी में...'' जैसे वह ग़लत बात कह गया हो, लाज के मारे चुप हो गया। मेढक डर के मारे काँपने लगा। कहीं महारानी तक न पहुँच जाय बात! हेल्सा कहने लगा, ''यह एक सदस्य है असेम्बली का। राजनीति से इसका कोई सम्बन्ध नहीं, पर राजनीति के बिना अर्थनीति का कोई भी मतलब नहीं होता प्रजातन्त्र में, इसीलिए चीनी मिल से कमाये दो लाख रुपये लगाकर इसने धारा-सभा की एक सीट ख़रीद ली। कभी उस पर बैठ जाता, कभी नहीं, पर इस कुर्ते की हर जेब में इसने बीसियों संस्थाएँ पाल ली थीं। वे दूध देती थीं। जब मन में आता, दुह लेता। 'महिला-सेवा-कर्म' से लेकर 'बाल विचार-परिषद्' तक और 'साहित्य-धर्म' से लेकर 'लोक-जीवन अध्ययन मण्डल' तक अपनी सेवाओं का विस्तार किये था। अब सरकार को कितने चरखे चाहिए, और किस विभाग को कितनी वर्दियाँ चाहिए, फिर चरखे और वर्दी को एक रुपये में बनवा देना और शेष रुपयों को आमदनी के भण्डार में जमाकर लेना, इसके बायें हाथ का काम था।

''लेकिन यह यहाँ कैसे?'' मेढक उसकी तोंद पर बिछलकर गिरते-गिरते बचा।

''यहाँ?'' हेल्सा हँसने लगा, ''इसने बाढ़ देखकर तत्काल 'बाढ-पीड़ित-संघ' बनाया और सबसे पहले स्वयं दस हजार का दान देकर फण्ड खड़ा किया। इस सारे क्षेत्र में अनाज-कपड़ा बाँटने का काम सँभाला। सरकार और जनता से लाखों लिया और किश्तियों पर चढ़कर चना-गुड़ बाँटने लगा। लेकिन दुर्भाग्य से महरानी की चपेट में...'' हेल्सा अपनी बात पूरी भी नहीं कर पाया था, कि लहरें चक्कर खाकर चीत्कार कर उठीं। पता नहीं कहाँ गयी वह आदमी की चट्टान और कहाँ गया वह मांसभक्षी हेल्सा। पानी उछल-उछलकर अपना सिर धुनने लगा। महारानी तेज़ी से लहरों को दबाकर कई गज नीचे ले जातीं और उस सीध में, एक सिरे से दूसरे सिरे तक एक नयी नदी बहने लगती और फिर क्षण ही भर बाद, लहरों को उछालकर आसमान तक पहुँचा देतीं। जो भी रास्ते में आता, वह टूटकर टुकड़े-टुकड़े हो जाता—हू...हु...उँम...उँमू...! सोंइस सूँ-सूँ करती। घड़ियाल पानी को छपाक्-छपाक् फेंकता और मेढक पानी पर इस ओर से कूदता, उस ओर पहुँच जाता।

महरानी क्रुद्ध थीं। कछुई जल्दी-जल्दी उनकी लटें सँभाल रही थी। वे बुदबुदाकर, जैसे अपने ही से कुछ कह रही थीं। चेल्हवा चमककर उनके आगे खड़ा हो गया।

''लगाया कुछ पता?'' उन्होंने तीखे शब्दों में कहा और तुरन्त एक भारी-सा चक्करदार पानी का गढ़ा बन गया।

"हाँ, महरानी! यहाँ से रास्ता टेढ़ा हो गया है! हमारे सीधे रास्ते में कंकरीट की एक ऊँची छत है, इसलिए उससे लाचार होकर हमें ठीक दक्षिण मुड़ जाना पड़ा है। और क़रीब एक मील दक्षिण जाकर, दो-तीन फलांग ज़मीन छोड़ाता हुआ मार्ग फिर हमारे सीध में आकर, सीधे पूरब की ओर चला जाता है।

कछुई अपने हाथ-पाँव चलाती, हाँफती आयी और साँस सँभालकर कुछ बोलना ही चाहती थी, कि सोंइस ने सूँ-सूँ करते हुए, अपनी नाक ऊपर की।

"मिट्टी काँप रही है—महरानी। हमारे हमले से हाहाकार मच गया है। कगार टूट रहे हैं। कंकरीट के ऊपर से लहरें छलक रही हैं।"

"नहीं-नहीं, महारानी जी!" कछुई ने अपनी गरदन बाहर निकालते हुए, सोंइस की बात काटकर कहा, "लहरें, पछाड़ खा रही हैं, उनका अंग छिल रहा है, क्योंकि वहाँ...वहाँ" कछुई सहमकर रुक गयी।

"कहो न, डर किस बात का?" धार गम्भीर होकर बोली।

"आदमी है, रानी जी! बड़े-बड़े नाव के बेड़े को लिये, लहरों को अपने रास्ते से मोड़ रहा है। वह पसीने से लथपथ हो रहा है, पर उसकी पेशानी पर एक अजीब-सी चमक है। मैं तो काँपकर बेहोश हो रही थी, तभी लहरों ने गुस्से में उठाकर, मुझे आपके पास फेंक दिया।"

"हा ऽ?" धार ने कहा, और हुड्...हुड्...हुड् की ध्वनि लहरों ने चारों ओर फैला दी।

"लेकिन वह मेढक क्या कर रहा है?" महरानी चिढ़कर बोलीं और मेझुकी का जी काँप गया। महाप्रयाण की बेला में सुरति-कर्म की अशुद्ध क्रिया का अभिशाप उसके मन पर छा गया वह डरकर बोलीं, "वहीं तो गये हैं रानी जी! उन्हें केवल ख़बर तो देनी नहीं है। रोहू को साथ लेकर गये हैं। सारा नक्शा बनाकर, आदि से अब तक का इतिहास भी तो बटोरना है उन्हें, इसी कारण देर हो रही है।"

धार चुप रही। वरुण आकर एक पाँव पर खड़ा था। पवन आज्ञा के लिए मुँह देख रहा था। पर मेझुकी की बात से सब सन्न रह गये। थोड़ी ही देर बाद मेढक अपने पूरे दल-बल के साथ प्रविष्ट हुआ। सारा अनुचर मण्डल धार महरानी के चारों ओर लहरों को अपने पिछले पैरों से काटता हुआ, गुमसुम बैठा रहा।

मेढक अपने चारों पैर फैलाकर पानी पर बैठते हुए बोला, "संघर्ष बहुत पुराना है, महारानी जी! एक तरह से यह प्रकृति और मनुष्य के आदि संघर्ष का प्रत्यक्ष स्थल है। बहुत पहले से इस टीले के ऊपर बसे गाँव में मल्लाह और राजभर नामक जातियाँ रहती हैं। इनके पास अधिक भूमि नहीं है। बस अपने-अपने घर और चार-छै कट्ठे भूमि हर एक के पास है, जिसे ये जान से भी ज़्यादा प्यार करते हैं और उसमें साग-सब्जी उगाते हैं। सब श्रमिक हैं। काले- चिट्ठे, तेल से पुते इनके शरीर पर अगर मक्खियाँ बैठें, तो बिछल जायें। मजदूरी करके, नावें चलाकर और हमारे बन्धु-बाँधवों को मारकर इनका पेट भरता है।

"बहुत पहले जब आपका मार्ग इधर बनने लगा था, तो इन्होंने धरती की वज्र-सी छाती को काटकर इस किनारे की भूमि को ऊँचा कर लिया और पुराने कटाव को पीछे से मोड़कर, फुटहवा नाम से एक नाला बना दिया है, जो आज तक कभी इस्तेमाल नहीं हुआ, क्योंकि लाख सिर पटकने पर भी उन्होंने लहरों को उधर से रास्ता नहीं दिया, वे कंकरीट की छत से धक्के खाकर पछाड़ खातीं, और टूक-टूक होकर बिखर जाती हैं। हमारी सेना के कितने ही पुराने सेनानी यहीं शहीद हो चुके हैं। मेरे प्रपितामह, महा भाषाविद्..." मेढक की आँख भर आयी। मेझुकी सिसकने लगी। डेड़हा पानी चीरता हुआ मुँह बाये पहुँचकर बोल उठा, "यह तिरिया चरित्तर की बेला नहीं है, मेझुकी! इस समय चुप रहो!" मेढक ने गुस्सा होकर उसकी ओर देखा और सोंइस ने अपनी पीठ से ऐसा झटका दिया कि वह दूर जा पड़ा। इसी समय एक छप्पर बहता हुआ आया, पर घड़ियाल ने महरानी की ठहरी हुई सवारी को देखकर, उसे अपनी पीठ से टेक लिया।

मेढक कहने लगा, "तब से कई बार इस पूरे गाँव को आपका कोप-भाजन बनना पड़ा, पर वीर मनुष्य अपनी नावों के बेड़े बाँधकर लहरों का प्रवाह हमेशा थामते रहे। घर उजड़ गये, फिर बसा लिये, पर इन्होंने इस धरती को आज तक नहीं छोड़ा!"

"हूँ! ...धरती को आज तक नहीं छोड़ा!" धार की नसों में गर्म ख़ून खौलने लगा। लहरें तेज हो गयीं। क्षण-भर को सारा जल काँपने लगा, जैसे धरती को ही किसी ने नीचे से हिला दिया हो।

"कहते जाओ तुम!" धार गुस्से में बोली।

"इसलिए आपको मुड़कर यहाँ से सीधे दक्षिण पथ पर जाना पड़ता है, बिलकुल आदमी के मन पर चलकर, और वहाँ से लौटकर फिर यहीं से पूरब के लिए मार्ग मिल पाता है। तब बलराज राऊत इस बस्ती का सरदार था, और उसी ने यह कंकरीट की छत जुड़वाकर, किनारे को वज्र-सा बना दिया है और इस समय महरानी..." मेढक साँस लेने को रुका ही था कि रोहू बोल उठा, "उसी का प्रपौत्र बसन्ता है, महरानी जी! बीसियों नावों का बेड़ा बनाये, स्वयं एक भारी किश्ती का डाँड़ थामे, लहरों को इस तरह पीछे मोड़ देता है, जैसे कोई गीदड़ को खदेड़ देता हो। उस कंकरीट की छत पर ज़ोर ही नहीं लग पाता, महरानी जी!"

"अच्छा!" धार की आँखें थोड़ी फैल गयीं। वरुण और भी पास झुक आया। उसकी भूरी लटें धार के पास तक लहराने लगीं और पवन चुपचाप लहरों पर बैठ गया।

सिधरी ने छटककर बात छीन ली, "देखते ही बनता है उस आदमी को, महरानी जी? माथे की काली, लहराती लटों पर लाल गाउटी गमछा, कमर में कसी हुई लँगोट। सारा शरीर जैसे आबनूस की लकड़ी की तरह चमकता है, और आँखें...!" वह रोहू की ओर देखकर मुस्कराने लगी।

धार चुप थी। सबका मुँह देख रही थी। मेढक जी कूदकर सोंइस की पीठ पर जा बैठे। धार ने उनकी ओर देखा, तो कहने लगे, "हमारे दाहिने 'बिहड़ा' नाम का

बहुत बड़ा गाँव है। और इस मोड़ पर है, 'बाबा' का प्रसिद्ध बगइचा, 'गुलरा'। और इधर आपके पेट में बसा हुआ है 'भितरी'। भीतर है न! यहाँ के आदमी आपके परम दास हैं। जैसे ही आपकी आगवानी होती है, बेचारे अपना डेरा-डम्बर उठाकर रास्ता नापते हैं और इस लोहे की चट्टान पर टक्कर खाकर क्रुद्ध लहरें इस पूरे मील-भर के भू-भाग के ऊपर से बहने लगती हैं...'' सोंइस गुड़घप से पानी में डूब गयी और बेचारे भाषा विज्ञानी जी के खुले मुँह में पानी भर गया! सिधरी मुस्करायी और घड़ियाल ने आदमी की तारीफ़ से ऊबकर छप्पर के नीचे से अपनी पीठ हटा ली।

लहरों ने महारानी के डर से पवन को इशारा किया और ह...ह...ह...ह की ध्वनि चारों ओर व्याप्त हो गयी। छप्पर वहीं भँवर में डालकर मरोड़ दी गयी।

धार ने अपने सहयोगियों को ललकारते हुए कहा, ''आदमी? यही हाय-हाय करता, कुत्तों की तरह जीभ निकालकर भागनेवाला कायर आदमी!'' हड़ाम्-हड़ाम् लहरें ताण्डव करने लगीं। धार ने हाथ उठाते हुए, वरुण को ललकारा और पवन को कसकर एक लात लगायी।

घुड़-घुड़-घुड़-धड़ाम्-धड़ाम्—कंकड़ की छत पर झूमता, विशाल बरगद का पेड़ झुलसकर धराशायी हो गया, जैसे आग की तेज़ लपट से सारा विश्व झनझनाकर सिकुड़ गया हो। ह...ह...ह...ह...अपार जल वृष्टि होने लगी। उँचासों पवन झकोरने लगे।

''बहा दो पूरे बेड़े को, लहरों पर पटककर चूर कर दो? तोड़ो कंकरीट को, लहरें यहीं से सीधा जायेंगी। मार्ग तनिक भी नहीं बदल सकता। आदमी आये तो मरे रास्ते में!'' धार ने जैसे अपने पूरे वेग को किसी धनुर्धर की प्रत्यंचा की तरह कानों तक चढ़ा लिया। पानी सिमटकर भूखे पेट की तरह खाली हो गया और प्रत्यंचा के छूटते ही पवन वेग से, किसी पहाड़ी की तरह, ऊपर उठ गया। लहरें दौड़ पड़ीहिड़ाम्–हड़ाम्! किश्तियाँ एक-दूसरे से टकरायीं और कगार से सटी किश्ती चरचराकर दोने की तरह टूट गयी। मिट्टी का एक बहुत बड़ा चप्पा टूटकर भल् से गिरा और कई नाँवें मिट्टी से भर गयीं। बसन्ता का पटौंधा डोंगा लहरों के साथ ऊपर उठकर, फिर वहीं बैठ गया। औरतें चीखने लगीं। बच्चों ने अपनी आँखें ढँक लीं। लहरें लौट गयीं।

मल्लाहों की पानी से लथपथ मांसपेशियाँ थोड़ी ढीली हो गयीं। बसन्ता ने हाँक दी, ''बेड़े को सीधा करो, मुरली को किनारे भेजो, काका थक गये हैं, वह धार के रुख़ को समझती है।''

वरुण कोप करके बरसने लगा, पवन एड़ी का पसीना चोटी करने लगा, पर नन्हें-नन्हें बच्चे किश्तियों से पानी उलीचते रहे। औरतें डाँड़ सीधा करती रहीं और बसन्ता लहरों को खदेड़ता रहा।

''यही पिद्दी आदमी की शक्ति थी! ओं—हा ऽ हा ऽ ऽ आ ऽ ऽ ऽ...एक ही धक्के में इसकी साँस फूल गयी। मेझुकी, देख तो, उन सबका क्या हाल है अब?

इसी समय दूसरा कगार टूटकर गिरा और दूसरी ओर भी एक किश्ती मिट्टी से एकदम पट गयी। बसन्ता घबरा गया, "मेरी नाव के कोने से लहरों की टक्कर कगार तक पहुँच रही है। कोई उधर से काटकर एक छोटी-सी किश्ती ले आये और इसके नोचे लगा ले, बहुत जल्दी करे, इस बार धार के लौटने से पहले—"

कोई टस-से-मस नहीं हुआ। क्रुद्ध धार से टक्कर खाकर छोटी नाव जाने कहाँ जा पड़े! पर यह बसन्ता का हुक्म है, धार से लड़ना ही होगा। मुरली बिजली की तरह कगार के नीचे की एक किश्ती पर कूदी और पतवार चलाने लगी। पवन ने पहचाना, वरुण ने इशारा किया और लहरों ने किश्ती को खींचकर धार के चरणों में डाल देना चाहा, लेकिन बसन्ता?—मुरली अकेली कैसे जायेगी! वह छलाँग मारकर, किश्ती में पहुँच गया। पतवार से पानी का कोर मारकर, किश्ती को लहरों के सीने पर कर लिया।

धार ने खींचा। किश्ती जैसे निरावलम्ब चली गयी, धार की प्रत्यंचा पर कान तक चढ़ गयी।

"यही दोनों हैं?" धार ने देखा, तो उसकी आँखों में ख़ून उतर आया, "कितने ढीठ हैं, दुराग्रही!" और जैसे ब्रह्मास्त्र ही छोड़ दिया हो। बसन्ता ने नाव जरा टेढ़ी करके पतवार ऊपर कर ली, दूसरी ओर कगार को टेक देने के लिए, बाँस को बाहर निकाल लिया। लहरों के धक्के पर किश्ती ऐसे उतर गयी, जैसे किसी ने धार में फूल चढ़ा दिया हो।

"बस, इसे अब लौटने नहीं देना है!" बसन्ता ने रस्सा उठाकर फेंका और मुरली ने छोटी नाव को बड़ी से जकड़कर बाँध दिया और दूसरे सिरे को खींचकर दूसरी नाव से जोड़ दिया। एक बड़ा-सा बाँस लगाकर छोटी किश्ती को ज़मीन से साध दिया। मुरली मुस्कराने लगी, तो बसन्ता क्षण-भर को उसे देखता रह गया। उसकी आँखें साफ़ कह रही थीं, "इस नयी नाव के पूजन में तू नवरिया गायेगी और हम दोनों हमेशा-हमेशा के लिए—" पर मुरली बिदकती हुई बोली, "इधर क्या देखते हो? लहरें आज बहुत बिगड़ी हैं। आज रात बीत जाय तो जानो!"

"आज की रात?" बसन्ता हँसा, "तुम सब जाकर रोटियाँ सेंको, आज रात बेड़ा छोड़ा नहीं जा सकता। हम-सब यहीं रहेंगे, पर माई को लेने कौन जायेगा?"

"मैं लाऊँगी जाकर, इसकी चिन्ता न करो। वहाँ गाँववालों की सहायता को गयी किश्तियाँ तो होंगी ही, भैया होगा, मंगू काका होंगे, सबको आज रात यहीं बुला लाऊँगी।"

मेझुकी वहीं खड़ी सब सुन रही थी। पहिना ने धीरे से मुँह बा कर उसे निगलना चाहा, पर रोहू की पूँछ से ज़ोर का छपाका खाकर वह बेड़े के बीच घुस गया। मेझुकी जान बचाकर भागी और धार के पास पहुँची, धार उदास सोच में डूबी पड़ी थी। हुर हुरुर...हु...की आवाज़ लहरों के होंठों पर चढ़ी थिरक रही थी, जैसे सब-कुछ थककर नग हो गया था।

पवन घर लौट गया था। वरुण ने चार घण्टे की छुट्टी ले ली थी। मेढक जी जाने कहाँ से एक सन्दूक बहाकर लाये थे और उसी पर बैठे ऊँघ रहे थे। रोहू उसी से सहारा लेकर दम ले रहा था।

मेझुकी जाकर धार महरानी के बाल सँभालने लगी। फिर उसकी आँखों में आँखें डालकर बोली, "क्या बात है महरानी, क्यों उदास हैं?"

"इसी तरह, मेझुकी, सिर कुछ भारी है। कई दिन से आराम नहीं किया न!" फिर कुछ रुककर, जैसे कोई भेद की बात कह रही हो, "एक बात पूछूँ?" लहरें शान्त हो गयीं। सारा हड़म्-वेग क्षण-भर को रुक गया।

"यह आदमी के सीने में पीठ सटाये, डाँड़ सँभालनेवाली कौन थी?"

"वह आदमी की आदि-शक्ति थी महरानी जी, मुरली! देखा आपने, किस तरह मौत से लड़ रही थी! भरी-पूरी थी न! बसन्ता के पत्थर-से सीने से पीठ अड़ाते-अड़ाते, उसकी गोद में बैठ गयी थी। लेकिन आप क्यों..."

"कुछ नहीं, कुछ नहीं, ऐसे ही पूछा। उसे तो आना ही है मेरी गोद में।" धार जैसे बात टालते हुई बोली और मेझुकी उसके माथे की लटें हटाकर उसकी आँखों में देखने लगी।

चेल्हवा इस प्रसंग को सह नहीं पा रहा था, और झिंगवे को कब से उभाड़ रहा था, कि चलकर महरानी से सब बताओ। वह उछलकर धार के आगे आ गया, फिर कुछ रुककर कहने लगा, "इस झिंगवे से मिलिये, महरानी! आदमी को ख़ूब जानता है। इसने बड़ी अच्छी बातें बतायी हैं।

धार उठ बैठी। झिंगवे ने साष्टांग दण्डवत् करते हुए कहा, "आदमी शक्ति से अजेय है, महरानी, उसे जीतने के लिए बुद्धि का प्रयोग करना होगा, कूटनीति चलनी होगी, उसी के बीच के आदमियों को फोड़ना होगा। उसकी संगठन शक्ति को भंग करना होगा।"

"हाँ, हाँ! एक बात कहूँ" मेझुकी बोली, "आज मुरली अपनी माँ को लेने रात में भितरी गाँव जायेगी। उसे लहरें उधर ही रोक लें तो बसन्ता का साहस आधा हो जायेगा।"

धार जैसे इस समय झिंगवे ही को सुनना चाहती थी, "तो तुम्हारा क्या ख़याल है?"

"यही कि किनारों पर बसे आदमियों में बहुत-से ऊँची जाति के लोग हैं, जो आपके आतंक से परेशान हैं, और उन पर प्रभाव इसलिए है कि आपके सीधे मार्ग को वे छोटी जाति के लोग हमेशा के लिए रोककर बैठ गये हैं। आप सीधे मार्ग से जाना चाहें, तो वे आपका साथ देंगे।" झिंगवा बोल ही रहा था कि घड़ियाल ने वहीं मुँह बाया और फिर समा गया। धार ने गुस्से में घड़ियाल के मुँह पर एक झापड़ मारा और वह बेचारा वहीं पानी में डूब गया। पानी जोर से उछला और झार-झंखाड़ इधर-उधर छिटक गये।

रोहू को लेकर मेढक भितरी गाँव के घाट पर जा बैठा। एक बूढ़ी अपना घड़ा भरते-भरते, किनारे पर बैठी बरतन माँजनेवाली दूसरी औरत से बोली, ''बड़ा गड़बड़ सुन रही हूँ, जानकी! गाँव के बड़े पण्डित मलहटोली की कंकड़वाली छत पर फावड़ा चलवाना चाहते हैं।''

''फावड़ा?''

''हाँ, बसन्ता को किसी उपाय से हटाकर वहाँ से धार को सीधा रास्ता दिलवा देना चाहते हैं। कुछ तैयारी भी देख रही हूँ। आज तो लच्छन और ख़राब हैं! करिया बादर चढ़ा आ रहा है। जाने कैसे घर पहुँचना होगा। पानी जाने कब गाँव के ऊपर से बहने लगे।''

मेढक टर्-टर् करता भागा। रोहू ने पीछा किया और दोनों हाँफते-हाँफते धार के पास पहुँचे। पूरी सहचर मण्डली आज रात की चढ़ायी के लिए तैयार हो रही थी। सोंइस बार-बार कगार पर अपने सूँड़ मार आयी थी। डेड़हे ने नाव की सन्धि का अन्दाज़ लगा लिया था और कछुई बसन्ता के साथियों की पूरी तैयारी का भेद महरानी को बता चुकी थी। घड़ियाल लहरों की मदद से ऊपर चढ़कर, उस बबूल पर चिपके आदमी को उदरसात कर अपनी बहादुरी का रोब जमा चुका था। पवन ने थोड़ा कोण बदलकर, वृक्षों की जड़ों पर दूसरी ओर से धक्का पहुँचा, सारी वनस्पति उखाड़ फेंकने का बीड़ा उठा रखा था, और वरुण ने आदमी को कहीं भी न जा सकने देने का व्रत ले लिया था।

मेढक को देखकर लोग रुक गये। हा ऽऽ हा ऽऽ आ ऽऽ आ ऽऽकी ध्वनि थोड़ी कम हो गयी, तो मेढक ने सारी दास्तान सुना डाली, और रोहू ने महरानी को एक बार उस भितरी गाँव को एक डुबकी देकर, फिर पीछे हट आने और इस तरह आदमी को डराकर, अपने साथ लेकर, आदमी से लड़ा देने की सलाह दे दी।

लहरें बढ़ीं, हर्-ह...हुरु-हुर...करके, जैसे समताल पर किसी सिद्ध नर्तकी के घुँघरू बज उठे हों। धीरे-धीरे पवन ढुरका और वरुण ने ऊपर से भितरी को डुबो दिया। धार ने सँभाल कर धक्का दिया, और ज़मीन की पीठ पर से मील-भर में लहरें दूसरी ओर उतरने लगीं। सब-कुछ घुल गया। घर-बखरी कुछ नहीं, आदमी-जानवर, कुछ नहीं। जो बचे थे एक टीले पर कीड़ों की तरह बिलखने लगे, और साँप-बिच्छुओं के साथ बैठकर, अँधेरा काटने के लिए, धार से विनती करने लगे। कोई शोर-शराबा नहीं, केवल मनुष्य का चीत्कार। धार उनसे खेलती रही। तभी मेझुकी छटककर आयी और कहने लगी, ''इस किश्ती को देखती हैं, महरानी, इस पर मुरली आयी है, टीले से अपनी माँ को लेने।''

धार आँख फाड़कर देखने लगी।

''बसन्ता से इसकी मँगनी हो गयी है। शादी तो अभी बाक़ी है। माँ बड़े पण्डित के घर काम करती है।'' धार सुनती रही, सुनती रही, फिर एकाएक कटकटा कर

झपटी और आम के पेड़ के साथ किश्ती को उठाकर लहरों में दूर गाड़ आयी और मुरली को बहुत दूर तक सिर के बल डुबोये, दूसरी ओर झोंक आयी। घड़ियाल मौक़ा पाकर दौड़ा, पर पहिना ने आदमी के तैरने-सी ध्वनि करके, उसे कहाँ-का-कहाँ पहुँचा दिया। और मुरली एक लकड़ी के मोटे कुन्दे के साथ, तैरती-तैरती दूर ज़मीन की रीढ़ पर पहुँच गयी।

धार हँसती हुई लौट गयी। लहरें किलकारी मारने लगीं। आदमी की आवाज़ डूब गयी।

"बसन्ता मुरली को खोजने जायगा। ठीक उसी समय, महरानी जी?" मेढक जी मन्त्रेच्चार करते हुए बोले।

चारों ओर कोहराम मच गया। कई किश्तियों पर आदमी-जानवर लाकर ज़मीन पर उतारे जाने लगे। सरकारी मोटरबोट पण्डित जी के आदमियों को मलहटोली में उतारने लगा।

बसन्ता के हाथ शिथिल हो गये? बार-बार मुरली का ध्यान उसे सताने लगा, पर वह बेड़े को कड़ा किये, अपनी बल्लियाँ सँभाले, बजरी की अधपकी लिट्टियों पर नमक छिड़ककर खाता रहा। उसी समय पानी में तीर की तरह तैरती दो किश्तियाँ आयीं और बेहोश बच्चा बसन्ता को थमाते हुए एक मल्लाह कहने लगा, "फुटहवा तैयार हो गया है, किनारे तक इधर-उधर से मिट्टी निकाल दी गयी है। जरूरत पड़ते ही पानी काट दिया जायेगा।"

"बहुत ठीक, पर मुरली और उसकी माँ का कुछ पता नहीं चला।"

"मैं देखता हूँ।" किश्ती पानी को काटती हुई लौट गयी।

मेढक सब सुन रहा था। ठठाकर हँसा। बसन्ता ने डाँड़ को पानी पर छप् से मारा, और वह गुड़घप्प से पानी में डूब गया। उसी समय डोंगी लौटी और मंगू ने रो-रोकर मुरली के बह जाने का समाचार दिया। पण्डित के कई आदमी बेड़े पर आकर समाचार की पुष्टि करने लगे, और बसन्ता को इस बात के लिए उभारने लगे कि वह बेड़े को छोड़कर मुरली को देखे।

बसन्ता भी रुकनेवाला नहीं था।

चेल्हवा छटकता हुआ गया और महरानी के कान में फुस-से कुछ कहकर लौटा ही था कि लहरें सिमटकर एक ओर चढ़ गयीं। सरकारी मोटरबोट लहरों के पूरे मार्ग को मोड़कर कगार की ओर किये निश्चल खड़ा हो गया था।

हुड्...हुड्...हुडुम-हुडुम! और सारा बेड़ा टूटकर बिखर गया। कई किश्तियाँ टूटकर, चूर-चूर हो गयीं। लहरों के ज़बरदस्त धक्के एक-पर-एक आकर कंकरीट की छत से लड़ने लगे। बेड़े के मल्लाहों में हाहाकार मच गया। लोग नाव पर से उतरकर भागने लगे। कगार हड़म्प-हड़म्प...छप्-छप् गिरने लगे। ऊपर पण्डित के किराये के आदमियों के फावड़े चलने लगे और बेड़े की बची-खुची किश्तियाँ भी एक-दूसरे से

अलग कर दी गयीं। कई तो धार के अट्टहास के साथ, पेट के बल पानी में उछल-उछलकर गिरती रहीं। चेल्हवा और सिधरी नाच-नाचकर, विजयोल्लास प्रकट करने लगे। वरुण झूम-झूमकर बरसने लगा और पवन ने पल-भर में सारे पेड़-पौधों को उखाड़कर लहरों के हवाले कर दिया।

पर यह क्या? धार शिथिल होने लगी। लहरें जैसे शराब के नशे में लड़खड़ा कर गिरने लगीं। सोंइस का कगार से लगा मुँह बार-बार पीछे हटने लगा। डेढ़हा लहरों में बह कर किनारे से दूर मुड़ गया। वरुण कर्महीन-सा मछुओं की एक नन्हीं किश्ती की छत पर पड्-पड् अपनी बूँदे बरसाने लगा, जिसके नीचे आग की लपटों के किनारे एक सोलह वर्ष की स्वस्थ युवती अपने भींगे कपड़ों को बार-बार अपने स्तन पर से उचार कर, अपने को छिपाने की कोशिश कर रही थी, और बसन्ता डाँड़ मारता, ललकार रहा था, ''और चौड़ा करो, फुटहवा के मुँह को काटकर, धार के लिए रास्ता बना दो।'' पचासों फावड़े साथ चल रहे थे। नाले का मुँह चौड़ा किया जा रहा था और लाचार लहरें उससे ढुरककर दूसरी ओर चली जा रही थीं।

धार बार-बार अपने को समेटती, लहरों की प्रत्यंचा को कानों तक चढ़ाती, पर छूटते ही जैसे तीर असक्त-से लड़खड़ाकर टूट जाते, उसी फुटहवा में मुड़कर समाप्त हो जाते। छल-छल की ध्वनि के बाद घोर गर्जन की आवाज़ में नाला बहने लगा। मेढक पर चढ़कर आया और जाने कहाँ चला गया। घड़ियाल एक पेड़ में फँसा लुढ़कता-पुढ़कता, किनारों से टक्कर खाता, केवटों के बच्चों का खिलवाड़ बनता दूसरी ओर चला गया। बड़े पण्डित के किराये के आदमी अन्धकार में छिप गये। बसन्ता ललकारता रहा। मुरली भी अब तक कड़ी हो गयी थी, वह बाहर निकल आयी और आँचल से धार को प्रणाम करने लगी। आग की लपटों में उन दोनों के लोहित शरीर दमक रहे थे। आँखों की कालिमा ख़ुशी की रोशनी में दहक रही थी। धार ने आँख उठाकर देखा और बसन्ता ने बड़ी उदासी से मुँह फेर लिया, फिर किनारे पर कूदकर फावड़े से नाले का मुँह चौड़ा करने लगा।

धार ज़मीन में गड़ती गयी, ''उफ! यह मेरी ओर देख भी नहीं सकता, क्या मैं इतनी कुरूप हूँ?'' और निष्प्राण होकर कंकड़ की छत से सिर टकराने लगी। मेझुकी ने उसे सँभाला और बिसूरती हुई कहने लगी, ''कोई साथ नहीं देता, महरानी, देखो मेरे मेढक भी...'' और वह फूट-फूटकर रोने लगी।

''काश, मैंने सोइस का कहना माना होता, मेझुकी! आदमी अजेय है, उसे छोटा मानेनेवाला हमेशा मुँह की खाता है। अब मैं हमेशा किनारों में बँधकर ही बहूँगी, शायद उसे यही अच्छा लगे। उसके पाँव पखारूँगी, उसके खेतों को सीचूँगी। क्या जन्म-जन्मान्तर तक मेरी इस सेवा से भी वह नहीं पसीजेगा, मेझुकी! देख, मैंने यहाँ कितना गहरा दहाना बना लिया है। मैं अब इसे छोड़कर कहीं नहीं जा सकती?'' वह अपने सेवार-से बाल फैलाकर, कंकड़ की छत से सिर टकराती रही। फिर जैसे अपने ही

में डूबकर, कहने लगी हो, "शायद तू मेरी उच्छृंखलता से चिढ़ता है, उफ रे, आदमी! तेरी वह खिंची हुई भौंहें, तेरे हाथों की उभरी हुई मांसपेशियाँ, तेरे माथे के घुँघराले बाल!...क्या मेरी तपस्या का कोई भी असर नहीं पड़ेगा तुझ पर! तू जरूर एक दिन प्यार से मुझे अंगीकार..." और वह बुदबुदाती हुई नीले, समगम जल में समा गयी, "युग-युग तक प्यार पाने के लिए, केवल आदमी ही रह जायेगा, उसी को प्यार करूँगी, मेझुकी, मैं उसी को...!"

माई

"बचवा यह कूनी इस समय कैसा सीधा-सादा बनकर बैठा है, जैसे यह तो बेचारा कुछ जानता ही नहीं, मैं पास बैठी हूँ न!" माई मिट्टी की खाभी में मथानी चलाती हँसती हुई कह रही थीं, "एक तुम भी लड़के थे कि कच्ची ज़बान कभी किसी ने मुँह से नहीं सुनी, ये सब तो इतने पाजी हैं कि जहाँ घर की डेहरी लाँघेंगे, हाथ के बाहर हो जायेंगे।"

रज्जू वहीं बाँस के नन्हें-से खटोले पर बैठा, फूल के कटोरे में दूध और धान का लावा खाता, कूनी को देखकर मुस्करा रहा था, "नहीं माई, यह तो बेचारा बड़ा सीधा है। यह छोटे साहब बहुत शरारती हैं। मैंने कहा, भैया, मेरे सिर के पके बाल निकालो। एक पैसे फ़ी बाल के हिसाब से तुम्हें पैसे मिल जायेंगे, तो एक बाल उखाड़ लिया और उसे मुझे दिखाकर कहने लगे, 'यह देखो फेंक दे रहा हूँ।' और फिर उसी को बीस बार दिखाकर कहते हैं, 'बीस पैसा हो गया भइया!'"

छोटा रबी बड़े भाई की बात सुनकर माई के पास से उठा और रज्जू की पीठ से जा लगा, "पाँच आने हो गये हैं भइया, बहकाओ नहीं।"

दूसरा बीरू माई का रज्जू से छोटा लड़का उसी खटोले के पैताने चुपचाप बैठा किसी कारण नाराज़ है। माई मथानी चलाते हुए बार-बार इसे देख लेतीं और बात करने लगतीं। कूनी आँखें टेढ़ी करके देखता और लगातार हँसता पर हँसने की कोई आवाज़ सुनायी न देती। माई उसके ऊपर इस समय इसलिए बिगड़ी थीं कि उसने चाची की छोटी लड़की को घर में घुसते ही एक थाप लगा दी थी और लड़की का बेसुरा अलाप और उसकी माँ की तानों भरी गरमाहट- सी आवाज़ अब भी कोठे पर आ रही थी। "बहुत अच्छे लड़िका हैं तो क्या किसी को कुछ दे देंगे क्या, जब होगा ठुनकियाते चलेंगे, वह भी तो अपनी माई की कोख से ही जनमी है, कोई परती-परेल में से तो आयी नहीं। माई का करेजा तो एक ही है न, उन लोगों को तो कोई छू भी ले तो बाघ की तरह खाने दौड़ती हैं..."

इस आवाज़ की उठान के साथ-साथ माई का गुस्सा थर्मामीटर के पारे की तरह चढ़ता जा रहा है। पर कूनी है कि शोर बढ़ने के साथ अपनी ख़ामोश हँसी पर से क़ाबू खोता जा रहा है। रज्जू और रबी भी हँसी का गहरा आवेश महसूस कर रहे हैं, पर माई के बिगड़ते हुए रुख़ को देखकर उसे होंठों पर उतरने नहीं दे रहे हैं। बीरू के माथे

पर सिकन आती जा रही है और माई के क्रोध के साथ ही उसका बढ़ता क्रोध भी बढ़ता जा रहा है। अन्त में उससे नहीं रहा जाता और घूमकर कूनी को जलती दृष्टि से देखता है, तो जैसे पाला मार गया हो कूनी को।

सहसा वातावरण भारी हो गया, नीचे का शोर भी मन्द हो गया। बस माई की मथानी की एक निश्चित ताल पर चलने की आवाज़ सुनायी पड़ रही है। रबी माई के आँचल में धँसा टुकुर-टुकुर ताक रहा है।

"इस घर का यही हाल समझो!" कहते-कहते माई के चेहरे की रेखाएँ एकाएक और भी गहरी हो गयीं और उनके नन्हें-से मुखड़े पर वार्धक्य की परछाइयाँ मुखर हो आयीं। रज्जू को याद आ गया। जब माई कभी-कभी काम से छुट्टी पाकर कटोरी में तिल्ली का तेल और कंघी लेकर अपने बालों को ठीक करतीं, उठतीं, आँचल फैलाकर आजी के पाँव लगतीं, फिर कभी-कभी अपने हाथ-पाँव निहारने लगतीं,—आजकल की बहुरियों को देखो न भइया, डोली से उतरी नहीं कि गाल पिचक गये। दो दिन चौका-बरतन करने में हाथ-पाँव करकराकर फट जाते हैं। नहीं तो बारह बरस हो गये इस घर में उतरे, पल-भर को चौन नहीं मिला होगा। हिल्ला किच्चा एक भी न बराया होगा—और वे अपना हाथ आगे फैला देतीं! कभी काले, घुँघराले बालों में कंघी चलाना मुश्किल होता था और आज! रज्जू माई के सिर की ओर देखने लगा था। उन्होंने धोती थोड़ी आगे खींच ली, उनके सफ़ेद बाल छिप गये।

बीरू बिना बोले एकाएक उठा तो सामने की खुरदरी मुँडेर पर सोन्हाने के लिए रखी खाभी उसके हाथ से टकराकर फ़र्श पर गिरी और पक्क से फूट गयी। छाजन पर आँख गड़ाये बैठा कौआ काँव-काँव करके उड़ा और चारपाई के नीचे गुड़मुड़ाई बिल्ली उठ खड़ी हुई। फिर आगे-पीछे के पाँवों को फैलाकर देह तोड़ती हुई धीरे-धीरे दूध के घर की ओर जाने लगी। बीरू ने जीने के पास ठिठककर उसकी ओर देखा और वहीं से कड़ककर बोला, "कहाँ?" बिल्ली को जैसे बिजली की करेण्ट छू गयी हो। जान लेकर छत की ओर भागी और बिना कुछ बोले वह धीरे-धीरे नीचे उतर गया। माई के चेहरे पर एक दबी हँसी उभर आयी, जो केवल हँसी नहीं थी बल्कि अपने पीछे कोई बड़ा प्रसंग लिये हुए थी। उन्होंने पीछे घूमकर देखा और दबी ज़बान में कहने लगीं, "बिलार राम की जान सूख गयी बचवा! उसे देखते ही सिर पर पाँव रखकर भाग खड़ी होती हैं।" रज्जू भी मुस्करा पड़ा। निश्चय ही इसमें माई का समर्थन था पर कूनी की हँसी में ख़ुराफ़ात थी—माई की अलोचना थी, लेकिन रज्जू उसे कुछ कह नहीं पा रहा था। उनका चेहरा फिर बिगड़ने लगा और कूनी अपनी जगह से धीरे-धीरे उठने लगा। सहसा रज्जू का ध्यान माई के हाथों की ओर गया ही था कि कूनी नौ-दो ग्यारह। बाहर के दरवाज़े के पास पहुँचकर उसकी हँसी का फ़ौव्वारा फूट पड़ा। सारे घर में उसकी छल्-छल् ध्वनि गूँज गयी, फिर वह देर तक वहीं खड़ा हँसता रहा और माई किटकिटाकर अपना गुस्सा व्यक्त करती रहीं। पहले तो रज्जू को भी उसकी इस बेमानी

हँसी पर हँसी आयी पर माई का रुख़ देखकर उसने अपना रुख़ भी बदल लिया और गुस्से में कूनी की ओर देखा तो वह चुप होकर धीरे-धीरे बाहर चला गया।

नीचे आँगन में कोई छोटा लड़का बार-बार तम्बाकू के लिए आवाज़ दे रहा था और रसोई के काम में लगी हुई उसकी माँ उसे झिड़कती जा रही थी। चरवाहा अपने जानवर थान पर से छटकाकर दोपहर का दाना माँगने आया था और बार-बार इस बात का हवाला दे रहा था कि अगर जानवर किसी के खेत में चले गये तो बाबू हमीं को पीटेंगे। तुलसी के चौरे के पास रोटी-गुड़ खाती नन्हीं बच्ची के हाथ से गाँव की कोई चोट्टिन कुतिया रोटी का टुकड़ा छीन ले गयी थी और वह गला फाड़-फाड़कर चिल्ला रही थी। सयानी राधा वहीं एक ओर खटोले की पाटी पकड़े स्थितप्रज्ञ-सी बैठी थी, बीच-बीच में इधर-उधर आँख उठाकर देख लेती थी और बड़ी ही मधुर आवाज़ में किसी को उत्तर दे देती थी।

रबी अब भी माई की गोद में उसी तरह बैठा था। कभी रज्जू भी माई की गोद में इसी तरह बैठा करता था—घण्टों, जैसे वही उसका मायालोक हो! आज रज्जू को वह सब याद आ रहा था।—माई के बीसवें-बाईसवें में रज्जू उस परिवार में सूर्य की तरह उदित हुआ था। माई के कहने का भाव यही होता था कि हमारे कुल-परिवार, गाँव-जवार में सूरज की रोशनी फैल गयी थी और धूप की भावभरी, कुनकुनी ख़ुशियों में मनोहर फूल खिल उठे थे। माई यह भी बताती थीं कि परिवार के पुश्तैनी दुश्मन अपनी भेंट साथ-साथ लेकर रज्जू के बाबा को बधाई देने आये थे। सूरजभान सिंह का वर्णन करते हुए माई की आँखों में तारे चमकने लगते थे। सफ़ेद कलारास घोड़े पर मुरेठा बाँधकर बरही के दिन आये तो बाबा ने खटिया से उठकर उनका स्वागत किया था। साथ में दस सेर जूनी दूध देनेवाली पहिलाँ गाय, दो नौकरों के सिर पर बताशे का रँगा हुआ कुण्डा और एक्यावन रुपये बच्चे की मुँह देखायी। और था भी रज्जू माई के लिए वैसा ही, एक पुत्र नहीं, सौभाग्य के दिये हुए चरम आनन्द का एक भाव। पहले तो वह समझ ही नहीं पा रही थीं कि अपने आँचल में इस भाव को कैसे छिपायें पर धीरे-धीरे उन्हें बोध होता गया।

वह कहीं काम कर रही होतीं और एकाएक आँधी का झोंका आता तो विशालकाय बाबा के पैरों की नसें दहलीज़ में चटख जातीं और आँगन में आकर उनकी हुक्की पुड़कने लगती, "दुलहिन बचऊआ को आड़ में कर लो, आँधी आ रही है।" और क्षण ही भर बाद उनके छोटे भाई भी जल्दी-जल्दी घर में घुसते, जैसे कोई महान् आपत्ति आ रही हो, "कहाँ है भइया, जल्दी आड़ में करो!" और माई का हाथ-पाँव बँध जाता था। वह तो अब भी उन बातों का वर्णन करते-करते पसीने-पसीने हो जाती हैं—रज्जू सोचता जा रहा था और नीचे का शोर कानों को छेद डालने की स्थिति में पहुँच गया था। माई ने हाथ की मथानी, दही की कमोरी में छोड़ दी और अपना दीर्घ मौन तोड़ते हुए कहने लगीं, "अब देखो यही भइया; न उठूँ तो किसी को पानी न मिले। चार-

चार जन हैं नीचे, लेकिन कोई उठ नहीं सकता। घर के मन्सेधू गरजते हुए आयेंगे तो हमीं को दोसी कहेंगे। ऊपर से इन लड़कों की झिक-झिक; सोचती हूँ कुछ दिनों के लिए कहीं चली जाऊँ तो देखूँ कैसे चलता है इन लोगों का काम।''

रज्जू माँ को ख़ूब पहचानता है, ''नहीं माई, तुम्हारे जाने से तो सारा काम ही बिगड़ जायगा। किसी को कोई पूछनेवाला होगा यहाँ।'' उसने हाथ का कटोरा ज़मीन पर रखते हुए कहा और रबी को पकड़कर अपनी ओर खींच लिया, ''माई शहर में रबी की बड़ी याद आती है।''

''तुममें इसमें कोई अन्तर नहीं है बचवा, सच कहूँ...'' जैसे माई बड़े जतन से मन का भार उतार देना चाहती हों, ''उन दोनों को तो मतारी-बाप का धियान ही नहीं रहता। रोज-ब-रोज एक झगड़ा रोपे रहेंगे। मुदा ये हमरे मुन्ना...'' कहकर माई ने रबी का हाथ पकड़कर अपनी ओर खींचा तो रबी शरमाकर उनके पैरों में छिप गया। रज्जू सोचने लगा—चार ही बरस पहले की बात है, जब मैं छुट्टियों में घर लौटता और कभी माई के आँचल में मुँह डालकर दूध पीने का दिखावा करता तो रबी जहाँ भी होता तेज़ी से माई की ओर भागता और हाथ में जो भी होता चला देता। वह हँसते-हँसते लोट-पोट हो जाती और उसे अपने सीने में छिपा लेतीं।

लेकिन माई अपनी बात कहती जा रही थीं, ''जब कभी काम-धन्धा से थककर किसी खटोले पर पड़ जाती हूँ और एक बार भी मुँह से कराहने की आवाज़ निकल जाती है, तो बचवा इस तरह मेरी देह दबाता है कि आतमा शीतल हो जाती है'', ''कहाँ दरद है माई, यहाँ? ...यहाँ?'' इन्हीं नन्हें-नन्हें हाथों से छू-छूकर ऐसे पूछता है कि सारी दुनिया का सुख-सोहाग छोटा लगने लगता है।

रबी शरमाकर उछल रहा है कि किसी तरह माँ का मुँह छू पाता तो उस पर हाथ रखकर उसे बन्द कर देता पर माई?...माई का मुँह कौन बन्द कर सकता है! आसमान भी तो उससे छोटा है—ठीक रबी के बराबर और रज्जू का रोम-रोम पुलकित हो जाता है। वह सोचने लगता है कि क्या सचमुच वह माई को इतना प्यारा है? उससे बढ़कर दूसरी सफलता उसके जीवन की क्या हो सकती है कि हर अच्छे समय माई को उसकी अच्छाइयों की याद हो आती है, और हर बुरे समय में माई उसकी कमी महसूस करने लगती हैं। शायद वही इतना प्यारा है। लोग कहते भी हैं कि पहला बच्चा माँ-बाप को बड़ा प्यारा होता है। लेकिन माई फिर बीच में बोल उठती हैं और उसका ध्यान टूट जाता है। सूरज खपरैल की सतह पर चढ़ आया है, धूप रेंगकर माई की दही की कमोरी के पास पड़ने लगी है, इसीलिए वे उसे धीरे-धीरे छाया में सरकाती जा रही हैं।

''अब तो अन्न-पानी की कमी नहीं रहती बचवा! पशु-परानी सब मजे में है। दो साल का पुराना चाऊर अब खाया जा रहा है। नहीं तो वे कितने कुदिन थे। जोन्हरी की लिट्टी खानी पड़ती थी सारी बरसात। तिस पर भी दिन-दिन नहीं मालूम पड़ता था। नहीं तो जो हमरे जनमें हैं न!''

माई ने इधर-उधर देखा, जैसे इस बात को सबसे छिपाकर कहना चाहती हों।

"कौन-माई?" रज्जू को विस्मय हो रहा था, "कूनी?"

"नहीं बचवा बीरू।" वे कहते-कहते रुक गयीं, क्योंकि बुढ़िया आजी अपनी कटोरी लिये कहरती हुई आयीं और नन्हीं पमील के लिए दूध माँगने लगीं।

माई दूध दे ही रही थीं कि आजी ने कहा, "आज बतकही ही होगी कि काम-धन्धा भी कुछ देखा जायगा। नीचे मजूर रस-दाना के लिए बैठे हैं। बचवा लोग खेतार से लौटने ही वाले हैं।"

उसी समय रज्जू के चाचा ने नीचे से आवाज़ दी और माई मट्ठे की कमोरी लिये नीचे उतर गयीं।

रज्जू जाड़े की छुट्टियों में घर लौट रहा है, बनारस कचहरी से चलनेवाली लारी अपनी गति के लिए शायद संसार की सबसे धीरे चलनेवाली सवारी मानी जाय और ऊपर से भीड़ का यह हाल कि एक के सिर पर एक। सारी लारी में कोहराम मचा हुआ है, पर ड्राइवर की अपनी मस्ती। मुर्दहा की हौली पर उतरकर दो कुच्चड़ गले के नीचे उतार भी चुका है। लोग चीखते हैं, चिल्लाते हैं, पर मिठाईवाली गली की मनिहारिन का मुँह देखे बिना कैसे चले ड्राइवर। रज्जू सब जानता है और उसके होने से ड्राइवर संकोच में भी बहुत है, इसलिए रज्जू चुपचाप बैठा है; आँखों में रह-रहकर माई की शकल उतरा आती है; पूस-माघ की ठारी, शाम ही से लोग कुहरे की लपेट में आ गये हैं पर माई बार-बार रज्जू की फ़िक्र में हैं!...कहाँ गया है? अभी तो बाल ठीक किये हैं, कहीं धूल-माटी भर लाया तो और भी झंझट होगी, कब पूरा होगा पाँच और उसकी मुण्डन होगी...। रज्जू सिसकता हुआ लौटता है। आँखें लाल हो गयी हैं, गाँव के लड़कों ने धूल डाल दी है बाल में, पर दया नहीं आयी माई को...गये ही क्यों तुम, मना किया था न...और हर-हर पानी की धार। रज्जू चीखने लगता है। बाबा की हुक्की आँगन में बोलने लगती है। चाचा गाल बजाने लगते हैं, पर माई का क्रोध...रज्जू सोचता जा रहा है ...पर तुरन्त ज़ार-ज़ार आँसू, आग की गरमाहट और माई की छोहभरी गोद...रज्जू डूब गया है...ऐसे ही कितने ख़याल उसे बहाये लिये जा रहे हैं। धान की भूसी की आग माई को पसन्द है पर उसमें आग पकड़ाने के लिए पतली-पतली सूखी लकड़ी मिल जाय तो माई बड़ी ख़ुश होती हैं। रज्जू रोज़ा लकड़ी जुटा लेता है और माई उसे देखकर फूली नहीं समातीं। आज यही सब तो याद करती हैं, वे।

—इसी गाँव के लड़के हैं भइया, मतारी-बाप का जवाब देते हैं, सड़-सड़ गाली मुँह से निकल आती है पर एक बचवा भी इसी गाँव में थे कि किसी नीच-ऊँच जाति ने बदजबान भी न सुनी होगी, मुँह से। अगर कभी डाँटकर कह दिया होगा कि उस रास्ते न जाओ तो बचवा वह रास्ता भूल गये होंगे।

यही सब याद करता रज्जू घर पहुँचा तो दूर ही से चाचा के ज़ोर-ज़ोर से बिगड़ने की आवाज़ सुनायी दी, "साले को पकड़ लाओ तो आज मार ही डालेंगे।"

घर पहुँचने पर उसे पता लगा कि किसी मुराई ने उनसे यह कह दिया कि बीरू ने उसका भाँटा तोड़ा है और साथ ही एक उखाड़ा हुआ बैगन का पौदा भी चाचा को ला दिखाया। चाचा इसे अपने घर के आत्मसम्मान के विरुद्ध समझते थे और उन्होंने उसी बैगन के पौदे से बीरू को बहुत पीट दिया। लेकिन उसी समय उन्हें पता लगा कि बीरू ने यह काम नहीं किया था, वह तो चुपचाप चला जा रहा था। गाँव के किसी दूसरे लड़के ने भाँटा तोड़ा तो बीरू ने उसे डाँटा भी था। चूँकि बीरू एक नामधारी घर का लड़का है, इसलिए मुराई ने उसी के नाम से रपट कर दी। चाचा का पश्चात्ताप गहरा था, और इसी क्रोध में वे मुराई को पकड़ लाने के लिए आदमी भेजकर गरज रहे थे।

रज्जू घर में गया तो बीरू सीने से तकिया लगाये चुपचाप एकटक दीवार की ओर देखता लेटा है। और माई भादो के भरे-भरे, कजरारे मेघ की तरह अपने कामों में लगी घूम रही हैं। रज्जू ने पैर छुआ तो रुकीं, फिर जैसे मशीन की तरह चलने लगीं और बीरू बिना नमस्कार किये ही उठकर तेज़ी से बाहर चला गया।

अँधेरा गहरा था और कुहरे की ओछाँह ने उसे और भी गाढ़ा बना दिया था। कूनी बिना कुछ ओढ़े ही चुपचाप चारपाई के पायताने बैठा था और रबी रह-रहकर सबका मुँह ताक रहा था। कोई तो कुछ कहे, पर नहीं तो नहीं। लोग रज्जू को जानते हैं, लोग उसकी माँ को जानते हैं, दोनों को साथ क्रोध आ जाय तो इस घर की नींव खुद जाय। इस घर की दीवारें हिल जायें। इसलिए सब चुप हैं और इसी चुप्पी में रात बीत जाती है। कौन कहाँ सोया, इसका पता नहीं। पर बीरू ने बड़ी रात को दरवाज़ा भड़भड़ाया तो रज्जू की नींद खुली पर माई तो अभी बोरसी लिये चुपचाप दरवाज़े पर बैठी हुई थीं।

सबेरे पता लगा कि उस मुराई के पूरे खेत के भाँटे के पौधे उखाड़कर एक मेड़ पर इस तरह रखे मिले, जैसे उन्हें बेकार समझकर मुराई ने स्वयं उखाड़ दिया हो। एक अजीब-सी सनसनीखेज बात थी पर मुराई कहीं जा भी नहीं पा रहा था और बीरू स्कूल जाने की तैयारी आज तड़के ही करने लगा था। गाँव के उसके साथी भी उसके घर ही आ गये थे। कूनी रह-रहकर मुस्कराता था पर रबी अब भी सबका मुँह देख रहा था।

दोपहर को खाना-पीना हो जाने पर माई रज्जू के पास बैठीं तो एक साथ ही बीरू की बातें करती चली गयीं।

"कूनी को डाँट देती हूँ तो वह डर भी जाता है। और खाना-पीना कपड़ा-लत्ता सबका ध्यान रखता है, बचवा! एक-से-एक कड़ी बात कह देती हूँ पर बीरू तो अब हाथ के बाहर होता जा रहा है। समझ नहीं पाती हूँ कि क्या करूँ। डर-भीर तो रह ही नहीं गयी किसी की, उसके मन में। खाना-पीना छोड़ देगा तो क्या मजाल जो किसी

के कहने से माने। कभी-कभी तो दो-दो दिन दोनों जन उपवास करते रह जाते हैं। न वह खायेगा, न मैं। एक दिन तो ऐसे ही किसी बात पर नाराज़ होकर कोठे पर जा बैठा और हथौड़ी लेकर धीरे-धीरे बक्सों की कुण्डी तोड़ डाली। एक दिन सारे अनाज के मिट्टी के बरतन तोड़ डाले। तीन-चार दिन की बात है कि बुढ़ऊ ने सागर के पिल्ले को ईंट का छोटा-सा टुकड़ा उठाकर ऐसा मार दिया कि बेचारा उसी जगह टें बोल गया। गुलेल से एक तोता मार लाया था। यहीं बैठे-बैठे कौवे की आँख में निशाना लगा देगा और निशाना भी ऐसा कि चूकना नहीं जानता।

रज्जू सुनता जा रहा था, चुपचाप। जाड़ों की उदास दोपहरी पश्चिम की ओर ढलती जा रही थी और माई बार-बार धूप की ओर निहार लेती थीं। काम की बेला जो पास आ रही थी। रज्जू कुछ और ही सोच रहा था—कैसे यह सब आज कहती जा रही हैं माई? पिता जी ने इन्हीं बक्सों को देखकर कभी उनसे पूछा था तो माई ने कहा था, "दुलहिन के नैहर से यह सब ऊँट पर लदकर आ रहा था, ऊँट के भड़क जाने से गिरकर टूट गया।" और जब मैंने पूछा था तो उन्होंने कोई दूसरी बात कहकर टाल दिया था।

बीरू की न खानेवाली बात को लेकर माई कभी-कभी अपना और उसका उपवास इस तरह छिपा जाती हैं जैसे दोनों ने पेट भर खाना खा लिया है, सिर्फ़ इसलिए न कि लोग सुनेंगे कि बीरू खाना नहीं खा रहा है तो उसे बुरा-भला कहेंगे। माई उसे मनाती भी हैं तो इस तरह धीरे-धीरे कि कहीं कोई सुन न ले। और अपने निःशब्द आँसुओं से ही उसे समझा देना चाहती हैं कि बेटा तुम्हें इस तरह खाना छोड़ने पर लोग बुरा-भला कहते हैं, मुझसे सहा नहीं जाता, मैं झूठ बोल रही हूँ लोगों से। दो-दो दिन खाना न खाने पर जी तोड़कर रात दिन काम इसलिए किया करती हूँ कि कहीं कोई जान न जाय कि तुमने अभी तक नहीं खाया है—रज्जू भीतर से भरता गया था। माई का यह दुःख उसके लिए असहनीय था पर वह आग से खेलना भी तो नहीं चाहता था, क्योंकि माई के क्रोध का उसे अन्दाज़ था, बीरू को वह कभी भी कुछ न कहता पर उसका मन भीतर से बेहद दुःखी रहने लगा था।

माई की आज की बातें सुनकर रज्जू के मन में यह बात स्थिर हो गयी थी कि वही माई का सबसे प्यारा लड़का है। उसी को माई सबसे ज़्यादा चाहती हैं। उसके इस साधारण से अहम् ने बीरू के प्रति उसके मन के क्रोध को और भी भड़का दिया, पर वह लाख कोशिश करने पर भी इन दो-चार दिन की छुट्टियों में कोई अवसर न पा सका और छुट्टियाँ समाप्त होते ही कॉलेज के लिए रवाना हो गया।

धीरे-धीरे बीरू का स्वास्थ्य गिरता गया और उसे कभी फिट् का, कभी साँस का दौरा होने लगा। उसी में वह बुरे लड़कों की सोहबत में बीड़ी भी पी लेता और बीच-बीच में खाना छोड़ना, झगड़ा करना, और जिद पर अड़ कर घर की चीज़ों का नुक़सान

करना भी उसने जारी रखा। नतीजा यह हुआ कि उसकी बीमारी बढ़ती गयी। माई रोतीं, लोगों से दवा के लिए कहतीं, पर एक भी आदमी उनकी बात को ध्यान से न सुनता। कभी-कभी तो वे मरने-जीने से लेकर एक-से-एक गन्दी बातें बीरू को झुँझलाहट में कह जातीं।

"जब सबके सिर पर भार बन गया है तो मर क्यों नहीं जाता, नहीं तो इसी घर में किसी के सिर में दर्द भी होता है तो बइद-डॉक्टर दौड़ने लगते हैं। माई फूट-फूटकर रोतीं और खाना न खातीं।

रज्जू को यह सब कॉलेज में ही मालूम हो गया था, इसलिए वह चिट्ठी पाते ही भागकर आ गया था और माई के साथ घर के उसी बारजे पर बैठा था। कूनी बार-बार आता और खटोली की पाटी पर बैठ जाता पर माई कोई-न-कोई काम बताकर उसे इधर-उधर रवाना कर देतीं, जैसे वे कोई बात उससे छिपाना चाहती हों और रबी रज्जू की पीठ पर लटका झूल रहा है। भूरी बिल्ली उसी खटोले के नीचे सिकुड़ी बैठी है और कौवा बार-बार खपरैल के कलश पर अपनी चोंच पैनी कर रहा है।

"वैद्य ने मछली-गोश्त खाने के लिए मना कर दिया था।" माई कहती जा रही हैं, "वहीं दहलीज़ में कूनी गोश्त पका रहा था, मैं भी अपने काम-धन्धे में लगी थी। जाने कब बीरू घर में से बाहर गया और लौटती बार चूल्हे के पास जाकर खड़ा हो गया। कूनी चुपचाप बैठा था, उससे कहने लगा, 'बन गया हो तो दो मुझे!' उसने मना किया, तो कहने लगा, 'देते हो कि डाल दें जूता इसमें!' कूनी ने फिर मना किया और उसने पैर का जूता गोश्त के बरतन में डाल दिया...एक नहीं, एक गाड़ी बातें हैं बचवा। मैं क्या-क्या बताऊँ..."

"मैंने सुना है कि बीड़ी-सिगरेट भी पीने लगा है।" रज्जू ने तनिक कड़ाई से कहा तो माई के चेहरे पर हवाइयाँ उड़ने लगीं।

"ना, ना, बचवा, जानते नहीं इन लोगों को, जिसके पीछे न पड़ जायें।" पर झूठ बोलने की छाया उनके चेहरे पर साफ़ मँडराने लगी थी और रज्जू अपनी बात दोहराता जा रहा था। जैसे माई का इतना कह देना काफ़ी न हो। इसी बीच नीचे से शोर उठने लगा। चाची की बच्ची बेतहाशा चीखने लगी थी और वे उसे अन्धाधुन्ध पीटती जा रही थीं। आजी उन्हें मना करने के लिए अपने घर से उठकर गालियाँ बकती हुई चल पड़ी थीं। कूनी किसी बात पर ठहाका मारकर हँस रहा था। तभी ज़ोर से भड़ की आवाज़ हुई। माई उठ खड़ी हुई, रबी चीख पड़ा, "ओहो, भइया ने पानी का बड़ावाला मिट्टी का कुण्डा फोड़ दिया।" और बीरू की थकी बीमार आवाज़ ऊपर आ रही थी, "कब से पानी माँग रहा हूँ, पर किसी को सुनायी ही नहीं पड़ता।"

माई बिना कुछ कहे नीचे उतरने लगीं, जैसे जल्दी से पहुँचकर इस बात को दबा देना चाहती हों। आजी बीरू के ऊपर बिगड़ती जा रही हैं, "रोज़ एक चीज़ तोड़ देते हो, आज कहती हूँ रज्जू से!"

"जाओ कह दो अभी; नहीं तो देर हो जायगी।"

"इसी कारन यह दशा है, ये बचवा!" आजी हारकर उत्तर देती हैं। रज्जू भरा हुआ है, यह बात जैसे उसके क्रोध की आग में घी डाल देती है। वह उठता है, "इसी तरह चारपाई पर पड़े-पड़े सड़कर मर जायेंगे। कोई बात नहीं पूछेगा।"

वह जीने से नीचे उतरता जा रहा है, "एक हम लोग भी लड़के थे कि सिर में दर्द होते ही सारा घर हाथों पर ले लेता था।"

वह आँगन पारकर रहा है, "न किसी का डर, न लिहाज़। ऐसे लड़के के रहने-न-रहने से फ़ायदा ही क्या।"

वह दहलीज़ में पहुँच गया है, चार क़दम और चल बाहर जा सकता है, पर जैसे वह गड़ गया है। उसी जगह माई आँगन में गरज रही हैं, पर यह सूखी गरज नहीं, लगता है उनकी आँखें भी साथ-साथ बरस रही हों, "जो पढ़-लिख लेगा, साहब-सूबा हो जायेगा उसे तो सब लोग पूछेंगे, लेकिन जो रोगी है, बुरा है, उसके लिए तो मैं ही हूँ न। कोई किसी को कुछ दे नहीं देगा। लोग अपनी पढ़ाई-लिखाई लेकर, अपने घर बैठें, आज से मुझसे किसी से कोई मतलब नहीं। मैं मरूँगी उसे लेकर मैं देश-देश छानूँगी उसकी दवा के लिए..."

आदर्श कुक्कुट-गृह

"नया साहब बड़ी थोड़ी उमिर का है, लेकिन क्या समझ दी है भगवान् ने उसे!" बसावन ने कहा, और रमजान उसकी टूटी चारपाई की पाटी पकड़कर बैठ गया, "हमको भी मेम्बर बना ले गया है। अँगूठे की टीप भी ले ली है। मुदा पइसा-कौड़ी के नाम पर तो वही चार मुर्ग़ी-मुर्ग़े हैं, मेरे पास।" जैसे साहब के भाषण की बात को बसावन के मुँह से फिर एक बार सुनने की लालसा हो, मन में उसके।

"इतना भी तुम्हारी समझ में नहीं समाता तो तुम रह चुके इस देश में। अरे भइया, पइसा ही सब-कुछ नहीं है। देखो जुम्मन चार मुर्ग़ी-मुर्ग़े देने का वादा करके आदर्श कुक्कुट-गृह का मेम्बर बन गया।"

"बस यही तो हम जानना चाहित है भयवा कि आदरस कुक्कुर-गिरिह का बला है!"

"कुक्कुर नहीं कुक्कुट...कुक्कुट! कुक्कुट माने होता है, मुर्ग़ा। यह हमारे देश की नयी भाषा है—हिन्दी, हमारी सबकी राष्ट्र-भाषा।"

"हमको तो कुछ समझाता ही नहीं भइया, यह कुक्कुर-मुक्कुर, मुदा बात उस नये साहब की सोहाती है। मियाँइन भी कहती थीं कि ज़माना फेर खाय गया है। जब हम सबकी पूँछ-पछोर होने लगी, तो जानो कुछ होकर ही रहेगा।"

"हमको भी ऐसा ही लगता है रमजान; सरकार एक-से-एक अच्छी योजनाएँ हमारी भलाई के लिए बनाती जा रही है—नहर, नलकूप, रेल, तार, लेकिन यह राष्ट्रीय विकास-खण्ड तो भाई ख़ूब है। एक बार मेम्बर बन जाओ, फिर चाहे रुपये उधार लो, चाहे बिजनिस करो, सबकी सुविधा है।" बसावन सिंह अपनी जानकारी की पूरी छूट लेकर बोल रहे थे और रमजान देख रहा था, फिर कहीं मुर्ग़े की बात आती है कि नहीं।

"अब चाहे छोटी-मोटी हाथ के काम की कोई कम्पनी ही चलाओ पर करो कुछ। तुम लोगों का करघा भी तो था, क्या हुआ उसका?"

"बड़ा धन चाही भइया, सूत-तागा जोड़ने और बैठकर खटने का पौरुख कहाँ रहा अब। यही मुर्गावाली बात..."

"वह तो एक निराली बात है। साहब हवा में बात तो करता ही नहीं। अभी दो हफ़्ता भी पूरा नहीं हुआ, आये और सब लिख-पढ़कर तैयार। एक-एक बात को

रजिस्टर पर चढ़ा गया है। मैंने तो देखा है, कि अगर पचास मुर्ग़ियाँ होंगी और एक-एक चार-चार अण्डे भी रोज़ देंगी तो साहब बताता था, दिन में दो सौ अण्डे हो जायेंगे। महीने में छै हज़ार अण्डे। कम-से-कम दो आने के हिसाब से अगर उनकी क़ीमत लगी तो महीने में बारह हज़ार आने हुए—साढ़े सात सौ रुपये, साढ़े सात सौ...''

''साढ़े सात सौ रुपये ...या अल्लाह... कितनी मुर्ग़ियाँ पालीं, कितने अण्डे हुए, पर इस गाँव में एक कौड़ी हाथ न लगी, उलटे कभी ठाकुर के मेहमान आये तो वे पकड़ ले गये, कभी बिल्ली के पेट में हजम हो गये।''

रमजान जैसे इस नयी दुनिया के चमत्कार में अन्धा हुआ जा रहा था। चारों ओर मुर्ग़ियाँ, चारों ओर अण्डे, चारों ओर रुपया, जैसे कोई बाढ़ आ गयी हो और वह आकण्ठ उसमें डूब गया हो।

बसावन खटिया पर से उठ रहा था, अभी साहब से भेंट करने जाना था उसे और उसकी नन्हीं बिटिया टुनटुन हाथ में कुर्ता लिये खड़ी थी। जाते-जाते कहने लगा, ''तुम्हारे पास तो बस एक ही मुर्ग़ी है, पर साहब कहता है, मुर्ग़ों पर भी बराबर हिस्सा मिलेगा, और तुम्हारे मुर्ग़ों का क्या कहना। कितने हैं, रमजान?''

''कुल चार हैं, भइया! बड़े जतन से पाला है, उनको।''

''क्या बात करते हो तुम भी। अरे वहाँ जैसी जतन होगी तुम्हारे पास। बीमार पड़ने पर जकसन दिया जायेगा, मुर्गों को, जकसन। साहब ने पूरा नक्शा बना लिया है। अभी काम चलाने के लिए किसी के घर के सामने जगह बनाकर काम खोल दिया जायगा, फिर धीरे-धीरे सब होता रहेगा।

''अच्छा तो अभी खुल भी जायगा।?''

''और नहीं तो क्या, साहब ने तो मिनिस्टर साहब को लिखा था इस घर को खोलने के लिए, पर वे तैयार नहीं हुए। आजकल में पता लग जायगा कि कलक्टर साहब आ रहे हैं, या नहीं। छोटे साहब ने मेरे सामने ही तो पत्र भेजा था कि काम चालू हो गया है, परिस्थितियाँ ऐसी हैं कि ऐसा कुक्कुट-गृह तो कहीं चल ही नहीं सकता। मुसलमान आबादी गरीब है, और उसके पास यही एक धन है। सब लोग दिल खोलकर मुर्ग़े-मुर्ग़ियाँ दे रहे हैं, और रुपया लगा रहे हैं। गाँव में चारों ओर उत्साह फैला हुआ है। साथ ही सारे काग़ज़ात और हिसाब भी भेज दिये गये हैं। कितनी मुर्ग़ियाँ होंगी, कितने अण्डे देंगी, फिर उससे कितनी आमदनी होगी और उस आमदनी को किस तरह बढ़ाया जायेगा। गाँव के लोगों की हालत कैसी-से-कैसी हो जायेगी। एक बरस में क्या होगा, दो में क्या होगा, फिर तीसरे और चौथे में कितना काम बढ़ेगा और पाँचवें में तो रमजान, यह गाँव इन्हीं मुर्ग़ों की बदौलत शहर हो जायेगा, शहर...''

रमजान के होंठ फैल गये थे और बिना दाँतों के पोपले मुँह में जीभ की हरकत दिखायी पड़ने लगी थी। बसावन ने जाते-जाते मुर्ग़े देने की बात समझायी और तेज़ी से बढ़ गया।

उधर ठाकुर के पास से लौटकर रमजान अपनी बीवी को अपने आनेवाले सुनहले सपनों की दास्तान सुना रहा था तो इधर साहब बड़े ठाकुर के दरवाज़े बैठा, "आदर्श कुक्कुट-गृह" का इन्तज़ाम कर रहा था। डिस्ट्रिक्ट मजिस्ट्रेट इस योजना से बेहद प्रभावित हुए थे और उन्होंने इस विकास-खण्ड की तारीफ़ करते हुए, नये छोटे बी.डी.ओ. के काम देखने की इच्छा प्रकट की थी। उन्होंने यह भी लिखा था कि उद्घाटन कार्य वे परसों ही करना चाहते हैं। एक दिन पूरा तो पत्र आने ही में बीत चुका था और कल ही शाम को उद्घाटन होना था।

ठाकुर के बैलों की सार के सामने का उसारा साफ़ कराया जा रहा था और उसके आगे काली धरिकार जल्दी-जल्दी बाँस की खपच्चियों की टट्टर बना रहा था। गाँव का लोहार पकड़कर आ गया था और लकड़ी के बड़े-बड़े खम्भे काटकर गढ़ रहा था। राजगीर को उसके काम पर से पकड़ लाया गया था और वह उस टट्टरदार घेरे में कहीं-कहीं मुर्ग़ों के दरबे जोड़ रहा था। प्राइमरी स्कूल के बूढ़े ढुक्कू महराज अपने विद्यार्थियों को रात में ढूँढ़ते फिर रहे थे; झण्डियाँ बनाने, फाटक सजाने और साहब को सलामी वगैरह देने की उनकी ही ज़िम्मेदारी थी।

बहरहाल, रात-भर काम जोरों से होता रहा। सबेरे साहब ने कहा, "बसावन सिंह जी, चूना जरूर लगना चाहिए, वर्ना काम गड़बड़ है। और साहब तथा दूसरे आगन्तुकों की पार्टी का इन्तज़ाम पक्का है न!"

बसावन ने कहा, "एकदम ठीक है, उसकी चिन्ता न करें, आख़िर ये बनिया हैं, किस लिये?"

दिन के बारह बजते-बजते आदर्श कुक्कुट-गृह का सारा काम पूरा हो गया। देखने से एक समारोह-सा लगता और गाँव के आदमी तथा बच्चे इस सजे-बजे कुक्कुट-गृह का मुआयना करने लगे—लाल झण्डियाँ, नीम की पत्तियों के फाटक, बाँस के टट्टर, तार की जालियाँ और बीच-बीच में मुर्ग़ों के दरबे। लड़के अपनी रँगी लाठियाँ लिये अगवानी के लिए तैयार और साव अपनी पूरी सामग्री के साथ पार्टी की तैयारी में व्यस्त।

छोटे बी.डी.ओ. ने सन्तोष के साथ सारी सजावट को देखा, तभी उसकी दृष्टि दरबों पर पड़ी, "मुर्ग़े-मुर्ग़ियाँ तो अभी आयी ही नहीं...कहीं बी.डी.ओ. साहब आ गये तो? उसने बसावन सिंह को आवाज़ दी और दस आदमियों की टोली गाँव की ओर दौड़ पड़ी। जहाँ भी जो मुर्ग़े-मुर्ग़ियाँ मिलीं, चीखती-चिल्लाती पकड़ लायी गयीं। नन्हें-नन्हें मुर्ग़ी के बच्चों में से कई तो लँगड़ाने लगे पर कुछ ही मिनटों में सारा कुक्कुट-गृह भर गया और चीखती-चिल्लाती मुर्ग़ियों तथा आपस में लड़ते हुए मुर्ग़ों के शोर से

वातावरण गूँज उठा। कुछ बजड़ी-बजड़े के दाने इधर-उधर छींट दिये गये। मिट्टी के दो-तीन बरतनों में पानी भरकर एक दो जगह रख दिया गया, और अन्त में कार्यवाही को पूरी तौर पर समाप्त करने की गरज से कहीं-कहीं धूल और तिनके जुटाकर दो-चार अण्डे भी रख दिये गये। छोटे साहब ने ठाकुर के दालान में रखे अपने चमड़े के बेग से धुला हुआ खद्दर का पैण्ट और बन्द गले की कोट निकाली और पहनकर इधर-उधर चक्कर काटने लगा। रमजान भी अपनी बाँस की छड़ी के सहारे ठेघता हुआ आया और वहीं दूर खड़ा होकर इस साज-बाज के बीच अपने मुर्ग़े देखकर पुलकित होने लगा—चलो, जो साज-बाज जिनगी भर मुझे नहीं मिला, वह मेरे मुर्ग़ों को तो मिल गया।

चार बज रहे थे और बैताल की पार्टी सिंहा तथा डफला मनमाना बजा रही थी। एक-एक कर मेहमान पधार रहे थे—तहसीलदार साहब, डिप्टी साहब, कानूनगो, जिला-विकास अधिकारी, सेवा-खण्ड के अधिकारी आदि।

धीरे-धीरे सूरज झुक रहा था और अपना-अपना काम पूरा करके गाँववाले अपना भाग्योदय देखने को बढ़े आ रहे थे। भीड़-पर-भीड़। दरी बिछी हुई थी और कलक्टर साहब को पहनाने की माला एक थाल में सजाकर रखी थी। एक ओर एक मेज़ पर रंगीन धोती तह करके बिछा दी गयी थी और कई मेल की नुमाइशी कुर्सियाँ एक सीध में पड़ी हुई थीं। रमजान और जुम्मन पहले से ही आकर दरी पर डट गये थे। मियाँइन भी कोली में खड़ी अपने मैले चश्मे के भीतर से जलसा देखने की कोशिश कर रही थीं।

एकाएक साहब आये, जयजयकार हुई और फूल-माला से उनका स्वागत हुआ। उन्होंने आदर्श कुक्कुट-गृह के दरवाज़े पर लगे नाम की पट्टी पर से कपड़ा हटा दिया और वहीं थाल में रखी बजरी में से एक मुट्ठी उठाकर, मुर्ग़ों के बीच फेंक दिया। कुट्...कुट् की आवाज़ करते हुए मुर्ग़े दौड़ पड़े। दूर से रमजान ने देखा, साहब उसी के मुर्ग़े को देख रहे हैं। उनकी कलंगी हवा में झूल रही है और रह-रहकर उन्हीं की बोली से सारा कुक्कुट-गृह गूँज रहा है। रमजान का कलेजा फूलता जा रहा था और बसावन सिंह का बताया हुआ हिसाब उसके दिमाग़ में नाच रहा था—अगर पचास मुर्ग़ियाँ होंगी और एक-एक चार-चार अण्डे भी रोज़ देंगी तो दिन में दो सौ अण्डे, महीने में छै हज़ार। दो आने के हिसाब से बारह हज़ार आने, यानी साढ़े सात सौ रुपये। सचमुच गाँव शहर हो जायगा, शहर...

कलक्टर साहब ने लौटकर माला पहनी, स्वागत स्वीकार किया और बच्चों के अभ्यर्थना गीत के बाद विकास-खण्डों द्वारा गाँव की आर्थिक दशा में क्रान्तिकारी परिवर्तन की बात समझायी। फिर आदर्श कुक्कुट-गृह की स्थापना पर ख़ुशी प्रकट करते हुए उन्होंने बताया कि अकेले इस योजना से यह गाँव शहरों से भी ज़्यादा समृद्ध

बन सकता है। किस तरह कुछ दिनों में गृह के पास बिजली-पानी की कलें और अपनी मोटर हो जायेंगी जो शहरों में अण्डे पहुँचायेंगी...इस सबका उन्होंने ब्योरेवार विवरण कह सुनाया।

सभा समाप्त हुई। सारे अफ़सर पार्टी पर बैठ गये तो गाँव के लोगों ने कुक्कुट-गृह देखना शुरू किया। साहबों के चपरासियों ने भी कतार लगाकर मुर्गी की आलोचना की। इसी बीच पार्टी ख़त्म हुई और कलक्टर साहब मोटर में जा बैठे। उनका ड्राइवर धीरे से आया और छोटे बी.डी.ओ. को बुलाकर एक ओर ले जाते हुए कहने लगा, "मेम साहब को बड़ा शौक़ है, मुर्गे के गोश्त का!"

"हाँ, हाँ, पकड़ न लो।" साहब ने लापरवाही से कहा, और दूसरे अफ़सरों को बिदा करने लगा। चपरासी ने लपककर एक मुर्गे की गरदन पकड़ी, वह वुड़..कुड़...कुड़घम चिल्लाया। रमजान उठ खड़ा हुआ। उसने अपने टूटे चश्मे को हाथ से हिलाया, नीचे-ऊपर किया। तब तक धीरे-धीरे चपरासियों ने छोटे साहब को घेर लिया और...एक-दो..दो-तीन...मुर्गे इक्कों पर बँध गये, साइकिलों के कैरियरों में टँग गये, झोलों में कस लिये गये और महमानों के जाते-जाते आदर्श कुक्कुट-गृह खाली हो गया। बच्चे हरे-लाल काग़ज़ों की झण्डियाँ नोचने लगे, धरिकार अपनी बाँस की खपच्चियाँ उखाड़ने लगा और लोहार ने तारों की जाली की कीलें ढीली कर लीं। फिर भी आदर्श कुक्कुट-गृह तो बाकायदा स्थापित हो ही चुका था।

धूल का घर

घर से निकलते ही कुछ दूर हटकर सामने कूआँ और कुएँ के सामने ही एक शरबती नींबू का छितनार पेड़ है—जमीन तक सोहरा हुआ। मनी और राम उसी की छाया में इधर-उधर रेंग रहे हैं। क्या कर रहे हैं, यह कहना मुश्किल है। कभी क्षण-भर को होंठों की पंखुड़ियाँ खिल उठती हैं, आँखों के सितारे चमक उठते हैं; लेकिन क्षण ही भर बाद फिर होंठ भिच जाते हैं और गालों में जैसे किसी ने शरबती नींबू ठूँस दिये हों—फूलकर कुप्पा, पर तभी कोई तितली या भुनगा या नन्हा कीड़ा दिख जाता है और राम भय का अभिनय करते हुए कहता है, "अरे बाबा, तुम्हारे घर में साँप!" मनी उचककर उसके कन्धे से सट जाती है, फिर पल ही भर बाद दोनों खिलखिलाकर हँस पड़ते हैं और फिर अलग बैठते हुए मनी कहती है, "छाहे जो कहो, पर भइया हमाला ही है।"

राम गुस्से में होंठों को लम्बा करते हुए कहता, "तुम्हारा कैसे, बड़ी चली है; नींबू का पेड़ भी तुम्हारा, भइया भी तुम्हारा, कूआँ भी तुम्हारा, बस एक माई है हमारी।"

"माई भी हमाली ही है, वह तो उसी ने उस दिन मना कल दिया, पल थीक है, जब मना ही कल दिया।" मनी आज गहरे विश्वास से बोल रही थी, कहीं जैसे कोई लगाव अटकाव हो ही न और राम उसकी शोख़ी से बेहद परेशान है। नींबू के नीचेवाले पूरे घरौंदे पर उसका अधिकार है और आज का क्या कहना, जब उसने घरौंदे में कूआँ भी खोद लिया, नींबू का पेड़ भी लगा लिया और सबसे बड़ी ख़ुशी की बात तो यह कि कुएँ से पानी खींचने के लिए उसे कहीं से सूत की खाली रील भी मिल गयी।

कई दिनों की लगातार मेहनत के बाद यह घरौंदा बनकर तैयार हुआ है। इसमें चाचा का घर है, दादा का घर है, गुड्डे-गुड्डई का घर है, कक्कू का घर है, पर राम की कोठरी एकदम किनारे एक ओर है।

मनी कभी-कभी कहती है, "तुम तो पहलेदाल हो न, घल के बाहल ही ठीक है। कोई चोल आयेगा तो ललोगे!"

"मैं सब-कुछ करूँगा मनी, पर माई के लिए भी एक घर दे दो इसमें।"

"देखो यह मेले मन की बात है, एक झोंपली लग जायेगी, यहीं कहीं बाहल। उसी में लह जायगी माई।"

तभी कक्कू उचककर उनके बीच आया, "कौन रहेगा झोंपड़ी में मनी? उसने हँसते हुए पूछा तो मनी ने हँसते हुए उत्तर दिया, "लाम बइया की माई, बेचाले लो लहे हैं।

"राम रो रहा है।" उसने सिर झुकाकर मुँह बनाते हुए राम की आँखों में देखा। सचमुच राम की आँखें भरी हुई थीं, एकाएक बरस पड़ी, नींबू के पीले-पीले पत्तों पर— घनघोर वर्षा के पहले गिरनेवाली बड़ी-बड़ी बूँदों की तरह।

मनी विवर्ण हो गयी और कक्कू हतप्रभ, पर राम निश्चल बैठा रहा। और उसकी आँखों से आँसू बहते रहे। वह सोचता रहा, आख़िर माई के लिए कोई जगह नहीं। आख़िर माई रहेगी तो कहाँ रहेगी? कभी यह हो सकता है कि मैं घर में रहूँ और माई झोंपड़ी में! राम हिचक-हिचककर रोता रहा और उठा तो सीधे घर में घुस गया।

राम, कक्कू और मनी, तीन भाइयों की तीन सन्तानें हैं। पर माँ राम की मर चुकी है, मनी की माँ का दूध पीकर वह बड़ा हुआ है और उसे कोई किसी भी तरह यह नहीं समझा सकता कि मनी की माँ उसकी माँ नहीं है। जब कभी मनी और राम में यह संघर्ष छिड़ता है कि माँ किसकी है और फैसले का भार मनी की माँ पर आ जाता है तो वह यह भी नहीं कह पाती कि नहीं बेटे, मैं तो दोनों की माँ हूँ। उनका फ़ैसला हमेशा राम ही के पक्ष में होता है।

आज जब राम घर लौटा तो बेर लटक गयी थी और माँ ने अभी अन्न का टुकड़ा भी मुँह में नहीं डाला था। एक तो घर के कामकाज से फुरसत नहीं, दूसरे बच्चों की देख-भाल, नहलाना-धुलाना। उन्होंने राम को देखते ही बाँह से पकड़ा और गुस्से में ले जाकर नहलाने लगीं। राम बाहर ही से रोकर आया था, ऐसे मौक़े पर उसे माँ से सहानुभूति मिलती थी, वह भी नहीं मिली और ऊपर से इतनी सख़्ती! वह फूट-फूटकर रोने लगा।

माँ ने हलकी-सी चपत लगाते हुए कहा, "क्यों रोता है? रात को इतनी-इतनी बातें करता है, सोने का महल बनाता है और ड्योढ़ी के बाहर पाँव धरते ही माँ का ध्यान भूल जाता है। अभी तो छोटा है, बड़ा होकर तो माँ को किसी झोंपड़ी में बसायेगा!"

राम हिचकियाँ भर-भर कर रोने लगा। माँ ने बहुत दुलारा, बहुत समझाया, बहुत पूछा, पर राम रोता रहा।

जेठ की धूप चढ़ी हुई थी और बाहर ज़ोर की लू चल रही थी। माँ राम को चारपाई पर लिये लेटी थी। कक्कू और मनी बाहर के दलान में कुछ फुसफुसा रहे थे पर राम का दिमाग़ जैसे किसी पंछी की तरह उड़ रहा था—तू तो कहता था सोने का महल बनवायेंगे और ड्योढ़ी लाँघते ही माँ को भूल जाता है। मैंने किया भी तो यही है, मनी

के घरौंदे में मेरा कितना अच्छा घर बन गया है और माँ की उसी में झोंपड़ी लगेगी! नहीं, नहीं—राम जैसे फुसफुसा उठता, पर माँ की थपकियों से वह चुप रह जाता।

कहीं माँ को झोंपड़ी में भी न रहने दे मनी तो...? कहती तो थी कि यह तो मेरे मन की बात है...मेरा घर है, मेरा नींबू का पेड़, मेरा भइया...सब तो उसी का है...उसी का रहे, मुझे कोई गरज नहीं, कोई जरूरत नहीं—और उसने पलटकर देखा, माँ की आँखें लग गयी थीं, धीरे से माँ का हाथ अपने सीने पर से नीचे उतारा और चारपाई से उतरकर जैसे ही दरवाज़ा खोला कि माँ ने आँखें खोल दीं—कहाँ गया, यह? उन्होंने अकचकाकर देखा और उठकर बाहर दौड़ीं तो राम जल्दी-जल्दी भागा जा रहा था।

"राम तुझे बुखार है बेटे! कहाँ जा रहा है...रुक जा राम...रुक जा!" पर राम ने पीछे मुड़कर भी नहीं देखा। कक्कू और मनी भी पीछे-पीछे भागे, पर राम को कोई रोक नहीं सका। वह नींबू की हरी गाछ के नीचे घुसकर जल्दी-जल्दी अपने घर की धूल की दीवारें मिटाने लगा। मनी कुछ बोलना चाहती थी, पर माँ को देखकर उसका साहस न हुआ और माँ राम को गोद में उठाते हुए कहती जा रही थीं, "क्या करता है बेटे, यह क्या करता है, तुझे बुखार है, राम!"

"मैं भी नहीं लूँगा घर माँ ...मनी के घर में मैं भी नहीं रहूँगा...नहीं रहूँगा।" राम रोता जा रहा था और उसके नन्हें-नन्हें, कोमल हाथ माँ को कसकर पकड़े हुए थे।

भूदान

बेर लटके दो घड़ी बीत गयी है, इसलिए रामजतन के पाँव घर के रास्ते पर जल्दी-जल्दी बढ़ रहे हैं। मन में एक अजीब ख़ुशी है, जो रह-रहकर अगल-बग़ल के खेतों में लहलहाते, चौती के उमड़ते सागर-से पौधों में खो जाती है और वह फिर उसे ढूँढ़ता है, जी कड़ा करता है और अपने दाहिने हाथ में लटकती लम्बी लौकी और कन्धे पर झूलती खटाई और दाल की पोटली तौलता है पर तभी किसी भड़भाँड़ के हरे काँटे या बर्रे की हरी गाछ से चोट खाकर उसे जसवन्ती का ख़याल हो आता है और वह सोचने लगता है—जाने क्या कहेगी, जब ठाकुर की बात माननी ही थी, तो जैसे तीन, तैसे तेरह। न आज सही, कल जवाब दे देता। कोई हर खड़ा था मेरी हाँ कहे बिना-पर क्षण ही भर बाद उसका पौरुष उसे ललकारता और एक झटके के साथ वह सोचने लगता—आख़िर है जात औरत की ही न! दूर की बात का उसे क्या पता? कल जहाँन कहाँ-से-कहाँ जानेवाला है, वह क्या जाने! दुनिया पलटा न खा गयी होती तो जिस धरती के लिए महाभारत हो गया, उसी धरती को लोग हँस-हँस कर दान कर देते और वह भी उस लँगोटीवाले सन्त को, जिसका अपना न घर, न दुवार। लोग कहते हैं, गाँधी जी का धरम बेटवा है...तभी तो, तभी...रामजतन पुलकित हो उठता और उस तराई की हरियर, कचर सिवान में बहता चला जाता।

जाड़े का सूरज अपना पश्चिमी थान देखकर और भी जल्दी-जल्दी भाग रहा था, कहीं उसे भी तो देर नहीं हो रही है, मेरी तरह—रामजतन सोचता और उसके पैर तेज़ी से उठने लगते।

बनसत्ती के लहुरे चौरा पर रातजतन के पाँव अनजाने ठमक गये, “जै बनसत्ती माई, तुम्हें कड़ाही चढ़ायेंगे माई, गरीब पर दया करो महरानी! जसवन्ती तुम्हें पियरी चढ़ाना न भूलेगी माई, इस साल भूल-चूक छिमा करो माई।” जाने कैसे रामजतन इतना सब एक साँस में कह गया पर उसी समय एक लोमड़ी खुर-खुर कर सत्ती के चौरे से निकली और पल-भर को उसके मुँह की ओर देखकर बायें से रास्ता काटती हुई निकल गयी तो उसके मन में एक अशुभ की कल्पना जाग उठी। एक मोटी-सी गाली उसकी ज़बान पर आ गयी और वह आगे चल पड़ा। सत्ती का महातिम, चेलिक की निलहे फिरंगियों से लड़ाई—वाह रे जवान, वाह! मरद हो तो ऐसा। आख़िर तो बूढ़ी एक दिन टें बोल ही जाती और मुर्दहवा घाट पर दो बोझ लकड़ी में झँउसकर बहा दी जाती।

कोई बुरा थोड़े ही किया उसने...सड़ाम्—सड़ाम्—हण्टरों की मार। वह तिलमिला उठा। काम नहीं बेगार करते हो...वह उड़ी जा रही है, टेढ़ी घोड़ी, सुफेद, दूध की तरह धप्-धप्...अब तो केवल धूल ही दिखायी देती है उसकी, बस धूल। माई तो यही बताती थी न! सिर्फ़ धूल दिखायी पड़ती थी। हवा की तरह साहेब लोप हो जाता था।

बनसत्ती उसी निलहे साहब की देन है।

—चेलिक अपनी भूँय नहीं देता। क्यों दे वह अपनी धरती। धरती और मेहरारू कोई किसी को देता है। उसे क्या पता कि वह लाल मुँहवाला बानर कहाँ से टपक पड़ा, अपने गाँव में, जो जौ-गेहूँ की जगह नील बो कर रंग बनायेगा और उसे रुपिया देगा।

—एक साल बच गया चेलिक, दो साल बच गया और उसकी मूँछ बड़ी होती गयी, हाथों की अँगुलियाँ ज़्यादा देर उस पर टिकने लगीं। अगल-बग़ल छूत के रोग की तरह नील के खेत छा गये पर यह किसका खेत है? चेलिक का।

—नहीं देता साहब, बड़ा जाविर है, पहलवान।

—हम उसको सूट करेगा। संगीन की नोक पर बिठायेगा।

—दम-भर में बात आग की तरह फैली, और भीड़-पर-भीड़, पर साहब की अगल-बग़ल कोई नहीं। टेढ़ी की खुर से ज़मीन खाँची जा रही है। दम-भर को चौन नहीं उस घोड़ी को। कारिन्दा गये पर अपना-सा मुँह लेकर वापस आ गये। साहब गरजा,गिधा है तुम सब। हम खुद जायँगा।

—सारा गाँव चेलिक को समझा रहा है। काहे को विपत लेते हो सिर पर, काहे लड़ते हो। पर नहीं, तो नहीं। चेलिक पकड़ा गया और उसके चमड़ों में बाँस की खपच्चियाँ, पीठ पर हण्टर, कमर पर लकड़ी का कुन्दा। बेहोश हो गया। मुँह से फेचकुर आने लगा, पर भूँय तो भूँय। धरती है माता, माता को कैसे दें! साहब भी एक ही जिद्दी। अभी शरीर का दाग़ भी नहीं मिटा, रोयें सीधे भी नहीं हुए। चेलिक ने अभी गाँव में मुँह भी नहीं दिखाया था कि दुबारा एक दिन गाँव में हल्ला मच गया—चेलिक का खेत साहेब जोतवा रहे हैं।

जोतवा रहा है? अच्छा, और जाने क्या सूझा उस भूत को कि उठा और साल भर से चारपाई में रिघुरती माँ को गोद में लेकर दूसरे हाथ से लाठी सँभाले खेत की ओर भाग. और पल-भर में क्या-से-क्या हो गया। यह गया साहब, वह गया, करिन्दा अपना असबाब छोड़कर भागे और तब से गाँव में नील का पौदा नहीं उगा।

—अपनी माँ को मार डाला, बूढ़ी खटिया पर रिघुरती माँ को! छी-छी, लेकिन साहब के जान के लाले पड़ गये। चेलिक ने दरख़ास दी कि साहब ने उसकी माँ का ख़ून कर दिया। साहब ने बहुत मिन्नत की, अपने सिर की बिलैती टोपी उतारकर चेलिक के पाँव पर धर दी पर नहीं, चेलिक उसका पीछा कैसे छोड़ता। साहब को सजा हुई । बिलाइत में मुक़दमा चला और किसानों ने बूढ़ी की यादगार में यह चौरा

बना दिया। वह पति के लिए नहीं, धरती के लिए, अपने बेटों की दुधारी मिट्टी के लिए सती हो गयी। सती नहीं, अजर-अमर...रामजतन चैंक उठा। पिलइया उसका पाँव छाने कूँय-कूँय कर रही थी। उसने उसे चुमकारा और बग़ल करके आगे बढ़ा तो मड़हा एकदम सुन्न, घर में कोई आवाज़ नहीं—कहाँ गयी जसवन्ती, इस बेला? वह क्षण-भर को सोचने लगा। यहीं कहीं होगी, आयेगी न और हाथ की लौकी दीवार से उठँगा दी, कन्धे से गमछा उतारकर उसी पर रख दिया और किवाड़ की सिकड़ी उतार कर घर में घुसा ही था कि पीछे से आवाज़ आयी, "सुना है ठाकुर ने अपना राज-पाट तुमको सउँप दिया है।"

रामजतन को हँसी आते-आते रुक गयी। वह क्षण-भर को इस व्यंग्य में सत्य की गरिमा ढूँढ़ने लगा और जसवन्ती के अधपके बालों पर सूरज की सुनहरी रोशनी का मुकुट देखकर दंग रह गया।

जसवन्ती ने अपने हाथ की बथुये की मौनी ज़मीन पर रख दी और उसी में लौकी और गमछे की पोटली रखकर घर में घुसते-घुसते कहने लगी, "आज ठाकुराइन बड़ी मोहाय गयी थीं क्या। कुछ पेट में भी गया है कि बस इतना ही!"

"अब चिबोला छोड़ो!" रामजतन ने जैसे अपने मन का चोर छिपाते हुए कहा, "कुछ रस-दाना दो!"

"रस-दाना। कहो, इतनी जून तक करते का रहे वहाँ? दुनिया में सब लोग हरवाही करते हैं, कि तुम ही?"

रामजतन के मन में आया कि धरती पर धरम का अवतार लेकर आदमी का हृदय बदलनेवाले साधू विनोबा का दास्तान कह सुनाये, पर भूख से उसकी खोपड़ी बिन्ना रही थी और जसवन्ती के मन में ठाकुर के हर काम में धोखाधड़ी का सन्देह ऐसा घुसा हुआ था कि वह तुरन्त एक पँवारा नहीं खड़ा करना चाहता था, इसलिए चुप रहा। जसवन्ती रसदाना देकर रामजतन के सामने बैठी, अपनी नयी खेती का बखान करने लगी, "ऐसी मटर तो भगवान् ने दी ही नहीं थी इस उमिर में, झपसकर गिर रही है। डाँड़-मेंड़ कहीं सूझ पड़ता है? कुसल- कुसल निबह गयी तो बिपत कट जायगी इस साल।"

पर रामजतन बोला नहीं कुछ, सिर गाड़े दाना-पानी करके उठा और बग़ल से चिलम लेकर बाहर जाते-जाते कहता गया, "गमछे में चने की दाल है, बरी है, लौकी काटकर उसी में छोड़ देना।"

रामजतन पुआल के मोढ़े पर बैठा अपनी हुक्की पी रहा था। उसके चारों ओर घोर नीरवता छायी हुई थी। उसके जानवर भी जैसे अपने पैरों पर सिर डाले सुस्त, किसी सोच में डूबे हुए थे। पिलइया अपने दोनों अगले पाँव फैलाये, उसी पर गरदन डाले,

झपकी ले रही थी। बस एक ही आवाज़ थी, वह थी रामजतन की हुक्की की। उसके मन में जाने कैसे वैराग्य के भाव उमड़ने लगे।

—का धरा है इस ससुरी जिनगी में। इतना सब करो-धरो और आख़ीर में टाँय-टाँय-फिस। यह सब लादकर ले जाना थोड़े ही है। रूखी-सूखी मिल जाती है, यही क्या कम है, और उसे उस मायाबी सन्त का एक काल्पनिक देव अपनी ओर खींचने लगा, बड़े-बड़े हाथ-पाँव, नंगे, झुर्रियों से भरे, बेहाल, थके हुए। उसके मन में आया, वह पास होता तो उन पैरों की थकान हर लेता—गरीबों की सेवा में रमे हुए इस देवता को अपने कन्धे पर बिठाकर इस जगह से उस जगह पहुँचाता। कितना पुण्य लूट रहा है! रामजतन ने हुक्की से चिलम उतारकर ज़मीन पर रख दी और रहट्ठे का बड़ा-सा झाड़ई लेकर ज़मीन बटोरने लगा। फिर खर-दतवार इकट्ठा करके अलाव पर जमा किया। उसी पर चिलम की आग गिरा दी और मुँह से फूँककर जला दी।

तभी जसवन्ती घर से निकली और एकाएक घूँघट खींचकर घर में लौट पड़ी। रामजतन ने पीछे देखा, दोना महतो चले आ रहे थे। रामजतन ने झट मोढ़ा उठाकर अलाव के पास डाल दिया और चिलम हुक्की उठाकर तम्बाकू भरने का इन्तज़ाम करने लगा। दोना महतो ने कहा, "बैठूँगा नहीं जतन भैया, तुम्हें दुआरे देखा तो सोचा राम-राम करता चलूँ। एक बात सुनी है, तुमने?"

रामजतन का रहस्य उसके मन में और भी गहरे उतर गया, "नहीं भइया, बताओ बताओ।"

"सन्त बिनोआ आ रहे हैं, अपने जिल्ले में कलक्टर साहेब का दउड़ा होय रहा है। डिपटी साहेब तुम्हारे ठाकुर के घर खाय-पी गये। सुना ठाकुर ने दस बिगहा तरी दे दी।"

"अच्छा?" जैसे रामजतन के लिए यह कोई विस्मय की बात थी।

"अच्छा नहीं, भूँयदान के बाद एक कमेटी होगी। उसी से बेभूँय के किसानों को भूँय मिलेगी। मौक़ा छोड़ो नहीं, हाथ से।"

"का कहते हो दोना भइया, हमको भूँय मिलेगी, राम कहो!" रामजतन की ख़ुशी जैसे उसके मन में समा ही नहीं रही थी।

"कहते हैं सो मानो, ठाकुर से बात कर लो! इस समय आदमी बन जाओगे!"

दोना कन्धे पर लाठी रखकर लौटने लगा। रामजतन से खड़ा नहीं रहा गया। कुछ दूर तक उसे छोड़ आया और बार-बार बनसत्ती महरानी को याद करने लगा। दूर फ़सल के हरे, छछाये हुए सिर पर कुहरे के भूरे हाथ उतरे आ रहे थे और सरदी की सुरसुरी जैसे किसी रील से उघटने लगी थीं। जानवर रोयें फुलाकर उठ खड़े हुए थे और पिलइया अलाव के आगे मुकुड़ी मारे जा जमी थी।

रामजतन ने सोचा जल्दी-जल्दी जानवरों को कोअर दे ले तो चमरौटी में घूमकर ख़बर ले कि कहीं और कोई तो नहीं जान गया कि ज़मीन मिलनेवाली है। दोना महतो

ने और सबसे तो विनोबा महराज की बात नहीं बता दी है, पर क्षण ही भर बाद उसका मन बड़ी किसानी की ओर लौट गया, बड़े-बड़े दो बैल होंगे, घण्टियाँ बाज़ार से लाकर पहनाऊँगा और एक गाय भी रहे तो क्या हरज है। हारे-गाढ़े घी बेच दिया करूँगा। फिर पल ही भर बाद उसे जैसे यह सब कल्पना की वस्तु लगती और अपने सपने पर वह झुँझलाने लगता और अपने से ही कहताजितन भाई मन न बढ़ाओ बहुत, जब हो जाये तो जानो, लेकिन धरती और धरम भाग ही से तो मिलता है। उसे याद आ गया, इस ठाकुर के पास ही क्या था। एक जून सतुआ भी नहीं जुरता था। लोग बताते हैं, इसका दादा एक-एक चिलम तमाखू के लिए दिन-दिन- भर बैठा रह जाता था। जाने कहाँ से चरवाही करके आ रहा था तो एक अंग्रेज़ और मेम हकसे-पियासे एक झाड़ी में छिपे मिल गये। पहले तो वह डरा, मुदा उन लोगों ने रुपिया दिखाया तो उनके पास चला गया और किसी तरह उन्हें दो दिन अपने घर में छिपाये रहा। कोई दया-मया के मारे थोड़े ही, रुपिया की लालच से, और वही साहब भगवान् हो गया इसको। धन-दौलत, जगह-जमीन सबसे अचाक कर दिया।

—धरती माता की किरपा की बात तो है, जब मिलनी होंगी तो जरूर मिल जायँगी। रामजतन का मन आशा के हिण्डोले में डोलने लगा। फिर मैंने उठा भी तो नहीं रखा है कुछ। ठाकुर ने जो भी कहा मैंने कर दिया। उनकी एक बिगहा भूँय ही तो मेरे पास थी, जिस पर मैं सिकमी लग गया था और इसी को पाकर जसवन्ती को बड़ा अभिमान हो गया था, उससे भी मैंने स्टीपा दे दिया, ऊपर से बनसत्ती महरानी को करहिया और चुनरी...रामजतन एकाएक नीचे से ऊपर तक सिहर उठा, क्योंकि जसवन्ती उसके पास ही खड़ी थी।

"का कहते थे दोना महतो?" जैसे उससे बिना जाने रहा न जा रहा हो, और रामजतन सोच रहा था कहीं कुछ बड़बड़ा तो नहीं गया, इतनी देर में मैं? जसवन्ती ने कहीं सुन तो नहीं लिया? कहीं उसे यह तो नहीं मालूम हो गया कि मैंने अपना खेत छोड़ दिया है?

"कुछ नहीं, यही घर-गिरहस्थी की बात कर रहे थे।" रामजतन जसवन्ती की ओर बिना देखे ही लौट पड़ा।

कुछ ही दिनों में सारी चमरौटी में भूदान की चर्चा शुरू हो गयी—ठाकुर ने दस बिगहा तराई दे दी। साहब बड़ी-तारीफ़ कर रहा था। उसी ने तो ठाकुर को माला पहनायी थी। छापा में नाम छपेगा, फोटो छपेगी ठाकुर की।

—अरे यह सब बड़े मनइन का खेल है। उसी में गोलमाल हो रहा है, और नहीं तो ठाकुर ही एक आदमी हैं, जिनके घर डिपटी-कलक्टर आते'

—नहीं तो क्या तुम्हारे घर आकर बैठते! है एक धूर भी देने को!

"तुम नहीं जानते बाबा, यह पीछे से नाक पकड़ने की चाल है। भूँय पहले तो थोड़ी दे देंगे और फिर सबकी मिलाकर जब बड़ी जायदाद बन जायेगी तो कुमेटी बनाकर उसके सभापति बन जायेंगे, फिर जिसे मरजी होगी, देंगे। जो जितना जूता टारेगा, उसके हिस्से उतनी ही ज़्यादा पड़ेगी, क्यों रामजतन?"

दोना महतो की ऐसी बात सुनकर रामजतन जैसे एकाएक हकबका गया। आते-ही-आते यह क्या कह दिया दोना ने। इसे सब पता लग गया, क्या? रामजतन अपने को परिस्थिति के अनुरूप बनाने के लिए छान्ह की थून्ह पकड़कर खड़ा हो गया।

बूढ़े घुरहू से दोना की ख़ूब चलती थी इसलिए रामजतन का पक्ष लेते हुए बोले, "वह तो टिप्पस बैठने की बात है दोना, तुम भी चूके थोड़े ही होगे।"

दोना झुँझला गया। कहने लगा, "दादा, चाहे जो कहो, पर घर की धरती पर से पाँव हटाकर मैं एक-दो बिगहे के लिए मुँह नहीं फैला सकता।"

बूढ़ा ताड़ गया और जैसे किसी भावी आशंका से दहलकर बोला, "क्या तुमने रामजतन ...तुमने...!"

"हाँ दादा, ठाकुर ने दस बिगहा भूँय दान में दिया है। कहने लगे, 'क्यों मुझसे रार मोल लेते हो, आख़िर में मुक़दमा लड़ाकर परेशान कर दूँगा और तुम्हें मेरे खेत की सिकमी से हाथ खींचना पड़ जायेगा। चुपचाप स्टीपा दे दो, मैं तुम्हें पाँच बिगहे भूदान से दिला दूँगा।' मुझे बात अच्छी लगी दादा और जानते हो मेरे पास उनसे मुक़दमा लड़ने की सामरथ नहीं है।"

रामजतन की दो टूक बात से दोना निरुत्तर हो गया और घुरहू दादा जैसे किसी सोच में डूब गये।

कुछ देर मौन छाया रहा, तभी कउड़े से सटकर बैठा हुआ कबरा रोयाँ झरझराकर उठा और एक नन्हीं-सी ईख की पोर से राख टारकर आलू निकालने लगा। दोना ने बग़ल देखा और दिन की चढ़ान से उसे काम की चिन्ता हो आयी। रामजतन चाहता भी यही था, कि दोना जाय तो दादा से कुछ बातें हों, पर दादा रामजतन से पहले ही उठ खड़े हुए और कहने लगे, "कोइरार में पानी चढ़ा है जतनू, चलो उधर चलते हो!" जतन बोलता कि दोना पहले ही बोल उठा, "चलो दादा, उधर ही से मुझे जाना है।"

जतन खुद-ब-खुद कट गया और दूसरी ओर से घर की ओर चल पड़ा। पर उसके मन में एक बड़ा भारी संशय बैठ गया था। दोना से उसे डर तो था ही, पर यह कि उसे यह सब मालूम हो जायगा; इसकी कल्पना भी उसने नहीं की थी और सबसे ज़्यादा डर तो उसे इस बात से लग रहा था कि वह जसवन्ती से क्या कहेगा। वह रहने भी देगी चौन से! चलो जो होना है, वह अभी हो जाय। जसवन्ती से सब बता दूँगा, तो क्या समझेगी नहीं मेरी बात और उसे बनसत्ती की पूरी कथा फिर से याद आ गयी। अपनी भूँय का कैसा प्यार होता है आदमी के दिल में। क्या चेलिक ने अपनी माँ से

पूछकर उसे मारा होगा, पूछकर? और उसे वह बात सच लगने लगी जो गाँव में आधे से ज़्यादा लोग आज भी कहते हैं, उसकी माँ ने ही कहा था कि तू मुझे ले चलकर मार दे, नहीं तो मैं सिर पटककर यहीं जान दे दूँगी। तुझे फिर पकड़कर ले जायेंगे, तुझे फिर मारेंगे, वे कसाई हैं चेलिका, कसाई, और तू नहीं रहेगा तो!... रामजतन बेचौन-सा पागल होकर तेज़ी से चलने लगा। घर के पास पहुँचते-पहुँचते उसकी साँस फूलने लगी थी और पसीना हो आया था, लेकिन बाहर ही से जसवन्ती की प्रसन्न आवाज़ सुनकर वह ठिठक गया। वह चमरौटी भर की औरतों को जुटाये मैया, बहू, काकी की रट लगाये थी। रामजतन पल-भर को सोचता रह गया। आख़िर बात क्या है ऐसी, जो आज इतनी बड़ी पंचायत बैठी है। वह ठिठका सुनता रहा। जसवन्ती कह रही थी, ''मइया जी, हमें तो कल ही कुछ सुनगुनी लग गयी थी। दोना महतो से इनकी बात हो रही थी और जानती ही हो कि दोना महतो देवता हैं, देवता!''

रामजतन के शरीर में आग लग गयी।—देवता हैं! और वह बढ़कर ओसारे के सामने आ गया। जसवन्ती लपककर उठी और एक बदामी रंग का काग़ज़ उसके हाथ में देते हुए बोली, ''सब चोरी-ही-चोरी करते हो। घर की धरती को छोड़ दी तो भी नहीं बताया और पाँच बिगहा की तरी पा गये तो भी नहीं। वह तो कहो मैं थी घर में। नहीं तो करिन्ना बाबू लौट गये होते।'' जसवन्ती बोलती जा रही थी पर जतन के हाथ में जाने कैसे अटके बदामी काग़ज़ का वह टुकड़ा सोने का पत्तर बनता जा रहा था। उसके जी में आता, चिल्ला पड़े और जसवन्ती को अपनी गोद में उठाकर नाचने लगे, पर इतनी सारी औरतें जो बैठी हैं, और जसवन्ती कहती जा रही थी, ''अच्छा किया जो छोड़ दिया घर का खेत। झगड़े की ज़मीन का कोई ठिकाना?'' ...लेकिन घर की ज़मीन और बनसत्ती...चेलिक, उसकी माँ, फिरंगी और नील की खेती... धरती दुधार गाय है, गाय—तू मुझे ही ले चलकर मार डाल, मुझे ही, पर उधर जाना नहीं—बूढ़ी का एक काल्पनिक चेहरा और भूदानी सन्त की लम्बी-लम्बी, नंगी टाँगें, उनकी झुर्रीयाँ, उनकी दया, उनकी सेवा-जतन हाँफने लगा, पर सत्ती की करहिया और पियरी...!

''कल बनसत्ती को करहिया और पियरी चढ़ाऊँगी। तुम एक पियरी ला दो।'' जसवन्ती गाँव की औरतों का ध्यान कर लौट गयी और जतन दौड़ा-दौड़ा गया और बनसत्ती के थान पर देर तक माथा पटकता रहा।

आज इस सुखान्त कथा के बाद बारह महीने का समय बीत गया है। फिर वही पूस का महीना है और चमरौटी की गरीबी अलाव के सहारे दाँत किटकिटाती ठिठुर रही है। कुछ के पास मजूरी-धतूरी का सहारा है, पर रामजतन की तो हलवाही भी छुड़ा दी गयी। पिछले कई महीनों से नहर में फावड़ा चलाते-चलाते उसका शरीर सूखकर काँटा हो गया है। महीने भर से साँस की बीमारी के कारण वह चारपाई में पड़ा हाँफ रहा है। बार-बार उसकी साँसें बढ़ जाती हैं, उसका शरीर काँपने लगता है। जसवन्ती

छाती पीट कर रोती है और गाँववाले बार-बार दुहराते हैं, "भूदान-कमेटी के मन्तिरी जी ने तो कब का रामजतन को समझा-बुझा दिया है कि ठाकुर के जिस दान से उसे भूँय मिली थी, वह केवल पटवारी के काग़ज़ पर थी। असल में तो वह कब की गोमती नदी के पेट में चली गयी है।"

हाँ, खाँसी के दौरे के साथ जब चारपाई की पाटी से सटी, जसवन्ती का पीला, मुर्दार चेहरा जतन को दीख पड़ता है तो उसे बनसत्ती का ध्यान हो आता है। निलहे साहब की हवा से बात करनेवाली टेढ़ी घोड़ी की फरफराती चाल और गर्द के बीच कभी चेलिक का विशाल, भींट की तरह का सीना उभर आता है, तो कभी रोग में रिघुरती माँ की कराह उसके कानों में भर जाती है और उसे बार-बार लगता है, जैसे एक हाथ से कोई उसे कन्धे पर उठाये दूसरे हाथ में लाठी सँभाले उसके खेत की ओर भागता जा रहा है।

बिन्दी

अभी-अभी गजराज के घर से लौटकर बिन्दी पल-भर को दहलीज़ में ठिठक गयी। कृष्णपक्ष का झपसा हुआ सँझलौका; बिना ढिबरी के दहलीज़ में घुप अँधेरा छाया हुआ था। उसने पलटकर देखा, गजराज पीछे-पीछे आ रहा है। कुछ अजीब-सा घबराया-घबराया; इधर-उधर चकपकाकर देखता हुआ घर के दहलीज़ में घुसने ही को था कि ओसारे की खमभिया से बँधी बकरी खड़भड़ाकर उठ खड़ी हुई। गजराज ने चैंककर नीचे देखा, बकरी के पाँव पर उसका एक पैर पड़ गया था। पहले तो वह डरकर पीछे हट गया पर इधर-उधर देखकर उसे फिर विश्वास हो गया कि घर में कोई नहीं है। बिन्दी तो अभी मेरे ही घर बैठी बात कर रही है और पारस आधी रात से पहले लौटनेवाला नहीं। गजराज और भी निश्चिन्त होकर आगे बढ़ गया।

बिन्दी दहलीज़ के अँधेरे कोने में खिसक गयी। उसे लगा, गजराज उसी के लिए आया है। कोई मन की बात कहना चाहता है। कितनी उतावली है उसे, कितनी घबराहट, कहीं कुछ और तो नहीं है उसके मन में। बिन्दी का सारा शरीर थर-थर काँपने लगा। उसे ख़ून का वेग सुई की तरह चुभने लगा। उसकी साँस की गति इतनी तेज हो गयी कि वह मुँह खोलकर साँस लेने लगी।

गजराज छोटी अँगनई को पारकर पूरबवाली छोटी कोठरी में गया। पलक मारते ही वहाँ से लौटकर, डग बढ़ाता हुआ आँगन और दहलीज़ पार कर बाहर निकल गया।

बिन्दी दीवार से उसी तरह सटी रही। वह फिर लौटेगा, जरूर लौटेगा। बिन्दी पल-भर और रुकी रही, लेकिन वह पल पहाड़ की तरह भारी और भयावह हो उठा। धीरे-धीरे उसके शरीर का सारा आवेग भयानक शिथिलता में बदल गया। वह बहुत सँभलकर धीरे-धीरे बाहर निकली, तो दूर तक वीराने में सोयी हुई धरती पर स्याही पुत गयी थी। दिन-भर की धू-धू करके बहनेवाली गर्म हवा साँझ की चादर से छनकर झुर-झुर बहने लगी थी।

यह ख़ामोशी बिन्दी को भली लग रही थी पर उसके पैरों की आवाज़ से बकरी के बच्चे खुरखुरा कर उठ गये और भूख के मारे में ऽ...में ऽ... चिल्लाने लगे। तभी सार में बँधे बैल भी उठे और उनकी घण्टियाँ साथ ही बोल उठीं। पिछवाड़े किसी स्त्री ने अपने बच्चे को पीटना शुरू कर दिया। बच्चा गला फाड़कर रोने लगा। कोई आदमी उस औरत को भद्दी गालियाँ बकता हुआ बिन्दी के द्वार पर ही से निकला। सुनसान

देखकर क्षण-भर को रुक गया। बिन्दी ने उसे देखा, संकोच में पड़ गयी, क्या सोचेगा कोई कि घर में न दिया, न बत्ती, कैसी कुलच्छनी है यह लड़की।

बिन्दी ओसारे में से निकलकर बाहर आ गयी। गेंदासिंह थे।

"कवन रे, बिन्दी बिटिया, परसा कहाँ है?"

"आज मुकदिमा है न दादा, कस्बा गये हैं।"

"कइसा मुकदिमा रे!" गेंदासिंह कन्धे से गमछा उतारकर खूँट से सुर्ती खोलने लगे।

"पंचाइत से पचास रुपया जरिमाना हुआ है, बाबा!"

"अच्छा, अच्छा, समझ गया, अरे यह जरिमाना है बचिया की अनरथ की जड़ है। न धरम रह गया, न न्याव इस लोक में। बस पाल्टीबाजी। अब तो आ गयी हो, समझाओ न परसा को। यह सब चक्कर छोड़कर चौन से खेती-बारी में लगे। बड़ा हठी है।" गेंदासिंह बहुत ही मन गिराकर बोल रहे थे और बिन्दी को यह भी सुधि नहीं कि उन्हें बैठने को कहे, तमाखू-पानी को पूछे। आख़िर इतने बड़े बुज़ुर्ग हैं, उसे क्या कहेंगे। वह कुछ बोलने ही जा रही थी कि गेंदासिंह हथेली की सुर्ती पर तालियाँ पीटकर उसे होंठ के नीचे दबाते हुए चल पड़े। फिर सहसा कुछ सोचकर रुके और बिन्दी के पास आकर कहने लगे, "पारस तेरी बुआ का लड़का है तो क्या हुआ, घर में तो वही है, अब तो तू मालकिन है और वह करिन्दा। गाँववाले तो उसे निकालने पर तुले थे। यह तो मैंने समझाया और यह गजराज बड़ा पाजी हो गया है। पारस से कहना बच के रहे उससे, हाँ!" बिन्दी फिर कुछ बोलना चाहती थी कि गेंदासिंह बोल उठे, "समय बड़ा ख़राब लग गया है बिटिया, आदमी आदमी नहीं रह गया है, हाँ, तुम्हारे दादी-दादावाला ज़माना नहीं रहा अब।"

गेंदासिंह चले गये पर बिन्दी के ऊपर असमंजस का पहाड़ टूट पड़ा। गजराज की एक-एक बातें बिन्दी को याद आने लगीं।—पाँच बरस पहले का चन्द्रग्रहण, बूढ़ी दादी और गजराज, कितनी लगन से वह दादी की सेवा करता था। किस-किस तरह इक्के-रिक्शे पर लाद-फाँदकर वह हम लोगों को ले गया था। कितनी अचेत थी मैं, दुनिया से, और दादी भी तो अचेत थीं। सिर्फ़ बात सुनायी पड़ती थी उनकी। आँख और कान दोनों जवाब दे चुके थे। दादी अपनी सिकुड़ी मटमैली आँखों को मिचमिचाकर कहतीं, "किसी ऐसे ही लड़के से बिन्दी को ब्याहेंगे जो गजराज की तरह लायक़ हो।" और अपने झुर्रियों से भरे हड्डी के हाथों से उसका शरीर सहलाने लगती थीं और गजराज मुझे देखते-देखते आँखें बन्द कर लेता था। उसका चेहरा सिन्दूर की तरह लाल हो जाता था और कनपटियाँ चटखने लगती थीं।

—ऐसा नहीं कि बुआ तब आयी नहीं थीं, पर दादी को जाने क्यों उनका आना जरा भी अच्छा नहीं लगता था और पारस से तो जैसे दादी की पुराने जनम की दुश्मनी थी। लोग कहते हैं औरत को बेटी का बेटा बड़ा प्यारा होता है, पर दादी उसे फूटी आँखों भी देखना नहीं चाहती थीं और पारस भी तो उन्हें अपनी नानी नहीं समझता, बस जब हो, "बुढ़िया बुढ़ घोघनी, लाई-चिउरा चभनी' कहकर चिढ़ाया करता था।

—घी-दूध के नाम पर घर में अकाल पड़ जाता था। जब तक बुआ रहतीं दादी पूरा मालिकाना अपने हाथ में लिये रहतीं और सारी भण्डरियों में ताला बन्द रहता। बुआ दो-ही चार दिन में ऊबकर फिर अपनी ससुराल चली जातीं।

—गजराज से कितना जलती थीं बुआ—बिन्दी को जैसे खोया हुआ सूत्र फिर मिल गया। अँधेरा एक काले ढोके की तरह धरती पर उतर आया था और क्षण-क्षण उसका ठहराव बढ़ता जा रहा था। बिन्दी एकाएक दूर-दूर तक फैली इस काली अँधियारी रात को देखकर सिहर उठी और क्षण-भर को उसे अपना ही शरीर पराया-सा लगने लगा। उसने अपने हाथों से अपना गरदन छुआ और सीने पर हाथ रखा तो जैसे वह नीचे से ऊपर तक झनझना उठी। बनारस के ग्रहणवाली बात फिर उसके मन के अँधियारे में दमक उठी—माघ-पूस की बूँदा-बाँदी। हवा जैसे तीर की तरह शरीर को बेधकर पार चली जाती थी। गजराज कम्बल में दादी को लपेटकर बनारस पहुँचा था। कितनी भीड़ थी, कैसा आलम! तिल धरने को कहीं जगह नहीं थी। पर गजराज का साथ, तब कैसा रूप था उसका; लम्बा, छरहरा भरा-भरा-सा चिकना शरीर। पतली, लम्बी, काली-काली आँखें। वह निहाल हो जाती थी जिसे देखकर उसी के इतने पास, वह किसी कल्पना के झूले पर झूल रही थी। पण्डा बाबा के घर का पिछवाड़ा, कितनी अच्छी जगह खोज ली थी, गजराज ने। मोटी कथरी बिछाते हुए उसने कहा था, "तुम लोग ओढ़कर आराम करो, मैं अभी आता हूँ।"

—दादी एक ओर सो गयीं और मुझे बीच में करके गजराज के लिए दूसरी ओर जगह छोड़ दी थी। उसी समय अँधेरा चमक उठा था। भूरे बादलों की गरगराहट और हवा का झोंका साथ-साथ बढ़ गये थे। इतना ओढ़ने पर भी सारा शरीर गला जा रहा था। गजराज पान लेकर लौटा था और सरदी से सिसियाते हुए अपने कम्बल को हमारी रजाई पर डालकर कहने लगा था, "तुम लोग सो जाओ!"

—मैं काँप रही थी, सर्दी से नहीं, अपने शरीर के पसीने में हवा लगने से। कलेजे की धुकधुकी बढ़ गयी थी—यहीं बग़ल में सोयेगा, यहीं, मुझे छू ले तो? दादी कुछ कह रही थीं पर पता नहीं वह क्या था, और गजराज कम्बल के बाहर एक कुर्त्ता पहने ठिठुर रहा था।

—थोड़ी देर मैं देखती रही पर जब नहीं रहा गया तो मैंने धीरे से कहा था, "अपना कम्बल तो ले लो!"

"नहीं, नहीं ठीक है, थोड़ी देर में ग्रहण है, नहाने नहीं चलना है क्या?" वह गनगनाते हुए बोला था पर उसी क्षण दादी हिल-डुलकर गजराज का पता लेने लगीं और उसे बाहर जान कर चीखने लगीं, "तू ही तो एक सहारा है गज्जू...कहीं सरदी लग गयी तो मैं कहीं की नहीं होऊँगी।" गजराज रिश्ते में उनके भाई की बेटी का बेटा था। दादी ही ने अपनी भतीजी की शादी इस गाँव में करायी थी। इसलिए मेरे माँ-बाप के मरने पर गजराज ही उनका सबसे दुलारा था।

—गजराज बुआ की घुड़कियों से कम्बल में घुस आया था और निश्चल उतान सोया था, जैसे डर रहा हो कि कहीं मैं छू न जाऊँ। उसकी साँस का वेग और कलेजे की धड़कन जैसे हड़मबेग में तीव्र होकर मेरे कानों में भरती जा रही थी और मेरा शरीर पसीने-पसीने हो रहा था। जाने कैसे मेरे हाथ हिले और अनायास गजराज की छाती पर जा पड़े, पर अनबोले, थके, बेदम और क्षण-भर को फिर सन्नाटा, पर मेरे हाथ जैसे कीलों में फँस गये। थोड़ी ही देर में पखुरे फटने लगे और मैं धीरे-धीरे अपने से करवट हो गयी थी। बहाव की तेज़ी बढ़ी पर बाँध...? वह काँप उठी। अँधेरा फिर बैठ गया, पहाड़ बन गया और गजराज ने उसे बाँहों में कस लिया था—बिन्दी बुदबुदा उठी, नहीं...नहीं, यह तो सिर्फ़ मैंने सोचा था। एकदम झूठ, ऐसा नहीं हुआ, बिलकुल नहीं हुआ, गजराज तो सारी रात ठिठुरता, बाहर बैठा रह गया था।

वह झुँझलायी हुई उठ खड़ी हुई और चलने लगी तो कपड़े में अरहर का बड़ा-सा छितनार रहट्ठा लिपट गया। उसने झुककर उसे कपड़े से अलग किया और दहलीज़् की बोरसी से आग निकाल, बाहर की दुनिया को अपने से नोचकर अलगाती, किवाड़ भेड़ती घर में चली गयी।

थोड़े दिन और जीकर दादी चल बसीं। बिन्दी हतबुद्धि-सी इस संसार के एकाकीपन में खोयी-खोयी गजराज को देखती रही। तभी उसकी बुआ ने अपने लड़के पारस को बुलाते हुए कहा, "लड़की सयानी हो गयी है। इस तरह बाहर के आदमियों से मिलना-जुलना ठीक नहीं। इसे घर में ले चल!" पारस उसे घर में ले गया था। तब वह कोमल और संकोची था। साँवले रंग का मजबूत, हट्टा-कट्टा बदन था, उसका। बोलना तो जैसे वह जानता ही न हो। बड़ी देर तक उसके पास बैठा रहा था। संकोच के मारे बिन्दी का गोरा, कुम्हलाया, उदास मुखड़ा उससे देखा भी नहीं जाता था, लेकिन बिन्दी के मन में गजराज के लिए जितनी पीड़ा उठ रही थी, जितना दाह अपरम्पार वेग से भड़कता जा रहा था, पारस का सुखद, मौन स्पर्श उतना ही अपना लग रहा था।

पारस की माँ ने चतुर किसान लड़की की तरह घर सँभाल लिया। खेती-बारी का इन्तज़ाम कर लिया और बड़ी धूम-धाम से माँ का क्रिया-कर्म कर दिया। गाँव के सारे टूटे हुए सूत्र उन्होंने चुन-चुन कर जोड़ दिये। गजराज के चाचा से उसकी शादी की

बात चला आयीं। पर गेंदासिंह हाथ से बाहर थे, ''नहीं बिटिया, बिन्दी रानी का हक पंच कैसे भुला देगा। आख़िर गाँव-पुर की मर्यादा भी तो है। अपनी सन्तान है, वह अभागी।'' और वे बिन्दी के बाबू के रूप-गुण की प्रशंसा में लग जाते। दो-चार चिलम तमाखू फूँककर, पारस की माँ को उसकी शादी-ब्याह के लिए सलाह देते हुए चले जाते।

धीरे-धीरे पारस की माँ का रुख़ बदला और बिन्दी घर की नौकरानी बनती गयी। कूटने-पीसने से लेकर बरतन माँजने और पानी भरने का सारा काम उसके सिर पर आ पड़ा। बात-बात में गालियाँ और फिर हाथ उठाने की नौबत भी आ गयी।

''बिन्दी, पारस खेत से लौटा है, उसे खाना-पानी दिया?

''पानी नहीं है, बुआ?''

''कलमुँही अब पानी भरने के लिए चाकर लगेगा, तुम्हारे लिये। सारा ख़ानदान हज़मकर सिर पर तो बैठी है, भगवान् भी नहीं पूछता इसको।'' और बुआ पानी पी-पीकर कोसतीं, बात-बात में उसे झोंकती, ठुकरातीं, पाँव से मार देतीं। बिन्दी घर-भर को खाना खिलाती, बरतन माँजती और बिना खाये ही अपनी अँधेरी कोठरी में घण्टो रोती और अव्यक्त चीखों में गजराज को पुकारती, उसे अपनी कथा सुनाती।

गजराज अक्सर आता, पर बुआ उससे बाहर ही मिलतीं। आकाश-पाताल की बातें करती, उपदेश देतीं, और बीच-बीच में घर की देहरी पर निगाह डालती रहतीं।

जब कभी गजराज पूछता,'' बिन्दी नहीं दिखती बुआ ?'' तो कहती, ''बड़े घर की लड़की है भइया, समय-जमाने का लिहाज़ कर घर में पड़ी रहती है, मैं तो बहुत समझाती हूँ कि कभी-कभी तुम्हारे यहाँ जाया करे, तुमसे मिल-जुल कर उसका मन हलका हो जायगा पर पारस उसे इतना भाता है कि बस उसी से दिन-रात बतियाती रहती है। मुझे तो मालूम भी नहीं, क्या करते हैं सब। मेरा मन यहाँ से ऊब गया है। अब घर जाना चाहती हूँ।'' जाने क्या-क्या बुआ कहतीं और उनकी निगाह ड्योढ़ी में लगी रहती।

एक दिन गजराज के बैठे रहने पर ही बिन्दी बुआ से कुछ पूछने बाहर आ गयी तो उसकी मैली-कुचौली फटी धोती में उसे अर्द्ध-नग्न देखकर गजराज की खोपड़ी ठनकी। जरूर कोई बात है जो बुआ मुझसे छिपा रही हैं, जरूर कोई चाल है इस सबके पीछे, और गजराज उसी समय वहाँ से चला गया। उसके चेहरे के बदले हुए रंग को बुआ समझ गयीं।

उस दिन बिन्दी को चिमटों और सँड़सों की मार खानी पड़ी। उसके बाल नोचे गये, उसकी धोती खींचकर उसे घर में झोंक, दरवाजा लगा दिया गया। उस दिन से बिन्दी की सारी सोच-समझ ग़ायब हो गयी। उस कोठरी की अँधेरी, वीरानी दुनिया में स्त्रीत्व के काले नागों ने उसे डस लिया। और वह अपने लिये ही परायी बन गयी थी।

फिर उसे पता नहीं कि कब आँगन में माड़ो गाड़ा गया, कब चौक पूरा गया और भाँवरें घूमीं और कब एक बीमार, अधमरे आदमी के साथ बिदा होकर वह ससुराल चली गयी। वह एक सच्ची ईमानदार नारी बन गयी थी; बिलकुल आत्माविहीन, खोखली, निष्क्रिय—और प्रसाद स्वरूप अँधेरा, घुटन, खाँसी, कफ उसे पति के चरणों में जी भर कर मिले, लेकिन थोड़े ही दिनों में, फिर उसके ऊपर की वह छाया भी समेट ली गयी। माँग का सिन्दूर पोंछ डाला गया और सास की करुणा में उसका मन एक बार फिर हरा होने लगा। मरे हुए के लिए वह कुछ समझ ही नहीं पायी थी, इसलिए उसके मन में न दुःख था, न सुख, पर उस कलपती हुई बूढ़ी माँ का किसी के लिए इतना तड़पना उसकी समझ में आता था। घण्टों उसे सीने से सटाये बिसूरती रहती थी और अपनी मरी हुई दादी के रूखड़े, कड़े हाथों के ठण्डे स्पर्श के साथ ही पुरानी जीवन-स्मृतियाँ उसके चारों ओर मँडराने लगीं। उसने अपने हाथ-पाँव देखे, अपने चेहरे को शीशे में निहारा, तपाये हुए सोने की तरह दमकती हुई चेहरे की प्रौढ़ लकीरें और गुँथे हुए बालों की बेतरतीब लटें; उसने उन्हें हाथ से हटाया तो उसकी आँखें एक बार इधर-से-उधर तक तिर गयीं। उसके जी में आया, वह इन आँखों को चूम ले पर उस मटमैले, तेल में डूबे शीशे को मुँह के पास ले जाते ही उसे तेल के चीकट की बदबू मिली और उसने शीशे को मिट्टी के गउखे पर रख दिया।

धीरे-धीरे बिन्दी जीने लगी थी। तभी पारस एक दिन आया और बूढ़ी से जगह-ज़मीन की जाने कैसी-कैसी बातें करके उसे ले जाने को कहने लगा। बूढ़ी राजी थी पर बिन्दी ही आना-कानी करने लगी। फिर बुआ के मरने और गजराज के ब्याह की बात सोचकर जाने क्यों उसका जाने का मन हो गया। वह चुपचाप उठी और धोती कपड़े लेकर पारस के साथ गाँव चली गयी।

अब बिन्दी कोशिश करके उदासी को अपने पास फटकने देना नहीं चाहती। उसे डर लगता है ख़ामोशी से। इसीलिए आज इतना सारा सोचकर भी उसने एक झटके से अपने को पुरानी स्मृतियों से अलग कर लिया।

उसने बैलों को नाँद से लगाकर सानी-पानी दे दिया। बकरियों के आगे आम की पत्तियाँ डाल दीं। रसोई के चूल्हे में आग जलाकर दाल का अदहन चढ़ा दिया और दहलीज़ में दिया लेकर गयी तो डर के मारे चीख पड़ी। दिया हाथ से छूटकर गिर पड़ा, "तुम गजराज, फिर इस तरह..." और वह धीरे-धीरे गजराज के पास तक चली गयी। उनके शरीर थर-थर काँप रहे थे। कई मिनट तक दोनों अनबोले एक-दूसरे के सहारे खड़े रहे और फिर गजराज जैसे सचेत होते हुए कहने लगा, "मैं जाता हूँ बिन्दी, कोई आ जायेगा।" उसका गला भरा हुआ था, आवाज़ काँप रही थी।

बिन्दी एकाएक सजग हो गयी। अभी तो वह देखते-देखते निकल गया था, कहीं फिर न चला जाय और वह पूछ पड़ी, "चोर की तरह आये क्यों थे?"

"आये क्यों थे...आये...!" गजराज हकलाने लगा, फिर जैसे अपने को बहुत सँजोकर बोला, "मैं सब जानता हूँ, बिन्दी।"

"तुम कुछ नहीं जानते!" बिन्दी शायद पहली बार इतनी कड़ी होकर बोली थी। गिरे हुए दिये की बाती जलकर तेल के पास पहुँच गयी थी, जो अब भक्-भक् जलने लगी थी और दहलीज़ में बदबू और धुएँ की घुटन भर गयी थी।

बिन्दी आँगन की ओर निकलती हुई कहने लगी, "यही न कि मुझे चिमटों से दागा गया, सँड़सियों से मारा गया, धोतियाँ छीनकर फटे हुए चिथड़े पहिनाये गये, मरे हुए आदमी से शादी की गयी। मैं सब जानती हूँ गजराज और यह भी जान गयी हूँ कि तुमने मेरे माँ-बाप की जायदाद पर मेरा नाम चढ़वा दिया है। तुम पंचायत के पंच हो और पारस की ज़िन्दगी इस गाँव में मुहाल हो गयी है। पर उस समय तुम्हारे मन में यह क्यों नहीं आया कि मरद की तरह हाथ में छुरा लेकर आते और किसी की हत्या कर देते!" बिन्दी बोलते-बोलते थककर साँस लेने के लिए रुक जाती थी, "तुमने अपने को मार लिया। कभी अपने को देखो। कैसे हो गये हो तुम!"

"यही कहने आया था बिन्दी, यही...!" गजराज ने काँपते हुए कहा और कुरते के नीचे से छुरा निकालकर आगे कर दिया।

बिन्दी भय से सिकुड़ गयी, "हाय राम...यह!" गजराज आगे बढ़ गया, "यह पारस के लिए नहीं, तुम्हारे लिये है। मैंने अभी पारस के घर में गाँजा और अफीम रखकर पुलिस को ख़बर करवा दी है, जिससे वह जेल चला जाय, तो मैं तुमसे पूछूँ कि मेरे साथ भाग चलने को राजी हो या नहीं?"

"और अगर न होऊँ तो?" बिन्दी के भरे कण्ठ की हँसी से हवा तक सिहर उठी।"

"तो...! तो...!" गजराज बोल नहीं पाया और बिन्दी कहने लगी, "मार डालोगे मुझे, यही न!"

गजराज हाँ भी नहीं कह पाया और बिन्दी बोलती गयी, "क्या जरूरत थी गजराज यह सब करने की, बस यह छुरा ही भेज देते...बहुत था मेरे लिये, मैं तुम्हारा काम खुद कर लेती।" और वह बिफरकर रोती रही, रोती रही।

"अब वह बातें नहीं रह गयीं, गजराज! पारस को नीचा दिखाने के लिए ही सही, पर अब गाँव मुझे अपना और उसे पराया समझता है।"

कोई कहेगा कि बिन्दी ज़िन्दगी टूट गयी, बिखर गयी पर नहीं, बिन्दी अमर हो गयी आज। वह हवा को बाँहों में कस, पुलक-पुलककर, हँस-हँसकर रोती रही। गजराज ने जाते-जाते उसकी आँसुओं से भरी आँखों को चूमा था पर वह इतनी अशक्त हो गयी थी कि उसे छू भी नहीं सकी। थोड़ी देर बाद वह उठी और दाल के चूल्हे

पर पानी और चावल एक ही साथ चढ़ाकर अपने घर में घुस गयी और अँधेरे में चारपाई पर पड़ी रही। जाने क्या-क्या वह देखती रही...तेरस का मेला, पीली चुनरी, रबर का गुड्डा...पर यह पारस? पारस क्यों लगा है मेरे साथ! कमीना कहीं का। यहीं न झोंकता था मुझे उस अँधेरे घर में...! नहीं, नहीं, वह तो गजराज था, उसी ने उसे आग में... वह बड़बड़ा रही थी और पारस हाथ में ढिबरी लेकर उसे जगा रहा था।

"खाना परस लाया हूँ, उठो खा लो!" पारस उसकी ओर एकटक देख रहा था।

"गजराज तुम फिर...!" बिन्दी घबरायी हुई उठी। पारस ने कहा, "हटा दिया है मैंने छुरा और गाँजा-अफीम। चिन्ता न करो! देखो, तुम्हारे लिये क्या लाया हूँ!" पारस ने हाथ का बण्डल बिन्दी को थमा दिया, "खोल कर देखो!"

पीले ज़मीन की लाल बिन्दियोंवाली छींट, सिला हुआ ब्लाउज़, साबुन की बट्टी, आल्ता..., "और यह बिन्दी, मेरे लिये?"

पारस का कठोर चेहरा तमतमा आया। कौन जाने बिन्दी ने उसे पहचाना या नहीं, पर वह बोला कुछ नहीं और दोनों चुपचाप एक ही थाल में खाना खाते रहे।

शव-साधना

घूरे बाबा ने साफी को कमण्डल से पानी गिराकर भिगोया, फिर उसे निचोड़कर झटकारा और बायें हाथ की हथेली पर फैलाकर अपनी कमरी पर आ बैठे।

घेंचू कण्डे की आग को अभी मुँह से धधका ही रहा था कि बाबा ज़ोर से खाँसकर चिल्ला पड़े, "बम् भोले!" आवाज़ दूर-दूर तक आसमान को छूकर झर पड़ी। पास की बस्ती में कुत्ते झाँव-झाँव आँव ऽ... करके एक स्वर से रोने लगे और चिक्-चिक...कि...' की आवाज़ करता हुआ चिड़ियों का एक झुण्ड झरबेरी में हु'से उड़ा और फिर लौटकर वहीं आ बैठा।

रात का तीसरा पहर।

माघ-पूस की ठारी और चुड़इनियाँ के भींट की झरबेरी के घने, काले झाड़।

बाबा इसी में एक दिन चारवाहों को समाधिस्थ मिले थे और उनके इस विस्मयजनक अवतरण की बात आग की तरह चारों ओर फैल गयी थी।

"भगवान् का एक रूप ही समझो, बाबा को!" घेंचू रोज़ लौटकर सुखी से कहता और बिना कुछ खाये-पिये खटिया में धँस जाता।

सुखी को पता है कि बाबा लोगों के घरों से आये मोहनभोग और दूध के कटोरे अपने चेलों को देकर कभी-कभी धूनी की राख ही घोलकर पी लेते हैं। उसका आदमी लँगोटी फींचता है बाबा की। उसे सिद्धि मिल जायगी, कुछ दिनों में। पर अभी सिद्धि, इसी उमिर में! साल ही भर तो हुए मेरे गवने के और अभी न लड़का, न बच्चा। साधू-संन्यासी की सोहबत बहुत अच्छी नहीं, जाने क्या मारन-मोहन कर दे, सुखी को चिन्ता हो आयी।

बाबा ने कंकड़ की नन्हीं चिलम को हाथ की अँगुलियों और होंठों में लपेटकर ऐसा खींचा कि कंकड़ दीये की लौ की तरह जल उठा। फिर झुँझलाये-से सँड़से को उठाकर उन्होंने धूनी में दो बार मारा और आसन से एक कमरी उठाकर पीठ पर डाल ली। शरीर शीत से गनगना रहा था। कंकड़ की गरमी आज जैसे माथे से उतर ही नहीं रही थी। झबरा धूनी से सटा घेंचू के पैरों के पास मुँह किये ऊँघ रहा था। बाबा इधर-उधर

मेल्हते रहे, फिर सँड़से को उठाकर धूनी की आग में डाल दिया। जब सँड़सा लाल हो गया, तो उन्होंने उसे उठाया और अपनी पिण्डलियों के रोयें जलाने लगे। फिर एकाएक चीख पड़े, ''बम् भोले! बम् भोले!'' पर घेंचू जैसे मिनका ही नहीं और झबरा आँखें मुलमुलाकर रह गया। बाबा ने चिमटे को ऊपर ताना और कसकर झबरा की पीठ पर मारा। उधर कुत्ता पें ऽ पें ऽ करता भागा और इधर बाबा पार्सिन लगाकर अकड़ गये। घेंचू हाथ जोड़कर, ''महराज-महराज'' कहता हुआ काँपने लगा।

''सेवक से कोई खता हो गयी, भगवन्?''

''बालक, मन में कहीं चोर है तेरे! तन तो तूने साहब को दे दिया, पर मन तिरिया में बसा है तेरा...तिरिया विनाश का घर है। माया से अब छुट्टी ले घेंचू, नहीं तो अब तू साहब का है, उसके दरबार में आना आसान है, पर जाना मुश्किल।'' बाबा बोलते जा रहे हैं, पर घेंचू की आवाज़ बन्द हो गयी है। गरम सँड़से में कुत्ते की चमड़ी उकच आयी है और अब धूनी की धधकती आग में जलकर बदबू कर रही है। बाबा का राख में लिपटा नंगा शरीर ठूँठ की तरह धरती में गड़ा है। हर क्षण वह कड़ा पड़ता जा रहा है। लोहे की सख़्त ठनक-सी उनकी बात धरती को फोड़कर निकलती-सी लगती है। घेंचू की दुनिया कुम्हार की चाक की तरह तेज़ चक्कर काट रही है।

''यह मैं नहीं बोल रहा, मैं नहीं...।'' बाबा नेवले की तरह गर्दन निकालते हैं और विस्फारित नेत्रों से घेंचू की ओर देखकर कहते हैं, ''वह चुड़ैल, डाइन, कलंकिनी, कुलच्छिनी, कुलटा...''क्षण-भर को वह एकाएक रुकते हैं, पर आँखें एकटक घेंचू की आँखों में गड़ी हैं। फिर कुछ और ज़ोर से तड़ककर बोलते हैं, ''ले यह आग का अँगीठा अपनी मुट्ठी में!''

घेंचू की हथेली आग से सट जाती है, अजीब-सी बदबू, पर घेंचू टस-से-मस नहीं होता।

''सात समुन्दर पार साहब के देश में तेरा महल बन गया। बोल, सत्त गुरु की!''

''सत्त गुरु की!''

''इतने धीरे से बोलता है?'' और एक गरम सँड़सा उसकी पीठ पर चिपक गया। घेंचू चिल्ला पड़ा।

''सत्त गुरु की, महराज! सत्त गुरु की!''

''तूने मेरे कहने पर तिरिया का त्याग तो कर दिया, पर वह साहब की है, उसे साहब को दे दे! धरोहर साधू कभी नहीं धरता। पर साहब भी क्यों लेगा उसे, साहब भी...।'' बाबा चीख उठे, ''वह इस समय इस बनमानुस गड़ेरिये के साथ सो रही है!''

''सच, महराज?'' घेंचू जैसे होश खोता जा रहा था।

''और नहीं तो क्या झूठ बोलेगा, साधू? यह दिव्य-दृष्टि सब देख रही, चल-अचल, सब। देख-देख, वह दोनों गुलछर्रे उड़ा रहे हैं, हा-हा-हा-ऽ ऽ ऽ!'' बाबा की अँगुलियाँ संकेत के लिए उठी रहीं और घेंचू की आँखें अँधेरे की चट्टान से टक्कर

मारती रहीं। तभी बाबा ने धूनी से सँड़सा निकालकर घेंचू के हाथ में थमाते हुए कहा, ''ले इसे, बालक!'' उनकी आवाज़ चढ़ती जा रही थी, यह साहब का हथियार है। उसकी पीठ पर इससे एक दाग़ बनाकर उसी के हाथ साहब का दण्ड वापस कर और वहीं बैठकर उसके लौटने का इन्तज़ार कर। परम परसाद तेरे पास पहुँच जायगा। यह धूनी उसके पापों को जलाकर छार कर देगी। इस अँधेरे पर साहब की सवारी है, घेंचू!''

घेंचू अगिया बैताल की तरह अँधेरे में खो गया। घूरे बाबा ने गरदन इधर-उधर झटकारी। हाथों को ढीला किया और कमर में बँधी मूँज की मोटी रस्सी की हुण्डीदार गाँठ खोल दी।

घूरे बाबा की धूनी बुझ गयी,—दूसरे दिन सुबह गाँववालों के मुँह पर यही बात थी।

—शरम की बात है हमारे गाँव के लिए। हम लोग कल लकड़ी नहीं जुटा सके।

बाबा कहते हैं, ''कोई राज-विग्रह होगा या महामारी फैलेगी। तेज की अगिन कैसे बुझ गयी? तुम लोग नादान हो, जो लकड़ी की कमी की बात सोचकर पछता रहे हो। इस धूनी में तो माटी जलती है, हवा जलती है, आकाश जलता है, पाँचों तत्त्व जलते हैं, जिसे यह गुरु का सँड़सा छू दे, वही जलकर छार हो जाता है।'' घूरे बाबा घूमकर महिला दर्शनार्थियों की ओर देखते हैं।

—पुत्र की कामना...! बुझी हुई, भारी-भारी-सी, भूखी...

—पति की कामना!...चपल, लोलुप, पियासी...

—धन की कामना!...उदास रसहीन, मुर्दा...

—रोग मुक्ति की कामना!...बीमार, पीली-पीली...

बाबा उखड़ जाते हैं। पार्सिन को और भी चुस्त बना लेते हैं और अपनी नाभि पर दृष्टि जमा, सुन्न हो जाते हैं। सब लोग हाथ जोड़ लेते हैं।—गये समाधि में बाबा!

प्रायः ऐसा ही होता है। बाबा बोलते-बोलते चुप हो जाते हैं। और धीरे-धीरे झरबेरी का वह अद्‌भुत निकुञ्ज सूना हो जाता है। बस, सँड़सी के दाग़ से पीठ पर लाल-लाल, लम्बी पट्टी की तरह का घाव लिये झबरा और हाथों में साधू की धूनी का प्रसाद सँभाले घेंचूः गदोरियाँ फूलकर गुब्बारा हो रही हैं। गहरे बुखार में शरीर झुलस रहा है, जैसे जड़ काटकर कोई हरा-भरा पेड़ ज़मीन में गाड़ दिया गया हो और सूरज की तेज़ रोशनी में उसकी पत्तियाँ, कोमल टहनियाँ मुरझाकर लटक गयी हों। साधू इसी को कहते हैं, जब वह ठूँठ की तरह सूख जाय; धरती से रस-ग्रहण करना बन्द कर दे।

कल ही सुबह बाबा ने सुखी को पहली बार देखा था—काली भुजंग, बड़ी-बड़ी आँखोंवाली, सलोनी तिरिया, छरहरा, धनुष की तरह लचीला बदन, साँप की तरह

चिकनाई...और वह-क्या नहीं देख सकते थे, घूरे बाबा ठहरे, कोई मामूली साधू-संन्यासी तो नहीं। उनके जलते हुए अन्तर में सुखी के मोहक रूप और नशीली आँखों ने आग का सूजा घुसेड़ दिया था।

बाबा दिन-भर बेचौन रहे। उनके सीने में असंख्य चींटियाँ काट रही थीं और बार-बार उन्हें अपने गुरु का ध्यान हो आता था, साधू के लिए कुछ असम्भव नहीं। वह जो चाहे कर सकता है।

घूरे बाबा का प्रयोग भी सफल हुआ।

घेंचू कल ही रात भूत की तरह दौड़ता हुआ घर पहुँचा। सुखी चौखट से उठँगी, पैर फैलाये, मोहनी की तरह मदन के लिए जाग रही थी।

हवा के सर्द झोंके सुखी के सीने में आज गुदगुदी पैदा कर जाते थे, इसलिए पुवाल की गर्मी में सो कर वह आज की रात भी खोना नहीं चाहती थी। बाबा के यहाँ आज सुबह पहली बार गयी थी। पुत्र भी बाबा की कृपा से मिल सकता है। पूरे चार महीने का बदला वह आज लेगी घेंचू से। संन्यासी की सोहबत आज उसे खल रही थी। लेकिन सहसा इस बालक संन्यासी के हाथ में सँड़सा देखकर वह चैंक पड़ी थी। काली मकोय-सी पुतलियाँ आँखों की विस्तृत सफ़ेदी में नाच उठी थीं। क्षण-भर को घेंचू सहमा था...पर सात समुन्दर पार साहब के देश में तुम्हारा महल बन गया...देख, देख, वह गुलछर्रे उड़ा रही है...और सामने बैठी सुखी के बाल घेंचू की मुट्ठियों में आ गये थे, पर निशान तो उसे...

धूनी की आग ही नहीं, कंकड़ की चिलम भी ठण्डी पड़ गयी थी उस रात। बाबा का रोम-रोम गरमायी से टहक गया था। नस-नस में चिपक गयी थी। पाप जलकर छार हो गये थे।

आज घेंचू मन मारे बैठा है। लोगों के उठकर जाते ही बाबा का ध्यान भंग हो गया है और वह कंकड़ की चिलम अपने हाथ ही से खुरचने लगे हैं।

"खालिस गाँजा कभी पिया है, घेंचू? रात-रात-भर भजन के लिए तपसी सूखा गाँजा पीते हैं।"

"नहीं, किरपानिधान!"

"तो आज पियो। धोकर बनाता हूँ; गाँजे को।"

"अपने हाथ से, प्रभु! लोक में हँसी होगी।"

बाबा हँसे, "लोक में?...साधू का कोई लोक नहीं होता।" और थैली से गाँजे का चिप्पड़ निकालकर हथेली पर मलने लगे।

"तेरी तो गदोरी ही ले ली साहब ने, लेकिन वह बहुत-कुछ देगा इसके बदले, घेंचू, बहुत- कुछ। सुदामा के दो मुट्ठी चावल खाकर"...बाबा ने चिलम भर ली और दो बार हवा में झुलाकर घेंचू के आगे करते हुए कहा, "तू ही लगा भोग! अब थोड़ी ही कसर है तेरे जती होने में!"

"नहीं महराज, हम तो चरन-सेवक हैं!" घेंचू के होंठ सूख रहे थे और बुखार की ज्वाला में सारा शरीर तप रहा था।

सूरज की रोशनी झरबेरी की छत पर पसरी हुई थी और कहीं-कहीं किरणें निकुञ्ज को बेध रही थीं। झबरा अपनी दोनों टाँगों पर गरदन फैलाये बाबा का मुँह ताक रहा था। घेंचू की दृष्टि रह-रहकर उसकी पीठ के उचरे हुए चमड़े पर टिक जाती थी और सुखी की बड़ी-बड़ी आँखों का दुःख, क्रोध और विस्मय-भरा निश्चय...वह अपने मन को दबाकर गाँजे की चिलम हाथ में लेता है, लेकिन मुट्ठी बँधे तब न! एक हाथ से चिलम पकड़कर हलकी-सी फूँक लेता है और चिलम बाबा को फेर देता है। बाबा सु`करके खींचते हैं। चिलम उलटते हैं, गाँजा रखते हैं, फिर खींचते हैं—लगातार चार चिलम! फिर घेंचू की हथेली अपने हाथों में लेकर फटी-फटी आँखों से देखते रह जाते हैं। सहसा सुखी का चेहरा उन्हीं हथेलियों में उग जाता है और उनका सारा शरीर तमतमाकर अकड़ जाता है। लगता है, कमर में बँधी मूँज की रस्सी तड़तड़ाकर टूट जायगी—नारी भोग है!...उन्हें अपने गुरु का ध्यान हो आता है और वह उत्फुल्ल होकर चीखने लगते हैं, "सत्त गुरु की, घेंचू!...सत्त गुरु की...!"

घेंचू किसी तरह अपने पपड़ियाहे होंठ खोलता है, "सत्त गुरु की...!"

"आज गढ़ी की बारी है न, घेंचू?" बाबा पहली बार खाने की बात पूछते हैं, "अच्छा भोग आता है, उनके यहाँ से। रतनजोत आती ही होगी नौकरों के साथ!"

"हाँ, महराज, बड़े पुण्यात्मा हैं, मालिक!"

"मालिक कहता है, बुद्धू, जती होकर? मालिक तो अब तू है, तू!" बाबा की अँगुलियाँ अब घेंचू के मुँह के पास पहुँच गयी हैं। तू चाहे तो रतनजोत मेरी दासी बन जाय, दासी!"

"क्या कहते हैं, प्रभु!"

"सच कहता हूँ, बुद्धू! तिरिया और भूँय पौरुख की है, पौरुख की!" बाबा और कुछ कहते-कहते रुक जाते हैं, उन्हें अपनी ही बीवी का ख़याल हो आया है।—साहब किस तरह उसे आफ़िस भेजकर, खुद बँगले ही में रुक जाया करते थे और बार-बार दौरे पर जानेवाले लोगों के साथ उसे भेज दिया करते थे। वह तो उस दिन गाड़ी छूट जाने के कारण घर लौटा, तो कोठरी में ताला बन्द। दूसरे दिन उसे जान से ख़त्म करा देने की तैयारी, अपनी ही बीवी की सलाह से। लेकिन वाह रे घूरे बाबा।—उनके चेहरे पर प्रतिहिंसा की धूप छिटक आयी है। रतनजोत तुम्हें

कलेवा लेकर आती है। बड़े-बड़े घर की तिरियाँ तुम्हारे तलवे की धूल पोंछकर सन्तान की भीख माँगती हैं।—बाबा इधर-उधर देखते हैं। अभी रात की तेल गरम करनेवाली कटोरी धूनी के पास ही पड़ी है। और गर्व पुलकित सँड़सा लकड़ी की एक गाँठ के सहारे सीना ताने उठँगा है। बाबा रात उसे तोड़कर फेंक देना चाहते थे...पर सुखी?

—अहोभाग्य महाराज, दासी की अरज है यह!

बाबा सँड़से को उठाकर लकड़ी की झँवाई गाँठ को ठोकने लगे। आग की छुर्रिया छूटने लगीं और एक से दूसरी, तीसरी बनती गयीं। घेंचू आँख उठाकर ऊपर देखता है, बेल की पत्तियाँ झुलस चली हैं और हवा के चलने से कभी-कभी टूटकर गिर पड़ती हैं।

घूरे बाबा का यह अनोखा मठ लोक-प्रसिद्ध है। उनके महातम की कहानियाँ कही जाती हैं और एक नहीं पचीसों उन कहानियों के चश्मदीद गवाह मिल जाते हैं, जो हर बात को अपने ही आगे हुई बताते हैं।

बाबा रात को चुड़इनियाँ के तालाब के ऊपर पलथी मारकर बैठ जाते हैं और डाइनें उनके पाँव पखारती हैं। नहीं तो थी किसी की हिम्मत उधर झाँकने की रात को! गढ़ी का छोकरा घोड़ा समेत वहीं छड़कर मर गया। डाइनें उसके कलेजे का खून चूसकर पी गयीं। अब तो रतनजोत रात-बिरात नौकरों को लेकर बाबा का भोग लगाने पहुँच जाती है।

सुखी रात मठिया में होती है और औरत भक्तों को साधारण मनाही कब रोक सकी है! बाबा को विघ्न का डर है, इसलिए उन्होंने तेज़ की वृद्धि के लिए शव-साधना की भयावनी क्रिया प्रारम्भ कर ली है।

बाबा आजकल शव-साधना कर रहे हैं। रोज रात मुर्दहवा घाट जा, मुर्दे की लाश पकड़ कर मन्त्र का जाप करते हैं। दारू से नहाते हैं। मुर्दे के मांस का भक्षण करते हैं। रात को भक्त मठिया पर नहीं जाते।

सवेरे कभी आदमी की खोपड़ी, कभी हाथ-पाँव की सूखी हड्डी झरबेरी के एक कोने में पड़ी मिलती है। लोग दंग। इस त्रिकालदर्शी बाबा का एक वाक्य कुछ-का-कुछ कर सकता है। बड़े-बड़े ठाकुरों के नौजवान लड़के पेड़ की मोटी-मोटी सिल्लियाँ जोरई से ढोते हैं। बड़े घरों की स्त्रियाँ बाबा की एक बात के लिए, उनके चरणों को एक धूल कण के लिए तरसती रहती हैं। दूर-दूर के लँगड़े-लूले अपाहिज आते हैं और बाबा की धूनी की ख़ाक से चंगे होकर लौट जाते हैं। सूरज डूबते ही डाकिनी का आह्वान होता है और घेंचू आसमान की ओर मुँह उठा ज़ोर से तुरही फूँकता है। लोग सन्न हो जाते हैं। डर के मारे औरतें काँपती, अपने बच्चों के लिए ईश्वर से प्रार्थना करती हैं।

अब कोई सिवान में क़दम नहीं रखेगा। मठिया में प्रेत-साधना करते हैं, बाबा! नहीं तो इतना जस कैसे रहे! रात को बस बम् भोले...बम् भोले...सत गुरु की, आवाज़ सुनायी पड़ती है।

सुखी निखर आयी है। कमर की हड्डियाँ थोड़ी चौड़ी हो गयी हैं। आँखों के नीचे का अस्थि-भाग चिकना हो गया है।

समय के खेल में आदमी कैसा बदल जाता है। सुखी थोड़ा झुककर चलती है। मदिरा का भभका चलता है, उसके घर। खाने-पीने की क्या चिन्ता। दूध से मलाई छानकर नीचे का दूध बाबा के आगे डाल देती है और बचा-खुचा हलुआ घेंचू और कुत्ते को। बाबा उससे डरते हैं। स्त्रियों को भभूत देते हुए, सुखी पर निगाह पड़ते ही उनका हाथ काँपने लगता है, पसीना छूटने लगता है।

साहब का चिमटा अब घेंचू के हाथ में रहता है। भोग की थाली अब वही ग्रहण करता है। ऐरे-गैरे रोगियों को अब घेंचू के हाथ की भभूत ही चंगा कर देती है। बस, विश्वास नहीं है तो एक रतनजोत को उस पर और घूरे बाबा यही चाहते हैं और सुखी बाबा और घेंचू दोनों को ख़ूब जान गयी है।

झरबेरी के पत्ते पीले होकर गिर गये हैं। बस, डालें और नुकीली टहनियाँ, जिनमें काँटे। चाहे फिर नयी पत्तियाँ आयें और यह दैवी गुम्बद ढँक जाय उनसे, पर अभी तो इसकी चुभन बनी हुई है।

सुखी चुभ रही है अभी, घेंचू को भी, जो संन्यास का भोग भोगना सीख गया है, शव- साधना और माया की खुमारी को समझ गया है और...रतनजोत तो तेरी दासी हो सकती है, दासी!...बाबा की बात उसे याद है और बाबा को भी, जो रतनजोत को अगले जनम के वैधव्य से मुक्ति दिलाना चाहते हैं।

"रतन, साहब पिछले जनम में तेरे ऊपर नाराज़ था, चार जनमों तक लगातार तुम्हें वैधव्य भुगतना है!" बाबा एक दिन रतनजोत से कह रहे थे। पर उसके मठ से बाहर निकलते ही, "तेरे साहब के बच्चे की! ढोंग रचता है!" सुखी के भरपूर झापड़ से बाबा की दाढ़ी के कुछ राख-मिश्रित बाल उड़ गये थे। घेंचू जल्दी-जल्दी तुरही फूँकने लगा था, कहीं कोई आ न जाय! और आधे रास्ते आये लोग लौट गये थे।

शिव-साधना! शव-साधना! प्रेतों का वास हो गया मठिया में। आदमी छड़कर मर जायगा! बाबा ने तो चुड़इनियाँ की डाइनों को वश में कर लिया है।

फागुन की चुहल दरवाज़े पर आ खड़ी हुई है। फ़सल के मारे सिवान बोझिल हो रहा है। जिसके दो मन होता था, वह दस मन तौल रहा है और बाबा के प्रताप की दुहाई दे रहा है।

—सच्चे सन्त का यही गुन है। मुट्ठी-भर दो तो दौरी भर पाओ!

—इस बार ठाकुर जग्य करेंगे। बहुत बड़ा भण्डारा दिया जायगा। मठिया के तहद एक बहुत बड़ा ठाकुर-द्वारा बनेगा। गाँव-गाँव चन्ना जुट रहा है। पर बाबा रुपिया को हाथ से नहीं छूते।

"जती डरता है माया से। धन्य हैं घूरे बाबा!" सुखी लोगों से कहा करती है।

ठाकुर परीक्षा लेंगे, सुखी की बात की! रतनजोत चाँदी का रुपया धरेगी बाबा की कमरी के नीचे। लेकिन सब सुखी की राय से होगा। बाबा के मठ में सुखी की राय के बिना पत्ता भी नहीं हिल सकता। इसलिए तुरही बजते ही सुखी अपने बालों को कन्धे से आगे ले आकर लपेटती है, भैरवी बनती है। धूनी की आग खरोंच कर धधकाती है और तड़ककर बोलती है, "सत्त गुरु की!"

बाबा भी सत्त गुरु की कहते हैं, पर धीरे-से, क्योंकि सुखी की आँखें लाल हो रही हैं। अभी-अभी रतनजोत का हाथ अपने हाथ में लेकर आगामी जीवन के वैधव्य की कहानी फिर से सुनाते हुए उसने बाबा को देख लिया है। बाबा भोग से भी वंचित हैं सारे दिन।

"ज़ोर से बोल, साहब!" सुखी दहाड़ती है।

"सत्त गुरु की!" बाबा की आवाज़ काँपती है और बायें हाथ से सुखी घेंचू को झोंक देती है, "तुरही फूँक, तुरही!"

घेंचू उठकर चला गया, तो सुखी ने तड़ककर कहा, "ले यह अँगीठा हाथ में। तेरी परीक्षा है कल!"

"परीक्षा! साधू की?"

"हाँ, साधू के बच्चे साधू की!"

बाबा की मुट्ठी कस जाती है, "ओह मालिक!" वह चिल्ला पड़ते हैं, तो सुखी कहती है, "तेरे ही लाभ के लिए है यह। कल रतनजोत एक चाँदी का रुपया धरेगी तेरी कमरी के नीचे। तू उस पर बैठते ही हाथ झटकारते हुए चिल्ला पड़ना, जल गया! जल गया! माया ने डस लिया! अच्छा, भूलना नहीं? जोगी हाथ से धन नहीं छूता और तू तो ईस्सर का अवतार है, इस जवार के लिए। ईस्सर से भी बड़ा, जो मरे हुए को भी जिला देता है।"

अग्नि-परीक्षा ने साधू के यश के तम्बू को और भी ऊँचा तान दिया है, पर वह घोर ताप में दह रहे हैं। बाबा को बुखार है! अचम्भे की बात है! सुखी तलवे सहलाती है, अजवाइन पीसकर माथे पर चढ़ाती है। लोगों को दर्शन के लिए मना करती है।

"प्रेत से लड़ाई हुई है बाबा की। मानुस ने कहीं से झाँककर देख लिया है। साहब नाराज़ है। शव-साधना का यही सब तो ख़तरा है। घेंचू महा-साधना के लिए समुद्र को चला गया।" सुखी लोगों से कहकर सुबक-सुबक कर रोती है।

ररोइया चिरई रात-भर मठिया पर रोती है। गेदुर किच्-किच् करते हैं और उल्लू अँधेरे के बाण की तरह निर्जन आकाश का सीना चीरते चले जाते हैं। महारानी सुखी

के पाँव बेहद थरथराते हैं, जैसे पाँवों का ख़ून ही चूस लिया हो प्रेत ने। चेहरा पीला पड़ गया है।

चुड़इनियाँ के मठ से, बम् भोले, अथवा सत्त गुरु की ध्वनि नहीं सुनायी पड़ती। अब वहाँ रात के अँधेरे में बाबा सुखी की जाँघों पर सिर रख कर, उसकी कमर में हाथ डाले घण्टों रोते हैं, "आख़िर गढ़ीवाले कब तक रतनजोत के भागने की बात छिपायेंगे। एक-न-एक दिन घेंचू के साथ उसके भागने का पता।"

सुखी अपने तेल में डूबे बाल आँखों से परे करके बाबा की आँखों में देखती है। आँसू चू-चू कर बाबा के जटा-मण्डल में समा जाते हैं।

"अब थोड़े ही दिन बाक़ी हैं।"

"थोड़े ही दिन?" बाबा चैंकते हैं।

"हाँ कभी-कभी दर्द भी होता है। चलते हुए पाँव काँपते हैं।"

"तो कल कैंची लाना न भूलना। यह लम्बी जटा तो भागने भी न देगी।"

"ठाकुर—द्वारे का चन्दा तो तुम्हारे ही पास...बस उसे बाँध लेना। कहीं दूर देश चलेंगे, सुखी!"

बात पूरी भी नहीं होती बाबा की और सुखी उनके जटा-मण्डित सिर को बाँहों में घेरकर कस लेती है।

उत्तराधिकार

कमल'

अभी सरन आफ़िस के पीछे भी नहीं पहुँचा था कि ज़ोर की हँसी सुनायी पड़ी और बीच में सितारे की किसी द्रुत लय की तरह एक स्वर उठकर उसे गनगना गया—ठाकुर साहब और कमल!

वह पल-भर को रुक गया और सोचने लगा कि चले या वापस लौट जाय? तभी ठाकुर साहब यह कहते हुए उठ खड़े हुए, "मास्टर साहब, अब चलूँगा, मुरलीधर बुला रहे हैं।...हरे कृष्ण! हरे कृष्ण!"

और फिर सरन ने सुना कि कमल कह रही है, "बापू! आज मैंने माखनचोर को सपने में देखा है..."

और प्रिन्सिपल कह रहा था "क्यों नहीं, क्यों नहीं? वे तो आप ही के हैं ...आप ही के..." बेचारे से बात नहीं बन रही थी।

शाम गाढ़ी और उदास थी। चारों ओर शरद का निर्मल आकाश उनया पड़ रहा था। सरन को लगा, जैसे वह कटोरे की तरह उसके सिर पर औंधाया हुआ है।...लेकिन सहसा इस तरह रास्ते पर खड़े-खड़े ठाकुर हरीन्द्र प्रताप के आगे पड़ना, और जब कि कमल उनके साथ है ...लौटा ही था कि...

"सरन बाबू! ओ-हो! हो-हो! हरे कृष्ण!...देखो तो गोपीनाथ की माया! अभी याद किया और तुम दिखायी पड़ गये! कमल ने सपने में देखा, कृष्ण भगवान् को...बोलो, बेटा, कैसे थे मुरलीधर?" ठाकुर साहब ने मुड़कर कमल की ओर देखा।

और कमल अपनी साड़ी के पल्लू को अँगुलियों में लपेटती हुई इस तरह शरमा रही थी, जैसे सारी चाँदनी का रूप-शृंगार उसी पर तो निछावर है।

ठाकुर साहब फिर बोल उठे, "शरमा रही है, कमल!...कहती थी, एकदम तुम्हारी तरह थे भगवान्! होंठों पर मुरली थी..."

सरन का कलेजा जल गया उसने अपने ही से कहा, "मैं कोई भड़ुवा तो हूँ नहीं!" और वह धीरे-धीरे पीछे हटता रहा, क्योंकि ठाकुर साहब बात करते हुए ऊपर चढ़ते आने के आदी थे।

उन्होंने जैसे सरन के मौन को अस्वीकार करते हुए कहा, "देखो, सरन, समय की गति उलटी है और यह कोई नयी बात नहीं है। नये समय का निर्माण त्याग पर

होता है। जो समझता नहीं, वह चूकता है! प्रभु की माया ही ऐसी है, हम लोगों ने बीबी-बच्चों को जाना ही नहीं। माँ-बाप ने जो चाहा, किया, पर मैं इसका विरोध करता हूँ। मौक़ा तो मिलना ही चाहिए कि लड़की-लड़के एक-दूसरे को जानें। फिर प्रेम एक ऐसी चीज़ है जो धीरे-धीरे होती है और करनेवाला मिट्टी-पत्थर से भी प्यार करके उसे देवता-देवी बना लेता है, क्यों?''

ठाकुर साहब पल-भर को रुक गये। सरन को विस्मय हुआ कि आख़िर यह नयी बात क्यों? इसलिए 'जी' कहने में उसे देर लगी। वह मन मारे ठाकुर साहब के पीछे-पीछे चल रहा था। कमल कभी सरन की बग़ल, कभी उसके पीछे होकर चल रही थी और एक तिनके को दाँतों से काट-काटकर अँधेरे पर निरन्तर थूकती जाती थी।

''मेरा कोई दूसरा नहीं है। यह सब कमल का ही है, कोठी, जायदाद, स्कूल, धर्मशाला, बाग़-बग़ीचे...''लेकिन सहसा उन्होंने बात का सिलसिला तोड़ दिया। सामने गहरा अँधेरा था, वहीं से उनका बाग़ शुरू होता था, जिसके एक किनारे पर उनका अपना मकान और दूसरे पर वह हथेली थी, जहाँ ठाकुरद्वारा था और उसी में रहकर सरन की दीक्षा हो रही थी।

''तुम कमल के साथ घर चलो, मैं भगवान् का चरणामृत लेकर अभी लौटता हूँ। साथ ही खाना होगा। क्यों, कमल?''

कमल ने उस अँधेरे में ऐसे सिर हिलाया, जैसे पिता जी कोई उल्लू हैं, जो अँधेरे में भी देख सकते हों।

ठाकुर साहब 'लीलाधाम-मुरलीमनोहर' का नाम जाप करते हुए आगे बढ़ गये।

सरन कुछ सोच ही नहीं पा रहा था। उसने धीरे से कहा, ''चलिये!''

कमल उस बाग़ के अँधेरे में धीरे-धीरे चलने लगी। सरन अन्दाज़ से इतना सँभालकर चल रहा था कि वह उससे चार-छह क़दम दूर ही रहे, पर रह-रहकर कमल की चाल धीमी पड़ जाती थी और सरन उससे लड़ते-लड़ते बचता था।

हवा बहुत धीरे-धीरे चल रही थी। बाग़ में एक अजीब-सी गन्ध चारों ओर व्याप्त थी। सरन बार-बार सोचता, पर उसे पता न चलता कि यह कैसी गन्ध है। रास्ता टेढ़ा-मेढ़ा, बल खाता-मुड़ता, ऐसा बना था कि सरन जैसे कच्चे आदमी को नीचे ज़मीन और ऊपर आम की डालों से बचने के लिए सतर्क रहना पड़ता और साथ ही उसे लगता, जैसे कमल रह-रहकर कनखियों से उसे देखती चल रही है।

जब दोनों बाग़ के बीच चबूतरे पर पहुँचे, तो एकाएक अँधेरा जैसे एकदम सिमट आया और हाथ-को-हाथ सूझना बन्द हो गया। सरन ठिठका, उसके सामने कमल थी। सरन की कमर में उसके हाथ कसे थे।

''मुझसे आप प्यार क्यों नहीं करते, मैं रात-दिन यही सोचती हूँ। कृष्ण के रूप में मैं आप ही की पूजा करती हूँ, पर आप...सच-सच बताइये!'' कमल ऐसे बोल रही थी, जैसे इसे कहने के लिए उसने कितनी ही बार इस वाक्य को रटा हो।

सरन हक्का-बक्का-सा खड़ा था। उसकी ज़बान तालू में सट गयी थी। पेट के ऊपरी भाग पर कमल की तेज़ चलती हुई साँस का दबाव महसूस हो रहा था। क्षण-भर सरन सोचता रहा, उसे क्या कहना चाहिए? तभी सहसा अँधेरे में कमलनयन का रूप उसके आगे साकार हो गया...

कमल की आवाज़ थरथरा रही थी, "मैं जोगिन बन जाऊँगी आपके लिए स्वामी। मैं पूजा..."

सरन जल उठा, "छोड़िये भी, रास्ता है..."

"नहीं-नहीं! मैं आज कुछ सुनकर ही मानूँगी! आप किसी दूसरी को तो नहीं चाहते?"

सरन ने उसका हाथ झिटक कर छुड़ा दिया और अपने को अलग कर लिया। लेकिन बात यहीं खत्म नहीं हुई। कमल फफक-फफककर रोने लगी, "आप कितने निठुर हैं, नाथ!"

और सरन को लगा कि अगर पास में आग होती, तो अभी अपने कपड़ों में लगाकर वह यहीं जान दे देता। वह पागल हो जायगा। उसने कानों को हाथ से बन्द कर लिया और कड़े स्वर में बोला, "बस यही एक काम है तुम्हारे पास क्या, कमल? चलो, देर होगी तो पिता जी क्या कहेंगे? ऐसा न हो कि वे घर पहुँच गये हों।"

किसी तरह कमल को लेकर वह घर पहुँचा और रसोईदारिन से पेट में दर्द होने का बहाना बना, न खाने की बात ठाकुर साहब तक पहुँचा देने की बात कहकर दरवाज़े से निकलने को हुआ कि कमल दरवाज़ा रोककर खड़ी हो गयी?

"मैं अपनी बात का जवाब चाहती हूँ आप से! आख़िर आप क्या सोचते हैं, कुछ कहकर जाइये!"

"मैं कुछ नहीं चाहता, कमल! न मकान, न यश, न धन, मैं अपने को भी नहीं चाहता! तुम क्यों नाहक़ परेशान होती हो मेरे लिये। बस, जो होता है, उसे होने दो। हम-तुम इसी होने देने के परिणाम हैं, काठ के पुतले, जिनकी आत्मा अपनी नहीं है, मन अपना नहीं है।" सरन, को अपनी ही आवाज़ पहचानी नहीं लग रही थी जैसे वह पल-भर और रुका तो रो पड़ेगा।

और कमल एकटक उसके चेहरे को देख रही थी। एक अजीब-सी मोहक तुर्शी सरन के चेहरे पर उतर आयी थी, जिसे कमल अपने हाथों से छूना चाहती थी, सहलाना चाहती थी, पर सरन रुका नहीं। कमल के हाथों की बग़ल से वह निकला और बाहर गहरे अँधेरे में खो गया।

मंगल'

सबेरे के आठ बज रहे थे। ठाकुरद्वारे के घड़ियाल ठनककर बन्द हो चुके थे और मन्दिर का साया सरन की खिड़की से अपने को समेट रहा था। कोठी से आया नाश्ता

ठण्डा हो गया था और सरन का यूनिवर्सिटी का साथी मंगल, जो अब उसी के स्कूल में विज्ञान का शिक्षक है, आकर बैठा था। पर सरन की नींद ही नहीं टूट रही थी। अन्त में ऊबकर मंगल ने ज़ोर से ज़ंजीर खटखटायी, तो सरन हड़बड़ाकर उठा और दरवाज़ा खोलते ही उसे सामने पाकर बड़ा ख़ुश हुआ।

"चलो, ख़ैरियत है कि तुम हो, वर्ना सुबह-सुबह....!" सरन देह तोड़कर अपनी अँगुलियाँ चटकाने लगा।"

"सुना, आजकल तुम्हारे बड़े ...!" मंगल कह भी नहीं पाया था कि सरन बोल पड़ा, "रंग हैं! मैं इश्क़ कर रहा हूँ! क्यों?" फिर क्षण-भर चुप रहकर सरन जैसे बहुत नज़दीक होकर धीरे-धीरे बोलने लगा, "क्या यार, मोहब्बत भी कोई ऐसी चीज़ है, जिसमें कोई लड़की किसी आदमी की पूजा करने लगे?"

मंगल हो-हो करके ज़ोर से हँसा, "समझ रहा हूँ, आजकल पूजा हो रही है! पर यह राधा की आराधना नहीं है, तुम्हें लक्ष्मी से मोह है, दोस्त!"

"मैं तो समझता था कि तुममें कुछ बुद्धि है, मंगल!...मान लिया, मुझे लक्ष्मी से ही मोह है, तो इसमें पूजा-आराधना की क्या जरूरत? हमारे यहाँ ऐसे हर रोग की दवा शादी है, क्योंकि वह एक पर्दा है। वह समाज, जो मूल्यहीन हो जाता है, सब-कुछ छोड़ दे, उस पर्दे को नहीं छोड़ता, जिसमें वह अपनी गन्दगी को छिपाये रखता है। मैं आज सारी रात यही सोचता रहा हूँ।" जैसे क्षण-भर रुककर वह कुछ सोचता हुआ बोला, "कल एक ऐसी बात हो गयी, जो मेरे लिये एकदम नयी थी। ऐसा नहीं कि मैं वासना, प्रेम इत्यादि को जानता ही नहीं। उसी में तो उगा और बढ़ा हूँ, पर इस घटना की स्वाभाविकता में मुझे विश्वास नहीं होता। मैं ही नहीं, कोई भी इसे जानकर विश्वास नहीं करेगा। और उसी एक बात ने मेरे मन में प्रेम की अभिलाषा भर दी है, मंगल! सहसा मुझे एक अजीब से भाव का बोध हुआ है। तुम शायद नहीं जानते कि हमारे यहाँ प्यार की कोई परिभाषा नहीं है। कम-से-कम मेरे घर में..." सरन रुक गया, जैसे कोई ऐसी बात उसके मुँह से निकलने जा रही थी, जो उसे नहीं कहनी चाहिए। लेकिन क्या नहीं कहनी चाहिए। वह जैसे कुछ चिढ़कर कड़ाई से बोलने लगा, "हमने बचपन से ही आदमी को जानवर की तरह कामुकता का व्यवहार करते देखा है। जैसे यह कोई ज़िम्मेदारी नहीं, एक ऐसी क्रिया है, जो बिना किसी विचार के चलती रह सकती है।

"तुम मेरे पिता जी को जानते हो? क्यों, देखा है तुमने उन्हें?"

"क्यों नहीं? मंगल जैसे विस्मय से सरन की बात सुन रहा था।

"पर तुमने क्या देखा है? मैं तुमसे पूछता हूँ कि क्या उन सारी औरतों को तुम जानते हो, जो उनके साथ बाँदियाँ या रिश्तेदारिनें बनकर रहती हैं? तुमने मेरी छोटी अम्माँ के महल से चले जाने की कहानी सुनी है?" सरन के गले में जैसे काँटे भर आये, उसने छोटी अम्माँ का नाम क्यों नहीं लिया, 'निशा' क्यों नहीं कहा? उसने

बात तोड़ दी और मंगल के चेहरे के भावों को पढ़ने लगा, जो निशा का ज़िक्र आते ही मेज़ पर सिगरेट लेकर जलाने लगा था।

'स्त्री उनके सामने हमेशा एक मज़ाक रही है, सरन जिनके सामने रोज़ी-रोटी का सवाल कभी नहीं रहा।...क्यों नाहक़ भाषण देकर मेरा सिर सवेरे-सवेरे खाते हो?...क्या बात है कि तुम आज यहाँ आकर इस वीरान कोठी की भुतही बारादरी में ठहरे हो? इसे जाने दो, बातें बढ़ती जायेंगी! मैं ख़ूब अच्छी तरह समझता हूँ। कुछ दूसरी बातें करो, अपनी कमलनयन की कहो! आजकल तो बड़ी आराधना चल रही है! सुना, दोनों तरफ़ सपने आ रहे हैं और तुम्हारा दरवाज़ा छेका जा रहा है!''

सरन सकते में आ गया। आख़िर इसे कैसे मालूम? वह पल-भर को रुक कर बात टालने के लिए नौकर को आवाज़ देने के बहाने खिड़की से नीचे झाँकने लगा!

धूप कमरे से बाहर निकल गयी थी। पश्चिम से हवा का सरसराता हुआ ठण्डा झोंका पास की घनी बँसवट से सीटियाँ बजाता हुआ हर्-हर् बह रहा था। रह-रहकर सरन के अस्त-व्यस्त बाल माथे पर लटक आते थे जिन्हें वह फिर सँभालकर ऊपर कर लेता था और पलँग की पाटियों पर रह-रहकर दोनों हाथों से ज़ोर लगाकर अपनी भुजाओं को देखने लगता था।

इसी बीच में अधीन दूध के लिए पूछने आ गया। सरन ने वातावरण को हलका करने के लिए मंगल से दूध के लिए पूछा, तो मंगल हो-हो करके हँसने लगा।

''तुम्हें हो क्या गया है सरन? लगता है, सचमुच इश्क़ करने लगे हो! अरे, मैं और दूध! भाई, हम लोग रोगी माताओं के मांसहीन, सूखे स्तनों को चूस-चूसकर पले हैं। कभी सुफ़ेद पानी तो देखा नहीं, तुम दूध की बात करते हो!''

सरन को कोई जवाब नहीं सूझा। ऐसे मौक़ों पर वह ऐसे ही भयभीत होकर ख़ामोश रह जाने का आदी है। वह अपने ऐसे दब्बूपन को जानता है और जब कभी ऐसे मौक़े आ जाते हैं, वह छँटनी करने बैठ जाता है और विचारों के गले दबोचने लगता है।

आज रविवार की छुट्टी का उपयोग वह इसी काम के लिए करता, पर मंगल के आने से उसे मन की बात कहने का एक माध्यम मिल गया था। वह कमलनयन की भोंड़ी हरकतों के सहारे सरमा के लिए किस तरह तड़प उठा है, यह मंगल को बताना चाहता था, पर निशा का ज़िक्र आते ही मंगल बेहद तेज़ हो उठा था। सरन की सारी बनावटी ईमानदारी उसके व्यक्तित्व की धार पर लगकर कट जाती थी। वह शस्त्रविहीन योद्धा की तरह दुश्मन से निवेदन करने की स्थिति में पहुँच गया था कि, भाई, माफ़ करो, कभी तुम्हारे सामने आँख नहीं उठाऊँगा!

तभी बब्बू ने आकर इस उदास किन्तु गरम वातावरण को बदल दिया।

''बाबू जी चाय!'' वह सिर के पल्लू को हवा से बचाते हुए, नीचे सिर किये बोली। फिर मेज़ पर चाय रखकर लौटी ही थी कि मंगल ने कहा, ''सरन बाबू को घरजमाई बनाकर रखने का इरादा है क्या, बब्बू?''

बब्बू की मुस्कान शेफाली की तरह कमरे में महक उठी और वह किंचित् मुड़कर शर्मायी हुई तेज़ी से जीने से उतर गयी।

मंगल ने होंठों को भींचकर सरन के चेहरे पर आँख गड़ाते हुए देखा और कहने लगा, "तुम इसे जानते हो, सरन बाबू?"

"किसे?" सरन फिर जैसे बात को टालना चाहता हो।

"यह बब्बू है, तुम्हारी कमलनयन की बहिन!"

"बहिन!"

"हाँ, बहिन!"

"सनेही बारी की बीवी से ठाकुर हरीन्द्र प्रताप जू देव, कृष्ण-भक्त की कन्या! बाप को ज़हर देकर ठाकुर साहब ने इस दुनिया की झंझटों से मुक्त कर दिया। माँ कोठी के ठाकुरद्वारे में पुजहाई धोने का काम करती जीवन काट रही है। लड़की गन्दे पुजारी की सड़ायँध-भरी वासना की दृष्टि से अपने रूप को बचाने की कोशिश करती हुई किसी तरह जी रही है। जरा अपनी कमलनयन से इसे मिलाकर देखो, जिसके नाम पर दस लाख के शेयर मिलों में भी खरीदे गये हैं, जो न तुमको मालूम होगा, न तुम्हारे बाप को। वर्ना कमलनयन क्या, ठाकुर साहब की पुत्री कहानेवाली किसी भी बनरी से शादी करने के लिए तुम इसी तरह ठाकुरद्वारे में झाँझ-करताल बजाते-नाचते देखे जाते।"

मंगल चाय की चुस्की लेने लगा था। सरन उसके मुँह की ओर हक्का-बक्का होकर देख रहा था, "सच कहते हो?" वह विस्मय में डूब-उतरा रहा था।

"क्या? बब्बू या दस लाख?" और फिर कटुता की रेखाएँ मंगल के चेहरे पर खेलने लगीं।

"तुम क्या समझते हो कि तुम्हारी तरह हम भी तालाब की वे मछलियाँ हैं, जिन्हें अगर किसी दूसरे तालाब के पानी में डाल दो, तो उन्हें अपने तालाब के पानी का स्वाद मालूम हो। कहते हो 'प्रेम की अभिलाषा भर दी है।' क्या बात है, सरन बाबू!" मंगल ने 'बात' पर ज़ोर देकर व्यंग्य-भरी दाद दी और हँसने लगा! विजय की चमक उसके चेहरे पर खेलने लगी। पर माथे की रेखाओं पर वितृष्णा के भाव अब भी अंकित थे।

तुम मेरी बात नहीं समझ रहे हो, सरन ज़ोर देकर कहना चाहता था।

पर मंगल फिर गम्भीर होकर बोलने लगा, "सरमा तुमसे प्रेम करती है। तुम उसे बाँहों में भरकर चूम लेते हो, पर उसके बाद भी क्या तुम कभी उसके बारे में सोचते हो? सरन, तुम लोगों के लिए औरत एक सामान की तरह है, और तुम्हारे ही लिये क्यों, सड़े-गले पुराने संस्कारों की बेड़ी में कसे उस सारे कमज़ोर लोगों के लिए, जो चाहे मूर्ख हों, चाहे पढ़े-लिखे।"

"लेकिन क्या पिता जी से सरमा का कोई...? मैं तुमसे प्रार्थना करता हूँ मंगल, मुझे बताओ, तुम कैसे जानते हो ये बातें? सरमा के बारे में तुम्हें कैसे मालूम?"

"जैसे तुम्हें मेरे बारे में मालूम हुआ। मैं तो एक मामूली मुहर्रिर का लड़का हूँ, जिसके बाप को ठाकुर हरीन्द्र प्रताप सिंह जू देव ने जीवन-भर पाँच रुपया महीना तनख़्वाह दी। तुम्हारी छोटी अम्माँ, जिसे निशा कहने में तुम्हारी मर्यादा टूटती है, एक कॉलेज के लेक्चर की सौतेली बहन हैं और जायदाद का लोभ दिलाकर तुम्हारे पिता ने उसे ख़रीदा है, यह तो तुम्हें मालूम है न? शायद यह भी मालूम हो कि मैं उन लेक्चर की कृपा से ही शहर में इण्टर तक पढ़ सका था। लेकिन तुम्हें शायद यह मालूम न हो कि जिस साल निशा की शादी हुई, उस साल मैं उसे पत्र लिखता था और वे पत्र तुम्हारी बड़ी माता जी की साज़िश से तुम्हारे द्वारा डाकखाने से मँगाये जाते थे और जेठ-वैशाख की दोपहरी में स्टोव पर पानी चढ़ाकर उसकी भाप से लिफ़ाफ़े खोले जाते थे। उन पत्रों की प्रतिलिपियाँ तैयार की जाती थीं। फिर पत्रों को ठीक से साटकर निशा को देने का काम भी तुम्हीं करते थे। शायद तुम्हारी माता जी जायदाद से निशा का अधिकार मिटाने के लिए सबूत इकट्ठा कर रही थीं।

"तुम्हें आज ज्ञान हो रहा है, पर क्या उन पहलवानों के बारे में तुम जानते हो, जो तुम्हारे पिता जी के साथ रहते हैं और जिनके लिए बादाम के बोरे रेल से मँगाये जाते हैं? शायद तुम्हें याद होगा कि चिट्ठियों की प्रतिलिपियाँ उन्हीं में से एक तैयार करता था। वह तुम्हारा कौन है, जानते हो? और कभी यह भी सोचा है कि जेठ की तपती दोपहरी में निचली मंज़िल का सारा राजमहल चारों ओर से क्यों बन्द कर लिया जाता है और तुम्हारी बड़ी अम्माँ को छोड़कर निशा के साथ सरमा और सारी नौजवान नौकरानियाँ चार पाँच बजे शाम तक उस अँधेरे में क्यों बन्द रहती हैं?...ठाकुर साहब आराम कर रहे हैं! ...ठाकुर साहब को नींद नहीं आ रही है! ठाकुर साहब के पाँव में जलन हो रही है!...चमेली के तेल में पानी फेंटकर पैरों पर मला जा रहा है?...पेटीकोट पहने बाहर निकलते कभी किसी छोकरी को नहीं देखा क्या तुमने?

"पंखे की रस्सियाँ दरवाज़ों में छेद बनाकर बाहर रखी जाती हैं, पर भीतर बेने चलते हैं और पैरों पर युवतियों के हाथ से पुटपुटी लगाने पर नींद आती है। सरमा और निशा के आँसुओं में तुम्हें कोई व्यथा नहीं दिखी होगी, 'क्यों?' बोलते-बोलते मंगल थक गया। उसे पता भी नहीं कि सरन अपने बालों को हाथों से नोचता हुआ कमरे में घूमने लगा है।

"फ़ौरन चले जाओ, मंगल! मैं कहता हूँ, चले जाओ! वर्ना मैं इस तिमंजिले से कूदकर जान दे दूँगा!" सरन की आँखें जलने लगी थीं। उसका चेहरा तमतमाया हुआ था और मंगल सिगरेट की ज़ोर-ज़ोर की कश लेकर हवा के रुख़ में ऐसे उड़ा रहा था, जैसे वह जब चाहेगा, उसके रुख़ मोड़ लेगा। यह तो उसकी मर्ज़ी है, जो आज उसे इस ओर बहने दे रहा है और सरन जैसे एक सूखे तिनके की तरह हवा की चपेट में अपनी ज़मीन से बेसहारा उड़ रहा है।

मंगल झटके से उठा। उसकी दृष्टि सरन की ओर नहीं थी। कुछ और ही देख रहा था वह, और उसके शब्द, "तुम्हें दुःख पहुँचाने के लिए मैंने यह सब नहीं कहा, सरन भाई! ये तो जीवन की सच्चाइयाँ हैं। इनसे आँख हम नहीं चुरा सकते, तुम्हारी बात और है। तुम कमलनयन नहीं, किसी भी नयन से शादी करके उसी प्रकार मुक्त रह सकते हो, पर हमारे लिये तो प्यार का सवाल, नयी ज़िन्दगी का सवाल है। जीवन का वह सारा श्रेय ही हम खो सकते हैं, जिसके लिए हमें वह मिला है। काम ही हमारा सहारा है और मन की बुरी गति में काम की वही दशा होती है, जो आज देश-भर में देख रहे हो। योजना निर्माण नहीं करेगी, आदमी करेगा और आदमी को आदमी बनाने के लिए, उसे ख़ुश और उत्साही बनाने के लिए उसके जीवन को प्रसन्नता से भरना होगा, उसे मनचाहा संगी-साथी देना होगा, समाज-व्यवस्था बदलनी होगी। स्त्री आदमी की काम करने की शक्ति को दूना कर देती है। शादी-ब्याह का मतलब मेरी समझ में सिर्फ़ इतना ही है!" मंगल दरवाज़े का ऊपरी चौखटा पकड़े बाहर को मुँह किये बोल रहा था और सरन के कमरे में चक्कर लगाने की आवाज़ उसके कानों तक पहुँच रही थी। हवा तेज़ थी, इसलिए आवाज़ उस एकाकी कमरे से बाहर घूमकर भीतर की ओर हलकी पड़ जाती थी। मंगल का दुःखी स्वर और भी करुण लग रहा था। वह धीरे-धीरे आगे बढ़ा और जीने से उतरने ही जा रहा था कि बब्बू तेज़ी से जीने पर चढ़ती दिखायी पड़ी। सामने मंगल को देखते ही वह रुकी, शरमाकर एक ओर दीवार से लग गयी। मंगल ने देखा, उसकी साँस फूल रही है, तो उसने पूछा, "कैसे बब्बू?"

"चाय का बरतन, बाबू जी!" उसने अपना सारा चेहरा हिलाकर ऊपर से लेने का संकेत किया।

"तुम चलो, मैं लाता हूँ!" मंगल लौटा, पर बब्बू मारे संकोच के खड़ी रही, "तुम चलो मैं कह रहा हूँ न!" और वह प्लेट-प्याले इकट्ठे करके हाथों में ट्रे लिये नीचे उतर गया।

सरमा'

सरन विक्षिप्त-सा कमरे में टहलता रहा। किसी ज़हरीले, दबे फोड़े के एकाएक उभर आने से जो पीड़ा होती है, वह पीड़ा सरन के मन को मथ रही थी।

दिन बहुत चढ़ आया था। धूप की तेज़ चमक उसकी आँखों को असह्य हो रही थी। उसने खिड़कियों को बन्द कर लिया और कुछ देर तक दीवार से माथा सटाकर भाव शून्य-सा स्थिर खड़ा रहा। फिर जाने क्या सोचकर वह लौटा और पत्र लिखने लगा :

सरमा प्रिय,

मैं सब-कुछ छोड़ दूँगा, घर-द्वार, ज़मीन-जायदाद, क्योंकि इनके साथ मैं तुम्हें प्यार नहीं कर पाऊँगा। हमारा प्यार झूठ हो जायगा, सरमा! अगर हम उसे बनाये रखना

भी चाहेंगे, तो भी नहीं रख पायेंगे। निष्क्रियता प्यार की सबसे बड़ी दुश्मन है और वैभव तो ज़हर है सच्चे प्रेम के लिए। मैं तुम्हें दूर ले चलूँगा, जहाँ हम मेहनत करके अपनी झोंपड़ी बना सकेंगे। अपने से रचेंगे अपनी सृष्टि, सरमा!...

उसने इस अधलिखे पत्र को पढ़ा, तो उसे लगा, जैसे उसकी भाषा उसके सामने उठ खड़ी हुई है, एकदम अपरिचित और नयी। उसे ताज़गी का अनुभव हुआ, ठीक वैसी ही ताज़गी, जो तुरन्त के खिले फूल में होती है। उसने पत्र को चूम लिया, उसे सीने से सटा लिया और पल-भर में उसके मन का भार हलका हो गया। उसे लगा, जैसे मंगल के सामने निशा को निशा न कहकर छोटी अम्माँ कहने की ग़लती अपने संस्कारों के कारण ही की है, जिनसे वह लगातार लड़ता है। अगर ऐसा ही न होता, तो वह निशा को महल से निकल भागने में मदद क्यों करता? क्यों सरमा की सहायता अपने माँ-बाप के विरुद्ध लेने जाता? ...फिर उसने पत्र में निशा की पढ़ायी-लिखायी की भी बात लिखी। उसने यह भी बताया कि यह तो सिर्फ़ एक बहाना है, वैसे निशा कभी भी लौटकर अब राजमहल नहीं आयेगी। पत्र पूरा करके एक बार अधीन के हाथ में देते-देते उसे निशा के पत्रों के खुलने और उसकी नक़ली उतारे जाने की बात याद आयी; पर उस क्षण उसका उत्साह इतना वेगवान था कि वह अधीन से कुछ भी न कह सका और अधीन उसी समय पत्र लेकर जगदीशपुर चला गया।

सरमा जोगेश राव जी की एक दूर की परिचिता की लड़की है। जोगेश राव के साथ जाने कितनी महिलाएँ, पता नहीं क्यों और कैसे आकर महल में रहने लगती थीं और फिर जीवन-भर वहीं रह जाती थीं। करमा आजी, घुन्नी भउजी, राजो बहू सीता माई कितनी ही औरतें हैं, जिनसे महल का कोना-कोना भरा हुआ रहता है। लेकिन सरमा!...ठाकुर साहब सरमिला कहते हैं और निशा सहेली की तरह उसे हमेशा साथ लिये रहती है।

धानी रंग की सुनहरी बार्डरवाली धोती कितनी फबती है उस पर! एक रूप हँसी और हँसते समय मुँद-सी जाती आँखें, होंठों के कोरों के पास लुभावने गढ़े...

बहुत पहले की बात है। एक दिन सरन ने कहा था, "इस तरह हँसती हो बुआ, कि जी में आता है, तुम्हारी आँखों में कुछ चुभो दूँ!"

"क्या चुभोओगे?" उसने पास आते हुए कहा था।

"कुछ भी! हँसते समय तो जैसे तुम दुनिया से आँखें ही मूँद लेती हो!"

"सच?" और वह उदास हो गयी थी, "तुम्हें मेरी हँसी अच्छी नहीं लगती क्या, सरन?"

उसके मन की अभिलाषा उभरकर चेहरे पर तिर आयी थी। पर जाने क्यों सरन कठोर ही बना रहा, न उसने उसे पास लेकर उसकी ठुड्डी ही उठायी, और न उसकी आँखों को ही चूमा।

सहसा सरमा के चेहरे पर गम्भीरता छा गयी थी, क्योंकि यह उसके लिए एक नयी बात थी। बचपन से सरन ने अपने पिता जी को स्त्रियों को इसी तरह पास खींचकर सीने से सटाते देखा था, पर वे उन्हें चूमते नहीं थे, शायद गन्दगी से डरते हों...और सरन सरमा को...सरमा बोल पड़ी थी, "क्यों, अभी से उस कमलनयन ने मना कर दिया क्या?" लेकिन सरन को अपनी ही तरह उदास देखकर वह किंचित् मुस्कराने का प्रयत्न करती हुई कहने लगी, "अरे, यह तो बता, सरन, कि मेरे पीछे कभी वह मिली थी? ठाकुरद्वारे आयी थी क्या?"

सरन उस समय अपना सारा साहस बटोरकर कहना चाहता था कि मुझे सिर्फ़ तुम्हीं प्रिय हो, तुम्हारे बग़ैर मेरा जीवन सूना है, पर निशा के आ जाने के कारण वह चुप हो गया था।

घर का वातावरण गम्भीर था, क्योंकि निशा ने मायके जाने की आज्ञा चाही थी और सरन को इस बात के लिए तैयार कर लिया था कि वह उसे शहर उसके भाई के पास छोड़ आयेगा। पर जोगेश राव जी इस बात को सुनते ही चीखने-चिल्लाने लगे थे और निशा सरन के सीने से सटी घण्टों रोती रही थी। सरमा उसे साहस बँधाती रही थी और तीनों ने मिलकर जो योजना बनायी थी, उसके अनुसार निशा एक दिन सहसा महल से ग़ायब हो गयी थी।

महल की हवा में एक क्रूर व्यंग्य रेंगा करता था। चारों ओर एक अजीब-सी बीमारी फैल गयी थी, जिसमें ख़ामोशी का भयंकर दौरा आता था, जिसे देखो, वही चुप। लेकिन आज सरन का पत्र पहुँचते ही उस मौन व्यंग्य का अट्टहास गूँज उठा था और काशीपुर कोट की निचली मंज़िल में रात-भर रोशनी जलती रही। महल का हर आदमी कान में अँगुली डाले किसी स्त्री की करुण चीख सुनने से अपने को बचाता हुआ किसी कोने अँतरे में बैठा रहा।

सरन के पिता ठाकुर जोगेश सिंह कमरे के बीचोबीच एक हाथ में हण्टर और दूसरे हाथ में सरन का पत्र थामे पलँग पर बैठे हैं। बड़ी ठकुराइन सिरहाने के स्टैण्ड को पकड़े खड़ी जिस ओर देख रही हैं, वहाँ एक पर्दा टँगा हुआ है, जो कभी-कभी हिलता है और एक ज़ोर की चीख फूटकर कानों को पर्दे छेदने लगती है, जैसे किसी को उलटी छुरी से ज़िबह किया जा रहा हो। मालकिन कभी-कभी बीच में बोल उठतीं, "मालिक, अब जाने दीजिये। कहीं मर गयी तो आफ़त आ जायेगी। कहीं बाहर हटवा दीजिये, जहाँ सरन पहुँच ही न सके।"

घिनौने सुअर की तरह नथुने फुलाये, फुनई पहलवान पसीने में लथपथ पर्दे के पीछे से निकला और कहने लगा, "मालिक, कुछ नहीं कहती, छोटी मालकिन का कोई हाल बताने से इनकार करती है। सरकार वह एकदम बेहोश हो गयी है, कहीं मर न जाय!" फुनई हाथ जोड़कर थर-थर काँपता है, लेकिन ठाकुर साहब की निगाह उठते ही वह सतर्क हो जाता है, "हुकुम हो, तो एक बार...!"

तभी कराहने की आवाज़ आती है और ठाकुर साहब उठ खड़े होते हैं। उनके ठिगने क़द और काले रंग पर तंजेब के बिना बनियान के कुर्ते ने उनके मोड़े शरीर की कुरूपता को और भी नंगाकर रखा है। फुनई उन्हें सँभालता है, तो वह उसे झटक देते हैं और चार क़दम चलते-चलते हाँफने लगते हैं। पर्दे को पकड़कर सँभलने की कोशिश करते हैं। पर्दा टूटकर गिर जाता है और सरमा की कंचन-सी देह मांस के छिछड़े की तरह उसके लम्बे-लम्बे बालों में छिपी दिखायी पड़ने लगती है। फुनई बड़ी ठकुरानी की ओर देखता है, शर्म से आँखों पर हाथ रख लेता है। ठाकुर साहब धम्म से ज़मीन पर बैठ जाते हैं। कुछ दिनों से सिर्फ़ स्त्रियों के शरीर पर हाथ फेरने भर की ताक़त उनमें शेष रह गयी है।

चारों ओर मरन की-सी ख़ामोशी छायी है। कमरे के कोने में जलनेवाला चिराग़ भी जैसे उदासी का अँधेरा उगल रहा है। वहाँ कोई किसी को नहीं पहचान रहा है। धन और ईर्ष्या में जीवन-भर जलनेवाली ठकुरानी आज इस चेतनाहीन मांस के लोथड़े ठाकुर को पहली बार अपना पा रही हैं। वह बेशर्मी से चुप हैं, लेकिन समझ नहीं पा रही हैं कि क्या करें और फुनई आँख पर हथेली रखे खूँटे में बँधे बैल की तरह लाचार खड़ा है। तभी कोई बाहर घबराया-सा बोल उठता है, "सरन बाबू की गाड़ी आ गयी है। साथ में हरीन्द्र प्रताप जू देव और दो सिपाही हैं!"

"कौन?...सरन?"

जैसे एक बिजली का तार सारी चेतनाओं को झंकृत कर देता है। कमरे का दीपक तक जैसे थरथराकर काँप उठता है और बड़े लम्बे बालों के बीच से सरमा इस तरह गरदन उठाती है, जैसे ऊँची नालवाला कमल सवेरे खिलनेवाला हो या काले बादलों के बीच से तृतीया का चाँद झाँकने लगा हो।

"सरन...क्या तुम्हें अच्छा नहीं लगता?" आवाज़ फूटती है, दुखती है, टूटती है। ठाकुर साहब कुछ नहीं सुनते। बड़ी बहू 'मेरा सरन' कहकर बाहर जाने को होती है, पर उस भूत का मुँह देखती रह जाती हैं और फुनई के लिए तो जैसे काले पत्थर की चट्टान के नीचे भूकम्प आ गया हो, "मुझे क्या हुकुम है, मालिक? जाऊँ?"

"हाँ, मोहन से कहो, पिछले दरवाज़े पर गाड़ी लगाकर इसे फ़ौरन जिले पर ले जाय! और देखो, तुम भी साथ जाओ! किसी को कानोंकान ख़बर न हो। और तुम, रानी!" ठाकुर हाथ से अपने को सँभालने के लिए इशारा करते हैं, "मुझे चारपाई पर लिटा दो और बत्ती बुझवाकर अन्दर से मकान बन्द कर लो! बाहर कहला दो, मालिक सो रहे हैं! सरन का यह ख़त सँभालकर रखो! पूछे तो कहो कि सरमा की माँ उसे बंगाल ले गयी। उसकी शादी तय करके आयी थी। और छोटी बहू..." ठाकुर की गिलगिली वासना उनके कण्ठ में नाबदान के कीड़े की तरह रेंग आयी है, "सरन चाहे तो अब भी वापस आ जायेगी। उसे परिवार की

मर्यादा का ख़याल करना चाहिए।'' छोटी बहू की चर्चा सुनते ही बड़ी बहू बेरुख़ हो जाती हैं, तो ठाकुर हाथ से इशारा करते हुए कहते हैं, ''जल्दी जाओ!...तुम्हीं को देखना है, मैं तो अशक्त हूँ।''

सरन'

ज़मींदारी उन्मूलन के बाद भी इस रियासत की आमदनी के ज़रिये अनन्त हैं। जोगेश राव जी ने बाज़ारों और मवेशियों के मेलों से लाखों रुपया कमाना शुरू कर दिया था। बीज की गोदामों से लेकर, घी-दूध, मुर्गी और अण्डे के नये रोज़गार शुरू करा दिये थे और शहरों में बन्दूक़ तथा मोटर की एजेन्सियाँ ले ली थीं।

धूर-धूर ज़मीन के पट्टे करके उन्होंने रुपया बैंक में जमा करा दिया था और बड़े-बड़े बाग़ों को काटकर ट्रैक्टर से फार्मिंग शुरू करा दी थी। उनका दबदबा अब भी बना हुआ था। अपने जिले की कांग्रेस कमेटी को हर तरह की आर्थिक मदद दे, उन्होंने नेताओं को ख़रीदकर अपना दरबारी बना लिया था।

हरीन्द्र प्रताप जी उनकी अपेक्षा छोटे ज़मींदार हैं। पर उनका व्यक्तित्व और उनकी नीति-कुशलता ने उन्हें जोगेश जी की बग़ल ला बैठाया है। जो काम जोगेश जी पैसों के बल पर करते, हरीन्द्र बाबू अपनी ज़बान की पटुता से कर लेते थे। यही कारण था कि सरन की ढुलमुल यकीनी को दूर करने और उसे नये ज़माने के अनुरूप गढ़ने के लिए जोगेश बाबू जैसे चोटी के प्रबन्ध पटु को हरीन्द्रनाथ की नीति-कुशलता के आगे घुटने टेकने पड़े थे। जायदाद की रक्षा राजनीति में हाथ होने से ही हो सकती थी और जोगेश बाबू सरन को राजनीति में डालना चाहते थे। वर्ना सरन को क्या कमी थी, जो वह एक महाविद्यालय में सहायक प्रबन्धक बनने जाता? लेकिन सरन इधर कुछ अजीब हो रहा था। पायजामा पहनता, तो कुर्ते का पिछला हिस्सा उसी में अटका रह जाता, और चलता, तो लगता उससे चलते नहीं बनता, या फिर इतना तेज़-तेज़ चलने लगता कि मालूम होता, दौड़ रहा है। किसी ओर देखता तो देखता ही जाता और याद आने पर घण्टों वह अपने को कोसता और फिर उस चीज़ को देखना ही छोड़ देता।

मंगल की उस दिन की बातों ने उसकी रही-सही शक्ति भी छीन ली थी। उसे अब पश्चात्ताप हो रहा था कि कमल को उसने इतना निराश क्यों किया? क्यों नहीं उसकी बाँहें उठीं, क्यों नहीं उसने उसे भुजाओं में कसकर आलिंगन में बाँध लिया? उसे कमल की देह का स्पर्श अब भी भुलाये नहीं भूलता। हरीन्द्र जी के लिए उसके मन का बढ़ा हुआ आदर इसी कारण था और काशीपुर की कोट में पहुँचकर भी सरमा से मिलने के लिए बेचौन न हो उठना उसके मनोविज्ञान की नयी प्रतिक्रिया थी।

हरीन्द्र प्रताप को दारोग़ा बारादरी ले गया और उनका सेवा-सत्कार शुरू हो गया। पर सरन कोट के ट्यूबवेल की मशीन के पास खड़े-खड़े उसे देखता रहा। आदमी

ने मशीन चलाकर छोटे सरकार को सलाम किया। जब काफ़ी देर तक वह कोई आज्ञा न पा सका, तो चला गया और धीरे-धीरे बत्तियाँ उतारने लगा।

सरन चुपचाप खड़ा रहा। वहीं एक कुत्ता भी चुपचाप सोया था। कोठी के विशाल प्रांगण में प्रातः की शीतलता के साथ हलकी रोशनी में लिपटी एक अजीब-सी ख़ामोशी फैली हुई थी, जिसे सिर्फ़ देखकर ही अनुभव किया जा सकता था। किनारे के अशोक के झबरीली पत्तियोंवाले ऊँचे नुकीले पेड़ों पर इस नयी रोशनी का कुछ और ही आलम था। नन्हीं-नन्हीं चिड़ियाँ चूँ-चूँ कर रही थीं और भुजंगे ताकुर जी-ताकुर जी की पुकार से लोगों को सुबह की सूचना दे रहे थे। सरन अब भी उसी तरह खड़ा था। सरमा के लिए उसकी उदासीनता अब खलने लगी थी। वह अपने को कोस रहा था, गालियाँ दे रहा था—तुम इतने कमीने हो, नीच! अभी दो दिन पहले तो तुमने उसे पत्र लिखा था...फिर उसे निशा का ख़याल हो आया...पिता जी एक नन्हीं-सी गुड़िया ब्याह लाये थे। क्यों? इसे उसने कभी नहीं सोचा था। उसकी छोटी अम्माँ उसी की उम्र की थीं। इसलिए उसके मन में एक अजीब-सा कुतूहल था उनसे मिलने के लिए। पर बड़ी अम्माँ का आदेश और राजू पहलवान के गन्दे मज़ाकों ने उसके मन में एक लज्जा का भाव भर दिया था। वह बारादरी से कतराता रहता। कभी भूलकर भी उधर न जाता।

छोटी अम्माँ बुखार में हैं, उसने सुहागरात के दूसरे ही दिन सुना था। लोग कहते, ठाकुर साहब को देखते ही वह फूट-फूटकर रोने लगी थीं, उन्हें बुखार हो आया था और इस बुखार को लेकर कितनी ही कहानियाँ महल में गढ़ ली गयी थीं।

एक दिन एकाएक पिता जी का बुलावा आया था। वह बारादरी के बिचले हाल में घुसते हुए सहम रहा था। उसके पिता ने उसे कड़े स्वर में पुकारकर कहा था, "वह थर्मामीटर है, बुखार लेकर चार्ट बना दिया करो, अच्छा?" ठाकुर साहब उठ गये थे और वह देखता रह गया था, एक पीला, उदास, दूज का चाँद। वह कैसे बोले, क्या कहे, थर्मामीटर लिये खड़ा रहा।

निशा ने उसे देखा, उसकी लम्बी, पतली आँखों की काली पुतलियाँ हिलकर उस पर टिक गयीं और उसने थर्मामीटर लेकर उसे बैठने का इशारा किया।

अब तक उसकी झेंप काफ़ी हद तक मिट चुकी थी। उसने धीरे से हाथ बढ़ाकर निशा के हाथों को छुआ और उसके चेहरे की ओर देखा, तो बड़ी-बड़ी मोतियों की लड़ी उन उदास आँखों से बँध गयी थीं। वह देखता रह गया था। कुछ ही देर में उसके हाथों पर बुखार की जलन महसूस होने लगी थी...

आज यह सब सोचते हुए सरन काँप गया। उसके पैरों के नीचे से ज़मीन खिसक रही थी।...आख़िर सरमा के पत्र में उसने छोटी अम्माँ का ज़िक्र ही क्यों किया, उसने क्यों लिखा कि छोटी अम्माँ मुक्त हो गयी हैं, अब नहीं लौटेंगी...कहीं पिता जी के हाथ पत्र लग तो नहीं गया? सरन का भूला हुआ डर साँप की तरह उसके मन में रेंगने लगा और वह सरमा से मिलकर सच्चाई जानने के लिए तड़प उठा।

यही सब सोचता हुआ वह महल में घुसा। पर बीच का हिस्सा बन्द था और बड़ी अम्माँ उसे सीने से सटाकर अपने को जुड़ा रही थीं, "अब तू कहीं नहीं जायगा, सरन! बड़ा उदास लगता है! तुम्हारी छोटी अम्माँ ने यहाँ आने से इनकार ही नहीं किया, ज़मीन-जायदाद से भी अपना इस्तीफा लिखकर भेज दिया है और किसी स्कूल में ऐरी-गैरी औरतों की तरह पढ़ाने लगी हैं। सरमा की माँ कई दिनों से आयी थी और उसे लेकर चली गयी। मैंने बहुत कहा कि सरन को आ जाने दे, पर सरमा ने कहा, 'जाने दो, अम्माँ, क्या होगा उनके आने से, जाना तो हई है!' इसी से किसी ने रोका नहीं।"

"सरमा चली गयी?" सरन ने ऐसे स्वर में पूछा कि बड़ी अम्माँ के मन का सारा डर पल-भर में पर फैलाकर उड़ गया और वह निर्द्वन्द्व बोलने लगीं, "अरे, इस दुनिया में अपने नहीं साथ देते, बेटा, वह तो परायी थी। भूख से मर रही थी, तुम्हारे बाबू जी को दया आ गयी, ले आये। जानते नहीं उनको!"

सरन छत पर घूमने लगा था, जैसे ताश खेलकर उठा हो और पैर सीधा कर रहा हो।

सरन तुलसी के पक्के चौरे पर टेक लेकर बैठ गया। मुँडेर पर उतरनेवाली पहली किरणों को वह देख रहा था। सरमा की याद, उसकी हँसते समय की मुँदी-मुँदी आँखें और होठों के कोरों के पास के गढ़े...सरन को लग रहा था कि वह एकदम छूँछा हो रहा है।

बड़ी माँ बोलती जा रही थीं, "अब ब्याह कर ले। ठाकुर साहब आये हैं। उन्हें बुलाया गया है। सन्देश आया था कि कमल और सरन का मन बैठ गया है। दोनों साथ-साथ घूमने जाते हैं।"

सरन सब-कुछ समझ गया। ठाकुरद्वारे से लेकर आम के बाग़ तक की पूरी घटना उसके आगे आयी, पर रुकी नहीं, जैसे बहते हुए जल की तरह गुजर गयी। रह गया सिर्फ़ सरमा का मुखड़ा...उदास, करुणा में भींगा हुआ और मंगल की बातें...तुम उसे बाँहों में कस लेते हो, चूमते हो, पर क्या फिर कभी कुछ सोचते हो? तुम लोगों के लिए औरत एक सामान से ज़्यादा नहीं है! प्रेम सिर्फ़ उन्हीं के पास है, जिनके आगे रोज़ी-रोटी का सवाल है...क्यों सरन, अब बोलो! वह अपने ही में भुनभुनाया. सचमुच हम कुछ नहीं जानते, मंगल! ठीक उन्हीं तालाब की मछलियों की तरह...और वह चुपचाप बड़ी अम्माँ के कमरे में घुस गया।

कुछ दिन बाद सरन की शादी हो गयी। अभी बारात लौटी ही थी और महल में खुशियाँ मनायी जा रही थीं। सरन बीच की मंज़िल से गुजर रहा था कि जोगेश बाबू ने उसे बुलाया। उनके चेहरे का भाव कठोर था, अभी से नहीं, कमल की माँग में सिन्दूर पड़ने के बाद ही से उन्होंने सरन से बात नहीं की थी।

सरन जाकर चारपाई के पास खड़ा हो गया। काले कपड़े की गन्दी गठरी की तरह जोगेश बाबू आठ तकियों के बीच पड़े हाँफ रहे थे और बब्बू उन्हें पंखा झल रही थी। बब्बू कमल के साथ बाँदी बनकर आयी थी। ठाकुर की पारखी निगाह ने आते ही हीरा चुन लिया था और बीच की मंज़िल में उसे आज ही पंखी पकड़ा दी गयी थी। मंगल सरन की आँखों में नाच गया और ठाकुर के कलेजे में छोटी अम्माँ किसी अँगारे की तरह दहक उठी थीं।

"तुम निशा के बारे में पहले से कुछ जानते थे?"

"क्या मतलब?" सरन का कण्ठ अनजाने ही रूखा हो गया।

ठाकुर साहब के गुस्से की आग में घी पड़ गया।

"मतलब पूछते हो? शर्म नहीं आती तुम्हें! तुमने घर की ईंट-से-ईंट बजा दी है! सिर्फ़ तुम्हारे कारण वह ऐसी हिम्मत कर सकी! मैंने तुम्हें डूबने से बचा लिया था, सिर्फ़ इसलिए कि परिवार की मर्यादा की रक्षा करनी थी वर्ना तुम्हें तो कोई हलवाहे का काम भी नहीं दे सकता था!"

सरन चुपचाप खड़ा रहा, उससे कोई उत्तर नहीं बन पड़ा।

"जानते हो, अगर दुनिया को यह मालूम हो जाय कि जोगेश बाबू की बीवी उन्हें छोड़कर एक स्कूल में मुदर्रिसी कर रही है, तो क्या इ़ज़्ज़त रह जायगी इस घर की? क्या कहेंगे हरीन्द्र बाबू?...ला सकते थे तुम ब्याह कर कमल को आज?" फिर एकाएक जैसे वह थककर अपने गुस्से से अलग होते हुए हाँफने लगे, "देखो, बेटे, अब तुम्हारा फ़र्ज़ है कि तुम अपनी छोटी अम्माँ को वापस लाओ। अगर तुम कहोगे तो सरमा को मैं बुला दूँगा।

"सरमा को!" सरन भौचक्का-सा पिता का मुँह देखता रह गया, जो गले से कफ़ उतर आने के कारण असाढ़ी मेघे की तरह फूल उठा था।

"हाँ, सरमा को! जाने कितने प्राणी इस घर में पलते रहे हैं। पुश्त-दर-पुश्त से यह चला आ रहा है। सरमा भी यहाँ ख़ुशी से रह लेगी। क्यों, क्या कहते हो?"

"मैं...मुझसे पूछ रहे हैं?" सरन थर-थर काँप रहा था।

"हाँ!" ठाकुर साहब ने हाथ से बब्बू को चले जाने का इशारा किया, "वर्ना वह मुझसे अलग नहीं हो पायेगी और बिना अलग हुए उसने मंगल के साथ शादी की, तो मैं जेल भिजवा दूँगा तुम्हारे मंगल को!" ठाकुर साहब की आँखें बाहर निकल आयी थीं और होंठ एक-दूसरे से मिलकर ऐसे फैल गये थे, जैसे कोई जंगली जानवर मांस के लोथड़े को चोंथ रहा हो।

मंगल का चेहरा कुछ कहने के रुख़ पर हो आया।

"जेल?"

"हाँ, जेल।"

"अब तुम जाओ और मेरी बातों पर सोच-विचारकर बताओ कि तुम क्या कर सकते हो!"

सरन उस दमघोट कमरे से निकला, तो बाहर भी हवा थमी हुई थी।

सारे घर में उठनेवाला शोर-गुल एक मेले की तरह लग रहा था। वह चाहता था अकेलापन, जहाँ वह बैठे, मन के विचारों को चुने, कुछ का गला दबाये और इस तरह साहस लेकर कुछ निर्णय करे। पर उसे शान्ति कहीं भी नहीं मिल सकती थी, कहीं भी उसके लिए जगह नहीं थी। इस सारी व्यवस्था का एकमात्र भावी मालिक कोई भी काम अपने मन से नहीं कर सकता। ऐसा नहीं कि कहीं कोई रोक हो, पर जिस भीड़ में वह खड़ा था, उसमें इतना कसाव था कि उसके पाँव ज़मीन से उठ गये थे और वह उसी भीड़ की गति में आराम से चल सकता था। जब कभी वह ज़मीन पर पाँव टिकाने की कोशिश करता, उसे मर्मान्तक पीड़ा होने लगती, इसलिए उसने अपने को ढीला छोड़ दिया था।

रात उसे फूलों से सजे कमरे में बन्द कर दिया गया। एक निहायत घटिया गाय़ की हाथीनुमा तस्वीर के नीचे एक भोंड़ी औरत दूध दुहती हुई दिखायी गयी थी और मोर के पंख खोंसे एक बड़े पेटवाला लड़का उसके आँचल से लगा था। कमल उसी तस्वीर के नीचे सजी-सजायी ऐसे बैठी थी, जैसे उसी तस्वीर से उसकी शादी हुई हो।

सरन की पलकें जलने लगीं, उसके होंठ सूखने लगे। उसे आज हर जगह अपना अपमान नजर आ रहा था। हर चीज़ उसकी ओर देखकर व्यंग्य से हँस पड़ती थी और अब यहाँ इस सुहाग के कमरे में भी उसे वही सब झेलना पड़ेगा, जो उसने बाहर झेला है।

कमल वहाँ से उठी नहीं और सरन पलँग पर लेटा, तो उसे थकान के मारे नींद आ गयी।

सवेरे माँ की झिड़कियों के बाद वह उठा, कमल वहाँ नहीं थी और एक तनाव चारों ओर फैला था। सरन ने कुछ समझा ही नहीं। करमा ने खोलकर उसे सब समझा दिया कि इस तरह लड़कियाँ समझ लेती हैं कि लड़के के पास कुछ है ही नहीं। रानी बहू को सन्देह हो गया है, वह रात ही से रो-धो रही हैं।

सरन यह सब सुनकर बेपरवाह-सा हँसकर ख़ुश हो गया। उसे लगा, जैसे पहली बार अनजाने में उसे किसी को तक़लीफ़ पहुँचा देने में सफलता मिली है! वह बिना बातचीत के हँसता हुआ नीचे चला गया।

सरन ने एक 'नयी ज़िन्दगी' में प्रवेश किया है, यह उसने मंगल के पत्रों से जाना था। मंगल उसकी शादी के बाद जब भी पत्र लिखता, उससे उसकी 'नयी ज़िन्दगी' के बारे में पूछता, उसके प्रेम और वैवाहिक जीवन के बारे में जानना चाहता। सरन मन-मन हँसता। उसे इस जीवन के बारे में क्या मालूम है! हाँ, जो कुछ भी उसने देखा है,

उसमें यही था कि राजू पहलवान के लिए सुबह घी में डूबे हुए बादाम के हलुए की तश्तरी भेजना उसकी बड़ी अम्माँ नहीं भूलतीं...उसके बारादरी में सोने का विरोध उसके घर का कोई आदमी नहीं करता। ...बब्बू जरूर एकाध दिन आयी थी, पर वह इतनी खुली थी कि सरन को उससे भी डर लगने लगा। दूल्हा बाबू के आगे उसे यह कहने में कोई संकोच नहीं हुआ था कि, "मुझसे नाराज़ हैं क्या, मालिक? मैं जानती हूँ, पर यह ठीक नहीं। बड़े मालिक से किसी औरत को कोई ख़तरा नहीं। रही फुनई पहलवान की बात, तो उसे तो, औरतें कहती हैं, सरमा दीदी अपने जादू के ज़ोर से भेंड़ा बनाकर बँगालें उड़ा ले गयीं।

निशा'

ठाकुर जोगेश सिंह जू देव आज सात दिन से मृत्यु-शय्या पर हैं। चारों ओर एक ऐसी उदासी छायी हुई है, जिसमें बेचौनी और सतर्कता ने जासूसी प्रभाव भर दिया है। डॉक्टर, वकील, रजिस्ट्रार से लेकर नौकरों और कारिन्दों की यह भीड़ सरन की शादी के बाद चौथे बरस देखी जा रही है। पर सरन जैसे हारा-थका-सा एक बड़े तख़त के ऊपर तकियों के सहारे लेटा है। उसकी गरदन बहुत पतली हो गयी है और चेहरा बाहर को निकलकर थोड़ा झुक गया है। कमर टेढ़ी हो गयी है और आँखों के नीचे कालिख छा गयी है।

उसे कोठी से दो बार बुलावा आ चुका है। हरीन्द्र प्रताप उससे मिलकर बातें कर चुके हैं, पर उसे याद नहीं कि उसने उनसे कुछ कहा भी है। रह-रहकर वह गुनगुनाता है और अपनी अँगुलियों को चटखाने लगता है।

शाम अभी होने को है, पर कोठी के आँगन से सूरज भाग चुका है और नौकरों के लड़के इधर-उधर खेलने लगे हैं। सरन बाहर निकलकर चबूतरे पर खड़ा होता है और फाटक के ऊपर किरणों का सुनहरा कलश देखता है तभी रियासत की मोटर आकर रुकती है और उसमें से मंगल और निशा का उतरना देखकर वह जैसे किसी लम्बी नींद से जाग उठता है। वह उनकी ओर लपकता है और दोनों एक-दूसरे से लिपट जाते हैं।

"भाई, इन्हें तलाक़ के काग़ज़ों पर पिछली तारीख़ में दस्तख़त करने को बुलाया गया है। तुम्हारे ससुर हरीन्द्र प्रताप जू देव को डर है कि कहीं ये तुम्हारे उत्तराधिकार में बाधक न बनें। ...लेकिन यार!" मंगल सरन को ऊपर से नीचे तक देखकर बोला, "क्या हालत है तुम्हारी यह?"

"हाँ, सरन, तुम कैसे हो गये हो?" निशा के चेहरे पर स्नेह की रोशनी चमकने लगी और वह सरन के पास आकर उसे ध्यान से देखने लगी।

"विस्मय हो रहा है, मंगल? तुम्हीं ने तो कहा था कि हम लक्ष्मी से प्यार करते हैं। सम्पत्ति के कीड़े हैं, वासना और लिप्सा के अलावा हमारे सामने स्नेह का कोई सवाल ही नहीं। अब देखा, प्यार ने तुम्हें ही नहीं मुझे भी एक नयी ज़िन्दगी दी है।

तुम आज मेरी खिल्ली नहीं उड़ा सकते मंगल, मुझे नीचा नहीं दिखा सकते!'' सरन की आँखों में पानी की सफ़ेद परत उभर आयी और वह बोलता गया, ''और तुम तो चली ही गयी छोड़कर, छोटी अम्माँ!'' वह बेहद उदास हो उठा। निशा मंगल की ओर देखती रही और मंगल निशा की ओर। दोनों के मन में एक ही बात उठ रही थी, एक समन्वित लहर, जो सिर्फ़ संस्तुति के लिए उठती है। दोनों की आँखों में एक ही तारा चमक रहा था, नितान्त अकेला, जिसने सुदूर आकाश में समस्त वायुमण्डल के उपद्रवों से दूर होकर निर्मल बने रहने का स्थान चुन लिया हो।

इसी बीच हरीन्द्र बाबू आये। उनके चेहरे पर हवाइयाँ उड़ रही थीं।

शाम गाढ़ी हो गयी थी और बत्तियाँ अपने निश्चित स्थानों पर रखी जाने लगी थीं। उन्हीं में से एक की ओर सरन एकटक देखने लगा था। हरीन्द्र बाबू ने उसकी ओर देखा और अपने कन्धे से लटकती थैली में कृष्ण के नाम का जाप रोककर कहा, ''लाल साहब, आपको भी चलना है ऊपर!''

''चलिये, चलिये, अब तो छोटी अम्माँ भी आ गयी हैं।''

सरन ही-ही करके हँसने ही जा रहा था कि मंगल ने उसके हाथों को अपने हाथ में ले लिया और वे सीढ़ियों पर चढ़ गये।

निशा दुःखी थी, मंगल चिन्तित, क्योंकि उन्होंने तो कुछ और ही सोच रखा था।—सरन उनसे बदला लेना चाहेगा, वह कोई परेशानी पैदा करेगा। अपने को बड़ा समझकर उन्हें नीचा दिखाने की कोशिश करेगा...

महल की भयंकर ख़ामोशी से सायँ-सायँ की आवाज़ निकल रही थी। हर चीज़ पर मरघट की वीरानगी छायी थी।

बड़े कमरे के बीच में पलँग पर ठाकुर साहब दम तोड़ रहे थे। सारा परिवार खड़ा था, सबके चेहरे पर करुणा के बजाय सतर्कता और धूर्तता का भाव नाच रहा था। सिर्फ़ सरन ही एक था, जो इस वातावरण के ऊपर ज्वलन्त प्रश्नचिह्न की तरह निस्पृह खड़ा था।

बड़ी अम्माँ के अधिकारों के लिए राजू पहलवान और कमल के अधिकारों के लिए हरीन्द्र प्रताप की घुड़दौड़ हो रही थी। मंगल को इसका बिलकुल अनुभव नहीं था। उसे तो सिर्फष् इतना मालूम था कि सरन के लिए हरीन्द्र प्रताप जी चिन्तित हैं और चूँकि निशा की दूसरी शादी क़ानूनी नहीं थी और वह चाहता था कि इस ग़लीज़ अधिकार से वह निशा को मुक्त कर ले, इसलिए वह आ गया था।

''सरन बाबू!'' सर्जन पाण्डेय ने ख़ामोशी को तोड़ते हुए पुकारा, ''आपके पिता जी अब जा रहे हैं। आप ही उनकी जायदाद के मालिक होंगे लेकिन श्रीमती कमलनयन और आपकी अम्माँ का कहना है कि उनका भी नाम आपके साथ जायदाद पर रहे।''

राजू पहलवान कुछ कहने जा रहा था कि हरीन्द्र जी बोल पड़े, ''जैसे मेरी जायदाद पर कमल के साथ तुम्हारा भी नाम है। इसमें कोई बात नहीं, सरन बेटे, मैं तो हूँ ही, बोलो न!''

"क्यों?" सरन उनकी ओर देखता हुआ लापरवाही से बोला। फिर जाने क्यों मुँह बिचकाकर उसने आँखें मूँद ली।

मंगल उसे देखता रह गया और निशा के सीने में ख़ुशी की गुदगुदी दौड़ गयी। कमलनयन बाप के कान में फुस-से कुछ बोली और राजू पहलवान बड़ी अम्माँ को इशारा करके कमरे से बाहर ले गया और तुरन्त लौट आया।

मंगल के आगे सारी स्थिति आईने की तरह साफ़ हो गयी और उस ग़लीज़ वातावरण का रंग उसकी आँखों में नाचने लगा। सरन के 'क्यों' ने उसे पर्याप्त बल दे दिया और वह जैसे किसी ठोस ज़मीन पर पैर टिकाकर खड़ा हो गया।

"इसलिए कि वह तुम्हारी पत्नी है!" डॉक्टर बीच में बोल उठा।

"यह मैं नहीं पूछता, मैं तो यह पूछता हूँ कि मेरा नाम चढ़े ही क्यों? मुझे जो मिलना था, वह मिल चुका है, इतना ही क्या कम है?"

कमरे में ख़ुशी की लहर दौड़ गयी, पर निशा का तलाक़ के जाली काग़ज़ों पर दस्तख़त करता हुआ हाथ काँप गया और उसने डरकर क़लम छोड़ दी, "क्या कहा, सरन, तुमने?" आवाज़ थरथरा रही थी उसकी, और चेहरे पर क्रोध की सुर्खी गाढ़ी हो गयी थी।

"वही, जो तुम कर रही हो, छोटी अम्माँ!" सरन उसी सहजता से बोला।

मंगल की मुट्ठी का कसाव सहसा सरन की कलाइ पर लोहे की तरह गड़ गया। सरन चुप हो गया। वातावरण गम्भीर हो गया। ठाकुर साहब की टूटती हुई साँसों की आवाज़ कमरे की दीवारों से टकराने लगी।

मंगल की आँखों में जाने कितने रंग एक साथ नाचने लगे। वह किसी तरह अपने को सँभालकर बोला, "तुम ठीक कहते हो, सरन, लेकिन सच्चाइयाँ सबके लिए एक रूप नहीं होतीं। जो बात निशा के लिए इस समय सच है, वह तुम्हारे लिये..." वह डॉक्टर की ओर मुड़ गया, "डॉक्टर साहब, यह उत्तराधिकार की बात उठी ही कैसे? किसने आपको बुलाया, रजिस्ट्रार साहब? कमल ने, ठाकुर साहब ने या बड़ी अम्माँ ने?" मंगल सबके चेहरों को देखकर पूछने लगा। पर सब चुप थे। जैसे चोरी करते हुए पकड़ लिये गये हों।

निशा सरन की बग़ल में आ खड़ी हुई थी। मंगल बोल रहा था, "उत्तराधिकार का सवाल तो तब उठता, जब सरन न होता।" वह अपने भीतर की उत्तेजना को व्यक्त नहीं कर पा रहा था। निशा की जलती हुई आँखों में भी इस समय मंगल को यही दिख रहा था। उसे लग रहा था, जैसे वह हार रहा है। उसके भीतर का विद्रोह पराजित होकर टूट रहा है। लेकिन उसने आँख उठाकर देखा, कमरे के सारे चेहरे, जो सरन की बात से अपना स्वार्थ पूरा होते देख प्रसन्न हो उठे थे, पीले पड़ गये हैं।

दाना-भूसा

"कितनी देर हुई!" राजी ने अनमने भाव से कहा और गोद से चिपके बच्चे को अलग करते हुए उठने को हुई, पर फिर दीवार से पीठ सटाकर अधलेटी हो गयी। दूसरा दिन होता तो वह मोहन को अपनी छातियों से अलग करते-करते दो-चार मोटी-मोटी बातें सुनाती, मसलन, "कहाँ का अमृत भरा है, जो हाड़ चूस रहा है या खा क्यों नहीं जाता मुझी को जो जान के पड़ा है।" पर वह कुछ न बोली और बाँकी ने भी बाप की पूछ-ताछ करके गालियाँ सुनने का काम आज एक बार भी नहीं किया। बेचारी चुपचाप पूरब के घर की दुवार में बैठी अपने लसिआये झोंटे को दोनों हाथों से खुजलाती और बीच-बीच में बालों से जूँ निकाल, एक अँगूठे के नख पर रख, दूसरे से चट् से मारकर कुछ देर अपने नाखूनों को देखती और फिर सिर खुजलाने लगती।

घर चारों ओर ऐसा चिकना, साफ़-सूफ कि लगता है, कई दिन पहले लीप-पोत कर छोड़ दिया गया हो या चौका-बासन करके घर के प्राणी हफ़्तों पहले कहीं चले गये हों। चारों ओर सघन शान्ति, सिर्फ़ एक बूढ़ी बिल्ली, जिसके पेट-पीठ सटकर एक हो रहे हैं; पूँछ नीचे किये इधर-उधर रोती हुई घूम रही थी। पहले जो गौरैयों का झुण्ड उतरकर बार-बार राजी का सुखवन खाया करता था और उड़ाने पर फुर्र से उड़कर बखरी की खपरैल पर गुथ जाया करता था, जाने किस देश चला गया। दो दिन से एक नन्हीं-सी गौरैया का बच्चा आँगन में उतर कर चूँ-चूँ करता और उड़ जाता था, पर आज वह भी कहीं दिखायी नहीं पड़ता। नाबदान के बग़ल की ऊँची डेहरी, जो उबसन और राख से सनी रहती थी, एकदम धुली और साफ़ पड़ी थी। कहीं-कहीं एकाध मक्खियाँ दिखायी पड़ती थीं, फिर उड़कर ऐसा लोप हो जाती थीं, जैसे उनके बैठने लायक़ यहाँ कुछ है ही नहीं और बखरी के कोने में बँधी बकरी आम की कई दिनों की बासी कउचियों को कूचने का प्रयास करके थक जाने पर में ऽ ऽ करके एक अजीब स्वर में मिमियाती और फिर चुप होकर टहनियों के टुनंगों के मुरझाये छिलके को कूँचने लगती।

राजी दीवार के सहारे अधलेटी हो गयी। उसकी सूखी छातियाँ आँचल से बाहर लटक आयीं। मोहन ने धीरे-धीरे सिर झुकाकर उन्हें एकाएक होंठों से पकड़ लिया। मशीन की तरह राजी का उलटा हाथ उसके मुँह पर भरपूर बैठ गया, वह धड़ाक से दूर जा गिरा। बच्चे की चीख़ इतनी ज़ोर से उठी कि कराह का आधा तनाव निःशब्द

हो उठा। बाँकी पल-भर को अपना एक हाथ सिर पर रखे, गरदन मोड़कर मोहन की ओर देखने लगी। फिर गुमसुम-सी मुँह फेरकर अपने काम में लग गयी।

धूप खिसककर पूरब की दीवार से सट गयी और धीरे-धीरे ऊपर को चढ़ने लगी। बाँकी ने एक बार उधर देखा और जाने क्या सोचकर उठी। तेज़ी से चक्कर लगाकर मिट्‌टी के चबूतरे पर टेढ़ी पड़ी गगरी से टिन के कटोरे में पानी उड़ेला और गट-गट पी कर उठने को हुई, पर माथा थामकर वहीं बैठ गयी। पल-भर बाद वह फिर उठी, भागी हुई गयी और उसी घर की दुवार में किवाड़ के सहारे अधलेटी उठँग गयी।

राजी सुगमुगाकर ठीक से बैठ गयी और बग़ल में देखने लगी। मोहन ओसारे की कच्ची दीवार से सटा लेटा था और जीभ से दीवार की मिट्‌टी चाट रहा था। उसने अपना एक हाथ बढ़ा कर उसे पास घसीट लिया और गोद से उसका सिर टिका कर दो-चार बार अनमने भाव से उसे थपथपाया, तभी बंसन ने चोर की तरह दहलीज़ का एक किवाड़ हटाकर घर में पैर रखा और जैसे ही किवाड़ के पल्ले को छोड़ा, वह भड़ से बन्द हो गया। तीन जोड़ी आँखें एक साथ उस ओर उठ गयीं। अनबोला, समवेत स्वर 'बापू' उसके सीने में चुभा पर वह डग बढ़ाता हुआ सीधा ओसारे में जाकर राजी के आगे खड़ा हो गया। "लो इसे बाँकी की माँ, देखो इतना गुड़ मिल गया है। परमेसर बाबू बड़े भलेमानुस हैं। ...उठो, जल्दी घोरो रस!" उसने घूमकर अपराधी की तरह गगरी की ओर देखा, जो औंधी पड़ी थी, "अरे पानी भी नहीं है। अच्छा अभी लाते हैं, तुम लोटा-कटोरा जुटाओ!"

बंसन कन्धे का गमछा राजी के आगे डालकर लौट पड़ा। दुवार में बैठी बाँकी ताकने लगी और कोने में बँधी बकरी को देखकर मिमियाती हुई पगहे से तुड़ाने लगी। बंसन ने बकरी का पिचका पेट देखा और चुपचाप दहलीज़ का किवाड़ हटाकर बाहर निकल गया।

राजी ने बाँकी को बुलाया और झुककर गमछे के खूँट से गुड़ छोड़ने लगी। गमछे के खूँट में कई गाँठे लगी थीं। उसने एक खोला, दो खोला और उसका सिर चकराने लगा, मिचली छूटने लगी और वह गमछे को छोड़कर दीवार से फिर उठँग गयी। बाँकी ने गाँठें खोलीं और कपड़ा हटाया तो गुड़ की जगह मरे हुए चींटों का ढोंका देखकर हक्की-बक्की रह गयी। बंसन पानी लेकर आ गया और राजी को देखकर हड़बड़ाया-सा पूछने लगा, "तुम्हारी माई को का हुआ बाँकी, कइसा जी है!" बाँकी रुआँसी-सी गुड़ की ओर देखती रही और बंसन जैसे सब- कुछ समझकर जल्दी से गुड़ में पानी मिलाकर बटुली में शरबत बनाने लगा। बाँकी चुपचाप बैठी रही और मोहन टुकुर-टुकुर ताकता रहा।

शरबत दो कटोरों में भरकर बंसन ने एक बाँकी और दूसरा मोहन के आगे डाल दिया और बड़ा गिलास भरकर राजी के मुँह से लगाया तो वह दोनों हाथों से गिलास थामकर गट-गट पीने लगी। बंसन की आँखे भरीं, कण्ठ रुँधे पर वह अपने को कड़ा

करके बोलने लगा, "धीरे-धीरे पीओ, नहीं तो करेजे में लग जायेगा।" राजी कुछ नहीं बोली और रस पीती रही। बंसन ने बटुली में देखा, शरबत अभी आधे से ज़्यादा था और बच्चों की खाली कटोरियाँ सामने सरक आयी थीं। उसने फिर दोनों को भर दिया और राजी का गिलास थाम कर उसे भरा तो गिलास अभी दो अंगुल खाली ही था और बटुली औंधी हो गयी। बंसन के हाथ भारी हो गये, वह गिलास के शरबत को पल-भर देखता रह गया, फिर राजी की आँखों में ज़िदगी की लहर देखकर उसने गिलास उठाया और उसके मुँह से लगाने ही जा रहा था कि राजी ने फिर गिलास थामकर गट-गट शरबत पी लिया और खाली गिलास बग़ल रख दिया।

"पियास तड़क गयी थी!" वह कहती हुई सँभलकर बैठ गयी। बाँकी उठकर आँगन में डोलने लगी और मोहन पैरों के सहारे उठने-गिरने की कोशिश करने लगा पर बंसन कुछ देर तक खाली बटुली की चमकती पेंदी देखता रहा। उसे चिढ़ हुई। राजी के चेहरे पर रुकी अपनी आँख उसने हटा ली और उठ खड़ा हुआ। फिर भी राजी कुछ बोल न पायी। अभी उसका सिर घूम रहा था और बंसन सोच रहा था—समझती होगी, मैं दिन-भर खाता-पीता घूमता रहता हूँ। मेहरारू की जात है न!—वह गुस्से से तिलमिलाकर बोला, "दिन-भर पैर में मेंहदी लगी रहती है जो बाँकी छेंर भी नहीं छोड़ सकती।"

"कहाँ लेकर जाय! अगवार-पिछवार तो परायी धरती है। बाग़-बगइचा में रखवार बइठे हैं। आम की पत्ती भी नोहर है, इस टाले में।" राजी उठती हुई बोली, "कल गनेस बाबू के डिहवा से एक कउची तोड़ लिया तो उनके लड़के ने बेचारी को मारा ही नहीं, हाथ उमेठ कर कउची भी छीन ली।"

"गनेस बाबू के लड़के ने?" बंसन का ध्यान बँट गया, वह अपने से ऊपर उठा। यद्यपि उसकी देह अब भी सनसना रही थी और माथा अपरम्पार फट रहा था।

"अच्छा तो अब उसकी यह मजाल कि मेरी लड़की के हाथ से..." बंसन का चेहरा तमतमा आया, "मैं देख लूँगा, एक-एक को!"

"समय ही ऐसा है, क्या करोगे, इसमें तो अपने भी पराये हो जाते हैं। वे तो बेगाने हैं।" राजी शान्त मन से बोली, लेकिन बंसन को लगा, वह उसको मुँह चिढ़ा रही है। वह क्रोध में कुछ कहने ही जा रहा था कि गौरैया का नन्हा बच्चा चूँ-चूँ करता आँगन में उतरकर दाने की खोज में इधर-उधर फुदकने लगा। बंसन का ध्यान उधर चला गया। तपे हुए, लाल लोहे पर ठण्डा पानी पड़ गया। पल ही भर में उसका रंग लुट गया। वह धीरे-धीरे चलकर बकरी के पास पहुँचा और आम की एक पतली डाल उठाकर, एक कउची को तोड़ा तो चट की आवाज़ निकली—यह सूखी है। उसने दूसरी कउची उठायी, उसे तोड़ा और मुँह में लेकर कूँचने लगा।

"साँझ को दतुअन बापू!" बाँकी बकरी छोड़ने के लिए खड़ी थी, और राजी घबरायी हुई बोलती चली आ रही थी, "दिन-भर वैसे ही रह गये, अभी तक खर भी

नहीं मारा। कुछ बोले भी नहीं और मुझे गट-गट रस पिला दिया। भला किस रौ-रौ नरक मैं गिरूँगी राम!''

''नहीं जी, यह तो वैसे ही देख रहा था कि हरी है या सूखी। मैंने तो सबेरे ही मुखिया के यहाँ रस-दाना कर लिया था।''

''सच कहते हो?''

''नहीं तो क्या झूठ बोलूँगा तुमसे?'' बंसन का कलेजा ठण्डा हो गया। सिर्फ़ मुँह में फीकापन, मिचली, और वह भी दूर हो जाय, अगर एक बीड़ा खइनी कहीं मिल जाय। धीरे- धीरे आगे बढ़कर उसने दहलीज़ का किवाड़ खोला और बाहर चला गया पर वह भड़ से नहीं बोला। उसने पीछे देखा, राजी ने किवाड़ थाम लिया था। बंसन को अजीब-सा लगा। जैसे कोई चीज़ उसके मन में धँसकर रह गयी हो। ख़ामोशी एक गहरी, पाताल बेधी खाईं की तरह उसके अँधेरे मन की तहों में घुसती चली गयी। आख़िर किवाड़ बोला क्यों नहीं! ठीक उसी तरह, जैसे कुछ देर पहले बच्चों का उसे देखते ही पुकार न उठना, सहस्त्रों मिले-जुले तीक्ष्ण स्वरों की तरह उसके कानों में गूँज उठा था।

बंसन धू-धू कर जलते हुए सिवान को एक नजर देखकर अपनी नन्हीं चौपाल की ओर मुड़ गया, जिसमें एक ओर उसका एक बूढ़ा बैल और दूसरी ओर दान में पायी हुई बछिया बँधी हाँफ रही थी। जाने कितने दिन से आम-महुए की पत्तियों पर गुजारा करनेवाले इन पशुओं को अब पत्तियाँ भी नसीब नहीं होतीं और इस समय तो जैसे पानी का भी उन्हें अकाल पड़ गया है। बंसन सब-कुछ समझकर भी अपनी टूटी चारपाई में बैठ, पल-भर को आँखें मूँदकर पड़ गया। उसका शरीर धीरे-धीरे सिकुड़कर छोटा और हलका हुआ जा रहा था—एक सूखे पत्ते की तरह हलका और सब-कुछ, यहाँ तक कि वह, उसकी चारपाई और बैठक आसमान में उड़ रहे थे। वह उड़ता रहा, उड़ता रहा और धीरे-धीरे ऐसी जगह पहुँच गया, जहाँ रोटियों का एक बहुत बड़ा ढेर लगा हुआ था, इतना बड़ा कि कई बाँस की सीढ़ियाँ लगाकर भी उसके ऊपरी हिस्से को छूना मुश्किल था और लोगों की एक बहुत बड़ी भीड़ उसे मनमाना लूट रही थी। बंसन झटके से लपका, पर खाट बहुत गहरी थी और पाटियों पर उसके हाथ अड़कर रह गये।

उसने इधर-उधर देखा, बूढ़ा बरधा अब भी उसी तरह आँख झपकाये, सिर डाले, बेदम पड़ा था। बछिया खूँटे से बँधी तड़फड़ा रही थी। वह उठकर खाट में बैठ गया। धूप उतर चुकी थी। लोग इधर-उधर जाने लगे थे और हवा के झोंके में छिपी हुई लोगों की बोलचार उभर आयी थी। उसके काम की भी जून थी। अगर बैल को पानी भी नहीं देगा तो लोग क्या कहेंगे? उसकी बात कौन जानता है।

बंसन उठ खड़ा हुआ, तभी राजी घर से गगरा लिये निकली और कहने लगी, ''सो गये क्या, कुछ पशु-परानी का भी ध्यान नहीं है! भिनसारे के गये अब तो लौटे हो!''

बंसन पाटी का सहारा लेकर उठ खड़ा हुआ, बछिया के गले का फन्दा निबुका दिया। वह तेजी से चरनी की ओर भागी। वह बैल की ओर मुड़ गया। खूँटे से पगहा छोड़ दिया और पैर से ठोकर देकर बैल को उठाने के लिए टिकोरी मारने लगा पर बैल टस-से-मस नहीं हुआ। यहाँ तक कि उसने सिर भी ऊपर नहीं किया। उसने वहीं उठँगी लाठी लेकर बैल को दो-एक खोभा मारा, पर उसका एक भी रोआँ नहीं हिला। राजी गगरे का पानी चरही में उड़ेल कर दौड़ी हुई आयी और बंसन की ओर देखकर बिगड़ने लगी, ''पाप सवार है क्या तुम्हारी खोपड़ी पर, कितने दिन से एक तिरुन भी तो नहीं गया बेचारे के मुँह में और ऊपर से तुम खोभा मार रहे हो! कहीं मर गया तो असाढ़ में किसके गले में जूआ डालोगे!''

बंसन चुप रहा।

राजी ने उस चुप्पी को समझा और चिढ़कर बोली, ''तुम्हारी क़िस्मत में अब अन्न लिखा ही नहीं तो क्या वह बेचारा अन्न बन जाय। गाँव में किसके घर पेट भर भोजन हो रहा है इस ठाले में। भगवान् का कोप ही तो है कि साल-साल भर मरने-जरने पर भी एक महीने का दाना-भूसा घर में नहीं आता।''

बंसन का कण्ठ सूख रहा था। उसका तवे की तरह जलता हुआ शरीर राजी की बात से और भी लाल हो गया और तपे हुए राँगे की तरह थरथराने लगा।

उसे लगा, वह ज़ोर से नहीं बोल पायेगा, चीखने से वह गिर पड़ेगा, क्योंकि उसकी आँखों के आगे अँधेरा छा गया था, जिसमें जाने कितनी काली-पीली परछाइयाँ तेज़ी से चक्कर काटने लगी थीं। वह ज़मीन में पैर गड़ाकर खड़ा था और ज़ोर-ज़ोर से साँस लेकर सँभलने की कोशिश करते हुए बोल रहा था, ''पी लिया है न दो गिलास रस, बड़ी बात सूझेगी!''

''क्या कहा...!'' राजी हक्की-बक्की आँख फाड़कर उसे देखती रही और बंसन के हाथों की पकड़ लाठी की मूठ पर और भी सख़्त हो गयी।

दूध और दवा

बात बहुत छोटी-सी है, नाज़ुक और लचीली, पर मौक़ा पाते ही सिर तान लेती है। कोई काम शुरू करने, सोने या पल-भर को आराम से पहले लगता है, कुछ देर इस प्यारी बात के साथ रहना कितना अच्छा है। वैसे मुझे काम करना, करते रहना और करते-करते उसी में खो जाना प्रिय है। इसी की बात भी मैं लोगों से करता हूँ और दूसरों से यही चाहता भी हूँ, पर यह सब तभी होता है, जब मेरे चारों ओर लोग होते हैं। ऐसा नहीं कि लोगों में मेरे बीवी-बच्चे शामिल नहीं हैं। कभी-कभी मुझे ऐसा लगता है, जैसे मैं किसी भीड़ में खड़ा हूँ और असह्य ध्वनियाँ मेरे कानों के पर्दे को छेदने लगती हैं। मैं भागकर अपने कमरे में घुस जाना चाहता हूँ, पर उसकी बड़ी-बड़ी, आँसुओं में डूबी हुई आँखें..."मैं क्या करूँ इनका? देखते हो, अब मुन्नी भी दूध के लिए ज़िद करती है।" ...ऐसा नहीं कि बात मेरे मन में गहरे तक नहीं उतरती, मैं तो मुन्नी को स्कूल जाने के लिए एक छोटी मोटर ख़रीदना चाहता हूँ। हलके, गुलाबी रंग के फ्राक में लड़खड़ाती, दौड़ती मुन्नी को देखने की मेरी कैसी विचित्र लालसा है, जो कभी पूरी होती ही नहीं दिखायी देती!

सुबह-सुबह बिस्तर से उठते ही वह ज़ोर-ज़ोर से चीखने लगती है, जब उसकी माँड़े से सूजी आँखें और भी सूजी होती हैं। कई बार मन में डॉक्टर की बात उठती है, डर लगता है, कहीं मुन्नी की माँ की पतली, लम्बी, किश्ती-सी आँखों का पुराना छेद फिर न खुल जाय और सवेरे-सवेरे डूबने-उतराने की मर्मान्तक पीड़ा में मुझे लिखना-पढ़ना छोड़कर सड़क का चक्कर काटना पड़े! मैं चुपचाप एक निश्चय करके कमरे में चला जाता हूँ...पहले डॉक्टर का इन्तज़ाम करके ही उससे चर्चा करूँगा। पर फिर वही नन्हीं-सी बात!...तुम्हें खोजने लगता हूँ, तुम, जो इस कड़ी ज़मीन की चुभन से पल-भर को उठाकर मुझे एक सुनहले, झिलमिलाते लोक में खींच ले जाती हो...तुम्हारे सीने के बीच, मुलायम, उजले देह-भाग में मुँह डालकर पल-भर को साँस लेना कितना अच्छा लगता है मुझे! शायद तुम्हें याद होगा...बात मकड़ी के जाले की तरह तनने लगती है, लेकिन घण्टों और घण्टों आँखें बन्द रखने पर भी शिकार कोई नहीं फँसता और मैं बीवियों और मज़दूरों के बारे में सोचने लगता हूँ!...आख़िर इन दोनों की हरदम शिकायतें क्यों रहती हैं। क्यों इन दोनों के सीने में खारे पानी का इतना विशाल समुद्र फफाया रहता है, मृत्यु की आख़िरी कराह की तरह इस समुद्र की लहरें

चीखती हैं, पर किसी खोखले शाप की तरह मिथ्या बनकर बिखर जाती हैं। मैं इन विनाशकारी लहरों को दुनिया को निगल जाते देखने के लिए व्याकुल हो उठता हूँ, पर हलकी-सी मुस्कराहट या वह भी नहीं तो बस मुलायम कलाइयों की पकड़ और उस समय कुछ भी और न सुनने की बात...जाने भी दो!...कमर के नीचे नंगी, खुली...मैं इस असामयिक मृत्यु से बचना चाहता हूँ, पर कोई चारा नहीं। मुन्नी की माँ के जीने का यही सहारा है और मेरे पास उन मृत्यु की घाटियों के सूनेपन को दूर करने का यही उपाय। वह विश्वास नहीं करती, पर मैं सच कहता हूँ कि मुझे इतना बहुत अच्छा लगता है! इसलिए मैं समझ नहीं पाता कि स्त्रियाँ और मज़दूर मालिकों को क्यों ओढ़े हुए हैं, महज़ इतनी-सी बात के लिए, या मुन्नी की आँखों के माँड़े की दवा या उसके दूध के लिए!

...ये प्रश्न उसके साथ नहीं उठते, क्या आख़िर? क्या उसे बच्चे नहीं हो सकते या वे दूध पीनेवाले बच्चे नहीं होंगे? धीरे-धीरे यह 'क्यों धुँधलाता है; पानी, सिर्फ़ एक बूँद; स्याही, जाने कैसी फैलकर एक झील, भूरी आँखों की तरह, वह भी सतही, उथली...अछूता, कच्चा, नुकीला फूल, आसमान में उड़नेवाली लरजती पतंग की लम्बी पूँछ...किसी बँगले के फटे, पुराने पर्दे...मुल्क में बदअमनी और भूख...वे मित्र जिन्हें नौकरी के लिए पत्र लिखे हैं, जो चाहें तो मैं भी उन्हीं की तरह का लगूँ, बेएतबार और ऊँचे दरजे का नौकरी देनेवाला मुलाज़िम...लेकिन वह नौकरी से चिढ़ती है,—तुम नौकरी करोगे? फिर तो मोटर, बँगले और सुख की अनेक कोटियाँ हैं। मेरे लिये जगह कहाँ होगी? मैं गरीब बाप की बेटी हूँ।—अजीब बात है, तुम भूख में जी सकती हो, लेकिन वह तो कहती है कि उसके सीने में एक भयंकर ज्वालामुखी दबा पड़ा है, जो कभी भी नहीं भड़केगा, मुन्नी की माँ यह भी जानती है। पर क्यों नहीं भड़केगा, क्यों उसके लावे से मेरा घर-आँगन नहीं पट जायगा? इसलिए न कि मैं लिखूँगा और लिखने से पैसे मिलेंगे और पैसे उसे ठण्डा करते रहेंगे। वह यही तो कहती है कि पैसा दिल को ठण्डा और शरीर को गरम रखने की अद्भुत दवा है—गरीब दुनिया का सबसे अच्छा इन्सान है। गरीब लड़की की मुहब्बत दुनिया की सबसे पवित्र निधि!—कभी-कभी वह स्कूल टीचर की तरह बोलती है। आख़िर यह सब और है ही क्या?

मुन्नी जब जन्मी थी, तो उसके लिए मैंने एक झूला ख़रीदा था, बहुत सारे कपड़े बने थे और उसे दूध में ग्लूकोज़ और शहद दी जाती थी।...फ्रेंच सीखेगी मेरी बेटी, मैं चाहता हूँ, वह पेण्टर बने...सिर्फ़ तीस रुपये तो लगते हैं उसके दूध के। तीस में ऐसा क्या रखा है?...साल ही भर बाद रुनकू आया तो कितना उत्साह था!...कोई बात नहीं, दोनों के लिए एक गाड़ी होगी, दोनों कान्वेण्ट जायेंगे।...लेकिन यह क्या फ़ज़ूल की बातें हैं, बे ओर-छोर की। मैं झटके से उठ बैठता हूँ और लिखने की कापी के मसौदे कई बार उलट-पुलटकर देखने लगता हूँ। कई अच्छी चीज़ें लिखे बग़ैर पड़ी रह गयी हैं। पर इसी समय उन्हें उठाया तो नहीं जा सकता। मामूली स्तर पर बात बनाने

से मुझे चिढ़ है, लेकिन सहसा मुझे मकड़ी के नन्हें तार की स्मृति फिर हो आती है और मैं बिस्तर छोड़कर उठ खड़ा होता हूँ, कहीं जाला फिर न तनने लगे! मुन्नी की माँ ऐसे ही समय आ जाती है, ''कहीं बाहर जा रहे हो क्या?'' एक तेज़ भनक दिमाग़ में बज उठती है, पर मैं उस पर तुरन्त हाथ रख देता हूँ। कोई कड़वी चीज़ निगलता हूँ, ''हाँ कोई काम है क्या?''

''नहीं तो, ऐसे ही पूछ लिया। अभी तो धूप बहुत तेज़ है, कुछ रुक जाते!''

और वह कह ही क्या सकती है? थकी भी तो है, बेहद। रुनकू ने सारी दोपहरी परेशान किया है। चौका-बरतन, सामान की सँभाल-सहेज, कपड़ों की सफ़ाई; अभी तो उसे पिलाकर सुलाया है। ब्लाउज़ के बटन खुले ही हैं।

''मुन्नी भी सो रही है क्या?''

''नहीं, सब जग रहे हैं।'' वह उगती हुई हँसी को दबाती है, चेहरे पर ख़ून की पतली-सी झलक होती है और फिर क्षण ही भर में सूखकर धीरे-धीरे गाढ़ी होने लगती है। वह दरवाज़ा छोड़कर कमरे में आती है, ''आज मुन्नी की आँखों में बहुत दर्द है। चेहरा सुर्ख़ हो गया है। अभी-अभी तो सिर में तेल डालकर बहुत देर तक सहलाती रही हूँ, तब जाकर सोयी है।''

वह चारपाई पर बैठ जाती है। मैं पास आकर कहता हूँ, ''ब्लाउज़ के बटन तो ठीक कर लो, तुम्हें अब ठीक ढंग से बाडी पहनना चाहिए।''

वह बटन बन्द करते-करते बोलने लगती है, ''अब इसके सुख की कल्पना मेरे पास नहीं है, न ही तुम्हारे मन में है और अगर है, तो नहीं होनी चाहिए।'' उसका बदन गर्म होने लगता है...मेरे सीने में एक बन्द ज्वालामुखी है, जो कभी नहीं भड़केगा, यह मैं जानती हूँ।...ऐसी ही बातचीत के धरातल पर वह ज्वालामुखी तक पहुँचती है। और मुझे ऐसी ही मन्त्र-सी बातचीत से डर लगता है। मैं ईंधन नहीं डालता और वह उठ खड़ी होती है। कहीं जैसे कोई दर्द रेंग गया हो। मैं चाहता हूँ, जाते-जाते उससे कुछ कहकर जाऊँ, पर ऐसे समय कुछ कहने का मतलब है, कुछ सुनने की सम्भावना।

शायद जिस तरह उसे मालूम है कि मैं कहाँ जाता हूँ, उसी तरह मुझे भी मालूम है कि मैं कहीं नहीं जा रहा हूँ, पर जा रहा हूँ, यह ठीक है।

मेरे घर के सामने एक चौड़ा नाला है और उसके परे कँटीली झाड़ी का एक बड़ा-सा गुम्बद। मैंने कभी इसमें एक ख़रगोश के जोड़े को घुसते देखा था। वैसे मैं पल-भर की पिछली बात को भूल जाता हूँ, पर उसे आज भी नहीं भूला। घर से निकलता हूँ, तो पल-भर रुककर उधर जरूर देख लेता हूँ। स्कूल से लड़कियों को ढोनेवाली गाड़ियाँ बोलती हैं, तीर की तरह सड़क को चीरती हुई चिड़िया उड़ जाती है, पर वह ख़रगोश का जोड़ा!...मुन्नी अब तक उठकर मुझे जरूर ढूँढ़ गयी होगी और फिर अपने कमरे में जाकर लौटी होगी। मेरी मेज़ की गर्द-भरी सतह पर अपने हाथ की थाप बनाने

के लिए या तो कुर्सी पर चढ़ गयी होगी या लुढ़ककर गिरी होगी तो उसकी माँ कुर्सी को दो चपत मार कर उसे चुप कराने के बाद समझा रही होगी कि आख़िर उसे इस मेज़ पर रोज़ अपने हाथों के निशान छोड़ने से मिलता क्या है!

"पापा छे कैछे कहूँगी कि मैं तुम्हें खोजती थी?" वह रोज़ कहती है और मैं रोज़ झुठला देता हूँ। लेकिन वह मानती नहीं, मेरी अँगुली पकड़कर मेज़ के पास तक खींच ले जाती है। मेरी आँखों में धुँधलके की एक परत छा जाती है।

उसकी माँ कहती है, "खिड़की कितनी ही बन्द रखो, गर्द आ ही कर मानती है।" और मैं...देखता हूँ कि मुन्नी की हथेली की थाप बढ़ती ही जा रही है। कभी-कभी इन थापों की रेखाओं में मनुष्यता का पूरा भविष्य पढ़ा गया है, और कभी आग की बेतरतीब लहरें किसी अनहोने-से वस्तु-सत्य के वीरान अँधेरे से दौड़-दौड़कर मेरे सीने से सटती चली आती हैं...चौकड़ी भरते हिरनों की लम्बी क़तारें और पीछे लोलुप, अन्धा दुष्यन्त...

मैं ख़ुद अपने आगे खड़ा हूँ, मान्यताओं की सलीब पर टँगा हुआ, लहूलुहान!...पत्थर का एक बहुत बड़ा ढेर है और लोग आँखें मूँदकर पत्थर मारते हैं...लोग फूल चढ़ा रहे हैं मान्यताओं पर...आदमी की बार-बार की नोची-छिछड़ी को दाँतों से नोंच-नोंचकर फेंक रहे हैं...लोग नंगी औरत की कोमल शरीर को खुरदरे जूट के रस्सों से जकड़कर बाँध रहे हैं...सिर्फ़ एक लाचारी का आरोप...आदमी नहीं, टूटा हुआ, पुराना खँडहर...आख़िर क्यों? फिर मैं शिकायतों के बारे में सोचता हूँ, पर बीवियों और मज़दूरों की नहीं, अपनी ही...तुम रुककर कुछ पूछ नहीं सकती थी, तुम्हें इतना भी ख़याल नहीं कि मैं इतनी तेज़ धूप में कितनी दूर चलकर आया हूँ। तुम्हें पता है, हम कितने दिन पर एक-दूसरे को देख रहे हैं। शायद तुम इसीलिए नहीं रुक सकी कि तुम्हारे साथ तुम्हारी सखी थी और उस पर तुम यह ज़ाहिर होने देना नहीं चाहती थी कि तुम मुझे जानती हो...! गोल-गोल चक्कर खाकर हवा ऊपर को उड़ गयी है और सड़क के किनारे खड़े मौलसिरी के पेड़ की तमाम सूखी पत्तियों के पर लग गये हैं। इनके साथ उस कोने की धूल भी है, जहाँ पार्क में बच्चों के खेलने ने घास को उड़ा दिया है और इस लम्बे यूकेलिप्टस की छरहरी शाखें अभी थरथरा रही हैं।

मैं धीरे-धीरे चल रहा हूँ चारों ओर कब्रिस्तान है। सड़क के नीचे, और ऊपर की हवा तक में बातों के टूटे-फूटे अस्थि-पंजर उभर आये हैं। मैं सिर्फ़ चुभन, टीस और प्रतारणा को चुन-चुन कर अपने तरकश में भरता जाता हूँ। एक विकलांग, विक्षिप्त योद्धा की तरह मैं पसीने और गर्द से लथपथ हो रहा हूँ। हवा एकदम चुपचाप खड़ी है, मौलसिरी की पत्तियाँ दम साधे हैं, यूकेलिप्टस की लम्बी शाखें मर गयी हैं और बच्चों के पार्क की बेघास की उजली ज़मीन घिसी हुई, निर्जीव हड्डी की तरह चमक रही है। मैं चाहता हूँ, हवा फिर गोल-गोल चक्कर खाकर ऊपर उठे और फिर वही साल-भर पुराना सब-कुछ आज घट जाय, मौलसिरी की पत्तियों, यूकेलिप्टस की डालों, पार्क की ज़मीन और मेरे साथ...

मैं थककर टूक-टूक हो रहा हूँ। पल-भर कहीं बैठना चाहता हूँ और कुछ देर सब बाहर का ही देखना चाहता हूँ, जैसे कोई मकान का दरवाज़ा लगाकर बरामदे में आ जाय। लेकिन अब बहुत देर हो गयी है, लौटने में काफ़ी समय लगेगा।...लगता है, वह घर से निकल नहीं पायी....क्यों नहीं निकल पायी? उसे निकलना चाहिए था। उसे लोहे की जूतियाँ पहनकर काँटों को कुचलते हुए आना चाहिए था, लेकिन वह कहती है, "मैं ख़ून से लथपथ होना चाहती हूँ, मैं उन सारे दाग़ों को अपने शरीर पर मुखर रखना चाहती हूँ, मैं सारे घावों की मवाद और गन्दगी को लोगों को दिखाना चाहती हूँ! देखो, सत्य यह है, तुम्हारी सच्चाइयों की तस्वीर यह है! तुमने घर को इसलिए स्वर्ग बना रखा है कि तुम्हारी बीवी तुम्हारी कमायी खाती है और एक खरीदे हुए दास से भी बदतर ढंग से तुम्हारी सेवा करती है। तुम्हें अगर यह पता लग जाय कि वह तुम्हें नहीं किसी और को चाहती है, तो तुम हवा में नजर आते हो, क्योंकि तुम्हें अपने से ज़्यादा अपने पैसों पर भरोसा है। यही एक पुरानी टकौरी है तुम्हारे पास।"...एक नन्हा-सा आक्सीजन बैलून हवा में उड़ता हुआ चला जाता है, उसमें तुम बैठी हो,... गरदन दर्द करने लगती है देखते-देखते, लेकिन तुम किसी मायाविनी की तरह पीछे से हँसती हुई गोद में बैठ जाती हो, "मुझे प्यार करो, मेरे जाने का समय हो गया, मैं चाहती हूँ, इसकी याद बनी रह जाय!" पर मुन्नी का बैलून तो मेरे कमरे की निचली छत ही में अटका रह जाता है। वह पैर पटकने लगती है, "पापा।! उतालो इछे! देखो यह छत चुला लही है मेला गुब्बाला, तुम्हीं ने छिखाया है!"

"मैं कैसे पहुँचूँ इतनी ऊँचाई तक?"

"अच्छा, मुझे कन्धे पल उठाओ!"

"फिर भी तो नहीं पहुँचोगी।"

"कुल्छी पल खले हो जाओ!"

उसकी माँ बिगड़ती हुई आती है, "यह क्या तमाशा है! अभी तो आँख ही गयी है, अब हाथ-पाँव भी तोड़कर बैठोगी?"

मैं चुपचाप खड़ा हूँ और वह मुन्नी के उतरने का इन्तज़ार करती है। लेकिन यह तो आक्सीजन ही निकल गयी गुब्बारे से! "मुन्नी....मुन्नी!"

"अब उसे जाने भी दो! और हाँ, कल रात कुछ लिख रहे थे, वे काग़ज़ कहाँ गये?

...मुन्नी की दवा और दूध....चुपके से मन में कुछ काँपता है—मैं ऐसी ही नन्हीं-नन्हीं बातों को लेकर परेशान होता हूँ।

उसका स्वर कानों में बज उठता है, "आख़िर इसमें क्या ऐसा रखा है, जो तुम्हें विचलित कर देता है? मैं रुकी नहीं, कुछ कहा नहीं, तो क्या ऐसा आसमान फट पड़ा? मैं पूछती हूँ कि मुन्नी के दूध और दवाइयों का क्या हुआ? तुम कुछ लिखकर मुझे देनेवाले थे न?"

और इतने ही समय में वह कुछ धीमी-सी हो गयी है। मैं चुप जो रह गया।

"क्या सोच रहे हो? मैंने तो समझा कोई कहानी लिख रहे थे। आज किसी को देकर कुछ रुपये लाते तो अच्छा था। कल दो रुपये का सामान मँगाया था, आज-भर और चलेगा।"

इस नन्हें-से अवसर से सँभल गया हूँ, इसलिए बात बनने में देर नहीं लगती, "वह तो पत्र था। तुम्हें गोदावरी ने लिखा था न कि किताबें भिजवा दो, वही प्रकाशक को लिखा कि उसे भेज दें!...अरे रुको, देखो, वह क्या है?"

"कहाँ?"

"रुको तो! अरे, यह तो वही तिल है!" अँगुलियाँ काँप जाती हैं। चेहरे पर चुनचुनाहट की तरह कुछ बहुत नन्हा-नन्हा उग आता है, एक अजीब-सी ख़ुशी की लहर—

"हटो भी, खिड़की खुली है!"

...मेरे सीने में एक ज्वालामुखी है, जो कभी नहीं भड़केगा, यह मैं जानती हूँ।

...मैं समझ नहीं पाता कि स्त्रियाँ और मज़दूर मालिकों को क्यों ओढ़े हुए हैं, महज़ इतनी-सी बात के लिए या मुन्नी की आँखों के माँड़े की दवा या उसके दूध के लिए!

सतह की बातें

ठीक याद नहीं कैसे, पर बात प्रेम पर चल रही थी, और भल्ला अपनी काली पुतलियों को बड़ी-बड़ी आँखों की सफ़ेदी में तैरा कर, बार-बार यही कह रहा था कि शारीरिक सौन्दर्य के बिना, किसी औरत को कोई प्यार कर ही नहीं सकता। उसके होंठों पर मुस्कान का नन्हा-सा ज्वार उठता और फिर चेहरे के रेशे-रेशे पर ऐसे फैल जाता जैसे हवा में धातु की खनक फैल जाती है।

"एक मोटी औरत को कोई कैसे प्यार कर सकता है! मैं आप ही से पूछता हूँ, आप कर सकते हैं?" जैसे वह विवाद को कुरेद रहा हो।

उस छोटी शीशे की मेज़ के इर्द-गिर्द कई लोग बैठे थे। कोने से ज्ञान बोला, "क्यों नहीं, बशर्ते आप भी उतने ही मोटे हों।" और वह ही-ही करते हुए, हाथ-पर-हाथ बजाकर अपनी बात की व्यर्थता पर हँसा। जरा अश्लील संकेत करते हुए बोला, "जरा सोचिये, क्या होता होगा...।"

मुकुटलाल ने ज़ोर का ठहाका लगाया, फिर सहसा हँसी का गला दबाकर कहने लगा, "प्रेम का कोई निर्धारित रास्ता थोड़े ही है जनाब!" उसने एक कहानी छेड़ दी, जिसकी हिरोइन से अभी चार ही दिन पहले वह मिला था। उम्र पचास से भी ज़्यादा होगी और वजन ढाई मन से किसी तरह कम नहीं, पर पति महोदय को उनके बग़ैर पल-भर को चौन नहीं।

कान्त बीच में ही बोल उठा, "डरते होंगे साहब!"

हँसी का एक क़हक़हा चारों ओर फूट पड़ा। मुकुट की बात जहाँ-की-तहाँ धँस गयी। ज्ञान इस हँसी के जोश के डूबते ही उतरा आया और सधे हुए तैराक की तरह बेतरह गोते लगा-लगा कर अपनी बातें जमाने लगा, "मुकुट ने ठीक ही कहा कि रागात्मक सम्बन्धों का कोई एक रूप या नियम नहीं है, न यह सुन्दरता, मोटापा या उम्र की किसी सीमा से ही बँधा है। यह तो एक इल्युज़न है, साहब!"

अब तक की बातों में चुप बैठे मुन्शी राधानाथ के भारी शरीर में जैसे यह छायावादी बात धँस गयी हो। अपना भारी सिर हिलाते हुए उन्होंने अपनी स्वीकृति की सूचना दी।

ज्ञान उत्साहित होकर कुछ कहने ही जा रहा था कि कान्त ने समस्या को दूसरी ओर मोड़ दिया, "इसीलिए तो इस व्यापार पर सिर्फ़ किशोरों का ही अधिकार है। समझदार आदमी बहुत देर तक न तो भ्रम में रहना चाहता है, न इस चक्कर में फँसता ही है।"

मुकुट का सूत्र मजबूत पड़ा। उसने हँसते हुए अपनी पुरानी बात दुहरायी, "इसीलिए मैं हमेशा कहता हूँ कि बाईस के बाद प्रेम किया ही नहीं जा सकता।"

"यह बाईस तक भी क्या कहते हैं मुकुट जी!" मन्नन अपनी बुज़ुर्गी की गाँठ खोलते हुए बोला, "जिन्हें जीवन में कुछ करना है, सफलतापूर्वक जीना है, वे इन चक्करों में कभी फँसते ही नहीं।"

ज्ञान आहत होकर तिलमिला उठा, "तो सफलता के लिए आप प्रेम की कल्पना करते हैं।"

"नहीं साहब!" कान्त कोने से बोल उठा, "ज़हर खाने के लिए या छत से रस्सी बाँधकर लटक जाने के लिए।"

सब लोग फिर हँस पड़े, लेकिन ज्ञान चुप ही रहा और हँसी बन्द होते ही बोल उठा, "देखिये, जोड़-बाक़ी से प्रेम का कोई मतलब नहीं है। जो लोग इसे व्यापार समझते हैं, उन्हें नून-धनियाँ का रोज़गार करके मन्नन जी के शब्दों में सफल आदमी बनना चाहिए। प्रेम के साथ सफलता-असफलता का कोई सवाल ही नहीं उठता। असल में देखा जाय तो यह एक ऐसी गुत्थी है, जिसके सुलझने का मतलब है, आदमी के जीवन के रहस्य का सुलझ जाना। फिर आदमी के जीने के लिए रह ही क्या जायगा?"

मुन्शी राधानाथ फिर स्वीकार में सिर हिलाने लगे और भल्ला अपनी सहज तरलता से अपने प्रिय विषय को चुभलाते हुए बोला, "यह तो सब ठीक है, पर बात तो आप लोगों ने पीछे छोड़ दी। मैंने तो सिर्फ़ इतना कहा था कि मोटी स्त्री से कोई प्रेम कर ही नहीं सकता और अब भी मैं वहीं हूँ।"

मुकुट कुछ बोलने ही जा रहा था कि बैरे ने मेज़ पर कॉफी के प्याले रखने के लिए ऐश-ट्रे, गिलास, पत्र-पत्रिकाएँ तथा छोटे-बड़े आकार के बैग्स समेटने शुरू कर दिये। कुर्सियाँ इधर-उधर खिसकायी गयीं और कॉफी-हाउस के बड़े हाल में बुद्धिजीवियों की इस गर्म बहस के बन्द होने से एक राहत-सी नजर आयी। बग़ल में बैठी हुई एक महिला अपने पति को संकेत करके कुछ कहने लगी और काउण्टर पर बैठा मैनेजर जैसे किसी चीज़ के एकाएक टूट जाने पर सतर्क होकर उस मेज़ की ओर देखने लगा। दूर कोने की मेज़ पर बैठा हुआ बदसूरत नवजवान फिर अपनी ऐनक ठीक करके, अपनी क्राइम-स्टोरी की पुस्तक उलटने लगा।

ज्ञान अब भी बात को खोदकर उठाना चाहता था और इस बार उसकी भरसक कोशिश यही होती कि वह इस विषय पर अधिकारी मत दे जाय। तभी कान्त ने फिर रोड़ा फेंका, "ज्ञान जी को इस विषय का अधिकारी माना जाय—यह मेरा प्रस्ताव है।"

इस प्रस्ताव के आगे 'क्यों?' लगाने का उत्तर सिर्फ़ इतना था कि ज्ञान ने किशोरों के प्रेम की एक लम्बी कहानी लिखी थी और शायद इस बहस में प्रेम सम्बन्धी बातों

को इतने वेग से व्यक्त करने के पीछे उसके मन की यही दबी भावना थी। पर कान्त के इस असामयिक सीधे प्रहार ने उसे फिर मैदान मारने से रोक लिया।

कॉफी की एक गर्म चुस्की के बाद सिगरेटों के लिए दियासलाइयों की तीलियाँ बज उठीं। हलके धुएँ में एक विश्वस्त-सा वातावरण और बाहर पानी की सघन बूँदें—सभी पल-भर को चुप रह गये।

भल्ला की कुर्सी के पीछे से अपना प्याला मेज़ पर रखते हुए एक ऐसा आदमी इस समय बोला, जो शायद इस मनःस्थिति से बाहर था, इसीलिए बोल सका होगा, पर ठीक कहा नहीं जा सकता।

"आप लोग तो एकाएक चुप हो गये?"

"अरे मैं तो भूल ही गया था दीक्षित साहब, माफ़ कीजिये! ये सभी मेरे लायक़ दोस्त हैं। इनमें से सभी कलाकार यानी मेरा मतलब लेखक और चित्रकार से है...।"

अभी भल्ला अपनी बात पूरी भी नहीं कर पाया था कि कान्त ने उसे पूरा कर दिया, "बेशक मोटरकार से नहीं।"

ज़ोर की हँसी फिर फूट पड़ी। गो बात एकदम बेमानी थी, लेकिन दीक्षित फिर नहीं हँसा और कुर्सी थोड़ा आगे खिसकाते हुए बोला, "कल्पनाजीवी हैं आप लोग। सुनकर बहुत-कुछ धुनते हैं, पढ़कर बहुत-कुछ मढ़ते हैं।"

भल्ला उसी रौ में बोला, "देखा आपने, हमारे दीक्षित साहब को, एक ही वाक्य में क्या कह गये।"

"नहीं साहब!" दीक्षित बोले, "मैं क्या कहूँगा आप लोगों के आगे, लेकिन वह जरा देखिये कोने में एक आदमी बैठा है। आप समझते होंगे वह एक बदसूरत नौजवान है, लेकिन ऐसी बात नहीं, वह मेरा सहपाठी है। उम्र पचास के पास है उसकी।"

"बेशक साहब, मैं उसे जानता हूँ और शायद उतना, जितना आप भी न जानते होंगे। बहुत सारे लोग उसे जानते हैं पर वह किसी को नहीं जानता। मैं तो उससे घण्टों बातें करके देख चुका हूँ। लेकिन अगर अभी पूछूँ तो कहेगा, "आप...! आपको पहचाना नहीं मैंने!" कान्त कुछ गम्भीर होकर बोला।

"बात उन दिनों की है जब वह राजा नन्दा प्रेस में जनरल मैनेजर होकर आया था। आप सभी जानते हैं कि वहाँ कैसे मैनेजर होते हैं। बड़े बाप का बेटा, ऊपर से विदेश की ट्रेनिंग, पर साहब, जब आया तो मुझे देखते ही दौड़कर गले से लग गया। प्रोडक्शन-इन्चार्ज से उठाकर मुझे असिस्टेण्ट मैनेजर बनाया और हर तरफ़ अपनी योग्यता और स्नेह-भाव से काम में ऐसा चमत्कार पैदा किया कि जिसे देखो वही उसकी तारीफ़ों के पुल बाँध रहा है।"

मुकुट ध्यान से दीक्षित की आँखों में देखने लगा था। धीरे-धीरे लोग दीक्षित की बातों में एकदम घुल-मिल गये। शाम के कॉफी-हाउस का शोर-शराबा इस नन्हीं मण्डली के एकान्त के पास आते ही मुरझाने लगा।

"मेरे कमरे से उसके कमरे में जाने के लिए एक दरवाज़ा था।" दीक्षित बोलता जा रहा था, "उस पर एक मोटे कपड़े का पर्दा पड़ा रहता था। लेकिन जैसे ही वह कमरे में आता उस मोटे पर्दे को उठाकर दरवाज़े पर टाँग देता। चारों ओर की चिक उठवा देता। अपनी पर्सनल असिस्टेण्ट मिस फ्लीशिया के कमरे और खिड़कियों के पर्दे भी उठवा देता। और काम के बीच-बीच में वह इधर-उधर घूमकर लोगों से तरह-तरह की बातें करता, हँसता और कभी-कभी उठकर दूसरों की मेज़ पर जा बैठता।

"दफ़्तर का एक अजीब-सा माहौल था। हर रोज़ चाय का कोई विशेष आयोजन, मीटिंग, गोष्ठियाँ और विचार-विमर्श; जैसे उसे पल-भर को भी राहत न हो।

"एक दिन सबेरे ही कुछ ज़्यादे काम के कारण वह दफ़्तर के समय से पहले आ गया था। अभी तक दफ़्तर में कोई नहीं था। उसने आफ़िस की ऊपरी बालकनी में कुर्सी और छोटी मेज़ डालकर वहाँ दफ़्तर लगा लिया। मुझे भी समय से पहले बुलाया गया था। पहुँचा तो देखा, साहब बालकनी में मेज़ पर सिर टिकाये कुछ सोच रहा है। मुझे जाने क्यों इधर एक चिन्ता हो आयी थी उसके लिए। एक दिन मैंने मिस फ्लीशिया को बुलाकर कहा भी था कि इसे समझाने की कोशिश करो। मेरा दोस्त है। मुझे लगता है, यह कुछ परेशान-सा रहता है। आख़िर बात क्या है! उसने इतना ही कहा था कि, "मुझे अनुभव नहीं है। न अभी मैंने कभी आदमी को समझने की कोशिश ही की है, अभी पहली बार तो यहाँ नौकरी की, पर इतना जरूर कहूँगी कि ऐसा आदमी मैंने देखा ही नहीं जीवन में।" और वह चुपचाप वापस चली गयी थी। ख़ुद उसने इण्टरव्यू करके पहले से ज़्यादा तनख़्वाह पर फ्लीशिया को नौकरी दी तो प्रेस में एक सुनगुनी-सी फैली थी पर कोई विशेष आधार न मिलने के कारण वह जहाँ-की-तहाँ भर गयी थी।

"हाँ, मैं उस दिन उसके पास गया तो वह चैंक पड़ा और हँसते हुए कहने लगा, 'अकेले में मुझसे कुछ काम ही नहीं होता दीक्षित! मैं आदमियों से घिरा रहना चाहता हूँ।' हरदम काम में डूबा रहना चाहता हूँ।"

"आप अब शादी क्यों नहीं कर लेते। इसीलिए आपका मन नहीं लगता।"

"वह हँसा, लेकिन फिर चुप हो गया। पल-भर ख़ामोश रहकर कहने लगा, 'दीक्षित एक बात मैं तुमसे पूछना चाहता था। तुम मेरे दोस्त हो इसलिए कह रहा हूँ। बुरा न मानना। विदेश जाने से पहले मैं मिस्टर हाल्दार के बँगले में बहुत दिनों तक रहा था। वहाँ मेरा एक लड़की से परिचय हो गया। धीरे-धीरे हम दोनों एक-दूसरे के पास आ गये। फिर ऐसा लगने लगा कि अब हमारा अलग रहना मुश्किल है। लेकिन तब वह पढ़ रही थी और मैं भी थोड़ा समय चाहता था, इसलिए शादी की बात हमने कभी की ही नहीं। हमारा स्नेह तो शादी से भी आगे था। शरीर-मन सबसे हम एक हो चुके थे।

'कुछ अजीब बात है कि एकात्मकता ने हमें इतना बाँध लिया था कि हमने कुछ दूसरी बातें कभी सोची ही नहीं। वह भी कभी शादी की बात न कहती थी, न सोचती थी। किसी भी तरह का दूसरा असन्तोष हमारे जीवन में कभी आया ही नहीं। हाँ, जब मैं कभी कहता कि अगर कुछ हो गया तो? वह सहसा चैंककर दुःखी होती, पर सिर्फ़ क्षण-भर के लिए। फिर कहती, 'मैं उसका इन्तज़ाम रखती हूँ। तुम भी तो...!' वह खिलखिलाकर हँसने लगती और चली जाती। कभी मेरा एक मिनट का समय बेकार न होने देती, न ख़ुद का करती। सब मिलाकर एक अजीब-सी बात है। सोचता हूँ तो विस्मय होता है, क्योंकि हम एक-दूसरे को पारिवारिक रूप से पूरी तरह जान भी न पाये थे और कहाँ-के-कहाँ पहुँच गये।

"इसी बीच मेरा बाहर जाने का निश्चय पक्का हो गया और मैं तैयारी करने लगा। अन्तिम बार जब वह मुझसे मिलने आयी तो उसने वही कपड़े पहन रखे थे, जिसे उसने पहली बार पहनकर स्नेह के द्वार पर क़दम रखा था। कहने लगी, 'मैं दो बातें करने आयी हूँ, एक तो यह कि तुम बहुत अच्छे आदमी हो, इसलिए मुझे तुमसे थोड़ा-सा डर है।' मैंने कहा, क्या वहाँ से मेम ब्याह लाऊँगा!

'वह हँसने लगी, 'तुम हमेशा किसी बात की सतह पर जीते हो। मैंने कभी कहा नहीं, पर आज कह रही हूँ कि यह व्यक्ति के लिए गुण नहीं है। समाज भले ही इसे अच्छा समझे। ख़ैर इसे छोड़ो, मुझे इस बात का डर नहीं और अगर होगा तो भी मैं इस डर से निबटना जानती हूँ, लेकिन तुम्हारी इस अच्छाई से मुझे ख़ौफ़ होता है। मसलन अगर मेरे साथ इस लम्बे शारीरिक सम्बन्ध से कोई गड़बड़ी हो जाती और मैं किसी तरह तुम्हें बचाना भी चाहती तो तुम उसमें कूदकर अपना सिर टकरा देते। शायद यह तुम कभी भी नहीं कह सकते थे कि मैं तो इन्हें जानता ही नहीं कि यह कौन है, कहाँ की हैं। यह एक ग़ैर-रस्मी बात कह रही हूँ, लेकिन सिर्फ़ इतने से मेरा मतलब नहीं है। इसे दूर-दूर तक तुम समझना और करना। दूसरी बात यह कि आज मैं सम्पूर्ण रूप से तुम्हें देखना और अपने को दिखाना चाहती हूँ और इतनी थक जाना चाहती हूँ कि अगर तुम फिर कभी लौटो भी न...।' कहते-कहते वह मुझसे इस तरह चिपक गयी थी कि मैं पल-भर के लिए सुध-बुध ही खो बैठा था।

'ख़ैर इसे जाने दो, यह तो मैंने एक बात बतायी। विदेश से लौटा तो पता लगा वह एक शादीशुदा औरत के रूप में जीवन बिता रही है। यहीं से मैं दो हिस्सों में बँट गया। मन-बुद्धि का अजीब-सा संघर्ष पैदा हो गया मेरे अन्दर। मन कभी उसकी ओर भागता, कभी उससे दूर जाता। कभी विद्रोह करता, कभी अपने को समझाता, पर बुद्धि हमेशा यही कहती कि वह सुखी है। उसे जीवन के सुख का पूरा अधिकार है। मुझे तो और भी प्रसन्न होना चाहिए कि उसका जीवन बहुत सुख में व्यतीत हो रहा है।"

कान्त बात के यहाँ पहुँचते ही झुँझला उठा। प्रेम की इस तरह की समाप्ति उसकी आलोचना का मुख्य विषय रहा है। वह इस पर खीझकर बहुत-कुछ कहता रहता है,

इसलिए हँसकर बोला, "साहब, आप तो लगता है, एक पुरानी शराब नयी बोतल में भरकर पेश कर रहे थे, पर होंठों से लगाते ही राज खुल गया। शायद आपने उनसे यह भी सुना हो कि उन्होंने सहानुभूति और शुभकामनाओं का कोई आशीर्वाद-पत्र भी उस महिला को भेजा था!"

"यही तो मैं कहने ही जा रहा था।" दीक्षित ने फिर बात पकड़ ली। "वह बोलता रहा, लगातार, 'उसे जाने कैसे पता लग गया कि मैं बाहर से लौट आया हूँ। फिर किसी तरह कलकत्ते का पता लगाकर वह मेरे पास पत्र भेजने लगी, लेकिन मैं चुप रहा। किसी भी पत्र का न तो मैंने उत्तर दिया, न उसके बुलाने पर कहीं गया। सुनता था उसकी एक भरी-पूरी गृहस्थी है, एक बच्चा और बड़ा ही सहृदय, सुशील पति। मेरी आत्मा ने किसी भी तरह यह गवारा न किया कि किसी बसे हुए नीड़ के नष्ट होने का मैं कारण बनूँ। लेकिन उसके पत्र बराबर आते रहे। कभी वह लिखती,—मैंने अपने घर में कभी भी चौन की साँस नहीं ली, लेकिन यह कहते हुए मुझे डर है कि कहीं तुम यह न समझ बैठो कि मैं उसी सतह पर जी रही हूँ, जहाँ तुम कभी जीते थे। मैं अपने आदमी से लाचार हूँ। वह मेरा दुश्मन बना रहता है, क्योंकि वह किसी भी तरह मुझे परेशान नहीं करता। हर क्षण स्नेह और ममता के इतने गहरे बन्धन लगाता रहता है कि मैं उसे तोड़कर फिर उसमें उलझ जाती हूँ। मैंने सब-कुछ उसे बता दिया और यह भी कहा कि मैं तुम्हारी नहीं हूँ तो वह और भी अधीर होकर मेरे सीने से चिपक जाता है। और कहता है—यह सब झूठ है। तुम उसकी होती तो वह...मैं उसकी बात नहीं सुनती तो भी वह मेरा पीछा नहीं छोड़ता।

—अन्त में यह तय पाया कि तुम्हारे आते ही या कुछ लिखते ही वह मेरा पीछा छोड़ देगा, लेकिन बच्चों को मुझसे जरूर चाहेगा। मैं तैयार हो गयी थी और सोचती थी कि तुम जरूर आओगे। मेरी कही बात अब तक तुम्हारी समझ में आ गयी होगी।" कहते-कहते दीक्षित पल- भर को रुका। जैसे वह थक-सा गया था, लेकिन पूरी मण्डली के चेहरे पर अब भी उत्सुकता बनी हुई थी। लोगों की चेतना पल-भर को लौटी तो सिगरेट पर ध्यान गया।

कान्त ने ज़ोर की फूँक छोड़ते हुए कहा, "दीक्षित जी आप तो गहरे आदमी मालूम होते हैं।" तब तक मुकुट बोला, "हाँ साहब, तब क्या हुआ?"

"हुआ क्या!" दीक्षित बोला, "वही जो कान्त जी ने कहा, इसने एक सहानुभूति का पत्र उसे लिख भेजा। उसमें यही सब कहा कि तुम यह सब ग़लत करती हो। ज़िन्दगी इस तरह बर्बाद करने की चीज़ नहीं है। मैं तो इस बात को जानकर बहुत ख़ुश हूँ कि तुमने एक गृहस्थी बसा ली है। तुम सब तरह से भरी-पूरी हो। मेरी हार्दिक शुभकामनाएँ और स्नेह तो जीवन भर तुम्हारे साथ हैं ही, इत्यादि। इसी पत्र के उत्तर में जो चिट्ठी आयी थी, उसे उसने मेरी ओर बढ़ाते हुए कहा, 'देखो अब क्या करूँ। यह सच है कि मैं किसी भी चीज़ को उतना न चाह

सका जितना उसे चाहता हूँ। क्योंकि उसे मैंने जैसे पाया था, वह सब अनोखा था और इस अनोखेपन का नशा मेरी नस-नस में भर गया है। आज भी मैं रात-रात-भर उसके बारे में सोचता, जागता पड़ा रह जाता हूँ, पर क्या यह मेरे लिये, समाज के लिए और उसके लिए हितकर है?''

''मैंने कहा, एकदम ठीक कहते हो तुम। अगर ऐसी ही प्रेम-दीवानी थी तो शादी क्यों कर ली। कुछ दिन और रुक जाती, और शादी भी कर ली थी, तो बिना पति-प्रेम के ही बच्चा कहाँ से निकल आया।

''उसे जैसे चोट लगी हो, मेरी बात से। कहने लगा, 'अब इन बातों को जाने दो, यह चिट्ठी पढ़ो!''

''क्या था साहब उस चिट्ठी में।'' कान्त उतावला होकर बोल पड़ा।

दीक्षित पल-भर को रुककर यह कहने लगा, ''आप सोच भी नहीं सकते कि उस चिट्ठी में क्या लिखा होगा?''

''यही कि तुम शादी कर लो। मुझे समझाते हो, पर मैं कैसे समझूँ कि तुम मेरे बिना दुःखी नहीं हो।'' ज्ञान ने अपनी स्नेह-दृष्टि की सहायता ली।

''नहीं साहब!'' मुकुट बोला, ''उसने लिखा होगा कि तुमसे मुझे डर बना है कि कहीं कोई बात खुल न जाय। मैं बराबर तुम्हें पत्र लिखती रही और बुलाती रही, सिर्फ़ इसलिए कि तुम्हारा रुख़ जान सकूँ। तुम्हारा पत्र पाकर मुझे चौन मिला है, तुम सचमुच बहुत भले हो। ये भी बड़े भले हैं। इतनी शिकायत तो मैंने सिर्फ़ इसलिए की थी कि तुम्हारी बात जान सकूँ। मैं तुम्हारी चिट्ठियाँ अब भी सँभालकर रखे हूँ, कभी-कभी उन्हें पढ़कर बेहद रोना आता है। मेरे पत्र तो तुमने फाड़कर फेंक दिये होंगे?''

राधानाथ जी से चुप न रहा गया। हँसकर बोले, ''तो इस तरह अपनी चिट्ठियाँ वो लेना चाहती होगी, जो उसने पहले उसे लिखी थीं।''

भल्ला बोला, ''उसका पति नपुंसक रहा होगा। या वह सुन्दर नहीं रही होगी।''

''यह सब-कुछ नहीं साहब!'' कान्त बोला, ''उसने पत्र में आत्महत्या की धमकी दी होगी। कभी-कभी ऐसी लड़कियों के पति ख़ुद भी यह बातें करवाते हैं, अपनी पत्नियों से। और अगर पुराना प्रेमी चढ़ भागा तो या जान गँवाया या फिर जूतियाँ खाकर घर से बाहर निकल गया।''

दीक्षित मुस्कराया, ''यह सब-कुछ नहीं था। उसमें लिखा था—ललित, तुम्हारा नोट मिला, अच्छा होता कि तुम न लिखते। इस पत्र ने तो मेरे मन की रही-सही शक्ति भी छीन ली है। तुम इतने सतही हो, यह मैं नहीं जानती थी। मैं औरत की उस भाषा में न तुमसे कभी बोली थी, न वह सब सुन ही सकी थी, जो लोगों से सुना जाता है। कभी मैंने तुमसे शादी की बात उठायी थी? फिर तुमने यह पत्र लिखने का हौसला कैसे किया—यह नहीं सोच पा रही हूँ। मैं समझती थी तुम विदेश से लौटकर मेरा जीना दूभर कर दोगे। कुछ ऐसी परेशानियाँ मेरे परिवार के चारों ओर पैदा करोगे कि मेरा

पति मुझे चरित्रहीन और कुलटा समझने पर मजबूर हो जायगा। या सिर्फ़ अपनी शान्ति के लिए मुझसे पिण्ड छुड़ा लेगा। लेकिन तुमने शुभकामनाएँ भेजी हैं और यह वही भेजता है, जो अपने को समझा लेता है, और जो अपने को समझा लेता है वह प्रेम नहीं करता।

"तुमने सीधे यह क्यों नहीं लिखा कि तुम मुझसे प्रेम नहीं करते, न कभी करते थे। वह तो सिर्फ़ एक सामयिक इच्छा थी। लेकिन किसी बीती हुई सामयिक इच्छा के प्रति भी आदमी इतना अबोध हो सकता है, जितने तुम हो?...तुम मुझे उपदेश देते हो ललित! तुम्हारा पत्र पढ़कर मेरा ख़ून खौल रहा है। अगर तुम मेरे पास होते तो या तो मैं ख़ुद अपने को मिटा देती या तुम्हारा ही अन्त कर देती।"

"अब सिर्फ़ एक तरीक़ा बच रहा है, वह यह कि या तो तुम इस दुनिया में रहो, या मैं। दोनों इस तरह नहीं रह सकते। हाँ, दोनों इसे साथ-साथ छोड़ सकते हैं। लेकिन तुम पर मुझे पहली बार अविश्वास हो गया है। इसलिए मैं चाहती हूँ कि तुम इसे पहले छोड़ो, क्योंकि तुम मुझे धोखा देकर जी सकते हो, और मेरे पति के पास संवेदना का पत्र लिखकर अपना दुःख व्यक्त करके चौन से समय काट सकते हो। इसलिए मैं चाहती हूँ, तुम इस दुनिया को मुझसे पहले छोड़ो। पत्र के भीतर जो गोलियाँ हैं, रात इन्हें पानी से निगलने पर तुम फिर नहीं उठोगे। यह पत्र पुलिस की शहादत के लिए काफ़ी होगा, सिर्फ़ उस हालत में जब तुम्हें मेरे ऊपर विश्वास न हो। वैसे तुम्हारी मृत्यु का समाचार पाते ही मैं अपने हिस्से की गोलियाँ खा लूँगी।" दीक्षित फिर चुप हो गया। उसे खाँसी आने लगी थी।

भल्ला सहसा घूमकर बड़ी बेसब्री से कहने लगा, "तो फिर क्या हुआ दीक्षित जी?"

"वह यही तो चाहता था।" दीक्षित ने बहुत दुःखी होकर उत्तर दिया। 'जैसे ही मैंने पत्र पढ़ना बन्द किया, वह बोल पड़ा, दीक्षित मैं ख़ुद भीतर से इतना टूट गया हूँ कि मेरे लिये जीने का कोई अर्थ नहीं रह गया है। मैं सब तरह से सोच चुका हूँ। इसके अलावा कोई रास्ता नहीं। अब मैं उसके बग़ैर भी नहीं रह सकता, और उसे पाकर भी नहीं जी सकता। उसने ठीक ही लिखा है।' कहते-कहते वह उठ खड़ा हुआ, 'तुम अभी कुछ देर यहीं बैठो मैं आता हूँ!'"

"वह तेज़ी से आफ़िस के कमरे की ओर गया। मुझे एकाएक ज़हर की गोलियों का ख़याल हो आया। कहीं ऐसा न हो कि अभी इसी आवेश में कुछ कर बैठे। मैं उठकर लपका पर वह दफ़्तर के कमरे में कहीं भी दिखायी नहीं पड़ा। मैंने इधर-उधर देखा, बग़ल के कमरे के पर्दों से झाँका, पर वहाँ कोई नहीं। फिर एकाएक फ्लीशिया का ध्यान हो आया। वह तो अभी टाइप कर रही थी, कहाँ चली गयी? मैंने रिटायरिंग रूम के पार्टीशन को पार करके, उसके कमरे का पर्दा उठाया तो देखा, वह फ्लीशिया को दोनों बाँहों में भरे मनमाना चूम रहा है।"

इसके बाद दीक्षित बोल नहीं सका, जैसे उसका गला किसी ने दबा दिया हो या सिनेमा की कोई रील बीच में कट गयी हो। उसने किसी की ओर देखा भी नहीं और सिगरेट निकालकर जलाने लगा।

कान्त से न रहा गया। उसने कहा, ''बस साहब। आपने तो बात बीच ही में तोड़ दी। आख़िर वह आगे भी काम करता रहा तो फ्लीशिया और उसका इश्क़ चला होगा!''

''नहीं जी, वह तो उसी दिन मर गया, फिर दफ़्तर में काम करने का सवाल कहाँ से उठता। हाँ, फ्लीशिया तो अब तक वहीं है।''

''लेकिन आप तो कह रहे थे वह यहाँ उस कोने की मेज़ पर...ज्ञान उसे देखने को घूमा तो सभी की दृष्टि उस ओर चली गयी। मेज़ खाली थी और ऐश-ट्रे के ऊपर रखे अधजले सिगरेट से धुएँ की एक लट टेढ़ी-मेढ़ी सर्पाकार होकर, छत की ओर बढ़ती जा रही थी।''

माही

"तुम जब चाहो, मुझे बुला लिया करो और देखो न, घर में बच्चे हैं, माइँ-बाप हैं, उनके लिए कुछ करो, और कुछ न बने तो उनके साथ बैठकर कोई खेल ही खेला करो! मन अपने आप बहल जायगा।" माही चुपचाप सुन रही थी, लेकिन जैसे रुक्मी का कुछ भी वह ग्रहण नहीं कर रही थी!

रुक्मी ब्याही है, पढ़ी-लिखी है और एक-दो साल में ही उसने एक सफल गृहस्थिन बन कर अपने जाननेवालों के मन में आदर का भाव पैदा कर लिया है। अड़ोस-पड़ोस की लड़कियाँ रुक्मी के पारिवारिक जीवन से इतनी प्रभावित हैं कि वे उसकी तारीफ़ भी करती हैं और कभी-कभी उसे घमण्डी और चालाक कहकर अपनी नाकामियों पर पर्दा डाल लिया करती हैं।

माही एक अलग तरह की लड़की है। रुक्मी उसे 'केस' कहती है, लेकिन माही को लगता है कि रुक्मी ही एक 'केस' है। इसलिए जब रुक्मी बात करती होती है तो माही चुपचाप उसे देखती रहती है।

आज भी माही उसे एकटक देख रही थी, रुक्मी ने बात समाप्त करके धीरे-से दरवाज़ा खोला, फिर उसे उसी तरह बन्द किया और जैसे ही बाहर निकली, पोस्टमैन ने उसके हाथ में एक लिफ़ाफ़ा दिया—

माही, 05 टैगोर टाउन, इलाहाबाद।

रुक्मी ने उलट-पलट कर लिफ़ाफ़ा देखा, क्षण-भर को खड़ी सोचती रही, पीछे मुड़ी, देखा, दरवाज़ा जैसे-का-तैसा बन्द था। सामने देखा, पोस्टमैन हाथ की चिट्ठियों में आँखें गड़ाये काफ़ी आगे बढ़ गया था। उसने पत्र को मोड़ा, ब्लाउज़ के नीचे डाला और अपने घर चली आयी।

रुक्मी बहुत दिनों पर ससुराल से लौटी है, फिर भी उसके आते ही घर का सारा काम उसके हाथों में आ गया है। अगर वह बापू की थाली के पास न बैठे तो उन्हें खाना ही नहीं रुचता। बच्चे उसके आँचल से चिपके रहते हैं और माँ तो उसे घर में आया जानकर अस्त्र ही डाल देती है।

माही के घर से लौटकर इस समय जब वह घर पहुँची तो बाहर ही से बाबू की पुकार सुनकर दूसरी ओर के कमरे में मुड़ गयी।

"रमाकान्त का तार आया है।"

"तार?" रुक्मी कुछ सहम-सी गयी।

"हाँ, वैसे इतने के लिए चिट्ठी भी काफ़ी हो सकती थी। पर साहब-तो-साहब! कौन बैठकर घण्टे भर चिट्ठी लिखे।" रुक्मी के पिता उत्साह से बोल रहे थे। "वह बहुत व्यस्त है, आ नहीं पायेगा। तुम्हें भेजने का इन्तज़ाम मुझे ही करना पड़ेगा।"

बापू फर्शी पर दम खींचने लगे और रुक्मी सूखे पत्ते की तरह उड़ता हुआ तार लेकर घर में घुस गयी। उसके जी में आ रहा था कि कमरा बन्द करके जी भर रोये, पर माँ और भाइयों की हँसी-ख़ुशी में उसे हिस्सा लेना ही था इसलिए वह उन्हें खिलाने-पिलाने में व्यस्त हो गयी। कहीं कोई नाराज़ न हो जाय, जिससे दिनों की अर्जित उसकी ख्याति पर बट्टा लग जाय। लेकिन उसे अपने पर बार-बार झुंझलाहट हो रही थी। खीझ आती थी, कि क्या जीवन-भर वह अपने मन के विपरीत, दूसरों को ख़ुश करती ही जायगी। क्या यही उद्देश्य है उसके जीवन का? क्या उसका अपना कुछ भी नहीं? और तभी उसे माही का ध्यान हो आया। रुक्मी के सीने से लगा पत्र करक उठा। उसके कलेजे के घाव में खरोंच लग गया। माही उसके सामने खड़ी दिखी—अथाह, गहरे समुद्र की तरह। निर्मम गहराइयोंवाले शान्त सागर-सी माही की ख़ामोशी उसी को नहीं, उन सारी लड़कियों को भयावह लगती, जो अपने प्रेम के सुर को वक़्त-बेवक़्त अलापा करती थीं। माही की एक ही बात उसे बार-बार याद आती, "आख़िर डर किस बात का दीदी, जो बात जैसी है, उसे उसी तरह से तो देखा जा सकता है। कभी आदमी अपने वश से बाहर भी तो हो जाता है।" फिर वह चुप हो जाती है और निरन्तर छेड़ी जाने पर भी अविचलित बनी रहती है।

"माही, ऐसा नहीं करना चाहिए, लोग क्या कहेंगे।" अगर उसकी कोई सहेली कहेगी, तो वह किंचित् हँसकर कहेगी, "कहनेवालों का मुँह किसने बन्द किया है, लेकिन जो मन ठीक समझता है, अगर उसको करने में डरती रहूँ तो फिर मुझमें और पशु में अन्तर ही क्या हुआ?"

—माही जरूर किसी को प्यार करती है। जरूर उसकें मन में कोई ऐसा बैठा है, जो उसकी इन बातों का सूत्रधार है।—रुक्मी के सीने में फिर लिफ़ाफ़ा करक उठा और वह बेचौन हो गयी।

—इस पत्र में जरूर कुछ ऐसा है। हो नहीं सकता कि यह प्रेम-पत्र न हो!पिर दूसरे ही क्षण रुक्मी का विश्वास किसी लड़की अथवा रिश्तेदार के पत्र पर जा टिकता।—माही तो बहुत कम लिखती है।—और फिर, उसके मन में विचित्र कल्पनाओं का तन्तु-जाल फैलने लगता और सहसा उसे लगता जैसे वह माही से भीतर-ही-भीतर जलती है। इसीलिए तो उसने माही का पत्र इस तरह उड़ा लिया है। फिर

सहसा उसे उस तार का ध्यान हो आया, जो हवा के झोंक में उड़ता हुआ आधे आँगन पहुँच चुका है और उसके मन में एक बार भी उसे उठाने की इच्छा नहीं हो रही थी।

किसी तरह ले-देकर रुक्मी ने बारह बजे खाना खाया और झपटकर अपने कमरे में पहुँची। धड़कते दिल से लिफ़ाफ़ा निकाला और खोलकर पढ़ने लगी।

मेरी माही,

इस बीच मेरा मन बहुत दुःखी है। इसलिए नहीं कि तुम दूर हो, इसलिए भी नहीं कि तुम मुझे प्यार नहीं करती। मैं जानता हूँ कि अब हमारा प्यार एक ऐसी सच्चाई बन गया है, जो हमारे झुठलाने की सीमाओं से पार हो गया है। अब कोई बड़ी-से-बड़ी बाधा भी हमारे मन को मोड़ पाने में असमर्थ है। फिर भी मैं अशक्त और बेचौन हो उठा हूँ। वैसे तुम्हारा प्यार मेरे जीवन का सहारा बना हुआ है, पर उस सहारे में कमज़ोरियों के ऐसे भयानक कीटाणु छिपे हैं, जो मेरे मन को निरन्तर कटु बनाते जा रहे हैं—यह एक रोग है, मेरी प्यारी माही! ऐसा रोग, जो आदमी की नींद हराम कर देता है। मैं ख़ूब समझता हूँ, पर उससे मुक्त हो पाना मेरे अपने बूते के बाहर की चीज़ है।

तुम जानती होगी, मैं तुम्हें देख नहीं पा रहा हूँ या तुम्हारे जीवन का कोई एक भी क्षण ऐसा है, जो मेरी जानकारी से बाहर है! लेकिन ऐसी बात नहीं, वह सिर्फ़ इसलिए कि तुम अब इतनी दूर तक आ चुकी हो जहाँ से मेरे लिये तुम्हारा कुछ भी छिपा नहीं है। पर मैं न जाने क्यों चाहता हूँ, कि तुम सब कहो, मुझे बताओ कि वह सब क्यों हुआ।

तुम अपने प्यार का एहसास मुझे दिलाती हो। अपने दुःख की बात लिखती हो। यह भी क्या कोई लिखने की चीज़ है? उस पर कुछ कहना बाक़ी रह सका है, मेरी माही? वह सब अब मन का एक अंग बन चुका है। लिखने से उसकी महिमा कम होती है। लेकिन दूसरी बात का कोई उत्तर तुम्हारे लिये असम्भव हो गया है।

आज मैं एकदम निराश हूँ। तुम लिखती हो कि, अगर ऐसा ही सन्देह है तो हरदम साथ क्यों लिये नहीं रहते? माही, सन्देह अगर तुम पर करूँगा तो वह अपने पर होगा और सन्देह करनेवाले के लिए साथ और दूर कोई दो चीज़ें नहीं हैं। शरीर के अस्तित्व मात्र से सन्देह नहीं मिट सकता। उसका नाता तो हृदय से है,—सिर्फ़ एक भाव, अनदेखा, अव्यक्त। भला उसे कौन देखेगा? इसलिए शरीर तो साथ रह सकता है पर मन की कौन कहे? लेकिन मुझे तो तुम्हारे मन पर भी कभी सन्देह नहीं रहा। बस यही लगता है, जैसे कोई रोक है हमारे-तुम्हारे बीच, जो घटनाओं को अपने सही रूप में दिखाने से तुम्हें रोकती है, और यही मेरे लिये असह्य है। तुमने मेरी निष्ठा को डिगा दिया है।

यह एक अजीब बात है मेरी रानी, कि तुम्हारा झूठ मेरे लिये कभी भी सच नहीं हो पाता। चाहे वह कितनी ही निष्ठा से कहा गया हो। मेरी चेतना उसे अनजाने ही

चुनकर बाहरकर देती है। मैं उससे लड़ता हूँ, झगड़ता हूँ, पर वह जाने क्यों अपना काम किये जाती है। इसलिए जब तुम अपने जीवन की उस घटना को मुझसे कहती हो, तो मैं उसमें तुम्हें खोजता हूँ। तुम उसमें कहाँ थी, उस तस्वीर में कौन-सा रंग तुम्हारा था, मैं वह देखना चाहता हूँ।

मैं यह भी जानता हूँ कि तुम मेरे ख़ातिर बहुत-कुछ कहने में हिचकती हो। मुझे दुःख होगा, मेरी शक्ति कम होगी, मैं तुम्हें छोड़ दूँगा...पर...नहीं,...तुम यह कभी नहीं सोचती, कभी नहीं, माही! तुम्हें विश्वास है कि मैं कभी भी तुमसे अलग नहीं हो सकता, फिर ऐसा क्यों? क्या तुम्हारा अपना कोई मन्तव्य है? क्या कहीं तुम्हें कोई कष्ट है, जो मेरा नहीं? क्या ऐसा नहीं है कि इस नन्हें से बिन्दु पर हम तुम दो हैं...अलग-अलग? सच, मैं पहली बार इसे सोचने लगा हूँ।

इसलिए अब कभी नहीं लिखूँगा, मेरी अन्तरंग! तुम्हें कष्ट देना मुझे जरा भी प्रिय नहीं। मुझे न लिखना, पत्र नहीं मिलेंगे। मैं कहीं बाहर जा रहा हूँ और यह भी तय नहीं कि कब तक लौटूँगा...अलविदा...

तुम्हारा, प्रीतीश।

रुक्मी का सारा शरीर पत्र पढ़ते-पढ़ते पसीने से डूब गया। उसने आँचल से पसीना पोंछा और क्षण-भर को बेख़याल-सी बैठी रह गयी। फिर जैसे उसके मुँह से एक कराह-सी निकल पड़ी...माही! इसलिए नहीं कि माही के लिए उसके मन में दर्द हुआ, या ख़ुशी हुई कि उसका दिमाग़ ठिकाने आ जायगा। बड़ी चली थी नखरा करने। इसलिए भी नहीं कि उसके मन में माही की पोल जानकर घृणा हुई और उसे अपनी सहेलियों से माही के बारे में कुछ कहने का मसाला मिल गया। बल्कि इसलिए कि उसके हाथ के पत्र का रंग धीरे-धीरे जाने कैसे हलका लाल हो गया और उसकी भाषा तार की भाषा हो गयी,मैं नहीं आ पाऊँगा। काम है। पिता जी आने का प्रबन्ध कर देंगे।—और पहली रात का वह सपना उसके मन पर छा गया...एक अपनी बात कहनी है, आपसे।—उसने अपने को कितना सँभालकर कहा था। कितने बड़े मानसिक बोझ से मुक्त होकर वह समर्पित होना चाहती थी।—तो आज ही उसकी कोई जल्दी है क्या? इस समय और कोई बात नहीं!—सहसा वह किसी कीचड़ से भरी ज़मीन पर फिसलकर ऐसे गढ़े में गिर गयी थी, जिसमें नीचे दलदल-ही-दलदल थी और माही का दोपहर के कमल-सा उदास चेहरा उसकी आँखों में सिमटकर स्थिर हो गया।

सूर्या

शाम के पाँच बज जाने पर भी सूर्या जी अपने आफ़िस से नहीं निकलीं तो जगजीत बरामदे की सीढ़ियों से उठकर दरवाज़े के सामने जा खड़ा हुआ, पल-भर उनकी ओर देखता रहा, सहसा उसकी दृष्टि दीवार पर टँगी घड़ी पर चली गयी। पेण्डुलम गटर-गट...गटर-गट करता हुआ हिल रहा था और सेकेण्ड की लम्बी सुई एक नम्बर से दूसरे पर छलाँग भरती आगे बढ़ रही थी। दूर चहारदीवारी के पास से लड़कियों के गाने की मद्धिम ध्वनि सुनायी पड़ रही थी। जगजीत कुछ देर ऐसे ही खड़ा रहा। शायद किसी आदेश का इन्तज़ार करता हुआ, पर कुर्सी में बैठी गुरु जी की दृष्टि उसकी उपस्थिति के आभास से और भी स्थिर हो गयी थी। वह चुपचाप लौटा और बाँस की हथौड़ी से घण्टी बजाने लगा। टिन्...टिन्..टिन्..नि...—न...का स्वर लड़कियों के शोर में रोज़ की तरह डूब गया। और देखते-देखते स्कूल का हाता वीरान हो गया।

जानी मौसी अपनी टूटी बाल्टी और बँधना कुएँ की जगत से उठाकर बरामदे में रखने के लिए आती हुई पल-भर को रुकीं, जगजीत को देखते ही अपने पोपले मुँह से ज़ोर की गाली देती और भुनभुनाती हुई आगे बढ़ गयीं। लेकिन जगजीत ने न तो उन्हें आज रहमान की बीवी ही कहा था, न उनके सिर में अँगुलियाँ ही फेरी थीं। कृष्णा पल-भर को बड़ी गुरु जी के कमरे के बाहर ठिठकी, लेकिन कोई संकेत न पाकर अपना छाता लिये दबे पाँव लौट पड़ी।

जगजीत उसे बाहर जाते देखता रहा। कृष्णा ने हाते के ऊँचे चौखट से एक पाँव बाहर रखा तो साड़ी का निचला हिस्सा उसी में अटककर ऊपर चढ़ गया और उसकी चिकनी, साँवली पिण्डलियों पर धूप की एक तह फिसलती चली गयी। हाते में झुके हुए आम की टूटी डाल के सिरे पर एक कौआ आकर बैठा, दो बार काँव-काँव बोला, फिर उड़ता हुआ दूर चला गया। जगजीत चुपचाप खड़ा रहा।

आज दो दिन हो गये पर वह यह नहीं समझ पाया कि बीबी जी ने कब नौकरी की और किस तरह बड़ी गुरु जी बनकर इस स्कूल में आ गयीं। शहर के घर का क्या हुआ। वह भी तो इनका अपना ही था और मालकिन! उसके मन में एक शंका हुई, क्या वे नहीं रहीं? रहती तो भला ये नौकरी करने पातीं? उसका मन धीरे से कहीं दूर चले जाने को हो रहा था, पर आफ़िस बन्द करके एक पुराना छोटा बक्स और कुंजी लेकर इनके पीछे-पीछे क्वार्टर तक जाने का काम उसी का था, इसलिए उसके पाँव

उसी जगह गड़-से गये थे। ठीक साँप और छछूँदर की गति थी उसकी। न कहीं जाते बनता था, न रुकते। बार-बार उसके मन में आता कि वह 'सूरा बीबी जी' से कुछ कहे, लेकिन क्या कहे...वह यही नहीं समझ पाता, फिर उसे लगता है, ये पहले ऐसी तो नहीं थीं। कितना बोलती थीं, हँसती थीं, और बात-बात में... वह चैंककर कमरे में घुसा। सूर्या देवी ने शायद उसी को सचेत करने के लिए छोटी सन्दूक का ढक्कन ज़ोर से बन्द कर दिया था और अपनी रेशमी धोती का पल्लू ठीक करती हुई कमरे के बाहर निकल आयी थीं।

सूरज डूबने ही को था। क्वार्टर के बग़लवाली बसवट पर चिड़ियों की चूँ-चूँ बढ़ गयी थी। बाँस की एक अगार रह-रहकर क्वार्टर की खपरैल की ऊपरी सतह को खरोंच जाती थी। सूर्या बरामदे में खड़ी उसी को देखने लगी थी। जगजीत बाक्स को आफ़िस के बाहर रखकर दरवाज़ा बन्द कर रहा था और वह सोच रही थी कि बीच का कमरा इसी कारण रात टपकता है। या तो बाँस को कटवा देना होगा, या... "मैं कल उसे खींचकर एक तरफ़ कर दूँगा।" जगजीत बीच ही में बोल पड़ा, क्योंकि वह बाक्स लिये कब से उनके पीछे चुपचाप खड़ा था। सूर्या इस बिन माँगी सलाह से चैंककर सिहर गयी। उसका सिमटा-सिमटा-सा चेहरा अपने से घूमकर जगजीत की नन्हीं, तेज़ आँखों में समा गया और उसका हाथ अपने से उठकर उसके दायें गाल के काले तिल पर चला गया... तू क्यों इस तरह देखता है, मुझे जग्गी, कोई बात है क्या? कह तो जरा, तेरी भी सुनूँ। संकोच न कर जगजीत, तुझे मेरी क़सम! और जगजीत उस दिन जैसे घड़ों पानी में भींगकर ठिठुर गया था...वह जो काला तिल है न... हाँ-हाँ, है तो, क्या हुआ?...मुझे बहुत अच्छा...जगजीत काँप उठा था और मैं, मैं—सूर्या देवी ने जैसे किसी रेकार्डिंग-मशीन पर बजती हुई इस कितनी पुरानी बात को आज जैसी-की-तैसी सुना हो। उसे अपनी ही आवाज़ पर कुतूहल हो रहा था और "नहीं, नहीं" बुदबुदाकर वह भीतर से कुछ नकार रही थीं, लेकिन आँखों में अड़ गया था एक श्यामल किशोर, सफ़ेद अण्डरवियर और बनियान पहने हुए, ऐसा सलोना और चिकना बदन और ऐसी सफ़ेद दूध-सी मुस्कराहट कि इससे देर-देर तक बात करने और बेवकूफ़ बना-बनाकर हँसने को जी चाहता है। माँ से कहूँ कि इसे मेरे कमरे के पास सोने के लिए कह दे। रात देर तक पढ़ती हूँ तो दूसरी ओर फुलवारीवाले बरामदे में सूना हो जाता है। मुझे कितना डर लगता है!—सूर्या के रोयें इस पुरानी याद से भमर आये थे। इसलिए नहीं कि जगजीत की आँखें उसके पीछे लगी थीं, बल्कि इसलिए कि जब उस दिन चार बजे से लेकर दिन डूबे तक वह अन्तिम बार, हाँ, वह अन्तिम ही था। वह कितनी ही बार रो-धो कर थक चुकी थी और उससे कह आयी थी कि अगर इस बार वह न आया तो फिर आने के लिए नहीं क़हेगी।

वह सुनील का रास्ता देखती बैठी रही और पल-पल अपनी कमज़ोरी छिपाने के लाख बहाने करती रही, लेकिन वह नहीं आया। पिछले कई महीनों से उसका यही

हाल था। कभी वह कुछ कहती तो मुँह नीचे किये सुन लेता और उदास-उदास चला जाता। उसके जी में कई बार आया था कि सुनील से कहे कि उसके लिए पहले जैसा प्यार उसमें नहीं रहा, पर यह सोचकर वह काँप जाती कि कहीं उसकी बात की सच्चाई खुलकर सामने न आ जाय। सुनील के मन में कहीं सचमुच ही यह बात न बैठी हो। न जाने क्यों सूर्या उस समय यह सोच भी नहीं सकती थी और आज वह उसी तरह जगजीत के बारे में भी बहुत-कुछ नहीं सोच पाती और उसके आगे गहरा अँधेरा छा जाता है। उसे लगता है, जैसे सुनील के बारे में सोचते-सोचते वह थक गयी है। और कमरे का दरवाज़ा खुला छोड़कर किताब सीने से चिपकाये जाने किस लोक में पहुँच गयी है।...उसके सीने में अजीब-सा दर्द है और कमर में फटन-सी होने लगी है—और वह जाने क्या-क्या सोचती चली जाती है। रेवा का चेहरा उसकी आँखों में काँपता है। फिर रेवा के होंठ हिलते हैं...'सुनील, क्यों उदास रहते हो तुम, रिसर्च में डूबे रहने का मतलब यह तो नहीं होता कि हमारे घर का रास्ता ही भूल जाओ। ममी कितना याद करती हैं तुमको'...सूर्या के कलेजे की जलन उस समय और नीचे उतर आयी थी। अनजाने ही उसके चेहरे पर चिकनाई उतर आयी थी और बदन भारी होने लगा था। उसे हलका-सा चक्कर आता है, उबकाई छूटती है और वह चैंककर उठ बैठती है।

सुबह का निर्दोष आकाश उसने खिड़की से देखा था उस दिन, और फूट-फूटकर रो पड़ी थी।...सुनील तुमसे प्रेम करके मैंने बुरा किया। शायद तुम नहीं जानते कि मैं उस जाति की स्त्री नहीं हूँ, जो मन को समझा लेती है। मैं चाहती हूँ, लेकिन समझा नहीं सकती। मैं अपने ही से लाचार हूँ सुनील!—सूर्या अपने आँचल से अपने आँसू पोंछने लगी थी। सफ़ेद धोती का किनारा ख़ून से रंग गया था।—मैं तुम्हें बाँधूँगी, तुम्हें धोखा दूँगी, तुम्हें लाचार कर दूँगी। मैं बच्चे की माँ बनूँगी, उसका बाप तुम्हें कहूँगी, तब देखूँ तुम क्या करते हो—सूर्या रास्ते पर ठोकर खाकर गिरते-गिरते बची आज। तभी जगजीत ने बढ़कर छोटे कमरे का दरवाज़ा खोल दिया और वह अँधेरे में घुसकर अपनी चारपाई पर बैठ गयी। जगजीत बढ़कर खिड़कियाँ खोलने लगा तो उसने कहा, "नहीं, इस समय जाओ!"

जगजीत बाहर चला गया पर सूर्या को लगा वह बाहर नहीं जायगा। अगर चला भी जायगा तो वह किवाड़ों को उठँगाकर छोड़ देगी, जिससे वह फिर अन्दर आ सके। और फिर इस एक विचार से उसके आगे अपना वही घर नाचने लगा, वही कमरा, वही बरामदा, जिसमें जगजीत खिड़की के नीचे अपनी चारपाई बिछाकर सोया रहता था। वह रात कई बार उठती, बिस्तर के किनारे बैठकर खिड़की से झाँकती और जगजीत की चारपाई पर पड़नेवाली खिड़की के चौखटे और लोहे के छड़ों में क़ैद रोशनी पर उसकी निगेटिव तस्वीर खिंच जाती। बालों की लटें, नाक-नक़्श और शरीर का तीखा उभार...वह अपने को इधर-उधर करती, जगजीत को देखना भूलकर वह अपने

ही को देखती, सुनील का मुस्कराता चेहरा उसकी आँखों में उतर आता और वह बत्ती बुझाकर उसे मन में लिये सो जाती। कभी उसी समय उसे पत्र लिखने लगती और देर-देर तक जाने क्या-क्या लिखती रहती। जाने क्यों उसे स्वयं को देखने पर तुरन्त सुनील का ध्यान हो आता था।

जगजीत बरामदे में कुर्सी मेज़ लगा चुका था और महरी ने चाय की केतली और प्लेट-प्याले लाकर मेज़ पर रख दिये थे। सूर्या की खोखली दृष्टि में केतली का आकार छाया हुआ था और दो मौन आकृतियाँ इधर-उधर हिलकर उसे मेज़ पर आ बैठने का संकेत कर रही थीं। उसके ख़यालों का सिलसिला फिर टूट गया, वैसे उनमें कोई क्रम पहले भी नहीं था और आज उसके लिए यह सम्भव भी नहीं कि वह शुरू से इन सारी बातों को सोचने बैठे। उसे क्या मालूम था कि एकान्त की खोज में कोशिश करके इतनी दूर के इस कस्बे में बदली कराने पर भी वह वहाँ जा रही है, जहाँ जगजीत बैठा है। वह ज़िन्दगी से जितना भागना चाहती है, ज़िन्दगी उतनी ही उसके पीछे पड़ी है। आख़िर क्या कहें इसे...वह सोचती हुई चारपाई से उठी और बरामदे में चाय की मेज़ पर जा बैठी।

महरी चाय बनाकर देते हुए पूछ बैठी, ''रात डर लगता होगा गुरु जी, कहें तो मैं ही यहाँ सो रहा करूँ। अभी आपके लिए नया-नया घर है।''

''नहीं महरी, डर तो क्या लगेगा...'' सूर्या की आँखें जगजीत से मिलीं। वह घबराकर नीचे देखने लगा तो उसने बात पूरी की, ''सूना बहुत रहता है, लेकिन कोई बात नहीं। तुम लोग मेरे लिये परेशान न हो।''

''अरे इसमें परेशानी की क्या बात है गुरु जी। जगजीत हई है। आपके पहलेवाली गुरु जी तो इसी क्वार्टर में आठ बरस रह गयीं। आयी थीं तो कैसी दुबली, पतली, छरहरी-सी थीं, लेकिन यहीं ब्याह किया और यहीं उन्हें बच्चे भी हुए। उन्हीं ने तो जगजीत को रखा था। घर-द्वार का कुछ पता ही नहीं बेचारे को, बचपन से ही मारा-मारा फिरता था। कुछ दिन शहर में किसी के यहाँ काम कर चुका था...पहले लड़कियों को पानी पिलाता, गुरु जी के घर का काम करता, खाता और यहीं बरामदे में सो रहता। ठीक इसी खिड़की के पास। उन्हें तो बहुत डर लगता था। रोज़ कहतीं, जगजीत न रहे तो मैं एक दिन भी इस भूतखाने में न रहूँ। एक-न-एक डर की बात वे रोज़ मुझसे कहतीं। जाते-जाते वही जगजीत को चपरासी बना गयीं।''

''अच्छा,'' सूर्या ने प्लेट में प्याले को रखते हुए जगजीत की ओर देखा। स्याही का हलका-सा पर्दा बरामदे की दीवारों पर सिमट आया था और जगजीत अँधेरे की इस छत से लटकती सलीब पर टँगा झूल रहा था। सूर्या ने पहली बार उसे आदेश दिया, ''रोशनी जलाकर मच्छरदानी ठीक कर दो। कल मच्छरों ने सारी रात तंग किया।''

जगजीत चला गया तो सूर्या ने महरी की हाँ-में-हाँ मिलायी। महरी फिर बोलने लगी, "उन वाली गुरु जी ने तो क्या बतायें सरकार, बहुत अच्छा हुआ जो चली गयीं।" आप से तो यहाँ लोग इतने डरे हैं, कि कहते हैं, "गूँगी हैं क्या यह जी", आप कुछ बोला करें। वह नयीवाली उपधायिन तो इतनी चुगुल हैं कि दो दिन से रोज़ दोपहर को मेरे पास आती हैं और आपके बारे में पूछा करती हैं। कहती थीं, "शहर से आयी हैं न, इनका भी कोई यार होगा वहाँ। बस दो-चार दिन रुको, वह आयेगा ही। तब देखना तमाशा। इनको भी हमारा स्कूल बच्चा-कच्चा देकर भेजेगा।"

सूर्या को हँसी आ गयी। जैसे किसी बच्चे ने उसको मुँह चिढ़ाया हो, "मेरा कोई यार नहीं महरी, उनसे कहना, यार ही खोजना होता तो यहाँ क्यों आती।" लेकिन अपनी बात के हलकेपन पर सहसा वह ठमक गयी। क्या यह सब मुझे कहना चाहिए! उसे पल-भर को सोचा, फिर महरी को बर्तन उठाने को कहकर कुर्सी पर से उठ खड़ी हुई। जाने क्यों उसके बदन में स्फूर्ति की एक झुरझुरी दौड़ गयी थी। वह बरामदे में टहलने लगी।

अभी उसने अपना वह किचन भी नहीं देखा था, जिसमें से दो दिन खाना बनकर आया था। महरी को उसने धुएँ की उस कोठरी में घुसते देखा तो उसे ख़याल आया कि यह चाय-खाना वह किसके पैसों से खा रही है। उसने वहीं से महरी को आवाज़ दी और पूछा तो पता चला कि जगजीत सारा सामान ख़रीदकर लाया था और गुरु जी ने ही उसके लिए पैसे दिये थे। उसके होंठों पर एक हलकी-सी मुस्कान छा गयी, "मूर्ख कहीं का।"

वह तेज़ी से अपने कमरे की ओर गयी। जगजीत लालटेनें साफ़ करके जला चुका था। उनकी लौ कम करके जगह-जगह रखने ही जा रहा था कि सूर्या को कमरे में आता देख, एक ओर हटकर खड़ा हो गया। उसके मन में आ रहा था कि वह उसे जी भरकर पीटे और जब वह बेहोश हो जाय तो उसे किसी कमरे में हमेशा के लिए बन्द कर दे। लेकिन अन्दर पहुँचते ही वह सहमकर आगे बढ़ गयी। बेकार ही अपने कपड़े इधर-उधर करने लगी। जगजीत दो-तीन जगह बत्तियाँ रखकर कमरे के सामने जा बैठा। सूर्या का संकोच फिर क्रोध में बदलने लगा। उसने वहीं से पुकारा, "जग्गी।"

"जी!" कहकर जगजीत पागलों की तरह पास गया। लेकिन वह फिर चुप रह गयी। पल-भर वह खड़ा रहा। सूर्या ने कुछ रुपये उसके हाथ में थमाये तो वह बोल पड़ा, "क्या ले आना है?"

"तुम कुछ लाये थे न!" वह फिर लौट पड़ी और दूसरी ओर के आँगन में चली गयी।

इस ओर भी एक छोटा-सा बरामदा था, जिसमें एक आरामकुर्सी पड़ी थी। सूर्या को पहले वह कुर्सी बड़ी गन्दी लगी थी, पर इस समय वह उसी में धँसकर बैठ गयी। पश्चिम की दीवार के ऊपर आसमान का भूरा टुकड़ा अभी हलकी रोशनी का आभास

दे रहा था। चुपचाप उसे देखने में जाने क्यों ख़ुशी हुई उसे। देर तक बैठी उसे देखती रही।

तब वह सतरह-अठारह की रही होगी। कॉलेज से लौटने पर उसने एक दिन देखा कि उसकी लान पर एक लड़का पानी छिड़क रहा है और सूर्या की माँ खड़ी उसे काम समझा रही है। सूर्या को जाने क्यों उसे देखकर हँसी आ गयी थी। क्योंकि उसे मालूम था कि उसकी माँ ऐसे ही रास्ते चलते लोगों में से घर का नौकर चुन लेती थी, जो कभी-न-कभी घर का कोई सामान लेकर चम्पत हो जाते थे। उसने बिना कुछ सोचे-विचारे कह दिया कि, "इसे कहाँ से पकड़ लायी हो, किसी दिन कुछ लेकर यह भी चम्पत होगा तो पछताओगी।"

जगजीत ने इस बात को माँ से भी ज़्यादा नज़दीक से सुना और इसके पहले कि सूर्या की माँ कुछ उत्तर दे, वह चुपचाप अपना काम बन्द करके पानी का झाला लिये लान से बाहर निकला और उसे उसने बीच के रास्ते पर रख दिया। वहीं से अपना गमछा उठाया और हाथ-मुँह पोछता बाहर की ओर चल पड़ा। सूर्या की माँ ने मकान के बरामदे ही में से आवाज़ दी, पर वह रुका नहीं। सूर्या की आँखें माँ से मिलीं तो एक अजीब-सी स्थिति पैदा हो चुकी थी। सूर्या शरमिन्दा थी। इसलिए वह दौड़कर जगजीत को बुला लायी। जगजीत माँ के सामने आकर रोने लगा। फिर किसी तरह चुप तो हुआ, लेकिन वह बोला कुछ नहीं।

तब से इन दस वर्षों में जीवन ने क्या-क्या देखा! सूर्या उस एकान्त बरामदे में बैठी यही सोच रही थी।—उस पहले ही दिन जगजीत के साथ की इस घटना ने उसे माँ का कितना प्रिय पात्र बना दिया था। उसे वे घर की सारी चाभियाँ दे जाती थीं। दूसरा कोई तो घर में था नहीं। पिता बचपन में ही मर चुके थे। इसलिए मालिक था जगजीत। जब माँ कहीं बाहर जाती तो वही घर का पूरा इन्तज़ाम करता। मुझे तो कभी पता भी नहीं चला, कि मैं कैसे और किन परिस्थितियों में जीवन व्यतीत कर रही हूँ। इसलिए जब सुनील से मेरा परिचय हुआ तो सहसा वह मेरे जीवन की सबसे बड़ी सच्चाई बन गया। सुनील माँ के कारण ही शायद पहली बार घर आया था, और जो इस तरह मेरे घर आता था, वह घर ही का बन कर रह जाता था।

सुनील स्वभाव के साथ शरीर से भी मोहक था। मुझे याद नहीं कि कैसे, पर हँसते-खेलते हम एक-दूसरे के बन गये थे। सुनील बिना किसी संकोच के बाँहों में भरकर मुझे चूम लेता था और मैं बेझिझक उसकी गोद में बैठकर उससे लिपट जाती थी। कभी-कभी तो वह हैरान हो जाता और मैं उसे नहीं छोड़ती। जगजीत ने कई बार हमें इस तरह देखा और सिर नीचा किये लौट गया। न उसने कभी कोई चर्चा किसी से की, न मैंने ही इस पर कोई ध्यान दिया। बाद में मुझे पता चला कि वह सिर्फ़ कर्त्ता है उस सबका, जो उससे कहा जाय। न कहने पर वह कुछ न करता।—सूर्या को

आदमी के स्वभाव पर हैरत होने लगी। जाने क्यों वह जगजीत की तुलना अपने से करने लगी। जैसे कुछ चाहने की इच्छा करते, उसे चाहते-चाहते वह इतनी कमज़ोर हो गयी थी और जगजीत अब भी मन के द्वारों को बन्द किये वह सब करने में समर्थ था, जो उससे कहा जाय।—सूर्या को अपनी कमज़ोरी पर तरस आने लगा था, तभी उसकी दृष्टि फिर पश्चिम की दीवार पर चली गयी। बादलों के काले टुकड़े दीवार के ऊपर आ सटे थे और वह गहरे अँधेरे का एक हिस्सा बन गयी थी। उसकी बग़लवाले कमरे के दरवाज़े के मद्धिम प्रकाश में एक परछाईं काँप-काँप जाती थी...यह जग्गी ही है, शायद बिस्तर ठीक कर रहा है, या मच्छरदानी में बाँस बाँध रहा है। उसने घूमकर दरवाज़े की ओर देखा, जगजीत एक हाथ में स्टूल, दूसरे में लालटेन लिये खड़ा था।

"यहाँ रोशनी रख दूँ, बीबी जी?" यह कहते हुए अचम्भा हुआ उसे कि यह 'बीबी' कैसे निकला उसके मुँह से और सूर्या ने कुर्सी से उठते हुए तीखे स्वर में उत्तर दिया, "सूरा बीबी जी कहने में डरते हो क्या?" फिर वह कमरे में अन्दर घुसते-घुसते कहती गयी, "कोई जरूरत नहीं, इधर के दरवाज़े को ठीक से बन्द करके छोड़ दो!"

जगजीत डर के मारे काँपता हुआ बाहर चला गया। उसने अपने शरीर से साड़ी नोचकर फेंक दी, फिर ब्लाउज़ के बटन एक...दो...उसे सहसा याद आया कि कमरे में रोशनी है और खिड़कियाँ खुली हैं। वह एक सफ़ेद साड़ी निकालकर नहान घर में चली गयी। कपड़े उतारते-उतारते उसे माँ का ध्यान हो आया। अक्सर वह बिना कपड़े लिये ही बाथ में घुस जाती थी। जब टब में बैठकर बड़ी देर नहाते-नहाते उसे कपड़ों का ध्यान आता तो वह माँ-माँ पुकारने लगती थी। माँ कभी-कभी तो एकदम निस्संकोच कमरे में घुस आती थीं। कपड़े रख कर उसकी पीठ पर दो-चार बार हाथ फेरकर कहतीं, "कब से डूबी पड़ी है, इस पानी में, बीमार पड़ेगी क्या!" और वे दरवाज़ा खुला छोड़कर ही चली जाती थीं। ऐसे ही एक दिन की बात सोचकर वह आज भी डूबने-उतराने लगती है।

सुबह आठ ही बजे वह नहान घर में घुसी थी। उसे यह भी नहीं मालूम था कि रवि दादा इसी बीच बनारस से आ गये हैं और माँ उनके साथ बातों में लगी है। उसने कई बार माँ-माँ पुकारा और यह सोचकर कि माँ आती होगी, उसने नहान घर का दरवाज़ा चौपट खोल दिया। पर देखती है, जगजीत सामने कपड़े लिये खड़ा है। पल-भर उसे कुछ भी मालूम नहीं हुआ, लेकिन जैसे ही पानी की बालों में अटकी हुई एक बूँद उसके माथे से होती हुई टपककर उसके शरीर पर गिरी, उसने झपटकर दरवाज़ा बन्द कर लिया। कुछ देर वह घुटनों में धँसी अशक्त पड़ी रही, पर जगजीत कब को कपड़े वहीं टाँग कर चला गया था।

आज कपड़े बदलते-बदलते उसके जी में फिर एकाएक माँ को पुकारने की बात कौंध गयी थी,...पर माँ? आज वह एक प्रश्नचिह्न बन गयी है, उसके लिए। चाहे

सुनील के कारण ही सही, पर उसने कभी बुद्धि से माँ के बारे में नहीं सोचा। सुनील तो कहता था,...फिर सुनील के कहने की चिन्ता मुझे क्यों होने लगी। माँ भी स्त्री ही थीं, उनके भी तो मन था। अगर रवि चाचा के साथ उनके सम्बन्ध थे तो इसमें मेरा क्या दोष था, जो सुनील इस तरह उदास हो गया...आख़िर इसमें मेरी क्या ग़लती थी! या मुझसे ऐसा क्या बन गया था, जो सुनील के मन में बर्फ़ की परतें पड़ गयीं! वह आख़िर क्यों कहता है कि उसका मन कुछ करने को नहीं होता... कोई भी काम नहीं...क्या होगा यह सब करके! करनेवालों की क्या कमी है। न घृणा, न स्नेह, कुछ भी नहीं। मुझसे सम्बन्ध तोड़कर ही वह ख़ुश हो जाता।

—रेवा भी शायद हार ही बैठी थी। सुनील का दर्द वह समझ भी क्या सकती थी और उसके पास मेरे जैसा समय कहाँ था, ज़िन्दगी बरबाद करने के लिए।—वह कपड़े बदलकर बाहर निकली तो खाने की पूरी तैयारी हो चुकी थी। महरी और जगजीत शायद किसी आदेश की प्रतीक्षा में थे। वह बिना बोले अपने लम्बे बालों की चोटियाँ समेटती हुई बाहर के बरामदे में आ गयी और सीढ़ियों से उतरकर सामनेवाले खेल के मैदान की ओर चली गयी।

जगजीत के मन में आया, वह सूर्या के पीछे-पीछे जाय! जाने क्यों मालकिन (सूर्या की माँ) की बात उसके कानों में बज उठती थी,...इसे पल-भर को भी अकेले न छोड़ना—

—वे दिन थे भी ऐसे ही भयंकर।—जगजीत उसे सोचकर आज भी डर गयाजिने कब इनको क्या हो सकता था। ये ख़ुद क्या नहीं कर सकती थीं। उस दिन सुनील बाबू किसी तरह रिक्शे में बैठाकर लाये थे। इनका सिर चोट से भरा हुआ था। शायद कई दिन के इन्तज़ार के बाद बीबी जी ख़ुद उन्हें बुलाने गयी थीं और वहीं किसी बात पर अपना सिर दीवार से टकरा दिया था। मालकिन कितनी परेशान थीं, पर उनका साहस न होता था, कुछ कहने का। सुनील बाबू कुछ बोले नहीं, चुपचाप खड़े रहे। जब डॉक्टर आया तो मालकिन ने बेहोशी की बीमारी की बात बनाकर दवा शुरू करायी थी। फिर तो वे देर-देर तक बेहोश रहती थीं। कभी बैठे-बैठे फूट-फूटकर रोने लगतीं और कभी अपने बालों को नोचने लगती थीं। मालकिन के सामने आने पर इनकी हालत और बिगड़ जाती थी, इसलिए वे दूर आड़ में खड़ी बिसूरतीं और बिना खाये रात-दिन काट देती थीं।

—कभी रात-रात भर ये बिस्तर में बैठी रहतीं और लेटतीं भी तो चैंककर उठ बैठतीं,

..“जग्गी देख यह आँचल...देख जग्गी! मेरी आँखों से ख़ून आ रहा है! कभी देखा है तूने ऐसी बीमारी?” और आँख फाड़कर उस आँचल को देखती रहतीं, देखती रहतीं। फिर धोती के उस सिरे को फाड़कर तकिये के नीचे रख लेतीं और लेट जातीं।

डॉक्टर आते, जाते। दवाएँ आतीं, फेंकी जातीं। घर में सियापा छाया रहता। कहीं अगर एक प्लेट भी खनकती तो लगता, जैसे बादल का कोई टुकड़ा टूटकर धरती पर आ गिरा हो। इस सबके बीच वही था एक—जगजीत, आँखें पसारे सूर्या के हर क़दम पर निछावर हो रहा था। वह अगर कुछ कहती तो उसी से, सुनती तो उसी की।

एक दिन आधी रात के बाद सूर्या एकाएक बिस्तर में उठ बैठी थी। वह दरवाज़े से चारपाई सटाये लेटा था, उठना ही चाहता था कि देखा वे शीशे में अपना चेहरा देख रही हैं। कपड़ों पर निगाह डालकर उसे ठीक कर रही हैं; उसे ख़ुशी हुई थी। शायद वे ठीक हो रही हैं। वह चुपचाप पड़ा रहा, फिर सहसा उसे सन्देह हुआ कि कहीं जगजीत जग तो नहीं रहा है, इसलिए जब वह चलकर उसकी चारपाई के पास आयी तो उसने सोने का बहाना कर लिया। सिर उसका अँधेरे में था, इसलिए सूर्या के लौटने पर उसने फिर आँखें खोल दीं और एकटक उन्हें देखने लगा। उन्होंने अपनी साड़ी उतारकर खूँटी पर टाँग दी और ब्लाउज़ खोलने लगीं तो जाने क्यों कपड़े के नीचे से भी उसे शरीर के वे ही अंग खुले हुए दिखायी पड़े, जिन्हें नहान घर में कपड़े देते समय उसने कभी देखा था। फिर सूर्या के शरमाकर बैठ जाने की घटना का चित्र उसकी आँखों में उभर आया। एक अजीब-सी गर्मी और घुटन से उसका शरीर पसीने-पसीने हो गया। ब्लाउज़ उन्होंने खूँटी पर टाँग दिया था और नीचे सिर करके कुछ देखने लगी थीं। फिर चोली के पिछले बन्द भी पट से खुले, पर आगे वह कुछ भी नहीं देख सका। उसकी आँखें बन्द हो गयी थीं और अपने से रंग बदलते जानेवाला एक पर्दा उसकी आँखों पर चढ़ गया था।

क्षण-भर बाद उसने आँखें खोलीं। शायद वह बिस्तर में जा पड़ी थी और उसका ही नाम लेकर धीरे-धीरे पुकार रही थी। वह अपने को सँभालने में देर कर रहा था और वह आवाज़ इस तरह दे रही थी, जिसे बग़ल के कमरे में सोयी माँ न सुने। वह किसी तरह जाकर उनके बिस्तर के पास नीचे दरी पर बैठ गया था और वह पूछ रही थी, "तुम्हें यह तिल बहुत अच्छा लगता है न, जगजीत!" वह चुप था, लेकिन चादर के नीचे से अभी पल-भर पहले की उनकी शक्ल उसकी आँखों में नाच रही थी। उसे डर बहुत लग रहा था, पर धीरे-धीरे उसकी पहले की हालत में सुधार भी होता जा रहा था।

"जग्गी कुछ बोलो भी!"

फिर क्षण-भर ख़ामोशी के बाद उसने सिर्फ़ इतना सुना था, "तुम मुझे एक बच्चा..." और सूर्या की फटी-फटी-सी आँखों में वही पुरानी वहशत उतर आयी थी, जिससे लोग महीने भर से परेशान थे। आँखों के डोरे लाल हो उठे थे और जगजीत थर-थर काँपने लगा था। वह सूर्या के बाहुओं में जकड़ उठा था। कानों में सर्प की-सी फुफकार सुनायी पड़ने लगी थी और उसे इतना ही लगा था कि कोई कह रहा है, "जग्गी मुझे लो... लो जग्गी!" फिर जैसे तूफ़ान की एक ऐसी आँधी चल पड़ी थी

कि दोनों जाने कहाँ-कहाँ उड़ते चले गये थे। कितनी ऊँची पानी की दीवार उनके ऊपर बह चली थी, हुचुक-हुचुक कर। उसकी साँसें डूबने को हो गयी थीं।

सुबह तूफ़ान के बाद की धरती थी और वैसा ही आसमान। जगजीत एक हलकी-सी हिलती पत्ती को देखकर सिहर उठता था और सूर्या सुबह की किरणों-सी हँस-हँसकर माँ की छाती से लग जाती थी। वह कन्धे पर झाड़न रख बरामदे में से जा रहा था तो सूर्या को अपने से परे करते हुए मालकिन ने कहा था, "जगजीत, यह लिली देखी तुमने, किसी ने गमले को धक्का देकर फोड़ दिया है। अभी इसका गमला बदल दे, नहीं तो सूख जायगी।" उसकी सूर्या बीबी जी पैरों की चप्पल फ़र्श पर घसीटती हुई नहान घर की ओर चली गयी थीं। जगजीत स्टोर से नया गमला लेकर उसी समय इस काम में लग गया था और महीने भर बाद जब उसमें कली आ गयी, तो सूर्या उसे बार-बार अपनी अंजली में लेती, देखती, फिर गम्भीर होकर छोड़ देती।

उदास सुनील बाबू फिर आने लगे थे। सूर्या उनके साथ कभी-कभी बाहर भी चली जाती थी, पर उसके पाँव पहले की तरह उखड़े-उखड़े नहीं पड़ते थे। ठीक नपे-तुले ढंग से ज़मीन को तजवीज़ कर वह सुनील के साथ बाहर जाती। इधर माँ के कमरे से सटा सूर्या का कमरा था और उस कमरे से सटा फुलवाड़ीवाला बरामदा। रोज़ सूर्या की छायाआकृति खिड़की की सलाखों की क़ैद से रोशनी में पड़ती, मजबूत लोहे की छड़ें गल जातीं, फिर क्षण-भर बाद कोई हाथ जगजीत को लिये कमरे के अँधेरे में घुस आते।

अभी बरामदे में बैठे जगजीत की आँखों के आगे यही तस्वीरें आ-जा रही थीं,—आख़िर वह बच्चा हुआ क्या? सूरा बीबी जी ने एक दिन उससे यही तो कहा था, "जग्गी तू यह रुपये ले और कहीं ऐसी जगह चला जा कि माँ तुम्हारा पता भी न पा सके, वर्ना तुम्हारे लिये जान का ख़तरा है। मेरे पेट में तुमसे बच्चा...!" वह उसी रात के अँधेरे में रुपये खिड़की से उनके कमरे में फेंककर वहाँ से चला गया था और इस स्कूल में नौकरी करने लगा था।

उसके जी में आज जाने क्यों बार-बार आता है कि वह सूर्या से पूछे कि वह बच्चा कहाँ है! फिर वह सोचता है कि भला वे क्या सोचेंगी। उस काले तिलवाली बात के अलावा कभी उनसे कुछ और कहा है कि आज ही..., पर इतना सच है कि वह सूर्या को देखते ही चुपके से कब का यहाँ से खिसक गया होता, अगर यह एक प्रश्न उसके मन में बार-बार न उठता होता।

इधर सूर्या की हालत उस मकड़ी की हो गयी थी, जो अपने ही ज़ाले में उलझती जाती है। लड़कियों के स्कूल के इस सूने मैदान में वह अपने ऊपर ज़ोर-ज़ोर से हँसना चाहती है, लेकिन उस लड़की पर उसे क्रोध हो आता है, जो बिना पल-भर चौन लिये अपने

मन की करती ही चली गयी थी...पगली कहीं की!—उसका मन करुणा से भर आया। अब उसने उस दीवानी मीरा को अपने सीने से सटा लिया था और उसके साथ स्वयं झर-झर रो रही थी...काश, वह उसे शान्ति दे पाती! काश वह सुनील होती तो उसे युग-युग के लिए अपने अंक में छिपा लेती। प्यारी सूर्या, माई लव, माई स्वीट हाट...तू मेरे दिल में समा जा सूर्या। देख, मैं कितना वीरान हो गया हूँ, तेरे बिना... वह मन-ही-मन बोल उठी थी कि उसका पैर एक नन्हें-से गढ़े में पड़कर मुरकने से बचा और वह फिर अध्यापिका बन गयी।

—लड़कियाँ इसी मैदान में खेलती हैं...कहीं किसी का पैर टूट गया तो? कल सबसे पहले इसे ही ठीक कराना होगा—लेकिन फिर भोली बच्ची सूर्या कुछ दूर उसे उदास खड़ी दिखायी पड़ी ...तुम्हारी माँ ने सारी बातें जान ली न सूर्या! देख एक लम्बी साँस लेकर पहली बार तुमसे कटकर तनिक परे खड़ी हैं। बीच में बरामदे का पाया है। और वह छिपे-छिपे माँ की प्रतिक्रिया देख रही है। तू इसी तरह सुनील की प्रतिक्रिया भी देखेगी। तूने सबको लाचार कर देने के लिए ही तो किया है, यह सब।

माँ ने तुरन्त सुनील को बुलावाया था। सूर्या को कमरे में बैठे-बैठे ही लगा था, जैसे सुनील उसकी माँ की बातों से अलग नहीं जा पाया...बुद्धू और कमज़ोर आदमी...इनकार तो वह कर भी नहीं सकता था। भ्रम की ज़मीन उसने होशियारी से बनाकर, उसमें शंका के बीज पहले से ही डाल रखे थे। कुछ दिन पहले अंकुर का संकेत भी उसने सुनील से कर दिया था, लेकिन उसके बाद ही जब ख़ुशी के उच्छ्वास में फूली उसकी माँ ने उसे गोद में भरकर कहा कि दो-तीन दिन में ही तुम्हारी शादी कर दूँगी तो सूर्या की रही-सही शक्ति उसके हाथ से छिन गयी...जाने क्यों एक मिट्टी का नन्हा घरौंदा बिखरकर धूल का ढेर हो गया। पहली बार उसे लगा कि यह सचमुच उसे क्या हो गया! जिस सुनील के स्पर्श किये हुए कपड़े तक उसके रोम-रोम को सिहरा देते थे, उससे शादी की बात पक्की हो जाने की बात सुनकर वह डाल से लटकी हुई सूखी कली की तरह रूखड़ी हो गयी।

सूर्या हँसने लगी, फिर उसे स्थिति का ख़याल आया, उसने घूमकर इधर-उधर देखा,...कोई है तो नहीं, वर्ना समझेगा यह पागल है...लेकिन इस अँधेरे में कौन होगा! उसने बड़े अनुभवी विचारक की तरह सिर हिलाकर बताया कि ये हैं जीवन की सच्चाइयाँ,...देख लिया तुमने स्वीटों, अगर मैंने कहा होता कि यह सब न करो तो तुम तुनगकर उस कोने में जा खड़ी होती। पीड़ा और दुःख का नाम लेकर ज़ार-ज़ार रोती, राधा बन जाती...राधा?—वह रुक गयी, सच वह राधा ही बनने के योग्य थी, युग-युग तक प्रेम के सिंहासन की साम्राज्ञी बनी रहती।...लेकिन तुम तो मरी जा रही थी पटरानी बनने के लिए...आख़िर मिला कुछ तुझे! तू ख़ुद अपने से ही ऐसी उदास क्यों हो गयी। अभी तो सुनील से तुम मिली भी नहीं। कौन जाने वह प्रेम-विभोर होकर तुझे गले से लगा ले। उसे या दूसरे किसी को भी सच्चाई का ज्ञान कहाँ! जो एक काँटा

था, उसे तो तुमने...फिर भी मैं पुलकित नहीं हो सकूँगी, जाने क्यों मेरा उत्साह...ओह! मुझे कोई बचाय, बचाय...वह भीतर ही चीख पड़ी। लेकिन बाहर सूर्या गम्भीर होकर दार्शनिक बन उठी,...परिणाम ही आख़िरी सत्य नहीं होते पगली, तूने तो सफलता ही को जीवन का उद्देश्य बना लिया था। हो गयी न सफल, अब ठुमुक-ठुमुक कर नाच बरामदे भर में और फूलों की परी बन जा। लताओं को भेंट न ख़ुशी के मारे। अब तो तू पति के घर जायगी और गोद भी अपनी भरी ही जान...

इसी तरह सूर्या देर तक टहलती, अपने से बात करती रही। उसने अपनी शादी का पूरा माहौल मन की आँखों से देखा। पार्टी की चहल-पहल देखी, लोगों की ख़ुशियाँ देखी, पर सुनील का चेहरा उसकी नजरों में एक भी बार नहीं आया। उसे कभी शिकायत भी नहीं रही कि सुनील उसकी ओर से उदास है, या जीवन से ही ऊबा हुआ है? अन्त में एक दिन उठा-पुठा कर वह अस्पताल गयी। उसे इतना ही याद पड़ता है कि लोगों ने उसे होश में आने पर बताया था कि बेबी पेट में उलट गया था। किसी तरह आपरेशन से उसकी ज़िन्दगी बचायी जा सकी थी। उसके बाद उसे याद नहीं कि उसकी सुनील से कभी मुलाकात भी हुई। इस दूरी में उसे घुटन की कमी दिखायी पड़ी, शायद इसी की भूखी थी वह, इसलिए दूर होती गयी। आज वह कैसी भरी-भरी-सी स्वस्थ और सुन्दर हो उठी है। उसका मन जाने क्यों ख़ुश हो उठा!—जगजीत क्या सोचता होगा उसके बारे में, वैसा पागल है, बुद्धू, कहीं का...उसके चेहरे पर एक अजीब-सा उलाहना उस अँधेरे में चमक उठा और फिर एक बार उसका हाथ अपने दाहिने गाल के काले तिल पर चला गया। उसे ख़याल आ गया कि उसने बड़ी देर कर दी है। वह क़दम बढ़ाती हुई, क्वार्टर में घुसी, तो उसके दोनों सेवक खाने की मेज़ की बग़ल वैसे ही चुपचाप बैठे थे।

सूर्या सीधे खाने पर बैठ गयी। महरी शिकायत करती रही, "खाना तो ठण्डा हो गया गुरु जी, अब चूल्हा भी बुझ गया है, नहीं तो गरम कर देती। जगजीत पानी तौलिया लेकर खड़ा रहा, पर सूर्या ने उसकी ओर कोई ध्यान नहीं दिया, न महरी से ही कुछ बोली। खाना खाकर उठी तो उसने सीधे कमरे में जाकर बरामदे की खिड़की की ओर देखा। बाहर अँधेरा था, पर बरामदे की दीवार से कुछ दूर हटकर कमरे की रोशनी खिड़की के चौखटे और लोहे की छड़ों की छाया में उसी तरह क़ैद थी, लेकिन उसकी छाया ने अपनी आकृति भर के लिए रोशनी के उस मनहूस कारामास को छिन्न-भिन्न कर दिया था। लोहे की मजबूत छड़ें जैसे उसके शरीर के स्पर्श मात्र से उतनी सीमा में पिघलकर गल गयी थीं...वही तीखे नाक-नक़्श, उलझे हुए बालों की लटें और शरीर का सुघर उभार...सब वैसा ही, बस इस छाया और दीवार के बीच की जगह खाली है। जगजीत इस जगह नहीं सोयेगा तो आज रात उसे डर लगेगा।

तारों का गुच्छा

रोली आज एक अजीब-सी हैरानी में थी। वही घर, वही बूढ़े बाबा, वही उसका बुलू और दादी, पर रिक्शे से उतरते-उतरते उसका मुँह शर्म से लाल हो गया था, सिन्दूरी लाल। होंठों पर बार-बार खुश्की की परत आ बैठती थी, जैसे वह पल-भर को रूमाल हटा ले तो लोग उससे पूछ बैठेंगे कि यह क्या रोली, कैसी हो गयी तू!

फिर वह क्या कहेगी लोगों से! यह सोचकर उसकी जबान तालू से सट गयी थी और रिक्शे के पैसे देते-देते उसका हाथ पल-भर को बटुये में शिथिल पड़ा रह गया था। शायद वह पैसों के बजाय साहस बटोर रही थी, जिससे अभी रिक्शे से उतरने पर घर तक जा सके।

बाबा बरामदे में नहीं थे, वर्ना वह बिना उनसे उलझे आगे नहीं जा पाती और अगर जाती तो उन्हें किसी असम्भावित घटना का सन्देह जरूर होता। इसलिए रोली पैर बढ़ाती हुई अपने कमरे में घुस गयी और अपनी चारपाई पर चुपचाप लेटकर आँखें बन्द कर लीं, फिर दोनों हाथों से उन्हें बाँध लिया, पर अँधेरा वह नहीं कर पायी। एक हलकी-सी मुस्कराती आकृति, "कैसी अनोखी हो तुम, देखो मेरी ओर....!" उसे क्या हो गया था। जैसे किसी तूफ़ान से घबराकर,... सच वह तूफ़ान ही तो था... उसकी निर्भीक आँखों में कैसी रोशनी थी...वह उसके सीने और गले में अपने चेहरे को रगड़ती रह गयी थी। उसके पतले होंठों की थिरकन देखकर आँखें बन्द कर ली थीं, "देखो मेरी ओर!" ...ओह नहीं, नहीं,—उससे नहीं देखा जायगा, बिलकुल नहीं। इस उमड़ते भाव-लोक में रोली का जीवन एक ऐसी मोमबत्ती के समान हो उठा था, जिसमें अभी-अभी किसी ने दियासलाई की एक तीली घिसकर लगा दी थी और जलन से वह उलटी-पुलटी गलती जा रही थी।

झुकी हुई शाम के अँधेरे में कुछ ऐसे नूपुर बज रहे थे, जिसे रोली ने इससे पहले कभी नहीं सुना था। वह कान लगाकर सुनने लगी।

नल का टैप कुछ ढीला बन्द था। पानी छिरछिराता हुआ गिर रहा था, जैसे सावन की तेज़ हवा में बूँदों के तिरछी हो जाने से गिरता है। जाड़े की इस सिसियाती शाम में भींगने का सूना सुख। रोली मन-ही-मन मुस्करायी, होंठों पर हाथ फेरा और तनिक उठकर अपने लम्बे कुरते की शिकन देखने लगी। उसे कुछ अजीब-सी चुभन और भारीपन महसूस हुआ। वह उठ बैठी, सामने शीशे में उसके सूजे, नीले होंठ; पल-

भर को उन्हें देखती रही। आँखों की कोरें लाल हुईं, अभी उसे इस पर विस्मय ही हो रहा था कि उसकी दृष्टि डूब गयी—नीर भरे भूरे बादलों में तारों की तरह और वह फूट-फूटकर रो पड़ी। तभी बाबा ने बाहर से पुकारा। दादी मटर की फलियाँ निकालती हुई बड़बड़ायीं। बन्नी नल के नीचे बाल्टी लगाकर टैप को पूरा खोलती हुई भागी आयी और रोली को देखकर हक्की-बक्की-सी रह गयी।

"यह क्या दीदी, अरे..."

"कुछ तो नहीं।"

"देखो मेरी ओर!"

"नहीं देखा जाता बन्नी।"

"सच!"

"सच रे!" रोली बन्नी के सीने में सिर देकर सट गयी।

"मैंने जो चिट्ठी डाली थी, मिल गयी थी?"

"हाँ, उसी के माँगने में तो..." रोली के मन में वह पूरा दृश्य उग आया। वे कितनी दूर-दूर बैठे थे। कॉफी का सिप लेते-लेते उसने एक जेब में हाथ डालकर वह पत्र निकालते हुए कहा, "यह क्या लिखती हो, कुछ सोचकर या..." न जाने कितनी अभिभूत और परायी-सी होकर मैं उस पत्र को लेने झपटी थी, शर्म के मारे, लेकिन पत्र की जगह...मेरी ही ग़लती थी...मैंने ही पहले..." रोली बटी हुई रस्सी की तरह भींगकर ऐंठ गयी और बन्नी ने उसके सिर को हाथों से हटाकर कहा, "चलो, बनो नहीं दीदी, इतना झूठ!"

रोली का कण्ठ अनायास बज उठा, एक मासूम भूलावे के लिए, "आख़िर तू समझ गयी न, मैंने सोचा, देखूँ तू क्या कहती है!"

"अच्छा, तो अब डलवाना चिट्ठी!"

"किसको?"

"उसी टेढ़े-मेढ़े, उलटे-सीधे, काले, झबरीले बालोंवाले को। क्या समझती हो, मैं जानती नहीं। वही न, जिसकी तस्वीरें अपनी कापियों पर बनाती रहती हो।"

"धत् तेरी शैतान की नानी, बड़ी चली चिट्ठी डालनेवाली। समझती भी है कुछ?"

"अच्छा, तो मैं आज से नहीं बोलूँगी आपसे।" बन्नी मुँह फुलाये बाहर निकल गयी। रोली पल-भर को फिर चुप रह गयी।

बाबा ने फिर पुकारा। वह भागती हुई बाहर आयी, उनकी पीठ से सटकर उनका सिर सहलाने लगी।

"स्कूल से लौटी..!"

"स्कूल नहीं, कॉलेज, आप हमेशा..."

"अच्छा भाई, कॉलेज ही सही। लेकिन यह तो बता कि कपड़े बदले, हाथ-मुँह धोया!"

"अभी नहीं।"

"तो फिर क्या कर रही थी?"

"कुछ नहीं।"

"यह कोई अच्छी बात है, रोली?"

"मैं सब अच्छी ही बात क्यों करूँ?"

"अरे, यह क्या कह रही है?" दादा मुड़कर उसे देखने ही जा रहे थे कि बन्नी के हाथ में चाय का ट्रे दे कर दादी बोल उठीं, "लो पहले चाय पी लो तो पीछे गप्प लड़ाना। अब तो हो गया कल सुबह तक का यह झगड़ा।"

बाबा के लिए जैसे यह कोई आवाज़ ही नहीं थी, कोई नयी बात तो है नहीं और फिर ऐसे ख़ामोश हो गये, जैसे उनसे कुछ कहा ही न गया हो। लेकिन रोली की बात उनके दिमाग़ में चक्कर काट रही थी,... "मैं सब अच्छी ही बात क्यों करूँ?" उन्होंने हरे मटर के दाने चम्मच से मुँह में डालकर कहा, "ठीक ही तो कहती हो, फिर बुरी बातों का क्या होगा, उन्हें भी करनेवाला तो कोई चाहिए।" और हो...हो...करके हँसने लगे।

रोली जल्दी-जल्दी मटर निगल रही थी, क्योंकि बन्नी और दादी के आगे वह इस बहस में पड़ना नहीं चाहती थी। तभी बुलू आ गया। रोली ने जल्दी-जल्दी चाय निगलते हुए कुछ मुँह जलाया, कुछ हाथ और दादा के लाख मना करने पर भी उसे लेकर लान में उतर गयी। फिर क्या था, जब तक पसीना न छूट जाय, थककर हाँफने न लगे, ख़ून के तेज़ दौरे से चेहरा सिन्दूरी न हो जाय! फिर थककर चूर होने पर बाबा तो हैं ही शिकायत सुनने के लिए, "दद्दू, मुझे मना क्यों नहीं किया। देखो, मैं कितनी थक गयी, अब पढ़ूँगी क्या ख़ाक!" और अगर कहीं चोट आ गयी तो जैसे दादा ने ही उसे लगा दी हो। लेकिन आज वह बात नहीं थी, वह तो सिर्फ़ बन्नी की नुकीली आँखों से बचना चाहती थी। बाबा को अपने मन का आभास देना चाहती थी, इसलिए लान की हलकी, हरी रोशनी में बुलू के लाख कूदने-फाँदने पर भी वह उसके पास नहीं गयी और दबी आँखों से बाबा तथा दादी के बग़ल खड़ी बन्नी को देखती रही। थकन और आलस से उसका शरीर टूट रहा था। रह-रहकर एक अव्यक्त प्रसन्नता और उच्छ्वास उसकी साँसों से फूट पड़ता था, जैसे वह साँस लेना बन्द करके काफ़ी देर बाद साँस ले रही हो।

बन्नी चाय का ट्रे लेकर अन्दर चली गयी और दादी तख़्त पर पड़ी ऊनी चादर को दादा के पैरों पर डालती हुई, पल-भर को रोली को देखती रहीं। जैसे जीवन में और कुछ देखने लायक़ न हो। फिर अन्दर चली गयीं और रोली का रैपर हाथ में लिये लौटीं। इसी बीच रोली लॉन से भागकर बाबा की कुर्सी के हत्थे पर जा बैठी थी।

"तुझे कुछ काम नहीं है क्या, आज?" वे उसके कन्धे और हाथों को रैपर से ढँक रही थी।

रोली कुछ बोली नहीं। बाबा चुप रहे।

दादी लौट गयीं। चूल्हे पर सब्ज़ी के छौंके जाने की आवाज़ और नल की टैप के नीचे भरी हुई बाल्टी में पानी के गिरने का स्वर! हवा की निचली सतह में एक भारीपन बढ़ता जा रहा था।

रोली भी उठकर अपने कमरे में चली गयी। एक बार अपने कॉलेज के कपड़ों पर निगाह डाला, कपड़ों की जगह हाथ, लम्बी अँगुलियाँ, हलके रक्तिम नाख़ून उसके रोयें भभर आये। उसका अस्तित्व चीत्कार कर उठा। उसने आँखें बन्द कर लीं। पलकों के नीचे एक चेहरा उग आया—छोटा-सा, प्यारा-प्यारा, झबरीले, उलझे-उलझे बालोंवाला।

आज ही उसकी समाजशास्त्र की अध्यापिका ने उसकी उम्र की लड़कियों के स्नेह-सम्बन्धों की चर्चा करते हुए दर्जे में समझाया था... इस अवस्था का स्नेह कभी टिकता नहीं।... वह मात्र कल्पना और शरीर-सुख से प्रेरित होता है... यह ग़लत है, यह कैसी झूठी बात है। वह मन-ही-मन बुदबुदाई और पल-भर को अपनी पढ़ने की मेज़ के पास बैठकर अपने हाथों को देखती रही। साँवले रंग की भरी-भरी कलाइयाँ, हथेली, अँगुलियाँ और नाखून...उनसे परे अस्त-व्यस्त मेज़ और टेबिल-लैम्प की गर्द भरी शेड; पल-भर को सब-कुछ भूलकर वह यही सोचती रही। फिर धीरे-धीरे सामने एक लम्बा मेज़, कॉफी की छोटी केतली, दो सफ़ेद दूध से धुले प्लेट-प्याले और हलके आसमानी रंग का ऐश-ट्रे, पतले लाल होंठों की पकड़ में सिगरेट और धुआँ...धुआँ...धुँधलका; एक ऐसी अनोखी दृष्टिहीनता, जिसमें कहीं भी कोई धब्बा नहीं, कोई अँधेरा नहीं, बस दो आँखें—दूर तक, मन प्राण तक धँस जानेवाली आँखें। रोली को लगा, जैसे वह अनजाने किसी ऐसी धारा में उतर गयी हो, जहाँ के पानी का उसे थाह नहीं। वह घबरा उठी। हाथों से अपना माथा थामकर बैठ गयी। तभी बन्नी थाल लिये आयी और मेज़ पर रखते हुए बोली, "बस हो गया रोली दीदी, अब घर भर को सताइये नहीं।"

"तू तो बोलने ही वाली नहीं थी।" रोली सयानी आवाज़ में गम्भीर बनी बोली।

"नहीं रहा जाता न, अगर ऐसा ही होगा तो कल से घर ही रहूँगी। बस आज जाने दीजिए।"

रोली बन्नी को देखने लगी। तभी दादी आ गयीं और बन्नी जल्दी से कमरे से बाहर निकल गयी। दादी चुपचाप रोली की चारपाई पर बैठ गयीं और ऐसे देखती रहीं, जैसे कुछ भी देख न रही हों, या जो देखना चाह रही हों, वह उन्हें दिखायी न पड़ रहा हो।

रोली खा चुकी तो उन्होंने कहा, "अब सो जाओ, मैं सुबह जगा दूँगी।"

रोली अँधेरा चाहती थी, एकदम सूना, सुदूरगामी एकान्त, इसलिए लिहाफ़ में घुसकर उसने बत्ती का स्विच दबा दिया। देर तक उसका मन भटकता रहा। पर वह जो सोचना चाहती थी, वही जैसे हिरन हो गया था। तेज़ थरथराती हुई बिजली की

कड़क के बाद का-सा सूना प्रभाव; फिर बहुत नन्हें, नुकीले काँटों की वर्षा, और किसी मसीहा की हत्या के बाद की प्रार्थना और भक्ति में डूबा-डूबा-सा वातावरण। उसे कॉन्वेण्ट में याद की हुई एक प्रार्थना का स्मरण हो आया, फिर लार्ड, पवित्र माता, और उनकी गोद का भोला शिशु... उसने कितनी बार सोचा था कि अगर वह मेरे प्रेम को स्वीकार नहीं करेगा, उपेक्षा से मुझे ठुकरा देगा, तो कभी निर्लज्ज होकर उससे एक बच्चा माँगेगी—गोल-मटोल, प्यारा-प्यारा। और वह देर तक लिहाफ़ के अँधेरे में अपना मातृत्व खोजती रही—एकदम अनोखा मातृत्व, लांछन और समाज की प्रतारणा के दुःख में डूबा हुआ। नाहक़ ही रोली की आँखों में फिर आँसू उमड़ आये... प्रेम की अभिलाषा या शरीर की कामना के आँसू नहीं, गोद में खेलनेवाले नन्हें बच्चे की सुकुमार छवि के आँसू। दूर स्टेशन के शटिंग करनेवाले इंजिन की सीटियाँ रोली के कान में चुभकर पार होती रहीं, और उसकी छक्-छक् करनेवाली छूछी ध्वनि उसके बिस्तर पर रेंगती रही। वह किसी भी तरह सो न सकी, और धीरे से बत्ती जलाकर उठ बैठी। कमरे की दीवारें मुखर हो गयीं। नीचे फ़र्श पर बन्नी जाने कब आकर सो गयी थी। रोली ने उसे देखा तो जाने क्यों सहम गयी।

एक दिन, बहुत सबेरे इसी तरह बन्नी को सोते से जगाकर उसने उसके हाथ में एक लिफ़ाफ़ा थमाते हुए कहा था, ''धीरे से दरवाज़ा खोलकर बाहरवाले लेटर-बाक्स में इसे डाल आ, मैं तेरा कोयला तोड़कर भट्टी जला देती हूँ। देख, कहीं इधर-उधर न फेंकना इसे।'' और, वह कोयला तोड़ते-तोड़ते सोचने लगी थी...मेरे अपरिचित... यह तो ठीक नहीं लिखा मैंने, कब से जानती हूँ उसे। शायद, जब से अपने को जानने लायक़ हुई... पता नहीं क्यों, पर जब भी उसकी तस्वीरें अख़बारों में निकलतीं, मुझे लगता, जैसे मेरा कोई ऐसा घर में आ गया है, जिसके कारण यह घर ही सूना था। उसे तो मैं कब से....उसने हाथ की हथौड़ी छोड़कर अँगुली दबा ली थी। ख़ून उसकी मुट्ठियों की सन्धि में होकर नीचे बहने लगा था। बन्नी चीखने को हुई थी, पर वह उसे धीरे से मना करके उठ गयी थी...

घाव अब भी पूरा नहीं है, पर दर्द जैसे उड़ गया है, उसका। रोली पल-भर को अपनी अँगुली और फिर बन्नी को देखती है। जाने क्यों, उसे लगता है, जैसे उसकी खिड़की के पास तारों से गदराया आसमान झुक आया है और वह खिड़की बन्द किये बैठी है। क्यों न, वह तारों का एक गुच्छा तोड़ ले। कहीं उसने माँग ही लिया तो क्या होगा, और वह चारपाई से नीचे उतरकर खिड़की खोल देती है। सचमुच, रेल की ऊँची पटरियों पर तारों का घोल पुत गया है और दूर आसमान के सीमान्त में उसकी नुकीली धार धँसती चली गयी है।

....वह कितनी ऊँची हो गयी इस खिड़की से, सिर्फ़ छह-सात वर्षों की नन्हीं प्रतीक्षा की दूरी ने उसे इतना ऊपर खींच लिया।...शायद, वह इधर से कभी गुजरे। यहीं से क्यों, कहीं से भी, किसी भी कोने से जहाँ तक वह देख सकती है, तो वह

उसे रोककर बातें कर लेगी। कह देगी कि वह उससे प्यार... सामने एक तारा लड़खड़ाकर टूटा, जैसे कोई जलती हुई आग की धार उतर गयी हो उसके सीने में। उसने खिड़की के पल्ले उठँगा दिये। पल-भर को खड़ी रही। फिर लौटकर मेज़ के पास बैठ गयी।

बन्नी रजाई में हिली, भुनभुनाई और फिर नींद में डूब गयी। नल का टैप छिरछिराया, बन्द हुआ, फिर छिरछिराया, और बुलू ज़ोर-ज़ोर से भूँकने लगा। बाबा खाँसने लगे और दादी के करवट लेने से खाट चर-चरा उठी। रोली उठी, उसने दरवाज़ा बन्द किया और फिर मेज़ के पास आकर बैठ गयी।... सिर्फ़ इतनी-सी बात के लिए, अपने अनजाने प्रेम को उस पर व्यक्त करने के लिए ही तो मैंने उसे बुलाया था। जाने कितने लोग होंगे ऐसे। अगर सब मेरी तरह हो उठें और सभी उसे बुलायें,... छी-छी... यह क्या कर लिया मैंने! कहीं उसे भी तो मेरी तरह...?

—कभी वह उसके लिखे हुए काग़ज़ों को सँभालकर रख सकेगी? उसे और अधिक न जागने के लिए मना करके अपनी बात मनवा सकेगी? उसके उलझे बालों को देर तक अँगुलियों से उलझा-सुलझा सकेगी?...नहीं नहीं, कभी नहीं। वह प्रेरणा नहीं रहेगी तब, साधन बन जायगी, एक टूटी-फूटी सीढ़ी मात्र। लोग कहेंगे, यहीं, इसी पर पैर रखकर इस महल की ऊपरी बुर्ज़ पर कोई चढ़ गया था।—उसने अपनी फैली हुई अँगुलियों से अपनी आँखें ढँक लीं। सन्धि से टेबिल-लैम्पों की एक लम्बी क़तार दिखायी पड़ी, जैसे हज़ारों बल्ब एक साथ जल उठे हों! उसने घबराकर बत्ती बुझा दी और लिहाफ़ में घुस गयी।

रोली सुबह देर से उठी। उसका मन हलका था। उसे हर चीज साधारण नजर आ रही थी। रोज़ की तरह देर से उठने का जो डर उसे अक्सर सताया करता था, आज उसके पास नहीं फटका। बुलू कुयँ-कुयँ करता हुआ पूँछ दबाये-दबाये उसके कमरे में टहलता रहा। उसने एक नजर उसकी ओर देखा और स्टैण्ड से तौलिया उठाकर बाहर चली गयी। पल-भर को एक चेहरा उसकी आँखों में आया तो उसने हवा में मुँह चिढ़ाकर मन-ही-मन कहा, "हाँ, हाँ, एक बार नहीं, सौ बार कहती हूँ, मैं तुमसे प्यार करती हूँ, और करती रहूँगी।" फिर सहसा चेहरे का भाव बदलते हुए कहा, "बड़े आये!"... और उसे अपने पर हँसी आ गयी। शर्म से उसका चेहरा आरक्त हो आया। उसने जल्दी-जल्दी कपड़े ठीक किये और तैयार हो कर कॉलेज के लिए चल पड़ी।

सूना, उदास, दो कमरे का टूटा-फूटा घर। सामने न कोई फुलवाड़ी, न हरियाली, जैसे इसका बाशिन्दा वर्षों बाद किसी लम्बी यात्र से लौटकर आया हो। रोली को हिचक नहीं हुई। कल का डर और परसों का संकोच उसके लिए आज पराया-सा हो गया था। उसने दरवाज़ा खटखटाया। एक अधेड़ स्त्री ने दरवाज़ा खोला। रोली को लगा, जैसे वह चौके में से उठकर आ गयी हों। उसने उन्हें नमस्कार किया, और बग़ल में

खड़े नन्हें बच्चे को गोद में लेकर चूम लिया। तभी वह कमरे से निकला, शायद किसी दूसरे ही काम से, क्योंकि खुली हुई क़लम अब भी उसके हाथ में थी, और एक ओर की आँख उसके बड़े-बड़े बालों में छिपी हुई थी। एकाएक रोली को देखकर वह उलझा-सा गया, "तुम, कॉलेज नहीं गयी क्या?"

"आज शुरू के कई पीरियड ऑफ थे, सोचा..."

"लेकिन यह कितना ग़लत..." वह अपना वाक्य पूरा भी नहीं कर पाया था कि उसकी बीवी बोल उठी, "शुरू कर दिया लेक्चर तुमने? घर में पहली बार आयी हैं, न बातचीत, न उठना-बैठना, बस ग़लत बात है, ग़लत बात है। जैसे दुनिया में तुम्हीं तो एक सही हो।"

सब-के-सब बग़लवाले कमरे में जा बैठे थे। पर वह उलझा-उलझा-सा कमरे में घूमता रहा और रोली देखती रही पढ़ने की मेज़, सोने की जगह, किताबें, सामान, फिर वह और उसका बच्चा...रोली की नसों में फिर वही रातवाला वहशी ख़ून उमड़ने लगा था...बच्चा...! वह बच्चे को देख रही थी और उसकी बीवी रोली को, उसे और फिर बच्चे को। वह किसी को नहीं, सिर्फ़ अपने को। उसकी बीवी जानती है, वह घमण्डी है, इसलिए कि उसका घमण्ड उससे टकराकर काफ़ी हद तक टूट चुका है, इसलिए यह मानना उसके लिए बुरा नहीं; और वह उठकर चाय बनाने चली गयी।

उसने कनखियों से रोली को देखा। रोली ने स्पष्ट महसूस किया—एक जलती हुई दृष्टि ...पर वह जलेगी? कहाँ की बात करते हो! उसने मन-ही-मन कहा—तैरना न जानते हुए भी मैं डूबने की शंका छोड़कर तैरनेवाली हूँ।

"रात क्या करते रहे, आप?"

"ख़ूब ख़ुश रहा। देर तक कॉफी-हाउस में दोस्तों के साथ गप्प मारता रहा। सिगरेट पीता रहा और घर लौटा तो ख़ूब खाना खाया। लोगों से गप्प मारी और सो गया। ख़ूब सोया आज रात रोली। सच कहता हूँ, ख़ूब।"

रोली उसे बात करते हुए देखती रह गयी। उसे तुरन्त ही लगा, जैसे वह एकदम सहज है, भोला-भाला, मासूम, ठीक अपने बच्चे की तरह।

"आपने कल घर में बताया था कि हम लोग मिले थे?"

"नहीं तो...कोई ऐसी बात तो थी नहीं।"

"अगर मैं बता दूँ तो?" रोली जैसे कोई बड़ी तेज़ और शरारत भरी बात कह गयी।

वह एक फीकी हँसी हँसकर बोला, "इसीलिए कहता हूँ कि तुम्हें कॉलेज नहीं छोड़ना चाहिए रोली, तुममें अभी बहुत भावावेग है। ऐसा नहीं कि ये आवेग बुरे हैं, पर इन्हें साँस लेने के लिए जिस हवा की जरूरत है, वह हमारे समाज में नहीं है। मैं कल यही सोचता रहा। सारी रात मेरे आगे एक यही बात रही।"

"तो आप सोये नहीं रातभर?" रोली भौचक्की-सी बोल पड़ी।

"न सोने की बात आप कहती हैं, यह तो कोई नयी बात नहीं; पर दो पेज भी नहीं लिखा इन्होंने। सोचती थी..." उसकी बीवी चाय लेकर आयी थी और ट्रेन एक स्टूल पर सँभालकर रखते हुए बोल रही थी।

रोली उसे देखती रह गयी। जाने क्यों वह अधेड़ स्त्री उसे इस बार नयी लग रही थी और उसकी आँखों में अधिक रोशनी आ गयी थी। रोली को कुछ भी अपरिचित न लगने की बात जो अभी कुछ देर पहले खटक रही थी, अब जैसे आत्मीयता का सूत्र बन गयी। उसने तो कितनी सम्भावनाएँ की थीं, कितनी उलटी-सीधी बातें सोची थीं। वह कुछ बोलना ही चाहती थी कि वे उठीं और बाहर से सिगरेट की डिब्बी और दियासलाई लेकर लौट आयीं और उसके सामने रखकर चली गयीं।

रोली को उसकी बात का ख़्रयाल आया, यानी, "ख़ूब सोया' का मतलब था, कुछ भी काम नहीं किया।

"उसे इस तरह कहो कि छुट्‌टी के मूड में हो गया था। करने और खाने की चिन्ता से ऊपर।" उसके चेहरे पर एक व्यंग्य की रेखा रोली ने स्पष्ट देखी। उसे दुःख हुआ। तभी वह सिगरेट का कश लेते हुए बोल पड़ा, "यह कोई ऐसी सोचने की बात नहीं है। तुम नाहक़ इसे सोचने के चक्कर में न फँसो। सच्चाई सिर्फ़ इतनी है कि हमारी कोई भी बात ऐसी नहीं है जो इस समाज की न हो। हम सिर्फ़ अपनी तरह उसे कहते हैं और जैसा, जिस रूप में कह सकेंगे, कहते जायँगे और एक दिन हमेशा के लिए सब की तरह हमारी आवाज़ भी बन्द हो जायगी। यह एक सच्चाई है, जो सहज गति से होगी और होती है। इसलिए इसमें भावुकता का मसाला मिलाकर पल-भर के लिए ज़ायका बनाने से क्या फ़ायदा?" वह उदास हो गया। कमरे की मटमैली दीवारें सिकुड़ आयीं और रोली भौचक्की-सी उसके चेहरे की विरल उदासीनता के जाल में मछली की तरह फँसकर गर्म रेत पर खिंच आयी।

"जाने क्यों, मुझे जीवन में किसी भी प्रकार के तनाव से नफ़रत हो गयी है। मरने से नहीं, अपना सब-कुछ दे देने से भी नहीं, पर तनाव और उदासीनता के खोखले आवरण में मैं कुछ अनधिकार पाने की घोर लिप्सा देखने लगता हूँ। मैं इसी कारण अपने को चारों ओर से बन्द रखता हूँ। तुम जाने कैसे कहाँ से चली आयी!...मुझे दुःख होता है कि कहीं..." जैसे वह कुछ कहते-कहते फिर रुक गया हो।

बाहर से बच्चे की रोने की आवाज़ आने लगी। शायद, माँ उसे नहला रही थी।

"आप को बच्चे अच्छे नहीं लगते क्या?" रोली ने अपने को ठीक से सँभालकर पूछा।

"क्यों इस तरह पूछती हो? मुझे स्त्रियाँ बहुत अच्छी लगती हैं। मैं उन्हें बहुत प्यार करता हूँ और बहुत इज़्ज़त देता हूँ रोली।" वह उसकी आँखों में देखने लगा। निर्भीकता की ऐसी तेज़ रोशनी! रोली दूसरी ओर देखने लगी। "कल सहसा उस घटना के बाद मैंने तुम्हारा चेहरा देखा था, किसी ताज़े-से-ताज़े सुबह के कमल की तरह...।" वह

एक बार फिर रुक गया, जैसे वह अपनी ही बातों के घेरे में फँसता जा रहा हो।

रोली जाने क्यों क्षुब्ध हो उठी थी। उसे लग रहा था, जैसे कई रंग, कई स्थितियाँ, कई भाव एक-दूसरे से इस तरह मिलते गये हैं, जिन्हें अलग करके पहचान पाना भी कठिन हो उठा है। वह कुछ पूछना चाहती थी, कुछ अपने मन की बातें कहना चाहती थी, और उसके घर की हवा में एक ऐसी सुगन्ध छोड़ आना चाहती थी, जो उसे चिरकाल तक मादक बनाये रहे। उसके घर, काम करने की मेज़ और पुस्तकों से कुछ ऐसा पाना चाहती थी, जो हमेशा के लिए उसका साथी बना रहे। पर उसे तो कुछ दीख नहीं रहा था; न प्यार, न घृणा, न ममता। बाहर बच्चे का रोना, चीखने में बदल गया था, और उसकी माँ के, "बस बेटे, हो गया अब मेरे प्यारे मुन्ना, मेरे लाल.." आदि, कितने ही टूटे-फूटे वाक्य कमरे के भारीपन में आकर घुसते और वहीं टूट कर बिखर जाते थे। वह सिगरेट फूँकता जा रहा था और रोली चुप, ख़ामोश बैठी थी।

माँ बच्चे को लिये, कमरे में आयी और रोली की गोद में डालते हुए बोली, "लो यह कंघी, जरा इसके बाल ठीक कर दो। मैं तुम लोगों को खाना ठीक कर लूँ।"

"मेरा खाना?"

"क्यों, क्या हुआ?"

"नहीं, नहीं जी, मैं खाकर चली हूँ। अब देर होगी मुझे। चलूँगी। आप इन्हें खिलायें।" रोली की आवाज़ में अलगाव का आभास था। वह घूमकर उसे देखने लगा, पर रोली बच्चे के बालों को सुलझाने में लगी रही। हवा का एक झोंका कमरे में अनजाने घुस आया। दीवार से गर्द की एक तह झड़ पड़ी। उसके मेज़ से, छोटे-छोटे अक्षरों में लिखी नन्हीं-नन्हीं चिटें उड़कर फ़र्श पर फैल गयीं। सामने दीवार पर कैलेण्डर में टँगा हुआ बूढ़ा किसान पहले हिला, फिर लड़खड़ाकर गिर पड़ा। बच्चा अभी-अभी उसे देख रहा था। बच्चे की माँ फिर बाहर चली गयी थी।

रोली को अपनी पिछली रात याद आ गयी... मसीहा की हत्या, प्रार्थना, कुमारी माँ, बच्चा, बच्चों की एक क़तार...उसने बच्चे के माथे को चूम लिया और उसे कन्धे से सटा लिया। प्रश्न फिर उसके मन में उभर आये। अभी-अभी वह रास्ते के जिन काँटों को रौंद चुकी थी, पल-भर रुकने मात्र से वे फिर उग आये, "यह बच्चा आपके पास न रहे तो आपको दुःख नहीं होगा?"

बच्चे की माँ पानी लेकर आ गयी थी, "इन्हें?" जैसे उसे प्रश्नकर्त्ता के प्रति कोई भारी विस्मय हो उठा था, "संसार में सबके लिए दुःख और किसी के लिए भी नहीं। क्या समझीं?" वे कुछ हलके मूड में हँसती हुई बाहर चली गयीं। रोली सोच रही थी,—जब उसने उस दिन चलते-चलते कहा था, "जरा आँखें बन्द कीजिये!" और उसने उसके बालों को उसकी आँखों पर बिखेर दिया था... सच, अब उसके बिना जीवन कितना असम्भव हो उठा है—उसने जल्दी से बच्चे को नीचे उतारा और बग़ल से अपनी फ़ाइल लेकर कुछ लिखने लगी।

बच्चा पिता की कुर्सी से जा लगा और पिता की अँगुलियाँ उसके बालों से खेलने लगीं।

रोली उठी, उसने एक नन्हीं-सी चिट उसके कुर्ते की ऊपरी जेब में डालते हुए कहा, "इसे मेरे जाने पर पढ़ियेगा!" और वह बिना कुछ कहे कमरे से बाहर निकल गयी।

...आज कितने दिन बीत गये हैं!—वह अपनी लिखने की मेज़ से लगा सोच रहा है—खिड़की से आसमान का नीला रंग चाँदनी से ठीक अलग दीखता है, जैसे किसी सफ़ेद संगमरमर पर नीलम का पहाड़ तराश कर रख दिया गया हो, पर उसमें तारों की बेहद कमी है। कहीं एकाध दिखायी पड़ते हैं पर वे गुच्छे तो नहीं, और रोली का नन्हा चिट...! "कल रात मैंने सहसा खिड़की खोली तो लगा मेरी खिड़की के पास नीला आसमान झुक आया है, जिसमें तारों के गुच्छे लटके हैं। मैंने उनमें से एक गुच्छा तोड़कर रख लिया है। सिर्फ़ इसलिए कि कहीं तुम माँग न बैठो। इसी आशा में वे अब भी मेरे पास रखे हैं और हमेशा रखे रहेंगे। तुम्हें हँसी आयेगी, पर यह एकदम सत्य है। जब भी तुमको इस पर विश्वास हो जाय, मुझे बुलाना, मैं कहीं भी रहूँगी, उसे लेकर बेझिझक आ जाऊँगी और अगर इसी बीच लगा कि यह तो एक भारी झूठ था, कहाँ मैं और कहाँ आसमान के तारों का गुच्छा! तो मैं स्वयं तुम्हारे पास आऊँगी, लेकिन सिर्फ़ इन्हीं दो स्थितियों में हमारा मिलन सम्भव है, अन्यथा हम एक-दूसरे से कभी नहीं मिलेंगे, कभी नहीं।"

वह सोचता है सच्चाइयों के बारे में, जीवन के साथ उनकी संगति के बारे में और उसका मन बार-बार प्रश्न कर उठता है...क्या तुम्हें अब तक सच्चाइयों का बोध नहीं हुआ? अब तक तुम यह समझ नहीं सकी कि वह तारों का गुच्छा तुम्हारा एक आवेग मात्र था।... ओह, तुम कितनी असम्भव हो मेरे लिये रोली, कितनी विचित्र!

आदर्शों का नायक

सच बात यह है कि मैं इस लड़के को पसन्द नहीं करता। इसकी उठी-उठी-सी चपटी नाक और बेहद तेज़ आँखों में मुझे थोड़ा उचक्कापन नजर आता है। यह अक्सर बिल्ली की तरह इधर-उधर देखता है और इसकी बातें भी कभी-कभी निरर्थक और उबाऊ हो उठती हैं। लेकिन आज जब इतनी संक्षिप्त-सी बात करने के बाद वह उठकर मेरे कमरे से बाहर जाने लगा तो मेरे मन में उसके झुके-झुके कन्धों और ढीली-ढाली मांस-पेशियों को देखकर गुस्सा हो आया। जी में आया, उसे ललकारूँ और पूछूँ कि उसकी हिम्मत कैसे पड़ी यह बात मुझसे कहने की? शायद उसने मुझे बहुत कमज़ोर और निकम्मा समझ लिया है, तभी तो...

"क्या वह चला गया?" सविता पिछले दरवाज़े से चाय की टेट्‌ठ लिये आते हुए बोल पड़ी और मुझे न जाने क्यों हँसी आ गयी। विचार भी दूसरी ओर खिसक गये। शायद उसी के लिए सविता इतने मन से चाय बना कर लायी है। मैं तो बहाना मात्र हूँ।

सविता को मेरी इस हँसी से झेंप आ गयी थी। वह अपनी ओढ़नी सँभालती हुई बोली, "मैंने समझा वह बैठा होगा, इसलिए चाय की दो प्यालियाँ रख लायी थी। कोई बात नहीं, एक लिये जाती हूँ।"

आवाज़ में तनाव था सविता की और मेरे मन में पश्चात्ताप। अपनी ही बच्ची से ईर्ष्या हो आयी थी मुझे। मैंने बात का रुख़ टटोलकर कहा, "यहीं बैठकर चाय पी लें, सबी!"

दूसरा दिन होता तो वह बैठ जाती और हँसकर कुछ कहती भी इस बात पर, लेकिन इस समय जाने क्यों बिना कुछ बोले चली गयी। क्या उसने मेरे मन की बात सुन ली? या मेरी ईर्ष्या की आँच लग गयी उसे? मैं कुछ देर सोचता रहा, फिर जाने क्यों मेरा गुस्सा अपने-आप बढ़ने लगा। इसका मतलब तो यह भी होता है कि आज के उसके आने का मन्तव्य सविता को मालूम था—जरूर इसने ही उसे मुझसे यह कहने के लिए भेजा होगा! दुष्ट लड़की कहीं की! बाप की मर्यादा का भी ख़याल नहीं तुझे! इतना ही सोचा होता कि मैं कितना ऊँचा अधिकारी हूँ। मेरी समाज में इज़्ज़त है, चार आदमी जानते-मानते हैं। कोई ऐरा-गैरा-नत्थू-खैरा तो नहीं कि जो भी चाहे चला आये और दरवाज़ा खटखटाकर मुझसे मिल जाय! न पहले से चिट्‌ठी-पत्री, न पूछना-

जाँचना, बस उठाया साइकिल और आ धमके, और यह है नालायक़ कि ड्राइंग-रूम खोलकर उसे बैठा लेगी और मुस्कराती हुई आकर कहेगी, ''कोई मिलने आया है, पापा।'' जैसे इस 'कोई' का नाम नहीं मालूम है इसे! शायद जान-बूझकर मुझे चिढ़ाती रही है अब तक। जानती है मैं बुद्धू हूँ, जो समझता नहीं। अरे बेटी, मुझी से उड़ती हो! मैं हवा में उड़ती चिड़िया के पर पहचान लेता हूँ। मेरा नाम जोगेन्दर सिंह है! बड़े पापड़ बेले हैं मैंने जीवन में! राजनीति, साहित्य, पत्रकारिता, सब कर चुका हूँ। तुम समझती होगी कि मैं एक सरकारी अफ़सर हूँ तो बस गधा हूँ। क्या जानूँ दुनिया को! लेकिन तुम्हें बता दूँ कि मैंने तुम्हें पहले ही दिन पहचान लिया था। शायद तुम्हें नहीं मालूम कि सिर्फ़ तुम्हारी इच्छा जान कर ही मैं उससे मिलने चला जाया करता हूँ। नहीं तो तेरी माँ तो कब से मेरा सिर खा रही है, ''क्यों जाकर बैठ जाते हो उससे बात करने? जो कुछ हो, कहकर टाल दो एक बार। रोज़-रोज़ का यह बैठना, गप्प लड़ाना क्या? न तुम्हारी उम्र का, न तुम्हारा दोस्त!''

लेकिन यह जानते हुए भी मैं उससे मिलता हूँ कि वह किससे मिलने आता है। न बोलूँ तो इसका मतलब यह नहीं होता कि मैं जैसा हूँ, बस वैसा ही बना कर ढकेल दिया गया था दुनिया में और सरकार के दफ़्तर में फ़ाइलों से जूझने लगा।

चाय ख़त्म हो गयी। मैंने प्याला ट्रे में रख दिया और अख़बार देखने लगा। मेरा मन फिर उलझ गया, जाने कैसा सम्बन्ध है दोनों का! इन लड़कियों का कोई भरोसा है! छिप-छिपकर मिलती न हों उससे? यह पैदा होने को थी तो मैं कितना चाहता था कि मेरे लड़की ही पैदा हो...अच्छी होती है बच्ची, सही माने में तो वही सन्तति है। लोग कहते हैं कि कुल पवित्र होता है...कुल पवित्र होता है? डूब जाता है—डूब! और माता-पिता से स्नेह? राम कहो, जहाँ जरा-सी जवानी फूटी कि इन्हें माँ-बाप ज़हर ही दिखायी पड़ते हैं। अब देखिये न, अगर मैं इनके प्रेम में बाधक बनूँ और रोकूँ तो मेरी लाश पर पाँव रखकर यह अपने प्रेमी के पास जाने को तैयार हो जायगी... फिर कहाँ मैं और कहाँ वह लफंगा! सच वह लफंगा ही है—एकदम आवारा... जरूर कॉलेज का चक्कर लगाता होगा और यह जरूर सड़क पर उससे बातें करती होगी! मर्यादा कहाँ होती है इनमें, साहब! मर्यादा ही होती तो ड्राइंग-रूम में बैठी उसका इन्तज़ार करती! आज तक कभी भी किसी और ने उसके आने की सूचना मुझे दी है? हमेशा यही तो कूदती पहुँच जाती है।

इसकी माँ ठीक ही कहती है कि जवान लड़की को इतनी आज़ादी नहीं देते। हर जगह लेकर घूमते नहीं, हर जगह जाने की छूट नहीं देते। लेकिन अब क्या होता है यह सब सोचने से? पहले तो उसी ने सिर चढ़ा लिया और मेरे लाख चिल्लाने का भी ध्यान नहीं दिया। मैं भेज रहा था देहरादून कॉन्वेण्ट में। चली जाती तो क्या हो जाता? क्या हम लोग मर जाते इसके बिना? लोग बिना बच्चों के नहीं रह लेते क्या? लेकिन तब यह नखरा पसारने लगी कि एक तो लड़की, उसे भी

भेज दो सधुआइनों के स्कूल में! पास रहेगी तो घर भरा रहेगा...ख़ाक पास रहेगी! एक दिन चिड़िया की तरह फुर्र से उड़ जायगी और हम हाथ मलते रह जायँगे। यहीं शहर में घूमेगी, सिनेमा देखेगी, हम दोनों बुढ़ापे में सड़ते रहेंगे और एक गिलास पानी भी देने नहीं आयेगी।

सभी लड़कियाँ ऐसी ही होती हैं या यों कहें कि जवानी का रंग ही ऐसा है जिसे कोई ख़ास रंग कहना भूल है—कभी कुछ, कभी कुछ...लेकिन सब लड़कियाँ ऐसी थोड़े ही होती हैं! कुछ ही ऐसी होती हैं! नहीं साहब, कुछ ही ऐसी हैं, जो ऐसी नहीं होती, समझे? कहाँ, ख़याल है आपका! गनेश बाबू की लड़की को देखिये। तीस की हो गयी है बेचारी। दहेज के लिए पैसा नहीं जुटता इसलिए शादी नहीं कर सके पर क्या मज़ाल है जो आँखें ऊपर कर ले? नहीं पास कर सकी दसवाँ तो इसमें क्या हो गया? पढ़कर सविता ने ही कौन-सा तीर मार लिया? अरे बी. ए. में लड़के-लड़कियों में सबसे ज़्यादा नम्बर पा कर एक सोने का मेडल और कुछ रुपये ही तो पाती है। इतना मैं कह दूँ तो एक ठेकेदार चुपके से दे जाय।

बड़ी बधाइयाँ मिली थीं मुझे दीक्षान्त समारोह के दिन। वह महिमा तो कहने लगी कि ऐसी बेटियों पर स्त्री जाति का भविष्य निर्भर है। हुंः एक आप पर भविष्य निर्भर है—एक इस पर! रास्ते चलते आदमी से दिल लगाने की आपकी बीमारी से जैसे मैं परिचित नहीं हूँ। अब बनने चली है मुझी से! जरा सूरत तो देखो अपनी शीशे में, कलूटी कहीं की! बड़ी चली है सविता की बड़ाई करने! कुछ भी हो, सविता-सविता है! औरत अगर सुन्दर ही नहीं हुई तो औरत क्या? सविता अगर निरक्षर रहती तो भी जीवन में सफल होती। देखी है कोई लड़की सविता-जैसी किसी ने? कम-से-कम मैंने तो नहीं देखी। कितना गर्व होता है मुझे, जब मैं कभी उसे लेकर दावतों में जाता हूँ! लोग देखते ही रह जाते हैं मेरी सविता को। और सलीका! क्या कहना है मेरी सविता का। मेज़ पर बैठेगी तो लगेगा सात पुश्त से काँटे-चम्मच से ही खाया जाता है मेरे घर में। बोल तो ले कोई अंग्रेज़ी मेरी बच्ची के सामने! मिस जोयल तो कहती थीं कि इसे इंग्लैण्ड भेज दीजिये। लन्दन भेज दूँ? यही लच्छन हैं लन्दन जाने के? जब सामने ही आँख में धूल झोंक रही है तो वहाँ जाकर तर्पण ही कर देगी माँ-बाप के नाम का! अब तो मैं उसे कॉलेज भी छुड़ा दूँ तो अच्छा रहेगा। उसकी माँ ठीक ही कहती है कि ज़्यादा उमर होने से ब्याह-शादी का कोई मतलब नहीं रह जाता। मियाँ कुछ और सोचता है, बीवी कुछ और। कहाँ की एम. ए. पास है इसकी माँ! लेकिन न घर-गृहस्थी में कभी खोट आयी, न कभी मन का भाव ही बदला। उसने जो कोई बात भी सोची हो कभी। इसने भी कभी ड्राइंग-रूम में पढ़ा होता और शहर में घूमी होती तो भला मन लगता मेरे साथ!

"चिट्ठियाँ नहीं लिखानी है, पापा? मिस जोरा कब से स्टडी में बैठी इन्तज़ार कर रही हैं।" सविता फिर पर्दे को हटाकर खड़ी थी।

इस बार मैं उसे देखने लगा। उसके वाक्य की बनावट बदली हुई थी। मेरे घर में ऐसे वाक्यांशों के प्रयोग पर एतराज़ है। वैसे इस बात को वह कई लोगों के बीच भी आदेश के स्वर में ही कहती। इस बात में उसका और मेरा दोनों का निश्चय डाँवाँडोल लगता था और ऐसे ढुलमुल निश्चय से मैं चिढ़ता हूँ, यह वह जानती है। फिर उसने शायद मुझे आज बदला हुआ समझकर ही ऐसा कहा है। शायद उसे मैं आज ढुलमुल-यकीन लग रहा हूँ। क्यों, बेटी, यही न? मैं उसकी ओर ऐसे देखने लगा जैसे मैं इस अनबोले प्रश्न का उत्तर चाहता हूँ। लेकिन वह बिना उत्तर दिये चली गयी। मुझे लगा जैसे सचमुच वह मुझे मुँह चिढ़ाकर यह कहती गयी है कि, 'कम-से-कम मैं तुम्हें ऐसा नहीं समझती थी! यह सच है कि रूढ़ियाँ आदमी को मूर्ख बना देती हैं, लेकिन तुम भी उनके सामने घुटने टेक दोगे, यह नहीं जानती थी, पापा!'' पागल कहीं की! मैं और घुटने टेक दूँ, ज़माने के सामने! मर्यादा की झूठी महिमा के सामने? यह मुझसे नहीं होगा सबी की माँ, कान खोलकर सुन लो! मैं बच्चों के व्यक्तिगत जीवन में अड़ँगा लगाने का क़ायल नहीं हूँ। तुम शायद भूल गयी हो कि मैं सबी के बचपन ही में कहा करता था कि वह अपने से अपना वर चुनेगी। अब वह बच्ची तो नहीं है। इस साल यूनिवर्सिटी से एम. ए. कर लेगी। वह अपना भला-बुरा ख़ुद सोच सकती है। हम लोग उसके सहायक हैं, उसके रास्ते में बाधक नहीं। वह लड़का चाहे जैसा भी हो, तुमसे क्या? सबी को तो भाता है। कितनी ख़ुश होती है सबी उसे देखकर! फूल का रंग ही बता देता है कि बसन्त आ गया है। मैं क्यों उसकी ख़ुशी में बाधक बनूँ? ठीक है, सबी रानी, जैसा तुम चाहोगी, वैसा ही होगा। जानती हो, मैंने उससे क्या कहा है? नहीं, तुम नहीं जानती! इतना ही तो कि, भाई अभी तुरन्त इसका उत्तर कैसे दे दूँ? एकाध दिन सोचने का मौक़ा मुझे भी दो। तुमने तो बहुत सोचा होगा, शायद सबी ने भी सोचा हो पर मैं तो आज अभी सुन रहा हूँ। वह, ''ठीक है!'' कहकर ख़ुश-ख़ुश गया है, सबी! दूसरा पिता होता तो मार बैठता। सच, मैंने बड़ी ख़ुशी से, शान्ति से उसकी बातें सुनी हैं। प्रभावित भी हुआ हूँ उसके चरित्र और साहस से। बेचारा कुछ बोल भी तो नहीं सका, सिवाय इसके कि, ''सबी से मेरी शादी कर दीजिये।'' उसका चेहरा सिन्दूरी हो आया था, सबी, और मैं सोचता रह गया, बल्कि यह समझो कि देखता ही रह गया उसे बड़ी देर तक। लेकिन जब मैं कुछ नहीं बोला तो उसने कहा, ''मैं कोई जवाब चाहता हूँ, आपसे!'' मैंने ठीक वही सब कहा जो अभी बता चुका हूँ। झूठ क्यों बोलूँगा सबी? मेरा विश्वास करो! तुम्हें तो सब मालूम ही हो जायगा। ख़ामख़ाह अपना मन ख़राब क्यों करती हो? वह अभी तुमसे बतायेगा। जहाँ तुम चली घर से कि वह रास्ते में मिला। हो सकता है तुम्हारी कोई सहेली उसका पत्र ही ले आये या कोई दाई या चपरासी पहले से नियुक्त हो इस काम के लिए! कोई पुर्ज़ा तुम्हारे ब्लाउज़ में चुपके से आ जायगा शाम तक, और कॉलेज से लौटते ही तुम बाथरूम में आधे घण्टे के

लिए घुस जाओगी। पर ऐसा नहीं कि ख़बर तुझे मिल न जाय! देखना वह तारीफ़ ही करेगा, मेरी।

मैं जानता था कि तुमने उससे क्या-क्या कह रखा होगा...मेरे पापा दक़ियानूसी नहीं हैं। वे निहायत खुले हुए विचार के आदमी हैं। और फिर मेरे मामले में? मेरी तो अँगुलियों के इशारे पर नाचते हैं। जो कह दूँ, बस वही सच है। उन्होंने जीवन-भर वही कहने की शिक्षा दी है, जो मन द्वारा परीक्षित और स्वीकृत हो। वे उन झूठे और बेईमान अफ़सरों में नहीं हैं, जो दूसरों का तलुआ सहलाकर कुर्सियों पर बैठते हैं और फिर चापलूसों को दरबारी बनाकर हुकूमत करते हैं। देखो, मैं इतनी बड़ी हो गयी पर आज तक एक भी ऐसे आदमी को नहीं जानती जो उनके यहाँ ख़ुशामद करने आया हो और उसे डाँट न पड़ गयी हो। इसीलिए मेरा घर स्वर्ग के समान पवित्र है। नहीं तो मेरे पड़ोसी अफ़सरों को देखो तो पल-भर को घर में शान्ति नहीं।

देखा तुमने, मैं कितना सच-सच बता गया! सबी ने फिर दरवाज़े पर आकर मेरी बात मन से छीन ली, "यह क्या है पापा, आख़िर क्यों नहीं उठते इस कमरे से? दफ़्तर भी नहीं जाना है क्या?"

"जाना है, बेटी! चलो, उसी तरफ़ से तुम्हें कॉलेज भी छोड़ता जाऊँगा। देखो, नहाने का सब ठीक है न?" मैं उठ खड़ा हुआ तो सबी हँसती हुई अन्दर चली गयी...लेकिन यह तो ख़ुश हो गयी सबी! अगर उसे उम्मीद होती उसके मिलने की और हमारी बातें जानने की तो उसे संकोच होता मेरे साथ जाने में। हो सकता है, मैं ग़लत ही इतना सोच रहा हूँ। कहीं ऐसा तो नहीं कि सबी को इस सब का पता ही नहीं है और मैं ख़याली घोड़े दौड़ाता जा रहा हूँ। जरूर पता नहीं है उसे!—मैं नहाता रहा और सोचता रहा।—भला मेरी लड़की और उसे इतना स्वाभिमान न हो। दिल भी दे तो ऐसे उठाईगीर को जिसकी न जात का पता, न गोत्र का! आख़िर एक स्तर भी तो होता है आदमी का। इतनी टेस्ट की लड़की और इस भटियारे से प्रेम करने लगेगी? जरूर कोई दूसरी बात है। लगता है हजरत बैठे-बिठाये गोटी लाल करना चाहते हैं। अरे बच्चू, खपा दी ज़िन्दगी इसी में, तब हो पाया हूँ इतना बड़ा अफ़सर! सोचा होगा ऐसे ही शादी की बात कर दूँ! बिगड़ता थोड़े ही है कुछ। मान गये तो वाह-वाह और मार बैठे तो सबी के मन में एक कमज़ोरी पैदा हो जायगी और वह पसीज कर दिल दे बैठेगी। फिर इधर-उधर करके कुछ हिसाब बैठ गया तो बाबू जोगेन्दर सिंह के दामाद बन बैठेंगे! कोई लड़का तो है नहीं, लाखों रुपये, मोटर, सब एक साथ और ऊपर से सबी। ज़िन्दगी को सिनेमा समझ लिया है कमबख़्त ने!

मैं नहाकर ख़ुश-ख़ुश निकला तो सबी तैयार थी, गुड़िया की तरह बनी-ठनी। हथकरघे के राजस्थानी कपड़ों में जाने क्यों वह मुझे बहुत भली दिखती है। मैं झटपट कपड़े पहनकर तैयार हो गया। गाड़ी दरवाज़े पर लगी थी। शोफ़ा दरवाज़ा खोलकर पिछली सीट पर जा बैठा और सबी गाड़ी स्टार्ट करके ले चली।

मुझे बराबर लग रहा था कि कहीं वह रास्ते में खड़ा न हो और हमारी मोटर देखकर हाथ न हिला दे। अगर सबी ने गाड़ी रोक दी तो इसका मतलब क्या होगा? यही न कि वह रोज़ उससे मिलता है! नहीं-नहीं जनाब, वह आज पहली ही बार मिल रहा है!...सिर्फ़ इस आशा में कि देखें सबी का क्या रुख़ है उसकी ओर?

वह तो यही सोचता होगा कि मैंने सबी से जरूर बता दिया होगा। समझता है मैं एक दुधमुँहा बच्चा हूँ। अगर ऐसा ही कमज़ोर-दिल होता तो तुम मेरे दफ़्तर में नियुक्त न हो गये होते अब तक।...कब से तो रो रहे हो कि बड़ी तक़लीफ़ है, मुझे कोई काम दिला दीजिये। और देखा, मैंने किस-किस तरह सन्तोष देकर बझाये रखा? दूसरा होता तो काम देकर हाथ कटा चुका होता या कुछ ऐसा भड़क जाता कि तुम गालियाँ देते घूमते। बच्चू, मैं ऐसा साँप हूँ जो काटने पर लहर भी नहीं देता।

मैंने कई बार सबी की ओर देखा। वह ख़ुश-ख़ुश गाड़ी चलाती जा रही थी। मन में कहीं कोई खरोंच नहीं, कोई गुत्थी नहीं, इसलिए इस डर से कि कहीं मेरी ही निगाह में वह पड़ न जाय, फिर मैं!...नहीं जी, मैं गाड़ी रोकने से रहा। मै लगातार नीचे देखता रहा।

कॉलेज पहुँचकर सबी मोटर से नीचे उतर गयी तो मुझे जाने क्यों बड़ा हलकापन महसूस हुआ। मन बेहद प्रसन्न हो आया।

जैसे सिसियाते हुए जाड़े में सुनहली धूप छिटक जाय, उसी तरह मेरे लिये खुशी की किरणें चारों ओर फैल गयी थीं। सबी इस मसले के बारे में कुछ भी नहीं जानतीबात इतनी-सी ही थी पर इसका असर मेरे मन पर जाने कैसा हुआ था। जाने क्यों, मुझे लग रहा था कि मैं ठोस ज़मीन पर उतर आया हूँ। मैं फिर उसी तरह उस लड़के से बातें कर सकता हूँ, क्योंकि सविता जरूर इस बात को सुनते ही कह देगी कि मैं उस गधे से शादी करूँगी? दिमाग़ तो ठीक है न, पापा! मैं...ही...ही... करके दाँत निकालकर हँसूँगा और उसके आने पर फिर सहज गम्भीर मुद्रा में उससे मिलने के लिए ड्राइंग-रूम में आ बैठूँगा। क्या मज़ाल है जो वह भाँप पाये कि मेरे मन में क्या है! वह तो वही मानेगा जो मैं कहूँगा। आज तक कोई भी मुझे ऐसा नहीं मिला जो वह सब मान न जाय जो मैं कहूँ।

अगर आप बुरा न मानें तो मैं एक बात बताऊँ! असल में आदमी कमज़ोर होता है संवेदनाओं के आगे। कुछ दुनियावी फार्मूले हैं जो धीरे-धीरे हमारी नसों में बस गये हैं कि कोई गरीब हो तो उससे सहानुभूति रखनी ही चाहिए, लेकिन मैंने एक नया शोशा खोजा है, भाई जान! बस जरा-सा बदल दिया है बात को। सहानुभूति दिखानी चाहिए, बातों से और हाव-भाव से। आपको प्रिय-दर्शन होना चाहिए पहले, सफलता के लिए प्रिय-कर्म होना क़तई जरूरी नहीं। अगर दिल पर हर बात का असर पड़ गया तो बेचारा दिल क्या रहेगा इस ज़माने में, चू-चू का मुरब्बा बन जायगा। समझिये साहब कि कोई मज़बूत-से-मज़बूत चीज़ हो और उस पर लगातार धक्के लगें तो भला वह कब तक

साबूत बची रहेगी? लेकिन लोग समझते नहीं और इसलिए रोज़ हार्ट की बीमारियाँ बढ़ती जा रही हैं। मुझसे कोई कहे तो इन बीमारियों को हमेशा के लिए दूर करने का एक ऐसा नुस्ख़ा निकाल दूँ कि आदमी कभी हृदय के रोग से बीमार ही न हो। यह कोई सतयुग नहीं है कि आप परम्परागत मूल्यों से अपने को चिपकाये रखें। आदमी ने कितना विकास किया है और उसकी समस्याएँ आज कितनी बढ़ी हुई हैं। फ़ुरसत कहाँ है मुझे आपके बारे में सोचने के लिए। यह तो ग़नीमत समझिये कि मैं आपकी बात सुन लेता हूँ। लेकिन अगर यह भी चाहें कि उसका असर भी झेलूँ तो वह नहीं होने का।

मैं मोटर तेज़ी से ड्राइव करते हुए दफ़्तर पहुँचा। कमरे के सामने के दोनों चपरासी उठ खड़े हुए और एक ने चिक उठा दी। अन्दर घुसते ही मेरी कल्पना में एक नाटक आ गया। कारण उसका छोटा-सा था। सिर्फ़ इतना ही कि जब मैं मोटर से उतरकर जीने पर चढ़ रहा था तो मुझे एकाएक ख़याल आया कि अभी जाड़े की छुट्टियों में एक बार घर पर अपनी डाक देखते हुए मैंने सविता के नाम की एक चिट्ठी उसके हाथ में दी थी और उसी के थोड़ी देर बाद उसने उस लड़के की नौकरी के लिए मुझसे कहा था। जरूर उसकी ही चिट्ठी रही होगी। लेकिन होता क्या है इससे, आप चिट्ठी नहीं रामायण लिखकर भी मेरी सबी को बिना मेरी मर्ज़ी के...हो सकता है, कॉलेज से लौटकर सविता ही मुझसे बात उठाये या कोई चिट्ठी ही लिखकर दे कि वह उससे शादी करना चाहती है। दोनों एक-दूसरे को इतने दिनों से जानते हैं। कभी-कभी साथ घूमने भी तो गये हैं। एक बार सविता ने ही मुझसे मोटर के लिए कहा था और दोनों पिकनिक पर गये थे। लगता है चूक हुई, मुझसे। ऐसा नहीं कि मैंने इस ख़तरे की ओर ध्यान नहीं दिया था। सच पूछिये तो सविता की उम्र की जितनी जानकारी मुझे है, शायद ही किसी की हो। मगर इस लड़के को तो मैं मरियल, बदसूरत और हीन समझता था। शायद इसीलिए सोचता था कि निरापद है सविता का इसका साथ। छिपा रुस्तम निकला यह तो कमबख़्त! लेकिन जनाब, यह गाँठ बाँध लीजिये कि अगर सविता ने मुझसे शादी का प्रस्ताव कर दिया तो आपकी ख़ैर नहीं।

पर्दा अपने से खिंच गया मेरी कल्पना के नाटक का।...बाबू जोगेन्दर सिंह का दफ़्तर। अभी साहब दफ़्तर में नहीं पहुँचा है, तभी एक युवक आकर कमरे में घुस जाता है और उसकी मेज़ के सामने चुपचाप बैठा रहता है।

एक अजीब-सी झल्लाहट मेरे मन में भर जाती है। आख़िर इसे अन्दर घुसने किसने दिया! अहमक हैं मेरे चपरासी। इतने दिन साथ रहने पर भी अफ़सर को ठीक नहीं समझते।

मैं रिटायरिंग की तरफ़ हैंगर में अपना कोट टाँगने के लिए बढ़ा। मुझे ख़याल आया कि शायद फिर वह अपनी बात का उत्तर चाहे। इतना समय शायद उसने काफ़ी समझा हो इस मसले के लिए। लेकिन देखिये तो साहस, कमाल है! आपने झट समझ

लिया कि सविता इस जैसे गधे से शादी कर लेगी और मैं हाँ कह दूँगा। जनाब, मैं लड़की से रोटी नहीं सिकवाता। उसे प्रेम और शादी करने की पूरी छूट है। मैं व्यक्तिगत जीवन में टाँग अड़ानेवाला खूसट बाप नहीं बनना चाहता। कान खोलकर सुन लीजिये, सबी की मर्ज़ी ही सब-कुछ है। भाग्य आज़माना हो तो उसी के आगे माथा टेकिये जाकर। अगर वह 'हाँ' कर देगी तो मैं क्यों बोलने जाऊँगा। लेकिन इस बातचीत को अगर मैं बोल कर कहूँ और कोई सुन ले तो!...बड़ा गधा है यह लड़का!

ऐसी हालत में मैं चपरासी को आवाज़ देकर उसे ताक़ीद करूँगा, "कोई अन्दर न आने पाये। तुम लोग भी बिना बुलाये अन्दर न आना। कुछ जरूरी काग़ज़ात तैयार करना है!" और हैंगर की तरफ़ बढ़ जाऊँगा। कोट उतारकर टाँग दूँगा। फिर कुर्सी पर बैठने को लौटूँगा। साइड-रैक पर ट्रे में एक छुरी पड़ी होगी। मैं उसे उठाऊँगा और ज़ोर लगाकर खोल लूँगा तो उसकी धार चमक उठेगी। पल-भर उसे देखता रहूँगा, फिर उसे धीरे से मेज़ पर रख दूँगा। मोहागनी की चमचमाती काली टेबिल पर एक लपलपाता हुआ तेज़ छुरा! मूठ उसके सामने, और फल की नोक मेरी ओर। वह अँगूठा ठुड्डियों पर दिये, माथा जरा ऊँचा किये एकटक मेरी ओर देखता रहेगा।

"भई, मैंने तुम्हारी बात पर हर पहलू से विचार कर लिया", मैं खड़े-खड़े अगल-बग़ल देखते हुए मशीन की तरह बोलूँगा। माथे पर कुछ ऐसे भाव, बात में कुछ ऐसी लापरवाही कि जैसे मैंने मेज़ पर पड़ी उस नाचीज़ को देखा ही न हो, "तुम पहले दर्जे में एम.ए. पास हो। मैं चाहता तो कब का तुम्हें इस दफ़्तर में लगा चुका होता। दो साल से मैं तुम्हें रोज़ इस बात का भरोसा देता रहा, लेकिन जब-जब मौक़ा आया कोई-न-कोई ऐसा आ गया, जिसे टालना मेरे लिये मुश्किल हो गया। कभी ऊपर के अधिकारी का दामाद आया तो कभी मेरे अपने ही रिश्तेदार। तुम सचमुच ऊब गये होगे मेरे यहाँ दौड़ते-दौड़ते, लेकिन देखा तुमने भाग्य का चक्कर! मैंने जब फ़िलॉसफ़ी में सविता की सहायता के लिए तुमसे कहा था तभी मुझे लगा था कि सविता मेरे प्रस्ताव से बड़ी ख़ुश है। वह तुम्हारी हमेशा तारीफ़ करती थी। ईश्वर आदमी को हमेशा ठीक दिशा में ही ले जाता है। आज जब मैंने उससे पूछा तो लाज के मारे लाल पड़ गयी। उसकी माँ तो कहने लगी कि तुम ईश्वर के भेजे उसे मिल गये। वह ऐसा ही लड़का चाहती थी जो उसका बनकर रह सके। जानते ही हो कि हमारे कोई बच्चा नहीं है। चलो, अच्छा ही हुआ जो तुम्हें कहीं लगाया नहीं। अब तो वे सभी लोग काम आयेंगे, जिनके लड़कों को मैंने लगा रखा है। कोई बड़ी सर्विस—जानते हो नौकरी वगैरह में अगर एक बार छोटा काम कर लो तो बस वहीं-के-वहीं गड़े रहोगे!"

मेरी निगाह फिर उस छुरे की चमकती धार पर पड़ जायेगी, "हाँ, तुम तो कह रहे थे कि तुम्हारी ट्यूशनें भी छूट गयी हैं और इधर तीन-चार दिन से तुमने कुछ खाना भी नहीं खाया। बड़े अजीब आदमी हो! ऐसी क्या बात थी जो सुबह उठकर चलते बने। देखो भई, यह संकोच ठीक नहीं। तुम मेरे घर को अपना घर नहीं समझते, यही न?

''मैं सोच ही रहा था कि तुम्हें कैसे मिलूँ। देखो सबी ने ये...'' मैं सौ-सौ के दो नोट निकाल कर मेज़ पर रख दूँगा, ''आते-आते तुम्हारे पास तुरन्त भेजने को कहा था, उसने। मैं तो उसकी बात टाल ही नहीं सकता, यह तुमने देखा ही होगा।'' मेरी आँख फिर उसकी ओर जायगी। वह वैसे ही देख रहा होगा। ''हाँ, वे तुम्हारी माता जी कैसी हैं? बीमार थीं तो कुछ दवा-दारू का इन्तज़ाम किया या नहीं? अब उन्हें शाम घर ही पर लाओ। उन्हें रहने ही दो मेरे साथ। सबी सँभाल लेगी।'' छुरा धीरे-धीरे उसके आगे पहुँच जायगा और सौ-सौ के दोनों नोट उसकी मूठ के नीचे दब जायँगे। ''बस इसी हफ़्ते में कुछ हो जाय। अब टालना नहीं है। देखो, कहीं इधर-उधर खिसक न जाना इस बीच। अरे हाँ,...मेरा ख़याल तो देखो! तुम्हें चाय-वाय के लिए तो... जरा बाथ हो लूँ मैं!'' मैं मुड़कर चल पड़ूँगा। बहुत सँभालने पर भी दो ही क़दमों में कमरे के अन्दर हो रहूँगा। दरवाज़ा बन्द करके सिटकिनी लगा दूँगा और पल-भर उसी के सहारे खड़ा ज़ोर-ज़ोर की साँस लेता रहूँगा। फिर बग़ल की छोटी टेबिल से फ़ोन उठाकर पुलिस को मिलाऊँगा, ''मैं जोगिन्दर सिंह बोल रहा हूँ।...हाँ, हाँ, चीफ़-चीफ़... एक उचक्का मेरे कमरे में घुस आया है। छुरा दिखाकर मेरे पर्स से दो-सौ रुपये ले चुका है और तीन-सौ और माँगता है। मेरे चीखते ही वह चाकू चला देगा, इसलिए मैं चुप बैठा हूँ और वह जवाब चाहता है। जल्दी करें, नहीं तो जान का ख़तरा है।''

...नाटक ख़त्म हो गया था, क्योंकि मैं अपने ऑफ़िस की मेज़ पर बैठा था और राहत की साँस लेकर अपने से ही कह रहा था, आपसे यही उम्मीद थी जोगेन्दर सिंह जी! साँप भी मर गया और लाठी भी नहीं टूटी—क्यों?...

मुझे सामने पड़ी फ़ाइलों से ऊब हो रही थी और न जाने क्यों सारे शरीर में थकान भर उठी थी। मैं उठकर पिछले कमरे में चला गया और आरामकुर्सी में धँस गया। चपरासी से बता दिया था कि मेरी तबीयत ठीक नहीं है। किसी को अन्दर न आने दे। वहीं बैठे-बैठे मैंने फ़ैसला किया कि सविता समझदार लड़की है। उसे ठीक से समझा दूँगा। अपनी ही ज़िन्दगी की सारी घटनाएँ...आख़िर मैं थक ही गया न! कभी सोचता था इस कड़े मन की ज़मीन में माया की स्मृति का पौदा उगने ही नहीं दूँगा पर आज मौक़ा पाते ही उसके अंकुर अपने-आप उग आये थे...तुम्हें यह जानकर अचम्भा होगा, सबी, कि मेरे इतने सारे सोच-विचार के पीछे माया ही बैठी हुई है। लेकिन वह सब कैसे कहूँगा, तुमसे? माया के आत्मविभोर समर्पण की बात तुम्हें कैसे बताऊँगा? जरूरत भी क्या है उस-सब की! बात की ऊपरी सतह को ऐसा रंग भी तो दिया जा सकता है जिसमें मेरा चरित्र धवल रंगों में दिखे। सच्चाइयों के चेहरे को किसी भी रंग के प्रभाव में ले आना क्या मुश्किल है। ख़तरनाक गहराइयों में, जहाँ से वे ख़ुद बोलने लगती हैं, मैं उतरूँगा ही नहीं।

हाँ, याद आ गया। मैं उस अफ़सर के पास इसलिए गया था कि वह मेरी लिखी हुई चीज़ें छापने के लिए अपने विभाग के सम्पादकों से कह दे। वह जानता था कि मैं कुछ लिखता हूँ और माया भी मेरी रचनाएँ पढ़ चुकी थी। पहले ही दिन वह कमरे में दिखी। छोटी-सी थी वह—तुमसे बहुत छोटी, सबी! उमर मुश्किल से रही होगी सत्तरह-अठारह। उसके चेहरे पर विचित्र-सी ख़ुशी दिखी मुझे। लेकिन मैं उसके चेहरे से ज़्यादा देख रहा था उसके सेब-जैसे गालों को। हिरन की तरह नाचती हुई उसकी आँखों में मुझे वासना ही अधिक दिख रही थी। भला मैं यह कैसे बताऊँगा सबी से कि मेरे मन में उन आँखों को होंठों से क़ैद कर लेने या उन गालों के नन्हें गढ़ों पर इस तरह चूम लेने की प्रबल इच्छा हो उठी थी जिससे उन पर ख़ून उभर आय।

वह भागती हुई चली गयी अन्दर और अपने बाप से मेरे बारे में साँस रोककर कुछ कहने लगी थी। मैं पहले तो सुनता रहा, फिर उसकी अभ्यास की कापी जिसे वह पढ़ते-पढ़ते छोड़ कर गयी थी; उलट-पुलट कर देखने लगा। आख़िरी कवर के नीचे कितनी ही तस्वीरें बनी थीं। टेढ़ी-मेढ़ी रेखाएँ, सिनेमा के गीतों की लाइनें, कुछ टूटे-बिखरे शब्द...'मेरे, भोले राजा, आजा...हो...आजा, और नीचे एकदम किनारे पर तीन लड़कियों की तस्वीरें जिनमें सीने की बनावट पर बार-बार पेन्सिलें फेरी गयी थीं। उन्हें बड़ा, छोटा, नुकीला और ढीला बनाया गया था। एक पर निशान बनाकर लिखा था, 'सकोरा' एक की बग़ल में लिखा था, 'फुटबाल' और...

मैं मज़े में यह सब देखता रहा था। तभी पैरों की आहट सुनायी दी और मैंने कापी बन्द करते-करते दरवाज़े की ओर देखा—माया थी। शरारत की एक अजीब-सी कौंध मेरे मन में हुई। मैंने कापी बन्द करते-करते उस मेज़ पर एक बार इसलिए निगाह डाली, जिससे वह जान ले कि मैंने सब देख लिया है।

माया ठगी-सी रह गयी। चेहरे पर सुर्खी उभर-उभरकर मिटी और फिर उभरी। लेकिन मैं उसके फ्रॉक की गोलाइयों पर निगाह लगाये रहा। जैसे यह जानना चाहता हूँ कि ये सकोरे की तरह के हैं या फुटबाल...लेकिन वह झपटकर कापियाँ समेटते हुए यह कहकर अन्दर चली गयी कि, "पापा अभी आ रहे हैं।"

सोचिये, इस प्रसंग को मैं कैसे कह सकता हूँ अपनी बेटी से? फिर सोचता हूँ इस-सब की जरूरत भी क्या है? मैं अपने काम से उसके यहाँ गया था और इसी के लिए जाता भी रहा। माया से आते-जाते ही स्नेह हो गया। साथ ही यह भी कहूँगा कि सब-कुछ उसी की ओर से था। मैं तो वह सब करता गया जो उसने कहा।

लेकिन बात उलटी ही थी। मैं उस दिन जब आने लगा तो उस अफ़सर से कहकर आया था कि परसों आठ बजे फिर आऊँगा। मैं जानता था कि माया इसे सुन रही है। देखूँ, उस दिन क्या गुल खिलते हैं।

किसी तरह बीच का दिन कटा। तीसरे दिन सुबह ही तैयार होकर मैं माया के घर पहुँचा। दरवाज़ा खटकाते ही वह बाहर निकल आयी। चुस्त शलवार के ऊपर अंगों

से सटा हुआ गहरे लाल रंग का कुर्ता। दूर तक पीठ और सीने का हिस्सा खुला हुआ। कन्धे के इधर-उधर लटकती हुई ओढ़नी जिनसे सीने के ढँकाव का कोई मतलब नहीं। मैं पल-भर फिर वहीं देखता रहा। शायद आज मुस्कान उठ आये चेहरे पर। लेकिन फिर माया उसी तरह सिन्दूरी चेहरा लिये अन्दर चली गयी और मैं फिर कापी उलटकर देखने लगा। आख़िरी पेज पर लिखा था—इस तरह देखने से क्या...आ...जा...

मैंने झट क़लम निकालकर नीचे लिख दिया—कहाँ?

लेकिन तभी बग़ल के कमरे से आवाज़ सुनायी पड़ी—क्या दौड़ी आ जाती है यहाँ? कह नहीं सकती कि पापा की तबीयत ख़राब है?—माया चुप थी। कोई पुरुष स्वर बोला—बाबा अब से जाकर कह दो!

मैं इतना तो तुमसे कह ही सकता हूँ सविता कि मैं ऐसा कभी नहीं कर सकता था। मैं बीमार भी होता तो इस तरह तुम्हारी बात नहीं टालता। देखो, कितनी ही बार उसे अन्दर के कमरे में बुलाकर बैठा लेता हूँ। लेकिन जानती हो, उस समय मैंने क्या किया? चुपचाप वहाँ से चला आया। मुझे डर था कि माया मेरे सामने आते-आते रो पड़ेगी।

कई दिनों के बाद मैं फिर उधर गया। माया को इस तरह भूल जाना मेरे लिये अब सम्भव नहीं था। वह क्या सोचेगी मेरे बारे में? लेकिन फिर कभी माया उस कमरे में नहीं मिली। मैं उसके बाप से मिलता, बातें करता और दिल भारी लिये लौट आता। कई महीने बीत गये इस तरह। एक दिन मैंने दरवाज़ा खटखटाया तो हलकी-सी आवाज़ सुनायी पड़ी—वही है। ऐसा पीछे पड़ गया है कि जान छुड़ानी मुश्किल है।—माया के बाप ने कहा था। फिर उसकी माँ बोली—इस गधे से पिण्ड छुड़ाओ किसी तरह।—तभी झटके से दरवाज़ा खुला। और तमतमाया चेहरा लिये माया परदे के बाहर आ गयी। उसकी आँखें भरी हुई थीं, "आख़िर क्यों आते हैं ऐसे लोगों के यहाँ आप?" उसने ऐसे कहा जिसे सिर्फ़ मैं ही सुन सकता था। फिर उसका हाथ आगे बढ़ा। उसमें एक नन्हीं-सी चिट थी। मैंने जैसे मुँह माँगा वरदान पा लिया था। पैर दबाकर वहाँ से खिसका तो बहुत दूर आकर साँस ली। फिर पुर्जा खोलकर पढ़ने लगा—

—मैं जानती हूँ आप क्यों आते हैं। लेकिन यह घर मेरा तो नहीं है। इसलिए इतनी अपमानजनक बातें सुनकर भी कलेजे पर पत्थर रखे पड़ी रहती हूँ। आपके प्रश्न का उत्तर नहीं दे पायी। चाहती तो दे देती, लेकिन मेरा मन बहुत दुःखी था इसलिए उसे और भी दुःख में रखना चाहती थी। याद है आपको अपना प्रश्न, उत्तर है—परसों, ठीक आठ बजे रात, 'महिला मंगल' के सामने। मेरे स्कूल में कन्सर्ट है। उसे बीच में छोड़कर मैं अकेली रिक्शा में आऊँगी। आप वहाँ खड़े रहियेगा। रिक्शा रुकते ही चुपचाप उसमें आ बैठियेगा। कन्सर्ट दस बजे तक चलेगा, ग्यारह तक भी जा सकता है। मैं अपना गीत ख़तम करके आऊँगी और फिर दस के पहले ही कॉलेज में घुस जाऊँगी। वहाँ मेरी मोटर आयेगी मुझे लेने।

—परसों, रात के आठ बजे!—मेरे शरीर से पसीना छूटने लगा।

मुझे तब नहीं मालूम था, सबी, कि मैं यह सब क्या कर रहा हूँ। मेरे ध्यान में तो कुछ और ही था। नहीं कह सकता तुमसे ये सारी बातें—कभी नहीं! बेकार ही मैं सोच रहा हूँ यह सब। लेकिन इतना तुम जान सकती हो कि माया मुझसे मिलती रही थी। उसे अपने इस पहले प्यार के बदले सिर्फ़ प्रतारणा, दुःख और आँसू ही मिले। मेरे मन में तो माया के शरीर की चाह थी। ऊपर से जब उस अधिकारी ने मेरा इतना अपमान किया तो एक जलती हुई ईर्ष्या और प्रतिशोध की भावना ने शरीर की भूख को मेरे लिये पशु से भी बदतर बना दिया था।...

मैं उठकर अपने छोटे कमरे में टहलने लगा। एक बार ऑफ़िस में आया तो देखा, चपरासी किसी से कह रहा था, ''साहब की तबीयत ख़राब है। आज कोई उनसे नहीं मिल सकता।''...मैं फिर उसी कमरे में लौट गया। कुर्सी पर बैठते-बैठते माया का रिक्शे में बैठा रूप मेरी आँखों में उभर आया। कन्सर्ट का पूरा मेकअप लिये बैठी थी वह। एक बार जी में आया उसे इस अँधेरे में हलके से चूमकर सीने से लगा लूँ और कहूँ कि, माया तू कॉलेज चली जा! इस तरह बाहर आना ठीक नहीं, पर माया मुझसे सटी आ रही थी। जैसे इस लम्बे व्यवधान ने उसे सब-कुछ के लिए तैयार कर दिया था। मैंने उसकी पीठ के पीछे से बाँह डालकर उसके एक सीने को हाथ में लिये उसे बग़ल में सटा लिया। रिक्शा बढ़ता गया। कॉलेज के आगे की ढलवान के ऊपर चढ़कर एक बड़ा-सा सूना मैदान था। मैंने रिक्शेवाले को दो रुपये निकालकर दिये, ''यहीं रुककर रिक्शा ठीक करने का बहाना करते रहो, अभी आया। दो रुपये और दूँगा।'' और हम दोनों उसी अन्धकार में खो गये। आधे घण्टे बाद किसी तरह माया को सँभालकर मैं रिक्शे तक ले आया। रास्ते भर बार-बार उसे चूमता और सहलाता रहा। कॉलेज के पास पहुँचकर फिर मेरी प्रतिहिंसा जगी। मैंने उसे सीने में भींचकर एक बार फिर कसकर चूम लिया। वह उतरने लगी तो मैंने धीरे से कहा, ''फिर?''

''परसों कॉलेज के बाद, उसी जगह।'' और वह धीरे-धीरे कॉलेज में चली गयी।

मैंने माया को प्रतिहिंसा में बरबाद कर दिया...ओह, माया...माया ऽ...माया ऽ ऽ... मेरा चपरासी दौड़ा हुआ आ गया, ''जी साहब!''

मैं चौंककर जग गया और उसे एक गिलास पानी के लिए कहकर कमरे में टहलते-टहलते ऑफ़िस की मेज़ पर आ बैठा। अब मुझे बुरा लग रहा था कि यह मैं क्या सोच रहा हूँ, लेकिन माया थी कि हटती ही नहीं सच्चाइयों की निचली सतह से और मैं फिर सब-कुछ दबाने की कोशिश करने लगता हूँ। क्या जरूरत है इन सब परेशानियों की? अरे मैं कोई माया का बाप हूँ, जो ऐसी गधेपन की बातें करूँगा? फिर मेरे कोई दूसरा बच्चा भी तो नहीं है। किसी अफ़सर से ब्याहूँगा तो वह सबी को भी ले जायगा और मेरा घर भी लूटेगा। ऊपर से हरदम उसका रोब ही सहना होगा...कितना दब्बू और मरियल-सा तो आदमी है। पेट-भर खाना भी नहीं जुटता।

अगर सबी कहेगी तो मैं आँख मूँदकर शादी कर दूँगा और घर का एक कमरा देकर बच्चू से ज़िन्दगी-भर ग़ुलामी कराऊँगा। सबी भी ख़ुश यह भी ख़ुश। बेटी-की-बेटी बनी रहेगी घर में, और ऊपर से इतना नाम होगा कि भाई जोगेन्दर सिंह सचमुच एक आदर्शवादी आदमी हैं। अपनी लाड़ली बेटी को एक गरीब से ब्याह दिया। चेहरे उतर जायँगे कितने लोगों के... लेकिन जब तक सबी ख़ुद नहीं कहती, मैं कुछ नहीं करने का। मैं उससे मिलूँगा, रोज़ नयी आशाएँ दिलाऊँगा और सब-कुछ इस तरह टालता जाऊँगा कि ऊबकर एक दिन वह मेरे चहेरे पर झापड़ मारने दौड़ेगा। पर मैं बचूँगा उससे? नहीं जनाब, आपने जोगेन्दर सिंह को नहीं जाना। अगर चाहे तो कुछ भी कर सकता है। उस छोटे नाटक को तो देखा ही है आपने अभी। एक इशारे पर बच्चू का सफाया हो जायगा। लेकिन मैं ख़तरे का काम करने से रहा। ऐसा ही होता तो माया आज मेरे साथ न होती? कौन छीनता उसको मुझसे? पर मैंने शहीद होना सीखा ही नहीं! तक़लीफ़ सहना भी एक तरह की हिंसा ही है।

इसलिए मैं दूसरा गाल भी उसके आगे कर दूँगा। और अगर वह उस पर भी मार देगा तो उसे सहलाकर फिर मुस्कराऊँगा। सविता को बुलाकर कहूँगा, ''देख, सबी, यह सब क्या हो रहा है? तुम्हारी बात है बेटी, मैं नहीं समझ पा रहा हूँ। ये अभी बच्चे हैं, दुनिया की समझ नहीं इनको। कोई बात नहीं, कोई...''

लेकिन फिर माया...माया का क्या हुआ होगा? इस तरह सबी को तो रोक लूँगा मैं अपने पास, लेकिन माया...जैसे अनजाने ही मैंने उसकी अभ्यास की कापी पर क़लम निकालकर चुपके से आज फिर लिख दिया है, 'कहाँ?'

पक्षाघात

उसे एक हलका झटका-सा लगा था। मछली की तरह तेज़ सरकती हुई गाड़ी को वह धीरे-धीरे ड्राइव कर रही थी कि एक नन्हा-सा बच्चा दौड़ता हुआ सामने आ गया था और उसने ब्रेक लगाकर गाड़ी रोक ली थी। उस समय न तो उसे वैसी सिहरन ही महसूस हुई थी, न उसका दिल ही धड़का था। लेकिन इस समय तो वह...उसने एक ओर चारपाई से झुककर दीवार पर स्विच टटोला और रोशनी की, फिर पलँग के सिरहाने से तौलिया लेकर माथे और गर्दन से पसीना पोंछ डाला। कमरे की घड़ी की टिक-टिक पहले उसे एकदम सुनायी नहीं पड़ी थी, लेकिन जैसे-जैसे उसके दिल की धड़कन कम हुई घड़ी की आवाज़ बढ़ती गयी और जब उसे एकाएक दर्शन का ख़याल आया तो वह इतनी तेज़ हो उठी कि उसने घूम कर देखा, एक बजकर कुछ मिनट हुए थे। एक बार फिर उसका ध्यान दर्शन के बिस्तर पर चला गया—सिकुड़े हुए चादर पर गन्दी गठरी की तरह लुंज-पुंज सोये हुए दर्शन की जगह साफ़, धुला हुआ चादर, कंबल और तकिया करीने से सजे हुए थे और बीच में यह क्या है?...अजीब बात है! उसने झुककर उसे उठा लियारिबर के बेबी की केवल एक टाँग, अभी जोड़ पर लगा हुआ धागा भी इसमें पड़ा है। यह आया कहाँ से? मेरे घर में तो कोई बच्चा भी नहीं—उसने उसे हाथ से दबाया तो टाँग पिचक गयी, लेकिन यह कितना विचित्र है...बच्चे की एक टाँग, सारे धड़ से अलग। उसके रोयें ऊपर से नीचे तक भभर आये और एक अजीब-सा भय, वितृष्णा और उलझन का मिला-जुला भाव उसके मन पर छा गया। उसने बच्चे की उस टाँग पर से तुरन्त दृष्टि हटा ली पर उसकी पलकों पर वह टाँग चिपक गयी। उसने गिनगिनाकर उसे पूरी शक्ति से दूर फेंका, लेकिन वह दर्शन के बिस्तर पर उसी जगह जाकर गिरी, जहाँ पहले थी। अब वह डरने लगी। इधर-उधर देखा तो एकदम सन्नाटा और जाने क्यों उसे अब उसी बेबी के हाथ, दूसरा पाँव, धड़ और सिर से कटी हुई गर्दन, और वे भी सब अलग-अलग दिखायी पड़ने लगे... हवा में झूलने लगे...दीवारों पर उड़ने और रेंग-रेंग कर उसके बिस्तर पर इधर-उधर चलने लगे। वह हाँफने लगी...पसीने की नन्हीं बूँदें जो अभी कुछ मिनट पहले उसके माथे पर सूख गयी थीं, फिर उग आयीं और एक-दूसरे से मिलकर बहने लगीं। उसने तौलिया लेने की कोशिश की, लेकिन वह हाथ नहीं लगी। चीखने की कोशिश की, लेकिन गले से सायँ-सायँ की आवाज़ निकलकर रह गयी। फिर पता नहीं क्या

हुआ! आँखें खुली रही या नहीं? बत्ती जलती रही या नहीं? जाने क्या हुआ, कैसे हुआउिसे कुछ पता नहीं और वह उसी तरह एक सिकुड़े हुए कीड़े की तरह बेजान, लुढ़की, सिमटी पड़ी रह गयी।

सुबह पाँच के क़रीब जब दर्शन लड़खड़ाता हुआ घर पहुँचा तो उसने पहली बार रीना को बाँहों में लिया—ऐसा नहीं कि रीना और दर्शन कभी पास-पास नहीं सोये, सोये, एक-दूसरे को प्यार किया, चूमा पर कुछ ही दिन।

इन कुछ दिनों के आज पाँच-छह वर्ष बीत चुके हैं, इसलिए अगर हमने इसे पहली बार कहा तो कोई ऐसी बड़ी ग़लती नहीं की, लेकिन रीना दर्शन के प्यार करते ही लुढ़क गयी। उसके हाथ बेजान-से इधर-उधर पड़े रह गये, आवाज़ की जगह पर थूक और झाग की राल-सी निकलकर रह गयी।

दर्शन चैंका, नशा हिरन हुआ और उसे लगा कि रीना ने ज़हर खा लिया है।

जाड़े की सुबह के पाँच बजे थे। अँधेरा मोतियाबिन्द की झिल्ली की तरह आँखों पर चढ़ा था। दर्शन ने खिड़की से बाहर झाँका और लपककर किसी डॉक्टर को फ़ोन करना चाहा, लेकिन उसके पैर लड़खड़ाये, उसने घूमकर फिर रीना को देखा—बेबसी की एक अजीब-सी कातरता और वीरान सौन्दय...उसका मन जाने कैसा हुआ। उसने रीना के सिर को अपनी गोद में लिया। तौलिया से उसका मुँह साफ़ किया और उसके गालों को फिर चूमा, लेकिन हाथ से छूटते ही गरदन फिर लुढ़क गयी और वह घबराकर उठ खड़ा हुआ, फ़ोन तक गया और एक-एक कर कई डॉक्टरों को एक साथ सूचित किया—मेरी बीवी को जाने क्या हो गया है, वह बेहोश है। शीघ्र आयें!—उसके मन में पुलिस को भी सूचित करने का ख़याल आया, पर जाने क्यों उसे लगा, पुलिस इस क्षण-भर के सुख को उससे छीन लेगी। जाने क्यों उसने पूरी परिस्थिति के स्वामी बने रहने के सुख को अपने अन्दर फूलते हुए पाया। एक बार फिर लौटकर रीना के पास गया। उसके बालों को ठीक किया, कपड़े सँभाले और उसे ठीक से लिटाकर फिर उसके माथे पर झुक गया। पाँच बरस पहले की रीना का सजा हुआ सिन्दूर मण्डित भाल...फूलों के भीतर से झाँकता हुआ उसका शराबी रंग और मछली की तरह उलट-पुलट जानेवाली सुहागभरी आँखें उसे याद आयीं।...वह पसीने से तर-बतर हो गया। कितनी बड़ी बेवकूफ़ी थी कि वह आग में जान-बूझकर कूद गया था! कैसी अजीब बात है, जिसकी उसने कभी कल्पना भी नहीं की थी। काश रीना ऐसी ही उसे पहले ही मिली होती! वह मुस्कराकर रह गया। कहीं डॉक्टर फिर उसे अच्छा न कर दे! उसे लगा, उसने नाहक़ ही डॉक्टरों को फ़ोन कर दिया... अभी अँधेरा थोड़ा बाक़ी था। पल-भर रीना को गोद में लेकर सोता, फिर सवेरे...वह पूरा सोच भी नहीं पाया था कि कार का हार्न उसके कानों में काँटे की तरह सीधा सूराख़ बनाता चला गया।

डॉ. सुदेश चक्रवर्ती को देखते ही दर्शन की आँखों से आँसुओं की धारा बह चली। असल में वह रोना नहीं चाहता था, न उसे ऐसा सदमा ही था। पल-भर पहले एक

झटके के कारण उसके दिमाग़ का जो भारीपन उड़ गया था, जाने कहाँ से फिर लौट आया और उसके पाँव फिर हलके पड़ गये। डॉक्टर ने धीरे से अपना हाथ उसके हाथों में दे दिया। ख़ुद एक छोटा-सा स्टूल लेकर मरीज के पास जा बैठा। अल्कोहल की हलकी बू कमरे में भरी हुई थी, इसलिए उसने घूमकर दर्शन के चेहरे पर आँखें धँसा दीं और उठकर कमरे की खिड़कियाँ खोलने लगा।

दर्शन चुपचाप खड़ा था। डॉक्टर रीना की नब्ज़ देखने लगा। पल-भर भी नहीं बीते थे कि दर्शन रीना की चारपाई पर आ बैठा और डॉक्टर को अपनी ओर मुख़ातिब करके कहने लगा, "मैं शराब कभी नहीं पीता डॉक्टर! पिछले पाँच वर्षों तक मैंने जीवन को कुछ जाना ही नहीं—रात-दिन, सुबह-शाम, हवा-रोशनी कुछ भी नहीं। यह मेरा बिस्तर है, और वह...उधर देखो.... बाँध की उस निचली वादी में, जो साँप के पेट-सा हलका दाग़ दिखायी दे रहा है—वही मेरा रास्ता है, जिसके एक-एक रोड़े और पत्थर से मेरी मुलाक़ात है...नीचे मरघट है डॉक्टर! मैं और कुछ भी नहीं जानता।"

सुदेश उसे देखता रह गया। रीना की कलाइयाँ अब पूरी तरह उसके हाथों में आ पड़ी थीं और उसकी सुनहली घड़ी का फ्रेम उसे बेहद ठण्डा लग रहा था। उसने दूसरा हाथ भी ऊपर कर लिया था और दोनों हाथों में रीना का हाथ लिये एकटक दर्शन को देख रहा था। उसे पहले तो चिढ़ हुई दर्शन की बातों से, लेकिन जब एक झटके से रीना ने मुँह फेरा और उसका श्यामल, मुरझाया हुआ पूरा चेहरा उसकी आँखों के आगे आ गया तो वह जाने क्यों चुपचाप बैठा रह गया। उसे कुल मिलाकर इतना ही लगा कि प्रभाव को बनाये रहने और भूल जाने में बहुत अन्तर है। अनुभवों और दबाओं में रास्ते को छोड़कर, अपने को पिचका कर निकल जाने में और किसी जगह खड़े होकर रास्ते के जाने योग्य बन जाने का इन्तज़ार करने में कोई फ़र्क़ जरूर है। डॉक्टर ने रीना की आँखों के पपोटों को टार्च जलाकर ध्यान से देखा, फिर हाथ के नाखून देखकर हार्ट की गति देखने के लिए बेग से स्थेटस्कोप निकालने लगा। अब दर्शन डॉक्टर की ओर गहरी दृष्टि से देख रहा था और डॉक्टर जैसे किसी उलझन में फँस गया था।

दर्शन फिर बोल पड़ा, "लेकिन डॉक्टर..."

"लेकिन-वेकिन कुछ नहीं साहब, आप तो कमाल के आदमी हैं। आख़िर कब से इनकी यह हालत है?... मुझे तो डर है कि कहीं प्वाइजशिनंग का केस तो नहीं है?"

"प्वाइजशिनंग...अच्छा, तो रीना ने...लेकिन अभी पूरा असर तो नहीं हुआ होगा डॉक्टर?..."

डॉक्टर ने कड़ी और सन्देह भरी निगाह से दर्शन को देखा और उठ खड़ा हुआ। दरवाज़े के बाहर खिड़की के पास रखे फ़ोन के पास गया, सरकारी अस्पताल का नम्बर मिलाकर रोगी की पूरी हालत के साथ रिपोर्ट दर्ज करायी और बाहर जाने को आगे

बढ़ा था कि दर्शन की आवाज़ सुनकर ठिठक गया, "आपकी फीस डॉक्टर!" लेकिन सुदेश के क़दम रुके नहीं। तभी पीछे से किंचित् तेज़ आवाज़ में दर्शन चिल्लाया, "मैं पुलिस से कहूँगा कि रीना से तुम्हारी दोस्ती है।" डॉक्टर सुदेश के आगे कठघरा-सा खिंच गया।

—अगर मरीज़ इस तरह का है तो इसे छोड़कर जाने का क्या अर्थ हुआ? मेरा यहाँ आना तो छिप नहीं सकता। फिर मुक़दमे के लिए तो कोई भी बात काफ़ी होगी। पार्टी पैसेवाली है।—इस तरह की कई बातें डॉक्टर सुदेश के मन में आयीं, लेकिन वह मोटर की चाबी के रिंग को अँगुलियों में नचाता खड़ा रहा, फिर इस उलझन का एक अजीब पहलू उसकी नजर में आया, जो बेहद दिलचस्प हो सकता है। वह लौटा और कमरे में जाकर फिर उसी स्टूल पर बैठ गया। रीना की हथेली उसने जहाँ छोड़ी थी, वहीं पड़ी हुई थी, और अब एक मुरझाये हुए बन्द कमल की तरह लग रही थी। काले रेशम के धागों में बँधा लॉकेट जाने कैसे सरक कर उसके गरदन के खुले भाग पर आ पड़ा था, और साँस लेने के साथ ही हिल रहा था। चेहरे की विक्षिप्त चेतना जैसे कुछ शान्त और मृत्यु के नज़दीक पहुँच गयी थी और आँखों के खंजन बेसुध-से होकर अपने आकार को एकदम स्पष्ट कर रहे थे। दर्शन एक ओर लुढ़क गया था। द्वार खुला था। मोटर बाहर खड़ी थी। डॉक्टर का दिमाग़ तेज़ चक्कर काट रहा था। कई तरह की बातें, कई तरह के विचार, कई तरह की शंकाएँ और साहस—सब एक गोलाई में एक-दूसरे के पीछे तेज़ी से भागते जा रहे थे।

सरकारी अस्पताल की गाड़ी आयी और डॉक्टर सुदेश की दूसरी जाँच को ठीक मानकर लौट गयी। सुविधा के लिए डॉक्टर सुदेश ने सरकारी डॉक्टर से मरीज़ की जाँच भी करवा ली। रीना को बेहोशी की बीमारी है, यही दोनों डॉक्टरों ने निश्चय किया था। सुदेश कोरोमीन देते हुए खिड़की से उस धुँधली पगडण्डी को देखता रहा, जो अब तक डसकर उलट जानेवाले साँप के पेट की तरह उजली हो उठी थी और दर्शन का वह वाक्य कि वह मुझे रीना का दोस्त कह देगा, उस पगडण्डी पर सूरज की पहली किरन बनकर उतरने ही वाला था।

डॉक्टर ने एक इंजेक्शन दिया। रीना कुनमुनाई, पलकें हिलीं और धीरे-धीरे खुलने लगीं। डॉक्टर चुपचाप देखता रहा, बोला कुछ भी नहीं। रीना भी उसे देखती रही, एकटक! शायद इतनी शक्ति ही उसमें बाक़ी नहीं कि वह आँखें फेर सके। लेकिन फिर उसने आँखें बन्द कर लीं। वह यही चाहता भी था। तनाव को कम कराने के लिए नींद सबसे बड़ी दवा है।

दर्शन रोगी कुत्ते की तरह उस पूरे कैनवस में डॉक्टर को घिनौना लगा। बड़ी-बड़ी खिड़कियों से छोटे, फिर बड़े, फिर बड़े होते हुए पेड़ों के अलावा कुछ भी दृष्टि में नहीं आता था—सिर्फ़ कमरे की हलकी नीली दीवार और रीना का पलँग। डॉक्टर ने

अपना बैग सँभालते हुए दर्शन को झकझोरकर जगाया। वह चैंककर उठ बैठा और लड़खड़ाते हुए डॉक्टर के पीछे-पीछे बाहर मोटर के पास तक गया।

"हाथ-मुँह धो कर मरीज़ की देखभाल कीजिये।" कोई दवा देने की जरूरत नहीं। सोने में कोई बाधा नहीं होनी चाहिए। मैं दोपहर एक के क़रीब फिर देख जाऊँगा।" डॉक्टर ने कहा और मोटर का दरवाज़ा खोलते हुए यह सोचता रहा कि आख़िर इस आदमी ने उस समय यह क्यों कहा कि मैं रीना का दोस्त हूँ...

डॉक्टर चला गया और दर्शन बड़ी देर तक वहीं खड़ा रहा, जहाँ खड़ा था। उसे बिलकुल याद नहीं कि उसने डॉक्टर को क्यों बुलाया था, उससे क्या कहा था और अब वह उसे और क्या करने के लिए कहकर चला गया है। अक्सर ऐसे ही लोग दर्शन के पास आये हैं, जो कुछ कहकर चले गये हैं और जो चले गये हैं, वे दर्शन के दिल का उस समय तक बचा-खुचा ख़ून भी साथ ही लेते गये हैं—मानसिक ग़ुलामी का ख़ून, और दर्शन उन सब पर हँसकर रह गया है। शायद इसलिए कि वह उन्हें बेवकूफ़ समझता है, क्योंकि वे अपनी विजय के बारे में भ्रमित है। असल में वे उसी क्षण हार जाते हैं, जब वे दर्शन को निकम्मा और मेतलब का समझते हैं।

दर्शन लौटकर उसी स्टूल पर बैठ गया और एकटक रीना की आँखों में देखने लगा। कुछ देर ऐसे ही देखता रहा। पलकें फैल गयीं। पुतलियाँ निकलकर दर्शन की आँखों पर चस्पा हो गयीं और उसे हर चीज़ अपनी पूरी गहराई में दिखायी पड़ने लगी। रीना की आँखें देखकर पहले उसे डर लगा, पर जैसे ही उसने उसके चेहरे पर दृष्टि डाली, हड्डियों का एक विस्तृत जाल और ख़ून की नसों में बहता हुआ अल्कोहल...ओह, इतनी शराब कहाँ मिली रीना तुम्हें? और उसने घबराकर रीना के दिल पर निगाह डाली—सफ़ेद बिना किनारे की कढ़ी हुई धोती और लम्बी बाँहोंवाला सफ़ेद ब्लाउज़ पहने रीना कई बच्चों के साथ खेल रही थी। पीछे बड़ा-सा तीन तल्लोंवाला मकान था, जिसके आगे सन्तरी खड़ा था और मोटरों की लम्बी-सी क़तार के पीछे से दर्शन दौड़ता हुआ चला आ रहा था। रीना के लिए कोई सन्देश था उसके पास, लेकिन वह है क्या? एक मुनीम का लड़का, जिसका बाप काँपता हुआ दुर्गाबाई के आगे घण्टों खड़ा रहता है।

दर्शन अपने बाप की लम्बी तोंद देखकर विक्षिप्त हो गया, जिसमें कितनी ही मुर्दा लाशें मुट्ठियाँ तान-तान कर गगनभेदी नारे लगा रही थीं। दुर्गाबाई के सफ़ेद वस्त्रों के नीचे कोढ़ के भद्दे दाग़ थे और महल के ऊपर गिद्धों की एक पाँत मँडरा रही थी। दर्शन ने देखा कि उसका बाप ज़मीन पर बैठा एक बर्तन में ज़हर घोल रहा है। सेठ लक्ष्मीचन्द एक लड़का गोद लेना चाहता है और दुर्गाबाई जानती है कि गोद लिया जानेवाला लड़का उसके परिवार का है। बूढ़ा सठिया गया है, अब उसे जाना चाहिए। और लक्ष्मीचन्द करोड़ों की मिल्कियत पीछे छोड़ गया।

दर्शन ने यमदूतों को देखाउिनकी विकराल आकृतियाँ, उनके बड़े-बड़े दाँतों के कारण और भी डरावनी हो उठी थीं।

फिर उसे एक अजीब-सा दृश्य दिखा। रीना के दिल के पिछले हिस्से में एक सजा-सजाया कमरा है और दुर्गाबाई तथा उनका मुनीम क्रम से रीना और दर्शन के कपड़े उतार रहे हैं—उन्हें नंगा कर रहे हैं। दीवारें सटती आ रही हैं। हवा ऊपर को उड़ रही है और एक खोखलापन बढ़ता जा रहा है। दर्शन घबरा गया। उसने जल्दी-जल्दी आँखें भींचीं, निगाह झिपकायी तो देखा वह नींद में स्टूल पर से लुढ़क गया है। रीना चुपचाप सो रही है। किरणों की सुनहली बिल्ली आदमी की आहट पाकर फ़र्श से खिड़की पर चढ़ने के लिए उछलती है, लेकिन फिसल-फिसल जाती है।

नौकर काम पर आ गये हैं। शोफ़र गैरेज से गाड़ी निकालकर साफ़ कर चुका है। इन्तज़ार है कि रीना अभी निकलेगी, कहीं बाहर जायेगी और एक बजे लौटकर आयेगी। तब तक के लिए सबको अलर्ट रहना है, लेकिन रीना नहीं निकली। दर्शन स्टडी में घुसकर आरामकुर्सी पर फिर लुढ़क गया। इसी बीच परेश आया, सीधे अन्दर गया और दर्शन को इस तरह स्टडी में पड़ा देखकर ठठाकर हँसा। आवाज़ गूँजकर लौट आयी और दर्शन उठ बैठा।

"मुद्दत के बाद तो दो घूँट पी और अब तक उसी में झूल रहे हो!" उसने इतनी ज़ोर से दर्शन की पीठ थपथपाई कि वह गिरते-गिरते बचा। तभी डॉक्टर की मोटर आ गयी। हाथ में बैग सँभाले वह गैलरी में घुसा और कमरे के सामने आते ही उसकी मुठभेड़ परेश से हो गयी। "हल्लो डॉक्टर सुदेश... किस पर आफ़त आ गयी?"

"तुम्हें मालूम नहीं?"

"रीना तो अच्छी..." परेश के चेहरे पर हवाइयाँ उड़ने लगीं।

"आकर देखो!" डॉक्टर तेज़ी से क़दम बढ़ाता अन्दर चला गया। परेश पल-भर को लड़खड़ाया, लेकिन डॉक्टर कह चुका था और पीछे दर्शन खड़ा था।

परेश चुपचाप खड़ा रहा। दर्शन एक कुर्सी के सहारे मरीज़ को उड़ती निगाह से देखता रहा। डॉक्टर ने नब्ज़ पर हाथ रखा और रीना चिल्ला पड़ी, "नहीं परेश, अब रहने दो... मुझे कोई डर नहीं परेश! दर्शन बिलकुल नाराज़ नहीं होगा। मैं बचपन से यही सोचती हूँ कि माँ बनूँ और किसी बच्चे के साथ खेलूँ। सिर्फ़ इसी एक इच्छा को मारते-मारते मैं एकदम मर गयी, लेकिन यह आज तक नहीं मरी।" डॉक्टर बिना किसी उत्तेजना के सुनता रहा और रीना की कलाइयों को उसी तरह सँभाले रहा। परेश के आगे सारा कमरा घूम उठा, लेकिन हर चक्कर पर जैसे सारी व्यवस्थाएँ जैसे-की-तैसी बनी रहीं। डॉक्टर बैठा रहा, दर्शन खड़ा रहा और रीना अपने हाथों में अपना सिर बाँधे रही।

आया, नौकर और ड्राइवर दरवाज़ों से आ लगे थे। डॉक्टर ने मुड़कर सबको चले जाने के लिए संकेत किया और रीना का सिर सँभालते हुए बोला, "रीना जी, देखिये मैं हूँ, डॉक्टर!"

रीना ने आँखें खोलीं, "यहाँ कहीं परेश था क्या?" मुझे लगा जैसे उसकी हँसी की आवाज़..."

"परेश जी!" डॉक्टर ने उलटकर पीछे देखा तो वह जा चुका था। रीना मुस्करायी। यह मुस्कान ठीक वैसी ही थी जैसे डॉक्टर को जाते हुए देखकर सुबह दर्शन मुस्कराया था।

"अब वह नहीं लौटेगा!" रीना ने लम्बी साँस छोड़ते हुए कहा।

"कोई बात नहीं, आप आराम करें! मैं कुछ दवाइयाँ लिखे देता हूँ।" और दर्शन की ओर मुड़ा, "हाँ, मिस्टर दर्शन बधाइयाँ, रीना प्रैगनेण्ट हैं।" फिर पल-भर रुककर डॉक्टर सुदेश ने रीना की आँखों में देखा—एक सपना तैर आया था उनमें, पानी की पतली-सी सतह पर डॉ. को अपना ही चेहरा दिखायी पड़ा।

"बेहतर हो आप मेरे नर्सिंग होम में चली चलें। महीने-दो-महीने वहाँ रहने में कोई हर्ज़ नहीं। हर तरह की सुविधा रहेगी! इस समय ऐसे ही ख़ौफ़नाक ख़याल मन में आते हैं। कहीं दो-चार बार इसी तरह डर गयीं तो पक्षाघात..." जैसे डॉक्टर को अपना चेहरा ही उसे टेढ़ा होता हुआ मालूम हुआ और बायीं ओर के पूरे अंग में एक सनसनी दौड़ गयी।

श्रीमती रीना को पक्षाघात हो गया। यह बात अब तक बहुत-से लोग जान चुके हैं, कम-से-कम वे सारे लोग जो उसे जानते थे या उसमें कोई दिलचस्पी रखते थे, लेकिन रबर के बबुए की टाँगवाली बात केवल वह क्षण मात्र हो जाता है, जो अपने प्रवाह में आकर रीना के आगे से अनदेखे ही काल के हहाते हुए सागर में चुपचाप सरक गया था।

आवाज़

आप ख़ुद सोच सकते हैं कि मोटी तनख़्वाह लेने के साथ ही जिसे सज़ा देने का अधिकार नहीं है, वह भी कोई अफ़सर हुआ—मैं भी पहले यही सोचता था और कुर्सी पर बैठे-बैठे मेरे कलेजे में चींटियाँ काटा करती थीं, लेकिन एक दिन जब एक जाने-माने लेखक मेरे कमरे में आये और बातें करते-करते उनकी आँखें बरसने लगीं तो मेरे कलेजे से चींटियों का वह गुच्छा एकदम हट गया।

इतने अच्छे लिखनेवाले के घर खाने के लाले पड़े हैं और मैं ऐसा कि उनकी भूख हर सकता हूँ—मुझे तो यह मालूम ही नहीं था! मैंने उन्हें कई काम दिये। शहर में उन दिनों हैज़े की बीमारी फैली हुई थी, इसलिए हैज़े के विरुद्ध तुरन्त जेहाद छेड़ने का कार्यक्रम था। मैंने डॉक्टरों द्वारा प्रचारित एक पर्चा दफ़्तर से तुरन्त मँगवाया और उन्हें देते हुए बोला, "देखिये इसे पढ़कर एक नाटिका लिख भेजिये। मैं और भी चीज़ें आपसे लिखवाऊँगा।... आप खादों के बारे में तो जानते ही होंगे और अगर न भी जानते हों तो कोई बात नहीं, उसके लिए कोई पैम्फ़लेट दूँगा, पढ़कर एक ऐसा गीति-नाट्य लिखिये कि वह घर-घर से गूँज उठे!" इतनी बातें करने के बाद जब मैं उन्हें चाय पिलाने लगा तो मुझे उनके एक लेख का स्मरण हुआ, जो उन्होंने अभी कुछ दिन पहले ही छपाया था। बड़ी चर्चा हुई थी उस लेख की। लेकिन मेरे बारे में क्या लिखा था इन्होंने, साधारण प्रतिभा के कवि में भी युग सत्य को समझने की जो दृष्टि होती है, वह भी इनमें नहीं है।

युग सत्य...हा-हा..., युग सत्य...ही-ही, युग सत्य...

हीं... हीं... हीं...ईं...ईं... ईं।

लेकिन सच मानिये मैं हँसा नहीं। कोई ऐसा छिंछोरा नहीं हूँ कि ऐसे बेमौके हँसकर अपने को हलका करता। उलटे और भी गम्भीर होकर बोला कि देखिये मैं आप ही लोगों की सेवा के लिए हूँ। यहाँ कलाकारों के लिए कोई रोक-टोक नहीं। जब जी चाहे आइये... सुनिये-सुनाइये।

जब वे जाने लगे तो मैंने उन्हें एक बार और रोका और सोचने के बहाने पल-भर अपनी खल्वाट खोपड़ी पर हाथ फेरकर बोला, "अगर आप चाहें तो कोई नाटक भी भेज दें और अगर थीम वगैरह की बात बता दें तो और अच्छा रहे।" बेचारे आभारी थे वे...कहने लगे, "कुछ संकेत दीजिये!" तो मैंने कहा कि, "एक नये आदमी की

तस्वीर खींचिये आप...कैसा रहेगा?'' और मैं फिर हँसा। वे भी हँसे पर दबे-दबे...''ऊबड़-खाबड़ मार्ग में बाधाओं को रौंदते हुए बढ़नेवाला आदमी, नव-निर्माण की ओर बढ़ता हुआ आदमी...'' मैं बोलता रहा और वे सुनते रहे, फिर उसी समय मेरा सेक्रेटरी पत्रों के उत्तर लिखाने आ गया। मैंने उन्हें छुट्टी दे दी, लेकिन पत्र मैं लिखा नहीं सका। सेक्रेटरी को कुछ देर रुकने के लिए कहकर मैं बाथरूम गया। फिर अपने पिछले कमरे में जाकर मैंने ज़ोर की साँस ली। चींटियाँ कहीं भी नहीं थीं...मैंने ख़ाम्ख़ाह समझ लिया था कि मैं सजा नहीं बोल सकता, कोड़े नहीं लगवा सकता। सचमुच अफ़सर तो मैं ही हूँ—अफ़सरों का अफ़सर। अगर अफ़सर कोड़े लगाकर ख़ून निकालता है, तो मैं उस पर नमक छिड़ककर आदमी की तिलमिलाहट का मज़ा लेता हूँ। सबसे बड़ी बात तो यह है मेरे साथ कि मेरे हाथ में नमक कहीं दिखायी नहीं पड़ता। मुँह से मरहम-पट्टी की बात और हाथों में ख़ुशबूदार गुलदस्ते। धीरे-धीरे आधुनिक जीवन की सच्चाइयों की वह कील मैंने पा ली है, जिसे पाने में अभी बड़े-बड़े चिन्तकों को पचास बरस लगेंगे। सच्चाइयाँ कटु होती हैं पर होती हैं, इसलिए आदमी को उनसे आँख मिलानी होगी। इसीलिए मैं कहता हूँ कि नैतिक मानव-मूल्य केवल दिमाग़ की वस्तु है, सत्य तो है जीवन की सफलता। चाहे जैसे भी हो, आदमी को उसी को पाना होगा और उसे पाने में परम्परागत दिमाग़ी नैतिकता बाधक है। हाँ, मौखिक और बाहरी रूप से आदमी को शुभ-दर्शन और मधुर होना चाहिए।

टेलीफ़ोन की घण्टी की किरकिराहट ने सहसा इस विचार-सूत्र को तोड़ दिया। मैं लपककर फ़ोन पर पहुँचा और हँसने की पूरी तैयारी करते हुए मैंने रिसीवर उठाया। पता नहीं कौन होगा, लेकिन वह होगा तो कोई आदमी ही, अगर पल-भर को भी मैं उसे अपनी मधुरता का आभास दे सकूँ,... हलो...मैं सरना हूँ...जी...जी... जब भी जी चाहे, यह तो आप ही का है... अच्छी बात है...'' मैंने बात बहुत सटीक और ठीक की थी...असल में इसी दिशा में मेरा प्रयत्न रहता है, लेकिन कभी-कभी मुझे खीझ हो उठी है। यह तो ग़नीमत समझिये कि इस समय मेरा ध्यान अपनी आवाज़ पर नहीं गया। गया होता तो बात का सारा शिल्प ही उखड़ जाता। मेरी विनीत आवाज़ हास्यास्पद हो जाती है। बनावट और भद्दी स्त्रैणता के कारण कभी-कभी सुननेवाला हँसने को हो उठता है। मुझे स्वयं को यह स्वर असन्तुलित और बनावटी लगता है और दूसरे ही क्षण किसी मातहत के लिए मैं अनायास गम्भीर और कड़े शब्दों का प्रयोग करके उसके प्रभाव को देखने और समझने की कोशिश करता हूँ तो मुझे लगता है इस छोर पर भी मैं विचित्र हो उठा हूँ। थर्मामीटर में पारा वहाँ पहुँच गया है, जहाँ निशान ख़त्म हो जाते हैं और गर्मी का कहीं पता ही नहीं। फिर मैं इस सबको एक जगह इकट्ठा करके अलग-अलग कर लेता हूँ और सारे परीक्षण को एक वैज्ञानिक की भाँति देखने लगता हूँ। यह न समझिये कि मेरे सामने कुछ होता नहीं। मैं हर सफल-असफल साथी की पूरी तस्वीर दिमाग़ में रखता हूँ और अपनी उपलब्धियों का उससे हमेशा

मिलान किया करता हूँ। नतीजे जो मेरे पास हैं, उनमें सबसे महत्त्वपूर्ण यह है कि मैं मध्य में नहीं रह सकता। सहजता जो सामान्य मानव का गुण है और परम्परा से आदमी ने बड़ी कोशिश के बाद, अपने को नख-दन्त विहीन करके उसे अर्जित किया है, वह जाने कब, किन क्षणों में मेरे हाथ से फिसल चुकी है। ऐसा नहीं कि उसे मैंने जान-बूझकर छोड़ दिया। जहाँ तक मुझे याद पड़ता है, बचपन में ही वह मेरे हाथ से फिसल गयी और गयी तो मैं तड़पकर रह गया, लेकिन वह वापस नहीं लौटी। असल में मैं बहुत कोमल और दब्बू था, बचपन में। राह चलते किसी को हँसते देखता तो लगता मेरे ही ऊपर हाँ, शायद मेरी ही बातें लोग कर रहे हैं और मैं अपने कपड़े देखने लगता था। कहीं निकर के बटन लगाना तो नहीं भूल गया। कल उस लड़के को देखकर सारी कक्षा के लड़के कितने हँसे थे, एक मैं ही था जो ख़ामोश रह गया था और वह लड़का सामने का एक बन्द बटन भी खोलकर मेरे ठीक सामने खड़ा हो गया था, ''हँसा क्यों नहीं बे...जनखा!'' और आप विश्वास नहीं करेंगे पर मैं आज तक उसकी शकल नहीं भूला, जो उसके नेकर के नीचे था, लेकिन शुरू में कई दिन तो मुझे ऐसा लगा, जैसे वह हर क्षण मेरे आगे है...मैं अकेले में रो पड़ा था और सोचता रहा था कि जब सब लोग हँस रहे थे तो मुझे भी हँसना चाहिए था और मैं जीवन में पहली बार इस तरह हँसा, जिसे अभी-अभी आपने सुना है—ही...ही...ही...ही... पहले तो मुझे ख़ुद ही विचित्र लगी थी इस हँसी की ध्वनि पर जब मैं शीशे में अपना मुँह देखकर हँसने लगा तो फिर मुझे अपने ऊपर दया आयी। जाने क्यों मेरे होंठों के कोर बहुत दूर तक खिंचकर दाँतों पर ऊपर चढ़ जाते थे और मेरी खीस निकल आती थी। सहसा उस शीशेवाले चेहरे पर मेरी आँखें गड़ गयीं और मैं देखता रहा—निश्चल, गम्भीर, फिर जाने क्यों, किस तरह मेरे मन-प्राण पर एक कुहरा-सा छा गया और मेरा गला भर आया। मैंने शीशेवाली आँखों में उमड़ते हुए आँसू देखे और पल-भर में ही शीशा गुणहीन हो गया पहले हलका धुआँ, फिर एकदम अन्धा। मुझे याद नहीं कि इस तरह मैं कितनी देर रहा पर जब मैंने आँखें पोंछी तो मेरा मासूम चेहरा रस और आर्द्रता से नहाये हुए सुबह के ताजे फूल की तरह कोमल और सलज्ज हो उठा था...जैसे किसी लड़की की पहली बार अपने प्रेमी से आँखें मिल गयी हों। अनायास ही मैं आँखें नचाकर उस चेहरे से ठुनक उठा, ''जाओ, मैं नहीं बोलती!'' और पल-भर मैं मान किये बैठा रहा, पर यह ख़याल आते ही कि यह मैं क्या कर रहा हूँ मैं ही-ही करके हँसने लगा और शीशे के सामने से हट गया।

मैं सोचता हूँ, मेरे अन्दर सहजता होती तो मैं भी साधारण और सामान्य ही होता। लोग मुझसे मिलते, बातें करते और भूल जाते। पहले मुझे कुछ उलझन जरूर होती थी, लेकिन तब मैंने सिद्धान्त निर्मित नहीं किये थे और कभी-कभी मेरे अन्दर भावावेग उभर आते थे। उनका भी मैंने धीरे-धीरे गला घोंट दिया। अब तो मैं यहाँ तक सिद्धहस्त

हूँ कि अगर मुझे यह मालूम भी रहे कि आप मुझे चापलूस समझते हैं तो भी मैं चापलूसी करूँगा और आपके चेहरे पर हर उस भाव को आते-जाते देखता रह सकूँगा, जहाँ आपको मार सकता हूँ। कई लोग मुझसे सतर्क होकर मेरे सामने बैठते हैं और मैं जानता हूँ कि वे मुझे ख़ूब समझते हैं और मुझसे घृणा करते हैं, लेकिन आपको ताज़्जुब होगा यह जानकर कि मैं जो चाहता हूँ, वे वही करते हैं और मेरी बात मानकर सिर हिलाते हुए मेरे दफ़्तर से लौटते हैं— आख़िर बेचारे आदमी ही तो हैं। मैं उनकी कमज़ोरियों को सहलाता रहता हूँ और धीरे-धीरे उन्हें अपने हाथ का इस क़दर आदी बना देता हूँ कि दूसरा हाथ रास आता ही नहीं।

...आवाज़ मधुर थी फ़ोन की घनत्व, जरूर कम था, लेकिन थोड़ी कोशिश करने पर चल जायगी। जाने क्यों मुझे इस महिला के बात करने का ढंग अच्छा लगा। "आत्मीयता के भावुक प्रसंगों के लिए हमारे पास कोई अच्छी आवाज़ भी नहीं है, मि. कपूर! देखिये अब पच्छिमी जी की श्यामा के लिए हम किसे बुक कर सकेंगे?" मैंने पेपर पर दस्तख़त ग्के कपूर के उदास मुखड़े को देखा और अनजाने मेरी गर्दन बगले की तरह आगे को खिंच गयी और होंठ दातों पर चढ़ गये, "यार तुम बड़े सुन्दर लग रहे हो, क्या बात है!" मैंने एक शेर कहना ही चाहा था कि फिर फ़ोन की घण्टी किनकिना उठी, "...बड़ी देर कर दी तुमने...कब से मेरा मन...हाँ, दोनों दवाइयाँ साथ लेनी हैं...एक के बाद दूसरी...सिर दर्द कैसा है...उठो नहीं...मैं सीधे आऊँगा...अच्छा!" मणी का नाम सुनते ही मैं उच्छ्वसित होकर ही...ही करने लगा, "जरा देना तो उसे फ़ोन....हलो मणी...आज उधर पहुँच गये....मैं तीन ही बजे से....कोई बात नहीं...नीरा को जरा देखना...अच्छा, बुखार तेज़ है? देखो यही बात है। आज मुझसे कह रही थी, बहुत ठीक है—दवाइयाँ देते रहना और देखो, उठे नहीं...अच्छा..."

कपूर अभी उसी तरह बैठा था और उसके चेहरे पर ऊब के भाव लक्षित होने लगे थे। सामने ऐसे काग़ज़ थे, जिन पर तुरन्त आदेश जरूरी था, लेकिन यह कपूर से अधिक मेरी ज़िम्मेदारी का काम था। कपूर इतना इन्तज़ार करनेवाला कर्मचारी तो नहीं। कहीं सारा की चिन्ता तो इसे नहीं, हो न हो इस आवाज़ में उसकी दिलचस्पी हो और उसने समय देकर फ़ोन कराया हो! मौक़ा अच्छा है, कपूर को ठीक करने का। बिना कोर दबे यह क्यों कर झुकने का।

"देखो कपूर, कोई मिस सारा हैं...अभी यह फ़ोन..." मैंने कपूर के चेहरे में एक हिलती हुई परछाईं देखी, जो सदा से मेरी शिकार होती आयी है—एक कमज़ोरी, जिसे मैं हमेशा आवाज़ के बाणों की नोक पर रखकर इस युग के आकाश में उछालता हूँ और पाता हूँ कि इस अनोखी 'टास' में चित भी मेरी पट्ट भी मेरी। इसलिए मैं सिर्फ़ आवाज़ को सत्य मानता हूँ—शब्द को नहीं, कण्ठ को।

"....देखो, ऐसा करो कि पच्छिमी जी के नाटक के लिए तुम सारा को एक नोट के साथ प्रस्तावित कर दो...और हाँ, वह मणी है न भाई उसे भी कुछ सिखाओ! इसी

में उसे भी ले लो...दोनों को एक ही साथ मेरे पास भेजो...फारमेल्टीज़ पूरी कर ली जायँगी...अच्छा!"

"बहुत अच्छा साब!" कपूर थिरकता हुआ चला गया।

लेकिन समस्या मेरे सामने मणी है, कपूर नहीं। कपूर को तो आपने देखा कि एक हलके से दाँव पर चढ़कर सिघरी मछली की तरह उलट गया। अब सारा इसी बहाने घर से यहाँ आयेगी और कपूर के टूटे हुए दिल की सीढ़ियों पर लड़खड़ाती फिरेगी। कपूर को क्या मालूम कि ऐसी लड़खड़ाहट का मतलब क्या है, इसके लिए देखनेवाला चाहिए। इन चमकीली सरसराती हुई साड़ियों के नीचे...अब इस अन्तर-गुहा से मेरा डर छूट गया है, जो भी हिचक थी, उसे मणी ने छुड़ा दिया। मेरे चेहरे पर जाने कैसी सिकन आ गयी। इस सिकन के आते ही मैं अपने चेहरे को सामने मेज़ पर पाता हूँ। इतना अभ्यास है मुझे इस हँसी का कि हर जगह मैं ख़ुद अपना आईना बन जाता हूँ।

कपूर कहेगा साहब बड़ा उदार है, पर अगर मैं मणी के लिए उससे अलग से कहता तो दस जगह कान भरता। और मणी, अब उसे ठीक करना ही होगा... मैं अक्सर उस आदमी को वह सब दे देता हूँ, जो वह चाहता है, क्योंकि मेरे पास देने को है ही क्या? मात्र आवाज़, और इस तरह देखता हूँ कि सारी भौतिक दुनिया पिघलकर एक भाव बन जाती है और इस भाव में आवाज़ का संचरण मनमाना हो सकता है, लेकिन जब मैं सहसा एक दिन आवाज़ को पकड़कर उससे बाहर खींच लेता हूँ, तो एक ऐसी जगह बन जाती है, जिसमें कुछ दूसरा समा ही नहीं पाता। लाख करो, लाख सिर पटको, यह जगह भरने की नहीं, इसलिए परम्परा- वाला ठोस आदमी मुझे मिट्टी के ढेले की तरह लगता है और जब मैं उसे अपनी आवाज़ के बाणों पर साधता हूँ तो वह पल-भर में भुस से ढह जाता है और उसके सारे मानक-मूल्य बिलबिलाकर उससे अलग जा पड़ते हैं!... स्पीकर किरकिराकर रुक जाता है... कोई मुझे तो नहीं चाहता! मैं बटन दबा देता हूँ...हलो...हलो सुनकर दूसरा हाथ स्विच पर बढ़ जाता है। रघू पच्छिमी जी के नाटक के लिए इफेक्ट्स बना रहा है। चाहता है कि साहब सुन लें!

—दूर पृष्ठभूमि में तूफ़ान की एक हलकी-सी झुरझुरी पर प्यानों का एक धीमा नोट रेंग -रेंग कर सिर धुन रहा है और पास से कराह की अकेली पतली-सी साँस टूट-टूटकर स्वर के बिन्दुओं से जुड़ रही है। एक सम धरातल पर आवाज़ें एक दूसरी की तरफ़ सरक रही हैं। अभी मिल जायँगी...मिल जायँगी...मिल जायँगी—जाने क्यों मैं दोनों हाथों से अपना माथा दबाकर उफ् कह उठता हूँ। लगता है, मैं ही वह पात्र हूँ, जो आवाज़ों की इस आँख-मिचौनी में कराह उठी है...मणी, मैं तुम्हारा ख़ून कर दूँगा....मैं तुम्हें आवाज़ों के इस खोखले नगर में ले आऊँगा और धीरे-धीरे गलाकर एक द्रव पदार्थ बना दूँगा।

—मेरे आँगन की वह बया किस तरह जरा-से स्पर्श से दुबककर मुट्ठी-भर हो जाती थी और हवा के अबीरी झोंके उसके चेहरे में चुभ-चुभ कर उसे बेहाल कर देते थे, फिर किस तरह धीरे-धीरे वह क्या फुदकने लगी थी और मेरा आँगन-घर उसकी उनींदी आँखों की उदासी से भर गया था। मुझे डर था, कहीं मेरी आवाज़ की नोकों पर चढ़ी यह बया एक दिन लड़खड़ाकर, ज़मीन पर न चू पड़े, इसलिए मणी आया था। आया नहीं, लाया गया, वह भी दीन-हीन और सहायता की असहाय आवाज़ों के खोल में लपेटकर जब मैं उसे नीरा के पास ले गया था तो वह मेरे सहानुभूति के स्वरों को छू-छू कर रोमांचित हो उठी थी।

मेरी बया उड़ती ही रही। अब धुनी हुई लाल रुई के रेशों से मेरे आँगन का आकाश भरने लगा। चकपकाई हुई बेचौन आँखों में एक दूसरी ही रोशनी उभरी।

"तुम्हें फिर रात नींद नहीं आयी?"

"क्यों, मैं तो जानती भी नहीं कि तुम कब आये!"

"और यह भी नहीं कि मैं कहाँ सोया?"

"वह तो देख रही हूँ...नीरा ड्रेसिंग गाउन का बटन ठीक करने लगती है, "मैं समझ नहीं पाती कि तुम ख़ामख़ाह मुझे क्यों तंग करते हो!" वह ड्रेसिंग गाउन का पिछला हिस्सा छू कर किसी चिपचिपाहट से गिनगिनाते हुए, उसे उतार फेंकती है और ब्लाउज़-पेटीकोट पहने उठ खड़ी होती है। चाय की तरफ़ बिना ध्यान दिये मणी के बारे में नौकर से पूछती है।

आवाज़ों की शकलें बनने लगती हैं।—ओह, मैं इन्हें छू सकता हूँ।...नीरा फिर लौट पड़ती है, "क्या रखा है, इन बातों में। मणी इसीलिए तुमको..."

"नीरा...!" मैं चीख पड़ता हूँ।

स्पीकर की एकाकी कराह एकाएक बन्द हो जाती है। पियानों द्रुत हो उठता है, और एक उलझन भरी धुन, स्वर की आख़िरी सीमा पर जाकर सहसा नीचे को उतर आती है, फिर एक मोटा स्वर रुक-रुककर रेंगने लगता है, "...अब नहीं सहा जाता। मेरी आत्मा के तार-तार इस तरह न खींचो...वह मरेगी नहींनिहीं...।" स्पीकर बोलता है।

"मरेगी, मरेगी और मरकर रहेगी।" मैं बोल पड़ता हूँ। "यह मनोविज्ञान नहीं है, और वह भी नहीं, जिसे आदमी ने मानव-मन के परम्परागत अनुभव से पाया है। मेरा मनोविज्ञान परम्पराविहीन होगा और आनेवाले युग में आदमी एक अलग, एकदम अलग क्षण का स्वामी होगा, जिसमें किसी की हिस्सेदारी...लोग कहते हैं, पौरुष सत्य है प्रेम के लिए। मैं कहता हूँ, स्वर सत्य है—मात्र कण्ठ!"

मैं उस दिन चुप रह गया। नीरा नहा-धोकर मणी के पास गयी और दोनों टहलने चले गये। मैं दफ़्तर चला आया। लौटने पर उसने फ़ोन किया। मैंने उठाया और बिना बोले कानों से लगाये रहा। जब वह बोल चुकी तो कहा, "बस!" और फ़ोन रख दिया। रख तो दिया, पर कलेजे में एक बबूले का वेग उठा। चींटियाँ कलेजे में चिपक गयीं।

मेरी आवाज़ का गला फँस गया...मेरी आवाज़ ने शकल ले ली... मेरी आवाज़ के हाथ-पाँव उग आये...मेरी आवाज़...

मैंने दफ़्तर में एक नोट छोड़ा और घर चला गया। नीरा वैसी दुःखी नहीं थी, जैसा उसका फ़ोनवाला स्वर। दरवाज़ा बन्द करके मैं रोने लगा। आज वह हास्यास्पद लगता है—निरा सपना, पर मैं करता ही क्या! काश मैं पहले ही रोकर शीशे में अपनी शकल देख चुका होता।

''यह क्या तमाशा है, जरा अपनी शकल देखिये शीशे में!'' नीरा कुछ दूर से ही बोली। मैंने लपककर उसके पाँव पर हाथ रख दिया, ''नीरा माफ़ करो मुझे, ग़लती हुई। मणी के बिना मैं भी नहीं रह सकता, मैं भी...'' और नीरा ने मुझे बाँहों में समेट लिया। हम वैसे ही सिमटे बिस्तर में जा पड़े और पड़े रहे। लेकिन थोड़ी देर बाद ही नीरा कसमसाकर उठ बैठी और मेरी टाई, कोट, पैण्ट...पैण्ट के नीचे अण्डरवियर नहीं है नीरा, रुको... लेकिन नीरा मानी नहीं और मैं उसकी जाँघों को अपने दोनों पैरों में कसकर उसकी गोद में दुबक गया।

''हूँः'' के साथ उपेक्षा की हँसी,

''मेरी धोती गन्दी न हो!'' नीरा लय को बीच में ही काट देती है। आवाज़ का टूटना कितना भयंकर है, और फिर उन टूटे हुए टुकड़ों का ठोस पदार्थ बन जाना तो और भी डरावना। मुझे डर लगता है, बोलने में। धीरे से अलग होकर, कपड़े पहनता हूँ और बैठक में चला जाता हूँ।

स्पीकर ठण्डा हो गया है। अब उसमें से सनसनाहट भी नहीं आती। मैं एक-दो बार बटन नीचे ऊपर करता हूँ, तो फिर हलो...हलो सुनायी पड़ती है, एक सनसनी उभरती है और बौछार का स्वर गूँज उठता है। सहसा कड्-कड् करके बिजली गरजती है और बादलों के भीतर टूट-टूटकर झर पड़ती है। तभी शर्मा सिर झुकाये आता है और बिना बैठे ही दूर से बोल उठता हूँ, ''साहब सुना आपने? टिन की पत्तरें कुछ मोटी हैं। गरज में वह लोच नहीं उभर रही है।'' तभी फिर कड़कड़ाहट होती है। ''तुम फ़ोन करके दूसरी पत्तरें मँगा लो! आभास एकदम ठीक उभरना चाहिए। हमारा यह प्ले बाहर भी जायेगा, और हाँ, फेडर पर तुम्हीं बैठो। लोच, कण्ट्रोल से भी पैदा की जा सकती है।''

शर्मा, ''बहुत अच्छा साहब!'' कहकर चला गया, पर स्पीकर पर बादलों की गरज होती रही। क्षण-भर को उस दिन रात की बारिश के मेघ मेरे कमरे की छत से आ लिपटे। मैं चुप था, लेकिन उस तरह नहीं, जैसे साधारण आदमी होता है। मैं अपनी ख़ामोशी के प्रभाव के प्रति भी सचेत रहने का आदी हूँ। आख़िर मैं क्यों चुप हूँ! क्या आप इतने बहरे हैं कि आपके कानों में मेरी ख़ामोशी की आवाज़ नहीं पहुँचती। कम-से-कम मणी से तो मैं उम्मीद करता ही था, लेकिन वह हँसता ही रहा था—बात-बात में किलकारियाँ, ''बहुत अच्छी तस्वीर है, आपको ख़ुशी होगी।''

"कैसी तस्वीर?" मैंने अपना सन्तुलन खो दिया था, लेकिन मुझे मालूम था कि इस समय मेरा चेहरा कैसा हो उठा है!

"नीरा जी ने आपको बताया नहीं क्या! हम लोग तो..." वह बात पूरी भी नहीं कर पाया था कि मैं तड़प उठा, "वह नहीं जायगी।"

मणी जैसे बुझ गया हो और भीतर ही कोई ऐसी चीज़ खोज रहा हो, जिससे मेरी आवाज़ की जगह को भर ले। वह कसमसाया, हिला और उठकर बाहर हो गया। बौछार तेज़ थी। बादल धँस-धँस कर कड़क रहे थे और मैं कमरे में चक्कर काट रहा था। यह तो ठीक नहीं हुआ। तभी नीरा सजी-बजी कमरे में आयी, "मणी कहाँ गया?"

मैं चुप।

उसने मेरे चेहरे पर आँखें गड़ाकर पूछा, "मणी कहाँ गया?"

"तुम बाहर नहीं जाओगी!" मैं उसकी आँखों की जलन से अपने चेहरे को परे करके कहा।

"अच्छा, तो तुमने उसे मना कर दिया है!" मैं उसकी आवाज़ की नोंक पर था और जाने कितनी तेज़ी से खोखले आसमान में धँसता चला गया था, क्योंकि वह उसी रास्ते, उसी ओर बढ़ती चली गयी थी, जिधर से मणी अभी जा चुका था। मैंने बढ़कर रोका तो उसने अपने हाथों से मुझे अलग करते हुए कहा, "जाकर उसे वापस लाओ!"

"बारिश है, मणी।"

"तो मैं ही जाती हूँ!"

स्पीकर पर वह अकेली कराह बादलों की कड़क से ऊपर चढ़ रही थी। उसके स्याह, डरावने पंजे आसमान को नोचने ही वाले थे कि किसी के खिस से हँसने की आवाज़ से मैं तिलमिला उठा, एक हाथ से स्विच बन्द करके भीतर फ़ोन का हैण्डिल घुमाया और घण्टी मिलते ही, "हाँ, कौन बोल रहा!"

"मेरी आवाज़ नहीं पहचानते, क्या नाम है तुम्हारा?"

फ़ोन रखकर, घण्टी बजाकर चपरासी को बुलाता हूँ। थोड़ी ही देर में सामने राजीव खड़ा है। पारा निशान के ऊपर है।

"तुम्हें यहाँ काम नहीं करना है क्या? बदतमीजी की भी कोई हद है?" वह चुपचाप मुझे देख रहा है।

"तुम मेरी आवाज़ नहीं पहचानते! हैरत की बात है कि अपने बॉस की आवाज़...!"

वह अब भी चुप है।

"मैं कुछ भूँक रहा हूँ... सुनते नहीं क्या?"

"अच्छा, तो आप भूँकते हैं। तब तो मुझे आपकी आवाज़ जरूर पहचानना चाहिए!" वह कुछ अजीब जलन के साथ मुस्कराकर अपने कन्धे पर बिखरे बालों को झिटकता है, और लौट पड़ता है।

"राजीव!" मैं चिल्ला पड़ता हूँ। चपरासी दौड़ा हुआ आता है, पर उससे क्या कहूँ...कहने के लिए तन-बदन चाहिए, मैं तो ख़ुद ही अपनी आवाज़ की नोक पर चढ़कर पिघल गया हूँ। मेरी आवाज़ शब्द बन गयी है—एक ठोस अर्थ।

स्पीकर चुप है, पर मेरे मन में टिन की पत्तरें कड़कड़ा रही हैं... नक़ली बादलों की आवाज़, जो कभी मेरे लिये अर्थ नहीं रखती थी, पर इसने भी मेरे लिये रूप ले लिया है—शब्द की तरह अर्थ है इसका... देख सकते हैं इसे; ओह, छू सकते हैं!

घुन

नाथू कन्धे पर हल लिये सँझलौके घर लौटा तो देखा, जोखू महाजन की छोटी बिटिया बजड़ी की मोटी लिट्टी पर नून रखे मज़े में खा रही है और उसकी मेहरारू उसके लिए लोटे में पानी भरे खड़ी है—कैसा अनरथ कर रही है, भगवान! वह हकबकाया-सा, जल्दी-जल्दी हल दीवार से लगाकर पैना हाथ में ही लिये दुवार की ओर लपका और आव देखा न ताव, लड़की के हाथ से लिट्टी छीनकर फेंकते हुए कहने लगा, "यह का अनरथ करती हो, भगेलू की माँ? अगर कोई अड़ोस-पड़ोस का देख लेगा तो आग लग जायगी सारे गाँव में! एक तो वैसे ही गाँव में रहना मुहाल है, दूसरे लोग यही कहेंगे कि चमार-सियार की जात भले घर के लड़कों को अपनी रोटी खिलाकर भण्डासराध कर रहा है!"

लड़की तो भौंचक्की होकर नाथू का मुँह देखती रही, पर जैसे ही भगेलू की माँ बोली कि, "बड़े कसाई हो जी, बच्ची के हाथ से रोटी छीनकर फेंक दी! तुम्हार करेज है कि पत्थर?" तो नाथू को अपने झूठे डर पर शर्म आ गयी और लड़की की आँखें रोटी के काले टुकड़े पर जा गड़ीं। नाथू के मन में आया कि कहे, उठा लो बिटिया, या दूसरी ला दें, पर वह डरने लगा कि कहीं फिर उससे कोई ग़लती न हो जाय और वह ठगा-सा खड़ा रह गया।

भगेलू की माँ घर में गयी, लिट्टी का एक बड़ा-सा टुकड़ा तोड़कर लायी और लड़की के हाथों में देते हुए कहने लगी, "ऐसे क्यों खड़ी हो बिटिया? ओसारे में बैठकर खा लो।...चलो, चली चलो!" और वह उसे खींचकर अन्दर ले गयी।

नाथू की जान-में-जान आयी। उसने सिर की पगड़ी खोलकर मुँह पोंछा और आँख ऊपर उठायी तो सफ़ेद भुल-भुल धूल में, बजड़ी की काली लिट्टी का टुकड़ा पड़ा देखकर उसे पल-भर पहले की अपनी करनी पर हँसी आ गयी। उसने झुककर लिट्टी के टुकड़े को उठाया और ले जाकर बैल की चरही में डालकर लौटा ही था कि देखा, लड़की अपनी फटी-चीथड़ी भगई हाथों से सँभाले बग़ल की कोली में भागती जा रही है और भगेलू की माँ घर के ओसारे में खड़ी उसे देख रही है। नाथू को जाने क्यों आज फिर भगेलू की याद हो आयी...एक बहुत पुरानी याद...जब वह बच्चा ही था, सत्तरह-अठारह बरस का आदमी और होता ही क्या है? तब से तीस बरस और बीत गये थे, और उसके मन पर उदासी का चमगादड़ पर फैलाकर बैठ गया था।

नाथू ने मड़ई के किनारे से खटिया खींचकर दरवाज़े के सामने कर ली। फिर उसके मन में आया कि एक बार जोखू साव से पूछ आये कि अरहर क्या भाव है, तब निश्चिन्त होकर बैठे। कहीं ठाकुर सबेरे औने-पौने तौला न लें! सूद की देनी और वह भी ठाकुर की! जो मन में आयेगा वही भाव काट लेंगे। जबरा मारै-रोवै न देय...! नाथू पग उठाने ही जा रहा था कि भगेलू की माँ पीतल के लोटे में पानी और गुड़ का एक टुकड़ा लिये आ पहुँची। जैसे उसके मन का चोर पकड़ लिया गया था। नाथू चारपाई पर बैठकर ठण्डे पानी से हाथ-मुँह धोते-धोते सोचने लगा...कहीं उसने अरहर का भाव जाननेवाली बात बोलकर तो नहीं सोची थी? नहीं...नहीं, मैं नहीं बोला था। बोला होता तो भगेलू की माँ जरूर कुछ कहती। उसने गुड़ का ढोंका मुँह में डाला और गट-गट पानी पी गया। उसका मन अनायास ही ख़ुश हो गया। चलो, अच्छा ही हुआ, उसने अरहर बेचने की बात बोलकर नहीं कही, वरना भगेलू की माई तो उड़ती चिड़िया के पंख पहचान लेती है। जो भी हो, जोखू साव इस माने में ठाकुर से ज़्यादा ईमानदार है। बाज़ार-भाव पर ही चीज़ ख़रीदता है—चाहे उसे घाटा हो, चाहे नफा।

भगेलू की माँ पीतल का लोटा वहीं ज़मीन पर रखकर बैठ गयी। नाथू सोच में पड़ गया, जरूर कोई सलाह करनी है इसे! वह सोच ही रहा था कि भगेलू की माँ धीरे से बोल पड़ी, ''देखा न, यह कैसा चाण्डाल है सहुआ! धन-दौलत पशु-परानी के लिए ही तो होता है। यह तो दिन-पर-दिन और भी मक्खीचूस होता जा रहा है। मरते-मरते लगता है, सारे परिवार को अन्न बिना मार डालेगा!''

नाथू को साहस हुआ। लड़की के हाथ से रोटी छीन लेने की बात के ऊपर एक तह चढ़ गयी, सहानुभूति की। उसने कहा, ''क्या लड़की रोटी माँगने आयी थी?''

''और नहीं तो क्या मैं उसे नेवता देने गयी थी? कल अरहर की दाल दरी थी तो थोड़ी चुन्नी निकल आयी थी। सोचा, बहुत दिन हुए चुन्नी की लिट्टी खाये। मुए घर में लहसुन-मिर्चा का नाम नहीं। एक मुट्ठी तिरछी लेकर सहुआ की दुकान गयी थी तो पूछने लगा, 'बड़ा लहसुन-मिर्चा ले रही हो मलकिन! कुछ छौंक-बघार का जोग है का?' फिर तिरछी देखकर चिल्लाने लगा। कहने लगा, 'अरहर रखी है ठाकुर के लिए, और तिरछी के लिए महाजन है! इसमें एक भी साबूत दाना है जो तुम्हें सउदा दूँ?... लो यह ले जाओ, एक पोटी लहसुनी, फिर तिरछी अरहर के बोरे में डालते हुए दो सूखे मिर्चे फेंक, मुँह फेरकर बैठ गया। मन में आया मुँह्-झँउसे के ऊपर लहसुन-मिर्चा फेंककर चली जाऊँ। मुदा सहुआइन ने बग़ल से आँख मारी तो मैं उठकर आँगन में चली गयी।''

नाथू को आगे किसी घटना का आभास मिला, इसलिए उसने गमछा लपेटकर, पाटी पर रखते हुए, लेटकर कहा, ''फिर उसने भी कुछ कहा, क्या?''

''कहने लगी, 'देखो यह पाँचों गाड़ों के अनाज में घुन लग गया। सेठ की जनम-जनम की कमायी माटी में मिल गयी। कहते हैं, जो हुआ सो हुआ, अब इसे इसी में

भाठ देना है। बाह निकालेंगे तो गरीब-गुरबा घेरेंगे और सस्ता बेचना पड़ेगा। अनाज का भाव गिर जायगा।' मेरे तो जी में आ रहा था कि कहूँ, कोप हो भगवान् का तुम्हारे महाजन पर! लोक की लाज-हया भी नहीं!''

''इसमें लाज-हया की बात क्या है, भाई? उसका सामान, वह दे, चाहे न दे! तुम्हारे ही घर में दस मन अरहर है। अगल-बग़ल लोग बीमारी में जूस लेने को तरस रहे हैं तो क्या तुम...''

''तुम्हारी भी अक़्ल पर, लगता है, पत्थर पड़ गया है! रात-दिन खेत में काम करते-करते तुम्हें दुनिया-जहान भूलता जा रहा है। मुझसे तो कोई कहे कि मेरे बच्चे को दाल का जूस बइद ने बताया है और घर में अरहर नहीं है तो मैं उसके घर दाल जरूर पहुँचा आऊँ!''

''तभी तो यह हालत है! पुण्य चारों ओर झूल रहा है! न लड़िका, न बच्चा! रात-दिन खेत में खटता हूँ और सीधे से दो कवर मुँह में नहीं जाते।''

''और जोखू महाजन तो माल-पुए उड़ाता है, क्यों?''

''नहीं, माल-पुए उड़ाता तो न सही, पर उड़ा तो सकता ही है। कम-से-कम यह तो नहीं है कि भूख से पेट जरे और घर में एक दाना न रहे।''

भगेलू की माँ लड़के-बच्चे न होने की बात पर ही तिलमिला उठी थी। पर नाथू के मुँह से यह सब इतनी बार निकल चुका था कि उसे बहस के बीच ले आकर मन ख़राब करने का कोई मौक़ा उसने हाथ न लिया। लेकिन जब बहस इतने पर भी न रुकी और नाथू उसकी आशा से आगे बढ़कर महाजन का अपना बना हुआ दिखायी पड़ा तो वह झुँझला उठी।

कुछ मोटी-मोटी सुनी-सुनायी आदर्श की बातें नाथू जानता था और गाहे-बेगाहे उन पर सहमति भी ज़ाहिर करता था, पर उसने इन बातों पर कभी भी अमल नहीं किया और सच तो यह है कि उसे कभी इन पर सोचने का मौक़ा ही नहीं मिला। लेकिन भगेलू की माँ कभी भी बात को इस ढंग पर नहीं सोच पाती थी। उसका समूचा शील भी संस्कार का था और संस्कार को उसने मौक़ा पा कर जीवन में उतारा था।

वह झनककर अपना पीतल का लोटा सँभाले उठी और यह कहती हुई भीतर चली गयी, ''तुम्हारे सिर में तो घुन लग गया है, घुन!''

नाथू पलटकर इसी वाक्य का भाष्य करने लगा। सिर में घुन लग गया है, साव के अनाज के गाड़ों में भी घुन लग गया है...कि फीलपाँव से मोटे, भोथरे पाँव को सँभाल-सँभालकर उठाता हुआ जोख़ू कोली में से बाहर आया। दूर ही से उसके कराहने की आवाज़ और खाँसी से नाथू समझ गया कि साव मैदान की ओर जा रहा है, लेकिन उसकी आवाज़ जब धीरे- धीरे उसकी पाटी के पास रुकी तो वह चारपाई से उठकर खड़ा हो गया।

"नाथू भइया, एक बहुत जरूरी काम आय गया है। तुम ही से कह सकते हैं। कर दोगे?"

"काहे नहीं, भइया? आज यह किस तरह बोल रहे हो! बोली लड़खड़ा रही है। जीव तो ठीक है न?"

"जीव-परान की बात न करो नाथू।" फिर कान के पास मुँह ले जाकर कहने लगा, "एक बात कहूँ, तुमसे?"

"कहो-कहो महाजन!"

"नहीं-नहीं, अभी रहने दो, फिर बताऊँगा।"

"का हुआ महाजन भइया, अब तो कह ही डालो!"

"सत्यानास हो गया नाथू! जो भी अनाज मेरे पास था सब में घुन लग गया। सारा-का-सारा जैसे जलकर राख हो गया! एक दाना भी साबूत नहीं बचा है।" सेठ अपने हाथों से आँखें पोंछते हुए जी कड़ा करके बोला, "तुम, भइया चुपचाप दो-तीन दिन लगकर मेरे आँगन के सब गाड़े भाठ दो! किसी को कानोंकान ख़बर न हो, नहीं तो देखते हो न, देश में अकाल पड़ा है, लोग जान के पीछे पड़ जायेंगे और कहीं सड़ा अनाज खाकर मरने लगे तो मुझे बड़ा अधरम लगेगा!" फिर पल-भर रुककर बोला, "तुम अपने घर के मनई हो, इसीलिए कह रहा हूँ। नहीं तो ख़ुद भाठ लेता। किसी को कानोंकान ख़बर न हो!" जोखू जाते-जाते फिर एक बार रुका और लौटकर कहने लगा, "तुम्हें मजूरी पूरी दूँगा, कोई संकोच न करना!"

जोखू उधर कोली में घुसा ही था कि भगेलू की माँ ओसारे से निकलकर फिर नाथू के पास आ गयी, "देखा, मैं कह रही थी न कि यह दइत है दइत! गोड़ तो लटकाये है मऊत के मुँह में, मुदा पइसे पर से हाथ नहीं उठाता। तुम सुनोगे तो दंग रह जाओगे। यह पेट भर भोजन के लिए घर में अन्न नहीं देता। दुकान से निकलेगा तो ताला बन्द करके पाँच बार खड़खड़ायेगा।"

नाथू फिर गमछे का सिरहाना बनाकर उसी झिलँगा में धँस गया। रह-रहकर उसे अपनी इस नयी मजूरी का ध्यान हो आता था।—देखो ईश्वर की माया, कि खेत-खलिहान उठाते ही भगवान् ने महाजन के गाड़े में घुन लगा दिया! अब चलो, धीरे-धीरे पन्द्रह रोज़ में गाड़े पाटो और सेंत की मजूरी घर लाओ! अन्न में घुन लगा तो क्या हुआ? उसमें हमारा-तुम्हारा क्या बिगड़ा? वह गुनगुना उठा, "अगर तुम्हारी बात ठीक है तो उसके लड़के-बच्चे जीते कैसे हैं?"

"अरे जीने के लिए कौन नहीं जीता! पर ऐसा तो नहीं है कि घर में अन्न धरा रहे और लड़के-बच्चे कलट-कलटकर भूखों मरें! अब आज ही देखो कि बेचारी सहुअइनिया रो-रो कर कहने लगी, 'भगतिन, इस नन्हीं बिटिया को लेती जाओ। एकाध टुकड़ा रोटी हो तो दे देना। दो दिन से कुछ भी मुँह में नहीं गया है बेचारी के!' भला यह शोभा देता है!"

"इसी शोभा के चक्कर में तो तुमने जिनगी ख़राब कर रखी है! क्या जरूरत है तुम्हें सदाबरत चलाने की? कह देती, मेरे घर रोटी का टुकड़ा कहाँ से आयेगा सहुआइन!" नाथू एक स्वर में कह गया।

"यह तो फिर तुम्हीं कह सकते थे!" भगेलू की माँ फिर झनककर उठने को हुई।

"हाँ-हाँ, मैं तो कही देता। कहाँ का धन्नासेठ हूँ जो सबके बच्चों को रोटी बाँटता फिरूँगा?"

"उलटे उसी से कह देते कि सहुआइन, आज चूल्हा जरने का जोग नहीं है, दो मुट्ठी अनाज आज दो, फिर कभी दे दूँगा?"

"हाँ भाई, हाँ, और फिर कभी वापस नहीं करता! ख़ुश हो गयी? अब जान छोड़कर दो कवर लिट्टियाँ दो। मुझे सवेरे से साव के घर में काम करने जाना है।"

भगेलू की माँ बिना कुछ कहे उठकर चली गयी। उसे मालूम था कि नाथू आज उठकर घर में नहीं आयेगा। ऐसी बातें होने पर वह बाहर उसी चारपाई पर बैठकर ही खाना खाया करता है। इसलिए टीन की थाली लेकर वह सनहकी के पास माँजने लगी।

इधर नाथू को महाजन के अलावा कुछ भी याद नहीं था। उसे बार-बार उस एक आदमी की सुधि हो आती थी, जो पाँच-सात बरस पहले महाजन के साथ अपनी बेटी की शादी के लिए ज़ेवर ख़रीदने बनारस गया था। उन दिनों नाथू महाजन का ऊँट लादा करता था। भेलूपुर से गुड़ ख़रीदकर गाँव लाना था। महाजन ने कहा था, "मैं बाज़ार में मिलूँगा, नाथू ऊँट लिये दिन-भर बैठा रह गया, पर महाजन नहीं आया। रात बारह-एक बजे के करीब महाजन ऊँटों की हेड़ में घुसा और अपना ऊँट पहचानने लगा। नाथू चौंककर उठा तो महाजन उसके पास सट आया, "तुम यह गठरी सँभाल लो! इसमें कुछ सोने के ज़ेवर और कई हज़ार नकद हैं। देखो, कोई जाने न! तुरन्त ऊँट हाँक दो!"

दूसरे दिन वह आदमी पागल होकर रोता-पीटता गाँव आया था। महाजन का दोस्त होता था।

नाथू तिलमिलाया और अपने दोनों हाथों की हथेलियाँ रगड़ते उठ बैठा, ...महाजन ने तो ठीक ही किया था, पर नाथू एकदम ज़ाहिल था तब। वह रुपये बड़े मज़े में उसके घर आ सकते थे। फिर यह अनाज का गाड़ा... यह रोज़गार और सोना कहाँ होता महाजन के पास? लोग यही तो कहते हैं कि यह तभी से बन गया। सारे रुपये से अनाज ख़रीदकर घर में भर लिया। कुछ भी हो, वह कोई बेईमान थोड़े ही है। कितनी बार कह चुका है कि मेरा भगवान् इसी से ख़ुश रहता है। नाथू के चेहरे पर हँसी आयी, लेकिन फिर वहीं भिंचकर रह गयी। जब-जब ठाला आता है तो साव शिव जी को जल चढ़ाने लगता है। एक बार पूछा था, "महाजन, भगवान् से का मनाते हो?" तो कहने लगा, "सच पूछते हो?" नाथू ने कहा, "हाँ भाई, मैं भी तो जल चढ़ाता हूँ।" तो कहने लगा, "मैं तो रोज़ यही

मनाता हूँ कि बाज़ार और चढ़े, भाव महँगा हो और लोक में भुखमरी फैले। मेरा भगवान् इसी से ख़ुश रहता है। तुम्हारे की नहीं जानता!''

नाथू पल-भर को रुका, जैसे अब सोचने के लिए उसके पास कुछ न हो। सच यही है कि उसके पास सोचने के लिए कभी कुछ नहीं होता। आज जाने कैसे इतनी-सी बात का टुकड़ा उसके मन के आकाश में बादलों की तरह तैर आया था! नहीं तो वह जो बोलता है, करता है, उसमें सोचने-विचारने की कोई बात ही नहीं उठती। समय ही नहीं है उसके पास, न ऐसा मन ही है, जिसमें कुछ ऐसी जगह शेष हो कि वह सोचे-विचारे!... लेकिन घुन की बात भगेलू की माँ ने ग़लत कही है। उसे साफ़ लगता है कि उसका दिमाग़ भुसभुसा नहीं है। घुन लगने से तो खोपड़ी ही ढह जाती या भीतर ही पिलपिली-सी हो जाती। उसका माथा तो वज्र के समान है!

उसने अपना माथा हाथ से दबा-दबाकर छूना शुरू ही किया था कि भगेलू की माँ थाली में चूनी की लिट्टियाँ लिये आ धमकी। नाथू ने लोटे से थोड़ा पानी हाथ पर लिया और उसे फेंककर लिट्टियाँ तोड़ने लगा। दो कवर मुँह में डालकर उसने लोटे का पानी उठाया और गट-गट कई घूँट पानी एक साँस में पी गया।

''ठण्डी हो गयी होगी। चूनी की लिट्टी गरम ही अच्छी लगती है।'' भगेलू की माँ कुछ बात उठाने के लिए बोली।

नाथू चुपचाप खाता रहा।

कई मिनट दोनों चुप बने रहे। फिर जाने क्या सोचकर नाथू बोला, ''अपना बड़ा नुक़सान कर दिया महाजन ने। नहीं तो गाँव जवार के कितने बनिये बढ़े हुए भाव पर अनाज माँगते थे।

''उसकी चले तो अनाज वहाँ ले जाकर बेचे, जहाँ से आदमी के पास पहुँचे ही नहीं। सहुअइनिया तो बताती है कि बिना खाये अक्सर सो जाते हैं और नींद में बर्राते हैं, अनाज! अनाज! अनाज कहाँ है?... सरकार से माँगों अनाज!... मर रहे हो खाये बिना? और ठठाकर ऐसे हँसते हैं कि सारा घर काँप जाता है।...बेचारी मरने को आ गयी है।... एक दिन उसने जगा दिया था तो दिन-भर कोसता रहा कि ऐसा अच्छा सपना देख रहा था, जाने कहाँ की मलिच्छिन है जो जगा दिया! इसका तो मुँह देखना भी पाप है!''

नाथू फिर चुप हो गया। वह बोलना ही नहीं चाहता था, या यों कहें कि उसके मन पर इन बातों का कोई असर ही नहीं हो रहा था।

अन्त में भगेलू की माँ ने फिर बात जोड़ी, ''अरे, उस अघोड़ी को तो मैंने उसी दिन जान लिया, जब हमारा भगेलू बीमार था!'' पल-भर को बात का सिलसिला टूटा, क्योंकि महाजन के घर से किसी के रोने की आवाज़-सी आयी थी, पर यह कोई नयी बात तो नहीं! उसने बात आगे बढ़ायी, ''मैंने लाख मिन्नत की, लाख सिर पटका, पर पत्थर का कलेजा न पसीजा! दो ही रुपये की दवा तो थी डॉक्टर की। कौन जाने दवा का असर हो ही जाता!''

"तो उस दिन तुम्हारी सहुआइन ने दया क्यों नहीं दिखा दी? वह भी तो थीं? मैंने कितनी नाक रगड़ी, कितना कहा!"

"उस बिचारी के पास सचमुच नहीं था।"

"सचमुच नहीं था!" नाथू मुँह बनाकर बोला, "चली हो बड़ी दयालु बनने! उसके पास लाख धरा हो तो क्या वह लुटा दे? दवा-दारू से आदमी की मउत रुकती है? ऐसे ही होता तो पैसेवाले मरते ही नहीं!" नाथू लोटा उठाकर पानी पीने लगा। पीछे शोर बहुत बढ़ गया। सेठानी की रोने की आवाज़ साफ़ मालूम होने लगी। बच्चे छाती पीट-पीटकर चीख रहे थे और कई लोग इधर-उधर से दौड़े चले जा रहे थे।

भगेलू की माँ ने उठकर इधर-उधर देखा, "तुम भी चलो, उठो जल्दी! जाने कुछ हो गया क्या!"

"मैं तो पेट भरकर ही उठूँगा। तू जाती क्यों नहीं?"

भगेलू की माँ महाजन के घर पहुँची तो सेठानी ने कलप-कलपकर यह दास्तान सुनायी, "बहिनी, अब ही खाने आये तो पूछा कि सब लोग खाकर सो रहे हैं? मेरे मुँह से निकल आया, हाँ, अब हम दो ही...बात मैंने पूरी भी नहीं की थी कि इन्होंने मुझे लात-घूँसे मारने शुरू किये...सब खा चुके हैं? तब तो इन्हें भी इन्हीं गाड़ों में डालकर भाठ दो!... अन्न राखी हो रहा है मेरे घर में!... घुन...घुन!... और तभी से बेहोश पड़े हैं! पानी छिड़कती रही मुँह पर, लेकिन किसी तरह नहीं उठते! कहाँ हैं नाथू महतो?"

"महतो," भगेलू की माँ ने इधर-उधर देखा, "किसी बच्चे को भेजकर बुलवा लो, बहिनी... चाहे रुको, मैं ही जाती हूँ।"

भगेलू की माँ कोली पार करके अपने दरवाज़े पर पहुँची तो नाथू अपने गमछे का सिरहाना बनाये सो गया था और उसकी नाक बोलने लगी थी। उसने नाथू का कन्धा झकझोरते हुए कहा, "सुनते हो?"

"हाँ...हाँ, सुनता हूँ! मेरी जान न खाओ!" नाथू ने करवट बदली और उसकी नाक फिर बोलने लगी।

आदमी की दुम

लोग और भी दूसरे काम करते हैं। मसलन मिसिर जी के दालान में बैठकर उनकी बात सुनते हैं, बोधा पहलवान की कुश्ती देखने जाते हैं और छनछनाती हुई धूप में सुहेल सिंह की नयी बनी बखरी के सिलसिले में होनेवाले जलसे में नाच देख आते हैं। मैं यह नहीं जानता कि लोग ऐसा क्यों करते हैं... जरूर उनका मन इन कामों से आनन्दित होता होगा या कोई दूसरा भी कारण हो सकता है, लेकिन जब लोग मुझे कहते हैं कि तुम तो भाई बड़े असामाजिक प्राणी हो तो मुझे मालूम होता है कि ये लोग सामाजिक प्राणी हैं और सामाजिक प्राणी होने का मतलब यही सब होता है। लेकिन यह एक अजीब बात है कि मैं इसे गाली नहीं समझता, इसलिए उन लोगों से इसके बदले में कुछ भी नहीं कहता, कहता तो वे मुझसे लड़ते-झगड़ते, बहस करते और यह मनवाने की कोशिश करते कि मैं असामाजिक प्राणी हूँ और मुझे सामाजिक प्राणी बन जाना चाहिए।

अभी मैं रामसेवक यादव हूँ। इलाहाबाद यूनिवर्सिटी से मैं बी.ए. पास हूँ। कुछ पढ़ना चाहता हूँ और सोचता हूँ कि अभी मुझे पढ़ना ही चाहिए था लेकिन मेरे पिता को एकाएक दिल का दौरा पड़ने लगा। कई बार उन्होंने इसे छिपाया और जी तोड़ मेहनत करके मुझे पचास रुपये मासिक भेजते रहे। उनके पास पचास भेड़ें थीं और उन भेड़ों के रोयें और बैठाउर से उन्हें मेरे पढ़ाने का ख़र्च मिल जाता था। किसान खाद के लिए उन भेड़ों को रात अपने खेत में बैठवाते थे और इसके बदले में उन्हें पैसा दिया करते थे। चाहे जेठ-बैसाख की लू हो, चाहे माघ-पूस की ठारी और चाहे सावन-भादों की घनघोर वर्षा, मेरे पिता हमेशा खेत में ही रहते थे। भेड़ों के बच्चों को पास ही बड़ी-बड़ी खच्चियों के नीचे ढाँके वे चिलम चढ़ाकर पिया करते थे। मुझे जहाँ तक स्मरण है, मैंने कभी उन्हें बिना चिलम, तमाखू और आग के नहीं देखा।

जाने क्यों मुझे आज भी उनकी समझ ठीक नहीं बन पायी, आज भी जब मैं उनके बारे में सोचता हूँ तो लगता है कि उन्होंने कभी भी मुझे प्यार नहीं किया। माँ जब खेत में कलेवा लेकर जातीं, रस और लिट्टियाँ उन्हें खाने को देतीं तो मैं उनकी ओर झपटता और चाहता कि वे गोद में लेकर मुझे कुछ खिलायें पर वे उलटे माँ पर ही बिगड़ जाते। माँ मुझे लेकर उठ जातीं और मैं भेड़ के बच्चों के साथ खेलने लगता। आज भी जाने क्यों मैं अक्सर अकेले में उन्हीं भेड़ों के बीच अपने को पाता हूँ। दूर-

दूर तक सफ़ेद, काली भेड़ों के एक-दूसरे में धँसे जुट के बीच में मैं चुपचाप बैठा रहता हूँ और मेरी आँखें चारों ओर उन भेड़ों की पीठ पर तैर-तैर कर थक जाती हैं।

पता नहीं क्यों...क्यों...कुछ समझ में नहीं आता कि मेरे बाप ने मुझे भेड़ों की उस दुनिया से निकाल दिया। क्या था उनके मन में, कैसी धारणा थी उनकी, मैं इसी गुत्थी को सुलझाते- सुलझाते अब भी उनके सामने जा खड़ा होता हूँ...ऊँचा और आगे को कुछ झुका हुआ उनका रूखा, सूखा शरीर जो हमेशा खुला ही रहता था, सिवा इसके कि वे एक कछनी बाँधे रहते थे और अपने कन्धे पर एक गमछा रखते थे। सिर पर भारी कम्बल की घोघी और पाँव में ऊँची खटनही पहने वे तेज़ी से ऊबड़-खाबड़ ज़मीन पर चलते थे और मेरे देखते-देखते दूर सिवान में लोप हो जाते थे। मुझे अब लगता है जैसे उनकी आकृति किसी झुलसी हुई लकड़ी से गढ़ी गयी थी लेकिन बचपन में मुझे वे एक चलते हुए अँधेरे की तरह दिखायी देते थे और मैं गहरी, काली रातों में दूर-दूर तक उस हिलते हुए अँधेरे को देखा करता था और माँ से कहता था, "बापू वहाँ, देखो वहाँ पहुँच गये।" और वे चुपचाप मेरी बातें सुनती रहती थीं। फिर जब लौट कर वे अपनी कोठरी में घुसतीं तो मैं उन्हें देर-देर तक सवालों के तीर से बेधता रहता था। पता नहीं कब और कैसे ये सवाल मर गये। रह गया मैं, ठीक वैसे ही जैसे पिता जी थे और माँ थीं और हमारी भेड़ें थीं, लेकिन उन भेड़ों से तो पिता जी बोलते भी थे। अर्रर...अर्ररर कहने पर वे भागती हुई उनके पास जुट जाती थीं और जब वे आगे-आगे चलते तो सब-की-सब उनका पीछा कर लेती थीं।

इस सम्बन्ध में एक घटना मुझे याद आती है। एक बार पिता जी चिलम चढ़ाकर घर से बाहर निकले और उन्होंने भेड़ों को बुलाने के लिए आवाज़ दी। भेड़ें उनके चारों ओर इकट्ठी हुईं तो वे चल पड़े, तभी मैंने पीछे से अर्रर...अर्ररर कहना शुरू किया और पीछे की भेड़ें लौट पड़ीं। मैं ख़ुश होकर हँसने लगा था कि पिता जी लौट पड़े और उन्होंने लौटी हुई भेड़ों को हाथ के डण्डे से मारना शुरू कर दिया। जब वे में...में...करती भागीं तो वे तेज़ी से चलते हुए मेरे पास आये, पल-भर को मुझे घूरते हुए खड़े रहे। सच पूछिये तो वही आँखें मुझे याद हैं...वे लाल नहीं थीं, न सफ़ेद या मटमैली ही, उनका रंग बनाया जाय तो साँझ के ललछहे आकाश पर बादलों का बासी गुच्छा बिखेरना होगा। अगर मेरे पास रंगों का बक्स हो तो मैं बड़ी आसानी से हर रंग बनाकर दिखा सकता हूँ। माँ कहती थीं कि उनकी आँखों का यही रंग ही है और मैं शान्त हो गया था कि ठीक है, पिता जी गुस्सा नहीं हैं। लेकिन आज मैं उस रंग का कारण समझ गया हूँ। लगातार धूप, वर्षा और सर्दी सहने के अलावा भेड़ों को भेड़ियों से बचाने के लिए वे रात-रात-भर जागते थे। यह भी डर रहता था कि कहीं भेड़ें दूसरों का खेत न चर जायँ।

कई बार ऐसी घटनाएँ हुई भी थीं, लेकिन इनके भयंकर परिणाम का असर मुझ पर एक ही बार पड़ा था जब माँ और पिता जी में इस बात को लेकर झगड़ा हो गया

था कि वे मुझे क्यों पढ़ने के लिए भेजते हैं। साथ रहता तो भेड़ें ही हाँकता। अभी से कारोबार नहीं देखूँगा तो सिर पर आ पड़ने पर क्या होगा। पिता जी सामने परसी टिन की थाली पटक कर गुस्से में अपना कम्बल और लाठी लिये घर से बाहर जाने लगे तो मुझे लगा था कि वे छत पर पाँव रखकर बाहर कूद गये हैं। मैं अपने गमछे में भुने चने की झोली बनाते-बनाते डर गया था और चने गमछे में से छूटकर बिखर गये थे।

माँ कहती थीं कुछ समझ में नहीं आता। आता भी क्या! धरती, आकाश और पवन को कोई कैसे समझे! मैं इसी को समझने में लगा रहता हूँ, तब भी और आज भी। लेकिन ऐसा लगता है, जैसे बोध मुझे नहीं हुआ है, होता भी कैसे, जब मैं ही बोध का नहीं हुआ। क्योंकि जब भी मैं उधर झुका मेरे सामने प्रश्नों की भीड़ लगी और जैसे ही प्रश्न आये वैसे ही पिता जी अँधेरे में हिलते हुए अँधेरे के एक टुकड़े की तरह सिवान में दूर चले गये। तब से अब तक बादल चमके, बिजलियाँ कड़कीं, पाले पड़े और लू आग की तरह लपलपायी पर वे अनबोले ही रहे—नितान्त अनबोले और मैं प्रश्नों की दुनिया से बाहर निकल आया, या यों कहूँ कि मेरे लिये प्रश्न और उत्तर का भेद ही मिट गया। अब तो ऐसा लगता है कि हर प्रश्न में ही उसका उत्तर छिपा हुआ है, इसलिए प्रश्न सिर्फ़ प्रश्न को जी जाने का है।

इसलिए जब मेरे साथी; जिनमें से एक लेखपाल, दूसरा पंचायत-मन्त्री और तीसरा मैं...हाँ, यह तो मैं बताना ही भूल गया कि मैं क्या हूँ! असल में अब मैं ग्राम-सेवक हूँ। यहाँ रमोली गाँव में हम तीनों की नौकरी है। मिसिर जी हमारी ग्राम-सभा के सभापति हैं। धर्मपरायण आदमी हैं। दोनों जून पूजा करते हैं और बात-बात में रामायण की चौपाई सुनाते हैं। बड़ी माया है इनके पास। जगह-ज़मीन, रुपया-पैसा, इज़्ज़त-बात का क्या कहना! सामने ही ट्यूब बेल है और उसी के बग़ल में यह लम्बा दालान बनवा दिया है उन्होंने और इसमें सरकारी कर्मचारी पाँच-पाँच रुपये महीने किराये पर रहते हैं। पान और छोटे सौदे-सुलुफ की दुकान भी उन्होंने खुलवा दी है। कई स्कूलों के वे मैनेजर और ब्लाक कमेटी के ऊँचे अधिकारी भी हैं। इधर चार-पाँच कोस में वे विकास कार्यों के प्रतीक हैं। मैं दूसरे लोगों को विकास-कार्य के बारे में समझाता हूँ लेकिन विकास मिसिर जी करते हैं। उनके पास एक नन्हीं-सी मुस्कान है, जिसकी पूँछ में हर विकास-कार्य के लिए 'हाँ' की तख्ती लटकी रहती है। मैं देखता हूँ कि जब वे चलते हैं तो वह तख्ती ज़मीन पर घिसटती चलती है।

देखने में यह अच्छा लगता है। एक आदमी जा रहा है, उसकी दुम ज़मीन में घिसट रही है और दुम में एक तख्ती बँधी है। मुझे डर लगता है, कहीं बच्चे इस पर कूदकर बैठ न जायँ, वर्ना मिसिर जी की दुम दुःख जायगी। कभी-कभी मेरे मन में आता है कि दौड़कर इस दुम को उठा लूँ पर मेरे साथी कहते हैं कि वे लोग और करते ही क्या हैं! यानी सिर्फ़ दुम ही उठाये फिरते हैं। ग्राम-सभा का मन्त्री तो कहता है कि यह हर रोग की शाश्वत दवा है और दुनिया के बहुत-से राष्ट्रों की राजनीति की नींव ही

इस पर रखी गयी है। कल जब मैंने रामजतन महतो को खाद मुफ़्त में पाने का तरीक़ा बताया तो देखा मेरी दुम उनके हाथ में है और वे धीरे-धीरे उसे सहलाते हुए कह रहे हैं, "भैया, बस तुम्हारे काग़ज़ की बलिहारी है। मैं चाहे धान जैसे रोपूँ, तुम्हारा काग़ज़ ठीक रोपे तो खाद मिल जायेगी।" मैंने अपनी दुम में कैंची लगायी और वहाँ से चला आया। दर्द बहुत देर तक होता रहा, इसलिए सोचता हूँ कि जो लोग पूँछ बहुत लम्बी कर लेते होंगे उनका क्या होता होगा। मेरी भेड़ों की तरह बेचारे अपनी दुम सँभालने ही में परेशान रहते होंगे।

बाल बहुत बढ़ जाने पर मेरी भेड़ें कितनी परेशान रहती थीं। पिता जी किस तरह उन भेड़ों की पूँछ हलकी किया करते थे। उनके पास लोहे की बड़ी-बड़ी कैंचियाँ थीं। उनमें कोई ऐसी विशेष धार नहीं थी कि बाल आसानी से कट जाय, लेकिन पिता जी के हाथों में कुछ ऐसा चमत्कार था कि वे थोड़ी ही देर में एक भेड़ के बाल काटकर उसे मुण्डी बना देते थे।

अक्सर वे फागुन के महीने में भेड़ों के बाल काटते थे और मुझे याद पड़ता है, उन दिनों मैं होली की छुट्टियों में घर होता था। शायद उस समय मैं इण्टर में रहा होऊँगा। माँ ने खाना खाते समय धीरे से पूछा था कि छुट्टी में मैं होस्टल में नहीं रह सकता क्या? मैंने उत्तर न देकर एक सवाल ही किया था, जिसके लिए मेरे मन में आज भी दुःख है, "क्या बापू नहीं चाहते कि मैं घर आऊँ?" और माँ ने भी इस सवाल को सवाल ही बना रहने दिया था। वे बस रो पड़ी थीं। शायद यह पहला ही मौक़ा था जब मैंने किसी सूखी हुई सूरजमुखी पर ओस के बूँद देखे थे। अब कुछ बोलने लायक़ नहीं रह गया था मेरे पास, सिवाय इसके कि मैं एक गड़ेरिये का लड़का न समझूँ अपने को और मैं वहाँ से उठकर चुपचाप बाहर चला गया था। यह बात क्यों है, पिता जी के मन में? तब से बस यही मेरी समूची विद्या का उद्देश्य बन गया था।

बी. ए. में मैंने दर्शन को अपना विषय शायद इसीलिए बनाया और शहर के अधिकांश विद्वानों के पास इस उत्तर की टोह अनेक प्रकार से लेता रहा। अध्यापकों की मण्डली का बयान करना यहाँ उचित नहीं। लगा, जैसे खच्चरों की कोई ऐसी पाँत हो जो सोने के पहाड़ पर लदी-फँदी चढ़ रही हो। मैंने सोचा शायद इस बोझ ही में विद्या हो और मैंने एक की पीठ के बोझ से एक किताब निकाली तो देखा वह कुंजी थी। लेकिन मैं भटकता रहा। एक दिन नीति के अध्यापक सेन से घर पर मिला। वे किसी बूढ़े, सनकी की तरह अपनी फुलवाड़ी में घास खोद रहे थे। मुझे देखकर कहने लगे, "तू तो मेरा छात्र है!" और मेरी उनकी दोस्ती हो गयी। तब से आज तक मेरा उनका नाता है। कभी मौक़ा लगता है तो उन्हीं के पास जा बैठता हूँ। शरीर उनका वैसा ही सूखा और कठोर है, जैसा मेरे पिता जी का था, पर रंग में कुछ चिकनाई मिली है। सेन उसे भी छोड़ना चाहते हैं पर भेड़ें तो हैं नहीं उनके पास, न धूप, सरदी और बरसात का वह सुख ही उन्हें प्राप्त है।

एक दिन मैंने सेन से बुद्ध के बारे में पूछा और बताया कि मेरा दिमाग़ उनकी ओर बहुत आकर्षित है। कहने लगे, "जानते हो, उनके यहाँ नियम था कि कोई भी उनके संघ का सदस्य हो सकता है। कुछ गरीब, बेचारे क़र्ज़ के बोझ और महाजनों के अत्याचार से परेशान होकर संघ में प्रवेश करने लगे थे, तभी महाजनों ने विरोध किया कि यह तो मुश्किल है प्रभु, हम तो संघ को वैसे ही धन देते हैं और अगर इस तरह हमारा क़र्ज़ का भी धन न मिला तो...बुद्ध ने नियम निकाल दिया कि क़र्ज़खोर के लिए संघ में जगह नहीं होगी।"

मैं समझ नहीं पाया कि उनका क्या मतलब है, लेकिन वे फावड़ा चलाने लगे थे। रुक कर बोले, "देखो, अगर जीवन का अर्थ चाहते हो तो जीवन में धँसो, वहीं खपो और मरो। वही आधार है, वही सत्य को देह देकर उसे उजागर करता है।" वे अब घास बीनने लगे थे और हाँफ रहे थे। मैं फिर उलझ गया। ...किताबों में नहीं मिलेगा, गुरुओं के पास नहीं मिलेगा, जीवन ही इसका ठोस आधार है...

मैं घर के लिए तैयार होने लगा। गर्मियाँ थीं और इम्तहान हो चुके थे। एक लड़के ने बताया था कि पिता जी को चक्कर आता है और वे बेहोश हो जाते हैं। शायद इसी कारण इस साल पैसा आने में भी कभी-कभी देर हो जाती थी।

घर पहुँचकर मुझे कुछ अजीब-सा दृश्य दिखा। पिता जी एक ढीली चारपाई में लेटे हुए थे, कटे हुए सूखे पेड़ की तरह। उनके चेहरे पर कोई भाव नहीं था, न यही लगता था कि वे अब उठ सकेंगे। मैं घबराकर इधर-उधर देखने लगा था कि माँ ने इशारे से बुलाकर बताया कि, "सो रहे हैं। कल रात से ही दौरा है। लेकिन अब घबड़ाने की बात नहीं। बैद जी नाड़ी देखकर अभी-अभी गये हैं।" माँ शायद इसीलिए ख़ुश थीं। उन्हें शायद पता भी नहीं था कि इस बेहोशी का क्या मतलब होता है।

माँ मेरे लिये खाना बनाने लगीं और मैं बड़ी देर तक वहीं बैठा रहा। प्रो. सेन की बात मुझे याद आ रही थी पर मैं अब भी उस जीवन का भोक्ता नहीं था। एक दर्शक बने रहने की दृष्टि और कड़ाई जरूर आ गयी थी मेरे अन्दर।

खाना बनाते-बनाते बहुत-सी बातें हुईं। शायद माँ ने पिता जी से कभी कहा था कि मुझे एक बार बुलाना चाहिए इस पर पिता जी फिर नाराज़ हुए थे और उन्होंने साफ़-साफ़ कहा था कि मेरे न आने से ही वे ख़ुश थे। कम-से-कम मैं उनका मन तो समझ रहा था। माँ ने बताया कि वे डरते हैं कि कहीं माँ मुझे भेड़ न बना दें और कोई बन ही क्या सकता है, यहाँ! और मेरा ध्यान भेड़ों की ओर चला गया था!

"और माँ, हमारी भेड़ें?" जैसे मैं ख़ुद अपने प्रश्न से ही डर गया होऊँ। लेकिन वे उसे टाल गयीं। फिर कुछ देर बाद कहने लगीं, "सँभल नहीं सकती थीं, इनसे बेटा!" वे झूठ बोल रही थीं। बीमारी के दिनों में भेड़ें बेच-बेचकर ही मुझे ख़र्च के लिए रुपये जाते थे और इस तरह आज मेरा घर एकदम खाली हो गया था। एक-डेढ़ बीघे ज़मीन से और हो ही क्या सकता था।

मैं उसी दिन शहर आ गया था। रुककर करता ही क्या और प्रो. सेन ने एक ऊँचे अधिकारी से कहकर मुझे यह नौकरी दिलवा दी थी। आने लगा तो उन्होंने मुझे इस नये विश्वविद्यालय में भरती होने के लिए शुभकामनाएँ दी थीं और कहा था, "अब तुम्हारी पढ़ाई और ठोस होगी। अब तुम्हें मालूम हो सकेगा कि क़र्ज़खोर कितना अपराधी होता है कि भगवान् बुद्ध ने उसे संघ में भरती होने से मना कर दिया था। शायद तुम समझ सकोगे कि इतने बड़े मसीहा की पूँछ उठाकर सेठ और राजे-महाराजे घूमते रहते थे। जीवन की सच्चाई का पल्लू उनके भी हाथ से छूट गया था।

मिसिर जी की दुम बेचारी नन्हीं-सी है, लेकिन प्रो. सेन के अनुसार दुम का पूरा दर्शन यहाँ किताबों से अधिक साफ़ समझ में आता है और दुनिया के बड़े नामधारियों को अक्सर मैं दुम के साथ ही देखता हूँ। शक्ति की मात्र में ही यह दुम मोटी-पतली होती है और उसी अनुपात में यह ऊपर को उठी दिखायी पड़ती है।

प्रो. सेन अक्सर चेतावनी देते हैं। हाथ का फावड़ा रखकर हाँफती हुई उनकी आवाज़ मुझे स्पष्ट सुनायी पड़ती है, "दुमकटों को भी देखो वर्ना तुम्हें ख़ुद दुम उग आयेगी और तुम भ्रम में फँस जाओगे!" लेकिन सिर्फ़ एक ही आकृति मेरी आँखों के आगे उभरती है, जो सावन-भादों की काली रातों में अँधेरे के हिलते हुए टुकड़े की तरह सिवान में दूर चली जाती है और पीछे बच रहता है, चिकने कोयले का जमा हुआ एक ऐसा पहाड़, जिसमें कहीं कोई निशान नहीं, कोई रेखा, कोई पथाभास नहीं।

आँखें

सन्तोष ने नहान-घर से निकलकर, जाते-जाते, रुककर कहा, "नरेश, चाय पीकर मेरे कमरे में तो आना!" और पल-भर रुककर वह वीरा की ओर देखने लगा, जो केतली से नरेश के लिए चाय उँडेल रही थी। वीरा का चेहरा सन्तोष को देखकर पहले ही सख़्त हो गया था, अब और भी ठस हो गया, फिर उस पर एक ऐसा भाव उमड़ आया, जैसे वह कोई ऐसा काम कर रही हो, जिसमें उसका मन न हो।

नरेश आँखें नीची किये ही इस भाव को देखने का आदी है, पर आज, जाने क्यों, वह वीरा की आँखों में देखने लगा। वीरा ने घबराकर केतली रख दी और किसी काम के बहाने उठ खड़ी हुई।

नरेश एक अजीब-सी वहशत में आ गया। उसने कहा, 'वीरा जी, मैं चाय में चीनी भी लेता हूँ!" वह जानता था, वीरा चीनी देने आयेगी।

वीरा प्याले में चीनी डाल चुकी तो उसने कहा, "जरा मिला भी दीजिये!"

वीरा ने जल्दी-जल्दी दो बार चम्मच चलाया और फिर उठने को हुई। सन्तोष अब भी आँगन में खड़ा अपने बालों पर तौलिया चलाये जा रहा था। तभी नरेश फिर बोल पड़ा, "जरा चख भी लीजिये, चाय मीठी भी हुई है या..."

वह अभी पूरा बोल भी नहीं पाया था कि सन्तोष झल्ला उठा, "वीरा, चलकर पढ़ो अब! देखता हूँ, तुम अबकी फिर फेल होनेवाली हो!"

नरेश ठहाका मारकर हँसा। वीरा को संकोच हुआ और सन्तोष के मन में आया कि नरेश के गालों पर ज़ोर-ज़ोर के दो चाँटे लगाये और कहे कि आप यहाँ से फ़ौरन तशरीफ़ ले जाइये, लेकिन नरेश वैसे ही हँसता रहा तो उन दोनों की आँखें एक अज्ञात भय से फैल गयीं।

"नरेश, यह क्या हो रहा है?" सन्तोष ठगा-सा, धीरे से बोला। वीरा सहमकर दो क़दम आगे बढ़ी पर ठिठककर रुक गयी।

नरेश वैसे ही हँसता, लड़खड़ाता अपनी कोठरी में चला गया।

नरेश इसे काल-कोठरी कहता है और जब वीरा इधर-उधर देखकर होंठों पर अँगुली रख, उसे ऐसी बातें बोलने से मना करती है तो वह अपनी कोठरी की ईंटों को देखने लगता है, जो ठीक इसी प्रकार नियति के कितने ही अनबोले संकेतों से भरी हुई है। कभी-कभी तो नरेश को लगता है कि हर ईंट एक वीरा है और हर वीरा एक

ईंट—नरम-कड़ी, लाल-भूरी और कच्ची-पक्की। फिर उसका सिर चक्कर खाने लगता है और कोठरी की सारी ईंटें एक ऐसी भँवर का हिस्सा बन जाती हैं, जिसके निचले बिन्दु-वृत्त में वह मुड़-तुड़ कर एक गठरी-सा बन जाता है और वीराओं का एक बड़ा-सा अम्बार उसके शरीर पर लद जाता है और उसकी रीढ़ की हड्डी चरमराकर टूट जाती है।

"यह ख़रगोश मर जाता तो अच्छा होता! इसका इस तरह घिसट-घिसट कर चलना मुझसे देखा नहीं जाता!"

प्रायः ऐसे समय वह वीरा की उस आवाज़ को रेकार्ड की धुन की तरह सुनता और अपनी जीजी के पालतू खरगोश को गोद में लिये सहलाती हुई वीरा की तस्वीर उसकी आँखों में टिक जाती। नरेश फिस् से हँस देता, सिगरेट का धुआँ उसके होठों की सँभाल से फिसल पड़ता।

ऐसी घटना कितनी ही बार वीरा के सामने घट चुकी है और नरेश जानता है कि वीरा जैसे उसकी इस हँसी के जलते तवे पर भुनने लगती है। इसलिए जब कुटिल भौंहोंवाली वीरा कभी यह पूछ बैठती है कि, "नरेश, आख़िर यह है क्या?" तो नरेश मज़े में कहता है कि, "आपने देखा नहीं, वीरा जी, बेचारा धुएँ का बालक सँभलते-सँभलते बरफ़ की ढलवान से लुढ़क पड़ा!"

वीरा चुप हो जाती है, ठस नहीं। ठस तो वह अपने जीजा सन्तोष को देखकर उस समय होती है, जब वह नरेश के साथ होती है। दोमुँहे कीड़े की तरह दो दिशाओं में घिसटने की इस क्रिया के निश्चित फल उसे मालूम हैं।

सन्तोष से वह मज़े में कहती है, "क्या करूँ, जीजा जी, घर में रहने पर इस तरह का दुराव ठीक नहीं लगता।" और आँखों के एक एकाकी कोने में वह इस तरह हँस देती है कि सन्तोष जी महीने भर के लिए फ़ुरसत पा जाते हैं।

लेकिन उसी के मुँह से यह सुनकर कि, "जानते नहीं, नरेश, यह कैसा आदमी है? मुझे तो इसे देखकर नफ़रत होती है!" नरेश धुएँ के बालक को बरफ़ की ढलवान से लुढ़का देता है और वीरा उसे गोद में लिये दिनों तड़फती रहती है।

नरेश अपनी कोठरी में लौट जाता। नरेश हर बाहरी प्रसंग को लेकर वहीं जाना पसन्द करता है और अधिकतर उसी में साँस लेना चाहता है। वैसे वह पुस्तकालय जाता है, चाय और कहवाघरों के भी चक्कर लगाता है पर कुछ देर बाद ही जैसे उसकी नसों में बँधी अमूर्त डोर उसे उस कोठरी में खींचने लगती है, वह उठ खड़ा होता है और अपनी टूटी बाइसिकिल खड़खड़ाता अपनी कोठरी में आ घुसता है।

सन्तोष के घर के बाहर शायद इस कोठरी को ईंधन रखने के लिए बनाया गया होगा। पलस्तर इसीलिए नहीं किया गया था। ईंटों के बीच की मिट्टी भुर-भुर गिरती रहती है और इस तरह ईंटें अनजाने ही अपनी सत्ता को निखारती रहती हैं। नरेश अपनी ढीली चारपाई में धँसकर इन ईंटों को गिनता है और सोचता है, अगर लम्बाई-चौड़ाई

की लाइनों की ईंटें गिन ली जायँ और उन दोनों संख्याओं का गुणनफल निकाल दिया जाय तो...उसका ध्यान उस खिड़की पर जाकर रुक जाता है। उसे लगता है जैसे यह खिड़की, जो सन्तोष भाई के आँगन में खुलती है और जो वीराओं की एक बड़ी संख्या को एक इकाई में बदल देती है, खिड़की नहीं, वातायन है...इसे वातायन कहना ही ठीक होगा। काल-कोठरी के पूरे प्रतीक को जब भी नरेश एक ठोस धरातल पर उतारता है, यह वातायन उसकी नसों में दर्द की तरह रेंग जाता है और वह उसके लकड़ी के सीखचों को पकड़कर, अपने दोनों हाथों के बीच सिर लटकाये, झूलने लगता है।

सन्तोष जी ने कितनी ही बार उसे इस तरह देखा है और घबराकर उसे बुलाया और समझाया है। शायद अपनी बात समझाने के लिए ही वह अपनी पत्नी के कहने से, उसके डेरे से उसे अपने यहाँ लाया है और बड़ी कृपा करके उसे यह कोठरी दी है—दोनों वक़्त का खाना, चाय, कपड़ा और परिवार की पूरी सुख-सुविधा—बेशक उसने वीरा को उसे नहीं दिया था। लेकिन उसे क्या मालूम था कि नरेश को यह कोठरी देने का मतलब ही वीरा को देना हुआ। क्योंकि यह कोठरी नहीं, काल-कोठरी है और काल-कोठरी और वीरा जैसे एक ही वस्तु के दो नाम हैं।

शुरू में सन्तोष ने कहा था कि इसमें पलस्तर करा दूँगा और एक-दो और खिड़कियाँ भी खुलवा दूँगा। उसे डर था कि कहीं चाचा का यह इकलौता उसका घर छोड़कर फिर अपने डेरे पर न भाग जाय, क्योंकि सन्तोष की समझ में उसके पास आँखें नहीं थीं। वह अक्सर कहता है, आजकल के लड़के अन्धे हैं। वे ठीक से चीज़ों को देखने-समझने की कोशिश नहीं करते? वर्ना मुश्किल क्या है इस दुनिया में? वह नरेश को समझाता है कि अपनी रुचि और स्वार्थ में मेल बैठाओ और उसे ठीक-ठीक पहचानों, देखना सीखो। लेकिन नरेश है कि वह उसी को देखता रह जाता है, जैसे उसके लिए दुनिया—दुम-सिर-कटी दुनिया सन्तोष ही हो।

लेकिन आज जो हुआ है उसकी कल्पना सन्तोष को कभी नहीं थी। पहले तो उसने एक जलती हुई निगाह वीरा पर डाली, फिर आँगन पार कर उस खिड़की के पास जा खड़ा हुआ, जहाँ नरेश सूली पर लटका बेतहाशा हँसते-हँसते चुप हो गया था। उसके दोनों हाथ खिड़की के सीखचों में टँके हुए से थे और गरदन उनके बीच झूल रही थी। सन्तोष के पैरों में जैसे चिनगियाँ फूटने लगीं—अगर इसे कुछ हो गया तो? पल-भर वह कुछ समझ ही नहीं पाया। आज उसकी बीवी होती तो फ़ौरन वह उसे यह काम सौंपकर अलग हो जाता, लेकिन इस समय तो वह भी बाहर है। उसने वीरा को पुकारा। वीरा उसकी बग़ल में आ खड़ी हुई तो एक बार उसकी ओर देखकर कहा, ‘‘देखती हो!’’ जैसे वह उसे धिक्कार रहा हो कि तुम्हारे ही कारण इसकी यह हालत हो गयी है।

वीरा पत्थर की तरह सख़्त है और नरेश का बदन गर्म तवे की तरह जल रहा है। सन्तोष पसीने से लथपथ हो गया है, लेकिन नरेश के पंजों की पकड़ ढीली नहीं पड़ रही है। वीरा एक-एक उँगली पकड़-पकड़कर सीखचों से अलग करती है। फिर वे दोनों मिलकर नरेश को उठाते हैं और घर के एक हवादार कमरे में लाकर साफ़-सुथरे बिस्तर पर लिटा देते हैं।

सन्तोष डॉक्टर को लेने जाते-जाते बकता है, "अजीब परेशानी है। यह तो जान-बूझकर बीमारी को गले लगाना हुआ। श्रीमती जी आप तो हवा खाने चली गयीं, मेरे सिर पर दो अन्धों को थोप गयीं!"

वीरा ख़ुश होती है। नरेश के साथ वह भी अन्धी है—अन्धे, एक अन्धा दूसरी अन्धी। अब अन्धी बीमार अन्धे की सेवा करेगी। उसके माथे पर हाथ रखकर चुपचाप उसके मासूम चेहरे को देखेगी।

तेज़ बुखार में दहकता हुआ नरेश का शरीर वीरा के एकदम पास है, लेकिन वह अचेत ही नहीं, रह-रह अमूर्त हो उठता है वीरा के लिए। नरेश बेहोशी में कुछ बुदबुदाता है—ऐसा क्यों कह रहे हो आख़िर, क्या करोगे इन आँखों का, सन्तोष भाई?...फिर उसके होंठ मकड़े की टाँगों की तरह देर तक हिलते रहते हैं और फिर सहसा एक-दूसरे से सट जाते हैं। वीरा को लगता है, जैसे सारा कमरा डगमगा कर तेज़ी के साथ घूमा है और उसकी दीवारें आपस में टकराकर टेढ़ी-मेढ़ी हो गयी हैं। वह फटी-फटी आँखों से नरेश को देखकर चीख पड़ती है। क्षण-भर को उसे कुछ भी नहीं दिखायी पड़ता, लेकिन उसी में वह लड़खड़ाती हुई भागती है और अपने कमरे में जाकर अचेत-सी हो जाती है।

बहुत देर बाद, जब शायद डॉक्टर नरेश को देखकर लौटते हुए सन्तोष से कुछ कहता है तो उसे चेतना होती है। वह कमरे से बाहर आती है। डॉक्टर सन्तोष को कुछ समझाते हुए लौट रहा है। वह साहस करके कहती है, "डॉक्टर साहब, आँखें..."

"आँखें?" डॉक्टर फिर लौटकर नरेश के कमरे में आ जाता है। नरेश की पलकें उठाकर आँखों को देखता है, "आख़िर क्या मतलब है, इस लड़की का?"

"कुछ नहीं डॉक्टर, यह तो पागल है।" सन्तोष ऊबते हुए बोलता है और डॉक्टर को छोड़ने बाहर चला जाता है।

लौटता है तो वीरा को देखकर कहता है, "बहुत परेशान नजर आती हो! आँखों की इतनी चिन्ता तुम्हें क्यों है? कहोगी तो आँखें खरीदकर ला दूँगा। देखती नहीं, लोग यहीं आकर सैकड़ों दे जाते हैं। नरेश को भी यही समझाता हूँ। नौकरी भी ठीक कर दी थी पर वह तो यह नहीं करेगा, वह नहीं करेगा, आँखें हैं ही कहाँ उसके पास?"

वीरा चुप खड़ी है। सन्तोष कुछ और पास आकर, उसकी ठुड्डी को ऊपर उठाकर, उसकी आँखों में झाँककर कहता है, "सोचो मैं कैसे सौंप दूँ, उस बेकार के हाथ तुम्हें? मैं पूरी तैयारी कर देना चाहता था पर उसे तो कुछ सूझता ही नहीं है।"

नरेश अच्छा हो चला है। अब बिस्तर पर उठ बैठता है, बातें करता है और रेडियो सुनता है। लेकिन वीरा को उसने कई दिनों से नहीं देखा है। देख भी कैसे सकता है? आँखें तो हैं नहीं उसके पास और वीरा बिना आँखोंवाले नरेश को नहीं देखना चाहती। उसकी नसों में डर का एक ऐसा काँटा चुभ गया है जो न बाहर निकाला जा सकता है, न सहा ही जा सकता है। वह रह-रहकर सिहर उठती है और उसके रोयें भरभरा उठते हैं।

कई दिन उसने खाना नहीं खाया और जब खाया तो उसे कै हो गयी! रात-दिन उसके आगे नरेश का वही चेहरा घूमता रहता है, जो उसने क्षण-भर के लिए बुखार की उस सघन पीड़ा में उस दिन देखा था—बिना आँखोंवाला नरेश—जैसे उसकी ख़ूबसूरत पलकों के नीचे से पुतलियाँ निकाल ली गयी थीं और दो गहरे सूराख अनन्त वृत्तों की तरह नीचे की ओर छोटे होते-होते एक बिन्दु में समा गये थे। वह घबराकर आँखें बन्द कर लेती और उन क्षणों को भूलने की कोशिश करती, लेकिन वे रूप बदलकर आते और तरह-तरह के कौतुक दिखाने लगते।

आज रात उसे नींद लगी तो उसने देखा कि शीशे के जार में मछलियों की तरह दो आँखें तैर रही हैं और वह जार किसी नुमाइश के एक बड़े-से सजे-सजाये स्टाल पर अकेला रखा है। सामने मोटे-मोटे अक्षरों में लिखा है—नरेश की आँखें।

दर्शक खिंचे आ रहे हैं इस स्टाल की ओर—क्या मतलब है इसका? कैसी आँखें हैं? रहस्य जानने के लिए दो आने का टिकट लेकर अन्दर जाना जरूरी है। वहाँ सन्तोष जी दर्शकों को समझा रहे हैं, "अब निराश होने की कोई जरूरत नहीं। अगर आपका सगा-सम्बन्धी जीवन को ठीक तरह नहीं जीता या उसे वह ठीक ढंग से नहीं देखता तो इसका मतलब है कि वह अन्धा हो गया है। उसकी आँखें बेकार हो गयी हैं और उसे दूसरी आँखों की जरूरत है।...

"...सोचिये, जब पाँव ठीक नहीं उठते तो आप उस आदमी को लँगड़ा कहते हैं, कान ठीक काम नहीं करते तो बहरा कहते हैं, फिर जीवन को ठीक ढंग से न देखनेवालों को अन्धा क्यों न कहा जाय? ऐसे अन्धों की एकमात्र दवा यह है कि उन्हें अन्धा कहना शुरू किया जाय और तब तक कहा जाय जब तक वे ख़ुद न महसूस करने लगें कि वे अन्धे हो गये हैं। फिर एक दिन अवसर पाकर...देखिये, आप चैंकिये नहीं, क्योंकि बात आप ही के फ़ायदे की है...इससे आपकी सन्तान का जीवन सुखमय होगा। अवसर पाते ही ऐसे अन्धों की दोनों पुतलियाँ बाहर निकाल लीजिये और...भाइयो! अगर आप लोग साहसपूर्वक ज़्यादा- से-ज़्यादा संख्या में यह काम करें तो एक दिन वह आयेगा जब हम ऐसी ही स्टालों की एक नुमाइश कर सकेंगे और आपसी अनुभवों से फ़ायदा उठाकर ज़्यादा-से-ज़्यादा ऐसे लोगों को सुधार सकेंगे जो अपना जीवन व्यर्थ में बरबाद करते हैं...

"...आपको इसमें कहीं अपराध की गन्ध आ रही है?...लेकिन जब मैं आपके सामने इसका रहस्य खोलूँगा तो आपको लगेगा कि यह तो नितान्त स्वाभाविक कार्य है। देखिये, इतना याद रखिये कि इन अन्धों से आप पीछे न रहिये। जो भी ये कहें, उससे आप दो क़दम आगे बढ़कर बोलियो—यानी जो ये चाहें, उसे ख़ुद चाहने लगिये! कुल मिलाकर कुछ ऐसा माहौल बनाकर रखिये कि, भाई, तुम कुछ कर ही नहीं सकते। फिर देखिये, इनकी आँखें आप ही छटक कर जार में आ पड़ेंगी और ये इस दुनिया में ख़ुद-ब-ख़ुद भटकने लगेंगे। जब ये कुछ ढंग पर आ जायँ तो इनसे पूछिये कि, कहो, भाई, अब तो बहुत अच्छे चल रहे हो? कहो तो, तुम्हारी आँखें वापस कर दी जायँ! बताओ, तुम सबसे पहले क्या देखना चाहोगे! अगर वे कहें कि, मैं तो आँखें पाते ही वीरा को देखना चाहता हूँ तो समझ लीजिये, वे एक ईंट देखना चाहते हैं—ईंट या बिना दिल-दिमाग़ की एक लड़की या लड़कियाँ या ईंटें, जिन्हें एक-दूसरे पर रखकर दीवार बना दी जाती है और उसमें ये रहते हैं और उसे ये काल-कोठरी कहते हैं।

...तो, भाई जान, आप नाराज़ न होइये! जरा धैर्य से काम लीजिये! कहिये, बेटा, देख नहीं सकोगे तुम वीरा को, क्योंकि वह अब वीरा नहीं रही, वह तो अब मिसेज़ बजाज हो गयी हैं। जानते ही हो, एक रुपये में तीन अठन्नियाँ भुनानेवाला वह बूढ़ा, जिसके बदन पर तुमने कभी बेइन्तहा एग्ज़िमा के छत्ते देखे थे, बेशक वे अब नहीं रहे, इस बीच वह देश-देशान्तर घूम आया है और अब तो वह अपने शहर का सबसे बड़ा आदमी है। वीरा, यानी मिसेज़ बजाज अब एक बड़ी-सी मोटर में घूमती हैं। शायद वह अब तुम्हें पहचान भी न सकें।..."

—झूठे कहीं के, बेईमान!...वीरा झटके से बिस्तर पर उठ बैठी। अँधेरा गहरा था पर उसमें नरेश की वे तेज़ आँखें चमकती हुई साफ़ दिखायी पड़ रही थीं, जिन्हें उसने अभी-अभी शीशे के जार में मछली की तरह तैरते देखा था। उसने अपनी आँखों को हाथ से साफ़ किया और उस अँधेरे में घूम कर चारों ओर देखने लगी। जहाँ भी वह देखती, वहीं वे आँखें—उदासी में डूबी हुई, बर्फ़ की ढलवान से धुएँ के बच्चे को लुढ़काते समय चुभ-चुभ जानेवाली आँखें, अपने ही में मुस्कराकर डूब-डूब जानेवाली आँखें। फिर उसे लगा कि उन आँखों के कोने सिमटने लगे और उसमें वीरा का आकार उभरने लगा। फिर जैसे धीरे-धीरे वे दोनों आँखें दो वीराएँ हो उठीं। सहसा उसे लगा जैसे उसकी अपनी परिभाषा ही बदल गयी है, हर वीरा एक आँख है और हर आँख एक वीरा। लेकिन उसके और नरेश के कमरे के बीच जो अँधेरे का काला पहाड़ जमा पड़ा था अब बिगड़े हुए ऐरावत की तरह झूमने लगा है। वीरा घूर-घूरकर उसे देखती है, साहस करती है, डरती है और सोचती है कि शायद आँखों का होना ही काफ़ी नहीं है। उसके दरवाज़े के ठीक सामने पलँग पर सोया सन्तोष कसमसाता है और उसका जैकी गुर्राने लगता है।

मधुपुर के सिवान का एक कोना

यही एक कुँआ है। नन्हीं-नन्हीं ईंटों की अठपहल बँधायी है इसमें। झुककर देखने में ईंटे मिट्टी की नहीं, लोहे की मालूम होती हैं। ऊपर से कई हाथ नीचे तक एक ओर की ईंटे टूटकर गिर रही हैं। सँभाली न गयीं, तो कुँआ गिर जायगा और फिर ऐसा कुँआ बनना मुश्किल होगा।

"कुँआ और पोखरा बाप-दादों की पुण्य की कमायी से बनते हैं। किसका करम इतना चोख है, भइया?" बचन बैल की पीठ पर नार फेंककर टिकोरी मारते हुए बोला।

बैल अभी नये हैं, इशारा पाते ही मोट लेकर तेज़ी से माथे पर जाते हैं और ओड़ान में मोट का पानी छल्-से बह जाता है। हीरा मोट कुएँ में डाल भी नहीं पाती कि बैल आधी पौदर पार कर आते हैं।

दूसरी ओर की ओड़ान में खड़ा मुन्नन हीरा की ऊँची धोती के नीचे हर बार पिण्डलियों पर पानी को चढ़ते-उतरते देखता है और मोट लेकर अपनी कमर सीधी करते-करते कुछ गुनगुनाने लगता है। पानी बहता है, कुएँ की ऊँची जगत पर से नीचे गिरता है। कुल-कुल की ध्वनि होती है। दूसरी, तीसरी, चौथी मोटें आती हैं, गिरती हैं और पानी खेत की तरफ़ बहता जाता है।

बचन ने लौटकर बात का सूत्र फिर जोड़ा, "अब तो ट्यूबवेल, नहर, जाने क्या-क्या बन रहे हैं! मुदा बरक्कत नहीं किसान के घर। उत्तर के सिवान में नहर आ गयी, उधर जो दौरी-दवन की मजूरी-धतूरी थी, वह भी गयी!"

"तुम्हें तो बस अपना ही दिखायी पड़ता है, बचन भइया! यह नहीं सोचते कि पानी की कितनी असानी हो गयी।" नरेश ने दूसरी ओर से अपने बूढ़े बरधे की पीठ पर एक पैना मारते हुए कहा और नार पकड़कर पीछे घूम गया।

"हाँ, भाई, ठीक ही तो कहते हो। हम सौ-पचास लोग बेकार हो गये तो का हुआ!" बचन ने नार खींचकर मोट डुबोते हुए कहा।

"अभी हर तो हमीं चलायेंगे, भइया!" नरेश ने बैलों को मोड़ते, घुमाते हुए दूर से उत्तर दिया।

"ठाकुर-बाम्हन, सब तो जोतने लगे। अब तो टक्टर आ रहा है, टक्टर तो चाहे तो एक दिन में सारे गाँव का खेत जोत-बो दे।"

मुन्नन कभी इधर, कभी उधर की बात सुनता और सोचने लगता है कि यह सब जल्दी-जल्दी क्यों नहीं होता, जिससे शहर में चलकर रहा जाय। तभी कोई मोट आ जाती, हीरा बढ़कर मोट लेती, पानी छल्-से ओड़ान में गिरता और उसकी पिण्डलियों के ऊपर तक चढ़कर फिर नीचे उतर जाता।

नरेश का नार गड़ारी से उतर गया था, उसे चढ़ाते हुए बोला, "काहे सोच करते हो, भइया, अब अपनी तो बीत चली, आगे की भगवान् जाने! आगे का समय तो ऐसा होगा कि लगता है अपना कुछ नहीं रहेगा। सब करेंगे, सब खायेंगे।"

बचन बैलों को घुमाकर जा चुका था, पर नरेश की बात न सुन रहा हो, ऐसी बात नहीं। लेकिन उसका मन कुछ कहने को नहीं हुआ। पल-भर को उसका ध्यान पश्चिम के क्षितिज पर अटक गया था, जहाँ शाम का सूचना-बोर्ड लाल हो रहा था। उड़ती हुई धूप से हलकी सरदी झरने लगी थी और मधुपुर के सिवान का वह कोना जहाँ से आम के बाग़ और अरहर के खेतों की शुरुआत होती है; साँझ के चपेट में हलके साँवरे रंग में डूबता जा रहा था।

मुन्नन की दृष्टि उसी कोने पर थी, अरहर की लम्बी छाया के पीछे आम के बाग़ के झुरमुटे के पारवाली बँसवट पर, जहाँ बैठकर बहुत दिन पहले उसने हीरा को अपने शहर के अनुभव सुनाये थे और सिनेमा की एक कहानी कहते-कहते हीरा की उत्सुक आँखों की चमक देखता रह गया था। तब से कितनी ही बार वह यह सोच चुका है कि उसने हीरा से उस दिन पूछ क्यों नहीं लिया कि क्या वह शहर चलना चाहती है? अब तो उस आग पर भी राख की एक मोटी तह जम गयी है और जब कभी उसमें से कोई चिनगी छूटती है, उसका मन जलने के बजाय और भी बुझ जाता है।

इन दो सालों में मुन्नन कितना बदल गया है! बायीं आँख में बैल का सींग लग जाने से आँख की एक पुतली सूजकर बाहर निकल आयी है और लगातार मियादी बुखार ने उसे तोड़कर काला, बेडौल और असमय ही बूढ़ा बना दिया है। कभी-कभी रह-रहकर उसकी उस आँख में भयानक दर्द होता है।

इतने पर भी जब कभी अबस हो वह काम बन्द करके मालिक के दालान में कहीं एक ओर फटे कम्बल में सिकुड़ा पड़ा रह जाता है, तो उन्हें बड़ा बुरा लगता है और दस-बीस गालियाँ उसे जरूर सुननी पड़ती हैं। उसका पूरा जीवन ही मालिक का है। माँ-बाप के मरने के बाद उन्हीं लोगों ने उसे पाला है; और अब बाप का क़र्ज़ा अदा करने के लिए वह जीवन-भर उनकी ग़ुलामी करता रहेगा।

मुन्नन पल-भर को सोचता रह गया और उसकी मोट ओहज़ गयी। बैल झटके से मुड़ गये और भरी-भरायी मोट पानी लिये नीचे की ओर चल पड़ी।

हीरा चिल्लायी, "नीचे से हट जाओ, मुन्नन! गड़ारी गिर पड़ेगी।"

बचन अपना नार छोड़कर दौड़ा पर नरेश खड़ा-खड़ा गालियाँ देने लगा, "आँख तो साले की फूट ही गयी, अब जान भी गँवायेगा? ठाकुर ने मोट छीनने को भेज दिया!"

मोट पानी की सतह पर पहुँच गयी। बचन ने सन्तोष की साँस ली और कहने लगा, "चलो, यह मोट निकालकर बन्द कर दें, जाड़ा बढ़ गया।" फिर नरेश का गुस्सा कम करने के लिए उसने नरेश के हाथ का नार लेकर बैलों को घुमाया और मोट बाहर निकालकर बोला, "मुन्नन, मोट निथार देना!"

पुरवाहों ने अपने-अपने नार लपेटकर जुओं के ऊपर बाँध दिये, फिर मोटें उनके ऊपर रखकर बैलों के मुँह में खोते लगा दिये और छिनवाहों के ऊपर बैलों तथा नार-मोट पहुँचाने का काम छोड़कर जौ-गेहूँ के खेतों की मेंड़ों पर उतर गये। चारों ओर फ़सल की हरियाली साँझ की भूरी रोशनी में काली हो उठी थी और कुहरे की एक बहुत झीनी परत धीरे-धीरे लोगों को अपने भीतर समेट रही थी।

हीरा इधर-उधर देख रही थी। लोग धीरे-धीरे खेतों में डूबते जा रहे थे। मुन्नन चुपचाप बैलों को सँभाल रहा था।

दूसरे दिन तो वह हीरा से कुछ कहता भी था। बैलों की रस्सियाँ पकड़ा देता था। कोई ग़लती हो जाने पर बिगड़ भी जाता था, कभी-कभी गालियाँ भी बकने लगता था। लेकिन आज वह एकदम चुप था। उसकी आँखें झुकी या अपने काम पर लगी थीं। हीरा बार-बार उसके मुँह की ओर देखती, लेकिन उसकी सफ़ेद, बाहर को निकली हुई पुतली पर आँख पड़ते ही वह सिहर जाती और फिर इधर-उधर देखने लगती।

वैसे तो रोज़ ही बैल मुन्नन को परेशान करते थे, पर आज तो उन्होंने हद कर दी। कुएँ की जगत से उतरते ही एक जोड़ी के दोनों बैल आपस में भिड़ गये। फिर एक ने दूसरे को पीछे ठेला, तो दूसरा घूमकर पूँछ उठाये पश्चिम की ओर भागा और पहले ने उसका पीछा किया। मुन्नन के प्राण मुँह को आ गये।...भरे सिवान में फ़सल का इस तरह रौंदा जाना... आज तो जाने कितने उलाहने पहुँचेंगे बखरी पर...वह नार-मोट फेंककर उनके पीछे भागा। हीरा की जोड़ी के बैल भी इधर-उधर बिखरकर भागने लगे। उसने भी अपने सिर का बोझ उतार दिया और बैलों के पीछे दौड़ने लगी। बड़ी देर तक दोनों परेशान रहे, तब जाकर किसी तरह बैल घर की ओर मुड़े। फिर नार-मोट लेकर दोनों बखरी पहुँचे।

रास्ते ही में मुन्नन की आँख में असह्य पीड़ा शुरू हो गयी थी। कहीं अरहर से झटका लग गया था। उससे चला ही नहीं जाता था। हीरा ने उसका बोझ भी अपने सिर पर लाद लिया था।

बखरी पहुँचते ही ठाकुर का बड़ा लड़का पल-भर हीरा को देखता रहा। हीरा की गरदन बोझ से झुकी जा रही थी। उसने दौड़कर नार और जुआ उतारा। फिर गालियाँ देता हुआ मुन्नन की ओर लपका और उसे पीटने लगा, "ऐबी साला! एक काम ठीक से नहीं करता! रोज़ एक-न-एक बहाना बनाकर सोया रहेगा और बैलों को सिवान-भर दौड़ायेगा! आज तेरी दूसरी भी आँख फोड़कर छोड़ूँगा!" वह उसके सीने पर चढ़कर मनमाना घूँसे चला रहा था और मुन्नन चुप था, जैसे मर चुका हो।

हीरा ने दो-एक बार कुछ कहने को मुँह खोला, पर डर के मारे चुप रह गयी।

मुन्नन ज़मीन पर पड़ा तड़फड़ाने लगा। बखरी से औरतें निकलकर लड़के को कोसने लगीं, कसाई, अधर्मी, अघोड़ी बनाने लगीं और देखते-देखते गाँव के बहुत-से लोग जमा हो गये। मुन्नन दालान में ले जाया गया। वह बेहोश हो गया था। लोग तरह-तरह की बातें कर रहे थे।

"अगर मर गया तो हथकड़ियाँ पड़ जायँगी!"

"चलो-चलो, बड़े आये हथकड़ियाँ डलवाने! साला ऐसा ही ऐबी है। हमारी तो सारी मटर ही रौंदवा दी बैलों से!"

नरेश घर से मजूरी लेने आ गया था। मुन्नन की यह हालत देखकर उससे जा सटा और उसके सिर को अपनी गोद में लेकर सहलाने लगा, "बड़ी बात आती है, ठाकुर! इसके भी माँ-बाप होते, कोई सिर पर छाँह होती, घर-द्वार होता तो इस तरह बात न निकलती। पचास रुपये करज लेकर इसका बाप क्या मरा, बेचारे की जिनगी ही गिरों धर ली गयी। आख़िर क्या क़सूर था इस बेचारे का? एक आदमी नार-मोट भी लादे और दो बैलों को भी सँभाले, जरा एक दिन कोई माई का लाल पहुँचकर दिखा तो दे।"

ठाकुर का लड़का चुपचाप बैठा था। नरेश की बात सुनकर उसका अभिमान फिर गरज़ उठा, "बड़े सरदार बने हो तो उसी चमरौटी में चौधिराना दिखाना। चलो, भाग जाओ हमारे दरवाज़े से!" वह नरेश की ओर लपका।

हीरा दालान की खम्हिया पकड़े खड़ी थी। तीर की तरह बीच में आ गयी।

"दादू, हम मुन्नन को छोड़कर नहीं जायेंगे!"

"तू क्यों जायगी, हरामजादी? तेरे ही चक्कर में तो..."

बात पूरा भी नहीं हो पायी थी कि नरेश बिगड़ उठा, "गाँव की लड़की है, ऐसा कहते हुए तुम्हें सरम नहीं आती?"

नरेश की बात सुनकर चारों ओर चुप्पी छा गयी। कोई कुछ भी नहीं बोला।

हीरा फूट-फूटकर रोने लगी। दो-एक बूढ़े लोग उसे मनाने लगे। ठाकुर की छोटी लड़की दौड़ी हुई आयी, उसे हाथ पकड़कर उठाने लगी, पर उसने उसका हाथ झिटक दिया और बिफर-बिफरकर रोती रही।

मुन्नन होश में आ गया। उसकी आँखों में जोरों की पीड़ा हो रही थी। नरेश मुँह की साँसों से कपड़े पर गर्मी देकर उनकी सेंक कर रहा था।

बूढ़े हिरावन बाबा ठाकुर के लड़के को समझा रहे थे, "पशु-परानी प्यार से सुधारे जाते हैं, बेटा! इस तरह हाथ उठाने से तो आदमी की इज़्ज़त जाती रहती है।"

धीरे-धीरे लोग उठकर जाने लगे।

गउखे में रखी लालटेन भभककर मद्धिम हो गयी थी और दालान में कउड़े का धुआँ भरा हुआ था। बाहर कुहरा बरस रहा था।

नरेश सोच रहा था कि क्या करे! मुन्नन को ले जाय तो ज़िन्दगी-भर के लिए दुश्मनी हो ठाकुर से, और न ले जाय, तो बेचारा यहीं कलट-कलटकर मरे।

तभी बचन लपका हुआ आया। हीरा का हाथ पकड़कर घसीटने लगा, "तू इतनी रात तक यहाँ क्या कर रही है? मैं जानता था कि एक-न-एक दिन बखेड़ा खड़ा होगा और हो गया न, आज! सारा गाँव तो कह रहा है कि तेरे ही कारण उस पर मार पड़ी है। ऐबी लोग ऐसे ही बदमाश होते हैं!"

हीरा चीखती-चिल्लाती चली गयी।

मुन्नन के कलेजे में जैसे किसी ने कसकर एड़ मार दी हो। वह तिलमिला उठा और नरेश से कहने लगा, "दादा, तुम जाओ, मैं मरूँ या जीऊँ, तुम लोग क्यों टाँग अड़ाने आते हो?"

नरेश चुपचाप उठा और चला गया।

सर्दी बहुत थी। अभी कुहरा भी नहीं छँटा था। सूरज की कुछ-एक किरणें फूटती स्पष्ट दिखायी पड़ती थीं। सारे पुरवाहे सिकुड़े थे और छिनवाहे तो पानी में पैर डालने में डर रहे थे।

नरेश ने अपने हाथ की चिलम सूखे कण्डों पर उलटते हुए कहा, "किसी तरह लग जाता साला टूबबेल, तो इससे तो जान छूटती!"

पल-भर में कण्डों से धुआँ फूट पड़ा। लड़के उसे फूँककर आग बनाने लगे।

नरेश ने बचन की ओर देखकर कहा, "का हुआ, बचन? साहब तो नाप-जोख गया था।"

"मैं का जानूँ, भाई। कवन मेरे दस-बीस बिगहा सींचने को धरा है, जो साहब-सूबा मुझसे बताकर जायेंगे। ऐसे ही उड़ती-पड़ती जैसे तुम सुन लेते हो, वैसे ही हम भी कहीं सुन लेते हैं।"

नरेश चिलम चढ़ा चुका था। बचन की बात सुनकर उसका साहस उसमें मुँह लगाने को नहीं हुआ। उसने बचन के हाथ में चिलम थमाकर अपनी जाँघों पर हाथ झाड़ा और उठकर बैलों को जल्दी-जल्दी नाँधने का हुकुम देने लगा।

जब सारे पुरवाहे अपने-अपने बैलों का नार पकड़कर खड़े हो गये, तो नरेश आकर आग के पास बैठ गया, "कल यह-सब का बक आये, बचन भइया! तुम भी जब क्रोध में आते हो, तो पागल हो जाते हो!"

बचन ने हाथ की चिलम नरेश को थमा दी और चुपचाप उठ गया। बैलों को नाँधा और नये छिनवाह को मोट सँभालकर लेने की बात समझाकर नार उठाया और बैल घूमकर माथे पर हो रहे। पहली मोट का पानी गिरा तो ओड़ान में जैसे धुआँ-सा उठा। बचन उसे देखने लगा। गड़ारियों से चींऊँ-चींऊँ की आवाज़ निकलने लगी और धूप का सोना पिघलकर सारे सिवान पर फैल गया। मटर के गउजे पौधों पर अब भी ओस

काँप रही थी।...बचन को हीरा की याद आने लगी। मुन्नन का चेहरा काँपने लगा...नन्हा-सा मुन्नन, सिर्फ़ दो साल का, ऐसी क्या बिपत आयी थी उसके सिर कि मुन्नन को बखरीवालों के हवाले कर दिया।...उसे आज हीरा की माँ पर बार-बार क्रोध आ रहा था।...उसी ने तो कहा कि दूसरे के बच्चे की ज़िम्मेवारी कहाँ तक निबाहेंगे, अपनी भी तो हैं एक लच्छमी।... बन्ता कितना रोता था मुन्नन के लिए।...बचन के सामने वह सारा दृश्य नाच गया।...आधी हो गयी थी चमरौटी उस महामारी में।

खेत में पानी बह चला था। बरवाह अभी पहुँचे नहीं थे। मरियल भुल्लन क्या बराता आठ पुरवट का पानी। अपनी सफ़ेद दाढ़ी पर हाथ फेरता हुआ चिल्लाने लगा, "अरे भइया बचन! किसी आदमी को छोड़ दो, आ जाय! नहीं तो सब पानी बहा जा रहा है!"

बचन अनसुनी कर गया। उसने नार उठाया, बैल घूमे, माथे पर गये और ओड़ान में छल्- से मोट का पानी गिरा...सिर्फ़ इतने ही का तो उससे मतलब है। वह इतना ही जानता है।

"पानी नुक़सान हो रहा है, बचन भइया!" नरेश ने फिर कोशिश की।

लेकिन बचन टाल गया।

तभी एक छिनवाह जो बखरी से मुन्नन की जगह काम पर आया था, बोला, "मुन्नन भइया की हालत ठीक नहीं है। बड़े ठाकुर रात आये, तो बइद को बुलवाया था।"

नरेश नार छोड़कर चला आया, "कैसी तबीयत है, उसकी?"

"उसकी छाती में चोट लगी है" लड़के ने अपनी छाती पर हाथ रखकर बताया, "यहाँ!...ठकुरानी काकी तो कह रही थी, "कहीं मर न जाय, गाँव की हवा बड़ी ख़राब है। अब अपना-बेगाना कोई नहीं चीन्हता। देखा नहीं नरेश बबुआ को, कैसी कड़ी-कड़ी बात...।"

नरेश बीच में बोल उठा, "भउजी! बड़की भउजी कह रही थीं?"

"हाँ!" और ठाकुर कह रहे थे, "अच्छा, तो नरेश और बचन की यह मज़ाल? दोस्ती निभा रहे हैं बन्ता से? पचास रुपये का सूद-मूर मिलाकर पाँच ही सौ तो हुए हैं। देकर ले क्यों नहीं जाते साले को? हम लोग तो नाहक़ लाश ढो रहे हैं!"

लड़का और बोलता, पर नरेश वहाँ से हट गया।

तभी भुल्लन खाँसता हुआ आया और अपनी पुरानी फौजी कोट उतारकर कुएँ की पटान पर रखते हुए कहने लगा, "ले लो मज़ा इस साल और, मालिक कह रहे थे, माइनर के लिए आज ही दरख़ास भिजवाता हूँ। रोज़-रोज़ का यह झगड़ा कौन सहेगा। अब मधुपुर में भी नहर आ जायगी, बचन भइया!" फिर कुछ रुककर उसने कहा, "बचन, तुम्हें का हो गया था कल? ख़ुदा के लिए बच्चों पर तो रहम किया करो!"

बचन जाने क्यों जल गया इस असमय की शिक्षा से। व्यंग्य से बोला, "बड़े मियाँ, मालिक से नहीं कहा कभी?"

भुल्लन चूकनेवाला नहीं था, "तुम अपने भाई हो, इसलिए कहा। बड़ों को तो समझाना भी बुरा होता है, बचन!" भुल्लन बचन के पास खिसक गया, "बड़े मालिक का रुख़ बहुत बिगड़ा है...कुछ होकर ही रहेगा।"

"क्या होगा, भुल्लन मियाँ? मरे को मारना क्या! यहाँ धरा ही क्या है? जिनगी बीत गयी खटते-खटते, दो जून को भोजन कभी नहीं जुटा! सोचता हूँ, तो लगता है, जहाँ-का-तहाँ हूँ। मुन्नन तो थरिया चाटने का आदी हो गया है न! नहीं तो हम लोगों की तरह मेहरारू-लड़िका भी तो नहीं हैं, उसके जो सड़ रहा है।"

बचन की बात नरेश के कानों में टकरायी। उसका मन और भी डर गया।

भुल्लन बोलता हुआ चला जा रहा था, "अब क्या रहा उसके पास। आँख गयी तो ज़हान गया। ऊपर से रोज़-रोज़ की गाली-मार। वह तो समझो अब मरा ही है। ...क्या करे बेचारा, उसका कोई दूसरा सहारा भी तो नहीं। बचपन से इसी में रह आया है, बदलने की ताक़त ही नहीं है उसमें।"

"बदलने की ताक़त नहीं उसमें, हुँः..." नरेश मुँह बनाकर बोला, "साला चापलूस कहीं का। जहाँ जैसा देखेगा, वहाँ वैसा ही बोलेगा!"

बचन फिर सोच में डूब गया। उसकी जोड़ी जल्दी-जल्दी मोट लेकर घूमने और माथे पर जाकर लौटने लगी।

दिन काफ़ी चढ़ आया था और अब खरमेटाव की जून बीत रही थी। बखरी से गिलास से नापकर सड़ा हुआ चोटा और एक पीतल का लोटा लेकर कोई इस समय तक आ जाता था। हर मज़दूर के हिसाब से एक लोटा पानी मिलाकर रस बँट जाता था। पर आज अभी तक कोई नहीं आया। हीरा जरूर आयी, पर उसे क्या पता था कि खरमेटाव अभी तक नहीं आया। तीन-चार भुने हुए कन्द वह साथ लायी थी, पर उससे क्या होता। बचन ने नरेश को आवाज़ दी और दोनों अगल-बग़ल बैठकर खाने लगे। हीरा एक लोटा पानी भर लायी और नरेश के आगे रखते हुए बोली, "कहो तो घर जाकर और ले आयें काका!"

नरेश कुछ भी नहीं समझ पा रहा था। उसे तो लगा था, जैसे रात बचन ने हीरा को पीटा होगा। बचन को सचमुच मुन्नन पर सन्देह है। हीरा उसे चाहती है। पर यहाँ तो एक भी बात सच नहीं दिखायी देती। हीरा के हाथ-पाँव में तेल लगे हैं और धोती उसकी कैसी साफ़-सुथरी है! मुन्नन के लिए भी उसके मन में कोई दुःख नहीं। ज़रूर कोई बात है, बचन के मन में!—उसके गले में कन्द अटक गयी और वह जल्दी-जल्दी पानी से उसे उतारने लगा। हीरा हँसने लगी थी और बचन उसके मुँह की ओर देखते-देखते एकाएक बोला, "हीरा, तू जा! अपनी माई से कहना, मैं आज देर में लौटूँगा।"

हीरा चली गयी। पुरवाहों की आँख उधर ही लगी रही। फ़सल के लहराते पौदों की तरह वह हरियाली में खो गयी। जैसे कल की बात की भीतरी कानाफूसी चारों ओर बिखरकर छिन्न-भिन्न हो गयी हो।

बचन पानी पीने के लिए उठा ही था कि बखरी से सड़े चोटे की बाल्टी आ गयी। नरेश ने देखा, बूढ़े मालिक भी पीछे-पीछे चले आ रहे हैं। बचन चुपचाप रस बनाता रहा।

मालिक पहुँचते ही बिगड़ पड़े, ''नरेसवा! तेरा दिमाग़ बहुत चढ़ गया है क्या, रे? छोटे बाबू से जबान लड़ाने से पहले तुमने बचन ही से पूछ लिया होता!'' मालिक बचन की ओर देख रहा था। बचन मोट से पानी ले आदमियों के हिसाब से लोटे गिनकर बाल्टी में मिला रहा था।

''उस हरामज़ादे को घर में रखना चाहिए, जो बहू-बेटियों पर निगाह उठावे? बड़ी दया है उसके लिए, तो चलकर उठा लो दरवाज़े से, मैं अभी चलता हूँ! चल! चल!'' ठाकुर काँपते हुए नरेश की ओर बढ़ा। उसका बूढ़ा शरीर थरथरा रहा था और हाथ की छड़ी छूटते-छूटते बच रही थी।

बचन रस बनाना छोड़कर नरेश के चेहरे पर दृष्टि गड़ाये था, जो क्रोध से लाल हुआ जा रहा था। नरेश की आँख बचन से एकाएक मिली और उसने पलकें झिपकाकर इशारा किया। नरेश शान्त हो गया।

ठाकुर उसकी पीठ पर छड़ियाँ चलाने लगा। जैसे किसी बच्चे को हाथ चलाकर मारने का सन्तोष हो जाता है, ठाकुर सन्तुष्ट हो गया।

''जाने दीजिये, मालिक! परजा पर दया कीजिये। अभी जवान है, दुनिया को क्या समझे! छोटे बाबू ने बिलकुल ठीक कहा है, वर्ना मैं हीरा को पीटता ही क्यों। बेचारी की देह फूल आयी है!'' बचन अरज कर रहा था और सारे पुरवाहे चुपचाप खड़े उसकी बात समझने की कोशिश कर रहे थे। नरेश का गुस्सा विस्मय के कारण कुछ ऐसा हो रहा था, जो न गुस्सा था, न विस्मय, इसलिए वह क्या था? इसे वह लाख कोशिश करने पर भी नहीं समझ पा रहा था।

''बिलकुल ठीक किया तुमने! मेरे जीते-जी कोई इस गाँव में किसी लड़की को बुरी निगाह से देखे!...वह तो कहो छोटे बाबू ने कम पीटा उसे। अगर मर भी जाता तो मुझे दुःख न होता!'' मालिक अपनी विजय से फूलकर लम्बी साँसें ले रहा था।

''मुदा, सरकार,'' बचन डरकर सिमटते हुए बोला, ''एक अरज है मालिक!''

ठाकुर रुककर बचन की ओर देखने लगा, ''यही न, कि मैं उसे गाँव से निकाल दूँ। तुम्हारी बदनामी हो गयी?''

''नहीं, हुजूर, हीरा नदी-तालाब झाँकने को तैयार है। असगाँव-पसगाँव में बदनामी फैल गयी है।...अब मुन्नन को हमें दे दीजिये, सरकार! सादी-बियाह करके बखरी को सँउप दूँगा। एक के बदले, दो जान, मालिक!''

बचन का बोलना रुका भी नहीं था कि नरेश बोल उठा, ''का कहते हो, बचन भइया?''

''उससे तुम हीरा को ब्याहोगे?'' ठाकुर आकाश से गिर पड़ा।

''हाँ, मालिक, हीरा की माँ भी यही कहती है।''

"अन्धे हो, पागल हो, जो चाहो करो!" ठाकुर बकता हुआ कुएँ की जगत से उतर गया।

फिर एक ऐसा सन्नाटा छा गया कि गड़ारियों की चीं-चीं और पानी के छल्-छल् बहने की आवाज़ के अलावा शाम तक कुछ भी सुनायी नहीं पड़ा। हवा के झोंके खेतों के ऊपर से गुजरते रहे और सोना उगलनेवाला मधुपुर का सिवान किसी बरसाती नदी की तरह लहरता रहा। सुदूर पार उसका एक कोना, बँसवट और अरहर के पीले फूलों से घिरा बचन का घर!... नरेश बार-बार उधर देखता। कोई गुलाबी कपड़ा बीच-बीच में दिखता...शायद हीरा है, बथुआ का साग खोट रही है...

घर की ओर जाते-जाते नरेश ने पूछा, "यह क्या कह रहे थे, बचन भइया!"

"मुन्नन को बचाने का कोई दूसरा उपाय नहीं, नरेश! अगर ठाकुर उसे घर से निकाल भी दे, तो उसे साथ रखना ठाकुर से लड़ाई लेना ही होगा। वह अकेला कहीं जाने लायक़ भी तो नहीं, और मैं...जानते हो, इस मधुपुर के सिवान के कोने को छोड़कर कहीं जा नहीं सकता।"

बचन घर की ओर बढ़ता चला गया।

सहज और शुभ

उस नन्हीं चिड़िया को मैं अच्छी तरह देख रहा हूँ। अक्सर मैं उसे देखता हूँ। वह चुपके से आ कर सविता के कन्धे पर बैठ जाती है। यों सविता और उस चिड़िया दोनों में से किसी का नामोनिशान यहाँ नहीं है, फिर भी सविता के कन्धे पर बैठी उस फुदकती चिड़िया की एक-एक हरकत देखकर मेरे मन में अजीब तरह के भाव उठ रहे हैं।... आज से बीस साल पहले हम दोनों इस घटना के कारण ख़ुशी के मारे पागल हो गये थे। माँ के डर से कि, कहीं वह इस नन्हीं-सी जान को हम लोगों के लापरवाह हाथों में देखकर नाराज़ न होने लगे, हम चुपचाप बाहर कुएँ के पीछेवाली बाड़ लाँघकर, शरबती नींबू की गाछ में छिप गये थे।

सविता ने घर जाकर एक रस्सी का टुकड़ा या सूत लाने को कहा था और मैं डर गया था कि कहीं इस तरह बाँधने से चिड़िया मर गयी और यह बात माँ को मालूम हो गयी तो बहुत डाँट पड़ेगी। साथ ही उस रमीला नामी बुढ़िया के रोने और चिल्लाने का भी डर मेरे मन में समाया हुआ था, जो भूलकर भी हम लोगों को चिड़िया के पिंजरे के पास फटकने नहीं देती थी। इसलिए जब मैंने घर जाकर सविता को मना किया तो उसने चिड़िया मेरे हाथ में देकर अपने सिर का रिबन खोल डाला और उसे फाड़कर एक लम्बी रस्सी-सी बना ली। फिर चिड़िया के नन्हें पैर में बाँधकर उसे नींबू की एक पतली डाल से उलझा दिया और हम दोनों बहुत देर तक अवाक् होकर उसे इस टहनी पर से उस टहनी पर फुदकते देखते रहे। मुझे ख़ूब अच्छी तरह याद है कि सविता निश्चल खड़ी थी और मैं अपने उस हाथ को जिसमें अभी-अभी वह मासूम जान सिमटी हुई कसमसा रही थी, दूसरे हाथ से मलता जा रहा था।

असल में घटना बहुत छोटी-सी थी और ऐसी घटना का कोई विशेष महत्त्व एक लम्बे जीवन में नहीं होता। पर मैं उसे ज्यों-का-त्यों, बिना किसी रंचमात्र परिवर्तन के अक्सर देखता हूँ। शरबती नींबू की चिकनी डालें और घनी छाया के नीचे साफ़-सुथरा ज़मीन, झुरमुट से फिसलती हुई हवा की सुरसुरी और रिबन के लाल डोरे से बँधी हुई उस बेचौन चिड़िया का फुरफुर, इस डाल पर से उस डाल पर उड़ना, सब-कुछ जैसा-का-तैसा मेरी आँखों में आज भी उतर आता है। किसी चीज़ की स्मृति दिन-पर-दिन मद्धिम पड़ती है, पर इस बात पर जाने रोज़ कहाँ से रोशनी की एक परत चढ़ जाती है।

पता नहीं क्यों, लेकिन सविता में मुझसे ज़्यादा साहस था। वह मेरे दूर के चाचा की लड़की थी, जो खेतिहर कम, रोज़गारी ज़्यादा थे। बाज़ार से बैल खरीदकर लाना, उन्हें खिला-पिलाकर मोटा करना, फिर बेचना और फिर बैलों की तलाश में इधर-उधर घूमना या मेले जाकर बैल लाना, यही उनका काम था। सविता की माँ खाना बनाती और रो-धोकर किसी तरह घर चलाती थी। इतना भी कभी नहीं देखा गया कि पल-भर वह सविता के बालों की सफ़ाई में लगा दे, या अन्य भाइयों को नहला-धुलाकर उन्हें साफ़-सुथरे कपड़े पहना दे और उन्हें देखकर ख़ुश हो।

क़रीब-क़रीब यही बात मेरे साथ भी थी। जो थोड़ा-सा अन्तर हमारे बीच था, वह इतना ही कि किन्हीं पूर्व कारणों से हमारे घर के लोग अपने को बहुत सम्मानित और इज़्ज़तदार समझते थे। इसलिए, "यह करो! यह न करो!" की चर्चा घर में हरदम होती रहती थी। पल-भर को घर से हटने पर हमारी खोज होती थी और कभी-कभी इस बात पर डाँट पड़ने लगती थी कि अमुक के घर क्यों गये...अमुक के साथ क्यों खेला।

इसलिए उस नन्हीं चिड़िया को बाँधते समय मारे डर के मेरे माथे पर पसीना आ रहा था। लेकिन मन उसे देखने को ललक रहा था। इसलिए मैं चुपचाप खड़ा रहा और सोचता रहा कि काश, मेरी बूढ़ी दादी भी रमीला मौसी की तरह एक बड़ा पिंजरा बाज़ार से मँगवातीं और उसमें इसी तरह की दर्जनों रंग-बिरंगी चिड़ियाँ पालतीं।

मगर यह होने से रहा था। कोई भी ऐसी चीज जो काम की न हो, उसे पालना कैसा? वह तो हमारे लिये त्याज्य थी, उन दिनों। कोई लड़का सिर पर बाल रखा लेता और उसमें तेल डालकर कंघी कर लेता तो सारे गाँव में हल्ला मच जाता, "बुलबुली झाड़ता है, शोहदा है, शोहदा!" इसलिए पालने के लिए बकरे थे, जो दो रुपयों में आते, मोटे होकर आठ-दस रुपये का मांस दे जाते। टूटे कान, मोटी गरदन और सफाचट सिरवाले मर्दों की तारीफ़ हुआ करती थी।

असल में ये लोग बहुत गरीब थे, इसलिए अपनी जरूरतों के आगे शौक की बात जानते ही न थे। रुचि की चीज़ों में समय और शक्ति का ख़र्च एकदम न हो, इसी के लिए जरूरतमन्दों ने अपने लिये कुछ नैतिक नियम बना रखे थे। मसलन वे पत्थर पर पानी चढ़ाकर अपनी विपत्ति टल जाने की आशा कर लिया करते थे। हर दुःख के लिए दैवी दवा उनके पास थी, इसलिए वे भीरु थे और कोई काम करते हुए ईश्वर द्वारा उसे देखे जाने की बात किया करते थे। एक ओर बकरे को काटकर देवी को चढ़ाते थे, दूसरी ओर चींटी को सत्तू बाँटा करते थे। ऐसी हालत में अगर कोई नन्हीं चिड़िया एक लड़के के हाथ से मर जाये तो कितना बड़ा पाप हो! यह सोच-सोचकर मैं उस दिन मरा जा रहा था और सविता की आँखों की ख़ुशी और शरारत की हरकतें मुझे भी डरा रही थीं।

इसके पहले जब भी मैं घर के पीछे जाकर उस बूढ़ी रमीला को चिड़ियों को खाना-पानी देते देखता, तो मन-ही-मन सोचता कि कभी वह मुझे पास बुला लेगी और कहेगी

कि तुम जरा बेसन की नन्हीं-नन्हीं गोलियाँ बना दो। पर वह बूढ़ी चाहे वैसे बोलती, प्यार दिखाती, लेकिन चिड़ियों का पिंजरा ज़मीन पर उतारते ही हमें पास न फटकने देती थी। सविता ने कई बार उसे अपनी सेवाएँ अर्पित करने की कोशिश की, पर वह ख़ुश होने के बजाय बेहद नाराज़ हो जाती और उसकी माँ के घर उलाहना देने पहुँच जाती थी।

सविता पर जब भी मार पड़ती थी तो वह रोती थी, पर उसी समय तक, जब तक उसके शरीर में दर्द रहता था। उसके मन पर इस मार का कोई असर नहीं पड़ता था। इसलिए मैंने जब कहा, सविता, अब खेल लिया, छोड़ दो इसे। बूढ़ी के पास यह उड़ती चली जायगी, तो उसने कहा, "क्यों छोड़ दूँ? कोई मैंने उसके पिंजरे में से निकाला है? उड़ती हुई आकर मेरे कन्धे पर बैठ गयी तो मेरी चीज़ है कि उसकी? कोई उसका नाम लिखा है इस पर? हो सकता है यह चिड़िया उसकी हो ही न! मैं छोड़ दूँ, और यह उड़ जाय तो तुम पकड़कर लाओगे?"

मैं सविता का मुँह देखता रह गया था।

बात यह सच थी कि बुढ़िया के पिंजड़े से चिड़िया पकड़कर लाना मुश्किल बात थी। वह सुबह से लेकर शाम तक दसियों बार उस पिंजरे की जाँच करती थी। रोज़ पिंजरे की नन्हीं कटोरियाँ बदलती थी। चिड़ियों को पानी हमेशा छना हुआ पिलाती थी। खाने की चीज़ें ख़ूब जाँच-पड़ताल करके देती थी। वैसी ही चिड़ियाँ भी थीं उसकी—हलके, भूरे रंग के पंख और गहरी पीली चोंचवाली। पल-भर को भी उन्हें एक जगह स्थिर नहीं देखा जा सकता था। कभी पिंजरे की छत से अटककर, तीलियों में पंजे फँसाकर रुक जातीं, तो कभी पानी की नन्हीं कटोरियों की बाट पर बैठ जातीं। हम सबको दूर से देखकर ऐसा लगता कि बस देखते ही रहें। लेकिन उस बुढ़िया के चेहरे पर कभी ख़ुशी की एक रेखा भी न फूटती, न पगली कभी भूलकर भी उनके बारे में किसी से दो बात करती। ढीला-ढाला कुरता पहनकर जब वह हाथ में छड़ी लिये चलती तो हम लोग उसके चेहरे को देखकर डर जाते। बेशुमार तो झुर्रियाँ थीं उसके मुँह पर—पीपल की पत्तियों की नसों की तरह आँखों के पास से उभरकर चारों ओर को चली गयी थीं।

सारा गाँव उस बुढ़िया से डरता था। कोई एक खर भी उसका नहीं छूता था। सविता बताती थी कि इसका आदमी रेल का इंजन चलाता था; इसी गाँव का रहनेवाला था, बचपन में भागकर घर से चला गया था। कहीं इंजन लड़ गया, उसी में उसकी टाँग टूट गयी और अस्पताल में वह मर गया था। लोग कहते, बुढ़िया जब गाँव आयी थी तो जवान थी और रंगीन छाता लिये, ऊँची एड़ी का जूता पहने हर पहली तारीख़ को तहसील में जाया करती थी। अंग्रेज़ी हुकूमत का ज़माना था, तब। एक बार किसी ने उसे कुछ कह दिया था तो पुलिस के बड़े-बड़े अफ़सर गाँव आ पहुँचे थे। उस समय दूर से लाल पगड़ी देखकर लोग डरा करते थे। भेलूसिंह पहलवान, जो सारे जवार में सबसे बलवान थे, अनाज के कोठिला में सारे दिन छिपे रह गये थे।

सविता बताती थी कि वह जाति की ईसाई है। इसलिए सरकार इसकी बात इतना सुनती है। मुझे डर लग रहा था, कहीं वह थाने में जाकर चिड़िया की चोरी की बात न कह दे। मेरे ही नींबू के पेड़ में तो बँधी है। बापू को पुलिस पकड़ ले जायगी। मैंने साहस करके कहा, "तुम इसे अपने घर ले जाओ! वहीं बाँधो, चाहे पालो! मेरे नींबू की डाल से हटा लो! कोई देख लेगा तो..."

सविता ने आँखें चढ़ाकर कहा, "माँ की बात है न! वह बिगड़ेगी, नहीं तो घर ले जाने में क्या था! मैं खुलेआम इसे पिंजरे में पालती। इसमें डरने की क्या बात थी! मुझसे वह बुढ़िया बोलती तो मैं उसे बताती। इतनी सुन्दर चिड़ियों से उस खूसट का क्या मतलब? कोई लड़का-बच्चा भी तो खेलनेवाला नहीं है?"

बात सिर्फ़ रंग और उड़ने की थी। बच्चे इसीलिए उन चिड़ियों का पीछा करते थे। शायद चिड़ियों का पिंजरे में बन्द रहना भी एक कारण हो, लेकिन तोता तो काकी ने भी पाल रखा है। कहती हैं, "सुबह उठते ही सीताराम-सीताराम पढ़ता है।" उसके हरे रंग और लाल ठोर की तारीफ़ कभी भी मैंने उनसे नहीं सुनी। भुचेंग सवेरे ठाकुर जी-ठाकुर जी पढ़ती है, इसलिए उसकी भी चर्चा मैंने लोगों से सुनी है, पर बुलबुल, श्यामा, कोयल, मैना और दहियल की बोलियों से भी तो हमारा बाग़ गूँजता रहता है। कबूतर की गुटरगूँ और हारिल के तृण थामे नन्हें पैरों की बात करने यहाँ कौन बैठेगा! सारस कभी-कभी रात को बहुत चीखता है। ख़ासा बड़ा पक्षी है और आवाज़ भी काफ़ी तेज़ होती है। साधो भाई कभी-कभी उदास होकर कहते हैं कि लगता है, मादा कहीं फँस गयी है। बगुले, टिटहरी और पनडुब्बी की तरफ़ तो ध्यान मछलियों के कारण ही जाता है। नीलकण्ठ को देखकर प्रणाम इसलिए कहा जाता है कि वह शंकर की याद दिलाता है। महोप बेचारी अपनी ग़लती को पूत-पूत के नारे देकर दोहराती है और ररोइया की आवाज़ भी सुनना पाप है; लोग अशुभ मानते हैं, कोई दुःखद घटना होनेवाली है। मोर तो इसलिए पाल रखा है, बाबा ने कि वह साँप को मारकर खा जाता है। आसमान में चील्ह को ऊँचे-ऊँचे उड़ते देखकर बूढ़े सागर दादा कहते हैं, "कहीं पास में कोई जानवर मरा है।" बरसात में आनेवाले चपल खंजन से शरदागमन की बात तुलसीदास जैसा बेकाम का आदमी ही सोच सकता था। हमारे यहाँ तो उसे पहले-पहल देखने के शुभाशुभ निश्चित हैं। किस दिशा में देखने पर क्या भविष्य होगा, इसकी एक लम्बी सूची है। बुलबुल जाड़ों में कुछ लोग पालते हैं पर उसके मधुर गानों के लिए नहीं, उसे लड़ाने के लिए। गवई शौकीनों के हाथ में तीतर का पिंजरा देखकर आप सहज ही जान लेंगे कि यह कोई दंगल जीतने का अभिलाषी जवान है।

मतलब यह कि हम लोग ऐसे लोगों के बीच में रहते थे, जिन्हें वे बातें भूल चुकी थीं, जो हम चाहते थे। कोई हमें गोद में लेकर चिड़ियों के रंग और बोलियों की बात कभी नहीं कर सका था। ऐसा नहीं कि हम अपने घरवालों को प्यारे नहीं थे, बल्कि उनकी नस में उपयोगिता और संसारी संस्कार का ख़ून बहता था। हम मोर के पंखों

को बालों में खोंसते थे और बादलों के घिरने पर उनका थिरक-थिरककर नाचना भी देखते थे, पर बहुत दूर खड़े होकर, सिमटे-सिमटे से। हमें ख़ुश होने का नैतिक सहारा नहीं था। लेकिन अगर होता भी तो क्या रमीला की चिड़िया हम नींबू की गाछ में छिपाकर लोगों को प्रसन्न कर सकते? मैं सोचता हूँ, नहीं। यह काम तो बुरा था ही। न जाने कैसे बहककर बेचारी नन्हीं चिड़िया बाहर आ पड़ी। मेरे घर आकर सविता के कन्धे पर वह बैठ गयी तो क्या यह उसकी हो गयी? रमीला की आँखें भी तो ख़राब हो गयी हैं। खाना-पानी देते समय यह खिसक गयी होगी और अब यहाँ रस्सी में बँधी फुदक रही है। लेकिन इतना तो मन मानता है कि अगर बचपन में ऐसे प्यारे रंगों के खिलौने खेलने को मिले होते, किसी ने तितली की शोभा का बयान करते हुए दो बातें कही होतीं, धान की लहराती खेती की सुन्दरता का बखान किया होता तो हम इतने पागल न होते। तब चिड़िया चुराते नहीं, देखते, ख़ुश होते और रमीला को वापस कर देते। लेकिन यह बात आज की है, जब मैं यह लिख रहा हूँ। उस समय तो हम कुछ फुसफुसाते, चिड़िया को खाना-पानी पहुँचाने की सोचते हुए सविता के घर की ओर चले जा रहे थे। बात इतनी-सी थी कि हमें अपने नींबू की गाछ पर यह भरोसा हो गया था कि चिड़िया का पता किसी को मालूम ही नहीं हो सकता। कुछ दूर आगे बढ़ने पर देखा, ज्ञानी बाबा लँगोट मारे चले आ रहे थे और उनकी जवान बेटी पीछे-पीछे हाथ में रस्सी और लोहे का गगरा लिये हुए थी; नहाना था, उनको कुएँ पर।

मैं डरा नहीं। सविता ने कहा था कि जरा भी नहीं डरना। कोई कहेगा कि चिड़िया यहाँ कैसे, तो हम दोनों कह देंगे, हम क्या जाने! बात ठीक भी थी, किसी ने हमें वहाँ बाँधते तो देखा नहीं था।

सामने ही पकड़ी का एक पुराना पेड़ था। रमीला उसी के नीचे खड़ी ऊपर को निगाह लगाये थी। पतली कमानियोंवाला उसका चश्मा ढीला होने के कारण सरक-सरक आता था। उसने चश्मा हाथ से उतारकर अपने फ्रॉक से पोंछा तो सविता ने धीरे से मुझे चिकोटी काटी। मैं पहले-ही समझ रहा था और अब और भी समझ गया। सविता ने दूर से पूछा, "दादी, क्या देख रही हो?"

रमीला चुप रही। ज्ञानी बाबा दूर से चिल्लाये, "पागल है, पागल! कल से बस यही नशा है इसके ऊपर। घूम-घूमकर पेड़ों की पत्तियाँ गिन रही है। आँख-कान तो चले ही गये थे, अब खोपड़ी भी फिर गयी!"

सविता के चेहरे पर धप् से उदासी उतरकर बैठ गयी, पर मैं मुस्कराने लगा। ज्ञानी दादू इतना भी नहीं समझ पाते कि यह पत्तियों की तरफ़ क्यों देख रही है। सच भी यही है, यह लोग भीतर से बहुत कम सोचते हैं। जानने के लिए, मन की क्रियावाली सारी गति बचपन से एक जगह खड़ी-खड़ी ठप हो जाती है। जितना सुना, उतना ही जानना और उस पर आचरण करना इन्हें मालूम है, जो कुछ पीछे होता रहा है, वही इनके लिए मुख्य है, जो होना चाहिए वह नहीं, और 'क्यों' का इस्तेमाल तो ये बहुत

कम करते हैं। इसलिए जो इनका काम है, वह भी इनका नहीं है, इनके पूर्वजों का था। हल वही चलाते जो इनके दादा ने चलाया था। खुरपी का नाम वही रखते थे और उसी के लिए बहस भी करते थे। काम ये काम के लिए करते थे। जहाँ सोते, वहीं थूकते और वहीं चिलम पीकर राख गिरा देते। ऐसा नहीं कि ये सुस्त थे, बल्कि यह कि ये जीवन के बारे में सोच ही नहीं पाते थे। रमीला की बात सोचना तो मुश्किल ही था।

लेकिन उस समय मैं ज्ञानी दादू से अपने को होशियार समझकर या यों कहें कि उम्र की सीमा तोड़कर सिर्फ़ जानकारी के आधार पर बड़ा बन गया था। पर सविता ने सहसा मुझे रोककर कहा, ''चलो चिड़िया लाकर रमीला दादी को दे देंगे।''

मुझे 'क्यों' कहने के बाद भी पल-भर को अचम्भा हुआ। फिर उसकी आँखों में देखा तो पल-भर में ही उस बँधी चिड़िया के प्यारे रंग और उड़ान की एक रेखा मेरे मन में खिंच गयी। सविता ने उलटकर चलते हुए बेरुख होकर कहा, ''वैसे ही! तुमसे क्या मतलब है? मेरे कन्धे पर बैठी थी, इसलिए चिड़िया मेरी है। मैंने बाँधा है, मैं ही खोलकर रमीला को दे दूँगी।''

उधर बूढ़ी रमीला चश्मा आँखों पर चढ़ाकर फिर पत्तियों में झाँकने लगी थी। कुएँ पर से नहाकर, नन्हा-सा गमछा लपेटे, लौटते हुए ज्ञानी दादा धीरे से एक मोटी-सी गाली देते हुए अपने घर में घुस गये थे और मुझे अकेला छोड़कर सविता उस नन्हीं चिड़िया को छोड़ने के लिए भागती चली गयी थी।

कानी घोड़ी

गाँव की इस कोली में शाम होते ही अँधेरे की चादर टँग जाती है और बहुत जरूरत पड़ने पर लोग कई घर छोड़कर दूसरे चौड़े रास्ते से चले जाते हैं। क्यों, क्या डर लगता है—अँधेरे से, कीचड़ और नाबदान की बदबू से? शायद नहीं। राममूरत पण्डित शाम होते ही सुरती मलते इधर ही आते हैं। गली के मोड़ पर आकर रुकते हैं। पल-भर को उदासी और झपस आती है। स्मृति की एक धुन्ध उठती है, जिसमें सरजू की वह नन्हीं-सी दुकान...गाँव की मर्जाद है सरजू साव! नहीं रहेगा, तो लोग उसके बारे में सोचेंगे। एक ओर से कड़े की झम्झम, दूसरी ओर मकान के कोने से सटे खड़े हुए लौंडों की खिस्खिस।...सब ससुरे लहेड़ा हो गये हैं, भयवा! ई तोहार मनुआ भी अब सरजू साव की गली में रेउछने लगा है। बम्हन टोला की उस कमारी ने इस ससुरों को वारा बना दिया है।...रहो कहता न हूँ सरजुआ-बो से। मार- मारकर एक ही दिन में ठीक कर देती है छिनार को!

एक नन्हीं-सी ढिबरी में रोशनी ही कितनी होती है; लेकिन वह जलती रहती और लोहे की पट्टियों के जंगले में से उसकी परछाईं दीवार पर जहाँ पड़ती थी, वहीं पड़ती रहती। जाने कब से, कितनी हवा, कितना पानी गुजर चुका, पर रोशनी-तो-रोशनी और अन्दर सुरती-तमाखू की गाढ़ी गन्ध में चींटों और खटमलों से भरे टाट पर बैठा सरजू जैसे उसी पर, उसी रूप में पैदा हुआ था।

राममूरत पण्डित सुरती मुँह में फाँककर उसे होंठों में दबाते हैं, फिर जीभ से आगे-पीछे करके पागुर करते हैं। पिच् से एक ओर थूकते हैं और जैसे कुछ अपने भीतर से तराशकर बाहर फेंकते हुए लौट पड़ते हैं। कहीं सरजू के सपूत जोखन से सामना न पड़ जाय और वे फिर समझाते-समझाते गाली-गुफ़्ता पर उतर आयें।

आख़िर हुआ का है तुम्हें, सरऊ? अब तो बाप भी नहीं रहा। माना कि कानी घोड़ी मरी, तो तुम रोये और सरजू ने तुम्हें चाँटे लगाकर कहा कि साले, बाप के मरने पर तो इस तरह नहीं रोयेगा? लेकिन बात आयी-गयी हो गयी। कभी और तो तुम्हें मारा-पीटा नहीं, कुछ कहा नहीं। आख़िर है का तुम्हारे मन में? पण्डित खिसियाने लगता, बूढ़े कुत्ते की तरह, जो निर्भीक प्रतिद्वन्द्वी की डर से पूँछ दबा, सिकुड़कर छोटा हो जाता है।

जोखन ऊबता नहीं, घबराकर कुछ कहता नहीं, बस मुँह बाये ऐसे सुनता रह जाता है जैसे इस अमृतवाणी के लिए वह तरह रहा था और जब पण्डित पूँछ दबाकर लौटता है, तो वह उसके पीछे-पीछे चलकर धीरे से बग़ल हो, उसके दरवाज़े को पार कर जाता है—जान बचाकर या ऊबकर नहीं, क्योंकि ऊब तो पण्डित को होती है, गोसाई चाचा को होती है, सुहेल को होती है। वह तो और भी सुनना चाहता है, और भी जानना चाहता है, लेकिन जैसे ही बात बन्द होती है, उसके आगे वही कानी घोड़ी...टाट की काठी पर इधर-उधर लटके हुए दो बोरे और बीच में सरजू... सुबह से शाम की दूरी में झूलती हुई, कभी घर, कभी सिन्धोरा की बाज़ार...कभी गुड़, कभी चावल, कभी और कुछ। और जोखन उसे लदते देखता, खुलते देखता और हमेशा रस्सी का टुकड़ा लिये खड़ा रहता।

साव उसे छन्ना लगाने के लिए पल-भर भी नहीं रुकता। पहले उसे गली के बाहर कर आता, तब बोरे उठाकर अन्दर ले जाता। सामान ठीक करता, ठीक से रखता और उसी टाट पर आ जमता। लोग आने लगते—कोई सन की नन्हीं-सी बेड़ी लिये आता। कोई मौनी में अनाज लिये आता। नून, तेल, हल्दी, तमाखू... और जोखन दुकान में उछलता फिरता। कभी यह चीज़, कभी वह और कभी वह...। मनोहा चाची जोखन की बड़ी तारीफ़ कर रही थीं, "भागमान, लछन-जोग सब हैं लछमी के!" और साव उनके आँचल से तिरछी लेते-लेते जल-भुन गया था।

"ऐसी तिरछी तो घूर में फेंका करो, पण्डिताइन भौजी, खाद होयेगी।" लेकिन जाने कैसे जोखन एक छटाँक की जगह दूना नमक तौल देता। साव देख नहीं पाता, तो वह सोचने लगता कि अगर बापू की आँखें न होतीं, तो वह इसी तरह मानी को रोज़ गुड़ की भेलियाँ थमा देता, मँगरू की जेब अनरसे से भर देता और घोड़िया को एक-एक बोरी बजड़ी...

उसका ध्यान पल-भर को टूट जाता है। वह रास्ता छोड़कर खेत में उतर गया है और उसके पैरों में कुछ चुभ रहा है। वह बैठकर पैरों को साफ़ करने लगता है और कुछ देर वैसे ही बैठा रह जाता है, तो उसे सहसा याद पड़ता है कि अरे, देखो, मैं बैठा ही रह गया! फिर उसके मन में कुछ बड़े-बड़े निश्चय उग आते हैं और वह उठ खड़ा होता है। धोती की लाँग जरा कसकर बाँधता है और बदन को कड़ा करके तेज़ी से गाँव की ओर लौटता है, दरवाज़ा खोलता है, अँधेरे में दहलीज़ पार करता है और अपनी चारपाई में धँस जाता है। फूफी दाल-रोटी देती है, फिर कुछ पूछती है, कहती है कि, इस तरह कैसे चलेगा, जोखन! कुछ दौरी-दुकान...भैया तो अब रहे नहीं। कुछ सौदा-सुलुफ तो देख! जाने कहाँ क्या कैसे धरा-उसारा है! गहना-गीठी कहाँ-कहाँ पड़ा है...!"

जवाब में जोखन का गला घुरघुराने लगता है, "सो गया, लैमर, जैसे इसका बाप बैठा है जो जब देखो घोड़ा बेचकर सोता रहता है! कानी घोड़ी मरी थी, तो इसकी

निगोड़ी नींद जाने कहाँ उड़ गयी थी! रात-रात भर जागता रह जाता था और एक-न-एक बात कुरेदता था—फुआ, क्यों वह उठी नहीं, सबेरे...?''

''उठती कैसे, पागल!'' फूफी परेशान थी कि वह कैसे समझाएँ इसे।

लोग कहते थे कि बड़ी सेवा की है, सरजू साव। इसे गाड़ दो कहीं। भगवान् ने तुम्हें इतना दिया है, तो जानो कानी का भी उसमें कुछ हिस्सा है। चार ईंटे रखवा देना...लोग याद करेंगे।

सरजू भैया हाथ में खाली बोरे लिये खड़े थे। बाज़ार जाना था और कानी दम तोड़ रही थी।

''लोगों की बात का क्या, यहाँ तो ससुरी बीच रास्ते में धोखा दे रही है और मैं उसकी कबर बनाकर उस पर चार ईंटें धरूँ?''

भैया झुँझला रहे थे। बग़ल में जोखन था। हाथ में टूटी लगाम की रस्सियाँ और वह चाहता था कि कब बापू माँगें और कब उनके हाथ में लगाम थमा दे। तभी किसी ने बाहर से बुलाया था। राममूरत काका थे जानो, ''चल बसी, सरजू भयवा! अब आज इसकी सत्त-गत्त कर दो। रहने दो, छोड़ो आज बाज़ार-हाट!'' लेकिन जाने क्यों रो पड़ा था जोखन...शायद कानी की बाहर निकली सफ़ेद, उलटी-उलटी पुतलियाँ उसे डरा गयी थीं। वह हिचक-हिचककर रोने लगा था और सरजू भैया ने उसके मुँह पर कसकर एक झापड़ जड़ दिया था, ''बाप के मरने पर तो इस तरह कभी नहीं रोयेगा!''

नहीं रोया जोखन, आज तक नहीं रोया—फूफी सोचती है और ज़मीन पर हाथ टेककर उठने लगती है। जोखन सोये में कुछ बुड़बुड़ाता है और ज़ोर से चीखकर उठ बैठता है। ऊपर छत में चूहे दौड़ते हुए चले जाते हैं और ढेर-सी काली गर्द झर पड़ती है। फूफी अपने माथे पर से गर्द झाड़ती उसकी ओर बढ़ती है कि जोखन ''नहीं, बापू, मैं मर जाऊँगा...!''—किहता हुआ चारपाई से उठकर भागने को होता है। फूफी उसे पकड़कर चारपाई पर लिटा देती है। वह अशक्त पड़ा रहता है। पानी का छींटा मुँह पर डालती है, तो कुनकुनाकर आँखें खोलता है।

''का हुआ, जोखन? कैसा जी है, बेटा, कुछ बता तो? सपने में कुछ ऐसा-वैसा देखा क्या?''

जोखन चुपचाप एकदम उसे देखता रहता है। उसका चेहरा हल्दिया हो गया है, लेकिन आँखों का भाव बदला-बदला-सा लगता है, फूफी को। मरी-मरी-सी उदास आँखों में एक तनाव-सा दिखता है। शायद भय के कारण उनमें कुछ तेज़ी आ गयी है। फूफी फिर पूछती है, ''कैसा सपना देखा, जोखन?''

जोखन उठ बैठता है। कमरे में रखी मटमैली तिजोरी की ओर एकटक देखता है, ''...बाबू इसी में मुझे बन्द कर रहे थे।''

''सरजू भैया?''

"हाँ, फूआ! कहते थे कि अपने से नहीं कुछ करता-धरता, तो चल तेरी भी आँखें फोड़ कर बन्द किये देता हूँ, इसी में! तेरी क़िस्मत में यही लिखा है कि तू भी मेरे लिये कानी घोड़ी ही बनेगा!"

जोखन के चेहरे से पीलापन छँटने लगता है और जाने क्यों उस पर उत्सुकता की रोशनी रिस-रिसकर उतरने लगती है।

फूफी डरती है, लेकिन उसे देखती चुपचाप बैठी रहती है। उसकी समझ में नहीं आता कि क्या कहे, इस मौक़े पर! उसे कैसे समझाये।

जोखन उठता है, सिरहाने की भण्डरिया खोलता है। तेल से चुपड़ा एक डिब्बा है। उसमें से कुंजियों का एक बड़ा-सा गुच्छा निकालकर उसे देखने लगता है।

उसे मनोहरा चाची की याद हो आती है, "लड़का भागमान है, सरजू, सब जोग साफ़ लछमी के हैं।" और वह एक की जगह दो का सामान किस तरह उठाकर देता था और सोचता था कि अगर बापू अन्धे होते...। रघुराई तो अभी कल ही कह रहा था कि, "साले, तेरा बाप तेरी खोपड़ी पर भूत की तरह सवार है, नहीं तो तू इस तरह मलिच्छ बना घूमता! तेरी तो सिट्टी-पिट्टी बन्द है मरगिल्ले! यहाँ तो मूँस डण्ड करते हैं रसोई में और बन्दे सिवान में बिरहा गाकर मस्त घूमते हैं। धन साला है ही ऐसा। जब तक रहेगा, जानो तेरा बाप ही ज़िन्दा है। निकाल उस लाश को अपने घर से!"

जोखन हाथ में वह चाभियों का गुच्छा लिये उठ खड़ा हुआ और तिजोरी के पास जाकर जैसे ही चाभियाँ लगाने लगा, फूफी उठकर बाहर गयी, दरवाज़े बन्द होने का ठीक अन्दाज़ लेकर लौटी और उस घर का दरवाज़ा अन्दर से भेड़कर वहीं आ बैठी।

जाने कितनी सम्पत्ति जोड़ रखी है सरजू ने! सोने-चाँदी के ज़ेवरों के अलावा नोटों के पुलिन्दे, गिन्नियाँ और चाँदी के पुराने रुपये। उसकी टकटकी बँध गयी थी और उसे लग रहा था जैसे उस तिजोरी के अँधेरे में उसकी कानी घोड़ी अपनी पीठ पर दो बोरियाँ और बीच में उसके बाप को लादे टहल रही है।

—फूफी कभी ख़ुश होती, तो दो मुट्ठी तिरछी-कानी के आगे डालकर कहती, "खा लो लछमीना, सरजू भैया बने रहे तो तुम्हारी खुर सोने से गढ़ा देंगे...।" जोखन सोचने लगता है।

फूफी पास आकर जोखन का कन्धा हिलाकर कान में कहती है, "अब बन्दकर दे जोखन, ज़माना ख़राब है। इस तरह का देख रहा है? कुछ दुकान-डलिया रख। यह सब देखने से क्या होगा!"

"फूफी, वह तुम्हारी लछमीना कहाँ से आयी थी?"

"सरजू भइया कालू सेठ की लदवाही करते थे। क्या दिन थे जोखन, वे! हम लोग एक छप्पर के घर में बैठे भइया के बाज़ार से लौटने की राह देखा करते थे। कभी दो मुट्ठी अनाज, कभी गुड़ की दो भेलियाँ—बस यही आसरा था। एक दिन बहुत

रात गये भइया इसी कानी को लिये घर आये। बेचारी बैठ जाती तो उठाने पर उठती और चलती तो पिछली दोनों टाँगे एक-दूसरे से लड़ती रहतीं।

"बहुत दिन बाद भइया ने बताया कि इसकी मतारी पर ही वे बोरे लादकर ले जाते थे। जाने क्या भइया के मन में आया--चाहे भगवान् की माया ही समझो, जब यह पैदा हुई, तो भइया सेठ की दुकान में बैठे एक बोरे का मुँह सी रहे थे। ख़बर सु नकर वही सूजा लिये अँधेरे में गये और बच्चे की आँख में सूजा गड़ा दिया।

"सुबह भइया ने ही सबसे कहा कि घोड़ी का बच्चा काना है। यह बड़ा असगुन हुआ और माथा थामकर सेठ के सामने बैठ गये। सेठ भइया पर ही नाराज़ हुआ। उन्हीं की लापरवाही से घोड़ी गुड़ की मण्डी में गाभिन हुई थी। इसलिए सेठ ने कहा, 'तुरन्त इस बच्चे को उठाकर अपने घर ले जाओ। कहीं इधर-उधर किया, तो तुम्हारा काम छुड़ा दूँगा। फिर तुम्हारे जैसे भुक्खड़ के लिए सगुन-असगुन क्या करेगा, सेठ को क्या पता था कि भइया सेठ की क़िस्मत उस दिन उठा लाये थे।

"भइया ने उसी दिन मन में ठान लिया कि चोरी का जो सामान सेठ के यहाँ बिकता है, उसे वे ख़ुद बेचेंगे और वादे पर चोरों को दो दिन बाद पैसे देंगे। फिर जब कुछ आमदनी हो जायगी तो हाथों-हाथ लेन-देन कर दिया करेंगे। सेठ का यही काम वे करते थे। नून-तेल और जौ-गेहूँ-गुड़ की बोरियों में वे सोने-चाँदी के गहने बनारस के एक सेठ के पास पहुँचाया करते थे। हर तरफ़ उनका सम्बन्ध था, इसलिए जब वे अलग से काम करने लगे, तो सेठ का रोज़गार मन्दा पड़ गया और भइया दिन-दूनी-रात-चौगुनी उन्नति करने लगे। जब सेठ ने उन्हें निकाला, तो कानी के हाथ-पाँव हो गये थे। वह बनारस आने-जाने लगी।"

बापू एक बार मुझे भी बनारस ले गये थे—जोखन सोचने लगा। माँ के मरने के ही बाद की बात है। कहते थे, "यह चादर ओढ़े, मेरी गोद में पड़े रहना। उठना-बैठना नहीं। जब मैं किसी से कहूँ कि लड़िका दिक्क है, बइद जी को दिखाना है, तो सिर उठाकर इधर-उधर ताकना नहीं।" जैसे मेरी पीठ में आज भी कुछ गड़ उठा था। तब मैं समझ नहीं पाया था कि तेलहन की बोरी इस तरह पीठ में क्यों गड़ेगी, लेकिन वह गड़ रही थी और मुझे आज अच्छी तरह याद आ रहा है कि कल्लू सेठ के यहाँ उसी रात चोरी हुई थी। बापू के पीछे-पीछे मैं भी वह बड़ी सेंध देखने गया था, जिसके रास्ते चोर बड़े-बड़े बक्से लेकर बाहर निकल गये थे। बापू ने मुझे डाँटकर भगा दिया था और लोगों से कहने लगे थे कि, "ससुरे को रोज़ रतिया-भर जर चढ़ता है और हँफनी छूटती है। आज अभी बनारस जाऊँगा तो सोचता हूँ बइद जी से नाड़ी धरवा कर दो पुड़िया लेता आऊँ।"

—फूफी दो बोरियाँ सीकर कानी के पास रख आयी थी।—जोखन घूमकर फूफी के चेहरे को ध्यान से देखने लगा। जैसे एक नयी आँख लग गयी थी उसके चेहरे में आज और फूफी का ठस चेहरा सहसा मोम की तरह पिघलकर कंकाल हो गया था।

धुएँ की एक भूरी पगडण्डी की तरह की उसकी स्मृतियों पर एक धुँधलका इधर-से-उधर दौड़ गया था, जिसमें कहीं घना अँधेरा था, तो कहीं असम, बिखरी हुई बेतरीब सतहोंवाली रोशनी।

जोखन जैसे-तैसे तिजोरी बन्द करके अपने बिस्तर पर आ लेटा। फिर जाने क्यों उसके जी में आया कि वह फूफी को इस घर के बाहर निकालकर दरवाज़ा बन्द कर ले। वह तनिक तिरछा होकर फूफी से बोला, "जाकर सो रहो फूआ, रात बीती ही जानो। भिनसारे ही मैं जवनपुर...।"

"जरूर जा, भइया, जिउता का कोई ठिकाना नहीं, सरबउला वही दुइ हज़ार पहुँचाकर गया, तब से लौटा ही नहीं। मकान का भाड़ा तो दे जाता!"

फूफी और भी बहुत-सी बातें बताती रही। शहर में कहाँ क्या है, कितना रुपया है, कितना सामान है, कितना कमरा किराया पर है, लेकिन जोखन का ध्यान दूसरी तरफ़ था। उसे दिख रही थीं वे दोनों बोरियाँ, जिनमें तेलहन की जगह कल्लू सेठ की क़िस्मत भरी थी और राममूरत पण्डित गदोरी पर सुरती मलते हुए इधर-उधर कावा काट रहे थे, "बड़ा अच्छा है, सरजू, देखाय लो बइद जी को। नाड़ी पर बड़ा सच्चा पहुँचता है। दोई पुड़िया में सब रफा-दफा...।"

जोखन के सामने सारी चीज़ें फिर से जन्म ले रही थीं—जैसे माँ की गोद में बैठे-बैठे बेटा जाने कब सयाना हो जाता है, उसी तरह क्षण-क्षण पर उसे नये जीवन का बोध हो रहा था। बीती हुई घटनाएँ याद आती थीं और उनकी पूरी पीठिका जैसे ख़ुद-ब-ख़ुद उसके आगे खुलती चली जाती थीं। उसका बाप आज पहली बार उसके लिए सही माने में जी उठा था और उसे लग रहा था कि उसके नाते-रिश्तेदार कितने बेवकूफ़ है, राममूरत काका कितने लोभी हैं और यह मेरी फुआ कितनी नीच है, जो मेरे बाप के मारने की बात कह-कहकर मुझे परेशान करती रही है। जैसे ये सब-के-सब मेरे बाप की आँख में सूजा चुभोकर उसे मुझसे अलग करने की तरकीब रच रहे थे।

"...बापू जिन्दा हैं...कौन कहता है कि उनकी मउत हो गयी...कौन..." वह बुदबुदाया, "फुआ, नहीं होगी उनकी बरसी। कोई किरिया-करम नहीं होगा। पण्डित काका धोती-कपड़ा ही चाहते हैं, तो उनसे कहो...।

"यह क्या हो गया जोखन तुझे? ऐसे नहीं कहते बेटा, लोग कहेंगे बाप के लिए थोड़ा पैसा नहीं खरच करना चाहता!"

बाप के लिए? जोखन के कानों से शब्द टकराकर फूफी के पास लौट जाते हैं और गन्दी मक्खियों की तरह उसके चेहरे पर भिनकने लगते हैं। वह फिर खाली नजरों से उन मक्खियों को देखता है, लेकिन उसे कुछ भी दिखायी नहीं पड़ता, सिवा उन आड़ी-तिरछी, बेहद स्याह रेखाओं के जो उन मक्खियों के उड़ने के कारण एक-दूसरे को तेज़ी से काटती चली जाती हैं। धीरे-धीरे चिराग़ की मद्धिम होती रोशनी में वे रेखाएँ धुँधलाने लगती हैं, भद्दे और बेडौल भुनगों की तरह रेंगने लगती हैं और फिर एक

धब्बे की तरह फूफी के चेहरे भर में टिक जाती हैं। जोखन अपनी आँखें मलता है और घूर-घूरकर फूफी के चेहरे को लक्ष्य करता है, लेकिन उसे कुछ भी दिखायी नहीं पड़ता। फूफी अब भी वहीं बैठी है, यह वह जानता है और बगुले की तरह अपनी लम्बी टेढ़ी गरदन लचकाकर भीतर-ही-भीतर हँसने लगता है, जैसे उसे अपनी उलझनों का हल मिल गया हो।

देखने, न देखने से क्या होता है, फूफी तो अपनी जगह बैठी है और बैठी रहेगी। दोष मेरी ही आँखों में है, शायद। वे उसी तरह सफ़ेद होकर बाहर को निकल आयी हैं जैसे कानी की थीं। लेकिन बापू...उसका ध्यान फिर फिसलकर कानी घोड़ी के पास चला जाता है।...आगे-पीछे के दो-दो पैरों को एक साथ बाँधकर बीच में बाँस का मोटा डण्डा डाला जा रहा है और लोग किस तरह उलट-पुलटकर उसे उठा रहे हैं। जोखन रोने-रोने को हो रहा है। कानी की गरदन लटकी हुई है और उसके मुँह से फेचकुर बह रहा है।

बापू इधर-उधर घूमते हैं। राममूरत पण्डित सुरती मल रहे हैं। बीच-बीच में वे अपनी तालियों से थाप देते हैं और बापू उनकी ओर देखने लगते हैं। जोतिखी ने राममूरत पण्डित के सामने ही कहा था कि साव इस घोड़ी की मरी लाश के भी पैसे लेना न भूलना, चाहे एक ही दो आने मिलें। इसका ग्रह-जोग यही कहता है, वरना यह कुलच्छिनी जो तुम्हारे हाथ में सुलच्छिनी हो गयी थी, तुम्हें डुबोकर छोड़ेगी। बापू आँखों से सब-कुछ कह देते हैं। चुपचाप कुछ इशारा होता है। पण्डित कुछ ले चुके हैं, इसलिए बापू को कुछ बोलने से रोकते हैं, तभी लोग कानी को लेकर गली से बाहर हो जाते हैं।

जोखन एकटक देखता रहता है, लेकिन जैसे कोई पत्थर का गोला उसके गले में नीचे से ऊपर को चल रहा हो। वह उलटकर कानी के थान को देखना चाहता है। आँगन में लोहे का खूँटा अब भी गड़ा पड़ा है। वह फफककर रो पड़ता है, लेकिन आज उसके मुँह पर चाँटे नहीं पड़ते, न कोई कुछ कहता ही है। फूफी समझती है, वह सरजू भैया के लिए रो रहा है, चलो अच्छा है, इसलिए बाँहों में सिर गाड़े ऊँघती है।

एक काला दायरा

सच कहें तो इस समय उसके दिमाग़ में कुछ नहीं था। औंधाये हुए, छूछे घड़े की तरह उसकी खोपड़ी ख़ुद उसी को खाली लग रही थी और सिर्फ़ इसी कारण उसे बेचौनी हो रही थी कि उसके मन में कोई बात क्यों नहीं उठती, क्यों वह डर उसके दिल से उड़ गया है जो मजिस्ट्रेट की अदालत में मक्खियों की तरह उसके सिर पर भिनक रहा था। यहाँ तो डरने के लायक़ कुछ भी नहीं है। एकदम सीधे-सादे लोग सिर झुकाये भेड़ों की तरह, जैसे किसी लेहड़ में खड़े हैं और हलके-से इशारे पर कुछ-न-कुछ करने लगते हैं। न पुलिस की वर्दी का वह डरावना रंग, न डण्डा, न चमकदार पेटियाँ, जो शरीर में चिपककर चमड़े समेत बाहर निकल आती हैं, न कोई ऐसी चारपाई जिसकी पाटियों में पैर फँसाकर आदमी को उलटा खड़ाकर दिया जाता है और तलुओं में सहसा कभी-कभी ज़ोर की चोट पहुँचायी जाती है—ऐसा कुछ भी नहीं, यहाँ तक कि ऐसे चेहरे भी नहीं, जिन्हें देखकर लगे कि इनमें कम-से-कम ज़िन्दा आदमी के ख़ून की रौनक़ है।

मजिस्ट्रेट की अदालत में तो पाँचू के सिर पर भिनकनेवाली मक्खियाँ अदालत के कमरे में उड़कर फैल गयी थीं और वह ऊबकर उन्हीं मक्खियों को देखने लगा था, लेकिन वही मक्खी जो अभी उसकी नाक पर बैठी थी, इस तरह उड़कर मजिस्ट्रेट की नाक पर बैठ जायगी, उसे यह नहीं मालूम था, क्योंकि मजिस्ट्रेट ने काग़ज़ों का उलटना-पलटना बन्द करके पीछे देखा, और पंखे की ओर इशारा किया, "इतनी मक्खियाँ कहाँ से आ गयीं!" फिर हाथ का काग़ज़ आगे बढ़ाते हुए बोला था, "यह सब देख लो!" और सहसा कोई खेल ख़तम हो गया था। हर आदमी अपनी जगह पर हिल उठा था। चपरासी ने उसे काग़ज़ थमाया भी नहीं था कि उसे कठघरे के पास से हटा दिया गया था।

बाहर उसे फिर हथकड़ी लगा दी गयी थी और दोनों जुड़े हुए हाथों में काग़ज़ थमाते हुए पुलिस के एक सिपाही ने कहा था कि इसे सँभाल ले, चार्जशीट है। तभी उसे जेल के उस कैदी की बात याद आयी थी जो हँस-हँसकर कहता था, "जा बेटा, आज तेरी जनम-कुण्डली मिलेगी और कुछ नहीं होगा!"

"जनम-कुण्डली...!" वह थोड़ा हड़बड़ाया था कि उसने पूरा किया, "साला तू अभी एकदम कच्चा है। जनम-कुण्डली दो तरह की होती है। एक माँ-बाप अपने

पुरोहित से बनवाते हैं और दूसरी समाज और सरकार अपने पुरोहित से। जैसे माँ-बाप बच्चे के जनम और आनेवाले दिनों की खोज-ख़बर के लिए उतावले होते हैं, वैसे ही सरकार भी! असली जनम तो तुम्हारा अब हुआ है। समझ लो, अभी सौरी में हो, बच्चू!''

''सौरी में...!'' पाँचू जैसे इन बातों को ठीक से समझ न रहा हो।

''हाँ...हाँ...! अभी बड़े धूमधाम से तुम्हारे चाहनेवाले एक दिन तुम्हारा नाम रखेंगे। मजिस्ट्रेट साहब लिख-पढ़, मुहर लगाकर उसे बड़े जज के पास भेजेंगे और वहीं से तुम पक्के नागरिक बन जाओगे, फिर मस्त होकर वह काम करते रहो जो ये बतायें! न ऊधो का लेना, न माधो का देना। खाना-कपड़ा और चौन सब एक साथ। रही काम की बात तो जहाँ भी आदमी रहेगा, उसे खटना ही पड़ेगा, लेकिन यह नहीं कि रोज़ की हय-हय, खट-खट। आज यह नहीं, तो कल वह नहीं। इनकी ख़ुशामद, उनकी नाराज़गी, लड़कों-बच्चों की बीमारी और बीवी की डाँट-फटकार सब ख़तम। असल में यह भाग सबका नहीं होता, और तू तो ख़ूब आया बेटा, पाँचू! उमर भी तेरी कम ही है। बस मज़ा ले सारी ज़िन्दगी... मैं कह तो रहा हूँ, लेकिन आसान नहीं है बेटा, इस महल में टिकना, जरा-सा भी मौक़ा लगा कि यह तुम्हें उठाकर फिर उसी दुनिया में बिलबिलाने के लिए फेंक देगा। जनम-क़ैद बड़े भाग से मिलती है!''

''जनम भर तो कालेपानी...'' पाँचू भुनभुनाया।

''हाँ, हाँ,... वही, लेकिन अब समझ लो घर ही में जनम क़ैद का इन्तज़ाम हो गया है। कहीं आना-जाना नहीं होता। देखते नहीं मुझको!'' पाँचू ने पहली बार निगाह उठाकर उस क़ैदी को देखा था। अधेड़ उम्र के लम्बे, छरहरे शरीरवाला वह आदमी कोई ऐसा बुरा तो नहीं था। दाढ़ी जरूर बढ़ आयी थी उसकी लेकिन आँखों में एक तेज़ी थी और चेहरे की रेखाओं में खिंचाव। पाँचू उससे कुछ बातें करना चाहता था, कुछ पूछना चाहता था लेकिन तभी पुलिसवाले पाँचू को लेकर चले गये थे।

इसलिए पाँचू ने अदालत से लौटकर उस कुण्डली को उड़ती निगाह से देखा था। कोई ऐसी बात नहीं थी, कुण्डली में जो पाँचू को समझने में देर लगती। वही बातें जो उसकी पीठ पर लकड़ी का एक मोटा कुन्दा रखकर थाने में कबुलवायी गयी थीं; उसके बयान के रूप में दर्ज थीं। चम्पा की हत्या की सूचना देनेवाला आदमी बटोरन नाम का भर चौकीदार था और इस हत्याकाण्ड के तीन गवाह थे।

एक वह मनसुख अहीर, जिसके कुएँ पर पाँचू अपनी नयी-नवेली दुलहिन चम्पा के साथ पानी पीने के लिए रुका था और पानी पीने के बाद नाच का बाजा सुनकर पूछा था कि, ''यह तो किसी अहीर की बरात मालूम होती है!''

मनसुख के ही घर की एक औरत ने उसे यह कहकर सामनेवाले बग़ीचे में अहीरों का नाच देखने भेज दिया था कि, ''भइया, तुम भी गाँव-पुर के आदमी हो। तुम्हारी बहू हमारी बिटिया के समान है। बेचारी को माँ-बाप की गोद छुड़ाकर पैदल ही घसीट

रहे हो। देखो तो भला, पाँव में छाले पड़ गये हैं। लड़िकन के बाबू भी वहीं नाच देख रहे हैं, तुम भी जाकर देख न लो, कोई बहुत दूर तो है नहीं, अउर नाच भी ऐसी की देखी न होगी जिनगी में! बसन्त महतो की बरात है।'' और उसने बंसी नाम के एक छोटे लड़के को साथ लगा दिया था, ''आना तो उनको लेते आना, देखना वहीं रिक्शावाला माधो भी होगा। तुम लोगों को मज़े में पहुँचा देगा। देखते नहीं, अभी बेर भी तो नहीं लटकी। बसडीहा है ही कितनी दूर! मज़े में पहुँच जाना!''

पाँचू ने उसे बता दिया था कि वह भी अहीर है और इस समय कानपुर में एक तेल की मिल में काम करता है। घर में सिर्फ़ माँ हैं और कोई नहीं। खेत-बारी न होने से ही वह मजूरी करता है, नहीं तो परदेश में चाकरी करने कौन जाता। इसी साल बियाह हुआ है। ससुर तो अभी विदा ही नहीं करना चाहते थे लेकिन उसने माँ की बुढ़ाई का ख़याल करके...''

दूसरा गवाह था, वह माधो, जिसे ढूँढ़ते-ढूँढ़ते उसे रात हो गयी थी और जब वह लौटकर मनसुख अहीर के घर आया तो लोगों ने कहा, ''बड़ी देर हो गयी है, अब कहाँ जाओगे और माधो उससे पाँच रुपये तय करके, रिक्शा वहीं लाकर सोने और बड़े तड़के उठकर बसडीहा पहुँचा देने का वादा करके, रास्ते की बड़ी-बड़ी डरावनी चोरी-डकैती की बातें तथा भूत-प्रेतों के क़िस्से सुनाता, मनसुख के दरवाज़े पर चरस का लम्बा कश खींचता, देर तक बैठा रह गया था।

पाँचू को गहरी थकान थी, लेकिन लाल पटोरी की सुनहली किनारी में छिपा चम्पा का आधा चेहरा उसे बार-बार याद आ रहा था, जिस पर रास्ते में एक जगह सुनसान देखकर उसने होंठ रख दिये थे। ''इतना लजाने से काम कैसे चलेगा। कोई गाँव में ही रहना है! शहर में हाट-बाज़ार में थोड़े ही करूँगा। दिन-भर मिल में खटूँ और शाम को घर का इन्तज़ाम भी करूँ! यह नहीं होने का चम्पा, मुझसे। रामदेव की बीवी को देखोगी तो कहोगी। यह तुम्हारा सारा गहना उसी ने तो ख़रीदा है—हँसली, हवेल और झाँझ-लच्छा। मैं तो चानी का टीका ले रहा था, लेकिन उसने कहा, 'नहीं, रोज़-रोज़ कोई गहना थोड़े ही खरीदता है बीवी के लिए। समझ लो तुम्हारा दिया, तुम्हारे घर ही में पड़ा है।' सच चम्पा, एक सौ पूरा इसी में लग गया।'' उसने यह बात कहते हुए इस तरह मुँह बनाया था कि चम्पा की हँसी जैसे अनजाने किसी तार पर अँगुली लग जाने-सी बज उठी थी और उसने उसका सिर पकड़कर उसके एक ओर के खुले गाल पर होंठ रख दिये थे। एक गुदगुदी सारे शरीर में रेंग गयी थी—एक अजीब-सी सिहरावन, जिसमें उसकी जाँघें ख़ुद-ब-ख़ुद बटुर गयी थीं और रामदेव की बात याद करते-करते वह सो गया था, ''बहुत जल्दी मत करना। हहाकर टूटने से औरत का मज़ा नहीं मिलता। धीरे-धीरे बात करके, प्यार से उसके दिल की कुंजी पाना। फिर बहुत सँभालकर आहिस्ते-से...'' उसकी नसें तड़बड़ाने लगी थीं और वह जाने कैसे सो गया था।

सुबह माधो ने उसे झकझोरकर जगाया था और जगते ही उसने मनसुख राम को सिर पकड़े कहते हुए सुना था, "बड़ा अनरथ हो गया, लोक में हमारी बड़ी हँसी हुई। जाने कहाँ उठकर भाग गयी!"

"कौन?" पाँचू चैंक पड़ा था, "चम्पा ऽ ऽ...चम्पा ऽ ऽ...!" वह पागल की तरह चिल्लाने और इधर-उधर दौड़ने लगा था। मनसुख की बीवी राग निकालकर रो रही थी और बड़ी तेज़ी से लोग इधर-उधर चम्पा को खोज लाने के लिए भाग रहे थे। मनसुख राम पुराने सुराजी हैं और उनके सात लड़के नये सुराजी..., फिर तो शाम तक दौड़-धूप होती रही। चम्पा का कहीं पता नहीं। पाँचू दौड़ते-दौड़ते थककर चूर हो गया था लेकिन उसके मन में चम्पा को पाने की इच्छा अब भी शान्त नहीं हुई थी। उसे लग रहा था कि चम्पा यहीं कहीं है। इसी घर में वह छिपी है। वह दम साधकर मनसुख राम के दरवाज़े पर जा बैठा था। लोगों ने उसे बहुत समझाया, बहुत कहा पर वह वहाँ से उठता ही नहीं था। ऐसा न हो कि चारों ओर शोर मच जाय और पुलिस आ पहुँचे, इसलिए मनसुख राम ने उसे समझाया-बुझाया लेकिन उसका मन न तो शान्त हुआ, न वह वहाँ से उठा। लोगों ने ज़ोर डाला तो उसने कहा, "पुलिस बुलाओ, मैं चम्पा को यहाँ से लेकर ही जाऊँगा, वैसे नहीं!" इसी बीच मनसुख राम का दूसरा लड़का कहीं से हाँफता हुआ आया और उसने बताया कि चम्पा उस बग़लवाले गाँव में देखी गयी है। पाँचू चले तो उसे मनाकर ले आया जाय!

अँधेरा गहरा था, लेकिन पाँचू को किसी बात की सुध नहीं थी। वह उन लोगों के साथ रवाना हो गया। क़रीब एक मील के बाद ही वे लोग नदी के गहरे नाले को पार करने के लिए नीचे उतर रहे थे कि एक ने पीछे से अचानक पाँचू के सिर में एक ज़ोर की धौल मारी। वह हवा में तैरता हुआ सामने की बालू में जा धँसा और छटपटाने लगा। फिर तो पाँचू को लगा, जैसे उसकी हड्डियों के तार-तार चिटखकर अलग हो गये हों और कान के पास, नीचे गरदन और रीढ़ पर आग की दो लम्बी सलाखें ऐंठ उठी हों। कोई उसकी पीठ पर चढ़कर उसके दोनों हाथों को पीठ पर चढ़ाता चला जा रहा था। अँधेरे में जैसे चन्-चन् लुत्ती छूटने लगी थी और पाँचू का चेहरा बालू में गड़ गया था।

"समझ गया साला कि जान से मार दूँ, यहीं...!" पाँचू ने सुना, लेकिन कुछ जवाब नहीं दे पाया। "बीवी रखने के लिए जाँघ में दम चाहिए। वह भी साली रात बड़े नखरे कर रही थी लेकिन एक ही झापड़ में कपड़े उठाकर चुपचाप सो गयी।" और उसने दोनों पैरों के घुटने से पाँचू की रीढ़ पर ऐसा कसकर हचका दिया कि हड्डी चरमराकर रह गयी। किसी ने कहा, "ऐसा न करो कि घर भी जाने लायक़ न रहे। अब सब समझ गया। जरा उठकर इससे साफ़-साफ़ बता दो और अब चलो!"

अँधेरा गोल-गोल चक्कर खाकर पाँचू के लिए थिर हो गया था लेकिन जब उसका हाथ पकड़कर दो आदमियों ने उसे उठाया तो उसे लगा जैसे वह मलबे के नीचे से निकालकर रोशनी में रख दिया गया हो।

"देख, चुपचाप घर जाकर हल्दी-गुड़ पी और नौकरी पर जा। थाने पर रपट लिखाने गया तो वहीं बन्दकर दिया जायगा और वहाँ से भी बचा तो..." उसने अपने बल्लम का लपलपाता फल पाँचू की छाती पर रख दिया था। माधो रिक्शेवाले ने पाँचू की दाढ़ी पर हाथ लगाकर मज़ाक के स्वर में कहा था, "चम्पा का इन्तज़ाम हम लोगों ने कर दिया है, तुम अब कोई दूसरी खोज लेना, अच्छा..." और वे लोग पाँचू को वहीं छोड़कर चले गये थे।

तीसरे गवाह थे पाँचू के ससुर धनीराम। बेचारे कितने सीधे हैं! पाँचू को देखते ही ललककर छाती से लगा लिया था, "कैसे आ गये बेटा, न चिट्ठी, न पत्री, अभी दो ही महीने तो हुए बियाह के और बिना साइत-सुदेवस?"

पाँचू ने चम्पा की बिदाई के लिए कहा था और यह भी बताया था कि साइत-सुदेवस पुरानी बात हो गयी। अब उसका काम किसी तरह चल नहीं रहा है। घर में अकेली माँ है और वह भी अब कानपुर में कब तक अकेले खटता रहेगा। पूरे सौ की नौकरी है। माँ को भी वहीं ले जायगा।

चम्पा के बाप धनीराम ने माथा थाम लिया था, "बड़ा धरमसंकट है, बेटा, मुदा तुम्हार परानी है, नहीं रहने दोगे तो ज़बरदस्ती तो करेंगे नहीं, यही जग-हँसाई का डर है!"

पाँचू नहीं माना था और चम्पा की बिदाई करा ही ली थी। चलते-चलते धनीराम ने रो-रो कर अपनी पगड़ी से आँखें पोंछते हुए कहा था, "मेरी जिनगी ठाकुर की ड्योढ़ी में बीती है, बेटा! यही एक लड़की है। बड़े आदमी की सोहबत में रही है, जरा धियान रखना। ऐसा न हो कि इसे तक़लीफ़ पड़े और यह मुझे कोसे!"

पाँचू ख़ुद रोने लगा था, लेकिन फिर उसे लगा था कि कहीं इन्हीं बातों में से चम्पा के रुकने की बात न निकल आये, इसलिए वह जल्दी से ससुर की पाँवलागी कहकर चल पड़ा था।

चार्जशीट में आगे क्या है, पाँचू नहीं पढ़ सका था। एक तो उसकी लिखावट इतनी ख़राब थी कि अक्षर उसकी समझ में ही नहीं आते थे, दूसरे इन सारी बातों में वह इस तरह उलझ गया था जैसे किसी दुर्गम जंगल में कोई राह खोजते-खोजते थककर बैठ रहे। सचमुच उसका उसी दिन जन्म हुआ था, जिस दिन पुलिस ने उसे उसके घर आकर पकड़ लिया और सबसे पहले उसकी माँ ही सिर पीट-पीटकर कहने लगी, "तुमने यह क्या किया, मेरे लाल!"

उसने लाख समझाया, लाख कहा, पर माँ यही कहती रहो और पुलिसवालों से बेटे की जान की भीख माँगती रही। सिपाही उसे घसीटकर थाने की ओर ले

चले तो माँ ने उसके पाँव पकड़ लिये, मिन्नतें कीं, रोयी, गिड़गिड़ायी पर वे नहीं माने।

पाँचू को तो माँ की बातें सुनकर काठ मार गया था, जैसे उसके मुँह में ज़बान ही न हो, जैसे वह अपनी माँ ही के लिए सबसे पहले अपरिचित हो गया था। कैसी अजीब बात थी कि उसने जो कुछ किया था, वह जानने की फिक्र भी माँ ने नहीं की और शायद कुछ और ही बातें...लेकिन और बातें हो ही क्या सकती हैं? उसने तो कुछ ऐसा नहीं किया—पाँचू का सिर चक्कर खाने लगा था और बार-बार उसे बस एक ही बात याद आती थी कि उसे इस तरह रास्ते में चम्पा के गालों पर होंठ नहीं रखना था।

लेकिन थाने में पहुँचकर उसे थोड़ी ही देर मे सब-कुछ मालूम हो गया था। वहाँ पहुँचते ही बिना कुछ पूछे दो सिपाही बनियान पहने निकले थे और पीछे से थानेदार ने आवाज़ दी थी, "पहले इसे ठीक करो, अभी मैं आता हूँ।" और उनके पेटियों की चमचमाती बौछार में जैसे बिजली की कौंध समा गयी थी—एक सनसनाते हुए बाण की तरह, उसके तलुवे से ख़ून की धारा उसके माथे तक चढ़ आती थी और रोशनी का एक तेज़ धक्का उसकी आँखों को चैंधिया देता था, जिसमें जाने कितने रंगों की चिनगारियाँ एक-दूसरे से लड़कर फिर अँधेरे में खो जाती थीं। धीरे-धीरे यह रोशनी का धक्का भी कम हो गया था और उसके सीने में एक हुद्दा-सा उठता और खो जाता था। पेट में मरोड़ और गले में खट्टे स्वाद के बाद नाक के पास हलकी ठण्डक और आँखों के पास उसका हलका जमाव, फिर माथे और बालों में चींटियों के रेंगने-सी गुदगुदी का अनुभव करने के बाद, वह नहीं जानता कि वह कहाँ था? हाँ, इतना उसे मालूम है कि रात एक स्टूल पर लैम्प की रोशनी देखकर उसने आँखें खोलीं तो उसे पानी पिलाकर बैठा दिया गया था और उसे बताया गया था कि उसने अपनी बीवी की हत्या एक नाले में, पुल के नीचे कर दी थी। उसकी लाश पुलिस ने बरामद कर ली है और उसकी शव-परीक्षा के बाद पता चला है कि उसने तेज़ चाकू से उसके शरीर पर दस वार किये हैं। उसके गले की नस काट दी है। ख़ून की भी परीक्षा हो चुकी है और सब यही बताती है कि उसने यह काम जान-बूझकर, पूरी तैयारी से किया है—इतना सुनते-सुनते उसे फिर गश आ गया था और वह दीवार से उठँग गया था। पता नहीं रपट में आगे क्या था, लेकिन उसके मुँह पर पानी के छींटे मारकर जब दीवान ने कहा, "दस्तख़त कर सकते हो?" तो उसने सिर हिला दिया और किसी तरह दो शब्द 'पाँचू' उस रपट पर लिख दिया था।

इसलिए जेल में उस पुलिस की रपटवाले हिस्से को देखने की उसकी इच्छा ही नहीं हुई। उसे लग रहा था जैसे माँ की उन बातों में ही सारा रहस्य छिपा था, "यह सब तुमने क्या किया, मेरे लाल!" और एक दुनिया उससे बहुत पीछे छूट रही थी—अब तो वह पीछे मुड़कर देखने लायक़ भी नहीं रह गया था—गर्द-गुबार और जलती

हुई तेज़ हवाओं ने बीच के सारे रास्ते को अपने भीतर समो लिया था और सीमान्त की झलक भी उसे दिखायी नहीं पड़ती थी। इसलिए कोई वकील, कोई पैरवीकार भी उसका हो सकता है; इस सबके लिए उसने 'नहीं' कर दिया था।

रह-रहकर उसके मन में एक ही इच्छा होती थी, और वह यह कि यदि वह क़ैदी उससे कहीं मिलता तो उसे अपनी जनम-पत्री दिखाता। इसलिए नहीं कि उससे कुछ सलाह मिलती, बल्कि इसलिए कि उसकी बातें जाने क्यों पाँचू की समझ में आने लगी थीं। कम-से-कम वह सच तो बोलता है!

जेल में कई दिन बीत गये और जब दूसरी बार फिर उसे अदालत के सामने ले जाया गया तो वहाँ उसने धनीराम को सबसे पहले देखा। गले में कुर्ता डाले वे दूर खड़े थे और पल-भर को उसके पास आने में उन्हें हिचक मालूम हुई थी लेकिन तभी पुकार हो गयी और वह अदालत में पहुँचा दिया गया था।

चौधरी मनसुख राम ने पहुँचते ही अदालत को सलाम करके कहा था, "मैं तो साहब, अब दुनियादारी से अलग हूँ। सुबह-शाम रामधुन और जनता की सेवा के अलावा मेरा दूसरा काम नहीं रह गया है।"

मजिस्ट्रेट ने झुँझलाकर कहा था, "लेकिन इस सबका अदालत से क्या मतलब चौधरी! आप यह बताइये कि पाँचू को अपनी बीवी चम्पा का ख़ून करते आपने कैसे देखा?"

"मैंने हुजूर! मैंने उसे चाकू चलाते तो नहीं देखा। असल में मैं विकास-क्षेत्र की एक सभा के लिए सवेरे, बड़े तड़के ही घर से निकला तो देखा माधो उधर से दौड़ा चला आ रहा है। मैं उसे बुलाना चाहता था लेकिन उसने पास आकर कहा, 'भगत, जरा मेरे साथ चलकर एक बात देख लो, मुझे तो बड़ा भयानक लगता है, लेकिन बात कुछ ऐसी है कि अपने गाँव की बदनामी होगी और हम सभी लोग विपत में फँसेंगे।'"

"मैंने उसे रोककर पूछा तो उसने बताया कि, 'महाजन के नये कुएँ पर कोई आदमी रहट के थाले में से पानी लेकर एक ख़ून में डूबा छुरा धो रहा था। मुझे देखते ही उसने छुरे को कुएँ में फेंक दिया और बताने लगा कि वह नाले में लुढ़ककर गिर पड़ा था। हाथ-पाँव छिल गये थे इसलिए यहाँ बैठकर घाव को धो रहा है।"

"लेकिन अँधेरे में ख़ून में डूबा हुआ छुरा...?" मजिस्ट्रेट ने कहा।

"हाँ, हुजूर, मुझे भी अचम्भा हुआ। मैंने भी इससे तुरन्त पूछा कि तुमने देखा कैसे? यह कहने लगा, 'मेरे हाथ में चोरबत्ती है, देखते नहीं?' आज बड़े बाबू के घर से एक सवारी टीसन जाने को थी, वहीं रात गया था लेकिन बाबू के सिर में बहुत दर्द और बुखार हो आया इसलिए सोचा सबेरे ही चलकर कुछ काँटा-कोअर करके गइया को खिला दूँ फिर वहीं लौट, रिक्शा लेकर टेसन चला जाऊँगा।'

"मैंने पास जाकर इस आदमी को देखा था, हुजूर," मनसुख राम ने उलटकर पाँचू पर एक निगाह डालनी चाही लेकिन आधे ही रास्ते से उनकी गरदन फिर साहब की ओर लौट आयी।

"इसके कपड़ों पर ख़ून के बड़े-बड़े धब्बे थे, जो पुलिस ने बरामद किये होंगे। लेकिन देखने में यह इतना भोला था कि इसकी बातों पर विश्वास करके मैंने इसे जाने दिया और माधो की बात को ग़लत मान लिया। मुझे जरा भी सन्देह होता तो पुलिस को इतनी तवालत क्यों उठानी पड़ती। मेरे यहाँ तो जनता ख़ुद पुलिस का काम करती है। कभी किसी चोरी-डकैती क़ा नाम भी किसी ने न सुना होगा, हुजूर...!"

"आपको और कुछ कहना है...!" मजिस्ट्रेट जैसे मनसुख राम की बातों से ऊब गया था और उनके यह कहने पर कि, "हुजूर और क्या कहूँ... इस अनर्थ से ख़ुद मेरा कलेजा फट गया है।" वह झुंझला उठा।

"बस, बस... हाँ, माधो, तुम क्या जानते हो इस मामले में?"

पाँचू ने माधो की बात नहीं सुनी। हाँ, जब धनीराम बुलाये गये तो उसने अपनी नाक पर बैठी मक्खी को उड़ाने के लिए अपना हाथ उठाना चाहा, लेकिन उसमें इतना दर्द था कि उसके सारे शरीर में जैसे बिजली की एक महीन धारा दौड़ गयी। वह चुपचाप, बेदम, लस्त खड़ा रह गया।

"साहेब, चम्पा ने मेरी बुढ़ाई ख़राब कर दी..." और धनीराम भरी अदालत में छाती पीटकर रोने लगे। फिर सिसकते हुए उन्होंने कहा, "साहेब, कभी फरा फूल भी तोड़ने नहीं दिया था, बिटिया को। माँ उसकी बचपन में मर गयी तो जहाँ भी गया, उसे पीठ पर बाँधे-बाँधे गया। जरा बड़ी हुई तो कन्हैया लादे घूमा..." धनीराम फिर फफक-फफककर रोने लगे। मजिस्ट्रेट ने बड़ी नरमी से बूढ़े की ओर देखकर पूछा, "लेकिन अदालत यह सब जानकर क्या करेगी धनीराम जी!"

"हाँ, हुजूर!" जैसे धनीराम के दिमाग़ में कुछ कौंध गया हो। "मैं यह कह रहा था कि यह लड़का कानपुर से सीधे मेरे घर आया और जिद्द करने लगा कि मैं तो चम्पा को लेकर ही जाऊँगा। मुझे अचरज हुआ। लेकिन समय-जमाने का धियान देकर मैंने सोचा, लड़का है, मन है इसका तो इसे नराज़ नहीं करना चाहिए और साहेब, मैंने लोक-रीत छोड़कर बिना किसी साइत-सुदेवस के बेटी को आग में झोंक दिया—मैं क्या जानता था कि यह उसे..." धनीराम फिर फूट पड़ा और बहुत कहने-समझाने पर भी होश में नहीं आया तो मजिस्ट्रेट ने बड़ी कड़ाई से पूछा, "पुलिस कहती है, तुम्हारी बेटी की किसी से आशनाई थी और यह ख़बर तुम्हारे गाँव के किसी मज़दूर ने कानपुर में पाँचू को दे दी थी, इसलिए वह इतनी जल्दी में आनन-फानन चम्पा को बिदा कराकर ले गया और रास्ते में उसने उसकी हत्या कर दी।"

"कौन लुच्चा कहता है कि मेरी बेटी की किसी से आशनाई थी?" धनीराम पागल की तरह चिल्लाने लगा, "कहीं सीता और सावित्री की भी आशनाई..."

मजिस्ट्रेट बीच ही में बिगड़ गया, ''तुम कहाँ बोल रहे हो धनीराम, तुम्हें मालूम है?''

''मालूम है, साहेब लेकिन आपने जो कहा है, वह भी आपको मालूम होगा।''

''ठीक है, ठीक है, लेकिन पुलिस तो कहती है कि तुमने कभी थाने में रपट लिखायी थी कि तुम्हारी बेटी को मेले से कोई उठा ले गया है।''

''वह कोई दूसरे नहीं, मेरे अन्नदाता बड़े ठाकुर, जिनकी ड्योढ़ी का अन्न खाकर मैं पला हूँ; उनके छोटे कुँवर साहब थे साहेब! चम्पा को मेले में भटकते देखकर रुक गये थे। गाँव की लड़कियों से उसका साथ छूट गया था। बेचारी रो-रो कर इधर-उधर भटक रही थी, तभी छोटे बाबू ने उसे देखा और ले जाकर अपनी मोटर में बैठा लिया। चम्पा उनके साथ खेली है, मालिक! बड़े आदमी पर अभी इतना विस्सास बाक़ी है। तरे धरती और ऊपर भगवान् अभी बैठा है। मैं कैसे कहूँ कि वे चम्पा को किसी बुरी नियत से अपने शहर के डेरे पर ले गये थे। गाँव का रास्ता मोटर के लायक़ नहीं है, मालिक, नहीं तो भला वे शहर क्यों जाते! बेचारे रात तक गाँव के किसी आदमी को ढूँढ़ते रहे, जब कोई नहीं मिला तो मोटर वहीं छोड़कर कैसे आते और मैंने घबराहट में, चम्पा के खोने की ख़बर पाते ही पुलिस-थाने में रपट लिखवा दी थी। साहेब, थानेवालों ने यह नहीं बताया कि मैंने पता लगने पर एक अर्जी भी लिखकर उन्हें दी थी, जिसमें ये सभी बातें लिखी थीं।'' धनीराम जैसे गुस्से को पीकर आश्वस्त हो गये थे।

मजिस्ट्रेट ने उन्हें रोकते हुए कहा, ''बस-बस, और कुछ नहीं जानना है, धनीराम, जी!'' और वह कुर्सी से उठने के पहले, पाँचू की तरफ़ मुड़कर पूछने लगे थे, ''तुम्हें क्या कहना है पाँचू...?''

पाँचू आँखें नीची किये खड़ा था। अपना नाम सुनते ही उसने गरदन सीधी करने की कोशिश की, लेकिन उसे लगा, जैसे उसकी गरदन चरमराकर टूट जायगी, फिर अभी ही तो कितनी मुश्किल से धीरे-धीरे उसने अपनी गरदन इस तरह झुकायी है। ऊपर उसकी निगाह रह-रहकर बिजली के तेज़ चलते हुए पंखे से टकरा जाती थी और उसे लगता था, जैसे उतनी ही तेज़ी से उसका सिर चक्कर खाने लगेगा और वह भहराकर फ़र्श पर ढह पड़ेगा, इसलिए मजिस्ट्रेट के दो बार पूछने पर भी जब वह नहीं बोला तो सरकारी वकील ने कहा, ''जो बातें लोगों ने कही हैं, उन्हें इक़बाल करते हो पाँचू?''

पाँचू ने आसानी के लिए स्वीकार में सिर हिला दिया तो सरकारी वकील ने कहा, ''हुज़ूर, मुलज़िम पाँचू अपने अपराध को कुबूल कर रहा है।''

और अदालत पलक मारते उठ गयी थी। पाँचू बाहर पुलिस की गाड़ी से जेल की ओर लौटने लगा तो उसे मजिस्ट्रेट की इतनी ही बात याद थी कि ख़ून के सीधे केस के कारण मुलज़िम पाँचू पर दफ़ा 302 लगायी जाती है।

शायद यही नया नाम है, पाँचू का और उसे पहली बार लगा, जैसे पाँचू नाम झूठा और बेमानी है। उसने साफ़-साफ़ देखा कि वह पाँचू से भी अलग हो गया है और अब उससे दो-दो बातें कर सकता है। इसलिए जेल के फाटक में घुसते ही उसे लगा, जैसे वह अपने घर में आ गया है और उसका वह छोटा-सा, साफ़-सुथरा घर...? नहीं-नहीं, वह तो पाँचू का घर है—उसमें उसकी माँ रहती है, जो इस मजिस्ट्रेट, उस धनीराम, थानेदार, मनसुख और माधो की तरह उसे मुलज़िम समझती है... मुलज़िम...

संयोग से उसी दिन जेल के भीतरी वार्ड में वह क़ैदी वार्डर से बात करते हुए पाँचू को दिख गया था और हँसते हुए कहने लगा था, "तुम्हीं को पूछ रहा था! सुना तुम्हारा आज नाम रख दिया गया!"

पाँचू ने उसे सारे काग़ज़-पत्र दिखाने चाहे थे, लेकिन उसने यह कहकर टाल दिया, "हटाओ उस सब में क्या धरा है। बेकार मत्था मारने से कोई लाभ नहीं। अब तुम बेफिकर रहो। सोचने का काम तो हमारे लिये दूसरे ही लोग करते हैं। जानते हो, अब हम वैसे अनाथ नहीं, ऊपर बड़े-बड़े नौकर हैं, हज़ारो रुपये तनख़ाह पानेवाले। डॉक्टर, दारोग़ा, वार्डर सब का बस एक ही काम है—हमारी सेवा।

"सुना 302 मिला है! यह शाही नाम है, पाँचू, शाही, बस मज़ा करो...!"

"लेकिन मैंने तो ख़ून-ऊन किया नहीं...और वह भी चम्पा..."

"छी-छी क्या बकता है मरदुआ! ख़ून-फून, चम्पा-चमेली से इस सबका क्या मतलब! यह तो एक लोक है, एक दूसरी ही दुनिया जो तीनों लोकों से न्यारी है। तुमने बचपन में उस राजकुमार का नाम सुना होगा जो जंगल में भटककर एक ऐसी खोह में पहुँच जाता है, जहाँ चारों ओर पहाड़-ही-पहाड़ हैं। बेचारा ऊबकर चट्टानों से सिर टकराता फिरता है कि सहसा एक जगह से चट्टान हट जाती है और वह सम्-सम् नीचे, बहुत नीचे, एक ऐसी नगरी में पहुँच जाता है, जहाँ बड़े-बड़े महल हैं और उनमें एक राजकुमारी रहती है... अरे, यह तो कहानी सुनाने लगा। मेरा मतलब यह कि जैसे ही राजकुमार नीचे जाता है, नीचे से चट्टान सम्-सम् करती वहीं-की-वहीं आकर बैठ जाती है। फिर बाहर-का-बाहर और भीतर-का-भीतर। यह एक चानस है पाँचू... कहाँ बदा है सबके भाग में! हर दरवाज़े पर पहरा है, बच्चू! जरा-सी भी गड़बड़ हो कि संगीनें खड़क उठें। भाग मनाओ कि आ गये, यहाँ!

"दो-एक बार की तवालत और है। बिरादरी अपनी ही है, इसलिए डर की बात तो दिल में लाना नहीं, मुदा भाई, इस बढ़ती हुई बड़ी दुनिया में ऐसे ही कूदकर सब पहुँचने लगें, तो जानते हो भला कोई बाहर रहना चाहे! इसमें आने के लिए मार-कूट हो पाँचू और ख़ून की नदियाँ बह जायँ, इसलिए इसके भी सरदार हैं। वे ख़ूब ठोक-बजाकर देखते हैं, आदमी को। जरा भी कच्चा हुआ तो टाट में शामिल नहीं करते, लेकिन तुम्हारा काम तो पक्का है। सरदार बिरादरी के ही हैं। तुम्हें मेरी बात समझ में

आ जायगी। बस, हाँ-में-हाँ मिलाये रहना, सिर्फ़ इतना मानकर कि तुम अपने सरगना के आगे खड़े हो, अच्छा...! देखो मैं बात कर रहा हूँ... किचन में देर होगी। बाहर-भीतरवाले खिचड़ी लोग बड़ी तक़लीफ़ देते हैं। जाने कैसी जनता का नाम लेकर यहाँ चले आते हैं और ख़ूब अण्डा-दूध उड़ाते हैं...''

''वह क़ैदी पाँचू के देखते-देखते बड़े-बड़े डग बढ़ा, वार्ड के फाटक से बाहर चला गया।

तब से पाँचू काफ़ी ठीक हो गया है। शरीर में पुरवाई का असर होता है, लेकिन वैसा दर्द नहीं रहता। खा-पीकर आराम करने से देखने में वह अधिक चिकना लगता है, लेकिन अजीब बात है कि उसका दिमाग़ कुछ सोच ही नहीं पाता। बहुत ज़ोर देकर जब भी वह कुछ बातें सोचता है, तो उनमें दूसरी बातें इस तरह मिल जाती हैं कि सब गड्डमड्ड हो जाता है और उसकी निगाह के रास्ते में एक काला दायरा बन जाता है जो रोशनी के बीच तेज़ी से चक्कर काटने लगता है, फिर माँ तक का चेहरा उसके ऊपर उभर नहीं पाता।

इस बीच कई बार वह सेशन की अदालत हो आया है और उस सब में उसे कोई नयी बात नहीं दिखी है। वही एक भाषा जो मनसुख चौधरी के बेटों ने उस दिन, रात उसे सिखायी थी और थाने में जिस पर मुहर लगी थी, बार-बार दुहरायी गयी, और वह अदालत में लोगों के चेहरे पहचानता खड़ा रहा।

आज कुछ नयी बात होने की थी। उसने सुना था कि आज उसका फ़ैसला है, इसलिए उसने अपने दिमाग़ पर काफ़ी जोर लगाया कि वह कुछ सोचे लेकिन आज भी अदालत में वह छूछे घड़े की तरह की खोपड़ी लिये चुपचाप खड़ा है। मक्खियाँ एक भी नहीं हैं, इजलास में लेकिन एक ग़ौरैया बार-बार रोशनदान से एक तिनका लेकर उड़ती है और बिजली के तेज़ चलते पंखों के ऊपर-नीचे से दूसरी तरफ़ जाकर फिर सामने रोशनदान में लौट जाती है। पाँचू उसी को देख रहा है और जज फैसला सुना रहा है। पाँचू थोड़ी ही देर में उसकी बातों से ऊब गया है। वही पुराना क़िस्सा, वही चौधरी मनसुख राम और उसके बेटों की बातें... वही थानेदार की रपट... एक गहरी चिढ़ और घृणा के कारण सहसा उसके दिमाग़ में रोशनी की एक किरण चमक जाती है... जैसे कोई कब की बन्द मशीन एकाएक झटका लगने के कारण चलने लगे।...क़ैदी झूठ कह रहा था। यह बिरादरी के लोग कैसे हो सकते हैं! ये तो शैतान की औलाद हैं, एकदम अजनबी, जिन्हें न तो वह जानता है, न उसे ये लोग। लगता है ऊपर से नीचे तक अँधेरे का एक घेरा है, जो मुझ जैसे कितने ही लोगों को अपने भीतर कसता जा रहा है—इनकी भाषा अलग है, इनका व्यवहार अलग है—पाँचू अपरिचित आवेश में सोचता चला जाता है, तभी जज फैसले की अन्तिम पंक्ति को एक बार फिर से दुहराता है, ''इसलिए अदालत मुजरिम पाँचू को आजीवन कारावास की सजा देती है।''

सहसा पाँचू का ध्यान जज के बूढ़े चेहरे पर केन्द्रित हो जाता है। बिजली की रोशनी के कारण पंखे के विशाल डैनों की परछाईं को जज के बूढ़े चेहरे पर चक्कर काटते वह पहली बार देखता है।

फिर क्षण-भर बाद ही उसे लगता है, जैसे पंखे के डैनों की सायाएँ एक-दूसरे से मिल गयी हैं और अब एक भूरी साया के दायरे के पीछे जज का चेहरा धुँधलके में धीरे-धीरे डूब रहा है। पाँचू इस तरह चुपचाप खड़ा है, जैसे वह अभी कुछ कहेगा। पल-भर को सारी अदालत ख़ामोश हो गयी है और वह देखता है कि यह भूरा दायरा अब एकदम काला हो गया है, और जज की कुर्सी पर तेज़ी से चक्कर काट रहा है। वह बार-बार आँखें झिपकाता है, गर्दन हिलाता है, लेकिन मशीन जैसे फिर ठप हो गयी है और विद्रूप की वह मुस्कराहट जो क्षण-भर पहले उसके चेहरे पर उग आयी थी, भूल से जहाँ-की-तहाँ अटकी रह गयी है।

लँगड़ा दरवाज़ा

अँगुलियाँ मकड़े की टेढ़ी टाँगों की तरह काग़ज़ पर स्थिर पड़ी हैं। कुछ अजीब तरह से इन पर हथेली का भार थमा हुआ है। इसमें शरीर की शक्ति का कोई योग नहीं, जैसे यह किसी हाथ से कलम करके अँगुलियों के पायों पर टाँग दी गयी हों।

अगल-बग़ल काग़ज़ की एक सीमा और सीमा से परे चादर का हरा रंग है, जहाँ ये टिकी हैं, नीचे अथाह गहराई है और काग़ज़ का यह टुकड़ा किसी खण्डित मीनार के एक टूटे हिस्से के ऊपर टिका है, जिसे चुराकर कोई साहसी वीर कभी भाग खड़ा हुआ था। ठीक इन्हीं हथेलियों के नीचे आकर उसका जहाज़ पानी की एक भँवर में डूब गया था और यह मीनार जाने कैसे समुद्र तल की पथरीली शिलाओं में टेढ़ी-मेढ़ी अटकी रह गयी थी।

संख्या की ओर ध्यान जाता है—अपने आप, जैसे कभी-कभी बैठे-बिठाये सिर खुजाने या नाखूनों को साफ़ करने का उपक्रम इन्द्रियाँ ख़ुद-ब-ख़ुद करने लगती हैं, पाँच मेहराबें गिनी जाती हैं, तीन की चौड़ाई और ऊपरी कटाव क़रीब-करीब समान लगते हैं, चौथा एक बड़ा और लँगड़ा दरवाज़ा है। ऊपरी हिस्सा ज़्यादा चौड़ा और गोल है लेकिन यह पाँचवाँ तो जैसे किसी गुफा का द्वार हो या यों कहें कि किसी पहाड़ी की निचली ढलवान को काटकर एक बड़ा-सा मुख्य द्वार बना दिया गया हो।

यह सब कितना विचित्र है—और उस राजमहल की ऊँची बुर्ज से एक लम्बी मीनार कन्धे पर टिकाये, दूसरे हाथ से दीवारों का सहारा लेकर नीचे उतरते हुए साहसी की पूरी आकृति उभरने लगती है। नीचे दीवार से समुद्र की लहरें पछाड़ खाकर टूक-टूक हो रही हैं और उस बहादुर की किश्ती किसी नन्हें खिलौने की तरह उन लहरों पर उछल-उछल दीवारों से टकरा रही है। यह कीर्त्ति-स्तम्भ इसके शिल्पी बाप ने उस आदिम सम्राट के लिए बनाया था, जिसने पुरस्कार के बदले उसके दोनों हाथ कटवा लिये थे। उसे क्या मालूम था कि कभी इन्हीं हाथों में से दो नन्हें हाथ उग आयेंगे। ताँबे के रंग के उसके दहकते हुए शरीर पर कहीं-कहीं खरोंच लग गयी है, जैसे किसी लाल पहाड़ी से रक्त के पतले सोते बह रहे हों लेकिन सहसा इस हथेली के नीचे कोई तूफ़ान आ गया है और वह नन्हीं किश्ती डूब चली है। उसका एक कोना अभी दिखायी ही पड़ रहा है कि हथेली के लँगड़े दरवाज़े से एक नन्हा शिशु..."अरे इसे रोको...

पकड़ो...!" मैं शायद ही इतनी ज़ोर से कभी चिल्लाया हूँ—जैसे कलेजा भीतर ही चिटककर फट गया हो और मेरा मुँह ख़ून से भर उठा हो।

हैरत है कि यह आवाज़ किसी ने नहीं सुनी, यहाँ तक कि बग़ल में मेरा भाई अपनी दोनों बाँहों में मुँह गाड़े चुपचाप बैठा है। मैं पैर दबाकर नहान-घर में चला जाता हूँ, कहीं वह देख न ले कि मेरा कलेजा अभी-अभी फट गया है और मैं गाल-भर ख़ून थूकने बाहर जा रहा हूँ। कहीं वह जान न जाये कि अभी-अभी मेरी हथेली के नीचे एक नन्हा शिशु समुद्र की भँवरों में डूब गया है। मेरा मन जुगुप्सा से भरा हुआ है, कुत्सा और गिलगिलाती हुई घृणा... मेरे भीतर कोई पछाड़ खाकर ढह गया है। बिना किसी भी भाव के वह अपना सिर इसलिए धुन रहा है कि अपने ही सिर की हड्डियों के नन्हें-नन्हें टुकड़े इधर-उधर टूटकर गिरते देख सके।

क्यों आख़िर...? मैं सोचता हूँ। ईश्वर को तो मैंने कभी का मार डाला था और इस विजय का एक ऐसा एहसास मेरे मन में था कि अपने को जयी—विश्वजयी नहीं, ईश्वरजयी, यानी निर्भय समझ बैठा था। कभी मुझे भय और भगवान् एक ही दिखे थे इसलिए मैंने भय को बहुत पहले एक लम्बे बाँस के ऊपरी सिरे से गरदन में रस्सी बाँधकर टाँग दिया और नीचे से तख़्त हटाकर हँस पड़ा। आप विश्वास नहीं करेंगे कि जो मैंने लटकते हुए देखा, वह ईश्वर था। मैं उसे देखकर जोर से हँसना चाहता था कि वहाँ एक शिशु, नन्हा-सा; उन्नत ललाट और घुँघराले बालों से सज्जित सिर, कमल की दो सहजात पंखुड़ियों-सी आँखें... एक ज़ोर की चीख और आँखें बन्द।

बहुत साहस के बाद जब फिर आँखें खुलीं तो देखता हूँ सूली पर ख़ुद मेरी ही लाश टँगी हुई है। मुँह से ख़ून की पतली धार फूट चली है और मेरी जीभ बाहर को निकल आयी है। नीचे कोई डुग्गी बजाकर ज़ोर-ज़ोर से पुकार रहा है... इस आदमी की हथेली के नीचे बच्चे मरते हैं। यही ख़ुशी की बात है कि इसने ख़ुद ईश्वर की जगह अपने को ही सूली पर चढ़ा दिया है और अब यहाँ लटक रहा है वर्ना इसे जंगली जानवरों के सामने फेंककर नुचवाया जाता और इसकी हड्डियों के ढाँचे को फाँसी पर चढ़ाकर हमें अपना कलंक धोना पड़ा। अरे ओ, इस राजमार्ग से जानेवालों, इसके मुँह पर थूकते जाओ... मैं ख़ून थूककर मुँह साफ़ करता हूँ लेकिन जाने क्यों मुझे संकोच होता है। मैं किसी को मुँह कैसे दिखाऊँगा, क्या कहूँगा, लोग पहचान लेंगे मुझे।

तभी वह सामने पड़ जाती है जैसे किसी यतीम की झोली बेसहारा हवा में झूल रही हो।

बग़ल की बैठक से आवाज़ें आती हैं। लोगों में होड़ लगी है। दुःख को जितना भी फैलाया जा सकता है, लोग फैला रहे हैं। उसकी गहराई को कुशल रसोइये की तरह चकले पर रख रोटी की तरह बेलकर उथला कर रहे हैं, "ज्योतिषी ने महीने भर पहले ही बता दिया था कि यह देव-रत्न कहाँ से हाथ लग गया। यह तो देवताओं के माथे का भूषण है और जानते हो वह मरते-मरते क्या कह गया था?"—सयानी औरत

आँचल से आँखें पोंछ, दो सिसकियाँ भर कर, ख़ुद उत्तर भी देने लगी थी, "तुम मेरे लिये रोना मत, बस इतने ही दिनों के लिए..."

मशाल बुझने नहीं पा रही थी। एक रखने को होता कि दूसरा आगे बढ़कर उसके हाथ से ले लेता और आगे बढ़ जाता।

"उसके मस्तक पर छत्र था, छत्र..."

"जब पैदा हुआ तो घर भर में रोशनी हो गयी थी... लेकिन हाय रे भगवान्... यही बीमारी उसको भी थी...।" मैंने महेश की आवाज़ अच्छी तरह पहचान ली थी और क्षण-भर को उसके घर पहुँच गया था। कुल चौदह सन्तानों का पिता महेश कभी-कभी गुस्से में अपना सिर मेज़ पर पटक देता और अपनी औरत को भोंड़ी गालियाँ देता हुआ भगवान् से दुआएँ माँगने लगता, "हे भगवान्, तू कहाँ सो गया है। उठा ले इन चाण्डालों को। मेरा जीना हराम कर दिया है। पल-भर को घर में राहत नहीं। सोते-जागते जैसे मेरे कलेजे पर किसी पत्थर की तरह इनका भार लदा रहता है..." लेकिन दौड़-तो-दौड़, वह भी शामिल है। कहीं ऐसा न हो कि मशाल बुझ जाये! शायद उसे यह भी उम्मीद है कि मैं आगे बढ़कर उसके शिथिल हाथों से मशाल थाम लूँगा और मुझे क़तार में दौड़ता देखकर वह निश्चिन्त होकर वापस चला जायेगा।

लेकिन मेरे मन में एक अजीब-सी चिढ़ पैदा होती है। शायद इसी की प्रतीक्षा थी मुझे। अब मैं इस लँगड़े दरवाज़े को तहस-नहस करूँगा... इस हथेली के नीचे?... सहसा मेरा ध्यान उस यतीम की झोली की ओर... छी, कैसा भद्दा प्रतीक है, यह। रत्नगर्भा के लिए ऐसा प्रतीक!—धरित्री... माँ... जननी...

मैं किसी के लिए नहीं रो रहा हूँ लेकिन फूट-फूटकर रो पड़ता हूँ, ऐसा कि जैसा कभी कोई नहीं रोया, कम-से-कम मैंने नहीं सुना और थोड़ी ही देर में देखता हूँ कि मैं शान्त हो रहा हूँ। बैठक से कई लोग उठकर मेरे पास आ गये हैं। उनके आने से कुछ नहीं होता लेकिन मेरे सीने में जैसे कोई खिड़की खुल गयी है। हवा की झुरझुरी से भीतर की उमस कम हो चली है और पहली बार मुझे उसकी बेतरतीब उड़ती हुई लटें दिखायी पड़ने लगी हैं। याद आता है, वह शिथिल और म्लान शरीर... अब तो बड़ी तक़लीफ़ है। रह-रहकर इसका चलना बन्द हो जाता है और दद..., दर्द नहीं, लगता है कोई नुकीली चीज़ नीचे को धँस रही है। यहाँ देखो... हाथ लगाओ! एक अजीब-सा चक्कर है। कोई जीव तैरता है। सफ़ेद पेड़ की सिकनहीन ऊँचाई के नीचे का सारा भाग... वस्त्रों के ऊपर से लगता है स्त्री असुन्दर हो गयी है लेकिन फली डाल की तरह वह ऐसी गह्वर हो उठती है जैसे फ़सल के भार से ऊँघती धरती।

लोग बैठे हैं, लोग चले गये हैं और जो चले गये हैं उनमें से बहुतेरे कुछ कह गये हैं, लेकिन जो कह गये हैं, वह इतना विशाल और बेडौल है कि इस लँगड़े दरवाज़े से कहीं बड़ा पड़ता है। बेबुनियाद दीवार की तरह भसकर गिर पड़ा है लेकिन मीनार पर कोई जरब नहीं आया है। पानी जरूर कुछ छलक गया है और गहराई कम-सी

हो उठी है। यह उथलापन बेहद खटकनेवाला है फिर भी अँगुलियाँ जहाँ की तहाँ जमी हैं और उदासीनता का भार उन पर कुछ ज़्यादा हो गया है।

अकसर मौन बातों से ज़्यादा बोलता है और उसके बाद की स्थिति नन्हीं-नन्हीं बातों की होती है जो बिना अड़े, बिना टकराये इस लँगड़े दरवाज़े से गुजर जायें—ठीक उस शिशु की तरह लेकिन... फिर एक गोल भँवर के कारण मीनार की नींव हिल उठती है, सिर्फ़ इस छोटे से सवाल के कारण कि क्या इन हथेलियों के नीचे नन्हीं-नन्हीं बातें भी वैसे ही मर जायेंगी। छोटे-छोटे दुःख-सुख उपजेंगे और बीत जायेंगे लेकिन बड़ी-बड़ी बातें बाहर ही उढ़की रह जायेंगी। ...''ईश्वर की जो मरज़ी होती है वही होता है।'' तो क्या ईश्वर की यह भी मरज़ी है कि बच्चे मरें... ''जो पैदा होता है वह मरता ही है।'' फिर स्वयं यह बड़ी बात ही क्यों ज़िन्दा है और वह ईश्वर?... बूढ़ा, रोगग्रस्त और अनावश्यक...

लोग फिर भी कुछ कहते हैं जैसे वही एक वस्तु है जिसे बोझ की तरह ढोकर वे इतनी दूर से लाये हैं और यहाँ छोड़कर हलके होना चाहते हैं। बोझ-पर-बोझ रखकर घिसटने का अनुभव करा देना कितना जरूरी है। लगता है वास्तव में दर्शन का बीज इसी में से उगता है और अधिकांश मानव-जाति के जीवित रहने की पेंच यहीं कहीं छिपी है। मैं सोचता हूँ और जितना ही सोचता हूँ, उलझता हूँ, क्योंकि मनुष्य के निरन्तर दोहन में सोंधी हुई बातें अपने साफ़ कटाव के कारण इस दरवाज़े से उढ़ककर बाहर पड़ी रह जाती हैं।

धुँधलका एक बार फिर घिसटता चला आया है और इस बार शब्दों के अर्थों तथा वाक्यों की पूरी बनावट से लिपट गया है। निष्क्रियता का यह अभूतपूर्व उभार बाहर-भीतर दोनों तरफ़ एक-सा है और अच्छे-बुरे का भेद एक हद तक समाप्त हो चुका है। हाँ, इतना अवश्य है कि हथेलियों के नीचे की मृत्यु एक सच्चाई बन उठी है और बहुत कोशिश करने पर भी उस बहादुर की आकृति आँखों में नहीं उभरती जो अपने बाप का बदला लेने के लिए महल की मीनार लेकर भागा था... अँगुलियाँ जम-सी गयी हैं और हथेलियों के बीच काई लग गयी है।

उसकी आँखों के कोनों और नाक के पोर की ललायी अब भी वैसी ही बनी हुई है पर वह बोलती है। शब्दों को शक्ल देती है और उसके होंठ घबराये हुए कबूतर की तरह थरथराकर दुबक जाते हैं। उसके लिए प्रसंगों की कमी नहीं। कहीं नन्हा-सा खिलौना है तो कहीं दीवार पर पेन्सिल से बनाया हुआ कोई निशान-ख़ुद उसके निजत्व में इतनी आड़ी-तिरछी रेखाएँ हैं जिन्हें उसे हर क्षण पार करना होता है और मैं देखता हूँ वह झेल रही है और इस तरह हर बार एक दरवाज़े को पार कर रही है। उसके सामने उढ़कने का सवाल ही नहीं है क्योंकि वह माँ है, इसलिए आत्मस्थ और सबल है। उसकी दूध से कसी हुई छातियों में एक चुनचुनाहट है जिसे उसका बच्चा ही मिटा सकता था। वह रह-रहकर पतले, सुकुमार होंठों के दबाव के भ्रम के कारण सिहर

उठती है और अपने खोये हुए बच्चे के लिए रो पड़ती है। सहसा बिना किसी आवाज़ के भी उसके कानों की झिल्लियाँ हहर उठती हैं और वह दौड़ती हुई दरवाज़े तक चली जाती है—पछताती है, रोती है लेकिन न पछताने के लिए, न रोने के लिए इसलिए उसके हाथों के नीचे कोई मीनार नहीं है, न वहाँ बच्चे ही मरते हैं।

मुझे हिचक होने लगती है और लगता है जैसे मैं उसके साथ सम्मिलित नहीं हूँ। अपनी ही आँखों के खालीपन को मैं देखता हूँ, फिर मुझे लगता है वह भी उन्हीं मशाल ढोनेवालों में से एक है और बार-बार इस लँगड़े दरवाज़े से उढ़कने लगी है।

पालतू बिल्ली की तरह गोद में चिपकने और हलकी गुनगुनाहट का अनुभव करने पर उसके शरीर में एक हरकत-सी होने लगती है और मैं नितान्त विच्छिन्न अवस्था में इस सबसे एक वाक्य-एक यथार्थ वाक्य गढ़ने की कोशिश करता हूँ लेकिन वह बनता नहीं और मेरी हथेलियों के आसपास ठीक इस लँगड़े दरवाज़े के सामने मलवे का ढेर जमा होने लगता है। मुझे लगता है कि यह मेरे सवालों का ही मलवा है जो किसी अनहोनी की तरह मनुष्य के सहज सन्दर्भों में अपरिभाषित प्रलाप की तरह उपेक्षित हो उठा है। धारा से कटे हुए गन्दे पानी के ज़खीरे की तरह यह स्वास्थ्य के लिए अनुपयोगी है लेकिन क्यों है, यह मैं नहीं समझ पाता, न मान ही पाता हूँ कि उत्तर क्यों जरूरी नहीं है और अँगुलियाँ कुछ और मजबूती से काग़ज़ पर चिपक जाती हैं।

लोगों की बातों में मेरी कोई पैठ नहीं रह गयी है इसलिए जब वह सहसा गाँव से मुन्शी मनोहर लाल के आने की बात कहती है तो मैं तिलमिला उठता हूँ। एक संकट और संकोच में मैं उठने की कोशिश ही कर रहा होता हूँ कि वह जरा चिढ़कर बोलती है, "बेचारे न जाने कितनी दूर से..."

"हाँ, हाँ, बुलाओ!" कहकर मैं उठ बैठता हूँ और अपने को ठीक से सँभाल भी नहीं पाता कि मुन्शी जी एक मैली धोती और कमीज़ पहने अपने काले बूट की मरमराहट सँभालते हुए बिना कुछ बोले सामने की कुर्सी पर बैठकर अपने हाथ का झोला दीवार से टिकाने लगते हैं। मुझे लगता है कि जरूर कहीं गड़बड़ है और यह भी उन्हीं सारे लोगों में से एक हैं जो कुछ-न-कुछ कहने के लिए ही दूर-दूर से चले आते हैं और कहकर फारिग हो या तो चुपचाप बैठे रहते हैं या पूँछ दबाकर खिसक जाते हैं। मैं शरण की तलाश करता हूँ और अगल-बग़ल कुछ न पा कर अपनी हथेलियों को देखने लगता हूँ। लँगड़ा दरवाज़ा स्पष्ट हो उठता है और मीनार भी धुँधलके से उभरकर दिखायी पड़ने लगती है। लेकिन मुन्शी स्थिति को और आगे नहीं बढ़ने देता, "बड़ा दुःख हुआ सुनकर... कई दिन पहले ही आनेवाला था लेकिन एकाएक यह ख़बर मिली तो सोचा कि अभी तो रोना-धोना चल रहा होगा... होता ही है, भैया...है ही ससुरा यह मामला इसी तरह का, लेकिन क्या किया जा सकता है... हाँ, हुआ क्या था उसे...?'

मैं उसका मुँह देखता रहता हूँ, कुछ कहते नहीं बनता।

"मैं तो और पहले ही आता लेकिन मेरा बच्चा भी..."

"आपका बच्चा... अरे वह तो आठ-नौ का रहा होगा।" मैं बात बीच में छीन लेता हूँ।

"हाँ, चौथे में पढ़ता था। वही एक तो था ही। दादी के पास था। आप तो जानते हैं कि उसकी माँ वर्षों पहले हैजे में मर गयी थी।"

मैंने उसका आख़िरी वाक्य सुना नहीं और अपने बोलने के ढंग पर विचार करता रहा। कितने दिन बाद मैं सहसा इतनी उत्सुकता से बोल पड़ा था! लेकिन वह कहता ही गया।

'मुझे यहीं इलाहाबाद ही में संगीत का शौक हो गया था। एक-दो इम्तहान मैंने यहीं पास कर लिये थे और वहाँ प्रतापगढ़ में प्राइमरी स्कूल में पढ़ाते हुए मैं संगीत सीखता रहा। इसलिए गर्मियों में गाँव भी नहीं जा पाया। इस साल विशारद की परीक्षा दी थी और प्रैक्टिकल के लिए अभ्यास में लगा हुआ था कि एक दिन शाम को गाँव से एक आदमी आया। मुनुआ बहुत बीमार हो गया था। दौड़ा हुआ घर गया तो देखा कि वह कई दिन से बुखार में बेहोश है। किसी तरह उसे उठाकर शहर लाया। डॉक्टरों ने कन्धे के पास एक नस काटी। बड़ी दवायें दी गयीं पर वह बचा नहीं। उसे जाना था, सो चला गया। माँ कई दिन तक बेहोश रही, पर दूसरे ही दिन मुझे इम्तहान देना था, मैंने दिया और प्रथम श्रेणी में पास भी हो गया। क्या करता, न देने से भी तो बनता नहीं। आप ही सोचें भइया, इम्तहान न देता तो क्या करता और होता क्या? रोऊँ, चिल्लाऊँ, दुःखी होकर हाथ-पर-हाथ रखकर बैठूँ तो क्या वह वापस आ जायगा? वह मेरे चेहरे में आँख गड़ाकर इस तरह देख रहा था कि उससे आँखें मिलाते हुए मुझे डर लगता था। मुझसे दस साल बड़ा और मेरे पिता का दोस्त...मैं फिर चुपचाप उसकी बातें सुनने लगा।

"भइया मिले थे, उन्होंने ही बताया। बेचारे बहुत दुःखी थे। मेरी बात सुनकर तो रोने ही लगे। फिर हम दोनों बड़ी देर तक बैठे रहे। मैंने उन्हें सारी बात बतायी और कहा कि अब तो मैं विशारद हो गया। कहीं सेकेण्डरी स्कूल में संगीत का मास्टर हो सकता हूँ। पण्डित गोरखनाथ से कह दें तो मेरा काम बन जाय। लेकिन उन्होंने बताया कि उनसे उनका नहीं, तुम्हारा परिचय है..." "वह कुछ देर रुका और मेरे चेहरे पर कुछ पढ़ने की कोशिश करता रहा। शायद उसे यह भी लगा कि उसने बात बेमौके कही है क्योंकि दुबारा फ़ौरन इस प्रसंग को छोड़कर वह साधारण बातों पर उतर आया..." "डॉक्टर ससुरे कुछ नहीं जानते, बस लूटते हैं, भइया मुझे तो सालों ने बड़ा परेशान किया।"

फिर भी मैं कुछ नहीं बोला तो वह मेरी बातें करने लगा, "लगता है, छह महीने से बिस्तर में पड़े रहे हो। चेहरा तो तुम्हारा पियराय गया है। इस तरह कब तक

रहोगे, जरा सोचो! अभी लड़िका हो न... अभी तुम्हें दुनिया की समझ नहीं। मरनेवाले को कोई रोक नहीं सकता और न मरनेवाले को कोई मार नहीं सकता है।'' वह अब एकदम सहज स्वर में थोड़ा ज़ोर देकर बोल रहा था और कुछ ऐसी कोशिश कर रहा था जिससे मैं बातचीत में शरीक हो जाऊँ लेकिन मैं उसे देख रहा था और सन्देह कर रहा था। क्या यह एक ऐसा आदमी है जिसका अकेला लड़का इसी महीने मरा है। कहीं ऐसा तो नहीं कि यह झूठ बोल रहा। इसे मेरी हथेली के नीचे छिपे लँगड़े दरवाज़े का पता लग गया है और यह दुबारा उस मीनार को चुराने आया है? सन्देह की स्पष्ट रेखा मेरी भौहों पर रेंग रही है और मैं अब उसकी आँखों में देखने लगा हूँ, लेकिन वहाँ रणनीति की कोई बेतरतीबी नजर नहीं आती। उलटे एक निश्चित और ठोस दृष्टि का पैनापन मुझे हतोत्साहित करने लगता है।

वह बोलता जाता है, ''क्या बताऊँ तुमसे, विश्वास नहीं करोगे लेकिन बात मेरी अपनी आँखों देखी है। पिछले ही साल जुलाई-अगस्त का महीना था। मैं किसी छुट्टी में घर गया था। कुछ रात गये मेरा एक रिश्तेदार घर आया, खाना-पीना हुआ, रात मेरे साथ दालान ही में सोया।

''उस दिन रात-भर पानी बरसता रहा और सुबह तड़के हम लोग साथ ही उठे। मुझे स्कूल पहुँचना था इसलिए मैं तुरन्त तैयार हुआ जिससे पहली बस से ही निकल जाऊँ। वह भी तैयार हो गया मेरे संग चलने पर ज़ोर देने लगा। मैं तो, जानते हो, बरसात में गाँव-गिराव जूते पहनकर नहीं जाता लेकिन वह रिश्तेदारी में आया था इसलिए उसके लिए जूते जरूरी थे। चलने लगा तो चारों ओर पानी देखकर जूते पहनने में उसे हिचक होने लगी। मैंने ही उससे कहा कि इन्हें झोले में रख लो, सड़क पर चलकर पहन लेना। वह मान गया। उसने अपने जूते उठाये और झोले में रख लिये।''

''सड़क पर पहुँचते ही बस आ गयी और हम लोग दौड़कर किसी तरह उसे पकड़ सके। भीड़ ज़्यादा थी इसलिए बहुत देर तक हम लोग बस में खड़े रहे। काफ़ी देर बाद जब एक आदमी उतरा तो हम दोनों ने एक सीट पर टेक लगायी। इस बीच वह अपना झोला लगातार अपनी गोद में ही रखे रहा।''

''दस बजे के करीब हम लोग प्रतापगढ़ पहुँचे। बस रुक गयी और सवारियाँ उतरने लगीं। मैं भी उठ खड़ा हुआ और उसके उठने का इन्तज़ार करने लगा। उसने झोला बस की फ़र्श पर रखा और कहने लगा कि जरा रुको, जूते तो पहन लूँ। झोले को फ़र्श पर रखकर उसने दोनों जूतों को हाथ की अँगुलियों से निकाला और जैसे ही फ़र्श पर रखा उसमें से एक काली साँपिना—मैं तो चिल्लाकर सीट पर चढ़ गया और वह कई आदमियों को धक्का देकर बस के पीछे हो रहा। अन्दर भगदड़ मच गयी। बसवाले साँप को मारने की सोचने लगे, पर हम दोनों अपना

सामान लेकर वहाँ से खिसक गये। जरा सोचो, भइया!''—उसने मेरे माथे पर आँखें गड़ाते हुए कहा और अपना झोला लेकर उसी तरह खिसक गया जैसे उस बस से खिसक गया होगा।

और मैं सचमुच सोचने लगा हूँ लेकिन उस लँगड़े दरवाज़े के बारे में नहीं, न उस साँप के बारे में जो जूते से निकलकर भाग गया था वरन् पण्डित गोरखनाथ के बारे में कि उनसे कैसे मिला जाय! क्योंकि वे ही उसे सेकेण्डरी स्कूल में संगीत मास्टर बनवा सकते हैं।

बादलों का टुकड़ा

बकरी अपने मालिक को देखकर दुम हिलाने लगी और मेमना उसके थन को छोड़कर कुलाचें भरता उसके पास जा, उसके पाँवों से अपना सिर टकराने लगा। वह रुका नहीं, न कुछ बोला ही और दहलीज़ के किनारे खूँटी से बँधी बकरी के पास जाकर हाथ के मोथे को उसके सामने फेंकते हुए, कन्धे का गमछा उतारकर अपने माथे का पसीना पोंछने लगा।

बकरी दो ही गाल में गप्-गप् सारा मोथा निगल गयी और उसकी ओर टुकुर-टुकुर ताकने लगी। उसने भी आँख बचाकर उसके धँसे हुए पेट को एक बार देखा और घर के भीतर चला गया।

कुनाई एक खाट पर नंग-धड़ंग, चित लेटा था। उसका फूला हुआ पेट और उसकी उभरी हुई नीली नसें ही सबसे पहले उसे दिखायी पड़ीं क्योंकि उसका सिर पेट के अनुपात में बहुत छोटा था। उसे देखकर कुनाई अपनी निरन्तर रोनेवाली एक पतली और रेंघती हुई आवाज़ में रोने लगा।

जसमा घास के लिए गयी होगी—उसने सोचा और ओरी के नीचे से उढ़का हुआ ऐलुमिनियम का गिलास उठाकर गगरी के पास तक गया लेकिन उसमें पानी नहीं था। उसे तनिक चिढ़ हुई, तभी उसका ध्यान रसोई की दूसरी गगरी की तरफ़ गया। वह घूमकर छप्पर में घुसा और आधा गिलास पानी लेकर कुनाई के पास लौट आया। सिर के नीचे हाथ लगाकर उसे किसी प्रकार अधलेटा किया और मुँह को गिलास लगाया ही था कि कुनाई गट्-गट् सारा पानी एक साँस में पी गया, फिर उसे चारपाई पर लिटाने लगा तो उसके मुँह के कोनों से थोड़ा पानी इधर-उधर बह गया।

क्षण-भर को उसके पाँवों में एक भार-सा बँध गया क्योंकि बाहर जाने के लिए कमर के ऊपर का सारा शरीर घुमाकर भी वह अपने पाँवों को उठा नहीं पाया। पेट में एक हलकी-सी मरोड़ उठकर गले के बीच में आ धँसी और कई तरह की रंगीन चिनगियाँ उसकी आँखों से छटककर एक सहसा उमड़ आनेवाले अँधेरे के गुब्बार में खो गयीं। उसके जी में आया, वहीं चारपाई की पाटी थामकर बैठ जाय लेकिन फिर सहसा आँखें साफ़ हो गयीं और अँधेरे में उगी हुई रोशनी की तेज़ किरणें उसे चकाचैंध कर गयीं। गले में अटका हुआ गोला धीरे-धीरे गले के नीचे उतर गया और पेट में जलन महसूस होने लगी।

यह आग-पानी से नहीं बुझेगी—उसने सोचा, लेकिन पानी पीने का बहाना करने में क्या हर्ज़ है, आखिरकार तो जीना है, चाहे किसी भी बहाने और वह हाथ का गिलास लिये फिर रसोई-घर में लौट गया। बैठकर गगरी से पानी उँड़ेलते हुए उसका ध्यान चूल्हे की तरफ़ गया जिसमें मुट्ठी-भर अधजला रहट्ठा पड़ा हुआ था और जस्ते के बड़े कटोरे में कुनाई के लिए पकायी गयी कल की लप्सी का जलन-जुलन सूखकर चिपक गया था। उसने पल-भर उस कटोरे को देखा और सोचने लगा, इसे साफ़ करने में जसमा को कितनी मसक्कत करनी पड़ेगी! थोड़ा पानी डाल देती तो लप्सी फूली रहती और धोते ही साफ़ हो जाती। उसने खिसककर कटोरा पास खींचा और गिलास का पानी उसमें डाल दिया फिर गिलास रखकर जाने क्यों उस कटोरे को देखता रहा। कोई भी विचार उसके मन में नहीं था—यहाँ तक कि पानी पीने की बात भी उसके मन से कुछ देर के लिए निकल गयी थी, यहाँ तक कि जसमा का उस रँडुवे महाजन के बच्चे को खिलाने जाना भी वह भूल गया था जिसे वह अक्सर सोचता रहता था।

कुछ ही देर में कटोरे का पानी गँदला हो गया। उसे उस पानी को देखकर अरुचि हुई और गिलास में गगरी से पानी उँड़ेलकर वह साफ़ पानी को देखने लगा। उसे अब अच्छा लग रहा था। ऐसी स्थिति में सोचने के लिए एक झूठा मसाला भी काफ़ी है, यह तो बहुत मज़ेदार और आँखों के सामने की बात थी।

तभी बकरी का बच्चा बाहर मिमियाया और उसे ख़याल आया—कहीं माँ-बेटे प्यासे न हों और कटोरे के पानी की उपयोगिता उसके दिमाग़ में कौंध गयी। उसने बिना पानी पिये ही पहले कटोरे को साफ़ कर लप्सी के घोल के साथ बकरी को पानी पिलाने का निश्चय किया और हाथ डालकर कटोरे को रगड़ने लगा। थोड़े आटे और गुड़ मिले क़रीब एक गिलास पानी के इस घोल को पीने से शायद बकरी को दूध उतरने लगे और कुनाई को लोग कहते हैं, बकरी का दूध बहुत फ़ायदा करेगा लेकिन सहसा फिर उसे पेट में जलन महसूस हुई और इस बार वह इतनी तेज़ हुई कि वह वहीं ज़मीन पर धसककर बैठ गया और अपने सीने पर दोनों हाथ लगाकर ज़मीन पर गिर जाने से अपने को सँभालने लगा। जलन धीरे-धीरे सिकुड़ने लगी और उसके हाथ अपने-आप ढीले होने लगे।

इस बार पेट-भर पानी पीने की तीव्र इच्छा उसके मन में हुई और उसके जी में आया कि वह पूरी गगरी उठाकर मुँह से लगा ले। उसने तेज़ी से गगरी की तरफ़ हाथ बढ़ाया कि कुनाई फिर रोने लगा और बाहर से बकरी के में-में करने की आवाज़ आयी। वह पल-भर को रुक गया और फिर कटोरे और गिलास के पानी को देखने लगा। कटोरे में अब आटा नीचे बैठ रहा था और ऊपर पानी की सतह साफ़ होने लगी थी। उसे अपने पेट की जलन का ख़याल आया—दर्द नीचे बैठ रहा था और आँखों की रोशनी साफ़ हो रही थी लेकिन दर्द कहीं गया थोड़े ही है, ठीक इस नीचे बैठते आटे की तरह। उसे ऐसी घबराहट महसूस होने लगी कि थोड़ी देर पहले जिस दिमाग़ी

बहलाव के कारण उसे आराम महसूस हो रहा था, वही अब उसे सबसे दुःखद मालूम होने लगा। उसने अपने दाँत कसकर भींच लिये और कुछ भी न सोचने का निश्चय करते हुए एक उँगली से कटोरे के पानी को चलाने लगा। जब घोल अच्छी तरह बन गया तो उसने दोनों हाथ से कटोरा उठाया और एक साँस में गट्-गट् सारा घोल पी गया। फिर गिलास का भी पानी पीकर रसोई से निकला और झिलँगे में पड़े हुए कुनाई को देखे बिना बाहर निकल गया।

दहलीज़ के बाहर मेमना बकरी को तंग कर रहा था। वह बार-बार उसका थन पकड़ना चाहता था और वह बार-बार छटककर अपने को बचा रही थी। उसे देखते ही वह चुपचाप खड़ी हो गयी और मेमना उसके चिचुके थन को चिचोरने लगा। दूध उतारने के लिए अपने सिर से उसके थन में मेमना इतने ज़ोर से धक्के मार रहा था कि बकरी की दोनों पिछली टाँगें उठ-उठ जाती थीं। फिर भी वह खड़ी थी और उसे इस तरह देख रही थी जैसे उसकी पुतलियों से उस तक कोई तार खिंच गया हो। लेकिन वह दूसरी ओर देख रहा था, जहाँ तेज़ चिलचिलाती धूप थी और धरती जलकर राख हो रही थी। इस भुल-भुल धूप में कहीं जाने की बात थी भी नहीं, फिर भी वह मड़हे से निकलकर धूप में कुछ दूर चला लेकिन फिर रुककर वापस आ गया। उसे सहसा लगा जैसे उसकी हालत उस ज़मीन की ही है। वह ठण्डी होती तो उसे भी ठण्डी लगती। उसके दिमाग़ में उस जरा-सा सोच-विचार के कारण मक्खियाँ भिनभिनाने लगीं और वह इनसे बचने के लिए दहलीज़ के ओसारे में खड़ी झिलँगा चारपाई को बिछाकर उस पर बैठने ही जा रहा था कि जसमा आँचल में थोड़ी घास बाँधे सामने से आती दिखी। पण्डित की बखरी के कोने से होकर वह मुड़ ही रही थी कि वह कन्धे के गमछे का सिरहाना लगाकर चारपाई पर लेट गया और छप्पर में ऊपर देखने लगा।

जसमा आकर पल-भर को उसकी खाट के पायताने खड़ी हुई, फिर भी उसने उसकी ओर नहीं देखा। आँचल की दो मुट्ठी घास बकरी के आगे गिराते हुए वह गुस्से में बोली, "खोल लो और ले जाओ। मरेंगे, जियेंगे लेकिन यह करज का खटका तो छूटा। न मजूरी, न धतूरी, जब देखो दरवाज़े पर ठढ़क्कर की तरह खड़े हैं कि यह कर दो, वह कर दो। दिन-दिन भर खटो और सरबउला एक रोरा गुर-पानी तक को नहीं पूछता... पचास रुपया करज क्या ले लिया, जिनगी बेच दी। ...ले जाओ, खड़े-खड़े मुँह क्या ताक़ रहे हो। आज से उरिन हुई उस कलमुँहे से।"

"कैसा उरिन?" अब की वह आदमी बोला जो हाथ में एक लाठी लिये जसमा के पीछे-पीछे आया था, "अभी तो तुम्हीं ने तय किया कि मूर में बकरी और उसका बच्चा दोगी और सूद में काम करोगी।"

वह अब भी वैसे ही लेटा था और छत में छप्पर के बाँस की तीलियों पर आँख जमाये था।

"कैसा सूद और कैसा मूर? मूर में बकरी का बच्चा जो दे रही हूँ।"

जीभ से च्... च् की आवाज़ करते हुए वह आदमी जैसे समझाने के स्वर में बोला, "भुलाय रही हो कुनाई की माई...।"

"यहाँ चुवाने की जरूरत नहीं हैं, पण्डित जी महाराज...सीधे से बकरी का पगहा खोलो और जाओ..." और वह कुनाई के पास पहुँचने की उतावली में आगे बढ़ी। रास्ते में चारपाई थी इसलिए लौटकर वह दूसरी ओर मुड़ी ही थी कि वह बोल पड़ा, "फिर घास क्यों लायी थी?"

"मरने के लिए और क्यों...।" वह भनभनाती और रोती-बिफरती अन्दर चली गयी।

महाजन के कारिन्दे ने थोड़ी देर इन्तज़ार किया लेकिन वह उसी तरह गुमसुम लेटा रहा, जबकि उसे चारपाई से तुरन्त उतर जाना चाहिए था। पहले उसे डर लगा कि बात क्या है, आज इसे हो क्या गया है। कहीं ऐसा तो नहीं कि वह बकरी लेकर चले तो वह कूदकर हमला कर देगा लेकिन थोड़ी ही देर में फिर उसका साहस वापस आ गया। ये साले छोटी जात के लोग, इनकी इतनी हिम्मत है!—उसने अपनी लाठी पर एक बार मूठ कसी फिर लाठी को ढीला छोड़ दिया और झुककर बकरी को खोलने लगा। बकरी थोड़ा भड़की और इधर-उधर उछली लेकिन जब वह पगहा पकड़कर खींचने लगा तो वह अपने चारों पाँव ज़मीन पर टिकाकर रुक गयी और ज़ोर के खिंचाव के कारण उसके गले का फन्दा कस गया। थोड़ी ही देर में बकरी के गले से अजीब-सी सों-सों की आवाज़ निकलने लगी और वह छटपटाने लगी।

"इस तरह उसे क्यों मारते हो, पण्डित।" वह धीरे से बोला, और चारपाई से उठकर पण्डित के हाथ से पगहा लेकर पहले बकरी के गले का फन्दा ढीला किया फिर चार क़दम चलकर बकरी के पगहे को छोड़ दिया और बोला, "ले जाते हो तो ले जाओ और जो मन में आये करो लेकिन आँख के आगे की बात है, सहा नहीं जाता।"

पण्डित का पारा आसमान पर था लेकिन वह बकरी को ले ही जाना चाहता था इसलिए कुछ बोला नहीं। झुककर बकरी का पगहा उठाया और धीरे-धीरे आगे बढ़ने लगा फिर उसने झुककर जब बकरी के बच्चे को गोद में उठा लिया तो बकरी उसके पीछे तेज़ी से चलने लगी।

वह फिर वहीं आकर पड़ गया, जहाँ पहले था।

जसमा घर से निकली और चौखट पकड़कर कुछ देर खड़ी रही। इस बार वह उसे नहीं, उस चिलचिलाती धूप और झुलसी-जली धरती को देखती रही। उसका साहस नहीं हो रहा था कि वह नीचे देखे जहाँ वह चुपचाप पड़ा था क्योंकि उसकी खाट के ठीक बग़ल ही एक नन्हीं-सी खूँटी गड़ी थी और वहाँ आज बकरी नहीं थी।

"ले गया?" उसने वैसे ही देखते हुए कहा।

"हाँ।"

"कुछ कह रहा था?"

"नहीं।"

"कुछ कहना चाहिए था।"

"क्या?"

"शायद छोड़ देता, महाजन को समझा-बुझा देता।"

"क्या फ़ायदा।" वह करवट लेकर लेट गया फिर आँखें बन्द करते हुए बोला, "एक बोझ सिर से उतरा।"

वह तिलमिला उठी और एक बार होंठों को भींचकर रह गयी।

वह चुप रहा लेकिन हवा का झोंका तेज़ी से आया और नीम की सूखी पत्तियों का ढेर बिखेरकर चला गया।

वह वैसे ही खड़ी-खड़ी बोली, "कुनाई को देखा।"

"हाँ, वह बहुत प्यासा था। पानी पीकर सो गया है।"

"नहीं, उसे जर है। देह जल रही है। अभी तो घर में किया है।"

वह चुपचाप वैसे ही पड़ा रहा लेकिन जसमा की आँखों से आँसू बहने लगे। उसने अपने आँचल से आँखें पोंछीं और वहीं चौखट पर बैठ गयी, "कुनाई अच्छा नहीं है।"

"नहीं नहीं, वैसा ही तो है।"

"उसे आज जर बहुत है।"

"रोज़ ही की तरह तो है।"

"तुम नहीं जानते। आज उसकी आँखें नहीं खुल रही हैं।" वह सिसकने लगी। "उसके गले से खरखराहट..." जसमा चुप रही लेकिन उसे बकरी के गले में कसे फन्दे की याद आयी, फिर भी वह चुप रहा, कुछ बोला नहीं।

"दो पैसे की धार-तपावन भी नहीं कि डीह बाबा को चढ़ाकर मनौती करूँ। जानें क्यों नाराज़ हैं देवता-दानी।"

"महाजन से जाकर कहो न, दो पैसे की धार तो दे ही देगा।" वह वैसे ही लेटे-लेटे बोला।

"कौन-सा मुँह लेकर जाऊँ। देखते ही चिबोला करता है और कुछ माँगो तो ज़हर-माहुर खाने के लिए भी कुछ न होने की बात कहने लगता है। पण्डित दयावान है लेकिन उसकी आँखों में...।"

"तुमसे दया से मतलब है कि उसकी आँखों से।"

जसमा उसकी बात समझ नहीं पायी, फिर उसे लगा, उसने मज़ाक किया है।

"चिबोला करते हो।" जसमा न जानें क्यों कुछ हलका महसूस करने लगी।

"चिबोला?" जैसे उसे कुछ ठण्डा-ठण्डा-सा छू गया हो। वह सहसा उठ बैठा और उठकर जसमा की ओर देखने लगा।

"कोई काम भी तो नहीं है, जसमा, पानी-कुनी बरसा नहीं कि लोग कुछ बोते-जोतते। आख़िर मजूरी-धतूरी का जोगाड़ कैसे बैठे।" वह बोला और उसकी आँखें जसमा के बायीं आँख के नीचे के तिल पर धँसी रहीं जिन्हें शादी के बाद के दिनों में वह दाँतों से दबाकर काट लेने की बात कहा करता था।

जसमा ने उसे इस तरह देखते देखा तो उसके सूखे गालों पर सालों पहले की उजड़ी-उजड़ी अजीब-सी ललायी दौड़ गयी और उसकी आँखों में भरे पानी का रंग हलका-सा बदल गया जैसे इस तपती दोपहरी के निरे धुन्ध-भरे आसमान में भटके हुए बादलों का एक भूरा टुकड़ा कहीं से तिर आया हो।

उसे इन बादलों में जानें क्या दिखा—कहना मुश्किल है लेकिन वह सहसा उठ खड़ा हुआ और अन्दर आँगन में जाते-जाते बोला, "मुझे एक लोटा पानी दो, और हाँ, कुनाई को देखना। मैं अभी बसगवाँ जा रहा हूँ, वहाँ सरकारी ठेके पर बाँध बन रहा है।"

बीच के लोग

बुझावन बेर लटके घर पहुँचा था। रास्ते में रग्घू जो मिल गया था। वह ऐसा बातूनी है ही। लोग दूर से जा रहे हों तो भी वह पुकारकर कुछ ऐसी-वैसी बात निकाल बैठता है और बन पड़े तो किसी खेत की मेंड़ या कुएँ की जगत पर बैठ, घास के तिनके तोड़कर ज़मीन को खुलिहारने लगता है, फिर तो बातें जैसे मिट्‌टी पर चलते तिनकों से निकल-निकलकर सुरसा की तरह बढ़ती ही जाती हैं। जब वह उठकर चला जाता है तो आदमी क्षण-भर बाद भुनभुनाते हुए घर लौटता है, "सरवा बड़ा बतक्कड़ है, मिला नहीं कि जोंक की तरह चिपक जाता है।"

बुझावन के साथ ऐसा नहीं है। रग्घू भइया को देखते ही बुझावन बन्दगी करके पल-भर रुकना नहीं भूलता। कैसा भी काम हो—बुझावन अपनी 'सरधा'... वह सरधा के जोग गाँव में दो ही जनों को तो मानता है—एक बड़की बखरी के फउदी दादा और दूसरा रग्घू सिंह। जहाँ तक फउदी दादा की बात है, सारा गाँव एकमत है। उनका विरोधी भी मौक़े पर उनकी ही बात मानता है, क्योंकि वे हैं ही दादा—दोस्त-दुश्मन सबके दादा। कहीं जरा-सा खुर्र हुई नहीं कि वे हुक्का मुँह से लगाये ही चारपाई से उठ खड़े होते हैं। मरनी-करनी, रोग-वियाद सबके लिए गाँव के एक रखवाले हैं—लेकिन यह रघुवा तो सरवा चुगुल है, चुगुल। इसी ने फउदी दादा का कान भरा है। इसी ने थानेवालों की ख़बर भेजवायी है। इसी ने सब गुड़-गोबर किया है।—क्या बताऊँ, मुझे जाना ही नहीं था, बाज़ार, रघुवा सार रास्ता काट गया, तभी मैंने समझ लिया कि काम नहीं होने का। इतना ही नहीं औरतें भी रग्घू को देखकर डरती हैं। घर से अनाज चुराकर सहुआ की दुकान में बेचने गयीं और घर ख़बर हुई नहीं कि जो सबसे पहला नाम उनकी ज़बान पर चढ़ता है, वह रग्घू का—इसी ने लायी-लगायी होगी, यही खउरहा कुकुर घूमता-फिरता है, गली-गली।

...पता नहीं रग्घू भइया के बारे में लोग यह सब क्यों कहते हैं—बुझावन इतनी देर गये घर लौटने पर भी यही सोच रहा था। उसने अपना पैना छप्पर की दीवार में खोंसा और पल- भर वहीं-का-वहीं खड़ा रहा। अब क्या करे—जैसे उसके आगे एक अनन्त दूरियोंवाला रेगिस्तान हो और उसमें गर्म रेत के पहाड़ उठ रहे हों।—फउदी दादा ऐसा कर सकते हैं। उसके पास और है ही क्या सिवा उस बीस बिस्वा टांड़ के। अगर सहुआ ने उसे लिखा लिया तो वह उसे जरूर मुझसे निकाल लेगा। फिर मेरा क्या होगा।

साल-भर की ख़र्ची-बर्ची का यही तो एक उपाय है। कितना जान खपाकर मैंने उसे उपजाऊ बनाया है। सूअर और बकरे की लेंड़ी पर ही तो इतनी प्याज और आलू होते हैं।—बुझावन सोचते-सोचते मड़हे में घुस गया। अन्दर गहरा अँधेरा था। मँगरी आजकल इसमें दीया नहीं जलाती। मनरा अन्दर ही रहता है। कहती है दो-दो चिराग़ जलाने से मिट्टी का तेल बहुत लगता है और काम भी क्या है इतने अँजोर का, कोई क़लम तो चलानी नहीं है बाहर।—फिर उसे लगा, वह यह सब क्या सोच रहा है, क्या काम है ऐसे सोच-विचार का। अब तो सारा आग ही अन्हार है। उसे कुछ भी करना हो तो फउदी दादा का हाथ-पाँव जोड़े, दूसरा उपाय नहीं।

बुझावन उलटे पाँव लौट चला। उसे डर था कि मँगरी उसे देखते ही सब-कुछ जान लेगी और जो बात दस दिन बाद होनेवाली है वह आज ही गाँव-भर के कान तक पहुँच जायगी। क्यों न वह जी-तोड़ कोशिश करे कि ज़मीन सहुआ के नाम लिखी ही न जाय, फउदी दादा चाहेंगे तो उसकी हिम्मत ही उसे लिखाने की नहीं पड़ेगी। वह चोरों की तरह पैर दबाकर गाँव की कोलियों को पार करता हुआ चौघट्टे के खुले मैदान में चला आया। अँधेरा सिमट रहा था, लेकिन कुहरे की सफ़ेदी ने उसे हलके-भूरे रंग में डुबो रखा था। चारों ओर सिंचे हुए खेतों से अजीब तरह की ठण्डी बयार आ रही थी। उसे कुछ सिहरावन मालूम हुआ। उसने कन्धे का गमछा खोलकर ओढ़ लिया और दोनों हाथों में कसकर शरीर से चिपका लिया। तनिक और आगे बढ़ने पर वह उस पतली कोली में घुस जाता जिससे निकलते ही फउदी दादा का द्वार शुरू हो जाता है और वहाँ से उठकर पेशाब करने जाना ठीक नहीं रहेगा इसलिए वह वहीं बग़ल में बैठ गया। असल बात यह थी कि वह उन बातों का सिलसिला भी बैठाना चाहता था जो उसे अभी दादा से करनी थी और अपने ऊपर छाये हुए हलके क्रोध और घृणा के भाव पर भी पूरी तरह काबू कर लेना था। कहीं ऐसा न हो कि उसकी बातों में से कुछ ऐसा उभर आये जिससे दादा उखड़ जाय। रग्घू भइया तो कह रहे थे कि फउदी दादा की मरज़ी से यह सब हो रहा है। आख़िर उनके माथे में यह सब कहाँ से समा गया। कहाँ तो बुझावन के बिना उनका काम ही नहीं चलता!—बुझावन पेशाब कर लेने पर भी बैठा सोचता रहा—कहीं यह फउदी दादा मेरे जरिये सारे गरीब कमकरों को चूस तो नहीं रहा है। चारों ओर यही हल्ला है कि परानपुर में ऊँच-नीच सब मिलकर किसी बात का फ़ैसला कर लेते हैं। आपस में कोई मतभेद नहीं और इसी कारण इस जवार में फउदी-सा सरदार दूसरा नहीं। बड़े-बड़े हाकिम-हुद्दा माथ नवाते हैं ददवा के सामने—बुझावन के बुझे मन में उत्साह ने अनायास जान डाल दी और उसे लगा कि वह कैसी बेकार की बातें सोच रहा था।...जरूर कोई बात है... वह उठने को हुआ कि कोली के अन्दर से दो काली आकृतियाँ कुछ बात करती हुईं निकल रही थीं। बुझावन उनकी बातों में अपना नाम सुनकर पल-भर को वहीं-का-वहीं बैठा रह गया।

"ससुरे का दिमाग़ सातवें आसमान पर चढ़ गया है, जब गाँव में कोई बात होगी पट जाठा बाँधकर उसका पंच बन जाता है और मोलभाव करने लगता है। मैं तो पहले ही कह रहा था कि साले की दुवार नागफन्नी से रून्ह दूँ लेकिन फउदी मुझे गाउदी समझता है और गाहे-बेगाहे चमार और गोरू बनाने लगता है। अब सहुआ को लिखकर मैं छुट्टी पाता हूँ। बच्चू को ऐसा मारेगा कि पीने को पानी भी नहीं मिलेगा।" हरिपाल बोलता जा रहा था और दूसरा आदमी बस हूँ-हूँ कह रहा था। बुझावन सोचता रहा कि वह दूसरा कौन था। महाजन तो था नहीं, फिर क्या वह रग्घू भइया थे। वह उठकर वहीं से अन्दाज़ लेने लगा। दो-चार क़दम उन लोगों के पीछे चला भी, फिर यह सोचकर कि क्या फ़ायदा— वह लौट पड़ा और कोली में घुसकर फउदी दादा के दरवाज़े पर पहुँच गया।

दरवाज़े के पूरब नीम की छाया में अलाव के अगल-बग़ल कई लोग बैठे बातें कर रहे थे। चिलम चल रही थी। मजूर बुकुड़ी मारे अपने काम में लगे थे। कोई जानवरों को बाँध रहा था तो कोई भैंस दुहकर बाल्टी लिये बखरी में जा रहा था। तभी दूर से फउदी दादा के खाँसने की आवाज़ सुनायी पड़ी। फराकत से लौटकर चाँपाकल पर कुल्ला कर रहे थे। बुझावन ने मौक़ा देखकर कउड़े की ओर जाना ठीक नहीं समझा। बग़ल से कल की तरफ़ निकल रहा था कि फउदी खड़ाऊँ खटकाते सामने ही आ पहुँचे।

"के है हो...बुझावन! चलो-चलो, दो मुट्ठी खोइया ले लो, आज जाड़ा बढ़ गयी साली" और उन्होंने ज़ोर से खाँसकर थूक दूर फेंकते हुए अपने बचपन के पालतू मज़दूर को दो लम्बी-लम्बी गालियाँ दीं, "सार इतना बड़ा अइबी है कि का बताऊँ। बार-बार कहता हूँ कि कलिया के नीचे खरहर कर खर-कतवार कउड़े में डाल दिया कर लेकिन ससुरा सुनता ही नहीं। रोज कउड़ा सबेरे ही बुझ जाता है।" फउदी ने कउड़े के पास एक मोढ़े पर बैठते-बैठते उस कुत्ते को एक लात मारी जो जाड़े से सिकुड़ा हुआ वहीं बैठा था। कुत्ता पेंअ्-पेंअ्अ् करता भागा। उन्होंने अपनी हुक्की लेकर कई बार पुड़काया, थोड़ा पानी फूँककर गिराया तभी बग़लवाले ने चिलम उन्हें थमा दी। चिलम हुक्के पर बैठाते हुए फउदी दादा बोले, "मनरा का पइसा मिल गया न बुझावन!"

"का मिला दादा, आधा तो कलेज-फण्ड में कट गया। बड़ी अन्धेरगर्दी है। कहने को सरकार अछूतों को सहायता करती है लेकिन वह सहायता तब आती है जब दर-दर की ठोकर खाकर, चवन्नियाँ सूद पर पैसा लेकर किताब-कापी सब कर दो और आती भी है तो आधा-तीहा होकर बेमतलब हो जाती है।"

फउदी दादा कुछ बोलते ही कि रामहरख बीच में बोल पड़े, "कवन गोहूँ-बेच का पइसा है, बुझावन जो इतना मन गिराय रहे हो। जो मिलता है उसी को धन्य मानो। हमहीं लोग कहाँ के धन्ना सेठ हैं लेकिन फीस भरते-भरते कमर टूट जाती है। इससे

अच्छा तो यही था कि हरिजन होते कलयुग के इस जमाने में, सूअर पालते, दूसरे के खेत में आलू-धान पैदा करते और ऊपर से अपनी बिरादरी के नेता भी बनते।''

हुड़दंगी वहीं बैठा था। ठठाकर हँसा, ''अब जलने से का होता है हरसू, बड़ा सुराज-सुराज चिल्लाते फिरते थे, जब सुराज आवा तो काहे को पिराय रही है। यह तो समय-ज़माने की बात है। कभी गाड़ी नाव पर, कभी नाव गाड़ी पर। वेद-शास्त्र झूठ थोड़े ही कहता है कि कलयुग में कलंकी अवतार होगा, हरिजन वेद बाँचेंगे और तुम्हारे जैसे विप्र लत्तड़ की तरह दुवार-दुवार घूमेंगे। कहो भाई बुझावन, बात ठीक कहता हूँ न! मैं तो तुमही को आपन नेता मानता हूँ।''

बुझावन की बात का रुख़ ठीक नहीं लग रहा था। उसे लग रहा था, पीछे कुछ है जो अँधेरे में घुँट रहा है। वह कुछ बोल नहीं पाया, नतीजा यह हुआ कि पल-भर को रात के क़दमों की सन्नाहट और सिंची हुई सिवान में दूर-दूर तक लोमड़ियों और सियारों के बोलने की आवाज़ कउड़े पर छा गयी। बुझावन लकड़ी से आग को खुलिहारकर अपने मुँह के सामने आनेवाले धुएँ को हटाने के लिए तनिक झुककर आग फूँकने लगा। तभी रामहरख फिर बोला, ''बात ठीक कहते हो हुड़दंगी, लेकिन यह भारतभूँय है। बड़े-बड़े तीसमार यहाँ आये और गये। क्या-क्या लोगों ने नहीं किया लेकिन आपन सन्सकीरत जस-की-तस बनी रही।''

''सही बात, सही बात'' हुड़दंगी ने उसे बीच में रोका, 'भासन शुरू न करो, भइया, नहीं तो कोई पाल्टी तुम्हें पकड़ लेगी और फिर बुझावन महतो की तरह तुम्हारे घर में भी गुपुत सभा होने लगेगी।''

बुझावन सन्नाटे में आ गया। आख़िर वही हुआ जिसके लिए वह डर रहा था लेकिन अब चुप रहना ठीक नहीं—वह कुछ बोले कि फउदी दादा निगाली से मुँह हटाकर बिगड़े, ''इसमें का बात है, भाई, सभा-सोसाइटी के लिए सबको आज़ादी है। जब लाल झण्डा पाल्टी का कोई कार्यकर्त्ता बुझावन के दुवारे आय गया तो...''

''आय नहीं गवा, ले आया गया। मनरा बकायदे लाल झण्डा-पाल्टी का मिम्बर है। तुम कहाँ हो फउदी दादा!''

''तो इसमें कौन बुराई है, भाई, जो तुम इतना पिड़पिड़ाय रहे हो।''

''बुराई है दादा, मैंने मनरा को बहुत समझाया, मना किया, कहा कि काहे को बुराई मोल लेते हो लेकिन वह नहीं माना, कहता रहा, 'नया विचार समाज में पहले बुराई बनता ही है, अगर विरोध न हो तो समझना चाहिए विचार में कोई नयी बात नहीं है—और देखो न, जब कोल्हू के बैल की कान्ह मर जाती है तो वही उसकी ज़िन्दगी बन जाती है। हम लोगन को देखो न फउदी दादा, याद है, कैसे-कैसे छिपकर हम गाँधी जी का परचा लाया करते थे।' बाप रे, बाप...कैसी बड़ी बुराई थी। बुढ़ऊ ठाकुर ने रस्सी से हाथ बाँधकर लटका दिया था हम दोनों को,—ससुरे गाँव में आग लगवाना चाहते हैं! गन्हिया की जय बोलते हैं।''

"सुन लेव फउदी दादा, बुझावन महतो के विचार! रघुवा, लूस कभी-कभी ठीक बात कहता है। उसने परसों मिठवा के नीचे पुरवट हाँकते हुए अपने बैलों के पीठ से नार उतारकर उन्हें खड़ा कर दिया और पउदर में लकीर खींचकर कुछ कहा। मुदा बेटवा की किरिया धराये है। कहा है, जो सच न हो तो बकड़ी के मूत से मूँछ मुँड़वा दूँगा।" रामहरस उत्तेजना में बोल रहे थे। फउदी ने उन्हें फिर डाँटा, "बड़े बेसहूर हो भाई, कितनी बार तुम्हें समझाया कि चेत से बात बोला करो। लेकिन तुम हो कि आँवाँ की तरह धधकने लगते हो। तुम्हारी बात का मतलब तो यह हुआ कि रघुवा ने बुझावन के घर में हुई बैठक को लेकर ही कुछ बात कही है। फिर लड़के की किरिया कहाँ गयी।" फउदी दादा बात को उस जगह से हटाकर बुझावन को कुछ हलका करना चाहते थे लेकिन इससे उस पर भार और भी बढ़ गया और पूरी चर्चा एक खास केन्द्र पर टक्कर मारने लगी। हुड़दंगी ने बीड़ी बैल का काम किया, "मतलब ई भया, दादा कि तुम कोल्हू के बैल होय चुके हो और बुझावन महतो कन्धे में नया जुआ ले रहे हैं।"

"इतनै नहीं", हरखू ने बात का टोक पकड़कर अपना छूटकर गिरा हुआ अमोघ तीर फिर उठा लिया, "बुझावन महतो का मतलब है कि ई लाल झण्डा पाल्टी आयी है, वह वैसे ही आयी है जैसे एक समय आज़ादी की लड़ाई आयी थी। क्यों बुझावन ठीक कहता हूँ न!"

"बुझावन को बकरवाने की इतनी मसक्कत क्यों करते हो, भाई! यह तो मैं ही कहता हूँ कि बात ठीक है। हर नयी बात लोक में धीरे-धीरे मर्जाद पाती है। ख़ून-ख़राबा होता है, तोड़-फोड़ होती है लेकिन जब रास्ता न रह जाये। जब बुझावन वोट लड़िके देस के परधान मन्त्री बन सकते हैं तो इतनी बहस काहे की। बेफ़ज़ूल मुँह दुखौवल करने का फ़ायदा। चाहे वह लाल झण्डा हो, चाहे पीला झण्डा, सबके चुनाव लड़ै का अधिकार है। हम तो इतना जानते हैं कि कनून के माफ़िक़ सब चलैं—अपने देस के कनून के माफ़िक़..."

बुझावन ने टोका, "कइसा कनून-नियम दादा, देख तो रहे हो। सब जस-का-तस है। पइसा का जोर, बल का जोर सब नकाम किये दे रहा है।"

"मतलब यह कि ठाकुर की टाँड़ पर बुझावन का पूरा क़ब्ज़ा इतने दिनों बाद भी क्यों नहीं हुआ। चार रुपया लगान देकर साल में हज़ार कमाने से बुझावन का पेट नहीं भर रहा है, जब तक टाँड़ पर क़ब्ज़ा न हो जाये!" हुड़दंगी चिलम उलटते हुए बोला।

"बात सही है, हुड़दंगी बाबू, लेकिन जितनी कलेजाफाड़ मेहनत उस पर हुई है और होती है, वह भी धियान देने की चीज़ है। मैं आठ बरस से उसे जोत रहा हूँ लेकिन लेखपाल की खतौनी में सुना है, ठाकुर ही उस पर क़ाबिज़ हैं।"

"ठाकुर की ही तो वह ज़मीन है, बुझावन! यह बात ठीक नहीं?" फउदी दादा जैसे न्यायालय की कुर्सी से बोले। "भाई जो बात लग आयी है, उसे न छोड़ो। अगर किसी का लेते हो तो मूल-सूत समेत दो। न देना हो तो कोई तुम्हें ज़बरदस्ती करजा-

कुआम तो देता नहीं। समाज चलेगा नहीं...'' फउदी दादा बोल रहे थे और बुझावन रात की उस सिहरती सरदी में जैसे पसीने-पसीने होता जा रहा था।... जिसका लो, चाहे जैसे भी हो मूल-सूद के साथ उसे दो, जिसकी धरती है उसे उसको लौटाओ... बात यही ठीक है। सारी उमर उसने यही सुना है, यही समझ में भी आता है। लोग तो बाप-दादा तक का क़ब्जा भरते चले आ रहे हैं। यह फउदी दादा का बचपन का मजूर और क्या है। साल-साल हिसाब करके बियाज में से पइसा कटने पर भी कुछ मूल में जुड़ता जाता है। अगली कितनी पीढ़ियों तक यह क़ब्ज़ा चलेगा, कौन जानता है लेकिन लोग भर रहे हैं। मुझे भी ठाकुर की टाँड़ छोड़ देनी होगी। भूँय उसकी है। मैं करता हूँ तो कमाता भी हूँ। यह कहाँ का न्याय है कि किसी की धरोहर को हथिया लिया जाय।...

इस बीच फउदी दादा और भी जाने क्या-क्या कहते रहे पर बुझावन ने कुछ भी नहीं सुना—यह भी नहीं देखा कि फउदी दादा की पोती बुचिया इस बीच कब घर से आ गयी और उनके भेड़िअहवा कम्बल में घुसकर उनकी गोद में बैठ गयी। इसलिए जब बिटिया ने, ''बुझावन बाबा, आलू नहीं लाये। कहा था न कि मेले खेत में पड़ गया है।'' तो बुझावन कुछ चैंक-सा गया। सहसा उससे कुछ बोलते नहीं बना फिर तनिक रुककर उसने कहा, ''कल जरूर लाऊँगा, मुन्नी। इसी कउड़े में भून-भूनकर खाना।''

''अच्छा, तभी आज दिन-भर से बुझावन बाबा की रट लगाये हुए थी।'' फउदी दादा ने लड़की को जरा-सा गुदगुदा दिया और वह खिलखिलाकर हँस पड़ी, लगा जैसे कोई खिलवाड़ी बच्चा झुनझुना बजाता हुआ अँधेरे पर दौड़ गया हो। पूरा दृश्य ही बदल गया। हरसू और हुड़दंगी इस परिदृश्य में अपने को उस कुत्ते से भी बदतर पाने लगे जो लड़की की हँसी सुनकर दौड़ा हुआ आ गया था और लड़की दादा के कम्बल से हाथ निकालकर उसके कानों से खेलने लगी थी। कउड़े में कब से घुटता सफ़ेद धुआँ सहसा लपटों में बदल गया जो बलात् अँधेरे को बहुत पीछे ठेल आयी थी और टेढ़ी-मेढ़ी सीमाओं पर चौतरफा उनमें गुत्थमगुत्था हो रही थी।

क्षण-भर को बुझावन और फउदी दादा इस अँधेरे से मुक्त, लाल रंग की सीमाओं में लपटों के इधर-उधर, एक-दूसरे के आमने-सामने दिखायी पड़े लेकिन मात्र क्षण-भर के लिए। अँधेरे ने रोशनी को तुरन्त दबोच लिया और वह फिर उसी कौड़े में सिमटकर बैठ गयी।

''कोई बात नहीं।'' बुझावन कुछ थिर-सा हो गया था लेकिन फउदी दादा ने झट बात काट दी, ''कोई बात क्यों नहीं, बुझावन'', उन्होंने हरसू और हुड़दंगी के चले जाने के कारण अधिक आत्मीयता से कहा, ''अब तक क्या यह गाँव अइसे ही रहता, जाने कितनी मार-काट हो चुकी होती। यह सब तो हमारे सहजोग का फल जानो कि गाड़ी खिंच रही है, नहीं तो यहाँ कोई किसी का नहीं है। ई सार रघुवा बड़ा भारी बिखधर

है। तुम्हरे घर की सभा का प्रचार इसी ने किया है। इसी ने गाँव के ठाकुरों से घूम-घूमकर कहा है कि अपनी-अपनी ज़मीन फ़ौरन निकाल लो नहीं तो ज़मीन भी जायगी और जान भी। भूँय पर क़ब्ज़ा करेगी लाल झण्डा पाल्टी। पहले अपनी जोत पर, फिर दूसरों की बड़ी जोतों पर। मैंने उसे बहुत डाँटा लेकिन वह तो ससुरा नारद है, नारद।''

''यही तो मैं भी सोच रहा था, दादा, लेकिन रग्घू भइया ने ही कहा,—दादा से बतियाय लेव। बिना उनकी सम्मत के गाँव में कुछ भी नहीं हो सकता। किसकी मज़ाल जो तुम्हारे खेत के पास जाय।—इसीलिए हरवाही से सीधे इधर आ गया। अभी घर भी नहीं गया हूँ। मेरे तो बाल-बच्चे अनाथ हो जायेंगे, दादा। चाहो तो लगान बढ़वा दो लेकिन सहुआ को खेत लिखने से तो बिनास हो जायगा। तुरन्त झगड़ा खड़ा करेगा।''

'बात ई है बुझावन कि सहुआ वहाँ पम्पिन-सिट लगाकर कोल्हू-चक्की का व्योपार करना चाहता है। हरिदयाल को लम्बी रकम दे रहा है। हरिदयाल को तो जानते हो, महा लतेड़ मनई है। लालच तो है रुपये की मुल बात कुछ-की-कुछ लिये, रात-दिन एक किये हुए है। कहता है बुझावन क़ब्ज़ा कर लेगा मेरी भूँय पर, फिर धीरे-धीरे सभी की ज़मीन छीनी जायेगी। तुम्हारे घर में वह मिटिंग क्या हुई, लोगों ने मेरा मुँह ही बन्द कर दिया है।''

''मेरा भी मुँह लोग कितनी बार बन्न कर चुके हैं, दादा। तुम तो सब-कुछ जानते हो। देखा नहीं था पिछली बार, सारे कोइरी-काछी एक हो गये थे। बस एक ही आवाज़ थी,—सभापती हमारा होगा। हम चुनाव लड़ेंगे।—सिर्फ़ तुम्हारी बात पर मैंने लड़ाई मोल ली और गाँव बँटने से बचि गया। सोचो ऊ दिन। अउर का-का गिनाऊँ, सदा जीने-मरने को तइयार रहे हैं।''

''यह तो सच है, बुझावन, मुदा कुछ कयदा-कनून...''

''कयदा-कनून... यह भी कहना पड़ेगा दादा! हम आठ बरस से जोतदार हैं। तीन बरस में तो खेत सिकमी लग जाता है।''

''यह सब अधरम की राह है, बुझावन! हमरे दिल में तो यह समाता ही नहीं कि जो भूँय हमारी है, वह जब किराये पर है तो वह सिकमी कइसे लग जायगी।''

''इस हिसाब से तो गान्ही की लड़ाई भी अधरम की ही कही जायगी, दादा! फिरंगी तो हमार राजा था। सारे देसवा की भूँय उसी की थी।'' बुझावन कुछ गरम होकर बोलने लगा था। उसे कहीं लग रहा था कि दादा कुछ बदला-बदला-सा बोल रहा है।

क्षण-भर को ख़ामोशी छा गयी, अँधेरा कुछ और आगे खिसक आया था और ठण्ड बढ़ गयी थी। बुचिया तो दादा की गोद में ही सो गयी थी और कुत्ता वहीं बुकुड़ी मारे, अपने पाँवों में सिर गड़ाये ऊँघ रहा था। इसी समय मनरा की माई कोली के किनारे

से बोली, "मनरा के बाबू हैं, का बबुआ?" बुझावन बोलने ही जा रहा था कि फउदी दादा बोल उठे, "वह तो जौनपुर चला गया भउजी, कह गया है भग्तिनियाँ आये तो अपने ही पास सुताय लेना। बहुत डरती है, रात में।"

"जा हटा बबुआ, मउत के मुँह में गोड़ लटक रहा है, फिर भी तुम्हार बान न छूटी।...आज हरवाही से लौटकर न जाने कहाँ बइठ गये।"

"जाओ बुझावन कुछ खाकर सोओ। सबेरे देखा जायगा। भग्तिनियाँ जड़ाय रही है।" फउदी दादा सहसा संकोच में फँस गये। बहुत-सी बातें याद आ गयीं जिनमें मनरा की माई और खुद उनकी आठ बरस पहले मृत पत्नी की अनेक गड्डमड्ड तस्वीरों की ऐसी सुहानी दृश्यावली थी जो आज बाबा को स्वप्न की तरह लगती है और अक्सर तभी वे ज़िन्दगी के बारे में सोचने लगते हैं—कैसा है यह संसार, झूठा और बनावटी। लगता है यह कभी छूटेगा ही नहीं। कैसी थी वह, मनरा की माई कहती थी,—चम्पा-कली। दादा आज भी एक ख़ुशबू में डूब जाते हैं जो उनकी अपनी ऐसी निजी है कि इतने दिनों बाद भी उन्हें महक उठती है, फिर वह किसी से बोलना नहीं चाहते और कोशिश करते हैं कि उसी के साथ देर तक बने रहे पर फिर यह संसार... झूठा और बनावटी..." दादा सोच रहे थे लेकिन तभी बखरी के दरवाज़े से आवाज़ आयी, "बाबू जी को खाने के लिए भेजो, चूल्ह बुताय रही है।" बहू थी।

"फउदी दादा बिना कुछ कहे उठे और बुचिया को अपने कन्धे से सटाये, बखरी में घुस गये।"

बड़े भोरहरिया जब पहला मुर्ग़ा बोला, फउदी दादा की बहू बुचिया को गोद में लिये आयी और बाहर ही से, "बाबू जी ऽ, बाबू जी ऽ ऽ" पुकारने लगी। रात देर में नींद पड़ी थी इसीलिए दादा हड़बड़ाकर उठे। उन्हें लगा, रात ज़्यादा है लेकिन जब बहू ने बताया कि रग्घू कुँवर कुछ देर पहले दुआरे ख़बर कर गये हैं कि रात बुझावन का सारा आलू खोद लिया गया तो बाबा रजाई फेंककर चारपाई से उठ गये। उन्होंने सबसे पहले अपने लड़के के बारे में पूछा, "बचवा कहाँ है?" बहू संकोच में पड़ गयी। तनिक रुककर बोली, "लाठी लेकर उधर ही गये हैं। कह रहे थे,—कुछ अनरथ होनेवाला है, गाँव में।" फिर बिना यह ख़याल किये कि बहू बाहर-भीतर जायगी तो उस समय रोज़ की तरह बच्ची किसके पास छोड़ेगी, वे "हरे राम, हरे राम!" कहते हुए बाहर निकल गये।

अब झलफलाह हो गया था और पूरब से आकाश में सफ़ेदी उठ रही थी। फउदी दादा तेज़ क़दमों से गाँव के भीतर होकर बढ़ते जा रहे थे। उन्हें लग रहा था जैसे आज से गाँव में काले दिन की शुरुआत होनेवाली है। जो बातें वे बीस बरस से बचाते आ रहे हैं वे सहसा उनके सामने घटना चाहती हैं। उनका एक पाँव सहसा रास्ते में गड़े खूँटे से लड़ गया और वे गिरते-गिरते बचे। उन्हें न जाने क्यों बचवा के जनम की याद

हो आयी—बीस-पच्चीस बरस पुरानी बात, इसी तरह भिनसारे ही वह दौड़ते हुए बुझावन की बहू को बुलाने गये थे। तब भग्तिन की जवानी थी और बुझावन उनके साथ सुराजी पाल्टी में लुके-छिपे इधर-उधर सभा-सुसाइटी में जाया करता था। भग्तिनियाँ कितनी ख़ुश होकर अँधेरे में बत्तीसी चमकाती हँसी-चिबोला करती दौड़ी हुई नार काटने आयी थी। फउदी दादा इस विचार में इस क़दर डूब गये थे कि उन्हें पता ही नहीं लगा कि कैसे वह इतनी जल्दी टड़िया पर पहुँच गये। उनके पाँव ओस में लथपथ हो रहे थे और सर्दी असंख्य चींटियों की तरह काट रही थी। उन्होंने दूर ही से देखा कि वहाँ बहुत-से लोग खड़े हैं। उनके पाँव अपने-आप रुक गये। पूरब की ओर एक कोने में मनरा अपने कई साथियों के साथ खड़ा था, जहाँ से पेड़ के पीछे से ललछहीं रोशनी छनने लगी थी। वे सब-के-सब गुस्सा थे। उनके चेहरे अभी साफ़-साफ़ नहीं दिखायी पड़ते थे। लेकिन बातों में तनाव और बदले की तैयारी का विषय गूँज रहा था। कई तरह की बातें चल रही थीं। बुझावन लोगों को बता रहा था, "कम-से-कम पच्चीस-तीस लोगों ने दो-तीन घण्टे में यह काम किया होगा। रात फउदी दादा के यहाँ से लौटकर खाने-पीने में बहुत देर हो गयी इसलिए ऐसी नींद आयी कि मड़ई में कुछ पता ही नहीं चला।"

"पता कैसे चलता तुमको, घोड़ा बेचकर तो सोते हो। फिर किसे गियान था कि परानपुर में भी यह होगा, कम-से-कम फउदी बबुआ के जीते जी..." भग्तिन बोली। फउदी को जैसे काठ मार गया हो। उनके पाँव जहाँ थे, वहीं से मुड़ गये। लगा कैसी-कैसी बातें सोचते हैं लोग, मेरे बारे में और यह हो क्या रहा है। परानपुर में किसी का खेत नहीं कटा था, किसी के घर में सेंध नहीं लगी, किसी का खलिहान नहीं फूँका गया तो क्या यह सब मेरे ही कारण और यदि ऐसा है तो मैं क्यों अपनी लाश देखने दौड़ा यहाँ चला आया हूँ। अच्छा होता कि यह सब सुनने के पहले मेरी साँस छूट जाती। वे शर्म के मारे गड़े चले जा रहे थे। उन्हें मिचली आने लगी, उनका सिर चकराने लगा और उधर बुझावन के मुँह से पुलिस का नाम निकलते ही मनरा उन पर झपट पड़ा था, "पुलिस तुम्हें न्याय देगी कि तुम्हारा गला काटेगी। अब भी ख़याल नहीं आया तो वह भी करके देख लो। उलटे तुम्हीं को क़ानून खा जायगा। वह अमीरों की रक्षा करने के लिए है, हमारे जैसे निहंगों के लिए नहीं।" मनरा फउदी दादा के लड़के को पाँवों का निशान दिखाने लगा, "एक-दो नहीं पच्चीस-तीस लोगों ने गोल बनाकर यह सब किया है, बड़कू भइया! जब हम गोल बनाकर कुछ करेंगे तो दादा कहेंगे मनरा सोहदा हो गया है।"

सारे लोग चुप थे। किसी ने मनरा की बात का प्रतिवाद नहीं किया। रग्घू वहीं चुपचाप मेंड़ पर बैठा था और बुझावन उसी के आगे अँधेरे में उखाड़े जाने के कारण इधर-उधर बिखरे पड़े आलू अपने गमछे में बीन रहा था। भग्तिन ने कहा, "छोड़ो, चलो, फउदी बबुआ को बुलाकर खेत दिखा दें।"

"फउदी बबुआ?" बुझावन ने ज़ोर से कहा और हँसने लगा। जैसे वह कहना चाहता हो कि फउदी बबुआ न चाहते तो यह होता क्यों?

"तुम्हारी खोपड़ी तो नहीं फिर गयी!"

"खोपड़ी तो तुम्हारी फिरी है।" फिर सहसा जैसे कुछ याद करके बुझावन ने बात बदल दी, "चलो चलते हैं, मुदा उनको बुलाकर खेत दिखाने में अब का धरा है। बुचिया ने रात आलू माँगे थे। वह मेरी बाट जोहती होगी।"

"तो थोड़ा और बीन लो।" भगितिनियाँ खेत में झुककर आलू बीनने लगी। रग्घू की आँखों पर पानी का एक झीना परदा उतर आया जिससे पल-भर को बुझावन और भगितिनियाँ की खेत में झुकी हुई आकृतियाँ धुँधली हो उठीं पर सहसा मनरा की बात, "अब ऐसी बातों के सहारे नहीं जिया जा सकता, चच्चा, ये आदमी के शोषण का जरिया बन गयी हैं।" उसने झटके से अपनी गरदन हिलायी। पर्दा खिसककर नीचे ज़मीन पर ढुलक गया। गाँव के लोग दल-के-दल खेत देखने चले आ रहे थे पर उसकी आँखें तो फउदी दादा को ढूँढ़ रही थीं, जिन्हें बताने वह बड़े भिनसारे ही गया था। ऐसा हो नहीं सकता कि दादा खेत तक न आयें। उसे या किसी को क्या पता कि दादा अपनी ही लाश देखने के डर से वहाँ आकर लौट चुके हैं और गाँव में यह बात फैल गयी है कि फउदी दादा को सबेरे ही ख़ून की कै हुई है और वे बेहोश हैं।

रात बुझावन जब फउदी दादा के पास जा रहा था तो हरदयाल फउदी दादा से बहुत लड़-झगड़कर अपनी बात मनवाकर उठा था। तय यह हुआ था कि फउदी दादा इस लड़ाई में दुआर नहीं छोड़ेंगे और रग्घू वहीं से हरदयाल के साथ लग गया था। दोनों सीधे सहुआ के घर गये थे जो पम्पिंगसेट और चक्की-कोल्हू का सारा सामान तैयार करके खेत लिखाने की बात मान चुका था। आज हरदयाल को देखते ही उठकर घर में चला गया। उसकी बिटिया आकर दुकान पर बैठ गयी और उसी ने बताया कि, "बापू रोटी खाय रहे हैं!"

बहुत देर बाद जब सहुआ घर से निकला तो उसके हाथ में गुड़गुड़ी थी। खड़े-खड़े फूँक छोड़ते हुए बोला, "बाबू साहेब हम न लेंगे तुम्हार खेत। बनिया-महाजन लड़ाई-झगड़े की भूँय लेकर अपनी जान बँधवाने जायगा!... कहो रग्घू भइया!"

रग्घू कुछ बोला नहीं, समर्थन में सिर हिलाकर ख़ुश हुआ कि सहुआ ठीक बोला है—वैसा ही जैसा उसने उसे समझाया था।

"का कहते हो महाजन!" हरिदयाल जैसे आकाश से गिर पड़ा हो।

"का-वा कुछ नहीं, ठाकुर! हम हैं बनिया, दो पैसे पर हरदम जान अटकी रहती है, झगड़े में फँसेंगे तो बेमउत मर जायँगे। फिर बुझावन महतो का मामिला। नहीं कुछ तो फउदी दादा ही बुलाकर डाँट देंगे।"

"फउदी दादा कुछ नहीं कहेंगे, महाजन! उनसे हमने पूछ लिया है। यह तो रग्घू के सामने की बात है।"

"हमें बिस्सास नहीं, ठाकुर! हम दोनों बुढ़वन को जानता हूँ। बाप-रे-बाप... ना भइया! भगवान् का मच्छ जो हम खेत लिखायी। तुम्हें तो याद है न रग्घू भइया, अरे वह सुरसतिया ससुरी ख़ुद ही मेरे जान को पड़ी रहती थी। एक दिन तनिक-सा हँसकर बोलते देख लिया बुझौना ने, लेस दिया ददवा से। मुझे बुलावा आया तो मैं का जानूँ कि क्या होनेवाला है। सामने पड़ते ही जो हाथ मलपट पर पड़ा कि मुझे पता नहीं कि मैं कब तक बेहोश रहा। "गाँव में यह सब न हो..." इतना ही सुनायी पड़ा था। आज भी याद करता हूँ तो खोपड़ी झनझना उठती है... ना भइया, "भुइयाँ क मच्छू जो मैं उधर ताकूँ।"

ठाकुर हरिदयाल की बोलती बन्द हो गयी थी। सहुआ समझता था ठाकुर कुछ और कहेंगे लेकिन उन्हें चुप देखकर फिर बोला, "बुरा माने की बात नहीं ठाकुर। इसमें बड़ी पेंच है। धन-धरती का मामिला जानते हो। सुनता हूँ भुँयछोर पाल्टी भी गाँव में बनी है। सब हुरहुण्डे जवान अब भूँय छीनेंगे। बनियों का गला दबा देंगे।"

"यह सब बेकार की बात है महाजन, किसकी हिम्मत जो आँख उठा दे तुम्हारी तरफ़। हम तो फउदी को भी नहीं मानते लेकिन तुम्हारे ही कारण...।"

"तो फिर एक काम करो, बाबू साहेब। इतने बहादुर हो तो टड़िया पहले ख़ुद जोत लो, जब तुम्हारे क़ब्ज़े में आ जायगी तो मैं ले लूँगा। अच्छा तो अब बन्द करी दुकान।" सहुआ ने जरा टेढ़े होकर जोर की ध्वनि करते हुए पादा और उठ खड़ा हुआ, "ठीक कहते हैं न, रग्घू भइया!"

"एक तरह से ठीक ही है, भाई। रुपिया गिननेवाला सब-कुछ सोचता है।"

रग्घू बाहर निकला तो उसे लगा चलो मामला टला। हरिदयाल भारी बेवकूफ़ है और कायर तो ऐसा कि बुझावन से खेत छोड़ने को भी नहीं कह सकता। इसलिए वह निश्चिन्त होकर घर लौटा और सो गया, वर्ना ऐसी बात नहीं कि उसे यह मालूम न होता कि बुझावन का आलू कैसे खोदा गया। इतनी जल्दी कैसे तैयारी हुई और कौन-कौन हरिदयाल के साथ खेत तक गया। फिर तो रात ही को बज जाती। बुझावन महतो कोई ऐसा-वैसा आदमी नहीं कि उसकी हाँक पर सौ-दो सौ लाठियाँ मुहाल हों, फिर इधर मनरा ने नये जवानों की एक टोली खड़ी कर ली है, जिसमें हर जाति के लड़के हैं और वह भी ऐसे लड़के जो मानते हैं कि कानून-व्यवस्था बड़ों का हथियार है। यह जनता की रक्षा के लिए नहीं, गरीबों के दमन के लिए ही इतनी ताम-झाम से तैयार किया गया है कि आम जनता एक भरोसे में सोती रहे और लूट का काम मज़े में चलता रहे। इसलिए वे ख़ुद अपनी रक्षा के लिए तैयार हैं। पुरानों में रग्घू उनके भीतर है और उसकी समझ में ये नयी बातें बखूबी समा गयी हैं। वह डेढ़ बीघे का सबसे छोटा ठाकुर किसान है जिसकी सारी ज़मीन बड़े ठाकुरों ने गीरो रखकर हड़प कर ली है और सूद-

दर-सूद लगाकर हज़ारों रुपया उसके ऊपर चढ़ा रखा है। लेकिन अकेली बेटी पियारी की शादी करके रग्घू 'आगे नाथ न पीछे पगहा' वाली स्थिति में पहुँच गया है। वह बड़े मज़े में जात-बिरादरी तथा धर्म और रूढ़ियों को समझने लगा है। जो धनी है, ज़मीनवाला है, उसने रग्घू के साथ एक-एक कौड़ी के लिए सारी मर्यादा, सारे ब्योहार तोड़े हैं और उसे बार-बार अपमानित किया है। मनरा के साथ होने के पहले तो वह बार-बार कहा करता था कि आदमी से भले तो कुत्ते हैं और इसी बात पर मनरा उसे एक दिन पकड़कर अपने घर की गुप्त बैठक में ले गया। "यह सब का बोलते हो, चाचा! हम सब आपके ही लड़के-बच्चे हैं। ज़िन्दगी इस तरह सोचने के लिए नहीं बनी है। आदमी से बढ़कर दूसरा क्या है, संसार में। हमारे साथ सोच-विचारकर देखिये तो आपको एक उजाला मिलेगा।" रग्घू इसी कारण कहता रहता है कि "मन के हारे हार है, मन के जीते जीत।" विचार ही सब-कुछ है। शरीर तो एक खाली बरतन के मानिन्द है। जब मेरे जइसा आदमी इतना ख़ुश और लगा हुआ हो सकता है तो जरूर यह नया विचार बलवान् है।... इसलिए रग्घू को बड़ी कुफुत है। यह चूक उसे बार-बार काट रही है। मनरा इसे हमले की शुरुआत कहता है। इसलिए इस नये संगठन को और भी कचोट है। उसे लगता है, चोरी करते हुए दुश्मन को पीट देने का ऐसा अवसर फिर शायद ही मिले। वह भी तब, जब वह मेरे चंग पर पूरा चढ़ा हुआ था। ज़बरदस्ती मुझे लेकर सहुआ के पास गया था। सहुआ से बातचीत के समय भी रग्घू बराबर डर रहा था कि कहीं साला मेरा नाम न ले ले और हरिदयाल को यह मालूम न हो जाय कि मैंने ही उसे भरा है। फिर हरिदयाल की फउदी दादा से बात कराकर उनके मन को अच्छी तरह जान लेने की बात भी रग्घू के लिए बहुत जरूरी थी और वह वहाँ भी सफल हो गया था। मगर जरा-सी चूक ने सारा गुड़-गोबर कर दिया।

बात यह हुई कि हरिदयाल रात सहुआ के यहाँ से बड़े गुस्से में उठा। उसका सारा किला ही ढह गया था। असल में ज़मीन पर रुपया ले, वह अलग होकर फउदी दादा के साथियों में होनेवाली लड़ाई का मज़ा लेना चाहता था लेकिन पासा उलटा पड़ने से वह तिलमिला उठा था और उसने रात ही दौड़-धूपकर यह कार्रवाई कर ली। उसके लड़के ने बाप को रोता हुआ देखकर अपने साथियों को रात की नींद से जगाया और ख़ुद बिना खाये-पिये सारी रात इस काम में लगा रहा। बुझावन की मड़ई के पास दो पक्के स्वयंसेवक बल्लम और गँड़ासा लेकर इसलिए खड़े थे कि यदि बुझावन उठे तो उसे वहीं-का-वहीं ढेर कर दें। ख़ुद हरिदयाल बन्दूक़ लेकर गाँव की ओर मुँह किये इसलिए बैठा था कि जो कोई आयेगा उस पर फायर करेगा। इतना ही नहीं अगर भाग-दौड़ हुई और मनरा का दल लोहा लेने आया तो उधर उसका घर और मड़हा तुरन्त जला दिया जायेगा। वहाँ खड़े स्वयंसेवकों को यह बता दिया गया था कि पहुँचते ही बखरी की साँकल बाहर से लगा लें और यदि जाग-जूग हो तो बिना यह सोचे कि घर में कौन है, वह आग में जलेगा कि बचेगा, घर में चारों तरफ़ आग लगा दें। इसीलिए

तो बड़े भिनसारे जब भग्तिनियाँ बाहर-भीतर के लिए उठी तो घर की सिकड़ी बाहर से बन्द थी। उसे तभी लगा कि यह कोई अनहोनी है। मनरा भीतर से सीढ़ी लगाकर किसी तरह छत से नीचे उतरा और बाहर से उसने दरवाज़ा खोला। माँ-बेटे दौड़ते-हाँफते टड़िया पहुँचे थे, उन्हें साफ़ लग गया था कि बुझावन पर ही कुछ हुआ है, नहीं तो हम लोगों को घर में बन्द करने की क्या जरूरत थी।

फ़िल्हाल एक विनाशकारी बवण्डर परानपुर के आसमान को साफ़-सुथरा छोड़कर गुजर गया और मुलायम सुनहरी धूप बड़े सवेरे ही उतर आयी है। पुआल के गाँज के ओट में एक चारपाई पर फउदी दादा भेड़िअहवा कम्बल ओढ़े, करवट लेते हैं। पाटी के पास ही धान की भूसी से भरी बोरसी की भुल-भुल आग में बुचिया के आलू गड़े हैं। वह बार-बार ईख की अंगार के टुकड़े से उसे खुलिहारने की कोशिश करती है और बार-बार बाबा उसे मना करते हैं, "अब ही तो गाड़ा है, हो जाने दो।"

रग्घू सारे गाँव का चक्कर लगाकर आता है, दलान से ही एक मचिया लेता है और बोरसी के ठीक पास जा बैठता है। बुचिया चहक उठती है, "मेला आलू गड़ा है रग्घू बाबा, आग खुलिहारना नहीं।" रग्घू अंगार का टुकड़ा लेकर और भी आग आलू पर चढ़ाने लगता है। दादा संकोच में डूबते जा रहे हैं कि रग्घू से बात कैसे शुरू करें।

इसी बीच रग्घू पूछ बैठता है, "अब कैसा जी है, भइया!"

"कुछ ठीक तो मालूम होता है, रघुआ! मुदा भरोसा का इस जिनगी का। बहू बता रही थी कि तुम बड़े भिनसारे ही आये थे।" दादा के मन में गहरा सन्देह था कि रघुआ इस साज़िश में कहीं भीतर हरिदयाल के साथ जरूर है।

"हाँ, सोचा तुम्हें बता दें। तुम सो रहे थे इसलिए बहू से कहकर चला गया। बहू ने जगाया नहीं का?"

"जगाया, बचवा उठकर गया भी, मुदा मुझे उठते ही चक्कर आया और ओकलाई होने लगा।" दादा अपने वहाँ जाने की बात छिपा गये।

"लगता है, सल्दी खाय गये।"

"सल्दी नहीं रग्घू, अब यही होयेगा। उमर के साथ सब बात ही बदल जायेगी—ऐसा नहीं सोचा था, कभी। मैं कई साल से धियान दे रहा हूँ कि मैं ढूह हो रहा हूँ और इधर-उधर छलककर बहता पानी अब धारा बन गया है और हरदम मुझे काट रहा है, कमज़ोर कर रहा है। कई बार सोचा कि अपने को वहाँ से हटा लूँ, नहीं तो मजधार में अकेला ही किसी दिन भस जाऊँगा। स्कूल-कालेज, आसरम-ब्लाक पर कई बार कहा भी लेकिन मन में बहुत होने पर भी कि यह खूसट हटे तो मनमानी लूट हो, सब उलटे मन से रोकते हैं। चाहते हैं कि मैं मजधार में ही भसूँ और मैं भी जैसे आदी हो गया हूँ..." "रग्घू ने देखा कि दादा की नन्हीं आँखें आज कुछ और गढ़े में धँस गयी हैं और उन पर एक मटमैली फाँफी-सी जम गयी है।"

"ऐसी बात काहे सोचते हो, भइया।"

बाबा सहसा बिगड़ उठे, "काहे न सोचू रग्घू, तुम अपने कलेजे पर हाथ रखकर सोचो, तुम मेरे साथ दिल से हो, मेरा जनम का साथी बुझावन मेरे साथ है?"

"बुझावन को मैं का जानूँ, मुदा मैं..." दादा ने बीच ही में रग्घू की बात काटी, "यह भी झूठ है। तुम सबकी बात जानते हो। सबके साथ हो।"

"तुम भी यही कहोगे, भइया!"

"हाँ कहूँगा, क्योंकि तुम यह सब जानते हो। तुम्हें मालूम है कि बुझावन की आलू कैसे खोदी गयी। वहाँ कौन-कौन गया और आगे का होनेवाला है। पहले तुम सबकी मुझसे कहते थे लेकिन अब छिपावते हो।"

"का हँसी करते हो, भइया।" रग्घू जैसे आकुल फउदी दादा की भुजाओं में कस गया हो और उसने बड़ी खिसियाहट के साथ बात को दूसरा रुख़ देने की चेष्टा की हो। लेकिन दादा मन में कहीं बहुत चोट खाये हुए थे। सारी ज़िन्दगी का किया-दिया मिट्टी में मिला जा रहा था। उन्होंने रग्घू से सीधा पूछा कि, "सच-सच बोलो, तुम हरिदयाल के साथ यहाँ से गये तो क्या हुआ?"

"यहाँ से हम सीधे सहुआ के पास गये। उसने साफ़ इनकार कर दिया, टड़िया लिखाने से। हरिदयाल बहुत गिड़गिड़ाया, मुदा उसने एक न सुनी। अन्त में कहने लगा,—जाँघ में ज़ोर हो तो खेत पर क़ब्ज़ा करके बेचो। हरिदयाल रुआँसा होकर वहाँ से चला गया और मैंने सोचा कहानी ख़तम हो गयी। घर लौटकर सो गया।" रग्घू साँस लेने के लिए तनिक रुका तो फउदी दादा उत्साह में अधलेटे हो गये, "चलो संकट कटा। यह तो मेरे ही मन की बात हुई।" लेकिन जब रग्घू ने आगे कहा कि, "कल रात जो हुआ उसे एक तरह से कल्यान ही समझो।" तो बाबा फिर आशंका में डूब गये और पूरी बातें सुनकर उन्होंने दोनों हाथों से अपना माथा थाम लिया। "हे भगवान, हे भगवान, यह नंगा नाच देखो अपने पुतलों का। भारती सन्सकीरत और हिन्दू धरम यही सिखावता है... इसी से उबार होगा देश का।" दादा एक सूने अन्तराल में खो गये थे और रग्घू उन्हें पल-भर वैसे ही छोड़ देना चाहता था क्योंकि वह जो कहने आया था, वह उनके लिए और भी दुःखद था।

इसी बीच बुचिया छोटे-छोटे आलू निकालकर खाने लगी थी। सूरज कुछ और ऊपर चढ़कर नीम की टहनियों में फँस गया था और बाबा की चारपाई पर छाया आने लगी थी। वे ठण्ड मालूम होने से उठ बैठे तो रग्घू ने कहा, "लेटे रहो, चारपाई खींच लेते हैं।" लेकिन बाबा उठ खड़े हुए। रग्घू ने चारपाई धूप में खींची, वे पाटी थामकर उस पर बैठ गये और बड़ी देर तक बिना पैर उठाये, हाथों पर ज़ोर दिये उसी तरह बैठे रहे, जैसे कुछ सोचते-सोचते खो गये हों।

रग्घू ने लेटने के लिए कहा तो वे लेट गये, बिना कुछ बोले, गुम-सुम। इस बीच देखनेवाले लोगों का ताँता लगा रहा। ख़ासकर बूढ़ी औरतें जो मुँह ढाँके आतीं और थोड़ी

देर चुपचाप खड़ी रहने के बाद लौट जातीं। हरखू और हुड़दंगी भी आकर बैठ गये थे और चिलम सुलगाने लगे थे। रग्घू कुछ और ही कहने आया था लेकिन इस स्थिति में बात बिगड़ने के डर से उठ खड़ा हुआ, "चलता हूँ भइया, कुछ रस-दाना कर लूँ।"

"जाओ, मुदा चेत से रहना, हवा ख़राब है, गाँव की।" दादा ने आँखें खोलीं, फिर बिना सिर मोड़े ही, वैसे-के-वैसे लेटे रह गये। रग्घू वहाँ से चला तो उसे दादा की बात बार-बार याद आती रही, "मैं ढूह हूँ, ढूह जिसके दोनों ओर से कब से छलकता पानी अब दो धार बनकर बहने लगा है और मैं बीच में खड़ा हूँ।"

इस घटना के बाद दूसरा सवेरा देखने के लिए अभी गाँव पुआल और कथरियों में आँख मूँदे, सिकुड़ा पड़ा ही था कि दौड़-भाग और शोरगुल के कारण चौतरफा एक नयी गर्मी दौड़ गयी। बुझावन अपने आलूवाले खेत को उलटकर उसमें प्याज लगाने के लिए हर चलाने जा रहा था और हरिदयाल उसे रोककर ख़ुद खेत जोत लेने के लिए दल साज रहा था। वर्षों बाद बात ऊपर आ गयी थी और अब आमने-सामने हुआ चाहती थी। इसमें क्या-कुछ हो जाय, कहना मुश्किल है। बचवा दौड़ा हुआ आया, कोठे पर टँगी बन्दूक़ उतार, जेब में कारतूस भर, सीढ़ी से नीचे उतर रहा था कि बहू उसे पकड़कर झूल गयी, "हमें मारकर ही बन्दूक़ घर से जाई।... नहीं मानोगे तो चिल्लाकर बाबू को जगा दूँगी।" वह दबे कण्ठ से धीरे-धीरे बोल रही थी और बचवा उसे धीरे-धीरे समझा रहा था, "देखो शोर न मचाओ, मैं चलाऊँगा नहीं, जाने दो!" लेकिन वह एक भी मानने को तैयार न थी और झगड़ा बढ़ता जा रहा था। बचवा संकोच में था कि कहीं बाबू जग न जायँ इसलिए उसने क्रोध में आख़ीरी चेतावनी दी, "नहीं मानोगी, नहीं मानोगी?"

"नहीं, नहीं, नहीं..." और उसकी आवाज़ सहसा एक चीख में बदल गयी। बचवा ने बन्दूक़ के साथ उसे पीछे झोंक दिया था और वह बीच आँगन में पड़ी कराह रही थी। दादा और बुचिया हड़बड़ाकर बाहर आये तो पहले उन्हें कुछ समझ में नहीं आया। बहू बीच आँगन में पड़ी कराह रही थी और उसके हाथों में बन्दूक़ का कुन्दा कसकर भिंचा हुआ था। बुचिया माई ऽ-माई ऽ ऽ कहकर रो रही थी। बाबा उसके हाथ से बन्दूक़ लेने की कोशिश करने लगे, "आख़िर है का ई सब भगवान्। इतने सबेरे बन्दूक़ की का जरूरत पड़ी। कहीं बहू ने कुछ कर तो नहीं लिया।" उन्होंने बैठकर बहू की साँस का अन्दाज़ लिया, फिर उसके माथे पर पानी के छींटे मारे तो वह उठकर बैठ गयी!

"बाबू तुम अभी यहीं बइठे हो", वह ज़ोर-ज़ोर से हाँफ रही थी, "यह रग्घू कुँवर जो न करा दें। जाओ उनको रोको बाबू... जाओ!" वह फूट-फूटकर रोने लगी।

"कहाँ जायँ बेटा, किस ओर, कुछ बताओगी भी। यह सब का माजरा है।?"

"जल्दी से टड़िया जाइये, बाबू!"

फउदी दादा को एकाएक सब साफ़ हो गया। जरूर कोई बड़ा झगड़ा है लेकिन बचवा से क्या मतलब और—रग्घू कुँवर चाहे जो करायें... कुछ समझ में नहीं आता... बीमार फउदी दादा दुलकी दौड़ने लगे। कहीं हरिदयाल ने रग्घू और बचवा को मिलाकर बुझावन के खेत पर क़ब्ज़ा करने की रचना तो नहीं रची। बचवा इसीलिए बन्दूक़ लेकर जा रहा होगा। लगता है, ठाकुर-बाम्हन सब मिल गये हैं और इस गाँव में कब का सुलगता बड़ी-छोटी जात का झगड़ा फन फैलाकर परानपुर को आज डँस लेगा। मैंने सारी ज़िन्दगी इसी को रोका और वाह रे बुझावन, एक बार भाई बना तो बना। कभी एक दिन के लिए भी बिस्सास से बाहर नहीं गया।—दादा थककर हाँफने लगे थे और उन्हें लगता था, अगली बार पाँव उठाने पर वे गिर पड़ेंगे और फिर कभी भी नहीं उठ पायेंगे, लेकिन हरिदयाल की कल की चोरी की रचना सोचकर उनका दिल फिर जोरों से धड़कने लगता और न जाने कहाँ का ज़ोर उनके पाँवों को उठाता जाता।

दादा अभी काफ़ी दूर थे और टड़िया पर भारी भीड़ इकट्ठी थी। बीच-बीच में चिल्लाने और ललकारने का शोर उठ रहा था इसलिए वे वहीं से चिल्लाने लगे, "जो जहाँ है, वहीं रुक जाये! आगे बढ़ा तो टाँग कटवा लूँगा। किसी को ज़िन्दा नहीं छोड़ूँगा। मैं कह रहा हूँ, मैं कह रहा हूँ, जो जहाँ है...।" बाबा बीच खेत में पहुँच गये थे लेकिन अब भी बिना किसी को देखे यही चिल्लाते जा रहे थे। बुझावन ने दौड़कर उन्हें सँभाल लिया, "सब रुक गये हैं, भइया, देखो, सब रुक गये हैं।"

"कहाँ रुके हैं, देखो कहाँ रुके हैं?" वे पागलों की तरह चिल्ला रहे थे और उनका दम टूटता जा रहा था, "देखो, देखो, मनरा अब भी हल चला रहा है। हरिदयाल बन्दूक़ ताने सौ आदमियों को लिये सामने खड़ा है और रग्घू और बचवा भी उसी की गोल में कहीं छिपे हैं। रामहरख, हुड़दंगी सामने खड़े ललकार रहे हैं। मैं कहता हूँ, "हर बन्द कर दे, मनरा...!"

"मैं अपनी ज़मीन पर हल चला रहा हूँ।" मनरा किंचित् गम्भीर किन्तु उद्दण्ड होकर बोला। उधर से हरिदयाल ने ललकारा, "अभी विनाश हो जायगा बुझावन, मैं सबकी लाश उठवा दूँगा, टड़िया पर से।"

खेत के दोनों कोने पर इधर-उधर सौ-सौ जवानों की टोली लिये हरिदयाल से मोर्चा लेने के लिए रग्घू और बचवा तैनात थे। दोनों गरजकर बोले, "हो ताकत तो आगे बढ़ो, बन्दूक़ से दो मरेंगे लेकिन तुम्हारी चटनी बन जायेगी, हरिदयाल!" फिर बचवा की कड़कती हुई आवाज़ दादा के कान में पड़ी, "क़ायर कहीं के, कल तुमने जो अपराध करना चाहा था, उसका मज़ा हम चखायेंगे। खेत बुझावन चाचा का है, वह जोतेंगे।"

फउदी दादा का अवरुद्ध कण्ठ अब बचवा की आवाज़ से एकदम रुँध गया था। लेकिन वे अपनी पूरी ताक़त से चिल्ला उठे, "खेत किसी का नहीं है। सब खेत कनून का है—देश के कनून का, न्याय का।"

''क़ानून और न्याय गरीब को खेत देता नहीं, उससे छीनता है। हम ऐसे धोखे में नहीं आयेंगे। हम ज़मीन को जोतेंगे।'' मनरा फिर बोला।

बुझावन घबरा रहा था। बाबा की साँस बढ़ती जा रही थी और हरिदयाल बार-बार अपने लड़के को अपने बैल आगे बढ़ाने के लिए ललकार रहा था।

दादा बोल नहीं पा रहे थे। उनका गला चिल्लाते-चिल्लाते बैठ गया था। भगितनियाँ बार-बार उनका मुँह देखती और कहती, ''बबुआ तुम बइठ जाओ, कहीं तुमहीं को कुछ न हो जाय, नहीं तो हम उजड़ जायँगे।''

''जाओ भउजी और तुम भी बुझावन, जाकर मनरा के हल के सामने सो जाओ। बन्द करा दो हल, बुझावन, बन्द करा दो!''

''मनरा के बार-बार यह कहने पर भी कि बापू मैं हल ऊपर से चला दूँगा, बुझावन और भगितनियाँ हल के सामने लेट गये। बैल अपने-आप खड़े हो गये और अपने गोसयाँ को सूँघने लगे।''

फउदी दादा ने पूरा ज़ोर लगाकर हरिदयाल को तुरन्त लौट जाने के लिए कहा। वह यह कहता हुआ लौट गया कि, ''न्याव तुम्हारे ही हाथ में है दादा!'' फिर उन्होंने रग्घू और बचवा को आवाज़ दी। इस बीच बुझावन और भगितनियाँ भी उठकर उनके पास आ गये थे। रग्घू दौड़ा हुआ आ रहा था क्योंकि वह खेत के पहले सिरे पर एक कोने में मोर्चे का सरदार था। दादा ने तड़ककर कहा, ''क्यों रे नालायक़ रघुआ, आप गया और मेरे बुढ़ाई के सहारे अकेले लड़के को लेकर गया। अगर उसे गोली लग जाती तो...!'' उन्होंने बढ़कर रग्घू को अपने सीने से लगा लिया। तब तक बचवा आकर रग्घू के पीछे खड़ा हो गया था, ''औरत के हाथ से बन्दूक़ नहीं छीन पाये और चले थे रण लेने। घर में हथियार पड़ा रहे और सिपाही खाली हाथ मोर्चे परअिबसे ऐसा नहीं करना...जाओ बहू बहुत रोय रही है।'' फिर बुझावन की ओर मुड़कर बोले, ''भयवा अब चलो, क्रान्तिकारी बेटवा के पास ख़ुद ही चलें।''

मनरा हल की मूठ पकड़े अभी वैसे ही खड़ा था। उन्नीस-बीस बरस का साँवले रंग का, तेज़ आँखोंवाला लड़का!

''हम लोग चलते हैं, अब से मोर्चे पर कभी नहीं आयेंगे, शरीर बहुत थक गया है।'' दादा ने कहा।

''जरूरत तो ऐसी ही है। अच्छा हो कि दुनिया को जस-की-तस बनाये रहनेवाले लोग अगर हमारा साथ नहीं दे सकते तो बीच से हट जायँ, नहीं तो सबसे पहले उन्हीं को हटाना होगा, क्योंकि जिस बदलाव के लिए हम रण रोपे हुए हैं, वे उसी को रोके रहना चाहते हैं।'' मनरा बोला और गाँव की ओर लौटते हुए फउदी दादा, भगितनियाँ और बुझावन की ओर बिना देखे, अपने बैलों को जुए से निबकाने लगा।

बयान

'आख़िर बात क्या है?'

"मैं नहीं जानता।"

"नहीं जानते?"

"नहीं।"

"फिर इस तरह क्यों उठ आये?"

"बस, उठ आये।"

"डरते हो।"

"क्या कहा?"

"...डरते हो?"

"जरा फिर तो कहो।"

"...डरते..."

और शेष सब-कुछ एक ज़ोर की किलकिलाहट और सूँ...सूँ में खो गया। हाँफने की ध्वनियाँ और देह की रगड़ की चिनचिनाहटक्षिण-भर को जैसे जंगली हवा ने किसी एक नन्हें-से बिन्दु पर हमला करके असंख्य टूटे पत्तों और तिनकों को एक में जोड़ दिया हो और अब धीरे-धीरे ऊपर उठ रही हो... फिर सहसा सब-कुछ शान्त हो गया। उठी हुई अँगुलियों के तिनके थसमसाकर गिर पड़े और दोनों अलग-अलग वहीं ढह गये।

उनमें से एक की आँखों के नीचे नाखून की खरोंच से ख़ून की एक पतली-सी धार उठी और गालों पर आकर टिक गयी। दूसरे के कान की जड़ जरा-सा उखड़ गयी और ख़ून कन्धे से होकर पीठ पर रेंगता हुआ ज़मीन पर चूने लगा।

पहले ने आँखें खोलीं फिर तनिक-सा सुगबुगाया, फिर अपने एक पाँव को इस तरह समेटना चाहा जैसे वह शरीर से अलग जा पड़ा हो और उसके होंठों से बड़ी मुश्किल से रामनाम की तरह निकला, सा... ला... उस पाँव के लिए, जो इस तरह अकेले अलग जा पड़ा था।

उसने अपने हाथों पर शायद ज़ोर लगाया और उन्हें खींचा। हवा का हिलना तक दिखायी पड़ा और एक मरमराहट के साथ चिट्-चिट् की आवाज़ हुई जैसे कोई हड्डी बैठ गयी हो। एक अनजानी, अनकही आह के टुकड़े उसके होंठों पर बिखर

गये लेकिन वह माना नहीं, हाथ पर ज़ोर भी कम नहीं किया और उसकी हथेली उसके तनाव की विपरीत दिशा में ज़मीन पर वहाँ जा गिरी जहाँ उसकी एक नंगी जाँघ कमर से जुड़ी थी और पैण्ट का जेब फटकर लटक गया था। उसने काम जारी रखा और इस बार उसके हाथ कन्धों के उचकन के साथ ऊपर की ओर खिसके और पैण्ट की जेब का फटा हिस्सा उसकी हथेलियों पर छा गया। उसने एक हिस्से को पकड़ना चाहा। अँगुलियाँ कुछ मुड़ीं, फिर फैलकर ऐंठ गयीं, दुबारा फैलीं और कपड़ों पर हलका तनाव लक्षित होने लगा। उसने किसी तरह कपड़े को ही पकड़ लिया और उसे हलके-हलके खींचने लगा—कपड़ा फट रहा था... फट रहा था कि खुस की आवाज़ हुई और काग़ज़ की एक छोटी पुड़िया बिछलकर वहाँ गिरी, जहाँ उसकी अँगुलियों के अगले पोर अब तक पहुँच चुके थे। वह जैसे बेचौन हो उठा और अब अपनी समूची देह पर ज़ोर लगाकर खिसकने की कोशिश करने लगा। अँगुलियाँ खिसककर उस काग़ज़ की पुड़िया पर जा पड़ीं और उसे उठाने के बजाय वहीं ज़मीन पर ही उसे रगड़ने लगीं। दो अरारोट के बिस्कुट, एक पूरा और दूसरा चार हिस्सों में टूटा, काग़ज़ के बाहर आ पड़े लेकिन वह काग़ज़ पर ही अपनी पूरी ताक़त आजमाता रहा।

इसी बीच दूसरा भी कुछ सुगबुगाया। उसके पूरे शरीर में जैसे कोई बड़ी सुई चुभोई जा रही हो और वह उसे सह जाने की कोशिश कर रहा हो। फिर एक तेज़ गति—उसका शरीर काँपने लगा। एक पाँव हवा में उठा और किसी पराजित पताका की तरह पहले की नाक के पास जा गिरा। लेकिन इस मामूली-सी आवाज़ से ही शायद पहला पूरी तरह चौतन्य हो गया। उसकी लहूलुहान आँखें खुल गयीं और उसके हाथ उस फटे-नुचे काग़ज़ को समेटते हुए ऊपर खिसक गये।

अब तक वह पूरा चित लेट गया था और दोनों हाथों की मदद से उस काग़ज़ को खोलने लगा था। छोटा-सा पैकेट हर तरफ़ से खुलकर एक चौकोर काग़जष् बन चुका था, बीच में घुटनों के सहारे चलनेवाले एक बच्चे के अस्थि-पंजरोंवाली तस्वीर कुछ-कुछ साफ़ दिखायी पड़ने लगी थी और 'उपहार' शब्द का 'प' घिसकर अलग हो गया था। 'उहार' वह पढ़ने लगा क्योंकि 'प' को खोजने की उसकी बेचौनी उसकी अँगुलियों की थिरकन से स्पष्ट हो रही थी। फिर वह कुछ बुदबुदाने लगा,... साला... उहार...छी...। उसके दोनों हाथों की हथेलियों में वह काग़ज़ तुड़-निचुड़कर नीचे आ गिरा और उसी के साथ उसका एक हाथ दूसरे के पाँव पर हो रहा। वह फिर सचेत हो गया और इस बार उठने की कोशिश करने लगा। हाथों को पीछे टेककर वह काफ़ी देर तक सारे शरीर का सन्तुलन ठीक करता और अपने पैरों को सरकाता रहा, फिर धीरे-धीरे सीधा होकर बैठने के लिए अपने को सँभालने लगा। सहसा ज़ोर लगाते हुए उसकी गरदन एक ओर को टेढ़ी हो जाती और नीचे की ओर फूल जाती लेकिन वह फिर ज़ोर लगाता, दर्द को पीकर गरदन

सीधी करता और तनिक ऊपर खिसक आता।

इस तरह कुछ ही देर में वह उठ बैठा लेकिन उसके दोनों हाथ ज़मीन पर टिके रहे। वह एकटक दूसरे को देख रहा था—दूसरा जो लहूलुहान हथेलियों पर माथा टिकाये औंधे मुँह लेटा पड़ा था और बीच-बीच में कुत्ते के नन्हें पिल्ले की तरह कुहुँक उठता था, उसकी पीठ थोड़ा-सा उठती और फिर धरती पर बेसहारा गिर जाती। लगता, जैसे धरती के भीतर से कोई उसके पेट के भीतर कुछ खोभ रहा हो।

पहला अपने को रोक नहीं पाया, हँसा, लेकिन फिस्-फिस् की आवाज़ वहीं अगल-बग़ल झरकर उसके सूखे गालों की अर्द्धवृत्ताकार रेखाओं में बदल गयी और मुँह से सवाल अनायास ही फूट पड़ा, "भूखे हो?"

दूसरा लाश की तरह ऐंठ गया। हैरत कि उसे शब्द चुभ गये, "कौन तुम?"

"नहीं तुम।"

"मैं, मैं भूखा हूँ?" वह करवट होकर उठने लगा। हथेलियों का लहू-ताजे मांस के लोथड़े की तरह उसकी कनपटियों पर जमा हुआ था और उसके उठने की कोशिश से लगनेवाले हलके धक्कों के कारण टूट-टूटकर झर रहा था। पहले की निगाह उन टुकड़ों के टूटने और ज़मीन पर गिरते देखने के सिलसिले में बिस्कुट के उन टुकड़ों से जा मिली लेकिन जाने क्यों वह फिर दूसरे की कनपटियों पर देखने लगा, जहाँ रक्त का जमाव अब बहुत कम रह गया था और उसका नुचा हुआ कान थोड़ा नीचे की ओर झूल आया था। वैसे हथेलियों पर टिका हुआ माथा अब भी अँगुलियों का निशान ओढ़े हुए था क्योंकि वहाँ ख़ून की पतली सतह सूखकर चमड़े से चिपक गयी थी।

दूसरा जो अब तक किसी तरह बैठ गया था, लेकिन उसके दोनों हाथ ज़मीन पर जम नहीं पा रहे थे; एक हलकी चिढ़ के बाद मुस्कराया, "क्यों जवाब नहीं है?"

पहला झटके से सीधा बैठ गया, "कैसा जवाब?"

"मेरे सवाल का।"

"तुम और सवाल?" पहले की पुतलियाँ तनतना उठीं और आँखों के नीचे की खरोंच में ख़ून फिर चुकचुका आया लेकिन उसकी आँखें फिर उन बिस्कुट के टुकड़ों से टकरायीं और एक गहरी टीस से तिलमिलाकर लौट गयीं, "झूठा..."

"क्या कहा?"

"झूठा।"

"फिर तो कहो..."

"झूठा..." और फिर एक कुहासा लेकिन इस बार हवा में तैरते हाथ और मुट्ठियाँ नहीं, अँगुलियों और नाखूनों की चिरचिराहट भी नहीं, गालियाँ और शब्दों

की टकराहट भी नहीं—बस फटी और फूटी हुई फुफकार। निरन्तरता के बीच विचित्र घटनाओं की तरह की आह, जिसमें लाचारी नहीं, जूझने का—मर जाने का रोष। क्षण-भर ही में यह कहना मुश्किल हो गया कि कौन पहला है, कौन दूसरा। गर्द, सूखी पत्तियाँ और टूटकर गिरे हुए तिनकों में रह-रहकर सिहरन और उन्माद, फिर जैसे गँदली मिट्टी की दो ढूहें करकराकर फट गयी हों और कहीं-कहीं उनके किनारे मिले रह गये हों।

लेकिन इस बार थोड़ी देर बाद उनमें से एक सुगबुगाया और झटके से उठ बैठा। अलग से उसे पहचानना शायद मुश्किल था लेकिन ख़ून की गँदली, धूल-भरी धार के सहारे कान के पास तक जाया जा सकता है, जिसे अब कान कहना सार्थक नहीं—चमड़े की एक पतली पट्टी में लटका हुआ मांस का लोथड़ा। जरूर यह पहला ही था क्योंकि माथे पर जमी हुई रक्त की पतली सतह लाल चन्दन की तरह जैसी-की-तैसी दिखायी पड़ती थी। वह एकदम सीधा बैठा हुआ था लेकिन उसकी गरदन में एक अजीब-सी ऐंठन आ गयी थी जिससे उसकी ठुड्डी दाहिनी ओर को कुछ खिंच गयी थी और सिर बायीं ओर झुक गया था। मुँह हलका-सा बिदुर आया था और झुकी ओर से लार का एक तार उसकी बायीं जाँघ पर गिरकर एक गोलाकार में बहुत धीरे-धीरे बढ़ता जा रहा था।

अब वहाँ आवेग की कोई हवा शेष नहीं थी। पुराने, छूंछे परिवेश का कंकाल इस कारण और भी उजागर हो गया था। वह एकटक ताक रहा था लेकिन दृष्टि की सारी सीमाएँ मिट गयी थीं। ऐसा लगता था कि जैसे क्षितिज की शुरुआत उन्हीं दो धूसरित पुतलियों के परदे के बाहर से है। इस कारण दृश्य का विस्तार कल्पना के हाथों में आ गया था। थोड़ी देर उन आखों को एकटक देखने पर दो ऐसी काँच की गोलियों का आभास होता जो किसी इतने बारीक़ धागे से समानान्तर किन्तु थोड़ा नीचे-ऊपर लटकी हुई हैं, जिन्हें कभी देखा जा सकता है, कभी नहीं।

वह कुछ बुदबुदाया और हर बार होंठों के हलके तनाव के कारण लहू का ढेर-सा थक्का होंठों से लटकते तार को मोटा करता गया। उसकी मटमैली जाँघ पर बनी झील एक ओर को फूट चली। फिर एक हलकी झुरझुरी उठी और सर्दी की एक बहुत मामूली-सी खुनक के कारण दोनों एक साथ सिहर गये। पहले का हाथ लार की झील पर जा बैठा, दूसरे की गरदन और पाँव पर एक साथ तनाव का कड़ापन क्षण-भर को रुक गया और एक ऐसी आवाज़ निकली जो गले से होकर मुँह की गिलगिलाहट में बदल गयी। स्पष्ट ही वह कुछ कह रहा था। शायद यह झूठा कहने के बाद का उसका प्रिय शब्द 'मक्कार' था लेकिन पहले को इतने पीछे से बात को जोड़ने से घृणा है... कोई भूखा है तो वह इस क्षण घर में है, वहाँ नहीं, जहाँ बच्चों के लिए उपहार बँट रहा है।

पहला इसी कारण दूसरे को कायर कहता है क्योंकि वह कहीं-न-कहीं वर्तमान को पीछे से जोड़ता है। सहसा एक बारीक़ सूत लेकर पीछे भाग जाता है और फिर पकड़े जाने पर दूसरों को 'मक्कार' कहता है। उसके अनुसार आदमी का असली स्वभाव यही है, दूसरे झूठ बोलते हैं, मक्कारी करते हैं।

पहला इसको डर कहता है। इसी कारण अपने ही बेटे के लिए उपहार लेने के लिए वह लाइन में खड़ा नहीं हुआ।

दूसरे की कोई भी ज़िम्मेदारी नहीं, लेकिन बच्चे ने उससे कहा था कि...चाचा बिस्कुट...।

दूसरे की गिलगिलाहट पहले के कानों के भीतर अपनी ही पूँछ पकड़ने की कोशिश में तेज़ी से गोल चक्कर काटते खूँखार भेड़िये की तरह घूम रही थी। उसके रोयें-रोयें कनकनाकर खड़े हो गये और कितने ही नन्हें तिनके जो अब तक उसकी भौहों और बरौनियों में अटे-पिटे, उलझे पड़े थे, उनकी जकड़ से छूटकर झर गये। आँखों की जमी हुई बौखलाहट कुछ पिघली और किनारों पर एक तिक्त आर्द्रता उभर आयी। दृष्टि की सीमा सिकुड़कर छोटी किन्तु गहरी हो गयी। होंठों की जकड़ में लार सँभल गयी। ऐसा लगा, जैसे बीती हुई जीवनी-शक्ति अपनी कोशिश के आख़िरी दौर में रेंघ रही है। गले की नसों में हलके स्फुरण के कारण एक नया सोथ और बाँहों में कमीज़ की फटन के बीच हलकी कुनकुनाहट उभरी और देखते-देखते हाथों के जोड़ खुल गये। बायाँ हाथ उठा और कान पर बैठी मक्खियों को उड़ाते-उड़ाते उससे लड़ गया। ख़ून के जमे थक्के पर हलकी-सी दरार उभरी, ख़ून फिर रिस आया लेकिन बहा नहीं, वहीं जमकर भविष्यहीन हो गया।

"अच्छा हुआ..." वह दाँतों को दबाये हुए बोला। साफ़ कुछ भी सुनायी नहीं पड़ा फिर भी दूसरा करवट लेकर सीधा चित लेट गया और थर-थर काँपने लगा। फिर वह कँपकँपी कमर से होती हुई पैरों पर उतर आयी और वहाँ एकजुट होकर तेज़ हो गयी। स्पष्ट ही यह शक्ति का भीतरी गुप्त संगठन था और पाँव धीरे-धीरे ऊपर खिसकने लगे लेकिन उन पर मुर्दा भार इस क़दर बोझ बन गया कि नीचे ज़मीन पर गहरा निशान बनता चला गया। वह पूरा बोल नहीं पाया लेकिन मक्कारी का उच्चारण करते-करते अक्षरों की मिली-जुली ध्वनियों ने भारी भीड़ के किसी नारे का-सा स्वर ओढ़ लिया।

पहला साफ़-साफ़ बोला जैसे वह शब्दों पर कीलें जड़ रहा हो, "मक्कारी यह है।"

दूसरा जो अब तक चित लेटा था हड़बड़ा गया और हताशा में अपने ही अंगों को अपने तन्तुओं के सहारे खोजने लगा और यह बहकी हुई खोज हाथ-पाँव के अलावा वहाँ भी ज़ोर मारने लगी जहाँ ख़ास तौर पर इस आजमाइश की बिलकुल जरूरत नहीं थी। नाभी के पास उसके पेट में कुछ खुदखुदाने-सा लगा और कन्धे

की नसें फूल आयीं। उसने बार-बार कोशिश की लेकिन उसके हाथ ज़मीन पर नहीं टिके। वह गरदन को उचकाकर फुसफुसाया, "कहाँ?" और पल-भर को उसकी आँखों में नोंके उभर आयीं लेकिन तुरन्त ही उसमें फिर वही पुराना भोथरापन लौट आया और गरदन भद्द से ज़मीन पर जा पड़ी।

पहला जो अब उसे देखने लगा था अनायास बोल पड़ा, "यहाँ।" और उसकी निगाह उस गहरी रेखा में जा धँसी जो दूसरे की एक एड़ी की रगड़ से पहले के सामने बन गयी थी।

दूसरा नहीं बोला, सुन्न हो गया। मक्कारी जहाँ-की-तहाँ पड़ी रही लेकिन हवा ज़मीन को तुरन्त बुहारने लगी और गर्द की एक ओर को झुकी लटें सड़क से फुटपाथ पर चढ़ती हुई दीवार के इस किनारे पर आ बिछीं, जहाँ वे जमे हुए थे।

मक्कारी गर्द और पत्तियों के भीतर घातक सर्प की तरह दुबक गयी और अवसर की तलाश करने लगी। पहला सभी इन्सानों की तरह उसकी ओर से उदासीन हो गया लेकिन उसकी आँखें सड़क की ओर चली गयीं और वह एक अनचाही मुस्कान की गिरफ़्त में आ गया। इस बेमानी मुस्कान से उसे घुटन-सी मालूम होने लगी इसलिए उसने दुबारा अपने होंठों पर ज़ोर डालने की ऐसी कोशिश की जो उसके सारे चेहरे पर बिखर गयी। दर्द से उसके माथे पर कुछ बल पड़ गये जो उसे कभी पसन्द नहीं रहे और उसने अपना सिर एक ओर कन्धे पर डाल दिया। फिर जिस एक हाथ को उसने अपनी जाँघ पर अब तक टिका रखा था उसमें अचानक हरकत होने लगी और उसकी हर कोशिश के बावजूद वह बढ़ती ही गयी। मुश्किल यह कि यह उसके अपने ही एक अंग की हरकत थी जिसे न तो वह बन्द कर पा रहा था, न शरीर से नोचकर अलग ही कर सकता था और दुःसह पीड़ा का यह नर्तन तब तक चलता रहा, जब तक कि वह बेहोश होकर लुढ़क नहीं गया।

दूसरे ने इसी समय ज़ोर की साँस ली और एक ओर को इस तरह घूम गया जैसे लकड़ी का समूचा कुन्दा एक ओर करवट हो गया हो। लेकिन सन्तुलन की खोज में उसका पूरा शरीर कुछ और आगे को लुढ़क गया और उसके मुँह तथा नाक में गर्द भर गयी। उसने अपने हाथों पर ज़ोर डाला और उन्हें अपनी ओर मोड़ने की कोशिश करने लगा पर इस कोशिश में वह पीछे खिसकने लगा और हाथों की जगह अनचाहे ही उसके पाँव मुड़ गये किन्तु दर्द के तीखे डंक ने पैरों को हवा में उछाल दिया और वे पहले की गरदन पर जा गिरे। उसकी टेढ़ी गरदन सीधी हो गयी। वह उठ बैठा और इस बार मुँह खोलकर हँसने लगा। लार बाहर आयी लेकिन वह टपकी नहीं, होंठों के नीचे एक धागे में लट्टू की तरह लटकती रही।

दूसरा उठने की कोशिश करता रहा। उसने हाथों पर यक़ीन छोड़ दिया था इसलिए इस बार वह मुँह के बल लेटकर पाँवों को बहुत धीरे-धीरे उस शिकारी के अन्दाज़ में सिकोड़ने लगा जो शिकार को गरदन से पकड़ लेना चाहता है।

पहला ठीक इसी समय बोल उठा, "साले, धूर्त है।"

दूसरा कुछ नहीं बोला और अपने काम में लगा रहा।

पहले ने बात जारी रखी, "मुझे घेरते हैं।"

दूसरा अब तक बैठ गया था और कमर तथा हाथों में दर्द को छूछी किन्तु भीगी जाल की तरह समेट रहा था।

पहला कहता गया, "मैं सरहदों से हट आया हूँ। क्यों,... मेरा मतलब है?"

दूसरा अपनी गरदन घुमाते-घुमाते आह भरकर बोला, "यह कोई सवाल नहीं है?"

"क्यों?"

"इसलिए कि इसका जवाब नहीं हो सकता।"

"नहीं हो सकता?"

"नहीं।"

"तुम गधे हो।"

"और तुम उल्लू हो।"

"उल्लू?"

"हा, हा, हा...... उल्लू, उल्लू उल्लू...।"

फिर बातें ख़ुद अपने ही में धँस गयीं। ऐंठन की तेज़ी के कारण उनके बटाव में गहरे घाव हो गये और उन्हें दो कहने में भ्रम की गुंजाइश होने लगी। वे आहिस्ता-आहिस्ता सिमटते और आख़िरी साँस की तरह हिचकते रहे। ठण्डी, बेजान मुर्दनी के कारण उनमें एक अस्वाभाविक भयावहता उभरने लगी। मरे गोश्त को खाते हुए हिंस पशुओं की-सी आवेशहीनता के कारण जुगुप्सा ने अपने घिनौने डैनों से दोनों को ढँक लिया। लेकिन सहसा गले की घरघराहट और हिचकियों के बीच दो फैली हुई टाँगे थरथराने लगीं और थोड़ी ही देर बाद जैसे उनमें से एक को किसी ने अलग झिटक दिया। दूसरी जहाँ-की-तहाँ पड़ी रह गयी। मुट्ठियाँ ज़मीन को खरोंचती हुई सिकुड़ी और सूखी पत्तियों के साथ मिट्टी को समेटकर बन्द हो गयीं।

उनमें से एक अचानक बिछलकर अलग हो गया जैसे वह अतिरिक्त और व्यर्थ हो। वह उठा और सीधा बैठ गया। उसके होंठों के कोनों से ख़ून टपक रहा था और चेहरा लहूलुहान हो उठा था फिर भी वह निरीह नहीं लगाबौखलाहट और ख़ामोशी के बीच का एक अनोखा मूड जिसमें आँखें देख भी रही हैं और नहीं भी देख रही हैं। पल-भर बाद ही उसके चेहरे का रंग हलका काला या सूखे गोबर की तरह का हो गया और इसी कारण उसकी नन्हीं-नन्हीं ख़ूँख़ार आँखें कुछ और गहरी और डरावनी मालूम होने लगीं। फिर उन आँखों का रंग जरा बदलता हुआ जान पड़ा, उन पर कुछ गँदलापन छा गया और अब उन्हें देखने से ऐसा लगने लगा जैसे तेज़ तपाये हुए लोहे पर राख की एक पर्त पड़ गयी हो। लेकिन वहाँ कोई जलन

शेष नहीं रह गयी थी। हवा जरूर चुपचाप खड़ी थी क्योंकि उसके माथे पर सामने ही, बालों से एक सूखी पत्ती बेसहारा लटकी रह गयी थी।

यही वह चित्र था जिसे दूसरे दिन लोगों ने अख़बारों में देखा, साथ में यह भी पढ़ा कि हत्यारा आदमखोर है। उसने दाँतों से गले की नस काटकर किसी की हत्या कर दी है। पुलिस इस एक स्थिति पर दास्तान बनाने की सुराग में है लेकिन उसे फ़िल्हाल सिर्फ़ एक ही बयान मिल सका है—वह भी बहुत संक्षिप्त और बेमानी—

"तुम लोग कौन हो?"

"लोग?"

"हाँ, लोग।"

"कैसा लोग?"

"तू लोग नहीं जानता?"

"नहीं।"

गनेसी

पूरे सात बरस छह महीने पर गनेसी की गाँव-वापसी काफ़ी चर्चा का विषय बन गयी थी।

कमा-धमाकर लौटा होता तो ज़्यादातर गाँव के गँजेड़ी-भँगेड़ी ही जुटते या वे आते जिन्हें उसका महत्त्व स्वीकार करने पर एकाध टिकिया बम्बइया साबुन या बीड़ी का बण्डल पाना होता, या वे गरीब औरतें जो चवन्नियाँ सूद पर दो रुपये पाकर उसे कुल-परिवार का उजागर करनेवाला बखानती लौटतीं या वे आते जिनके कमासुत लड़कों ने कपड़े-लत्ते अथवा दस-पाँच भेजा होता।

गनेसी से इन सबका कोई सरोकार नहीं, जो जुटे, सब झुण्ड-के-झुण्ड लड़के, बिना दाँतवाले बूढ़े और बेहद उत्साह में साँस रोके किशोर। नौजवान कम आये, क्योंकि वे सात बरस पहले उसके हम-उमर थे, और कबड्डी में उसके पैरों की धूल भी नहीं छू पाते थे और वह जिसे पकड़ लेता, वह चीं बोलकर वहीं बैठ जाता। अखाड़े में कमर में बाँह डालकर चढ़ बैठता और बातचीत करते-करते बहस होती तो वह गुस्सा होकर कहता, 'मच्छर-मक्खी के बच्चे, सब गोबर-हो-गोबर!' और इसके बाद फिर कोई सीढ़ी बाक़ी नहीं रहती, सिवाय मारपीट के। इसलिए जो बात करता होता वह या तो चुप हो जाता या चला जाता।

लेकिन यह भीड़ तो गनेसी को दूर से ही देखकर इकट्ठी हो गयी थी। एक कन्धे पर एक बड़ा-सा पिंजड़ा जिसमें दो तोते, दूसरी ओर इधर-उधर लटकता बड़ा-सा झोला, पीछे-पीछे ज़ंजीर में बँधे दो कुत्ते, दूसरे हाथ में एक छाता और एक मोटा, छोटा-सा डण्डा। सिर पर बड़ी-सी पगड़ी, जिसमें चिड़ियों के पंख। गाँव-भर के कुत्ते उसे दूर से देखते ही भूँकने लगे थे।

गनेसी ने सबको यथायोग्य सम्मान दिया। बच्चों को अपने सिर के पंख निकालकर दिये और कहा, "बेटा, उड़ो, फुर्र-फुर्र उड़ो, हवाई जहाज़ की तरह उड़ो और देखो यह दुनिया कितनी बदल गयी है और तुम अभी सौ वर्ष पीछे अपनी ही जगह पर पड़े हुए हो। हाँ, जाओ, मस्ती काटो। जानते हो, यह पंख केपकमोरिन की एक नीली चिड़िया का है। यह केरल के नारियल-कुंजों में मिला था। यह मलाँग से लाया हूँ। यह शान्तिनिकेतन के एक पेड़ के नीचे पड़ा था। यह गुजरात की एक रातभर

गानेवाली चिड़िया का है। यह समुद्री मैना का है जिसे बर्मा के एक मछुए की लड़की ने पाला था।''

उसने अपने दरवाज़े पर खड़े विशाल नीम के पेड़ की जड़ से अपने कुत्ते बाँधकर उनके आगे रोटी के टुकड़े डाल दिये और तोते का पिंजड़ा वहीं दोनों के बीच में रख दिया था।

बूढ़ों की समझ में कुछ आ ही नहीं रहा था—''गनेसिया ससुरा पूरम्पार पगलाय के लौटा है!''किहते हुए वे उठ गये। पर बच्चे उसे घेरे ही रहे और वह कहता रहा, ''जाने दो इन लोगों को, अब थोड़े ही दिन के मेहमान हैं, धरती का भार ही हलका होगा।''

कुछ पढ़े-लिखे बेकार उसकी बातें सुनकर, विस्मय से उसे दूर से घूर-घूरकर देख रहे थे। विद्यार्थी जीवन में पुस्तकों में पढ़े नाम, केपकमोरिन, गुजरात, बर्मा और केरल... यह नीम पागल है।

गनेसी अपना बड़ा झोला लेकर अपने गिरे-पड़े मकान के अवशिष्ट ओसारे में बैठा बच्चों को बिस्कुट के टुकड़े बाँट-बाँट कर कहने लगा था, ''भाग जाओ, अब जाकर खेलो। मैं अब कुत्तों को खोलूँगा। यहाँ कोई दिखायी न पड़े वरना मैं नहीं जानता।''

उसने झोला वहीं ज़मीन पर रख दिया, फिर टूटे मकान के सामने के दरवाज़े को ज़ोर से धक्का दिया तो वह भड़भड़ाकर गिर पड़ा। मकान भीतर-ही-भीतर ढह गया था। वह चुपचाप वहीं बैठ गया और ढहे मकान को देखते-देखते, हँसने लगा, जैसे उसकी स्मृतियाँ जाग रही हों,—अच्छा तो वह बन्दे था दूर से ही मुझे देखकर लौट गया। बैजू दादा ने हालचाल भी नहीं पूछा।—वह उठा और कुत्तों को खोलकर ओसारे की सफ़ाई करने लगा।

गाँव में खलबली मच गयी थी। कई लोगों ने उसे मरा जानकर उसकी जायदाद हड़पकर ली थी। तरह-तरह की बातें गाँव में चल रही थीं।

हिटलर काका यजुमानी के ठेकेदार थे। गनेसी सारी यजुमानी में आधे का हिस्सेदार था लेकिन वे सारी दक्षिणा हड़पकर जाते थे। गाँव में एक भी पण्डित बच्चा पत्तरा बाचना नहीं सीख सका तो वे ठेके पर मन्त्रेच्चार कराकर पचहत्तर प्रतिशत वसूल ही नहीं करते, कभी-कभार झोली उलटकर ठेके पर आये पण्डित की तलाशी भी ले लिया करते थे। प्रचार यह था कि—गनेसी नदी में डूबकर मर गया,—बम्बई के भँइसवारों ने उसे सड़क पर मरा हुआ देखा,—किसी दादा ने बाज़ारू औरत के कोठे पर चाकू मारकर उसे सड़क पर फेंक दिया।

हिटलर दादा के दिन लौट आये थे। लेकिन गनेसी के सहसा आगमन से लोगों के गले में थूक नीचे नहीं सरक रहा था। पुरवा बेचौन हो उठा था। साथ ही फुसफुसाहट का यह आन्दोलन भी चल गया था कि गनेसी विधर्मी हो गया है।

उधर गनेसी का इस सबसे कोई मतलब नहीं था, अगर बाप-दादों की धरती पर उसे बसना भी है तो पुरोहिती से उसका क्या मतलब। दूर-दूर तक उसके मन में कोई ऐसा क्षितिज शेष नहीं रह गया था, जहाँ यजमान की जयकार करने और दक्षिणा पाने की लालसा शेष हो। हाँ, उसे चिन्ता है तो अपने कुत्तों की, अपने तोते की और झुण्ड-के-झुण्ड उन बच्चों की, जो गनेसी को हर जगह एक परिवार देते रहे हैं। लेकिन न जाने क्यों वह बार-बार बन्दे जुलाहे के बारे में सोचता है—आज कैसा खिसक गया है, कहीं पतिया भी तो ऐसा नहीं करेगी। सोन्हू धरिकार की बीवी पतिया के घर से केकड़े का सुरुआ और रोटी माँगकर खाने के कारण ही तो गाँव में बखेड़ा खड़ा हुआ था—कुजात हो गया गनेसी! वह ज़ोर-ज़ोर से हँसने लगा था। कुत्ते भूँकने लगे थे और इस सूत्र से गनेसी की मटियाई स्मृतियाँ सुगबुगा उठी थीं।

सुना यह कि लोगों ने गनेसी के खेत वापस कर दिये थे पर वह खेती नहीं करता था। सुबह अपने कुत्तों को लेकर गोमती के किनारे शिकार पर जाता और लौटता तो अपनी चिड़ियों को दाना-पानी देकर बच्चों को कहानियाँ सुनाता।

एक दिन गाँव में सहसा शोर मचा कि एक बनैला सुअर उत्तर के नाले में टिक गया है, किसी तरह वहाँ से हटता ही नहीं। लोग कुत्तों की सहायता से उसे बाहर निकालने के लिए गनेसी के पास आये। पहले तो वह कुछ चिढ़ा, फिर जाने क्या सोचकर उसने अपने दोनों कुत्तों को खोल दिया और ख़ुद आगे-आगे चल पड़ा। नाले पर पहुँचते ही कुत्ते सूअर पर टूट पड़े लेकिन पहले ही बार में बनैले ने गनेसी के एक कुत्ते का पेट चीर दिया और नाले से निकलकर गाँव की ओर भागा। चारों ओर हाहाकार मच गया। घरों के किवाड़ बन्द हो गये। सूअर गाँव के बीच की पोखरी में कूद गया। उधर गनेसी अपने घायल कुत्ते को पीठ पर लादे घर आया और उसे दरवाज़े पर छोड़कर, दुःख और क्रोध से काँपता हुआ पोखरी के किनारे पहुँचा तो गाँव के सारे जवान अपने बल्लम लिये किनारे खड़े थे। गनेसी ने ललकारा।

"तुम ही अपना ज़ोर दिखाओ!" हिटलर काका सुरती की पीक थूकते हुए बोले और अगल-बग़ल खड़े बूढ़ों ने हामी भरते हुए कहा, "चढ़ी जवानी माँझा ढील।"

"ठीक है हिटलर काका, मैं जा रहा हूँ लेकिन अगर सूअर ने मुझे मार भी दिया तो उसे बिना मारे न छोड़ईंगा। इतना याद रखना कि यदि मैं मर गया तो सूअर की बोटी-बोटी काटकर कम-से-कम एक बोटी गाँव के सारे लोग अपने घर ले जायें और सबके घर पर मांस पकाकर खाया जाये वरना जो ब्रह्म-आग लगेगी कि सारा गाँव जलकर छार हो जायेगा।" कहते हुए गनेसी पानी में कूद पड़ा। उसके हाथ में बस एक चाकू था। सूअर के पास पहुँचते ही उसने उसकी पूँछ पकड़कर पीछे से सीने में वार किया। लेकिन सूअर ने खाँग गनेसी के पेट में धँसा दी और उसी तरह उसे ठेलता किनारे तक चला आया।

गनेसी की साँस उखड़ गयी थी, फिर भी उसने ललकारा, ''अब क्या देखते हो मक्खी- मच्छर के बच्चो! इसे मारकर तुरन्त बाँट लो। यही मेरा किरिया-करम है।''

उस दिन उस पुरवा के हर घर में सूअर के मांस की एक बोटी पकी और बाद को अनायास ही इस गाँव का नाम सूअरपारा पड़ गया। कहते हैं, आज भी कोई पुराना ब्राह्मण प्यासा होने पर भी इस गाँव में पानी नहीं पीता।

प्रिया सैनी

एक अरसे की असह्य ख़ामोशी तोड़कर आज कुछ बात करना चाहता हूँ। अपनी प्रतारणा और दुःख सुनाना चाहता हूँ, क्योंकि अब यह भार दुस्सह हो उठा है। उम्र से टूटता हुआ, बीमार शरीर इसे ढो नहीं पाता। आश्चर्य होता है कि आख़िर यह शरीर अब तक कैसे चलता रहा। इसकी प्राण-शक्ति तो उसी दिन उड़ गयी थी जब प्रिया को गर्भ के मरणान्तक दर्द में तड़फता हुआ छोड़कर मैं वहाँ से चला आया था। काश, वह अलगाव भी सम्भव हो पाता! तब से तो लगता है जैसे किसी ने कलेजे को चीरकर, उसे भीतर इस तरह बन्द कर दिया है कि हर क्षण वह टीसता ही रहता है। सोते-जागते क्षण-भर को भी वह टीस कम नहीं होती। जहाँ कहीं दुःख और दर्द दिखता है, जहाँ कहीं भी अपमान और प्रतारणा दिखती है, मुझे लगता है कि कलेजे की वह सीयन ही टूट जायगी। इसी कारण लोगों की उदास और आँसू-भरी आँखों में पागलों की तरह झाँकता रहता हूँ। संस्कार और अहं को मैंने पहले ही चुपचाप दम तोड़ते देखा था और आपको यक़ीन नहीं होगा, बिना किसी के सहारे, अकेले ही, इन सबकी लाशें कन्धे पर लाद-लादकर, अन्धी खोहों में फेंका है। मुझे लगा था, जैसे प्रिया और मेरे बीच इन्होंने ही विनाश-लीला खड़ी की थी, वर्ना क्या ऐसा था जिसने मुझे इस सीमा तक विक्षिप्त कर दिया था। आख़िर लड़के-लड़कियाँ इस संसार में पैदा होकर बढ़ेंगे और एक-दूसरे के सम्पर्क में आयेंगे तो आकर्षण-विकर्षण एक स्वाभाविक मानवीय नियति है। रही बात अवसर और संयोग की तो वह कई बार बड़ी भूमिका अदा करते हैं वर्ना मेरे ही प्रिया के सम्पर्क में आने की गुंजाइश कहाँ थी। किसी प्रकार की पूर्व जानकारी अथवा पारिवारिक सम्बन्धों के बिना हम सहसा एक-दूसरे को उस दिन देखते ही रह गये थे। क्षण-भर की अजीब-सी ख़ामोशी के बाद, शायद उसे इस अस्वाभाविक स्थिति का ज्ञान हुआ था और उसने अपनी स्थिर दृष्टि हटाकर पूछा था, "कहिये, किससे मिलना है?"

"किसी ख़ास व्यक्ति से नहीं, समझिये आप ही से..."

"मुझसे?" प्रिया बिना किसी संकोच के प्रश्न करती हुई, इस तरह हँसने लगी कि मैं झेंप-सा गया। मैं बहुत साहस और बल इकट्ठा करके बोला था और आशा करता था कि वह शर्म से लाल पड़ जायगी, लेकिन वह नन्हीं गैलरी से एक ओर हटते

हुए, मुझे अन्दर तशरीफ़ लाने और बैठकर बात करने का निमन्त्रण देते हुए, ऐसी लगी जैसे मैं उसका कोई पूर्व-परिचित घिसा हुआ पारिवारिक सम्बन्धी होऊँ।

अन्दर बैठते ही मैंने कड़ी ज़मीन पर पाँव टिकाने का निश्चय कर लिया था, इसलिए तुरन्त काम की बातों पर उतर आया।

"आप यहाँ अपने पिता के साथ रहती हैं?"

"जी हाँ," वह एक तिपाई पर धीरे से बैठते हुए बोली, "आप यह सब क्यों जानना चाहते हैं? आप अगर अपना मतलब बता दें तो बातचीत में बड़ी सुविधा होगी।"

"मैं मनोविज्ञान का छात्र हूँ। आज के जीवन में संवेगों की परिवर्तित प्रकृति पर खोज कर रहा हूँ। बहुत-से युवकों और युवतियों से एक प्रश्नावली के आधार पर बात कर रहा हूँ और व्यक्तिगत रूप से उनके परिवेश की जानकारी के लिए उनसे मिल रहा हूँ।" मैं बात करते हुए लगातार कमरे के भीतरी दरवाज़े की तरफ़ देखता जाता था कि शायद कोई प्रौढ़ा या बूढ़ी अभी आकर, एक अजीब-सी अपरिचय की सन्देह-भरी दृष्टि से मुझे देखे।

"घबराइये नहीं," प्रिया आत्मीयता-भरी मुस्कान से बोली, "यहाँ कोई नहीं है। मैं भी न होती, लेकिन आज मेरा स्कूल बन्द है, इसलिए आपसे मुलाक़ात हो गयी। यानी मैं एक लड़कियों के स्कूल में इसी जुलाई से नृत्य सिखाती हूँ। माँ दस वर्ष पहले मर चुकी है। पिता आकाशवाणी में ठेके पर कलाकार हैं और तीस वर्षों से वहीं काम कर रहे हैं। एक छोटा भाई है जो कॉलेज में पढ़ता है। यह कमरा दो पीढ़ियों से हम लोगों के पास है। मेरे बाबा गाँव से भागकर आये थे और यहीं एक सेठ के यहाँ दरबान हो गये थे। यह मकान उसी सेठ का है और उसी की कृपा से यह कमरा और यह लम्बी छत्ती हम लोगों को तब से मिले हुए हैं। छत्ती इस कमरे के आगेवाले कमरे के पिछवाड़े तक चली जाती है, इसलिए उधर की खिड़कियाँ मालिक ने बन्द कराकर, हमारे लिये रसोई और नहान-घर बना दिया है और यह सामने एक चारपाईवाला, मेरा कमरा अलग से निकल आया है। मैं माँ के मरने के बाद से निरन्तर इसी में रहती हूँ। गर्मियों और बरसात में रात को इसकी खिड़कियाँ... प्रिया जैसे एकाएक कुछ अजीब तरह से बेचौन हो उठी और उसकी बात का सिलसिला लड़खड़ा गया। लेकिन फिर तुरन्त ही, सिर झिटककर वह अपनी बात को बढ़ाने के लिए बोली, "आप मेरी बात समझ रहे होंगे—यानी मैं आपको परिवेश से परिचित करा रही हूँ।"

"लेकिन आप खिड़की की कुछ बात कह रही थीं, मैंने दर्द पर हलके-से अँगुली रखी और उसके चेहरे की ओर देखने लगा।

प्रिया दोबारा तनिक भी नहीं लड़खड़ायी, "बात इतनी-सी है कि गर्मियों में इस कमरे का दरवाज़ा बन्द रहने पर मेरी छत्ती एकदम सन्दूक हो जाती है। लेकिन बत्ती बुझाकर, जब मैं खिड़कियों के पल्ले धीरे-धीरे सामने झुका देती हूँ तो लगता है, मैं एक खुले बरामदे में सो रही हूँ। दूसरी मंज़िल पर रहने के कारण शान्ति भी रहती है

और आराम भी है। आप तो देख रहे हैं यह इलाक़ा कितना विचित्र है। सड़क के बीच से रेलवे लाइन और रात-दिन मोटरों, ट्रकों का रेला। कुलियों, मज़दूरों और ठेलेवालों की भीड़। यहाँ आपको हर तरह के लोग देखने को मिल जायँगे। वह दूर मिल का फाटक है, जहाँ हर दिन कुछ-न-कुछ तूफ़ान होता ही रहता है। कई बार तो मेरी आँखों के सामने गोलियाँ चलीं। मार-पीट तो आये दिन की बातें हैं।''

वह साँस लेने को रुकी तो मैंने सोचा यह तेज़ी से खिड़की पर पर्दा डाल रही है—बात की बढ़ी हुई गति और अप्रासंगिकता मेरी समझ में बने अब तक के प्रिया के चारित्रिक बोध को खण्डित करते थे, इसलिए मैं परिवेश में अन्धाधुन्ध फेंके जानेवाले तथ्यों के प्रति सावधान होते हुए भी मिलावट से डर रहा था। ऐसे मामलों में एक बार भटक जाने पर पूरी मंज़िल तक जाना और लौटकर फिर वहीं आना पड़ता है, जहाँ से शुरू किया हो। इसलिए मैंने फिर बात को पीछे खींचा।

''संगीत और नृत्य जैसी कलाओं में तो यह शोर-शराबा बहुत बाधा डालता होगा?''

''कहने के लिए ऐसा कहा जा सकता है, पर हमारी संगीत और नृत्य-साधना बहुत हद तक पेशे की मर्यादा से बँधी है। पिता पूर्णतः सन्त हैं, यानी वे कला को मनुष्य की श्रेष्ठतम भावनाओं की अभिव्यक्ति मानते हैं और मनुष्य का उनके यहाँ अर्थ है, गरीब, हारा, थका, दुःखी''—प्रिया अटक रही थी, जैसे उसे इस बात का डर था कि मैं पूरी बात समझ नहीं रहा हूँ, इसलिए वह बात को और साफ़ करने लगी, ''शोरगुल, दुःख-दारिद्र्य को अलग करके इस मेरे प्यारे देश में शेष बचेगा ही क्या? इसलिए हम इस घर में कला-साधना में बाधित नहीं हैं, फिर भी, हम दैवी साधना आदि चमत्कारों से अलग हैं। नितान्त मौलिक स्तर पर हम सहज जीवन क्रम में जीते हैं। नृत्य पिता ने मुझ पर थोपा नहीं है, वरन् मेरी मर्ज़ी के कारण ही वे इसमें निरन्तर मेरी सहायता करते हैं।''

प्रिया जरा-सी रुकी तो मुझे लगा, जैसे कोई एक ऐसा सपना टूट गया हो जिसे देखते जाने की याद अधूरी रह जाती है और जग पड़ने के लिए पश्चात्ताप होता रहता है, लेकिन सपने से परिवेश का क्या मतलब और मेरी तलाश परिवेश की थी। क्षण-भर को वास्तविकता का यह परिवेश असह्य लगने लगा। आज भी वह सब जैसा-का-तैसा मेरे मन पर अंकित है—किसी निर्जन, सम-ढलान में बहती हुई छोटी-सी नदी की तरह स्वच्छ जलधार और मधुर, धीमी ध्वनि का वह संस्कार जिसे सिर्फ़ प्रिया के चित्र के साथ ही जोड़ा जा सकता है।

मैं उठ खड़ा हुआ। स्पष्ट लगा, जैसे प्रिया संकुचित हो उठी है। शायद उसे लगा कि मैं उसकी बातों से ऊब गया, ''क्षमा कीजियेगा, मैं जाने क्या-क्या कह गयी। पहले मैं बातचीत के अभीष्ट के समीप थी, फिर न जाने क्यों वह हाथ से छूट गया। शुरू मैंने वैज्ञानिक की तरह किया था, लेकिन!''

"लेकिन हैं आप कलाकार, व्यक्तित्व की मूल धारणाओं से अलग जो निर्मित अथवा अर्जित व्यक्तित्व होता है, वह आवेग की आँच नहीं बर्दाश्त कर पाता।" मैंने कुछ उदास और अनमने भाव से कहा।

"लेकिन आवेग..." उसने तनिक धीरे से कहा और पहली बार उसका चेहरा संकोच से लाल हो गया। क्षण-भर हम बिना एक-दूसरे को देखे उसी तरह खड़े रह गये। कुछ अजीब-सा काल-खण्ड था यह—अकारण, अपरिभाषित यह आ पड़ा था और अनायास बिना जुड़े, टूटने का तीखा दर्द पैदा कर रहा था। मेरे पाँव उठ नहीं रहे थे और प्रिया एकदम मौन खड़ी थी। तभी पानी के नल से सहसा पानी गिरने की आवाज़ हुई और प्रिया एकाएक बोल पड़ी, "तीन बज गये।"

"पानी आने लगा।" मैंने कहा।

"सारे दिन नहीं आता। कण्डालों में भरना पड़ता है।" वह फिर चुप हो गयी जैसे आगे कुछ भी शेष नहीं रह गया, सचमुच था भी नहीं। मेरे पाँव उठते ही सब-कुछ समाप्त था। मेरी साँस फूलने लगी और घबराहट में मैं बोल पड़ा, "मैं चलूँ?" ज़रा-सी बात शेष थी जो सिर्फ़ इसी उत्तर से पूरी हो सकती थी, "अच्छी बात है!" लेकिन प्रिया एकदम चुप रह गयी। सब-कुछ जैसे एक तेज़ भँवर में चक्कर काटने लगा और एक अनबोला वाक्य—"कैसे कहूँ...।" मेरे कानों में भर गया। अब थोड़ी देर भी वहाँ खड़ा रह पाना मेरे लिये असम्भव हो गया, इसलिए, "मैं किसी दिन फिर आपसे मिलूँगा।" कहकर मैं घूमा ही था कि प्रिया बोल पड़ी, "नहीं, नहीं, मैं रहती ही कहाँ हूँ। सुनिये, देखिये...।" वह फिर रुक गयी। मैं लौटा तो वह जैसे आश्वस्त हो चुकी थी। कहने लगी, "सारे दिन तो स्कूल में रहती हूँ, यहाँ आप आयेंगे तो मुलाक़ात नहीं होगी। वैसे कोई बात नहीं, अपने काम के सिलसिले में आयें तो भाई मिल जायेगा। उससे बात कीजियेगा। मैं तो दिन डूबे ही लौटती हूँ। आप अपना पता छोड़ जायें तो मैं सूचित कर दूँगी।"

हम दोनों सहज धरातल पर उतर आये थे। मैंने बैग से अपना परिचय-पत्र निकालकर प्रिया को दिया। उसने उसे बिना देखे ही विदा में अपने हाथ जोड़ लिये और छत तक आकर मुझे जीने से नीचे उतरते देखती रही। नीचे उतरकर मैंने नमस्कार करते-करते कहा, "मैं प्रतीक्षा करूँगा।"

इतना कह लेने के बाद फिर मेरे मन में यह शंका हो रही है कि कहीं आप इसे कहानी तो नहीं मान रहे हैं। मेरी इच्छा और निवेदन है कि आप ऐसा न करें, वर्ना बीस तरह की बातें उठेंगी और कल्पना-यथार्थ, असली-नकली के चक्कर में फँसकर आप अपनी ही मान्यताओं में उलझ जायेंगे, कहेंगे कि यह तो एकदम सिनेमाई है। एक शोध-छात्र बिना किसी जान-पहचान के किसी के घर में घुस बैठता है और वह लड़की भी कैसी है जो एक अपरिचित से इतनी देर अकेले बैठकर बात करती रहती है और बस इतने

में ही बात यहाँ तक पहुँच जाती है कि वह उसे पत्र लिखने पर उतर आती है। सच पूछिये तो पूरी घटना में से मुझे भी यही सूत्र मिलते हैं और आज भी मैं सोचता हूँ कि वह सब कैसे हुआ, लेकिन उस समय तो मुझे बस एक ही बात याद थी कि प्रिया मुझे सूचित करेगी—क्या सचमुच ऐसा होगा, हो सकता है, हो, लेकिन नहीं भी तो हो सकता!... नहीं, नहीं, वह ऐसी नहीं, जरूर होगा...जरूर...

मैं कई दिन तक पोस्टमैन को देखता तो एक उतावली और उकताहट से भर उठता। लेकिन सारी डाक में प्रिया की कोई चिट्ठी न पाकर उदास हो उठता। इस बीच मैं पुस्तकालय भी नहीं जा रहा था और सम्पर्क द्वारा प्राप्त सामग्री को व्यवस्थित करने में सारे दिन जुटा रहता। तभी एक दिन डाक में एक निमन्त्रण-पत्र देखकर मैंने उसे बड़े बेमन से खोला। वह मेरे घर से थोड़ी ही दूर पर स्थित, शहर के सबसे विख्यात लड़कियों के विद्यालय, मंजरी शिक्षा- निकेतन के वार्षिक जलसे का व्यक्तिगत निमन्त्रण था। यह व्यक्तिगत क्यों छपा हुआ है, मैं हैरानी में पड़ा हुआ कार्ड पढ़ने लगा। कार्यक्रम में 'विशेष' शीर्षक से लिखा हुआ था—प्रिया सैनी का 'इन्सान की खोज' नृत्य। नीचे प्रिन्सिपल का नाम छपा हुआ था और कोने में बहुत पतले अक्षरों में हाथ से लिखा था—प्रिया सैनी। साथ में एक और कार्ड था, जिसमें रात के खाने की दावत थी। सारी स्थिति के स्पष्ट होने में देर न लगी और मैं उस दिन की प्रतीक्षा करने लगा।

मुझे अच्छी तरह याद है, फरवरी की पाँचवीं तारीख़ थी। जाड़े के पैर उखड़ रहे थे और मौसम बेहद सुहावना होता जा रहा था। मैं ठीक सात बजे टहलते हुए कॉलेज के मुख्य द्वार पर पहुँच गया। ऐसा नहीं कि यह जगह मेरे लिये नयी थी, क्योंकि मैं तो रोज़ ही यहाँ एक नेपाली दरबान को ऊँघते बैठे देखता चला जाता था और यह परिचय इतना सामान्य हो गया था कि सुबह-शाम यहाँ कारों, मोटरों के हुजूम के बीच में से गुजरने में ही पूरी शक्ति लगा देनी पड़ती थी और यह पता ही नहीं चलता था कि कौन कहाँ जा रहा है, वर्ना प्रिया कभी तो दिखी ही होती और नहीं तो अगर उस दिन भी यह मालूम हो गया होता कि प्रिया इसी विद्यालय में पढ़ाती है तो मैं उससे मुलाक़ात करने का अवसर जरूर खोज निकालता।

मुझे यह देखकर आश्चर्य हुआ कि वहाँ कोई ख़ास भीड़ न थी। फिर वह जलसा कैसा जिसमें स्कूल की छात्रएँ शामिल न हों। दरबान ने बताया कि जलसा तो दिन ही में ख़त्म हो गया। अब रात शहर के कुछ ख़ास परिवारों की स्त्रियों और स्कूल के मालिकों के लिए नाच सिखानेवाली मिस साहब का कोई नाच होगा, जिसे अभी लड़कियों को नहीं दिखाया जा सकता।

मैंने जेब से कार्ड निकालकर उसे दिखाया। एक बार मुझे ऊपर से नीचे तक देखकर उसने छोटा दरवाज़ा खोल दिया। अन्दर कारों की भीड़ देखकर मुझे लगा, मैं कुछ देर से आया हूँ, इसलिए मेरे पाँव तेज़ी से उठने लगे। स्कूल-रंगशाला के मुख्य

द्वार पर मैं कई स्त्रियों से घिर गया जो बार-बार मेरे कार्ड को उलट-पलटकर देखने लगीं। तभी एक अपेक्षाकृत कम उम्र की महिला ने तेज़ी से आकर मुझे संकट-मुक्त किया और प्रिया सैनी का विशेष अतिथि बताकर हाल के उस हिस्से में ले गयी जहाँ थोड़े-से अत्यन्त सम्मानित स्त्री-पुरुष बैठे थे। मैं बेहद संकोच में था। मेरी समझ में कुछ नहीं आ रहा था। तभी हाल में एक तेज़ झनझनाहट भर गयी। धीरे-धीरे रोशनी गुल होने लगी और अन्ततः अँधेरा छा गया। इससे मुझे कुछ राहत मिली और दर्जनों तरह-तरह की शंकाओं से भरी आँखों का निशाना बनने से छुट्टी मिल गयी।

शायद ही आपमें कोई ऐसा मिले जिसे सिर मुड़ाते ही ओलों का ऐसा सामना करना पड़ा हो, जैसा मुझे करना पड़ रहा था। प्रेम की राह का पहला क़दम ही ऐसा होगा, इसकी कल्पना मैंने नहीं की थी। एक ओर प्रिया से मिलने की उत्सुकता-आकुलता, वह भी उसका नृत्य देखने के बाद। दूसरी ओर शहर का सबसे सम्भ्रान्त लड़कियों का विद्यालय जिसके गौरव की कहानियाँ हर पढ़ा-लिखा सुनता-सुनाता है। मैं उभ-चुभ हो रहा था और उस पूरे माहौल में मेरी साँस घुटती जा रही थी इतने पर भी आगे सब-कुछ अनिश्चित था। जाने क्या मतलब है, प्रिया का। कहीं ऐसा तो नहीं होगा कि नृत्य ख़त्म होने के बाद भी उससे मुलाक़ात न हो। फिर तो मैं चुपके से खिसक जाऊँगा, वर्ना खाने की मेज़ तक पहुँचते-पहुँचते मेरी जान ही निकल जायगी। मेरे सोचने की कड़ी दूसरी झनकार के साथ टूटी और घण्टी बजने के साथ साइक्लोरमा में बहुत दूर पर जलती सड़क-बत्ती के कारण गहरे, भूरे आकाश के आगे परदा खुल गया। लगा जैसे दर्शक-दीर्घा ही मंच में घुस गयी है, सिवा बायें कोने पर खड़े एक मकान की दूसरी मंज़िल की खिड़की और दूर पर स्थित धुआँ उगलती चिमनी के, जो गहरे स्याह रंग की छायाओं की तरह उभर रही थी। पहले मैं कुछ भी समझ न पाया और दूर से उठते अकेले बाँसुरी के स्वर में खोया रहा, लेकिन जैसे ही सड़क पर साधारण जनों की छाया-आकृतियाँ तथा जुलूस आदि की मौन अभिव्यक्तियाँ उभरने लगीं और खिड़की में एक सर्वथा नग्न, बेचौन मुद्रावाली छाया-मूर्ति अपने वस्त्र सँभालती हुई दिखायी पड़ी, मुझे पूरी सेटिंग समझ में आने लगी। यह तो प्रिया की अपनी छत्ती की खिड़की है तभी माइक से अत्यन्त सहज और धीमी आवाज़ में कमेण्ट्री होने लगी,—इन्सान की खोज, प्रिया सैनी की एक स्वनिर्मित भाव-नाटिका, जिसे वे विविध नृत्य-शैलियों का संगम कहने का आग्रह करती हैं और जिसमें उन्हीं के अनुसार शास्त्रीयता के संस्कार से उत्पन्न बाधाओं को तोड़ डाला गया है। नृत्य का अभिप्राय पूर्व-निश्चित बन्धनों से सिद्ध नहीं होता, उनसे तो भाव-शून्य तथा आवश्यकताओं की पूर्ति कर सकनेवाले नर्तकों और नर्तकियों को इसलिए बाँधा जाता है कि आन्तरिक लय को वहन करने की मौलिक क्षमता उनमें नहीं होती, अन्यथा नृत्य एक मुक्त प्रक्रिया है; जिससे भावनाएँ अन्यन्त गहराई से प्रदर्शित की जा सकें।

—यहाँ 'इन्सान की खोज' का मतलब किसी ऐसे व्यक्ति की खोज से नहीं है जो ग़ायब हो गया है वरन् खोजनेवाला इस बात से ही अनभिज्ञ है कि वह क्या खोज रहा है। जिसकी खोज है, हो सकता है, वह नर्तकी के सामने अथवा उसके हृदय ही में हो, पर उसकी कोई पहचान नहीं है।... करुणा और आर्त्तनाद में डूबी यह नाटिका कई बार पूरी प्रदर्शित नहीं हो पाती। अभ्यास के दौरान प्रिया कई बार बेहोश हो चुकी है। हमारी कामना है कि वह आज पूरी-की-पूरी प्रदर्शित हो जाय।

तत्काल बाद जलतरंग की हलकी, धीरे-धीरे डूबती लहरी के साथ मंच पर बहुत भीनी गुलाबी रोशनी छा गयी। लगभग उसी रोशनी के हलके गुलाबी रंग में से जाने कैसे एकवसना प्रिया की आकृति उभर आयी और सारी दर्शक-दीर्घा साँस बाँधे, एकटक क़रीब डेढ़ घण्टे उस आकृति का नृत्य देखती ही रह गयी। अत्यन्त तीव्र और एकदम स्थायी गति का ऐसा मोहक, लययुक्त समावेश लगभग कल्पना से बाहर है। देर-देर तक प्रिया दर्शकों को सिर्फ़ देखती खड़ी रह जाती थी और मन करता था वह ऐसे ही खड़ी रहे। कुल मिलाकर यह प्रदर्शन अद्‌भुत था, जिसका विवरण दे पाना मुश्किल है। लेकिन एक बात मैं आपको यहीं बताये बिना नहीं रह सकता कि नृत्य के बाद मेरी मानसिक स्थिति एकदम बदल गयी थी। जाने कैसे मैं भीतर बहुत संजीदा और दृढ़ हो गया था और रोशनी होने पर बड़े ही उन्मुक्त भाव से लोगों को देख-परख रहा था। वह सारी थरथराहट और उलझाव मेरे भीतर से निकल गये थे। इसी बीच कुछ महिलाएँ मेरे पास आयीं, जिसमें सफ़ेद बालोंवाली औरत को प्रिन्सिपल बताकर मुझसे मिलाया गया। उन्होंने तनिक मुस्कराकर कहा, "आप बड़े भाग्यशाली हैं। जाइये प्रिया को 'विश' तो कर लीजिये।" मैं कुछ भी समझ नहीं सका और दो लड़कियाँ मुझे मंच के पीछे एक छोटे कमरे में ले गयीं जहाँ स्त्रियाँ प्रिया को घेरे हुए थीं, लेकिन मुझे देखती ही सब-की-सब बाहर निकल गयीं। प्रिया दोनों हथेलियों को परस्पर बाँधकर इस तरह मुस्कराने लगी जैसे कोई नन्हीं-सी बच्ची हो। मैं जानता था, वह अपने नृत्य के बारे में मुझसे कुछ पूछेगी नहीं, इसलिए मैंने तुरन्त कहा, "बहुत अच्छा किया, आपने!"

"यह आप-आप क्या लगा रखा है? कोई सुनेगा तो क्या कहेगा? देखते हैं, यहाँ कोई पुरुष निमन्त्रित है, सिवा, प्रबन्ध-समिति के सदस्यों के परिवार के। प्रिन्सिपल बड़े कड़े मिज़ाज की, मगर अत्यन्त नये विचारों की महिला हैं।" प्रिया किसी की बधाई का उत्तर देने के लिए रुकी।

"लगता है उन्हें कुछ भ्रम है।" मैं बिना सोचे बोल गया।

"वह हमें मित्र समझती है—इसमें क्या बात है!" प्रिया तनिक रुष्ट होकर बोली, लेकिन उसमें गहरी आत्मीयता की झलक थी।

थोड़ी देर में ऐसा लगने लगा, जैसे हमारी मित्रता वर्षों पुरानी हो और हम एक-दूसरे से बात करते खाने की मेज़ पर जा बैठे। जाने कितने लोग प्रिया को बधाई देते

रहे और वह मुस्करा-मुस्कराकर स्वीकार करती रही। पर पल-भर को भी उसने मेरा साथ न छोड़ा। इस बीच कई बार उसने मेरा हाथ जैसे भूल से पकड़ लिया लेकिन तुरन्त बाद कुछ याद आने पर छोड़ दिया।

इस तरह मैं एक विशेष स्थिति में फँस गया था। ऐसा नहीं कि यह सब मुझे अच्छा नहीं लग रहा था, लेकिन पूरा वातावरण मेरे अपने पिछड़े हुए संस्कारों के विपरीत पड़ रहा था। उदाहरण के लिए वहाँ उपस्थित हर आदमी यह जानकर मेरी ओर आकृष्ट था कि मैं प्रिया का प्रेमी या मित्र हूँ। लोगों के दिल में जैसे एक ख़ुशी थी और प्रिया उतनी ही आत्मीयता से मेरे साथ व्यवहार कर रही थी। निश्चय ही उसमें बनावट नहीं थी, लेकिन कहीं यह भाव तो जरूर था कि सारी आँखें हमें एक ख़ास दृष्टि से देख रही हैं। शायद इसी कारण उन्हें ईर्ष्या तक न ले जाकर वह समादर और स्नेह अर्जित करनेवाले व्यवहार में अद्‌भुत दक्षता का परिचय दे रही थी।

हम अभी खाने की मेज़ पर ही थे कि प्रिन्सिपल महोदया तेज़ी से आयीं और प्रिया के कन्धे पर हाथ रखकर कहने लगीं, "मेहमान को अच्छी तरह खिलाना, प्रिया, और हाँ, सुनो!" वे तनिक झुककर बोलीं, "तनिक रुककर तुम स्टाफ-कार दूसरी ट्रिप में ले लेना। मैं ड्राइवर से कह दूँगी, अच्छा?" और वे मुझे बड़े स्नेह से विदा देकर चली गयीं।

खाने के बाद फिर प्रिन्सिपल महोदया से मुलाक़ात नहीं हुई, लेकिन प्रिया की ही उम्र की अनेक लड़कियों ने मुझे आ घेरा। इस बीच प्रिया वहाँ से खिसक गयी और उन लोगों ने बड़ी बेरहमी से मुझे खींचना शुरू किया। स्पष्ट ही वे मुझे प्रिया के होनेवाले पति के रूप में देख रही थीं।

—जरा ख़याल रखियेगा, यह कोई ऐसी-वैसी चिड़िया नहीं है। हज़ारों आँखें लगी हुई हैं।

—कुछ वर्ज़िश वगैरह अभी से कीजिये। प्रिया एक साँस में अपनी एड़ियों पर पच्चीस चक्कर लगा देती है!

और भी जानें कितनी और कैसी बातें कही गयीं जो पिन चुभने-जैसी थीं, पर आप जो इस प्रसंग के साक्षी हैं, सोच सकते हैं कि मेरी स्थिति क्या है। यहाँ तक कि मेरे मन में प्रिया के स्नेह का एक भी क्षण ऐसा नहीं है जिसे याद करके मैं ऐसी बातें सुनने का सुख उठा सकूँ, इसलिए इन बातों ने उलटा मेरे मन को और भी गहराई तक उदासीन बना दिया। तभी मोटर का हार्न सुनकर लड़कियाँ वहाँ से भाग गयीं और मैंने देखा, सामने से कई गुलदस्ते सँभाले, प्रिया चली आ रही है।

"चलो, तब तक धीरे-धीरे सड़क तक चलते हैं। गाड़ी आ ही रही होगी और बहुत देर तक हम परस्पर एक-दूसरे से बग़ैर कुछ बोले चलते रहे।"

प्रिया ने मौन तोड़ा, "क्यों एकाएक चुप हो गये? हाँ, तुम्हारे रिसर्च का क्या हुआ?"

स्पष्ट था कि प्रिया उस भँवर से बाहर निकल आयी थी जिसमें कुछ देर पहले वह मेरा हाथ पकड़कर अत्यन्त सहज भाव से उतर गयी थी। उस समय बच निकलने के सारे साधन—शिष्टाचार, सभ्यता और समाज उसके आसपास मौजूद थे, लेकिन इस समय सारा प्रांगण सूना था, इसलिए अपने पहलेवाले सवाल को छोड़कर वह दूसरे पर इसलिए फ़ौरन उतर आयी कि पहला उस व्यक्तिगत राग के भँवर में ले जाता। दूसरे पर तो बड़े मज़े से बात हो सकती थी, लेकिन मैं सच्चे अर्थों में बेहद पिस चुका था और प्रिया के गुण, गौरव और सम्मान के आगे अपने को बेचारा पा रहा था।

"काम रुक गया है। वैसे पिछले काम को घर पर ही व्यवस्थित कर रहा हूँ।" मैं बेहद संवेगहीन होकर बोल रहा था, जैसे मात्र बोलने अथवा शिष्टाचार के निमित्त। तभी कार का हार्न सुनायी पड़ा और दो डूबतों को तिनके का सहारा मिल गया।

ड्राइवर ने गाड़ी का दरवाज़ा खोला। प्रिया को पहले बैठाकर मैं बिलकुल अलग पिछली सीट पर बैठ गया। लेकिन अभी तक जो सामान्य लग रहा था, सहसा बदल गया और साधारण स्पर्श और गन्ध ने मुझे कुछ देर को विभोर कर दिया।

"तुम्हें छोड़ती जाऊँ। ड्राइवर को अपने घर का रास्ता बताओ!"

एक मोड़ पार करके दस क़दम पर मैंने गाड़ी रुकवा दी।

"अरे यह क्या?" प्रिया जैसे चैंककर बोली।

"यहीं मैं रहता हूँ। तुम्हारे कॉलेज की दक्षिणी दीवार वह सामने है।" मैंने उतरकर घर का फाटक खोल दिया।

प्रिया मोटर से उतर तो गयी लेकिन पल-भर को ठिठकी-सी रह गयी।

"वह है ऊपर, दूसरी मंज़िल पर मेरा कमरा।"

"वहाँ और..."

"नहीं, नहीं, मैं अकेला हूँ।" मैंने उसी उदासी से बिना उसे ऊपर चलने का निमन्त्रण दिये कहा।

"मैं देख तो लूँ," और वह मुझसे आगे-आगे चलने लगी। मैंने जीने के ऊपर चढ़कर ताला खोल दिया। उसने अन्दर जाकर एक नजर आँगन पर डाली और सीधे कमरे में जाकर, एक कुर्सी पर बैठ गयी। लेकिन फिर हमारे बीच वही पठार रेंग आया था और फ़िल्हाल मेरी समझ में कुछ भी नहीं आ रहा था कि बात किस तरह शुरू हो। मैं सामने की कुर्सी पर बैठ गया, लेकिन जी में आ रहा था अपने बाल नोच लूँ और चिल्लाता हुआ नीचे भाग जाऊँ। मैं उठ खड़ा हुआ, तभी वह बोल उठी, उठ क्यों गये, दो मिनट बैठो।" फिर वहीं बैठ गया। उसने जरा-सी निगाह ऊपर उठायी तो मेक-अप पूरी तरह न साफ़ करने के कारण आम की फाँक की तरह की उसकी आँखें जैसे अथाह सागर की तरह करवट लेकर सामने के दरवाज़े से फिरकर खिड़की को छूती हुई फिर सामने की छोटी टेबिल पर टिक गयीं।

"यह तो मेरे कॉलेज के एकदम पास है।"

मैं चुप रहा।

"तब तो मैं कभी-कभी आऊँगी..." उसने फिर निगाह ऊपर उठायी।

फिर भी मैं चुप।

"क्यों, क्या यहाँ मेरा आना तुम्हें..." वह मेरी आँखों में सीधा देख रही थी, जहाँ पीड़ा और घुटन सहसा उमड़ आयी थी।

"अरे, यह क्या, तुम्हें हो क्या गया?" वह उठकर मेरे बिलकुल पास चली आयी। लेकिन मैं ऐसा कि "कुछ नहीं, कोई बात नहीं" कहता हुआ उठ खड़ा हुआ और फिर उसी तरह बिना बोले हम सामने सड़क पर खड़ी कार तक गये। उसे दरवाज़ा खोलकर बैठने का इशारा किया तो कहने लगी, "अकेले ही भेज दोगे, रात कितनी जा चुकी है।"

मैंने घड़ी देखी, साढ़े ग्यारह बज चुके थे। घर का फाटक बन्दकर मैं फिर उसकी बग़ल में जा बैठा। गाड़ी उसके घर की तरफ़ चल पड़ी। लेकिन इस बार वह कुछ चंचल थी और तरह-तरह की बातें कर रही थी। अनजाने उसके हाथ मेरे हाथों पर आ पड़ते थे लेकिन पहले की तरह हाथों को हटाने की तत्परता में कमी आ गयी थी। एक बार मैंने उन्हें हलके से थाम लिया और उसने उन्हें जैसा-का-तैसा छोड़ दिया। फिर बड़े आहिस्ते से तनिक और पास खिसक आयी। स्पष्ट लगा, जैसे उसका सारा शरीर सिहर गया है। मेरी स्थिति नाज़ुक थी, लेकिन आत्मविश्वास का जो शिशु मेरे अन्दर अभी-अभी पैदा हुआ था, वह हाथ-पाँव मारने लगा। प्रिया एकदम ख़ामोश होकर तनिक आगे को झुक गयी थी और उसके लम्बे रूखे बालों में उसका चेहरा छिप गया था। मैंने धीरे से अपना बायाँ हाथ उसकी कमर में डाल दिया और जैसे ही मैंने तनिक बल देकर उसे अपने और समीप करना चाहा कार हार्न देकर रुक गयी। सहसा हाथ हटाना चाहा, लेकिन उसने कहा, "बैठे रहो!" फिर ड्राइवर से बोली, "जरा नीचे उतरकर घण्टी बजाओ!"

ड्राइवर उतरकर नीचे चला गया और वह सीधी बैठ गयी, फिर पल ही भर में जाने कहाँ क्या और कैसे घट गया कि वह मेरी भुजाओं में कस उठी। क्षण-भर के गहरे आलिंगन और चुम्बन के बाद वह तुरन्त मोटर का दरवाज़ा खोलकर नीचे उतर गयी यह सारा-का-सारा बिजली की एक कौंध की तरह बीत गया, एक हूक जैसे कलेजे को पार कर गयी, मैं अवाक्, स्थिर बना रह गया, जैसे काठ मार गया हो।

मुझे याद है उसका वह कातर और लड़खड़ाता स्वर, "उतरोगे नहीं?" लेकिन मैं जैसे ही दरवाज़े पर झुका, वह स्थिति को समझकर ख़ुद झुक आयी, "बैठे रहो।" उसने मेरा हाथ अपने दोनों हाथों में दबाते हुए कहा और तेज़ी से ऊपर चली गयी। ड्राइवर के लौटने, मोटर घुमाकर रवाना होने तक वह अपनी छत्ती की खिड़की खोल चुकी थी और रोशनी में एक बार फिर मुझे पूरी तरह दिख रही थी। मेरा कण्टकाकीर्ण शरीर भी कुछ आश्वस्त हो उठा था, इसलिए मुझे तुरन्त 'इन्सान की

खोज' नृत्य-नाटिका का पूरा मंच-विधान याद आया, लेकिन सिर्फ़ एक पल के लिए। फिर तो जैसे कहीं, कुछ शेष न रह गया हो। मेरा पूरा संसार ही बदल गया था, जिसमें पल-पल समय बीतने के साथ मैं एक ऐसे एकान्तिक संसार में प्रविष्ट हो रहा था, जहाँ प्रिया के अलावा कुछ भी नहीं था। यहाँ तक कि मुझे पता ही नहीं चला कि मैं कब घर पहुँचा और कब अपना दरवाज़ा खोलकर अपने कमरे में दाख़िल हो गया। उस कुर्सी की ओर मेरा ध्यान जरूर गया जिस पर अभी थोड़ी देर पहले प्रिया बैठी थी, लेकिन क्षण-भर के लिए ही, और जैसे-तैसे कपड़े बदलकर बिस्तर में धँस गया।

सच पूछिये तो इस नाटकीय विकास की गति को मैं पकड़ ही नहीं पाया, क्योंकि इसके पहले कभी भी इस तरह के घटना-क्रम की कल्पना मैंने नहीं की थी। वर्ना आज अपनी ख़ुशियों के संसार को असीमित विस्तार देने का अवसर था। प्रिया की कला से लेकर उसके पूरे व्यक्तित्व की जो झलकियाँ मुझे मिली थीं और उसमें जिस मोहक ढंग से मुझे प्रविष्ट कराया गया था, वह सारा-का-सारा इतना अद्‌भुत और रोमांचक था कि आज इतने दिन बाद उस सारे प्रसंग के तारतम्य पर विश्वास करना सहसा कठिन हो रहा है। आत्म-दाह में बार-बार भूनी गयी इस कथा-देह को इस तरह पहचानकर मैं उसी तरह स्तम्भित हूँ जैसे कोई बच्चा परी-लोक की कहानियाँ सुनकर होता है। आप जाने क्या सोचेंगे। कहीं ऐसा न हो कि आप प्रणय-लीला के इस भव्य पृष्ठभूमिवाले मंच पर परदा उठते ही मिथुन-युगल के कार में प्रवेश और गहन आलिंगन और चुम्बन के प्रज्वलित दृश्य से आगे की आशाएँ बना बैठे हों, इसलिए अन्ततः निराश होने के पहले ही मैं आपको सचेत कर देना चाहता हूँ, जिससे आप इसे पढ़ते हुए अपने विवेक को सदा जाग्रत रखें, क्योंकि वास्तविकताएँ ऐसी नहीं होतीं, न उनमें कोई ऐसी सर्वकालिकता ही होती है जो सदा के लिए और सभी जनों के लिए समान बनी रहे। मैं विनोदी प्रकृति का आनन्दवादी होता तो फिर ऐसी कहानी में रखा ही क्या था और यदि कुछ होता भी तो उसका स्वभाव इतना भिन्न होता क़ि आप शायद प्रिया को पहचान भी नहीं पाते। लेकिन मेरी स्थिति ही भिन्न थी। एक मेधावी छात्र होने के कारण गाँव के एक साधारण किसान के घर में पैदा होकर मैं वजीफों से पढ़ता हुआ अब मनोविकारों के प्रसिद्ध विद्वानों के साथ अन्वेषण का काम कर रहा था, लेकिन मेरा जीवन व्यावहारिक दृष्टि से आज भी उन्हीं संस्कारों और बन्धनों में बँधा हुआ था, जिनमें इस देश के बहुसंख्यक किसान बँधे हुए हैं। मैं लड़कियों से दूर भागता रहा था और उनके सम्पर्क में मुझे बेहद घबराहट महसूस होती थी। कुछ निश्चित आदर्शों और बन्धनों में निरन्तर अपने को साधते रहने के कारण मैं बेहद अन्तर्मुखी हो गया था। इसलिए प्रिया के साथ मिलन में जो एक महत्त्वाकांक्षा का भाव मुझे उसके घर पहले दिन मिला था वह स्कूल के जलसे के दिन स्वतः जाता रहा और मैं फिर अपनी उसी पुरानी खोल में वापस चला गया इसलिए जो हो गया था, उस पर भी सहसा

विश्वास कर लेने में मुझे बराबर हिचक हो रही थी। कहीं ऐसा तो नहीं कि यह सब एक सपना था, 'इन्सान की खोज' नृत्य-नाटिका का ही विस्तार।

मैं रात-भर करवटें बदलता रहा। सुबह देर से उठा और प्रिया से मिलने की आकुलता अनायास मन को बेचौन करने लगी।—स्कूल जाते समय तो वह इधर से होकर जा सकती थी। फिर जाने कितने और किस-किस तरह के विचारों में मैं डूबता-उतराता रहा। कभी प्रिया पर क्रोध आता तो कभी उसकी लाचारियों पर ख़याल दौड़ जाते। और इसी ऊहापोह में जाने कैसे मुझे नींद आ गयी और मैं गहरी नींद में सो गया यह ध्यान ही न रहा कि मैंने दरवाज़ा खुला छोड़ रखा है।

क़रीब तीन बजे किसी के सिर पर हाथ रखने से मैं एकाएक जगा तो प्रिया को अपने पास बैठे देखकर चैंक पड़ा, "कितने बज गये?"

"यही साढ़े तीन होंगे।" वह अपनी घड़ी बैग से निकालने के लिए उठी और सामने की कुर्सी पर बैठ गयी।

"कब से सो रहे हो?" उसने कुछ अजीब-सी गम्भीरता से पूछा।

'मैं उठा ही कहाँ। रात नींद ही नहीं आयी। सुबह उठा तो बड़ी देर तक सोचता रहा कि शायद तुम इधर होती जाओ और इसी में जाने कैसे गहरी नींद आ गयी और सोता ही रह गया।"

"वैसे ही बिना चाय-नाश्ता के।" वह जैसे चिन्ताग्रस्त हो उठी, "अब उठो और जल्दी से तैयार हो लो! चलो कहीं चाय पीते हैं।"

हम जल्दी-जल्दी तैयार होकर पास ही के एक रेस्तराँ में जा बैठे और बड़ी देर तक बातें करते रहे। इतनी थोड़ी-सी मुलाक़ात ने अब तक हमें एक नन्हें-से बिन्दु पर तड़पने के लिए अकेला छोड़ रखा था, लेकिन इस बातचीत के बाद जैसे हम एक व्यापक जन-समुदाय के बीच आ खड़े हुए थे। ऐसी सहजता, ऐसी सादगी और दृढ़ता मैंने इसके पहले किसी स्त्री में नहीं देखी। झिझक और डर तो जैसे प्रिया जानती ही न थी।

रेस्तराँ से उठने पर उसने बताया, "एक गम्भीर समस्या मेरे सामने आज सहसा आ गयी है, जिस पर तुमसे बात करना जरूरी है। कल तक इन्तज़ार करके ही बताऊँगी।"

लेकिन मेरे बहुत ज़ोर देने पर कहने लगी, "आज जब मैं हाईस्कूल की लड़कियों का क्लास ले रही थी, मुझे प्रिन्सिपल ने एक चिट लिखकर बुलाया। जानते ही हो यह कैसा स्कूल है। नगर-सेठों की महिमा से इस विद्यालय में सारी सुविधाएँ मौजूद हैं और हम सब यूनिवर्सिटी के वेतनमान पर नियुक्त हैं। हाँ, तो जब मैं प्रिन्सिपल के कार्यालय में पहुँची तो वहाँ सेठ घिनावन, मंजरी ट्रस्ट के अध्यक्ष चार-पाँच लोगों के साथ मौजूद थे। सारी टेबिल पर रात की नृत्य-नाटिका की तस्वीरें फैली हुई थीं और मेरी तारीफ़ के पुल बँधे हुए थे।

'मिस मिड्ढा मुझे बेहद प्यार करती हैं। सच्चे अर्थों में वह नेक और विद्वान् महिला हैं। उनकी सारी शिक्षा लन्दन में हुई है। सच बात तो यह है कि अगर वे न होतीं तो इस जगह पर मेरी नियुक्ति ही न हो पाती। सेठ अपनी किसी चहेती सिनेमा की ऐक्ट्रेस को ले आना चाहता था। लेकिन व्यावहारिक प्रदर्शन में जब वह कूल्हे मटकाने लगी तो मिस मिड्ढा दोनों हाथों से अपनी आँखें बन्द करके बैठ गयीं।

''बहरहाल, आज मिस मिड्ढा ने हँसकर मेरा स्वागत किया और उपस्थित लोगों से परिचय कराया। उनमें एक सिनेमा-फोटोग्राफर, एक कोई ऐसा ही अभिनेता तथा एक डाइरेक्टर और दूसरा नृत्य-विशेषज्ञ था। मैं तो, तुम जानते हो, धनिकों को महत्त्वपूर्ण मानती ही नहीं और प्रचार-प्रसिद्धि की बात तो यहाँ तक कि मैंने दसियों ऐसे मौक़ों को स्वीकार नहीं किया, जब मुझे फिल्मों में नृत्य के लिए बुलाया गया। पिता मेरी इस बात से बेहद ख़ुश होते हैं और कहते हैं—बेटा, ऐसे लोगों के लिए नाचना क्या जो नृत्य का आनन्द नहीं ले सकते?''

''मेरे मन में सहसा सन्देह हुआ कि यहाँ बात कुछ और ही दिखायी पड़ती है। तभी फोटोग्राफर महोदय ने मिस मिड्ढा से रंगशाला में रोल देखने की बात उठायी। मैंने क्लास होने की बात कही तो मिस मिड्ढा पल-भर को रुकी रह गयीं, फिर जाने क्या सोचकर बोलीं, ''चलो, अपना करतब अपनी आँखों से तो देख लो!''

हम सब थोड़ी देर तक रील देखते रहे, लेकिन मेरे कान तो उन चारों पेशेवरों पर लगे थे जो सेठ घिनावन को मनमाना उलटा-सीधा समझा रहे थे।

—कमाल है, सेठ जी! क्या चीज़ है।

—क्या लोच है!

—बस जरा-सा कसर है, कपड़े या तो और झीने कर दिये जायँ या सीक्वेन्स में कहीं से बरसात लाकर भिगो दिये जायँ।

फोटोग्राफर चहककर बोल रहा था, ''सेठ जी, मुझे तो मालूम ही नहीं था वर्ना इसी में वह उभार लाता कि लोग कटकर रह जाते। फर्स्ट-क्लास मनीस्पिनर...।''

''मैं बीच ही में उठ खड़ी हुई और मिस मिड्ढा भी अपने को रोक नहीं सकीं। लेकिन वहाँ से चलने के बजाय उन्होंने प्रदर्शन रोक देने की बात ज़ोर से कही और लोगों से कहा—बस देख लिया, प्रिया ने! वह अब क्लास लेने जा रही है। मैं भी चल रही हूँ। आप लोग सेठ जी को पूरा दिखाकर आयें!''

रास्ते में मिस मिड्ढा बहुत चिन्तित होकर बोलीं, ''मुझे लगता है, सेठ जी कोई प्रस्ताव तुम्हारे सामने रखेंगे, लेकिन मेरी ओर से तुम निश्चिन्त रहो। मैं सदा तुम्हारा साथ दूँगी। हाँ, इतना तो मेरे सामने आ ही गया है कि ट्रस्टियों तथा नगर के सारे धनिक लोगों को यह नृत्य-नाटिका दिखायी जायगी और इसके लिए बड़े पैमाने पर विज्ञापन तथा दान के रूप में धन एकत्र किया जायगा। सेठ जी का अनुमान है, दस लाख रुपये सिर्फ़ एक प्रदर्शन में इकट्ठा कर लेंगे। चूँकि इसकी तैयारी स्कूल-वाद्यवृन्द

के सहारे छात्रओं और स्कूल के साधनों से हुई है, इसलिए स्कूल की सहायता के नाम पर किसी ऐसे प्रदर्शन को रोक पाना मेरे लिये मुश्किल होगा।''

''लेकिन मेरे लिये तो कुछ भी मुश्किल नहीं है, मिस मिड्डा मैं एक गरीब बाप की बेटी हूँ और इस गौरव का ध्यान मुझे हमेशा बना रहता है। मैं हरगिज़ नहीं नाचूँगी।''

शायद उन्हें मेरी बात अच्छी लगी। वे बड़े स्नेह से मेरा सिर सहलाने लगीं और कहने लगीं, ''यह तो पहली बात है, बेटी, मुझे तो आगे कुछ और आशंकाएँ हैं। फिर भी घबराना नहीं, देखा जायगा।''

हम बात करते हुए बहुत दूर निकल आये थे और अब घर पहुँचने में देर हो रही थी, इसलिए प्रिया ने कहा, ''मुझे घर तक छोड़ दो। जो भी होना होगा, एक-दो दिन में सामने आ जायगा, फिर निर्णय लेना होगा। वैसे अपनी तरफ़ से मैं इस बात पर दृढ़ हूँ कि नौकरी छोड़ दूँगी, क्योंकि यह एक ऐसे चक्कर की शुरुआत है जहाँ से अपने व्यक्तित्व को बचा पाना मुश्किल है। मैं अच्छी तरह समझ रही हूँ कि यह सब कहाँ तक जायगा। मेरा मतलब यह नहीं...'' जैसे वह मुझे समझाने के लिए रुकी हो, ''कि मैं नाचना नहीं चाहती या मुझे खुले मंच पर नाचने में हिचक है। मैं तो सड़कों के किनारे, चौराहों पर भी नाच सकती हूँ, मज़दूरों और किसानों के बीच भी नाच सकती हूँ, क्योंकि मेरे जीवन और नृत्य दोनों का मन्तव्य उनके जीवन से जुड़ा हुआ है। वैसे, मैं निरी बावली, कला क्या जानूँ? हाँ, उस पीड़ा को, उस दुःख को, उस महानता और गौरव को जरूर जानती हूँ जिनमें मेरे करोड़ों देशवासी जीते हैं। नाचती हूँ तो उन्हीं की हो जाती हूँ। मेरी सारी अन्तःप्रेरणा उन्हीं की है, इसलिए मेरे नृत्य में सब-कुछ संघर्षमय जीवन-प्रवाह को—नये सृजन और आमूल परिवर्तन को ही समर्पित है...'' प्रिया बोल रही थी और मेरे सामने 'इन्सान की खोज' के नृत्य-चित्र जैसे अपना अर्थ खोल रहे थे।

—तुम कठोर-से-कठोर पहाड़ों के हृदय को काट देते हो...

—तुम असीम जलप्लावन को अपने बाहुबल से बाँध देते हो...

—तुम्हीं सृष्टि हो।... तुम्हीं वेग हो। तुम्हीं गति हो।... तुम्हीं जीवन हो!—मेरे जीवन, मेरे प्रिय, मेरे प्राण!...

मेरी आँखों से एक गहरे अन्धकार का पर्दा हटता चला गया था और रात प्रिया के नृत्य की एक-एक मुद्राएँ लययुक्त छन्द की तरह स्वतः मेरे हृदय में उतरती चली गयी थीं...वह आह्वान, वह तड़प, वह अमिट प्यास, वह आलिंगन, वह विछोह और वह प्रिय को पा लेने की भयंकर निष्ठा... मैं जैसे अपने में ही खो गया था।

आज इतने दिनों बाद यह सब आपसे कहते हुए, मुझे लग रहा है कि मैं अपने को फिर भूल रहा हूँ! आवेग और भावना के जिस प्रवाह से बाहर रहकर मात्र घटनाएँ बताने की मेरी प्रतिज्ञा थी, वह टूट रही है और यह सोचकर आज भी मुझे आश्चर्य होता है कि उस रात ऐसा क्या हो गया था कि मैं प्रिया के नृत्य को चित्रलिखित-सा

देखता रह गया था—एकदम मुग्ध और अचेत होकर। मेरे आगामी जीवन में आग लगा देनेवाला वह कथ्य मेरी समझ में उसी समय क्यों नहीं आया? लेकिन ऐसा तो मैं आज सोचता हूँ। उस दिन तो सहसा पूरे नृत्य को समझकर और प्रिया को एक हद तक पहचानकर जैसे गहरे पानी में मेरे पाँव टिक गये थे। लगा, जैसे मैं एक सम्पूर्ण नये मानव-संसार में आ गया हूँ जहाँ सहजता, निष्ठा और सौन्दर्य मूर्त होकर मेरे सामने साकार खड़े हैं।

मैं कुछ देर प्रिया के पिता से बात करके चलने लगा तो उन्होंने प्रिया को आवाज़ दी। बहुत कहने पर भी मुझे कुछ खाकर ही वहाँ से आने दिया गया। पिता स्वयं नीचे तक मुझे छोड़ने आये और बार-बार मुझे किसी दिन फिर आने का निमन्त्रण देते रहे।

अब हमारी मित्रता पूरी तरह बाधाहीन हो गयी थी। प्रिया पहले से ही बहुत निर्भय थी और सामाजिक पिछड़ेपन को आँख देना पसन्द न करती थी। अब मैं भी कुछ मुक्त हो गया इसलिए हमारा मिलना-जुलना इस सीमा तक बढ़ गया कि मेरा घर प्रिया का दूसरा घर बन गया और मैं रोज़ ही प्रिया के साथ उसके घर, उसे छोड़ने जाने लगा। चुम्बन और आलिंगन अब हमारे प्रेम-प्रदर्शन और आत्म-सन्तोष के मुख्य साधन बन गये थे, लेकिन बस इतना ही, इसके बढ़ने की न मैंने कोशिश की, न मेरा अनुमान है, प्रिया को वह सब अभी मान्य ही होता।

इसी तरह दिन गुजर रहे थे कि एक दिन प्रिया दोपहर को ही स्कूल से वापस आ गयी। बेहद उदास और शिथिल, उसके तन-बदन पर थकान के भाव स्पष्ट लक्षित हो रहे थे। मैंने उससे पूछा तो कहने लगी, "वही हुआ जो होना था। आज सेठ जी पूरी तैयारी से आये थे और उन्होंने दोनों प्रस्ताव एक साथ रखे। स्कूल की सहायता के लिए नगरपालिका के थियेटर में प्रदर्शन तथा एक लघुफ़िल्म, जो स्कूल की ओर से घिनावन उत्पादन की पहली कला-फ़िल्म होगी। सारी स्टेशनरी, काण्ट्रैक्ट तथा क़ायदे की कार्यवाही पूरी हो चुकी है, बस मेरे हस्ताक्षर की जरूरत थी। चूँकि यह पूरी तैयारी मैंने स्कूल में की है इसलिए उस पर सम्पूर्ण अधिकार स्कूल का होगा। सेठ जी उत्पादन-व्यय के बदले लाभ में आधा ले लेंगे।"

"और तुम्हें क्या मिलेगा?"

"मैं तो बस एक वस्तु मानी गयी हूँस्कूल का जीवन ही मेरा जीवन है। मुझे वे देश-देशान्तर में विख्यात करके नारी-जाति का गौरव बढ़ाना चाहते हैं और दिखा देना चाहते हैं कि भारतीय नृत्य में कितनी क्षमता है। मैं विदेशों में सम्मानित होऊँगी और सेठ जी मेरे साथ अमेरिका-लन्दन की यात्र करेंगे।..." "कहते-कहते प्रिया उठ बैठी और ज़ोर से हँसने लगी। मैंने उसे इस तरह हँसते पहले कभी भी न देखा था इसलिए आशंका हुई और एकाएक मेरे मुँह से निकल पड़ा, "यह क्या हो गया तुम्हें।"

"मुझे गहरा धक्का लगा है। इसलिए नहीं कि मुझे कुछ भला-बुरा कहा गया बल्कि इसलिए कि हमें कितना नाचीज, कितना हीन समझा जाता है! पिता बचपन से

ही बताया करते थे कि पैसेवाले एक जगह पहुँचकर समाज के सारे मूल्यों को चकनाचूर कर देते हैं और हर चीज़ का, यहाँ तक कि मनुष्य के मन का भी दाम लगा देते हैं। हम उनके लिए कुछ भी नहीं हैं। उनके घरों में पले कुत्तों के समान इज़्ज़त पाने के हकदार भी नहीं।''

''जानते हो, मेरे लिये ड्रेस-डिजाइनर भी साथ लाया गया था और निर्देशक महोदय दूर से ही मुझे देखकर उसे समझा रहे थे। योजना यह है कि मैं नयी लहर की फ़िल्म के लिए नाचते-नाचते नंगी हो जाऊँ...।''

वह दोनों हाथों से मुँह छिपाकर बच्चों की तरह फूट-फूटकर रोने लगी और बीच-बीच में उफ्-उफ्... कहती रही।

मैंने उसे सँभाला। बड़ी देर तक समझाता रहा और सोचता रहा कि सारी बातें समझने के बाद भी स्त्री, स्त्री ही है—कमज़ोर, भावुक और एक हद तक बेवकूफ़ भी। इसलिए मैंने कहा, ''तुमने मना क्यों नहीं कर दिया?''

''और क्या मैं हाँ करके आयी हूँ। यही नहीं कि मैंने सारे काग़ज़ात फेंक दिये, वरन् कॉलेज की नौकरी से इस्तीफा भी दे दिया है।'' वह कुछ सँभल गयी और हैण्डबैग से रूमाल निकालकर आँखें साफ़ करते-करते फिर बोलने लगी, ''मैं उन लोगों के दुस्साहस और अविचार के कारण दुःखी हूँ। बिना मुझसे पूछे, बिना अनुमति के वह यहाँ तक बढ़ गये।''

''लेकिन अभी कुछ देर पहले तुमने इन लोगों के चरित्र के बारे में कुछ कहा था। यदि तुम ज्ञान के स्तर पर चीज़ों को इस सीमा तक समझती हो तो फिर इस क़दर दुःखी होने की क्या बात है? तुम्हारे लिये तो यह अपनी समझ बढ़ाने और उसे पुख्ता करने का अवसर होना चाहिए था।'' मैं बहुत सतर्क होकर डरा-डरा-सा बोल रहा था।

''सो तो हुआ है, वर्ना इस तरह उस दलदल से निकल सकने की ताक़त मुझमें कहाँ से आती?'' वह जैसे-जैसे स्वाभाविकता की ओर बढ़ रही थी, मेरी घबराहट कम होती जा रही थी। तत्काल उससे मुक्ति पाने के लिए चाय के लिए पूछा।

वह हाथ-मुँह धोकर बाहर निकलने के लिए तैयार हो गयी। मेरे कलेजे से एक बोझ तो उतर गया, लेकिन न जाने क्यों एक उदासी और बेचैनी मेरे अन्दर समा गयी। अब तक मैं यह सोच ही नहीं पा रहा था कि प्रिया के जीवन में वह कोना कहाँ है, जहाँ वह एकदम दूसरी स्त्रियों की तरह है—वैसी ही बेवकूफ़ और भावुक। इसलिए हर समय मैं सतर्क होकर व्यवहार करता था और हमेशा इस बात का ध्यान रखता था कि कहीं मेरी कोई बात उसे बुरी न लग जाय। एक प्रकार का आतंक ही समझिये इसे, लेकिन उसके इस बच्चों के-से रुदन ने जैसे मुझे उदास कर दिया था। यद्यपि यह मेरे प्यार के लिए अधिक अनुकूल स्थिति की शुरुआत थी, फिर भी धारणाओं की लीक छोड़कर चलने की एक कसक मन को कहीं साल रही थी। बहरहाल, मैं हमेशा की तरह उसके साथ बना रहा और वैसा ही व्यवहार करता रहा जैसा पहले करता था।

लेकिन मेरी आवाज़ कई बार कुछ ऊँची और मुक्त हो जाती थी और मैं कई बार उसकी बातों से आगे जाकर उन्हें काट भी देता था और ऐसे मौक़ों पर न जाने क्यों वह मुझसे तनिक और सट जाती थी और कई बार मेरे हाथ पकड़कर चलने लगती थी। एक ताप मेरे हृदय में पहले ही जन्म ले चुका था लेकिन आप देख रहे हैं कि वह जैसे दबा-दबा धधक रहा था। आज वह जगह-जगह फूटने और सुलगने लगा। मैं कई बार उसके हाथ ज़ोर से दबा देता और वह सी करके रह जाती। एक बार तो मैंने जरा सूना देखकर उसकी कमर में हाथ डालकर उसे अपनी तरफ़ दबा लिया। वह एकदम अवाक् थी। साफ़ लग रहा था, उसका सारा शरीर थरथरा रहा है। थोड़ी दूर पैदल चलने के बाद वह धीरे से बोली, "अपने कमरे चलो, मेरा जी जाने कैसा हो रहा है।"

हम बेसुध-से पूरे तीन घण्टे के लिए उस कमरे में बन्द हो गये। मुझे अच्छी तरह याद है और याद की ही बात क्यों कहूँ उन तीन घण्टों का पूरा वृत्तान्त, जो काफ़ी दिनों बाद मैंने लिखकर उसे दिखाया तो वह शर्म से लाल पड़ गयी थी। मैंने उससे पूछा था, "ठीक है न? कहीं मैंने अतिशयोक्ति तो नहीं की?" वह बोली, "नहीं" और बेहद शर्माने लगी। मैं अनायास ही नाराज़ हो गया और कहने लगा, "यदि तुम कोई उत्तर नहीं देती तो मैं इसे फाड़कर फेंक दूँगा।" इस पर उसने हाथ बढ़ाकर वह काग़ज़ मेरे हाथ से छीन लिया था।

"तुमने कितना अच्छा लिखा है। मुझे तो जैसे रोमांच हो आया।" और हम फिर उसी पहले दिन के से एकान्त में चले गये थे। धीरे-धीरे जाने कैसे हमारी पूरी अकांक्षा का केन्द्र देह का वह एकान्त ही बन गया था। हम सहसा सारी दुनिया से कटकर, सहज ही अतल प्रेम-सिन्धु में डुबकियाँ लगा जाया करते थे।

आज जाने क्यों ये विवरण एक बोझ की तरह मन पर भारी पड़ रहे हैं और लगता है हमारी बातचीत के गन्तव्य को वे धुँधला कर देंगे, इसलिए उन्हें छोड़ जाने के लिए मैं माफ़ी चाहता हूँ। हम दोनों ख़ुद जीवन की इस नयी शुरुआत के थोड़े दिनों बाद इस पर सोचने और बात करने लगे थे कि हम जीवन के स्वाभाविक प्रवाह से अलग होकर शायद देह से ज़्यादा उलझ रहे हैं लेकिन कोई सम्भव रोक हमारे सामने नहीं आ पाती थी और अब तो हम आपस में इस वैयक्तिक प्रसंग पर खुलकर बातें करके आनन्द लेने लगे थे।

इस बीच एक दिन प्रिया ने सुबह तड़के ही आकर बताया कि बिरजू महराज के सम्मान में नगर में एक जलसा हो रहा है, उसमें मुझे नाचना पड़ेगा। प्रस्ताव पिता लाये हैं, जिनसे नगर-प्रमुख और मिस मिड्ढा ने निवेदन किया है। ...लेकिन सुनो!... जैसे वह थोड़ी चिन्तित और परेशान हो, "मेरे तो पाँव थरथराते हैं। आज घर मैंने पैरों पर थोड़ा बल दिया तो मेरा ही शरीर मुझे बोझ की तरह लगा। कैसे, क्या होगा, वह भी, 'इन्सान की खोज'।

मैंने कहा, ''थोड़ा कोशिश करके देखो, अभी से थसमसाने से तो होने से रहा।''

इधर उसने एक नृत्य अकादमी में अच्छे पारिश्रमिक पर दो घण्टों का काम ले लिया था। इसलिए समय होते ही वह उठ खड़ी हुई, लेकिन बेहद उदास और खोयी हुई। कहने लगी, ''मुझे नीचे तक छोड़ो।''

लेकिन मैं उसके साथ अकादमी तक चला गया और यह समझाकर लौटा कि वह वहीं, आज ही से थोड़ा अभ्यास शुरू करे। लेकिन वहाँ अभ्यास तो दूर रहा वह अपना काम भी पूरा नहीं कर पायी और बीच ही में वापस आ गयी। कमरें में घुसते ही फूट-फूटकर रोने लगी। मेरे बहुत समझाने और पूछने पर कहने लगी, ''मैं कैसे करूँ, कहाँ पाऊँ, सब-कुछ खो गया है—शरीर ही नहीं, उन अनुभूतियों की लय ही मेरे प्राणों से छूट गयी है। वह कोई जादू था क्या, बताओ, बोलो?... वह मेरी कोट का कालर पकड़कर विक्षिप्त की तरह रोने और बिफरने लगी।

मैं हताश और हक्का-बक्का था, फिर भी उसे बाँहों में सँभाले रहा, ''तुम्हारी तबीयत ठीक नहीं है, आराम करो सब ठीक हो जायगा। घबराने से नहीं बनेगा। अभ्यास से सब-कुछ सम्भव है।''

लेकिन वह ''नहीं, नहीं'' कहती रही और रोती रही, ''अभ्यास तो सिर्फ़ रूप दे सकता है... तुम नहीं जानते, तुम नहीं समझते कि मात्र पाँवों की थाप और अंग-संचालन की कुशलता से अच्छा नृत्य नहीं हो सकताविह भी 'इन्सान की खोज' जो मेरे प्राणों का संगीत है और मैंने, और मैंने'' वह बेहोश हो गयी लेकिन कुछ अस्फुट बुदबुदाती रही, ''तुम कहाँ हो, तुम कौन हो,... कैसे हो...?''

मैं बेहद परेशान हो गया। सच कहूँ तो थोड़ी ऊब भी मेरे मन में हुई और लगा कि यह सब क्या है। डॉक्टर भी बुलाऊँ, तो कैसे, इसलिए ख़ुद जो बन पाया करता रहा। क़रीब आधा घण्टे बाद उसने आँखें खोलीं और मेरा हाथ अपने हाथों में ले लिया। ''मैं ठीक हूँ, घबराओ नहीं।'' वह कुछ देर बाद उठ बैठी और फिर थोड़ी देर के बाद बिलकुल सामान्य लगने लगी। जैसे उसने इतनी देर में कुछ पा लिया हो। लेकिन मेरे लिये जैसे किसी रहस्य की दुनिया के दरवाज़े खुल गये हों। मैंने बातों-बातों में उससे पूछा, ''तुम बेहोशी में कुछ बुदबुदा रही थी।''

''नहीं तो!'' उसने किंचित् मुस्कराने का प्रयत्न करते हुए कहा, ''वैसे ही कुछ बोल गयी होऊँगी।''

''नहीं, नहीं, ऐसा नहीं हो सकता, जरूर कोई ग्रन्थि है। आख़िर मैं मनोविज्ञान का छात्र हूँ, इतना तो समझ ही सकता हूँ।''

मुझे उस समय भी आश्चर्य और दुःख हुआ था और आज तो जैसे यह कहने तक में शर्म आती है कि मैं प्रिया की शारीरिक और मानसिक स्थितियों को देखते हुए अनायास ऐसे सवाल करने पर उतारू हो गया था, लेकिन जैसे मुझ पर कोई बन्धन

ही नहीं रह गया था और रह-रहकर एक ऐसी मसोस मेरे भीतर उठती थी कि मैं सवालों की झड़ी लगा देता था।

''जरूर कोई भयंकर अन्तर्द्वन्द्व है जिसने तुम्हारे पूरे जीवन को अपनी मुट्ठी में ले रखा है, वर्ना बाप-रे-बाप... इतनी अतिरिक्त शक्ति जो 'इन्सान की खोज' में दिखायी पड़ती है—कहीं किसी स्त्री में देखी जा सकती है।''

वह चुप बनी रही और अब मुझे उसका न बोलना जैसे चिढ़ाने लगा। एक अजीब स्थिति की सृष्टि स्वतः होने लगी जो अब मेरी कोशिश पर भी मेरे वश में नहीं रह सकी और सर्वथा स्वतन्त्र अस्तित्व धारण करती चली गयी।

अब दिन इसी तरह बीतने लगे। प्रदर्शन में उसका भाग लेना सम्भव नहीं हो पाया। हमें यह जानकर बेहद ख़ुशी हुई कि प्रिया के गर्भ में शिशु है। कितनी विचित्र थी वह ख़ुशी जिसकी कल्पना मात्र से हम दोनों इतने उद्वेलित थे कि दोनों की आँखों में आँसू आ गये थे। पर उसी बीच में जाने कैसे यह प्रश्न आ गया कि, ''तुम बहुत-सी बातें मुझसे छिपाती हो, उसका मतलब है कि तुम मुझे अपने पूरे अस्तित्व से प्यार नहीं करती। कोई और है... हमारे बीच...'' मैं तेज़ी से उसे अलग करके उठ रहा था और वह मुझे पकड़े हुए थी, ''सब बताऊँगी, सब...'' वह सिसकते हुए बहुत दयनीय स्वर में बोल रही थी।

मैं जैसे आशा की एक किरन पा फिर सदय हो जाता कि शायद आगे की बातें अब सामने आयेंगी। अपने को रोकता, समझाता, उसे भुलावा और भरोसा देता, ठगता, झूठ बोलता, जिससे वह अपने जीवन में किसी और व्यक्ति का होना स्वीकार कर ले पर चाहता कि यह झूठ हो। वह नट जाये और चिल्ला पड़े कि क्या बेवकूफ़ी की बातें करते हो, मेरे जीवन में तुम्हारे सिवा कभी कोई नहीं आया।

अजीब विडम्बना का जीवन था वह! लगता जैसे हम उसी रहस्य की भँवर में तिल-तिल टूट रहे हों। लेकिन इसी के साथ एक नयी बात हमारे बीच में यह पैदा हो गयी थी कि पल- भर भी हमारा अलग रहना मुश्किल हो गया था। कभी बिना यह ख़याल किये कि रात कितनी गयी है, मैं उसका दरवाज़ा खटखटाता और वह तत्काल उसे खोल देती जैसे उसे मालूम रहता था कि मैं आऊँगा और वह जागती, इन्तज़ार करती बैठी रहती। जरा-सा भी अनमने भाव से जुदा होने पर मैं पल-भर भी उससे अलग नहीं रह पाता था। कभी-कभी तो इतनी उतावली और घुटन होती थी कि मैं रात-रात भर प्रिया के नाम पत्र लिखा करता था और सुबह उसे देने उसके घर चला जाता था, जबकि हमारे मिलने-जुलने अथवा साथ रहने पर कोई रोक नहीं थी। इन पत्रों में ऐसी ही बेवकूफ़ी की बातें होती थीं जिन्हें पढ़कर वह बेहद रोती थी। फिर मैं उसे समझाता और पत्र की बातें भूल जाने को कहता और झट पूछता, ''बताओ, वह खिड़की का क्या प्रसंग है?''

''कोई ख़ास बात नहीं, कभी बता दूँगी'', उसने एक दिन जैसे ही कहा, मैंने उसके बाल पकड़कर खींच लिये। वह बिस्तर पर गिर पड़ी तो मैंने उसका गला दबाया, ''बोलो, बताती हो कि ख़त्म कर दूँ तुम्हें? मेरे पूरे जीवन को जलाकर मज़ा ले रही हो।'' लेकिन वह कुछ नहीं बोली। अपने को छुड़ाने का भी प्रयत्न नहीं किया। फिर मैं उसे छोड़कर उससे लिपट गया और फूट-फूटकर रोने लगा, ''मेरी प्रिया! बताओ! कहो, प्रिया! वर्ना मैं मर जाऊँगा! मुझे लगता है, तुम सिर्फ़ मेरी नहीं हो, वर्ना तुम मेरे मन के इस दुःख को कैसे सहती? आख़िर तुम्हें हुआ क्या है? मैं सच कहता हूँ, मैं तुमसे नाराज़ नहीं होऊँगा, तुम्हारे बिना मेरा जीवन एक ऊसर धरती के समान है, फिर क्यों छिपाती हो?''

लेकिन जब वह इतने पर भी कुछ न बोलती तो मैं गालियों और बुरे शब्दों पर उतर आता।

स्थिति दिन-पर-दिन जितनी गम्भीर होती जा रही थी हम दोनों उतने ही एक-दूसरे से अभिन्न होते जा रहे थे। एक दिन सुबह ही वह आयी और आते ही कहने लगी, ''तुम जिस बात से इतने परेशान हो वह एक घटना मात्र है। मेरे घर के सामने जो सूती मिल है न, वहाँ आये दिन हड़ताल-धरना होता रहता है। एक दिन रात ऐसे ही एक घटना घटने के समय एकाएक फायरिंग होने लगी। मैं चैंककर जग पड़ी, तभी क्या देखती हूँ कि एक परछाईं मेरी खिड़की के अन्दर आ रही है और मैं उठूँ-उठूँ कि सीढ़ियों से पुलिस के लोग घर में हाजिर। मैं इतनी डर गयी थी कि मेरे कण्ठ से आवाज़ ही नहीं फूट रही थी और मेरी छत्ती के बन्द दरवाज़े के बाहर की आवाज़ों से जान पड़ा कि पुलिस किसी आदमी की तलाश में है। मेरे मन में एकाएक आया कि अगर यह आदमी जो मेरे कमरे में है, पकड़ा जायेगा तो इसी पर सारा इल्ज़ाम लग जायगा, जबकि हो सकता है, सही अपराधी कोई दूसरा हो...।''

''क्यों नहीं, क्यों नहीं...'' मैंने व्यंग्य में उसकी बात काटी। ''वह भला कैसे अपराधी हो सकता है जो आपके बिस्तर पर सारी रात बिताये! मुझे धोखा देती हो, झूठ बोलती हो?'' मैं और भी जाने क्या-क्या बकने लगा और वह मूर्तिवत् चुपचाप सुनती रही।

मैं बोलता जा रहा था, ''वह रातभर आपके कमरे में रहा न! कोई सड़ा हुआ, अपराधी मज़दूर रहा होगा, जिसके लिए आपने अपनी अनुभूति का सारा खजाना ही खाली कर दिया। अब समझ में आया आपका नाटक! ऐसा भी तो हो सकता है कि वह आपका पुराना दोस्त रहा हो!''

मैं चुन-चुनकर कड़े शब्दों का प्रयोग कर रहा था और वह एकटक मेरी ओर देख रही थी और उसकी आँखों से आँसुओं की धारा बँधी हुई थी। एकाएक ऐसा लगा, जैसे वह अभी उठकर चली जायगी और फिर कभी नहीं मिलेगी। फिर मैं कैसे रहूँगा, क्या करूँगा? उफ् मैं अन्याय कर रहा हूँ, अपनी प्रिया को नाहक़ ही सता रहा हूँ।

हो सकता है, वह तुरन्त कमरे में भाग गया हो। "बोलो प्रिया, कहो न कि वह तुरन्त कमरे से भाग गया। तुम चुप क्यों हो गयी, मेरी रानी!" मैं विक्षिप्त होकर कराहने लगा।

प्रिया उठ खड़ी हुई और कहने लगी, "मैं समझ नहीं पाती कि क्या करूँ जिससे तुम्हें सन्तोष हो। अगर मैं मर भी जाऊँ तो तुम पागल की तरह सड़कों पर घूमते फिरोगे। बताओ, बोलो मैं क्या करूँ?"

वही पुराना सवाल, "तुम मुझे बताओ, ऐसे जिससे मैं उन स्थितियों को प्रत्यक्ष देख लूँ। न जाने क्यों मेरा कलेजा रह-रहकर चटखने लगता है, जैसे वह अभी फट जायेगा और मैं ख़ून उगलने लगूँगा। मैं पागल हो जाऊँगा, प्रिया, पागल....।"

सब-कुछ असह्य हो उठा था। मैं ख़ुद समझ नहीं पाता था कि क्या ऐसा हो जिससे हम सुख और शान्तिपूर्वक रहें। जो मैं पूछता था उसका एक उत्तर मेरे पास पहले से होता था, लेकिन मैं उसके विपरीत उत्तर चाहता था और पहले से मन में रखे उत्तर के लिए जिद करता था। वह उत्तर मुझे पागल बना देनेवाले दुःख का कारण बन सकता था। मेरी मन्शा होती थी कि प्रिया एकदम दृढ़तापूर्वक स्पष्ट मना कर दे। फिर भी मैं कई बार उसे बाध्य करता कि वह वही कहे, जो मैं चाहता हूँ।

इतना ही नहीं, मैं लम्बी प्रश्नावलियाँ बनाकर उसे देता और सिर्फ़ 'हाँ' या 'न' में उत्तर माँगता। उत्तर पाने पर भी मैं उससे लड़ता-झगड़ता, चूमता, प्यार करता, रोता और इसी पूरे दौर में किसी समय हम फिर उसी दैहिक एकान्त में जा धँसते, लेकिन मेरे प्रश्न उसका पीछा न छोड़ते और बीच ही में कई बार अलग-अलग होकर, एक-दूसरे से बड़ी देर-देर तक कुछ भी न बोलते।

आधा-निराशा की एक अजीब धूप-छाँह हमारे ऊपर छायी हुई थी। अभी लगता जैसे बादल छँट गये हैं और सुनहरी धूप छायी हुई है पर उसी में से तत्क्षण काले बादलों का एक रेशा घुमड़कर सारे आकाश को आवेष्टित कर लेता और ऐसा प्रलयंकारी तूफ़ान वेगवान हो उठता कि लगता किसी भी समय कुछ-का-कुछ हो जायगा।

उधर प्रिया के शरीर में तेज़ी से परिवर्तन आने लगे थे और सामाजिक मान्यताओं को लेकर वह कुछ चिन्तित भी थी। उसके पिता दो-तीन बार मुझसे मिल चुके थे और चाहते थे कि कुछ सामाजिक संस्कार हो जायें तो वह हम सबके लिए अच्छा होगा। लेकिन प्रिया चुप थी। वह मुझे लेकर चार-पाँच दिनों के लिए वाराणसी जाना चाहती थी। उसके मन के किसी कोने में यह बात थी कि थोड़ा हेर-फेर से, मिलने-जुलने से मेरा मन बदल जायगा। रिसर्च पर हाथ लगाने की बात वह रोज़ ही करती थी, लेकिन वह बात जहाँ-की-तहाँ धरी रह जाती और हम पुरानी समस्या में उलझ जाते।

बहरहाल, बरसात के उतरते दिनों में हम सारनाथ पहुँचे थे और सचमुच हम बेहद ख़ुश थे। घण्टों हमने तथागत की विभिन्न मूर्तियों को देखने में बिता दिये। इधर-उधर घूमते रहे और शाम शहर चले गये। फिर देर से लौटे और टूरिस्ट होटल के अपने

कमरे में बन्द हो गये। एकाएक कुछ हलके बादल उठकर तेज़ी से बरसने लगे जिससे उमस से परेशान प्रिया ख़ुश हो उठी थी। मैंने उसकी साड़ी खोलकर अलग कर दी और बहुत आहिस्ते-आहिस्ते प्यार के रास्ते पर बढ़ने लगा। कंचन की तरह दमकता उसका सुगठित शरीर धीरे-धीरे अनावृत्त होने लगा। पतली कमर से ऊपर निरन्तर, साधारण चौड़ाते सानुपातिक शरीर पर खिले, गोल उरोजों के लिए ठीक उतनी ही जगह थी जितनी किसी कैनवास पर दो क़दम के फूल आँकने के लिए जरूरी हो। इसलिए उनकी गोलाइयों के ऊपर कबूतर की गर्दन की मानिन्द उसके गले की दो रेखाएँ कन्धे के आकार से मिलकर भुजाओं पर उतर गयी थीं जो सुनहरी रोमावलियों के बाद निरन्तर चिकनी और रक्ताभ होती गयी थीं। मैं चित्रकार नहीं हूँ वर्ना लाल कुई की छोटी-बड़ी पत्तियों के मेल से ही उसकी अँगुलियों की रचना कर देता। कमर के नीचे वह एक ऐसे दृश्य-चित्र की तरह थी जो किसी को अनायास 'अद्भुत' कहने को बाध्य कर देता। गर्भावस्था में नाभिस्थल से नीचे की ओर उन्मुख, हलकी, भूरी रोमावली, पेड़ुओं की उठान के कारण कुछ और उजागर हो गयी थी, जिससे दोनों जानु-प्रदेश और नितम्बों में जाने कहाँ का लावण्य आ बसा था। मुझे पहली बार दिखा कि प्रिया एकदम बदल गयी है।

वह बेहद ख़ुश थी और हर क्षण सहयोग कर रही थी। इस बीच बादलों में कड़क हुई, खिड़कियाँ खड़खड़ा उठीं और बन्द कमरे में लगा जैसे बाहर बरसात तेज़ हो गयी है। प्रिया ने कहा, "खिड़की खोल दो!"

"और यदि कहीं वह अन्दर आ जाय तो!"

प्रिया जैसे धक् से रह गयी। उसके हाथ ढीले पड़ गये।

"फिर किसे चुनोगी?"

प्रिया एकटक मेरे चेहरे में देखती शिथिल पड़ी रही। मैंने अपनी वाणी में थोड़ा और ज़हर घोला, "नाराज़ होकर नहीं कह रहा, प्रिया, बोलो, अगर ऐसा हो तो तुम क्या करोगी।" उसका चेहरा बेहद मलिन हो गया लेकिन वह कुछ भी नहीं बोली।

मैं जैसे आँवें में भुन रहा था, "इसी तरह उसने भी धीरे-धीरे कपड़े उतारे होंगे! क्यों, कुछ बोलो!" मैंने उसे बाँहों में भरकर अपनी ओर करते हुए कहा, "क्यों चुप हो गयी? कुछ बोलो, अच्छा इतना ही बताओ कि कपड़े उतारे थे या नहीं?"

"हाँ, हाँ, हाँ,...क़रीब चिल्लाते हुए वह मेरी बाँहों से निकलने की कोशिश करने लगी तो मैंने उसे ज़ोर से झिटक दिया। वह बिस्तर से नीचे फ़र्श पर जा पड़ी और एक अजीब-सी कँपकँपी उसके हाथों में होने लगी, जैसे उसके प्राण निकल रहे हों। मैं घबरा गया, जल्दी-जल्दी उसे सहलाने लगा, उसके चेहरे को चूमने लगा, "अब कुछ नहीं पूछूँगा, प्रिया, कुछ नहीं, कभी नहीं!" तभी मुझे उसकी... "हाँ... हाँ" कहने की बात याद आ गयी और फिर तो जैसे मेरा अस्तित्व ही जलकर राख हो गया हो।

एक झटके से मैं कमरे से निकला और उस बरसती-गरजती रात में बिना यह सोचे कि मैं कहाँ, किस तरफ़ जा रहा हूँ, चलता चला गया। कई बार पाँव जैसे बँध-से गये, प्राण तड़प-तड़पकर रह गया लेकिन मैं रुका नहीं। कई महीनों इधर-उधर भटकता रहा। गाँव में रहा। फिर बंगाल चला गया। लेकिन इस लायक़ नहीं बन पाया कि वापस प्रिया के नगर जाऊँ। उस दिन बरसात में रातभर भींगने से ही शायद मुझे एक ऐसी खाँसी ने पकड़ लिया जिससे कई बार ख़ून की कै भी हुई पर मैंने क़ायदे से उसका इलाज आज भी नहीं कराया।

मुझे लगता है, मेरी इतनी सारी परेशानियाँ आपको बेवजह लग रही होंगी और आप ऊब रहे होंगे। लेकिन कभी-कभी जीवन की गाड़ी ऐसे ही फँस जाती है। सब-कुछ जलकर राख हो जाता है और आदमी, चाहते हुए भी, कुछ कर नहीं पाता। कुछ वैसा ही समझकर आप इस दुःख-भरी कहानी को भूलने के पहले इस पत्र को भी पढ़ लें तो कम-से-कम घटनाओं का पूरा क्रम तो जान ही जायेंगे। कहानी न सही, इसे एक व्यक्ति की आप-बीती भी मान लेंगे तो मेरा जी हलका हो जायेगा।

हाँ, छह महीने बाद जब मैं प्रिया के शहर आया तो कमरा खोलने पर जो बहुत-सी चिट्ठियाँ मिलीं उन्हीं में प्रिया का यह पत्र भी था :

मेरे प्रिय,

तुम्हारे ही लिये मैं वह सब नहीं कहना चाहती थी जो तुम मेरे मुँह से सुनने का अथक प्रयत्न कर रहे थे। मैं जानती थी कि तुम किसी भी उत्तर से सन्तुष्ट नहीं होगे। हो सकते तो मैं प्राण देकर भी तुम्हें सन्तुष्ट कर देती। मैं अन्धी नहीं हूँ, मेरे प्रिय! जब तुम मेरे पाँव पकड़कर बिलख-बिलखकर रोने लगते और कहने लगते कि, "बताओ प्रिया, विश्वास मानो, मेरा प्यार घटेगा नहीं, इससे।" और तरह-तरह से प्यार करके मुझे बाँहों में लेकर, अर्द्ध-विक्षिप्त की तरह अपना माथा मेरे सीने में रगड़ने लगते थे, तब, तुम विश्वास नहीं करोगे, मैं रात-रात भर यह सोचती बैठी रह जाती थी कि मैं क्या करूँ, जिससे तुम्हें सन्तोष और सुख मिले, क्योंकि मेरे लिये तो तुम्हारे बग़ैर एक पल भी जीना दुर्लभ था। तुम नहीं होते तो तुम्हारे वस्त्रों की महक मेरे मन-प्राण में बसी रहती और मैं तुम्हारी चीज़ें व्यवस्थित करते-करते तुमसे बातें करती रहती। मात्र यह सोचकर मैं डर जाती थी कि तुम दो-चार दिनों के लिए बाहर चले जाओगे तो मेरा क्या होगा। लेकिन साथ ही मैं यह भी जानती थी कि मेरे मन की इस धारणा के पीछे तुम्हारी यह विक्षिप्तता और परेशानी ही शायद मुख्य हो उठी थी वर्ना हम अत्यन्त स्वाभाविक और स्नेहमय जीवन के लिए प्रणीत थे।

मुझे अच्छी तरह याद है, जब तुम्हारे लगातार कोंचने, सिर पटकने, दिनों खाना न खाने से ऊबकर मैंने यह मान लिया कि वह आदमी रातभर मेरी छत्ती में रह गया था तो तुम कितने उद्विग्न हो उठे थे और अपनी कमीज़ नोचकर फेंक दी थी। सब्ज़ी

काटने का चाकू मेरे सीने में चुभाने जा रहे थे। मैंने तुम्हारी मनःस्थिति समझ ली थी। तुम अपनी प्रिया को अछूती, कमल की तुरत प्रस्फुटित ऐसी कली के रूप में ही स्वीकार कर सकते थे जिसे सूर्य तक ने स्पर्श न किया हो। तुम्हारी सारी प्रकृति और अहं इस बात से चोट खाये हुए सर्प की तरह तड़प रहे थे कि एक अपरिचित, जाने कौन और कैसा व्यक्ति मेरी छत्ती पर रातभर कैसे रह गया! तुमने जाने कितने सवालों से मुझे घेरा है।—तुम चिल्लायी क्यों नहीं? तुमने पिता को क्यों नहीं जगाया?—तुम उसे बचाना ही चाहती थी तो उसे वहीं छोड़कर बाहर क्यों नहीं निकल गयी?... उसने जरूर तुम्हें पकड़ा होगा?... उसका हाथ कहाँ लगा था—यहाँ... ? ...यहाँ?... बत्ती तो बुझी रही होगी, वह कैसा था... कितनी उम्र थी, उसकी... जरूर वह चारपाई पर बैठा होगा?... अच्छा संकोच कर रही हो तो सिर्फ़ हाँ या ना में उत्तर दो।... वह भी नहीं तो सिर हिला दो...। सच कहूँ तो मैं डर गयी थी कि कहीं तुम कुछ और सुनकर प्राण न दे बैठो, इसीलिए मैंने पुलिस के सामने दिये जानेवाले बयान की तरह एक बयान निश्चित करके अपने को पत्थर बना लिया था। लेकिन आज वह सब-कुछ समाप्त हो गया है। मुझे भी सन्तोष है कि मैं तुम्हारे पुत्र की माँ हूँ और जाने क्यों मेरे कलेजे में तुम्हारी कमी से उत्पन्न होनेवाली जलन अपने-आप कम हो चली है। जब जलन उठती है तो बच्चे को सीने से लगा लेती हूँ और वह अपने से ही शान्त हो जाती है।

हाँ, इतना जरूर है कि सड़क पर, ख़ासकर जहाँ मज़दूर हों, गरीब हों, अभावग्रस्त लोग हों, कोई जुलूस हो, धरना हो, घिराव हो, मैं देर-देर तक खड़ी रहती हूँ और लोगों के चेहरे देखती हूँ, फिर सहसा अपने पागलपन पर अपने ही को कोसने लगती हूँ। रात के उस अँधेरे में मैंने कुछ भी तो नहीं देखा था। यहाँ तक कि मैं यह भी नहीं बता सकती कि उसने कैसे कपड़े पहन रखे थे। उसकी उम्र... जरूर वह पूरी तरह जवान था। उसकी जाँघों का कसाव और दाढ़ी के बालों की चुभन मुझे पूरी तरह याद है। उसके बदन से निकलती हुई कच्चे दूध की-सी महक की मादकता तुम्हारे साथ इतने गहरे और लम्बे सम्बन्धों के बाद भी मैं नहीं भूल पायी। उसके रूखे किन्तु बलिष्ठ बाँहों के लोहे से कसाव में इतनी कोमलता थी कि एक ओर जहाँ मेरी साँसें घुटने को हो रही थीं, वहीं इस बात की भी प्रबल इच्छा बनी रह गयी थी कि वह सहसा इतनी बढ़ जाये कि मैं बेहोश हो जाऊँ।

तुम पूछते हो कि वह दोबारा जरूर आया होगा? यही तो वह तड़प है जिससे मैं पूरे एक वर्ष जूझती रह गयी थी। काश, वह आया होता। तुम बार-बार कहते थे कि "ऐसा कैसे हो सकता है कि वह ऐसी हालत में शरण पाकर भी तुम्हारे-जैसी को भूल जाय? साफ़ है कि या तो वह मर गया या दूसरे ही दिन पुलिस ने उसे गोली मार दी।—जानते हो तुम्हारा यह वाक्य मुझे तीर की तरह बेधता चला जाता था। कई बार तो यह इतना असह्य हुआ कि मैं किसी बहाने उठकर बाहर चली गयी थी।

आज मैं तुमसे कुछ छिपाऊँगी नहीं। अब तुम्हें जीवन के इस निर्मम सत्य को जानना ही चाहिए, क्योंकि अब इसे झेलने की सामर्थ्य तुममें आ गयी है। जानते हो, तुम्हारे अन्तर्द्वन्द्व और दुःख को देखकर मैंने कई बार अपने को नष्ट कर लेने की ठानी, पर सदा इस एक ख़याल ने मुझे पीछे खींच लिया कि तुम्हारा क्या होगा। तुम जितनी गहरी पीड़ा में हो, उससे किसी क़दर कम दुःख मेरे हृदय में नहीं है। ऊपर से तुम्हारी हालत और सवालों ने छेदकर उसे छलनी कर डाला है। लेकिन मैं कारण हूँ इसलिए दोष का भान मुझे अधिक होना चाहिए, लेकिन वह मुझमें क़त्तई नहीं—मैं दोषी नहीं हूँ। मैंने अपने अन्तर को नहीं छला है। हाँ, अगर दुनिया इसे नैतिक दृष्टि से बुरा कहती है तो मैं अपनी मानवीय स्वाभाविकता को वैयक्तिक एकान्तिकता मानकर, उस सुख को दिल ही में छिपाये रहूँगी, लेकिन यह ज़ोर देकर कहूँगी कि चाहे मेरे ही उदाहरण द्वारा सही माना जाय, ऐसी परिस्थितियों को झूठी नैतिकता से मुक्त मानवीय, प्रकृति का अंश जरूर समझा जाय! तुम्हारे साथ होने पर उसकी खोज मद्धिम पड़ गयी थी, पर सड़क पर—लोगों के बीच एक चेहरे की पहचान मेरी सदा समस्या रही है। आज वह बहुत तेज़ है, यहाँ तक कि तुम्हारी सम्भव उपलब्धि को भी उसने दबा लिया है।

दिसम्बर की, गहरे अँधेरे में ठिठुरती एक रात, मैं अपनी छत्ती का दरवाज़ा अन्दर से बन्द करके, छत्ती की खिड़की के एक पल्ले को खोले रात देर तक सोने की चेष्टा कर रही थी। ठीक सामने मिल है। फाटक पर आज सवेरे से ही बड़ा जमाव था। तेज़ रोशनी में मुझे सब- कुछ स्पष्ट दिखायी पड़ रहा था। माइक की आवाज़ इतनी तेज़ और परस्पर एक-दूसरे से लड़ रही थी कि कुछ भी साफ़ सुनायी नहीं पड़ता था। बीच-बीच में कई बार हाथापाई और झगड़ा भी होता था पर पुलिस बीच-बचाव करके उसे छुड़ा देती थी। क़रीब ग्यारह बजे होंगे। मुझे तनिक झपकी आने लगी थी कि धाँय-धाँय गोलियाँ चलने की आवाज़ से मैं रजाई खिसकाकर उठ बैठी। लोग बेतहाशा इधर-उधर भाग रहे थे और पुलिस उन पर गोलियाँ चलाती हुई, उन्हें खदेड़ रही थी। तभी कुछ लोग ठीक मेरे घर के सामने से भागकर गुजरने लगे और देखते-देखते कोई तेज़ी से छत्ती की खिड़की के अँधेरे में धँसकर अन्दर आया। चारपाई से लड़कर मेरी रजाई पर लुढ़क गया। नीचे रजाई में मेरी फैली हुई टाँगें दब न गयी होतीं तो मैं उछलकर खड़ी हो जाती। मैंने चिल्लाने की कोशिश जरूर की, लेकिन जैसे मेरा गला ही रुँध गया था और कोई हाथ बड़े हलके से मेरे मुँह पर टिक गया था। "... मैं अभी चला जाऊँगा... कृपा करके चुप रहिये। डरिये नहीं!" वह उठकर अलग खड़ा हो गया। मैं भी उसी ओर उतरी, क्योंकि स्विच वहीं था। और जैसे ही मैंने उधर हाथ बढ़ाया फिर वही हाथ बढ़कर मेरे हाथों पर आ गया और इस बार दूसरा हाथ मुझे कुछ दूर करने के लिए मेरी नाभि पर इस तरह पड़ा कि मैं सिहर उठी और इधर-उधर हटने के चक्कर में एक स्टूल से लड़कर उससे इतनी सट गयी कि उसकी तेज़ गर्म साँसों से मेरा चेहरा

जलने लगा। "... मैं अभी चला जाऊँगा, घबराइये नहीं! चुपचाप सो जाइये, मेरे पास पिस्तौल न होती तो मैं इस तरह छिपने के लिए आपको परेशान न करता। ख़तरा है।" तभी मेरी सीढ़ियों पर भारी जूतों की आवाज़ सुनायी पड़ी। मैं डर के मारे थर-थर काँपने लगी और सोचने लगी कि अब क्या करूँ—इसे कहाँ छिपाऊँ? उसका हाथ पकड़कर चारपाई के नीचे घुसने का संकेत करने लगी पर वह तनिक और पीछे हटकर खिड़की से जा लगा और नीचे झाँककर भागने का उपाय करने लगा। तब तक दरवाज़े पर दस्तक पड़ने लगी और पिता के उठने, दरवाज़ा खोलने की आवाज़ के साथ मुझे पसीना छूटने लगा। मैं बार-बार हाथों से संकेत करके उसे चारपाई के नीचे घुसाने की कोशिश करने लगी, लेकिन वह खिड़की से लगा, अडिग खड़ा रहा।

दरवाज़ा खोलकर पिता जी कड़ी आवाज़ में पूछ रहे थे, "कहिये, क्या बात है?"

"यहाँ ऊपर कोई आदमी भागकर आया है, क्या?"

"नहीं तो।"

"जरूर आया है।"

"तो देख लीजिये! मैं तो दरवाज़ा बन्द करके सो रहा था! आपकी आवाज़ पर जगा हूँ।" साफ़ लग रहा था कि अब वे लोग कमरे में आ गये थे।

"सिक्योरिटी आफ़िसर को गोली मारकर भागा है। मैं तो उसको अच्छी तरह पहचानता हूँ। पूर्बिया है। मैनेजमेण्ट से कितनी बार कहा गया कि इससे जान बचा लीजिये, लेकिन उन लोगों को न जाने क्या मिलता है कि रोग पाले रहते हैं और परेशानी हमारी होती है। हाँ, साहब, यही कमरा है, आपके पास?"

"बस", पिता ने कहा।

"और उधर...।" सिपाही ने मेरे दरवाज़े पर डण्डे से ठोका। वह कूदकर खिड़की की छत्ती में जा बैठा। मैंने हाथ के सहारे उसे रोक रखा था और मेरे कान कमरे में होनेवाली बात पर लगे थे। पिता कह रहे थे, "पीछेवालों से जुड़ा है।"

"आप करते क्या हैं?"

"आकाशवाणी में हूँ।"

"अच्छी बात है, साहब। आपको तक़लीफ़ हुई।"

"कोई बात नहीं। आपको अपना काम तो करना ही है।" पिता ने उनके जीने से उतरने पर घर का दरवाज़ा और मैंने अपनी छत्ती की खिड़की का पल्ला एक ही साथ बन्द कर लिया और सोचने लगी कि अब क्या किया जाय मन में आया दरवाज़ा खोलकर पिता को सारी बातें बता दूँ लेकिन पुलिसवालों की बात सुनकर मैं बेहद डर गयी थी। कहीं वे नाराज़ न हों... फिर क्या करूँ...!

वह धीरे से बोला, "आप चुपचाप सो जायें, मैं पुलिस के यहाँ से हटते ही चला जाऊँगा।"

"ठीक है, समझ लो मैं सो रही हूँ।"

"आपको तक़लीफ़ हो रही है। मैं अभी देखता हूँ।" उसने बढ़कर छत्ती की खिड़की खोली तो वही मार-धाड़, इधर-उधर भाग-दौड़, फिर भी वह आगे बढ़ा और जैसे ही खिड़की पर चढ़ा मैंने उसे फिर हाथ से रोक दिया, "बाहर अभी बहुत ख़तरा है।" मैं बढ़कर खिड़की बन्द करने की कोशिश में इस बार उसके दोनों हाथों के बीच, उसके ठीक आगे आ गयी और अब मेरी गरदन पर पीछे और बालों पर उसकी अपेक्षाकृत कम गर्म साँसों का भार कुछ भिन्न गति से पड़ने लगा। अब मैं और भी तेज़ी से काँपने लगी, इस क़दर कि मेरा खड़ा रहना भी सम्भव नहीं रह गया। ऐसे में खिड़की की ऊपरी कुण्डी का बन्द होना पूरी तरह असम्भव हो गया और मैं पल्ले पर ही झुकी रह गयी। तभी मुझे पीछे से कुछ दबाव महसूस हुआ और खिड़की बन्द करते-करते उसकी बाँहें मेरे गालों पर पल-भर को सटी रह गयीं। वह ऐसी मजबूत और गर्म बाँहें थीं कि मैं अपना सिर वहाँ से हटाने के बजाय उसी पर टिका बैठी। फिर मुझे मालूम नहीं कि क्या हुआ, जैसे एक स्वप्न, जिसमें रह-रहकर टीस और रह-रहकर मादक गन्ध—एकदम ताज़ा फूलों के बीच, जैसे सब-कुछ मसल-कुचलकर भी बेहद लुभावना, किसी गहरे मानववादी कलाकार के 'ज़िन्दगी' शीर्षक चित्र के लिए सब-कुछ एक साथ उपलब्ध करा देनेवाले भाव, रंग, वातावरण, लय, छन्दसिब-कुछ। कह नहीं सकती, यह कैसा फलित था, कैसी नियति!

लेकिन सुबह उठने पर जैसे प्रलयंकर बाढ़ का पानी उतर गया था। शेष थीं बस स्मृतियाँ, शरीर का अवसाद और बेहद मिजा हुआ बिस्तर! मैं बड़ी देर तक सब-कुछ देखती रही। कहीं कुछ भी नहीं था। सब-का-सब पुराना, वही जो पिछले पच्चीस वर्ष से देखती जा रही थी। उठने को हुई तो पाँव लड़खड़ाने लगे। तनिक जी कड़ा करके खड़ी हुई तो लगा, मैं रोज़ की तरह बाहर नहीं जा सकती। सब-कुछ बदलना होगा, सिवा इस नाशवान देह के जो आज न जाने क्यों मुझे रोज़ से ज़्यादा कोमल और लुभावना लग रहा था। शीशे में देखा तो गालों पर काले दाग़ आ गये थे। जल्दी-जल्दी हलका-सा क्रीम लगाया और पीछे मुड़ी तो खिड़की के नीचे पैरों की पूरी छाप—एक बार जी धक् से हुआ, फिर एक कपड़े का टुकड़ा उस पर डालकर मैं बाहर निकल गयी। तुम्हें जानकर आश्चर्य होगा कि उस निशान को आज भी मैंने सँभाल रखा है।

आगे का दृश्य तुमने मेरी नृत्य-नाटिका 'इन्सान की खोज' में देखा है। अपनी ओर से उसमें अपने मनोभावों को चित्रित करने की मैंने पूरी कोशिश की है। ऐसा कुछ भी बाक़ी नहीं है जिसे मैं शब्दों में कह सकूँ। लेकिन मुझे इस सबके लिए कोई ख़ेद नहीं है—कोई आत्मदंश नहीं। हो सकता है, मेरी जगह पर कोई दूसरी स्त्री होती तो उसे होता पर मैं एकदम सहज रूप में स्वीकार करती हूँ कि मेरे साथ जो कुछ हुआ उसमें मैं सर्वथा शरीक थी—मन-प्राण ही नहीं, शरीर से भी। यह इसलिए कह रही हूँ कि मेरा सत्य यही है। मैं बाधित अथवा आवृत सत्य के लोक में अब तुम्हें नहीं ले जाना चाहती। तुम मुझे प्राणों के समान प्रिय हो, लेकिन मैं तुम्हें और दुःख नहीं देना चाहती।

इन्सान की खोज तो मेरे लिये जीवन के सत्य की खोज है, इसलिए मैं कैसे कहूँ कि मैं आत्मदंशित हूँ। झूठ, मिथ्या अध्यात्मवादिता और शुद्धत्व के सिद्धान्त से मेरा कोई वास्ता नहीं। मेरे यहाँ तो शिक्षा और जीवन में कोई अन्तर ही नहीं है। विचार-आचरण के मेल की हालत यह है कि मेरे लिये विचार से अलग होना मछली का जल से अलग होना है। जीवन की वास्तविकताओं को समझनेवालों के हाथ स्वतः एक ऐसी कुंजी आ जाती है कि संसार के ज्ञान को देख लेना उनके जीवन की सहज प्रक्रिया बन जाती है। मुझे तुमसे ऐसी आशाएँ नहीं थीं। समझती थी तुम मेरे देश की दुःखी जनता के पुत्र हो, तुम्हें सत्य के पास लाना सहज होगा।

आशा है, तुम्हारे सवाल अब उत्तरित हो गये हैं। यदि इससे तुम सहजगति पा सको—लेकिन मैं यह क्या कहने लगी। हो सकता है तुम्हारे लिये यही सहजगति हो। फिर भी अपनी ओर से कहूँगी कि तुम अपने को कष्ट मत दो, जो मैं जानती हूँ, मेरे साथ होने पर सम्भव नहीं, इसलिए यह कहने में मुझे कोई हिचक नहीं है कि अब से हम एक-दूसरे से सदा के लिए अलग हैं—पूर्णतः अपरिचित और कभी एक-दूसरे से भूलकर भी मिलने की कोशिश अथवा उसका विचार न करेंगे।

अलविदा,
तुम्हारी, प्रिया।

प्रेम का कुछ ऐसा ही बेतुका मर्म है जिसे तर्क और समझ से नहीं बाँधा जा सकता वर्ना ऐसा क्या था जो सुलझ नहीं सकता था। लेकिन मैंने उसे जब-जब सुलझाने की कोशिश की, उलझन बढ़ती ही गयी और अन्ततः वह सुर-भरा तार टूटकर अलग हो गया। प्रिया की 'इन्सान की खोज' जारी है, लेकिन देखिये न मेरे लिये ऐसा क्या बाक़ी है जिसकी खोज करूँ? प्रिया के पत्र ने सब-कुछ पूरा कर दिया है। मेरा आत्मदंश अब एक अन्तहीन, सहज पीड़ा की तरह मेरे शेष जीवन का आधार बन गया है।

हलयोग

बाबा कई बार जौनपुर गये। डिस्ट्रिक्ट बोर्ड के चेयरमैन को समझाया-बुझाया। महात्मा गाँधी का नाम लिया। हरिजन उद्धार की दोहाई दी। कहा कि बड़ा जस मिलेगा। भूखे रह-रहकर उसने मिडिल पास किया है। पिछले साल आप ही के हाथ से तमगा पाया है। चेयरमैन मान गये थे और गाँव के स्कूल में ही चौथी को नियुक्त कर दिया था। उन दिनों ब्राह्मण अध्यापकों को पण्डितजी, ठाकुरों को बाबू साहब और इतर जातियों को मुन्शीजी कहे जाने का चलन था। सो पाँचू भगत का छोटा भाई चौथिया सहसा मुन्शी चौथीराम बन गया था।

उस समय किसी चमार का अध्यापक बन जाना एक अनहोनी बात थी। ब्राह्मण-ठाकुरों का हल चलाना, मरे हुए ढोर-डाँगर गाँव से उठाना, पूरे परिवार समेत मालिक के घर काम करना ही उनकी नियति थी। मरनी-करनी से लेकर ब्याह-शादी तक उन्हें अपने मालिक की दया पर जीना था। यह ज़रूर था कि शादी पर एक चाँदी का गहना तथा कोरी धोती और उसे रँगने के लिए एक गाँठ हल्दी और मरनी के बाद कफ़न का कपड़ा और चिता की लकड़ी देने से इनकार करने पर मालिकों की जग हँसाई होती थी। दिनभर की मज़दूरी के लिए सेरभर कदान्न और दोपहर में एक लोटा चोटे का रस देने की प्रथा थी, जिसके लिए पीने का बर्तन उन्हें साथ लाना पड़ता था। रस उसमें ऊपर से डाल दिया जाता था। बर्तन छू जाने पर अकसर हंगामा खड़ा होता था और उसे छुतिहा कहकर घर से अलग कर दिया जाता था।

कुल मतलब यह कि इस पत्थर की लीक हुई मानसिकता पर चौथीराम के अध्यापक होने ने मर्मान्तक आघात पहुँचाया था। अपनी नंगई और कठहुज्जती के लिए मशहूर रघुवर पण्डित का कहना था कि, 'लुटिया ही डूब गयी गाँव के ब्राह्मन-ठाकुरों की। कोप होगा। महामारी और नाती-पनाती संकर बरन हो जायेंगे। इसी को कलिकाल कहते हैं। अब चमार वेद बाँचेंगे और बच्चों का विद्यारम्भ करेंगे।'

'और नहीं तो क्या तुम अच्छर ज्ञान कराओगे—काला अच्छर भँइस बराबर। यह तो समय की बात है—जो पढ़ेगा-लिखेगा, वही पण्डित। चौथिया अब चमार कहाँ रहा। बड़े-बड़े टीकाधारियों के लड़के उसको परनाम करते हैं, उसका पाँव छूते हैं।'

'पण्डित गाली-गलौज़ शुरू करें इसके पहले ही बाबा ने सोमारू को अपनी ओर मुखातिब कर लिया। 'क्यों मुँह लगते हो इस क्रोधी के। ज़रा स्कूल जाकर पण्डित और चौथी से बोल देना, कल बच्चा का दूसरी जमात में नाम लिखाना है। मैं ख़ुद लेकर आऊँगा।'

'मूलचन्द तो भँगेड़ी है, भइया। तीसरी जमात को पोथी से नकल देकर सारा दिन भाँग की पिनक में धुत रहता है। तेजना नोनियाँ का लड़का पढ़ने थोड़े ही जाता है। सुबह से बस भाँग धोना और घोटना। पण्डित कहता है, यह अच्छर क्या है—गुरू की सेवा ही वह सच्चा अच्छर है, जिसे सीख लेने पर मनुष्य आँख मूँदकर भवसागर पार कर लेता है। चौथीराम से जाकर बोल दूँगा। बड़ी मेहनत करता है। एक-एक बच्चे पर ध्यान रखता है।'

दूसरे दिन पूजा-पाठ के बाद पाँच क़दम पूरब की ओर चलकर और सूर्य भगवान् को प्रणाम कर जब मैं, जो आज इस कहानी का वाचक हूँ; बाबा की अँगुली पकड़े स्कूल पहुँचा तब सुबह की धूप दूर-दूर तक पसरकर धरती की नमी सोख चुकी थी। स्कूल के बच्चे चैन से ज़मीन पर बैठे थे और अपनी पटरियों को जाँघों में फँसाकर खड़िया मिट्टी से कुछ लिख रहे थे। ज़्यादातर के बदन पर चीथड़े ही लटक रहे थे। किसी-किसी ने तो अपनी माताओं की फटी धोतियों की गाँती बाँध रखी थी और उनकी नाक से गाढ़ा बलगम बुलाक की तरह झूल रहा था। बीच-बीच में वे नाक सुड़क लेते या एक बाँह को नाक पर लगाकर इस तरह खींचते कि बलगम कलाइयों तक चुपड़ जाता। उन पर मक्खियाँ बैठ रही थीं और तख्तियों पर लिखते हुए, वे बार-बार उन्हें उड़ा रहे थे। बग़ल में दूसरी जमात के लड़के पहाड़ा याद कर रहे थे।

पास की गहरी बाउली में सात-आठ बच्चों को हाथ-मुँह धुलाकर मुन्शीजी लौटे थे। बाबा का पाँव छूकर बोले, 'मैं कब से आपकी राह देख रहा था।' साथ आये बच्चों की ओर देखते हुए कहने लगे, 'बाउली में पानी बहुत नीचे है। इनके फिसलकर गिर जाने का डर है। यह रोज़ ही करना पड़ता है।'

बाबा ने उस ओर ध्यान नहीं दिया। उनके लिए ख़ून में समाया यह सब परम सहज था। इसलिए मुझे मुन्शीजी को सौंपते हुए बोले—'ज़्यादा उलट-फेर ठीक नहीं। धीरे चलो। ऐसा न हो कि उढ़ककर गिर पड़ो।'

मुन्शीजी ने बाबा का संकेत समझकर कहा था, 'फिर तो सब जस-का-तस बना रहेगा, ठाकुर बाबा!'

'उसे तो बना ही रहना है। महात्मा अंग्रेज़ को हटाने के लिए लड़ रहे हैं, समाज को तोड़ने के लिए नहीं, वे भी वर्णाश्रम को मानते हैं।' बाबा ने थोड़ी रुखाई से कहा था।

'मैंने ऐसा कुछ नहीं किया बाबा। जो बवण्डर उठा है, वह बस इसलिए कि एक फटा-पुराना टाट मुझे बच्चों के लिए मिला था। उस पर चार बच्चे भी नहीं अट पाते

थे। रोज़ लड़ाई होती थी। वह भी आप सबके बच्चों में। उन्होंने अधनंगे बच्चों की ओर इशारा कर कहा, 'इन अभागों को भूँय के सिवा दूसरा आसन कहाँ नसीब। लेकिन क्या अच्छा लगता है कि ऊँच-नीच यहीं से शुरू हो जाय। ये तो अन्न का एक टुकड़ा मुँह में डाले बिना ही स्कूल चले आते हैं।'

बाबा को यह सब सुनना कुछ विचित्र लग रहा था, जैसे कोई उल्टा वेद बाँच रहा हो। अभी थोड़ी ही देर पहले उन्होंने बादाम की गिरी का हलवा खाने के बाद दूध पीने में आनाकानी करते मुझे घर पर देखा था। शायद स्थितियों के इस अन्तराल के सेतु को वे धरती का हमवार हिस्सा ही माने बैठे थे, इसलिए मुन्शीजी की बातें सुनते हुए उन्हें कुछ भी ऐसा नहीं लगा जिस पर कान देने की ज़रूरत हो।

'तुमने टाट की उस पट्टी को हटाकर बड़े महाराज के पौत्र को ज़मीन पर बिठाया, यह अच्छा नहीं हुआ, नाहक बखेड़ा मोल लेने से क्या फायदा?' कहते हुए बाबा वहाँ से लौट गये।

दूसरे दिन टाट की दो बड़ी-बड़ी पट्टियाँ स्कूल पहुँच गयी थीं। बाबा गयादीन महाराज से मिले थे। यह अनुदान दोनों की ओर से भेजा गया था। बाबा ने शाम को अपनी मण्डली को बताया कि महाराज आपे से बाहर हैं। गुस्से में गालियाँ बक रहे थे, चौथीराम को। कह रहे थे मैं इसे गाँव की पाठशाला में रहने नहीं दूँगा। स्कूल को चमरौटी बना रहा है। सारे बच्चों को बटोरकर स्कूल ले जाता है। इस तरह तो सारा कामधाम ही बन्द हो जायगा। भला जानवरों का क्या होगा। उन्हें चराने और गोबर-पानी के लिए आदमी कहाँ से आयेंगे। सुना लड़कों की नाक का पोटा धोता है। उन्होंने बाबा के ऊपर आरोप लगाया कि 'उन्होंने यह संकट खड़ा किया है।' भला यह अनर्थ देखिये कि, हे प्रभो आनन्ददाता के साथ लड़कों से देशगान गवाता है। चरखा संघ से चरखा लाकर चमरौटी में बाँट रहा है। चमाइनों को सूत कातना सिखा रहा है। तुम कहते हो तो एक टाट भिजवा देता हूँ। साले ने बचई को भी ज़मीन पर बिठा दिया है।

बाबा ने बताया कि महानन्द सोखा और जोखू जन्तरी भी वहीं बैठे थे। लगता है, महाराज कुछ करके ही मानेंगे।

सबसे पहले कहर टूटी पाँचू पर जो महाराज का बनिहार था। उन्हीं की जगह में बसा था। उन्हीं की रोटी पर जीता था। किसी तरह पेट काटकर उसने अपने छोटे भाई चौथी को मिडिल तक पढ़ाया था। पाँच बरस की उमिर में ही गोद में उठाकर उसकी शादी कर दी थी। पर अभागे की बीबी ताउन में चल बसी। महाराज के घर गोबर-पानी के लिए, उनके जानवरों को चरा लाने के लिए, चौथी को कितनी बार समझाया पर वह घर छोड़कर भाग जाता। कई-कई दिन बाद घर लौटता और स्कूल में जा बैठता। चमरौटी में लोग कहते, उसके ऊपर 'कारन' है। देवता जब सिर घुमा देते हैं, तब घर छोड़ देता है। पाँचू ने बहुत झाड़-फूँक करायी। महानन्द सोखा को भी दिखाया पर कोई

लाभ नहीं हुआ। ब्याह-शादी की जब-जब बात की जाती, चौथी चीखने-चिल्लाने लगता। घर छोड़कर भाग जाने की धमकी देता। इसलिए पाँचू ने उससे बोलना ही छोड़ दिया था।

मेरे ऊपर तो जैसे सिर मुँड़ाते ही ओले पड़े थे। मैं उन बातों को सुनने के लिए सदा बेचैन रहता जो मुन्शीजी के बारे में होतीं, क्योंकि वे हमें बहुत प्यार करते थे। बड़ी-बड़ी बातों को वे इस तरह आसान बनाकर समझाते थे कि वे एक-एक बच्चे की समझ में आ जातीं। कहते, भय आदमी का दुश्मन है। जो बात तुम्हें ठीक लगे, उसे कहो ही नहीं, करो भी। वे पढ़ाने के साथ पुरानी लगी हुई बातों की चर्चा करके हँसते और समझाते कि भला अन्धविश्वासों में जीने से क्या मिलेगा। इससे आदमी का मन कमज़ोर होता है और वह जीवन में आगे नहीं बढ़ पाता। वे यह सारा कुछ इस तरह कहते कि उनकी बातें मन में घुमड़ती रहतीं। उनके सफेद, चमकते हुए छोटे-छोटे दाँत और साँवली नुकीली नासिका मुझे बहुत अच्छी लगती। स्कूल बन्द होने पर बारी-बारी से किसी एक बच्चे को पास बुलाकर वे कुछ कहते जैसे मुझे पहले ही दिन उन्होंने कहा, 'विवेक, घर पहुँचकर सीधे खाना खाने न बैठा करो। बस्ता रखकर हाथ-मुँह धोकर ही कुछ खाना चाहिए।' यकीन नहीं होगा आपको कि आज तक यह मामूली-सी बात मेरे कानों में ठीक वैसी ही बसी है, जैसे और जिस तरह वह उस दिन कही गयी थी।

लेकिन यह सब ज़्यादा देर नहीं चल पाया। एक दिन हम लोग जब स्कूल पहुँचे तब हमारा टाट वहाँ बिछा था, जहाँ स्कूल के प्रधान अध्यापक पं० मूलचन्द बैठते थे। उनके भाँग घोटू शिष्य ने बताया कि अब से हमको पण्डितजी पढ़ायेंगे। हम लोग लाचार होकर अपने टाट पर जा बैठे। नयी बात उस दिन यह हुई कि पण्डितजी दस बजे ही पधार गये। उनकी खटिया हमारे टाट के पास बिछ गयी। तेजन रोज़ की तरह बेहया की छड़ी काटकर खटिया पर रख गया। बारी-बारी से लड़कों को बुलाकर गिनती सुनी जाने लगी। हर ग़लती पर एक छड़ी की सजा लड़कों को मिलने लगी। इसी बीच एक चमार लड़के के हाथ पर छड़ी इस तरह लग गयी कि उसके नाखून से ख़ून बहने लगा। वह लड़का अपनी अँगुली पकड़े, रोता हुआ मुन्शीजी के पास भागा। उन्होंने उसकी उँगली साफ़ की और अपनी धोती के सिरे से एक चिट फाड़कर पट्टी बाँध दी। पण्डितजी आपे से बाहर हो गये। उन्होंने मुन्शी को बुलाकर लड़कों के सामने ही बहुत डाँटा, 'तुम लड़कों को बिगाड़ते हो। जानते हो तुम्हारा तबादला जिले के दूसरे छोर पर हो रहा है। अब अपना बोरिया-बिस्तर बाँध लो। परवाना आने ही वाला है।'

मुन्शीजी चुपचाप वहाँ से लौट गये। उस दिन वे बच्चों को कुछ नहीं पढ़ा सके। वे व्यस्त और अनमने से इधर-उधर टहलते रहे। वह बड़ा कठोर दिन था। सूरज की मासूम किरणें गर्म सुई की तरह चुभने लगी थीं। सारे बच्चों के मन बेचैन हो उठे थे और उनमें एक ख़ामोश चीख घुमड़ रही थी।

घर पहुँचने पर जो सुनने को मिला वह और भी डरावना था। पाँचू ने अपने छोटे भाई चौथी को घर से निकाल दिया है। महाराज ने उसे हलवाही से हटा देने और अपनी ज़मीन से दूर कहीं और घर बनाकर ही चौथी के साथ रहने को कह दिया है।

अब क्या होगा, मैं बार-बार यहीं तक सोच पा रहा था, इसलिए अपने ही में उभ-चुभ हो रहा था। बाबा अकेले होते तो उन्हें पकड़कर पूछता—क्या मुन्शीजी अब हमें कभी नहीं पढ़ा सकेंगे। क्या वे कहीं और चले जायँगे, क्या उन्हें गाँव छोड़ देना पड़ेगा। मैं उनसे जानना चाह रहा था कि यह सब क्या हो रहा है। लेकिन उनकी मण्डली से उन्हें छुट्टी मिले तब न! मैं घूम-फिर रात देर तक उनके पास बना रहा और लोगों की बातें सुनता रहा।

उस पर महाब्रह्म की सवारी है। बचपन में उसने बरम बाबा के चबूतरे पर पेशाब कर दिया था। महानन्द सोखा कभी भी लचर बात नहीं बोलता। सब लोगों ने देखा ही है कि सुकुल के घर में सारे बरतन-भाँड़े किस तरह उड़ने लगते थे। उनके शरीर का रक्त ही सोख लिया था बरम ने। उनका लड़का हाथ-पाँव पटक रहा था। मुँह से फेचकुर निकल रहा था। जीभ बाहर निकल आयी थी। महानन्द ताल ठोंककर छाती पर चढ़ बैठे। मसान की खोपड़ी लाकर घर में रख दी और हुकुम कर दिया कि बस इसी में रहना। बाहर निकला तो जलाकर भस्म कर दूँगा। तब से सारा परिवार पाँव धोता है, महानन्द का।

सोमारू बाबा को तरह-तरह से मना रहे थे कि महानन्द से अरज करें तो चौथी की जान को भी राहत मिले। आज स्कूल के उसी खँडहर में पड़ा है। पाँचू खाना लेकर गया था। उससे मार-पीट करने को तैयार हो गया। पाँचू बता रहा था कि वह बहुत रोया, हाथ-पाँव जोड़ा, यह भी कहा कि मैं तुम्हें लेकर कहीं और चला चलूँगा, गाँव छोड़ दूँगा। तू घर चल लेकिन उसने एक न सुनी।

वह एक पहाड़ के समान काली और विशाल रात थी। देर तक न जाने कितनी बातें मन में घुमड़ रही थीं। मुन्शीजी कैसे होंगे, उस अँधेरे खँडहर में। आजी ने शाम को ही मना किया था कि आगे न पड़ना उस चौथिया के। उस पर बरम बाबा की सवारी है। लेकिन माँ तो कहती थीं कि डरने की कोई बात नहीं है। बस सिर पर कपड़ा रख लेना। ऊँची जातिवालों को नहीं पकड़ते बरम-भूत।

सुबह मैं जल्दी ही स्कूल पहुँच गया। कम ही लड़के आये थे तब तक। मुन्शीजी अपनी कक्षा के सामने सिर झुकाये काठ की कुर्सी पर बैठे थे। मुझे देखते ही बोले—बाबा कैसे हैं विवेक?

मैं कुछ नहीं बोला। न जाने क्यों मेरा मन रो पड़ने को हो रहा था। शायद उन्होंने ताड़ लिया; 'मैं कहीं जाऊँगा नहीं विवेक। घर आकर तुम्हें पढ़ाऊँगा। जाकर बैठो अपनी कक्षा में।'

मैं अपनी कक्षा में चला गया लेकिन देखता हूँ कि आज उनके सामने कोई लड़का नहीं बैठा। सब दूर-दूर चकित-से खड़े थे या फुसफुसाकर आपस में बातें कर रहे थे।

महाराज के पौत्र श्रीकान्त ने बताया, बरम बाबा ने पकड़ लिया है मुन्शीजी को। देखते नहीं उनकी आँखें कैसी लाल-लाल हो गयी हैं। मुझे लग रहा था जैसे मुन्शीजी के चारों ओर कँटीले तारों का घेरे के ऊपर घेरा खिंचता जा रहा था। क्या यह बातें झूठ हैं, जो लोग कह रहे हैं या उन्हें सचमुच ही बरम बाबा ने पकड़ लिया है—मेरे मन में एक संशय का कीड़ा रेंगने लगा।

उस दिन दोपहर के बाद एक और घटना घटी। स्कूलों के इन्स्पेक्टर हाफ पैण्ट पहने, सिर पर हैट लगाये, साइकिल चलाते हुए स्कूल पर आ धमके। पण्डितजी ने मुन्शीजी की कुर्सी मँगाकर उन्हें बैठाया। आवभगत के लिए गुड़-पानी की व्यवस्था हो ही रही थी कि उन्होंने मुन्शीजी को बुलाकर एक काग़ज़ थमाया। यह तबादले का परवाना नहीं था। फिलहाल तीन शिकायतों की उनसे सफ़ाई तलब की गयी थी।

—उन्होंने बड़े घरों के बच्चों का चबैना एक जगह इकट्ठा कर, कक्षा के सारे बच्चों में बराबर बाँटा।

—उन्होंने सवर्णों की बाल्टी से हरिजन बच्चों को पानी पीने की आज्ञा दी। जबकि छोटी जातियों के लड़के अब तक बाउली का पानी पीते थे।

—उन्होंने स्कूल का टाट हटवाकर सारे बच्चों को ज़मीन पर बैठाया।

मुन्शीजी ने परवाने को फाड़कर वहीं फेंक दिया और वहाँ से चले गये।

अब तक गाँव के घर-घर में यह बात फैल चुकी थी कि चौथिया के ऊपर बरम बाबा का प्रकोप हो चुका है। लोग उनसे रास्ता बचाने लगे। जो लोग उन्हें बुलाकर दरवाज़े पर बिठाते थे, वे दूर से उन्हें देखते ही रास्ता काट जाते।

उस रात मुन्शीजी की ओझाई की बात सुनकर मैं बेहाल हो गया। एक अजब-सी अनहोनी का आभास, जिसका कोई ओर-छोर मेरे बालमन को नहीं मिल पा रहा था; मुझे तरह-तरह से सताने लगा। बाबा के पास उनके गणों की बैठकी जमी हुई थी। सोमारू हड़बड़ाये हुए आये और कहने लगे, चौथी का तो कहीं पता ही नहीं लग पा रहा है। महानन्द ढोल-मँजीरा लिये पाँचू के दरवाज़े पर जमे हैं। हवन-सामग्री भी आ गयी है। जोखू जन्तरी अपने दुर्लभ हथियारों के साथ वहाँ पहले से है। लोहे की छोटी-छोटी तीलियाँ, लाल मिर्च की धुकनी, कान में दोनों ओर लगाकर दबानेवाली काँटेदार टिप्पियाँ मतलब यह कि असाध्य ब्रह्म बाधा के निवारण के लिए जितने भी अमोघ अस्त्र जन्तरी के पास थे उसने आज सब निकाल लिये हैं।

'हो न हो स्कूल के खँडहर में बैठा हो। ऐसे में कुछ ठीक नहीं रहता। प्रेत-लीला में फँसे लोग पलभर में कहाँ-से-कहाँ पहुँच जाते हैं। शम्भूलाल की बीबी को नहीं देखा।

यह गयी, वह गयी कहते लोग दौड़ते ही रह गये और वनसत्ती उसे उड़ा ले गयी। मैंने पँचुवा से कहा था कि उस पर निगाह रखना।'

बाबा के इस कथन ने मेरे चारों ओर अँधेरे की एक दीवार खींच दी, जिसमें प्रकाश की एक किरण की भी आशा नहीं रही। मैं सारी रात माँ की छाती से चिपका पड़ा रहा।

बहुत सबेरे से जो लोगों ने बताया वह इस प्रकार था—

—बड़ी खोज के बाद लोगों को चौथी गोमती के तट पर मिले। उन पर ब्रह्म का ऐसा तेज़ था कि सात-आठ लोगों से वे घण्टे भर तक अकेले कुश्ती लड़ते रहे। लोग उनके ताप के सामने टिक ही नहीं पा रहे थे। हाथ-पाँव जोड़कर किसी तरह मनाया गया और बड़ी पूजा-आरजा के बाद दोनों हाथ पीठ पर चढ़ाकर बाँधे गये और उन्हें घर लाया गया। रातभर सारी चमरौटी पाँचू का घर घेरे बरम बाबा को मनाती बैठी रही और अन्दर महानन्द के ढोलची और जोखू जन्तरी चौथी को बकरवाने के लिए पचरा गाते और बीच-बीच में बोल-बोल की आवाज़ देकर ब्रह्म के मुँह पर झापड़ों की वर्षा करते रहे। पर ब्रह्म का ऐसा प्रकोप कि वह टस-से-मस होने को तैयार नहीं। जन्तरी के सारे अस्त्र नाकाम हो गये। अन्त में बोरसी भर आग में लाल मिर्च की धुकनी देकर महानन्द सोखा कोठरी से बाहर निकल आये। घण्टे भर बाद कोठरी खोली गयी। पता चला कि चौथी गहरी नींद में सो गये हैं। बोरसी हटाकर महानन्द ने विजय के उल्लास में ज़ोर से बरम बाबा की जय बोली और यह कहते हुए चले गये कि अब दया करना ग़रीब पर, ज़िन्दगी भर अरदास करेगा।

'चलो अच्छा हुआ, बेचारे की जान बची, अब पूजा-पाठ करता रहेगा तो देवता की सवारी नहीं होगी। अकसर यही होता है। मामूली टुच्चे भूत-प्रेत गाहे-बेगाहे तंग करते रहते हैं, लेकिन बरम तो एक बार आशीर्वाद दे गया तो जानो गया।' बाबा उठकर दिशा-फरागत के लिए चले गये और मैं उनकी चारपायी पर लेटे-लेटे वहीं सो गया। दिन चढ़े आजी ने जगाने के लिए मेरे माथे पर हाथ रखा। यह देखकर वह घबरा गयीं कि मुझे तेज़ बुखार है। फिर उठा-पुठाकर कब घर में लाया गया और दस-बारह दिनों तक क्या-क्या हुआ यह मुझे नहीं मालूम। होश आने पर मुझे बताया गया कि बेहोशी में मैं मुन्शीजी, मुन्शीजी की रट लगाये था, और कभी-कभी उनके पास जाने के लिए बिस्तर में उठ बैठता था। ब्रह्म की हवा लग जाने का सन्देह सबके मन में था। लेकिन महानन्द सोखा ने कहा, 'तेज़ बुखार के कारण ऐसा हो रहा है। वैसे चण्डी पाठ करा देने में कल्याण-ही-कल्याण है।' दूर-दूर के राजवैद्यों के अथक प्रयत्नों के बाद तेरहवें दिन मुझे होश आया। कठिन मियादी बुखार था।

मैं लोगों से मुन्शीजी के बारे में जानना चाहता था। लेकिन इस प्रसंग में एक सधा हुआ मौन उन सभी चेहरों पर तैनात था जो मेरे कमरे में आते-जाते थे। दो-तीन दिन

के बाद, जब बुखार एकदम उतर गया तब भी अगले दस-पन्द्रह दिन तक मुझे बिस्तर से उठाने की मनाही थी।

इसी बीच बड़े महाराज का पौत्र और मेरा सहपाठी श्रीकान्त, जिसे ज़मीन पर बिठा देने के कारण मुन्शीजी पर यह ब्रह्मकोप हुआ था, विपत्तियों के पहाड़ टूट पड़े थे, दोपहर को मुझे देखने आया। घर के लोग दोपहर के भोजन के बाद आराम कर रहे थे। एकान्त पाकर मैंने उससे मुन्शीजी के बारे में पूछा।

कुछ न पूछो विवेक, तुम्हारी बीमारी के दौरान जो-जो भयंकर काण्ड हुए उनका बयान करना बहुत मुश्किल है। उस रात की ओझाई के बाद होश में आते ही मुन्शीजी बेतहाशा दौड़ने-भागने लगे। जिसे पकड़ लेते छोड़ते ही नहीं। बस यही कहते, मेरे पास एक सच्चाई है, उसे सुन लीजिये। इसे आपको दूसरा कोई नहीं बता सकता—धर्म ग्रन्थ, वेद, पुरान कोई भी नहीं...सुनिये, सुनिये... और हर आदमी उन्हें देखते ही भागता। वे उसे दौड़ा लेते। कई बार उन्होंने औरतों को पकड़ लिया। महाजन की सुखिया बाहर से लौट रही थी, उसे धर लिया। बेचारी ज़ोर से चिल्लायी। गाँववालों ने उसे किसी तरह बचाया। सारे गाँव में उपद्रव मचा दिया मुन्शी ने। जैसे कोई बिगवा कहीं से आ गया हो। कई बार उन्हें रस्सियों से बाँधा गया, घर में बन्द किया गया पर छूटते ही भाग खड़े होते और उन्हें पकड़ने में घण्टों लग जाते। औरतें घर में घुस जातीं, बच्चे कमरे में बन्द कर दिये जाते। सारे गाँव में कुहराम मच जाता।

मैं श्रीकान्त के मुँह की तरफ़ एकटक देख रहा था। जैसे ही उसने बोलना बन्द किया, मैंने पूछा...फिर...क्या लोगों ने मुन्शीजी को मार डाला?'

'मारने पर तो और भी संकट खड़ा होता। पुलिस दारोगा के चक्कर में सारा गाँव ही फँस जाता, लेकिन और क्या कुछ नहीं किया लोगों ने।'

'फिर क्या हुआ?'

'महानन्द सोखा ने पूजा-पाठ करके हलयोग का विधान बताया। गाँव को ब्रह्मकोप से बचाने के लिए अब दूसरा मार्ग शेष नहीं रह गया था।'

'यह हलयोग क्या है, श्रीकान्त।' मैंने आश्चर्य से पूछा।

'पहले मुझे भी समझ में नहीं आया था।' श्रीकान्त ने कहा, 'लेकिन उसे होते हुए देखा तब पूरा समझ सका। इसे हल या काठ में डालना भी कहते हैं। मेरे बाबा ने एक मँझोला पेड़ ही कटवा दिया और उसका क़रीब दस फीट लम्बा तना गाँव के बढ़इयों द्वारा चौकोर गढ़ दिया गया। उसकी एक सतह पर बीचोंबीच आदमी के पैर के बराबर चौकोर गहरा गढ़ा बनाने के लिए बीच की लकड़ी काटकर निकाल ली गयी, जिसमें आदमी का पूरा पैर समा जाय और उस एक पैर के ऊपर दोनों ओर से एक ऐसा छेद बना दिया गया, जिसमें लकड़ी का एक मज़बूत पच्चर ठोकने से एक पैर किसी भी हालत में बाहर निकल नहीं सकता। दूसरा पैर और दोनों हाथ खुले रहने पर भी आदमी

किसी तरह टस-से-मस नहीं हो सकता। फिर उसी लकड़ी के कुन्दे पर उसे सब-कुछ करना है—टट्टी, पेशाब, खाना, बैठना, सोना। मतलब कि अब उसको इन ज़रूरी कामों के लिए वहाँ से हटने की स्थिति ख़तम हो जाती है। वही कटोरे में उसका खाना रख दिया जाता है। लोटे में पीने का पानी। यही हलयोग मुन्शीजी पर कर दिया गया है।'

'और लकड़ी का यह कुन्दा रखा कहाँ है?' मेरे पूछने पर श्रीकान्त ने बताया—'चमरौटी के ठीक उत्तरवाले उस नीम के पेड़ के नीचे।'

मेरा सिर चकराने लगा था। आँखें बन्द हुई जा रही थीं। श्रीकान्त ने सम्हालकर मुझे लिटा दिया और बोला, मुन्शीजी को जबरदस्ती उठाकर हल में डाला गया। जब पाँवों के ऊपर पच्चर ठोके जा रहे थे तब उनके निःसहाय विलाप का स्वर सुनकर गाँव की सारी स्त्रियाँ और बच्चे बिलखने लगे थे। मैं कानों में उँगली डालकर वहाँ से भाग गया था। तब से उधर झाँकने की हिम्मत नहीं हुई। लोग बताते हैं कि वहाँ खड़ा होना मुश्किल है। बदबू के मारे नाक फटने लगती है। पाँव में घाव हो जाने के कारण मक्खियाँ छोपे रहती हैं। अब मुन्शीजी को पहचाना भी नहीं जा सकता। सारा शरीर लट गया है। दाढ़ी-मूँछ के बाल बढ़ गये हैं। आवाज़ तो लोग कहते हैं, आज कई दिनों से किसी ने सुनी ही नहीं।

मैंने हाथ बढ़ाकर श्रीकान्त के मुँह पर रख दिया और हम दोनों बड़ी देर तक एक दूसरे का हाथ थामे एक अथाह सन्नाटे में डूब गये। फिर श्रीकान्त उठकर कब चला गया, मुझे नहीं मालूम।

कहते हैं इतना सब हो जाने के बाद लोग मुन्शीजी से वह सब सुनना चाहते थे, जिसे बताने के लिए उन्होंने लोगों को दौड़ा-दौड़ाकर रोकना चाहा था। आख़िर वह कौन-सी सच्चाई थी जो सिर्फ़ उनके पास थी और जिसे बताने के लिए इस तरह व्याकुल थे?

कहीं वह यही तो नहीं, जो हलयोग की लकड़ी के उस विशाल कुन्दे पर लेटी पड़ी, एक ऐसा वज्राक्षर बन गयी थी, जिसे सुना तो नहीं, सदेह देखा ज़रूर जा सकता था।

भविष्य वाचन

'बचौना मूल नक्षत्र में पड़ा है ठाकुर, और ग्रह-जोग भी समझो वही है'—गामा पण्डित ने अपने सामने खुले हुए पत्तरे पर नरकुल की कलम रख, गहरी चिन्ता में गिरगिट की तरह गरदन हिलाते हुए कहा और परसाद सिंह की ओर ऐसे देखा, जैसे बुढ़ापे में उनको पुत्र क्या पैदा हुआ, तीनों त्रिलोक के सर्वनाश का कारण पैदा हो गया।

पण्डित के दाढ़ी बढ़े ऊबड़-खाबड़, बेसुर-ताल के चेहरे में गोल-गोल बिज्जू-सरीखी आँखें जैसे बाहर को निकली पड़ रही थीं, लेकिन परसाद के ऊपर इसका कुछ भी असर न हुआ, 'का हुआ सुकुल, मूल-सूल तो उसके लगता है, जिसके दस-बीस छोटो-पेटो हों। घर-गिरहस्थी जगह-ज़मीन हो। यहाँ तो करमनाशा में नहाये बैठे हैं। ससुरू जैसे जनमे हैं, वैसे रो-धोकर जी लेंगे। तुम जाकर अपने बैलों को सानी-पानी दो। बेर बिसाय रही है।' और वे कन्धे के गमछे से अपना पैर झाड़ते हुए ऐसे उठ खड़े हुए, जैसे किसी दिन गाँव के किसी रास्ते पर बैठे-बैठे उठ खड़े हुए हों।

पण्डित परसाद सिंह का मुँह देख रहा था और परसाद सिंह कभी बाहर की दहलीज़ में देख रहे थे, कभी घर के अन्दर के आँगन में। हर क्षण कोई औरत अपने खोइछे में अनाज लिये आती, पल-भर को ठमकती और घूँघट को ज़रा आगे खींचकर घर में चली जाती और इस तरह दुलरा के फटे बाँस के-से पोपले कण्ठ स्वर में रेंके जानेवाले सोहर को एक नया स्वर मिल जाता—राम के गोड़वा घुँघुरुवा बहुत निक लगै हो—ऽऽ। परसाद को लगता, यह सब हो क्या रहा है! क्या ज़रूरत है बुढ़ापे में इस दुन्दुभी की? अरे हुआ तो हो गया, अब कहाँ से सोठउरा-अछवानी के पैसे ले आवें, कहाँ से इन ब्राह्मनियों का दान-दक्षिणा करें।

गामा पण्डित से नहीं रहा गया। ब्राह्मण का क्रोध आसमान की ओर बढ़ चला। पुत्रलाभ के इस शुभ अवसर पर उसकी आवभगत तो होनी ही चाहिए थी। दान-दक्षिणा का इन्तजाम... कम-से-कम यजमान का विनीत-भाव तो उसे मिलना ही चाहिए था, जिससे उसके आचार्यत्व को प्रतिष्ठा मिलती और यह है कि मुझसे सीधे मुँह बात भी नहीं करता। अब तक तो मैंने दो झउआ खाद खेत पहुँचायी होती—गामा महाराज उठ खड़े हुए। पत्तरा बग़ल में दबाते हुए उन्होंने बढ़कर ठाकुर का कन्धा हिलाया और जैसे ख़ून का घूँट पीते हुए अपने को दबाकर क्रोध से आँखें मिचमिचाते हुए कहा, 'कुछ दान-दच्छिना भी होगी या ऐसे ही बुला लिया था?'

'दान-दच्छिना?'

'और नहीं तो क्या तुम्हारे चाकर हैं...एक सेर सीधा, घी, तरकारी और कम-से-कम सवा पाँच रुपया।'

परसाद के लिए पण्डित का क्रोध ठीक वैसे ही था, जैसे किसी हाथी के ऊपर भुनगा रेंग गया हो और पण्डित का क्रोध ही क्यों, दुनिया की बड़ी-से-बड़ी बात को वे ऐसे ही ग्रहण करते थे। मसलन कोई किसी के जवान बेटे के मरने की बात कहे और दुःख की एक तीव्र वेदना का पर्दा उनकी आँखों के सामने उठा देना चाहे तो, वे बस इतना कहेंगे, 'यह दुनिया है भइया!' और एक नहीं दस जवान बेटों के मरने, फिर उनके माँ-बाप के उन्हें भूल जाने की बात कहकर वे उसे ऐसा टाल जायँगे, जैसे यह तो होता ही रहता है। कौन खोपड़ी खपावे इसमें। इसलिए जब शादी नहीं हुई और माँ-बाप से लेकर नातेदार-रिश्तेदार चिल्ल-पों मचाने लगे, तो भी उनकी यही हालत थी और जब शादी तय हो गयी तो भी वह इसी तरह चौक पर बैठ गये और फिर आज सन्तानलाभ पर भी उनके चेहरे पर कोई ऐसी रेखा नहीं, जिसे कुतूहल की रेखा कहें अथवा प्रसन्नता की।

पण्डित अब भी चुपचाप खड़ा था और गाँव की औरतों का ममरखी के लिए खोइछे में अनाज लेकर आना-जाना, बच्चों का शोर मचाना और औरतों का फटे बाँस के स्वर में सोहर गाना बढ़ता जा रहा था। परसाद जैसे कुछ सोच रहा हो। कभी-कभी वह हाथ की अँगुलियों पर कुछ गिनता, फिर छत पर धरन की ओर देखता, जैसे वह कुछ सोच नहीं पा रहा है। कुछ भी नहीं, और वह सोच भी कैसे पाये, कुछ तो उसके हाथ में है ही नहीं। चलें एक चिलम तमाखू चढ़ाकर पियें—वह बाहर निकलने को हुआ कि गामा पण्डित गरज पड़ा, 'ब्राह्मण का इस तरह अनादर करने से कुल पर वज्रपात हो जायगा, परसाद! पुत्र कलंक बन जायगा उसके लिए।' और वह डग बढ़ाता बाहर निकल ही रहा था कि गदोरी पर खइनी लिये हुए कुनाई पण्डित घर के ठीक दरवाज़े पर मिल गये। गामा का सारा क्रोध जैसे आँच का सहारा पाकर एकाएक उबल पड़ा हो।

'कलंक जनमा है उसके घर, कलंक!'

कुनाई पण्डित को जैसे गोली लग गयी हो। 'गामा-ऽ-ऽ'—उन्होंने कुछ कड़ाई से कहा, 'काहे बौखला गये हो? परसाद ने कुछ दिया नहीं क्या?' कुनाई पण्डित की आवाज़ में अजीब-सी भयमिश्रित ख़ुशी का बेसुरा आभास था।

'वह मुझे क्या देगा, बाम्हन का सन्तोष ही धन है, मुदा सन्तान पाने पर भी मन में उसके उजास न छिटकी तो जानो नरक ही लिखा है, उसे जिनगी में।'

जाने कैसे कह गया गामा कुनाई पण्डित के आगे इतना सब। शायद, क्रोध के कारण रोक न पाया हो अपने को। अपमान की आग को बुझा न पाया हो। ब्राह्मण के आगे ब्राह्मण का अपमान दिखाना चाहा हो। पर थी यह एक विस्मय ही की बात, इसलिए एकाएक परिस्थिति का ध्यान कर मटर-सी गोल-गोल आँखें मुलमुलाता हुआ

वह चुपचाप खड़ा हो गया। फिर धीरे से बोला, 'बड़े मनहूस के गले आपने हीरा का टुकड़ा बाँध दिया, भइया! नहीं तो ससुरे को हरदी न लगती जनम-भर। कौन पूछता इस घोड़मुँहे को—'

कुनाई पण्डित को गहरी ठेस लगी—घोड़मुँहे—मैं भी तो ऐसा ही घोड़मुँहा हूँ। तपसी इसीलिए तो नहीं टिकी मेरे घर—इसीलिए। रात के उस सनसनाते विप्लवी अँधेरे में उसने मेरे मुँह के ऊपर थूक दिया था—मेरे मुँह के ऊपर—मेरे! पण्डित के चेहरे की रेखाएँ विकृत हो गयीं। उसकी आँखें फर-फर उड़ने लगीं और ...साँवरी-फिर परसाद, फिर साँवरी का चेहरा उसके आगे घूमने लगा।

सिर्फ़ सात ही महीने पहले की तो बात है, जब सुहेली ने आकर कहा था,...तो साँवरी को कहीं बूड़-धँस मरने के अलावा कोई उपाय नहीं रहा महाराज! उसके पाँव भारी हो गये हैं। यह क्या किया तुमने। उसे किसी तरह—'सुहेली फफक-फफक रोने लगी थी और कुनाई के मन में परसाद नाच गया था—'पण्डित सोचता रह गया था। परसाद शादी कर लेगा...

सामने खड़ा गामा थर-थर काँप रहा था—'कोई ग़लती हो गयी का भइया!'

'नहीं-नहीं, कोई बात नही।'

'नहीं भइया, यह क्या...यह क्या'—गामा रुपयों की ओर देखता भी जा रहा था और मना भी करता जा रहा था।

'कहता हूँ, ले और जा—' कुनाई ने कड़ाई से कहा और जब गामा पण्डित थोड़ी दूर चला गया तो पीछे से आवाज़ दी। गामा रुक गया तो बोले, 'एक कुण्डली बनाकर दे जाना, अच्छी तरह, भला!'

'बहुत अच्छा भइया, बहुत अच्छा।' और गामा पग बढ़ाता हुआ चला गया।

दिन की इस टहाटह उजास में कुनाई के जीवन के भयावह अन्धकार का अन्तराल, चोट से तिलमिलाये सर्प की तरह फूत्कार कर उठा—पुत्र पैदा हुआ, परसाद के घर बधावा बज रहा है और उस नालायक का कहीं पता नहीं। पतुरिया की नाच की ख़बर हो तो रात दो मील भागता चला जायगा, गन्ही की पाल्टी की गवनिहारी लवण्डियों का ढोल-मँजीरा ढोयेगा और जब घर में लड़के का जनम हुआ तो पता नहीं कहाँ जाकर मर गया। पण्डित सोच ही रहे थे कि पीछे से किसी औरत की बड़ी महीन आवाज़ उनके कानों में पड़ी, 'काका, दुवार छेककर काहे खड़े हो। कुछ दान-दच्छिना नहीं मिला क्या हो!'

कुनाई बड़बड़ाकर रास्ते से हट गये। जसमत्ती माथे का कपड़ा थोड़ा और आगे खींच, अपनी कमर पर दुहरा बल देते हुए निकली तो आधे घूँघट के नीचे से उसके मुँह की मुसकान के कारण दाँतों में पान की लाली झलक गयी। कुनाई पण्डित जेठ लगते थे न। इसलिए बिना बोले, भीतर चली गयी।

जसमत्ती का यही मीठा व्योहार गाँव-भर से है। जिस राह चलेगी, मिठास बिखेरती चलेगी। जहाँ बोलेगी अमृत ढरका देगी, जिस ओर देखेगी धरती को हरा कर देगी।

छोटी-सी भरी-पुरी देहवाली इस नारी के लिए कुनाई पण्डित के मन में सचमुच जेठ का भाव है और उस भाव की अदायगी के लिए वे उत्सुक भी सदा रहते हैं। पर परसाद है कि जसमत्ती के नज़दीक किसी की दाल गल ही नहीं पाती। वह उसके तपेदिक से बीमार पति को लेकर दवा कराता फिरेगा। घर से लुके-छिपे अनाज-पानी पहुँचाता रहेगा और इस जसमत्ती के नन्हें-नन्हें कामों में उसका अप्रत्यक्ष हाथ इतनी दूर बढ़ा रहता है कि वह उस घोड़मुँहे को छोड़कर किसी ओर निगाह ही नहीं उठाती।

जसमत्ती घर के अन्दर चली गयी और पण्डित उसकी गुलाबी रंग में भींगी एड़ियों के उठने-गिरने से बनती टेढ़ी-मेढ़ी लकीर को देखता रहा। तभी परसाद ने पीछे से आवाज़ दी, 'तुम्हारे पास भी पोथी-पत्तरा है कि बस करियवा अच्छर भँइँस बराबर, सुन्ना-जैसन पँड़वा...'

'तुम तो ससुर जैसे सातों कलम पास हो।' पण्डित ने मज़ाक को गम्भीरता के साँचे में भरकर निकाला। परसाद आकर पण्डित के पास रुक गया। फिर कन्धे पर हाथ रखकर बोला, 'कुछ बात बिसेस नहीं है मुला'—वह कुछ कहते-कहते रुक गया—'कुछ नहीं-कुछ नहीं...'

पण्डित जैसे सूखे पत्ते की तरह हवा के तेज़ झोंके में लड़खड़ाकर रुकते-रुकते उड़ गया हो—कहीं कोई सन्देह तो नहीं है इसके मन में!

दोनों वहाँ से लौट पड़े और दरवाज़े पर लगे ओसारेनुमा मड़हे में बैठ गये। फागुन की धूप सबेरे ही कुछ अनमनी-सी हो चली थी और सामने सिवान की हरी-भरी सतह को अन्न की गरिमा ने विनीता कुलवधू की तरह संकोचशील बना दिया था—प्रसविनी फलवती, वसुधा, माता, जमनी...घर में सोहर की कड़ी उठ रही थी—पियवा के घरबों बन्हकिया खजुरिया हम खाइब, खजुरिया हम खाइब हो...

परसाद अपनी चिलम भरने लगा था और पण्डित अपनी टेंट से सुर्ती के टुकड़े निकालकर कुपुट रहा था, तब तक सिवान से बन्धू अलाव का एक बोझ सिर पर लिये आ धमका और हँसिया ज़मीन पर फेंकते हुए बोझ उतारने ही जा रहा था कि कुनाई पण्डित ने कहा, 'पागल हो गया है का बन्धुआ, अभी तो इसकी भूसी भी नहीं छूटेगी।'

'का चिबोला करते हो भइया! अरे अउस-झउस के किसी तरह उपवास बचाना है कि भूसी-टूड़ी देखना है? हम घर ही सीधे जा रहे थे, सुना परसाद भइया के—'वह खीस निपोरकर हँसने लगा—हैं परसाद भइया पाठा, मान गये भाई। नौ महीना भी पूरा नहीं हुआ और खेत जोत-बोकर अन्न भी उपजा लिया! अब तुम भी बियाह कर लो...'

बन्धू अपनी बात पूरी भी नहीं कर पाया था कि कुनाई महाराज गालियाँ देते उठ खड़े हुए। बन्धु पहले ही से तैयार बैठा था, उछलकर मड़हे से बाहर हो रहा और हो-हो करके ज़ोर से हँसता रहा।

'अरे अब हो चुकी इसकी शादी, जब तपसी भउजी कंचन-जैसी मेहरा धरमशास्त्र सब-कुछ जाननेवाली इसको लात मारकर चली गयीं तो बस टिक चुकी कोई दूसरी।'

परसाद अपनी हँसी दबाते हुए बोला।

ऐसा नहीं कि यह बात उसके मुँह से पहली बार निकली हो, पर सन्दर्भ ने उसे आज विष में बुझाया हुआ बाण बना दिया था। कुनाई पण्डित के कलेजे में इधर-से-उधर छेद होता चला गया। उसके पास घर-द्वारा है, खेत-बारी है, इज्जत-बात है, चार जन मानते-जानते हैं, पर क्या उसके घर एक भोला, नन्हा बच्चा—कहते हैं, गति नहीं होती संतानै बिना, लेकिन यह सोहर।... यह सँवरिया परसाद की है? यह बच्चा?—च-च...यह क्या सोचने लगा वह। उसका ध्यान उसकी हाथ की सुर्ती पर चला गया, जो अँगूठे की निरन्तर रगड़ से गर्द हो गयी थी और वह उसमें चूना भी मिलाना भूल गया था। उसने अपनी टेंट में से सुर्ती की चुनौटी निकाली और ज़रा-सा चूना लेकर मिला ही रहा था कि गामा पण्डित पोथी-पत्तरा दबाये हाज़िर हुआ। परसाद वहीं बग़ल में बैठा था पर गामा जैसे उसे देख ही न रहा हो, चुपचाप कुनाई पण्डित के पास चला गया। पत्तरे में से एक काग़ज़ निकालकर कुनाई महराज के आगे फैला दिया। काग़ज़ के उस मैले-कुचैले टुकड़े पर एक चक्र बना हुआ था।

गामा काफ़ी देर तक उस पर अँगुलियाँ चलाता रहा, फिर अँगुलियों को आँख के पास ले जाकर कुछ गिनता और परसाद की ओर कनखियों से देखकर बुदबुदाता रहा। फिर जैसे साहस और गुस्से को बटोरते हुए अपनी गोल आँखों को नेवले की तरह माथे में घुसाकर, भविष्य बाँचने लगा—

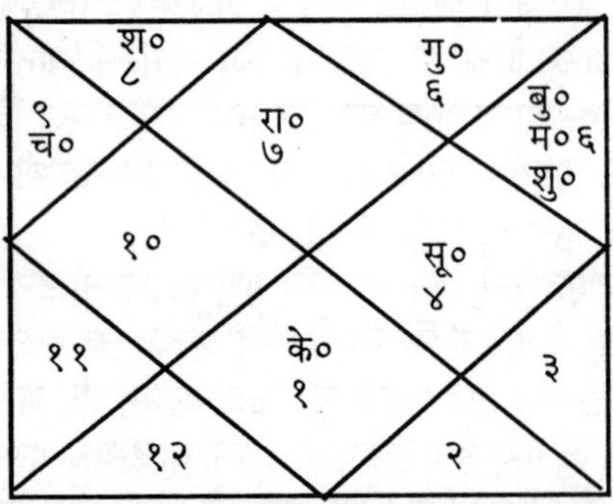

—धन स्थान में तथा केन्द्र के चार गृह में क्रूर ग्रह और पाप ग्रह बैठे हुए हैं, इससे यह जीवन-भर दरिद्र रहेगा।

—केन्द्र में न शुक्र हैं, न बुध हैं, न बृहस्पति ही हैं—इसलिए इसका जन्म लेना ही बेकार है। यह जिनगी-भर कोई ख़ास काम नहीं कर सकेगा।

—सुख के स्थान पर शनी झाँक रहा है, इससे इसे कभी भी सुख नहीं मिलेगा।

ब्रह्मदोष

भूसा-दाना घर में आ गया है। काम-धन्धे के नाम पर, बस ईख, और अगर किसी के पास है तो, तर तरकारी या जेठऊ ककड़ी को कभी-कभार पानी देना पड़ता है। रही लू-लपट की बात, तो वह उनको लगे जो छाँह में रहने के आदी हों।

भीख माँगनेवालों की कतार—

"एक मुट्ठी चिटुकी हो माईऽऽ...ऽऽ

क्या मजाल जो कोई लौट जाय दरवाज़े से।

मदारियों की डिम्-डिम्... डिम्-डिम्, बन्दर नचानेवालों की डिग्-डिग्-डिग्-डिग और आल्हा गानेवालों की ढोलकों की गमक— "बना रहे राज सरकार का।" बस यही जसन है चारों ओर।

लोढ़ा सिंह, रस-दाना करके, कुनाई पण्डित से एक चिटकी खइनी माँगने गया तो वहाँ एक दूसरा ही तमाशा खड़ा हो गया।

पण्डित अपनी झिलँगा चारपायी पर बैठा, आसमान को गालियाँ दे रहा था।

"अभी कौन उमिर बीत गयी जो ससुरे कहते हैं, 'हाथ में कंगन नहीं बँधेगा।' दुई बीस अउर पनरह— बस इतना ही न! मरद तो साठे पर पाठा होता है।"

लोढ़ा को देखते ही जैसे आग पर घी पड़ गया हो।

"ससुर, लड़कों को लहकाकर, अपने पीछे-पीछे चले हो!"

और वहीं पड़े बाँस के एक पेड़े को उठाकर, पण्डित लोढ़ा सिंह की ओर लपका। लेने के देने पड़े, बेचारा लोढ़ा सिर पर पाँव रखकर भागा। कहाँ की खइनी, कहाँ का चूना। गाँव के लोगों ने पण्डित को ललकारा।

"साला बड़ा पाजी है। सारी बदमाशी की जड़ यही है। आज इसकी टाँग तोड़ दो, पण्डित।"

लोढ़ा पहले भागने और सफ़ाई देने, दोनों काम साथ-साथ करता रहा।

"हम नहीं थे पण्डित काका। हम तो जानते भी नहीं कि वे कौन-कौन-से लड़के थे।"

लेकिन जब उसकी धोती का फेंटा छूटकर ज़मीन पर घिसटने लगा और तमाशबीनों के साथ गाँव की चमरपिल्लियाँ भी शामिल हो गयीं तो उसका साहस छूट

गया। उसे लगा जैसे पण्डित के सोंटे का हूरा भस्मासुर का हाथ हो और उसकी पीठ शिव महाराज का सिर। भयत्रस्त लोढ़ा ने आव देखा न ताव एक बार ज़ोर से चिल्लाया, "पण्डित काका, बियाह..."

पण्डित कटकटाकर दौड़ा। लोढ़ा पहले धीरे-धीरे चला। जब पण्डित एकदम पीछे आ गया तो वह एकाएक ज़मीन पर बैठ गया और पण्डित उसकी पीठ से उढ़ककर उसके आगे— चारों खाने चित। हाथ का डण्डा एक ओर जा गिरा और पण्डित दूसरी ओर। लोढ़ा झटपट उठा और पण्डित का डण्डा लेकर चम्पत हुआ और दस बीघे दूर जाकर साँस ली। तमाशबीन हँसते-हँसते लोट-पोट हो गये और कुत्ते वहीं रुक पण्डित को सूँघने लगे।

—छी पण्डित, तुम सारस्वत बाम्हन हो, तुम्हें सूँघे कुत्ते! कर दो न कोप। भस्म हो जाय यह छोकरा! तभी एक कुत्ते ने तीन पाँव पर खड़े होकर एक पाँव उठाया। दर्शक मण्डली चिल्लायी, "अरे हाँ...हाँ, उठ जाओ पण्डित, नहीं तो..."

पण्डित ने हाथ-पाँव चलाया। कुत्ते दूर हुए और उठकर मिट्टी झाड़ते हुए, मज़े में लोढ़ा का पुश्त-दर-पुश्त बखानते हुए जनेऊ पर हाथ लगाया और उसे तड़ से तोड़कर अलग कर दिया।

"ब्राह्मन नहीं, चमार होऊँ जो आज से बाल बनवाऊँ। ब्रह्मदोख से जलाकर छार कर दूँगा सारे कुल को, क्या समझा है?" और पण्डित काका तन-मन तन-मन घर की तरफ़ चल पड़े। लोटा-डोर ली और गुस्से का पिटरौल अन्धाधुन्ध जलाते हुए, घिवपोखर का रास्ता लिया।

जेठ-बैशाख की चानीतोड़ धूप में पानी के किनारे से घोंघे और सीप बटोरकर घर लौटे। सब में छेद किया। माला बनायी। फिर उसे पहनकर विकराल रूप धारण किया और ब्रह्मव्रत ठानकर मारण का जाप करने लगे।

सारे गाँव में सनसनी फ़ैल गयी। जिसे देखो वही ब्रह्मदोष की कहानियों का एक पिटारा खोले बैठा है।

—मथुरिया इसी ब्रह्मदोख में बिलाय गया। इतनी धन-दौलत, इतनी कमाई-धमाई पर बंश-बरखा के नाम पर बाँड़ा मटकू भी ख़ून का कुल्ला करके, काल का कवर हो गया।

— दिन दुपहरे ढेला बरसने लगता है। घर की एक-एक चीज़—बरन जैसे फिरिहिरी की तरह नाचने लगती है। बठइनियाँ की आँख ही छीन ली बरम बाबा ने।

—और पाँड़े बाबा ? लोढ़ा का कलेजा काँपने लगा।

— लोग कहते हैं, राम-जानकी की मूरत ही हड़प ली थी गाँव के किसी चोर ने। जब बहुत रोने-कलपने पर भी लोगों ने वापस नहीं की तो भट्ठे में गिरकर दोनों ने प्राण दे दिये। गाँव में ब्रह्मआग लगी। एक घर में बुझाओ तो दूसरे नहीं, दसवें में—कभी इस कोने कभी उस कोने।

लोढ़ा के सामने पाण्डे बाबा एक मोटे पीपल के तने सरीखे प्रश्नचिह्न के रूप में आ डटे। किया क्या जाय? बाबू सुनेंगे तो हड्डी-पसली भुरकनी कर देंगे। इसी समय सहसा बिजली की तरह उसके दिमाग़ में मटकू नाच गया। उसी ने कितनी बार उसकी गरदन फन्दों से छुड़ायी है। उसी से सलाह लेना चाहिए।

लोढ़ा उठकर चला ही था कि बाबू जगन्नाथ सहाय, मेम्बर डिस्ट्रिक्ट बोर्ड सामने से आते हुए दिखायी दिये। दो और किसान पीछे-पीछे। लगता था नातेदार हैं कहीं के। मटकू उन्हीं को कुछ इस लोक की, कुछ उस लोक की सुनाता चला आ रहा है। लोढ़ा को देखते ही बोला—

"इन्हें एक अच्छा उदन्ता चाहिए लोढ़ा कक्का! ससुराल के मनई हैं, सोचा नथुआवाला मुण्डा दिखा दें।"

"ऐसा उदन्त बछरू देखा भी न होगा इन लोगों ने। मुदा कुछ मरकहा है, अगर सम्हाल पायें तो क्या कहना है।" लोढ़ा की बाँछें खिल गयीं और उसने शरारत-भरी मुसकान का जो संकेत किया वह मटकू के चेहरे की एक—बैठी हुई आँख की निर्जीव बरौनियों पर थिरककर विलीन हो गया। लोढ़ा भी इस बैल खोजनेवाली मण्डली में शामिल हो गया।

गाँव के टेढ़े-मेढ़े, ऊबड़-खाबड़ रास्ते पर गन्दी नालियों और ईंट की ठोकरें बचाते हुए, कभी इस कोली से घुसकर उसमें, तो कभी उसमें से इसमें लोग बढ़ रहे थे। रह-रहकर मौन का एक सूनापन छा जाता और केवल पैरों की आवाज़ें ही सुनायी पड़तीं। तभी बीच में कोई खइनी खानेवाला पिच् से थूक देता और लोढ़ा के आगे पण्डित क़ाका का भूत जागृत होकर अट्टहास करने लगता। उसे जाने कैसे ध्यान आया, अगर यहाँ फँसे बच्चू तब तो दो-दो शरारतों का मुकुट पहनना पड़ेगा।

दूसरा दिन होता तो लोढ़ा दम की भी चिन्ता न करता पर आज तो उसके पैर डगमगा रहे थे। सहसा वह बोल पड़ा, "भाई, हम ठाकुर के लड़कों को देखकर वह बिदक जाता है। कभी-कभी तो कह देता है, 'हमें बछरू बेचना ही नहीं है। बात यह है मामा, कि ठाकुर लोगों के कारण दाम में कमी हो जाती है न!" लोढ़ा ने बड़ी मासूमियत से अपनी बात समझाकर, अपनी सफाचट्ट खोपड़ी पर हाथ फेरा तो चोटइया फिर जाँत के कीले की तरह सीना ताने खड़ी थी। उसने बार-बार उसे सम्हाला और धीरे से मटकू की जाँघ में चिटकी काटते हुए कहा, "हम घर बताये देते हैं। भीतर बाँधता है। सम्हाल के देखियेगा। भाव-ताव होने लगेगा तो हम आ जायँगे, क्यों मटकू ?"

"ठीक ही कहते हैं कक्का!" मटकू ने अपनी धँसी हुई आँख को मिचमिचाकर उत्तर दिया। दोनों मित्रों ने जवाहिर की कोली से बाहर, नाथू की बकरी दिखाकर छुट्टी तो ले ली पर दोनों का पेट मारे हँसी के फूल रहा था।

इसी बीच ज़ोर की गाली-गलौज़ और तुक्का-फ़ज़ीहत की आवाज़ सुनायी पड़ी और हाइड्रोसील के पुराने मरीज़ नाथू की मोटी-मोटी गालियाँ गगनभेदी नारों की तरह सारे

गाँव का दिल दहलाने लगीं। दोनों वहाँ से हँसते हुए भागकर, सरजूलाल के दालान में जा बैठे।

लाला के सबसे बड़े छोकरे को सेहत बनाने की ख़ब्त सवार थी। सबेरे ही कसरत करके सोता और उठता तब, जब बीबी खाना बनाकर चार सन्देश कहलाती।

मटकू ने जल्दी-जल्दी वहीं पड़े कोयले को ईंट से बूका और तेल की कोसी में फेंटकर काला लेप तैयार किया। लोढ़ा ने बड़ी सफ़ाई से छोकरे के चेहरे पर नक्काशी की और जब वह हाथ साफ़ करने बाहर गया तो मटकू ने उसे झकझोरकर जगा दिया।

"कब से ललाइन चिल्ला रही है और तुम हो लीचड़, कि पड़े हो, जाकर खाना-पीना कर लो, छुट्टी हो।"

तभी लोढ़ा भी मुँह बनाये दालान में घुसा।

"का दलिद्दर घेरे है मर्दवा। जब देखो जनावर की तरह फों-फों किये सोते ही रहते हो। जाकर चटपट खा लो। आज यहीं ताश जमेगा।"

छोकरा किसी तरह उठा और धीरे-धीरे घर की ओर चला। लोढ़ा और मटकू अपनी कृति का रस लेने से क्यों चूकते!

छोकरे के घर में घुसते ही ललाइन हँसते-हँसते लोट-पोट। पहले तो छोकरे ने कुछ समझा नहीं और ललाइन की बेवकूफ़ी पर शेर की तरह सीना तान और कमर लचकाकर अपनी हालत का भोंड़ा प्रदर्शन करता रहा, पर जब बीबी ने एक बड़ा-सा शीशा लाकर, सामने रख दिया और अपनी बात की सच्चाई से उसकी आँख में अँगुली घुसेड़ दी तो वह अपमान से आहत होकर लोढ़ा और मटकू को सबक सिखाने के लिए, अश्वमेधी बछेड़े की भाँति हिनहिनाता निकल पड़ा। उसे यह भी याद न रहा कि उसके चेहरे की क्या हालत है। बड़ी-बड़ी कुम्भकर्णी मूँछें-कान के पास तक, और ठुड्डी पर एक बड़ा-सा बिन्दा। गालों पर फूल-पत्तियाँ। वह जिधर से गाली बकता हुआ निकले, दस लोग साथ।

उधर बैल खोजनेवालों के साथ नाथू का सर्वदलीय सम्मेलन। नतीज़ा यह हुआ कि एक ख़ासा बड़ा मज़मा लोढ़ा के बाप के सिर पर सवार हो गया और वे बेचारे माथे पर हाथ रखे, कलंक को कोसते, किंकर्त्तव्यविमूढ़।

"घर में पैर रखे तो टाँग काट लूँ। क्या कहते हैं भइया! अब नाक पक गयी सुनते-सुनते मुदा मिले तो ससुरा।" उन्होंने कहीं तख़त पर रखे अपने गमछे की खूँट से एक चिटकी खइनी अपने होंठों में दबायी। अपने आबनूसी शरीर के खूँटीनुमा कन्धे पर दुहरा करके गमछा टाँगा और पाव-भर हूरेवाला सोंटा लेकर दुष्टदलन का रूप धारण किये निकल पड़े।

इधर लोढ़ा का भूख के मारे बुरा हाल। कहाँ जाय, क्या करे।

"जाने किस ससुरा का मुँह देखकर उठा था आज। अगर इसी में कहीं पण्डित काका भी आ धमका तो बाप बस डूब मरेंगे कहीं, मटकू?" लोढ़ा ने मटकू की बखरी के भीतरी दालान में पड़ी उड़सही झिलँगा खटिया में गड़ते हुए कहा।

पहले तो मटकू अपनी बैठी आँखों की विधवा की माँग-सी सूनी पलकें मटका-मटकाकर हँसता रहा पर ज़्यादा देर उसकी ख़ुशी न टिक सकी। उसे लगा सचमुच आज कोई बड़ी दुर्घटना होनेवाली है। कहीं लोढ़ा कक्का पर पड़ गयी तो सारा तमाशा ही किरकिरा हो जायगा। मुझ ग़रीब मटकू को तो लोग जब चाहेंगे, मटका बना देंगे थोड़ी देर वह सोचता रहा।

"एक कहानी सुनोगे कक्का।" मटकू ने जैसे स्थिति पर काबू पाकर, लोढ़ा का मज़ाक बनाते हुए कहा।

"मटकुआ, अब तू मार खा जायगा मेरे हाथ से इस तरह भाड़ के जोन्हरी की तरह फुटुर-फुटुर फूटता रहेगा तो तेरे साथ हमारे हाथ-पैर भी टूटेंगे।"

"वह कहानी सुनी है न, कक्का!" मटकू ने जैसे लोढ़ा की बात का ध्यान न करते हुए कहा।

"कौन-सी?"

"एक रहा पण्डित। साँझ को एक जगह भोज में जा रहा था। रास्ते में अन्हियार हो गया, और उसे होती थी रतौंधी..."

"हुँकारी भरो तो कहूँ।" मटकू ने हँसते हुए कहा।

"हाँ" लोढ़ा ने कहा— फिर ब्रह्मदोष की विकराल कल्पनाएँ उसके दिमाग़ में नाचने लगीं और वह फिर उसी टूटे झिलँगे में गड़ गया और मटकू कहानी कहता रहा।

"रास्ते में एक भगाड़ थी। उसी में वह गिर पड़ा फिर बहुत चिल्लाया पर कोई वहाँ हो तब सुने बेचारू बड़े उदास, सोचने लगे, अब क्या होगा, भगवान् ! पूड़ी तो गयी आज की।

"बेर धीरे-धीरे डूबने लगी— भोज का समय। अब लोग पहुँच गये होंगे? —हाँ, अब चारपाइयों पर बैठे होंगे, दुआर साफ़ हो रहा होगा। पानी का छिड़काव, रहट्ठे का खरहरा...खरर...खरर...

"पण्डित का दिमाग़ घूमने लगा जैसे चरखी—अब पत्तलें, हाँ, धोयी जाती होंगी और पण्डित लोग कुरता उतारते होंगे। हाथ-पाँव पर पानी ? हाँ, अब हाथ धो चुके होंगे। तभी पण्डित को याद आया, जब वे बच्चे थे— उनके पिता बड़े पाँड़ेजी बड़े करमकाण्डी— उन्हें एक बार सबेरे ही भोज का न्यौता मिला। एक अंड़ा मरिच और तुलसी की पत्ती डालकर, आधा लोटा पानी गट-गट गले के नीचे उतारते हुए, उन्होंने पण्डिताइन से कहा, चुल्हिया में पानी डाल देना पण्डिताइन। पर ग़लती तो हो गयी इस बेचारे पण्डित से। इसे क्या पता कि कब चुल्हियाउपार न्योता आ गया। स्कूल से

लौटकर जेब में जोन्हरी का लावा भरे कुटकाता निकला ही था कि, बाहर पूड़ी का सहस्र नाम जाप करते हुए पण्डित ने गालों पर ज़ोर की दो थाप लगायी।

"पता नहीं ससुरू, कि झारा का न्योता है। ब्राह्मन के लड़िका हो।"

"तब से बेचारे को भोज का महत्त्व उस दिन तक नहीं भूला था, जब वह भगाड़ में गिरे थे और पिता का दिया हुआ गुरुमन्त्र एक-एक कर याद आ रहा था। जिस दिन न्योता हो बस पानी का सेवन।"

"पण्डित झुँझला उठा। अब मैं क्या सोचने लगा। अब तो पूड़ियाँ...? हाँ, पहले कचौड़ियाँ... गरम होंगी...। पण्डित के लार गिरने लगी। अब तो कोंहड़ा आलू की अलोनी..."

लोढ़ा झुँझला उठा। उठकर चारपायी पर बैठते हुए उसने ज़ोर से मटकू के दोनों कान पकड़कर झकझोर दिये।

"हाँ, तब क्या हुआ?" लोढ़ा क़रीब-क़रीब चिल्लाकर बोला।

"तब क्या होता, बस जैसे ही पण्डित को लगा कि अब तो जै सीताराम होता होगा कि वह ज़ोर से उछला और कुएँ से ऊपर आ गया?"

"बस एक कागद का टुकड़ा कहीं से ढूँढ़ दो, और मैं तुम्हारा ब्राह्मन दोख उतार दूँ।" कहकर मटकू उठ खड़ा हुआ। काँड़ी के बाँध में खोंसे एक पुराने न्यौते के काग़ज़ को लाठी से खोदकर नीचे गिराया और उसे मुट्ठी में दबाकर बह्मनौटी की ओर चला गया।

पण्डित काका ने संयोग से एक हफ़्ते पहले से दाढ़ी नहीं बनवायी थी। कुछ कच्ची-पक्की दाढ़ियों का मेल, कुछ उनका शोभायमान चेचक की दाग से पूर्ण श्यामवर्ण और चेहरे की अनुपम गढ़न और ऊपर से सीपी और घोंघे की माला। पेट में चूहे कलैया मार रहे थे पर भस्म जो करना था लोढ़ा के परिवार को— कोप किये बैठे थे तख़त पर। तभी मटकू ने बग़लवाले घर पर आवाज़ दी।

"विलावलपुर में तेरही का भोज है हो पण्डित! झारा है— चुल्हियाउपार।" और उसने हाथ के पुराने सिकुड़े हुए पर्चे को गार्ड की हरी झण्डी की तरह हिला दिया। यह शास्त्र वेद के देवताओं की अक्षर के नाम पर अँगूठा लगानेवाले शुक्ल ब्राह्मणों की बस्ती थी। मटकू की आवाज़ सुनते ही जैसे बिजली दौड़ गयी टोले में। जैसे किसी ग्रामोफ़ोन के छूछे चक्कर काटनेवाले रिकार्ड पर किसी ने सूई रख दी हो।

"कहाँ भैया? हमरो है न!"

"हाँ...हाँ...सब घर का है...सबका..." मटकू, पण्डित काका की ओर देखकर एकाएक रुक गया और पर्चे को उलटकर देखने लगा।

"हमारा तो चेलान ही है, मटकुआ! का बाँचत हो।" उन्होंने धीरे से कहा।

"मुदा..मुदा..."

"मुदा-मुदा..का रे...!" पण्डित ने धीरे से अपने कण्ठ की विकरालता कम करते हुए अपने गले के छयमाल को उतारकर, तख़त पर रख दिया।

"इसमें तो लिखा है, पण्डित ने बाल रखाया है।"

"हाँ, हाँ, हमें मालूम है कि अइस ब्रत में बाह्मन को भोज पर नहीं बुलाया जाता पर जब ब्रत हो तब न!" पण्डित ने उठते हुए लापरवाही से कहा।

"दढ़िया तो पण्डित काका...?"

"बढ़ी तो है ससुरू। तुमही को बनाना है। कभी मिलते भी हो।" पण्डित धीरे-धीरे पास आ गया, "लोहखर है का साथ?"

"है तो काका, मुदा अब बहुत थके हैं। वहीं घर पर ही आ जाओ।" मटकू किसी तरह हँसी दबाये आगे बढ़ ही रहा था कि पण्डित काका ने उसे रोककर कहा, "इस माला की बात, बेटा, किसी से कहना नहीं।"

मटकू देख नहीं पा रहा था पीछे, न बोल ही। वह आगे-आगे और पण्डित काका पीछे-पीछे। जब दोनों मटकू के दरवाज़े पहुँच गये तो मटकू ने कहा, "यहीं बइठो काका, छूरा-चमोटा लिये आते हैं।" और मटकू ने जल्दी से सत्तर मूड़ बनाकर रखे छूरे और एक कटोरी पानी के साथ निकलकर अपनी अँगुलियों की धुड़दौड़ पण्डित की जंगल-सी दाढ़ी में शुरू कर दी। बाल अभी ख़ूब भीगे भी न थे कि छूरे के प्रहार से एक ओर के, एक-एक बाल एक-एक योद्धा की तरह मैदान छोड़कर धराशायी होने लगे।

"जल्दी ही करो मटकू! मेरा चेलान है वहाँ दुप्पहर की दही-चिन्नी चली जायगी।"

मटकू ने हुमच-हुमचकर छूरे दौड़ाना शुरू किया, तभी लोढ़ा सिंह घर में से निकला। लेकिन पण्डित तो जी कड़ा करके पूड़ी-फल-प्राप्ति के लिए यह घोर तपस्या कर रहा था, उसे क्या ख़बर! तभी मटकू ने कहा, "झूठे ही लोग कहते हैं कि 'पण्डित काका बुढ़ाय गये, अब कौन बँधेगी उनकी गाँठ!' देखो तो भला, अब भी गाल कुनरू की तरह बने हैं।" मटकू ने पानी लगाते हुए, गाल पर पिट्ट से एक थपकी दी।

"सच कहते हो मटकू?" पण्डित ने पुलकित होकर जैसे ही सिर उठाया कि लोढ़ा ने कहा, "और नहीं तो क्या पण्डित कक्का! हो जाय बियाह।"

पण्डित जैसे सेंध पर पकड़ लिया गया हो। क्रोध की एक बनावटी ज्वाला उसकी आँखों में चमकी पर लोढ़ा तो अपने कहकहे बिखरेकर जा चुका था और पण्डित काका के दुर्धर्ष बालों के साथ भोंथे छुरे का घोर संग्राम चल ही रहा था करर...करर...।

बोझ भर राख

रात ज़ोर की आँधी आयी, साथ-साथ बवण्डर, जिसमें धूल, सूखी पत्तियाँ, खलिहानों में पड़े भूसे और खर-पतवार के साथ ऐसी धूल-धक्कड़ कि लगा, यह क्या होनेवाला है। हर रर...अ र र र...धड़ाम्...गिरा वह पेड़। टूटी वह डाल। उड़ा उड़ा, वह गया कर् करूर...राजा का तम्बू बीच से दो टूक हो गया। गैस तड़ाक् से गिरकर बुझ गयी और दुलहा भागकर पालकी में जा बैठा। तबलची ने मँजीरेवाले से कहा, "जल्दी मेरी कमर से यह तबला छोड़, नहीं गयी जान सेंत में। ससुरी बरात क्या हुई बलात हो गयी।"

बीबी अपना पेशवाज सम्हाले, अपने डेरे की ओर भागी। सारी मज़लिस का मज़ा गुड़-गोबर हो गया।

"चिरई का पूत भी जो रह गया हो बगइचा में" मटकू ने पण्डित काका की सपाट खोपड़ी पर तालियाँ चटकाते हुए कहा।

"बस एक पण्डित काका, मटकू।" लोढ़ा ने भोजनोपरान्त सन्तोष के साथ तोंद पर हाथ फेरते बैठे पण्डित काका की चारपायी की पाटी पर बैठते हुए कहा; पर पण्डित को इस समय होशहवास कहाँ। वह भवमाया से निवृत्त थे; स्थितप्रज्ञ।

शाम को पण्डित ने बड़े ज़ोर से हुल-पुक मचायी कि सिद्धा ही लेंगे। शुद्ध सरयूपारी ब्राह्मण का किसी के घर जीमना अधरम है। जाने कौन बैठा हो कराही पर, कलवार...हलवाई, और आजकल तो जिसे देखो गले में तीन ताक डालकर शास्त्री बना है। और इस तरह उन्होंने कुल बीस आदमियों की ख़ुराक हासिल की। खटाई लेकर घी के लिए इस तरह लड़े जैसे उसके बिना कभी कवर न उठाते हों और बीस नाम तो अँगुलियों पर ऐसे गिना दिये जैसे सब उन्हीं के तो जनमें हैं। फिर कौन जाता है अहरा फूँकने इस गर्मी में। चुपके से गमछा कन्धे पर रखा और पण्डितों की पाँत में बीस-पचीस पूरियाँ और दही-चीनी-से अपना पीपारूपी पेट भरकर बों-बों डकारते हुए उठे ही थे कि आँधी के पहिले झटके का आगमन हो गया और चारपायी के नीचे रखी निधि की गठरी का सहसा ध्यान आ गया और वह बेतहाशा भागते हुए आकर चारपायी के नीचे उसे सुरक्षित देख, चैन से बैठकर तोंद पर हाथ फेर रहे थे। आँधी आयी, पेड़ टूटे, पर पण्डित वहीं जमे रहे।

लेकिन लोढ़ा और मटकू की इस अप्रत्याशित आवभगत से उनके मन में चोर पैठ गया था। बार-बार वे उस सफ़ेद चादर में बँधे बीस आदमियों के भोजन की गठरी की आकृति को ध्यान में ले आते और चारपायी के नन्हें-नन्हें छेदों को सिद्धहस्त धनुर्धर की तरह बेधकर उनकी दृष्टि वहाँ पहुँच ही जाती और ऊपर-ही-ऊपर लोढ़ा और मटकू की आँखें पण्डित की इस सजगता की सूचना अपनी हरकत से एक-दूसरे को दे देतीं। मटकू का हाथ और भी तेज़ हो जाता और पल भर को पण्डित की आँखें मुँद जातीं पर जैसे ही उन्हें बीस आदमियों के सीधे का ध्यान आता वह तुरन्त थोड़ा उचककर बैठ जाते और एक नज़र उस गठरी को ज़रूर देख लेते।

सारे उपाय थक गये, मटकू की सारी कला फीकी पड़ गयी पर चारपायी के नीचे की सरमाया ने उनकी नींद हर ली थी। इस बीच जनवासे में दरी बिछाकर बीबी के नाच की तैयारी शुरू हो गयी थी। समाजी अपनी कमर में तबला फिर से बाँध चुका था और रह-रहकर उस पर थाप देकर सारंगी मिलवाने का काम कर रहा था। बीबी भी अपने घुंघरू बाँध रही थीं। छम्-छम् की आवाज़ से पण्डित के कलेजे पर साँप लोट जाता था और 'बालू रेतिया डगरिया चलब कइसे' गाते-गाते रण्डी का कमर लचकाकर थकान का भाव बतलाना उन्हें रह-रहकर याद आता था। इस बीच बीबी ने अपने पैर पटके, छम् की आवाज़ किसी नागिन की तरह पण्डित के कलेजे पर लीक बनाती चली गयी। वह उठकर खड़ी हो गयी और इधर पण्डित काका भी चारपायी पर उठ बैठे "क्या रण्डी है, गले की लोच तो बान की तरह धँसती है जिगर में।"

"वाह पण्डित काका, कह दिया न मन की बात" लोढ़ा उचककर पण्डित काका से सट गया, जैसे उसे पण्डित काका की आँखों के क़िले में बन्द गठरी तक पहुँचने का रास्ता मिल गया हो।

नज़र चुरा के वे यूँ हर बशर को देखते हैं
किसी को ये नहीं साबित किधर को देखते हैं।

फिर तबले की थाप और घुंघरू की छम् छमाछम...

मटकू पण्डित काका के सिर पर चम्पी के ताल देना बन्द करके चारपायी पर से कूद पड़ा और सिर पर गमछा डालकर भाव बताकर नाचने लगा। उसकी कड़ी कमर लाख कोशिश करने पर भी लचक नहीं रही थी पर वह घूँघट खींचकर मनमाना मटक रहा था। पण्डित ललकार रहे थे, "वाह मटकू बेटा, जीते रहो, धो दोगे कुल का नाम, जनम गये हो बजरंगी नाई के नाम पर कालिख पोतने के लिए।" और लोढ़ा अपनी जाँघों पर मनमाना ताल दे रहा था,

मटकू गाने लगा।

हमरा के लड़िका भतार
लड़िका भतार लैके सोअली अँगनवाँ

रहरी में बोलेला हुड़ार,
बनवारी हो...हाँ हाँ, बनवारी हो...
हमरा के लड़िका भतार...

पण्डित दूर तक बह गया। आनन्द की लहरों ने उसे ऐसे थपेड़े दिये कि वह सुध-बुध खो बैठा और धीरे से लोढ़ा से बोला, "बच्चू, चलकर एक पुरबी सुनवा दो तो तुम्हारा बियाह तय करा दें।"

मटकू जैसे कान रोपे था। दौड़कर पण्डित काका के पास आया, और बोला, "सच काका?"

"और नहीं तो क्या झूठ कहता हूँ? बाम्हन की बात झूठ निकल गयी, तो मूँज की जनेऊ पहन लूँ, बेटा! अभी पाँत में बैठे-बैठे गोटी मारी है।"

लोढ़ा तो पण्डित की एक बात की मार से पटरा हो गया, पर मटकू तो एक उस्ताद, "अच्छा तो लो काका, नहीं तो तुम भी क्या कहोगे कि मटकू बजरंगी नाई का जनमा है!" और वह लपककर बगीचे के अँधेरे में खो गया। पल ही भर में ज़ोरों का शोर मचा—ठाकुर के घोड़े ने खूँटे से तुड़ा लिया, और बीबी के एक्के की घोड़ी को तंग कर रहा है। घोड़ी पाँव पटक रही है, और हिनहिनाती जा रही है। समाजी परेशान हैं, तब तक सारंगी बजानेवाला धीरे से अपनी सारंगी रखकर भागा, मटकू रास्ते में ही मिल गया। "काहे परेशान हो रहे हो, तुम्हारे मान का थोड़े ही है वह घोड़ा। मैं पलक भर में पकड़कर बाँध देता हूँ, मुदा एक पुरबी सुनवा दो!"

"अबही लो भइया, एक नहीं दस, लेकिन..."

"लेकिन-फेकिन न करो, बस चलो तो।"

और ग़ज़ल के बाद एकाएक, "पुरबू के देसवा से अइने दोनों भइया, हो बैरागी हउवैं..." पण्डित काका महफ़िल में दक्खिन की ओर बैठे हैं, और लोढ़ा मुग्ध होकर गाना सुन रहा है। मटकू पीछे लगा है, तभी बीबी एकाएक चक्कर लगाती हुई पहुँचती है, और मटकू पण्डित काका की ओर इशारा करके लोढ़ा का कुर्ता पीछे से खींचता है। लोढ़ा असलियत की दुनिया में लौट आता है, और पण्डित काका की गठरी उसके दिमाग़ में चक्कर काट जाती है। इसी बीच रण्डी मटकू का इशारा पाकर पण्डित काका के आगे आ बैठती है, और मटकू की इस आवाज़ पर कि, "ख़ूब समझाकर...असामी मोटे हैं।" पण्डित को अपने भावों से मोहने लगती है, और लोढ़ा धीरे से उठकर खिसक जाता है।

पण्डित काका रस में भीग रहे हैं, और मटकू पीछे से ललकार रहा है, "ऐसे नहीं काका, रुपया अँगुली की पोर पर रखकर आगे कर दो, देखो तो उतार लेती हैं, बाई जी!"

पण्डित काका रुपया अँगुली की पोर पर साध रहे हैं, पर बुढ़ाई के कारण हाथ हिल जाता है, और रुपया गिर पड़ता है। बीबी उसे उठाकर चली जाती है। पण्डित

पागल हो गये है। उनकी नस-नस में नारी की गन्ध भर गयी है। विश्वामित्र-मेनका, उर्वशी...औरत...सँवरिया—पण्डित की आँखों के आगे जैसे अँधेरा छा जाता है, फिर रंग-बिरंग के तारे टूटने लगते हैं...साँझ होते ही चौघट्टे का कक्कर, सावन की भरी-भरी-सी रात और उसमें ढूर-ढूरकर गायी जानेवाली कजरी—

हरि हरि बाबा के अँगनवाँ मोरवा बोले रे हरी
मोरवा कर बोली सुन के बिहरे करेजवा रामा,
हरि हरि कइदा बाबा हमरो गवनवाँ रे हरी।
असुके सवनवाँ बेटी खेलिला कजरिया रामा,
हरि हरि आगे के अगहनवाँ करब गवनवाँ रे हरी।

रात बीतती जाती, है, सावन की फुही सघन होती है। उनये बादलों की झरिहर बढ़ती जाती है, पर वह ठाकुर की कोली में ओरउती के नीचे खड़ा किसी की बाट जोहता रहता है। आज ज़रूर पकड़ लूँगा, पूछूँगा कि खाली ललचा ही रही हो या...सँवरिया को मालूम है कि मैं यहाँ हूँ, किस तरह सबको काटकर घुसती है इस कोली में, और एकाएक बाँहों में कस लेता हूँ, पर वह चीरकर अलग हो जाती है, "का करत हो, कोई देख ले तो!" पण्डित के रोएँ भभर आते हैं। बीस बरस बाद भी सारा-का-सारा जैसे अभी-अभी हुआ हो...ठीक इसी क्षण। वे कन्धे का गमछा लेकर अपने माथे का पसीना पोंछते हुए उठ खड़े होते हैं, जीवन-हीन कंकाल की तरह लस्त। लोढ़ा डर जाता है।

बारात से घर की ओर लौटते हुए लोढ़ा ने रास्ते पर एकाएक रुककर मटकू से कहा, "बुरा हो गया मटकू। काका मर जायगा मुफ़्त में।"

"अरे चलो भी, कोई एक ही दिन का काम थोड़े है। लगन भर तो यही काम करेंगे काका, एक बार यही सही।"

"और जो जान गये कि हमीं ने यह सब किया है, तब?"

"तब की देखी जायगी..." मटकू ने कह तो दिया, पर लोढ़ा की बात जैसे उसे चुभ गयी हो। फिर उसे लोढ़ा के ब्याह की बात याद आ गयी, कितना विचित्र है यह पण्डित काका। इस समय उसे बिगाड़ना ठीक नहीं है और यह लोढ़ा—जैसे मन के भीतर उसने लोढ़ा को पहली बार देखा हो। यहाँ से वहाँ तक, सुदूर भूभाग में वीरान धरती का विस्तार उसकी आँखों में खिंच गया था। बैसाख की इस तपन में क्षण भर को दृष्टि के थमने का स्थान कहीं नहीं था, सिर्फ़ धूप की नाचती हुई अनुकृतियाँ। लोग कहते हैं दुपहरिया नाच रही है। जैसे-जैसे आगे बढ़ो वह भागती जाती है। मटकू ठीक उसी तरह भटकने लगा। किस तरह बीत गये जिनगी के इतने दिन। जब लोग कहते हैं, 'लहेंडा हैं ससुरे, काम-धन्धा क्या करेंगे?' तो हँसी आती है। इतनी उमिर में किसी ने कुछ किया है कि हमीं जुत जायँ काम के जुए में...और गुल्ली-डण्डा, कबड्डी-सुर्रा की हहकारती हुई आवाज़ें उसके कानों में गूँजने लगी हैं। बूढ़ों में सिर्फ़ पण्डित काका

ही ऐसे हैं जो आकर खेत की मेड़ पर बैठ जाते हैं, मटकू-लोढ़ा को ललकारते हैं— उन्हीं से इतना परेम, जो उन्हें सबसे ज़्यादा चिढ़ाते हैं—'पण्डित काका विवाह करोगे...' फिर उनकी गालियाँ—माँ-बहिन। पर लोढ़ा! उसके बीमार पड़ने पर तो पण्डित काका की खटनही दस बार चटकती है उसके घर; जैसे घुन्नाये हुए, कोई बोल दे तो खा लें उसे। और परसाद बाबू, जैसे कुछ हो ही न उनके लिए दुनिया में कोई, न जाति-बिरादरीवाले के घर हुक्का, न पानी। हाथ से चिलम ऐसे खींचते हैं, जैसे अमृत चूस रहे हों। माँ बराबर बताती रहती हैं कि उन्हीं की दया से तो हम जी गये... नहीं खा गये होते गाँववाले... न एक धूर ज़मीन, न टाँड़। रोज़ की पिसौनी, रोज़ की रोटी। माँ कितना थक जाती है, बरतन माँजते-माँजते। वह तो परसाद बाबू हैं जो साँझ-सवेरे एक चक्कर ज़रूर लगा जाते हैं नहीं तो मर ही जाय माई। लोढ़ा उनका अपना लड़का है न, पर न तो वे मुझसे बोलते हैं, न लोढ़ा से। आड़ में चाहे जितना कह लें पर सामने जैसे कुछ जानते ही न हों। मटकू सोचता जा रहा है, रास्ते की जलती हुई भुलभुल धूप में पैर पड़ जाने से वह जाग-सा जाता है और बरातियों की लम्बी कतार पर उसकी दृष्टि थम जाती है। घाम से माथा तड़कने लगा है पर पानी तो अब गाँव ही पहुँचकर मिलेगा।

लोढ़ा घूमकर बोल उठता है, "पण्डित काका पिछड़ गये क्या मटकू, बोझ बहुत है उनके पास।"

"किसी को दे नहीं सकते गठरी, चाहे मर भी जायँ।"

"मटकू..." जैसे कुछ कहते-कहते रुक गया हो, लोढ़ा।"

"चलो भी यार, तुम तो अइसा डरते हो जैसे तोपदम कर देंगे, काका। हमने सब सोच लिया है। मोहन साव को धन का बड़ा गरूर हो गया है, जब बोलेगा गारी देकर बोलेगा। आज लगाता हूँ ठिकाने से घाट पर।"

"मतलब?"

"यही यार" मटकू झुँझलाकर बोला "कि पण्डित काका पहले उसी के यहाँ जाते हैं। बरात का पिसान-दाल बेचकर पइसा टेंट में रख लेते हैं तब घर जाते हैं। यह बान है उनकी।"

"अच्छा तो क्या करना होगा?"

"काका जइसे ही गठरी उतारें, हम तुम वहाँ पहुँचकर वहीं बैठकर पानी-वानी पीने लगें। किसी भी तरह उठें न जब तक कि पण्डित काका ऊबकर उठ न जायँ।"

और हुआ भी यही; पण्डित काका मोहन साव की दुकान में घुसे। मोहन की बहू ने बढ़कर काका के सिर से गठरी उतारी और मिस्सी में डूबी, काली अँधेरी रात-सी बतीसी झलकाकर गालों में जानमारू गढ़े बनाने ही जा रही थी कि मटकू और लोढ़ा को देखकर उसकी हालत पतली हो गयी। पण्डित को इसी तरह तो ठगती है, यह

मोहन चुपचाप ऐसे बैठा रहेगा, जैसे कुछ जानता ही न हो पर आज बोझ भारी देखकर वह भी उठ खड़ा हुआ था और रंग में भंग डालनेवाले इन छोकरों को देखकर उसके उत्साह पर भी पानी पड़ गया था।

बड़ी देर तक दोनों दल चुपचाप बैठे रहे। बेर लटक रही थी। खाना-पानी नहीं हुआ था। सहुआइन बहुत छल-बल दिखा चुकी पर लोढ़ा मटकू ने हटने का नाम न लिया। अन्त में आँखों की भाषा में कुछ बातें हुईं और काका उठ खड़े हुए। साव कहने लगा "नहीं, नहीं, काका कोई एक दिन की बात है और फिर राउर के लिए..."

मटकू ने लोढ़ा को ज़ोर की चिकोटी काटी और देखते-देखते दोनों एक-दो-तीन हो गये।

उसी दिन शाम को मोहन साव के दरवाज़े पर भीड़ लगी। सहुअनियाँ गंगाजल उठाने के लिए तैयार है। साव लड़के के सिर पर हाथ रखकर क़सम खाने को बार-बार कह रहा है पर पण्डित काका जनेऊ पर हाथ लगाये ब्रह्माग्नि धधकाये बैठे हैं। लोढ़ा वहीं बग़ल में दुम दबाये ऐसे बैठा है जैसे वह क्या जाने यह सब क्या हो रहा है और मटकू बार-बार बूढ़ों की तरह सिर हिलाकर बोल पड़ता है, "हम लोग तो हरदम साथ-साथ ही रहे काका के उन्होंने तो गठरी सिर से नीचे भी नहीं उतारी थी फिर पिसान की जगह अहरे की राख-कंकड़-पत्थर और धूल कैसे बँध गयी गठरी में? इसमें ज़रूर कोई चाल है साव की; पण्डित काका इतने पागल नहीं हैं कि बोझ भर राख ढोयेंगे इतनी दूर," और पण्डित काका तड़क रहे हैं "मटकुआ एकदम ठीक कह रहा है। चाहे लोढ़ा से भी पूछ लो, वह भी हमारे साथ ही था।"

फादर पाल

कथानक की दृष्टि से यह बात कतई नीरस नहीं होगी कि उन बातों को भी बताया जाए जिन्होंने इस कथा के निर्माण में किसी तरह योगदान दिया है। योग इस माने में कि उस जैसे नैतिक संकट में फँसे हुए युवक के लिए आत्मसुधार और सान्त्वना के लिए दूसरे बहुत-से साधन उसकी बग़ल ही में रेंग रहे थे और उसकी माँ ने उसी सब में जीने की शक्ति पायी थी (जैसा उसकी माँ ही उसे बताती रहती थी) लेकिन शायद यह असाधारण जीवन-वृत्ति और अतिरिक्त शक्ति का उपयोग ही वह ताक़त थी, जिसने उसके अन्तर को मथ रखा था। वह उन-जैसा नहीं हो सकता था जिनके बीच वह था, इसलिए उनके नीचे या ऊपर उठकर ही वह अपनी विशिष्टता को प्रमाणित कर सकता था। विरोध और अलगाव का यह बीज बचपन ही में उसके भीतर शायद उस हालत में भी नहीं उगता यदि उसकी माँ सहज रूप में ईसाइयों की इस बस्ती में घरों की सफ़ाई, बर्तनों की धुलायी करती नहीं होती और भूखी रहकर अपने बच्चे की पढ़ाई इस आशा में पूरी करा देती कि एक-न-एक दिन बच्चे को कहीं नौकरी मिलेगी और उसके दिन वापस लौट आयेंगे। अकसर ऐसा होता देखा गया है और ऐसी कितनी ही परिश्रमशील विधवाओं ने मेहनत-मज़दूरी करके ऐसे खटमलों को पैदा किया है जो आदमी का ख़ून चूसने से पहले माँ ही का ख़ून पी गये हैं। जो इस कहानी का साक्षी है उसके अनुसार तो लगता है कि शायद उसकी माँ भी उसे खटमल ही बनाना चाहती थी पर शायद ही—उसे कभी उसके अन्तर में पैठकर कुछ ऐसा जानने को नहीं मिला जिसमें कहीं विद्रोह या ज्वाला हो, सिवा इसके कि वह अपने जीवन के समीप कभी भी आये उन सभी मार्मिक तन्तुओं को बड़ी शीतलता से सहलाती रहती थी, चाहे उसे वे कभी चुभे ही क्यों न हों। अपने इस लहू-लुहान जीवन में सबके प्रति सदैव और क्षमाशील दृष्टिकोण रखने में एक सामान्य बकरीनुमा हिन्दू नारी से अधिक कुछ ऐसी नहीं थी जिसके बारे में अलग से कुछ कहने की ज़रूरत हो। लेकिन अपने पुराने जीवन के प्रति उसकी इस मक्खीवृत्ति ने ही बच्चे को भी अजीब खिचड़ी ज़िन्दगी में डालकर अन्तर्विरोधों का पिटारा बना दिया था। सीधे-सादे आस्था के जीवन में भय, जिज्ञासा और विरोध के साथ उस वर्ग के साथ रहने, सोचने, विचारने में वह ऐसी हीनभावना का अनुभव करता था जो प्रकारान्तर से उसे ऊँचा और बड़ा साबित करें।

फादर पाल इसी कारण कभी-कभी उदास हो उठता था। उसके अध्ययन-पीठ में यह जार्ज सिंह जिसे जे के नाम से पुकारा जाता था, अकेला ऐसा तरुण था जिसे अप्रासंगिक सवालों के लिए लोगों की उपेक्षा-भरी हँसी सुननी पड़ती थी लेकिन ऐसे मौक़ों पर फादर कुछ और गम्भीर और सचेत हो उठता था। अन्य तरुण सदस्यों के प्रति उसका व्यवहार तनिक रूखा हो उठता था और वह अपने कठिन अथवा मूल्य ग्रान् प्रवचन के सूत्रों को जहाँ-का-तहाँ छोड़कर मानसिक रूप से जे के साथ हो जात था। 'परिवेश से अलग चेतना की स्वतन्त्र सत्ता की बात मेरी समझ में नहीं आती। हम स्वाधीन चिन्तन की बात फ़िजूल करते हैं फादर। जब हममें से अधिकांश को ईसाई होने का ख़्याल हमेशा बना रहता है और इसी कारण अंग्रेज़ी हुकूमत के प्रति हमारे मन में अनायास अपनापे की भावना काम करती रहती है। क्या ऐसी धारणा हमारे सोचने के मार्ग में बाधक नहीं है और क्या इससे मुक्ति पाने के लिए यह ज़रूरी नहीं है कि हम हमेशा के लिए इस राजनीतिक ग़ुलामी को उतार फेंकें। मेरे लिये आप सब के मन में सन्देह हो सकता है लेकिन कम-से-कम यहाँ बैठे बन्धुओं में मेरी स्थिति तनिक भी विचित्र नहीं है। आप सब क्षमा करें तो मैं कहना चाहूँगा कि फादर पाल के अलावा हम सभी भारतीय और ग़ैर-ईसाई माँ-बाप की सन्तानें हैं, जिन्होंने बाद में यीसस की शरण ली है। लेकिन इस कटु यथार्थ को क्षण भर को अपने मन में बिना जगह दिये, मुझे अपने अन्य सभी भाइयों की बातों, आचरण और व्यवहार से ऐसा ही लगता है कि हम चिन्तन के लिए स्वतन्त्र नहीं हैं। अनुशासन एक चीज़ है लेकिन अवधारणा के स्तर पर मन में इस बड़ी ख़ामी के पैदा होने के कारण ही हम स्वाधीनता के लिए चल रहे भारतीय राष्ट्रीय संग्राम से अलग हैं। क्यों हमें ऐसा लगता है कि यह संग्राम ईसाइयों के विरुद्ध है?' ...'जे' अपने ही द्वारा उठायी गयी लहरों में उभ-चुभ होने लगता है। सवाल को उठाकर उत्तर की प्रतीक्षा करनेवाला एक रोक पैदा करता है, स्थिति के विकास में बाधा पहुँचाता है लेकिन सवालों के द्वारा सवालों को जन्म देनेवाला लहरों के पीछे लहरें उठाता चला जाता है और अन्त में जब सवाल बन्द हो जाते हैं तो वह गम्भीर अथाह जल की तरह भय और शंका पैदा करनेवाले अनजान सागर की तरह दिखने लगता है... फादर पाल क्षण भर को सोच में डूब जाते हैं। उदासी का एक अनहद नाद उनके भीतर से उठता है जिसे केवल वे ही सुन सकते हैं, दूसरे नहीं, इसलिए उनके कानों में बार-बार जैसे कोई कहता है कि जे को यहीं छोड़कर आगे बढ़ जाना अपराध है और इस प्रकार के धोखे से फादर को चिढ़ है लेकिन तभी एक चुनौती भी मिलती है और वह भी एक ऐसे पादरी को जो जीवन और जगत् की गुत्थियों को सुलझाने में सिद्धि प्राप्त कर चुका है। जिसके स्पर्श मात्र से, जिसके व्यवहार, आचरण, बात करने के ढंग और प्रस्तुतीकरण से सख़्त-से-सख़्त बीमार तक को आराम हो जाता है। मन के अँधेरे कोनों में चिराग़ जल उठते हैं... लेकिन यह मेरा 'जे'..। फादर घण्टों के लिए उदास हो जाता है ... यह अँधेरे में भटक रहा है, उसे आज तक कोई आधार

नहीं दे सका, बेचारा, असहाय। उफ़ ..वह अकसर बिस्तर में उठ बैठता है और रात-रात भर जागता रह जाता है—'जे... मेरा बेचारा जे।...।'

यदि लेखक ग़लत नहीं लिख रहा तो यह सारा-का-सारा विवरण फादर पाल की डायरी पर आधारित है सिवा शुरू के उस छोटे-से हिस्से के जो उसके निजी विवेचन के रूप में इस कथा की शुरुआत के लिए लिखा गया है। सच्चाई तो यह है कि फादर ख़ुद इसे कथा के रूप में लिखने की कोशिश कर रहा था और इसी कारण इस कहानी के अधिकांश का साक्षी रामजस लेखक के सम्पर्क में आया। लेखक से रामजस की दोस्ती नहीं थी, न ही रामजस कथा-साहित्य का ऐसा पाठक था कि उसे इस क्षेत्र-विशेष की कोई जानकारी होती। बस इतना ही यह जानता था कि लेखक लिखता है, इसलिए फादर पाल की मदद शायद वह कर सकता है। फादर पाल भी रामजस को यह बताना शायद पसन्द नहीं करता कि वह ऐसा कुछ लिख रहा है क्योंकि रामजस कुछ पुराने कपड़ों की मरम्मत और नये कपड़ों की सिलाई के लिए फादर पाल के यहाँ जाया करता था और उनके बीच कोई ऐसी बात कभी होती ही नहीं थी। दूसरे फादर पाल ख़ुद इतना मिलनसार और हमारे नगर का मानिन्द आदमी था कि उसके पास हर क्षेत्र के लोग आया करते थे और हर तरह के मशविरे के लिए किसी भी क्षेत्र के विशेषज्ञ उसे सहज ही सुलभ हो सकते थे, वह भी हमारे-जैसे नगर में जहाँ अनभिज्ञता को विज्ञापन का सबसे प्रिय क्षेत्र मानने की लोगों की आदत पड़ी हुई थी। दरअसल फादर के मन में भी यह संकोच बना हुआ था कि वह कोई ऐसा काम कर रहा है जो उसका नहीं है और वह ख़ामख़ाह एक ऐसे वस्तुतत्त्व से उलझ रहा है जिसमें अनेक कोनोंवाली चुभन है। उसे वह कितना भी घिसने की कोशिश करता लेकिन उसका पैनापन कम होने के बजाय बढ़ता ही जाता है। और यह सारी मशक्कत वह एक नैतिक बीड़ा के वशीभूत होकर इतने छिपे तरीक़े से इसलिए कर रहा था जिससे चाहे और कुछ हो न हो, कम-से-कम उसके सीने का पत्थर ज़रूर हट जायगा। इसलिए कोई बात अधूरी या ग़लत न हो इसके प्रति उसकी जागरूकता ही उसे रामजस के सामने खुलने पर मज़बूर कर गयी थी।

दरअसल जे से रामजस की गहरी छनती थी। फादर अपने कमरे की खिड़की से देर-देर तक रात गये अकसर देखता था कि सामनेवाले आउट हाउस की नन्हीं खिड़की की रोशनी में रामजस का सिर टँगा हुआ है और जे के नुकीले चेहरे की तीखी परछाँहीं उसके सिर में जा धँसी है। कभी लगता 'जे' नहीं है और रामजस उसके इन्तज़ार में बैठा है लेकिन उसकी आँखें अँधेरे में धँस गयी हैं। सिर के बालों पर रोशनी पड़ रही है और वे और भी काले होते जा रहे हैं। कभी बहुत रूखे दो हाथ दिखायी पड़ते जिनमें चाय का प्याला होता तो ऐसा लगता जैसे किसी औरत के शिकंजे में टके हाथों के प्याले से खेल हो रहा है और वे किसी अदृश्य शक्ति द्वारा फैलाये और सिकोड़े जा रहे हैं। शायद नयना अपने बेटे के दोस्त को चाय देती होती है।

फादर पाल कुछ भी समझ नहीं पाता और कोशिश इसलिए भी नहीं करता कि समझने के लिए पूछताछ करनी पड़ेगी और लोग उसे क्या कहेंगे। क्यों वह उन लोगों की निजी ज़िन्दगी में दख़ल दे यद्यपि उसे इस पूरी चहारदीवारी के अन्दर बसनेवाले सादे लोगों पर निगाह रखने का पूरा हक था और वे उसी की मर्ज़ी से वहाँ रह रहे थे। साथ ही उन्हें दवा-दारू से लेकर कपड़े-लत्ते तक के लिए फादर तरह-तरह से मदद देता था। नयना को तो फादर की विशेष कृपा प्राप्त थी और चैपिल की सफ़ाई आदि के लिए उसे तीस रुपये महीने तनख़ाह और बरामदे के साथ आउट हाउस का सामनेवाला कमरा मिला हुआ था। लेकिन नयना के लिए अब इतने पैसों से काम चलाना मुश्किल था। पिछले साल से जे कालेज की पढ़ाई समाप्त करके यूनिवर्सिटी जाने लगा था और उसके लिए अब कुछ और रुपयों की ज़रूरत पड़ने लगी थी जो नयना फादर पाल की अनुमति से दो अन्य घरों में सफ़ाई आदि करके कमा लेती थी।

एक दिन अभी चिड़ियों ने गाना शुरू ही किया था और इक्का-दुक्का कहीं-कहीं से लोगों की खाँसने की आवाज़ें सुनायी पड़ने लगी थीं कि नयना ने पार्लर के पास के स्विच बोर्ड की घण्टी बजायी। पिछले लम्बे जीवन में संकोच की ऐसी घड़ी नयना के लिए नहीं आयी थी। फादर पाल रात के कपड़ों में ऐसे ही उठकर गैलरी की जाली के पास आया लेकिन नयना को देखकर उसकी आँखों के किनारे छायी झुर्रियाँ सहसा नीचे गालों पर उतरकर उथली हो गयीं और वह संकोच में उन दो आदमियों को पल भर तक देखता रहा जो नयना के पीछे खड़े थे।

'ये कौन लोग हैं!' फादर के स्वर में हलकी चिढ़ आ गयी थी।

नयना अपने में कुछ और सिकुड़ गयी। उसके गले में जैसे कुछ निकलते-निकलते अटक गया। तभी उन दोनों में से एक बोला, 'साहब, हम इस औरत को थाने ले जाना चाहते हैं।'

'क्यों, इसने ऐसा क्या किया है?' फादर जाली के दरवाज़े को खोलकर झटके से बाहर आ गया।

'कुछ ऐसा नहीं है, साहब!' दूसरा संकोच में जवाब देते-देते थोड़ा पीछे खिसक गया तभी पहले ने कहा, 'हमें थानेदार का हुकुम है, साहब, कुछ पूछताछ करनी है इस औरत से।'

'कोई पूछताछ नहीं करनी है।' फादर सहसा चीख पड़ा, 'पूछताछ के लिए मैं हूँ यहाँ। आगे कभी मत आओ अन्दर। थानेदार को कहो कि वह अपना बड़ा अफ़सर डिस्ट्रिक्ट मजिस्ट्रेट से बोले कि वह मुझे सलाम बोले... जाओ, मैं कहता हूँ चले जाओ।' फादर के लम्बे हाथ की अँगुलियाँ सिपाही की नाक के पास पहुँच गयी थीं।

नयना सुबक-सुबककर रोने लगी। फादर और भी बेचैन होकर खड़े-खड़े अपना पैर हिलाने और अँगुलियाँ चटकाने लगा, 'अजीब बात है... और तुम... तुम ना ना, तुम क्यों रोती हो? छी-छी ना ना, यह बड़ी गन्दी बात है। प्रभु ईसू की शान में रहनेवाला

अइसा बेआशा क्यों हो गया...? वह तो नीरभय हो जाता है, ना ना। वह तो अपने सारे पाप को प्रभु के चरणों में डाल आता है। प्रभु ऐसे ही को जियादा प्यार करता है।' फादर दोनों पुलिस के सिपाहियों के कारण नहीं, नयना के रोने के कारण क्षुब्ध हो उठा था। वह चाहता था जैसे भी हो नयना चुप हो जाय और लौट जाय लेकिन नयना खड़ी थी। कुछ कहना चाहती थी।

'कुछ कहना है, ना ना। बोलो, बोलो..., ' उसके जी में आ रहा था वह नयना के सिर पर हाथ रखकर उसे राहत देने के लिए कुछ कहे। उसे नयना का वह दिन सहसा याद आ गया था जब वह उसे प्रयाग स्टेशन के बग़लवाले नाले के किनारे से कराहता हुआ उठाकर अस्पताल पहुँचाने के लिए ताँगे में बैठा था लेकिन रास्ते ही में उसके दाँत बैठ गये थे। फादर को लाचार होकर उसे अपने ही घर के बरामदे में शरण देनी पड़ी थी···

नयना ने विचारों के तन्तु को तोड़ दिया था, 'ये लोग पूछते हैं कि तुम्हारे घर में कोई सुराजी रहता है...।'

फादर के दिमाग़ में बिजली-सी कौंध गयी थी लेकिन उसे फिलहाल इस समय नयना को सहारा देना था। ज़्यादा जिज्ञासा और पूछताछ से नयना के मन की शंका और बढ़ सकती थी इसलिए उसने तुरन्त बड़ी लापरवाही में जवाब दिया, 'कह देना हाँ, रहता तो है, भारत माता के घर में सुराजी नहीं तो और कौन रहेगा...? जाओ... आराम करो...।' कहता हुआ फादर अन्दर जाने लगा तो उसके पीछे उस लम्बी गैलरी में रोशनी अँधेरे को खदेड़ती चली गयी।

लेकिन लम्बे गलियारे के पश्चिमी कोने में अँधेरे का एक ढोका सिमटकर अब भी दुबका रह गया था। फादर उसी को आँखों में लिये अपने कमरे में घुसा, स्पष्ट है अपनी पीठ के पीछे होनेवाले ज़िन्दगी के आलोक-भरे नाटक को वह ग्रहण नहीं कर पाया। कमरे में घुसने पर उसे उसी अँधेरे के ढोके ने धर दबोचा, अजीब-सी उलझन ने उसे आ घेरा। क्यों थी वह उलझन, कोशिश करके भी वह जान नहीं पाया जैसे बहुत छोटी चींटियों ने उसे कई जगह काट दिया हो। कमरा अस्त-व्यस्त पड़ा था। कई किताबें खुली पड़ी थीं और पढ़ने की टेबल पर उसकी डायरी रात ही से खुली हुई थी और उसके बीच में उसका कलम अब भी जैसे-का-तैसा खुला रखा था।

फादर के पाँव लड़खड़ाने लगे। 'नयना की मुक्ति की कहानी' फादर की प्रयोगशाला की नायाब देन होने जा रही थी लेकिन बीच में यह थानेदार का बुलावा। उसकी चहारदीवारी के अन्दर पुलिस के सिपाही... उसका ध्यान घिसे-घिसाये प्रतिमानों की ओर चला गया... अँधेरे ही में पाप को शरण मिलती है। लेकिन पाप से इतना डर क्यों? फादर इसी से तो जूझ रहा है। परम पिता ने पाप को जीवन का इतना महत्त्वपूर्ण अंश न माना होता तो पापी को इतना प्यार ही क्यों देते। जो जीवन के अँधेरे मार्ग से निकलकर आया है, निश्चित रूप से उससे बेहतर है जो उधर गया ही नहीं। जो शरण

में है वह तो प्रभु के साम्राज्य का सुख भोग ही रहा है, उसकी क्या बात, लेकिन वह जो खो गया था उसे प्राप्त करने का आनन्द ही दूसरा है...। नयना से बात करनी होगी। उसे संशय और अशान्ति से बाहर निकालना होगा लेकिन 'जे'...? फादर कलम बन्द करके अपनी डायरी छूते-छूते पल भर को रुका रह गया। क्या वह स्वयं तलाश के लिए निकल पड़ा है? परिवेश की खोज बिना परिवेश में शामिल हुए कैसे होगी। जिज्ञासा को अनुभव के दौर से गुज़रना ही होगा। जे को स्पष्ट रूप से जानना ही शायद लाभकर हो और अब तो नयना की मुक्ति में जे एक बड़ा साझीदार है।

इस छोटी-सी घटना के बाद संयोग से उसी दिन रामजस फादर के यहाँ कपड़ों की सिलाई के सिलसिले में आया। फादर हमेशा की तरह तुरत काम की बात पर न आकर उसे कमरे में ले आया और एक छोटी कुर्सी देकर बैठने के लिए कहा। फिर दरवाज़े का परदा गिराकर वह लौटा अपनी पढ़नेवाली डेस्क की कुर्सी पर बैठ गया।

फादर के दिमाग़ में चूँकि कुछ बातें रामजस को देखते ही आयी थीं और उसने उससे बात करने का निश्चय अभी-अभी किया था इसलिए उसका यह पूरा व्योहार अनजाने बेहद रहस्यमय हो उठा। कमरे में रोशनी बहुत कम थी और दो संकोच में डूबे प्राणियों को एक-दूसरे को इसी तरह देखने में बाधा पड़ रही थी, बात का सिलसिला तुरत शुरू करने में फादर को थोड़ी दिक़्क़त महसूस हो रही थी इसलिए उसने उठकर कमरे की बत्ती जलायी और इधर-उधर पड़े दो-एक कपड़ों को समेटकर क़ायदे से रखा फिर यह सोचकर कि इतनी देर की चुप्पी अस्वाभाविक और उबाऊ हो उठेगी और रामजस क्या सोचेगा वह तुरत लौटा, और कुर्सी पर बैठते-बैठते बोला कि, "हाँ भाई रामजस अब बोलो, कहाँ रह गये इतने दिन!"

"यहीं तो था फादर और अक़सर इधर आता भी था पर आप जानते हैं रोज़गारी आदमी ठहरा, दिनभर खटूँ न तो दो पैसा हाथ न आये। इसलिए अकसर नौ बजे रात के बाद ही छुट्‌टी पाता हूँ। यह तो कहिये 'जे' को..." रामजस अचकचाकर रुक गया। जैसे कोई ऐसी बात उसके मुँह से निकली थी जो उसकी जबान को जलाकर लौट गयी थी और लाख कोशिश करने पर भी वह कुछ देर तक अपनी तिलमिलाहट छिपा नहीं सका और आगे की बात का सिलसिला सहसा टूट गया।

फादर पाल के लिए यह ईश्वर का भेजा हुआ अवसर था। पल ही भर में उसका संकोच और उसकी उलझन जिसने अनजाने उस-जैसे लम्बे-चौड़े आदमी को हर तरफ़ से दबाकर बौना बना दिया था, उससे दूर हो गयी। उसने आगे बढ़कर रामजस को सहारा दिया, " 'जे' सचमुच बहुत ही प्यारा है। उसमें गहरी सहानुभूति है..." कहते-कहते फादर सहसा प्रसन्न होने के बजाय क्षुब्ध हो गया। उसे लगा जैसे वह किन्हीं अन्य मन्तव्यों के लिए संवेगहीन और इस तरह क्रूर होकर शब्दों के अर्थ की हत्या करके पाप कर रहा है। ऐसा नहीं है कि 'जे' के बारे में उसका वही ख़्याल नहीं है जो वह व्यक्त कर रहा है लेकिन इस क्षण उसका मन्तव्य बदल गया है और वह अपने

अतिप्रिय भाव को किसी रहस्य की जानकारी के लिए 'इस्तेमाल' कर रहा है। वैसे फादर पाल इस समय यह ज़ाहिर करके रामजस को अधिक ख़ुश कर सकता था कि उसने उसका अन्तिम वाक्य सुना ही नहीं।

सहानुभूति और सौजन्य की सहज प्रकृति के भीतर से ही फादर पाल ने मानवीय पीड़ा के संसार को प्यार करना सीखा था इसलिए उसे इस क्षण एक नैतिक अपराध के बोध के कारण ऐसी व्यथा हुई जो उसके समूचे जीवन में विरल थी। वह सोचने लगा कि क्या उसने कभी पीछे भी मनुष्य को अव्यक्त पीड़ा पहुँचाने का ऐसा क्रूर अपराध किया है?... ओह ईश्वर मुझे क्षमा करो, मैं तुम्हारे विराट् साम्राज्य का कितना क्षुद्र प्राणी हूँ—उसकी आँखें स्वतः बन्द हो गयीं और हाथ सीने पर पहुँच गये। इधर रामजस बच निकला था और 'जे' के बारे में तथा अन्य अनेक फिजूल और बेमानी प्रसंगों के बारे में ऐसी बातें कहने पर उतारू हो गया था जो सच्चाइयों के सन्दर्भ में फादर के उन चन्द खोखले शब्दों के उत्तर में कही जा रही थीं। फादर ने पूरी स्थिति के विष को पहचान लिया था इसलिए उसने कवच को उतार फेंका और मैदान में सीधा उतर आया।

"देखो भाई रामजस, आज बहुत तड़के पुलिस के दो सिपाही नयना को थाने ले जाने के लिए मेरे कम्पाउण्ड में घुस आये और मैं कह नहीं सकता कैसे वे यहाँ डारमेण्ट्री के दरवाज़े तक आ गये। शायद उन्हें नयना ले आयी हो।

"मुझे आश्चर्य है कि उनकी हिम्मत कैसे हुई।" फादर फिर रुक गया उसे लगा कि 'जे' सच है, उसका अन्तर्संघर्ष सच है। उसे अध्ययन-मण्डल के 'जे' द्वारा किये गये कई सवाल सहसा याद आ गये। वर्ना इसमें मेरे लिये परेशानी की ऐसी क्या बात है कि पुलिस यहाँ किसी की खोज में आयी थी। उसका अहं इतना कुण्ठित शायद इसलिए है कि वह शासक वर्ग से कहीं-न-कहीं अव्यक्त रूप से जुड़ा हुआ है। कृपा, दया, सेवा-जैसे शब्दों के अर्थ उसके लिए आज सहसा अस्पष्ट हो उठे थे। वह इस सारे समय अपने ही से जूझता रहा था और इस गुत्थम-गुत्था में उसे भारी पराजय उठानी पड़ी थी। अभी क्षण भर पहले जब रामजस को देखकर उसने सोचा था कि वह अपनी 'नयना की मुक्ति' नामक उस कथा के बारे में कुछ जानने-समझने की कोशिश करेगा और इस तरह 'जे' के निमित्त उस चिन्तन के आधार को खोज सकेगा जिससे वह सच्चा प्रभु-भक्त बन सके और उसके हृदय का अन्तर्संघर्ष मिट जाय लेकिन मौक़ा पाते ही साँप ने फिर फन निकाल लिया था और बात कहाँ-की-कहाँ जा पड़ी थी।

सुबह की उस नन्हीं-सी घटना पर उसने तत्काल एक रुख़ अपना लिया था। इस कथा के पाठकों में से कुछ लोगों को लगेगा कि शायद वह आदर्श रुख़ था। फादर का विचार भी वही था और वह दिल से चाहता भी था कि वह उन्हीं विचारों के साथ टिका रह जाय पर कमरे में लौटते-लौटते उसे लगा कि नयना तो एक नयी जहमत बन रही है। आज पुलिस के सिपाही आये हैं तो कल पता चलेगा कि यहाँ हथगोले

बन रहे हैं और प्रभु यीशु का यह पवित्र मन्दिर उन्हीं के पुत्रों की हत्या का संस्थान बन गया है। मुझे यह सब झंझट पसन्द नहीं है। मुक्ति और चिन्तन के मार्ग में विग्रह का कोई स्थान नहीं होना चाहिए। दूसरे यह कि कहीं अपने प्रभाव और पद के प्रयोग से वह घटनाओं को प्रभावित करके नकली न बना दे। कहीं ऐसा न हो कि सच्चाइयों की खोज का मार्ग उसके बीच में आने से कुछ टेढ़ा-मेढ़ा होकर उलझ जाय और 'जे' की परिवेश की तलाश खण्डित हो जाय एक सुलगती हुई आग पर उसके प्रभाव का ऐसा पानी पड़े कि राख भी ठण्डी हो जाय और 'जे' कहे कि अभारतीय और शासक तन्त्र का देशवासी होने के कारण मैंने नयना का नहीं अपने देश की सरकार का ही हित किया है। यह मेरा निहित स्वार्थ है। नयना से छुट्टी लेनी होगी—वह अकेले अपने कमरे में धीरे-धीरे बोलकर ख़ुद अपनी ही बातें सुनने और सुनकर सहने की कोशिश करते-करते अपने को कोसने लगा। क्या इतनी-सी छोटी बात के कारण वह अपना इतना महान् प्रयोग, अपनी इतनी गहरी जीवन आस्था छोड़ देगा?...नहीं, नहीं, वह जैसे अपने ही से लड़ने लगा था और अन्ततः उसने यही निश्चय किया था कि वह नयना की मुक्ति की कहानी पर अपना काम आगे बढ़ायेगा। लेकिन रामजस से जैसी बातें उसने अभी कर दीं उनसे तो लेखक को यही लगा कि फादर ख़ुद अपनी मुक्ति के लिए भयंकर संक्रान्ति में फँस गया है और फिलहाल सवाल 'जे' के लिए एक आधार संयोजित करने का नहीं वरन् उसे अपने ही लिये एक आधार की खोज का है।

रामजस काफ़ी दुनिया देखे हुए है इसलिए उसे यह मानने में देर नहीं लगी कि अन्ततः फादर एक गहरी नैतिक उलझन में फँस गया है और आज नहीं तो कल वह ज़रूर पराजित होगा और पराजित होकर वह वही सब करेगा जो एक साधारण आदमी अपने स्वार्थों की रक्षा के लिए करता है। जीवन के एक निजी परिवेश की एक निजी माँग भी होती है जिसकी तात्कालिक उपेक्षा करके कोई अपने को कुछ-का-कुछ दिखा सकता है अथवा दूसरों के सामने जलते हुए आदर्श के नमूने रखकर आकर्षण का केन्द्र बिन्दु बन सकता है पर यह सब-कुछ देर का तमाशा है। हर पौधे के फलने-फूलने के लिए एक ख़ास तरह की मिट्टी और जलवायु की ज़रूरत होती है वर्ना कालान्तर में उसका मुरझा जाना अत्यन्त स्वाभाविक प्रक्रिया है और इस प्रक्रिया का विरोध एक तरह से प्रकृति का विरोध है जो व्यक्ति को कभी-कभी थकाकर तोड़ देता है। लेकिन फादर के साथ ऐसी बात क्यों होने लगी। वह तो येशु का अंश है—उस येशु का जिसने पृथ्वी के अन्तिम इनसान तक की रक्त-मज्जा में प्रवेश करने की कामना की थी और इस फादर ने दाख रस की तरह उसका ही ख़ून पी लिया था। महाप्रसाद से अभिसिंचित इसके शरीर का और दूसरा उपयोग ही क्या है जब वह नयना की मुक्ति के लिए बड़े-से-बड़ा त्याग नहीं कर सकता? लेखक कथानक के इस विशेष मोड़ पर अपनी डायरी में यही लिखता है। लेकिन रामजस इसे किताबी कहता है और बताता

है आदमी का वास्तविक परिवेश उसके द्वारा किये गये उन कार्यों द्वारा निर्मित होता है जिससे उसे दो जून की रोटी मिलती है। वह हँसता है जैसे वह एक मोटी बात कह रहा है लेकिन पूछने पर बताता है कि यह मेरी नहीं उन सभी लोगों की हँसी है जो रोटी के भोंड़े सवाल को जीवन की इतनी बारीक़ प्रक्रिया से जोड़ते हैं।

फादर ने नयना की मुक्ति की कहानी में समाज की आलोचना करते हुए उसे हृदयहीन बनाया था तथा उन लोगों की अनैतिकता पर आँसू बहाये थे जिन्होंने नयना के साथ ऐसा व्योहार किया। फादर को यह पता नहीं था कि वे लोग नैतिक और सामाजिक अपराध के उनके ही शिकार थे। अशिक्षा, परम्परा और संकीर्ण धर्मपरायणता और ढोंग के शिकार थे और उनके सामने भी मुक्ति की वैसी ही समस्या थी जैसी नयना की। स्वतन्त्र, जागृत एवं धर्मपूर्ण व्योहार के लिए मुक्त मानस की आवश्यकता उनके सामने भी विकट थी।

इसलिए नयना की मुक्ति का सवाल वैसा ही नहीं था जो फादर ने समझा था। पुलिस स्टेशन से लौटने के बाद फादर के सामने इस सच्चाई पर यकीन हो गया था कि नयना ही नहीं किसी भी एक की मुक्ति की समस्या एकान्तिक नहीं हो सकती इसलिए उसने अपने इस विषय को सहज जीवन की धारा में चले जाने में बाधा नहीं पहुँचायी थी। एक सहज प्रक्रिया और सम्पूर्ण परिवेश के ऊपर जाने तक फादर का प्रयास आकाश कुसुम की तरह था जो वस्तुतः यथार्थ की कसौटी पर निरी कल्पना सिद्ध हो चुकी थी। आदमी कुछ जानता है लेकिन जो जानता है वह अगर मात्र इतिहास है तो उसकी जानकारी कल्पना से अधिक नहीं है। ज्ञान को निरन्तर परिवर्तित समाज़ की धारा से ही खुराक मिलती है। यदि यह खुराक उपलब्ध नहीं है तो वह ज्ञान मृत है जो समय के विकास और प्रगति के चिह्नों को नहीं पहचानता। इतिहास उसके लिए एक कोरा आदर्श है जो सुनने में भला तो लगता है पर अमल के लिए वह निराधार है।

उसका ध्यान दीवार पर टँगी ईसा की उस धवल मूर्ति पर चला गया जो लकड़ी के काले सलीब पर झूल रही थी।

बवण्डर

कुछ देर चुपचाप चारपायी में बैठे रहने के बाद जोधा इस तरह झटके से उठ खड़ा हुआ जैसे बैठने के साथ लगातार मन में चलनेवाले विचारों से वह छुटकारा पा लेना चाहता हो। इस तरह तो वह सोचते-सोचते ही मर जायगा, फिर लड़कों-बच्चों और घर-दुवार का क्या होगा। कोई ऐसा भी नहीं जो इस कच्ची गृहस्थी को आगे बढ़कर सँभाल लेता। मटरू अभी दर्जा तीन में पढ़ रहा था और रमायन ने इसी साल से पटरी-पोथी सँभाली थी। सोनारी ज़रूर रेड़ की तरह बढ़ गयी है लेकिन वह कन्या की जात है। कल के हाथ पीले होंगे और देखते-देखते ही परायी होकर कहाँ-की-कहाँ चली जायगी। अजब रीत है लोक की...जोधा पल भर यही सोचता और बाहर निचाट सिवान में दूर देखता रहा। मटमैले आकाश में एक धुन्ध के अलावा कहीं कुछ भी नहीं था। हवा रुकी थी और बाहर धूप से चिनगी फूट रही थी। —आँधी का लच्छन है। जोधा बाहर निकलते-निकलते अपने ही से बोला।

सोनारी बाप को बाहर निकलते देख ओसारे में निकल आयी और खटिया को एक ओर खड़ी करते हुए पल भर सिवान की उस धुन्ध और जलन को देखती रही जिसमें उसका बाप नंगे बदन चला जा रहा था। गर्द की बिसही लटें रह-रहकर काँपती थीं और जोधा की आकृति पलभर को टेढ़ी-मेढ़ी होकर उसकी आँखों में जैसे किसी पुराने ढहते-गिरते हुए मकान की तरह लड़खड़ा उठती थी। जाने क्यों एक आशंका उसकी आँखों में तैर आयी। उसे लगा जैसे बापू नहीं होंगे तो ऐसी ही जलती हुई धूप उसके सिर पर छा जायगी और तनिक-सी छाँह के लिए उसे तरसना पड़ेगा। जो दो कवर सूखी रोटी और नमक दो जून मिल जाता है...उसकी आँखों पर पानी का एक परदा छा गया और वह लौट पड़ी। ओसारे का किवाड़ उठगाकर अन्दर जाने लगी तो बाहर से किसी ने दरवाज़ा थपथपाया।

सोनारी को बड़ी शंका हुई। अभी तो मैं बाहर ही थी। कहीं कोई दिखायी भी नहीं पड़ा और अभी यह थपथपाहट! उसके पाँवों में जैसे चक्की बँध गयी हो। तभी दुबारा दस्तक हुई और उसने आगे बढ़कर किसी तरह अरगनी हटा दी। सामने चुपचाप खड़े लोदी को देखकर जाने क्यों, उसे आज बहुत भरोसा हुआ और अपनी बेकार की इतनी शंका पर हँसी आयी। गाँव-घर की बात—फिर दिन का समय,

उसके मन में इतना सारा भय कहाँ से समा गया। क्यों वह इस तरह डर गयी थी...वह सोचते-सोचते अपने को ही देखने लगी। मैली-कुचैली पुरानी धोती के अलावा बदन पर कोई दूसरा वस्त्र भी नही। शर्म की एक अनोखी सिहरन उसके सारे बदन में कौंध गयी। वह थोड़ा झुककर नीचे देखने लगी।

लोदी वैसे ही खड़ा रहा। उसके जोधा मौसा होते तो वह दहलीज के पाटे पर चुपचाप बैठ जाता और वहीं ज़मीन से एक कंकड़ लेकर कुछ बनाता-बिगाड़ता, उनकी हाँ-में-हाँ मिलाता, धीरे-धीरे कुछ बातें करता और फिर उठकर चला जाता। कभी जब सुनारी उसे छेड़ती, खाने-पीने के लिए पूछती तो जोधा कहता कि बस तू पूछती ही है कि कभी उसे कुछ देती भी है पर सोनारी अपनी इस बात पर अड़ी रहती कि जब तक यह कहेगा नहीं, मैं नहीं दूँगी।

"क्यों लोदी, आज चूनी की लिट्टी बनायी है, लाऊँ?"

लोदी चुप।

'ठीक है, खाय चुके तुम।'

लोदी फिर भी चुप।

'लाओ, लाओ मैं कह रहा हूँ न, हो तो लाओ एक टुकड़ा।'

बड़ी मुश्किल से लोदी ने एक टुकड़ा चूनी की लिट्टी उस एक दिन खायी थी।

सोनारी और भी पीछे लौट गयी थी। पिछला संसार अनायास उजागर होता गया था। लोदी के गाँव आने की घटना उसकी आँखों के आगे तेज़ी से दौड़ने लगी थी। एक अधमरे, बेहोश, काले-कलूटे की तरह लगनेवाले पुतले को ठाकुर के आदमी ट्रैक्टर से उतार, उसके ओसारे में गठरी की तरह डालकर बिना कुछ कहे चले गये थे। उसे देखने से डर लगता था। पता नहीं वह कौन है और वे उसे यहाँ क्यों फेंक गये हैं। वह किवाड़ पकड़े चुपचाप खड़ी उसे देख रही थी कि जोधा ठाकुर के दरवाज़े से दौड़ा हुआ आया था। कन्धे के गमछे में दो पोटलियाँ बँधी थीं। जोधा ने ही सोनारी को आवाज़ दी थी, सोना यह पिसान-दाल लो और सुन तो, देखो यह कौन आया है! बड़े ठाकुर ने सड़क के किनारे अरुआ-परुआ पाया है। देवा पाँड़े से कहलवाया है कि जब तक इसका जी अच्छा नहीं हो जाता, यह हमारे ही साथ रहेगा। इसके लिए एक सीधा रोज़ बखरी से मिलेगा। ले लो, खोलकर धर लो और तनिक एक लोटा पानी लेकर तो आओ। बेचारे को भुंइयाँ ही फेंक गये हैं ससुरे। जैसे आदमी नहीं खर-कतवार हो। मैं उसे उठाकर खटिया पर ओलार देता हूँ।

सोनारी ने हाथ से बूँद-बूँद पानी उसके मुँह में डाला था। सिर और मुँह पोंछकर उसे ठीक से लिटाने में जोधा की मदद की थी। जल्दी-जल्दी अरहर की दाल बनाकर लायी तो देखा जोधा हँस रहा था, कुछ अच्छा है जी इसका।

अपने से करवट बदला है, आँख भी मुलमुलाया है। लाओ, थोड़ी दाल पीकर कौन जाने इसे आराम हो जाय। जोधा ने सिरहाने बैठकर लोदी को तनिक ऊपर उठाया और सोनारी ने मुँह से दाल की थाली लगा दी, लोदी घुट-घुट सारी दाल पी गया था।

"भूखा है थोड़ी दाल और लाओ।" जोधा ने झुककर देखा, वह टुकुर-टुकुर ताक रहा था। जोधा की ख़ुशी का ठिकाना न था। उसने धीरे से पूछा, "तुम्हें किस नाम से पुकारें।"

'लोदी!' टूटती आवाज़ में वह बोला था।

सोना यह लोदी है। हम हम लोग इसे इसी नाम से पुकारेंगे।

अच्छा तो है।

लोदी ने थोड़ी और दाल पी ली थी। दो-चार दिनों में ही वह उठ बैठा था लेकिन वह दिन-दिन भर चुप रहता था जैसे उसके मुँह में जीभ ही न हो।

जोधा ने एक दिन ऊबकर उससे कहा था, ओझा को बुलाकर इसे फुँकवा दूँ क्या, कोई कारन न हो! ...भूत-प्रेत होगा तो...

लोदी बीच में में ही सहसा बोल पड़ा था, भूत-प्रेत ग़रीबों को दबाने के लिए गढ़े गये हैं मौसा। कभी किसी बड़े आदमी पर भूत-प्रेत आते देखा है।

जोधा चौंक पड़ा था। लोदी ठीक कहता है। लोदी समझदार है। ज़रूर वह अच्छा है। अच्छे ही तो अच्छी बात बोलते हैं। जोधा निश्चिन्त हो गया था। काम से लौटता तो लोदी पास आकर बैठ जाता और बहुत धीरे-धीरे दोनों में कुछ बातें होतीं। रोज़ जोधा की आँखों की रोशनी कुछ बदल जाती... आख़िर ठाकुर भी तो हमारी तरह आदमी है। उन्हें भूत क्यों नहीं पकड़ता। धरम-करम सब झूठ है मौसा। भगवान् ऐसा ही सबका बाप होता तो उसके कुछ लड़के भूखों क्यों मरते, जानवरों की ज़िन्दगी क्यों बिताते और कुछ...। लोदी चुप हो जाता, बस ज़रा-सा बोलकर, और जोधा की हिम्मत न पड़ती कि उससे लगे हाथ उसके बारे में भी पूछे। फिर पूछे ही क्यों? क्या करेगा उसके माँप-बाप, गाँव-घर के बारे में जानकर। वह सब ऐसा ही कहने लायक होता तो बेचारा भूख के मारे सड़क के किनारे बेहोश पड़ा मिलता।

महीने भर में ही लोदी नयन सिंह के नियमित मज़दूरों की टोली में लगा दिया गया था। उसे चमरौटी में रहने के लिए वह खँडहर भी मिल गया था जिसे दो बरस पहले रामदास रात के अँधेरे में छोड़कर कलकत्ता भाग गया था। ठाकुर के क़र्ज़ से उसकी नाव इतनी बोझिल हो गयी थी कि डूबने ही वाली थी। यह संयोग की ही बात थी कि उसकी जगह पर कलकत्ता की जूट-मिल की छँटनी का शिकार लोदी उसमें बसा दिया गया था। लेकिन अब वह खेत मज़दूर नहीं वरन् एक बँधुआ

मज़दूर बन गया था। क्योंकि नयन सिंह ने उसे सड़क के किनारे बेहोश पड़ा पाया था।

तब से कितने दिन बीत चुके हैं सोनारी क्या-क्या सुनती रही है। लोदी बिना खाये ही सो जाता है, लोदी भुना दाना खाकर दो-दो दिन रह जाता है। लोदी बीमार है, कोई जूस-पानी देनेवाला भी नहीं लेकिन लोदी जब भी मिला है तो वैसे ही एक भाव, एक रूप। गहरा काला किन्तु चिकना-चिकना-सा बदन, गोल चेहरा और काली-काली भौंहों में छिपी साफ़ किन्तु झुकी हुई आँखें। छोटे तंग माथे पर सूजे की तरह सामने लटके हुए बाल। लोग कहते हैं, लोदी बड़े-बड़े बोझ उठा लाता है, और एक बार झुककर पूरी-की-पूरी पाँत ईख खुरपे से काटकर ही कमर सीधी करता है। सोनारी को यह सुनकर सदा ही आश्चर्य होता रहा है लेकिन आज तो उसे लगता है कि यह सभी बातें निरी झूठ हैं।

वह बिना किसी प्रसंग के बोल उठी "आज कैसे पिछड़ गये।"

'का...' जैसे लोदी चूक में बोल गया हो और उसे अपना मुँह छिपाने की जगह न मिल रही हो। सोनारी ने बात बढ़ाने के लिए जोड़ा..."उहै बतिया...।"

"कौन बात..."

"जवन लोग कहते हैं!"

"लोग कहते हैं, कहें। कोई चोरी तो करता नहीं।" लोदी की आँखें नाराज़ी के इजहार में कुछ और झुक गयीं। सोनारी का संकोच और कम हुआ, "चोरी नहीं तो अउर का है ई सब।

"यह सब तुम्हार खोपड़ी है। जो बात समझ में नहीं आती उसमें भी कूदती हो। बेसहूर की तरह गले में अँगुली डालकर बात निकालती हो।" लोदी भुनभुनाते हुए लौटने लगा तो सोनारी जैसे अवाक् हो गयी। उसके जी में एक बार आया कि वह उसे रोके और कहे कि मुझसे चूक हुई। ऐसा नहीं कि मैं तुम लोगों का संकट समझती नहीं। मन-ही-मन काली माई से मनाती रहती हूँ। जाने क्या होनेवाला है इस गाँव का...लेकिन वह देहरी को पकड़े खड़ी रह गयी और लोदी भी उसी धुन्ध भरी सिवान में, उसी ओर चला गया जिस ओर जोधा गया था। धूप की नाचती परछाँइयों में अब भी वैसी ही थिरकन थी लेकिन लोदी की आकृति एक बार भी नहीं लड़खड़ायी, न सोनारी की आँखों के आगे पानी का कोई पर्दा ही उभरा। हाँ, वह ओसारे में खड़ी उसे तब तक देखती रही जब तक वह आँखों से ओझल नहीं हो गया।

(२)

लोग धीरे-धीरे चारों ओर से जुट रहे थे। जोधा किसी पेड़ की ज़मीन से ऊपर उभरी हुई जड़ पर टेक लगाकर बैठने की सोच रहा था कि रामदीन मिसिर ने खैनी की पीक थूकते हुए उसके पास आकर पूछा, 'लोदी कहाँ अटक गया। और रंजीत

भइया का भी आज कहीं पता नहीं। ऐसा तो कभी नहीं होता था। वे सदा पहले ही आ जाया करते थे।'

आते ही होंगे महाराज, मुला यह सब क्या देख रहा हूँ। जेही छिनरा वही डोली के साथ।

'मेरी अकिल भी बौड़िया गयी है।' जोधा भला यह करइत यहाँ कैसे चला आया। इसको कैसे ख़बर लग गयी और लग भी गयी तो यहाँ आने का इसे हियाव कैसे हुआ।'

पल भर को दोनों चुप रह गये। वहीं ज़मीन पर उकड़ूँ बैठकर जोधा ने आम की एक सूखी पत्ती से ज़मीन खुलिहारते हुए कहा, 'भला यहाँ क्या बात हो सकेगी।'

'बात की बात करते हो जोधा। इस ससुरे के लिए तो इतना ही बहुत है कि यहाँ आनेवालों का नाम जान ले। तुम्हारी और लोदी की बड़ी खुवारी है। सुना है इसने नयन सिंह के कान भरना शुरू कर दिया है। यह उस नीच की लीद है लीद। बिना इसे साथ लिये नयन सिंह के यहाँ कभी नहीं जाता।'

उनही के टुकड़ों पर जीता है महराज। जानते हो, अब वह छोटे बाबू को भी मूँड़ रहा है। मनरी कहाइन की बेलवा से गाहे-बगाहे कनफुकनी करता है। एक दिन मैं मशीन पर बैठा भैंस के लिए पगहा बट रहा था तभी बेलवा बखरी से खाना लेकर आ गयी। कटोरदान रखकर लौट रही थी। कहीं से आ गया। बेलवा को लौटते देखकर बिगड़ने लगा।

ऐसे खाना फेंककर चली जाती हो। उसे ठीक से रखकर थोड़ी देर बैठ जाया करो। छोटे बाबू आते ही होंगे। कहाँ अभी दुपहरिया छूट रही है। बेलवा मटकती हुई वापस बँगली में चली गयी। धीरे-धीरे दोनों की हँसी-ठिठोली मद्धिम पड़ गयी।

पण्डित उसे वहीं रोककर गया और थोड़ी ही देर में छोटे बाबू की मोटरसाइकिल भड़भड़ाती हुई आ पहुँची।

मैं जानता था कि मेरा इस समय यहाँ होना छोटे बाबू को खटकेगा। मैं जान-बूझकर बैठा रह गया। उन्होंने मोटरसाइकिल खड़ी की और बिना मेरी ओर मुड़े बोले, 'आज दुपहरिया नहीं छुटेगी क्या जोधा।'

मैं चुपचाप उठा और बखरी चला आया। देवा को लगातार अपनी ओर टकटकी लगाये देखकर जोधा चुप हो गया। रामदीन मिसिर ने भी बात बदल दी। दोनों एकाएक उठकर दो अलग-अलग दिशाओं में चले गये, क्यों और कहाँ, यह किसी को भी मालूम नहीं हुआ।

(३)

इधर कई दिनों से बग़ल के गाँव घूरपुर में उपद्रव हो रहे थे वहाँ की मुसहरटी इस इलाके की मशहूर जगह है। यहाँ थोड़ी-सी ज़मीन पर मुसहरों के सैकड़ों डेरे

हैं। डेरे इसलिए कि उन्हें उखाड़ने-बनाने में इन्हें ज़रा भी देर नहीं लगती। एक सरपत की मड़ई और कुछ कच्ची मिट्टी के ढूहों के सहारे ये जब चाहते हैं अपना मकान घण्टों में खड़ा कर लेते हैं। फिर ज़रूरत के मुताबिक़ सनी मिट्टी के लोंदों से इनकी दीवारें धीरे-धीरे बनती रहती हैं। इन नन्हीं झोपड़ियों में इनका वह सामान आँधी-पानी में बचता रहता है जिसे ज़रूरत पड़ने पर हाथ में लेकर ये कहीं भी जा सकते हैं। सुबह से अगली सुबह तक ये डेरे के बाहर खुले ही में रहते हैं। औरतें लकड़ी बीनने से लेकर गाँव के काश्तकारों-ज़मींदारों के घर में गोड़ाई-मड़ाई का काम करती हैं। बच्चे मेंढक और असढ़िया साँप पकड़ते घूमते हैं। पानी के इन साँपों को मुँह के पास से आधा फीट काटकर उसे रस्सी में बाँध देते हैं और किसी हाँड़ी में पानी डालकर उबाल लेते हैं। फिर रस्सी को खोलकर पूँछ पकड़कर उसे सीधा उठाकर हिलाते हैं और सफ़ेद मांस उनकी टीन की थालियों में झर जाता है। थोड़ा नमक डालकर वे पेट भर इस मांस को खा जाते हैं। इधर ठाँठ भैंसें खरीदकर उन्हें कसाईखाने तक पहुँचाने अथवा शहद निकालकर बेचने का रोज़गार भी वे करने लगे हैं। इनकी बोलचाल, रहन-सहन सर्वथा अपनी निजी है। और उसी में इनके आनन्द की सीमा नहीं है। हुडुक बजाकर गाना, नाचना, कच्ची शराब ख़ुद उतारकर पीना इनका ख़ास शौक है। पहले ये पालकी और बहँगी ढोने का काम करते थे लेकिन इधर पालकी का चलन उठ जाने से ये बहँगी ढोने के साथ लोगों का हल चलाने लगे हैं। और मज़बूर होकर खेत-मज़दूर का काम करने लगे हैं। हलके लम्बे, छरहरे बदन और तीखे नाक-नक्श के कारण इनका चमकदार गहरा काला रंग देखते ही बनता है। पिछले दिनों इनमें कुछ को चोरी करने की आदत पड़ गयी। इसी कारण पुलिस इनकी जाँच-पड़ताल करने लगी। लोग बताते हैं कि ऊँची-से-ऊँची दीवार को फाँद जाना इनके लिए मिनटों का काम है और दौड़ में तो ये लोग इतने माहिर हैं कि एक बार घोड़े को भी पछाड़ दें। ये लोग महिसासुर को अपना देवता मानते हैं। क्वार के महीने में अपनी एक देवी को छौना काटकर उसका ख़ून और कच्ची शराब चढ़ाते हैं और ख़ुद उसी को पीकर ख़ुशी में नाचते-गाते हैं। भूत-प्रेत और टोना-टोटका इनमें भी वैसे ही जड़ जमाये हुए है जैसे दूसरी जनजातियों में। बच्चों को स्कूल भेजने का प्रचलन इनमें आज भी नहीं है। दसई मास्टर इस मुसहरटी में एक अपवाद हैं जिसने मिडिल स्कूल पास किया था और गाँव के प्राइमरी स्कूल में मास्टर बन गया था। लेकिन इसका कोई असर मुसहरटी पर नहीं पड़ा। दसई इन लोगों से प्रायः अलग पड़ गया था। एक किनारे उसने मिट्टी का घर बना लिया था और अपने बच्चों को अलग-थलग किये रहता था। यह तो रंजीत की गाँव में वापसी थी जिसने दसई को दसई मास्टर से कामरेड दसई बना दिया। दोनों मिडिल स्कूल तक एक ही दर्ज़े में पढ़ते थे और उस सयम भी इनमें गहरी दोस्ती थी। दसई का हाथ बहुत साफ़ था और रंजीत के सारे सुलेख वही लिखा करता था। कँटिया

में मछली फँसाने से लेकर खरगोश पकड़ने के कठिन काम में दसई रंजीत का अगुवां बना रहता। वह दिन रंजीत को आज भी नहीं भूला है जब इलाहाबाद पढ़ने जाने के लिए वह मुसहरटी के ऊसर में से गुज़रती धूल भरी टूटी-फूटी बस में बैठा और नीचे खड़ा दसई बस खुलते ही उसका हाथ पकड़कर फफककर रो पड़ा था।

(४)

रंजीत के गाँव में लौटने के बाद से दसई का जीवन अनायास और अनजाने ही बदल गया है। पढ़ने-लिखने की बहुत-सारी सामग्री के साथ दोनों की शामें सदा एक साथ गुज़रने लगी हैं। दसई बहुत आगे बढ़कर जनता पार्टी का समर्थक था। कांग्रेसी नयनसिंह का खुलकर विरोध करने लगा था। और बात-बात में जयप्रकाश नारायण का नाम लेता था। लेकिन अब जनता पार्टी और कांग्रेस दोनों को शोषक वर्गों की पार्टी के रूप में देखने लगा है। बस एक नागनाथ है तो दूसरा साँपनाथ। जहरवा तो दोनों में एक ही है भइया! वह बात-बात में दुहराता रहता है। शेरपुर के ठाकुर नयनसिंह कांग्रेसी हैं तो मेरे गाँव घूरपुर के बलवन्त राय जनता पार्टी के। दोनों में कहाँ अन्तर है? सैकड़ों एकड़ खेती और व्यापार के साथ शोषण-अन्याय में को बड़ छोट कहत अपराधू। लड़ाई तो दोनों की निजी स्वार्थों को लेकर है। दोनों के वर्ग-चरित्र में अन्तर कहाँ है? निश्चय ही यह दृष्टि उसे रंजीत से मिली है।

दसई ने भी बलवन्त से मुसहरों को घर बनाने के लिए ज़मीन देने की बात कई बार उठायी जनता शासन में। लेकिन मुसहरों की बस्ती के आस-पास की खुली ज़मीन ग्राम-समाज की होने पर भी बलवन्त राय के कब्ज़े में थी। उन्होंने दसई की बात पर बिलकुल ध्यान नहीं दिया जबकि उसने चुनाव में हर तरह उनकी मदद की थी। पास के ऊसर में थोड़ी ज़मीन देने की बात उन्होंने एकाध बार कही लेकिन उसे लेने के लिए कोई मुसहर तैयार नहीं हुआ। खेती-बारी से उन्हें मतलब भी क्या था। वे तो थोड़ा फैलकर बसने के लिए यहीं अपनी बस्ती के आस-पास की ज़मीन चाहते थे। बलवन्त राय के लड़कों का कहना था कि वह हमारी पुश्तैनी ज़मीन है जिस पर मुसहरटी बसी है। हमारे पुरखों ने ही उन्हें बसाया था। इसलिए उनके हर मौक़े पर चाहे वह खेती-बारी हो चाहे ब्याह-शादी मुसहरों को नाममात्र की मजूरी अथवा रस-दाने पर काम करना ज़रूरी था।

एक दिन सहसा विस्फोट हुआ। सारा इलाक़ा इस घटना से बेचैन हो गया—मुसहरों ने ग्राम-सभा की उस ज़मीन पर कब्ज़ा कर लिया जिसे बलवन्त राय के लड़के अपनी पुश्तैनी ज़मीन बताते थे।

—रातोंरात उनकी झोपड़ियाँ दो एकड़ ज़मीन पर फैल गयी।

—बल्लम, गैंती, गँड़ासा लेकर तैयार हैं मुसहर।

—डाँड़ी हाँड़ी की दारू पीकर गरज रहे हैं।

—कहा गयी बलवन्त की जनता पार्टी। दम हो तो मैदान में आ जायँ। नयन सिंह के गुण्डे घूम-घूमकर प्रचार करते रहे हैं। कांग्रेस के जमाने में ऐसा करते तो एक-एक की बोटी कटवा लेता।

—इसमें दम की क्या बात है भइया! वह तो ग्राम-समाज की ज़मीन है। बलवन्त राय अन्याय पर हैं। कहने ही को जनता बने हैं। जब सरकार ग्राम-समाज की ज़मीन हरिजनों को आबादी के लिए बाँट रही है तो उन बेचारों को पहले ही क्यों नहीं दे दी गयी आख़िर। उनसे बड़ा भूमिहीन यहाँ कौन है? वोटवा भी तो उन सबों ने उन्हीं को दिया था। दसई ने कतार बाँधकर मुसहरों का वोट गिरवाया था। स्वारथ में आदमी को अन्धा नहीं होना चाहिए।

लेकिन आग लगनी थी सो लग गयी। बलवन्त राय के लड़कों ने बिना सोचे-बिचारे मुसहरटी पर चढ़ाई कर दी। उन्हें यह पता ही नहीं था कि इस बार मुसहर लड़ने के लिए तैयार हैं। दसई रंजीत के साथ पहले ही थाने पर हमले के ख़तरे की सूचना देने जा चुका था और इधर एकजुट मुसहरों ने भूमिहार हमलावरों को बुरी तरह खदेड़ दिया। उनसे भागते नहीं बना। गनीमत हुई कि ख़ून-ख़राबा नहीं हुआ। तब तक पुलिस भी आ गयी। बग़लवाले गाँव के कांग्रेसी ठाकुर नयनसिंह के दरवाज़े पर ट्रक खड़ी करके अधिकारी ने ठाकुरों से कुछ बात की। यहाँ समझ-बूझकर पुलिस दल मुसहरटी पहुँचा कि ज़मीन बलवन्त राय की नहीं वरन् ग्राम-समाज की है। दो-चार मुसहरों को पकड़कर थाने ले जाया गया लेकिन दसई और रंजीत ने जमानत कराके उन्हें तुरन्त छुड़ा लिया। मुसहरटी आबाद रह गयी। मुक़दमा चलता रहा लेकिन मुसहर अपनी-अपनी जगहों पर काबिज रहे। ऊपर से देखने में मामला रफ़ा-दफ़ा हो गया लेकिन आग तो बो दी गयी थी। इसलिए भीतर वह धीरे-धीरे सुलगती रही। यह एक अनहोनी बात थी कि मुसहर भूमिहारों को गाँव तक खदेड़ ले जायँ। आख़िर यह हिम्मत आयी कहाँ से? रंजीत और दसई का मिलन, गुप्त सभाएँ, जवानों का संगठन, लाल झण्डा पार्टी के बारे में अनन्त कथाएँ एक कान से दूसरे तक और तीखी होकर पहुँच रही थीं। अन्ततः नयनसिंह की बैठक में देवा पाँड़े ने खुलासा किया, 'भाई, अब वह दसई मास्टर नहीं, कामरेड दसई बोला जाता है। रंजीत साम्यवादी पार्टी का बहुत बड़ा कार्यकर्त्ता है। इतना सब पढ़-लिखकर नौकरी पर नहीं गया। पार्टी पैसा देती है कहता है बिना ख़ून के सत्ता नहीं मिलती। उसने आग बो दी है। अब यह इलाका जलकर भस्म हो जायगा। हरी-बेगारी बन्द होगी, खेत-मजूरों का संगठन बनेगा और ज़मीनों पर ज़बरन कब्ज़ा किया जायगा इतना ही नहीं, अगर ऊँची जातियाँ अब भी सोती रहती हैं तो धन-सम्पत्ति के साथ उन्हें अपनी बहू-बेटियों की इज्जत भी गँवानी पड़ेगी।' देवा सच कहता है।

दसई, रंजीत और रामदीन पर उच्च जातियों की निगाह जम गयी। बात केन्द्र में आकर जम गयी। तनाव की बुनियाद पड़ गयी। रंजीत और रामदीन मिसिर ने इस संघर्ष को जात-पाँत से अलग रखने के लिए एड़ी का पसीना चोटी तक पहुँचा दिया लेकिन उन्हें सफलता नहीं मिली उनके अनेक सवर्ण समर्थक कमज़ोर कगारों की तरह भरभराकर टूट गये। अन्ततः छोटी जातियों का एक छोटा किन्तु मज़बूत गढ़ बनाकर वे संघर्ष चलाते रहे।

जनता पार्टी अपनी नीतिगत कमज़ोरियों का शिकार हुई। सामाजिक विकास कांग्रेसी रास्ते पर चलकर समस्याओं का सही निदान सम्भव ही नहीं था। यह उन्हें इन्दिरा गाँधी की असफलताओं से ही सीखना था। पूँजीवादी रास्ते के अन्तर्विरोधों ने ही उन्हें आपात्काल तक पहुँचाया था। निश्चय ही इस मार्ग पर चलकर बहुत देर तक लोकतन्त्र का स्वाँग नहीं चल सकता था। बड़े ज़मींदारों और इज़ारेदार पूँजीपतियों के दबाव में जन-संघर्षों को कुचले बिना सरकार नहीं चल सकती थी। जनता पार्टी देखते-देखते आपसी मतभेद और व्यक्तिगत महत्त्वाकांक्षाओं का पिटारा बनकर अन्ततः कूड़े की टोकरी में फेंक दी गयी और मध्यावधि चुनाव की घोषणा हो गयी।

घूरपुर और शेरपुर की बीचवाली ठाकुर नयन सिंह की अमर में पहली बार जनसभा हुई। रात-रात भर जागकर लोगों को सभा में जुटाने का अथक परिश्रम करके भी लोदी सभा में नहीं गया। जोधा ने बहुत सोच-समझकर उसे रोक दिया। सोनारी ने उसे डरपोक कहकर अगोरने की जिम्मेदारी दे डाली—घर में घुसकर अरगनी चढ़ाय लेना। कहीं छोटे बाबू के आदमी तुम्हें पकड़ न ले जायँ। मटरू और रमायन भी ख़ूब हँसे लेकिन इनमें से कोई न समझ पाया कि जोधा ने ऐसा क्यों किया है? उन्हें तो इतना ही मालूम है कि दसई और लोदी के बिना सभा कैसे होगी? अकेले रंजीत भइया क्या करेंगे? रामदीन मिसिर को तो बस सुरती खाकर जगह-जगह थूकना और बलबलाना आता है। लेकिन जोधा ने बताया कि सब लोगों की यही सलाह है—अगर लोदी को गाँव में रहना है तो उसे ऐसी सभा में नहीं जाना है।

रंजीत ने उच्च जातियों के उग्र विरोध और हिंसात्मक रुख़ को ख़ूब अच्छी तरह समझकर ही लोकदल को समर्थन देने की बात शुरू की थी। उसकी पार्टी का निर्देश भी यही था। दूसरा ख़तरा यह था कि साथियों के न चाहने पर भी उनका संघर्ष उच्च जातियों के छोटे-बड़े सभी लोगों को संगठित होने का अवसर दे रहा था। अकेले पड़ जाने के ख़तरे के साथ ही संगठन का मुख्य मन्तव्य ही खोता जा रहा था। यही कारण था कि सभा में मध्य जातियों की भारी भीड़ चारों ओर से उमड़ पड़ी और पहली बार लाल झण्डे के नीचे इतनी बड़ी सभा सम्पन्न हो गयी। नयन सिंह और बलवन्त राय दोनों को इस सभा में एक ही थैली का चट्टा-बट्टा कहा

गया और ग़रीब जनता को इन दोनों की राजनीति से सावधान किया गया। कांग्रेस और जनता पार्टी के खिलाफ गगनभेदी नारे लगाये गये।

नयनसिंह के कान खड़े हो गये। इस नये संकट की तो उन्होंने कल्पना भी नहीं की थी। लेकिन इस बार मैं देख लूँगा। उनके दाँत एक-दूसरे से बज गये, इस दसई के बच्चे को सबक न सिखा दिया तो मेरा नाम नयनसिंह नहीं। बड़ा चला है नेता बनने। फिर अब तो बलवन्त भी उसका दुश्मन है।

चुनाव में वोट बुरी तरह बँट गये और नयनसिंह का आदमी चुनाव जीत गया। लेकिन आश्चर्य की बात है कि बलवन्त राय ने चुनाव हारने के बावजूद नयनसिंह की विजय-यात्रा में दिल खोलकर सहयोग दिया और चुनाव के दूसरे ही दिन रात बारह बजे अँधेरे में मुसहरटी पर भयानक आक्रमण हुआ। देखते-देखते दसियों लाशें गिर गयीं जिनमें छोटे बच्चे, औरतें तक शामिल थीं। बन्दूकों से अन्धाधुन्ध गोलियाँ चलती रहीं। उन्मत्त भीड़ ने झोपड़ियों से खींच-खींचकर मुसहर लड़कियों और औरतों को खुलेआम और बेहयायी के साथ बेइज़्ज़त किया। जवान लड़कियों को पहले नंगा करके दौड़ाया गया और फिर सामूहिक बलात्कार के बाद उन्हें बेरहमी से तड़पा-तड़पाकर मार डाला गया। बच्चों-बूढ़ों को डण्डों से पीटकर एक सुअरबाड़े में झोंककर उसमें आग लगा दी गयी। फिर बची-खुची झोंपड़ियों को जलाकर राख कर दिया गया और कितने ही मासूम बच्चों को उसी आग में झोंक दिया गया। इतना जघन्य अपराध और ऐसी क्रूरता कि वर्णन के लिए भाषा को शर्म आती है। दसई घर पर नहीं था लेकिन उसकी बीबी तारा को लोगों ने घर से भागते हुए पकड़ लिया। वह अपनी पूरी ताक़त से आततायियों से लड़ते-लड़ते जब सिर पर लाठी की जोर से बेहोश होकर ज़मीन पर लुढ़क गयी तो उसके गुप्तांगों में लाठी डालकर उसे घसीटकर आग में डाल दिया गया। उसकी ग्यारह वर्ष की लड़की और छह वर्ष का लड़का न जाने कैसे बच गये जिन्हें दूसरे दिन ताल की गहरी खाईं में एक-दूसरे से चिपककर बैठे पाया गया।

दस घण्टे के बाद पुलिस घटनास्थल पर पहुँची। उस पूरे स्थान को पी. ए. सी. के जवानों ने घेर लिया और बचे लोगों को राहत देने की बात तो दूर रही उन्हें दुबारा पीटा गया और घसीटकर एक जगह बैठा दिया गया। दसई पागल हो गया था। पुलिसवालों की मनमानी और झूठी बातों पर बिफर गया। नतीजा यह हुआ कि उसे तुरन्त थाने भेज दिया गया। जाँच की कहानी इस तरह बनायी गयी—रात इन जरायमपेशा मुसहरों ने घूरपुर के ठाकुरों की बस्ती पर हमला किया और बहुत-सा सामान लेकर भाग निकले। गाँववालों ने हमलावरों का पीछा किया और देखते-देखते आस-पास से कई हज़ार लोग जमा हो गये। चारों ओर से जुटी भीड़ से वे घण्टों लड़ाई करते रहे और उसी आवेश में यह भयंकर घटना घटी।

रंजीत ने दसई को छोड़ देने के लिए पुलिसवालों को बहुतेरा समझाया लेकिन उन्होंने उसकी एक न सुनी। इस भयानक परिस्थिति में दसई राहत कार्यों में मददगार साबित होता। मामले की जाँच-पड़ताल और स्थिति को स्पष्ट करने के लिए मुसहरटी में अकेला वही आदमी था लेकिन शायद यही कारण भी था कि हत्यारों के संकेत पर नाचनेवाली पुलिस उसे छोड़ने के लिए तैयार नहीं हुई।

दसई को छुड़ाने और इस नयी परिस्थिति पर विचार करने के लिए वह गुप्त सभा बुलायी गयी थी। जोधा दुपहरिया छूटने पर उस दिन उसी सभा में गया था। लेकिन नयनसिंह के दलाल देवा पाँड़े के वहाँ पहुँच जाने से सभा नहीं हो पायी। जो लोग वहाँ पहले पहुँच चुके थे वे भी वहाँ से किसी बहाने खिसक गये और अन्य आनेवालों को रास्ते से ही लौटा ले गये।

जोधा घर पहुँचकर अपने सिर के गमछे से मुँह का पसीना पोंछ रहा था कि सोनारी घबरायी हुई दौड़ी आयी और बोली, ठाकुर ने तुरन्त बुलाया है। झूरी काका दौड़े आये थे। कह रहे थे कि भारी पंचाइत बैठी है। बड़के ठाकुर के यहाँ। पुलिस के बड़े-बड़े अफ़सर और घूरपुर के बलवन्त राय भी आये हैं।'

'बलवन्त राय?'

'हाँ बाबू बलवन्त राय। झूरी काका बहुत सँसे हुए थे। कह रहे थे, बुरी हवा बह रही है गाँव पर कोप है डिह का। जो न हो जाय बिटिया आते ही भेज दो जोधा भइया को।' डर के मारे सोनारी की बड़ी-बड़ी कजरारी आँखों की पुतलियाँ थिर हो गयी थीं, हाथ-मुँह धोकर पानी पी लो बाबू छँहाय लो तब जाओ।'

'अब छाँह कहा बेटी।' जोधा अन्दर जाता सोनारी को एकटक देखते हुए अपने ही से बोला। उस मुसहरटी में जलकर लकड़ाई कितनी ही लड़कियों की लाशें याद आ गयीं। क्या औरत थी, तारा! जोधा की आँखों के आगे मुसहरटी का दारुण दृश्य भीत पर खुदे चित्र की तरह खड़ा हुआ था जिसके उस पार पीतल के लोटे में पानी लिये सोनारी खड़ी थी। एकाएक 'का सोच रहे हो, बाबू' सुनकर जोधा का ध्यान टूटा। उसने सोनारी के हाथ से लोटा थाम लिया। मुँह पर छींटे मारकर थोड़ा पानी पी लेने पर उसका सिर और चकराने लगा। वह वहीं दीवार को टेककर कुछ देर बैठा रह गया। जोधा का पेट खाली भी नहीं था। थोड़ी देर पहले वह प्याज और नमक से एक मोटी लिट्टी खाकर घर से निकला था। फिर यह पानी क्यों लग गया। अँतड़ियों में ऐंठन-सी मालूम होने लगी थी। सोनारी ने दीवार से लगी खटिया बिछा दी और उसे पलभर लेट जाने को कहा। वह वहीं से हाथ के सहारे खटिया की पाटी पकड़कर उस पर लेट गया। थोड़ी देर में तबीयत कुछ ठीक होते ही वह उठ बैठा और सिर पर गमछा रखकर ठकुराने की ओर निकल पड़ा। लेकिन उसके पाँव जैसे किसी दूसरे के हो रहे थे। आगे बढ़ते हुए लटपटा जाते और वह पूरी ताक़त से उन्हें एक के बाद एक उठाकर आगे रखता जाता। पाँच मिनट का यह

रास्ता उसके लिए पहाड़ हो गया था। ठाकुर की बखरी के पिछवाड़े पहुँचते-पहुँचते उसका दम फूल गया। उसे लगा जैसे कलेजा मुँह के बाहर निकल आयेगा। वह पेशाब करने के बहाने थोड़ा बग़ल होकर बैठ गया।

झूरी की आँखें कब से उसी रास्ते पर बिछी हुई थीं। वह ठाकुर के दरवाज़े पर खड़े-खड़े जोधा को क़दम-क़दम आगे बढ़ते देख रहा था। उसके पैरों की थाप से निकलनेवाली निःशब्द कराह से तड़प रहा था लेकिन थोड़ी देर के बाद को पार करके दरवाज़े पर सामने आ जाने के खिंचते हुए समय के तनाव से उसे ऐसी राहत मिली जैसे कुएँ में गिरे व्यक्ति के काँटे में यह रक्षक से मिलता है कि वह ईंटों को पकड़कर पानी में खड़ा है। कितना अच्छा होता अगर जोधा का इस समय इन बाघों के मुँह में आना टल गया होता। बाद में जो भी होता देखा जाता। वह इतना तो जानता है कि आख़िर बकरे की माँ कब तक ख़ैर मनायेगी। लेकिन थोड़ा समय मिलने पर कुछ सोचा जाता। कुछ राय-बात होती। बचाव के उपाय निकाले जाते। इस समय तो वह इस जलती हुई आग में झोंक उठा है।

ख़ुशहाल ठाकुर

सुमिरन को सब-कुछ ऐसे ही मिल जाता है—चाहे वह ग्राम-समाज की भूँय हो, चाहे बैंक का करजा।

गाँव की हरिजन पट्टी में बिजली लगने की बात उठी तो सुमिरन के दरवाज़े पर पहले ही बल्ब टिमटिमाने लगा। चकरोड कटने का मौक़ा आया तो ठाकुर ने चकबन्दी अफ़सर से कहा कि सुमिरन के दरवाज़े से ही रास्ता जाना चाहिए, वह विकास के सारे कामों में हाथ बँटाता है। हरिजन कल्याण उसी की देहरी से शुरू होता है।

लोगों को अचरज होता है कि वह कौन-सी घुट्टी पिला दी है सुमिरन ने कि जिस काम के लिए लोग एड़ी का पसीना चोटी करते हैं और प्रमुखजी का दिल नहीं पसीजता, वही सुमिरन के लिए चुटकी बजाते हो जाता है। वह कभी चाटुकारी भी नहीं करता सुना या देखा गया। बस कभी-कभार वह ठाकुर की एक नस दबा देता है—वह उनका हमउम्र है। कहते हैं ख़ुशहाल भइया के विरोधी लोग नार-खोर में बिला गये, पर वही एक हैं जो जवार में सूरज की तरह चमक रहे हैं। सारे हरिजन तो जान देने के लिए तैयार हैं भइया के नाम पर।

सुमिरन ने ठाकुर की इस आकांक्षा को ताड़ा ही नहीं है वरन् इसे बढ़ाया भी है—वह उनके दिल में सुलगनेवाली इस आग को हवा देकर धधकाता रहता है। मौक़ा देखकर वह आस-पास के नेताओं के आगे बढ़ने की बात उठाकर उनका ध्यान अपनी ओर खींचता है, फिर यह देखकर कि उसके ठाकुर बाबू मुट्ठी में आ गये हैं, कहता मुला भइया-जैसा जस किसी के भाग में कहाँ, अगर लोहा भी छू लें तो वह सोना हो जाय।

लेकिन उधर ठाकुर को सुमिरन की बातें और भी उदास कर देती हैं। सुमिरन को आशा थी कि दूसरी शादी के बाद ठाकुर अपने पहले के रंग में खिल उठेंगे सो हुआ नहीं। नयी बहू भी न जाने क्यों, आये दिन भागती रही हैं।

ठाकुर की पहली बीबी से एकमात्र पुत्र कुमार कलकत्ते में उनके ईंट भट्टे का सारा व्यापार दबाकर बैठ ही नहीं गये, उन्होंने एक बंगाली लड़की से शादी कर ली है। रुपयों की आवाज़ाही भी बन्द हो गयी है और कुमार एक अरसे से गाँव भी नहीं आये।

ख़ुशहाल सिंह का ग़म पैसों का नहीं है। बनारस में बैंकों में अपरम्पार धन सूद कमा रहा है और वहाँ की कोठी में एक मुनीम ख़ास हिसाब-किताब में लगाये हुए हैं।

गाँव में ही सुमिरन ने झूरी नाम के एक लड़के की शादी के तुरन्त बाद उसकी बीबी किसुनी को परिवारजनों के अभाव में घर के काम-काज में लगा दिया था जो कई और नौकरानियों, मज़दूरिनों के मामले में अन्दर का प्रबन्ध देखती है। झूरी कलकत्ता की एक मिल में काम करता है और छुट्टियों में कभी-कभी घर आता है। बाहर भगेलू की फौज ने खेती-बारी का सारा काम सम्हाल लिया है।

किसुनी अकसर आते-जाते भगेलू से धीरे से कहती...भगेलू भइया, तनी देखा तो खटिया से सट सुमिरन काका जैसे कान में अमृत उँड़ेल रहे हैं। एक तुम हो कि हर समय रहेट्ठा की तरह चरचराते रहते हो।

'क्या करूँ किसुनी, मेरा काम ही ऐसा है। देखती नहीं, इतना न चिल्लाऊँ तो एक काम न हो। वे सवेरे से बिना कुछ खाये-पीये काम में जुटे रहते हैं। दुपहरिया छूटती है तो तुम एक लोटा खाँड़ का रस और एक मुट्ठी दाना दे देती हो।'

तुम कर ही क्या सकती हो, जो सदा से लग आयी है, वही तो चलेगा लेकिन यह जान लो कि गाँव में एक नयी हवा भी चल रही है। किसुनी वहाँ से खिसक लेती है। वह किसी तरह की कहा-सुनी में नहीं पड़ना चाहती। भगेलू मौक़ा पाते ही कहता है बहुत होशियार बनती हो। आने दो इस बार झूरी को तो कहता हूँ तुम्हें साथ ले जाय।

यह तो मैं ही बहुत कहती हूँ, रोती हूँ, कहते हैं किसुनी एक खटिया भर जगह में हमारे साथ बिहार का एक लड़का भी रहता है। बेचारा जब घर जाता है, उसकी बीबी रो-रोकर रास्ता रोकती है। लौटने पर हफ़्तों उदास रहता है।

मैं जाकर मिल में दिन भर खटूँगा और तू बैठी राह ताकेगी। हमारा भी मन काम में नहीं लगेगा—शहर की बात है। वहाँ कब क्या हो जाय कौन जानता है। औरत की जात और वह भी तुम्हारी-जैसी-कुछ और पैसे बना लूँ तो थोड़ा खेत और खरीदकर नौकरी छोड़ दूँगा फिर हम दोनों चैन से रहेंगे। तुझे तो ठाकुर के घर इसलिए लगा दिया है कि मैं जानता हूँ कि तुम्हारे बिना उनका घर चल ही नहीं सकता। छोटी बहू पलँग से नीचे पाँव ही नहीं रखती और मैके जाने के लिए भाई की राह ताकती रहती हैं। सुना वहाँ से आना ही नहीं चाहती। यह तो उनके घरवाले हैं जो बार-बार उन्हें पहुँचा जाते हैं। मालिक भी बड़े मज़े में किसुनी यह कर दे, किसुनी वह कर दे की रट लगाये रहते हैं। अब का-का बताऊँ कभी-कभी तो कहेंगे कि किसुनी तुम खाना भी बना दिया कर। महाराजिन वैसे ही छी-छी करती रहती है। भला सोचो, लोग सुनेंगे तो क्या कहेंगे।

कहने की बात करती है। तू तो अब बदनाम हो रही है। कहाँ छोटी बहू का अमहट की तरह सूखा चेहरा कहाँ यह चाँद का टुकड़ा। जानती है, गाँव के सारे हुरहुण्डे तुम्हें क्या-क्या कहते हैं। वो तो ख़ुशहाल ठाकुर का ऐसा आतंक है कि किसी का हिआव नहीं होता। पुनवाँसी बनिया की साँझवाली हौली पर...भगेलू एकाएक चुप हो गया। सुमिरन ठाकुर की पाटी छोड़कर उठ खड़ा हुआ था और उन दोनों को देख रहा था। भगेलू चरही में झुककर सानी-पानी करने लगा। बोला बाँच चुका सारा अख़बार-तू भाग

जा...और किसुनी झुककर ज़मीन से एक कंकड़ उठाकर फेंकती हुई बखरी की ओर चली जाती है।

कलकत्ते में उनके ईंट-भट्टे हैं जिनसे उन्होंने अकूत धन कमाया है। ख़ुशहाल सिंह का जवार के भारी काश्तकार और रोजगारी हैं। शान्त और गम्भीर होने के साथ गाँव-गिराँव ही नहीं, सरकारी अहलकारों में भी उनकी बड़ी क़दर है। कोई अफ़सर आया तो बैठकी उन्हीं के यहाँ लगती है।

ग्राम पंचायत आयी उनके आगे कोई परचा ही नहीं भरता। उन्हीं की देख-रेख में सब-कुछ चलता है और सुमिरन और धनीराम-जैसे कुछ लोग जो राय देते हैं, उन्हीं के अनुसार काम-धाम होता है। कौन चिरई किस डाल पर बैठ रही है तथा पुनवाँसी बनिया की नहरवाली दुकान पर कितनी पन्नी की रोज़ ख़पत है और मटरू से लेकर बभनौटी का कौन-सा लड़का कितना गटक रहा है उन्हें रोज़ मालूम हो जाता है। ठकुरानेवाली गली में चार ऐसे लड़के हैं जो सूरज डूबने का इन्तज़ार करते हैं। दस बजे रात तक नहरवाली दुकान में उधारी की पीना और पुनवाँसी का कर्ज़ा बढ़ाना उनका एकमात्र काम है। वे ख़ुशहाल बाबू की बात वहाँ नहीं करते लेकिन दूसरे लोग अब उनकी चर्चा करने लगे हैं। अचम्भे की बात तो यह है कि किसुनी की चर्चा कोई नहीं करता। वैसे सब उसे अपनी दिलोजान के पास इस तरह रखते हैं कि वे सब समझते हैं वह इतनी हँसमुख सिर्फ़ उन्हीं के साथ है। सबसे हँसी...सबसे चिबोला लेकिन अलग-अलग। ख़ुशहाल बाबू को तो लोग बूढ़ा मानने लगे हैं। एक नयी नवेली को ब्याहकर लाये भी तो उसे बखरी की चीज़, वस्तु बना दिया है उससे भागते रहते हैं। पाँच बरस तो बीत ही गये, बेचारी की कोख जैसी-की-तैसी उजाड़ परती की तरह पड़ी हुई है।

ललुआ कहता है इसमें वैद्य डाक्टर क्या करेगा। मधुरी काका बुढ़ाय गये लेकिन मेहरारू को नहीं समझा, मधुरी मन मसोसकर रह जाता है। बतिया तो लालू ठीक ही कहता है मुला कुछ बोलते नहीं। बाद में उसे समझाते हैं, लालू बहुत बढ़ो नहीं। इस तरह भूँकोगे तो बात हवा में उड़कर जाने कहाँ-से-कहाँ जायगी। जानते हो ठाकुर के न जाने कितने बेतार के तार कहाँ-कहाँ जुड़े हैं।

लालू ने कहा, जाय देव मधुरी भइया अब ऊ जमाना लद गया। कभी नहरिया पर साँझ को चले जाओ और सुनो पुरान...पता चल जायगा कि लोग क्या-क्या, कैसे-कैसे कह रहे हैं। लेखपलवा का लड़का कह रहा था कि भूमि-वितरण होनेवाला है। उसके बाप को काग़ज़ बनाने के लिए बुलाया जा रहा है। साले ने गाँव भर की ज़मीन पर कब्ज़ा कर रखा है। अब वह दिन दूर नहीं, जब बच्चू ज़मीन पर आ जायँगे। कुँवर बाबू अब गाँव आनेवाले नहीं। कलकत्ता के बिज़नेस-व्यापार को पहले से भी उन्होंने ज़्यादा बढ़ा लिया है और एक बंगाली मेम से बियाह भी कर लिया है। किसुनी को तो सब मालूम है। उसका मर्द कुमार से मिलता भी रहता है। कुमार भी उस पर बार-बार ज़ोर डाल रहा है कि मेरे पास आ जाओ। मिलवालों से ज़्यादा पैसा और रहने के लिए अच्छा

घर देंगे। किसुनी को भी बुला लो अजन्ता के साथ रहेगी, अब हम लोगों को देश नहीं जाना है। जब पिता जी ने दूसरी शादी कर ली तो कोई-न-कोई सन्तान तो आयेगी ही।

मधुरी का माथा ठनका। अच्छा, तो झूरी वहाँ कुमार बाबू से मिल रहा है। इस छोकरे से किसुनी की कहीं-न-कहीं गाँठ बैठ रही है और जो कुछ यह कह रहा है वह सच ही होगा। कुमार बाबू ठाकुर के दूसरी शादी के बाद गाँव आये ही नहीं। झूरी का उनसे मिलना-जुलना हो रहा है...यह तो ख़तरे की बात है। ठाकुर भी पूरे लाव-लश्कर के साथ बनारसवाले अपने घर में टिके हैं और सुना जा रहा है बहू को बड़े-बड़े डाक्टर देख रहे हैं। भगवान् जाने क्या बात है लेकिन सुना है कि अब तक कई डाक्टर देख चुके हैं। किसुनी तो कुछ बतायेगी ही नहीं। सुमिरन भइया ही अकेले आदमी हैं जो उसे ठीक से पहचानते हैं...बड़ी चाईं है। मेहरारू का हर छलछन्द वह जानती है। भला, अकेली रहकर कोई दूसरी-ऐसी औरत इस गाँव में ख़ुशी-ख़ुशी जी सकती है।

छोटी रहती ही कहाँ है! बखरी में आये दिन सुनायी पड़ जाता है, भाई आया है, दो दिन के लिए माँ को देखने जा रही है और बड़े सबेरे उनकी पालकी उठ जाती है। फिर क्या है, हलवाहों, चरवाहों और बनिहारों की पूरी फौज छोटकी बखरी में किसुनी-किसुनी करती उसके पीछे लगी रहती। किसी को गुड़ चाहिए तो किसी को सरबत, किसी को अनाज—सब उसी के मर्ज़ी पर चलता है।

सुमिरन तो कहते हैं कि चुपचाप ठाकुर के पास बैठकर सारा तमाशा देखता रहता हूँ। एक बात भी ठाकुर के पास नहीं पहुँचती। यदि आयी भी तो उनका मुँह बिगड़ जाता है। जाओ, उधर किसुनी तो है, पूछो उससे।

ठाकुर की दो बखरियाँ हैं। उनका नाम छोटकी बखरी और बड़की बखरी है। जबकि बड़की बखरी छह-सात कमरों की है और बड़े ढंग से बाहर के कारीगरों ने उसे बनाया और सजाया है। भीतर तो लोग बताते हैं पूरा शीशमहल है।

छोटकी बखरी विशाल है। उसमें बीसों कमरे हैं। बड़े-बड़े बखार हैं। भूसा-दाना, खरी-चूनी, ओखरी, जाँता और बहुत-सारा कबाड़ धरा पड़ा है। लेकिन उसका एक हिस्सा करीने से तोड़कर रसोई के रूप में बदल दिया गया है जो बड़की बखरी का हिस्सा मालूम होता है भीतर-ही-भीतर। आना-जाना होता है और इन सब पर किसुनी का एकछत्र राज है।

छोटी बहू के जाते ही भीतर का बड़ा दरवाज़ा खुल जाता। गाँववाले बड़े चैन और विश्वास से कहते हैं कि किसुनी बेचारी उस भूतखाने में पड़ी रहती है। लालू कहता है कि उस भुतही बखरी में बड़ी बहू की काली छाया रात में लालटेन हाथ में लेकर टहलती है। चमगादड़ों का तो इसमें बहुत बड़ा अड्डा है।

बाहरवाले जिस हिस्से में वह रहती है उसी के आगेवाले बरामदे में कई बनिहार और पहरेदार सोते हैं। बड़ी-बड़ी खिड़कियाँ लगी हैं। उसे डर क्यों लगेगा। दालान को भीतर से बन्द कर लेती होगी।

जबकि छोटी बहू के न रहने पर किसुनी का स्थान हो जाता है छोटी बहू का कमरा। स्नान उन्हीं के हम्माम में होता और उनका ड्रेस और सिंगार-कक्ष भी किसुनी के लिए एकदम खुले रहते। यह हिदायत थी ठाकुर की। एक बार ऐसा हुआ कि बाथ-टब में घुसते ही ठाकुर वहाँ आ पहुँचा। दरवाज़ा बन्द करना वह भूल गयी थी। संकोच पहले से ही कम हो चुका था इसलिए वह चौंकी नहीं। लेकिन वह सारे कपड़े पहने बाथ-टब में नहा रही थी। ठाकुर ने गम्भीर होकर कहा, 'इसमें कपड़े पहनकर नहीं नहाया जाता। मेरे सामने बाथ-टब से निकलो और कपड़े उतारो! तुमने छोटी बहू को नहाते कभी देखा नहीं क्या? नहानघर का दरवाज़ा बन्द कर लेना चाहिए।' वे चुपचाप बाहर चले गये।

किसुनी ठाकुर की इस हिरिस की आदी हो गयी थी। जिसके हज़ारों रूप वह निकालता और उसमें लिप्त हो जाता।

पहले किसुनी को दारुण दुःख होता था और झूरी की बड़े रूपों में याद आ जाती थी...आज सुहाग की रात चन्दा तुम उइहो, सुरुज जिन उइहो। वह झूरी की आज भी वैसी ही बनी हुई है।

मज़ेदार बात तो यह थी कि झूरी की छुट्टियों के बीच जब छोटी बहू नहीं होती थी तो ठाकुर झूरी को बुलाकर कहता, बड़ा सूना हो जाता है, छोटकी बखरी की ओर। झूरी तुम भी किसुनी के साथ यहीं सोया करो। उन दिनों किसुनी का आना-जाना बाहर-बाहर से होता और भीतर के दरवाज़े में ताला लगा होता।

इस समय तो दोनों बखरियाँ बन्द हैं और सुमिरन महतो के ऊपर सारी जिम्मेवारियाँ हैं। किसुनी के बहू के साथ-साथ जाने के कारण यहाँ लोगों को बहुत खल रहा है। जैसे रोशनी ही बखरी से गायब हो गयी है। कोई चुहल नहीं, हँसी-मज़ाक नहीं, बस काम से काम। सुमिरन से तो वैसे ही सारे नौकर-चाकर और हलवाहे भीतर-ही-भीतर जलते हैं। उनका नाम 'लूस' रख दिया है। वे लोग कहते हैं बेचारे को कैसे पानी पचता होगा बिना ठाकुर के।

उधर बनारस में अनेक स्त्री रोग विशेषज्ञ डाक्टरों से परीक्षण कराये जा रहे हैं। लेकिन सब जगह से एक ही जवाब बच्चा धारण ही नहीं कर सकतीं। पूर्ण रूप से बन्ध्या हैं, छोटी बहू। लेकिन उसी दौड़-धूप में दायें-बायें होकर किसुनी की भी जाँच हुई। क्यों यह कोई नहीं जानता। और सहसा ठाकुर का मन और भी उचाट और बेचैन हो गया। लोगों को लगा कि छोटी बहू के कारण ऐसा हुआ है। ड्राइवर तो गाँव पहुँचते ही सारे लोगों के कान में फुसफुसा आया कि छोटी बहू ठाँठ हैं। उन्हें बच्चा तो हो ही नहीं सकता। यही चिन्ता ठाकुर को खोये जा रही है लेकिन भला यह किसुनी क्यों रह-रहकर रो पड़ती है। इसे छोटी बहू से इतना प्रेम कब से हो गया।

इसी सोच-विचार के साथ उदासी और निराशा में डूबा हुआ ठाकुर का काफ़िला वापस गया और साथ ही यह अफवाह उड़ते देर नहीं लगी कि ठाकुर तो बेमौत मारा गया। लोगों को आशा यह थी कि अगर एक सन्तान भी हो जायगी तो गाँव का कारोबार छोटी बहू सम्हाल लेगी। यह तो सारा खेल ही चौपट हो गया। लेकिन अचरज की बात तो यह थी कि छोटी बहू बहुत निराश नहीं थीं। ठाकुर के साथ पहले से ज़्यादा लगी रहती थीं। किसुनी की तबीयत ज़रूर ख़राब हो गयी थी। उसे बुखार रहने लगा था वह अपने झोपड़ीनुमा घर में गयी तो वहीं पड़ रही। शादी के बाद यह पहली बार हो रहा था। वह बात अलग है कि झूरी के रहने पर बखरी से घर आ जाया करती थी लेकिन बड़े सबेरे फिर वह अपने काम पर पहुँच जाती थी। आख़िर बनारस से लौटते ही क्या हो गया कि इस तरह बुखार में होने पर भी वह बखरी में नहीं रुक रही है। वहाँ रहती तो कुछ दवा-दारू होती।

लालू की मण्डली के अनुसार रात-रात भर उस भूतखाने-जैसी बखरी में बेचारी अकेली पड़ी रहती थी। उसमें तो बड़ी मालकिन की आत्मा चुड़इन बनकर घूमती है। गाँववालों ने ओझा को बुला लिया। उसने आग में मिर्चे की बुकनी डालकर किसुनी को तब तक सुँघाया जब तक वह बकने-झकने नहीं लगी। बोल-बोल कहते हुए उसने बाँस की छरकी से कई बार उसकी पीठ पर वार किया। किसुनी चिग्घाड़ मारकर बेहोश हो गयी। गाँव के कई लोग वहाँ से उठकर चले गये। ओझा चिल्लता रहा। बोल-बोल, कौन है तू... हिराऊ यह सब सह नहीं पायी और ओझा को गाली देने लगी ससुरा, पापी, इसका मांस गल जायगा। मेरी फूल-जैसी गोपी को इसने बाँस के छरके से मारा है। यह ओझा नहीं राक्षस है राक्षस।

गाँव भर में छोटे-बड़े, नीच-ऊँच सभी घरों में बच्चे पैदा कराना और उनकी तीमारदारी करना ही हिराऊ का काम है। किसुनी को न जाने किस भाव से वह सदा गोपी कहती है। वह रोती-कराहती गोपी को गोद में लेकर उसके आँसू पोंछने लगी। लेकिन सहसा उसे अँकवार में लेते और छाती से लगाते ही हिराऊ सन्नाटे में आ गयी। उसने गोपी का चेहरा अपनी हाथों में लेकर पूछा, क्यों, तेरे पेट में तो बच्चा है?

'हाँ, काकी' यह कहकर किसुनी फूट-फूटकर रोने लगी। हिराऊ उठ गयी। बिना कुछ बोले चुपचाप कुछ सोचती हुई अपने घर की ओर चल पड़ी। संयोग से रास्ते में मधुरी दिखे, उसने उन्हें अलग बुलाकर झूरी को जैसे भी हो जल्द गाँव बुलाने को कहा—किसुनी बच्चे से है। अभी हल्ला मत करो, बस चुपचाप उसे बुला लो!

उधर ठाकुर भी कम बेहाल नहीं था। उसने अपने बनिहारों के मेठ भगेलू को किसुनी के पास भेजा कि वह उसकी बहुत मुँह लगी थी और दोनों की मिली-जुली लगन से घर-बाहर दोनों सम्हलता था। लेकिन उसे यह कहकर किसुनी ने मना कर दिया कि जी अच्छा नहीं है, खाँसी-बुखार से छुटकारा मिले तो बखरी में आऊँ।

हल लिये मजूर

सितई साव अचरज में पड़ गया, निहोर, रफ़ीक और फुनई उस समय एक-दूसरे का मुँह ताकने लगे जब झींगुर ने खइनी के पाँच पैसे साव के हाथ में थमाते हुए कहा कि, "साव, तैयार रहो! अबकी चुनाव में बड़की बखरीवालों से पंचायत को छुड़ाना पड़ेगा।"

साव हँसोड़ होने के साथ गाँव का मशहूर जोकर है। लोग उसे आदमी कहाँ मानते हैं, इसलिए जो कुछ मुँह में आता है, वह कह डालता है। उसकी बात का कोई बुरा भी नहीं मानता। बोला, "यह हम का सुन रहे हैं झिंगुरी, कानों को बिस्सास नहीं होता।"

"बिस्सास करो सितई साव। मेरी आँख खुल चुकी है। फ़र्ज़ी भूमिहीन बनकर निहोर की ज़मीन लेना मेरे कलेजे में कील की तरह सालता है। पाँच सौ रुपये न गिने होते तो..."

"लोग ठीक ही कहते थे कि ठाकुर अपने बाप को भी छोड़नेवाला नहीं। झिंगुरी किस खेत की मूली है।" क्षणभर को सितई रुका, तभी हलका-सा खाँसकर रफ़ीक ने फुनई की तरफ़ देखा, लेकिन कोई कुछ बोला नहीं।

झिंगुरी कुर्ते की जेब से चुटकी भर खइनी निकालकर गदोड़ी पर मलने लगा। निहोर कुछ और झुककर बैठ गया।

बहुत दिनों से झिगुरी ऐसे ही मौक़े की तलाश में था कि यह बात वह किस तरह इन चारों तक पहुँचाये।

इधर गाँव में दूसरे की कही हुई बात पर बिस्सास ख़तम होता जा रहा है। हर आदमी दूसरे को शक की नज़र से देखता है। हर के अपने अलग स्वार्थ हैं और वह उसे पूरा करने के लिए दूसरे की गरदन नाप देने में ज़रा भी संकोच नहीं करता। किसी को छप्पर के लिए बाँस की ज़रूरत है, कोई तालाब में सिंघाड़ा लगाना चाहता है, कोई किसी का खेत दबाये है—छोड़ना नहीं चाहता, किसी के लड़के की फीस माफ़ होनी है इत्यादि, इतने तरह के काम हैं और हर काम के लिए प्रमुख की सहायता की ज़रूरत है। कहने को सब स्वतन्त्र हैं लेकिन आर्थिक हालत ने लोगों को और भी चापलूस और लिज़लिजा, बिना पेंदी का लोटा बना दिया है।

फुनई और रफ़ीक को किसी से कुछ लेना-देना नहीं। दो-दो बीघे काश्त और लड़के-बच्चे नदारद। थोड़ी देर घर-गृहस्थी, फिर दिनभर गाँव की राजनीति। जब देखो

दोनों साथ ही दिखते हैं। इसमें मारा गया बेचारा निहोर। साल-दो-साल से उसको भी गाँव की राजनीति में स्वाद आने लगा था और वह भी इन दोनों के साथ लग गया था।

झिंगुरी ने निहोर से कई बार बात-बात में इशारा किया। बताया कि "तुम प्रमुख की निगाह पर चढ़ रहे हो। यह ठीक नहीं है। वे दोनों तो बहेल्ला हैं, न ऊधो की लेनी, न माधो की देनी। तुम तो लड़के-बच्चेवाले आदमी हो और अपनी धूर भर ज़मीन भी तुम्हारे पास नहीं है। जो घर के आगे चार बिस्सा बोते-जोतते हो, वह गाम-समाज की ज़मीन है। कानून बहुत ख़राब है। प्रमुख जब चाहेंगे, ज़मीन की ज़मीन जायगी, ऊपर से जेहल का दरवाज़ा भी देखना पड़ेगा।"

लेकिन निहोर पर नशा गहरा चढ़ गया था। उसने झिंगुरी की बात को एक कान से सुना और दूसरे से निकाल दिया था।

रफ़ीक और फुनई उसे सदा यही समझाते थे कि "ग्राम समाज की ज़मीन प्रमुख के बाप की थोड़े ही है। यह तो सरकारी ज़मीन है। सरकार तुम-जैसे भूमिहीन हरिजनों को तो ज़मीन दे रही है। ऐसी हालत में इस ज़मीन को तुमसे कौन छीन सकता है। ऊपर से इसी ज़मीन के कारण तुम प्रमुख के यहाँ हलवाही करते हो। नयना कि तुम्हें मज़ूरी मिलती है, मगर मजूरी तो सारे हलवाहों को मिलती है, ऊपर से एक बिगहा खेत और अकाज-सुकाज के लिए रुपया-पैसा भी मिलता है। तुमको क्या मिला है।"

रफ़ीक तो यहाँ तक कहता कि "प्रमुख की हलवाही छोड़ दो। गाँव में काम की कमी थोड़े ही है। अगर ऐसे ही जाँगर उठाना है तो जहाँ भी रहोगे अढ़ाई सेर मिल ही जायगा।"

निहोर इन्हीं बातों में आकर हलवाही छोड़ बैठा था और इधर-उधर सभा-सोसाइटी में आने-जाने लगा था। जब वह ग़रीबी हटाने और भूमिहीन हरिजनों को ज़मीन दिये जाने की बातें सुनता तो उसका रोआँ-रोआँ भभर उठता। इन्दिरा गाँधी को वह किसी भवानी अथवा देवी के रूप में देखने लगता, जिसके अनेक हाथ होते और हर हाथ में तलवार होती। उसके पैरों के नीचे दबी कितनी ही लाशों में एक लाश प्रमुख की भी होती, जिसके मुँह से ख़ून का फौब्बारा छूट रहा होता। लेकिन इधर एक अरसे से अकसर सिर्फ़ उस डुगडुगी की आवाज़ सुनायी पड़ती जो ग्राम-समाज की भूमि के आबण्टन के लिए, एक दिन भोर ही में ठाकुर के दरवाज़े पर बज उठी थी और सारा गाँव पल भर में सिमट आया था। परगना हाकिम चुपचाप कुर्सी पर बैठे और बिना किसी बातचीत के लेखपाल ने एक लिस्ट पढ़कर लोगों को सुना दी थी। कहते हैं कि कुल पचास हज़ार की उगाही हुई थी और ज़मीन उसी हरिजन को दी गयी थी जो कुछ खर्च करने लायक था। निहोर तो कानून के नशे में था और रफ़ीक और फुनई बहस के लिए पूरी तरह तैयार होकर आये थे पर वहाँ किसी की दाल गलने की तो बात दूर रही, हँड़िया ही चूल्हे पर न चढ़ी। निहोर की ज़मीन झिंगुरी हरिजन के नाम चढ़ गयी थी। दूसरे ही दिन झिंगुरी ने निहोर का चबूतरा और नाद खोदकर फेंक दी थी और खेत में

हल चलाकर कब्ज़ा कर लिया था। ग़रीबी हटाने और ग़रीबी को भूमि देने का अर्थ निहोर की समझ में कुछ-कुछ आ गया था लेकिन फुनई और रफ़ीक के कथनानुसार वह तानाशाही और प्रमुख की धाँधली के खिलाफ लड़ाई में जुट गया था।

वह दिन और आज का दिन—निहोर ने झिंगुरी की ओर आँख उठाकर भी कभी नहीं देखा था इसलिए आज प्रमुख के ख़िलाफ़ झिंगुरी की बातों पर सहसा उसे विश्वास नहीं हो पा रहा था। कुछ देर बाद जब उसने सिर उठाकर ऊपर देखा तो वह खइनी मलता हुआ चला जा रहा था और रफ़ीक ही-ही करके हँसने लगा था, "गद्दार कहीं का, साला, बात बना रहा है। ज़रूर कोई बात है इसके पीछे। कहीं ऐसा तो नहीं कि जब सरकार ने जाँच बैठा दी हो कि जिसके पास ज़मीन थी उसे ज़मीन क्यों दी गयी। हम लोगों ने जो अर्ज़ी प्रमुख के ख़िलाफ़ दी थी, उसमें यह भी तो लिखा था, क्यों भाई फुनई!"

"क्या अर्ज़ी की बात करते हो रफ़ीक। जले पर नमक छिड़कते हो। देख लिया इस मिली-जुली को। जैसे नागनाथ, वैसे ही साँपनाथ।" फुनई एकाएक भड़क उठा।

सितई साव ने तुरन्त जवाब लगाया, "तुमको सहूर नहीं होगा फुनई। समझदारी सहूर से ही आती है। तुम अब इस सरकार को इतना गिराये दे रहे हो। कहो, रात-दिन नीद हराम हो गयी थी। सोना-चाँदी, धन-दौलत छिपाते-छिपाते लोग हलकान हो गये थे। कहीं तो कोई न्याव होता। मेरा तो गिरो रखा सोना-चाँदी और बरतन-भाँड़ा उठा ले गये, ऊपर से टैक्स और जुरमाना। वह कोई राज थोड़े ही था, लूट-थी-लूट। अब देखो न, कोई बोलनेवाला नहीं रहा। सब कमायँ, सब खायँ। बस ज़रा चोरी-डाका न पड़े तो यह राज मानो रामराज ही है।"

"क्यों नहीं रामराज होगा सितई साव! लूट के लिए जिस राज में छूट मिल जाय, वह तुम्हारे जैसों के लिए रामराज ही है।" फुनई ने चिढ़कर जवाब दिया।

साव भी एक नम्बर का आदमी है। कहने लगा, "जनतन्त्र के माने आख़िर होता क्या है। तुम भी कमाओ। कमाई पर ही जब रोक लगेगी तो जनतन्त्र कैसा!"

रफ़ीक को ग़ुस्सा आ रहा था, "तुम दोनों बेवकूफ़ हो। एक तीरघाट तो दूसरा मीरघाट। भाई बीच का रास्ता खोजो। कोई बहुत अमीर भी न बने, लेकिन कोई भूखा भी न रहे। गाँधीजी को क्यों भूलते हो। वह नीचे से उदय चाहते थे। ऊपर तो उदय हो ही रहा है।"

फुनई ने ऊबकर कहा, "यार आँख में सदेहै अँगुली न डालो। अपने चारों ओर देखो, समझो। इससे भी लच्छेदार बतकही इन्दिराजी की थी फिर 'जनता' की बस उसी तरह बातन गढ़ लंका तोड़ रही है। बताओ तो ज़रा क्या बदला इतने दिन में। कहाँ गयीं वे भूमि सुधार और जोत की हदबन्दी की बातें। साव की बात सुनी रहे हो। ठाकुर की भी पौ बारह है। हर कमेटी में नाम सबसे ऊपर है। खाद, ट्रैक्टर, कुआँ, कर्ज़—जहाँ भी देखो वह बैठा है। लड़का जीप पर युवा कांग्रेस से युवा जनता बना घूमने लगा

है। दूसरी आज़ादी... जनता का राज... कुछ नहीं, यह सब धोखा-धड़ी है। ग़रीब जनता को मूर्ख बनाकर वोट उगाहने की नीति है। बइठे तो हैं, यह...!'' फुनई ने निहोर के सिर पर हाथ रख दिया। प्रमुख के यहाँ हलवाही क्या छोड़ी, एक टुकड़ा पुश्तैनी भूँय भी हाथ से निकल गयी और आज यह दिन है कि गाँव में कोई आदमी अपने यहाँ काम पर लगाने के लिए तैयार नहीं। कौन मोल ले दुश्मनी प्रमुख से।''

सितई साव फिर बोल उठा, ''फुनई तुम्हारी बात में हिंसावाद है। मिली-जुली सरकार परेम के रास्ते से चलना चाहती है। लोगों का दिल ही बदल देना चाहती है। गाँधी महात्मा और चाहते क्या थे? अब यही देखो झिंगुरी को। कोई माने चाहे न माने मुदा मैं कह सकता हूँ कि उसके दिल पर नये विचार का असर है। उसे अपनी करनी पर दुःख हुआ है।''

''तुम तो महाजन, हमारी नयी सोच का कबाड़ा कर दोगे। अगर तुम्हारे ही जैसे साथी इस सरकार को मिलें हैं तो इसका बेड़ा भगवान् ही पार लगायेंगे।''

''बेड़ा पार लगे या न लगे, इससे ग़रीब जनता का कुछ बननेवाला नहीं है। इस बदलाव के नतीज़े को देखकर तो मुझे लगने लगा है कि ससुरी यह लोकशाही ही ऐसी है। कहो, कितना ख़ून-पसीना एक करके बीस बरस का कांग्रेसी जुआ कन्धों से उतारा गया लेकिन फिर जस-का-तस। पैसेवालों की, ज़मीनवालों की गोटी लाल। उनकी तानाशाही जहाँ-की-तहाँ।''

रफ़ीक कुछ कहने ही जा रहा था कि निहोर एकाएक उठ खड़ा हुआ और बिना कुछ बोले हाथ में पोटली लिये, तेज़ी से बाहर निकल गया।

सितई कहने लगा, ''तुम लोगों की बातों में बेचारा भूल ही गया था कि घर में दो दिन से उपवास हो रहा है। जोन्हरी का एक किलो आटा लेकर बैठा रह गया।''

कुवार की चिलचिलाती धूप, बुखार और उपवास—निहोर का शरीर सूखे पत्ते की तरह उड़ रहा था। कोली में पहुँचते ही उसके पैरों में जैसे पत्थर बँध गये हों। उसकी आँखों के सामने धुप अँधेरा छा गया। वह दीवार के सहारे एक पल को ठिठका लेकिन आँख खुलते ही फिर वह तेज़ी से आगे बढ़ा—बच्चे बिना कुछ खाये छटपटा रहे होंगे।

मक्का कट गया था और बीच-बीच में सनई के फूलों से लदे खेत चुपचाप खड़े थे। सिवान की दूसरी ओर चमरौटी में उसका पहला ही घर था। दूर से उसने देखा, उसे लगा, जैसे उसका घर झाड़झंखाड़ से घिर गया है, फिर सहसा अभी थोड़ी देर पहले आँखों पर छाये अँधेरे का ध्यान कर वह जल्दी-जल्दी आगे बढ़ता गया। नज़दीक आने पर उसने सचमुच ही अपने दरवाज़े के ठीक दो क़दम आगे से कँटीली झंखाड़ का टट्टर बँधते देखा। झिंगुरी अपने दो आदमियों के साथ बाँस के टुकड़े गाड़कर झाड़ बाँधता जा रहा था। पल भर को जैसे वह किसी अथाह जल-भँवर में पड़कर उभ-चुभ हो गया हो। धरती पर पाँव जमाकर उसने अपने को सम्हाला और सोचने की कोशिश करने लगा—क्या वह वही झिंगुरी है जो अभी दो घण्टे पहले साव की दुकान

पर मिला था। क्या मतलब था इसका, उस समय। इसने मेरी रोज़ी छीनी, अब मेरा निकलना-बैठना भी बन्द करना चाहता है। उसके मन में आया कि वह टूट पड़े उसके ऊपर और दाँतों से नोचकर उसे कच्चा ही चबा जाय लेकिन शरीर ने उसका साथ नहीं दिया और वह वहीं-का-वहीं थसमसाकर बैठ गया।

झिंगुरी उसे दूर से ही ताड़ रहा था इसलिए निहोर के ज़मीन पर गिरते ही लपककर उसके पास पहुँच गया, "क्या हो गया निहोर भइया!" वह उसे गोद में उठाकर उसके घर ले गया। लोटे में पानी लेकर उसके मुँह पर छिड़का। निहोर ने आँखें खोलीं लेकिन झिंगुरी को देखते ही उनमें चिंनगियाँ फूटने लगीं।

झिंगुरी उसके मन का भाव ताड़ गया। कहने लगा, "मुझ पर झूठे ही नाराज़ होते हो निहोर। मैं तो ख़ुद ही फँस गया हूँ। पाँच सौ गिना लिये हैं प्रधान ने। अब अगर खेत की देखभाल न करूँ तो कहाँ से डाँड़ भरूँगा। तुम्हारे लड़के-बच्चे आधा खेत तो चहिल देते हैं।"

"चले जाओ यहाँ से।" निहोर एकाएक चीख उठा।

"कहते हो तो चला जाता हूँ मुल भाय-बिरादर हो इसलिए एक बात कह जाता हूँ। हमारा पाँच सौ जो लगा है, लौटा दो तो हम खेत तुम्हें छोड़ देंगे, बैठते तो हो सितई साव के पास। झींगुर और फुनई भी तुम्हारे यार हैं। क्या पाँच सौ का इन्तजाम नहीं कर सकते! मैं खेत न छोड़ दूँ तो असल अपने बाप का नहीं। कहके देख लो उन लोगों से जो कोई तुम्हारा साथ दे।"

"सो तो ठीक कहते हो भइया।" निहोर की आँखों से आँसू बहने लगे, "आज सुबह से ही सहुआ से दो-चार पसेरी जोन्हरी की अरदास कर रहा था लेकिन टस-से-मस नहीं हुआ। अन्त में यही एक किलो मकई का आटा दिया है। देख लिया है मैंने सब को।"

"फिर काहे का संकोच है, जाओ उसी मालिक के पास। यह लल्लू-बुद्धू का लड़िहै उनसे। चाहे कंगरेस हो, चाहे जनता, चाहे समाजवादी, जो भी इस गाँव में आयेगा, पहले उन्हीं का दरबार करेगा। उन्हीं की राय पर गाँव चलेगा। हलवाही न छोड़ा होता तो भला यह ज़मीन निकलती। भूमिहीन तुम थे या मैं? लेकिन सारा कानून तो उन्हीं के हाथ में है। ज़मीन की ज़मीन बनी रहती, पाँच सेर रोज़ घर में आता। लड़के-बच्चे काम में लगे रहते। अब भी सब ठीक हो सकता है मुदा समय न गँवाओ।"

"आज ही जाऊँगा भइया, पगड़ी उतारकर पाँव पर रख दूँगा। और नहीं तो पाँच सेर अन्न तो रोज़ घर में आयेगा। लड़के-बच्चे तो भूखे नहीं मरेंगे। निहोर उठकर बैठ गया। जैसे इस नये निश्चय ने उसे जीने की राह दिखा दी हो।

गड़ा हुआ धन

राह चलते-चलते बहुत दूर निकल आये थे और अब नदी के किनारेवाले खँडहर की टूटी-फूटी दीवारें सामने दिखायी पड़ने लगी थीं। पहले वे सोचते थे कि यह दूरी बहुत कम है और वे शायद गड़े हुए धन का पता लगाकर चुपके से लौट आयेंगे लेकिन यह तो रात होने को आ गयी थी और वे खँडहर में इधर-उधर पूरी तरह घूमने में डर रहे थे। मनोहर, जिसने गड़े हुए धन की खोज का यह कार्यक्रम बनाया था, विनोद से बोला, "यह ज़रूर किसी राजा-महाराजा की कोठी रही होगी। यहीं कहीं, हो सकता है, हमारे इस पाँव के नीच ही घड़ा गड़ा हो।"

मनोहर धीरे-धीरे चढ़ते आते अँधेरे के भार से दब रहा था, इसलिए जहाँ घड़े के लिए एड़ियों द्वारा ज़मीन पर धमक से सही स्थान खोजने की लगातार कोशिश कर रहा था, वहीं उसे अपनी माँ से डाँटें खाने का डर भी सता रहा था। उसने कभी सुन रखा था कि ऐसे गड़े हुए धनों की रक्षा भूत-प्रेत करते हैं, इसलिए वह विनोद से बोला, "चलो, आज लौट चलें, कल ज़रा सवेरे ही आयेंगे।"

पर विनोद आगे-पीछे सोचनेवाला लड़का नहीं था। जब जो करता, उसी का हो जाता कहने लगा, "जब आ गये हैं तो कुछ करना चाहिए। रात में ही ज़मीन खोदी जा सकती है। दिन में तो सब लोग देख लेंगे। फिर तो ठाकुर के आदमी मिला-मिलाया धन छीन ले जायँगे।" विनोद ने आगे बढ़कर एक टूटी दीवार से नीचे झाँका। नदी के कगार के नीचे एक जलता हुआ चिराग़ देखकर कहने लगा, "चलो, वहीं से खोदने के लिए कुछ लायें।"

मनोहर को अच्छा लगा। वह किसी तरह इस खँडहर से बाहर निकलना चाहता था। उसने आगे बढ़कर विनोद का समर्थन किया और फिर दोनों धीरे-धीरे नदी के कगार से नीचे उतरने लगे। अँधेरा अब बहुत बढ़ गया था और हाथ को हाथ नहीं सूझता था। मनोहर कुछ कमज़ोर था इसलिए कई बार लुढ़ककर गिर पड़ता था। लेकिन विनोद तेज़ी से दौड़ता हुआ नीचे उतर गया। चिराग़ के पास पहुँचने पर उन्होंने देखा कि एक बुढ़िया एक मिट्टी के चूल्हे पर टीन के बरतन में कुछ पका रही थी। विनोद ने आगे बढ़कर पूछा, "क्या यहीं रहती हो, बूढ़ी माँ?"

"हाँ, बेटे!"

"और तुम्हारे बच्चे?"

"वे गड़े हुए धन की खोज में गये हैं!"

"अच्छा!" विनोद के मुँह से सहसा निकला और वह मनोहर को भीतर-ही-भीतर खोदने लगा। उसे लगा, इसके लड़के उसी पुरानी कोठी में गये होंगे।

मनोहर बोला, "क्या वे रोज़ जाते हैं?"

"हाँ, रोज़, बिना नागा। धूप, बरसात, जहाँ कुछ भी उन्हें रोक नहीं सकता।

"और अब तक उन्हें खज़ाना नहीं मिला?"

"उसी के लिए तो जाते हैं, बेटा।"

मनोहर फिर बोला, "लेकिन ठाकुर को तो वह एक ही दिन में मिल गया था।"

"यह तो अपनी-अपनी किस्मत है, बेटा। लेकिन पूरी बात तो बताओ!"

मनोहर बोलने लगा, "वह जो परानपुर है न! नाम तो सुना होगा तुमने और जंगी सिंह को जानती भी होगी!"

"क्यों नहीं, क्यों नहीं! अरे, पाँच-पाँच सेर मछली मैं ही तो उन्हें दे आती हूँ।"

मनोहर ने कहा, "सुना है, उनके बाप को घर की नींव खुदवाते हुए अशर्फ़ियों से भरा घड़ा मिल गया था। तभी से वे रईस हो गये।"

"लेकिन तुम्हें यह कैसे मालूम हुआ?" बूढ़ी ने मनोहर से कुछ और सुनने की गरज़ में कहा।

"मैं उनके घर चिलम भरने का काम करता हूँ। मेरी माँ बरतन माँजती है और बाप हलवाही करता है। माँ कभी-कभी चिढ़कर सारी बातें बताती है और दूसरे लोग भी यही कहते हैं।"

"यही सच भी है।" विनोद बोला, "हम लोगों के बाप ने कोशिश ही नहीं की, नहीं तो उन्हीं को खज़ाना मिला होता।"

"बड़े बुद्धिमान् मालूम पड़ते हो, बेटा!" बूढ़ी ने पहली बार मुँह उठाकर विनोद की ओर देखा, उसके सूखे आम-से काले चेहरे में आँखों का कहीं पता ही नहीं चल रहा था।

"बाप ने क्या किया, क्या नहीं किया, इनकी बात छोड़ो। अब तो यह देखो कि तुम क्या करते हो! कोशिश करके खज़ाना तुम्हीं पा लो तो इससे अच्छी बात क्या होगी?"

"लेकिन हम लोगों के पास तो कुदाल ही नहीं है और अब बहुत अँधेरा हो गया है।"

"आज नहीं तो कल सही। वैसे अँधेरा, उजाला, जाड़ा, गरमी देखोगे तो खज़ाना मिलने से रहा।"

मनोहर बोला, "क्या तुम्हारे लड़के रोज़ खज़ाना लाते हैं?"

"यह तो मिलने की बात है, बेटा, जब किस्मत साथ देती है तो लाते है वरना

वैसे ही लौट आते हैं।'' बूढ़ी ने झुककर चूल्हे में धुआँती लकड़ी को फूँकना शुरू किया और वार्त्तालाप थोड़ी देर के लिए बन्द हो गया।

मनोहर सोचने लगा कि इसके लड़के कैसा ख़ज़ाना लाते हैं कि यह इस तरह रहती है। कहाँ तो मैं सोने का महल बनाने की बात सोचता हूँ। लेकिन डर के मारे वह चुप रहा। तभी विनोद ने पूछा, ''तुम्हारे लड़के कब लौटते हैं, बूढ़ी माँ?''

''कभी रात को दो बजे, कभी चार बजे, कभी दो-दो दिन बाद।''

''देखो!'' विनोद मनोहर की ओर रुख़ करके बोला, ''ख़ज़ाना पाना इतना आसान थोड़े ही है!''

''और क्या बेटा, जब रात को रात नहीं समझोगे और दिन को दिन, तभी ख़ज़ाना मिलेगा।''

बूढ़ी नमक लेने के लिए अपनी टूटी झोंपड़ी में गयी तो मनोहर ने विनोद से कहा, ''चलो, अब चलें, किसी दिन रात में आकर इसके लड़कों से मिला जाय।''

''ठीक है,'' विनोद बोला, ''लेकिन उस कोठी की बात उनसे नहीं बतानी है।''

''ठीक है।'' कहते हुए मनोहर उठा और बूढ़ी माँ को यह बताकर कि वह किसी दिन रात को उसके लड़कों से गड़े हुए धन को खोजने की तरक़ीब सीखने आयेगा, उठ खड़ा हुआ।

''अच्छी बात है, बेटे!'' कहकर बूढ़ी फिर अपना चूल्हा फूँकने लगी और विनोद और मनोहर अपने घर वापस आ गये।

उस दिन कोशिश करने पर भी मनोहर को नींद नहीं आयी। जब सारा गाँव सो गया तो चुपके से वह उठा और विनोद को लेकर नदी के किनारे की ओर चल पड़ा। चारों ओर घोर सन्नाटा छाया हुआ था और मनोहर तथा विनोद गड़े हुए धन की खोज में चुपचाप चले जा रहे थे। उन्हें कई बार बहुत डर मालूम हुआ, लेकिन बूढ़ी की बातें याद करके वे बढ़ते ही गये।

नदी के किनारे पहुँचने पर उन्होंने पाया कि बूढ़ी माँ की ढिबरी भी बुझ चुकी है और वह एक टूटी-सी चारपायी में घुसी हुई है।

बूढ़ी उनके पैरों की आहट सुनते ही उठ बैठी और कहने लगी, ''आ गये तुम लोग! अच्छी बात है। कहीं बैठो। मेरे बेटे आने ही वाले हैं। उनकी बाँसुरी की आवाज़ सुनायी पड़ी है। लगता है, आज धन उनके हाथ लगा है।'' तभी नदी से आवाज़ आयी।

बूढ़ी बड़ी-बड़ी टोकरियाँ लेकर घाट की ओर चली। मनोहर और विनोद भी साथ हो लिये, लेकिन उन्हें यह देखकर बड़ा आश्चर्य हुआ कि सोने की सिलों और अशर्फ़ियों की जगह बड़ी-बड़ी मछलियाँ नाव से उतारी जा रही हैं। दिन-रात की लम्बी थकान से चूर बूढ़ी के दोनों लड़के नाव से उतर ही रहे थे कि मनोहर ने बूढ़ी से पूछा, ''गड़े हुए धन का क्या हुआ, बूढ़ी माँ?''

"यह और क्या है, बेटा! तुम्हारी समझ में अब तक नहीं आया! यही वह गड़ा हुआ धन है, जिसे हमारे बच्चे अपनी मेहनत से खोजकर लाये हैं। जाओ, अब घर जाकर सो जाओ और यह अच्छी तरह समझ लो कि सच्चा धन वही है जो आदमी मेहनत करके कमाता है, समझे?" बूढ़ी ने अपना हाथ मनोहर के सिर पर रख दिया।

"समझ गया, बूढ़ी माँ।" मनोहर ने कहा और क्षण भर ठिठककर सोचने लगा, फिर विनोद से बोला, "बूढ़ी माँ ठीक कहती है, आओ, घर चलें।"

बरकत

साँवले रंग का दुबला-पतला बरकत अपनी सफ़ाई और दाँतों की चमक के लिए स्कूल में मशहूर था। वह अपनी दुबली अँगुलियों से मोती की तरह लिखता था। एक दिन सुलेख लिखने में वर्तनी की किसी ग़लती पर जब हमारे अध्यापक पण्डित मूलचन्द ने उसे एक छड़ी मारा और 'म्लेच्छ कहीं के' कहकर हिकारत-भरे स्वर में उसे ताड़ना दी तो बरकत मारे अपमान के तड़प उठा। वह पहले तो कुछ देर चुपचाप खड़ा रहा, फिर फूट-फूटकर रोने लगा। सारी कक्षा एक ऐसे सन्नाटे में आ गयी कि किसी के मुँह से एक शब्द भी नहीं निकला। पण्डितजी को भी ऐसा लगा जैसे उन्हें किसी ने सेंध पर धर लिया हो।

बरकत चुपचाप जहाँ-का-तहाँ बैठ गया और अपना बस्ता लपेटकर स्कूल से बाहर चला गया। मेरे मन में आया कि मैं बरकत को रोकूँ, लेकिन पण्डितजी के डर से मैं चुपचाप टाट पर बैठा रह गया। उस सारे दिन मैं टाट पर बैठा बग़ल की उस खाली जगह को देखता रहा और इस बात का इन्तज़ार करता रहा कि कब छुट्टी हो और कब मैं बरकत से मिलूँ। न जाने क्यों उसका इस तरह रोते हुए स्कूल से चले जाना मुझे सहन नहीं हो पा रहा था।

मेरी बखरी के पीछे एक नन्हें-से साफ़-सुथरे घर में वह रहता था। उसके पिता के पास एक करघा था और वही उसके जीवन-यापन का साधन था। करघे के अलावा एक-दो बकरियाँ और कुछ-एक मुर्गियाँ ही इस छोटे-से परिवार की पूरी सम्पत्ति है। स्कूल के अलावा बरकत को घर के काम से उसी समय छुट्टी मिलती थी जब मैं बरकत के घर जाता था। वरना उसका पिता कहता था, 'छोटे भइया, मुझ जुलाहे की जिनगी में रखा ही का है...ठीक इसी ढरकी की तरह समझो मुझे, जो सूत लेकर इधर-उधर भागती रहती है। फरक इतना जानो कि यह कपड़ा बुनती है और मैं जिनगी के दिन गिनता हूँ।'

वह अकसर दरवाज़े के छतनार नीम के नीचे खटिया बिछाते हुए कहता, 'तुम आय जाते हो तो जी ख़ुश हो जाता है। ऐसे ही भइया (तुम्हारे बाबू) भी मेरे साथ पढ़ते थे और बचपन में हम लोग सदा साथ-साथ खेलते रहते थे। तुम दोनों तो अखाड़े नहीं जाते, हम दोनों तो कुश्ती ऐसी लड़ते थे कि गाँव का कोई लड़का हमसे हाथ ही नहीं

मिला पाता था। पचइयाँ के दंगल में मैंने एक बार मुखिया के लड़के को धोबी पाट पर लादकर चारों खाने चित कर दिया तो मुखिया लाठी लेकर मुझे मारने दौड़े, लेकिन भइया के पिता—तुम्हारे बाबा ने ललकारा, 'मुखिया पाँव आगे न बढ़ाना वरना मुझसे बुरा कोई न होगा।' वहीं से दोनों ठाकुर परिवारों में दुश्मनी की नींव पड़ गयी। बाबा ने ही यह ज़मीन का छोटा-सा टुकड़ा देकर मेरा घर बनवा दिया। तब से आज तक हम लोग यह जानते ही नहीं कि गाँव में कौन कहाँ रहता है। इतना ज़रूर हो गया कि बखरी की छाँव में हम सदा के लिए सुरक्षित हो गये। इज़्ज़त की दो रोटी हमारे भाग्य का लेख है, सो कमाते-खाते जी रहे हैं। चाहते हैं कि बरकत यह सब सीख ले।' इसी बीच बरकत आ जाता और हम दोनों घण्टों खेलते बात करते रह जाते।

उस दिन स्कूल से छूटते ही मैं घर पर अपना बस्ता फेंककर सीधे बरकत के पास गया। बरकत चरखी पर सूत लिये ताने का धागा बिछा रहा था। मुझे देखते ही चरखी रखकर नीम की छाया में आ गया और उसकी आँखों में फिर एक बार पानी की परत छलछला आयी। मैंने कहा, 'तुम चले क्यों आये बरकत, यह सब तो कोई नयी बात नहीं थी।' बरकत की आँखें जैसे एकाएक सुर्ख़ हो गयीं और उनमें से पानी की धारा फूट पड़ी। म्लेच्छ माने क्या होता है भइया। मुझे लगा, जैसे पण्डित मुझे गाली दे रहा है। सच कहता हूँ, मुझे ऐसा ही लगा और फिर इसी कारण...।

मैं उसे लेकर घर आया। बड़ी देर तक समझाता रहा, लेकिन बात बिगड़ चुकी थी और उसके अब्बा ने क्रोध में यह फैसला कर लिया था कि अब जाने दो स्कूल का झंझट। अपना काम-धन्धा देखो। तुमको कोई लाट बनना है? ग़रीब को भाग से दो रोटी मिल जाय तो यही बड़ी बात है। बरकत ही नहीं, मैं भी जानता था कि बरकत का बाप कैसा आदमी है। वह अब किसी तरह बरकत को स्कूल नहीं भेजेगा—चाहे आसमान ही क्यों न फट पड़े।

उसके बाद स्थितियाँ एकदम बदल गयीं। थोड़े दिन बाद मैं मिडिल स्कूल पास कर शहर पढ़ने चला गया और बरकत अपने करघे की ढरकियों में उलझ गया। हाँ, इतना ज़रूर रहा कि बरकत की वह साफ़, काली-काली हिरन-सी आँखें और साँवले, पतले चेहरे में दूध-से धवल दाँतों की मुस्कान मुझे सदा याद रही और मैं गाँव के हर आने-जानेवाले से उसका समाचार लेता रहा। धीरे-धीरे जीवन की गति कुछ ऐसी बनी कि मेरा गाँव आना-जाना भी बन्द हो गया। बखरी ढह गयी और परिवार टूट-फूटकर खण्ड-खण्ड हो गया। बाबा नहीं रहे और पिताजी भी गाँव छोड़कर बुआ की ज़ायदाद सम्हालने चले गये। जैसे सारा मेला ही उठ गया। सुनता तो ऐसा लगता कि कहीं बरकत पर भी तो कोई विपत्ति नहीं आयी? पर लोग बताते, नहीं', बरकत तो वैसा ही व्यस्त है। सब-कुछ जैसा था वैसा ही है। हाँ, उसके माँ-बाप मर चुके हैं और उसने शादी

नहीं की है। उसके चेहरे पर हलकी दाढ़ी उग आयी है और वह कभी-कभी शहर जाकर कई-कई दिन रह जाता है। गाँव में लोग कहते हैं उसने वहाँ कोई बीबी कर ली है। लोग यह भी बताते हैं वह बुनकर यूनियन-जैसी किसी संस्था का मेम्बर बन गया है। गाँव में भी वह लोगों को उल्टी-सीधी बातें सिखाता है। भूमिहीन मज़दूरों की कोई बड़ी सभा भी उसने की थी और गाँव में कुछ परचे भी बाँटे थे, जिससे वहाँ के धनी किसानों में बड़ी नाराज़गी बढ़ गयी है। किसी ने यह भी बताया कि पुलिस ने उसके घर में कई बार तलाशी करवायी है और उसे बार-बार तंग करती है। धरना देने और सत्याग्रह करने पर वह दो बार जेल भी हो आया है।

बरकत के बारे में यह सब सुनकर अनायास ही मेरी आँखें भर आती थीं। अकसर मेरा शरीर गनगना उठता था और आनन्द तथा गर्व से मेरा सीना फूल जाता था। यह कितनी अच्छी बात है कि बरकत अपने देश की ग़रीब और दुःखी जनता का भाग्य बदलने के लिए लड़ रहा है। भारत-जैसे धर्मान्धता और ग़रीबी से ग्रस्त देश में वे लोग कितने महान् हैं जो समाज को बदलने के लिए हर तरह के दुःख झेल रहे हैं। मन में बार-बार यह बात उठती है कि क्या बरकत मुझे भूल गया होगा। मेरे-जैसे व्यक्ति को भूल ही जाना चाहिए उसे जो नौकरी के चक्कर में इस क़दर फँस गया कि उसे देश और समाज के लिए कुछ करने की फ़ुर्सत ही नहीं रही। जब कहीं जुलूस देखता, नारे सुनता, मुझे ऐसा लगता जैसे वह बरकत की ही आवाज़ है। यह वही है जो लोगों को मुक्ति और परिवर्तन के लिए आगे बढ़ने की आवाज़ दे रहा है।

देश की राजनीति तेज़ी से बदल रही थी और किसान-मज़दूर के नाम पर बहुत-सी सुविधाओं की घोषणा की गयी थी फिर ऐसा क्या हो गया कि एकाएक देश की जनता के सारे अधिकार छीन लिये गये। आख़िर आज़ादी के आन्दोलनकारी वर्ग में तो वे ही लोग थे। सहसा कुछ समझ में नहीं आया और देश में सन्नाटा छा गया। आपात्काल की घोषणा देश के मानस को वज्रपात की तरह झुलसा गयी। लेकिन जब भी मैं इन बातों पर सोचता मुझे बरकत का ध्यान आ जाता। यह भी सुनायी पड़ा कि कुछ मज़दूर-किसान इस वज्रपात के पक्ष में हैं। कहीं बरकत भी तो ऐसा ही नहीं हो गया। मैं अकसर इस उधेड़बुन में पड़ा रहता था कि सहसा एक दिन दरवाज़े पर दस्तक हुई। दरवाज़ा खोलकर देखा तो एक फटेहाल औरत एक नन्हीं बच्ची को उँगली पकड़ाये सामने खड़ी है। पूछने पर पता चला, यह तो बरकत की बीबी है और अपनी नन्हीं बच्ची की इन बातों का जवाब खोजती, भूखी-प्यासी सड़कों पर घूम रही है...बाबू कहाँ गये, कब आयेंगे? मुझे गुब्बारा लाने को कहकर गये थे, लेकिन नहीं लौटे। मुझे उनके पास ले चलो फिर उसने बताया कि बरकत को पुलिस ने बहुत सताया। उसकी अँगुलियों की जड़ें फाड़ दीं और मार-मारकर कमर के नीचे उसे बेकार कर दिया। अब कोई नहीं बताता कि वह कहाँ है, कैसे है?

—मैं क्या करूँ, कहाँ जाऊँ? गाँव से पता लेकर बड़ी मुश्किल से आपके पास पहुँच पायी हूँ। वह बोलते-बोलते टूक-टूक होकर वहीं दरवाज़े पर भँस गयी।

मैं दरवाज़े पर ही खड़ा-खड़ा उसे देखता रहा और यह भी देखता रहा जैसे मेरे बच्चे हाथ में कटोरा लिये भीख माँग रहे हैं और मेरी बीबी पागल-जैसी अधनंगी होकर सड़क पर दौड़ रही है। हर मिलनेवाले से मेरा पता पूछ रही है—जैसे मेरे नाखूनों में बाँस की खपच्चियाँ ठोकी जा रही हैं—जैसे मेरी नसें तड़क रही हैं—मेरा सिर चकराने लगता है। आँखों के आगे का सारा परिदृश्य तेज़ हवा के झोंके से गड्ड-मड्ड होकर ज़ोरों से डगमगाने लगता है। मैंने दरवाज़े को ज़ोर से पकड़ लिया लेकिन शरीर बेहद काँपने लगा। भय के भूत ने अपने क्रूर हाथों से मुझे मड़ोर दिया है...नहीं-नहीं मैं नहीं जानता, नहीं जानता, मैं किसी बरकत को नहीं जानता। तुम चली जाओ-हट जाओ यहाँ से वरना अभी पुलिस को फोन करके तुम्हें पकड़वा दूँगा।' मैंने झटके से दरवाज़ा बन्द कर लिया और पसीने से लथपथ, वहीं दरवाज़े के पीछे, पता नहीं कब तक पड़ा रहा।

निबन्ध सौरभ

प्र० महोदय स्टेशन से सीधे प्रो० रंगीलाल के घर पहुँचे थे लेकिन नौकर ने बताया कि वे थोड़ी ही देर पहले कहीं निकल गये है। वह कौन हैं—यह जानने की नौकर की अतिरिक्त उत्सुकता देखकर, प्र० महोदय दरवाज़े पर खड़े रहे, 'यह जानकर क्या करोगे!' उन्होंने पूछा।

'नहीं साहब, मुझे तो जानना ही है। साहब बताकर गये हैं कि अगर कोई बाहरी आदमी आये, जिसके हाथ में बैग हो तो ज़रूर पूछ लेना कि क्या वे किताबें छापते हैं, और यदि वे हाँ कहें तो बैठक में बिठा लेना।'

उन्होंने उसे बतलाया, 'हाँ, वे वही हैं।' वह उन्हें अन्दर करके, दरवाज़ा बन्द करते हुए भी बोलता ही रहा, 'साहब रिसर्चवालों से बहुत चिढ़ते हैं, कहते हैं किताबें उठा ले जाते हैं। उनकी आवभगत वे तभी करते हैं जब कापियाँ जाँचनी होती हैं। कहते हैं, दाल थोड़ी पतली कर देना और चार रोटियाँ बढ़ा देना। उस समय तो साहब उन्हें चाय भी पिलाते हैं।...आप यहीं आराम से बैठो साहब, वह सब अख़बार और पत्रिकाएँ हैं, तब तक पढ़ो। मैंने दाल चढ़ा रखी है। देखूँ, नहीं तो जल जायगी।'

लेकिन प्र० महोदय का मन भूखे चूहे की तरह उछल-कूद रहा था। गालियों की एक लम्बी सिरीज़ उनके भीतर एक अन्तहीन 'कैसिट' की तरह बज रही थी। लेखक जो इस प्रसंग को कलमबन्द कर रहा है, यहाँ एक काल्पनिक हस्तक्षेप से अपने को रोक नहीं पा रहा है। आख़िर वह कितने ही कष्टों के मौक़ों पर उनके पास आता रहा है। कभी बिजली का बिल, कभी बच्चों की फ़ीस, कभी घर में चीनी-चाय का अभाव—क्या-क्या नहीं कह चुका है, इनसे। इसलिए वह बहुत आहिस्ता-आहिस्ता उनके पास जाकर बोला, 'क्या बात है, बहुत बेचैन मालूम होते हो।'

'अब क्या-क्या बताऊँ, आपसे। साले ने भुस भर दिया है। किसी तरह वश में ही नहीं आता। डाकू भी उसके सामने झख मारे। पिछले दिनों मिलने पर कहने लगा, भाई अगर इस बार कुछ लम्बा बिज़िनेस करना है तो बोहनी करो और मुझसे पाँच हज़ार झटक लाया। मैंने कई किताबें बी०ए० के पाठ्यक्रम के लिए जमा कर रखी हैं। कल पत्र मिला कि मैंने 'पूल' से अपने को अलग कर लिया है।'

'यह पूल क्या है, भाई!'

'पूल का मतलब शायद यह है कि पाठ्यक्रम में प्रकाशकों की पुस्तकें लगाने के लिए जो सामूहिक घूस इकट्ठा होगी और जो बाद में बराबर-बराबर बँटेगी, उससे श्रीमान्‌जी ने अपने को अलग कर लिया है क्योंकि मुझसे पहले जो पैसा ले चुके हैं, उसे बताना पड़ेगा। हिस्से में वह कट जायगा। इसलिए यह तय करा लिया है कि जिन अध्यापकों द्वारा सम्पादित संकलन कोर्स में लगाये जायँगे वे अपना इन्तज़ाम अलग से कर लें, यानी अलग से जो लेना चाहें वह ले लें और सामूहिक लूट में हिस्सेदार न बनें।'

'फिर इसमें आपका क्या नुकसान है?' मैंने तनिक सहानुभूति-भरे लहज़े में कहा।

'मेरी अब यही तो आप नहीं समझते! अभी कोई पाण्डुलिपि थमा देगा। किसी रिसर्चवाले से तैयार कराया होगा और तुरन्त दस हज़ार माँगेगा। फिर उसे ठीक करने के पाँच सौ आपकी जेब में जायँगे। काग़ज़, छपायी, बधाई—समझिये मैं हज़ारों के चक्कर में आ गया। वैसे तो पुस्तकें तैयार थीं, लगतीं और बेचना शुरू कर देता।'

'हाँ, यह तो आप ठीक कहते हैं।' मैंने फिर सहानुभूति प्रदर्शित की।

'इतना ही नहीं। उस पर भी रायल्टी की माँग करेगा, कम-से-कम दस प्रतिशत। रचनाएँ जिन लेखकों की होंगी, उनसे अनुमति की बात उठाते ही बोलेगा, छोड़िये भी साहब! लेखक, लेखक आप क्या चिल्लाते हैं। आधे तो मर चुके हैं, चौथाई को पता ही नहीं लगेगा और अगर एक-दो ऐसे निकल आयें तो सौ रुपये का मनीआर्डर। फिर मैं तो हई हूँ—देख लूँगा।'

'मतलब यह कि रचनाएँ लेखकों की और रायल्टी मंगीलाल को।' मैं बीच ही में बोल पड़ा क्योंकि प्र० महोदय के चेहरे पर यह सब बोलते हुए जो तनाव की रेखाएँ ताण्डव कर रही थीं, वे अब पसीने में गल-गलकर बहने लगी थीं, जिसके कारण वे धीरे-धीरे प्रकृतिहीन होते जा रहे थे। मेरा ध्यान कमरे के फ़ैन पर चला गया। मैं उठा और पंखा चलाकर लौट रहा था कि वे तनिक ज़ोर से बोले, 'श्रीमान्‌जी अभी भी आपकी समझ साफ़ नहीं हो पायी है। मैंने आपको कितनी बार समझाया कि रायल्टी बनती हैं किताब पर, वह भी बिकी हुई किताब पर, आपकी क़लमघिसाई पर नहीं।' उनका चेहरा एकदम खँडहर हो गया था।

'हाँ, हाँ, मैं समझ गया, समझ गया?' मैं जल्दी-जल्दी बोल पड़ा। असल में मुझे यह नहीं भूलना चाहिए था कि प्र० महोदय को लेखक के अधिकारों की बात मुँह चिढ़ाती है। वे डगमगा जाते हैं और कैसी भी आसन्न स्थिति हो (जैसी इस समय है), वे सब-कुछ छोड़कर पहले इसी से निपटने के लिए कमर कस लेते हैं। उनकी यह बात काफ़ी दमदार भी है कि रचना लेखक की फ़ाइलों के अँधेरे में ही दम तोड़ दे, यदि प्रकाशक उसे दिन की रोशनी दिखाने के लिए अपने श्रम और पैसों का होम न करे। इसलिए लेखक का एक नन्हा-सा अंश किताब में, उस समय फलित होता है जब किताब बिक जाय और प्रकाशक का लागत मूल्य उतर जाय! मतलब यह कि...

मैं सोचता जा रहा था और वे बोलते जा रहे थे, 'भला बताइये, मुझे क्या बचेगा? यह कोई धर्मकार्य तो है नहीं। मंगीलाल या यों कहें कि वे घूसखोर अध्यापक और प्रोफ़ेसर ही चमड़ी उतारने के लिए क्या कम हैं कि आप लेखक की बात बीच में घुसेड़ रहे हैं।' मैंने देखा प्र० महोदय का चेहरा फिर दुबारा जुड़कर अपनी पुरानी शक्ल अख्तियार कर रहा है। लेकिन जोड़ के निशान और भी विकृत हो उठे हैं। उनकी नाक, मुँह, भौंहें, बरौनियाँ, सब एक-दूसरे में गुचुड़-मुचुड़ होकर आपस में मिल गयी हैं। मैं कुछ बोलने ही जा रहा था कि दरवाज़े की घण्टी घनघना उठी और रसोई से नौकर चिल्लाया, 'आया...'

जैसा मैंने पहले कहा है, यह मेरा काल्पनिक हस्तक्षेप सिर्फ़ इसलिए था कि आप प्र० महोदय के मन की हलचल से परिचित हो सकें। इसलिए मैं रूपहीन होकर हवा में विलीन हो गया क्योंकि प्र० महोदय सचेत और आत्मस्थ हो गये थे। प्रो० मंगीलाल का सामना करने के लिए, आत्मबल जुटाने के क्रम में वे कुर्सी से ज़रा-सा उचके, बग़ल में पड़े अपने बैग की मूठ पर हाथ रखा और ठीक जेब के ऊपर सीने को सहलाया।

लेकिन कुछ ऐसा, जिसे प्र० महोदय ने कभी सोचा भी नहीं था, सहसा घटित हो गया। वैसे यह कोई सोच से परे की बात नहीं थी, न इसे दुर्घटना ही कहा जा सकता था। सिर्फ़ एक चान्स की बात थी कि जो व्यक्ति नौकर के साथ आगे-आगे आया, उसके हाथ में भी एक बैग था और वह प्र० महोदय का प्रकाशन के क्षेत्र में सबसे बड़ा प्रतिद्वन्द्वी था।

'क्यों जी, सुनाओ क्या हाल-चाल है? तुसी इधर कैसे, कुछ जमा-वमा किया है क्या? वैसे मैं बता दूँ कि मंगीलालजी इस बार 'पूल' से बाहर हैं, जानते हो, न!' आगन्तुक कुछ ऊँचाई से इस तरह बोल रहा था जैसे प्र० महोदय ने ज़िन्दगी भर कच्ची गोलियाँ ही खेली हैं। उन्होंने इस समय अपने सारे काँटे झाड़ देना ही उचित समझा और आवाज़ को और भी थकाकर बोले, 'हाँ, जी, कुछ जमा तो किया है। और मैं, जैसा तुम जानते हो, बड़े लेखकों का ही छापता हूँ जिन्हें बिना पढ़ाये कोर्स पूरा ही नहीं होता।'

'सो तो ठीक है कि तुसी बादशाहा, मगर मंगीलाल तो सबको भूसा मानता है। कहता है, कोर्स में न लगायें तो पन्त, महादेवी, प्रसाद वग़ैरह को पूछेगा कौन। पिछली बार तो यार ने हद कर दी, जब उस रामनिहोर का उपन्यास बी०ए० में लगा दिया। बड़ा हंगामा मचा तो कहने लगा, एक क्षेत्रीय लेखक को हम मान्यता नहीं देंगे तो हिन्दी साहित्य अपनी जगह पर खड़ा-खड़ा बस जुगाली ही करता रहेगा और जानते हो, इसने प्रकाशक से लाभ में आधे की हिस्सेदारी कर ली। अभी ग़ाज़ियाबाद में उसी से मकान बना लिया।

प्र० महोदय के दिल में यह सब सुनकर प्रसन्नता की ठण्डी हवा झुरकने लगी—इसलिए नहीं कि प्रो० मंगीलाल भ्रष्ट है बल्कि इसलिए कि आगन्तुक प्रकाशक महोदय

के मुँह से कुछ ऐसी बातें निकलती जा रही थीं जिनका प्रयोग अवसर आने पर उनके विरुद्ध किया जा सकता है। उन्होंने अगल-बग़ल देखा, घड़ी पर निगाह डाली और तनिक मुस्कराकर बोले, 'तुम्हारा कुछ मामला है? नही यार, मैं तो कुछ और ही सुनता था।'

'क्या सुनते थे, मुझे भी तो बताओ।'

'यही कि मंगीलाल तुम्हारी मुट्ठी में है।'

'मुट्ठी में! तुम भी क्या कहते हो भाई। वह ख़ुद ऐसी मुट्ठी है जिसे जब तक गर्म न करो, सीधे मुँह बात नहीं करता। पिछले साल मेरी सगी बहिन के फ़ोर फ़र्स्ट क्लास लड़के को एक डिग्री कालेज़ में लगाने के दस ले लिये मुझसे। लेकिन इतना ज़रूर है कि प्रोफ़ेसर बात का पक्का है और जो तय कर लेता है, उसे करके ही छोड़ता है। लड़के का तो तुमने सुना ही होगा—?'

'नहीं नहीं मैं, कैसे सुनूँगा!'

'हाईस्कूल में फेल होने के बाद प्रोफ़ेसर ने दूसरे साल उसे प्रथम श्रेणी दिलवायी। लेकिन इण्टर में फिर वह थर्ड क्लास साबित हुआ। मुझसे बोले—कोई बात नहीं, देख लूँगा। बी० ए० में मामला जम नहीं पाया, लेकिन लड़का दूसरी श्रेणी में निकल गया। एम० ए० में टाप कराया और विश्वविद्यालय में लेक्चरर बनाकर ही दम लिया। प्रोफ़ेसर नम्बर बढ़वाता ही नहीं, प्रतिभाशाली लड़कों के नम्बर कम करा देने में विश्वास रखता है। बड़ा हो-हल्ला मचा। जाँच बैठी, अख़बारबाज़ी हुई, लेकिन अन्ततः प्रोफ़ेसर विजयी रहा।' फिर एकाएक आवाज़ धीमी करके प्र० महोदय की आँखों में देखते हुए बोला, 'मेरी तरह तुम भी तो फँसे नहीं हुए हो? दस दे चुका हूँ। किताब लगने पर उस दस के ऊपर बारह प्रतिशत रायल्टी का वादा है।'

'मतलब कि दस हज़ार के बाद बारह प्रतिशत! क्या बचेगा, भाई?'

'बचेगा, बचेगा। किताब पचास हज़ार छपनी है। आधे का संस्करण असली होगा जो सिर्फ़ पन्द्रह हज़ार बिक सकेगी। आधी नक़ली छपेगी, और सब बिक जायगी। कहा जायगा, किताब नक़ली छप गयी। इस तरह किताब बिकेगी पचास हज़ार और रायल्टी बनेगी सिर्फ़ पन्द्रह हज़ार की। दूसरा चारा ही नहीं है।'

प्र० महोदय की सारी ख़ुशी काफ़ूर हो गयी। चेहरे की रेखाएँ दुबारा पसीने में बहने लगीं, जबकि इस समय पंखा भी चल रहा था। लेकिन वे कुछ बोलें कि दरवाज़े की घण्टी फिर बोल उठी। इस बार पान मुँह में दबाये, हँसते, मुसकराते प्रोफ़सर का सहसा प्रवेश हुआ। दोनों प्रकाशकों को, जिन पर इस बार उन्होंने हाथ रखा था, साथ-साथ बैठे देखकर जैसे उन्हें विशेष प्रसन्नता हुई हो।

'बड़ी देर हो गयी। भाई, तुम लोग माफ़ करना।' फिर एकाएक आगन्तुक प्रकाशक की ओर मुड़कर बोले, 'तुम्हारा तो हो गया, भाई। मैंने दो प्रमुख लोगों को

संकलन देकर पक्का कर लिया। अब छापने-छूपने की तैयारी करो, लेकिन मीटिंग वे दिन आकर ज़रूर मिल लेना।' कहने का मतलब यह था कि दस हज़ार दे जाओगे तभी अन्तिम मुहर लगेगी।

फिर प्र० महोदय की ओर देखकर बोले, 'तुम कुछ अनमने दिखते हो। तबीयत तो ठीक है?'

'एकदम जी, बस रात की यात्रा के कारण थोड़ी थकान है।'

'असल में तुम दूर पड़ जाते हो। थोड़े दिन पहले मिले होते तो तुम्हारी भी किताब अब तक तैयार हो गयी होती। लेकिन कोई बात नहीं, तुम्हारा तो अपना प्रेस भी ख़ासा है।'

'दो दिन लगेंगे जी।'

तैयार होकर आये हो?' प्रोफ़ेसर ने पूछा।

प्र० महोदय इधर-उधर झाँकने लगे, जैसे उन्हें कुछ संकोच हो रहा हो।

'अरे भाई, इसमें संकोच की क्या बात है? निकालो, अपना काम करो और झटपट लौटकर छपाई में लग जाओ। अब वक़्त ही कितना रह गया है?'

प्र० महोदय ने अपना बैग खोला और पैकेट निकालकर थमाया।

'पूरा है?' प्रोफ़ेसर ने पूछा।

'जी पूरा है।' प्र० महोदय को आगन्तुक प्रकाशक की उपस्थिति में यह सब घटित होने की क़तई आशा नहीं थी। उन्हें लग रहा था जैसे सरेआम, चौराहे पर नैतिकता नामक कन्या के साथ बलात्कार किया जा रहा हो।

प्रोफ़ेसर उठकर गया और बग़ल की आल्मारी खोलकर उसमें पैकेट फेंकते हुए एक नन्हा-सा लिफ़ाफ़ा हाथ में लिये हुए लौटा। उसे प्र० महोदय को थमाया तो वे बोल पड़े, 'और मेरी पाण्डुलिपि?'

'सब-कुछ है भाई इसमें—पाण्डुलिपि, निर्देश जो भी ज़रूरी चाहिए, सब है।' प्रोफ़ेसर खड़ा था। आगन्तुक प्रकाशक भी उठकर खड़ा हो गया लेकिन प्र० महोदय के हाथ में वह लिफ़ाफ़ा किसी डाल से लटके सूखे पत्ते की तरह काँप रहा था। यह देखकर कि प्र० महोदय का सिर उतर चुका है, चुप नहीं रह सका। बोला, 'सब-कुछ होगा भाई उसमें, प्रो० साहब कच्चा काम नहीं करते, चलो मैं अपनी गाड़ी में तुम्हें बस स्टाप पर छोड़ दूँगा।'

प्र० महोदय उठ खड़े हुए और नमस्कार करके आगन्तुक प्रकाशक के पीछे-पीछे इस तरह चले गये जैसे पानी में डूबता हुआ कोई व्यक्ति किसी नाव के किनारे को पकड़े, बहता हुआ चला जाय।

मेरी ओर से यह कहानी यहीं ख़त्म हो गयी थी। लेकिन मैं देख रहा हूँ कि आपके मन में लिफ़ाफ़े को लेकर उत्सुकता बनी हुई है। विषय ऐसा है कि इसे आपके सोचने

के लिए भी नहीं छोड़ा जा सकता। इसलिए लिफ़ाफ़ा खोलने पर प्र० महोदय को क्या मिला, यह बता देना ज़रूरी है।

लिफ़ाफ़े में किसी बच्चे की अभ्यास-पुस्तिका से फाड़े गये पन्ने पर किसी दूसरे की लिखावट में सबसे ऊपर लिखा था—

निबन्ध सौरभ

1. प्र0 ना0 मिश्र : दाँत
2. ह0 प्र0 द्विवेदी : नाखून क्यों बढ़ते हैं
3. श्री. ना0 चतुर्वेदी : राजभवन की सिगरेटदानी
4. वि0 नि0 मिश्र : मेरे राम का मुकुट भीग रहा है
5. हरिशंकर परसाई : बेईमानी की परत

भूमिका दो दिन बाद भेज दी जायगी।

किताब छप जाने पर जमा करने ख़ुद आयें। साथ में दस हज़ार रुपये अग्रिम राशि और बारह प्रतिशत रायल्टी का अनुबन्ध लाने पर ही काम पूरा होगा।

अब वह हमेशा के लिए हमारी है!

इधर जब से राजन हम लोगों के साथ आ गया है, उसका मन कुछ शान्त रहता है। प्रायः जब वह भाभी...भाभी करके दौड़ता हुआ आता है और उसकी गोद में सिर डाल देता है, तो उसकी आँखें अनायास ही रुआँसी हो जाती हैं, और वह उसके बालों को सहलाते हुए काफ़ी देर तक उसे देखती रहती है। उसको नहलाने, कपड़े पहनाने, खिलाने-पिलाने में वह इतना व्यस्त रहती है कि प्रायः घर के दूसरे काम अधूरे ही रह जाते हैं। जब राजन स्कूल जाने लगता है, तो वह बाहर तक उसे छोड़ने जाती है और एक बार उसे अपने पास तक खींचकर उसके माथे पर हाथ फेरती है और देर तक उसे देखा करती है। एक भय का चिह्न कभी-कभी उसकी आँखों में उभर आता है और बहुत देर तक वह वहीं ख़ामोश खड़ी रहती है।

मैं सब समझता हूँ पर बोलता नहीं। जबान खोलने की हिम्मत नहीं पड़ती है, क्योंकि मैं जानता हूँ कि ये रेशमी धागे कितने कमज़ोर होते हैं। कभी-कभी जब राजन कहने लगता है कि 'छुट्टियाँ हो रही हैं। मैं माँ के पास जाना चाहता हूँ,' तो उसकी भौंहों में शिकन आ जाती है। एक दूर की दृष्टि, एक कठोर सत्य की आहट से उसका मन भर आता है और वह थोड़ी देर चुप रहकर कहती है, 'चले जाना, भैया,' और बात आगे बढ़ जाती है। पर यह तो साफ़ है कि जब तक इस कठोर सत्य से उसका पीछा नहीं छूटता, उसका मन उदास रहता है। माँ के उन पत्रों को जिनमें राजन को बहुत देखने की इच्छा ज़ाहिर की हुई रहती है, वह बड़ी लापरवाही से मुझे दे जाती है। मैं उसकी ममता को समझता हूँ, पर कुछ कहते नहीं बनता।

इधर बड़े दिन की छुट्टियों में राजन दो दिन के लिए कहकर घर गया और अभी तक आया नहीं। अब सात दिन हो रहे हैं। विद्या भाभी रह-रह दरवाज़े की आहट पर दौड़ पड़ती है। खाना बनाकर रोज़ ही राह देखती है। कभी-कभी मेरे साथ खाते समय रो देती है। गाड़ी आने के समय की जाँच किया करती है। 'वह आया नहीं, बीमार तो नहीं हो गया?' मैं डरते-डरते पूछता हूँ, परन्तु सोचता हूँ कहीं इसकी चिन्ता और तो नहीं बढ़ जायगी?

इन्तज़ार ही में दो दिन और गुज़र गये, पर वह नहीं आया। अब तो उसकी चिन्ता का वार-पार नहीं रहा।

मेरी छुट्टी थी। मैं बैठा एक मेगज़ीन में एक कहानी पढ़ रहा था: कहानी जैसे हमीं लोगों की थी। ठीक वही, जिसके इर्द-ग़िर्द हमारा सूना जीवन बेतहाशा भागा जा रहा था।

विद्या को पास बिठाकर मैं कहानी पढ़ने लगा। कहानी इस प्रकार थी—वे दोनों उसे पूनो कहते हैं क्योंकि वह शरद्-पूर्णिमा के दिन ही उनके घर में आयी थी। कार्तिक शरद्-पूर्णिमा, आज़ाद हिन्दुस्तान का पहला खँरेजी और तबाही का साल। वे दोनों भारतीय सरकार की ओर से हवाई मार्ग द्वारा बेघर-बारवाले लोगों को दिल्ली तक ले आने का काम करते थे। कितने ही निरीह बच्चे, बूढ़े, नौजवान जहाज में जगह पाने को उतावले रहते थे। सुषमा प्रायः बच्चों और औरतों की देख-भाल करती थी और अजय पुरुषों की। तीन दिन के लगातार परिश्रम ने उन्हें थका दिया था और उनका मन सुख-दुःख की परिसीमा से कुछ इतना ऊपर उठने लगा था कि उन्हें लगता था जीवन में कोई आशा-विश्वास नहीं है।

एक दिन जब वे जहाज से उतरकर शरणार्थियों की भीड़ की ओर बढ़ रहे थे, तो एक नन्हीं-सी बच्ची दौड़ती-दौड़ती आयी और अपने हाथों को फैलाये हुए उन दोनों से लिपट गयी, अनजान, अपरिचित और उद्भ्रान्त! वे पहले तो उसे देर तक देखते रहे पर जब उसके नन्हें-नन्हें पतले होंठ धीरे-धीरे बुदबुदाने लगे, 'पापा... पापा... माँ...' तो सुषमा का दिल एकाएक भर आया और उसने उस नन्हीं बच्ची को गोद में उठाकर चूम लिया। अजय ने धीरे से कहा, "शायद, इसके माँ-बाप भी हमारी ही तरह रहे होंगे।" और, उसी समय से वे दोनों बदल गये। एक दूसरी दुनिया, जिसकी कल्पना भी उन्होंने नहीं की थी, उनके जीवन के चारों ओर स्वयं बन गयी।

बच्ची बहुत सुन्दर थी, पर थकान और भूख ने उसे मलिन बना दिया था। उसके बाल इधर साफ़ न किये जाने के कारण एक-दूसरे में गुँथ गये थे और कपड़े जगह-जगह फट चले थे। पर उन दोनों के थोड़ी ही देर के साथ से बच्ची का मन हरा होने लगा। वह बड़ी ख़ुशी-ख़ुशी सुषमा की अँगुली पकड़े इधर-से-उधर और उधर-से-इधर घूमने लगी।

शाम को जब हम एकान्त में खाना खाने बैठे, तो अजय ने कहा, "इस बच्ची को ले न चलो।" पर सुषमा ने कुछ न कहा, क्योंकि अब उसकी ज़रूरत नहीं थी। उसने जल्दी-जल्दी खाना खाया और बच्ची को लेकर कैम्प की ओर बढ़ी। बच्ची का नाम पूनो ही लिखा था। वह मुस्कुराती हुई बोली, "तुमने देखा यह कितनी ख़ुश है!" और अजय ने झुककर बच्ची के नन्हें होंठों पर अँगुली फेर दी।

दोनों दिल्ली तक जहाज में ख़ामोश ही रहे। पूनो कभी-कभी पंजाबी बच्चों से कुछ धीरे-धीरे बोलती, पर उसके होंठ पूरे नहीं खुल पाते। वह बार-बार भागकर सुषमा के पैरों से लिपट जाती; थोड़ी ही देर में फिर सशंकित होकर इधर-उधर देखने लगती और सहसा उदासीनता में लिपटा एक भय उसके चेहरे को पीला और निष्प्राण बना देता।

दिल्ली पहुँचकर उन लोगों ने पूनो का नाम 'चिल्ड्रेन्स वेलफेयर कमेटी' के दफ़्तर में लिखा दिया और दबते-दबते एक कार्यकर्त्री से पूछा, "क्या मैं इस बच्ची को अपने साथ ले जा सकती हूँ?"

वह मुस्करायी और कहने लगी, "मैं आप लोगों को कभी से देख रही थी, और मैं जानती थी कि इन नौजवान संकोची चेहरों के पीछे क्या छिपा है। अच्छा है, मैं आप लोगों का नाम नोट कर लेती हूँ। जैसे ही हमारे डाइरेक्टर ने आज्ञा दी, आपको ख़त लिख दिया जायगा। इसी बीच यह जानने की कोशिश की जायगी कि उसके माँ-बाप जीवित हैं या नहीं। यदि पता न लग सका, तब तो निश्चय ही समझिये।"

उन दोनों को लाचार होकर पूनो को वहाँ छोड़ना पड़ा। लगातार दो महीने के इन्तज़ार के बाद शिविर का एक ख़त मिला। लिखा था, "आप दो ही दिन में यहाँ आकर पूनो को ले जायँ।" सुषमा की प्रसन्नता का कोई ठिकाना न रहा। वह तुरन्त बाज़ार गयी और नन्हें फरनीचर, चारपायी, झूला, और अनेक खिलौनों का अम्बार घर में लग गया। अजय भी उस दिन अत्यधिक ख़ुश था। दोनों रात में देर तक जगते रहे। सुबह अजय दिल्ली को रवाना हुआ, तो देर तक सुषमा स्टेशन पर खड़ी-खड़ी आशा की दृष्टि से उसे देखती रही। उसके जी में आता था कि वह स्टेशन ही पर रुकी रहे और जब अजय पूनो को लेकर लौटे तो दोनों घर चलें।

पूनो पंजाबी लड़की थी। उसका खाना-पीना, आचार-व्यवहार और भाषा बंगाली से बिलकुल भिन्न थी। अजय डरता था, कहीं पूनो पर हमारे रहन-सहन, भाषा इत्यादि का बुरा प्रभाव तो न पड़ेगा, क्योंकि इतने अधिक बच्चों की भीड़ में रहनेवाली बच्ची, जिसकी अपनी बातें, अपनी जिद्दें सभी कुचली जा चुकी थीं, जो विश्वास भी खो चुकी थी, वह एकाएक उस नये वातावरण में कैसे ख़ुश हो सकेगी? उसे जब भविष्य के सुख की बात बतायी जाती थी, तो वह उसे ख़ुशी-ख़ुशी स्वीकार कर लेती थी। इस तरह जब वह अजय के साथ आयी, तो लगा, जैसे उसने सब स्वीकार कर लिया है। वही उसके माँ-बाप हैं, वही उसका परिवार है।

वह प्रायः घर के बाहर नहीं जाती थी और अब बँगला भी सीखना चाहती थी, लेकिन यह बड़ा मुश्किल जान पड़ता था। वे उसकी बहुत थोड़ी-सी बातें समझ पाते थे। अब वह जानती थी कि यदि कोई डिक्शनरी मिल जाय, तो काम चले। वह प्रायः बात करते समय डिक्शनरी भी ले आया करती थी; और शब्दों को साफ़ ज़ोर से कानों के पास कहती थी, तो लगता था, जैसे कोई बहरे से सुनाकर कुछ कह रहा हो।

समय के बीतने के साथ-साथ उन दोनों को पता चला कि पूनो के लिए एक स्वाभाविक वातावरण की ज़रूरत है, जहाँ वह अपनी तरह से रह सके, बोल सके। इसलिए वे दोनों दिल्ली चले गये और वहाँ एक छोटा-सा मकान लेकर रहने लगे। अगल-बग़ल पंजाबियों के बच्चे रहते थे। वह प्रायः बाहर उनमें खेलती रहती थी और एकाएक वहाँ से दौड़ती-गाती आकर सुषमा से लिपट जाती थी। उन दोनों को वहाँ काफ़ी सन्तोष हुआ, क्योंकि पूनो का मन वहाँ लगने लगा था।

अब वह बच्चों की तरह बिचकने, नाराज़ भी होने लगी थी। बँगला भी उसने बहुत सीख ली थी, और उन दोनों से बंगाली में बोला भी करती थी। उसे जो चीज़ें खाने में अच्छी लगतीं, उन्हें वह दूसरों को देने में हिचकती और जिद्द कर बैठती थी। वह रेडियो का मीटर

स्वयं मिलाने की ज़िद्द करती। मोटर पर आगे बैठकर स्टेयरिंग ह्वील को इधर-उधर करती और जब अजय सिगरेट जलाने लगता, तो स्वयं ही लाइटर से आग निकालना चाहती।

थोड़े ही समय में उन्हें यह निश्चय हो गया कि उसे उनका प्यार मिल गया है और अब वह उनके बिना नहीं रह सकती।

पहले कलकत्ते में जब एक डॉक्टर ने उसे देखा, तो बताया कि किसी बेबी एक्सपर्ट को दिखाइये। उसने बताया कि यदि बच्ची का मौजूदा वातावरण शीघ्र न बदला, तो स्वस्थ होना बहुत मुश्किल है, क्योंकि उसकी चेतनाएँ अन्तर्मुखी होती जा रही हैं। वह जो चाहती है, कह नहीं सकती; वह जो चाहती है, खेल नहीं सकती, उसका वज़न भी बहुत कम हो गया था। धीरे-धीरे उसकी हालत सुधरी। बच्चों के साथ खेलने के बाद भी वह उन दोनों के साथ टहलने जाया करती है।

अकेले रहने में उसे अब भी भय लगता है। बच्चों के साथ के अलावा वह प्रायः सुषमा के कमरे ही में खेलती है। यदि कभी उसे अकेलापन मिला तो, वह 'माँ...माँ...' कहकर दौड़ती हुई आती है, और सुषमा के कपड़ों में अपना मुँह छिपा लेती है। उसकी साँसें तेज़ चलने लगती हैं। वे दोनों प्रायः उसे अलग नहीं रखते। रात में भी वह प्रायः किसी-न-किसी के पास ही रहती है।

'अजय और सुषमा को जो सबसे अधिक भय की बात लग रही थी, वह थी स्कूल की। वह कैसे बंगाली बच्चों के साथ बोलेगी, गायेगी, हँसेगी। पर वह समस्या भी अब नहीं रही। प्रायः उसकी गिनती अब अच्छी छात्राओं में होती है। वह स्कूल के प्रत्येक खेल-कूद में भाग लेती है। बातों-बातों में जब कभी सुषमा उसे यह कहना चाहती है कि वह लकड़ी है, उसे अभी से दबकर रहना चाहिए, तो वह बड़ी मज़बूती से जवाब देती है कि 'लड़कियाँ लड़कों से कम नहीं हैं। उनका भी तो वही अधिकार है, जो लड़कों का है।' अजय और सुषमा सोचते हैं, शायद यह शिक्षा और स्नेह का मिला-जुला प्रभाव है जो उसे इतना स्वतन्त्र रखना चाहता है।

अब वह बड़ी समझदार हो चली है। कभी-कभी वह सोचती है, तो एकाएक उदास हो जाती है। उसे कुछ अजीब-सा लगता है। वह मन-ही-मन फुसफुसाती है, 'ईश्वर तू बहुत बड़ा है' और जब सुषमा उसे अपने सीने में छिपा लेती है, तो वह कहती है, 'माँ... माँ... मामा...!' और, दम्पति एक-दूसरे की ओर भेदभरी दृष्टि से देखने लगते हैं और उनकी आँखें छलछला उठती हैं। वे दोनों भी मन-ही-मन कहते हैं, 'सचमुच पूनो कितनी अच्छी है!'

कहानी समाप्त हुई। मैंने देखा, विद्या की आँखें छलछला आयी हैं। उन आँखों की मूक वेदना को मैं समझ सकता था। विद्या की खाली कोख राजन को पाने के लिए तड़प रही थी। राजन उसका एकमात्र सहारा था, एक खिलौना, जिसकी शरारत, शोख़ी और चुलबुलेपन ने विद्या के नारी हृदय को मोह लिया था। राजन की उपस्थिति ने उसके खाली जीवन को रस-रंग से भर दिया था। इसलिए कहानी की अन्तिम पंक्ति समाप्त होने पर उसने भारी आवाज़ में पूछा, 'राजन कब आयेगा?'

मैंने विद्या की ओर सूनी निगाहों से देखा और पत्रिका के पन्ने यों ही उलटने लगा।

बीते दिन

आज रात भर वह जागती रही थी। पलकों को दबाकर निर्विचार होने की वह जितनी ही चेष्टा करती, उसका मानसिक तनाव उतना ही बढ़ता जाता। जैसे कोई बहता पानी बँधी खाइयों को तोड़कर बह जाने को ऊफान मारता हो। ऊबकर उसने आँखें खोल दीं। तकिये को ठीक करके सिर के नीचे दबा लिया, पैर को पूरी तरह फैलाकर हाथों को सीधा कर लिया और कुछ देर तक छत की ओर देखती रही। बग़ल की खिड़की से चाँदनी का एक चंचल धब्बा दीवार पर पड़ रहा था, जब वह सोयी थी, अब वह भी खिसककर उसके सीने के पास पहुँच गया। उसने सिर उठाकर देखा गाउन बदन से खिसक गया था और उसका शरीर चाँदनी की रजत रश्मियों में भी गरम, उत्सुक और लालसायुक्त उदासी में डूबा था। उसके मुँह से एकाएक 'ऊँह' का शब्द निकला और तकिया बग़ल में आ गया। उसने मानसिक तन्तुओं को ढीला कर दिया। शायद नींद आ जाय— विचारों की लहर में शायद समतान आ जाय। लेकिन वह फिर विचारों में डूब गयी

'हाँ कनू! थोड़ी देर के लिए तो अपने को भूल जाओ। उसके प्राणों में नैनीताल की सुनहली शाम बस गयी। 'उत्सर्ग' की मर्यादा में तन और मन की यही ढील अर्घ्य चढ़ती है। देखो! इस झील के अनहद ख़ामोश जल की सतह की ओर देखो! जैसे कहीं एक नन्हीं-सी भी हलचल नहीं वह अपने दाहिने हाथों को उठाकर उसकी ठुड्डियों को छूने के लिए बढ़ा। वह पीछे हटी। नाव हिल पड़ी और पानी की सतह एकाएक थराथराकर काँप उठी जैसे किसी अज्ञात संवेदन से वह नाव की वादियों पर खड़ी थी। वह चिल्ला उठा, 'अब पीछे मत हटना' वह हड़बड़ाकर डर गयी और आगे को बढ़ी। फैली भुजाओं में समा गयी। जैसे देहहीन हो-स्वरहीन हो। लेकिन सब अजाने में सब अज्ञान में।

क्या इसमें भी स्वीकृति की लालसा थी, क्या इसमें भी लगाव की मन्शा थी। वह उठ बैठी। उसका शरीर पसीने से लथपथ हो गया था। मन बेचैन था—घबराया-घबराया-सा, अजीब।

लेकिन वह राजकुमार था। कैसा मनोरम हंस-किंकणी से चालित अरुण कमल पंखुड़ी का रथ था उसका और मेरा मन ...वह फिर सोचने लगी थी।

वह डरकर उठ खड़ी हुई और दरवाज़ा खोलकर कमरे से बाहर आ गयी। नीचे नदी की कोख में मल्लाहों के नन्हें-नन्हें झोंपड़े गहरी नींद में बेहोश सोये थे और बग़ल के नाले में बड़े-बड़े ढाक के पेड़ों के पत्ते कान खड़े किये जैसे किसी सतर्कता में जाग रहे थे। उसे

साहस बँधा। कुछ और आगे बढ़कर वह टीले के ऊपर चढ़ने लगी। बग़ल की झाड़ी से एक लोमड़ी निकली और खुर-खुर कुछ दूर भागकर रुक गयी और उसकी ओर देखने लगी जैसे किसी दूर के पहचान के चेत से निहार रही हो। उसे तनिक और साहस बँधा—मन को ख़ुशी भी हुई। अब ऊपर का रास्ता झाड़ियों में फँसकर टूट-फूट हो गया था पर वह उसी पर चलती रही। बग़ल में घोर खड्ड दूसरी ओर तलहटी के पेट में बहता हुआ गंगा का क्षिप्र नीर, अगल-बग़ल उजले और श्याम बालुओं की बाँहें-वह तनिक और बढ़ जाय तो जल की सीमान्त रेखा उसके आगे स्पष्ट हो जायगी। लेकिन वह चौंक पड़ी। खड्ड की निचली तह से आवाज़ आ रही थी 'मुझे उसके पास पहुँचा दो...मेरा बच्चा...मेरा बच्चा।'

पहले तो वह डरी पर फिर साहस कर बढ़ने लगी किसी स्त्री की आवाज़ थी। उसने देखा नीचे शहतूत की घनी छाया में चार-पाँच स्त्री-पुरुष एक स्त्री को पकड़कर ज़मीन पर सुलाने की चेष्टा कर रहे थे। उसे और साहस मिला न जाने कहाँ से और वह यह पुकारते हुए कि 'कौन है —क्या कर रहा है, नीचे उतरने लगी। झाड़ियाँ बड़ी घनी थीं और ढलान एकदम सीधी—अब वह उतर नहीं सकती थी। स्त्री चिल्लायी, 'गुरुजी मुझे बचाइये, मेरा बच्चा-मेरा...मेरा...?

उसका साहस और बढ़ा, राह खोजने लगी। लेकिन कहीं तो नहीं है। नीचे से आवाज़ आयी, 'आप वहीं रहिये मैं आती हूँ' और पलक मारते लड़की न जाने किस तरह दौड़कर उसके पास पहुँच गयी। और उसका पैर पकड़कर फूट-फूटकर रोने लगी। वह चारों स्त्री-पुरुष भी आये उसका बाप भी पीछे-पीछे आया।

बाप ने कहा, 'गुरुजी! हज़ूर माफ़ करो। हम कई दिन स्कूल में हाज़िर हुए थे। पर पता लगा, आप सैर को बाहर पहाड़ चली गयी हैं। आप हमारी माँ हो, अब आप ही बताओ हम क्या करें। यह हमारी लड़की है। दो वर्ष पहले यह ससुराल से आयी है। जाने का नाम नहीं लेती थी पर इधर पता चला इसके हमल है। अब हम कहाँ मुँह दिखावेंगे।'

'तो तुम यह कर क्या रहे थे।' उसने पूछा

मल्लाह का सिर नीचे झुक गया। उसकी माँ रोने लगी और लड़की गुरुजी के पाँवों में सट गयी।

'अच्छा तुम लोग जाओ, यह मेरे पास रहेगी।' उसने कहा और सब लौटकर छिउल की धुँधली छायाओं में खो गये। लड़की की आँखें फूल आयी थीं। काजल के धब्बे सारे गालों पर फैल गये थे। उसने बड़े हलके हाथों उसे सहलाया और हाथ से टेक देकर उसे उठा लिया। दोनों धीरे-धीरे स्कूल की ओर उतरने लगीं। रात भी ढलान पर थी और झाड़ियों में खुरखुराहट का स्वर बढ़ने लगा था। चाँद किनारे की ओर ऊँचे टीले के एक कोर में धँसता जा रहा था।

वह सोचने लगी यह शरीर का उत्सर्ग है, मन का ढील। एक साथी के रहते हुए दूसरे की खोज। तब तक टि-टिरटिह-टि-टिर की आवाज़ आयी—गंगा के एक छोर से और दूसरे छोर से दुहरायी गयी। वह सोचने लगी सबेरा हो जायगा अब। और सुबह-सुबह बच्चे अपनी

गुरुजी को बीस दिन के बाद स्कूल में पाकर बहुत तंग करेंगे। रामू-धनू-रमेश-सोमी कितने प्यारे बच्चे हैं...कितने अच्छे।

अब वह स्कूल से थोड़ी ही ऊपर रह गयी थी। लड़की के पाँव में काँटा चुभ गया। वह बैठ गयी पर उसने झुककर स्वयं काँटा निकाला और ख़ून को अपनी श्वेत साड़ी के आँचल से पोंछ दिया।

'दर्द हो रहा है' उसने पूछा।

'नहीं गुरुजी।'

'तुम्हारा बच्चा माप्लो-जैसा ही होगा न' उसने मुस्कुराकर कहा।

'गुरुजी!' लड़की चौंक पड़ी और उसकी आँखों से आँसू बहने लगे।

'पर यह तो बताओ तुम्हें इसके लिए पछतावा तो नहीं है' उसके अपने मन का चोर ढूँढ़ा।

'गुरुजी यह आप क्या कहती हैं? मैंने अपना तन-मन-जीवन सब तो दे दिया उसे। यदि नहीं रखेगा तो जहर-माहुर खाकर मर जाऊँगी पर ससुराल नहीं जाऊँगी।'

'लेकिन उसका भी तो एक साथी है' उसने कुछ गम्भीरता से कहा।

'यह भी जानती हूँ पर मैं और कुछ नहीं चाहता। यह बच्चा बच जाय। इसी के सहारे उसे पाया ही समझूँगी।' लड़की ने उसका हाथ पकड़ लिया। वह काँप उठी। उसके पाँव लड़खड़ा गये। 'यह तो कुछ और ही है, कुछ और ही' उसे बेहद कमज़ोरी मालूम होने लगी।

'देखो! दरवाज़ा खोलो और तुम मेरे ही साथ रहोगी। कहीं जाओगी नहीं।'

वह कमरे में घुसकर बिस्तर में धँस गयी। लड़की धीरे-धीरे उसके पैरों को सहलाने लगी। भोर की काँपती हुई हवा खिड़की के नीले पर्दों से दुलरा रही थी, चाँद का चंचल धब्बा थककर उदास हो चला था और बीच-बीच में मल्लाहों के उठने, बोलने और डोंगियों के खोलने की फिर पानी में छप्-छप्...पतवार मारने की आवाज़ आने लगी थी। पीछे वाले लड़कियों के छात्रालय के पतले महीन सुरों में मनमाना गुनगुनाने की पावन ध्वनियाँ थिरकने लगी थी और छात्रावास की माताजी के सितार से अनजाने में करुण-भैरवी का कोई राग लहर उठा। वह भी अनजाने में गुनगुनाने लगी।

री मैं तो दरद दीवानी...

फिर एकाएक उठ बैठी और लड़की के हाथों को अपने हाथ से दबाकर उसी पर सिर रखकर फिर लेट गयी। लड़की ने धीरे-धीरे उसके बालों में अँगुली चलाना शुरू कर दिया। उसकी आँखें धीरे-धीरे झँपने लगीं और वह गहरी नींद में जैसे किसी के सहारे विश्वस्त होकर सो गयी।

...बच्चों की भीड़ में वह घिर गयी है। फूलों के गुच्छे से उसके दोनों हाथ भर गये हैं। एकाएक रामू का लिली और गुलाबोंवाला मिश्रित गुच्छा हाथ से छूट जाता है। वह मुँह फुलाकर पीछे हटने लगती है। पीछे वह बेला के फूलों की एक माला लिये मुँह फुलाये खड़ा

है। कभी गुरुजी की ओर देखता है कभी नीचे। एकाएक उसकी निगाह पड़ जाती है। वह ज़मीन पर गिरा गुच्छा उठाकर माथे से लगा लेती है और रामू के गालों पर एक हलकी-सी चपत देती हुई वीनू के पास पहुँच जाती है पर वह कुछ नहीं बोलता। वह कहती है, 'मेरे मुन्ना...मेरे राजा...' और उसे उठाकर गोद में भर लेती है और वह माला उसके गले में पहना देता है।

"मैं नहीं बोलता। चार दिन के लिए कहकर गयी थी...माँ ने मिठाई बनायी थी...हमारे कितने अच्छे-अच्छे फूल रोज़ सूख गये...मेरी तस्वीरोंवाली किताब रानी ने फाड़ दी..." वीनू इतना नाराज़ हो गया राजा वह उसे चूमने लगी पर एकाएक ख़्याल आया वह स्कूल की प्रधान है। बच्चों को इतना सिर चढ़ा लेगी...एकाएक माधो घण्टी बजाता है। वह उसे देखते ही बिगड़ उठा। माधो अब तुम्हें कल से छुट्टी है। काम पर मत आना। वह लड़की ...वह लड़की...।

लड़की चीख पड़ी, 'गुरुजी! गुरुजी!!' वह जाग गयी। 'यह सब क्या कह रही है।' उसने दोनों हाथ ऊपर उठाये। पलकों को कई बार झपकाया और घूमकर लड़की की ओर देखने लगी। 'स्वप्न देखने लगी क्या रे। सब रात की बातें मन में थीं वही सब देख रही थी' एकाएक बच्चों का ध्यान आ गया। वह काँप उठी। वह कैसे बच्चों से मिलेगी। कैसे उनकी आँखों में आँख डालकर ध्यान करेगी। कैसे उनके रुई-से मुलायम गालों पर अँगुलियाँ दौड़ायेगी... पर यह कोई नयी बात तो नहीं। वह कै बरस से बच्चों की सेवा कर रही है। इसी कारण वह इतने बड़े पद पर है—इतनी प्रसिद्ध है पर यह डर क्यों? उसको रोमांच हो आया। फिर एकाएक उसे आलोक का ख़्याल हो आया। उसी के लिए तो वह वैरागिन हो गयी है—उसी के लिए। लेकिन उसे उसने क्या दिया एक अपवित्र और घिनौना शरीर...जूठा और घृणा से भरा हुआ मन और वह न जाने क्यों जान देता है पागल! और वह चाहता है मुझे कल्पना में देखना...भावों की मूर्ति बनाकर मन में रखना। पर मेरा यह लगाव कितना कोरा है। कितना निकम्मा। उसके सामने कई पुरुष शरीर आये और चले गये। ऊफ़—उसने एकाएक कहा और नैनीताल का वह नौका विहारवाला कुँवर—वह इसे भी तो पहले ही से जानती है पर उसे मानो छोड़ चुकी थी। फिर क्यों यह सब—फिर क्यों...उसने नीचे देखा अपने हर श्वास की गति में डोलते वक्षःस्थल पर निगाह डाली यह तन-यह तन वह बड़बड़ायी और लड़की के रूखे बालों पर अनमने से हाथ रखकर खुजलाने लगी।

'तू अपना बच्चा मुझे दे देगी न?'

वह तो आपका ही है गुरु जी। पर उसे देखती रहना चाहती थी।' लड़की ने एक साँस में जवाब दिया। तब तक दरवाज़े पर कुण्डी खटकी। वह उठ खड़ी हुई और दरवाज़ा खोल दिया। माधो डाक का झोला लिये खड़ा था। उसने कहा आ जाओ। माधो और चिट्ठियाँ देखने लगी।

लड़का माधो को देखते ही बाँहों में मुँह गाड़कर रोने लगा था और माधो जैसे ज़मीन के नीचे धसा जाता हो।

वह पत्र देखते-देखते रुकी। एक बड़ा-सा लिफ़ाफ़ा था। उसे खोल डाला। उसके सारे शरीर को को जैसे काठ मार गया हाथ जहाँ थे वहीं रुक गये और आँखें पथ में गड़ गयीं।

कनू!

चार दिन लगातार तुम्हारे पास गया। लेकिन तुम नहीं मिली। इससे तुम्हारा मोह कम नहीं होता, जानता हूँ और मन्दिर की देहरी भी सूनी नहीं रहती इसे अब मानने लगा हूँ।

सोचता था पाप कट भी जाता है और उसे क्षमा भी कर दिया जाता है पर अब लगता है स्त्री का शरीर पाप के धब्बे वहन नहीं कर सकता। सोचता था निष्पाप के संग स्नेह सूखता जल्दी है पर सोचता हूँ स्त्री के कलंक धुलते नहीं। इसलिए स्नेह भी मृगमरीचिका की भाँति कुछ देर हवा के झोंको पर सवार होकर वेग मारता है फिर किसी अनजान मरुभूमि में गिरकर सूख जाता है।

तुमने एक दिन काँपती हुई अँगुलियों से मेरा माथा छूकर कहा था, "जानती थी अब जीवन अकेला ही बीतेगा पर मुझे भी एक बाल स्नेही मिल गया। पति न सही मित्र ही के रूप में—शिशु ही के रूप में"

लेकिन वह स्नेह आँखों का था या मन का और अब से वह मन का ही रहेगा, आँखों का नहीं।

तुम्हारा—आलोक

पत्र उसके हाथ में काँपकर रह गया। उसने देखा एक ओर माधो और दूसरी ओर लड़की दोनों जैसे किसी कटी पतंग की तरह एक-दूसरे का सहारा लेने की चेष्टा कर रहे थे। और वह अथाह पानी में हुचकियाँ ले रही थी।

'माधो!, 'उसने धीमी आवाज़ में पुकारा' तुम्हारी नौकरी आज से खत्म होती है और लड़की! तू आज से इसका काम सम्हाल ले।'

'हज़ूर! हम लोग खाने बिना...' उसने भी यहीं से बात छीन ली। 'आख़िर यह लड़की भी तो अब तुम्हारी हुई। इसका क्या होगा' माधो का सिर झुक गया। लड़की ने गुरुजी के पाँव पकड़ लिये 'गुरुजी...' लड़की ने कहा पर वह बोल उठी, 'नहीं मैं कहती हूँ...'

लेकिन मैं... उसने अपने चारों ओर देखा हवा के अलावा और कुछ नहीं। वह तो दब जायगी, पिस जायगी उस हवा के खालीपन में। उसके मन के हाथों कुछ न लगा। और आलोक मेरा मीत...मेरा साथी...मेरा शिशु...।

प्रोफ़ेसर

जाड़े की सुबह थी। कुछ हलकी लाल धूप खिड़की के शीशों से छनती हुई कमरे की कक्ष के एक किनारे पड़ रही थी। देखने में वह बड़ी सुहावनी लग रही थी और जी में आता था उसे पकड़कर लिहाफ के नीचे कर लूँ पर सर्दी अधिक थी, बाहर निकलने की हिम्मत नहीं पड़ रही थी। बग़ल ही के कमरे से बर्तनों के उठाये जाने और चाय के पानी की सुनसुनाहट की आवाज़ आ रही थी। सोचने लगा अब चाय आने पर ही उठूँगा। तब तक रेखा एक हाथ में अख़बार और दूसरे में चाय का प्याला लिये कमरे में घुसी। अख़बार देकर जब वह चाय के लिए छोटी टेबुल लेने लगी तो मैंने अख़बार देखना शुरू किया। जैसी आदत थी एक सरसरी निगाह दौड़ाकर दूसरा पेज देखने लगा। नगर समाचार से कुछ विशेष आकर्षण रहता है और उसमें भी आज के कार्यक्रम तो बड़े महत्त्व के होते हैं। एक उसी के बग़ल की चिट्ठी पर ध्यान गया। 'हमारी लखनऊ की चिट्ठी' हँसी आ गयी आख़िर चिट्ठियों का क्या महत्त्व है और यह कैसे लिखी जाती हैं।

चाय का प्याला मुँह के पास ले ही गया था कि चिट्ठी की दूसरी सब हेडिंग सामने आ गयी। 'वृद्ध प्रोफ़ेसर ने शादी की'। सोचा इसे पढ़ना चाहिए और जैसे ही निगाह आगे दौड़ायी और प्रो० धावन का नाम देखा तो मेरे विस्मय का ठिकाना न रहा। मैं एकाएक चाय की प्याली छोड़कर उठ खड़ा हुआ और रेखा को पुकारकर कहने लगा 'अरे! देखा तुमने।'

'क्यों?'

वह खड़ी रही और मैं समाचार की पुष्टि के लिए बार-बार उसे पढ़ता रहा।

'कुछ कहो भी तो' और वह खीझकर चलने को हुई।

मैंने कहा, 'प्रो० रामकृष्ण धावन ने शादी कर ली।'

'अरे हटाओ भी', आज तुम्हें सवेरे-सवेरे क्या हो गया है।

सच कहता हूँ और 'नहीं मानती तो लो देखो।'

उसने पढ़ना शुरू किया—

'साठ वर्षीय प्रो० रामकृष्ण धावन ने अपनी २२ वर्षीय छात्रा रजनी से सिविल मैरेज कर ली। विवाह के शुभ अवसर पर नगर के कतिपय प्रतिष्ठित व्यक्ति, राजनीतिक

कार्यकर्त्ता, कालेज और यूनिवर्सिटी के प्रोफ़ेसर तथा साहित्यकार, पत्रकार, महिलाएँ उपस्थित थीं। यह जान लेना अत्यन्त आवश्यक है कि प्रो० धावन उत्तर भारत के गिने-गिनाये विद्वानों में से हैं और ६० वर्ष का जीवन उन्होंने पूर्ण अकेलेपन में काटा है।'

समाचार को समाप्त करके उसने एक बार मेरी ओर देखा जैसे विस्मय की रेखाओं में उसकी दृष्टि बँध गयी हो और वह कुछ ठीक देख नहीं पा रही हो। मैं भी चुपचाप खड़ा था पर एकाएक जब उसने पूछा—आख़िर दादा ने यह क्या कर लिया तो मुझसे कुछ उत्तर नहीं बन पड़ा और वह बिना उत्तर की प्रतीक्षा किये ही चली गयी। और मैं सिगरेट जलाकर खिड़की के बाहर देखने लगा।

सुबह की धूप कुछ बढ़ गयी थी पर ज़्यादातर आदमियों के चेहरे अभी तक सुबह की ख़ामोशी का ही इज़हार कर रहे थे। जिसमें एक स्थित विचार, एक आस्था और एक दुर्दमनीय विश्वास था। अभी से चेहरे उद्विग्न हो जायँगे यह मैं जानता था क्योंकि काम की घड़ियाँ क़रीब लग रही थीं पर प्रोफ़ेसर का ध्यान इन बातों के ऊपर था और शायद इन चेहरों की समीक्षा, काम की घड़ियों की गति और प्रभातकालीन मनो व्यावहारिक स्थिरता इस सबका ध्यान मुझे उन्हीं के कारण हो रहा था। और रह-रहकर हँसी आ रही थी कि उसने शादी कर ली और सचमुच यह हँसने की ही बात थी। ख़ुश होने और चर्चा करने लायक चीज़ थी पर हम दोनों हँस नहीं सकते थे, न तो बहुत चर्चा ही कर सकते थे। हाँ, इतना ज़रूर हुआ कि रेखा ने खाते समय कहा, "दादा ने हम दोनों को नहीं बुलाया।"

मैंने कुछ ठीक जवाब नहीं दिया और बात वहीं समाप्त हो गयी। हम दोनों इस विषय पर हमेशा के लिए ख़ामोश हो जाना चाहते थे क्योंकि हमारे दिल एक भयानक अशंका से भरे थे। रह-रहकर उस टूटे हुए दिल की बीती कहानियाँ याद आतीं और चली जातीं। एक व्यापक अनिष्ट की यातना हमारे मन पर छायी रहती पर हम एक-दूसरे से बात नहीं करते थे क्योंकि हम लोग उसे पूरी तरह से जानते थे।

धीरे-धीरे हफ़्ते भर बीत गये पर हमने प्रोफ़ेसर से उसकी शादी के विषय में पूछताछ नहीं की। बार-बार मन में आता था दफ़्तर से एक-दो दिन की छुट्टी लेकर लखनऊ हो आऊँ पर उत्साह नहीं हुआ। आज रेखा से बातें करूँगा यही सोचकर दफ़्तर से उठा था कि जनरल मैनेजर साहब की स्लिप मिली। मुझे दफ़्तर में बुलाया।

वहाँ की बात पहले तो कुछ समझ में नहीं आयी क्योंकि दो पुलिस के सिपाही घूरकर हर आने-जानेवाले को देख रहे थे जैसे कोई जानवर अपना शिकार देखता हो। उनकी आँखों में एक उतावलापन झलकता था जिसमें विश्वास का अभाव था। मैनेजर साहब ने कहा, 'तुम्हारा समन है।'

'कैसा' मैंने उतावली में पूछा।

अरे वही लखनऊ के प्रोफ़ेसर धावन ने आत्महत्या कर ली है और तुम्हारे नाम एक ख़त छोड़ गये हैं। वहाँ के मजिस्ट्रेट कानूनी कार्यवाही के लिए तुम्हारा बयान चाहते हैं।' उन्होंने लापरवाही से जल्दी-जल्दी कह डाला।

मेरी आँखों के आगे अँधेरा छा गया और प्रोफ़ेसर की सारी ज़िन्दगी का नक़्शा उस अँधेरे में रोशनी की तरह चमक उठा। कुछ समझ में नहीं आया पर जब पुलिस के एक सिपाही ने कहा कि 'साब आपके लिए गाड़ी लाया है ले जाना चाहता है। आपको बुलाया है।' तब ख़्याल आया और कहने लगा 'हाँ चलूँगा।'

मैनेजर साहब ने कहा 'हाँ जी! इसमें कोई ख़तरा नहीं है तुम परेशान न होओ।' तो जी में आया कि कह दूँ क्या बेकार बकते हो मैं इतना तो जानता ही हूँ पर चुपचाप वहाँ से पुलिसवालों के साथ बाहर आया और उनकी मोटर ही से घर गया। रेखा को इस नाटक के दुःखद अन्त की बात बतायी' तो वह माथा थामकर बैठ गयी। कुछ भी बोली नहीं और मैं लखनऊ चला गया।

वहाँ मुझे सीधे लखनऊ के सुपरिण्टेण्डेण्ट पुलिस के बँगले पर पहुँचाया गया। उन्होंने आदरपूर्वक मुझे बैठाया और एक खुला लिफ़ाफ़ा मेरे हाथ में रख दिया। मैंने पत्र निकाला। वह इस प्रकार था—

लल्लन मेरा अन्वेषण असमाप्त है और यह आनेवाले काल में भी ऐसा ही रहेगा। सम्भवतः यही इसका विधान हो जो मानव-मन को एक भूल ही के सहारे एक मृगमरीचिका के पीछे दौड़ाती रहे पर यह झूठा लगाव मेरे जीवन में टिक नहीं सका। मेरी आस्थाएँ जुड़ गयी थीं। अतएव मेरा जीवन मूल्यहीन हो चुका था। इधर कर्णमय दिया से मैंने पुनर्जीवित करने की चेष्टा की पर वे डाल के टूटे फूल की तरह फिर नहीं खिल सकीं। मैंने सोचा शायद मेरा रोग ही मेरा निदान हो सके और मैंने अपनी मुर्दा शरीर की शादी कर ली। तुम चौंको नहीं, मैं तो कभी का मर चुका हूँ। हाँ, उस बार यह ख़बर नहीं बन सकी थी न तो अख़बारवाले इसे छाप ही सके थे। वे तो झूठी चीज़ें छापते हैं न।

मुर्दा की शादी नहीं होती पर मेरी हुई और पढ़ी-लिखी सुशिक्षित नववधू ने घर के अनगिनत फूलों से तन और मन की सेज का कोना-कोना सजा डाला पर उन फूलों में एक इतना भयानक कीड़ा था जो मुर्दे को शीघ्र सड़ा देने को काफ़ी था और वह कीड़ा हर फूल में होता है।

एक दिन सँझलौके ही में शयन-कक्ष की बाहरी रेलिंग पर एक कीड़ा एक समवर्ती फूल से कह रहा था।

'डार्लिंग!' तुम क्यों उदास होते हो। मैं इस बूटे की मेज़ पर बसियाने के लिए नहीं आया हूँ। मैं तो फूल के माध्यम से इसके शरीर का रक्त चूसना चाहता हूँ। मैं तो तुम्हारा हूँ तुम्हारा ही बनकर जीना चाहता हूँ।

मैंने सब सुना। इधर मैं फूलों की बात की भी जानकारी रखने लगा था। मुझे धोखा नहीं हुआ है। मैंने फूल के स्वच्छन्द विकास के लिए ही अपने को हटाया है।

अब बहुत देर हो गयी है तुम्हें अफसोस नहीं करना है। बस अब चला।

और हाँ, एक बात तो भूल ही गया। पुलिस की जाँच-पड़ताल होगी तो कहना कि मैं पोटैशियम साइनाइट खाकर स्वयं मरा हूँ क्योंकि मैं जीना नहीं चाहता था और रजनी देवी तथा महिला सेवा मण्डल को हमारी सारी जायदाद और रुपयों में आधा-आध। हिस्सा दिला देना। काग़ज़ात मैंने लिख दिये हैं।

तुम्हारा
दादा

मेरी आँखें अनायास बरसने लगीं। जी आया ख़ूब रोऊँ पर पुलिस अफ़सर उठकर मेरे बालों को सहलाते हुए कहने लगा, ''सचमुच यह बड़े दुःख की बात है। पर अब इस दुःख को भूलने की सोचिये और हाँ, आपको कल एक बयान देना होगा उसे चाहे आप जबानी दे दें या लिखकर दे दें। और हाँ यदि आप लिखकर दे सकें तो और अच्छा हो क्योंकि इस घटना से यहाँ का शिक्षित समाज अत्यन्त विक्षिप्त है अतएव प्रकाशन इत्यादि में सुविधा होगी।''

जब मैं वहाँ से चला तो वह बहुत दूर तक मेरे साथ आया और कहता रहा कि 'मुझे ख़ुद बड़ा ताज़्ज़ुब है कि इतना बड़ा पण्डित आदमी इतनी कोमल विचारधारा में जीता रहा है।' मैं कुछ नहीं बोला और बस चला गया। मैं अपना बयान लिखने की सोचने लगा।

आख़िर मैं क्या-क्या लिख सकूँगा, कितनी बातें कर सकूँगा। सम्भवतः सारी बातें कहने में महीनों लगें इन्हीं विचारों में पड़ा-पड़ा सोचता रहा। अन्त में लगा कि प्रोफ़ेसर के बारे में बयान के लिए कुछ भी लिख के कहना सम्भव नहीं क्योंकि उनके व्यक्तित्व का विस्तार कलम की सीमा से बाहर था अतएव कुछ लिखा भी नहीं जा सका।

माँ जी का मोती

टुल्लू मोती से उम्र में बड़ा है लेकिन जब कोई उसकी माँ से पूछता है कि तुम्हारा नाम क्या है तो मोती ही सबसे पहले बोल पड़ता है—'माँ जी'। पता नहीं मोती को यह नाम किसने सिखाया। टुल्लू माँ को माँ ही कहकर पुकारता है, फिर मोती ही के पास यह 'जी' कहाँ से आया—यह जान पाना इसलिए भी कठिन है कि माँ जी-जैसी दुखिया स्त्री के जीवन में कभी वह अवसर ही नहीं आया कि वह अपने बच्चे को ऐसा कुछ सिखाये। सालों से वह एक बच्चे को गोद में, दो को अगल-बग़ल लिये, घर-घर काम खोजती फिरती है। अब तो इस मुहल्ले में उसे दूर से देखकर लोग पहचान लेते हैं कि मोती की माँ है और घर में छोटे-मोटे काम के लिए उसे बुला लेते हैं। काज-परोजन पर अनाज बीनना, मसाला तैयार करना, उरद की पीठी पीसना—जैसे बहुतेरे काम अब माँ जी के नाम घरों में छूटे रहते हैं।

'माँ जी नहीं दिखी कई दिनों से'—अकसर औरतें आपस में बात करती हैं और उनमें से कोई-न-कोई यह ज़रूर बता देती है कि माँ जी कल उसके घर उरद की पीठी पीस गयी हैं। लेकिन कई लोग इस कारण परेशान होते हैं कि उसके साथ तीन बच्चे लगे रहते हैं। कहीं-कही उसे यह भी सुनना पड़ता है कि माँ जी बच्चों को बाहर ही खेलने दो। और वह नेपू को मोती के हवाले कभी बाहरी बरामदे, कभी किसी पेड़ की छाया में छोड़ देती है और ख़ुद काम करती रहती है।

नन्हें मोती में परिस्थिति की अद्‌भुत समझ है। जाने कैसे वह माँ के दिल की बात समझ लेता है और बिना कहे वह सब-कुछ करने लगता है, जो माँ चाहती है। 'माँ, तुम अन्दर जाकर बात कर लो, मैं नेपू को लेकर यहीं खेलूँगा।'—और वह नेपू ही नहीं, अपने बड़े भाई टुल्लू तक को यह बताता है कि 'लोग हम लोगों के कारण माँ से काम नहीं करवाते; कहते हैं, माँ जी एक भीड़ साथ लेकर चलती है। चुपचाप यहीं खेलो, मैं पेड़ की लकड़ियाँ बीनता हूँ—तुम लोग जुटाओ।' और वह माँ के काम से लौटते-लौटते घर का पूरा ईंधन इकट्‌ठा कर लेता है।

मोती को शायद प्रकृति ने ही इतना सयाना बनाया है या परिस्थिति का बोध उसमें इतना गहरा है कि जो माँ पर बीतती है वह उसके दिल पर भी बीतने लगती है। इसलिए वह हर समय वे सारे काम करने को प्रस्तुत रहता है, जो माँ को राहत दे सकें। और

वह चुपके-चुपके, अकेले में यह सोचा करता है कि वह बड़ा होकर माँ को दर-दर भटकनेवाले इस काम से छुट्टी दिला देगा। आसपास के बच्चों की माँएँ तो घर में रहती हैं, फिर मेरी माँ? उसका ध्यान बाप पर चला जाता है। दूसरे बच्चों के बाप कमाते हैं—मैं ही बाप बनूँगा अपने घर में, फिर देखता हूँ कि टुल्लू और नेपू कैसे स्कूल नहीं जाते—हर तरह की कड़ाई करूँगा मैं। ऐसे विचार मन में आते ही वह अपना शरीर सीधा कर लेता हैं और कल्पना में लम्बा-चौड़ा पुरुष बन जाता है। कितनी ही रात बीती हो, माँ की एक आवाज़ पर वह उठ बैठता है।

टुल्लू पास की प्राइमरी पाठशाला में पढ़ने जाने लगा। लेकिन मोती स्कूल जाने को तैयार नहीं था। वह दिन भर लकड़ी, कोयले के टुकड़े और गोबर इकट्ठा करता रहता। घर में ईंधन के अलावा इतने उपले बन जाते कि माँ जी उपले बेच लेतीं। साथ ही वह छोटे नेपू की देखभाल भी करता। उसे नहलाता, कपड़े पहनाता, खाना खिलाता और माँ जी निश्चिन्त होकर काम पर चली जातीं पहले कुछ दिन तो उन्हें मोती के स्कूल न जाने पर दुःख हुआ, लेकिन धीरे-धीरे यह जीवन का एक ढर्रा बन गया और वे घर लौटते हुए, मोती द्वारा इकट्ठी की हुई सड़क पर पड़ी लावारिस सामग्री की याद करती घर आतीं। मोती दिन-पर-दिन यह देखकर कि माँ उस पर भरोसा करती हैं, कुछ और मेहनत करने लगा।

एक दिन शाम को काम से लौटने पर माँ जी ने देखा कि एक बीमार मरियल-सी बछिया कोठरी के सामने बैठी है और मोती उसे घास की फुनगी खिला रहा है। माँ जी को जाने कैसा लगा कि बिना कुछ पूछे-पछोरे वह मोती पर बरस पड़ी—'अब यह क्या है रे मोती, किसकी बछिया घर लाया है? पुलिस धर-पकड़ करेगी तो तेरे साथ हम सब भी जेहल जायेंगे।'

'नहीं माँ, उठा नहीं लाया, वह सामने जो डेरीवाला ग्वाला है न, उसी ने दी है। कहा है, इसे खौरया है, लेना हो तो ले जाओ, वर्ना किसी दूसरे को दे दूँगा। मेरे दूसरे जानवरों में बीमारी फैल जायगी। तुम्हें जानता है माँ। कहता था, माँ जी के भाग्य से जी जायगी तो बड़ा दूध देगी।

'माँ जी के भाग्य में इतना ज़ोर ही होता तो...' वे जैसे बोलते-बोलते रुक गयीं। पति की बात उठाकर वे बच्चों को नाहक दुःखी नहीं करना चाहती थीं। लेकिन मोती माँ की बात समझ गया। कहने लगा, 'देख लेना माँ, यह जीकर रहेगी। मैं डाक्टर साहब से पूछ आया हूँ। कह रहे थे गरम पानी में फिटकरी भिगोकर पाव धोना और यह टिकिया खिलाना।'

मोती की बातें सुनकर माँ जी की आँखों में आँसू आ गये। हे भगवान्, यह लड़का क्या होकर पैदा हुआ है! उसने मन-ही-मन कहा और आग जलाकर पानी गरम करने लगी। टुल्लू दौड़कर दूकान से फिटकरी लाया और बछिया के खुर धोये जाने लगे। दो ही दिन की सेवा में बछिया पागुर करने लगी और उठ खड़ी हुई। माँ जी को लगा अब यह जी जायगी, तो वे ख़ुद ग्वाले के पास गयीं और उससे बछिया वापस लेने

को कहने लगीं। लेकिन वह एक भी सुनने को तैयार नहीं हुआ। उल्टे कहने लगा, 'माँ जी, आप धर्मी हैं। हमें ईश्वर ने वैसे ही बहुत दिया है। आप उसे मेरा दान मानकर अपना बना लें। मैं बहुत ख़ुश होऊँगा, उसे आपके पास देखकर।'

फिर क्या था। अब मोती के पास एक और काम निकल आया। वह अपनी बछिया लेकर उसे चराता और काम भी करता। देखते-देखते मोती की बछिया का रंग बदल गया और वह तेज़ी से दौड़-भाग करने लगी। कभी-कभी तो वह भागकर अपनी माँ के पास चली जाती, लेकिन ग्वाला तत्काल अपने आदमी के हाथ उसे वापस करा देता। माँजी उसके लिए अनाज का बनावन और उरद के छिलके लातीं और टुल्लू तथा नेपू तरह-तरह की योजनाएँ बनाते।

मज़े की बात यह थी कि टुल्लू बड़ा होने पर भी मोती को भइया कहता और मोती टुल्लू तथा नेपू को बहुत प्यार करता था। सुबह माँ जी के काम पर जाने के बाद दोनों भाइयों को स्कूल भेजकर मोती अपनी बछिया खोलता और एक टोकरी तथा खुरपी लेकर दूर-दूर तक निकल जाता। साथ में चरनेवाले पशुओं का गोबर और पेड़ की लकड़ी इकट्ठा करके कहीं रखता और घास छीलकर टोकरी में भरता जाता। जब टोकरी भर जाती तो बछिया दूसरे चरवाहों के हवाले कर घास घर पर रख आता और बाद को गोबर और लकड़ी के साथ बछिया लेकर घर लौटता।

गर्मियों के दिनों में घास की कमी हो जाती है इसलिए मोती को दूसरे चरवाहों के साथ अधिक दूर तक जाना पड़ जाता था। मोती इसे बहुत पसन्द नहीं करता था और माँ जी भी उसे मना करती थीं, पर काम ऐसा था कि मोती दूसरे चरवाहों का साथ नहीं छोड़ पाता था।

ऐसे ही एक दिन मोती घर से क़रीब एक मील दूर, रेलव स्टेशन के पास पहुँच गया था और सोच रहा था कि आज गोबर और लकड़ी न पहुँचाकर सिर्फ़ घास ही घर ले चलेगा, इसलिए ट्यूबवेल की नाली के किनारे बैठकर घास छीलने लगा। इसी बीच बछिया रेल की पटरियाँ पारकर दूसरी ओर चली गयी।

जब मोती को बछिया का ध्यान आया तो वह इधर-उधर दौड़-भाग करने लगा। उसे बछिया कहीं नहीं दिखी। वह प्लेटफार्म की ओर जाकर स्टेशन के मुख्य द्वार से निकल रहा था कि उसे सीढ़ियों पर पड़ा एक पर्स दिखायी पड़ा। बालसुलभ उत्सुकता के कारण उसने उसे उठा तो लिया लेकिन जब उसे खोला तो रुपये देखकर उसका सिर चकराने लगा। माँ की झुर्रियों भरी मुखाकृति में आँसुओं की आड़ी-तिरछी अनेक नदियों का बहाव उसने देखा था।

उसे याद आया—बेटा, कभी किसी दूसरे की चीज़ मत छूना, और वह चिल्ला पड़ा, "यह किसका रुपया है, यह किस का..." तभी पास ही खड़े एक पुलिस के

सिपाही ने अपने कड़े हाथों से उसकी कमज़ोर कलाइयों को जकड़ लिया, ''चिल्लाता है, चुपके से मुझे देते नहीं बना।'' लेकिन तब तक दसियों लोग वहाँ इकट्ठे हो गये थे और रुपये का दबना अब किसी प्रकार सम्भव नहीं रह गया था। 'क्या बात है साहब, लड़के ने पर्स पड़ा पाया है और चिल्ला-चिल्लाकर पर्स के मालिक को बुला रहा है तो इसमें उसका क्या कसूर है?' भीड़ में से एक ने कहा।

'बहुत बड़ा जेबकट है। आप क्या-क्या समझेंगे! हम लोग तो रात-दिन यही देखते रहते हैं...' और वह मोती को बेतहाशा पीटने लगा। मोती बेहोश होकर गिर पड़ा तो उसे कई लातें मारीं और घसीटकर प्लेटफार्म के अन्दर ले गया। अपने अफ़सर के यहाँ चोरी का केस दर्ज कराकर उसने फिर मोती पर लात-घूँसों की वर्षा की और कहा कि—'यदि तुमने जेबकटी मानने से इनकार किया तो मार ही डालूँगा। बोल कहेगा कि नहीं?'

'कभी नहीं मानूँगा,' मोती लड़खड़ाती आवाज़ में बोला। तभी कुर्सी पर बैठा अफ़सर अपनी सीट से उछला और उस नन्हें-से मासूम बच्चे को बुरी तरह पीटने लगा।

मोती बेहोशी की हालत में पुलिस हवालात में डाल दिया गया और उस पर बाक़ायदा चोरी का इल्ज़ाम लगाकर रपट लिखा दी गयी।

ग़रीबों की बस्ती

यह है कलकत्ता का वह बाज़ार, जिसके एक ओर सरकारी अफ़सरों तथा महाजनों के विशाल भवन हैं और दूसरी ओर पीछे उसी अटपट सड़क के पास मिल मज़दूरों तथा दूसरे प्रकार के श्रमजीवियों की बस्ती है।

नन्हें-नन्हें झोपड़ों तथा मकानों की बाहुल्यता के कारण सारी बस्ती एक घर-सी दिखायी पड़ती है। निस्सन्देह वह एक घर ही है जहाँ जीवन अपनी यथार्थ परिभाषा में चलता है। धर्म श्रम की छाया में विलीन है। चलना जाननेवाला बच्चा भी गृह-कार्यों में सहायक है।

नूरी उसी बस्ती की एक कन्या है। वह नित्य सन्ध्या समय अपनी एक छोटी बहन के साथ नन्हें-से काठ के ठेले को ठेल-ठेलकर मूँगफली बेचती है। आज से नहीं दस वर्ष से वह मधुर गानों से उस सड़क पर चलनेवालों से परिचित है। वह भी जीवन की गतिविधि के साथ अनुभवों का जाल बुनती जा रही है। एक ओर विशाल अट्टालिकाएँ उसकी ओर पीठ किये खड़ी हैं; दूसरी ओर वही बस्ती अपना दामन फैलाये उससे वर्षों से कह रही है ''नूरी! आ तेरी मूँगफली के ग्राहक तो इस ओर बसे हैं; तू क्यों बेकार अपने मधुर संगीतों को निर्जीव दीवारों के शुष्क उर पर लुटाती है।'' इस पर नूरी एक लम्बी साँस लेकर कह उठती—

''चल मरियम, अपनी बस्ती की ओर चलें। वहाँ लड़के मूँगफली खरीदेंगे'' और अपनी गाड़ी को टेढ़ी-मेढ़ी गलियों की ओर घुमाकर चल देती। नूरी की तेज़ आवाज़ को सुनते ही मज़दूरों के छोटे-छोटे बच्चे, ''नूरी आयी, नूरी आयी'' कहकर उसे घेर लेते। थोड़े ही समय में वह अपनी झोली साफ़ कर, पैसे को अपनी फटी-पुरानी ओढ़नी के किनारे में बाँधकर, गाड़ी को खड़खड़ाती हुई घर की ओर चली आती।

नित्य जीवन की इतनी विषमता और कठोरता के बीच जीवन बितानेवाली नूरी का ृदय अनुभूतियों का घर बन गया था। उसे लगता था जैसे जीवन आवश्यकताओं से तना जुड़ा हुआ है कि उसे अलग करना जीवन को निर्जीव बना देना है; इसी में गति ; इसी में प्रवाह है। वह सोचती, आज उसे एक सलवार और फ्राक की बहुत ावश्यकता है। यह कितना उपहासजनक-सा ज्ञात हो रहा है कि ओढ़नी के तार-तार लग हो गये हैं, अम्माँ तो इसे देखती है पर वही बेचारी क्या करे; पैसे तो होंगे नहीं। ी सोच रही थी कि माँ ने बाहर से पुकारा, ''नूरी! जा बेटी मूँगफली बेच आ; समय

हो गया है'' और वह चौंक पड़ी। माँ कहती गयी, ''तेरे कपड़े फट गये हैं; मैं आज गुदड़ी बाज़ार जाऊँगी, यदि मिल गया तो लेती आऊँगी। कुछ अधिक बेच लिया करो बेटी!''

नूरी और मरियम अपने कण्ठस्वरों को मिलाती हुई, गा-गाकर उसी काठ के ठेले को खड़खड़ाती फिर उसी राह चल पड़ीं। आज नूरी अधिक उत्साहित थी क्योंकि यदि वह अधिक बेचेगी तो उसे सलवार मिल जायगा। वह फिर उसी पुरानी सड़क पर अपने ठेले को बढ़ाती चली जा रही थी। गाते-गाते जब थक जाती थी तो कहीं-कहीं रुककर आनेवाले आदमियों को भी देख लिया करती थी।

कमल ने अपने भवन के ऊपरी भाग से इस कलकण्ठ को सुना और सोचने लगा—यह कौन है जो इतने मीठे शब्दों में गा रही है। ऊपर से नीचे झाँका तो एक युवती को एक छोटी-सी लड़की के साथ सिर खोले देखा। उसके बाल संन्यासियों के बालों की तरह उलझे हुए थे। कमल को छह वर्ष पहले की बात याद आ गयी। उस याद में उसने बालिका नूरी को देखा जिसमें एक समय चंचलता थी वह दौड़कर आती। ''बाबू जी यह मूँगफली है,'' कहकर वह फिर लौटने की चेष्टा करती और तब मैं कह उठता, ''पैसे तो लेती जा।'' हाँ केवल मैंने एक बार उससे यह अवश्य कह दिया था, ''नूरी तुम क्यों बेचती रहती हो?'' कितनी सरल थी वह, कितना भोलापन था उसमें! और फिर तीक्ष्ण स्वरों के गान ने उसके विचारों को भग्न कर दिया।

कमल धीरे-धीरे नीचे उतरा तो देखते ही उसके मुख से निकल पड़ा, ''नूरी! पर सहसा वह रुक गया; शायद कोई दूसरी लड़की न हो, पर नूरी ने देखकर पहचान लिया और लजाकर नीचे देखने लगी। कमल भी समझ गया कि यह वही नूरी है पर समय ने इस पर कितना रंग पोत दिया है। वह मौन खड़ा देख रहा था—''कितना बिखरा सौन्दर्य है कि यदि इसे इकट्ठा कर लिया जाय तो देवकन्याएँ भी परास्त हो जायँ। गौरवर्ण का स्वस्थ शरीर इन फटे चिथड़ों से उन्मुक्त होकर झाँक रहा है। नेत्रों में कितना माधुर्य है; कितनी शीलता है पर इस काठ की गाड़ी तथा इन फटे चिथड़ों में सब-कुछ प्रच्छन्न है।

वह सहसा इतना सब सोच गया और फिर एक बार उसने पुकारा—नूरी।

''जी बाबूजी'', नूरी ने नीचे ही सिर किये कह दिया। कमल ने उसकी ओर निर्भीकता से देखते हुए कहा, ''तू कहाँ रहती है?''

''मैं तो यहीं रहती हूँ, आप ही बहुत दिनों पर दिखायी दे रहे हैं'', कहकर नूरी ने सिर ऊपर किया तो देखा कमल उसकी ओर देख रहा था और फिर वह सहमकर नीचे देखने लगी।

कमल जैसे इस सुप्त सौन्दर्य को परख गया हो; उसका हृदय परवश हो गया उसने कहा, ''मैं तो छह वर्ष से अपने मामा के यहाँ बम्बई में रह रहा हूँ। उनके देहावसान के बाद सारा कारोबार मेरे ही सिर पर तो आ पड़ा है।''

नूरी कुछ न बोली। थोड़ी-सी मूँगफली निकालकर मरियम के हाथों भेजवाते हुए, खड़-खड़... अपनी गाड़ी को ठेलकर वह चल पड़ी। कमल दोनों हाथों से मूँगफली लेता हुआ आज जैसे किसी के प्रेम-पाश में बँधता जा रहा था। उसने पैसे निकालकर देते हुए कहा, "ले जा, दौड़! देख नूरी गाड़ी ठेलती जा रही है और वह वहीं खड़ा-खड़ा देखता रहा कि यह भी जीवन का एक रास्ता है जिसे नूरी इस प्रकार काट रही है। संसार का क्या विधान है। वह उलझ गया सोचने में पर नूरी फिर जब तक बस्ती में नहीं चली गयी उसने अपने गीतों को नहीं गाया।

दिन बीतते गये; नूरी अपने कार्यक्रम को करती गयी पर अब वह स्वतन्त्रतापूर्वक गा-गाकर नहीं बेचती थी। उसे लगता था जैसे कोई मेरे गीतों को सुनने के लिए छिपा है। उसका संयम दिन-पर-दिन बढ़ता गया और वह नित्य प्रति अपने में खोती गयी। कमल भी अपनी उसी कोठरी में बैठा-बैठा मूँगफली पा जाता पर देर होते देख उसका हृदय विकल हो उठता था। उसे रात पहाड़-सी लगती थी।

इधर नूरी अपने परवश हृदय के ठोकरों से विचल हो उठती थी। जैसे उससे कोई कहता था, "यह बड़े-बड़े प्रासाद तेरे लिये नहीं नूरी!, यह तो रंगीन तितलियों के लिए हैं; तेरा निवास तो वही तृण कुटीर है जिसने तुझे सुखपूर्वक जिलाया है।" वह चौंक पड़ती और अपनी गाड़ी लेकर चली जाती।

सन्ध्या के विशाल वक्षःस्थल को बस्ती के नन्हें-नन्हें घरों से निकलते हुए धुओं ने अत्यधिक धूमिल कर दिया था। कही-कही दीपक अपनी क्षीण प्रभा से मुस्कराने लगे थे। इधर नूरी अपनी मूँगफली बेचकर देर हो जाने के कारण शीघ्रता से गाड़ी दौड़ाये चली जा रही थी। उस बँगले के सामने पहुँचकर उसकी गति धीमी पड़ गयी पर वह रुकी नहीं। धीरे-धीरे चलती गयी। किसी ने धीरे से पुकारा "नूरी!"

वह शब्द पहचान गयी और बोल उठी, "जी बाबूजी!"

"क्या तुम मुझे समझती हो?" कमल ने सम्हालकर कहा।

"अच्छी तरह बाबूजी और मैं आपको बहुत प्यार करती हूँ, पर बाबूजी! मैं एक मुसलमान की लड़की हूँ।" नूरी न जाने कैसे यह एक साँस में कह गयी।

कमल का हृदय उमड़ पड़ा। उसने कहा, "नूरी! धर्म हमारे प्रेम की सीमा नहीं है; हमारे हृदय का कठघरा नहीं है; वह तो स्वयं इसी हृदय से पैदा होता है। फिर मैं अपने घर का मालिक हूँ; तू इसके लिए न डर।"

नूरी ने अपनी सारी शक्ति बटोरते हुए कहा, "बाबूजी! मैं एक मज़दूरिन की लड़की हूँ और आप धनी हैं। कितनी विषमता—कितना द्रोह है। बाबूजी! आप लोग सौन्दर्य के उपासक हैं और सौन्दर्य सदा सत्य नहीं है। वह तो समय के साथ घटता-बढ़ता रहता है और इसीलिए रूप के उपासकों का प्यार भी सौन्दर्य की घटती के साथ घट जाता है। देखिये बाबूजी! वह काले-काले भौंरे फूलों से केवल पराग के लिए प्यार करते हैं और उसके प्राप्त होते ही उसका साथ छोड़कर उड़ जाते हैं।"

कमल, नूरी की भावपूर्ण वाणी में उलझ गया। उसे लग रहा था जैसे नूरी अनुपम सौन्दर्य के साथ-साथ अपार अनुभूतियों से परिपूर्ण है। वह कुछ कहने ही जा रहा था कि नूरी ने कहा—

"देर हो रही है, मैं जा रही हूँ बाबूजी! और वह बिना उत्तर पाये ही अपनी गाड़ी को ठेलती बढ़ गयी और दूसरे ही क्षण अन्धकार की काली दीवारों द्वारा कमल से अलग कर दी गयी। कमल खड़ा-खड़ा अन्तरिक्ष से आते हुए खड़-खड़... शब्द को सुनता रहा और सोचता रहा, "नूरी कितनी दृढ़ है, कितनी विचारशील है।"

× × ×

सारा बंगाल पैशाचिक नरसंहार का केन्द्र बन गया था। चारों ओर हिन्दू-मुसलमान की भावना विषैली सर्पिणी की भाँति लोगों को डस रही थी। मासूम बच्चे माताओं के आगे ही जला डाले जाते थे। माताओं के स्तन काट लिये जाते थे; कन्याओं के साथ बलात्कार किया जाता था। चारों ओर घर-घर में, हृदय-हृदय में साम्प्रदायिकता का विषम ज्वर फैल गया था पर यह बस्ती अब भी अपने आन्तरिक प्रदेश में वैसी ही थी। यद्यपि बाह्य रूप में, भीषण समाचारों द्वारा अन्तर अवश्य था। लोगों ने आना-जाना बन्द कर दिया था। नूरी भी बन्दी की भाँति अपने तृण कुटीर में पड़ी सोचा करती, यही है सम्पत्तिवालों का खिलवाड़ जो हमारी पवित्र बंगभूमि को नीच साम्प्रदायिकता की प्रचण्ड अग्नि में झोंक रहा है। वह अपने को भूल-सी जाती और कह उठती 'कमल! तुम भी तो धनिक हो; क्या तुम भी ऐसा करते होगे? शायद तुम इस जीवन पर तरस खाते होगे पर देखो! आँखें खोलकर देखो! कितना मधुर है यह; क्योंकि इसी दरिद्रता के कारण देश में फैले हुए बहुत-से ग़रीबों का साथ हो पाता है। उनके दुःखों को मनुष्य समझ पाता है। इसीलिए मैं कहती हूँ, "रहने दो मुझे; मैं यहीं रहूँगी। मुझे यहीं जीवन मिलेगा। मैं कर्मों के बीच, संघर्षों के बीच जी लूँगी। मुझे क्षमा करो बाबूजी और यही सोचते-सोचते वह उसी कुटीर के तिनकों में अपनी दृष्टि बिखेर देती।

वह यह सब सोच ही रही थी कि माँ ने बाहर से पुकारा—"नूरी।"

नूरी उठकर दौड़ी गयी "जी अम्माँ!" कहकर उसने जब देखा तो जैसे माँ किसी सम्भावित विपत्ति के अनुमान से खिन्न हो उठी है और मरियम उसके कन्धे पर हाथ रखे खड़ी है।

माँ बोली, "तुमने नहीं सुना बेटी"!

"नहीं माँ"—नूरी ने उत्तर दिया।

"हमारी बस्ती में भीषण रक्तपात की तैयारी हो रही है। चारों ओर से लोग इसे जला डालने के लिए प्रयत्न कर रहे हैं। मैं अभी गिरती-पड़ती चली आ रही हूँ। पूछती नहीं मरियम से, लोग बस्ती को एक ओर सें घेर रहे हैं।"

"वे कौन हैं अम्माँ?"

"यह तो मैं नहीं जानती बेटी।"

मरियम ने मुँह लटकाते हुए कहा, "तुम्हारे बाबूजी भी तो गुण्डों के एक दल को ललकार रहे थे।"

"कौन? बाबूजी! मरियम", नूरी ने विस्फारित नेत्रों से काँपते हुए कहा।

"बहन! वही बाबूजी " कहकर मरियम भय से रोने लगी। नूरी काँप उठी और सर पर हाथ रखकर बैठ गयी। माँ जैसे इन बातों को सुन ही नहीं रही थी। वह सोचती जा रही थी। इतने में 'मार डालो, जला दो' के साथ रोने-चीखने के घोर रव से बस्ती गूँज उठी। माँ ने घबड़ाकर कहा, "नूरी! ओ नूरी! अब क्या हो बेटी?"

नूरी हताश हो गयी थी। उसने लम्बी साँस लेकर कहा, "क्या होगा माँ, चलो यहाँ से" और जैसे ही दोनों घर से बाहर निकलीं, गली में अपार भीड़ चीखती-चिल्लाती प्राणरक्षा के लिए भागती जा रही थी। वे भी उसी में शामिल हो गयीं। कोई गिरता था तो उसके ऊपर से हज़ारों आदमी दौड़ रहे थे और गुण्डे अपने पैशाचिक कृत्यों द्वारा अपने हाथों को निरीह जनता के रक्त से रँग रहे थे और धर्म के मुँह पर कालिख पोत रहे थे। गली लाशों से पट गयी। सारी बस्ती धू-धू करके जल रही थी; जैसे धर्म की होली जल रही थी, मानवता की अर्थी जल रही थी।

अम्माँ और मरियम का कहीं भी पता नहीं था। वे कहीं दबकर समाप्त हो गयी थीं पर नूरी अब भी कुछ लोगों के साथ दौड़ती जा रही थी। इतने में एक भीड़ ने उसे घेर लिया। लाठियाँ चलने लगीं। किसी ने बढ़कर एक लाठी नूरी के सिर पर मार ही तो दी और नूरी मत्थे पर हाथ रखती हुई गिर पड़ी। तेज़ रक्त की धारा से उसका शरीर लथपथ हो गया। किसी ने पीछे से ललकारा, "ख़ूब किया, सलवार पहने थी।" और बढ़कर देखा तो नूरी विस्मित की ओट में अपनी सारी चेतनाओं को फैलाकर चित लेट गयी है। वही फटा सलवार और फ्राक; कमल पहचान गया और उसके सिर को अपनी गोद में लेकर बैठ गया।

"नूरी! ओ नूरी!", वह व्यथित होकर कह उठा, "मुझे क्षमा कर दो; नूरी! आँखें खोलो!" पर नूरी बेहोश ही रही। बहुत-से लोग इस नये नाटक को देखने के लिए एकत्र हो गये थे। नूरी ने एकाएक नेत्र खोल दिया और अपने को इस दशा में देखकर वह चौंक उठी। ऊपर देखा तो बाबूजी उसके सर को गोद में लिये आँसू बहा रहे हैं। आज उसके हृदय से सहानुभूति का पंछी पर फैलाकर उड़ चुका था। वह जैसे कमल की गोद में सिर खींच लेना चाहती थी।

कमल ने कहा, "नूरी! मेरी नूरी! मुझे..."

"कुछ नहीं बाबू जी। वह धर्म की परिभाषा याद कीजिये; चले जाइये, हट जाइये;—मुझे मरने दीजिये; इसमें बाधक न बनिये," कहकर नूरी ने अपने नेत्र बन्द कर दिये।

कमल पश्चात्ताप की अग्नि में जल रहा था। उसने कहा, ''नूरी! तू क्या कह रही है?''

''ठीक कह रही हूँ। देखिये! देखिये! वह ग़रीबों की बस्ती, वह निरीहों की बस्ती जल रही है; निरपराध-अकारण। मेरी खिल्ली न उड़ाइये। बाबूजी देखिये..नूरी...तो उसी बस्ती... में...तड़फड़ा रही है। उसी बस्ती ...में मर... रही...है। यह तो...मोह है; आसक्ति ...है।''

वह बड़बड़ाती गयी, ''क्षमा करो...बाबू...जी! इसे...न जलाओ; यहाँ...धर्म का... वही रूप ...है, जो... आपने...एक दिन... कहा था। देखो... तुम्हारी...नूरी तुमसे प्रार्थना कर...रही है। यह ग़रीबों की...बस्ती आबाद होते...हुए भी... बर्बाद है,...इसे न उजाड़ो...।'' और वह अविसन्न हो गयी; मूक हो गयी। कमल ने देखा-नूरी अब उसकी नूरी नहीं रह गयी है। वह 'ग़रीबों की बस्ती' में..., वह उन्मत्त-सा, पागल-सा बकता हुआ, उसी जलती विभीषिका की ओर दौड़ पड़ा।

× × ×

कुछ दिनों बाद सुना गया कि वहीं ग़रीबों की बस्ती के उजड़े खँडहरों में एक पागल नवयुवक घूम-घूमकर कुछ ढूँढ़ता रहता है; नूरी! नुरी!...पुकारकर अपनी प्रतिध्वनि को पकड़ने के लिए दौड़ा करता है।

रक्तदान

'क्यों प्रकाश! तुम्हारे कला से अनुराग ने क्या तुम्हें पशु तो नहीं बना दिया है? जब देखता हूँ यही पहाड़ी टीला और झरनों का कल-कल स्वर तुम्हें आकर्षित किये रहता है। मुझे ऐसा लगता है यह नीरवता तुम्हें मनुष्यता से दूर किसी उस स्थान को ले जाना चाहती है जहाँ मानव अपनी मानवता को विस्मृति के हाथों बेच देता है। जन-कल्याण की भावना विवश विरक्ति का रूप धारण करती है।'...सत्य इतना कहकर चुप हो गया और पास ही के एक पेड़ की डाली के सहारे खड़ा होकर दूसरी ओर देखने लगा, जैसे वह मित्र की सहानुभूति चाहता हो। प्रकाश ने जब एकाएक सत्य को इस मुद्रा में देखा तो वह आकुल हो उठा और कहने लगा—'क्या हुआ भैया! मैं समझ नहीं पाया।'

सत्य ने जैसे अपना प्रभुत्व स्थापित करते हुए कहा, 'क्या तुम नहीं जानते कि तुम हैदराबाद में हो, जो भारतीय संघ से लड़ने को तैयार हो रहा है? क्या तुमने कल उस पनिहारिन की लड़की के विषय में नहीं सुना जो रजाकारों की गोली की शिकार हो गयी?'

'नहीं भैया मैंने तो नहीं सुना।'

'तुम क्यों सुनोगे; तुम तो बैठकर कहानी लिखो तुमसे इन बातों से क्या मतलब?' सत्य ने झुँझलाकर कहा।

'तुम क्या कहते हो भैया? जो हृदय कल्पना-संसार में मनुष्य को प्रकाश का दर्शन कराने में समर्थ हो सकता है, वह उसके लिए प्राण भी दे सकता है। हमारा हृदय केवल कल्पनाओं की कोठरी ही नहीं प्रत्युत लोहे की वह म्यान है जिसमें तीखी तलवारें भी हैं। मैं अभी तक नहीं जानता था, तुम मुझे कल से देखना।'—प्रकाश ने उत्तर दिया।

सत्य, प्रकाश के साथ बातें करते चल पड़ा। सारे अत्याचारों की मर्मभरी कथा सुनकर प्रकाश का भावुक हृदय उबल पड़ा। दार्शनिकता की इस सीमा पर आँखें अपने को छिपा नहीं सकतीं। फिर भी यदि मनुष्य भावुक हुआ तो उसका कण्ठ भी अवरुद्ध हो जाता है। प्रकाश की यही हालत हुई। वह बोलने में हिचकने-सा लगा। तब तक किसी ने पीछे से उसके कन्धे पर थपकी लगाते हुए कहा, 'कहिये बहादुर साहब! इतना ही सुनकर यह हालत हो गयी।' प्रकाश ने पीछे देखा तो किरण न जाने कब से उनके पीछे-पीछे चली आ रही है। उसने कहा, 'क्यों किरण! तुम कब से पीछे लगी हो?

किरण ने उदास मन से कहा, 'कभी से लगी हूँ, पर शायद अब न लगी रहूँ।' प्रकाश ने अपने को सम्हालते हुए कहा, 'कहो! क्या बात है?' 'इसीलिए कि हम सभी बहनों ने पूज्य बापूजी के कथनानुसार सतीत्व की रक्षा के लिए प्राण देने का निश्चय कर लिया है। आपको तो कहानियों से अवकाश मिलेगा ही नहीं।' यह कहते-कहते किरण फूट पड़ी। प्रकाश अप्रतिभ हो गया। इस दोहरे ठेस ने उसके हृदय को टूक-टूक कर दिया। वह चलने में असमर्थ हो गया और किरण को पकड़कर फूट-फूटकर रोने लगा।

सत्य का कठोर हृदय इसे न समझ सका। उसने कहा, 'प्रकाश यह लड़कों-सा रोना ठीक नहीं। ऐसी भावुकता के प्रवाह में बहनेवाला मनुष्य कर्त्तव्याकर्त्तव्य के ज्ञान को भूल जाता है और फिर आकर उस किनारे लगता है जहाँ पश्चात्ताप सन्ताप बनकर उसे सूर्य की भाँति डसा करता है। तुम्हें तो बहन किरण को समझाना चाहिए। आज हमारे लिये जीवन-मरण का समय है। यदि इस प्रकार आँखों के रास्ते हृदय का ख़ुमार बहाओगे तो निःसन्देह हमारी माताओं और बहनों को विष खाकर प्राण देना पड़ेगा और हमें अपने बच्चों को अपनी आँखों के सामने संगीनों के ऊपर खेलते देखना पड़ेगा। बन्द करो इस खेल को।' और इतना कहकर उसने प्रकाश की बाँहें पकड़कर खींच लिया और अपनी रूमाल से किरण की अश्रुधारा को पोंछ दिया। सब आगे बढ़े।

गाँव आ गया पर बातें न हो सकीं। निस्तब्धता ने जैसे सबके हृदय में घर कर लिया था। पर सत्य ने उसे भंग कर दिया। वह गम्भीरतापूर्वक कहने लगा, 'देखो बहन! तुम्हें आज से दुर्गा का रूप धारण करना है और बहादुरी के साथ देश-रक्षा के लिए स्त्रियों को तैयार करना है। हम लोग आज तुम्हारी सभा में आवेंगे। तुम जाओ और इधर हम लोग हथियारों के विषय में सोचें।'

चारों ओर रजाकारों का संगठन बढ़ता जा रहा है। उनके अन्याय की भी कमी नहीं। प्रकाश के गाँव के चारों ओर रजाकारों के गुप्तचर अपनी द्रुतगति से अवस्थानों पर दृष्टि गड़ाये हुए थे। बहुत-से हिन्दू भी रुपया लेकर गुप्तचर विभाग में कार्य कर रहे थे। स्वार्थ की भावनाओं से आबद्ध मानव अपने को चाँदी के टुकड़ों पर युगों से बेचता आया है और बेचता रहेगा। राष्ट्रीयता, नैतिकता की हँसी नहीं उसकी खिल्ली उड़ाने का सफल प्रयास था। इसी कारण उन्हें प्रत्यक्ष रूप से संगठन करना हमले को अपने ऊपर बुलाना था। पर अवश्यम्भावी वस्तु को टालकर सन्तोषित होकर बैठना भी कायरता ही होती है। दोनों अपने कार्यों में लग गये। सत्य, प्रकाश का साथ देने लगा। कुछ हथियार उन्हें प्राप्त हो सके। उन्होंने उसे गाँव में लाकर सिखाने का कार्य भी आरम्भ कर दिया।

किरण ने स्त्रियों में स्वयंसेवक संगठन का कार्य बड़ी तीव्रता से प्रारम्भ कर दिया। इधर प्रकाश भी घूम-घूमकर गुप्त सभाओं में भाषण देने लगा। सत्य हथियारों को बाँटने तथा स्वयंसेवकों को सिखाने में जुट गया। अनवरत कार्य की धुन के कारण बहुत ही अच्छा संगठन हो गया। अलग-अलग स्त्रियों के निवास का प्रबन्ध तथा उनके रक्षक भी नियुक्त हो गये, जहाँ स्त्रियाँ रात्रि में जाकर सोती थीं। एक बड़ी सेना भी बनायी

गयी जो पुलिस तथा सेना के आक्रमण को सम्हालने तथा उस पर विजय प्राप्त कर उसके हथियार छीनने का कार्य करने लगी। सत्य उसका प्रधान बन गया। प्रकाश ने सभी स्त्री-निवासों की रक्षा का भार लिया।

इधर रजाकारों के अत्याचारों की पराकाष्ठा हो गयी। वे स्त्रियों के साथ बलात्कार, धर्म-परिवर्तन तथा बच्चों की हत्या खुलेआम करने लगे। इस तीव्रगति को अवरुद्ध करने के लिए सत्य ने सोचा कि थानों पर अधिकार करना चाहिए और सारे स्वयंसेवकों को इसका आदेश देकर वह प्रकाश से विदाई लेने चला। प्रकाश उस समय अहाते में महिलाओं के बीच भाषण दे रहा था। सत्य एकाएक न खुलकर सुनने लगा। प्रकाश गरज-गरजकर कह रहा था, 'बहनो आज जन्मभूमि रक्त चाहती है। उसे प्यास है; वह देखना चाहती है तुम्हारे त्याग की—शक्ति को। सभा चिल्ला उठी, 'हम हैं तैयार, रक्तदान को।'

सत्य सुनकर भड़क उठा और धीरे-धीरे अन्दर घुसा जैसे उसका सीना आज दूना हो गया था। उसका हृदय आज आँसुओं से भरा है—वह बाहर दृढ़ता के बाँध को तोड़कर निकल पड़ना चाहते थे। पर वह दृढ़ था, सम्हल गया।

किरण ने बढ़कर सत्य का स्वागत किया पर आज वह मुस्कान न थी। गम्भीरता बाह्य जगत् को आन्तरिक अनुभूति का परिचय देती है, उसे किरण समझती थी पर आज उसे देखकर उसका हृदय डर गया। पश्चिम में आकाश जैसे रक्त से स्नान कर पवित्र रक्तदान को चरितार्थ कर रहा था। वह उसी में उलझ गया और एक दृष्टि से उसे देखता-देखता भूल गया कि प्रकाश भी आगे खड़ा है। प्रकाश ने कहा, 'क्यों भैया?'

वह चौंक पड़ा। कहने लगा, 'हम लोग अपने कार्य पर जा रहे हैं, तुम यहाँ देखना।' वह चल पड़ा पर जैसे उसका कुछ भूल गया हो। चिड़ियों का चूँ-चूँ करके घर लौटना जैसे उसके लिए ईर्ष्याजनक लगने लगा पर वह सत्कार्य पर जा रहा है—युद्ध पर जा रहा है, इस विचारधारा ने उसे शक्ति दिया और वह बढ़ता गया। किरण तथा प्रकाश ने देखा सत्य, उनका सत्य—उनके हृदय का सत्य चला जा रहा है उन्हें छोड़कर। प्रकाश हार मान गया; किरण प्रच्छन्न हो गयी क्योंकि अन्धकार की रेखाओं ने उन्हें सत्य से अलग कर दिया।

आज की रजनी अपनी कालिमा से प्रकाश की प्रतिमा को हर चुकी थी। वह निस्सहाय-सा समझ पड़ रहा था। वह मानवीय प्रकृति है जो ममत्व की प्रतिभा से निष्प्राण होने पर तड़प उठती है उसी प्रकार जैसे जल के बाहर मछली। प्रकाश कुछ भी न सोच सका और वहीं उसी घर के अहाते में बैठ गया। किरण भी वहीं बैठी रही। रात्रि के क्षण अपनी शीघ्रतम गति से बढ़ते गये पर वे दोनों आज भोजन भी न कर सके। किरण प्रकाश की अकेली बहन थी, वही उसे भोजन बनाकर खिलाती थी।

किरण वहीं बैठे-बैठे चारपायी पर लुढ़क गयी और भावना संसार के कठोर प्रहार से मुक्त हो गयी पर प्रकाश न हो सका। इतने में आदमियों की बोलचाल ने उसे चौंका

दिया। किरण को जगाकर उसने अपनी रायफल सम्हाली और कारतूस की टोकरी लेकर दोनों मकान के छत पर चढ़ गये। देखा तो बहुत-से रजाकार सैनिकों ने घर घेर लिया है। उनके हाथ में मशाल और रायफल के साथ-साथ तलवार भी चमक रही थी। प्रकाश सचेत हो गया। सारी उदासीनता कर्त्तव्य परायणता के ठेस से अविसन्न हो गयी। उसने फायर करना प्रारम्भ कर दिया। किरण भी दूसरी ओर अपनी बन्दूक से सन्-सन् गोलियाँ फेंक रही थी। सारी सेना में हलचल मच गयी। थोड़ी ही देर में बहुत-से रजाकार धराशायी हो गये। पर अधिक देर तक यह फायर गुप्त न रह सका। और दूसरी ओर से भी गोलियाँ चलने लगीं। पर दोनों की बन्दूकें दीवारों की ओर से गोलियाँ उगलती रहीं। उधर सत्य ने बिना प्रयास ही के थाने पर आधिपत्य जमा लिया। पर उसकी चिन्ता यह जानकर बढ़ गयी कि सैनिक किसी गाँव को लूटने गये हैं। उसने थाने को अच्छी तरह सम्हालकर उस पर एक आदमी नियुक्त कर दिया। एक टुकड़ी सेना को छोड़कर वह वहाँ से चल पड़ा।

इधर टोकरी का कारतूस समाप्त हो जाने के कारण प्रकाश प्रस्तर की मूर्ति की भाँति निश्चल हो गया। ऊपर से गोलियों का आना बन्द समझकर रजाकारों ने किवाड़ों को तोड़ना प्रारम्भ कर दिया और सफलता प्राप्त होने के कारण कुछ अन्दर भी घुस आये। जीने का किवाड़ बन्द था। उस पर भी उनके प्रहार पड़ने लगे।

किरण कहने लगी, 'भैया! तुम्हारा कर्त्तव्य...गाँव की और नारियाँ—भैया सत्य—क्या आप भूल रहे हैं।' वह चिल्ला पड़ी, 'लीजिये मेरी बन्दूक में अभी दो कारतूस बचे हैं। प्रकाश सचेत हो उठा। उसने अपने हाथों से बन्दूक थाम ली और मुस्कराकर बोला, 'क्या किरण तेरा रक्तदान?' 'हाँ भैया मेरा सौभाग्य...' कहते-कहते धाँय की आवाज़ से वातावरण गूँज उठा। किरण मुस्करा उठी। रक्त की एक तेज़ धार उसकी छाती से निकलकर फ़ौव्वारे की भाँति फूट पड़ी। प्रकाश ने उसके रक्त का एक टीका लगाया और छत से दूसरी ओर कूदकर, अपने कर्त्तव्य की ओर, अपनी जन्मभूमि की ओर, उसकी पुकार पर भाग चला। सोचता था, कायरता तो नहीं कर रहा हूँ? नहीं, यह कायरता नहीं, धर्म है। मुझे सभी को देखना है।

दूसरे ही क्षण प्रकाश अपनी सारी सेना को बुलाकर रजाकारों के ऊपर टूट पड़ा। घोर युद्ध होने लगा। लाशों से ज़मीन पट गयी। प्रकाश बढ़ता गया। इतने में सत्य भी अपनी टुकड़ियों के साथ आ धमका। अपनी सेना को आगे बढ़ाकर, क्षणभर में रक्त के भूखों ने, मातृभूमि के सेवकों ने तथा राष्ट्र के रक्षकों ने शत्रुओं का सफ़ाया कर दिया।

लड़ाई समाप्त हुई। विजय हुई पर सत्य जैसे उलझा-सा था; उसकी आँखें किसी को ढूँढ़ रही थीं। उसने पूछा, 'किरण कहाँ है प्रकाश।'

प्रकाश ने शिशु दिवाकर के रक्तमय प्रभात में मुस्कराते हुए कहा, 'उसका तो भैया रक्तदान हो गया।'

सत्य अवाक् प्रकाश की तरफ़ देखता रह गया...

खोया स्वर्ग

"कितना घोर अन्धकार है—कितनी सूनी रात है? सारी मानवता अपने बिस्तर के सहारे निद्रा के वशीभूत है, पर यह क्या... बादलों का मौन गर्जन। मैं क्या सुन रहा हूँ? कौन! कौन! मुझे बुलाती हो; नहीं, मैं तो नितान्त नीरवता में विलीन हूँ—मैं अस्तिविहीन हूँ। यह देखो मेरा पाँव—मेरा पाँव-फिसला जा रहा है। मुझे कोई बलपूर्वक झोंक रहा है। कह रहा है यह तेरा स्थान नहीं। यहाँ तो शान्ति और स्वच्छता का स्थान है। यहाँ बैठनेवालों को भूख नहीं लगती; यहाँ बैठनेवालों को प्यास नहीं लगती; यहाँ संघर्ष नहीं होता। यहाँ बच्चे दूध नहीं पीते; वे बीमार भी नहीं होते। ले जा—चला जा।"

"कहाँ जाऊँ आशा।"

"वहीं जा जहाँ मानवता पशुता के रूप में नृत्य करती है—जहाँ दाने-दाने के लिए तरसकर, माँ अपने बच्चे को छाती से लगाये अपने जीवन चिराग़ को बुझा देती है। जहाँ तेल से नहीं रक्त से चिराग़ जलाये जाते हैं। जहाँ प्रतिहिंसा तथा द्वेष ठहाके मारकर हास्य करते हैं, और रोगग्रस्त बच्चे...

"हाँ-हाँ आशा!" दाताराम एकाएक पूछ उठा।

नीरवता भंग हो गयी। पास बैठे बेचूराम ने पूछा, "क्या कहा भैया!"

"कुछ नहीं बेचू!, रोगग्रस्त बच्चे...।"

'हाँ-हाँ' कहो न भैया!"

"बिस्तरे पर बिना दवा के मर जाते हैं।"

"यह क्या कहते हो भैया," बेचूराम ने मुँह बनाते हुए कहा।

"क्यों न कहूँ बेचू—जीवन का कितना हिस्सा बीत गया—यही कष्ट न मिट सका और यही मज़दूर कालोनी, बेचू और क्या—यह देखो यही धुएँ से काली की हुई छत जिसके ऊपर विपत्तियों के घुमड़ते हुए बादल। वह देखो। सतीश की माँ, आज जैसे बार-बार अपनी शीला और मीनू को माँग रही है। मुझे डर लगता है भैया! मुझे सम्हालो नहीं तो मुझे कोई बलपूर्वक उठाये ले जा रहा है।" कहते-कहते दाताराम रुग्ण सतीश की चारपायी पर गिरपड़ा पर बेचूराम ने उसे उठाकर अपने जाँघों पर सम्हाल लिया और सहानुभूति के शब्दों से उसे परितोष देने की चेष्टा में लग गया।

"तुम भी क्या कहते हो बेचू! यह हमारी हड्डी इसीलिए बनी है। हमारा रक्त इसीलिए बना है कि उसके सहारे दूसरों को जीवन-शक्ति मिले। दूसरों के बच्चों का पालन-पोषण हो। हम तो पापी प्राणी हैं, न जाने क्यों जीते हैं।"

"घबराओ नहीं भैया! सतीश अच्छा हो जायगा। अब तुम्हीं पर इसकी दवादारू का भार है, यदि इस तरह जी छोटा करोगे तो कैसे काम चलेगा।"

"अब क्या जी छोटा करूँगा बेचू! जी की कहते हो, यह तो सतीश की माँ ...और उस...अभा...गी कन्या शीला के गृह-परित्याग के साथ इतना कठोर हो गया है कि अब इसमें चाह नहीं, जिज्ञासा नहीं।" उसने फिर आवाज़ तोड़ते हुए कहा, "बेचू, यह संसार बड़ा अन्धा है; देखो! वह भाई का भ्रातृत्व और मित्र की मित्रता कितनी ओछी हो चली है। मुझे उस शाहजहाँ बादशाह का ध्यान आ रहा है जिसकी बेटी जहाँआरा उसके मरते दम तक... पर क्या कह रहा हूँ—वही-वही स्वर्ग का स्वप्न, वही महल—वही बादशाह और शाहजादी, इसीलिए वह अभागी शीला..स्वर्ग में जाना चाहती है। नहीं जानती वहाँ वे ख़ूँख़ार भेड़िये रहते हैं जो मनुष्य के ख़ून पर जीवन यापन करते हैं। बेचू! सतीश जब नहीं... बचेगा। अरे यह तो सुनो, मिल का भोंपू हमारे दुःख के ऊपर गरज रहा है। कितनी बलशाली आवाज़ है बेचू। चलो चलें।

दाताराम ने घर में ताला लगाया। सतीश को उसने पहले ही सुला दिया था। नित्य की भाँति वह बेचू के साथ काम पर चला। अकेले घर में बाप का अकेला लड़का क्या इसी तरह रहता है? पर काम बन्द कर देने का अर्थ होता है दाने-को-दाने को मुँहताज बनना और भूख की ज्वाला में जलना।

अन्धकार में लेटा हुआ क्षीण सतीश अपनी कराह को उन्हीं काली प्राचीरों में खोता गया। वहाँ उसे बटोरनेवाला भी कोई न था। केवल झींगुरों के तीक्ष्ण स्वर उसकी व्यथाओं को आच्छादित किये उस ईंट, पत्थर में गूँज रहे थे।

दाताराम निस्तब्ध-सा, मशीन-सा मिल की ओर बढ़ता गया। उसे यह ध्यान नहीं था कि बेचूराम भी उसके साथ चल रहा है। पर एकाएक मिल के फाटक पर जब चपरासी ने ज़ोर से कहा, "हाथ ऊपर करो तो नवाब से बढ़े जाते हो," उसका ध्यान टूट गया। देखा बिजली की रोशनी से प्रकाशमान् विशाल कारख़ाने में न जाने कितनी आँखें चमक रही थीं। बेचू हतप्रभ-सा बढ़ता गया और अपने कार्य में संलग्न हो गया।

वह कार्य कर रहा था पर उसे लगता था जैसे शीला की माँ, शीला का हाथ उसके हाथ में दे रही है और कह रही है, "तो इसे, सम्हालकर रखना।" वह चौंक उठता और साँचे का सूत जोड़कर फिर अपनी भावनाओं के सूत्र जोड़ने लगता, "कितनी बिडम्बना है; कितना अन्धकार है मनुष्य के आगे। वह कैसे पहचाने कौन अपना है कौन पराया...शीला स्वर्ग का स्वप्न देखती थी और उस पापी...लम्पट मैनेजर के लड़के के साथ सुख के लिए—वैभव और गुमान के लिए हा... कितना बड़ा अत्याचार, काश मैं धनी होता तो तू न जाती शीला...मेरी प्यारी बच्ची तू बड़ी अभागी है। तूने उस हृदय

का परित्याग किया है; उस संसार का परित्याग किया है जहाँ मानवता का सर्जन और जनन होता है—तेरा स्वप्न अवश्य टूटेगा। वह नृशंस विलास जिसे दूर से तूने छूने का प्रयत्न किया है अत्यन्त उष्ण है।'' तब तक खातामास्टर ने डाँटा, ''देखता नहीं सूत टूटा जा रहा है; सारी तलब कट जायगी।'' दाताराम होश में आ गया। देखा तो बाहर चिड़ियाँ मुक्ति का सन्देश दे रही हैं। वह सतीश की चिन्ता में मग्न हो गया। अब उसके हृदय को शान्ति नहीं मिल रही थी।

दाताराम कारख़ाने से अवकाश पाते ही द्रुतगति से अपने प्यारे बच्चे की ओर चल पड़ा। काले शरीरवाले बदसूरत और गन्दे मज़दूरों की टोली में जैसे वही सबसे उद्विग्न हो। वह बढ़ता जा रहा था; इधर क्षीण आभा अन्धकार को खदेड़ती जा रही थी। उसे डर लगा कहीं यह विश्व भर का अन्धकार भागकर मेरे ही घर में शरण न ले पर चिड़ियों का स्वच्छन्द चूँ-चूँ गान उसे स्वतन्त्रता की याद दिला रहा था। उसने ताला खोला; देखा पीछे उसका सुहृद बेचू खड़ा है और दोनों घर में घुस गये। दाता ने पुकारा, ''बेटा सतीश'' पर रोज़ का तत्पर उत्तर 'बाबूजी' आज उसे न मिला। उसने देखा ...पर सतीश न था—उस घर में सदैव को अन्धकार कर गया था। वह कुछ न बोला, न हिला जैसे वही काली दीवार उसका एक अंग बन गयी हो।

घी के दीये

शाम ही से बुझा-सा रहता है।
दिल है गोया चिराग़ मुफ़लिस का।।

मुफ़लिस के चिराग़ की रोशनी ही कब निकलती है, जब वह शाम से ही बुझा रहता है और सारी सिसकती रात के दारुण अँधेरे में अपनी काली कहानी बिखेरकर लीपापोती किया करता है। वह प्रकाश नहीं देता; जलता नहीं; वह भूखा जो रहता है और उसका मालिक भी तो भूखा रहता है। एक के पेट में रोटी का अभाव, तो दूसरे के पेट में तेल का। ठीक यही मायूसी मीर साहब के दिल में बस गयी है जिन्होंने उपर्युक्त शेर लिख मारने की तकलीफ गवारा की और आज उसी की छाया से सुनील की दीपावली का सारा जश्न उस खिसियायी बिल्ली की भाँति लग रहा है जो अनेक बार उछल-कूदकर भी अपने खाद्य को न पा सकने के कारण धूल में लोट-पोट हो रही है।

"दुनिया।"—सुनील सिगरेट के कश-पर-कश लेकर अपने बरामदे में टहलते हुए सोच रहा है, 'अपने हुस्न व जहूर की रंगीनियों में सजकर अपनी भीतरी सड़ाँध को विस्मृति के कक्ष में... नहीं नहीं शायद स्मृति के प्रकाश में क्योंकि यदि वह सजकर परिलिप्त आकांक्षाओं के वशीभूत न होती तो हीनता और दीनता ही कैसे लक्षित होती? कैसे जान पड़ता कि भोग और वैभव-उन्माद ने दुनिया के सुख को, संसार की अमारत को, जबरन अपने हिस्से कर लिया है।'

सुनील के विचार-तन्तु विशृंखल मनोभावों की भाँति उड़ते ही गये और उसे यह भी सुधि न रही कि कब दिन अपने प्रकाश को समेटकर धरती को फलक के सारे सितारे देता गया। उसने निगाह फेरी तो झीने भूरे वस्त्र में सजी हुई सन्ध्या अपनी सुनहली साड़ी में दीयों की गोट लगा चुकी है और अब बीच-बीच में मणियाँ पिरोयी जा रही हैं। एक भीना मधुर रव जिसमें गान, वाद्य, नृत्य और आनन्दोल्लास का सम्मिश्रण हो सारे वायुमण्डल में व्याप्त हो रहा है।

उसने सोचा, आज वह अँधेरे में ही रहेगा। वह विद्यार्थी है; एक किराये की कोठरी में रहता है। वह जहाँ है, वहाँ अकेला है; अपरिचित है। कमरे में बिजली की रोशनी है पर वह जलाये ही क्यों? इस ओछी प्रसन्नता में अपने दिल को प्रसन्न ही क्यों होने दे? वह इनसान ही तो बनना चाहता है और जो समृद्धि के दीये से इनसानियत को चकाचौंध कर अपनी अहमन्यता के आकाश-दीप को उच्चतर बनाना चाहता है, वह

इनसान नहीं हो सकता। आज असंख्य सूखे दीपकों में उसका भी एक दीपक होगा। और एक अकृत्रिम उग्रता से उसका हृदय भर गया। वह वहीं बरामदे की सीढ़ियों पर बैठकर सिगरेट के कश खींचने लगा।

अब रोशनी की सजावट पूरी हो चुकी थी। लगता था, अलकापुरी आज के दिन पृथ्वी पर उतर आयी है। रात्रि की काली वेणी में गुँथे हुए ये मणिमय दीप प्रसन्नता की मधुर हिल्लोरों में झिलमिल-झिलमिल हँस रहे थे और बच्चों की किलकारी और खेलकूद में सारा नगर प्रसन्न-आवेश में उमगा पड़ता था पर सुनील अब भी बैठा ही रहा। सहसा उसके कानों में एक खँजड़ी की डिम...डिम आवाज़ आयी जो कमरे के निकट आती जान पड़ी। कोई वृद्धा जान पड़ती थी। स्वर में शिथिलता और क्षीणता के लक्षण थे और गाने में तो जैसे बेहद दर्द छिपा हुआ था। गीत धीरे-धीरे सुन पड़ने लगा—

धै देत्यो राम—हमारे मन धिरजा।
सब के महलिया रामा दियना बरतु हैं
हरि लेत्यो राम—हमारो अँधेरा। हमारे०।

सुनील एकदम उठ खड़ा हुआ। उसे जान पड़ा—एक सचेष्ट मन अपने अन्धकार को दूर करना चाहता है, पर वह है निस्सहाय और विफल। वह अस्वस्थ जान पड़ता है हीन जान पड़ता है और लगता है वह इनसान की ग़ैरत का एक नमूना है। उसने बढ़कर सड़क पर देखा, तो एक अधेड़ स्त्री अपनी बच्ची के साथ खँजड़ी बजाकर गा रही है। जीर्ण-शीर्ण चीथड़ों में उसका धूमिल मटिहा रंग जैसे विपत्ति और हीनता का द्योतक बन गया है। गाने के लहज़े में साँस के आने-जाने से गले की नसें रह-रहकर तनती जा रही हैं। जिसके गालों की उभरी हड्डियाँ अनायास और भी उभरी पड़ती हैं। बच्ची उस सड़े-गले चीथड़े को पकड़कर ऐसी लटकी है मानो उसके पैरों में दम ही न हो। वे अटपट पड़ रहे हैं और होंठों की अतीव शुष्कता ने दाँतों को बाहर ला दिया है। लगता है वह बहुत प्यासी हैं। उसने सुनील को देखते ही हाथ पसार दिया। जान पड़ता था जैसे वह मशीन की भाँति बाहरी चालक द्वारा चालित हो। माँ खड़ी होकर गाने लगी—

सब के महलियाँ रामा जेवना बनतु हैं।
हरि लेत्यो हमरो भूख। हमारे०।।
सब के महलिया रामा सेजिया लगतु हैं।
हमरो हरि लेत्यो नींद। हमारे०।।
धै देत्यो राम—हमारे मन धिरजा।।

गीत पूरा हो गया और सुनील उसके एक-एक शब्द के विन्यास में लग गया। उस माँ के करुण क्रन्दन से फूटकर निकलनेवाले इस गीत का हम समय पर गाया जाना जैसे संसार को एक चुनौती हो। सुनील के मन में आया—वह इस दुनिया को नष्ट-भ्रष्ट करके इस कृत्रिम व्योहार और पापात्मक सामाजिक व्यवस्था का नाश कर दे।

साथ-साथ समाज को ऐसा बना दे। जिससे सबके घर में दीये जल सकें, सबके घर में जेवनार बन सके और सबके घर में सेज लग सके। उसने अपने हाथों को अपने मस्तक पर रखते हुए अनजान में बक डाला—'ओह...यह दीवाली-दुनिया का कितना वीभत्स परिहास है।'

भिखारिन डर गयी। उसने सोचा, बाबू क्या बक रहा है! कहीं पागल तो नहीं हो गया और वह धीरे-धीरे फिर अपने रास्ते पर बढ़ने लगी।

सुनील एकाएक होश में आया और उसने पुकारा—'माँ'!

पर भिखारिन रुकी नहीं।

उसने दौड़ते हुए फिर पुकारा—'माँ!!!'

फिर भी वह नहीं रुकी।

सुनील ने दौड़कर पुकारा—'माँ! माँ! माँ!' और उनके आगे जाकर खड़ा हो गया।

'तुम्हें क्या तकलीफ़ है?'

'मुझे?' माँ ने विस्मय से पूछा।

तब तक बच्ची ने हाथ फैलाते हुए कहा—'एक पैसे, दो पैसे बाबूजी!'

सुनील ने जेब से निकालकर पाँच रुपये का नोट बच्ची को थमा दिया।

'काग़ज़ क्या होगा बाबूजी!' और उसने नोट फेंक दिया। माँ की दृष्टि रुपयों पर लग गयी थी।। उसने कहा—ले लो बेटी! बहुत-से रुपये हैं।

लड़की ने नोट उठा लिया और दोनों चलने को हुईं; पर सुनील रास्ते में खड़ा ही रहा। अगल-बग़ल से न जाने कितने लोग उन पर निगाहें डालते हुए गुज़र रहे थे और बच्चे मिठाइयाँ खाते किलकारी भरते चले जा रहे थे पर सुनील को लगता था, जैसे चारों ओर शान्ति है; कहीं कुछ नहीं हो रहा है।

तब तक बच्ची ने कहा—'बाबूजी! मिठाई।

पर भिखारिन ने आँख तरेरते हुए उसे हाथ से दबा दिया।

उसने कहा, 'बाबू जी! हम ग़रीब हैं; हमारे दुःख भी अनगिनत हैं।

'माँ! क्या तुम मुझे कुछ भी नहीं कहोगी?'

भिखारिन का हृदय अब पसीज गया था। उसे अपने पुराने जीवन की घटनाएँ और स्नेहसिक्त बातें याद आने लगी थीं।

वह कहने लगी—'मुझे आज बड़ा तेज़ बुखार है; खड़ा नहीं रहा जाता। आज चार रोज़ से बच्ची के और मेरे मुँह में कुछ नहीं गया। सोचती थी अब मृत्यु हो ही जायगी पर एकाएक दीवाली आ गयी।

'मैंने समझा नहीं'—सुनील बोला उठा।

'यही कि आज ही के दिन इसके पिता एक अंग्रेज़ के द्वारा गोली से मार दिये गये थे और उनकी समाधि पर आज मुझे घी का दीया जलाना है।

उसकी आँखों से आँसू बहने लगे थे और बच्ची भी सिसक-सिसक रोने लगी थी।

उसने कहना जारी रखा—'घी के लिए दर-दर की ख़ाक छान डाली पर माँगने पर लोग हँसी उड़ाते हैं। आप उन्हीं रुपयों में से क्या थोड़ा घी ला सकते हैं?'

सुनील ने रुपया नहीं लिया और दौड़कर बाज़ार से घी, दीया, बत्ती और बच्ची के लिए मिठाइयाँ ले आया।

जूला जालइ म्योंनी निथि बठयन
महाराज यिये छट शिकारि क्येथ
जूला जालइ सरि सुइ कशी रि
महाराज यिये माहरनि हथेथ

'मैं झेलम के किनारों पर दीप-माला जलाऊँगी, बनरा छोटे-से शिकरे में लौटेगा, मैं काश्मीर-भर में दीप-माला जलाऊँगी; (दुलहा-दुलही) बनरा-बनरी के साथ लौटेगा।'

एक काश्मीरी स्त्री बड़े मनोरंजक शब्दों में गा रही थी और न जाने कितने आदमी चारों ओर से उसे घेरे हुए थे।

सुनील वहाँ से चलने ही वाला था कि उसने दूसरा गीत प्रारम्भ कर दिया—

वेश्या बुनि म्याँनि व्यथि वलो वलो
जूला जालह नावन चानीं लोलइ वलो वलो
व्यथि कंजि लोल आव सगवुम गासो,
वलो-वलो!

'आ मेरे चरवाहे आ! अपनी भेड़ों को पानी पिलाने मेरी झेलम पर आ! आ! आ! मैं तेरे स्वागत में नौकाओं में दीप जलाऊँगी।'

सुनील को गीत बेहद पसन्द आ रहे थे पर जब वह उसके बग़ल में बैठे मोटे आदमी की वासना स्थित मुस्कराहट देखता था तो उसका मन व्यथा से भर उठता था। अन्त में ऊबकर वह वहाँ से चला गया।

सुनील आगे बढ़ गया था। चहल-पहल भी अब कुछ धीमी पड़ गयी थी पर उसके बग़ल के मन्दिर का उड़िया पुजारी अब भी गा रहा था—

सरि लगा दीप दीप-तेल
कि परि दीप जालि बी। महाप्रभु से।
तेल आगी वावु जाओ हे राम
से तेल दीप-रे ठालि बी। महाप्रभु से।
सुना-सुना दीप रे चन्दन तेल
सी ताया दीप जालछी। महाप्रभु से।।
दीप जाली जाली-सी ताया
मा घर कथा माल छी। महाप्रभु से।।

'मैं दीप कैसे जलाऊँ? हे राम! तुम जाओ और तेल लाओ। उसी तेल को मैं दीपक में डालूँगी। सोने का दीपक है और चन्दन का तेल। जिससे सीता दीप जला रही है, दीया जलाते-जलाते सीता को अपने माँ के घर की कथा याद आने लगती है।'

सुनील उस उड़िया पुजारी को जानता है और आज उसके इस लोक गीत को सुनकर वह बहुत प्रसन्न हुआ। वह सोचने लगा-कभी अवध की महारानी सीता भी तेल के अभाव में थीं। पर उनका दीया तो सोने का था और उन्हें चाहिए था चन्दन तेल।

वह धीरे-धीरे अपने कमरे के सामने पहुँचा और फाटक खोलकर बिना बत्ती जलाये ही उस निविड़ अन्धकार में प्रवेश कर गया। बहुत देर तक उसके आगे समाधि के सम्मुख बैठी उस माँ का ध्यानावस्थित चित्र और सामने जलते हुए घी के दीये दीखते रहे।

चार दिन

श्री मार्कण्डेय : श्री ओमप्रकाश श्रीवास्तव

(गर्मी की छुट्टियों के बाद यूनिवर्सिटी की पथरीली विशाल इमारतों ने फिर से साँस ली और जीवन शत-शत धाराओं में मुखर हो उठा। रमेश, प्रतिमा, शर्मा, सिन्हा और रेखा इस धारा की कुछ बूँदें हैं जिनके जीवन में एक तूफ़ानी ड्रामा आया और चार ही दिनों में चरम सीमा पर पहुँचकर उनके भावी जीवन की रेखाएँ निश्चित कर गया। यूनिवर्सिटी की पथरीली गगनचुम्बी इमारतें फिर ख़ामोश रही क्योंकि यह ड्रामा उनके लिए नया न था...

प्रस्तुत कथा-प्रसंग को एक नये ढंग से दो लेखकों ने प्रस्तुत किया है। चार दिनों की सूत्रबद्ध कहानी को एक-एक करके लिखा गया है। सोमवार और बुधवार की कहानी श्री मार्कण्डेय ने लिखी है तथा मंगलवार और बृहस्पतिवार के कथाकार हैं श्री ओमप्रकाश श्रीवास्तव।)

सोमवार

प्रतिमा, रमेश को अपनी आँखों पर यकीन नहीं हुआ। मन के भीतरी तहों में लिपटी हुई कई तसवीरें द्रुतगति से नज़रों में आयीं और चली गयीं। पर सामने की जीती-जागती तसवीर 'लेन' की कोमल छाया से धीरे-धीरे आगे बढ़ती रही।

छरहरा गठा हुआ शरीर, उभरी हुई ज़ोरदार जवानी का हल्का गुलाबी रंग-जैसे सबेरे की ताज़ी खिली हुई कली से निचोड़ लिया गया हो। कानों के पास तक खिंची हुई गहरी काली आँखें और उनके अगल-बग़ल तक लहराते हुए काले अटपटे उलझे बाल। सफ़ेद गरारे और कुरते के ऊपर लहराती हुई हलके लाल रंग की ओढ़नी। और सबसे बढ़कर दिशाओं की तरफ़ से बेफ़िक्री और लापरवाही। रमेश की आँखें चौंधियाँ गयीं और पलकें टँफ गयीं। साथी आगे बढ़ गये, रिक्शे आये और चले गये। बायसिकिलों की घण्टियाँ बजीं और लोग 'उफ' करके बग़ल हो लिये, पर वह देखता रहा और तसवीर धीरे-धीरे आगे बढ़ती रही। भारी 'मैगनेट' की शिला की ओर अनजाने में खिंचता हुआ लोहे का टुकड़ा जिसे अपना भारीपन भी याद नहीं रहता और हलके-से-हलके तिनके भी उसकी ओर देखकर हँसते हैं—'अजी ज़नाब! ज़रा रास्ता छोड़कर खड़े होइये।'

'आह! वेरी सारी' और रमेश जग जाता है। क्लासरूम के सामने का बरामदा साइकिलों से भर गया है और अभी-अभी की सरगर्मी, देह से देह का छिलना, शोरगुल सभी समाप्त हो गये हैं। उसे ख़्याल आता है तो वह धीरे-धीरे 'क्लास' की ओर चला आता है और बिना कुछ बोले पीछे की बेंच पर बैठ जाता है। प्रोफ़ेसर हाज़िरी ले रहा है। श्री प्रेमचन्द सिन्हा—यस सर...यस सर...यस सर...सुशीला...आवाज़ डूबती जाती है और विचार उभड़ते आते हैं। आधे बाँह का साधारण कुर्ता, कई दिन का पहना शलवार और अस्त-व्यस्त बाल। वह दौड़ती हुई...बेतहाशा दौड़ती हुई आ रही है। चेहरा लाल हो गया है। नथुने फूल और सिकुड़ रहे हैं, पर वह दौड़ती जा रही है। कमज़ोर लचीला शरीर कुछ लाल हो गया है, आँखें बन्द होती जा रही हैं। 'आख़िर रहने भी दोगी?'

प्रतिमा रुक जाती है। वह उसे खींचकर पास ले आता है और उसकी ठुड्डी को पकड़कर ऊँचा कर देता है। 'आख़िर कब तक दौड़ती रहोगी?'

'तुम्हीं ने तो कहा था।'

श्री रमेश वर्मा...श्री रमेश वर्मा...प्रोफ़ेसर आगे बढ़ जाता है। रमेश हकबकाकर रह जाता है। बग़लवाला शर्मा कहता है—'अमाँ किस दुनिया में रहते हो।' रमेश तनिक मुस्कराकर टालना चाहता है, पर शर्मा फुसफुसाता जाता है—'भाई क्या बात है इस साल तो परसालवाली बोनस का भी रिकार्ड टूट गया। एक ऐसी 'चीज़' आयी है कि अगर उसे न देखा तो कुछ भी न देखा। लाइनें लग गयी थीं, लाइनें। जिसकी आँख में देखो बस वही है। सुना बनारस से आयी है...।'

बनारस...शाम...दशाश्वमेध घाट...चाची (प्रतिमा की माँ)...'अच्छा तो तुम दोनों घूमकर लौटना, मैं चल रही हूँ।'

'माँ तो गयीं। चलो आज नाव पर चलें...' 'कहाँ?' 'उस पार, उस चिकनी मुलायम रेत पर घूमेंगे, खेलेंगे—तब लौटेंगे।'

'अँधेरा'

'अँधेरा-वँधेरा कुछ नहीं। मैं तो जाऊँगी। चाहे तुम जाओ, चाहे रहो।'

''परमार्थी प्रेम ही जायसी का अभीष्ट है। उसी को ग्रहण करने के लिए लौकिक प्रेम ग्रहण किया गया है। उनके प्रेम का प्रसार सार्वभौमिक है। उन्होंने...।

''मैं कह रहा हूँ प्रतिमा मान जाओ...मान जाओ...नहीं! तो अच्छा करो अपने मन की...।' 'बाबू मन की सौख मिटा लेने दो...' 'नाव टेढ़ी हो रही है प्रतिमा...' 'साहब अब गड़बड़ हो जायगा।'...वह उठकर आ गयी। थकी है। हाथों को मल रही है। उसके बाल उसके गोरे पतले चेहरे की सुन्दर चिकनाई से खेल रहे हैं।... 'देखे हाथ,...पड़ गये न छाले...यह नाज़ुक हाथ डाँड़ चलाने...।'

'प्रेम के पथ में काम, क्रोध, मद, मोह और तृष्णा सब बाधक होते हैं। नवों छेद तिनकर दिशि द्वारा, खर मूसहि निशि की उजियारा। जायसी के प्रेम का पन्थ योग की साधना का पन्थ है। जीवन का उत्सर्ग है...।

'क्या खा रही हो...' 'सेब...' 'खाओगे?...' 'लाओ ज़रा हमें चाकू दो...' 'क्या करोगे...' 'वैसे ही...अच्छा ज़रा हाथ भी बढ़ाओ...ख़ून निकालेंगे...' 'हाय! बाप...' 'कायर कहीं की...अच्छा तो लो तुम्हीं निकालो...फिर भी डरती हो...न तो ख़ून दे सकती हो, न ले सकती हो...यह देखो...(उँगली काट देता है) 'हाय! तुमने यह क्या कर लिया...' वह उँगली मुँह में डाल लेती है और अपनी कोमल पतली उँगलियों से हथेली को सहलाने लगती है। सशंकित आँखों से आँसुओं की बूँदें ढुलक-ढुलककर नीचे फ़र्श पर गिरने लगती हैं...

रमेश सिहर उठता है...

'जायसी के प्रेम में विरह का क्या स्थान है!' शर्मा प्रश्न कर देता है। प्रोफ़ेसर जवाब देता है—

'विरह प्रेम का अनिवार्य अंग है। विरह से ही प्रेम की परितुष्टि होती है—जग में अधिक खड्ग की धारा, तेहि ते अधिक विरह की झारा।'

विरह!...रमेश की चेतना डूबती जाती है...डूबती जाती है। पंखा घूमता रहता है। उसके सफ़ेद बड़े-बड़े तीन डैने जैसे मिलकर एक गोला चक्र बना लेते हैं और उस पर कहीं-कहीं काली, पतली टेढ़ी-मेढ़ी लकीरें गोलाई में दौड़ती नज़र आती है। पर प्रोफ़ेसर पढ़ाता रहता है। लड़के अपनी कापियों पर झुके लिखते रहते हैं जैसे कोई ग़रीब किसी लूट में जल्दी-जल्दी पैसे लूटकर अपनी झोली में रखता जाता हो। पर रमेश के चारों ओर है एक खाली शून्य—निस्पन्द और स्थिर वातावरण।

'...चाची मैं जा रहा हूँ'...'जा रहे हो बेटा। पर कभी-कभी आते रहना। हम सबों को...।' 'देखो चाची कोशिश करेंगे पर कौन जाने पिताजी की बदली फिर कहाँ हो जाय?' '...प्रतिमा...अरी ओ प्रतिमा...कहाँ चली गयी...नहीं मिलती...क्या जाते समय तुमसे भेंट नहीं हो सकेगी।' 'भेंट हो ही जायगी चाची...।' बाहर लान के भी आगे दरवाज़े के खम्भों की चमेलीवाली लतर के नीचे...'अरे! तू यहाँ पगली!...रो रही है...,' और कमर में हाथ डालकर अपनी बग़ल में खींच लेता है। 'जाऊँ न!' और वह एक गुलाब का फूल, और एक लिफ़ाफ़ा देकर भाग जाती है।

रमेश,

यह विलगाव जीवन का विलगाव नहीं है; जानती हूँ पर जी कहता है आख़िर यह आया ही क्यों और इसीलिए डरती हूँ कि आने की ही तरह वह रुक भी तो सकता है? तुम जाओ, मैं बाधा नहीं बनूँगी। पर इस बाधा और विलगाव को यदि हम तुम याद रख सकें तो वह पावन स्मृति रोशनी बनकर हमारे रास्तों को मिला देगी...मिला देगी...।

—प्रतिमा

रमेश मुस्करा उठा। पीरियड ख़तम हो चुका था। शर्मा ने कहा—'चलोगे भी। तुम तो यार जैसे मुहब्बत की तीसरी स्टेज़ पर पहुँच गये हो!' रमेश कुछ झिझका पर उत्तर नहीं दे सका। चलने लगा। सूखी निश्चल दीवारों की ख़ामोशी ने न जाने कितनी चलती-

फिरती आकृतियाँ उगल दीं और सड़कें भर गयीं। आस्थाहीन खोखली हँसी, बनावटी बातें और अस्थिर विश्वास की क्रिया-प्रतिक्रिया; वह सब जानता है पर वह कुछ भी नहीं जानता। वह तो आज इसके भी परे...इन मानव-आकृतियों से भी ऊपर कुछ ऐसा देख रहा था जिससे उसके जीवन का दार्शनिक सम्बन्ध था।

वह डाकख़ाने और प्राक्टर-कोर्ट के बीच से गुज़रकर इतिहास विभाग के उत्तरी बरामदे और पेड़ों के बीच से चलने लगा था। प्रतिमा कक्षा से बाहर निकलकर बाहरी खम्भों के समानान्तर ही चल रही थी। रमेश ने उसे देखा और उसने रमेश को। उसके पैर रुके पर रमेश बढ़ गया। उसकी आँखें झँप गयीं। उसके आगे अँधेरा छा गया। प्रतिमा का व्यक्तित्व, उसकी शान-शौकत, उसकी रहन-सहन कितनी ऊँची है? रमेश ने अपनी ओर देखा अपने कपड़ों पर दृष्टि डाली, अपनी चाल को आजमाया और अपनी मानसिक स्थिति का ठीक निरीक्षण किया तो उसे निराशा हुई। पर प्रतिमा रुकी क्यों? उसने देखा तो उसकी आँखें खिंच क्यों गयीं, वह थक क्यों गयी, उसकी चाल क्यों स्थिर पड़ गयी आदि प्रश्न उसके मन में एक साथ उठे। फिर वह सोचने लगा—उसे स्वयं पहले उससे बोलना था। उसने ग़लती की और धीरे-धीरे 'सीनेट हॉल' की ओर मुड़ा। प्रतिमा ने रमेश को देखा तो उसके जी में आया कि वह दौड़कर उसके सीने से लग जाय, पर वह रुकी, ठिठकी; वे बोले क्यों नही। आख़िर वह मुझसे बड़े हैं न। फिर उसे याद आने लगा कि यदि कभी वह गम्भीर भी हो जाती थी तो रमेश बेचैन हो जाता था और जब तक हँसने नहीं लगती थी वह चैन से बैठता भी न था। पर ऐसा क्यों, क्या उन्होंने शादी तो नहीं कर ली, क्या वे किसी दूसरी लड़की से मुहब्बत तो नहीं करते! नहीं...नहीं ऐसा नहीं हो सकता। वह बड़बड़ायी। रेखा ने कहा—'क्या बात है प्रतिमा।'

'कुछ नहीं बहन! अरे हाँ, फीस भी तो देनी है। चलो ज़रा आफ़िस हो लें।'

दोनों इंगलिश डिपार्टमेण्ट के उत्तरवाले प्याऊ से रजिस्ट्रार आफ़िस की ओर मुड़ीं! दोनों ख़ामोश बढ़ रही थीं कि एक लड़के ने सीटी बजायी। उसका ध्यान टूट गया और उसने देखा कि रमेश आ रहा है। वह ऐसा देख रहा था जैसे पहचानने की चेष्टा कर रहा हो। प्रतिमा उसकी ओर देखती रही पर फिर दोनों अगल-बग़ल से निकल गये और बातें न हो सकीं। प्रतिमा को विश्वास हो गया कि रमेश उसे पहचान नहीं रहा है। मुझे उसे स्वयं रोककर बता देना चाहिए।

वह आफ़िस में घुसी तो रमेश ने उसे देखा और बाहर खिड़की पर खड़ा रहा। भीड़ नहीं थी। बाबू खाली बैठा था। प्रतिमा जाकर खड़ी ही हुई थी कि उसने कहा—'कहिये'।

'फीस देनी है।' और वह अपने हैण्डबैग में से रुपया निकालते-निकालते कनखियों से रमेश को देखती रही। रमेश ने देखा वह देखती है और उसे याद आ गया उसके माथे पर का वह निशान जो दीपावली के दिन फुलझड़ी के गरम तारों से बन गया था। उसे हँसी आयी। उसने मुस्कुरा दिया। तब तक क्लर्क ने कहा—'लाइये भी साहब।'

प्रतिमा ने रुपया बढ़ाया, रसीद लिया और बाहर निकलने को हुई। पर उसके पाँव जैसे उसे आगे बढ़ने ही नहीं देना चाहते थे। एक अव्यक्त भय जिसमें उसके मन का उत्सर्ग और रमेश के मन का विश्वास दोनों डूब-उतरा रहे थे उसके चारों ओर छा गया। कौन जाने रमेश फाटक तक न आये और वहीं उसका इन्तज़ार करे। पर नहीं वह स्वयं ही जायगी, मिलेगी, बातें करेगी और रमेश को कल हॉस्टल बुलायेगी। फिर वे दोनों रोज़ शाम को मिलेंगे, हँसेंगे, खेलेंगे और पुरानी बातों की चर्चा करके आनन्द से समय बितायेंगे। ओह! मैं आज कितनी ख़ुश हूँ और वह जल्दी-जल्दी आगे बढ़ी। सामने से आते हुए आदमी से धक्का लग गया पर उसने उसे कुछ भी नहीं कहा। हँसी और आगे बढ़ गयी। एक चपरासी बैठा ऊँघ रहा था। दूसरा उसे फाइल लिये चिढ़ाने में लगा था। उसने एक सींक उसके कान में डाली। वह चौंक पड़ा। प्रतिमा हँसने लगी। उसकी सहेली ने धीरे से हाथ दबाया और दोनों दरवाज़े पर पहुँच गयीं। प्रतिमा एकाएक रुक गयी! क्षण भर के लिए उसके चारों ओर की हवा तक में घुटन होने लगी। वह क्या करे, क्या न करे। उसे रमेश के ऊपर चिढ़ हुई, तब तक रेखा ने कहा—'क्यों रुक गयी!'

'कोई बात नहीं' और वह मुड़कर धीरे-धीरे हॉस्टल की ओर बढ़ने लगी। रमेश देर तक किंकर्त्तव्यविमूढ़-सा खड़ा रहा। फिर अपने को कोसता हुआ बाहर निकला, दृष्टि दौड़ायी, पर प्रतिमा दूर जा चुकी थी। अब वह उससे आज नहीं मिल सकता।

दिन के चार बज गये थे। 'सीनेट हाउस' की घड़ी ने पहले तो आवाज़ के चढ़ाव-उतार में कुछ स्वर बजाये फिर एक निश्चित टन्कार से चार आवाज़ें कीं। रमेश ने पश्चिम की ओर देखा और अपनी घड़ी पर दृष्टि डाली, सूरज थककर चूर हो गया था और किरणें कुछ नम और पीली हो चली थीं। उसके अगल-बग़ल हार, थकान, उदासीनता और क्षोभ के सिवा कुछ न था।

मंगलवार

सुबह जब रमेश की आँख खुली कल के अवसाद और घुटन का एक अंश भी उस पर न था! वह काफ़ी ख़ुश था। अभी उसकी आँखें खुल भी न पायी थीं कि वह मुस्करा पड़ा! वह कोई बहुत ही मधुर स्वप्न देख रहा था क्या? वह उसे भूल गया था। पर उसकी ख़ुशी और एक पुलक उसके अस्तित्व भर में वर्तमान थी। उसने दरवाज़ा खोला और बरामदे में रेलिंग के सहारे खड़ा हो गया। गर्मियों की चमकदार, सुहावनी और अलसायी सुबह उसके सामने थी! सूरज की किरणों ने कोमलता के सामने विशाल नीम के पेड़ की फुनगियों को चूमना शुरू कर दिया था! सामने क्यारियों में लगे गुलाब और दूसरे पौधों के पेड़ काफ़ी ताज़े और सजग दिखायी दे रहे थे। हॉस्टल के लम्बे बरामदे में छिटपुट, दूर-दूर कहीं एक-आध चारपाइयाँ पड़ी दिखायी दे जाती थीं जिन पर दो-एक साहब अब भी सुबह की मीठी नींद के मज़े ले रहे थे! जल्द ही इन बरामदों

में चारपाइयों की लगातार लम्बी कतार लगने लगेगी और एक बार फिर इस सहमें ख़ामोश वातावरण में ज़िन्दगी का यौवन उभार पर आ जायगा—कहकहों से बरामदे गूँजेंगे, नौकरों को पुकारने की आवाज़ें, तेज़-तेज़ दौड़ते नौकर, गपशप, टिप्पणियाँ, खेलकूद...।

और रमेश के रोएँ-रोएँ में एक ऐसी सजगता बस उठी जैसे उसके भी उदास और सूने जीवन पर जल्द ही ख़ुशी के बादल मँडराकर बरसेंगे और उसे सराबोर कर देंगे। "आख़िर इस ख़ुशी की वज़ह"—उहँ—सामने से एक पुराना दोस्त आकर रमेश से लिपट गया—एक मिनट तक वे मुक्त हँसी में हँसते रहे और सिन्हा बोला, "कह बे यार फिलासफर, क्या हालचाल है! तूने तो साले एक ख़त भी तमाम छुट्टियों में नहीं लिखा। हमसे इतनी बेवफ़ाई बेटा—क्यों कहीं नज़र तो नहीं लड़ गयी थी।...

वे ज़ोर-ज़ोर से बातें करते रहे, हँसते रहे। कोई एक क्षण के लिए भी बोलना बन्द करने को तैयार न था! कभी-कभी तो दोनों साथ-ही-साथ बोलने लग जाते और सिन्हा उसे घसीटकर अपने कमरे की ओर ले चला बरामदे में उसके कमरे के पास बाहर से भी स्टोव जलने की आवाज़ आ रही थी!

पर पता नहीं क्यों खाना खाने और यूनिवर्सिटी के लिए चलने तक उसकी ख़ुशी पुलक सब ग़ायब हो गयी। सिन्हा के कमरे से आकर वह शेव करना और नहाना चाहता था पर वह चुपचाप कुर्सी पर बैठा सिगरेट फूँकता रहा! नौकर खाना पूछने आया और उसने "हाँ" कह दिया। खाना खाकर और फ़ाइल उठाकर यूनिवर्सिटी की तरफ़ चल दिया। अपने क्लास के सामने आकर ठहरा। प्रोफ़ेसर क्लास नहीं ले रहे थे और इसीलिए क्लास में कुछ छात्राएँ और उन्हें घेरकर लड़कों का एक गिरोह खड़ा था! इम्तहान के दिनों में और सेशन शुरू होने पर सेक्स का अन्तर कुछ कम हो जाता है। कम-से-कम हर छात्र किसी भी क्लास की छात्रा से उसके परसेण्टेज के बारे में तो पूछ ही सकता है। नकली बधाइयाँ भी दे दी जाती हैं, लड़कों के चेहरे पर एक अजीब-सी सौम्यता का आवरण पड़ा था जैसे दुनिया में जो कुछ भी सभ्य है अच्छा है सबको उन्होंने अपने व्यक्तित्व में समेट लिया हो। शर्मा भी उन्हीं में खड़ा हकला-सा रहा था। वह कान्ती से उसके परसेण्ट के बारे में बातें कर रहा था। उसके चेहरे पर कुछ वैसा ही भाव व्यक्त हो रहा था जैसे किसी भूखे मनुष्य को रसगुल्ला देखने पर। मिस कान्ती नाज़ के साथ अपने ख़ूबसूरत दाँतों को अधिकाधिक अदर्शनी के लिए उत्सुक बार-बार अकारण ही मुस्करा उठती थी। 'शर्मा' उसने पुकारा—शर्मा ने पीछे मुड़कर देखा! मिस मेहरोत्रा तब तक दरवाज़े से अन्दर घुसीं—उनका चेहरा छुट्टियों के बाद कुछ अधिक गदरा उठा था और नयी तिरंगी साड़ी और चाकलेट कलर के ब्लाउज़ में लिपटी बिना रिम के चश्मे लगाये बढ़ रही थीं—उसके क़रीब से गुज़रते हुए वह रुकी और बोली 'Congratulations' मिस्टर रमेश...रमेश ने एक उचटती नज़र उठाकर उनके सुन्दर चेहरे और पाउडर के नीचे से भी झाँकती मूँछों की तरह के बालों पर दृष्टि डाली और

मुड़ गया बिना जवाब दिये—तब तक मिस्टर बागला ने जो उसी जगह से गुज़र रहे थे उन्होंने महरोत्रा के Congratulations को लोक लिया (जो रमेश की तरफ़ उछाला गया था) बोले, 'धन्यवाद धन्यवाद, मिस महरोत्रा, Congratulation to you also कहिये आपके मार्क कितने परसेण्ट रहे।' मिस महरोत्रा कुछ खिसिया-सी उठी थीं फिर भी बागला से बातें करने लगीं।

धीरे-धीरे छात्राएँ खिसकने लगीं और क्लास सूना हो गया, शर्मा उसके साथ चल पड़ा। यह पीरियड तो घूमकर ही काटना था। मुड़कर दोनों रजिस्ट्रार आफ़िस के बग़ल से होकर K. P. U. C. हॉस्टल की तरफ़ पान के दूकान के लिए जा रहे थे। शर्मा ख़ूब बक-बक करता चला जा रहा था। बातचीत उसकी विशेषतः लड़कियों पर थी। क्योंकि साधारण विद्यार्थियों के पास दो ही विषय बात के रहते हैं। लाइट मूड होंने पर लड़कियाँ और सीरियस होने पर प्रोफ़ेसर की बेवकूफ़ियाँ! सहसा शर्मा को जैसे शारीरिक धक्का-सा लगा। बोला, 'बायीं तरफ़ देखो' इंगलिश डिपार्टमेण्ट के पीछे की सड़क पर दो लड़कियाँ धीरे-धीरे आगे बढ़ी आ रही थीं! एक साँवली-सी लड़की फूलदार सलवार और दुपट्टे में और दूसरी प्रतिमा जिसने एक उजली साड़ी पहन रखी थी! उसका चेहरा कुछ उदास-सा था जो उसके भोले चेहरे को चार चाँद लगा रहा था—उसका छरहरा बदन एक नियमित गति के साथ जैसे हवा में तैरता हुआ सलवारवाली लड़की के बग़ल में धीरे-धीरे बढ़ रहा था! शर्मा कहे जा रहा था ''है तो सचमुच वीनिस—क्या grace है। भाई बनारस ऐसे धार्मिक स्थान में इस हुस्न का खरीदार कौन मिलता। जभी तो हमारी यूनिवर्सिटी आपके क़दमों से पाक हुई।

रमेश तिलमिला उठा। उसकी भौंहें तन गयीं। और अपने पर से सारा काबू छूट-सा गया। डपटकर बोला, 'शट अप यू फूल—और उसकी आग उगलती नज़रें शर्मा के घृणित चेहरे को छूकर रास्ते के तरफ़ मुड़ी और उनमें एकाएक पानी की कोमलता छलक उठी।

शर्मा एक क्षण के लिए हतप्रभ-सा हो गया। पर दूसरे ही क्षण उसकी ज़बान में ज़हर घुल गया, 'वाह यार मान न मान मैं तेरा मेहमान—बड़ा दर्द हो उठा! पर मेरे भाई यूनिवर्सिटी की लड़कियों और वेश्याओं पर Monopoly नहीं चलने की। वे तो...'

और दूसरे क्षण रमेश का भरपूर झापड़ शर्मा के पिचके गालों पर तड़ से बोला! 'सुअर कहीं का, कमीना' 'रमेश गरज पड़ा! प्रतिमा और उसके साथ वे लड़कियाँ भी चौंक पड़ी थीं। और कुछ बेकार टहलते छात्र भी उनकी तरफ़ तमाशा देखने की गरज से बढ़ रहे थे। एक क्षण में रमेश को जैसे साँप सूँघ गया। शर्मा का हाथ पकड़कर उसे घसीटते हुए कमज़ोर स्वरों में बोला, "I am sorry but she is my cousin."

यह तमाम घटना इतनी शीघ्रता से हुई थी कि शर्मा बुत-सा बना रह गया था! वह बहुत कमज़ोर-सा दुबला-पतला युवक था। रमेश के झापड़ से सन्न हो गया। मूढ़ की भाँति वह दो-एक क़दम उसके साथ चला! दोनों को मालूम हो रहा था जैसे दम घुट

रहा हो! आख़िर रमेश ही रुँधे स्वर में बोला, "शर्मा मुझे बड़ा अफ़सोस है— असल में मेरी कमज़ोरी..."

शर्मा से तो किसी तरह माफ़ी इत्यादि माँगकर और उसकी ख़ुशामदें करके उसे सान्त्वना दे दी। पर उसका मूड बुरी तरह उखड़ गया था! दूसरा क्लास था। फिर भी शर्मा को क्लास तक छोड़कर भी वह क्लास न गया; आवारों की तरह यूनिवर्सिटी की रबिशों का चक्कर काटता रहा! "आख़िर मुझे हो क्या गया था।" कितना बड़ा गधा हूँ मैं भी वह सोच रहा था! "पर यह प्रतिमा...प्रतिमा...चाची बनारस...एक दुबली पतली शर्मीली लड़की...शर्मा, झापड़, और यह प्रतिमा—हवा में तैरती हुई-सी"—उसके विचार एक चक्कर में घूमकर रह जाते थे। फिर उसने हिन्दी डिपार्टमेण्ट के बग़लवाली लेन पार कर इंगलिश डिपार्टमेण्ट की तरफ़ क़दम बढ़ाया ही था। और सहसा वह सन्न रह गया। प्रतिमा उसके ठीक रास्ते के सामने आकर खड़ी है! उसका भोला निर्दोष चेहरा, तैरती चाल, बड़ी-बड़ी तरल प्रकाश की उत्सुक आँखें—सब में जैसे एक ठहराव आ गया है। जड़ निर्जीव मूर्ति-पत्थर की कटी हुई! वह सोचता रह गया क्या करें...पर क़दम बढ़ते गये वह बग़ल हटकर निकल जाना चाहता था। क्योंकि इस पत्थर की मूर्ति की तरफ़ देखने से ही उसके हवाश फाख़्ता हो रहे थे—और तभी एक लोहे पर लोहा बजने की-सी ठनकार—और भरभराया हुआ कड़ा स्वर 'सुनिये'

उसके पैर ज़मीन में गड़-से गये। और उन साँप की-सी काली आँखों का आकर्षण उस पर छा गया! और वह प्रतिमा का कातर स्वर सुन रहा था, "आख़िर मैंने आपका क्या बिगाड़ा था, जो आप मुझे इस तरह ज़लील करने पर तुल गये! और वाक्य ख़त्म होते-होते स्वर डूब-सा गया। फिर उसकी बड़ी-बड़ी आँखों में आँसू छलछला उठे। और एक ओस की बूँद उसकी घनी काली बरौनियों में उलझ गयी!

रमेश पर आसमान टूट पड़ा! हतबुद्धि-सा फुसफुसाया—'ज़लील'।

"और क्या" प्रतिमा भड़क उठी। आपने क्या किया आज! जानते हैं। क्या ख़बर उड़ेगी कि मेरे लिये दो लड़कों में मारा-पीटी हो गयी।"

रमेश को ऐसा मालूम हुआ कि जिस जगह वह खड़ा था, सहसा उसमें एक बड़ी खलील खुल गयी है और वह अब धँसा और धँसा।

'प्रतिमा' उसके मुँह से निकला और उसकी कातर आँखें प्रतिमा के छलछलाये नेत्रों में समा गयीं। दो सेकेण्ड बाद वह धीरे से बोला, "पर वह तुम्हारे बारे में गन्दी बातें कर रहा था।"

और प्रतिमा के सारे शरीर में एक मधुर संगीत बज उठा। नसें तनीं और उनमें ख़ून का प्रवाह द्रुतगति से नाच उठा। हृदय से एक हिलोर-सी उठी और दूसरे ही क्षण उस बढ़ती हिलोर ने उसके सारे व्यक्तित्व को ज्वार की तरह ढक लिया। पत्थर की ठोस मूर्ति में उषा के प्राण सग़ा गये। दस सेकेण्ड तक वे उसी तरह खड़े रहे। और फिर अनजाने एक मुस्कान उसके होंठों पर फूटी और रमेश के चेहरे पर चमक उठी—उसके

सामने प्रतिमा थी प्रतिमा...उसकी घनी बरौनियोंवाली पलकों ने उसकी आँखों को छिपा लिया था और वह एकटक ज़मीन की तरफ़ देख रही थी। धीरे से कमज़ोर आवाज़ में बोली 'मुँह कौन पकड़ सकता है। इसलिए सोच-समझकर...'

"ईश्वर करे मुझमें ऐसा सोचने-समझने की शक्ति कदापि कभी न आये" रमेश तेज़ी से बोला!

और बिना जाने हुए ही दोनों के क़दम साथ-साथ इंगलिश डिपार्टमेण्ट की तरफ़ उठ गये! वह देख रहा था कि यह तो वही शर्मीली छरहरी-सी लड़की प्रतिमा है जो उसकी बात को सबसे ऊपर मानती है। और उसने देखा कि समय की राख से ठण्डी स्मृतियों को खोदा जा रहा है अगर आग भड़क उठी हो...

"आपके लिए तो मैं शायद बिलकुल ही मर गयी थी न" प्रतिमा कह रही थी।

"बात यह है कि ...वह आगे कह रहा था पर नहीं जानता था कि क्या कहेगा!

ज्याग्राफी डिपार्टमेण्ट से निकलकर वह सड़क पर आ गये थे और विमेन्स हॉस्टल की तरफ़ बढ़ रहे थे।

अप्राकृतिक बाँध टूट गया और नदी का पानी दुगने वेग से हरहराता हुआ अपने रास्ते पर बह रहा था।

"आप फिर आयेंगे न" प्रतिमा के नेत्रों में याचना थी।

'नहीं' वह रोब से बोला। और दूसरे ही क्षण उसकी आँखों में झाँककर मुस्करा पड़ा! दो सफेद हाथ जुड़कर ऊपर उठे और उषा की देवी उसे नमस्कार कर रही थी—उसने हाथों को ज़रा-सा जोड़ा—पर यह अजीब-सा लगा! धीरे-धीरे एक छोटा हलका सफ़ेद बादल तैरता हुआ रबिशों से होकर ग़ायब हो गया!

रमेश हॉस्टल लौटा। 'शाम हो चुकी थी! नीम के पेड़ की ऊपरी पत्तियों पर पिघला सोना बरस चुका था। हवा में गर्मी थी पर जीवनदायिनी—वह कमरे में घुसा, दो क्षण गुनगुनाता हुआ टहलता रहा—दो-चार किताबें उलटीं—पर उसके पैर एक क्षण भी स्थिर न हो पाते थे...।

× × ×

रमेश 'पैलेस हाल' से बाहर निकला। पर उसे एक शब्द भी याद न था कि उसने क्या देखा—सिनेमा की रीलों से अधिक आकर्षक चित्र उसके मस्तिष्क में चल रहे थे। कुछ कर न सकता था इसलिए सिनेमा में आकर बैठ गया था—और कम-से-कम स्थिर बैठा तो रहा! वैसे तो उसमें इतना उत्साह, बेचैनी भर उठी थी कि वह चाहता था गति-गति...करते रहना—दौड़ते रहना—विश्राम नहीं—रुकाव नहीं। कुछ भी...नहीं।

वह सड़क पार करने ही वाला था सहसा पीछे स्वर सुनकर चौंक उठा 'रमेश बाबू' और प्रतिमा उसके पीछे खड़ी मुस्करा रही थी 'अरे तुम भी पिक्चर में थी...वह बोला!

फौरन उसे महसूस हुआ कि उसने पिक्चर को ख़ूब enjoy किया है उसी हाल में प्रतिमा भी थी।

'तबीयत लगी नहीं। इसलिए चली आयी' उसने सफ़ाई-सी दी!

'धीरे-धीरे लगेगी' वह गम्भीरता से बोला! 'चलो' वह बोला 'तुम्हें पहुँचा दूँ न।' प्रतिमा ने एक बार उसकी ओर देखा और चुप रही।

एक रिक्शे पर वे चल पड़े। थोड़ी देर तक सवारियों का हडवेंग साथ रहा फिर सड़क शान्त होने लगी! सड़क की बिजली के बत्तियों की ज्योति फीकी-सी थी। चाँदनी ख़ूब दिन की तरह बिखरी हुई थी और रिक्शा तेज़ी से भाग रहा था। हवा सनसनाती हुई उन्हें स्पर्श कर रही थी—पेड़ों के साये चाँदनी में आँखमिचौली खेल रहे थे—उसने प्रतिमा पर दृष्टि डाली। वह जैसे चाँदी की तरल मूर्ति-सी लग रही थी। उसकी पलकों का साया जो उसके गालों पर पड़ रहा था...चुप्पी...सन्नाटा... 'प्रतिमा'।

वह जैसे स्वप्न से चौंक पड़ी। 'ऐ' एक बार उसने आकाश के चाँद को देखा—फिर दरख़्तों की सायाओं को...फिर अधखुली दृष्टि से रमेश को...फिर एक लम्बी साँस ली।

उसका हाथ रमेश के हाथों में था! 'क्या बात है' उसका स्वर उसे स्वयं अजीब-सा लगा!''

प्रतिमा ने फिर आकाश के चाँद को देखा, दरख़्तों की साया को—बल खाती चाँदी की तरह चमकती कलछई सड़क को—बिजली के धुँधले दीपों को...और फिर रमेश को न देख सकी...पलकें झुकी रह गयीं धीरे से फुसफसायी 'कितना सुन्दर'

एक झटका—रिक्शे का पहिया सड़क से नीचे उतर गया था और प्रतिमा लुढ़क-सी पड़ी...रमेश के बाजुओं ने उसे अपनी सुरक्षापाश में ले लिया था। उसका मुँह प्रतिमा के सिर पर आ चुका था...उसकी नाक में प्रतिमा के कुँवारे बालों की महक तेज़ी से घुस रही थी।

बुधवार

''हूँ : तो स्त्री प्यार के लिए जीती है। स्नेह के रोशन चिराग़ के नीचे उसके जीवन की लालसाएँ, अरमान और प्रवृत्तियाँ बनती हैं और जब स्नेह का दीपक बुझ जाता है तो वह भयानक अँधेरे में अपने जीवन की सम्पूर्ण कामनाएँ बिखेरकर सन्तोष पा लेती है। स्त्री उत्सर्ग का ही दूसरा नाम है, स्त्री सन्तोष का ही दूसरा रूप है और स्त्री जीवन की सम्पूर्णता की माध्यम है। बस इतना ही कहना है न।'' सिन्हा खूँख़ार हँसी में हँसा और कहता रहा, ''स्त्री संकोच है, स्त्री सन्देह है और स्त्री कायर है। वह जिसे प्यार करती है उसे कभी नहीं पाती, वह जिसे पाती है उससे कभी प्यार नहीं करती और वह जो सोचती है कभी नहीं कहती। वह तो मनुष्य की वासना-पूर्ति का ज़रिया है और इसीलिए वह भेड़ है भेड़। जिस भेड़िये ने कान पकड़ा उसके साथ चलने लगी चाहें

वह पैसेवाला भेड़िया हो चाहे शक्तिवाला, चाहे रूपवाला। और तुम-जैसे गीदड़ तो झूठी आस्था के पुजारी होते हैं, जो जूठन से ही गुजारा करते हैं, क्या करें कुछ खाना तो चाहिए ही, और कई भयावने चेहरे जिनमें किसी के मुँह पर सींगें, किसी के बड़े-बड़े दाँत, नाखून और बाल हैं; एक भयानक अट्‌ठहास कर उठे। रमेश चौंककर उठ बैठा। इधर-उधर नज़र दौड़ायी, पर कहीं कुछ नही। एक हलका प्रकाश मिश्रित अँधेरा ज़िन्दगी का स्वर लिये ख़ामोशी से आनेवाले राही का पैगाम और नये सिर से नये दिन के शुरुआत का संकेत मिल रहा था पर उसे कुछ अच्छा नहीं लगा। क्योंकि रात में वह बहुत देर से सोया था और नींद पूरी भी नहीं हो पायी थी कि यह स्वप्न देखकर उठ बैठा।

उसने बहुत कोशिशें कीं कि नींद फिर आ जाय पर कुछ नतीजा न निकला क्योंकि बार-बार सिन्हा की स्वप्नवाली बात 'स्त्री भेड़ है भेड़। जिस भेड़िये ने कान पकड़ा उसके साथ चलने लगी चाहे वह पैसेवाला भेड़िया हो चाहे रूपवाला' उस1के दिमाग़ में चक्कर काटने लगी और रात की सारी बातें उसे एक-एक कर याद आने लगीं।

क्या सचमुच प्रतिमा रात में मेरे साथ थी। रिक्शा सड़क से लुढ़क पड़ा था और उसका कल दिनवाला रूप जिसकी कल्पना भी उसके लिए दुस्तर हो गयी थी उसके बाजुओं में खेल उठा था? वह मन-ही-मन मुस्कुराया। सचमुच उसके सुर्ख़ गालों पर उसकी टेढ़ी लटों की छाया कितनी सुन्दर लग रही थी। उसकी आँखें जो दिन में स्थिर और गम्भीर लगती थीं रात को कितनी मोहक और शरारतपूर्ण हो गयी थीं। और सबसे बढ़कर तो उसके बदन से निकलती हुई महक थी जिसमें एक अजीब-सी मादकता थी। मालूम होता था यह शरीर में लग जाने पर कभी नहीं छूटेगी और लोग आसानी से जान जायँगे कि वह किसी नवजवान स्त्री के पास बैठा था। पर यूनिवर्सिटी रोड पर रिक्शा छोड़कर जब वह चाय खरीदने गयी तो मैं दूकान से बाहर ही क्यों खड़ा रहा? चाहिए तो यह था कि मैं स्वयं चाय खरीदता पैसे देता पर जेब में कुल बारह एक आने ही तो पैसे थे। आख़िर उसने क्या सोचा होगा और जब मैं सिगरेट लेना चाहता था तो उसने वह पूरा-का-पूरा गोल्ड फ्लैक का टीन ही क्यों खरीद लिया। क्या वह पैसे का रोब दिखाकर मुझे छोटा तो नहीं दिखाना चाहती। उसका मन भिन्नाया और वह चारपायी से उठ खड़ा हुआ, बत्ती जलायी और कमरे से बाहर चला गया। आसमान के एक कोने से हलके भूरे प्रकाश के फैलाव का आभास-सा हो रहा था। सामनेवाली नीम पर कुछ चिड़ियाँ चूँ-चूँ करने लगी थीं पर उनका संगीत अभी लय नहीं पकड़ पाया था। लगता था, अभी उन पर भी नींद की खुमारी बाक़ी है।

रमेश ने सोचा चाय बनायें पर एकाएक याद आया चीनी तो है ही नहीं और उसने जब देखना शुरू किया तो चाय का भी पैकेट खाली था और डिब्बे के पेंदे से सटे हुए कण्डेन्स मिल्क में चीटियाँ भर गयी थीं। दूसरा दिन होता तो वह सिन्हा के कमरे से सारी चीज़ें बेझिझक उठा ले आता पर आज न जाने क्यों उसे यह अच्छा नहीं लगा।

एक चिढ़ उसके दिमाग़ पर छा गयी। उसने कमरे पर दृष्टि दौड़ायी। एक ओर नंगा बाँस का टेबुल जिस पर जूठी थाली, नीचे बाटा का एक टूटा चप्पल और क्रेपसोल का दूसरा फुल शू, कुछ अस्त-व्यस्त कपड़े, गन्दा बिस्तर और मटमैली फ़र्श पर पड़ी हुई सिगरेट की नन्हीं-नन्हीं टुकड़ियाँ। वह पढ़ने की टेबुल तक गया तो कुल चार किताबें जिनमें गुलिया का 'स्प्रिङ्ग टाइम इन सेकेन', आस्कर वाइल्ड का 'ऐन आइडियल हसबैण्ड' और दो हिन्दी के दूसरे उपन्यास, कुछ अस्त-व्यस्त पेपर्स, रद्दी चिटें और ख़त। उसने एक-एक को उलटना शुरू किया पर एक लिफ़ाफ़ा देखकर एकाएक रुक गया। वह उसे पढ़ चुका था, फिर न जाने क्यों उसे देखने लगा।

भैया,

अब माँ की तबीयत ख़राब रहती है। घर की जो हालत है उसे तो जानते ही हो; अब उनकी दवा-दारू के लिए भी कुछ पैसा नहीं रह गया है। पिताजी के मरने के बाद तुमसे छिपा-छिपाकर उन्होंने अपने सारे जेवर तुम्हारी पढ़ाई के लिए बेच डाले थे और घर के बग़लवाली दो बीघे ज़मीन भी चौधरी रामप्रसाद के यहाँ रेहन कर दी थी। कुछ उधार-बाढ़ी के रुपये थे वे उससे अदा हो गये। पर अब भी वे तुम्हें इन बातों को जानने देना नहीं चाहतीं। दो दिन पहले जब तुम्हारा ख़त मिला तो रुपयों के लिए वे फिर कई लोगों के पास गयीं। कइयों ने तो साफ़ जवाब दे दिये। किसी तरह मँगरू साव ने ५०रुपये दिये हैं। वे भेज रही हूँ। पर आगे क्या होगा इसे तुम स्वयं सोचो।

हाँ, गाँव के लोग अब माँ के पीठ पीछे बड़ी-बड़ी बातें करते हैं। तरह-तरह से खिल्लियाँ उड़ाते हैं। परसों मैं पण्डित के घर से आ रही थी कि सोमारी की माँ ने अपनी देवरानी से कहना शुरू किया 'जब बाप कमाता था तो इन तीनों के पैर ही ज़मीन पर नहीं पड़ते थे। इसकी माँ कहती थी देहात में तो हम रह ही नहीं सकतीं पर देखो समय है कि पिसौनी करने की नौबत आ गयी है। भाई इसी से तो कहा है कि ग़रूर नहीं करना चाहिए।' मैंने माँ से बताया तो उन्होंने टाल दिया पर भैया अब कोई चारा नहीं रहा। यह सब उनसे छिपाकर लिख रही हूँ। उन्होंने तो अपनी बीमारी का समाचार भी देने से रोका है। कहती हैं बच्चा घबरा जायगा। अब कोई उपाय सोचो तो अच्छा हो।

तुम्हारी—मीना

रमेश पत्र पढ़कर काँप उठा और टेबुल के सहारे सिर टेककर बैठ गया। उसका अपना निजी अभाव जैसे क्षण भर में उड़ गया और उसकी समस्त मानसिक शक्तियाँ क्षण भर के लिए निस्पन्द हो गयीं। वह कुछ भी सोच पाता तो उसका जी हलका हो सकता था पर वह तो एक भारी पत्थर की चट्टान के नीचे पिसा जा रहा था जिसे दूर कर देने की शक्ति उसमें नहीं थी।

दिन चढ़ आया। हॉस्टल के बरामदों में ब्लाक के नौकरों और बाबुओं की चहलक़दमी भी शुरू हो गयी पर वह वैसे ही बैठा रहा। इसी बीच सिन्हा कमरे में घुसा

और रमेश को ऐसे बैठा देखकर हँसते हुए कहने लगा, 'क्यों बे सुना है यूनिवर्सिटी में लड़कियों का सारा ठेका तुम्हीं ने ले रखा है। बेटा यह तरीक़ा बहुत ग़लत है। किसका-किसका मुँह पकड़ोगे। फिर तुम होते ही कौन हो! कल उस चूतिया शर्मा से लड़कर तुमने बहुत बुरा किया।

'बुरा क्यों किया!' रमेश ने स्थिरता से पूछा।

'इसीलिए कि आजकल यहाँ डिसिप्लिन की बात को लेकर बड़ी सख़्ती हो रही है और वह साला कुछ लफंगों के कहने से अब रिपोर्ट करना चाहता है। कल तो मुझसे मिला था। मैंने कसकर डाँटा और कह भी दिया कि 'बेटा अगर ऐसी ग़लती की तो यहाँ रहना दूभर हो जायगा!'

'तब उसने क्या कहा!' रमेश ने वैसे ही पूछा। 'क्या कहता? लगा हें-हें करने। और हाँ, आज तो यूनिवर्सिटी बन्द ही है। चलो मार्कसिस्ट-क्लब की मीटिंग ही अटेण्ड कर आवें। क्या मुर्दों जैसे पड़े हो।'

और सिन्हा रमेश के न चाहने पर भी उसे हिस्ट्री डिपार्टमेण्ट के लार्ज लेक्चर थियेटर तक घसीट ले गया। लड़कों-लड़कियों की काफ़ी भीड़ थी। हॉल खचाखच भरा हुआ था। प्रोफ़ेसर मित्तल 'डाइलेक्टिकल मैटिरियलिज़्म' पर बोलने को थे पर इस गम्भीर विषय के तात्त्विक विवेचन पर गौर फरमानेवाली सूरतें कम थीं। प्रायः चेहरों से एक अजीब नफासत टपक रही थी जिसमें कुछ भी वास्तविक न था। हाँ, कुछ न्यूकमर लड़कियों की ख़ूबसूरती को यूनिवर्सिटी स्केल पर ठीक नाप लेने की कोशिशें जगह-जगह हो रही थीं। रमेश हाल में घुसा तो सामने ही प्रतिमा और रेखा बैठी थीं। उसकी निगाह एकाएक वहाँ पहुँची और थमते-थमते फिसल गयी। वह एक किनारे से निकलकर पीछे की ओर बढ़ गया।

प्रतिमा ने रमेश को देखा तो एकाएक अलर्ट होकर बैठ गयी। वह सोचती थी यदि वह बाहर चलता तो वह उससे मिलती और रात को हॉस्टल लौटने पर जो बातें हुई थीं उसे बताती पर रमेश की उदासीनता और रेखा की हाज़िरी ने उसे फिर उसी जगह रोक दिया और वह सीट में दबी रही।

रमेश जब पीछेवाली एक बेंच पर बैठ गया तो उसके और प्रतिमा के बीच न जाने कितने सिर, आँखें, नाक, बाल, साड़ियाँ और न जाने क्या-क्या व्यवधान के रूप में आ पड़े। पहले तो रमेश सोचता था शायद इनसे प्रतिमा को ठीक देखने में बाधा हो पर इन अनेक माध्यमों से होकर गुज़रती हुई प्रतिमा की तेज़ आँखें उसके पास तक पहुँचने लगीं। केवल एक आँख, भौह का आधा हिस्सा और नाक का ऊपरी पतला ढलाऊ भाग। और सचमुच आमने-सामने के देखने और बात करने की अपेक्षा इस प्रकार देखने में एक विशेष चीज़ जुड़ जाती है वह है खोज और चेष्टा। प्यार क्षेत्र में इन दोनों के स्थान निर्धारण के बाद कोई भद्दी-से-भद्दी शकल भी तिलोत्तमा के आगे हो जाती है वह तो ठहरी प्रतिमा। रमेश एक शीतल दृष्टि किरण के सहारे अपने मन की समस्त

चिन्ताओं को भूलने की कोशिश करने लगा। इसी बीच प्रोफ़ेसर आया। लड़के उठे और बैठने में कुछ ऐसी गड़बड़ी हुई कि रमेश को रोशनी की ओर ले जानेवाली किरण कट गयी। वह फिर रातवाले स्वप्न, मीना के पत्र और अपनी अनेक उलझी समस्याओं में डूब गया। और अन्त तक उसी अँधेरी गली में बिना किसी प्रकाश, बिना किसी निर्देशन के चक्कर काटता रहा।

भाषण समाप्त हुआ। लोग उठे और बाहर निकलने लगे पर प्रतिमा बाहर नहीं गयी बल्कि जिस रास्ते से लड़के निकल रहे थे वहीं जाकर रुक गयी। रमेश के मन में एक अजीब संघर्ष था। वह कुछ भी तय नहीं कर पा रहा था। एक बार सोचता उसे प्रतिमा से कोई सम्बन्ध नहीं रखना चाहिए पर दूसरे ही क्षण उसकी आकृति उसकी नज़रों में काँपकर रह जाती और वह उसकी ओर अबाध गति से बढ़ने लगता। इस बार भी ऐसा ही हुआ। रमेश बहुत पीछे था अतएव धीरे-धीरे निकलते-निकलते सारा हॉल खाली हो गया। वह दरवाज़े पर पहुँचा प्रतिमा ने नमस्ते किया और कहने लगी।

'सुनिये! आपसे कुछ बातें करनी हैं।'

'कहिये' और रमेश रुक गया। उसे यह भी साहस न हुआ कि वह उसकी ओर देख सके।

'आख़िर यह आपको फिर क्या हो गया?'

'मुझे!' रमेश ने एक बनावटी हँसी हँस दी।

'और क्या मुझे' प्रतिमा ने स्नेहभरी नाराज़गी ज़ाहिर की। फिर एकाएक दूर पर खड़ी लड़कियों से बात करती हुई रेखा को देखकर वह गम्भीर हो गयी और यह कहकर कि 'शाम को हॉस्टल ज़रूर आइये' लड़कियों की ओर मुड़ी और जल्दी-जल्दी जाकर उनमें मिल गयी।

जुलाई का सूरज सर पर चढ़कर चमकने लगा था और एक अजीब-सी उमस थी। आसमान में छिटपुट भूरे बादलों के टुकड़े दिखलायी पड़ जाते थे जो धूप से दहशत खाकर इधर-उधर भागने और पनाह खोजने के चक्कर में थे। प्रतिमा ने एक बार आसमान के विस्तार पर नज़र डाली तो उसे लगा जैसे उसकी सारी सीमाएँ बँध गयी हैं और वह एक दायरे में दबी साँस लेने को उकता रही है। वह सोचने लगी यह सीमाएँ कितनी बेदर्द हैं और ये नन्हें-नन्हें शिशु बादल कितने मासूम। पर नहीं यह सीमाएँ भी नपेंगी, सिकुड़ेंगी और ये संघर्ष के सन्देशी टुकड़े अपार घन-गर्जन के साथ उस पर छा जायँगे। उसके मन में सन्तोष की लहर दौड़ गयी। उसने बग़ल चलती आशा की बनावटी गम्भीरता, हार और घुटन को एक हलकी नज़र ही में पहचान लिया फिर उसके जी में आया वह उसका साथ छोड़कर उन शिशु बादलों की टोली में जा मिले जहाँ जीवन के लिए संघर्ष है, आशा है और एक अखण्ड विश्वास। पर दोनों ख़ामोश बढ़ती गयीं।

रमेश शाम को देर से उठा तो उसकी थकान बहुत-कुछ मिट चुकी थी, परेशानियाँ हट चुकी थीं। उसे प्रतिमा से मिलना ही था अतएव वह धीरे-धीरे वीमेन्स हॉस्टल की

ओर चलने लगा। प्रतिमा कभी से उसका इन्तज़ार कर रही थी और उसने लोकल गार्जियन के यहाँ जाने की छुट्टी भी ले ली थी। दोनों ने ख़ामोशी, लगन और मज़बूती से एक-दूसरे को देखा फिर धीरे-धीरे हॉस्टल से बाहर होकर मोतीलाल नेहरू रोड से हरिजन आश्रम की ओर बढ़ने लगे।

'कहाँ चलेंगे?' रमेश ने एकाएक पूछा।

प्रतिमा तिलमिला उठी। उसे लगा रमेश उसकी अवहेलना कर रहा है।

'हॉस्टल लौट जाऊँ क्या?' उसने व्यंग्य भरे गुस्से में कहा और उस अँधेरे में उसकी आँखें चमक उठीं। रमेश ने उसकी ओर देखा फिर दूर पर एक बत्ती को सिर पर टाँगे लोहे के काले खम्भे की ओर और एकाएक प्रतिमा के हाथों को मज़बूती से अपने हाथों में बाँध लिया और तब तक प्रेस करता रहा जब तक प्रतिमा ने अपने होंठों को दाँतों से दबाकर सी नहीं कर दिया।

'बस इतने ही में', रमेश ने कहा और देखा तो वह मुस्करा रही है। दोनों बहुत देर तक घूमते-घूमते लौटे तो रात को दस बज गये थे। ऊँचे-ऊँचे चिलबिल और इमली के दरख़्तों की घनी छाया में से छनी हुई निहायत पतली चाँदनी ज़मीन तक पहुँच रही थी और मिट्टी के ज़र्रे-ज़र्रे उसे पी जाने को उतावले हो रहे थे। वे दोनों एकाएक रुक गये क्योंकि हॉस्टल आ गया था।

प्रतिमा ने पूछा, 'कल आओगे?'

'हाँ।'

'और यदि मैंने मिलने से इनकार कर दिया?'

'तो फिर जब मिलोगी पकड़कर गला दबा दूँगा' और उसने प्रतिमा को खींचकर पास कर लिया।

प्रतिमा ने रमेश को देखा और रमेश ने प्रतिमा को फिर क्षण भर के लिए दोनों की आँखें एक-दूसरे में डूब गयीं।

बृहस्पतिवार

दरवाज़े की चिटखिनी खुली और सिन्हा ने कमरे में क़दम रखा। रमेश की पीठ उसके सामने थी। वह फिर कुर्सी पर जा बैठा था और धुएँ के गुब्बार ने उसे छिपा-सा लिया था। कमरे में एक दृष्टि डालते ही सिन्हा अवाक् रह गया। दरिद्रतम अवस्था में भी सधवा और विधवा में अन्तर किया जा सकता है। कमरे में बहुत सामान तो कभी न था पर आज का सूनापन—जैसे रमेश के कमरे के प्राण निकल गये हों। ज़रा ग़ौर से दृष्टि डाली—आलमारी पर का 'शेव' का सामान, शीशा, चीनी का डिब्बा, नीचे खाने में स्टोव और दो टूटे प्याले कुछ भी तो न था। सिर्फ़ रमेश की कुर्सी के क़रीब थी ढेर-सारी राख और दियासलाइयों और सिगरेट के जले टुकड़े। और उसी समय उसने बग़ल में रखे सन्दूक और बिस्तरे को देखा।

'कहीं जा रहे हो!' सिन्हा बोला।

रमेश उसी तरह बुत बना बैठा रहा। सिन्हा उसके क़रीब पहुँचा और उसके कन्धों पर हाथ रखकर बोला—'रमेश, क्या हुआ आख़िर।'

रमेश ने अपना मुँह उसकी तरफ़ घुमाया। सिन्हा ने देखा एक ही दिन में जैसे वह कई साल बूढ़ा हो गया हो। चेहरा कमज़ोर और अधिक पतला, आँखों के गिर्द स्याह हलके...सूखी भरभरायी हुई आँखें और मुँह पर तैरना छोड़कर अपने को धारा की दया पर छोड़ देनेवाला भाव! रमेश ने सिन्हा के हाथों के दबाव को अपने कन्धों पर महसूस किया। एक अस्वस्थ-सी भरभरायी आवाज़ उसके मुँह से निकली और दो मिनट बाद सूखी भारी आवाज़ में बोला,—"हाँ, सिन्हा अपने तो चल दिये।"

"कब लौटोगे" सिन्हा बोला।

एक छोटी करुण मुसकान उसके ओंठों पर उभरी और ज़रा झटके से बोला—"लौटना...नहीं सिन्हा...दरों दीवार पर...क्या शेर है भाई! याद नहीं आता।" और रमेश ने अपनी हसरतभरी नज़र अभी से ही श्मशान हो रहे सूने कमरे पर चारों तरफ़ दौड़ायी।

वह कमरा, जिसके साथ उसने जीवन के इतने सुख-दुःख के क्षणों को बाँटा है। कितना ही निराश, थका और झुँझलाया होने पर भी इस कमरे की गोद सदैव उसके लिए खुली रहती थी। एक, आठ और दस फुट का कमरा—सिर्फ़ कमरा ही नहीं, गढ़ भी था उसके लिए! ख़ुशी से झूमते हुए रमेश, ज़ोश में भरे रमेश, निराश और ढीले रमेश, गुनगुनाता हुआ रमेश और बड़बड़ाता हुआ रमेश—ख़ामोश और चीख़ता हुआ रमेश, स्वप्नों में तैरता रमेश और ठोस ज़मीन पर खड़ा रमेश—इस कमरे के छोटे शून्य में उसकी कितनी आकृतियाँ अंकित थीं। कितने आश्चर्य की बात है कि अब यह कमरा रमेश को कभी न देख सकेगा—कम-से-कम रमेश विद्यार्थी को! रमेश ने एक बड़ी लम्बी साँस खींची।

अब सिन्हा का सब्र सीमा पार कर चुका था। बिगड़कर बोला, "दिमाग़ ख़राब हो गया है क्या? आख़िर बताते क्यों नहीं क्या है।"

रमेश ने यन्त्र की भाँति अपने जेब से एक चार पर्तों में मुड़ा काग़ज़ निकालकर मेज़ पर रख दिया। सिन्हा ने उसे खोला और एक नज़र डाली। वह एक तार था। "Mother expired, come soon."

"Meena"

'ओह' एकदम गिरे चेहरे से सिन्हा बोला—"माफ़ करना मुझे बड़ा अफसोस है।"

और उसके बाद एकाएक रमेश मुखर हो उठा—"सब खत्म है सिन्हा—ख़त्म!—तुम जानते हो न।" फिर हाथों को मलता हुआ बोला—"सिन्हा यकीन मानो मेरी ज़िन्दगी का नक़्शा बन चुका है—ऐसा मालूम होता है जैसे अब तक मैं ज्वालामुखियों के दहाने पर बेख़बर सो रहा था। यह नींद कितनी मीठी थी और इसमें तैरते हुए स्वप्न!

रमेश ने एक बड़ा-सा कश छोड़ा और धुआँ उसके सारे व्यक्तित्व पर छाता-सा मालूम हुआ—"पर हर नींद ख़त्म होती है।" रमेश ने एक ठण्डी साँस ली और उसका सिर झुक गया।

सिन्हा क्या करे कुछ समझ में न आ रहा था। सान्त्वना के घिसे-पिटे शब्दों को दुहराते हुए उसे सदैव डर लगा करता था। इसकी उसे परवाह न थी कि चाहे कोई उसे हृदयहीन ही क्यों न समझे। पर कुछ कहना बहुत ज़रूरी था इसलिए बोला—"गाड़ी तो छह पर जाती है न।"

रमेश ने सिर हिला दिया। उसके हाथ दियासलाई की तीलियों को चुनने में व्यस्त थे जिसे अभी उसने बिखरा दिया था।

सिन्हा बोला—"मैं समझता हूँ बीस-पचीस दिन तो तुम्हें लौटने में लग ही जायँगे।"

रमेश एक कड़वी हँसी हँस पड़ा। "अपने को बहलाना मुझे भी अच्छा लगता है भाई! पर फायदा-सिन्हा, मैं यूनिवर्सिटी—इलाहाबाद—सब छोड़कर जा रहा हूँ। अब मेरे ऊपर मीना का भी भार है। माँ कुछ भी न सही पर एक आड़ थी।" फिर एक क्षण चुप रहकर बोला—"ऐसा जान पड़ता है जैसे मेरे सीने पर सैकड़ों मन शीशों का बोझ है, जिसके नीचे दबा मैं हतबुद्धि हो रहा हूँ।—इन सबको आसानी से छोड़ देना...पर मैं क्या करूँ सिन्हा—मैं नहीं जानता। कितना अच्छा होता यदि मेरा दिमाग़ ख़राब हो जाता। कम-से-कम यह नर्क की यन्त्रणा—जिसमें अपने सारे अरमानों और अभिलाषाओं को दफ़न करने के लिए मुझे ही मिट्टी भी खोदनी पड़ रही है।"

सिन्हा का स्वर कड़ा हो गया। रमेश के कन्धे पर हाथ रखकर उसने ज़ोर से झकझोरा—"आदमी बनो रमेश—एक जवान आदमी के लिए कायरता सबसे बड़ा पाप है। जीवन में ऐसे क्षण आते हैं भाई—जब मौत से भी अधिक यन्त्रणा होती है, पर उसके आगे घुटने टेकने से कुछ नहीं हो सकता। सोचो मीना का तुम्हारी शक्तियों पर कितना विश्वास होगा और प्रतिमा..."

रमेश सहसा कुर्सी से उछल पड़ा और एक तीव्र भेदती हुई दृष्टि सिन्हा पर डाली। सिन्हा की नज़रें कुछ नीचे झुक गयीं—"माफ़ करना रमेश—मैं अच्छा आदमी नहीं। एक बार तुम्हारी डायरी पढ़ ली थी। फिर भी मेरी नीचता मुझे यह कहने से नहीं रोक सकती है कि यदि तुम ऐसे ही मिट्टी के लोंदे थे तुमने क्यों प्रतिमा को और अपने को धोखे में डाला। वह प्रतिमा जो शायद ईमानदारी से तुम्हें सच समझती होगी।"

रमेश का मस्तिष्क झनझना उठा। सारे शरीर में वह झनझनाहट व्याप्त हो गयी और साथ ही प्रतिमा का चित्र नेत्रों में उभर उठा। जब रिक्शे में चलते हुए उसने प्रतिमा को अपनी बाहुओं में जकड़ लिया था। प्रतिमा को वे हाथ कितने मज़बूत लगे होंगे—जब उसने उनके सामने समर्पण कर दिया था। उन हाथों की अदम्य शक्ति पर क्या उसने एक क्षण भी अविश्वास किया होगा। पर क्या, उसे मालूम था कि ये हाथ जो

उसे घेरे में बाँध रहे हैं, कच्ची मिट्टी के हाथ होंगे। पर दूसरे ही क्षण उसकी नज़र तार पर पड़ी। और जैसे गरम उबलते दूध में कोई पानी डाल दे। घर के नाम पर एक टूटा-फूटा उजड़ा मकान...कर्ज़ों से सिर तक शराबोर—एक जवान बहन का भार...समाज की मान्यताएँ,—उँगलियाँ, —ज़िन्दगी का बहाव जो वजनी-से वजनी पत्थर को पीसकर चूर्ण कर देने में समर्थ है। और उसके पैरों के नीचे से ज़मीन छूट गयी है और वह असहाय बहाव के प्रति हाथ-पैर मारता रहा है—मार रहा है—और आज मालूम होता है कि उसके पैरों के नीचे कभी ज़मीन थी ही नहीं...वह तो माँ का बनाया हुआ एक भ्रम था—जिनके आधार ये स्वप्न थे कि एम० ए० पास करते ही बेटा उन सबका भार सम्हाल लेगा। उसके बाद उन्हें ज़रूरत ही क्या है? पर क्या वह पागल था। क्या उसकी आँखें फूट गयी थीं। जो देखता हुआ भी न देख सका।

जब उसके लिए ७०-८० रुपये के मनीआर्डर आते रहे, माँ-बहन के हृदय का ख़ून बूँद-बूँद करके निचुड़ता रहा—उनके चेहरे कमज़ोर पीले पड़ते रहे—माँ के हाथों में मोटे काम करने से फफोले उभरते रहे। बहन के अरमानों का दम घुटता रहा। घर भर में सबसे बेकार मनुष्य और घर भर की आय का शोषक सबसे अच्छा खाता और पहनता रहा...उसकी बहन का भी क्या उतना ही अधिकार न था। क्या उसे उच्च शिक्षा नहीं चाहिए थी—उसे अच्छे कपड़ों को पहनने की साध न रही होगी और अन्धा रमेश—अन्धा—।

'नहीं, नहीं!' रमेश ने दाँत पीस लिये और मेज़ पर एक मुक्का दे मारा। सिन्हा चौंक उठा। रमेश आहनी स्वरों में बोला—'प्रेम, त्याग, उत्सर्ग सब ढोंग है। धोखा है। यह मानसिक विलासिता है और इसे वहीं कर सकते हैं जिसके पास पैसे हैं—पैसे।

सिन्हा की आँखें सिकुड़कर रमेश के चेहरे पर केन्द्रित हो उठीं। उन आँखों में झाँककर सहसा वह काँप उठा। और जल्दी से बोला—"कुछ नहीं हो सकता सिन्हा। ख़ैर मैं प्रतिमा को एक नोट लिखकर दिये देता हूँ। तुम उसे दे देना। थर्ड पीरियड बाद वह हिस्ट्री डिपार्टमेण्ट के पास मिलेगी। पर याद रखो मेरे जाने के बाद—पहले नहीं।

और जल्दी में उसने एक काग़ज़ पर दो लाइनें घसीट दीं।

'माँ की मृत्यु हो गयी है। मैं हमेशा के लिए जा रहा हूँ। अगर तुमने मुझे मिट्टी के पैरोंवाले इनसान के अलावा कुछ और समझा हो तो उसे हृदय से निकाल दो। इन चार दिनों को जी से कोसने की इच्छा होती है। क्या इतनी प्रताड़ना, विडम्बना के बिना न चलता। आख़िर इतने दिनों की ठण्डी राख में चिनगारी ढूँढ निकालने से विधाता का क्या तात्पर्य था। मैं नहीं जानता। क्यों हम फिर मिले—?

× × ×

पुलिन्दे पर पैर रखे रमेश ताँगे में बैठा था और ताँगा आगे बढ़ रहा था। आसमान छोटे-छोटे उदास रेंगते बादलों से भरा था। रोशनी बहुत कम थी—अभी पानी पड़ चुका था और जगह-जगह सड़क पर पानी चमक उठता था। छींटों से बचने के लिए राहगीर

हटकर और बग़ल हो जाते थे। इस उदास तरल सन्ध्या में गुड़मुड़ाया-सा बैठा एकटक अपने नीचे से भागती भीगी सड़क को ही देख रहा था।...

यूनिवर्सिटी के पास गुज़रा—दो-एक हॉस्टल नज़र पड़े—रमेश ने कुछ खुली खिड़कियों पर दृष्टि डाली जैसे वह चोरी कर रहा हो। कुछ लड़कों की टोलियाँ पास से निकलीं और उनके कहकहे उड़ते हुए रमेश की छाती पर जमते हुए-से प्रतीत हुए। वह अब बाहरी आदमी था। उनसे अलग—जिसे उस जीवन की सिर्फ़ झलक ही मिल सकती है।

स्टेशन आ गया। रमेश ने सामान उतरवाया। और टिकट लेकर प्लेटफार्म पर पहुँचा। स्टेशन यात्रियों, खोमचेवालों, कुलियों से खचाखच भरा था। अख़बार लिये लड़के इधर-उधर दौड़ रहे थे। स्टेशन का रश ज़ोरों पर था। गाड़ी छूटने ही वाली थी। रमेश भी एक डिब्बे में सवार हो गया और अन्तिम बार गेट से बाहर शहर पर नज़र डालने की चेष्टा की। और सहसा वह चौंक पड़ा। सर से पैर तक अस्त-व्यस्त एक नारी मूर्ति झपटती हुई तूफ़ान की तरह प्लेटफार्म पर आती दिखायी दी। उसके बाल अस्त-व्यस्त होकर हवा में उड़ रहे थे और वह एक सिरे से दूसरे सिरे तक प्लेटफार्म पर अपनी नज़रें दौड़ा रही थी। एक बार रमेश का जी चाहा कि छिप जाय पर हृदय ने साथ न दिया। हाथों को हिलाता हुआ पटरी पर से चिल्ला उठा—'प्रतिमा इधर...'

प्रतिमा को एक झटका-सा लगा और दूसरे ही क्षण वह भागती हुई रमेश के पास आ पहुँची। प्रतिमा ज़ोरों से हाँफ रही थी। उसका चेहरा तेज़ दौड़ने से सुर्ख़ हो उठा था और आँखें भरभरायी हुई थीं। उसने एक हाथ रमेश की हथेलियों पर रखकर कस लिया। रमेश को ऐसा जान पड़ा जैसे यह कोमल, नरम हाथ उसकी कलाइयों को तोड़कर उसके रेशे-रेशे में समा जायगा।

साँस कुछ धीमी पड़ने पर उखड़े स्वरों में रुक-रुक वह बोल रही थी। और उसकी अश्रुपूर्ण आँखें अंगारों की तरह दहक रही थीं।

"रमेश आख़िर तुमने मुझे समझा क्या है? मुझे क्या इतनी तुच्छ और हलकी समझते रहे—उफ़ रमेश! इस तरह मैं मर भी न सकूँगी। क्या तुमने भी एक क्षण को भी मेरा विश्वास किया है। ठीक बता दो रमेश—मुझे छूकर कहो।"

रमेश की आँखों में प्रतिमा के तमतमाये चेहरे से एक नयी ज्योति-सी जाग उठी। उसके छोटे प्यारे चेहरे को उसने समेट लेना चाहा। फिर धीरे-से बोला—"अपने पर अविश्वास है प्रतिमा तुम पर नहीं।"

प्रतिमा गम्भीरता से मुस्करायी—"रमेश, परिस्थितियों के आगे घुटने टेकने से नहीं, उनसे लड़ने से मनुष्यता की परख होती है।"

और रमेश को सहसा ऐसा महसूस हुआ कि उसके बाज़ुओं में सारे संसार की शक्ति सिमट आयी है—ये वही बाज़ू हैं जिससे उसने प्रतिमा को एक बार अपने सुरक्षा-पाश में बाँधा था। उसे लगा जैसे वह सब कर सकता है। प्रतिमा उसके सामने थी।

उसका शरीर, तमतमाता चेहरा—गर्म साँसें—मज़बूत हाथ की पकड़—रमेश क्या नहीं कर सकता है।

रमेश के चेहरे पर आहनी अज़्म झलक उठा।

"मैं हारूँगा नहीं प्रतिमा। तुम्हें धन्यवाद! तुमने मुझे मनुष्यता दी है—फिर मिलेंगे प्रतिमा।"

और गार्ड सीटी दे रहा था।

प्रतिमा उसका हाथ पकड़े कह रही थी—"मैं सदैव तुम्हारा इन्तज़ार करूँगी। क़यामत तक—इस पर एक मिनट के लिए भी अविश्वास न करना...।"

गाड़ी आगे बढ़ी! रमेश ने प्रतिमा के हाथ को उठाकर अपने होंठों से लगा लिया! गाड़ी आगे बढ़ती रही—प्रतिमा का रूमाल हिलता रहा। रमेश भी एकटक उसको आधा धड़ निकाले देख रहा था। गाड़ी के निकल जाते ही प्रतिमा मुश्किल से ज़ब्त किये हुए आँसुओं को अधिक न रोक सकी! दो शबनमी बूँदें उसकी बरौनियों से उलझती हुई प्लेटफार्म के ठण्डे कठोर पत्थरों पर चू पड़ीं। अब भी दूर बहुत दूर— पटरियों पर धुआँ-सा आगे भागता दिखायी दे रहा था! पर जल्द ही वह सहारा भी घुलकर हवा में मिल गया और उसके सामने एक विराट् शून्य था। 'रमेश' जाग उठा है' वह सोच रही थी मैंने उसे आवश्यक उत्साह और कर्मशीलता दे दी है, पर अब इस विराट् शून्य में मेरा सम्बल क्या होगा! समय की इस तूफ़ानी धारा में जमकर खड़े रहने की क्या मुझमें शक्ति है...कौन जाने...।

●

भूमिकाएँ

'पान-फूल'

'पान-फूल' का प्रथम संस्करण तीन वर्ष पहले, भाई बद्री विशाल पित्ती की प्रेरणा से, नवहिन्द पब्लिकेशन्स हैदराबाद ने छापा था। तब से, इस लम्बी अवधि में, पाठकों एवं लेखक

बन्धुओं ने इन कहानियों पर बड़ी रुचि से विचार-विमर्श किया है; मैं उन सबका हृदय से आभारी हूँ।

आशा है, प्रस्तुत संस्करण से पाठकों की यह शिकायत कि पुस्तक उन्हें बाज़ार में सुविधापूर्वक नहीं मिल सकी, मिट जायगी।

—मार्कण्डेय

जून, 57
2-डी, मिण्टो रोड
इलाहाबाद

•••

महुए का पेड़

प्रस्तुत संग्रह में 'पान-फूल' के बाद की दस चुनी हुई कहानियाँ संगृहीत हैं।

पाठकों, मित्रों एवं सहृदय आलोचकों ने, बड़ी ही आत्मीयता तथा स्नेह से पहले संग्रह को अपनाया है। मैं उन सबके प्रति अपनी हार्दिक कृतज्ञता प्रकट करता हूँ।

इन कहानियों में जीवन को आलोकित करनेवाला कोई भी प्रकाश-कण आपको दीख गया, तो मुझे विश्वास है, इन्हें आपका सान्निध्य प्राप्त होगा।

सुप्रसिद्ध कलाकार श्री जगदीश मित्तल ने अपनी सारी व्यस्तताओं के बीच आवरण-पृष्ठ बनाने में जो तत्परता की है, उसके लिए मैं उनका आभारी हूँ।

—मार्कण्डेय

2-डी, मिण्टो रोड इलाहाबाद
5 दिसम्बर, '55

•••

हंसा जाई अकेला

कहानी में जब हम 'नयी' विशेषण लगाते हैं, तो इसका अभिप्राय यह नहीं है कि हम समसामयिक कथाकारों द्वारा दिये गये किसी विशेषण का प्रयोग कर रहे हैं। नयी कहानी से हमारा मतलब है उन कहानियों से, जो सच्चे अर्थों में कलात्मक निर्माण हैं, जो जीवन के लिए उपयोगी अथवा महत्त्वपूर्ण होने के साथ ही, उसके किसी-न-किसी नये पहलू पर आधारित हैं या जीवन के नये सत्यों को एकदम नयी दृष्टि से दिखाने में समर्थ हैं। इसलिए आसानी से यह कहा जा सकता है कि हर समसामयिक कहानी नयी नहीं है, चाहे लेखक नया ही क्यों न हो, अथवा एक नये लेखक की ही एक कहानी नयी हो सकती है, दूसरी पुरानी।

कथानक की दृष्टि से विचार करने पर, नये-पुराने का काल सम्बन्धी अन्तर कई कारणों से कभी कम, कभी ज़्यादा होता है। इन कारणों में, किसी देश की जनता के सामाजिक राजनैतिक जीवन के परिवर्तन-क्रम या किसी विशिष्ट व्यक्ति के प्रभाव का भी हिस्सा हो सकता है। क्योंकि जनता का जीवन ही वह धरातल है जहाँ लेखक अपने अनुभव संगठित करता है और सामान्य जीवन की भाव-भूमि पर ही उसकी संवेदनाएँ निर्मित होती हैं। जो लेखक जितनी ही गहराई से इन बदलती हुई भाव-भूमियों को पकड़ पाता है, वह उतनी ही तीव्रता से जीवन की संवेदनाओं को संचित कर अपने अनुभव में वृद्धि करता जाता है। इसलिए कथानक की नवीनता इसमें नहीं है कि उसमें किसी अछूते भू-भाग के अजीब से प्राणियों का वर्णन है, बल्कि इसमें है कि साधारण मानवीय जीवन में वह कौन-सा विशेष नयापन है जो हमारी सामाजिक परिस्थितियों के परिवर्तन के कारण पैदा हो गया है, या बिना किसी परिवर्तन के भी जीवन का कौन-सा ऐसा पहलू है, जो साहित्य में अब तक अछूता है। उदाहरण के लिए, प्रेमचन्द की 'पूस की रात' और यशपाल की 'फूलो का कुर्ता' नामक कहानियों को लीजिये। दोनों कहानियों में वर्णित सत्य हर पाठक को उद्वेलित करते हैं, पर कलाकार की दृष्टि केवल सत्य को बतला देने में ही नहीं है। वह सत्य को सजीव बनाकर, कुरूपता को भी सौन्दर्य से भर देता है। जहाँ एक ओर विज्ञान की प्रगति के साथ व्यवसाय के केन्द्रीकरण और मशीन-युग के आगमन के कारण भूमि-हीन किसान की धरती में गड़ी हुई जड़ें उखड़ने का चित्रण कर प्रेमचन्द ने किसान की दरिद्रता का हृदय-द्रावक खाका खींचा है, वहीं दूसरी ओर यशपाल ने बाल-विवाह और पर्दे की भोंड़ी प्रथा की सड़ायँध पर पड़े हुए ग़लीज़ न क़ाब को उठाकर हमें अपनी सामाजिक दुर्नीति पर शर्म से गड़ जाने के लिए मजबूर कर दिया है। प्रेमचन्द ने जीवन के एक परिवर्तित होनेवाले पहलू को देखा है तो यशपाल ने केवल एक अनदेखे जीवन-चित्र पर से पर्दा हटा दिया है।

कहानी में नवीनता का आग्रह विशिष्ट प्रकार के जीवन पर न होकर, जीवन के विशिष्ट प्रकार पर होना चाहिए। गाँव की कहानी लिखना ही कलात्मक माध्यम की नयी खोज नहीं कहा जा सकता, बल्कि गाँव के जीवन में नयी दृष्टि का समावेश करना

तथा वहाँ के जीवन की परिवर्तित दिशा को पुरानी पीठिका में देख पाना ही नयी कहानी के सृजन में सहायक हो सकता है। शहरी, सुकुमार कन्या को, गृह-कार्यों में व्यस्त, रूखड़ी और श्रमित किसान बाला के हृदय में बिठाकर, गाँव की नयी कहानी का सृजन नहीं हो सकता अथवा बोली के शब्दों के बेमेल पैबन्द लगाकर, भाषा के ज़ोर पर, कोई किसान की कठोर ज़िन्दगी का संवेद्य धरातल नहीं छू सकता। उसके आदर्शों को देख पाने के लिए लेखक में पैनी दृष्टि और अनुभव की गहराई के साथ उसकी सामाजिक परिस्थितियों को सही दृष्टि से देखने की क्षमता भी आवश्यक है। इसलिए कथानक की मौलिकता अथवा कथा की सफलता जाँचने के लिए गाँव-शहर में बाँटकर, कहानी के खाते बनाना उचित नहीं जान पड़ता।

'कहानीपन' कहने में, कल्पना की ध्वनि ज़्यादा मिलती है, यथार्थ की कम। हो सकता है इस कथन से कई लोगों की सहमति न हो सके, पर मुझे लगता है, आधुनिक युग में सभी जागरूक कथाकारों के लिए, कहानी कल्पना की बुनावट न होकर, जीवन के यथार्थ का अंग बन गयी है। उसके कथानक जीवन की भौतिकताओं की तरह ही कठोर एवं सत्य होने लगे हैं, और उसका शिल्प भी समस्त मानवीय व्यवहार की परम्पराओं का निर्वाह करने लगा है। एक तरह से देखें तो जीवन में जो होता है और अत्यन्त सामान्य रूप में होता है—उसकी खोज हम कहानी में करने लगे हैं। पहले लेखक कल्पना से कहानी गढ़ता था पर अब कल्पना से उसमें रंग भरता है—यथार्थ को और भी चटख और प्रभावशाली बनाता है। कल्पना-प्रसूत कथानक नये लेखक को अस्वाभाविक लगते हैं और यह उसकी प्रगति का एक मुख्य लक्षण है। लेकिन यह एक हैरत की बात है कि हिन्दी में प्रेमचन्द के बाद, एक बहुत बड़े अरसे तक कहानी कल्पना का पल्ला पकड़े रही, जब कि स्वयं प्रेमचन्द ने उसे कठोर यथार्थ की भूमि पर ला उतारा था। यहाँ तक कि यशपाल ने भी अपनी कहानियों के चमत्कृत करनेवाले अन्तिम सूत्रों को जड़ने के लिए काल्पनिक जीवन-खण्डों के कतिपय कथानकों का उपयोग किया है। सत्य की ज़बान तो उन्होंने पा ली, पर उसकी देह के दर्शन उन्हें कभी-कभार ही हुए हैं। मसलन 'पाँव तले की डाल' और 'अस्सी बटे सौ' के अन्तिम नुस्खे को दो विभिन्न कथानकों में जड़कर, उन्होंने एक ही सत्य को दो देह प्रदान कर दी है।

नये लेखक के पास जीवन के अछूते चित्रों का भण्डार है और यह उसका गुण और दोष दोनों बन रहा है। घर में बहुत सारा सामान होने पर भी यदि घर के मालिक में सौन्दर्यानुभूति न हो तो अपनी समझ से स्टूल को सोफे पर रखकर वह कोई अनुचित काम न करेगा। इसीलिए सामान के साथ उसकी सजावट की दृष्टि और सामान की उपयोगिता तथा उसके गुणात्मक भेद का ज्ञान उस आदमी के लिए और भी जरूरी हो जाता है, जिसके पास सामान विपुल मात्र में हो। नये लेखकों में से बहुतों के पास कच्चा माल है, यानी जीवन के नये-नये, अछूते खण्ड-चित्र वे सामने ला सकते हैं पर उनकी उपयोगिता, उनकी तराश, उनका वजन तथा उसे ठीक से देखकर पहचान पाने की

दृष्टि, उनके पास कम है। यही कारण है कि इतनी सारी नयी कहानियाँ एक-दूसरे में घालमेल हो गयी हैं और उनका अपना स्वतन्त्र व्यक्तित्व बनने के रास्ते पर बहुत धीरे-धीरे बढ़ रहा है।

वैसे नये युग में महान् अभिव्यक्तियों के कला-निर्माण विरल होते जा रहे हैं, जिसे हर सजग और ईमानदार कलाकार महसूस करता है। उसे लगता है कि विज्ञान की प्रगति ने जहाँ उसे समृद्ध एवं सुसंस्कृत किया है, वहीं उसकी आधारभूत वैयक्तिक आस्था का ह्रास भी किया है। वह अपने संवेद्य के प्रति उतना आस्थावान् नहीं रह गया है और इसका सबसे बड़ा कारण है हमारा समय, जिसे हम आसानी से मूल्यों के विघटन का काल कह सकते हैं। राम और कृष्ण के समान अन्याय सत्ताविभूषित व्यक्तियों को वर्ण्य के रूप में स्वीकार करने में, पीढ़ियों की सामाजिक मान्यता तथा यश और धन सब सुलभ होते थे, लेकिन हमारा नया संवेद्य जनतन्त्र का गरीब जन है, जिसके पास न धन है, न यश, न पीढ़ियों की परम्परा सामाजिक प्रतिष्ठा से विभूषित नयी मर्यादा। ऐसे उलझे हुए, कठिन वर्ण्य से मित्रता निभाना कितना कठिन है, इसे समझने के लिए पूरे दो युगों की सम्पूर्ण संयोजित चेतना का उपयोग करना पड़ेगा।

रूप-विधान और शिल्प के चमत्कार की कथरी ओढ़नेवाले संसार के अधिकांश कलाकारों एवं साहित्यकारों की मनोवृत्ति का रहस्य यही है कि आधुनिक मानव की दुरूह एवं अनिश्चित मनोभूमि का धरातल छू पाने में असमर्थ होकर वे चिन्तन के रुख़ को ही दूसरी ओर मोड़ देना चाहते हैं। नये कथाकार के सामने यही एक महत्त्वपूर्ण प्रश्न है कि वह किस तरह इन नयी, ऊबड़-खाबड़, दुर्गम भाव-भूमियों का परिवहन कर यथार्थ तक पहुँचे, उसको पहचाने और नयी कला-कृतियों का सृजन करे!

इन थोड़े-से बेतरतीब विचारों के साथ, 'हंसा जाई अकेला' मेरी सात कहानियों का संग्रह प्रस्तुत है। हो सकता है उपर्युक्त कसौटी पर ये कहानियाँ खरी न उतरें साथ ही इनमें न 'पान-फूल' की कोमल संवेदनाएँ और लुभावनी भाषा है, न 'महुए का पेड़' की झुंझलाहट और आक्रोश से भरी तीखी सामाजिक दृष्टि। बेहद सहज शैली में कही गयी इन कहानियों में मैंने गाँव के जीवन का नया धरातल छूने का प्रयत्न किया है। सफलता मुझे मिली है या नहींयिह आप जानें! हाँ, इस संग्रह की अन्तिम कहानी 'प्रलय और मनुष्य' की कथा-भूमि कुछ दुरूह लगेगी, पर मेरा विश्वास है, उसे पूरा पढ़ जाने पर आपको प्रसन्नता होगी।

2-डी, मिण्टो रोड —**मार्कण्डेय**

इलाहाबाद

मार्च, 1985

●●●

भूदान

प्रसन्नता की बात है कि इधर कहानियों पर विचार-विमर्श करते हुए भी वे सारी अन्तर्भूत, कुण्ठित मनोवृत्तियाँ उभरकर सामने आ गयी हैं, जो पिछले दशक में आलोचना को बौद्धिक ईमानदारी से परे, साहित्य का एक राजनैतिक माध्यम घोषित करने में सहायक सिद्ध होती रही हैं। स्वयं कहानीकारों ने पुराने खेमे के कुछ यश-अभिलाषी, निर्जीव कथाकारों की तरह विदेशी कथाकारों के दाँव-पेंच सीखकर, उनकी-सी गठन, उनका-सा व्यंग्य, उनकी-सी ताज़गी और प्रतीक-भंगी आदि का गुरु-मन्त्र पा लेने या देख लेने की घोषणा करते हुए, कहानियों को खाने में बाँटकर सुनियोजित ढंग से गाँव की कहानियों को एकरस और फीकी बताया है। उनकी इस सम्मति में दृष्टि न भी हो तो कोण की कमी नहीं ही मानी जायगी। सबसे पहले तो यही कि अगर मैं मोपासां, ओ. हेनरी, सार्त्रं, हेमिंग्वे के अलग-अलग विशिष्ट सृजनात्मक गुणों को समग्ररूप से अकेली तुम्हारी कला में खोज निकालने में समर्थ हो

पाया हूँ; तो क्या तुम इतना भी नहीं कर सकते कि सिर्फ़ चेखव की व्यथावाला गुण जो असावधानी के कारण तुम्हारी कहानियों में नहीं आ पाया, वह अब मेरी कहानियों में खोज निकालो। साथ ही दस-बीस नौसिखुओं के नाम साथ में जोड़कर ऐसे लोग आसानी से सच्चाइयों को ढँकने के लिए एक छोटा-मोटा कुनबा जोड़ लेते हैं लेकिन शायद उन्हें यह मालूम नहीं कि हिन्दी पाठक धीरे-धीरे इन ट्रिकों से परिचित हो चला है, क्योंकि इसके बेमिसाल नमूने प्रयाग के नवयुवक साहित्यकों की एक टोली ने उनसे पहले लोगों के सामने रख दिये हैं, और पत्रिकाओं, पुस्तकों से ऊपर उठकर अब साहित्य-कोशों में इस प्रकार की आरोपित बुद्धि-नीति को सच्चाइयों का चेहरा पहनाकर प्रतिष्ठित करने में समर्थ हो सके हैं। कहना न होगा कि परस्पर प्रशंसा के इस नामावली तथा गुणावलीवाले नुस्खों को उन लोगों ने गम्भीर आचार्यत्व के साथ उपस्थित ही नहीं किया, बल्कि ढोल पीटनेवाले काठ के सिपाही बना देने का अभूतपूर्व विशेष हुनर और परिस्थितियाँ भी उनके पास हैं। यहाँ तक कि उनके कई नकली सिपाही महान् योद्धा के रूप में प्रतिष्ठित हुए, और अब भी अपनी काठ की बाँहें सफलतापूर्वक भाँजते जा रहे हैं। दूसरा कोण अधिक तर्कसंगत है। गाँव के कथानकों के साथ एक नयी ताज़गी, सामाजिक विकास की नयी सच्चाई तथा उसी के अनुरूप भाषा तथा शिल्प की ऐसी प्रबल शक्तियाँ आयीं, जिन्होंने कथा की सारी पुरानी, बसियाई, किताबी अर्जित भाव सम्पदा को आच्छादित कर लिया। जिस अन्तर्ग्रथित प्रतीक-योजना और भाषा की सांकेतिकता की बात अब उठायी गयी है, वह अधिक मांसलता एवं स्वाभाविकता के साथ किसी पहाड़ी झरने की तरह इन्हीं कथानकों के साथ सबसे पहले आयी। आलोचकों और पाठकों ने अभिभूत होकर इनकी प्रशंसा में जो राग अलापे, उनकी प्रतिक्रिया भी इन कोणों को इस तरह उभारने का कारण है। वस्तुतथ्य, सजीव ग्राम-चित्रों की तह में आनेवाले पात्रों, परिस्थितियों तथा घटनाओं से उत्पन्न नयी

वास्तविकताओं तथा उसे ग्रहण करनेवाली चेतना के संवेगात्मक स्तर पर अतीव उत्साह के कारण जो सजगता की सहज कमी आ गयी थी, उसकी ओर लोगों का ध्यान कम ही गया। दुर्भाग्य यह रहा कि इस पर फ़ैसला देने का काम भी उन्हीं को करना था जो कुल मिलाकर इस नये वातावरण से ही गाँव को पहचान सके थे। उसके चरित्रों, परिस्थितियों, घटनाओं से उन्हें 'झटका' लगता है। अपरिचित, असभ्य, अर्द्धनग्न, अशिक्षित के प्रति यह उनका आत्मभाव है—बच्चों की तरह का, और लेखक की ग्रहणशीलता के सामने एक प्रश्नचिह्न अपने समाज के विकास तथा आर्थिक एवं राजनैतिक परिस्थितियों को भुलाकर इस पर विचार करना, उन लोगों के लिए काफ़ी सरल है, जो एक गाँठ की पूँजी ले किताबों के साथ कमरे में बन्द हो जायँ, अथवा कुएँ के मेढक की तरह उसी को सारी दुनिया मान बैठें, (जबकि कुएँ के मेढक की उस दुनिया की सच्चाइयों को किसी तरह महत्त्वहीन नहीं माना जा सकता) और उसकी पिटी-पिटाई सुन्दरता के बखान के लिए शेष दुनिया को फीकी और एकरस कहते रहें। कला और शिल्प की बारीकियों में डूबे रहना कलाकार के शैशव का सबसे बड़ा मोह है और हम सभी इस लोभ के बीच से गुजरते हैं। कुछ लोग जीवन-भर इसी लोभ में तड़पते रह जाते हैं, कुछ आगे बढ़ जाते हैं।

एक प्रौढ़ कलाकार के लिए सौन्दर्य-बोध उसकी रचना-प्रक्रिया का अन्तर्निहित तत्त्व बन जाता है। प्रतीकात्मक व्यक्तीकरण कोई अर्जित वस्तु-बोध नहीं, समाज और परिस्थितियों में लेखक के वैयक्तिक भाव-बोध और उसकी अभिव्यक्ति का एक माध्यम है। जहाँ सहज अभिव्यक्ति के लिए गुंजाइश नहीं है, वहीं बिम्ब उभरते हैं और धीरे-धीरे रहस्य की सीमा छूने लगते हैं। वस्तुतः वास्तविकताओं की गहराइयों में न उतर पाने के कारण जीवन की सतह पर उठनेवाले बुलबुलों को चित्रित करके सन्तोष कर लेनेवाले लेखक, कथा को प्रतीकों का जामा पहनाकर पाठक को एक अस्पष्ट-से वस्तु-सत्य का थरथराता हुआ आभास मात्र देकर, अपनी वैचारिक संक्रान्ति के आवेष्ठन बुनते हैं।

कहना न होगा कि प्रेमचन्द के बाद कल्पनाजीवी लेखकों द्वारा कथानकों के नाम पर इसी तरह वैयक्तिक शिल्प-चक्र रचे गये थे, जो निस्सन्देह लेखकों की कलात्मक रुचियों के साथ ही, उनके व्यक्तित्वों की चिन्तन-प्रणाली के समर्थ प्रतिरूप थे, और हैं, पर जीवन-संस्पर्श की व्यापक कमी और सामाजिक परिस्थितियों के विकास और वास्तविकता की ग्रहणशीलता का अभाव ही इन कहानियों की सबसे बड़ी दुर्बलता थी, जिसने समूचे कहानी साहित्य को नकली परिवेशों से भर दिया था। यह सब थोड़े दिनों में ही ऊब और एकरसता का कारण बन गया और कहानी एक निर्जीव साहित्य-विधा बन गयी थी।

छायावादी अभिव्यक्ति के साथ ही जैनेन्द्र तथा अज्ञेय की कितनी ही कहानियों के वस्तु-संचयन तथा प्रतीकात्मक अन्तर्ग्रथन में, वे सभी गुण वर्तमान हैं, जिन्हें कई

आलोचक नये कहानीकारों की विशेष उपलब्धि बताकर बिम्बों की परख का ताज पहन रहे हैं। यदि वे ध्यान से 'रोज़' का पाठ करें तो उन्हें लगेगा कि, "कहानी का आधारभूत विचार द्रवित होकर सम्पूर्ण कहानी में भर उठता है, कहीं एक जगह स्थिर नहीं रहता, जैसे देह में रक्त अथवा प्राण।" उनका यह आग्रह मौलिक भी नहीं है। कहानी पर नवीन विचारों के नाम से थोपे उन लटकों में पर्याप्त प्रमाण ढूँढ़े जा सकते हैं, जिन्होंने कथा-वस्तु से हटकर शिल्प की ओर से उलझे हुए विचारों का आडम्बर खड़ा किया है। नये ग्राम-कथानकों में आये गहरे जीवन-संस्पर्श से मद्धिम और बासी हो उठनेवाले शिल्पवादी कथाकारों ने कथा-वस्तु की ओर से रुख़ मोड़ने का जो 'सटिल' प्रयास किया है, उसी की प्रतिच्छाया में अलोचकों ने नयी कहानी में नये प्रश्न खोजे हैं।

वास्तव में कहानी के सामने अभिव्यक्ति अथवा शिल्प की बारीक़ पैठ के प्रश्न के साथ ही, मुख्य प्रश्न है जीवन की नयी उभरती हुई वास्तविकताओं को, उसके पूरे परिवेश के साथ ग्रहण करने का। प्रेमचन्द और यशपाल के बाद फीकी, उदास और मरणोन्मुख कहानी को इसी नवीन ग्रहणशीलता ने बचाया है और कहना नहीं होगा कि कहानी को सशक्त साहित्य- विधा के रूप में एक बार फिर विचार-विमर्श का केन्द्र बना देने का श्रेय, इन्हीं ग्राम-कथानकों को है। नया वस्तु-संचयन, रूपगत गठन, प्रतीक-योजना शब्द-संस्कार, नयी उभरती हुई सच्चाइयों की समझ ही नहीं, वरन् उसके पूरे परिवेश के साथ, उसे कहानी में उतार ले आने का जो काम ग्राम-कथानकों ने किया, उसे पूर्वग्रह विहीन होने की दशा में, काल्पनिक मसाले पर कहानियाँ रचनेवाले कथाकारों ने भी मुक्त होकर सराहा है। साथ ही उनके लेखन के वस्तुगत न भी सही, तो शिल्पगत विशेषताओं पर वास्तविकता के अंकन की विधि तो क्या कहा जाय, कथानकों के ग्रहण करने तथा उसे व्यक्त करने की समूची प्रक्रिया पर ग्राम-कथानकों का गहरा प्रभाव पड़ा है।

जिस ठहरे और बसिआये यथार्थ में ये लेखक दिग्भ्रान्त हो अपना मार्ग खोजने के लिए चेखव की व्यथा और ओ. हेनरी की गठन आदि की जड़ी-बूटी लेकर परेशान थे, उन्हें अपने ही पास से उठनेवाले ग्राम-कथाओं के आलोक ने उजाले में लाने का इतना बड़ा काम किया है, जो खोखले बुद्धिवादियों से आक्रान्त, सेकेण्ड हैण्ड सम्मति रखनेवाले आलोचक तब तक नहीं समझेंगे, जब तक इसके लिए उन्हें बुद्धिवादियों की सहमति न दिखे। ठीक उसी तरह जैसे बहुत समय तक प्रेमचन्द जैसे महान् कथाकार को इन 'त्तब', खोखले, कथित बुद्धिवादियों द्वारा 'सतही' तथा 'साधारण लेखक' घोषित किया गया, और उसी की आड़ में कई छोटे-मोटे पहलवान भी उन्हें लंगी लगाने से नहीं चूके। लेकिन जनमत और पाठकों के बढ़ते हुए दबाव के साथ ही प्रेमचन्द की सामाजिक अन्तर्दृष्टि ने उन्हें प्रतिष्ठित किया और आज वे कहते हैं कि सिर्फ़ वही एक कथा-लेखक हैं जो प्रथम श्रेणी को छूते हैं, संसार के प्रथम श्रेणी के लेखकों के पास

पहुँचते हैं। लोगों को मालूम होगा कि उस समय भी चेखवों, तुर्गनीवों और मोपासांओं की कमी नहीं थी।

सन् '51-52 के आसपास की साहित्यिक गतिविधि से परिचित लोगों के आगे यह स्पष्ट है कि तत्कालीन मरियल कहानी के सामने एक ओर जैनेन्द्र, अज्ञेय प्रश्न-चिह्न की तरह खड़े थे तो दूसरी ओर यशपाल के ताजे, वैचारिक यथार्थ का रेडीमेड मसाला धूम से बाज़ार में चल रहा था और युद्धोत्तर भाव-जगत् का क्षत-विक्षत प्रभाव लिये बेचारे नये कहानी लेखक, भकुये की तरह, कभी इधर, कभी उधर भटक रहे थे और अपने बुज़ुर्गों के नाम खुली चिट्ठियाँ छपवाकर उनका ध्यान अपनी ओर खींचने का प्रयत्न कर रहे थे।

इन हालतों में ग्राम-कथानकों का आगमन सिर्फ़ कहानी के नये उत्कर्ष का सूचक मात्र नहीं है, बल्कि उस एक बहुत बड़े वर्ग की सामाजिक जागरूकता का नवीन उत्कर्ष है, जो अब तक कला-साहित्य के प्रचलित प्रतिमानों से दूर गाँवों में था और जिसका पठन-पाठन सहज रूप से किसी सरकारी छोटी-मोटी नौकरी के लिए हुआ करता था। स्वतन्त्रता और जनतन्त्र की इस नयी ऐतिहासिक देन की ओर लोगों का ध्यान कम ही गया है। भारत-जैसे देश में इस वर्ग का भविष्य शिक्षा के प्रचार-प्रसार के साथ उत्तरोत्तर उज्ज्वल होगा, इसमें अगर किसी को भ्रम अथवा संशय हो तो वह निश्चय ही एक अदूरदर्शिता सिद्ध होगी। गाँवों से आनेवाले खेतिहर किसानों के बौद्धिक तथा कलात्मक उन्मेष ने युद्धोत्तर काल के संकुचित एवं घुटनशील वातावरण को ताज़गी और विस्तार ही नहीं दिया, वरन् नयी सामाजिक एवं राजनैतिक अवस्थाओं के कारण वह स्वतः महत्त्वपूर्ण हो उठा, इतना महत्त्वपूर्ण कि प्रेमचन्द- जैसे लेखक के ग्राम-कथानकों की महान् प्रसिद्धि, प्रचार और प्रसार के होते हुए भी नयी ग्राम-कथा ने अपनी जगह बना ली। इन लेखकों ने अपनी गहनतर ग्रहणशीलता और राग-बोध के कारण ग्राम-कथानकों के पूरे परिवेश को नयी प्रतीक-योजना, नये भाव-बोध, नये बिम्ब-संगठन, नवीन सांकेतिकता और शब्द-योजना से इतना जीवन्त बना दिया कि कहीं-कहीं तो सिर्फ़ रंग ही रह गये, जीवन लोप हो गया। लोग चीखने लगे कि भाषा समझ में नहीं आती।

नये शिल्प-संयोजन में जिस जीवन-खण्ड को ये लेखक सामने ला रहे थे, उसके सतही आभास का परिचय लोगों को था और 'अहा ग्राम जीवन भी क्या है!' वाली कृपामयी, बौद्धिक सहानुभूति भी उसे नगर-जीवन से प्राप्त थी, पर उसके डीटेल में न तो लोगों की पैठ थी, न जानकारी, क्योंकि स्पष्टतः इस सबसे उनका न तो कोई मतलब था, न लाभ। मसलन, हल का नाम तो इन्होंने सुना था पर हल के अन्य हिस्सों, जैसे परियत, फार, हरिस, गुल्ली, नाँधा, इत्यादि शब्द इनके लिए दुरूह और कष्टकर प्रतीत होने लगे और लोगों को चैंकने का मसाला मिलने लगा। दूसरी ओर ग्राम-कथाकार विश्वविद्यालयों की शिक्षाएँ पाये हुए, नागरिक जीवन की तमाम बारीकियों और साहित्य की परम्पराओं से परिचित थे। उन्हें अपनी अभिव्यक्ति के लिए जो शाब्दिक उपक्रम

जुटाने थे, उसकी हिन्दी में कमी थी। अंग्रेज़ी शब्दों और नामों का उपयोग साहित्यकार के पढ़े-लिखे होने का सबूत बना हुआ था पर लोक-भाषा के इन आवश्यक शब्दों को स्वीकार करने में लोगों को कष्ट होने लगा। निस्सन्देह प्रेमचन्द की तरह वास्तविकताओं के अंकन के चित्रण के तरीक़े से यह तरीक़ा भिन्न था, जिसकी भाषा और शिल्प-संयोजन दोनों में अधिक गहराई थी, अधिक समीपवर्ती दृष्टि थी, तीव्रतर राग-बोध था; इतना कि कहीं-कहीं वह सब्जेक्टिव हो उठा है। यद्यपि यह सब उनकी भाव-सम्पदा तथा जीवन-संस्पर्श की उफनती हुई शक्ति का परिचय देता है। पर यहीं यह कहे बग़ैर भी नहीं रहा जा सकता कि बाह्य रूप-गठन और शिल्प के अत्यधिक मोह ने प्रेमचन्द के समान महत्तर मनुष्य को उसकी वास्तविकताओं में चित्रित नहीं होने दिया।

अस्तु, अगर अन्धों के हाथ बटेर नहीं लगी है (अगर किसी के हाथ लगी हो तो मैं नहीं जानता।) और ग्राम-कथाकार अपनी ख़ामियों से परिचित हैं तो उनका रास्ता सुनियोजित एवं सुचिन्तित है, जो निस्सन्देह सम्पूर्ण समर्पण और आत्मदान का है। अगर कहीं कच्ची साहित्यिक ललक अथवा खोखला सौन्दर्य-बोध दिखायी पड़े तो उसे एक अल्पजीवी उत्साह मानना चाहिए।

इसलिए नवीन जीवन-सन्दर्भों को कथा से अलग करके देखना एक भूल है। एक तो इसलिए कि जीवन-सन्दर्भ कथा की आधार-भूमि है, वैसे ही, जैसे किसी चित्र के लिए तूलिका, रंग और कनवैस। उनके अभाव में कहीं 'कथानक में ह्रास' होने लगता है, तो कहीं 'रूपवादिता' बढ़ने लगती है। दूसरे यह कि, जीवन-सन्दर्भों के साथ सामाजिक परिस्थितियाँ, सृजनशीलता की अनेक वैचारिक उपलब्धियाँ और वास्तविकताएँ उभरकर सामने आती हैं।

चेतना के जिस नवीन स्तर पर नये लेखकों ने वास्तविकता को ग्रहण किया है, उसी स्तर के अनुरूप शिल्प तथा 'स्ट्रक्चर' की बुनावट उन्होंने स्वीकार की है। सिर्फ़ कथा-वस्तु ही नहीं, वातावरण, शब्द और संकेत सभी से उन्होंने उस नयी वास्तविकता को अलंकृत किया है। कथा का यह सहज, मानवीयरूपान्तर उसे दिनोंदिन जीवन (जैसा वह है) के सहज खण्ड बना देने की ओर है। (शिल्पगत संस्कारों के अभाव में कई लोग इसे 'फ्लैट' समझते हैं और अस्वाभाविक परिश्रम-साध्य बुनावट में गहराई देखते हैं।) हिन्दी कहानी में यह नयी ग्रहणशीलता ही नया मोड़ है और जिस लेखक ने जितनी ही सजगता से इसे पकड़ा है, वह उतना ही सफल है।

संयोग की बात है कि आर्थिक बोझ से दबे, थके, हारे, शहरी मध्य-वर्ग की नयी समस्याओं तथा वास्तविकताओं को समझने में असफल, स्वतः नियोजित नकली चरित्रों, ट्रिकों अथवा संयोगात्मक अन्तों द्वारा एक ठहरे और पिटे हुए यथार्थ की किस्सागोई छोड़कर कुछ कथाकार 'सेक्स' और 'फ्रस्टेशन' की ओर, मात्र जो इन परिस्थितियों का स्वाभाविक और अन्तिम सुरक्षित स्थल है; झुक रहे हैं। शहरी मध्य-वर्ग के

बहुसंख्यक 'अम्बिशन्स' अपने वर्ग और उसकी आर्थिक परिस्थितियों के कारण इसी आत्महन्ता वृत्ति में निमग्न होते हैं, यह एक ऐतिहासिक सत्य है।

इसलिए अधिक 'कुलबुलाते हुए यथार्थ' और चरित्रों के 'राउण्डनेस' के लिए 'कुलटाओं' 'नपुंसकों', 'दफ़्तर में काम करनेवाली मोटी, भद्दी 'सेक्स फ्रस्टेटेड' लड़कियों' की कहानियों के लिए अधिक सतर्कता और परिश्रमपूर्वक अन्तर्निबद्ध प्रतीकों एवं विषयों के संयोजन की आवश्यकता पड़ेगी और सम्भव है ये लेखक 'सेक्स' की गहराइयों में उतरकर कुछ अच्छी रचनाएँ प्रस्तुत कर सकें।

यद्यपि वहाँ भी नयी ग्रहणशीलता का प्रश्न मुख्य होगा, क्योंकि जीवन का यह पक्ष इतने विभिन्न कोणों से, इतनी गहराई तक देखा-परखा जा चुका है कि नवीनता की सम्भावनाएँ बहुत विरल हो गयी हैं। लेकिन ऐसा भी नहीं कि वहाँ कुछ नया है ही नहीं अथवा लेखक का वैयक्तिक अनुभव, सम्पर्क तथा राग-बोध नये कथा-सूत्रों का चयन नहीं कर सकता। कुल मिलाकर आज नये कथा-साहित्य के सामने मुख्य प्रश्न किसी विशिष्ट अँचल को नहीं वरन् नयी ग्रहणशीलता का है, जिसके लिए जीवन का कोई भी पक्ष और वास्तविकताओं की कोई भी सतह समान रूप से स्वीकार्य और महत्त्वपूर्ण है।

प्रस्तुत संग्रहः

प्रस्तुत संग्रह में 'हंसा जाई अकेला' के बाद की कहानियाँ संग्रहीत हैं। 'माई' नाम से पहले इसी संग्रह की विज्ञप्ति हुई थी लेकिन अब इसका नाम बदलकर 'भूदान' कर दिया गया है। कई मित्रों तथा पाठकों ने 'माई' नाम से प्रस्तुत संग्रह की पूछ-ताछ की है। उनसे निवेदन है कि विज्ञप्ति की इस ग़लती को अब सुधार लेने की कृपा करें।

2-डी, मिण्टो रोड, —**मार्कण्डेय**
इलाहाबाद।

●●●

माही

'भूदान' के बाद लिखी गयी कहानियों में से कुछ कहानियाँ ही इस संग्रह में दी जा रही हैं।

उभरती हुई नयी सच्चाइयों के सन्दर्भ में रागात्मक सम्बन्धों का जो रूप इन कहानियों में चित्रित है, उसी को दृष्टि में रखकर इन्हें एक जगह प्रकाशित किया जा रहा है। कथा-वस्तु या अन्य प्रतिमानों के प्रति लेखक का न तो कोई आग्रह है, न दावा।

ख़ुशी की बात है कि कहानी पर विचार-विमर्श का तरीक़ा बदल रहा है। सम्पन्न रुचि और गहरी समझ की माँग आज की कहानी करती है तो सिर्फ़ इस कारण कि बदलते हुए जीवन के यथार्थ के प्रति लोगों को सजग करके, उनके सामने से भ्रम का कुहासा हटाना चाहती हैं। कहानी को नयी दिशा में विकसित करना तभी सम्भव है जब उसे समसामयिक जीवन के पूरे विकास के सन्दर्भ में वैज्ञानिक दृष्टि से देखा जाय।

2-डी, मिण्टो रोड —मार्कण्डेय
इलाहाबाद।

●●●

सहज और शुभ

दिशा-दृष्टि

...फिर भी न जाने क्यों इस समय मुझे यह बात बार-बार याद आती है...

बचपन में मुझे बीज बोने और उसे उगते हुए देखने की बड़ी इच्छा होती थी। कभी-कभी तो मैं उसे फिर से खोदकर बाहर निकाल लेता था और फूटते या उगते हुए देखकर फिर वहीं गाड़ देता था।

तब मेरे पास बीसियों सवाल थे और लोगों के बीसियों उत्तर, जिनमें से एक उत्तर यह भी था कि बीज अँधेरे में उगता है। मुझे याद पड़ता है कि मैं चिराग़ लेकर उसे देखते रहने की बात करने लगा था और तब मेरी जिज्ञासा से तंग आकर किसी ने उसे हमेशा के लिए सील कर देना चाहा था—बीज तब उगता है, जब रात को हर आदमी सो जाता है।

बात यहीं आकर रुक सकती थी लेकिन जब डाभ ज़मीन से ऊपर निकल आयी तो उसे बढ़ते हुए देखकर मेरा वह पीछे छूटा हुआ प्रश्न फिर से जन्म लेने लगा और मैं अब ख़ुद अपने सवाल से उलझ गया। पौधे के सिर पर काला धागा बाँधकर मैं यह आशा करने लगा कि, सुबह मुझे यह मालूम हो सकेगा कि पौधा रातभर में कितना बढ़ गया। धागा वहीं

बँधा रहा और पौधा बढ़ गया। प्रश्न भी बढ़ा और अब तक लगने लगा कि शायद मैं जो जानना चाहता हूँ, वही मेरे नज़दीक साफ़ नहीं है। शायद प्रश्न ही बीज-रूप में था और अब तक उसका कोई रूप नहीं बन पाया था।

एक दिन पतंग बढ़ाते हुए मुझे अपनी प्रश्न-प्रक्रिया का एकाएक बोध हुआशियद इस तरह, जैसे पतंग वायुमण्डल में ऊपर बढ़ती हुई स्पष्ट दिखायी पड़ती है; मैं पौधे को भी बढ़ते हुए देखना चाहता हूँ। अपनी दृष्टि, गति और समय के बीच में कोई ऐसा सन्तुलन खोज रहा हूँ, जहाँ स्थितियों के परिवर्तित होने का बोध हो सकेऐसा बोध, जिसे इन्द्रियाँ तक महसूस करने लगें। अनुभूति को नितान्त भौतिक और मूर्त स्तर पर उतार ले आने की प्रक्रिया के प्रति इस चेतना ही के कारण, आज भी मुझे उन प्रश्नों से छुट्टी नहीं मिल पायी है, न भविष्य में कोई आशा ही है। यदि किन्हीं बाहरी कारणों से कोई प्रश्न भ्रम के कुहासे में आवृत्त भी हुए हैं, तो उन पर निरन्तर टिकी दृष्टि, जीवन के कुहासे से ऊपर उगते ही, अपने मौलिक प्रश्नों को फिर से पकड़ लेती है और कुहासे का पूरा रहस्य स्पष्ट हो उठता है—परिवर्तन साफ़ लक्षित होने लगते हैं लेकिन बेचौनी तो इस बात की है कि परिवर्तन की वह सूक्ष्म और शतमुखी गति, समय के नन्हें-से-नन्हें क्षणांश में कैसे लक्षित की जाय! दृष्टि के सूक्ष्म सन्तुलन को कितना साधा जाय कि परिवर्तन की दिशा हमेशा दिखायी देती रहे।

मेरे लिये रचनात्मक प्रक्रिया का सत्य इसी आत्म-संघर्ष का परिणाम है, अन्यथा मैं लेखक न होकर 'एजीटेटर' बन गया होता, क्योंकि जो दिखायी पड़ता है, उसी स्वीकार करते हुए भी, उसी को पूर्ण सत्य मान लेने का अर्थ है, अपनी दृष्टि को सर्वथा मौलिक, परिशुद्ध तथा स्थिर मान लेना, साथ ही यह भी स्वीकार कर लेना कि जीवन वैसा ही रहेगा, जैसा दिखायी पड़ रहा है। वस्तुतः वास्तविकताओं को आरोपणों से और रचनात्मक दृष्टि को आग्रहों से मुक्त रखना भी रचनाकार के लिए आज बड़ी समस्या है।

× × ×

इस दृष्टि से कहानी मेरे लिये एक माध्यम है, वह कोई दूसरी भी विधा हो सकती थी और दूसरे कितने ही विभिन्न रचनाकारों के लिए है भी। आज विधाएँ सुविधा के लिए एक नाम अथवा अभिव्यक्ति के भिन्न द्वार की तरह हैं, जिन्हें जितनी ही कुशलता से निर्मित किया जायेगा, अभिव्यक्ति उतनी ही सफल होंगी।

चेखव का एक मार्ग था, तो काफ़्का का दूसरा, क्योंकि उनके अन्तसंघर्ष का स्वरूप भिन्न था, परिवर्तन और यथार्थ की समझ मानव-विकास की भिन्न स्थितियों की थी, इसलिए 'मेटामार्फोसिस' की रचना न तो चेखव के लिए सम्भव था, न अपेक्षित, लेकिन उसी तरह चेखव का किस्सागोईवाला सादा शिल्प, काफ़्का के उलझे हुए अधिक गहरे, मानवीय यथार्थ के लिए अनुपयुक्त था।

इसलिए आज कहानी, वह कहानी कहाँ रही और कविता वह कविता। अध्यापक महोदय तो उसी कहानी को जानते हैं, जिसमें एक पात्र, एक परिस्थिति, एक विकास,

फिर एक चरम विकास और फिर एक अन्त था, "जैसे उनका राज-पाट लौटा, वैसे सब का लौटे।" उनका राज-पाट लौटा तो सही, लेकिन "सब का राज-पाट लौटे" अपनी ओर से जोड़नेवाले कथा-वाचक कम-से-कम अपने को जानने की प्रक्रिया में उलझे थे और उनके पास मानव-कल्याण का एक पूर्व-स्वीकृत उद्‌देश्य भी था। अध्यापक महोदय तो उसे भी त्याग बैठे। उन्हें याद है तो वह कहानी और भूल गयी है तो अपनी और समाज की पिछली, लम्बी यात्र।

वस्तुतः शिल्प की शास्त्रीय मान्यता में आज भी किसी कला को परिवेष्ठित करना एक भूल है, जो प्रायः भूल से नहीं, आज जान-बूझकर की जाती है। किन्हीं अपरिचित हाथों का इशारा है कि नये वस्तु-सत्य पर धुआँ डालो, जीवन की वास्तविक स्थिति और कलात्मक चेतना के बीच दीवार खड़ी करो, अधिक गहरी संवेदनशील आकृतियों को झुठलाओ और देखो कि लोगों की आँखों की पुतलियाँ ख़ुद ही निकलकर बाहर आ जायँगी। लेकिन यह तस्कर मार्ग इतना विचित्र है कि सबसे पहले भ्रम के इन त्ष्टाओं को अपनी ही आँखों से हाथ धोना पड़ता है और एक दिन वे अपरिचित, अपरिमित हाथ, ख़ूनी पंजों की तरह उनकी ही गरदन नाप देते हैं। फिर तो ख़ून की बूँदों को लोग पानी समझकर उपेक्षा कर जाते हैं। ज़ाहिर है कि लोग ख़ून-पानी में अन्तर करना भूल चुके होते हैं। एक स्तर पर पहुँचकर चेतना के

मूल गुणों को भी इन नकली मान्यताओं के आगे हार माननी पड़ती है या अपने को इनसे अलग करना पड़ता है। आज हमारे, युग की मुख्य समस्या यही है—या तो हार मान जायँ और मिलावट स्वीकार कर लें या अपनी मान्यताओं का अलग एक नया प्रतिमान स्थापित करें।

अनजाने हम कुछ ऐसी ही स्थितियों में आ घिरे हैं। परिवेश का पूरा अन्तर्भाष्य सहसा अपरिचित और अविश्वसनीय होता जा रहा है। ऐसी स्थिति में देश की भयंकर गरीबी को बिना किसी अनुक्रमिक सुनिश्चय तथा बिना किसी सार्थक उद्‌देश्य के बातों के हवाई गुब्बारों में भरकर छोड़ देना, देश को हर प्रकार की क्रूर शक्तियों के आगे सप्रेम परोस देना है, चाहे वह कोई बाहरी राष्ट्र हो, चाहे कोई मानवीय अन्ध चेतना। समाज के नैतिक ह्रास और सामूहिक उद्‌देश्यहीनता की स्थिति में गरीबी चेतना नहीं देती वरन् व्यक्ति को अवसरवादी, अन्धा और मृत्युगामी भी बनाती है।

कुल मिलाकर आज हम वहाँ खड़े हैं, जहाँ देश कभी नहीं था और इसी कारण शायद हमारे ऊपर ऐसी ज़िम्मेवारियाँ हैं जैसी भारतीय लेखक पर कभी नहीं थीं। कुछ आश्चर्य नहीं कि आनेवाले समय में परिवर्तनों पर दृष्टि रखनेवाले लेखक को मौलिक प्रश्नों के साथ वास्तविकता के अंकन के लिए फैण्टेसी अथवा जासूसी कथा-शिल्प का सहारा लेना पड़े लेकिन इसमें जरूर आश्चर्य होगा कि लेखक अकेला है, इसलिए अन्धा है और इसी कारण अनुगामी है और यह पूछने पर कि किनका? उत्तर देने की आवश्यकता नहीं रहेगी, क्योंकि वह मृत्यु की शक्तियों के साथ होगा, वह उन सभी

मानवीय विशिष्ट गुणों का विरोधी होगा, जिनके कारण मनुष्य प्रकृति का सर्वोत्तम निर्माण कहा गया है।

× × ×

ऐसी संक्रान्ति में वास्तविकता प्रायः अमान्य और उपेक्षित सन्दर्भों में खोयी पड़ी रहती है और सफल लोग अमान्यता और उपेक्षा से खासी दूरी बनाये रहते हैं—राह बचाकर आगे निकल बीतते हैं। लेकिन वास्तविक रचनाकार उन्हीं उपेक्षित और अमान्य सन्दर्भों से एक नये संसार की रचना कर देता है, जो अपने आप मनुष्य का भावी संसार बन जाता है।

फ़िल्हाल नयी कहानी अँधेरे में टटोल रही है—वह एक भटकी हुई विधा है लेकिन उसकी खोज का एक केन्द्र जरूर है, चाहे वह केन्द्र पिछले ही वृत्त में क्यों न हो। अपने को उससे अलग करके उसने कोई नया वृत्त बना लिया हो, ऐसा मुझे नहीं लगता।

वस्तुतः नयी कहानी का वास्तविक विकास तो आज एक सचेत किन्तु सम्पूर्ण इनकार में ही सम्भव है, क्योंकि वास्तविकता की आज यही माँग है, फिर चाहे वह अच्छी कहानी के लिए हो, चाहे बुरी कहानी के लिए किन्तु नयी कहानी के लिए हो, नये जीवन के लिए हो—यह एक शर्त है।

मेरे प्रश्न हर धुँधलके में तीव्रतर हुए हैं, इसलिए परिवर्तन मेरे लिये आड़ में होने पर भी अपना औसत आभास देते रहते हैं लेकिन उनकी गति को समय से जोड़ने की समस्या आज भी मेरे सामने जैसी-की-तैसी बनी हुई है। लगता है, मैं जन्मना उन्हीं से बँधा हूँ। इसलिए मेरे लिये सच्ची रचना वहीं कहीं छिपी है, जहाँ जीवन बदल रहा है। सफलता-असफलता की कामना का प्रश्न तो अब कभी उठता ही नहीं। हाँ, हर रचना के बाद कुछ खो देने और कुछ पा लेने की एक अजीब-सी मिली-जुली प्रतिक्रिया होती है, जिसमें उदासी और ख़ुशी का अंश अलग कर पाना मेरे लिये मुश्किल होता है।

2-डी, मिण्टो रोड
इलाहाबाद।

—मार्कण्डेय

●●●

बीच के लोग

मेरी कहानियों का यह सातवाँ संकलन एक अरसे बाद तब प्रकाशित हो रहा है जब आत्मानुभूति पर आधारित भाववादी अनुरक्ति का दबाव कहानी को यथार्थवादी मार्ग

से विचलित कर रहा है। एक ओर सामाजिक सन्दर्भों की पहचान तथा व्याख्या क्षीण होकर सरलीकृत नारों में बदल रही है तो दूसरी ओर कुत्सित सामाजिक चेतना के लेखक मजमून चुराने तथा समाज और क्रान्ति का नाम लेकर भ्रम पैदा करने की जी तोड़ कोशिश कर रहे हैं। वस्तुतः लड़ाई अब सीमान्तों पर नहीं रचनात्मक चेतना के मूल केन्द्र में लड़ी जा रही है।

इसलिए इन कहानियों से हिन्दी कहानी की यथार्थवादी परम्परा की उपलब्धि तथा विकास का एहसास पाठक को हो सका तो इनका प्रकाशन सार्थक माना जायेगा।

—मार्कण्डेय

2-डी, मिण्टो रोड
इलाहाबाद

●●●